张扬 / 编注

中央文献出版社

编注者简介

张扬，1944 年 5 月生，河南长葛人，自幼迁居湖南。1963 年 2 月写作小说《第二次握手》，其 1970 年稿以手抄本形式流传全国，“感动过整整一个时代的中国人”。他因此被“四人帮”逮捕入狱并内定死刑。1979 年 1 月在胡耀邦直接干预下平反。

新时期以来为介绍、研究和保卫鲁迅张扬发表过《他的“奶”和“血”养育了我的“肉”和“骨”》、《“借”与“窃”》和《鲁迅国学著述与我们的民族性》等，在很多作品中引据和宣传鲁迅。在鲁迅精神熏陶下，他发表过很多优秀的杂文和报告文学作品。他的一枚闲章上铭刻着鲁迅说的“敢说敢笑敢哭敢怒敢骂敢打”，大刀阔斧地干预过很多大案要案名案重案和冤假错案，影响乃至改变了它们的最终结果；他同情社会底层的弱者，呐喊奔走，尽力改善他们的处境，甚至拯救过“命在旦夕”的死刑犯。他因此号称“文侠”，被新世纪第 1 期《政府法制》选为封面人物并誉为“包公”。

绪言

宋云彬早在1939－1940年就编选过《鲁迅语录》，他之前已有雷白云编选的《鲁迅先生语录》。新中国成立后，“文革”中出现过红卫兵编印的《鲁迅语录》，形制仿《毛主席语录》。后来多次出版过同类性质的书，如《鲁迅警句》、《鲁迅箴语》、《鲁迅箴言》等，有的就叫《鲁迅语录》。对鲁迅的介绍和研究始终是“显学”。据知，新时期以来关于鲁迅的书全国出版了上千种，其中“语录”类书即达几十种。

关于鲁迅的“语录”类书看来存在几个问题——

一是分类不尽合理，水平不高。而分类确实是编选“鲁迅语录”一类书的很大难题。二是所收语录数量少，一般是几百条，这“量”必然影响到“质”，首先是此书作为工具书或“准工具书”的使用价值。三是一个关键问题，即仍以编“圣经”为目的，仍有当年搞《毛主席语录》的心态和方式。——这从“警句”、“箴语”、“箴言”、“语录”之类名目上都能看出来。四是都没有注释。这就疏忽了一个非常实际的问题，即鲁迅的书在鲁迅那个时代已不容易读懂，今天对大多数人来说就更不易读懂。

这部《鲁迅语典》针对上述问题作了改进——

一，采用新的分类方式。全书所分九章、三十节和一百五十四个小节，实际上就是将鲁迅语录分为九个“大类”、三十个“中类”和一百五十四个“小类”，以最大限度地便于检索。

二，极大地增加了所收语录数量，达6117条，涵盖了鲁迅一生所有的经历和曾经有过的全部思想、观点和言论。

三，不编“圣经”，不搞“字字句句是真理”，不专门收录“格言”“警句”“箴语”。只要是能真实反映“鲁迅一生的所有经历和曾经有过的全部思想、观点和言论”而又可以单独成句的，一律录入。

四，加以必要的代码、注释和说明，便于读者检索、理解和运用。

应该说明的是，1999－2003，本书的编选历时四年；而2003－2013，这部书稿的搁置竟达十年之久！因为“市场经济”，怕亏损，没人敢于出版此书。直至2013年春，中央文献研究室常务副主任杨胜群同志和湖南省作家协会领导班子获悉了这么一部书稿的存在后果断地给予关注和支持，终使《鲁迅语典》得以在今天呈献给大家。

张　扬

凡例

（一）每条语录左上方注一代码，以便检索。如“●8-24-107-29”，即该语录系本书第八章、第二十四节、第一百零七小节中的第二十九条。

（二）一条语录凡需加以前提性说明的，在该语录上方加“按”。

（三）一条语录内凡有应该“及时”加以简短说明的，在相关字眼、词汇或语句后面『』符内加“注”。

（四）一条语录内凡有应该加以较详细的注释和说明的，在相关字眼、词汇或语句的后方加＊符，在该语录下方〖〗符内加“释”。两条以上的释，各条之间以斜杠/分隔。

（五）凡选自鲁迅《书信》（包括其他鲁迅著述中的某些“通信”）的语录，如果该收信人在本书中是第一次出现，那么，在该语录上方的“按”中对该收信人加以简单介绍。

（六）本书涉及的人一般在第一次出现时加以说明。第三、第四章《人际关系和人物臧否》中的人物则均列专条加以简介，该专条直接置于该人姓名后方，哪怕这种简介在前面已经出现过。

（七）涉及的事物和名词一般也在第一次出现时加以注释，再度出现时不赘。

（八）鲁迅的思维和语言很活跃，往往一句话同时涉及几个方面。这样，一条语录置于一处便不能顾及所涉及的其他方面。对此，本书采取“拆零”方式，一条语录用于一处，但其中一部分可能又用于另一处。这样做是为了实现其作为工具书的必需功能。

（九）鲁迅著作中瞿秋白的作品文字和周作人声称出自他的手笔的文字，一律不收。

（十）引自《两地书》的语录一般采用“原信”，也有少量引自传统版本。

（十一）每个“小节”内的语录，一般按语录出现（写成、发表或出版）的时间顺序排列。也有少量的“小节”，按每条语录所反映的史实发生的顺序排列。还有一种，是按该部分语录所涉事物的属性分类。

（十二）每条语录下方注明的时间，一般是发表时间。凡发表在报纸上的，一般“精确”到年、月、日；发表在期刊上的，则一般“精确”到年、月。以连载方式绵延多日发表的，一般“精确”到年、月，不一定注明“日”。书信凡当时没有公开发表过的，一般注明写信时间；当时发表过的，一般注明发表时间。还有极少数的文字原来就没有精确的发表或写作时间（如《辞顾颉刚教授令“候审”》和若干手稿），则注以大体推算的时间。

鲁迅在语言文字的运用方面自有习惯，或表现了所处时代的特色。如将“沉重”写作“沈重”，将“抄录”写作“钞录”，将“稀奇”写作“希奇”，将“厉害”写作“利害”，等等；对“那”与“哪”，“惟”与“唯”，“需”与“须”，“底”与“的”，“地”与“的”，“胡”与“糊”，“全”与“痊”，“藉”与“借”，“呆”与“待”，“拼”与“拚”，“豫”与“预”，“带”与“戴”等字样的区别和运用，也是如此。甚至在标点符号的遣用方面，也有这种表现。凡此种种，读者应予注意。

编注者

目录

第一章 鲁迅自述（上）

第一节 生平

（第一节共433条）

第二节 亲族

（第二节共188条）

第六节　中国人士［七画］

第七节　中国人士［八至九画］

第八节　中国人士［十至十一画］

第五章 知人论世（上）

第十二节 社会

第十三节 历史

第十四节 人文精神

第十五节　国际关系

第六章　知人论世（下）

第十六节　青年

第十七节　学生

第十八节　妇女

第十九节 儿童

(第十九节共41条)

(第六章含241条)

(第一至六章共3723条)

第七章 文化与文学艺术

第二十节 文化

(第二十节共259条)

第二十一节 文学

第二十二节　读书

第二十三节　艺术

第八章　“中国”与“中国人”

第二十四节　“中国”

第二十五节　“中国人”

(第二十五节共294条)

第二十六节 旧学与中国

(第二十六节共227条)

第二十七节 革命与战斗

(第二十七节共186条)

(第八章含1008条)

(第一至八章共5678条)

第九章 文坛与政治

第二十八节 文坛与文人

第二十九节 “横眉冷对”

第三十节 “左联”与左翼文坛

第一章 鲁迅自述（上）

第一节 生 平

我的祖父是做官的，到父亲才穷下来，所以其实是破落户子弟，不过我很感谢我父亲的穷下来……我因此明白了许多事情。

(1) 家世/求学/归国之初（1881－1912）

在日本留学的时候，有些同学问我在中国最有大利的买卖是什么，我答道："造反。"

●1-1-1-1

我于一八八一年生在浙江省绍兴府城里的一家姓周的家里。父亲是读书的；母亲姓鲁*，乡下人，她以自修得到能够看书的学力。

〖释：鲁迅的父亲周凤仪（字伯宜，1861－1896），母亲鲁瑞（1858－1943），均为浙江绍兴人。鲁瑞于1919年2月移居北京。〗

集外集/俄文译本《阿Q正传》序及著者自叙传略（1925·6·15）

●1-1-1-2

按：此信收信人王志之，四川眉山人。当时是北京第一师范学院国文系学生，北平"左联"成员，《文学杂志》编辑。

《年谱》*错处不少，有本来错的（如我的祖父只是翰林*而已，而作者却说是"翰林院大学士"*，就差得远了），也有译错的（凡二三处）。

〖释：《年谱》，收信人曾作《鲁迅印想记》（1936年11月上海金汤书店出版），书中引用了《鲁迅先生年谱》。/"翰林"，鲁迅的祖父周福清曾任翰林院编修，为正七品。/"翰林院大学士"，翰林院掌院学士，按清制例兼礼部侍郎，为从二品。〗

书信/致王志之（1933·6·26）

●1-1-1-3

我生在周氏是长男，物以希为贵，父亲怕我有出息，因此养不大，不到一岁，便到长庆寺里去，拜了一个和尚为师了。拜师是否要贽见礼，或者布施什么的呢，我完全不知道。只知道我却由此得到一个法名叫作"长庚"，后来我也偶尔用作笔名……还有一件百家衣，就是"衲衣"，论理，是应该用各种破布拼成的，但我的却是橄榄形的各色小绸片所缝就，非喜庆大事不给穿；还有一条称为"牛绳"的东西，上挂零星小件，如历本，镜子，银筛之类，据说是可以避邪的。

这种布置，好像也真有些力量：我至今没有死。

且介亭杂文末编/我的第一个师父（1936·4）

●1-1-1-4

我记起了半世纪以前的最初的先生。我至今不知道他的法名，无论谁，都称他"龙师父"，瘦长的身子，瘦长的脸，高颧细眼，和尚是不应该留须的，他却有两绺下垂的小胡子。对人很和气，对我也很和气，不教我念一句经，也不教我一点佛门规矩；他自己呢，穿起袈裟来做大和尚，或者戴上毗卢帽放焰口*，"无祀孤魂，来受甘露味"的时候，是庄严透顶的，平常可也不念经，因为是住持，只管着寺里的琐屑事，其实——自然是由我看起来——他不过是一个剃光了头发的俗人。

因此我又有了一位师母，就是他的老婆。论理，和尚是不应该有老婆的，然而他有。……我是很爱我的师母的，在我的记忆上，见面的时候，她已经大约有四十岁了，是一位胖胖的师母，穿着玄色纱衫裤，在自己家里的院子里纳凉，她的孩子们就来和我玩耍。

〖释："毗卢帽"，和尚所戴的一种绣有毗卢佛像的帽子；"放焰口"，旧俗于夏历七月十五日（中元节）晚上请和尚结盂兰盆会，诵经施食。盂兰盆，梵语"救倒悬"之意；焰口，饿鬼名。〗

且介亭杂文末编/我的第一个师父（1936·4）

●1-1-1-5

……我有了三个师兄，两个师弟。大师兄是穷人的孩子，舍在寺里，或是卖在寺里的；其余的四个，都是师父的儿子，大和尚的儿子做小和尚，我那时倒并不觉得怎么希奇。

且介亭杂文末编/我的第一个师父（1936·4）

●1-1-1-6

成人愿意"有室"，和尚自然也不能不想到女人。以为和尚只记得释迦牟尼或弥勒菩萨，乃是未曾拜和尚为师，或与和尚为友的世俗的谬见。寺里也有确在修行，没有女人，也不吃荤的和尚，例如我的大师兄即是其一，然而他们孤僻，冷酷，看不起人，好像总是郁郁不乐，他们的一把扇或一本书，一动他就不高兴，令人不敢亲近他。所以我所熟识的，都是有女人，或声明想女人，吃荤，或声明想吃荤的和尚。

且介亭杂文末编/我的第一个师父（1936·4）

●1-1-1-7

后来，三师兄也有了老婆……这时我也长大起来，不知道从那里，听到了和尚应守清规之类的古老话，还用这话来嘲笑他，本意是在要他受窘。不料他竟一点不窘，立刻用金刚怒目式，向我大喝一声道：

"和尚没有老婆，小菩萨那里来!?"

……经此一喝，我才彻底的省悟了和尚有老婆的必要，以及一切小菩萨的来源，不再发生疑问。

且介亭杂文末编/我的第一个师父（1936·4）

●1-1-1-8

我母亲的母家是农村，使我能够或和许多农民相亲近，逐渐知道他们是毕生受着压迫，很多苦痛……

集外集拾遗/英译本《短篇小说选集》自序（1933·3·22）

●1-1-1-9

我还不过十一二岁。我们鲁镇的习惯，本来是凡有出嫁的女儿，倘自己还未当家，夏间便大抵回到母家去消夏。那时我的祖母虽然还康健，但母亲也已分担了些家务，所以夏期便不能多日的归省了，只得在扫墓完毕之后，抽空去住几天，这时我便跟了我的母亲住在外祖母的家里。那地方叫平桥村，是一个离海边不远，极偏僻的，临河的小村庄；住户不满三十家，都种田，打鱼，只有一家很小的杂货店。但在我是乐土：因为我在这里不但得到优待，又可以免念"秩秩斯干幽幽南山"*了。

〖释："秩秩斯干幽幽南山"，语出《诗经·小雅·斯干》。这里指是塾中背诵的古文。〗

呐喊/社戏（1922·12）

●1-1-1-10

和我一同玩的是许多小朋友，因为有了远客，他们也都从父母那里得了减少工作的许可，伴我来游戏。在小村里，一家的客，几乎也就是公共的。我们年纪都相仿，但论起行辈来，却至少是叔子，有几个还是太公，因为他们合村都同姓，是本家。然而我们是朋友，即使偶而吵闹起来，打了太公，一村的老老小小，也决没有一个会想出"犯上"这两个字来，而他们也百分之九十九不识字。

我们每天的事情大概是掘蚯蚓，掘来穿在铜丝做的小钩上，伏在河沿上去钓虾。虾是水世界里的呆子，决不惮用了自己的两个钳捧着钩尖送到嘴里去的，所以不半天便可以钓到一大碗。这虾照例是归我吃的。其次便是一同去放牛，但或者因为是高等动物了的缘故罢，黄牛水牛都欺生，敢于欺侮我，因此我也总不敢走近身，只好远远地跟着，站着。这时候，小朋友们便不再原谅我会读"秩秩斯干"，却全都嘲笑起来了。

呐喊/社戏（1922·12）

●1-1-1-11

听人说，在我幼小的时候，家里还有四五十亩水田，并不很愁生计。但到我十三岁时，我家忽而遭了一场很大的变故＊，几乎什么也没有了；我寄住在一个亲戚家，有时还被称为乞食者。我于是决心回家，而我的父亲又生了重病，约有三年多……

〖释："我家遭了一场很大的变故"，1893年秋，鲁迅的祖父周福清（字介孚）因科场舞弊案入狱。〗

集外集/俄文译本《阿Q正传》序及著者自叙传略（1925·6·15）

●1-1-1-12

我曾经和这名医周旋过两整年，因为他隔日一回，来诊我的父亲的病。……诊金却已经是一元四角。现在的都市上，诊金一次十元并不算奇，可是那时是一元四角已是巨款，很不容易张罗的了；又何况是隔日一次。他大概的确有些特别，据舆论说，用药就与众不同。我不知道药品，所觉得的，就是药引的难得，新方一换，就得忙一大场。先买药，再寻药引。"生姜"两片，竹叶十片去尖，他是不用的了。起码是芦根，须到河边去掘；一到经霜三年的甘蔗，便至少也得搜寻两三天。可是说也奇怪，大约后来总没有购求不到的。

朝花夕拾/父亲的病（1926·11·10）

●1-1-1-13

父亲的水肿是逐日利害，将要不能起床；我对于经霜三年的甘蔗之流也逐渐失了信仰，采办药引似乎再没有先前一般踊跃了。正在这时候，他有一天来诊，问过病状，便极其诚恳地说：

"我所有的学问，都用尽了。这里还有一位陈莲河＊先生，本领比我高。我荐他来看一看，我可以写一封信。可是，病是不要紧的，不过经他的手，可以格外好得快……。"

〖释：陈莲河，当指何廉臣（1860－1929），当时绍兴的一位中医。〗

朝花夕拾/父亲的病（1926·11·10）

●1-1-1-14

陈莲河的诊金也是一元四角……用药也不同，前回的名医是一个人还可以办的，这一回却是一个人有些办不妥帖了，因为他一张药方上，总兼有一种特别的丸散和一种奇特的药引。

芦根和经霜三年的甘蔗，他就从来没有用过。最平常的是"蟋蟀一对"，旁注小字道："要原配，即本在一窠中者。"似乎昆虫也要贞节，续弦或再醮，连做药的资格也丧失了。但这差使在我并不为难，走进百草园，十对也容易得，将它们用线一缚，活活地掷入沸汤中完事。然而还有"平地木＊十株"呢，这可谁也不知道是什么东西了，问药店，问乡下人，问卖草药的，问老年人，问读书人，问木匠，都只是摇摇头，临末才记起了那远房的叔祖，爱种一点花木的老人，跑去一问，他果然知道，是生在山中树下的一种小树，能结红子如小珊瑚的，普通都称为"老弗大"。……然而还有一种特别的丸药：败鼓皮丸。这败鼓皮丸就是用打破的鼓皮做成；水肿一名鼓胀，一用打破的鼓皮自然就可以克伏他。

〖释：平地木，即紫金牛，一种药用植物。〗

朝花夕拾/父亲的病（1926·11·10）

●1-1-1-15

"我有一种丹，"有一回陈莲河先生说，"点在舌上，我想一定可以见效。因为舌乃心之灵苗……价钱也并不贵，只要两块钱一盒……。"

我父亲沉思了一会，摇摇头。

"我这样用药还会不大见效。"有一回陈莲河先生又说，"我想，可以请人看一看，可有什么冤愆＊……。医能医病，不能医命，对不对？自然，这也许是前世的事……。"

我的父亲沉思了一会，摇摇头。

〖释："冤愆"，迷信说法中的冤鬼作祟，要求索命讨债之类。〗

朝花夕拾/父亲的病（1926·11·10）

●1-1-1-16

不肯用灵丹点在舌头上，又想不出"冤愆"来，自然，单吃来一百多天的"败鼓皮丸"有什么用呢？依然打不破水肿，父亲终于躺在床上喘气了。

朝花夕拾/父亲的病（1926·11·10）

●1-1-1-17

父亲的喘气颇长久，连我也听得很吃力，然而谁也不能帮助他。我有时竟至于电光一闪似的想道：还是快一点喘完了罢……。立刻觉得这思想就不该，就是犯了罪；但同时又觉得这思想实在是正当的，我很爱我的父亲。便是现在，也还是这样想。

朝花夕拾/父亲的病（1926·11·10）

●1-1-1-18

我有四年多，曾经常常，——几乎是每天，出入于质铺和药店里，年纪可是忘却了，总之是药店的柜台正和我一样高，质铺的是比我高一倍，我从一倍高的柜台外送上衣服或首饰去，在侮蔑里接了钱，再到一样高的柜台上给我久病的父亲去买药。回家之后，又须忙别的事了，因为开方的医生是最有名的，以此所用的药引也奇特：冬天的芦根，经霜三年的甘蔗，蟋蟀要原对的，结子的平地木……多不是容易办到的东西。然而我的父亲终于日重一日的亡故了。

呐喊/自序（1923·8·21）

●1-1-1-19

我的父亲躺在床上，喘着气，脸上很瘦很黄，我有点怕敢看他了。

他眼睛慢慢闭了，气息渐渐平了。我的老乳母对我说，"你的爹要死了，你叫他罢。"

"爹爹。"

我的父亲张一张眼，口边一动，仿佛有点伤心，——他仍然慢慢的闭了眼睛。

我的老乳母对我说，"你的爹死了。"＊

阿！我现在想，大安静大沈寂的死，应该听他慢慢到来。谁敢乱嚷，是大过失。

阿！我的老乳母。你并无恶意，却教我犯了大过，扰乱我父亲的死亡，使他只听得叫"爹"，却没有听到有人向荒山大叫。

〖释："……爹死了"，鲁迅的父亲病逝于1896年农历九月初六。〗

集外集拾遗补编/自言自语（1919·9·9）

●1-1-1-20

还请一回陈莲河先生，这回是特拔＊，大洋十元。他仍旧泰然的开了一张方，但已经败鼓皮丸不用，药引也不很神妙了，所以只消半天，药就煎好，灌下去，却从口角上回了出来。

从此我便不再和陈莲河先生周旋，只在街上有时看见他坐在三名轿夫的快轿里飞一般抬过；听说他现在还康健，一面行医，一面还做中医什么学报＊，正在和只长于外科的西医＊奋斗哩。

〖释：特拔，出急诊。/"中医什么学报"，指《绍兴医药月报》。/"只长于外科的西医"，作者在本文中写道："连医生自己也说道：'西医长于外科，中医长于内科。'"这里的"医生"指中医。〗

朝花夕拾/父亲的病（1926·11·10）

●1-1-1-21

父亲故去之后，我也还常到她家里去，不过已不是和孩子们玩耍了，却是和衍太太＊或她的男人谈闲天。我其时觉得很有许多东西要买，看的和吃的，只是没有钱。有一天谈到这里，她便说道:“母亲的钱,你拿来用就是了,还不就是你的么?”我说母亲没有钱,她就说可以拿首饰去变卖;我说没有首饰,她却道,“也许你没有留心。到大厨的抽屉里,角角落落去寻去,总可以寻出一点珠子这类东西……。”

这些话我听去似乎很异样,便又不到她那里去了,但有时又真想去打开大厨,细细地寻一寻。大约此后不到一月,就听到一种流言,说我已经偷了家里的东西去变卖了,这实在使我觉得有如掉在冷水里……连自己也仿佛觉得真是犯了罪,怕遇见人们的眼睛,怕受到母亲的爱抚。

好。那么,走罢!

〖释:衍太太,鲁迅的叔祖周子传之妻。〗

朝花夕拾/琐记(1926·11·25)

●1-1-1-22

我记起我自己曾经写过这样一个人,他身边什么都光了,时常抽开抽屉看看,看角上边上可以找到什么;路上一处一处去找,看有什么可以找得到;这个情形,我自己是体验过来的。

集外集/文艺与政治的歧途(1928·1·29-30)

●1-1-1-23

我要到N进K学堂去了*,仿佛是想走异路,逃异地,去寻求别样的人们。我的母亲没有法,办了八元的川资,说是由我自便;然而伊*哭了,这正是情理中的事,因为那时读书应试是正路,所谓学洋务,社会上便以为是一种走投无路的人,只得将灵魂卖给鬼子,要加倍的奚落而且排斥的,而况伊又看不见自己的儿子了。

〖释:“到N进K学堂”,N指南京,K指江南水师学堂。鲁迅1898年进入该校。/“伊”,五四前后女性第三人称的代词。〗

呐喊/自序(1923·8·21)

※ ※ ※

●1-1-1-24

第一个进去的学校*……称为雷电学堂,很像《封神榜》上“太极阵”“混元阵”一类的名目。总之,一进仪凤门*,便可以看见它那二十丈高的桅杆和不知多高的烟通。功课也简单,一星期中,几乎四整天是英文:“It is a cat.”“Is it a rat?”*一整天是读汉文:“君子曰,颖考叔可谓纯孝也已矣,爱其母,施及庄公。”*一整天是做汉文:《知己知彼百战百胜论》,《颖考叔论》,《云从龙风从虎论》,《咬得菜根则百事可做论》。

〖释:“第一个进去的学校”,即江南水师学堂。/“仪凤门”,当时南京城北一座城门。/“It is a cat.”“Is it a cat?”:英语“这是一只猫。”“这是一只猫吗?”/“颖考叔可谓纯孝也已矣……”,语出《左传·隐公元年》。〗

朝花夕拾/琐记(1926·11·25)

●1-1-1-25

在这学堂里,我才知道世上还有所谓格致*,算学,地理,历史,绘图和体操。生理学并不教,但我们却看到些木版的《全体新论》和《化学卫生论》之类了。……而且从译出的历史上,又知道了日本的维新是大半发端于西方医学的事实。

〖释:“格致”,即“格物致知”,清末指物理、化学等理科课目。〗

呐喊/自序(1923·8·21)

●1-1-1-26

我在N的学堂做学生的时候……一个新的职员到校了,势派非常之大,学者似的,很傲然。可惜他不幸遇见了一个同学叫“沈钊”的,就倒了楣,因为他叫他“沈钧”,以表白自己的不识字。于是我们一见面就讥笑他,就叫他为“沈钧”,并且由讥笑而至于相骂。两天之内,我和十多个同学就迭连记了两小过两大过,再记一小过,就要开除了。但开除在我们那个学校里并不算什么大事件,大堂上还有军令,可以将学生杀头的。

华盖集/忽然想到〔七〕(1925·5·18)

●1-1-1-27

学生所得的津贴,第一年不过二两银子,最

初三个月的试习期内是零用五百文。于是毫无问题，去考矿路学堂＊去了，也许是矿路学堂，已经有些记不真……试验并不难，录取的。

这回不是 It is a cat 了，是 Der Mann，Das Weib，Das Kind＊。汉文仍旧是"颖考叔可谓纯孝也已矣"，但外加《小学集注》＊。论文题目也小有不同，譬如《工欲善其事必先利其器论》，是先前没有做过的。

此外还有所谓格致，地学，金石学，……都非常新鲜。但是还得声明：后两项，就是现在之所谓地质学和矿物学，并非讲舆地＊和钟鼎碑版＊的。只是画铁轨横断面图却有些麻烦，平行线尤其讨厌。但第二年的总办是一个新党＊，他坐在马车上的时候大抵看着《时务报》＊，考汉文也自己出题目，和教员出的很不同。有一次是《华盛顿论》，汉文教员反而惴惴地来问我们道："华盛顿是什么东西呀？……"

〖释："矿路学堂"，全称江南陆师学堂附设矿务铁路学堂。/"Der Mann，Das Weib，Das Kind"，德文"男人，女人，孩子"。/《小学集注》，旧时学塾的初级读物。宋朱熹辑，明陈选注。/"舆地"，即地理学。/"钟鼎碑版"，古代铜器、石刻。对这些文物的研究，叫金石学。/"一个新党"，指倾向维新变法的俞明震。/《时务报》，梁启超等人主办的一份鼓吹维新变法的旬刊。〗

朝花夕拾/琐记（1926·11·25）

●1-1-1-28

十八岁……考入水师学堂了，分在机关科『注：即轮机专业』。大约过了半年我又走出，改进矿路学堂去学开矿，毕业之后，即被派往日本去留学。

集外集/俄文译本《阿Q正传》序及著者自叙传略（1925·6·15）

●1-1-1-29

一到毕业，却又有些爽然若失。爬了几次桅，不消说不配做半个水兵；听了几年讲，下了几回矿洞，就能掘出金银铜铁锡来么？……结果还是一无所能，学问是"上穷碧落下黄泉，两处茫茫皆不见"＊了。所余的还只有一条路：到外国去。

〖释："上穷碧落下黄泉，两处茫茫皆不见"，出唐代白居易长诗《长恨歌》。〗

朝花夕拾/琐记（1926·11·25）

●1-1-1-30

清光绪中，曾有康有为者变过法＊，不成，作为反动，是义和团起事，而八国联军遂入京，这年代很容易记，是恰在一千九百年，十九世纪的结末。于是满清官民，又要维新了，维新有老谱，照例是派官出洋去考察，和派学生出洋去留学。我便是那时被两江总督派赴日本的人们之中的一个……

〖释："康有为变法"，康有为（1858－1927），广东南海人。清末维新运动的领袖。1898年曾推动"戊戌变法"。〗

且介亭杂文末编/因太炎先生而想起的二三事（1937·3·25）

※　※　※

●1-1-1-31

凡留学生一到日本，急于寻求的大抵是新知识。除学习日文，准备进专门的学校之外，就赴会馆，跑书店，往集会，听讲演。

且介亭杂文末编/因太炎先生而想起的二三事（1937·3·25）

●1-1-1-32

那时的留学生中，很有一部分抱着革命的思想，而所谓革命者，其实是种族革命，要将土地从异族的手里取得，归还旧主人。除实行的之外，有些人是办报，有些人是钞旧书。所钞的大抵是中国所没有的禁书，所讲的大概是明末清初的情形，可以使青年猛省的。久之印成了一本书，因为是《湖北学生界》＊的特刊，所以名曰《汉声》，那封面上就题着四句古语：摅怀旧之蓄念，发思古之幽情，光祖宗之玄灵，振大汉之天声！

〖释：《湖北学生界》，1903年创刊于东京的

中文杂志。湖北省的留日学生主办。从第四期起改名《汉声》。〗

而已集/略谈香港（1927·8·13）

●1-1-1-33

留学日本的学生们中的有些人，也在图书馆里搜寻可以鼓吹革命的明末清初的文献。那时印成一大本的有《汉声》，是《湖北学生界》的增刊，面子上题着四句集《文选》* 句："抒怀旧之积念，发思古之幽情"，第三句想不起来了，第四句是"振大汉之天声"。

〖**释：《文选》，南朝梁昭明太子萧统编，又称《昭明文选》。内选秦汉至齐梁间诗文，共三十卷，是我国现存最早的一部诗文总集。**〗

且介亭杂文/病后杂谈之余（1935·3）

●1-1-1-34

在东京的留学生很有学法政理化以至警察工业的，但没有人治文学和美术；可是在冷淡的空气中，也幸而寻到几个同志了，此外又邀集了必须的几个人，商量之后，第一步当然是出杂志，名目是取"新的生命"的意思，因为我们那时大抵带些复古的倾向，所以只谓之《新生》。

《新生》的出版之期接近了，但最先就隐去了若干担当文字的人，接着又逃走了资本，结果只剩下了不名一钱的三个人。创始时候既已背时，失败时候当然无可告语，而其后却连这三个人也都为各自的运命所驱策，不能在一处纵谈将来的好梦了，这就是我们的并未产生的《新生》的结局。

呐喊/自序（1923·8·21）

●1-1-1-35

我在留学时候，只在杂志上登过几篇不好的文章。

集外集拾遗补编/鲁迅自传（1925）

●1-1-1-36

记得自己留学时候，官费每月三十六元，支付衣食学费之外，简直没有赢余，混了几年，所有的书连一壁也遮不满，而且还是杂书……

华盖集续编/杂论管闲事·做学问·灰色等（1926·1·18）

●1-1-1-37

按：《头发的故事》是"小说"，但作品借"先生"的嘴说出了鲁迅本人曾有的经历和体会。

"我出去留学，便剪了辫子，这并没有别的奥妙，只为他太不便当罢了。不料有几位辫子盘在头顶上的同学们便很厌恶我；监督也大怒，说要停了我的官费，送回中国去。"

呐喊/头发的故事（1920·10·10）

●1-1-1-38

我的剪辫……毫不含有革命性，归根结蒂，只为了不便：一不便于脱帽，二不便于体操，三盘在囟门上，令人很气闷。在事实上，无辫之徒，回国以后，默然留长，化为不二之臣者也多得很。

且介亭杂文末编/因太炎先生而想起的二三事（1937·3·25）

●1-1-1-39

我的辫子留在日本，一半给客店里的一位使女做了假发，一半给了理发匠，人是在宣统初年回到故乡来了。一到上海，首先得装假辫子。这时上海有一个专装假辫子的专家，定价每条大洋四元，不折不扣，他的大名，大约那时的留学生都知道。做也真做得巧妙，只要别人不留心，是很可以不出岔子的，但如果人知道你原是留学生，留心研究起来，那就漏洞百出。夏天不能戴帽，也不大行；人堆里要防挤掉或挤歪，也不行。装了一个多月，我想，如果在路上掉了下来或者被人拉下来，不是比原没有辫子更不好看么？索性不装了，贤人说过的：一个人做人要真实。

且介亭杂文/病后杂谈之余（1935·3）

●1-1-1-40

但待到在东京的豫备学校『注：指弘文学院』毕业，我已经决意要学医了，原因之一是因为我确知道了新的医学对于日本的维新有很大的助力。我于是进了仙台医学专门学校，学了两年。

集外集/俄文译本《阿Q正传》序及著者自叙传略（1925·6·15）

●1-1-1-41

我的学籍列在日本一个乡间的医学专门学校『注：指仙台医专』里了。……那时是用了电影，来显示微生物的形状的，因此有时讲义的一段落已完，而时间还没有到，教师便映些风景或时事的画片给学生看，以用去这多余的光阴。

呐喊/自序（1923·8·21）

●1-1-1-42

按：此信收信人蒋抑卮（1875－1940），浙江杭州人。1902年10月赴日留学，1904年回国。1909年1月再度赴日治耳疾。与鲁迅交往较密，曾资助印行《域外小说集》。

校中功课大忙，日不得息。以七时始，午后二时始竣。树人晏起，正与为雠。所授有物理，化学，解剖，组织＊，独乙＊种种学，皆奔逸至迅，莫暇应接。组织、解剖二科，名词皆兼用腊丁＊，独乙，日必暗记，脑力顿疲。幸教师语言尚能领会，自问苟侥幸卒业，或不至为杀人之医。解剖人体已略视之。树人自信性颇酷忍，然目睹之后，胸中亦殊作恶，形状历久犹灼然陈于目前。然观已，即归寓大啮，健饭如恒，差足自喜。同校相处尚善，校内待遇不劣不优。惟往纳学费，则拒不受，彼既不收，我亦不逊。至晚即化为時計＊，入我怀中，计亦良得也。

〖释：组织，组织学，即显微解剖学。/独乙，日语“德意志”，此指德语。/腊丁，即拉丁语。/時計，即怀表。〗

书信/致蒋抑卮〔此信原无标点〕（1904·10·8）

●1-1-1-43

日本同学来访者颇不寡……深入彼学生社会间，略一相度，敢决言其思想行为决不居我震旦＊青年上，惟社交活泼，则彼辈为长。以乐观的思之，黄帝之灵或当不馁欤。

〖释：“震旦”，古代印度人对中国的称呼。〗

书信/致蒋抑卮〔此信原无标点〕（1904·10·8）

●1-1-1-44

其时正当日俄战争＊的时候，关于战事的画片自然也就比较的多了，我在这一个讲堂中，便须常常随喜我那同学们的拍手和喝采。有一回，我竟在画片上忽然会见我久违的许多中国人了，一个绑在中间，许多站在左右，一样是强壮的体格，而显出麻木的神情。据解说，则绑着的是替俄国做了军事上的侦探，正要被日军砍下头颅来示众，而围着的便是来赏鉴这示众的盛举的人们。

这一学年没有完毕，我已经到了东京了，因为从那一回以后，我便觉得医学并非一件紧要事，凡是愚弱的国民，即使体格如何健全，如何茁壮，也只能做毫无意义的示众的材料和看客，病死多少是不必以为不幸的。所以我们的第一要著，是在改变他们的精神……

〖释：“日俄战争”，指日俄于1904年2月－1905年9月在中国东北进行的战争。〗

呐喊/自序（1923·8·21）

●1-1-1-45

我便弃了学籍，再到东京，和几个朋友立了些小计画＊，但都陆续失败了。我又想往德国去，也失败了。终于，因为我的母亲和几个别的人＊很希望我有经济上的帮助，我便回到中国来；这时我是二十九岁。

〖释：“……立了些小计画”，指和周作人、许寿裳等筹办《新生》杂志和从事译介等。/“几个别的人”，指周作人及其妻羽太信子等。〗

集外集/俄文译本《阿Q正传》序及著者自叙传略（1925·6·15）

※　※　※

●1-1-1-46

按：下文出自小说《头发的故事》，假借“我的一位前辈先生N”之嘴述事。

“过了几年，我的家景大不如前了，非谋点事做便要受饿，只得也回到中国来。我一到上海，便买定一条假辫子，那时是二元的市价，带着回家。我的母亲倒也不说什么，然而旁人一见面，便都首先研究这辫子，待到知道是假，就一声冷笑，将我拟为杀头的罪名；我一位本家，还预备去告官，但后来因为恐怕革命党的造反或者要成功，这才中止了。”

“我想，假的不如真的直截爽快，我便索性废了假辫子，穿着西装在街上走。”

“一路走去，一路便是笑骂的声音，有的还跟在后面骂：‘这冒失鬼！’‘假洋鬼子！’”

“我于是不穿洋服了，改了大衫，他们骂得更利害。”

“在这日暮途穷的时候，我的手里才添出一支手杖来，拚命的打了几回，他们渐渐的不骂了。只是走到没有打过的地方还是骂。”

“这件事很使我悲哀……曾经看见日报上登载一个游历南洋和中国的本多博士*的事；这位博士是不懂中国和马来语的，人问他，你不懂话，怎么走路呢？他拿起手杖来说，这便是他们的话，他们都懂！我因此气愤了好几天，谁知道我竟不知不觉的自己也做了，而且那些人都懂了。……”

〖**释：“本多博士”，本多静六**（1866－1952），**日本林学家**。〗

呐喊/头发的故事（1920·10·10）

●1-1-1-47

按：下文出自小说《头发的故事》。

“宣统初年，我在本地的中学校做监学，同事是避之惟恐不远，官僚是防之惟恐不严，我终日如坐在冰窖子里，如站在刑场旁边，其实并非别的，只因为缺少了一条辫子！”

“有一日，几个学生忽然走到我的房里来，说，‘先生，我们要剪辫子了。’我说，‘不行！’‘有辫子好呢，没有辫子好呢？’‘没有辫子好……’‘你怎么说不行呢？’‘犯不上，你们还是不剪上算，——等一等罢。’他们不说什么，撅着嘴唇走出房去；然而终于剪掉了。”

“……第三天，师范学堂的学生忽然也剪下了六条辫子，晚上便开除了六个学生。这六个人，留校不能，回家不得，一直挨到第一个双十节之后又一个多月，才消去了犯罪的火烙印。”

“我呢？也一样，只是元年冬天到北京，还被人骂过几次，后来骂我的人也被警察剪去了辫子，我就不再被人辱骂了；但我没有到乡间去。”

呐喊/头发的故事（1920·10·10）

●1-1-1-48

但这真实的代价真也不便宜，走出去时，在路上所受的待遇完全和先前两样了。我从前是只以为访友作客，才有待遇的，这时才明白路上也一样的一路有待遇。最好的是呆看，但大抵是冷笑，恶骂。小则说是偷了人家的女人，因为那时捉住奸夫，总是首先剪去他辫子的，我至今还不明白为什么；大则指为“里通外国”，就是现在之所谓“汉奸”。我想，如果一个没有鼻子的人在街上走，他还未必至于这么受苦，假使没有了影子，那么，他恐怕也要这样的受社会的责罚了。

我回中国的第一年在杭州做教员，还可以穿了洋服算是洋鬼子；第二年回到故乡绍兴中学去做学监，却连洋服也不行了，因为有许多人是认识我的，所以不管如何装束，总不失为“里通外国”的人，于是我所受的无辫之灾，以在故乡为第一。尤其应该小心的是满洲人的绍兴知府的眼睛，他每到学校来，总喜欢注视我的短头发，和我多说话。

且介亭杂文/病后杂谈之余（1935·3）

●1-1-1-49

学生们里面，忽然起了剪辫风潮了，很有许多人要剪掉。我连忙禁止。他们就举出代表来诘问道：究竟有辫子好呢，还是没有辫子好呢？我的不假思索的答复是：没有辫子好，然而我劝你们不要剪。学生是向来没有一个说我“里通外国”的，但从这时起，却给了我一个“言行不一致”的结语，看不起了。“言行一致”，当然是很有价值的，现在之所谓文学家里，也还有人以这一点自豪，但他们却不知道他们一剪辫子，价值就会集中在脑袋上。轩亭口离绍兴中学并不远，就是秋瑾＊小姐就义之处，他们常走，然而忘却了。

〖释：秋瑾（1875－1907），字璇卿，号竞雄，别号鉴湖女侠，浙江绍兴人。1904年留学日本，先后参加光复会、同盟会，积极献身于反清革命斗争。1906年回国，1907年在绍兴主持大通师范学堂，组织光复军，和徐锡麟策划在浙、皖两省同时起义。徐锡麟起事失败后，她于同年7月13日被捕，15日晨被杀害于绍兴轩亭口。〗

且介亭杂文/病后杂谈之余（1935·3）

●1-1-1-50

“不亦快哉！”——到了一千九百十一年的双十，后来绍兴也挂起白旗来，算是革命了……几个也是没有辫子的老朋友从乡下来，一见面就摩着自己的光头，从心底里笑了出来道：哈哈，终于也有了这一天了。

且介亭杂文/病后杂谈之余（1935·3）

●1-1-1-51

我的爱护中华民国，焦唇敝舌，恐其衰微，大半正为了使我们得有剪辫的自由，假使当初为了保存古迹，留辫不剪，我大约是决不会这样爱它的。

且介亭杂文末编/因太炎先生而想起的二三事（1937·3·25）

●1-1-1-52

按：此信收信人许寿裳（1882－1948），字季黻，又作季茀、季市，浙江绍兴人，教育家。与鲁迅在日本同学，回国后与鲁迅同事并交往多年，是鲁迅的终身密友。

家食既难，它处又无可设法，京华人才多于鲫鱼，自不可入，仆颇欲在它处得一地位，虽远无害，有机会时，尚希代为图之。

书信/致许寿裳〔此信原无标点〕（1911·7·31）

●1-1-1-53

按：下文是鲁迅（字豫才）刊于《越铎日报》的广告。山会师范学校，原名山会初级师范学堂，1912年1月改称绍兴师范学校。“山会”，山阴、会稽二县的简称。

仆已辞去山会师范学校校长。校内诸事业于本月十三日由学务科……交代清楚。凡关于该校事务，以后均希向民事署学务科接洽，仆不更负责任。此白。

集外集拾遗补编/周豫才告白（1912·2·19）

●1-1-1-54

我一回国，就在浙江杭州的两级师范学堂做化学和生理学教员，第二年就走出，到绍兴中学堂去做教务长，第三年又走出，没有地方可去，想在一个书店去做编译员，到底被拒绝了。但革命也就发生，绍兴光复后，我做了师范学校的校长。革命政府在南京成立，教育部长招我去做部员，移入北京，一直到现在＊。近几年，我还兼做北京大学，师范大学，女子师范大学的国文系讲师。

〖释：“教育部长招我去做部员……”，1912年1月中华民国临时政府在南京成立，教育部长蔡元培邀鲁迅赴部任职。5月随临时政府迁至北京。〗

集外集/俄文译本《阿Q正传》序及著者自叙传略（1925·6·15）

（2）北京（1912－1926）

尘海苍茫沉百感，
金风萧瑟走千官。

●1-1-2-1

S会馆＊里有三间屋，相传是往昔曾在院子里的槐树上缢死过一个女人的，现在槐树已经高不可攀了，而这屋还没有人住；许多年，我便寓在这屋里钞古碑＊。客中少有人来，古碑中也遇不到什么问题和主义，而我的生命却居然暗暗的消去了，这也就是我惟一的愿望。夏夜，蚊子多了，便摇着蒲扇坐在槐树下，从密叶缝里看那一点一点的青天，晚出的槐蚕又每每冰冷的落在头颈上。

〖释："S会馆"，指北京宣武门外南半截胡同的绍兴会馆。鲁迅从1912年5月至1919年11月曾住在这里。/"钞古碑"，指搜集、研究中国古代金石拓本。〗

呐喊/自序（1923·8·21）

●1-1-2-2

别后于四日到上海，七日晨抵越中＊，途中尚平安。虽于所见事状，时不惬意，然兴会最佳者，乃在将到未到时也。故乡景物颇无异于四年前，臧否不知所云。

〖释："七日晨抵越中"，鲁迅于1916年12月3日返绍兴探亲，7日抵达。翌年1月7日回到北京。〗

书信/致许寿裳〔此信原无标点〕（1916·12·9）

●1-1-2-3

见过辛亥革命，见过二次革命＊，见过袁世凯＊称帝，张勋＊复辟，看来看去，就看得怀疑起来，于是失望，颓唐得很了。民族主义的文学家在今年的一种小报上说，"鲁迅多疑"，是不错的，我正在疑心这批人们也并非真的民族主义文学者，变化正未可限量呢。不过我却又怀疑于自己的失望，因为我所见过的人们，事件，是有限得很的，这想头，就给了我提笔的力量。

〖释："二次革命"，又称"讨袁之役"。辛亥革命后的1913年3月，窃取临时大总统职位的袁世凯派人暗杀国民党代理理事长宋教仁，准备发动内战。7月，江西都督李烈钧、江苏都督程德全等起兵讨伐袁世凯各地国民党人被迫起兵讨袁。不久均被击溃，孙中山和黄兴被迫逃亡日本。/袁世凯（1859－1916），河南项城人。清末大臣。民国成立后，窃踞了中华民国临时大总统、大总统职位，1916年1月复辟帝制，自称"洪宪皇帝"。同年6月在全国的强烈反对浪潮中死去。/张勋（1854－1923），江西奉新人，北洋军阀。原为清朝提督。民国成立后，他和所部官兵仍留着辫子，表示忠于清王朝。1917年7月1日他在北京扶持清废帝溥仪复辟，7月12日即告失败。〗

南腔北调集/《自选集》自序（1933·3）

●1-1-2-4

那时偶或来谈的是一个老朋友金心异＊，将手提的大皮夹放在破桌上，脱下长衫，对面坐下了，因为怕狗，似乎心房还在怦怦的跳动。

"你钞了这些有什么用？"有一夜，他翻着我那古碑的钞本，发了研究的质问了。

"没有什么用。"

"那么，你钞他是什么意思呢？"

"没有什么意思。"

"我想，你可以做点文章……"

我懂得他的意思了，他们正办《新青年》＊，然而那时仿佛不特没有人来赞同，并且也还没有人来反对，我想，他们许是感到寂寞了，但是说：

"假如一间铁屋子，是绝无窗户而万难破毁的，里面有许多熟睡的人们，不久都要闷死了，然而是从昏睡入死灭，并不顾盼到就死的悲哀。现在你大嚷起来，惊起了较为清醒的几个人，使这不幸的少数者来受无可挽救的临终的苦楚，你倒以为对得起他们么？"

"然而几个人既然起来，你不能说决没有毁坏这铁屋的希望。"

……说到希望，却是不能抹杀的，因为希望是在于将来，决不能以我之必无的证明，来折服了他之所谓可有，于是我终于答应他也做文章了，这便是最初的一篇《狂人日记》。

〖释：金心异，即钱玄同（1887－1939），浙江吴兴人。1908年曾在日本东京与鲁迅同听章太炎讲学。他曾任《新青年》编辑，积极参加五四新文化运动，是著名的文字学家，教授。/《新青年》，1915年9月在上海创刊，倡导新文化运动，鼓吹科学民主。陈独秀主编。1917年1月编辑部迁北京。1918年1月改同人刊物，陈独秀、钱玄同、高一涵、胡适、李大钊等轮流编辑；不久，鲁迅加入编辑部。五四运动期间休刊半年。1919年10月迁回上海。1920年后开始宣传共产主义并成为共产党机关刊物。1923年6月迁广州出版，1926年7月停刊。〗

呐喊/自序（1923·8·21）

●1-1-2-5

明年，在绍之屋为族人所迫，必须卖去，便拟挈眷居于北京，不复有越人安越之想。而近来与绍兴之感情亦日恶，殊不自知其何故也。

书信/致许寿裳〔此信原无标点〕（1919·1·16）

●1-1-2-6

释：此信收信人宋崇义（？–1942），鲁迅在浙江两级师范学堂任教时的学生。后来一直是教师。

仆以为一无根柢学问，爱国之类，俱是空谈；现在要图，实只在熬苦求学，惜此又非今之学者所乐闻也。

书信/致宋崇义（1920·5·4）

●1-1-2-7

部中近事多而且怪，怪而且奇，然又毫无足述，述亦难尽，即述尽之乃又无谓之至，如人为虱子所叮，虽亦是一件事，亦极不舒服，却又无可叙述明之，所谓"现在世界真当仰东石杀＊者"之格言，已发挥精蕴无余，我辈已不能更赘矣。

〖释："仰东石杀"，或作"娘东石杀"，绍兴方言，意同"他妈的"。〗

书信/致许寿裳〔此信原无标点〕（1918·5·29）

●1-1-2-8

部中风气日趋日下，略有人状者已寥寥不多见。……牛献周＊佥事在此娶妻，未几前妻闻风而至，乃诱后妻至奉天，售之妓馆，已而被诉，今方在囹圄，但尚未判决也。作事如此，可谓极人间之奇观，达兽道之极致，而居然出于教育部，宁非幸欤！

〖释：牛献周，1917年6月任北洋政府教育部普通教育司佥事兼第二科科长，后调第四科。1918年8月被免职。〗

书信/致许寿裳〔此信原无标点〕（1918·8·20）

●1-1-2-9

民国十一年秋＊……我穿着厚外套，带了手套的手是插在衣袋里的。那车夫，我相信他是因为磕睡，胡涂，决非章士钊党；但他却在中途用了所谓非常处分，以迅雷不及掩耳之手段，自己跌倒了，并将我从车上摔出。我手在袋里，来不及抵按，结果便自然只好和地母接吻，以门牙为牺牲了。于是无门牙而讲书者半年，补好于十二年之夏……

〖释："民国十一年秋"，应为民国十二年春。具体时间是1923年3月25日。〗

坟/从胡须说到牙齿（1925·11·9）

●1-1-2-10

此次教部裁员＊，他司不知，若在社会司，则办事员之凡日日真来办事者皆去矣，留者之徒，弟仅于发薪时或偶见其面，而平时则杳然，如此，则天下事可知也。

〖释："此次教部裁员"，指1923年12月21日，新任教育总长黄郛实行教育部裁员。〗

书信/致许寿裳（1923·12·10）

●1-1-2-11

按：1924年11月13日，一患精神病的学生杨鄂生，自称"杨树达"，在发病状态中至鲁迅家骚扰。鲁迅误以为"敌人"所为，发表《记"杨树达"君的袭来》。后经人说明真相，又写下《关于杨君袭来事件的辩正》，公开致歉。杨树达（1885–1956），字遇夫，湖南长沙人，语言文字学家，时任北京师范大学教授。

"杨树达"事件之真相，于今盖已知之矣，有一学生之文章，当发表于《语丝》第三之期焉耳。

而真杨树达先生乃首先引咎而道歉焉，亦殊属出我意表之外，而不胜其一同“惶而且恐之至得很”而且又加以“顿首顿首”者也而已夫。

书信/致钱玄同（1924·11·26）

●1-1-2-12

按：此信收信人台静农(1903－1990)，字伯简，安徽霍邱人。作家，未名社成员。当时在北京大学研究所国学门任职，后在多所大学任教。除小说创作外，撰有《关于鲁迅及其著作》。

这次章士钊的举动＊，我倒并不为奇，其实我也太不像官，本该早被免职的了。但这是就我自己一方面而言。至于就法律方面讲，自然非控诉不可，昨天已经在平政院＊投了诉状了。

〖释：“章士钊的举动”，章士钊（1881－1973)，字行严，号孤桐。湖南长沙人。当时的一名政客。早年参加过反清活动。五四时期反对新文化运动。后主办《甲寅》，提倡读经复古。1924－1926年任段祺瑞政府司法总长兼教育总长。因鲁迅支持北京女子师范大学学生运动，章于1925年8月12日呈请段祺瑞免去鲁迅的教育部佥事职务。/“平政院”，北洋政府的行政仲裁机关，1914年设置，直属于总统。8月22日鲁迅向平政院起诉，后胜诉，于1926年1月17日复职。〗

书信/致台静农（1925·8·23）

●1-1-2-13

有论客以为失了“区区佥事”而反对章士钊，确是气量狭小……

在我想来，佥事——文士诗人往往误作签事，今据官书正定——这一个官儿倒也不算怎样“区区”，只要看我免职之后，就颇有些人在那里钻谋补缺，便是一个老大的证据。至于又有些人以为无足轻重者，大约自己现在还不过做几句“说不出”的诗文，所以不知不觉地就来“慷他人之慨”了罢，因为人的将来是想不到的。

华盖集/“碰壁”之余（1925·9·21）

※　※　※

●1-1-2-14

昨得洙邻＊兄函，言：“案＊已于昨日开会通过完全胜利大约办稿呈报得批登公报约尚须两星期也”云云。特以奉闻，并希以电话告知幼渔兄为托。

〖释：洙邻，即寿鹏飞（1873－1961)，鲁迅少年时代的塾师寿镜吾的次子。当时在平政院任记录科主任兼文牍科办事书记。/“案”，指鲁迅向平政院控告章士钊一案。〗

书信/致许寿裳（1926·2·25）

●1-1-2-15

下午，在中央公园里和C君＊做点小工作，突然得到一位好意的老同事的警报，说，部里今天发给薪水了，计三成；但必须本人亲身去领，而且须在三天以内。

否则?

否则怎样，他却没有说。但这是“洞若观火”的，否则，就不给。

……

“去!”我一得警报，便走出公园，跳上车，径奔衙门去。

〖释：C君，指齐寿山（1881－1956)，鲁迅在教育部的同事。当时，他俩一起翻译荷兰作家望·蔼覃的长篇童话《小约翰》。〗

华盖集续编/记“发薪”（1926·8·10）

●1-1-2-16

觅得一位听差，问明了“亲领”的规则，是先到会计科去取得条子，然后拿了这条子，到花厅里去领钱。

就到会计科，一个部员看了一看我的脸，便翻出条子来。我知道他是老部员，熟识同人，负着“验明正身”的重大责任的……其次是花厅了，先经过一个边门，只见上帖纸条道：“丙组”，又有一行小注是“不满百元”。我看自己的条子上，写的是九十九元，心里想，这真是“人生不满百，常怀千岁忧。……”＊同时便直撞进去。看见一个和我差不多大的官，说道这“不满百元”是指全俸而言，我的并不在这里，是在里间。

就到里间，那里有两张大桌子，桌旁坐着几个人，一个熟识的老同事就招呼我了；拿出条子去，签了名，换得钱票，总算一帆风顺。

〖释："人生不满百，常怀千岁忧"，《文选·古诗十九首》句。其中"人生"原为"生年"。〗

华盖集续编/记"发薪"（1926·8·10）

●1-1-2-17

去年章士钊将我免职之后，自以为在地位上已经给了一个打击，连有些文人学士们也喜得手舞足蹈。然而他们究竟是聪明人，看过"满床满桌满地"的德文书＊的，即刻又悟到我单是抛了官，还不至于一败涂地，因为我还可以得欠薪，在北京生活。于是他们的司长刘百昭＊便在部务会议席上提出，要不发欠薪……然而终于也没有通过。

〖释："满床满桌满地"的德文书云云，是陈源吹捧章士钊的话。/刘百昭，湖南武冈人，章士钊的亲信兼打手，当时任教育部专门教育司司长兼北京艺术专门学校校长。〗

华盖集续编/记"发薪"（1926·8·10）

●1-1-2-18

翻开我的简单日记一查，我今年已经收了四回俸钱了：第一次三元；第二次六元；第三次八十二元五角，即二成五，端午节的夜里收到的；第四次三成，九十九元，就是这一次。再算欠我的薪水，是大约还有九千二百四十元，七月份还不算。

华盖集续编/记"发薪"（1926·8·10）

●1-1-2-19

按：此信收信人章廷谦(1901－1981)，笔名川岛，浙江上虞人。北京大学毕业，《语丝》撰稿人之一。后在多所大学任教，著有《和鲁迅相处的日子》等。

五十人案＊，今天《京报》上有名单，排列甚巧，不像谣言……

〖释："五十人案"，三一八惨案后，段祺瑞政府秘密制定了通缉包括鲁迅在内的五十人名单。〗

书信/致章廷谦（1926·4·9）

●1-1-2-20

按：此信收信人李秉中(？－1940)，四川彭山人。曾为北京大学学生。1924年冬入黄埔军校，1926年春去苏联，继赴日本学习军事。后为国民党军官。

从去年以来，我因为喜欢在报上毫无顾忌地发议论，就树敌很多，章士钊之来咬，乃是报应之一端，出面的虽是章士钊，其实黑幕中大有人在。不过他们的计划，仍然于我无损，我还是这样，因为我目下可以用印书所得之版税钱，维持生活。今年春间，又有一般人大用阴谋，想加谋害，但也没有什么效验。只是使我很觉得无聊，我虽然对于上等人向来并不十分尊敬，但尚不料其卑鄙阴险至于如此也。

书信/致李秉中（1926·6·17）

●1-1-2-21

我大约总该老了一点……直到现在，文章还是做，与其说"文章"，倒不如说是"骂"罢。

书信/致李秉中（1926·6·17）

●1-1-2-22

今年秋天，也许要到别的地方去，地方还未定，大约是南边。目的是：一，专门讲书，少问别事（但这也难说，恐怕仍然要说话），二，弄几文钱，以助家用，因为靠版税究竟还不够。家眷不动，自己一人去，期间是少则一年，多则两年，此后我还想仍到热闹地方，照例捣乱。

书信/致李秉中（1926·6·17）

●1-1-2-23

我的住址是"西四，宫门口，西三条胡同，二十一号"……即使我已出京，信寄这里也可以，因为家眷在此，可以转寄的。

书信/致李秉中（1926·6·17）

●1-1-2-24

按：此信收信人魏建功(1901－1980)，字天行，江苏如皋人。语言文字学家。北京大学毕业后留校任教。

到厦门，我总想拖延到八月中旬才动身，其实很有些琐事须小收束，也非拖到那时不可。不过如那边来催，非早去不可，便只好早走。

书信/致魏建功（1926·7·19）

●1-1-2-25

我在北京时，一穷，就到处借钱，不写一个字，到薪俸发放时，才坐下来做文章。

而已集/革命时代的文学（1927·6·12）

（3）厦门（1926－1927）

我以北京为污浊，乃至厦门，现在想来，可谓妄想，大沟不干净，小沟就干净么？

●1-1-3-1

按：鲁迅于1926年8月底离开北京，先到上海，再赴厦门。《两地书》，系鲁迅与景宋（许广平）的通信集。

我于九月一日夜半上船，二日晨七时开，四日午后一时到厦门，一路无风，船很平稳。这里的话，我一字都不懂，只得暂到客寓，打电话给林玉堂＊，他便来接，当晚即移入学校『注：即厦门大学』居住了。

〖**释：即林语堂（1895－1976），原名和乐，后改名玉堂。福建龙溪人，作家，教授。当时任厦门大学文科主任兼国学院秘书。**〗

两地书/厦门－广州（1926·9·4）

●1-1-3-2

此地背山面海，风景佳绝，白天虽暖——约八十七八度『注：指华氏温度。此约合三十一二摄氏度』——夜却凉。四面几无人家，离市面约有十里，要静养倒好的。普通的东西，亦不易买。听差懒极，不会做事也不肯做事，邮政也懒极，星期六下午及星期日都不办事。……我暂住在一间很大的三层楼上，上下虽不便，眺望却佳。学校开课是二十日，还有许多天可闲。

两地书/厦门－广州（1926·9·4）

●1-1-3-3

此地四无人烟，图书馆中书籍不多，常在一处的人，又都是“面笑心不笑”，无话可谈，真是无聊之至。

两地书/厦门－广州（1926·9·12）

●1-1-3-4

四日下午到厦门，即迁入校中，因未悉大略，故未发信，今稍观察，知与我辈所推测者甚为悬殊。玉堂极被掣肘，校长＊有秘书姓孙，无锡人，可憎之至，鬼祟似皆此人所为……此地风景极佳，但食物极劣，语言一字不懂，学生止四百人，寄宿舍中有京调及胡琴声，令人聆之气闷。离市约十余里，消息极不灵通，上海报章，到此常须一礼拜。

〖**释：“校长”，林文庆（1869－1957），曾留学英国。时任厦门大学校长兼国学研究院院长。**〗

书信/致许寿裳（1926·9·7）

●1-1-3-5

我前信似乎说过这里的听差很不好，现在熟识些了，觉得殊不尽然。大约看惯了北京的听差的唯唯从命的，即易觉得南方人的倔强，其实是南方的阶级观念，没有北方之深，所以便是听差，也常有平等言动，现在我和他们的感情已经好起来了，觉得并不可恶。

两地书/厦门－广州（1926·9·14）

●1-1-3-6

茶水很不便，所以我现在少喝茶了，或者这倒是好的。烟卷似乎也比先前少吸。

两地书/厦门－广州（1926·9·14）

●1-1-3-7

我的功课，大约每周当有六小时，因为玉堂希望我多讲，情不可却。其中两点是小说史，无须豫备；两点是专书研究，须豫备；两点是中国文学史，须编讲义。看看这里旧存的讲义，则我随便讲讲就很够了，但我还想认真一点，编成一本较好的文学史。

两地书/厦门－广州（1926·9·14）

●1-1-3-8

此地北伐胜利的消息也甚多，极快人意。报上又常有闽粤风云紧张之说，在此却看不出……

两地书/厦门－广州（1926·9·14）

●1-1-3-9

本校今天行开学礼，学生在三四百人之间，就算作四百人罢，分为豫科及本科七系，每系分三年级，则每级人数之寥寥，亦可想而知。此地不但交通不便，招考极严，寄宿舍也只容四百人，四面是荒地，无屋可租，即使有人要来，也无处可住，而学校当局还想本校发达，真是梦想。大约早先就是没有计画的，现在也很散漫，我们来后，便都搁在须作陈列室的大洋楼上，至今尚无一定住所。听说现正赶造着教员的住所，但何时造成，殊不可知。

两地书/厦门－广州（1926·9·20）

●1-1-3-10

现在的天气正像北京的夏末，虫类多极了，最利害的是蚂蚁，有大有小，无处不至，点心是放不过夜的。蚊子倒不多，大概是我在三层楼上之故；生疟疾的很多，所以校医常给我们吃金鸡那霜＊。霍乱已经减少了；但那街道，却真是坏，其实是在绕着人家的墙下，檐下走，无所谓路的。

〖释：金鸡那霜，即奎宁，抗疟疾药。〗

两地书/厦门－广州（1926·9·20）

●1-1-3-11

我现在如去上课，须走石阶九十六级，来回就是一百九十二级，喝开水也不容易，幸而近来倒已习惯，不大喝茶了。

两地书/厦门－广州（1926·9·20）

●1-1-3-12

我的薪水不可谓不多，教科是五或六小时，也可以算很少，但所谓别的“相当职务”，却太繁，有本校季刊的作文，有本院季刊的作文，有指导研究员的事（将来还有审查），合计起来，很够做做了。学校当局又急于事功，问履历，问著作，问计画，问年底有什么成绩发表，令人看得心烦。其实我只要将《古小说钩沈》拿出去，就可以作为研究教授三四年的成绩了，其余都可以置之不理，但为了玉堂好意请我，所以我除教文学史外，还拟指导一种编辑书目的事，范围颇大，两三年未必能完，但这也只能做到那里算那里了。

两地书/厦门－广州（1926·9·20）

●1-1-3-13

在国学院里，顾颉刚＊是胡适之的信徒，另外还有两三个，似乎是顾荐的，和他大同小异，而更浅薄……我真想不到天下何其浅薄者之多。他们语言无味，夜间还唱留声机，什么梅兰芳之类。

〖释：顾颉刚（1893－1980），江苏苏州人。历史学家。〗

两地书/厦门－广州（1926·9·20）

●1-1-3-14

我在这里，不便则有之，身体却好。此地无人力车，只好坐船或步行，现在已经练得走扶梯百余级，毫不费力了。眠食也都好，每晚吃金鸡那霜一粒，别的药一概未吃。昨日到市去，买了一瓶麦精鱼肝油，拟日内吃它。

两地书/厦门－广州（1926·9·22）

●1-1-3-15

因为此地得开水颇难，所以不能吃散拿吐瑾＊。但十天内外，我要移住教员寄宿舍去了，那时情形又当与此不同，或者易得开水罢。(教员寄宿舍有两所，一所住单身人者曰博学楼，一所住有夫人者曰兼爱楼，不知何人所名，颇可笑。)

〖释："散拿吐瑾"，当时一种补脑健胃药，德国制造。〗

两地书/厦门－广州（1926·9·22）

●1-1-3-16

教科也不算忙，我只六时，开学之结果，专书研究二小时无人选，只剩了文学史，小说史各二小时了。其中只有文学史须编讲义，大约每星期四五千字即可。看这里旧有的讲义和别人的办法，我本只要随便讲讲便够，但感林玉堂的好意，我还想好好的编一编，功罪在所不计。

两地书/厦门－广州（1926·9·22）

●1-1-3-17

看厦大的国学院，越看越不行了。顾颉刚是自称只佩服胡适＊陈源＊两个人的，而潘家洵陈万里黄坚＊三人，皆似他所荐引。黄坚（江西人）尤善兴风作浪……

〖释：胡适（1891－1962），安徽绩溪人。五四新文化运动的代表人物之一，当时任北京大学教授。/陈源（1896－1970），笔名西滢，江苏无锡人。现代评论派的主要成员之一。曾任北京大学教授。/潘家洵陈万里黄坚，此时均为厦门大学国学院教员；其中，潘家洵和黄坚曾在北京女子师范大学与鲁迅同事。〗

两地书/厦门－广州（1926·9·26）

●1-1-3-18

至于我今天所搬的房，却比先前的静多了，房子颇大，是在楼上。……我的房有两个窗门，可以看见山。……还有一样好处，就是到平地只须走扶梯二十四级，比原先要少七十二级了，然而“有利必有弊”，那“弊”是看不见海，只能见轮船的烟通。

两地书/厦门－广州（1926·9·26）

●1-1-3-19

来听我的讲义的学生，一共有二十三人（内女生二人），这不但是国文系的全部，而且还含有英文，教育系的。这里的动物学系，全班只有一人，天天和教员对坐而听讲。

两地书/厦门－广州（1926·9·26）

●1-1-3-20

饭菜可真有点难吃，厦门人似乎不大能做菜也。饭中有沙，其色白，视之莫辨，必吃而后知之。我们近来以十元包饭，加工钱一元，于是而饭中之沙免矣，然而菜则依然难吃也，吃它半年，庶几能惯欤。又开水亦可疑，必须自有火酒灯之类，沸之，然而可以安心者也。否则，不安心者也。

书信/致章廷谦（1926·10·3）

●1-1-3-21

学校颇散漫，盖开创至今，无一贯计画也。学生止三百余人，因寄宿舍满，无可添招。此三百余人分为豫科及本科，本科有七门，门又有系，每系又有年级，则一级之中，寥落可知。弟课堂中约有十余人，据说已为盛况云。

书信/致许寿裳（1926·10·4）

●1-1-3-22

按：此信收信人韦素园(1902－1932)，又名漱园，安徽霍邱人。翻译家。韦丛芜（1905－1978），安徽霍邱人。燕京大学毕业，作家，翻译家。李霁野（1906－1997），又作季野、寄野，安徽霍邱人。作家，翻译家。他们均为未名社成员。

我竟什么也做不出。一者这学校孤立海滨，和社会隔离，一点刺激也没有；二者我因为编讲义，天天看中国旧书，弄得什么思想都没有了，而且仍然没有整段的时间。

书信/致韦素园、韦丛芜、李霁野（1926·10·4）

●1-1-3-23

我在此地，很有一班人当作大名士看，和在北京的提心吊胆时候一比，平安得多，只要自己的心静一静，也未尝不可暂时安住。

两地书/厦门－广州（1926·10·15）

●1-1-3-24

本校情形实在太不见佳，顾颉刚之流已在国学院大占势力，周览（鲠生）＊又要到这里来做法律系主任了，从此现代评论＊色彩，将弥漫厦大。

〖释：周览（周鲠生，1889－1971），湖南长沙人。国际法专家。当时受聘厦大，但未到职。/《现代评论》，1924年12月创刊于北京。1927年移至上海出版。1928年底出至第九卷第二〇九期停刊。主要撰稿人有胡适、陈源（西滢）、王世杰、唐有壬、徐志摩等。〗

两地书/厦门－广州（1926·10·16）

●1-1-3-25

今天又得了朱家骅＊君的电报，是给兼士玉堂和我的，说中山大学已改职（当是"委"字之误）员制，叫我们去指示一切。

〖释：朱家骅（1892－1963），浙江吴兴（今湖州）人，字骝先。教授，政客。1926年曾任中山大学代理校长。〗

两地书/厦门－广州（1926·10·16）

●1-1-3-26

这几天此地正在欢迎两个名人。一个是太虚和尚＊到南普陀来讲经，于是佛化青年会提议，拟令童子军捧花，随太虚行踪而散之，以示"步步生莲花"之意。但此议似未实行，否则，和尚化为潘妃＊，倒也有趣。一个是马寅初＊博士到厦门来演说，所谓"北大同人"，正在发昏章第十一，排班欢迎。我固然是"北大同人"之一，也非不知银行可以发财，然而于"铜子换毛钱，毛钱换大洋"学说，实在没有什么趣味，所以都不加入，一切由它去罢。

〖释：太虚和尚：俗姓吕（1889－1947），当时的中国佛教总会会长、闽南佛学院院长和世界佛教联合会会长。/潘妃，南齐东昏侯的妃子。曾以金莲花贴地行其上，号"步步生莲花"。/马寅初（1882－1982），浙江绍兴人。经济学家，北京大学教授。"铜子换毛钱，毛钱换大洋"是他的经济学理论的戏谑性概括。〗

两地书/厦门－广州（1926·10·20）

●1-1-3-27

此地的几个学生，已组织了一种出版物，叫作《波艇》，要我看稿，已经看了一期，自然是幼稚，但为鼓动空气计，所以仍然怂恿他们出版。

两地书/厦门－广州（1926·10·23）

●1-1-3-28

这学校，就如一坐梁山泊，你枪我剑，好看煞人。北京的学界在都市中挤轧，这里是在小岛上挤轧，地点虽异，挤轧则同。

两地书/厦门－广州（1926·10·23）

●1-1-3-29

虽然是这样的地方，人物却各式俱有，正如一点水，用显微镜看，也是一个大世界。其中有一班"妾妇"们，上面已经说过了，还有希望得爱，以九元一盒的糖果送人的老外国教授；有和著名的美人结婚，三月复离的青年教授；有以异性为玩艺儿，每年一定和一个人往来，先引之而终拒之的密斯先生；有打听糖果所在，群往吃之的好事之徒……世事大概差不多，地的繁华和荒僻，人的多少，都没有多大关系。

两地书/厦门－广州（1926·10·23）

●1-1-3-30

此校大概很和南开＊相像，而有些教授，则惟校长之喜怒是伺，妒别科之出风头，中伤挑眼，无所不至，妾妇之道也。我以北京为污浊，乃至厦门，现在想来，可谓妄想，大沟不干净，小沟就干净么？此胜于彼者，惟不欠薪水而已。

〖释：“南开”，指当时的私立天津南开大学。〗

两地书/厦门－广州（1926·10·23）

●1-1-3-31

北京如大沟，厦门则如小沟也，大沟污浊，小沟独干净乎哉？既有鲁迅，亦有陈源……要做事是难的，攻击排挤，正不下于北京，从北京来的人们，陈源之徒就有。你将来最好是随时预备走路，在此一日，则只要为“薪水”，念兹在兹，得一文算一文，庶几无咎也。

书信/致章廷谦（1926·10·23）

●1-1-3-32

这里的情形，我近来想到了很适当的形容了，是：“硬将一排洋房，摆在荒岛的海边”。学校的精神似乎很像南开，但压迫学生却没有那么利害。

书信/致章廷谦（1926·10·23）

●1-1-3-33

到天暗，我已不到草地上走，连晚上小解也不下楼去了，就用磁的唾壶装着，看没有人时，即从窗口泼下去。这虽然近于无赖，然而他们的设备如此不完全，我也只得如此。

两地书/厦门－广州（1926·10·28）

●1-1-3-34

按：此信收信人时有恒，江苏徐州人。他在1927年8月16日《北新》周刊第四十三、四十四期合刊上发表一篇题为《这时节》的杂感，其中有“久不见鲁迅先生等的对盲目的思想行为下攻击的文字了”，“国民革命正沸腾的时候，我们把鲁迅先生的一切创作……读读，当能给我们以新路的认识”，“我们恳切地祈望鲁迅先生出马。……因为救救孩子要紧呀。”鲁迅因以此文作答。

我在厦门的时候，后来是被搬在一所四无邻居的大洋楼上了，陪我的都是书，深夜还听到楼下野兽“唔唔”地叫。但我是不怕冷静的，况且还有学生来谈谈。然而来了第二下的打击：三个椅子要搬去两个，说是什么先生的少爷已到，要去用了。这时我实在很气愤，便问他：倘若他的孙少爷也到，我就得坐在楼板上么？不行！没有搬去，然而来了第三下的打击，一个教授『注：指顾颉刚』微笑道：又发名士脾气了。厦门的天条，似乎是名士才能有多于一个的椅子的。“又”者，所以形容我常发名士脾气也，《春秋》笔法，先生，你大概明白的罢。还有第四下的打击，那是我临走的时候了，有人说我之所以走，一因为没有酒喝，二因为看见别人的家眷来了，心里不舒服。这还是根据那一次的“名士脾气”的。

而已集/答有恒先生（1927·10·1）

●1-1-3-35

我在这里所担的事情太繁，而且编讲义和作文是不能并立的，所以作文时和作了以后，都觉无聊与苦痛。

书信/致李霁野（1926·10·29）

●1-1-3-36

此地……薪水不愁，而衣食均不便，一一须自经理，又极不便，话也一句不懂，连买东西都难。又无刺戟，思想都停滞了，毫无做文章之意。这样下去，是不行的，所以我现在心思颇活动，想走到别处去。

书信/致韦素园（1926·11·7）

●1-1-3-37

这里就是不愁薪水不发。别的呢，交通不便，消息不灵，上海信的往来也需两星期，书是无论新旧，无处可买。我到此未及两月，似乎住了一年了，文字是一点也写不出。这样下去是不行的，所以我在这里能多久，也不一定……

总之，薪水与创作，是势不两立的。要创作，还是要薪水呢？我现在一时还决不定。

书信/致李霁野（1926·10·29）

●1-1-3-38

我如写点东西，大概于中国怕不无小好处，

不写也可惜；但如果使我研究一种关于中国文学的事，一定也可以说出别人没有见到的话来，所以放下也可惜。但我想，或者还不如做些有益于目前的文章，至于研究，则于余暇时做……

两地书/厦门－广州（1926·11·1）

●1-1-3-39

中大的薪水比厦大少，这我倒并不在意。所虑的是功课多，听说每周最多可至十二小时，而作文章一定也万不能免，即如伏园＊所办的副刊，我一定也就是被用的器具之一，倘再加别的事情，我就又须吃药做文章了。

〖释：伏园，即孙伏园（1894－1966），原名福源，浙江绍兴人。鲁迅任山会初级师范学校校长时的学生。北京大学毕业。新潮社成员。曾任北京《晨报》副刊、《京报》副刊、《语丝》周刊编辑。后曾在厦门大学、中山大学任职。〗

两地书/厦门－广州（1926·11·8）

●1-1-3-40

下午有恳亲会，我向来不赴这种会的，而玉堂的哥哥『注：林玉霖，当时是厦门大学学生指导长』硬拉我去。（玉堂有二兄一弟在校内。这是第二个哥哥，教授兼学生指导员，每开会，他必有极讨厌的演说）我不得已，去了。不料会中他又演说，先感谢校长给我们吃点心，次说教员吃得多么好，住得多么舒服，薪水又这么多，应该大发良心，拼命做事。而校长之如此体贴我们，真如父母一样……。我真就要跳起来，但立刻想到他是玉堂的哥哥，我一翻脸，玉堂必大为敌人所笑，我真是“哑子吃苦瓜”，说不出的苦，火焰烧得我满脸发热。照这里的人看起来，出来反抗的该是我了，但我竟不动，而别一个教员『注：指缪子才，当时的厦门大学哲学系教授』起来驳斥他，闹得不欢而散。

还有希奇的事情。教员里面，竟有对于驳斥他的教员，不以为然的。莫非真以儿子自居，我真莫名其妙。至于玉堂的哥哥，今天开学生周会，他又在演说了，依然如故。他还教“西汉哲学”哩，寃哉西汉哲学，苦哉玉堂。

两地书/厦门－广州（1926·11·18）

※　※　※

●1-1-3-41

我决计至迟于本学期末（阳历正月底）离开这里，到中山大学去。

中大的薪水是二百八十元，可以不搭库券。据朱骝仙对伏园说，另觅兼差，照我现在的收入数也可以想法的，但我却并不计较这一层，实收百余元，大概也已够用，只要不在不死不活的空气里就够了。我想我还不至于完在这样的空气里，到中大后大概也不难择一不很繁杂吃力，而较有益于学校或社会的事。至于厦大，其实是不必请我的，因为我虽颓唐，而他们还比我颓唐得多。

两地书/厦门－广州（1926·11·20）

●1-1-3-42

我看凡有夫人的人，在这里都比别人和气些。顾公太太已到，我觉他比较先前，瘟得多了，但也许是我的神经过敏。

书信/致章廷谦（1926·11·21）

●1-1-3-43

若夫不佞者，情状不同，一有感触，就坐在电灯下默默地想，越想越火冒，而无人浇一杯冷水，于是终于决定曰：仰东硕杀！『注：见1-1-2-7条释』……其实这种“活得弗靠活”，亦不足为训，所以因我要走而以为厦大不可一日居，也并非很好的例证。至于“糟不可言”，则诚然不能为讳，然他们所送聘书上，何尝声明要我们来改良厦大乎？薪水不糟，亦可谓责任已尽也矣。

书信/致章廷谦（1926·11·21）

●1-1-3-44

其实呢，这里也并非一日不可居，只要装聋作哑。校中的教员，谋为“永久教员”者且大有其人。我的脾气太不好，吃了三天饱饭，就要头痛，加以一卷行李一个人，容易作怪，毫无顾忌。

书信/致章廷谦（1926·11·21）

●1-1-3-45

我在此也静不下，琐事太多，心绪很乱，即写回信，每星期须费去两天。周围是像死海一样，实在住不下去，也不能用功，至迟到阴历年底，我决计要走了。

书信/致韦素园（1926·11·21）

●1-1-3-46

这里是死海一样，不愁没饭吃，而令人头痛之事常有，往往反而不想吃饭，宁可走开。

书信/致李霁野（1926·11·23）

●1-1-3-47

为社会方面，则我想除教书外，或者仍然继续作文艺运动，或更好的工作，待面谈后再定。我觉得现在HM＊比我有决断得多，我自到此地以后，仿佛全感空虚，不再有什么意见，而且时有莫名其妙的悲哀，……

〖释：HM，即“害马”。1925年在北京女子师范大学学潮中，校长杨荫榆曾诬称许广平等学生领袖为“害群之马”。故鲁迅有此戏称。〗

两地书/厦门－广州（1926·11·28）

●1-1-3-48

我到此以后，琐事太多，客也多，工夫都耗去了，一无成绩，真是困苦。将来我想躲起来，每星期只定出日期见一两回客，以便有自己用功的时间，倘这样下去，将要毫无长进。

书信/致韦素园（1926·12·5）

●1-1-3-49

在钱下呼吸，实在太苦，苦还不妨，受气却难耐。大约中国在最近几十年内，怕未必能够做若干事，即得若干相当的报酬，干干净净……往往须费额外的力，受无谓的气，无论做什么事都是如此。我想此后只要以工作赚得生活费，不受意外的气，又有点自己玩玩的余暇，就可以算是幸福了。

两地书/厦门－广州（1926·12·2）

●1-1-3-50

到我这里来空谈的人太多，即此一端也就不宜久居于此。

两地书/厦门－广州（1926·12·2）

●1-1-3-51

此间百事须自己经营，繁琐极了，无暇思索；译呢，买不到一本新书，没有材料。这样下去，是要淹死在死海里了，薪水虽不欠，又有何用?

书信/致韦素园（1926·12·8）

●1-1-3-52

按：此信收信人辛岛骁（1903－1967），日本中国文学研究家。

我看厦门就像个死岛，对隐士倒是合适的。

书信/致〈日〉辛岛骁〔译文〕（1926·12·31）

●1-1-3-53

朱家骅又有信来，催我速去，且云教员薪水，当设法加增。但我还是只能于二月初出发。

两地书/厦门－广州（1926·12·15、16）

●1-1-3-54

其实教员的薪水，少一点倒无妨的，只是必须顾到他的居住饮食，并给以相当的尊敬。可怜他们全不知道，看人如一把椅子或一个箱子，搬来搬去，弄不完。于是凡有能忍受而留下的便只有坏种，别有所图，或者是奄奄无生气之辈。

两地书/厦门－广州（1926·12·20）

●1-1-3-55

后天校长请客，我在知单上写了一个“敬谢”，这是在此很少先例的，他由此知道我无留意，听说后天要来访我，我当避开。

两地书/厦门－广州（1926·12·2）

●1-1-3-56

前天，十二月卅一日，我已将正式的辞职书提出，截至当日止，辞去一切职务。这事很给厦大一点震动，因为我在此，与学校的名气有些相关，他们怕以后难于聘人，学生也要减少，所以颇为难。为虚名计，想留我，为干净，省得捣乱计，愿放我走。但无论如何，总取得后者的结果的。

两地书/厦门－广州（1927·1·2）

●1-1-3-57

不到半年，总算又将厦门大学捣乱了一通，跑掉了。我的旧性似乎并不很改。听说这回我的搅乱，给学生的影响颇不小；但我知道，校长是决不会改悔的。他对我虽然很恭敬，但我讨厌他，总觉得他不像中国人，像英国人。

两地书/厦门－广州（1927·1·2）

●1-1-3-58

这些请吃饭的人，有的是佩服我的，在这里，能不顾每月四百元的钱而捣乱的人，已经算英雄。有的是憎而且怕我的，想以酒食封我的嘴，所以席上的情形，煞是好看，简直像敷衍一个恶鬼一样。前天学生送别会上，为厦大未有之盛举，有唱歌，有颂词，忽然将我造成一个连自己也想不到的大人物……

这里的恶势力，是积四五年之久而弥漫的，现在学生们要借我的四个月的魔力来打破它，不知结果如何。

两地书/厦门－广州（1927·1·6）

●1-1-3-59

我本拟学期结束后再走，而种种可恶，令人不耐，所以突然辞职了。不料因此引起一点小风潮，学生忽起改良运动，现正在扩大，但未必能改良，也未必能改坏。

书信/致韦素园（1927·1·8）

●1-1-3-60

这是一个不死不活的学校，大部分是许多坏人，在骗取陈嘉庚＊之钱而分之，学课如何，全所不顾。且盛行妾妇之道，“学者”屈膝于银子面前之丑态，真是好看，然而难受。

〖释：陈嘉庚（1874－1961），福建厦门人。实业家。著名华侨领袖。先后创办集美学校和厦门大学。〗

书信/致韦素园（1927·1·8）

●1-1-3-61

按：此信收信人翟永坤，1925年在北京法政大学读书，1926年转入北京大学。

来信问我在此的生活，我可以回答：没有生活。学校是一个秘密世界，外面谁也不明白内情。据我所觉得的，中枢是“钱”，绕着这东西的是争夺，骗取，斗宠，献媚，叩头。没有希望的。

书信/致翟永坤（1927·1·12）

●1-1-3-62

我本拟学期结束后再走，而种种可恶，令人不耐，所以突然辞职了。不料因此已起一点小风潮，学生忽起改良运动，现正在扩大，但未必能改良，也未必能改坏。

书信/致韦素园（1927·1·8）

●1-1-3-63

厦门大学的职务，我已经都称病辞去了。百无可为，溜之大吉。然而很有几个学生向我诉苦，说他们是看了厦门大学革新的消息而来的，现在不到半年，今天这个走，明天那个走，叫他们怎么办？这实在使我夹脊梁发冷，哑口无言。不料“思想界权威者”或“思想界先驱者”这一顶“纸糊的假冠”＊，竟又是如此误人子弟。

〖释：“思想界权威者”、“思想界先驱者”和“纸糊的假冠”，均为高长虹利用或攻击鲁迅时的词语。〗

华盖集续编/厦门通信（1927·1·15）

●1-1-3-64

现在是十七夜十时，我在“苏州”船中，泊在香港海上……有一个侦探性的学生跟住我。这人大概是厦大校长所派，侦探消息的，因为那边的风潮未平，他怕我帮助学生，在广州活动。我在船上用各种方法斥拒，至于疾声厉色，令他不堪。但是不成功，他终于嬉皮笑脸，谬托知己，并不远离。

两地书/厦门－广州（1927·1·17）

●1-1-3-65

“路漫漫其修远兮，吾将上下而求索。”＊

不料这大口竟夸得无影无踪。逃出北京，躲进厦门，只在大楼上写了几则《故事新编》和十篇《朝花夕拾》。

〖释：“路漫漫其修远兮，吾将上下而求索”，语出屈原《离骚》。鲁迅曾将其题于《彷徨》卷首。〗

南腔北调集/《自选集》自序（1933·3）

---

(4) 广州 (1927)

我是在二七年被血吓得目瞪口呆，离开广东的。

●1-1-4-1

本年一月间我曾去过一回香港，因为跌伤的脚还未全好，不能到街上去闲走，演说一了，匆匆便归……我去讲演的时候，主持其事的人大约很受了许多困难，但我都不大清楚。单知道先是颇遭干涉，中途又有反对者派人索取入场券，收藏起来，使别人不能去听；后来又不许将讲稿登报，经交涉的结果，是削去和改窜了许多。

而已集/略谈香港（1927·8·13）

●1-1-4-2

我到中山大学的本意，原不过是教书。然而有些青年大开其欢迎会＊。我知道不妙，所首先第一回演说，就声明我不是什么“战士”，“革命家”。倘若是的，就应该在北京，厦门奋斗；但我躲到“革命后方”的广州来了，这就是并非“战士”的证据。

不料主席的某先生＊——他那时是委员——接着演说，说这是我太谦虚，就我过去的事实看来，确是一个战斗者，革命者。于是礼堂上劈劈拍拍一阵拍手，我的“战士”便做定了。拍手之后，大家都已走散，再向谁去推辞？我只好咬着牙关，背了“战士”的招牌走进房里去……

〖释：“欢迎会”，其时是1927年1月25日。/“主席的某先生”，指朱家骅。他当时是主持校务的中山大学委员会委员。〗

而已集/通信（1927·10·1）

●1-1-4-3

因为做评论，敌人就多起来，北京大学教授陈源开始发表这“鲁迅”就是我，因此弄到段祺瑞将我撤职，并且还要逮捕我。我只好离开北京，到厦门大学做教授；约有半年，和校长以及别的几个教授冲突了，便到广州，在中山大学做了教务长兼文科教授。

集外集/俄文译本《阿Q正传》序及著者自叙传略〔备考：自传〕（1934·3－4）

●1-1-4-4

我住的是中山大学中最中央而最高的处所，通称“大钟楼”。一月之后，听得一个戴瓜皮小帽的秘书说，才知道这是最优待的住所，非“主任”之流是不准住的。但后来我一搬出，又听说就给一位办事员住进去了，莫名其妙。不过当我住在那里的时候，总还是非主任之流即不准住的地方，所以直到知道办事员搬进去了的那一天为止，我总是常常又感激，又惭愧。

然而这优待室却并非容易居住的所在，至少的缺点，是不很能够睡觉的。一到夜间，便有十多匹——也许二十来匹罢，我不能知道确数——老鼠出现，驰骋文坛，什么都不管。只要可吃的，它就吃，并且能开盒子盖，广州中山大学里非主任之流即不准住的楼上的老鼠，仿佛也特别聪明似的，我在别地方未曾遇到过。到清晨呢，就有“工友”们大声唱歌，——我所不懂的歌。

三闲集/在钟楼上〔夜记之二〕(1927·12·17)

●1-1-4-5

在钟楼上的第二月，即戴了“教务主任”的纸冠＊的时候，是忙碌的时期。学校大事，盖无过于补考与开课也，与别的一切学校同。于是点头开会，排时间表，发通知书，秘藏题目，分配卷子，……于是又开会，讨论，计分，发榜。工友规矩，下午五点以后是不做工的，于是一个事务员请门房帮忙，连夜贴一丈多长的榜。但到第二天的早晨，就被撕掉了，于是又写榜。于是辩论：分数多寡的辩论；及格与否的辩论；教员有无私心的辩论；优待革命青年，优待的程度，我说已优，他说未优的辩论；补救落第，我说权不在我，他说在我，我说无法，他说有法的辩论；试题的难易，我说不难，他说太难的辩论；还有因为有族人在台湾，自己也可以算作台湾人，取得优待“被压迫民族”的特权与否的辩论；还有人本无名，所以无所谓冒名顶替的玄学底辩论……。这样地一天一天的过去，而每夜是十多匹——或二十匹——老鼠的驰骋，早上是三位工友的响亮的歌声。现在想起那时的辩论来，人是多么和有限的生命开着玩笑呵。

〖释：“‘教务主任’的纸冠”，高长虹曾于1926年11月挖苦“鲁迅遂戴其纸糊的权威者的假冠入于身心交病之状态矣”云。〗

三闲集/在钟楼上〔夜记之二〕(1927·12·17)

●1-1-4-6

这里很繁盛，饮食倒极便当；在他处，听得人说如何如何。迨来一看，还是旧的，不过有许多工会而已，并不怎样特别。但民情，却比别处活泼得多。

书信/致韦素园（1927·1·26）

●1-1-4-7

我在这里，被抬得太高，苦极。作文演说的债，欠了许多。阴历正月三日从毓秀山跳下，跌伤了，躺了几天。十七日到香港去演说，被英国人禁止在报上揭载了。真是钉子之多，不胜枚举。

书信/致章廷谦（1927·2·25）

●1-1-4-8

我想不做“名人”了，玩玩。一变“名人”，“自己”就没有了。

书信/致章廷谦（1927·2·25）

●1-1-4-9

中大定于三月二日开学，里面的情形，非常曲折，真是一言难尽，不说也罢。我是来教书的，不意套上了文学系（非科）主任兼教务主任，不但睡觉，连吃饭的工夫也没有了。这样下去，是不行的，我想设法脱卸这些，专门做教员，不知道将来（开学后）可能够。但即使做教员，也不过是五日京兆＊，坐在革命的摇篮之上，随时可以滚出的。

〖释：“五日京兆”，汉张敞为京兆尹，行将卸职，某下属即不到衙办事，并称他为“五日京兆”。〗

书信/致章廷谦（1927·2·25）

●1-1-4-10

我这一个多月，竟如活在旋涡中，忙乱不堪，不但看书，连想想的工夫也没有。

书信/致韦丛芜（1927·3·15）

●1-1-4-11

我太忙，每天胡里胡涂的过去，文章久不作了，连《莽原》＊的稿子也没有寄，想到就很焦急。但住在校内，是不行的，从早十点至夜十点，都有人来找。我想搬出去，晚上不见客，或者可以看点书及作文。明天我想寻房子。

〖释：《莽原》，文艺周刊，鲁迅编辑。1925年4月在北京创刊，附《京报》发行。同年11月

休刊。后改半月刊，由未名社出版，1927 年 12 月停刊。〗

书信/致李霁野（1927·3·17）

※　※　※

●1-1-4-12

我在厦门时，很受几个“现代”派的人排挤，我离开的原因，一半也在此。但我为从北京请去的教员留面子，秘而不说。不料其中之一，终于在那里也站不住，已经钻到此地来做教授。此辈的阴险性质是不会改变的，自然不久还是排挤，营私。我在此的教务，功课，已经够多的了，那可以再加上防暗箭，淘闲气。所以我决计于二三日内辞去一切职务，离开中大。

书信/致李霁野（1927·4·20）

●1-1-4-13

这里现亦大讨其赤＊，中大学生被捕者有四十余人，别处我不知道，报上亦不大纪载。其实这里本来一点不赤，商人之势力颇大，或者远在北京之上。被捕者盖大抵想赤之人而已。

〖释：“这里大讨其赤”，指“四一二”政变后，广州发生的“四一五”大屠杀。〗

书信/致李霁野（1927·4·20）

●1-1-4-14

我这十个月中，屡次升沉，看看人情世态，有趣极了。我现已编好两部旧稿＊，整理出一部译的小说＊。此刻正在译一点日本人的论文，豫备寄给你的，但日内未必完工，因为太长。每日吃鱼肝油，胖起来了，恐怕还要“可恶”几年哩。

〖释：“编好两部旧稿”，指《野草》和《朝花夕拾》；“整理出一部译的小说”，指《小约翰》。〗

书信/致章廷谦（1927·6·12）

●1-1-4-15

现在我已答应了这里市教育局的夏期学术讲演＊，须八月才能动身了。此举无非游戏，因为这是鼻辈＊所不乐闻的。以几点钟之讲话而出风头，使鼻辈又睡不着几夜，这是我的大获利生意。

〖释：“夏期学术讲演”，1927 年夏，广州市教育局主办夏令学术演讲会，鲁迅于 7 月 23、26 日往讲《魏晋风度及文章与药及酒之关系》。/“鼻辈”，顾颉刚鼻红。鲁迅笔下涉及“鼻”处均指顾。〗

书信/致章廷谦（1927·7·17）

●1-1-4-16

有几个学生，因为是我的学生，所以学校还未进妥（近来有些这样的情形，连和我熟识的学生，也会有人疑心他脾气和我相似，喜欢揭穿假面具，所以看得讨厌）。我想陪着他们暂时漂流，到他们有书读了，我再静下来。

书信/致翟永坤（1927·9·19）

●1-1-4-17

想起北京来，觉得也并不坏，而且去年想捉我的“正人君子”＊们，现已大抵南下革命了，大约回去也不妨。

〖释：“正人君子”，指现代评论派的胡适、陈西滢、王世杰等。他们在 1925 年的北京女子师范大学风潮中，站在北洋政府一边，竭力为章士钊迫害学生的行径辩护，攻击鲁迅和学生。这些人多住在北京东吉祥胡同，当时曾被拥护北洋军阀的《大同晚报》赞为“东吉祥胡同派之正人君子”。〗

书信/致翟永坤（1927·9·19）

●1-1-4-18

此地自从捉去了若干学生（不知道数目，几十或百余罢）以后，听说很乐观，已成为中国第一个大学。

书信/致翟永坤（1927·9·19）

●1-1-4-19

我先到上海，无非想寻一点饭，但政，教两界，我想不涉足，因为实在外行，莫名其妙。也许翻译一点东西卖卖罢。

书信/致翟永坤（1927·9·19）

●1-1-4-20

这里的生活费太贵……我想于月底动身了，到上海去。那边较便当，或者也可以卖点文章。这里是什么都不知道。可看的刊物也没有。

书信/致台静农、李霁野（1927·9·22）

●1-1-4-21

访问的，研究的，谈文学的，侦探思想的，要做序，题签的，请演说的，闹得个不亦乐乎。我尤其怕的是演说，因为它有指定的时候，不听拖延。临时到来一班青年，连劝带逼，将你绑了出去。而所说的话是大概有一定的题目的……不得已，也只好起承转合，上台去说几句。但我自有定例：至多以十分钟为限。可是心里还是不舒服，事前事后，我常常对熟人叹息说：不料我竟到“革命的策源地”来做洋八股了。

而已集/通信（1927·10·1）

●1-1-4-22

我在厦门，还只知道一个共产党的总名，到此以后，才知道其中有CP和CY之分＊。一直到近来，才知道非共产党而称为什么Y什么Y的＊，还不止一种。我又仿佛感到有一个团体，是自以为正统，而喜欢监督思想的＊。我似乎也就在被监督之列，有时遇见盘问式的访问者，我往往疑心就是他们。但是否的确如此，也到底摸不清，即使真的，我也说不出名目，因为那些名目，多是我所没有听到过的。

〖释：“CP和CY”，CP是英文“共产党”的缩写，CY是英文“共青团”的缩写。/“什么Y什么Y”，L. Y. 为“左派青年团”，T. Y. 为“三民主义同志社”，都是当时国民党的外围青年组织。/“有一个团体……喜欢监督思想的”，指极右学生团体“士的派”，又称“树的派”。“士的”，即英语Stick（棍棒）。〗

而已集/通信（1927·10·1）

●1-1-4-23

我何尝不想了解广州，批评广州呢，无奈慨自被供在大钟楼上以来，工友以我为教授，学生以我为先生，广州人以我为“外江佬”，孤子特立，无从考查。而最大的阻碍则是言语。

三闲集/怎么写〔夜记之一〕（1927·10·10）

●1-1-4-24

又约半年，国民党北伐分明很顺利，厦门的有些教授就也到广州来了，不久就清党，我一生从未见过有这么杀人的＊，我就辞了职，回到上海……

〖释：“我一生从未见过有这么杀人的”，指1927年广州发生的“四一五”事变。〗

集外集/俄文译本《阿Q正传》序及著者自叙传略〔备考：自传〕（1934·3－4）

●1-1-4-25

我是在二七年被血吓得目瞪口呆，离开广东的……

三闲集/序言（1932·4·24）

（5）上海（1927－1929）

上海的情形，比北京复杂得多，攻击法也不同，须一一对付，真是糟极了。

●1-1-5-1

到此已将十日，不料熟人很多，应酬忙得很。邀我做事的地方也很有，但我想关起门来，专事译著。

狂飙社＊中人似乎很有许多在此，也想活动，而活动不起来，他们是自己弄得站不住的。

〖释：“狂飙社”，高长虹、向培良等人组织的一个文学社团。1924－1926年在北京、上海出过《狂飙》周刊和《狂飙丛书》。《狂飙》周刊存在于1926年10月10日至1927年1月30日，高长虹主编。〗

书信/致台静农、李霁野（1927·10·14）

●1-1-5-2

按：此信收信人廖立峨，原为厦门大学学生。

1927 年 1 月随鲁迅转学中山大学。曾寄居鲁迅处。

这里的情形，我觉得比广州有趣一点，因为各式的人物较多，刊物也有各种，不像广州那么单调。我初到时，报上便造谣言，说我要开书店了，因为上海人惯于用商人眼光看人。也有来请我去教国文的，但我没有答应。

书信/致廖立峨（1927・10・21）

●1-1-5-3

近日又因不得已，担任了劳动大学国文每周一小时，更加颇以为苦矣。

书信/致章廷谦（1927・11・7）

●1-1-5-4

文章也做不出来。现在是在校印《唐宋传奇集》，这是古文，我所选编的，今年可出上册，明年出下册。

书信/致翟永坤（1927・11・18）

●1-1-5-5

我近半年来，教书的趣味，全没有了，所以对于一切学校的聘请，全都推却。只因万不得已，在一个学校里担任了一点钟，但还想辞掉他。

书信/致翟永坤（1927・11・18）

●1-1-5-6

按：此信收信人邵文熔（1877－1942），浙江绍兴人。留学日本。曾在杭州任土木工程师。

昨由大学院函聘为特约撰述员＊，已应之矣。

〖**释**：“特约撰述员”，鲁迅于 1927 年 12 月应当时大学院院长蔡元培之聘任该院特约撰述员。〗

书信/致邵文熔（1927・12・19）

※　※　※

●1-1-5-7

我在上海，大抵译书，间或作文；毫不教书，我很想脱离教书生活。心也静不下，上海的情形，比北京复杂得多，攻击法也不同，须一一对付，真是糟极了。

书信/致台静农（1928・2・24）

●1-1-5-8

日前有友人对我说，西湖曼殊＊坟上题着一首七绝，下署我名，诗颇不通。今天得一封信＊（似是女人），说和我在“孤山别后，不觉多日了”，但我自从搬家入京以后，至今未曾到过杭州。这些事情，常常有，一不小心，也可以遇到危险的。

〖**释**：曼殊（1884－1918），原名苏玄瑛，广东中山人。出家后法号曼殊。文学家。/“今天得一封信”，指上海法政大学女生马湘影来信。〗

书信/致台静农（1928・2・24）

●1-1-5-9

小峰＊之兄（仲丹）昨在客店陪客，被人用手枪打死。大约是来打客人的。他真死得冤枉＊。

今天我寓邻近巡警围捕绑票匪，大打其盒子炮和手枪，我的窗门被击一洞，巡警（西洋人）死一人，匪死二人。我无伤。

〖**释**：小峰，即李小峰（1897－1971），北京大学哲学系毕业，新潮社和语丝社成员，北新书局主持人。/“……真死得冤枉”，李小峰之兄李仲丹当时在一次争风事件中被误杀。〗

书信/致李霁野（1928・3・16）

●1-1-5-10

大约一个多月以前，从开明书店转到 M 女士『注：指马湘影』的一封信，其中有云：

自一月十日在杭州孤山别后，多久没有见面了。前蒙允时常通讯及指导……

我便写了一封回信，说明我不到杭州，已将十年，决不能在孤山和人作别，所以她所看见的，是另一人。两礼拜前，蒙 M 女士和两位曾经听过我的讲义的同学见访，三面证明，知道在孤山者，确是别一“鲁迅”。但 M 女士又给我看题在曼殊师坟旁的四句诗：

我来君寂居，唤醒谁氏魂？

飘萍山林迹，待到它年随公去。

鲁迅游杭　吊老友

曼殊句　　　　一，一〇，十七年。

我于是写信去打听寓杭的H君〖注：指许钦文〗，前天得到回信，说确有人见过这样的一个人，就在城外教书，自说姓周，曾做一本《彷徨》，销了八万部，但自己不满意，不远将有更好的东西发表云云。

中国另有一个本姓周或不姓周，而要姓周，也名鲁迅，我是毫没法子的。但看他自叙，有大半和我一样，却有些使我为难。那首诗的不大高明，不必说了，而硬替人向曼殊说"待到它年随公去"，也未免太专制。"去"呢，自然总有一天要"去"的，然而去"随"曼殊，却连我自己也梦里都没有想到过。但这还是小事情，尤其不敢当的，倒是什么对别人豫约"指导"之类……。

我自到上海以来……忽被推为"前驱"*，忽被挤为"落伍"*，那还可以说是自作自受，管他娘的去。但若再有一个"鲁迅"，替我说教，代我题诗，而结果还要我一个人来担负，那可真不能"有闲，有闲，第三个有闲"*，连译书的工夫也要没有了。

所以这回再登一个启事。要声明的是：我之外，今年至少另外还有一个叫"鲁迅"的在，但那些个"鲁迅"的言动，和我也曾印过一本《彷徨》而没有销到八万本的鲁迅无干。

三月二十七日，在上海。

〖释："前驱"，是高长虹利用鲁迅时的广告用语。/"落伍"：冯乃超（1901－1983），广东南海人。作家。创造社成员。他在《文化批判》创刊号（1928年1月）上发表的《艺术与社会生活》中写道："鲁迅这位老生——若许我用文学的表现——是常从幽暗的酒家的楼头，醉眼陶然地眺望窗外的人生。世人称许他的好处，只是圆熟的手法的一点，然而，他不常追怀过去的昔日，追悼没落的封建情绪，结局他反映的只是社会变革期中的落伍者的悲哀，无聊赖地跟他弟弟说几句人道主义的美丽的说话。隐遁主义！好在他不效Tolstey（按指托尔斯泰）变作卑污的说教人。"/"有闲，有闲，第三个有闲"：成仿吾（1897－1984），笔名石厚生，湖南新化人。文学评论家，创造社主要成员。他在《洪水》第三卷第二十五期（1927年1月）发表的《完成我们的文学革命》一文中，说"鲁迅先生坐在华盖之下正在抄他的小说旧闻"，"是一种以趣味为中心的文艺"，"后面必有一种以趣味为中心的生活基调"；并说，"这种以趣味为中心的生活基调，它所暗示着的是一种在小天地中自己骗自己的自足，它所矜持着的是闲暇，闲暇，第三个闲暇。"〗

三闲集/在上海的鲁迅启事（1928·4·2）

●1-1-5-11

我并不"做"，也不"编"，不过忙是真的。（一）者，《思想，山水，人物》*才校完，现在正校着月刊《奔流》*，北新的校对者靠不住，——你看《语丝》上的错字，缺字有多少——连这些事都要自己做。（二）者，有些生病，而且肺病也说不定，所以做工不能像先前那么多了。

〖释：《思想，山水，人物》，随笔集，日本鹤见祐辅作，鲁迅译。1928年5月上海北新书局出版。/《奔流》，文艺月刊，鲁迅、郁达夫编辑。1928年6月在上海创刊，1929年12月停刊。〗

书信/致章廷谦（1928·5·30）

●1-1-5-12

我前几天的所谓"肺病"，是从医生那里探出来的，他当时不肯详说，后来我用"医学家式"的话问他，才知道几乎要生"肺炎"，但现在可以不要紧了。

书信/致章廷谦（1928·6·6）

●1-1-5-13

我现在只译一些东西，一是应酬，二是糊口。至于创作，却一字也做不出来。近来编印一种月刊叫《奔流》，也是译文多。

书信/致翟永坤（1928·7·10）

●1-1-5-14

北京我很想回去看一看，但不知何时。至于住呢，恐怕未必能久住。我于各处的前途，大概可以援老例知道的。

书信/致翟永坤（1928·7·10）

※　※　※

●1-1-5-15

上海书店有四十余家，一大队新文豪骂了我大半年，而年底一查，拙作销路如常，捏捏脚膀，胖了不少，此则差堪告慰者也。

书信/致章廷谦（1929·1·6）

●1-1-5-16

按：1927年10月鲁迅从广州抵上海，开始与许广平同居。1929年5月13日动身赴北平探望母亲，6月5日返抵上海。

傍晚往燕京大学讲演了一点钟，听的人很多。我照例从成仿吾一直骂到徐志摩，燕大是现代派信徒居多——大约因为冰心在此之故——给我一骂，很吃惊。有些人说，燕大是有钱而请不到好教员，说我可以来此教书了。我答以我奔波多年，现已心粗气浮，不能教书了。小刺猬*，我想，这些优缺，还是让他们绅士们去占有罢，咱们还是漂流几天再说的好。

〖释：“小刺猬”，鲁迅当时对许广平的昵称。〗

两地书/北平－上海（1929·5·22）

●1-1-5-17

傍晚往未名社闲谈，知道燕大学生又在运动我去教书，先令韦丛芜游说，我即拒绝。从芜吞吞吐吐说，彼校国文系主任（幼渔之弟，但非马衡）早疑我未必肯去，因为在南边有唔唔唔……。我答以原因并不在“因为在南边有唔唔唔”，那是也可以同到北边的，我之谢绝，只因为不愿意做教员。

两地书/北平－上海（1929·5·26）

●1-1-5-18

下午到未名社去，晚上他们邀我去吃饭，在东安市场的森隆饭店；七点钟到北大第二院演讲一小时，听者有千余人，大礼堂为之满，大约北平寂寞已久，所以学生们很以这类事为新鲜了。

两地书/北平－上海（1929·5·29）

●1-1-5-19

我本也想明年回平，躲起来用用功，做点东西。但这回回家后，知道颇有几个人暗中抵制，他们大约以为我要来做教员。荐了一个人*，也各处被挤。我看北京学界，似乎已经和现代评论派联合一气了。所以我想不再回去，何苦无端被祸。我出京之前，就是被挤得没饭吃了之故，其实是“落荒而走”了，流来流去，没有送命，那是偶然侥幸。

〖释：“荐了一个人”，指韩侍桁（1908－1987），《语丝》和《奔流》的作者。他当时在日本留学。鲁迅曾托多人为他在北京谋职。〗

书信/致李霁野（1929·7·31）

●1-1-5-20

月前雇一上虞女佣*，乃被男人虐待，将被出售者，不料后来果有许多流氓，前来生擒，而俱为不佞所御退，于是女佣在内而不敢出，流氓在外而不敢入者四五天，上虞同乡会本为无赖所把持，出面索人，又为不佞所御退，近无后文，盖在协以谋我矣。但不佞亦别无善法，只好师徐大总统*之故智，“听其自然”也。

〖释：“上虞女佣”，指王春花。1930年1月由鲁迅代为赎身。/“徐大总统”，指徐世昌（1855－1939），1918－1922年间任北洋政府总统。“听其自然”是其口头禅。〗

书信/致章廷谦（1929·11·8）

（6）上海（1930－1932）

上海实在不是好地方，固然不必把人们都看成虎狼，但也切不可一下子就推心置腹。

●1-1-6-1

老实说罢，我实在很吃力，笔和舌，没有停时，想休息一下也做不到，恐怕要算是很苦的了。

书信/致章廷谦（1930·3·21）

●1-1-6-2

想望休息之心，我亦时时有之，不过一近旋涡，自然愈卷愈紧，或者且能卷入中心，握笔十年，所得的是疲劳与可笑的胜利与无进步，而又下台不得，殊可慨也。

书信/致章廷谦（1930·3·27）

●1-1-6-3

有几种报章，又对我大施攻击，自然是人身攻击，和前两年“革命文学家”攻击我之方法并同，不过这回是“罪孽深重，祸延”孩子，计海婴生后只半岁，而南北报章，加以嘲骂者已有六七次了。

书信/致章廷谦（1930·3·27）

●1-1-6-4

卖文生活，上海情形即大不同，流浪之徒，每较安居者为好。这也是去年“革命文学”所以兴盛的原因。我因偶作梯子，现已不能住在寓里*（但信寄寓中，此时仍可收到）……

〖释：“现已不能住在寓里”，国民党浙江省党部呈请通缉“堕落文人鲁迅等”，鲁迅因此于3月19日离寓。至4月19日返回。〗

书信/致章廷谦（1930·3·27）

●1-1-6-5

我于《彷徨》之后，未作小说，近常从事于翻译，间有短评，涉及时事，而信口雌黄，颇招悔尤，倘不再自检束，不久或将不能更居上海矣。

书信/致李秉中（1930·5·3）

●1-1-6-6

我于前年起，曾编《奔流》『注：《奔流》，见1-1-5-11条释』，已出十五本，现已停顿半年，似书店不愿更印也，不知何意。

书信/致李秉中（1930·5·3）

●1-1-6-7

捉人之说*，曾经有之，避者确不只达夫*一人。但此事似亦不过有些人所想望，而未曾实行。所以现在是各种报上的用笔的攻击，而对于不佞独多，搜集起来，已可以成一小本。

〖释：“捉人之说”，当局开具黑名单准备大逮捕。/“达夫”，指郁达夫；关于郁达夫，见2－3－18－75条释。〗

书信/致章廷谦（1930·5·24）

●1-1-6-8

我近来不编杂志；仍居上海，报载为燕京大学教授，全系谣言。

书信/致李秉中（1930·9·3）

●1-1-6-9

按：此信收信人曹靖华（1897－1987），河南卢氏人，翻译家，未名社成员。早年曾在苏联留学及工作，1922年回国。大革命失败后再次赴苏，在莫斯科和列宁格勒的大学任教；1933年秋回国后，从事翻译并在大学任教。

现已在查缉自由运动*发起人“堕落文人”鲁迅等五十一人*，听说连译作（也许连信件）也都在邮局暗中扣住，所以有一些人，就赶紧拨转马头，离开惟恐不速，于是翻译界也就清净起来，其实这倒是好的。

〖释：“自由运动”，即中国自由运动大同盟，1932年2月成立于上海。鲁迅为发起人之一。/“查缉‘堕落文人’鲁迅等”，国民党浙江省党部和中宣部当时曾有相关举措。〗

书信/致曹靖华（1930·9·20）

●1-1-6-10

我也老下去了，前几天有几个朋友给我做了一回五十岁的纪念*，其实是活了五十年，成绩毫无，我惟希望就是在文艺界，也有许多新的青年起来。

〖释:“五十岁纪念”,鲁迅生日为9月25日。1930年9月17日部分友人通过史沫特莱设宴为鲁迅祝寿。史沫特莱(1890-1950),美国记者、作家。1928年来中国,1929年底开始与鲁迅交往。〗

书信/致曹靖华(1930·9·20)

※ ※ ※

●1-1-6-11

按:此信署名“令斐”,为鲁迅本人曾用笔名。

昨至宝隆医院*看索士*兄病,则已不在院中,据云:大约改入别一病院,而不知其名。……近日浙江亲友有传其病笃或已死者,恐即因出院之故。恐兄亦闻此讹言,为之黯然,故特此奉白。

〖释:“宝隆医院”,德国人在上海开设的医院。/“索士”,鲁迅本人曾用笔名。/“改入别一病院”:1931年1月,柔石等被捕,谣传鲁迅亦被捕或已死。鲁迅发此函,以换住医院暗指出走。〗

书信/致许寿裳〔原信无标点〕(1931·1·21)

●1-1-6-12

小报记者的创作*,几已为在沪友人所信,北平且有电来问,盖通信社亦已电传全国矣。其实此乃一部分人所作之小说,愿我如此,以自快慰……然众口铄金,危邦宜慎,所以我现在也不住在旧寓里了。

〖释:“小报记者的创作”,上海《社会日报》1931年1月20日报道“鲁迅被捕”。〗

书信/致李小峰(1931·1·23)

●1-1-6-13

一九三一年一月,柔石*被捕,在他的衣袋里搜出有我名字的东西来,因此听说就在找我。自然罗,我只得又弃家出走,但这回是心血潮得更加明白,当然先将所有信札完全烧掉了。

〖释:柔石(1902-1931),原名赵平复,浙江宁海人。作家,“左联五烈士”之一。曾与鲁迅共同组织朝花社,并接替鲁迅编辑过《语丝》。〗

两地书/序言(1932·12·16)

●1-1-6-14

这回的谣言,至于广播北方*,致使兄为之忧虑,不胜感荷。上月十七日,上海确似曾拘捕数十人,但我并不详知,此地的大报,也至今未曾登载。后看见小报,才知道有我被拘在内,这时已在数日之后了。然而通信社却已通电全国,使我也成了被拘的人……

但在中国,却确是谣言也足以谋害人的,所以我近来搬了一处地方。

〖释:“谣言广播北方”,1931年1月21日天津《大公报》报道鲁迅“在沪被捕”。〗

书信/致韦素园(1931·2·2)

●1-1-6-15

文人一摇笔,用力甚微,而于我之害则甚大。老母饮泣,挚友惊心。十日以来,几于日以发缄更正为事,亦可悲矣。

书信/致李秉中(1931·2·4)

●1-1-6-16

上月中旬,此间捕青年数十人,其中之一,是我之学生『注:指柔石』。……飞短流长之徒,因盛传我已被捕。通讯社员发电全国,小报记者盛造谰言,或载我之罪状,或叙我之住址,意在讽喻当局,加以搜捕。

书信/致李秉中(1931·2·4)

●1-1-6-17

我自旅沪以来,谨慎备至,几于谢绝人世,结舌无言。然以昔曾弄笔,志在革新。故根源未竭,仍为左翼作家联盟之一员。而上海文坛小丑,遂欲乘机陷之以自快慰。造作蜚语,力施中伤,由来久矣。

书信/致李秉中(1931·2·4)

●1-1-6-18

此时对于文字之压迫甚烈，各种杂志上，至于不能登我之作品，绍介亦很为难。一班乌烟瘴气之“文学家”，正在大作跳舞，此种情景，恐怕是古今他国所没有的。

书信/致曹靖华（1931·2·24）

●1-1-6-19

看日本报，才知道本月七日，枪决了一批青年，其中四个（三男一女＊）是左联里面的，但“罪状”大约是另外一种。

很有些人要将我牵连进去，我所以住在别处已久……

〖释：“三男一女”，指柔石、殷夫、胡也频和冯铿。〗

书信/致曹靖华（1931·2·24）

●1-1-6-20

天津某报曾载我“已经刑讯”，亦颇动旧友之愤。又另有一报，云我之被捕，乃因为“红军领袖”之故云。

〖释：“天津某报……”，天津《益世报》1931年1月21日载“鲁迅被捕……传在沪任红军领袖”；25日该报又载“鲁迅……曾受刑讯”云。〗

书信/致李秉中（1931·3·6）

●1-1-6-21

近数年来，上海群小，一面于报章及口头盛造我之谣言，一面又时有口传，云当局正在索我甚急云云……此间似有一群人，在造空气以图构陷或自快。但此辈为谁，则无从查考。或者上海记者，性质固如此耳。

书信/致李秉中（1931·3·6）

●1-1-6-22

五年前有人将我名开献段公＊，煽其捕治时，遂孑身出走，流寓厦门。复往广州，次至上海……

〖释：段公，指段祺瑞（1864－1936），字芝泉，安徽合肥人。北洋军阀皖系首领。曾随袁世凯创建北洋军，历任北洋政府的陆军总长、国务总理。1924年任北洋政府“临时执政”。1926年屠杀北京爱国群众，酿成三一八惨案。同年4月被冯玉祥国民军驱逐下台。〗

书信/致李秉中（1931·3·6）

●1-1-6-23

近来谣诼稍衰，故已于上月初旬移回旧寓，但能安居至何日，则殊不可知耳。

书信/致李秉中（1931·4·3）

●1-1-6-24

我安善如常，但总在老下去……四月间北新书店被封，于生计颇感恐慌，现北新复开，我的书籍销行如故，所以没有问题了。

书信/致李秉中（1931·6·23）

●1-1-6-25

此地学生们是正在大练义勇军之类，但不久自然就收场，这种情形，已见了好几次了。现在是因为排日，纸张缺乏，书店已多不复印书。

书信/致曹靖华（1931·11·10）

※　※　※

●1-1-6-26

此次事变＊，殊出意料之外，以致突陷火线中，血刃塞途，飞丸入室，真有命在旦夕之概。于二月六日，始得由内山＊君设法，携妇孺走入英租界，书物虽一无取携，而大小幸无恙，可以告慰也。

〖释：“此次事变”，指“一二八事变”：1932年1月28日午夜，日本出动海军陆战队向驻守闸北的中国军队突然进攻。我第十九路军和第五军奋勇抵抗月余，使敌军死伤逾万。3月初，我军陷于腹背受敌，被迫撤退。此次战乱中，鲁迅在北四川路底的寓所临近火线。/内山，即内山完造（1885－1959），1913年来上海，后开设内山书

店。1927 年开始与鲁迅交往。〗

书信/致许寿裳（1932·2·22）

●1-1-6-27

中华连年战争，闻枪炮声多矣，但未有切近如此者，至二月六日，由许多友人之助，始脱身至英租界，一无所携，只自身及妇竖共三人耳。幸俱顽健，可释远念也。现暂寓一书店之楼上，此后仍寓上海，抑归不平，尚毫无头绪，或须视将来情形而定耳。……商务印书馆全部，亦已于二十九日焚毁，但舍弟亦无恙，并闻。

书信/致李秉中（1932·2·29）

●1-1-6-28

旧寓至今日止，闻共中四弹，但未贯通，故书物俱无恙，且亦未遭劫掠。以此之故，遂暂蜷伏于书店楼上，冀不久可以复返，盖重营新寓，为事甚烦，屋少费巨，殊非目下之力所能堪任。倘旧寓终成灰烬，则拟挈眷北上，不复居沪上矣。

书信/致许寿裳（1932·3·2）

●1-1-6-29

被裁*之事，先已得教部*通知，蔡先生如是为之设法，实深感激。惟数年以来，绝无成绩，所辑书籍，迄未印行，近方图自印《嵇康集》，清本略就，而又突陷兵火之内，存佚盖不可知。教部付之淘汰之列，固非不当，受命之日，没齿无怨。

〖释：“被裁”，鲁迅的大学院特约撰述员职于1931 年 12 月被裁。/“教部”，大学院于 1928 年改为教育部。〗

书信/致许寿裳（1932·3·2）

●1-1-6-30

昨去一视旧寓，除震破五六块玻璃及有一二弹孔外，殊无所损失，水电瓦斯，亦已修复，故拟于二十左右，回去居住。但一过四川路桥，诸店无一人开张者，入北四川路，则市廛家屋，或为火焚，或为炮毁，颇荒漠，行人亦复寥寥。

书信/致许寿裳（1932·3·15）

●1-1-6-31

现男等已于十九日回寓，见寓中窗户，亦被炸弹碎片穿破四处，震碎之玻璃，有十一块之多。当时虽有友人代为照管，但究不能日夜驻守，故衣服什物，已有被窃去者，计害马衣服三件，海婴衣裤袜子手套等十件，皆系害马用毛线自编，厨房用具五六件，被一条，被单五六张，合共值洋七十元……惟男则除不见了一柄洋伞之外，其余一无所失，可见书籍及破衣服，偷儿皆看不入眼也。

书信/致母亲（1932·3·20）

●1-1-6-32

时危人贱，任何人在何地皆可死，我又往往适在险境，致令小友远念，感愧实不可言，但实无恙，惟卧地逾月*，略觉无聊耳。百姓将无死所，自在意中……

〖释：“卧地逾月”，一二八事变中，鲁迅全家“俱迁避英租界内山书店支店。十人一室，席地而卧。”3 月 19 日始返寓。〗

书信/致李秉中（1932·3·20）

●1-1-6-33

我已于前日仍回旧寓，门墙虽有弹孔，而内容无损。但鼠窃则已于不知何时惠临，取去妇孺衣被及厨下什物二十余事，可值七十元，属于我个人者，则仅取洋伞一柄。一切书籍，岿然俱存，且似未尝略一翻动，此固甚可喜，然亦足见文章之不值钱矣。

书信/致许寿裳（1932·3·22）

●1-1-6-34

早先我虽很想去日本小住，但现在感到不妥，决定还是作罢为好。第一，现在离开中国，什么情况都无从了解，结果也就不能写作了。第二，既是为了生活而写作，就必定会变成“新闻记者”那样，无论从那一方面看都没有好处。……依我看，日本还不是可以讲真话的地方，一不小心，说不定还会连累你们。再说，倘若为了生活而去写些迎合读者的东西，那最后就要变成真正的“新闻记者”了。

书信/致〈日〉内山完造〔译文〕(1932·4·13)

●1-1-6-35

文学史不过拾集材料而已，倘生活尚平安，不至于常常逃来逃去，则拟于秋间开手整理也。

书信/致李小峰（1932·4·13）

●1-1-6-36

我年必逃走一次＊，但身体顽健如常，可释远念也。

〖释：“年必逃走一次”，鲁迅于1930年3月因参加发起中国自由运动大同盟事被通缉；1931年1月因柔石等人被捕，1932年1月因一二八事变，均曾暂时“逃走”。〗

书信/致台静农（1932·4·23）

●1-1-6-37

至于生活，则因书店销路日减，故版税亦随之而减，此后如何，殊不可知，倘照现状生活，尚足可支持半年，如节省起来，而每月仍有多少收入，则可支持更久，到本月止，北新是尚给我一点版税的，请勿念。

书信/致曹靖华（1932·4·23）

●1-1-6-38

卢布之谣，我是听惯了的。大约六七年前，《语丝》＊在北京说了几句涉及陈源教授和别的“正人君子”们的话的时候，上海的《晶报》上就发表过“现代评论社主角”唐有壬先生的信札，说是我们的言动，都由于墨斯科的命令＊。这又正是祖传的老谱，宋末有所谓“通虏”＊，清初又有所谓“通海”＊，向来就用了这类的口实，害过许多人们的。所以含血喷人，已成了中国士君子的常经，实在不单是他们的识见，只能够见到世上一切都靠金钱的势力。

〖释：《语丝》，文艺性周刊。最初由孙伏园等编辑。1924年11月17日在北京创刊，1927年10月被张作霖查禁。随后移至上海续刊。1930年3月停刊。鲁迅是它的主要撰稿人和支持者之一，并于该刊在上海出版后一度担任过编辑。/“……墨斯科的命令”：唐有壬（1893－1935），湖南浏阳人。《现代评论》的经常撰稿人，后曾任外交部次长，亲日派政客。1926年5月12日上海《晶报》刊载一则《现代评论被收买?》的消息，引用《语丝》七十六期有关《现代评论》收受段祺瑞津贴的文字。唐有壬便于同月18日致函《晶报》辩解道：“现代评论被收买的消息，起源于俄国莫斯科。”此函发表时以《现代评论主角唐有壬致本报书》为题。/“通虏”，“虏”指辽、金、西夏等。/“通海”，“海”指当时在台湾坚持抗清的郑成功。〗

二心集/序言（1932·4·30）

●1-1-6-39

当三〇年的时候，期刊已渐渐的少见，有些是不能按期出版了，大约是受了逐日加紧的压迫。《语丝》和《奔流》，则常遭邮局的扣留，地方的禁止，到底也还是敷延不下去。那时我能投稿的，就只剩了一个《萌芽》＊，而出到五期，也被禁止了，接着是出了一本《新地》。

〖释：《萌芽》，文艺月刊。鲁迅、冯雪峰编辑。1930年1月在上海创刊，从第一卷第三期开始成为“左联”的机关刊物之一。1930年5月出至第一卷第五期被当局禁止，第六期改名《新地月刊》，仅出一期即停刊。〗

二心集/序言（1932·4·30）

●1-1-6-40

我本拟北归，稍省费用，继思北平亦无噉饭处，而是非口舌之多，亦不亚于上海，昔曾身受，今遂踌躇。欲归省，则三人往返川资，所需亦颇不少，今年遂徘徊而终于不动，未可知也。

书信/致李秉中（1932·5·3）

●1-1-6-41

此数月来，日本忽颇译我之小说＊，友人＊

至有函邀至彼卖文为活者，然此究非长策，故已辞之矣，而今而后，颇欲草中国文学史也。

〖释：“日本颇译我之小说”，1932年日本曾出版《鲁迅创作选集》、《鲁迅小说选》集等。/“友人”，指内山完造、增田涉、佐藤春夫等。〗

书信/致许寿裳（1932·5·14）

●1-1-6-42

我住在闸北时候，打来的都是中国炮弹，近的相距不过一丈余，瞄准是不能说不高明的，但不爆裂的居多，听说后来换了厉害的炮火，但那时我已经逃到英租界去了。离炮火较远，但见逃难者之终日纷纷不断，不逃难者之依然兴高采烈，真好像一群无抵抗，无组织的羊。现在我寓的四近又已热闹起来，大约不久便要看不出痕迹。

书信/致台静农（1932·6·18）

●1-1-6-43

上海曾大热，近已稍凉，而文禁如毛，缇骑遍地，则今昔不异，久见而惯，故旅舍或人家被捕去一少年，已不如捕去一鸡之耸人耳目矣。我亦颇麻木，绝无作品，真所谓食菽而已＊。

〖释：“食菽而已”，语出《孟子·告子》。“食菽”，吃饭。〗

书信/致台静农（1932·8·15）

●1-1-6-44

上海近已稍凉，但弟仍一无所作，为啖饭计，拟整理弟与景宋通信＊，付书坊出版以图版税，昨今一看，虽不肉麻，而亦无大意义，故是否编定，亦未决也。

〖释：“弟与景宋通信”，指后来出版的《两地书》。景宋，即许广平。〗

书信/致许寿裳（1932·8·17）

●1-1-6-45

今年正月间炮火下及逃难的生活，似乎费了我精力不少，上月竟患了神经痛，右足发肿如天泡疮，医至现在，总算渐渐的好了起来，而进步甚慢，此大半亦年龄之故，没有法子。

书信/致曹靖华（1932·9·11）

●1-1-6-46

通信『注：指“弟与景宋通信”』正在钞录，尚不到三分之一，全部约当有十四五万字，则抄成恐当在年底。成后我当看一遍并作序，也略需时，总之今年恐不能付印了。

书信/致李小峰（1932·10·20）

●1-1-6-47

我到此后『注：当时鲁迅从上海回北平探母』，紫佩＊，静农，寄野，建功，兼士＊，幼渔＊，皆待我甚好，这种老朋友的态度，在上海势利之邦是看不见的。我已应允他们于星期二（廿二）到北大、辅仁大学各讲演一回，又要到女子学院去讲一回，日子未定。至于所讲，那不消说是平和的，也必不离于文学，可勿远念。

〖释：“紫佩”，即宋琳（1887－1952），字子佩，又作紫佩，浙江绍兴人。鲁迅在浙江两级师范学堂任教时的学生。/“兼士”，指沈兼士（1887－1947），文字学家，早年留学日本，曾任北京大学教授。/“幼渔”，马裕藻（1878－1945），字幼渔，曾留学日本。北京大学教授。〗

书信/致许广平（1932·11·20）

●1-1-6-48

昨天往北大讲半点钟，听者七八百，因我要求以国文系为限，而不料尚有此数；次即往辅仁大学讲半点钟，听者千一二百人，将夕，兼士即在东兴楼招宴，同席十一人，多旧相识，此地人士，似尚存友情，故颇欢畅，殊不似上海文人之反脸不相识也。

书信/致许广平（1932·11·23）

●1-1-6-49

昨天到女子学院讲演，都是一些“毛丫头”，盖无一相识者。明日又有一处讲演，后天礼拜，而因受师大学生之坚邀，只得约于下午去讲。

两地书/北平－上海（1932・11・26）

●1-1-6-50

这一次到北平去，静，霁都看见的，一共住了十六天，讲演了五次，我就回上海来了。

书信/致曹靖华（1932・12・12）

●1-1-6-51

按：此信收信人山本初枝(1898－1966)，日本歌人，中国文学爱好者。1931年与鲁迅结识。

上月十日前后，接到母病重的电报，到北京去了一趟……我在北京呆了十六天，作了五次讲演，颇受教授们的憎恶。

书信/致〈日〉山本初枝〔译文〕(1932・12・15)

●1-1-6-52

一九三〇年我签名于自由大同盟，浙江省党部呈请中央通缉"堕落文人鲁迅等"的时候，我在弃家出走之前，忽然心血来潮，将朋友给我的信都毁掉了。这并非为了消灭"谋为不轨"的痕迹，不过以为因通信而累及别人，是很无谓的，况且中国的衙门是谁都知道只要一碰着，就有多么的可怕。

两地书/序言（1932・12・16）

●1-1-6-53

我此次赴北平，殊不值得纪念，但如你的友人一定要出纪念册，则我希望二事：一，讲演稿的节略，须给我看一看，我可以于极短时期寄还，因为报上所载，有些很错误，今既印成本子，就得改正；二，倘搜罗报上文章，则攻击我的那些，亦须编入，如上海《社会新闻》＊之类，倘北平无此报，我当抄上。

〖**释：《社会新闻》，当局操纵的刊物。**1932**年**10**月创刊于上海，先后出版三日刊、旬刊和半月刊。**1935**年改名《中外问题》，**1937**年**10**月停刊。**〗

书信/致王志之（1932・12・21）

(7) 上海（1933－1935）

沪上实危地，杀机甚多……幸存者大抵偶然耳。

●1-1-7-1

上月底Shaw『注：萧伯纳』来上海，曾轰动一时。我也见了他，彼此略谈了谈。还照了相……我觉得他是个颇有风采的老人。

书信/致〈日〉山本初枝〔译文〕(1933・3・1)

●1-1-7-2

上海仍寂寞，谣言也多。去年底，我本想在今年二月以前写出一个中篇或短篇，但现在已是三月，还一字未写。每天闲着，加上讨厌的杂务也多，以致毫无成绩。不过，用化名写了不少对社会的批评。这些化名已被发现是我，正遭攻击，但亦听之。

书信/致〈日〉山本初枝〔译文〕(1933・3・1)

●1-1-7-3

也许因为我们的寓所朝北，家人总生病。这回另外租了一所朝南的房子，一周内就可迁去。在千爱里旁边的后面，不是有个大陆新村吗，房子就在那里，离内山书店也不远。

书信/致〈日〉山本初枝〔译文〕(1933・4・1)

●1-1-7-4

按：此信收信人内山嘉吉，为内山完造之弟，当时在东京任美术教师。

我们原来的房子朝北，对孩子不适宜，已在一周前迁至施高塔路，仍在内山书店附近。

书信/致〈日〉内山嘉吉〔译文〕(1933・4・19)

●1-1-7-5

按：此信收信人曹聚仁(1900－1972)，浙江浦江人。作家。当时任上海暨南大学教授和《涛声》主编。

我现在真做不出文章来，对于现在该说的话，好像先前都已说过了。近来只是应酬，有些是为了卖钱，想能登，又得为编者设想，所以往往吞吞吐吐。但终于多被抽掉，呜呼哀哉。

书信/致曹聚仁（1933·6·3）

●1-1-7-6

按：此信收信人姚克，原名志伊，字莘农，浙江余杭人。翻译家，剧作家。1933年因协助斯诺翻译鲁迅作品而结识鲁迅。

近来天气大不佳*，难于行路，恐须蛰居若干时，故不能相见。

〖释："天气大不佳"，指形势险恶。杨杏佛即于写此信当天被暗杀。〗

书信/致姚克（1933·6·18）

●1-1-7-7

《落花集》*……序文我想我还是不做好，这里的叭儿狗没有眼睛，不管内容，只要看见我的名字就狂叫一通，做了怕反于本书有损。

〖释：《落花集》，王志之著，后未出版。〗

书信/致王志之（1933·6·26）

●1-1-7-8

按：此信收信人增田涉（1903－1977），日本中国文学研究家。1931年来上海，鲁迅曾为他讲解自己的作品并帮助他翻译《中国小说史略》。

我们都健康，但不常到内山书店去。不能漫谈，虽觉遗憾，但手枪子弹穿进脑子里，则将更遗憾。我大抵在家写些骂人的东西。

书信/致〈日〉增田涉〔译文〕（1933·7·11）

●1-1-7-9

男一切如常，但因平日多讲话，毫不客气，所以怀恨者颇多，现在不大走出外面去，只在寓里看看书，但也仍做文章，因为这是吃饭所必需，无法停止也，然而因此又会遇到危险，真是无法可想。

书信/致母亲（1933·7·11）

●1-1-7-10

日本风景幽美，常常怀念，但看来很难成行。即使去，恐怕也不会让我上陆。

书信/致〈日〉山本初枝〔译文〕（1933·7·21）

●1-1-7-11

按：此信收信人胡今虚，浙江温州人。当时在温州任报纸编辑。

你说我最近二三年来，沈声而且隐藏，这是不确的，事实也许正相反。不过环境和先前不同，我连改名发表文章，也还受吧儿的告密，倘不是"不痛不痒，痛煞痒煞"的文章，我恐怕你也看不见的。

书信/致胡今虚（1933·8·1）

●1-1-7-12

按：此信寄《科学新闻》。按《科学新闻》为周刊，1933年6月24日在北平创刊，同年8月1日出至第四期停刊。为北方左翼文化总同盟刊物。端木蕻良、方殷等编辑。

茅盾*被捕的消息，是不确的；他虽然已被编入该杀的名单*中，但现在还没有事。

这消息，最初载在《微言》*中，这是一种匿名的叭儿所办，专造谣言的刊物，未有事时造谣，倘有人真的被捕被杀的时候，它们倒一声不响了；而这种造谣，也带着淆乱事实的作用。不明真相的人，是很容易被骗的。

〖释：茅盾（1896－1981），即沈雁冰，浙江桐乡人。作家、文学评论家。/"该杀的名单"，当时据披露，特务机关蓝衣社计划暗杀的除杨杏佛外，尚有鲁迅、茅盾等五十二人。/《微言》，周刊。潘公展主办。1933年5月创刊于上海。茅盾被捕的消息最初载该刊第一卷第九期（1933年7月15日）"文坛进行曲"专栏："茅盾有被捕说，确否待证。"〗

书信/致科学新闻社（1933·8·1）

●1-1-7-13

按：此信收信人黎烈文（1904－1972），湖南

湘潭人，翻译家。1932年12月－1934年5月任《申报·自由谈》主编。后任《中流》半月刊编辑。

我的生活，一面是不能动弹，好像软禁在狱室里，一面又琐事却多得很，每月总想打叠一下，空出一段时间来，而每月总还是没有整段的余暇。

书信/致黎烈文（1933·8·3）

●1-1-7-14

做杂感不要紧，有便写，没有便罢，但连续的小说可就难了，至少非常常连载不可，倘不能寄稿时，是非常焦急的。

书信/致黎烈文（1933·8·3）

●1-1-7-15

小说我也还想写，但目下恐怕不行，而且最好是有全稿后才开始登载，不过在近几日内总是写不成的。

书信/致黎烈文（1933·8·3）

●1-1-7-16

近年以来，眼已花，连书亦不能多看，此于专用眼睛如我辈者，实为大害，真令人有退步而至于无用之惧，昔日之日夜校译的事，思之如梦矣。

书信/致曹聚仁（1933·9·1）

●1-1-7-17

自本周起，中国将对全国出版物进行压迫＊。这是必然的，所以也并没什么可怕。然而可能会对我们的经济有影响，从而也影响到生活。但这也无须害怕。

〖释：“本周起对全国出版物进行压迫”，1933年秋，当局进一步查禁进步书刊和普罗文学。〗

书信/致〈日〉山本初枝〔译文〕（1933·9·29）

●1-1-7-18

年来所受迫压更甚，但幸未窒息。先生所揣测的过高。领导决不敢，呐喊助威，则从不辞让。今后也还如此。可以干的，总要干下去。只因精力有限，未能尽如人意，招怨自然不免的了。

书信/致胡今虚（1933·10·28）

●1-1-7-19

我们如常，《自由谈》上仍投稿，但非屡易笔名不可，要印起来，又可以有一本了，但恐无处出版，倘须删改，自己又不愿意，所以只得搁起来。

〖释：《自由谈》，上海《申报》的副刊之一，始办于1911年8月24日，原以刊载鸳鸯蝴蝶派作品为主。1932年12月后，一度革新内容，常刊载有活力的杂文和短评。〗

书信/致姚克（1933·11·5）

●1-1-7-20

新作小说则不能，这并非没有工夫，却是没有本领，多年和社会隔绝了，自己不在旋涡的中心，所感觉到的总不免肤泛，写出来也不会好的。

书信/致姚克（1933·11·5）

●1-1-7-21

最近我的一切作品，不问新旧全被秘密禁止，在邮局里没收了。好像打算把我全家饿死。如人口再繁殖，就更危险了。

书信/致〈日〉增田涉〔译文〕（1933·11·13）

●1-1-7-22

按：此信收信人陶亢德，浙江绍兴人。先后编辑《论语》、《宇宙风》、《人间世》等。

我在寓里不见客，此非他，因既见一客，后来势必至于非广见众客不可，将没有工夫偷懒也。此一节，乞谅察为幸。

书信/致陶亢德（1933·11·13）

●1-1-7-23

上海依然很寂寞，到处呈现不景气，与我初来时大不相同。对文坛和出版的压迫，日益严重，什么都禁止发行……我的全部作品，不论新旧，全在禁止之列。当局的仁政，似乎要饿死我了事。可是，我倒觉得不那么容易死。

书信/致〈日〉山本初枝〔译文〕（1933·11·14）

●1-1-7-24

《伪自由书》已被暗扣，上海不复敢售，北平想必也没有了。此后所作，又盈一册，但目前当不复有书店敢印也。

书信/致姚克（1933·11·15）

●1-1-7-25

按：此信收信人郑振铎（1898－1958），笔名西谛，福建长乐人。作家、文学家，文学研究会发起人之一。曾主编《小说月报》。

这一月来，我的投稿已被封锁，即无聊之文字，亦在禁忌中，时代进步，讳忌随而进步，虽"伪自由"，亦已不准……

书信/致郑振铎（1933·11·20）

●1-1-7-26

风暴正不知何时过去，现在是有加无已，那目的在封锁一切刊物，给我们没有投稿的地方。我尤为众矢之的，《申报》＊上已经不能登载了，而别人的作品，也被疑为我的化名之作，反对者往往对我加以攻击。各杂志是战战兢兢，我看《文学》＊即使不被伤害，也不会有活气的。

〖释：《申报》，中国历史最久的报纸。1872年4月30日创刊于上海，1949年5月26日停刊。/《文学》，月刊，傅东华、郑振铎等编辑。1933年7月在上海创刊，1937年11月停刊。〗

书信/致曹靖华（1933·11·25）

●1-1-7-27

罗兰的评语＊，我想将永远找不到。据译者敬隐渔说，那是一封信，他便寄给创造社——他久在法国，不知道这社是很讨厌我的——请他们发表，而从此就永无下落。

〖释："罗兰的评语"，据1926年3月2日《晨报副刊》载柏生作《罗曼·罗兰评鲁迅》一文，敬隐渔的《阿Q正传》法文译本在法国《欧罗巴》杂志发表前，该刊主编罗曼·罗兰阅读译稿后赞叹："这是一篇明确的富于讽刺的现实主义艺术杰作，……阿Q的可怜的形象将长久地留在人们的记忆里。"〗

书信/致姚克（1933·12·19）

●1-1-7-28

按：此信收信人王熙之，当时甘肃临洮师范学校的教员。

《自由谈》的编辑者是黎烈文先生，我只投稿，但自十一月起，投稿也不能登载了。

书信/致王熙之（1933·12·26）

●1-1-7-29

投稿于《自由谈》，久已不能……《申报月刊》＊上尚能发表，盖当局对于出版者之交情，非对于我之宽典，但执笔之际，避实就虚，顾彼忌此，实在气闷，早欲不作，而与编者是旧相识，情商理喻，遂至今尚必写出少许。

〖释：《申报月刊》，国际时事综合性刊物。1932年7月在上海创刊，1935年12月停刊。〗

书信/致台静农（1933·12·27）

●1-1-7-30

近几年来……《语丝》早经停刊，没有了任意说话的地方，打杂的笔墨，是也得给各个编辑者设身处地地想一想的，于是文章也就不能划一不二，可说之处说一点，不能说之便罢休。即使在电影上，不也有时看得见黑奴怒形于色的时候，一有同是黑奴而手里拿着皮鞭的走过来，便赶紧低下头去么？我也毫不强横。

南腔北调集/题记（1933·12·31）

※　※　※

●1-1-7-31

中国恐怕难以安定。上海的白色恐怖日益猖獗，青年常失踪。我仍在家里，不知是因为没有线索呢，还是嫌我老了，不要我，总之我是平安无事，就姑且活下去罢。

书信/致〈日〉山本初枝〔译文〕(1934·1·11)

●1-1-7-32

按：此信收信人萧三(1896－1983)，湖南湘乡人，诗人。曾在苏联留学和任教，并任中国左翼作家联盟驻莫斯科国际革命作家联盟代表。在苏期间，通过曹靖华介绍与鲁迅通信。

大会＊我早想看一看，不过以现在的情形而论，难以离家，一离家，即难以复返，更何况发表记载，那么，一切情形，只有我一个人知道，不能传给社会，不是失了意义了么？也许还是照旧的在这里写些文章好一点罢。

〖**释**：“大会”，1934年8月召开的苏联作家代表大会，曾向鲁迅发出邀请。〗

书信/致萧三（1934·1·17）

●1-1-7-33

Mr. Katsura『注：指日本人桂太郎』不知所操何业，倘未深知底细，交际当稍小心，盖倘非留学生，则其能居留中国，必有职务也。

书信/致姚克（1934·1·25）

●1-1-7-34

上月此间禁书百四十九种，我的《自选集》在内。我所选的作品，都是十年以前的，那时今之当局，尚未取得政权，而作品中已有对于现在的“反动”，真是奇事也。

书信/致姚克（1934·3·6）

●1-1-7-35

天津报上，谓我已生脑炎＊，致使吾友惊忧，可谓恶作剧；上海小报，则但云我已遁香港＊，尚未如斯之甚也。其实我脑既未炎，亦未生他病，顽健仍如往日。

〖**释**：“报上谓我生脑炎”，1934年3月10日天津《大公报》载鲁迅患“重性脑膜炎”，必须“停笔十年”云。/“小报云我遁香港”，1934年1月30日上海《福尔摩报》载“鲁迅曾入闽”，“因半途得知闽方势倒而转赴香港”云。1933年11月，国民党十九路军将领蔡廷锴、陈铭枢、蒋光鼐和国民党内李济深等在福建发动政变，成立抗日反蒋的“中华共和国人民革命政府”，是为“闽变”，或称“福建事变”，也是鲁迅“入闽”谣传的由来。在蒋介石的猛烈军事进攻下，福建人民政府终至失败。〗

书信/致姚克（1934·3·15）

●1-1-7-36

按：《鲁迅日记》1934年3月16日：“闻天津《大公报》记我患脑炎，戏作一绝寄静农……”，即下面这首诗。

横眉岂夺蛾眉冶，不料仍违众女＊心。

诅咒而今翻异样，无如臣脑故如冰。

〖**释**：“众女”，出屈原《离骚》：“众女嫉余之蛾眉兮，谣诼谓余以善淫”。〗

集外集拾遗/报载患脑炎戏作（1934·3·16）

●1-1-7-37

我一九二四年后的译著，全被禁止（只《两地书》与《笺谱》除外）。

书信/致〈日〉增田涉〔译文〕(1934·3·18)

●1-1-7-38

关于我的大病的谣言，顷始出于奉天之《盛京时报》，而所根据则为“上海函”＊，然则仍是此地之文氓所为。此辈心凶笔弱，不能文战，便大施诬陷与中伤，又无效，于是就诅咒，真如三姑六婆，可鄙亦可恶也。

〖**释**：“《盛京时报》……‘上海函’”，《盛京时报》是日本人中岛正雄1906年10月在沈阳创办的中文报纸。该报1934年2月25日发表《鲁迅停笔十年　脑炎甚剧亦不能写稿》的消息。其中说：“上海函云、左翼作家鲁迅近染脑病亦不能执笔写作、据医生诊称、系脑膜炎之现象、苟不速治、将生危险、并劝氏今后停笔不作任何文章、非休养十年不能痊愈云。”〗

书信/致姚克（1934·3·24）

●1-1-7-39

我……回到上海，想以译作谋生。但因为加入自由大同盟，听说国民党在通缉我了，我便躲起来。此后又加入了左翼作家联盟*，民权同盟*。到今年，我的一九二六年以后出版的译作，几乎全被国民党所禁止。

〖释："左翼作家联盟"，全称中国左翼作家联盟，简称"左联"。1930年3月成立于上海，参加者五十余人，其后有扩大，鲁迅是发起人之一。1936年初宣布解散。/"民权同盟"，即中国民权保障同盟，1932年底成立于上海。宋庆龄为主席，蔡元培、鲁迅和杨杏佛等为副主席。〗

集外集/俄文译本《阿Q正传》序及著者自叙传略〔备考：自传〕（1934·3–4）

●1-1-7-40

向来索居，近则朋友愈少了，真觉得寂寞。

书信/致姚克（1934·4·12）

●1-1-7-41

近来因发胃病，腹痛而无力，躺了几天……

书信/致姚克（1934·4·22）

●1-1-7-42

胃病先前虽不常发，但偶而作痛的时候，一年中也或有的，不过这回时日较长，经服药约一礼拜后，已渐痊愈，医言只要再服三日，便可停药矣，请勿念为要。

书信/致母亲（1934·4·25）

●1-1-7-43

我自己觉得，好像确有什么事即将临头，因为在上海，以他人的生命来做买卖的人颇多，他们时时在制造危险的计划。但我也很警惕，想来是不要紧的。

书信/致〈日〉山本初枝〔译文〕（1934·4·25）

●1-1-7-44

我总常常患病，不大作文，即作也无处用，医生言须卫生，故不大出外，总是躺着的时候多。倘能转地疗养，是很好的，然而又办不到，真是无法也。

书信/致王志之（1934·5·11）

●1-1-7-45

另有文氓，恶劣无极，近有一些人，联合谓我之《南腔北调集》乃受日人万金而作，意在卖国，称为汉奸……我有生以来，未尝见此黑暗的。

书信/致郑振铎（1934·5·16）

●1-1-7-46

拙作《南腔北调集》竟闯了大祸。有两三种刊物（法西斯的?）说此书是我从日本拿了一万元，而送给情报处的，并赐我一个"日探"的尊号。

书信/致〈日〉增田涉〔译文〕（1934·5·19）

●1-1-7-47

我之被指为汉奸，今年是第二次。……今之衮衮诸公及其叭儿，盖亦深知中国已将卖绝，故在竭力别求卖国者以便归罪，如《汗血月刊》之以明亡归咎于东林*，即其微意也。

然而变迁至速，不必一二年，则谁为汉奸，便可一目了然矣。

〖释："……以明亡归咎于东林"，《汗血月刊》第二卷第三期（1933年12月）发表署名"本俊"的文章认为，明末士大夫"卑下无耻"，"附和宦官乱政"，"流于虚矫偏激"，"造成剧烈的党争，贻误抗清之大计"，致使"明朝社稷""便告颠覆"云。〗

书信/致曹聚仁（1934·6·2）

●1-1-7-48

上海的景象和漫谈都较萧条，我大抵闷在家里多。恐怖甚烈，因其没有规律，就被看做一种意外灾害，反而不觉得可怕了。

书信/致〈日〉增田涉〔译文〕（1934·6·7）

●1-1-7-49

通信之事已多，每天总须费去若干时间；二者，也时有须做短评之处，而立言甚难，所以做起来颇慢，也很不自在，不再如先前之能一挥而就了。因此，看文章也不能精细，所以你的小说，也只能大略一看，难以静心校读，有所批评了。如此情形，是不大好的，很想改正一点，但目下还没有法。

书信/致王志之（1934·6·24）

●1-1-7-50

这里近来热极了，我寓的室内九十二度。听说屋外的空中百另二度，地面百三十余度＊云。但我们都好的。

〖释："九十二度……百另二度……百三十余度"，均为华氏温度。换算为摄氏温度，分别约为三十三点三度，三十八点八度和五十五点五度。〗

书信/致曹靖华（1934·6·29）

●1-1-7-51

上海近十日室内九十余度＊，真不可耐，什么也不能做，满身痱子，算是成绩而已。

〖释："九十余度"，指华氏温度。〗

书信/致郑振铎（1934·7·6）

●1-1-7-52

害马亦还好；男亦如常，惟生了许多痱子，搽痱子药亦无大效，盖旋好旋生，非秋凉无法可想也。为销夏起见，在喝啤酒；王贤桢＊小姐的家里又送男杨梅烧一坛，够吃一夏天了。

〖释：王贤桢，即王蕴如。浙江上虞人。周建人夫人。〗

书信/致母亲（1934·7·12）

●1-1-7-53

我现在也不能离开中国。倘用暗杀就可以把人吓倒，暗杀者就会更跋扈起来。他们造谣，说我已逃到青岛，我更非住在上海不可，并且写文章骂他们，还要出版，试看最后到底是谁灭亡。然而我在提防着，内山书店也难得去。暗杀者大概不会到家里来的，请勿念。

书信/致〈日〉山本初枝〔译文〕（1933·7·21）

●1-1-7-54

按：此信收信人韩白罗，世界语学者。当时在太原铁路局工作，业余用晒图方法翻印鲁迅辑印的木刻插图。

《新俄画选》＊已无处买，其实那里面的材料是并不好的。《山民牧唱》＊尚不知何日出版，因为我译译放放，还未译成。

〖释：《新俄画选》，鲁迅编选，收苏联绘画、木刻十三幅。1930年3月出版。/《山民牧唱》，西班牙巴罗哈着短篇小说集，鲁迅重译。〗

书信/致韩白罗（1934·7·27）

●1-1-7-55

我有生以来，从未见过近来这样的黑暗，网密犬多，奖励人们去当恶人，真是无法忍受。非反抗不可。遗憾的是，我已经年过五十。

书信/致〈日〉山本初枝〔译文〕（1934·7·30）

●1-1-7-56

女工又换了一个，是绍兴人，年纪很大，大约可以做得较为长久；领海婴的一个则照旧，人虽固执，但从不虐待小孩，所以我们是不去回复他的。

书信/致母亲（1934·7·30）

●1-1-7-57

按：此信收信人徐懋庸（1910－1977），浙江上虞人。作家，"左联"成员。

我生胃病，没有好，近又加以肚泻，不知是怎么的。

书信/致徐懋庸（1934·8·3）

●1-1-7-58

按：此信收信人伊赛克（H.. R. Issacs），中文名伊罗生，美国人。曾任上海《大美晚报》记者、《中国论坛》主编。1934年他为了译介国现代作品，曾约请鲁迅和茅盾选编短篇小说集《草鞋脚》。

我此刻已不住在家里＊，只留下女人和孩子；但我想，再过几天，我可以回去的。

〖释："我已不住在家里"，当时内山书店两个中国职员因"共党嫌疑"被捕。鲁迅自8月23日起避居千爱里内山完造家，9月中旬返家。〗

书信/致〈美〉伊罗生（1934·8·25）

●1-1-7-59

我们都好的，只是我这几天不在家里，大约须看看情形再回去。

书信/致姚克（1934·8·31）

●1-1-7-60

我一切如前，但因小病，正在医治＊，再有十来天，大约可以全愈，回到家里去了。

〖释："正在医治"，隐指自8月23日至9月中旬避居内山家事。〗

书信/致王志之（1934·9·4）

●1-1-7-61

我因向不交际，与出版界很隔膜，绍介译作，总是碰钉子居多，现在是不敢尝试了。

书信/致王志之（1934·9·4）

●1-1-7-62

经验使我知道，我在受着武力征伐的时候，是同时一定要得到文力征伐的。文人原多"烟士披离纯"『注：意为"灵感"』，何况现在嗅觉又特别发达了，他们深知道要怎样"创作"才合适。这就到了我不批评社会，也不论人，而人论我的时期了……官办的《中央日报》＊讨伐得最早，真是得风气之先，不愧为"中央"；《时事新报》＊正当"全武行"全盛之际，最合时宜，却不免非常昏愦；《大晚报》＊和《大美晚报》＊起来得最晚，这是因为"商办"的缘故，聪明，所以小心，小心就不免迟钝，他刚才决计合伙来讨伐，却不料几天之后就要过年，明年是先行检查书报，以惠商民，另结新样的网，又是一个局面了。

〖释：《中央日报》，国民党中央机关报。1928年2月创刊。当时在南京出版。/《时事新报》，1907年12月在上海创刊，初名《时事报》，后合并于《舆论日报》，改名为《舆论时事报》，1911年5月18日起改名《时事新报》。长时期中先后从属于几种政治势力。1949年5月停刊。/《大晚报》，1932年2月12日创刊于上海。创办人张竹平。后为孔祥熙收买。1949年5月25日停办。/《大美晚报》，1929年4月美国人在上海创办的英文报纸。1933年1月由宋子文出资另出中文版。1949年5月停刊。〗

准风月谈/后记（1934·10·16）

●1-1-7-63

按：此信收信人窦隐夫，"左联"成员。当时任《新诗歌》编辑，请鲁迅为《新诗歌》捐款。

我不能说穷，但说有钱也不对，别处省一点，捐几块钱在现在还不算难事。不过这几天不行，且等一等罢。

书信/致窦隐夫（1934·11·1）

●1-1-7-64

新近和几个朋友出了一本月刊，都是翻译，即名《译文》……

书信/致李霁野（1934·11·7）

●1-1-7-65

按：此信收信人萧军（1907－1988），又名刘军、田军，辽宁锦义人，作家；萧红，原名张迺莹（1911－1942），笔名萧红、悄吟，黑龙江呼兰人，女作家。他俩当时流亡上海，从事文学创作。

他们自己并不统一，所以办法各处不同，上海较宽，有些地方，有谁寄给我信一被查出，发信人就会危险。书是常常被邮局扣去的，外国寄来的杂志，也常常收不到。

书信/致萧军、萧红（1934·11·12）

●1-1-7-66

我天天发热，躺了一礼拜了，好像是流行性

感冒，间天在看医生，大约再有一礼拜，总可以好了。

书信/致曹靖华（1934·11·16）

●1-1-7-67

我已经病了十来天，一天中能做事的力气很有限，所以许多事情都拖下来，不过现在大约要好起来了，全体都已请医生查过，他说我要死的样子一点也没有，所以也请你们放心，我还没有到自己死掉的时候。

书信/致萧军、萧红（1934·11·17）

●1-1-7-68

男因发热，躺了七八天，医生也看不出什么毛病，现在好起来了。大约是疲劳之故……

书信/致母亲（1934·11·18）

●1-1-7-69

卖文为活，和别的职业不同，工作的时间总不能每天一定，闲起来整天玩，一忙就夜里也不能多睡觉，而且就是不写的时候，也不免在想想，很容易疲劳的。此后也很想少做点事情，不过已有这样的一个局面，恐怕也不容易收缩，正如既是新台门＊周家，就必须撑这样的空场面相同。

〖释：“新台门”，鲁迅在绍兴的旧居所在。〗

书信/致母亲（1934·11·18）

●1-1-7-70

我从二十二日起，没有发热，连续三天不发热，流行感冒是算是全好的了，这回足足生了二礼拜病，在我一生中，算是较久的一回。

书信/致曹靖华（1934·11·25）

●1-1-7-71

按：此信收信人刘炜明，当时在新加坡经商，鲁迅作品的读者。

近来虽也化名作文，但并不多，而且印出来时，常被检查官删削，弄得不成样子，不足观了。

书信/致刘炜明（1934·11·28）

●1-1-7-72

尤其是那些诬陷的方法，真是出人意外，譬如对于我的许多谣言，其实大部分是所谓“文学家”造的，有什么仇呢，至多不过是文章上的冲突，有些是一向毫无关系，他不过造着好玩，去年他们还称我为“汉奸”，说我替日本政府做侦探。我骂他时，他们又说我器量小。

书信/致萧军、萧红（1934·12·6）

●1-1-7-73

关于“脑膜炎”……为了这谣言，我记得我曾写过几十封正误信，化掉邮费两块多。

书信/致萧军、萧红（1934·12·10）

●1-1-7-74

按：此信收信人杨霁云（？ －1996），江苏常州人，曾在上海任教。1934年收集、整理鲁迅集外佚文印行《集外集》。以后长期从事鲁迅佚文的收集、研究和出版工作。

一九三一年『注：应为1932年』到北平时，讲演了五回，报上所登的讲词，只有一篇是我自己改正过的，今寄上……但记录人名须删去，因为这是会连累他们的，中国的事情难料得很。

书信/致杨霁云（1934·12·11）

●1-1-7-75

一月前起每天发热，或云西班牙流行感冒，观其固执不已，颇有西班牙气，或不诬也。但一星期前似终于退去，胃口亦渐开，盖非云已愈不可矣。

书信/致曹聚仁（1934·12·11）

●1-1-7-76

我对面的房子里，留声机从早到晚像被掐住了嗓子的猫似地嘶叫着。跟那样的人作邻居，呆上一年就得发疯，实在不好受。

书信/致〈日〉山本初枝〔译文〕（1934·12·13）

●1-1-7-77

各种讲演，除《老调子已经唱完》之外，我

想，还是都不登罢，因为有许多实在记得太不行了，有时候简直我并没有说或是相反的，改起来非重写一遍不可，当时就因为没有这勇气，只好放下，现在更没有这勇气了。

书信/致杨霁云（1934·12·14）

●1-1-7-78

自己真也觉得精神体力，大不如前了，很想到乡下去，连报章都不看，玩它一年半载，然而新近已有国民服役条例*，倘捉我去修公路，那就未免比作文更费力了，这真叫作踞天蹐地。

〖释：“国民服役条例”，1934年12月3日《申报》载，12月2日当局向苏、浙、皖等十六省发出“应即分别规定人民服工役之办法”的通电，内有“征工筑路”“为今日最急之务”和“凡规定应服工役之人，概须亲自应征，不得纵容规避”等语。〗

书信/致杨霁云（1934·12·16）

●1-1-7-79

按：此信收信人赵家璧，作家，出版家。1932－1936年间因出版事务与鲁迅有较多交往。

我曾为《文学》明年第一号作随笔一篇〖注：指《病后杂谈》〗，约六千字，所讲是明末故事，引些古书，其中感慨之词，自不能免。今晚才知道被检查官删去四分之三，只存开首一千余字。由此看来，我即使讲盘古开天辟地神话，也必不能满他们之意，而我也确不能作使他们满意的文章。

书信/致赵家璧（1934·12·25）

●1-1-7-80

检查官们虽宣言不论作者，只看内容，但这种心口如一的君子，恐不常有，即有，亦必不在检查官之中，他们要开一点玩笑是极容易的，我不想来中他们的诡计，我仍然要用硬功对付他们。

书信/致赵家璧（1934·12·25）

●1-1-7-81

按：此信收信人何白涛（1911－1939），当时的上海新华艺术专科学校学生。

近来因为生病，又为生活计，须译著卖钱，许多事情都顾不转了。

书信/致何白涛（1934·12·25）

●1-1-7-82

《准风月谈》尚未公开发卖，也不再公开，但他必要成为禁书。

书信/致萧军、萧红（1934·12·26）

●1-1-7-83

日前做了一篇随笔到文学社去卖钱，七千字，检查官给我删掉了四分之三，只剩一个脑袋，不值钱了。

书信/致萧军、萧红（1934·12·26）

●1-1-7-84

我们都好的。我已经几乎复元，写几千字，也并不觉得劳倦；不过太忙一点，要作点杂文帮帮朋友的忙，但检查时常被删掉；近几月又要帮《译文》；而且每天至少得写四五封信，真是连看书的工夫也没有了。

书信/致曹靖华（1934·12·28）

●1-1-7-85

上海尚暖和，我时常为报刊写点文章，然经检查，才能付印。我拟从明年起和检查官们一战。

书信/致〈日〉增田涉〔译文〕（1934·12·29）

●1-1-7-86

中国的事情，说起来真是一言难尽。从明年起，我想不再在期刊上投稿了。上半年曾在《自由谈》(《申报》)上作文，后来编辑换掉了，便不再投稿；改寄《动向》(《中华日报》)*，而这副刊明年一月一日起就停刊。大约凡是主张改革的文章，现在几乎不能发表，甚至于还带累刊物。所以在日报上，我已经没有发表的地方。至于期刊，我给写稿的是《文学》，《太白》*，《读书生活》*，《漫画生活》*等，有时用真名，有时用公汗，但这些刊物，就是常受压迫的刊物，能出到几期，很说不定的。出版的那几本，也大抵被删削得不成样子。

〖释：《中华日报》和《动向》，《中华日报》，国民党汪精卫改组派办的报纸。1932年4月11日在上海创刊。《动向》为该报副刊之一，1934年4月11日始办，聂绀弩主编。同年12月18日停刊。/《太白》，小品文半月刊，陈望道编辑。上海生活书店发行。存在于1934年9月至1935年9月。/《读书生活》，综合性半月刊，李公朴等编。存在于1934年11月－1936年11月。/《漫画生活》，刊载漫画、杂文的月刊，吴朗西、黄士英等编辑。存在于1934年9月－1935年9月。〗

书信/致刘炜明（1934·12·31）

※　※　※

●1-1-7-87

对出版的压迫实在厉害，而且没有定规，一切悉听检查官的尊意，乱七八糟，简直无法忍受。在中国靠笔来生活颇不容易。自今年起，打算不再写短评，想学点什么。当然就是要学点骂人的本事。

书信/致〈日〉山本初枝〔译文〕（1935·1·4）

●1-1-7-88

年底做了一篇关于明末的随笔，去登《文学》（第一期），并无放肆之处，然而竟被删去了五分之四，只剩了一个头，我要求将这头在第二期登出，聊以示众而已。上海情形，发狂不下于北京。

书信/致郑振铎（1935·1·8）

●1-1-7-89

无论做什么东西，气息总不会改的。见闻也有，但想起来也大抵无聊的居多，自以为可写的，又一定通不过，一时真也决不下，看将来再说罢。

书信/致徐懋庸（1935·1·17）

●1-1-7-90

所说的稿子*，我看是做不来的，这些条件，就等于不许跑，却要走的快。现在上海出版界所要求的，也是这一种文章，我长久不作了。

〖释："所说的稿子"，指所谓政治上进步而政治色彩不明显的文章。〗

书信/致王志之（1935·1·18）

●1-1-7-91

检查也糟到极顶，我自去年底以来，被删削，被不准登，甚至于被扣住原稿，接连的遇到。听说，检查的人，有些是高跟鞋，电烫发的小姐，则我辈之倒运可想矣。

书信/致曹靖华（1935·1·26）

●1-1-7-92

我们都好的，但我总觉得力气不如从前了，记性也坏起来，很想玩他一年半载，不过大抵是不能够的……

书信/致曹靖华（1935·1·26）

●1-1-7-93

按：此信收信人黄源（1906－2003），浙江海盐人。翻译家。曾任《文学》月刊、《译文》月刊编辑。

今天爆竹声好像比去年多，可见复古之盛。十多年前，我看见人家过旧历年，是反对的，现在却心平气和，觉得倒还热闹，还买了一批花炮，明夜要放了。

书信/致黄源（1935·2·3）

●1-1-7-94

《集外集》止抽去十篇，诚为"天恩高厚"，但旧诗如此明白，却一首也不删，则终不免"呆鸟"之讥。阮大铖*虽奸佞，还能作《燕子笺》之类，而今之叭儿及其主人，则连小才也没有，"一代不如一代"，盖不独人类为然也。

〖释：阮大铖（约1587－约1646），明末奸臣，曾作传奇《燕子笺》。〗

书信/致杨霁云（1935·2·4）

●1-1-7-95

被删去五分之四的，即《病后杂谈》，文学社因为只存一头，遂不登，但我是不以悬头为耻的，即去要求登载，现已在二月号《文学》上登出来了。后来又做了一篇，系讲清初删禁中国人文章的事情，其手段大抵和现在相同。这回审查诸公，却自己不删削了，加许多记号，要作者或编辑改定，我即删了一点，仍不满足，不说抽去，也不说可登，吞吞吐吐，可笑之至。终于由徐伯昕『注：当时上海生活书店的经理』手执铅笔，照官意改正，总算通过了……禁止，则禁止耳，但此辈竟连这一点骨气也没有，事实上还是删改，而自己竟不肯负删改的责任，要算是作者或编辑改的。

书信/致杨霁云（1935·2·4）

●1-1-7-96

舍间是向不过年的，不问新旧，但今年却亦借口新年，烹酒煮肉，且买花炮，夜则放之，盖终年被迫被困，苦得够了，人亦何苦不暂时吃一通乎。况且新生活＊自有有力之政府主持，我辈小百姓，大可不必凑趣，自寻枯槁之道也……

〖释：“新生活”，1932年2月19日，蒋介石在南昌提出“新生活运动”，鼓吹以“礼义廉耻”为“生活准则”，并成立“新生活运动促进会”，自任会长，令全国推行。〗

书信/致杨霁云（1935·2·4）

●1-1-7-97

这里的出版，一榻胡涂，有些“文学家”做了检查官，简直是胡闹。去年年底，有一个朋友收集我的旧文字，在印出的集子里所遗漏或删去的，钞了一本，名《集外集》，送去审查。结果有十篇不准印。最奇怪的是其中几篇系十年前的通信，那时不但并无现在之“国民政府”，而且文字和政治也毫不相关。但有几首颇激烈的旧诗，他们却并不删去。

书信/致曹靖华（1935·2·7）

●1-1-7-98

今年我……就是极平常的文章，也常被抽去或删削，不痛快得很。又有暗箭，更是不痛快得很。

书信/致曹靖华（1935·2·7）

●1-1-7-99

前几天大家过年，报纸停刊，从袁世凯那时起，卖国就在这时候，这方法留传至今，我看是关内也在爆竹声中葬送了。

书信/致萧军、萧红（1935·2·9）

●1-1-7-100

孩子大了起来，会闹了；别的琐事又多，会客，看稿子，绍介稿子，还得做些短文，真弄得一点闲工夫也没有，要到半夜里，才可以叹一口气，睡觉。但同人里，仍然有些婆婆妈妈，有些青年则写信骂我，说我毫不肯费神帮别人的忙。其实是照现在的情形，大约体力也就不能持久的了，况且还要用鞭子抽我不止，惟一的结果，只有倒毙。很想离开上海，但无处可去。

书信/致曹靖华（1935·3·23）

●1-1-7-101

我们都好的，但弟仍无力气，而又不能休息，对付各种无聊之事，尤属讨厌，连自己也整天觉得无味了，现在正在想把生活整顿一下。

书信/致曹靖华（1935·4·8）

●1-1-7-102

现在好像到处都不是文章的时代。上海的几个所谓“文学家”，出卖了灵魂，每月也只能拿到六十元，似乎是萝卜或鳁鱼的价钱。我仍在写作，但大多不能付印。无聊的东西倒允许出版，但自己都觉得讨厌。因此，今年大抵只做翻译工作。

书信/致〈日〉山本初枝〔译文〕（1935·4·9）

●1-1-7-103

上海也总是常有流行病，我自去年生了西班

牙感冒以来，身体即大不如前；近来天气不好，又有感冒流行，我的寓里，不病的只有许一个人了，但今天也说没有力气。

书信/致曹靖华（1935·4·23）

●1-1-7-104

近来北四川路邮局有了一个认识我的笔迹的人，凡有寄出书籍，倘是我写封面的，他就特别拆开来看，弄得一塌胡涂，但对于信札，好像还不这样。呜呼，人面的狗，何其多乎!?

书信/致萧军、萧红（1935·4·23）

●1-1-7-105

前日托书店寄上期刊两包，但邮局中好像有着认识我的笔迹的人，凡是我开信面的，他就常常特别拆开来看，这两包也许又被他拆得一塌胡涂了。这种东西，也不必一定负有任务，不过凡有可以欺凌的，他总想欺凌一下；也带些能够发见什么，可以献功得利的野心。

书信/致曹靖华（1935·4·23）

●1-1-7-106

现在的生活，真像拉车一样，卖文为活，亦大不易，连印翻译杂志，也常被检禁，且招谣言；嫉妒者又乘机攻击，因此非常难办。但他们也弄不好，因为译作根本就没有人要看，不过我们却多些麻烦了。

书信/致曹靖华（1935·5·14）

●1-1-7-107

弟一切如常，惟琐事太多，颇以为苦，所遇所闻，多非乐事，故心绪亦颇不舒服。

书信/致曹靖华（1935·5·22）

●1-1-7-108

不知怎的，总是忙，因为有几种刊物，是不能不给以支持的，但有检查，所以要做得含蓄，又要不十分无聊，这正如带了镣铐的进军，你想，怎能弄得好，又怎能不出一身大汗，又怎能不仍然出力不讨好。

书信/致萧军（1935·6·7）

●1-1-7-109

文学社的不先征同意而登广告＊的办法，我看是很不好的；对于我也这样。这样逼出来的成绩，总不见得佳，而且作者要起反感……这不过是一种“商略”，但我不赞成这样的办法。

〖释：“文学社……登广告”，《文学》于1935年6月的《本刊今后的一年计划》中列入了鲁迅的中篇小说，同期预告中又列入鲁迅的散文。〗

书信/致萧军（1935·6·7）

●1-1-7-110

光阴如驶，近来却连一妻一子，也将为累，至于收集书籍之类，更成为身外的长物了。

且介亭杂文二集/《中国小说史略》日本译本序（1935·6·9）

●1-1-7-111

近来不知是由于压迫加剧，生活困难，还是年岁增长，体力衰退之故，总觉得比过去烦忙而无趣。四五年前的悠闲生活，回忆起来，有如梦境……

书信/致〈日〉增田涉〔译文〕（1935·6·10）

●1-1-7-112

按：该信收信人陈此生，时任广西省立师范专科学校教务长。

蒙诸位不弃，叫我赴桂林教书，可游名区，又得厚币，不胜感荷。但我不登讲坛，已历七年，其间一味悠悠忽忽，学问毫无增加，体力却日见衰退。倘再误人子弟，纵令听讲者曲与原谅，自己实不胜汗颜，所以对于远来厚意，只能诚恳的致谢了。

书信/致陈此生（1935·6·17）

●1-1-7-113

我们仍健康，只是我年年瘦下去。年纪大了，生活愈来愈紧张，没有法子想。朋友中有许多人也劝我休息一二年，疗养一下，但也做不到。反正还不至于死罢，目前是放心的。

书信/致〈日〉山本初枝〔译文〕（1935·6·27）

●1-1-7-114

身体还是不行，日见衰弱，医生要我不看书写字，并停止抽烟；有几个朋友劝我到乡下去，但为了种种缘故，一时也做不到。

书信/致萧军（1935·6·27）

●1-1-7-115

按：此信收信人胡风（1902－1985），原名张光人，湖北蕲春人。文艺理论家，“左联”成员。

消化不良，人总在瘦下去，医生要我不看书，不写字，不吸烟——三不主义，如何办得到呢?

书信/致胡风（1935·6·28）

●1-1-7-116

今年也热，我们也都生痱子。我的房里不能装电扇，即能装也无用，因为会把纸张吹动，弄得不能写字，所以我译书的时候，如果有风，还得关起窗户来，这怎能不生痱子。

书信/致萧军（1935·7·16）

●1-1-7-117

上海大热，昨天室内已达九十五度＊，流着汗译《死魂灵》＊，痱子发痒，脑子发胀。

〖释：“九十五度”，华氏温度，约合三十五摄氏度。/《死魂灵》，俄国作家果戈理的中篇小说。〗

书信/致〈日〉致增田涉〔译文〕（1935·7·17）

●1-1-7-118

近来关于我的谣言很多。日本报载我因为要离开中国，张罗旅费，拚命翻译，已生大病，《社会新闻》＊说我已往日本，做“顺民”＊去了。

〖释：《社会新闻》，参阅1-1-6-53条释。/“顺民”，见《社会新闻》第十二卷第三期（1935年7月21日）载孔殷的《左翼文化人物志（一）·鲁迅》：“鲁迅既然投机的投靠共产党左联以求名利双收，同时亦就投机的投靠帝国主义以求生命保障。××书店老板成为他的保护人，最近还保护他到东洋，在那里给他活动疏通，作为帝国保护下的顺民。”〗

书信/致萧军（1935·7·27）

●1-1-7-119

添油的人，我觉得实在少，连孩子来捣乱，也很少有人来领去，给我安静一下，所以我近来的译作，是几乎没有一篇不在焦躁中写成的，这情形大约一时也不能改善。

书信/致萧军（1935·7·29）

●1-1-7-120

现在文章难做，即使讲《死魂灵》，也未必稳当，《文学百题》中做了一篇讲讽刺的『注：指《什么是讽刺?》』，也被扣留了。

现在的时候，心绪不能不坏，好心绪都在别人的心里了……

书信/致曹聚仁（1935·7·29）

●1-1-7-121

按：此信收信人唐弢（1913－1992），浙江镇海人，作家。当时在上海邮局工作，业余从事杂文写作。

审查诸公的删掉关于我的文章，为时已久，他们是想把我的名字从中国驱除，不过这也是一种颇费事的工作。

书信/致唐弢（1935·8·26）

●1-1-7-122

按：此信收信人孟十还，曾留学苏联，《译文》的经常投稿者。1936年曾主编《作家》月刊。

这回译《死魂灵》，将两种日译，和德译对比了一下，发见日译本错误很多……大约是日本的译者也因为经济关系，所以只得草率，无暇仔细的推敲。倘无原文可对，只得罢了，现既有，自然必须对比，改正的。

书信/致孟十还（1935·9·8）

●1-1-7-123

年来因体弱多病，忙于打杂，早想休息一下，不料今年仍不能，但仍想于明年休息，先来逐渐减少事情……

书信/致王志之（1935·9·19）

●1-1-7-124

按：此信收信人孔另境(1904－1972)，原名孔令俊，字若君，浙江桐乡人，文学工作者。

我的写信，一向不留稿子，而且别人给我的信，我也一封都不存留的，这是鉴于六七年前的前车＊……

〖释：“六七年前的前车”，当指1930、1931年鲁迅两度因白色恐怖而销毁友人来信。〗

书信/致孔另境（1935·11·1）

●1-1-7-125

近来谣言大炽＊，四近居人，大抵迁徙，景物颇已寂寥，上海人已是惊弓之鸟，固不可诋为“庸人自扰”。但谣言则其实大抵无根，所以我没有动，观仓皇奔走之状，黯然而已。

〖释：“近来谣言大炽……”，1935年11月9日，日本水兵中山秀雄在上海被暗杀，于是盛传日军即将进攻上海。〗

书信/致台静农（1935·11·15）

●1-1-7-126

这几天四近逃得一榻胡涂。铺子没有生意，也大有关门之势。孩子的幼稚园里，原有十五人，现在连先生的小妹子一共只剩了三个了，要关门大吉也说不定。

书信/致萧军、萧红（1935·11·16）

●1-1-7-127

顾北事＊正亦未可知，我疑必骨奴而肤主，留所谓面子，其状与战区同，珍籍南迁，似未确，书籍价不及钟鼎＊，迁之何为……

上海亦曾大迁避，或谓将被征，或谓将征彼，纷纷奔窜，汽车价曾至十倍，今已稍定，而邻人十去其六七，入夜阒寂，如居乡村，盖亦“闲适”之一境，惜又不似“人间世”耳。

〖释：“北事”，指1935年11月“华北五省自治”。/“珍籍……价不及钟鼎”，1933年1月日本侵占山海关后，当局曾将部分钟鼎等文物从北平迁至南京、上海。〗

书信/致台静农（1935·12·3）

●1-1-7-128

近来大抵是先什么都不想，在桌前一坐，把笔塞在手里。这样一来，自然而然地就写出了费解的东西，也就是说，做出了所谓的文章，有时人是可以变成机器的。一旦变成了机器，颇觉无聊，没办法，就去看电影。

书信/致〈日〉山本初枝〔译文〕(1935·12·3)

●1-1-7-129

我仍很忙，因为不得不写。但苦于没东西可写，想写的则又不能发表。

书信/致〈日〉山本初枝〔译文〕(1935·12·3)

●1-1-7-130

按：此信收信人王冶秋(1910－1987)，安徽霍邱人，文化工作者。当时在天津失业。

《新文学大系》＊是我送的，不要还钱，因为几张“国币”，在我尚无影响，你若拿出，则冤矣。此书约编辑十人，每人编辑费三百，序文每千字十元，化钱不可谓不多，但其中有几本颇草草，序文亦无可观也。

〖释：《新文学大系》，即《中国新文学大系》，赵家璧主编。其《小说二集》由鲁迅编选并作序。〗

书信/致王冶秋（1935·12·4）

●1-1-7-131

我一向很少生病，上月却生了一点点。开初是每晚发热，没有力，不想吃东西，一礼拜不肯好，只得看医生。医生说是流行性感冒。好罢，就是流行性感冒。但过了流行性感冒一定退热的时期，我的热却还不退。医生从他那大皮包里取出玻璃管来，要取我的血液，我知道他在疑心我生伤寒病了，自己也有些发愁。然而他第二天对我说，血里没有一粒伤寒菌；于是注意的听肺，平常；听心，上等。这似乎很使他为难。我说，也许是疲劳罢；他也不甚反对，只是沉吟着说，但是疲劳的发热，还应该低一点。……

且介亭杂文/病后杂谈（1935·2－12）

●1-1-7-132

上海已冷。市面甚萧条，书籍销路减少，出版者也更加凶起来，卖文者几乎不能生活。我目下还可敷衍，不过不久恐怕总要受影响。

书信/致曹靖华（1935·12·7）

●1-1-7-133

近来常有关于我的谣言，谓要挤出何人，打倒何人，研究语气，颇知谣言之所从出，所以在文坛之闻人绅士所聚会之阵营中，拟不再投稿，以省闲气……

书信/致赵家璧（1935·12·21）

●1-1-7-134

凡是我寄文稿的，只寄开初的一两期还不妨，假使接连不断，它就总归活不久。于是从今年起，我就不大做这样的短文，因为对于同人，是回避他背后的闷棍，对于自己，是不愿做开路的呆子，对于刊物，是希望它尽可能的长生。

花边文学/序言（1935·12·29）

●1-1-7-135

一来就说作者得了不正当的钱是近来文坛上的老例，我被人传说拿着卢布就有四五年之久，直到九一八以后，这才将卢布说取消，换上了“亲日”的更加新鲜的罪状。

且介亭杂文二集/后记（1935·12·31）

(8) 最后岁月（1936）

欧洲人临死时，往往有一种仪式，请别人宽恕，自己也宽恕了别人。我的怨敌可谓多矣……我想了一想，决定的是：让他们怨恨去，我也一个都不宽恕。

●1-1-8-1

我病已渐好，大约再有两三天，就可以全好了。那一天，面色恐怕真也特别青苍，因为单是神经痛还不妨，只要静坐就好，而我外加了咳嗽，以致颇痛苦，但今天已经咳嗽很少了。

书信/致沈雁冰（1936·1·8）

●1-1-8-2

近几年来，在这里也玩着带了锁链的跳舞，连自己也觉得无聊，今年虽已大有“保护正当舆论”＊之意，但我倒不写批评了，或者休息，或者写别的东西。

〖释：“保护正当舆论”，1935年12月国民党五届一中全会通过所谓“请政府通令全国切实保障正当舆论”的决议，10日，国民政府“训令直辖各机关，一体遵照，切实保障”云。〗

书信/致王冶秋（1936·1·18）

●1-1-8-3

三兄『注：指萧三』力劝我游历『注：指去莫斯科』，但我未允，因此后甚觉为难，而家眷(母)生计，亦不能不管也。

书信/致曹靖华（1936·1·21）

●1-1-8-4

按：此信收信人夏传经，当时南京盛记布庄的店员。

经历一多，便能从前因而知后果，我的预测时时有验，只不过由此一端，但近来文网日益，虽有所感，也不能和读者相见了。

书信/致夏传经（1936·2·19）

●1-1-8-5

礼拜一日，因为到一个冷房子里去找书，不小心，中寒而大气喘，几乎卒倒，由注射治愈，至今还不能下楼梯。

书信/致沈雁冰（1936·3·7）

●1-1-8-6

按：此信收信人杨晋豪，当时在北新书局编辑《小学生》半月刊。

我不很生病，但一生病，是不大容易好的；不过这回大约也不至于死。

书信/致杨晋豪（1936·3·11）

●1-1-8-7

按：此信收信人欧阳山（1908－2000），湖北荆州人，作家；草明（1913－2002），广东顺德人，女作家。他们都是“左联”成员，当时在上海从事文学创作。

这回因为天气骤冷，而自己不小心，受了烈寒，以致气管痉挛，突然剧烈的气喘，幸而医生恰在身边，立刻注射，平复下去了，大约躺了三天，此后逐渐恢复，现在好了不少，每天可以写几百字了，药也已经停止。……这以前，我是不会受大寒或大热的影响的。不料现在不行了，此后会不会复发，也是一个疑问。然而气喘并非死症，发也不妨，只要送给它半个月的时间就够了。

书信/致欧阳山、草明（1936·3·18）

●1-1-8-8

上月底男因外出受寒，突患气喘，至于不能支持，幸医生已到，急注射一针，始渐平复，后卧床三日，始能起身，现已可称复元，但稍无力，可请勿念。至于气喘之病，一向未有，此是第一次，将来是否不至于复发，现在尚不可知也……

书信/致母亲（1936·3·20）

●1-1-8-9

目录＊的顶端放小像，自无不可，但我希望将我的删去，因为官老爷是禁止我的肖像的，用了上去，于事实无补，而于销行反有害。

〖**释**：“目录”，指《作家》目录。该刊第一卷第一期至第六期的目录顶端都刊有世界著名作家的头像，其中包括鲁迅的像。〗

书信/致孟十还（1936·3·22）

●1-1-8-10

文章，可以写一点，月底月初寄出，但为公开起见，总只能写不冷不热的东西，另外没有好法子。

书信/致孟十还（1936·3·22）

●1-1-8-11

按：此信收信人唐英伟，当时的广州美术专科学校学生。

《木刻界》＊的出版，是极有意义的。不过我还是不写文章好。因为官老爷痛恨我的一切，只看名字，不管内容，登载我的文字，我既为了顾全出版物的推行，句句小心，而结果仍于推销有碍，真是不值得。

〖**释**：《木刻界》，广州现代版画会为第二次全国木刻联合展览会联系作者所出的刊物，1936年4月15日创刊，7月15日出至第五期停刊。〗

书信/致唐英伟（1936·3·23）

●1-1-8-12

月初的确生了一场急病……躺了三天，渐能起坐，现在总算已经复元，但还不能多走路。

书信/致曹靖华（1936·3·24）

●1-1-8-13

按：此信收信人曹白，原名刘平若，江苏武进人。木铃木刻社发起人之一。1933年10月在杭州艺术专科学校因从事木刻被捕，次年年底出狱。当时在上海新亚中学任教。

我的生活其实决不算苦。脸色不好，是因为二十岁时生了胃病，那时没有钱医治，拖成慢性，后来就无法可想了。

书信/致曹白（1936·3·26）

●1-1-8-14

按：此信收信人杜和銮、陈佩骥，当时均为杭州盐务中学学生，合办小型刊物《鸿爪》。

我来投稿，我看是不好的。官场有不测之威，一样的事情，忽而不要紧，急而犯大罪。实在不值得为了一篇文字，也许贻害文社和刊物。假使是大文章，发表出来就天翻地覆，那是牺牲一下也可以的，不过我那会写这样的文字。

书信/致杜和銮、陈佩骥（1936·4·2）

●1-1-8-15

说起我自己来，真是无聊之至，公事、私事、闲气，层出不穷。刊物来要稿，一面要顾及被禁，一面又要不十分无谓，真变成一种苦恼，我称之为“上了镣铐的跳舞”。

书信/致曹白（1936·5·4）

●1-1-8-16

你所说的药方，是医气管炎的，我的气喘原因并不是炎，而是神经性的痉挛。要复发否，现在不可知。大约能休息和换地方，就可以好得多，不过我想来想去，没有地方可去。

书信/致王冶秋（1936·5·4）

●1-1-8-17

这回又躺了近十天了，发热，医生还没有查出发热的原因，但我看总不是重病。

书信/致曹靖华（1936·5·23）

●1-1-8-18

按：此信收信人费慎祥，原为北新书局职员。1934年自办联华书局。

昨天来寓时，刚在发热，不能多说。现在想，校对还是由我自己办……不过进行未免要慢，因为我的病这回未必好得快。

书信/致费慎祥（1936·5·29）

●1-1-8-19

按：此信为“鲁迅口授”。

我病加重，连字也不会写了，但也许就会好起来。

书信/致唐弢（1936·6·3）

●1-1-8-20

按：此信为“鲁迅口授”。

周先生足足睡了一个月，先很沈重，现在似乎向好的一面了，虽然还不晓得调理多少时候才能完全复原。照现在情形，他绝对须要静养，所以一切接见都被医生禁止了，先生想“看看他”的盛意，我转达罢！

书信/景宋致曹白（1936·6·12）

●1-1-8-21

弟自三月初罹病后，本未复原，上月中旬又因不慎招凉，终至大病，卧不能兴者匝月，其间数日，颇虞淹忽，直至约十日前始脱险境，今则已能暂时危坐，作百余字矣。年事已长，筋力日衰，动辄致疾，真是无可奈何耳。

书信/致邵文熔（1936·6·19）

●1-1-8-22

按：此信为“鲁迅拟稿”。

要写明周先生的病状，可实在不容易。因为这和他一生的生活，境遇，工作，挣扎相关，三言两语，实难了结。

书信/景宋致曹白（1936·6·25）

●1-1-8-23

按：此信为“鲁迅拟稿”。

大约十天前，去用X光照了一个肺部的相，才知道他从青年至现在，至少生过两次危险的肺病，一次肋膜炎。两肺都有病，普通的人，早已应该死掉，而他竟没有死。医生都非常惊异，以为大约是：非常善于处置他的毛病，或身体别的部分非常坚实的原故。这是一个特别现象。一个美国医生，至于指他为平生所见第一个善于抵抗疾病的典型的中国人。可见据现在的病状以判断将来，已经办不到。因为他现在就经过几次必死之病状而并没有死。

现在看他的病的是须藤＊医师……每天来寓给他注射，意思是在将正在活动的病灶包围，使其不能发展。据说这目的不久就可达到，那时候，热就全退了。

〖释：须藤，即须藤五百三。日本退职军医。1934年11月起为鲁迅治病。〗

书信/景宋致曹白（1936·6·25）

●1-1-8-24

按：此信为“鲁迅拟稿”。

周先生究竟怎么样罢？这是未来之事，谁也难于豫言。据医师说，这回修缮以后，倘小心卫生，1不要伤风；2不要腹泻，那就也可以像先前一样拖下去，如果拖得巧妙，再活一二十年也可以的。

书信/景宋致曹白（1936·6·25）

●1-1-8-25

我生的其实是肺病，而且是可怕的肺结核，此系在六月初用X光照后查出。此病盖起于少年时，但我身体好，所以竟抵抗至今……肺结核对于青年是险症，但对于老人却是并不致命的。

书信/致曹靖华（1936·7·6）

●1-1-8-26

不寄信件，已将两月了，其间曾托老三代陈大略，闻早已达览。男自五月十六日起，突然发热，加以气喘，从此日见沈重，至月底，颇近危险，幸一二日后，即见转机，而发热终不退。到七月初，乃用透物电光照视肺部，始知男盖从少年时即有肺病，至少曾发病两次，又曾生重症肋膜炎一次，现肋膜变厚，至于不通电光 但当时竟并不医治，且不自知其重病而自然全愈者，盖身体底子极好之故也。现今年老，体力已衰，故旧病一发，遂竟缠绵至此。

书信/致母亲（1936·7·6）

●1-1-8-27

当你的《序跋集》稿寄到时，我已经连文章也无力看了，字更不会写。……

其间几乎要死，但终于好起来，以后大约可无危险。

书信/致王冶秋（1936·7·11）

●1-1-8-28

医生说要转地疗养。……地点我想最好是长崎，因为总算国外，而知道我的人少，可以安静些。离东京近，就不好。剩下的问题就是能否上陆。那时再看罢。

书信/致王冶秋（1936·7·11）

●1-1-8-29

医师已许我随意离开上海。但所往之处，则尚未定。先曾决赴日本，昨忽想及，独往大家不放心，如携家族同去，则一履彼国，我即化为翻译，比在上海还要烦忙，如何休养？

书信/致沈雁冰（1936·8·2）

●1-1-8-30

说到贱体，真也麻烦，肺部大约告一段落了，而肋膜炎余孽，还在作怪，要再注射一星期看。大约这里的环境，本非有利于病，而不能完全不闻不问，也是使病缠绵之道。我看住在上海，总是不好的。

书信/致沈雁冰（1936·8·13）

●1-1-8-31

肋膜炎大约不足虑；肺则于十三四两日中，使我吐血数十口。肺病而有吐血，本是份内事，但密斯许之流看不惯，遂似问题较别的一切为大矣。血已于昨日完全制止，据医生言，似并非病灶活动，大约先前之细胞被毁坏而成空洞处，有小血管孤立（病菌是不损血管的，所以它能独存，在空洞中如桥梁然），今因某种原因（高声或剧动）折断，因而出血耳。现但禁止说话五日，十九日满期。

转地实为必要，至少，换换空气，也是好的。但近因肋膜及咯血等打岔，竟未想及。……现已交秋，或者只我独去旅行一下，亦未可知。但成绩恐未必佳，因为无思无虑之修养法，我实不知道也。

书信/致沈雁冰（1936·8·16）

●1-1-8-32

按：此信收信人蔡斐君，诗歌爱好者。

以我之年龄与生计而论，其实早无力为人阅看创作或校对翻译。何况今年两次大病，不死者幸耳，至今作千余字，即觉不支……

书信/致蔡斐君（1936·8·18）

●1-1-8-33

我的号，可用周豫才，多人如此写法，但邮局当亦知道，不过比鲁迅稍不触目而已。至于别种笔名，恐书店不详知，易将信失落，似不妥。

书信/致唐弢（1936·8·20）

●1-1-8-34

我的病也时好时坏。十天前吐血数十口，次日即用注射制止，医诊断为于肺无害，实际上确也不觉什么。此后已退热一星期，当将注射，及退热，止咳药同时停止，而热即复发，昨已查出，此热由肋膜而来（我肋膜间积水，已抽去过三次，而积不已），所以不甚关紧要，但麻烦而已。至于吐血，不过断一小血管，所以并非肺病加重之兆，因重症而不吐血，亦常有也。

但因此不能离开医生，去转地疗养，换换空气……

书信/致曹靖华（1936·8·27）

●1-1-8-35

热退了不少。昨天是五度九分，这之前在写信，不曾睡觉。

腹部有时发胀，隐隐作痛，不断出瓦斯。（未服阿司匹灵之前便是如此。）

咳嗽减少，胃口如旧，睡眠很好。

书信/致〈日〉须藤五百三〔译文〕(1936·8·28)

●1-1-8-36

我肺部已无大患，而肋膜还扯麻烦，未能停药；天气已经秋深，山上海滨，反易伤风，今年的“转地疗养”，恐怕“转”不成了。

书信/致沈雁冰（1936·8·31）

●1-1-8-37

男所生的病，报上虽说是神经衰弱，其实不是，而是肺病，且已经生了二三十年，被八道湾赶出后的一回，和章士钊闹后的一回，躺倒过的，就都是这病，但那时年富力强，不久医好了。……初到上海后，也发过一回，今年是第四回，大约一因为年纪大了之故罢，一直医了三个月，还没有能够停药，因此也未能离开医生，所以今年不能到别处去休养了。

书信/致母亲（1936·9·3）

●1-1-8-38

我有一个亲戚的孩子……有一天，忽然坐倒了，对他的哥哥道：“我一点力气也没有了。”

他从此就站不起来，送回家里，躺着，不想饮食，不想动弹，不想言语，请了耶稣教堂的医生来看，说是全体什么病也没有，然而全体都疲乏了。也没有什么法子治。自然，连接而来的是静静的死。我也曾经有过两天这样的情形，但原因不同，他是做乏，我是病乏的。我的确什么欲望也没有，似乎一切都和我不相干，所有举动都是多事，我没有想到死，但也没有觉得生；这就是所谓“无欲望状态”，是死亡的第一步。曾有爱我者因此暗中下泪；然而我有转机了，我要喝一点汤水，我有时也看看四近的东西，如墙壁，苍蝇之类，此后才能觉得疲劳，才需要休息。

且介亭杂文末编/“这也是生活……”（1936·9·5）

●1-1-8-39

按：此信收信人叶紫(1910－1939)，原名俞鹤林。湖南益阳人。作家，“左联”成员。

我的病依然时好时坏，就是好的时候，写字也有限制，只得用以写点关于生计或较为紧要的东西；密斯许又自己生病，孩子生病，近来又有客在家里，所以无关紧要的回信，只好不写了。

我身体弱，而琐事多，向来每日平均写回信三四封，也仍然未能处处周到。一病之后，更加照顾不到，而因此又须解释所以未写回信之故，自己真觉得有点苦痛。我现在特地声明：我的病确不是装出来的，所以不但叫我出外，令我算账，不能照办，就是无关紧要的回信，也不写了。

书信/致叶紫（1936·9·8）

●1-1-8-40

现在还是常常发热，不知道何时可以见好，或者不救。北方我很爱住，但冬天气候干燥寒冷，于肺不宜，所以不能去。此外，也想不出相宜地方，出国有种种困难，国内呢，处处荆天棘地。

书信/致王冶秋（1936·9·15）

●1-1-8-41

我依旧发热，正请须藤先生注射，病情如何，尚不可知，但身体却比以前胖了起来。

书信/致〈日〉增田涉〔译文〕（1936·9·15）

●1-1-8-42

按：此信收信人许杰，作家。文学研究会会员。当时在上海暨南大学文学院中文系任教。

我并没有豫备到日本去休养；但日本报上，忽然说我要去了，不知何意。中国报上如亦登载，那一定从日本报上抄来的。

书信/致许杰（1936·9·18）

●1-1-8-43

直到今年的大病，这才分明的引起关于死的豫想来。原先是仍如每次的生病一样，一任着日本的S医师『注：指须藤五百三』的诊治的。他虽不是肺病专家，然而年纪大，经验多，从习医的时期说，是我的前辈，又极熟识，肯说话。自然，医师对于病人，纵使怎样熟识，说话是还是有限度的，但是他至少已经给了我两三回警告，不过我仍然不以为意，也没有转告别人。

且介亭杂文末编/死（1936·9·20）

●1-1-8-44

欧洲人临死时，往往有一种仪式，是请别人宽恕，自己也宽恕了别人。我的怨敌可谓多矣，倘有新式的人问起我来，怎么回答呢？我想了一想，决定的是：让他们怨恨去，我也一个都不宽恕。

且介亭杂文末编/死（1936·9·20）

●1-1-8-45

我只想到过写遗嘱，以为我倘曾贵为宫保*，富有千万，儿子和女婿及其他一定早已逼我写好遗嘱了，现在却谁也不提起。但是，我也留下一张罢。当时好像很想定了一些，都是写给亲属的，其中有的是：

一，不得因为丧事，收受任何人的一文钱。——但老朋友的，不在此例。

二，赶快收敛，埋掉，拉倒。

三，不要做任何关于纪念的事情。

四，忘记我，管自己生活。——倘不，那就真是胡涂虫。

五，孩子长大，倘无才能，可寻点小事情过活，万不可去做空头文学家或美术家。

六，别人应许给你的事物，不可当真。

七，损着别人的牙眼，却反对报复，主张宽容的人，万勿和他接近。

〖释：“宫保”，太子太保、少保的通称。一般是授予大臣的加衔，以示荣宠。〗

且介亭杂文末编/死（1936·9·20）

●1-1-8-46

美国的D医师『注：托马斯·邓恩，美籍德国医生』来诊察了。他是在上海的唯一的欧洲的肺病专家，经过打诊，听诊之后，虽然誉我为最能抵抗疾病的典型的中国人，然而也宣告了我的就要灭亡；并且说，倘是欧洲人，则在五年前已经死掉。这判决使善感的朋友们下泪。我也没有请他开方，因为我想，他的医学从欧洲学来，一定没有学过给死了五年的病人开方的法子。然而D医师的诊断却实在是极准确的，后来我照了一张用X光透视的胸像，所见的景象，竟大抵和他的诊断相同。

〖释：D医师，托马斯·邓恩(Thomas Dunn)，美籍德国人。当时在上海行医，由史沫特莱介绍给鲁迅看病。〗

且介亭杂文末编/死（1936·9·20）

●1-1-8-47

按：此信为“鲁迅口授”。收信人吴渤，笔名白危，当时的一个青年作者，曾编译《木刻创作法》。

今年九个月中，我足足大病了六个月，至今还在天天发热，不能随便走动，随便做事。

书信/致吴渤（1936·9·28）

●1-1-8-48

我一直没有离开上海，其实是为了不能离开医生，现在每天还发热，但医生确说已可以散步，可惜我也无处可走，到处是伤心惨目，走起来并不使我愉快。

论文并无错处，可以发表的，我只改正了几个误字。……

书信/致曹白（1936·9·29）

●1-1-8-49

按：此信收信人汤咏兰，叶紫的妻子。

肺病又兼伤风，真是不大好，但我希望伤风是不久就可以医好的。

书信/致汤咏兰（1936·10·6）

●1-1-8-50

种种骚扰，我是过惯了的，一二八时，还陷在火线『注：“一二八时……”，见1-1-6-26条释』里。至于搬家，却早在想，因为这里实在是住厌了。但条件很难，一要租界，二要价廉，三要清静，如此天堂，恐怕不容易找到，而且我又没有力气，动弹不得，所以也许到底不过是想想而已。

书信/致曹白（1936·10·6）

●1-1-8-51

沪寓左近，日前大有搬家，谣传将有战事，而中国无兵在此，与谁战乎，故现已安静，舍间未动，均平安。惟常有小纠葛，亦殊讨厌，颇拟搬往法租界，择僻静处养病，而屋尚未觅定。

书信/致宋琳（1936·10·12）

●1-1-8-52

按：此信所致“世界社”，是上海世界语协会所属《世界》月刊社的简称。该刊1931年12月创办于上海。

我的病其实是不会全愈的，这几天正在吐血，医生连话也不准讲，想一点事就头晕，但大约也未必死。

集外集拾遗补编/答世界社信（1936·10）

●1-1-8-53

按：此信收信人端木蕻良，原名曾坪。辽宁昌图人。作家。

肺病对于青年是险症；一到四十岁以上，它却不能怎样发展，因为身体组织老了，对于病菌的生活也不利的……五十岁以上的人，只要小心一点，带着肺病活十来年，并非难事，那时即使并非肺病，也得死掉了，所以不成问题的……

书信/致端木蕻良（1936·10·14）

●1-1-8-54

我鉴于世故，本拟少管闲事，专事翻译，藉以糊口，故本年作文殊不多，继婴大病，槁卧数月，而以前以畏祸隐去之小丑，竟乘风潮，相率出现，乘我危难，大肆攻击，于是倚枕，稍稍报以数鞭，此辈虽猥劣，然实于人心有害，兄殆未见上海文风，近数年来，竟不复尚有人气也。

书信/致台静农（1936·10·15）

●1-1-8-55

我病医疗多日，打针与服药并行，十日前均停止，以观结果，而不料竟又发热……此病虽纠缠，但在我之年龄，已不危险，终当有痊可之一日，请勿念为要。

书信/致曹靖华（1936·10·17）

●1-1-8-56

按：鲁迅于写此信的次日逝世。

没想到半夜又气喘起来。因此，十点钟的约会去不成了，很抱歉。

拜托你给须藤先生挂个电话，请他速来看一下。

书信/致〈日〉内山完造〔译文〕（1936·10·18）

第二节　亲　族

负担亲族生活，实为大苦，我一生亦大半困于此事，以至头白

(9) 母亲……鲁迅的母亲鲁瑞（1858－1943），浙江绍兴人。1919年2月移居北京。她是“乡下人，她以自修得到能够看书的学力”。

我的母亲是很爱我的，但……有些地方她也看不惯。意见不一样，没有好法子想。

●1-2-9-1

西三条＊有信来，都平安的，煤已买，每吨至二十元。

〖释：“西三条”，指北京阜成门内西三条胡同二十一号宅。鲁迅购于1923年12月。鲁迅离京后是他母亲鲁瑞和夫人朱安的住处。〗

两地书/厦门－广州（1926·10·4）

●1-2-9-2

我托羡苏＊买了几株柳，种在后园，拔去了几株玉蜀黍，母亲也大不以为然，向八道湾＊鸣不平，听说二太太也大放谣言，说我纵容学生虐待她。现在是往来很亲密了，老年人容易受骗。所以我早说，我一出西三条，能否复返，是一问题，实非神经过敏之谈。

〖释：羡苏，即许羡苏（1901－1986），字淑卿，浙江绍兴人。曾就读北京女子高等师范学校。/“八道湾”，指周作人一家。鲁迅1919年在北京西直门内公用库八道湾11号购买的住宅院落。1923年鲁迅与二弟周作人失和并于1924年迁往阜成门内西三条21号后，八道湾宅即为周作人所占。〗

两地书/厦门－广州（1927·1·11）

●1-2-9-3

按：鲁迅1929年5月13日动身赴北平探望母亲。6月5日返抵上海。

家里一切如旧，母亲精神形貌仍如三年前，她说，害马为什么不同来呢？我答以有点不舒服。其实我在车上曾想过，这种震动法，于乖姑『注：鲁迅当时对许广平的暱称。』是不相宜的。但母亲近来的见闻似很窄，她总是同我谈八道湾，这于我是毫无关心的，所以我也不想多说我们的事，因为恐怕于她也不见得有什么兴趣。……久说必须回家一趟，现在是回来了，了却一件事，总是好的。

两地书/北平－上海（1929·5·15）

●1-2-9-4

负担亲族生活，实为大苦，我一生亦大半困于此事，以至头白，前年又生一孩子，责任更无了期矣。

书信/致台静农（1932·6·6）

●1-2-9-5

按：1932年11月9日鲁迅因母病自上海赴北平探视。

看母亲情形，并无妨碍，大约因年老力衰，而饮食不慎，胃不消化，则突然精力不济，遂现晕眩状态，明日当延医再诊，并问养生之法，倘

肯听从，必可全愈也。

两地书/北平-上海（1932·11·13）

●1-2-9-6

海婴近如何，仍念。母亲说，以后不得称之为狗屁*也。

〖释：“狗屁”，鲁迅、许广平当时对海婴的昵称。〗

两地书/北平-上海（1932·11·15）

●1-2-9-7

母亲也好得多了，但她又想吃不消化的东西，真是令人为难，不过经我一劝，也就停止了。她和我谈的，大抵是二三十年前的和邻居的事情，我不大有兴味，但也只得听之。她和我们的感情很好，海婴的照片放在床头，逢人即献出，但二老爷『注：指周作人』的孩子们的照相则挂在墙上，初，我颇不平，但现在乃知道这是她的一种外交手段，所以便无芥蒂了。

两地书/北平-上海（1932·11·19）

●1-2-9-8

以现在生活之艰难，家中历来之生活法，也还要算是中上，倘还不能相谅，大惊小怪，那真是使人为难了。现既特雇一人，专门伏侍，就这样试试再看罢。

书信/致母亲（1933·7·11）

●1-2-9-9

心梅叔有信寄老三，云修坟已经动工，细账等完工后再寄。此项经费，已由男预先寄去五十元，大约已所差无几，请大人不必再向八道湾提起，免得因为一点小事，或至于淘气也。

书信/致母亲（1933·12·19）

●1-2-9-10

近闻天津报上，有登男生脑炎症者，全系谣言，请勿念为要。

书信/致母亲（1934·3·15）

●1-2-9-11

昨闻三弟说，笋干已买来，即可寄出。又，三日前曾买《金粉世家》一部十二本，又《美人恩》一部三本，皆张恨水*所作，分二包，由世界书局寄上，想已到，但男自己未曾看过，不知内容如何也。

〖释：张恨水（1895-1967），通俗小说家。《金粉世家》和《美人恩》都是他的作品。鲁迅的母亲鲁瑞喜阅言情小说，常由鲁迅购买并寄上。〗

书信/致母亲（1934·5·16）

●1-2-9-12

十五日来信，前日收到。张恨水们的小说，已托人去买去了，大约不出一礼拜之内，当可由书局直接寄上。

书信/致母亲（1934·8·21）

●1-2-9-13

小说已于前日买好，即托书店寄出，计程瞻庐『注：鸳鸯蝴蝶派小说作家（？-1943）』作的二种，张恨水作的三种，想现在当已早到了。

书信/致母亲（1934·8·31）

●1-2-9-14

张恨水的小说，定价虽贵，但托熟人去买，可打对折，其实是不贵的。即如此次所寄五种，一看好像要二十元，实则连邮费不过十元而已。

书信/致母亲（1934·9·16）

●1-2-9-15

上海出版的有些小说，内行人去买，价钱就和门市不同，譬如张恨水的小说，在世界书店本店去买是对折或六折，但贩到别处，就要卖十足了。不过书店生意，还是不好，这是因为大家都穷起来，看书的人也少了的缘故。

书信/致母亲（1934·10·20）

●1-2-9-16

十月二十五日信并照相两张，均已收到，老三的一张，当于星期六交给他，因为他只在星期六夜或星期日才有闲空，会来谈天的。这张相照的很好，看起来，与男前年回家的时候，模样并无什么不同，不胜欣慰。海婴已看过，他总算第一回认识娘娘了。

书信/致母亲（1934・10・30）

●1-2-9-17

俞二小姐＊如果能够送来，那是最好不过的了，总比别的便人可靠。但火车必须坐卧车；动身后打一电报，我们可以到车站去接。

〖释：俞二小姐，指俞芳，鲁迅在北京砖塔胡同居住时的邻居，鲁迅1926年离京后仍与鲁迅的母亲保持来往。鲁瑞曾拟去上海，由她陪伴。后未成行。〗

书信/致母亲（1935・3・1）

●1-2-9-18

男的意思，以为女仆还是不带，因为南北习惯不同，彼此话也听不懂，不见得有什么用处，而且闲暇的时候，和这里的用人闲谈，一知半解，说不定倒会引出麻烦的事情来的。

书信/致母亲（1935・3・1）

●1-2-9-19

不久，我的母亲大约要来了，会令我连静静的写字的地方也没有。

书信/致萧军（1935・3・19）

●1-2-9-20

我的母亲本说下月初要来，但近得来信又说生病，医生云倘如旅行，因为年纪大了，他不保险。这其实是医生的官话，即使年纪青，谁能保险呢？但因此不立刻来也难说，我只能束手等待着。

书信/致萧军（1935・3・25）

●1-2-9-21

廿三的信，早收到了。小包一个，亦于前日收到，当即分出一半，送与老三。其中的干菜，非常好吃，孩子们都很爱吃，因为他们是从来没有吃过这样干菜的。

书信/致母亲（1935・3・31）

●1-2-9-22

前一辈看后一辈，大抵要失败的，自然只好用“笑”对付。我的母亲是很爱我的，但同在一处，有些地方她也看不惯。意见不一样，没有好法子想。

书信/致萧军（1935・8・24）

---

(10)“诸弟”……鲁迅有两个弟弟。二弟周作人，字启孟，或起孟，笔名岂明，或启明；三弟周建人，字乔峰。

何事脊令偏傲我，
时随帆顶过长天。

●1-2-10-1

按：下面的诗录自周作人日记，题下署“豫才未是草”。1900年1月26日鲁迅自江南陆师学堂附设的矿路学堂回家度岁，2月19日返校后写了这三首惜别诗。

谋生无奈日奔驰，有弟偏教各别离。
最是令人凄绝处，孤檠长夜雨来时。

还家未久又离家，日暮新愁分外加。
夹道万株杨柳树，望中都化断肠花。

从来一别又经年，万里长风送客船。
我有一言应记取，文章得失不由天。

集外集拾遗补编/别诸弟三首〔庚子二月〕（1900・2）

●1-2-10-2

按：下面的三首诗亦录自周作人日记。

梦魂常向故乡驰，始信人间苦别离。
夜半倚床忆诸弟，残灯如豆月明时。

日暮舟停老圃家，棘篱绕屋树交加。
怅然回忆家乡乐，抱瓮*何时共养花?

春风容易送韶年，一棹烟波夜驶船。
何事脊令*偏傲我，时随帆顶过长天!

〖释：抱瓮，语出《庄子·天地》："子贡过汉阴，见一丈人，方将为圃畦。凿隧而入井，抱瓮而出灌。"/脊令，水鸟名。出《诗经·小雅·棠棣》："脊令在原，兄弟急难。"喻兄弟友爱相助。〗

集外集拾遗补编/别诸弟三首〔辛丑二月〕(1901·4)

●1-2-10-3

按：此为原诗尾联。该诗原为题赠日本西村真琴博士的"横卷"。"劫波"为佛家语，梵文 Kalpa 的音译。据说世界若干万年毁灭一次，重新开始，称作一"劫"。

度尽劫波兄弟在，相逢一笑泯恩仇。

集外集/题三义塔(1933·6·21)

---

(11)周作人……周作人(1885－1967)，鲁迅的二弟。早年留学日本。回国后任北京大学教授，是《语丝》的编者和主要撰稿人之一。抗日战争期间"附逆"。

周启明颇昏，不知外事

●1-2-11-1

按：该篇录自周遐寿(周作人)《鲁迅的故家》，是鲁迅1902年6月从日本寄回的照片上的题句，原无标题。

会稽山下之平民，日出国中之游子，弘文学院之制服，铃木真一之摄影，二十余龄之青年，四月中旬之吉日，走五千余里之邮筒，达星杓*仲弟之英盼。

〖释：星杓，即周作人，原名櫆寿，字星杓。〗

集外集拾遗补编/题照赠仲弟(1902·6)

●1-2-11-2

今至杭为起孟寄月费*，因寄此书。留二三日，便回里矣。

〖释："为起孟寄月费"，起孟，即周作人。他当时在日本立教大学求学，已与羽太信子结婚，鲁迅按月寄予生活费。〗

书信/致许寿裳〔此信原无标点〕(1910·8·15)

●1-2-11-3

起孟来书，谓尚欲略习法文，仆拟即速之返，缘法文不能变米肉也，使二年前而作此语，当自击，然今兹思想转变实已如是，颇自闵叹也。

书信/致许寿裳〔此信原无标点〕(1911·3·7)

●1-2-11-4

两月前乘间东行*，居半月而反，不访一友，亦不一游览……

〖释："乘间东行"，鲁迅此次赴日本系为促周作人夫妇回国。〗

书信/致许寿裳〔此信原无标点〕(1911·7·31)

●1-2-11-5

按：此信收信人蔡元培(1868－1940)，号孑民，浙江绍兴人，近代教育家。他是前清进士，早年与章太炎等组织光复会，后又参加同盟会。曾任北洋政府教育总长、北京大学校长、国民政府大学院院长、中央研究院院长。1932年底又和宋庆龄杨杏佛等组织中国民权保障同盟，并任该同盟副主席。

起孟于前星期发热，后渐增。今日延医诊视，知是瘖子『注：即疹子』。此一星期内不能外出受风，希则休暇为幸。

书信/致蔡元培〔此信原无标点〕(1917·5·13)

●1-2-11-6

起孟说过想译一篇小说*、篇幅是狠短的、可是现在还未寄来。大约一到家里*、内政外交、种种庶务、总须几天才完、渺无消息、也不足奇、想来廿日以内、总可以译好的。

〖释："起孟想译一篇小说"，疑指瑞典斯特林堡的短篇小说《改革》，周作人译文后载《新青年》第五卷第二号（1918 年 8 月）。/“一到家里”，周作人于1918年6月20日至9月10日由北京回绍兴探亲。』

书信/致钱玄同〔此信原标点逗号均作顿号〕（1918·7·5）

●1-2-11-7

少年可读之书，中国绝少，起孟素来注意，亦颇有译述之意，但无暇无才无钱，恐成绩终亦甚鲜。

书信/致许寿裳〔此信原无标点〕（1919·1·16）

●1-2-11-8

子秘『注：即周作人』是前天出发的。……他大约洋历八月初可到北京，“仇偶”和“半仇子女”*也一齐同来，不到“少兴府”『注：即绍兴府』了。“卜居”还没有定，只好先租；这租房差使，系敝人承办，然而尚未动手，懒之故也。

〖释：“‘仇偶’和‘半仇子女’”，指周作人之妻羽太信子和他们的子女。当时正值反日运动，故鲁迅以此戏称。〗

书信/致钱玄同（1919·7·4）

●1-2-11-9

按：周作人当时因病在北京西山疗养。“老三”周建人刚动身赴杭州谋职。

老三昨已行。姊姊『注：指周作人的女儿周静子』昨已托山本检查，据云无病，其所以瘦者，因正在“长起来”之故，今日已又往校矣。

书信/致周作人（1921·9·3）

●1-2-11-10

因为长久没有小孩子，曾有人说，这是我做人不好的报应，要绝种的。房东太太『注：此实指羽太信子』讨厌我的时候，就不准她的孩子们到我这里玩，叫作“给他冷清冷清，冷清得他要死！”

且介亭杂文/从孩子的照相说起（1934·8·20）

●1-2-11-11

按：本条摘自《牺牲谟》。关于该文，周建人在《鲁迅与周作人》（载1983年第四期《新文学史料》）中写道：“一九二七年十月，鲁迅到上海后，对我讲起八道湾的生活……感慨万分地说：‘我已经涓滴归公了，可是他们还不满足。’我也有同感。他写的《牺牲谟》，有他自己在八道湾这段生活的体会在内。”

“谟”，谋划。《尚书》中有《大禹谟》、《皋陶谟》等篇，鲁迅此文加以套用，意思是“为牺牲者所作的谋划”，含讽刺意。

“阿呀阿呀，失敬失敬！原来我们还是同志。我开初疑心你是一个乞丐……”

“哦哦！你什么都牺牲了？可敬可敬！我最佩服的就是什么都牺牲，为同胞，为国家……”

“哦哦！已经九天没有吃饭?！这真是清高得很哪！我只好五体投地。看你虽然怕要支持不下去，但是——你在历史上一定成名，可贺之至哪！……你什么都牺牲了，究竟也大可佩服，可惜你还剩一条裤，将来在历史上也许要留下一点白璧微瑕……”

“机会凑得真好：舍间有一个小鸦头……那娃儿已经多天没有裤子了，她是灾民的女儿。我料你一定肯帮助的……但你此刻且不要脱下来。我不能拿了走，我这副打扮，如果手上拿一条破裤子，别人见了就要诧异……”

“你还能勉强走几步罢？不能？这可叫人有点为难了，——那么，你该还能爬？好极了！那么，你就爬过去。你趁你还能爬的时候赶紧爬去……你向东，转北，向南，看路北有两株大槐树的红漆门就是。你一爬到，就脱下来，对号房说：这是老爷叫我送来的，交给太太收下。你一见号房，应该赶快说，否则也许将你当作一个讨饭的，会打你……交代清楚了就爬开，不要停在我的屋界内。你已经九天没有吃东西了，万一出了什么事故，免不了要给我许多麻烦……”

“……你就动身罢。你不要这么萎靡不振，爬呀！朋友！我的同志，你快爬呀，你快爬呀！……”

华盖集/牺牲谟（1925·3·16）

●1-2-11-12

按：周建人在《鲁迅与周作人》（载 1983 年第四期《新文学史料》）中写道：“（鲁迅）的小说《弟兄》，是在一九二五年，被逐出八道湾，兄弟怡怡的幻想破灭之后写的。他回忆了自己对周作人疾病的忧虑，请医生来诊治的事实，还表示了‘鹡鸰在原’的意思。鹡鸰原作脊令，是一种生活在水边的小鸟，当它困处高原时，就飞鸣寻求同类。《诗经》：‘脊令在原，兄弟急难。’比喻兄弟在急难中要互相救助。鲁迅通过小说，是向周作人伸出热情的手，表示周作人如有急难，他还愿像当年周作人患病时那样救助。”

“到昨天，他们又打起来了，从堂屋一直打到门口。我怎么喝也喝不住……老三说，老五折在公债票上的钱是不能开公账的，应该自己赔出来……”『注：这是作品中“公益局”办事员之一秦益堂在说自己的两个儿子』

“你看，还是为钱……我真不解自家的弟兄何必这样斤斤计较，岂不横竖都一样？……”『注：这是作品中“公益局”办事员之一张沛君的话』

“像你们的弟兄，那里有呢。”益堂说。

“我们就是不计较，彼此都一样。我们就将钱财两字不放在心上。这么一来，什么事也没有了。有谁家闹着要分的，我总是将我们的情形告诉他，劝他们不要计较。益翁也只要对令郎开导开导……。”

“哪～～～里……。”益堂摇头说。

“这大概也不成……像你们的弟兄，实在是少有的；我没有遇见过。你们简直是谁也没有一点自私自利的心思，这就不容易……。”『注：这是作品中另一办事员汪月生的话』

彷徨/弟兄（1926・2・10）

●1-2-11-13

“真是少有的，”月生目送他飞奔出去『注：作品中的张沛君外出为弟弟的病请医生』之后，向着秦益堂赞叹着。“他们两个人就像一个人。要是所有的弟兄都这样，家里那里还会闹乱子。我就学不来……。”

彷徨/弟兄（1926・2・10）

●1-2-11-14

办公室中暂时的寂静，不久就被沛君的步声和听差的声音震破了。他仿佛已经有什么大难临头似的，说话有些口吃了，声音也发着抖。他叫听差打电话给普悌思普大夫，请他即刻到同兴公寓张沛君那里去看病。

月生便知道他很着急，因为向来知道他虽然相信西医，而进款不多，平时也节省，现在却请的是这里第一个有名而价贵的医生。

彷徨/弟兄（1926・2・10）

●1-2-11-15

“那么，令弟没有什么？”

“没有什么。医生说是疹子。”

“疹子？是呵，现在外面孩子们正闹着疹子。我的同院住着的三个孩子也都出了疹子了。那是毫不要紧的。但你看，你昨天竟急得那么样，叫旁人看了也不能不感动，这真所谓‘兄弟怡怡’＊。”

〖**释：“兄弟怡怡”，语出《论语・子路》，指兄弟间和睦亲切状。**〗

彷徨/弟兄（1926・2・10）

●1-2-11-16

“……你还是早点回去罢，你一定惦记着令弟的病。你们真是‘鹡鸰在原’……”『注：这是作品中汪月生对张沛君说的话』

彷徨/弟兄（1926・2・10）

●1-2-11-17

北新捕去李（小峰之堂兄）王（不知何人）＊两公及搜查，闻在十月二十二，《语丝》之禁则二十四。作者皆暂避，周启明盖在日本医院欤。查封北新，则在卅日。今天乔峰『注：即周建人』得启明信，则似已回家……

〖**释：“捕去李王”，李丹忱和王寅生，当时均**

为北京北新书局职员。〗

书信/致章廷谦（1927·11·7）

●1-2-11-18

他『注：指周作人』之在北，自不如来南之安全，但我对于此事，殊不敢赞一辞，因我觉八道湾之天威莫测，正不下于张作霖，倘一搭嘴，也许罪戾反而极重，好在他自有他之好友，当能互助＊耳。

〖释：“他自有好友，当能互助”，当时北京白色恐怖，“作者皆暂避，周启明盖在日本医院耿”……〗

书信/致章廷谦（1927·11·7）

●1-2-11-19

要之北京（尤其是八道弯）上海，情形大不相同，皇帝气之积习，终必至于不能和洋场居民相安，因为目击流离，渐失长治久安之念，一有压迫，很容易视所谓“平安”者如敝屣也。

书信/致章廷谦（1930·3·27）

●1-2-11-20

某太太『注：指朱安』于我们颇示好感，闻当初二太太『注：指羽太信子』曾来鼓动，劝其想得开些，多用些钱，但为老太太纠正。后又谣传 H. M. 『注：指许广平』肚子又大了，二太太曾愤愤然来报告，我辈将生孩子而她不平，可笑也。

书信/致许广平（1932·11·15）

●1-2-11-21

周启明颇昏，不知外事，废名＊是他荐为大学讲师的，所以无怪攻击我，狗能不为其主人吠乎?

〖释：废名，即冯文炳（1901－1967），湖北黄梅人。小说家。语丝社成员，曾在北京大学任教。〗

两地书/北平－上海（1932·11·19）

●1-2-11-22

二太太将其父母迎来，而虐待得真可以，至于一见某太太，二老人也不免流涕云。

书信/致许广平（1932·11·20）

●1-2-11-23

周作人自寿诗＊，诚有讽世之意，然而此种微辞，已为今之青年所不憭，群公相和，则多近于肉麻，于是火上添油，遽成众矢之的＊，而不作此等攻击文字，此外近日亦无可言。此亦“古已有之”，文人美女，必负亡国之责，近似亦有人觉国之将亡，已在卸责于清流或舆论矣。

〖释：“周作人自寿诗”，周作人于1934年4月5日的《人间世》第一期上发表《五秩自寿诗》，内有“街头终日听谈鬼，窗下通年学画蛇”等句。/“遽成众矢之的”，《申报·自由谈》和《人言周刊》等相继有文章批评周作人，内有“自甘凉血懒如蛇”，“怕惹麻烦爱肉麻”等句。〗

书信/致曹聚仁（1934·4·30）

●1-2-11-24

周作人之诗，其实是还藏些对于现状的不平的，但太隐晦，已为一般读者所不憭，加以吹擂太过，附和不完，致使大家觉得讨厌了。

书信/致杨霁云（1934·5·6）

●1-2-11-25

和龚君『注：龚梅生，周作人的学生』通信，我希望从缓，我并无株连门生之心，但一通信而为老师所知，我即有从中作祟之嫌疑，而且又大有人会因此兴风作浪，非常麻烦。为耳根清静计，我一向是极谨慎的。

书信/致刘炜明（1934·12·31）

（12）周建人……周建人（1888－1984），字乔峰，鲁迅的三弟。曾任商务印书馆编辑。

此君虽颇经艰辛，而仍不更事。

●1-2-12-1

我是向来不爱放风筝的，不但不爱，并且嫌恶他，因为我以为这是没出息孩子所做的玩艺。和我相反的是我的小兄弟，他那时大概十岁内外罢，多病，瘦得不堪，然而最喜欢风筝，自己买不起，我又不许放，他只得张着小嘴，呆看着空中出神，有时至于小半日。远处的蟹风筝突然落下来了，他惊呼；两个瓦片风筝的缠绕解开了，他高兴得跳跃。他的这些，在我看来都是笑柄，可鄙的。

有一天，我忽然想起，似乎多日不很看见他了，但记得曾见他在后园拾枯竹。我恍然大悟似的，便跑向少有人去的一间堆积杂物的小屋去，推开门，果然就在尘封的什物堆中发见了他。他向着大方凳，坐在小凳上；便很惊惶地站了起来，失了色瑟缩着。大方凳旁靠着一个胡蝶风筝的竹骨，还没有糊上纸，凳上是一对做眼睛用的小风轮，正用红纸条装饰着，将要完工了。我在破获秘密的满足中，又很愤怒他的瞒了我的眼睛，这样苦心孤诣地来偷做没出息孩子的玩艺。我即刻伸手折断了胡蝶的一支翅骨，又将风轮掷在地下，踏扁了。论长幼，论力气，他是都敌不过我的，我当然得到完全的胜利，于是傲然走出，留他绝望地站在小屋里。后来他怎样，我不知道，也没有留心。

然而我的惩罚终于轮到了，在我们离别得很久之后，我已经是中年。我不幸偶而看了一本外国的讲儿童的书，才知道游戏是儿童最正当的行为，玩具是儿童的天使。于是二十年来毫不忆及的幼小时候对于精神的虐杀的这一幕，忽地在眼前展开，而我的心也仿佛同时变了铅块，很重很重的堕下去了。

……

我也知道还有一个补过的方法的：去讨他的宽恕……有一回，我们会面的时候，是脸上都已添刻了许多“生”的辛苦的条纹，而我的心很沉重。我们渐渐谈起儿时的旧事来，我便叙述到这一节，自说少年时代的胡涂。“我可是毫不怪你呵。”我想，他要说了，我即刻便受了宽恕，我的心从此也宽松了罢。

“有过这样的事么？”他惊异地笑着说，就像旁听着别人的故事一样。他什么也不记得了。

全然忘却，毫无怨恨，又有什么宽恕之可言呢？无怨的恕，说谎罢了。

我还能希求什么呢？我的心只得沉重着……

野草/风筝（1925·2·2）

●1-2-12-2

舍弟建人，从去年来京在大学听讲，本系研究生物学，现在哲学系。日愿留学国外而为经济牵连无可设法。比闻里昂华法大学成立在迩，想来当用若干办事之人，因此不揣冒昧，拟请先生量予设法，俾得藉此略求学问，副其素怀，实为至幸。

鲁迅致蔡元培信（1920·8·16）

●1-2-12-3

舍弟建人，未入学校。初治小学，后习英文，现在可看颇深之专门书籍。其所研究者为生物学，曾在绍兴师范学校为博物学教员三年。此次志愿专在赴中法大学留学，以备继续研究。弟以经费为难，故私愿即在该校任一科教以外之事务，足以自足也。

鲁迅致蔡元培信（1920·8·21）

●1-2-12-4

很早的时候，乔峰有信来要我将上海的情形顺便告诉三太太＊，因为她有信去问。但我有什么“便”呢。今天非写回信不可了，这一件委托，也总得消差，思之再三，只好奉托你暗暗通知一声，其语如下＊——

〖释：“三太太”，指周建人当时的日籍妻子羽太芳子，系羽太信子之妹。一直住在北京周作人夫妇处。/“奉托你暗暗通知一声，其语如下——”，这里系剪贴周建人的一个纸条，内容是谈他在上海商务印书馆的生活情况。周建人在北京找不到工作，几经周折赴上海任商务印书馆编辑。〗

书信/致章廷谦（1925·6·22）

●1-2-12-5

建人与我有同一之景况，在北京所闻的流言，大抵是真的。但其人『注：指王蕴如，后来的周建人夫人』在绍兴，据云有时到上海来。他自己说并不负债，然而我看他所住的情形，实在太苦了，前天收到八月分的薪水，已汇给他二百元，或者可以略作补助。听说他又常喝白干，我以为很不好，此后想勒令喝蒲桃酒，每月给与酒钱十元，这样，则三天可以喝一瓶了，而且是每瓶一元的。

两地书/厦门－广州（1926·9·14）

●1-2-12-6

建已有信来，讶我寄他之钱太多，他已迁居，而与一个无锡人同住，我想这是不好的，但他也不笨，想不至于上当。

两地书/厦门－广州（1926·9·30）

●1-2-12-7

建人近来似乎很忙，写给我的信都只草草的一点，我疑心他的朋友又到上海了，所以他至于无心写信。

两地书/厦门－广州（1926·11·1）

●1-2-12-8

乔峰来函谓前得一电，以土步『注：即周建人与羽太芳子的儿子周丰二』病促其急归，因（一）缺钱，（二）须觅替人接事，不能如电遄赴，发信问状，则从此不得音信。盖已犯罪于八道湾矣。顷观来信，则土步之病已愈，而乔峰盖不知，拚命谋生，仍不见谅，悲夫。

书信/致章廷谦（1927·6·23）

●1-2-12-9

乔峰……常常慨叹保持饭碗之难，并言八道弯事情之多，一有事情，便呼令北去，动止两难，至于失眠云云。

书信/致章廷谦（1930·3·27）

●1-2-12-10

商务印书馆全部，亦已于二十九日焚毁，但舍弟亦无恙，并闻。

书信/致李秉中（1932·2·29）

●1-2-12-11

今所恳望者，惟舍弟乔峰在商务印书馆作馆员十年，虽无赫赫之勋，而治事甚勤，始终如一，商务馆被燹后，与一切人员，俱被停职，素无储积，生活为难，商务馆虽云人员全部解约，但现在当必尚有蝉联，而将来且必仍有续聘，可否乞兄转蕲蔡先生代为设法，俾有一栖身之处，即他处他事，亦甚愿服务也。

书信/致许寿裳（1932·3·2）

●1-2-12-12

乔峰寓为炸弹毁去一半，但未遭劫掠，故所失不多，幸人早避去，否则，死矣。

书信/致许寿裳（1932·3·15）

●1-2-12-13

乔峰事经蔡先生面商，甚为感谢，再使乔峰自去，大约王云五＊所答，当未必能更加切实，鄙意不如暂且勿去，静待若干日为佳也。

〖释：王云五（1888－1979），当时的商务印书馆总经理兼编译所所长。〗

书信/致许寿裳（1932·3·22）

●1-2-12-14

老三旧寓，则被炸毁小半，门窗多粉碎，但老三之物，则除木器颇被炸破之外，衣服尚无大损，不过房子已不能住，所以他搬到法租界去了。

书信/致母亲（1932·3·20）

●1-2-12-15

乔峰因生计无着，暂寓“法界善钟路合兴里四十九号”友人处，倘得廉价之寓所，拟随时迁移……

书信/致许寿裳（1932·4·11）

●1-2-12-16

此次上海炮火，商务印书馆编辑人员的饭碗也打坏了约两千个，因此舍弟明天要到外地找饭吃。

书信/致〈日〉增田涉〔译文〕(1932·5·13)

●1-2-12-17

乔峰事迄今无后文，但今兹书馆与员工，争执正烈*，实亦难于措手，拟俟馆方善后事宜办竣以后，再一托蔡公耳。

〖释："书馆与员工，争执正烈"，商务印书馆大部毁于一二八战火后，王云五宣布停业，员工一律解雇，由此引起职工与资方长达半年的争执、谈判。〗

书信/致许寿裳(1932·5·14)

●1-2-12-18

舍弟已任安徽大学教授。但中国近来没有这么容易吃饭的地方，竟来叫他去，其中必是因为有什么危险之处。现在去固然去了，却是准备了回来的旅费才去的，谅不久又将返沪。

书信/致〈日〉增田涉〔译文〕(1932·5·31)

●1-2-12-19

乔峰有信来，言校务月底可了*。城中居人，民兵约参半，颇无趣，故拟课讫便归，秋间最好是不复往。希兄于便中向蔡先生一谈，或能由商务馆得一较确之消息，非急于入馆，但欲早得着落，可无须向别处奔波觅不可靠之饭啖耳。但如蔡先生以为现在尚非往询之时，则当然不宜催促也。

〖释："校务月底可了"，周建人1932年5月赴安庆安徽大学任教，6月即回上海。〗

书信/致许寿裳(1932·6·18)

●1-2-12-20

顷阅报，知商务印书馆纠纷已经了结，此后当可专务开张之事，是否可请蔡先生再为乔峰一言，希兄裁酌定进止，幸甚感甚。

书信/致许寿裳(1932·6·26)

●1-2-12-21

舍弟到安徽大学当教授，已于前天回来，薪金支付无望。该城兵与居民各半，故不愿再呆下去，正设法再进商务印书馆，但尚未定。

书信/致〈日〉增田涉〔译文〕(1932·6·28)

●1-2-12-22

老三已经回到上海，下半年去否未定，男则以为如别处有事可做，总以不去为是，因为现在的学校，几乎没有一个可以安稳教书吃饭也。

书信/致母亲(1932·7·2)

●1-2-12-23

上午得七月卅日快信，俱悉种种，乔峰事蒙如此郑重保证，不胜感荷。其实此君虽颇经艰辛，而仍不更事，例如与同事谈，时作愤慨之语，而听者遂掩其本身不平之语，但掇彼语以上闻，借作取媚之资矣。顷已施以忠告，冀其一心于馁，三缄厥口，此后庶免于咎戾也。

书信/致许寿裳(1932·8·1)

●1-2-12-24

商务印书馆编译处即在四马路总发行所三层楼上，前日曾一往看，警卫颇严，盖虞失业者之纷扰耳。乔峰已于上星期六往办公，其所得聘约，有效期间为明年一月止，盖商务馆已改用新法(殆即王云五之所谓"合理化")，聘馆员均以年终为限，则每年于年底，馆中可以任意去留，不复如先前之动多掣肘也。

书信/致许寿裳(1932·8·17)

●1-2-12-25

乔峰已得续聘之约，其期为十四个月，前所推测，殊不中鹄耳。

书信/致许寿裳(1933·1·19)

●1-2-12-26

老三亦如常，但每日作事八点钟，未免过于

劳苦而已。

书信/致母亲（1934·4·25）

●1-2-12-27

乔峰的文章，见面时当转达，但他每天的时间，和精力一并都卖给了商务印书馆，我看也未必有多少工夫能写文章。我和闲斋＊的稿费，托他也不好（他几乎没有精神管理琐事了），还是请先生代收，便中给我，迟些时是不要紧的。

〖释：闲斋，即徐诗荃，湖南长沙人。留学德国时，经常为鲁迅购买德国书刊和木刻。当时在上海从事译著工作，大部分作品都经鲁迅介绍发表。〗

书信/致徐懋庸（1934·6·21）

●1-2-12-28

老三是好的，但他公司里的办公时间太长，所以颇吃力。所得的薪水，好像每月也被八道湾逼去一大半＊，而上海物价，每月只是贵起来，因此生活也颇窘。……男现只每星期六请他吃饭并代付两个孩子的学费，此外什么都不帮，因为横竖他去献给八道湾，何苦来呢？八道湾是永远填不满的。

〖释："所得薪水被逼去一大半"，羽太芳子一直带着三个孩子在北京与姐姐一家同住，周建人不得不在很长一段时期内将薪金的一部乃至大部汇往"八道湾"。〗

书信/致母亲（1934·8·12）

●1-2-12-29

阿菩＊是我的第三个兄弟的女儿。

〖释：阿菩，即周瑾，生于1927年。周建人与王蕴如的次女。〗

书信/致萧军、萧红（1934·12·6）

●1-2-12-30

老三因闸北多谣言，搬了房子，离男寓很远，但每礼拜总大约可以见一次。他近来身体似尚好，不过极忙，而且窘，好像八道湾方面，逼钱颇凶也。

书信/致母亲（1935·12·21）

●1-2-12-31

马理＊早到上海，老三寓中有外姓同住（上海居民，一家能独赁一宅的不多），不大便当，就在男寓中住了几天……不久还要来住几天也说不定。但这事不可给八道湾知道，否则，又有大罪的。

〖释：马理，又称玛莉等，即周建人与羽太芳子的女儿周鞠子，又名丰晨。当时到上海治病。〗

书信/致母亲（1936·8·25）

●1-2-12-32

马理已考过，取否尚未可知。她还是孩子脾气，看得上海很新鲜。但据男看来，她的先生（北平教过的）和朋友都颇滑，恐怕未必能给她帮助，到紧要时，都托故溜开了。

书信/致母亲（1936·9·3）

---

(13) 朱安……朱安（1878－1947），鲁迅的元配夫人。鲁迅在母亲的包办下，1906年从日本回国与之结婚。

在女性一方面，本来没有罪，现在是做了旧习惯的牺牲。

●1-2-13-1

做一世牺牲，是万分可怕的事；但血液究竟干净，声音究竟醒而且真。

热风/随感录·四十（1919·1·15）

●1-2-13-2

但在女性一方面，本来没有罪，现在是做了旧习惯的牺牲。我们既然自觉着人类的道德，良心上不肯犯他们少的老的的罪，又不能责备异性，也只好陪着做一世的牺牲，完结了四千年的旧账。

热风/随感录·四十（1919·1·15）

●1-2-13-3

按：此信收信人许钦文（1897－1984），原名绳尧，浙江山阴人，作家。1920年间曾在北京大学旁听过鲁迅讲课。1924年2月18日鲁迅作小说《幸福的家庭》，副题作“——拟许钦文”。

内子『注：指朱安』进医院约有五六天（现已出来），本是去检查的，因为胃病；现在颇有胃癌嫌疑，而且是慢性的，实在无法（因为此病现在无药可医），只能随时对付而已。

书信/致许钦文（1925·9·29）

●1-2-13-4

北京我本想去……而西三条屋中，似乎已经增添了人，如“大太太”『注：指朱安』的兄弟之类，我回去，亦无处可住也。

书信/致章廷谦（1927·7·28）

●1-2-13-5

大约一两月前，某太太『注：指朱安』对母亲说，她做了一个梦，梦见我带了一个孩子回家，自己因此很气忿。而母亲大不以气忿为然，因告诉她外间真有种种传说，看她怎样。她说，已经知道。问从何知道。她说，是二太太告诉她的。

两地书/北平－上海（1929·5·17）

●1-2-13-6

我曾于五月二十左右寄一孺子相片，尚由朱寓『注：“朱”即朱安』收转，未见示及，因知未到也。舍间交际之法，实亦令人望而生畏，即我在北京家居时，亦常惴惴不宁，时时进言而从来不蒙采纳，道尽援绝，一叹置之久矣。

书信/致李秉中（1932·6·4）

●1-2-13-7

某太太于我们颇示好感，闻当初二太太曾来鼓动，劝其想得开些，多用些钱，但为老太太纠正。

书信/致许广平（1932·11·15）

●1-2-13-8

十六日函中，并附有太太『注：指朱安』来信，言可铭『注：即朱鸿猷（？－1931），朱安之兄』之第二子，在上海作事，力不能堪，且多病，拟招至京寓，一面觅事，问男意见如何。可铭之子，三人均在沪，其第三子由老三荐入印刷厂中，第二子亦曾力为设法，但终无结果。……所以此等事情，可请太太自行酌定，男并无意见，且亦无从有何主张也。

书信/致母亲（1934·5·29）

（14）许广平……许广平（1898－1968），一名景宋，广东番禺人。1926年毕业于北京女子师范大学。1927年9月与鲁迅赴上海，10月抵沪并开始同居。

其实呢，异性，我是爱的，但我一向不敢，因为我自己明白各种缺点，深恐辱没了对手。然而一到爱起来，气起来……

●1-2-14-1

我以为只要目的是正的——这所谓正不正，又只专凭自己判断——即可用无论什么手段，而况区区假名真名之小事*也哉，此我所以指窗下为活人之坟墓，而劝人们不必多看中国之书者也！

〖**释：“假名真名之小事”，指许广平用笔名发表文章事。**〗

两地书/北京（1925·5·3）

●1-2-14-2

以真名招一个无聊的麻烦，固然犯不上，但若假名太近滑稽，则足以减少论文的重量，所以也不很好。

两地书/北京（1925·5·3）

●1-2-14-3

我上船时，是建人送我去的，并有客栈里的茶房。当未上船之前，我们谈了许多话。谈到我的事情时，据说伏园已经宣传过了。（怎么这样地

善于推测，连我也以为奇）所以上海的许多人，见我的一行组织，便多已了然，且深信伏园之说。建人说：这也很好，省得将来自己发表。

两地书/厦门－广州（1926·9·14）

●1-2-14-4

听讲的学生倒多起来了，大概有许多是别科的。女生共五人。我决定目不邪视，而且将来永远如此，直到离开厦门，和HM相见。

两地书/厦门－广州（1926·9·30）

●1-2-14-5

你初作事*，要努力工作，我当然不能说什么，但也须兼顾自己，不要“鞠躬尽瘁”才好。

〖释：“你初作事”，许广平当时已在广州谋职。〗

两地书/厦门－广州（1926·10·4）

●1-2-14-6

我看你的职务太烦剧了，薪水又这么不可靠，衣服又须如此变化，你够用么？我想一个人也许应该做点事，但也无须乎劳而无功。天天看学生的脸色办事，于人我都无益，就是敝精神于无用之地，你说寻别的事并不难，然则何必一定要等到学期之末呢？忙自然不妨，但倘若连自己休息的时间都没有，那可是不值得的。

两地书/厦门－广州（1926·10·15）

●1-2-14-7

你不会起草章程，并不足为能力薄弱之证据。草章程是别一种本领，一须多看章程之类，二须有法律趣味，三须能顾到各种事件。我就最厌恶这东西，或者也非你所长罢。然而人又何必定须会做章程呢？即使会做，也不过一个“做章程者”而已。

两地书/厦门－广州（1926·10·20）

●1-2-14-8

我所住的这么一坐大洋楼上，……就只有我一人。但我却可以静坐着默念H M，所以精神上并不感到寂寞。

两地书/厦门－广州（1926·10·21）

●1-2-14-9

……亲戚本家，这回要认识你了，不但认识，还要要求帮忙，帮忙之后，还要大不满足，而且怨愤，因为他们以为你收入甚多，即使竭力地帮了，也等于不帮。将来如果偶需他们帮助时，便都退开，因为他们没有得过你的帮助，或者还要下石，这是对于先前吝啬的罚。这种情形，我都曾一一尝过了，现在你似乎也正在开始尝着这况味。这很使人苦恼，不平，但尝尝也好，因为更可以知道所谓亲戚本家是怎么一回事，知道世事就更真切了。倘永是在同一境遇，不忽儿穷忽儿有点收入，看世事就不能有这么多变化。但这状态是永续不得的，经验若干时之后，便须斩钉截铁地将他们撇开，否则，即使将自己全部牺牲了，他们也仍不满足，而且仍不能得救。

两地书/厦门－广州（1926·10·28）

●1-2-14-10

你脾气喜欢动动，又初出来办事，向各处看看，办几年事；历练历练，本来也很好的，但于自己，却恐怕没有好处，结果变成政客之流。

两地书/厦门－广州（1926·11·18）

●1-2-14-11

我的心也并不“空虚”，有充实我的心者在。

两地书/厦门－广州（1926·11·20）

●1-2-14-12

我自然要从速走开此地，但结果如何，殊难预料。我想这大半年中，HM不如不以我之方针为方针，而到于自己相宜的地方去，否则也许做了很牵就，非意所愿的事务，而结果还是不能常见。

两地书/厦门－广州（1926·11·26）

●1-2-14-13

我想HM正要为社会做事，为了我的牢骚而

不安。实在不好，想到这里，忽然静下来了，没有什么牢骚。

两地书/厦门－广州（1926·11·26）

●1-2-14-14

我一定于年底离开此地，就中大教授职。但我极希望那一个人也在同地，至少也可以时常谈谈，鼓励我再做有益于人的工作。

两地书/厦门－广州（1926·11·28）

●1-2-14-15

你大约世故没有我深之故，似乎思想比我明晰些，也较有决断，研究一种东西，不会困难的，不过那粗心要纠正。还有一种吃亏之处是不能看别国书，我想较为便利是来学日本文，从明年起我想勒令学习，反抗就打手心。

两地书/厦门－广州（1926·12·2）

●1-2-14-16

中央政府迁移*而我到广州，于我倒并没有什么。我并非追踪政府，却是别有追踪。

〖释："中央政府迁移"，当时国民政府从广州迁往武昌。〗

两地书/厦门－广州（1926·12·2）

●1-2-14-17

计算起来，我在此至多也只有两个月了，其间编编讲义，烧烧开水，也容易混过去。何况还有默念，但这默念之度常有加增的倾向，不知其故何也，似乎终于也还是那一个人胜利了。

两地书/厦门－广州（1926·12·2）

●1-2-14-18

我回忆在北京因节制吸烟之故而令一个人碰钉子的事，心里很难受，觉得脾气实在坏得可以。……但愿明年有人管束，得渐渐矫正，并且也心甘被管，不至于再闹脾气的了。

两地书/厦门－广州（1926·12·3）

●1-2-14-19

我的意思……并无变更，实未有愿意害马"终生被播弄于其中而不自拔"之意，当初仅以为在社会上阅历几时，可以得较多之经验而已，并非我将永远静着，以至于冷眼旁观，将害马卖掉，而自以为在孤岛中度寂寞生活，咀嚼着寂寞，即足以自慰自赎也。

两地书/厦门－广州（1926·12·6）

●1-2-14-20

置首于一人之足下，甘心什倍于戴王冠，久矣夫，已非一日矣……

两地书/厦门－广州（1926·12·12）

●1-2-14-21

北京似乎也有流言，和在上海所闻者相似，且说长虹*之攻击我，乃为此。用这样的手段，想来征服我，是不行的。……现在就偏出来做点事，而且索性在广州，住得更近点，看他们卑劣诸公其奈我何？然而这也是将计就计，其实是即使并无他们的闲话，也还是到广州的。

〖释：长虹，即高长虹（1898－1949），山西盂县人。1926年10月在上海创办《狂飙》周刊。〗

两地书/厦门－广州（1926·12·29）

●1-2-14-22

我近来很沉静而大胆，颓唐的气息全没有了，大约而力于一个人的训示。我想二十日以前，一定可以见面了。你的作工的地方，那是当不成问题，我想同在一校无妨，偏要同在一校，管他妈的。

两地书/厦门－广州（1927·1·2）

●1-2-14-23

我想助教是不难做的，并不必授功课，而给我做助教，尤其容易，我可以少摆教授架子。

两地书/厦门－广州（1927·1·5）

●1-2-14-24

那流言，最初是韦漱园通知我的，说是沉钟社＊中人所说，《狂飙》上有一首诗，太阳是自比，我是夜，月是她＊。今天打听川岛，才知此种流言早已有之，传播的是品青＊，伏园，衣萍＊，小峰，二太太……。他们又说我将她带在厦门了，这大约伏园不在内，而送我上车的人们所流布的。黄坚从北京接家眷来此，又将这流言带到厦门，为攻击我起见，广布于人，说我之不肯留，乃为月亮不在之故……况且如果是“夜”，当然要有月亮，倘以此为错，是逆天而行也。

〖释：“沉钟社”，其前身浅草社是1922年成立于上海的文学团体，所编《浅草》季刊存在于1923年3月－1925年2月。其后成立沉钟社，主要成员即为原浅草社成员。/“《狂飙》上有一首诗，太阳是自比，我是夜，月是她”，指高长虹发表在1926年11月21日《狂飙》第七期上的长诗《给——》。这首诗自比“太阳”，将鲁迅比作“黑夜”，将许广平喻为“月亮”。/品青，即王品青，名贵珍，河南济源人。北京大学毕业，曾给《语丝》投稿。/衣萍，即章衣萍（1901－1947），原名鸿熙，安徽绩溪人。作家，《语丝》撰稿人。〗

两地书/厦门－广州（1927·1·11）

●1-2-14-25

老三不回去了，听说今年总当回京一次，至迟以暑假为度。但他不至于散布流言。我现在真自笑我说话往往刻薄，而对人则太厚道，我竟从不疑及衣萍之流到我这里来是在侦探我；并且今天才知道我有时请他们在客厅里坐，他们也不高兴，说我在房里藏了月亮，不容他们进去了。

两地书/厦门－广州（1927·1·11）

●1-2-14-26

我先前偶一想到爱，总立刻自己惭愧，怕不配，因而也不敢爱某一个人，但看清了他们的言行思想的内幕，便使我自信我决不是必须自己贬抑到那么样的人了，我可以爱！

两地书/厦门－广州（1927·1·11）

●1-2-14-27

许女士仍在三层楼上，据云大约不久须回粤嫁妹。但似并不十分一定，“存查”而已。

书信/致章廷谦（1928·10·18）

●1-2-14-28

至于“新生活”的事，我自己是川岛到厦门以后，才听见的。他见我一个人住在高楼上，很骇异，听他的口气，似乎是京沪都在传说，说我携了密斯许同住于厦门了。那时我很愤怒。但也随他们去罢……说到这里为止，疑问之处尚多，恐怕大家都还是难于“十分肯定”的，不过我且说到这里为止罢，究竟如何，且听下回分解罢。

书信/致韦素园（1929·3·22）

●1-2-14-29

其实呢，异性，我是爱的，但我一向不敢，因为我自己明白各种缺点，深恐辱没了对手。然而一到爱起来，气起来，是什么都不管的。后来到广东，将这些事对密斯许说了，便请她住在一所屋子里——但自然也还有别的人。前年来沪，我也劝她同来了，现就住在上海，帮我做点校对之类的事——你看怎样，先前大放流言的人们，也都在上海，却反而哑口无言了，这班孱头，真是没有骨力。

书信/致韦素园（1929·3·22）

●1-2-14-30

我不知乖姑＊睡了没有？我觉得她一定还未睡着，以为我正在大谈三年来的经历了。其实并未大谈，我现在只望乖姑要乖，保养自己，我也当平心和气，渡过豫定的时光，不使小刺猬＊忧虑。

〖释：“乖姑”，鲁迅当时对许广平的昵称。/“小刺猬”，鲁迅当时对许广平的另一昵称。〗

两地书/北平－上海（1929·5·15）

●1-2-14-31

关于咱们的故事，闻南北统一以后，此地忽

然盛传，研究者也很多，但大抵知不确切。上午，令弟『注：指许羡苏，见1-2-9-2条释』告诉我一件故事。她说，大约一两月前，某太太『注：指朱安』对母亲说，她做了一个梦，梦见我带了一个孩子回家，自己因此很气忿。而母亲大不以气忿为然，因告诉她外间真有种种传说，看她怎样。她说，已经知道。问从何知道。她说，是二太太告诉她的。我想老太太所闻之来源，大约也是二太太。而南北统一后，忽然盛传者，当与陆晶清之入京有关。我因以小白象之事『注：指海婴即将出世事』告知令弟，她并不以为奇，说，这是也在意中的。午前，我就告知母亲，说八月间，我们要有小白象＊了。她很高兴，说，我想也应该有了，因为这屋子里，早应该有小孩子走来走去。这种“应该”的理由，和我们是另一种思想，但小白象之出现，则可见世界上已以为当然矣。

不过我却并不愿意小白象在这房子里走来走去，这里并无抚育白象那么广大的森林。北平倘不荒芜下去，似乎还适于居住，但为小白象计，是须另选处所的。这事俟将来再议。

〖释：“小白象”，许广平当时对鲁迅的昵称，有时是鲁迅在给许广平信中的自称。这里又作鲁迅对即将出世的婴儿的昵称。〗

两地书/北平－上海（1929·5·17）

●1-2-14-32

看现在的情形，我们的前途似乎毫无障碍，但即使有，我也决计要同小刺猬跨过它而前进的，绝不畏缩。

两地书/北平－上海（1929·5·19）

●1-2-14-33

林卓凤『注：广东澄海人，许广平在北京女子师范大学时的同学』问令弟，听说鲁迅有要好的人了，结过婚了没有？但未提那“人”是谁。令弟答以不知道。

两地书/北平－上海（1929·5·19）

●1-2-14-34

我是平安的；但只因为欠缺一件事，因而也静不下，惟看来信，知道小刺猬在上海也很乖，于是也就暂自宽慰了。小刺猬要这样继续摄生，万勿疏懈才好。

两地书/北平－上海（1929·5·22）

●1-2-14-35

此时是二十三日之夜十点半，我独自坐在靠壁的桌前，这旁边，先前是小刺猬常常坐着的，而她此刻却在上海。

两地书/北平－上海（1929·5·23）

●1-2-14-36

看来信，小刺猬是很乖的，鼻子不再冻冷，也令我放心。不过勒令我的鼻子垂下，却未免专制。我的鼻子，虽然有时不免为刺猬所拉下，但不至于常如橡皮那样也。

两地书/北平－上海（1929·5·25）

●1-2-14-37

姑母来沪，即不发表亦将发见，自以发表为宜，结果如何，可以不必顾虑。我对于一切外间传言，即最消极也不过不辩，而大抵以承认之时为多，是是非非，都由他们去，总之我们是有小白象了。

两地书/北平－上海（1929·5·27）

●1-2-14-38

计我回北平以来，已两星期……那间后房，一切如旧，而小刺猬不坐在床沿上，是使我最觉得不满足的，幸而来此已两星期，距回沪之期渐近了。

两地书/北平－上海（1929·5·27）

●1-2-14-39

晚间是徐旭生张凤举＊等在中央公园邀我吃饭……同席约有十人，他们已都知道我因“唔唔唔”而不肯留北。

〖释：徐旭生（1888－1976），名炳昶，字旭生，河北唐河人。曾任北京大学哲学系教授，《猛进》周刊主编。当时是北平大学第二师范学院院长。张凤举（1895－），名黄，字凤举，又字定璜，江西南昌人。1925－1926年在北京大学、中法大学和北京女子师范大学任教授、讲师。〗

两地书/北平－上海（1929·5·27）

●1-2-14-40

此刻小刺猬＝小莲蓬＝小莲子不知是睡着还是醒着。计此信到时，我在这里距启行之日也已不远了。这是使我高兴的。

两地书/北平－上海（1929·5·27）

●1-2-14-41

据丛芜说，关于我们的事，他闻之于马季铭（燕大国文系主任），马则云周作人所说的。其实不过是怕我去抢饭碗，即我们不住一处，他们也当另觅排斥的理由。然而我流宕三年了，何至于忽而去抢饭碗呢，这些地方，我觉得他们实在比我小气。

两地书/北平－上海（1929·5·30）

●1-2-14-42

小刺猬，我们之相处，实有深因，它们以它们自己的心，来相窥探猜测，那里会明白呢。我到这里一看，更确知我们之并不渺小。

两地书/北平－上海（1929·5·30）

●1-2-14-43

这两星期以来，我一点也不颓唐，但此刻遥想小刺猬之采办布帛之类，豫为小小白象经营，实是乖得可怜，这种性质，真是怎么好呢。我应该快到上海，去管住她。

两地书/北平－上海（1929·5·30）

●1-2-14-44

按：此信收信人谢敦南（1900－1959），当时在黑龙江省财政厅任职。

广平于九月廿六日午后三时腹痛，即入福民医院，至次日晨八时生一男孩。大约因年龄关系，而阵痛又不逐渐加强，故分娩颇慢。

书信/致谢敦南（1929·9·27）

●1-2-14-45

许现在已经复原了……但当出院回寓时，已经增添了一人，所以势力非常膨张，使我感到非常被迫压，现已逃在楼下看书了。

书信/致章廷谦（1929·10·26）

●1-2-14-46

回想六七年来，环绕我们的风波也可谓不少了，在不断的挣扎中，相助的也有，下石的也有，笑骂诬蔑的也有，但我们紧咬了牙关，却也已经挣扎着生活了六七年。其间，含沙射影者都逐渐自己没入更黑暗的处所去了，而好意的朋友也已有两个不在人间，就是漱园和柔石。

两地书/序言（1932·12·16）

●1-2-14-47

我们有了孩子以后，景宋几乎和笔绝交了……

书信/致萧军、萧红（1934·12·6）

●1-2-14-48

按：此诗原为手迹，题于赠给许广平的《芥子园画谱三集》首册扉页，无标题、标点。

十年携手共艰危，以沫相濡亦可哀；
聊借画图怡倦眼，此中甘苦两心知。

集外集拾遗补编/题《芥子园画谱三集》赠许广平（1934〈戌年冬十二月九日〉）

●1-2-14-49

我们『注：指鲁迅本人和许广平』是相识十多年，同居七八年了，但何年何月何日是开始同居的呢，我可已经忘记了，只记得确是已经同居了而已。

书信/致萧军（1935·7·16）

●1-2-14-50

……夜里，我醒来了，喊醒了广平。

“给我喝一点水。并且去开开电灯，给我看来看去的看一下。”

“为什么？……”她的声音有些惊慌，大约是以为我在讲昏话。

“因为我要过活。你懂得么？这也是生活呀。我要看来看去的看一下。”

“哦……”她走起来，给我喝了几口茶，徘徊了一下，又轻轻的躺下了，不去开电灯。

我知道她没有懂得我的话。

且介亭杂文末编/“这也是生活……”（1936·9·5）

（15）海婴……周海婴（1929－2011）鲁迅与许广平之子。

孩子长大，倘无才能，可寻点小事情过活，万不可去做空头文学家或美术家。

●1-2-15-1

我本以绝后顾之忧为目的，而偶失注意，遂有婴儿……

书信/致李秉中（1931·4·15）

●1-2-15-2

海婴，我毫不佩服其鼻梁之高，只希望他肯多睡一点，就好。他初生时，因母乳不够，是很瘦的，到将要两月，用母乳一次，牛乳加米汤一次，间隔喂之（两回之间，距三小时，夜间则只吃母乳），这才胖起来。米之于小孩，确似很好的，但粥汤似比米糊好因其少有渣滓也。

书信/致章廷谦（1930·2·22）

●1-2-15-3

计海婴生后只半岁，而南北报章，加以嘲骂者已有六七次了。

书信/致章廷谦（1930·3·27）

●1-2-15-4

按：此信收信人崔真吾，1928 年在上海复旦大学附属中学任教时，曾请鲁迅到校讲演。

海婴已出了三个半牙齿，能说的话还只三四句，但却正在学走，滚来滚去，领起来很吃力。

书信/致崔真吾（1930·11·19）

●1-2-15-5

我们有了一个男孩，已一岁另四个月，他生后不满两月之内，就被“文学家”在报上骂了两三回，但他却不受影响，颇壮健。

书信/致韦素园（1931·2·2）

●1-2-15-6

我不信人死而魂存，亦无求于后嗣，虽无子女，素不介怀。后顾无忧，反以为快。今则多此一累，与几只书箱，同觉笨重，每当迁徙之际，大加擘画之劳。但既已生之，必须育之，尚何言哉。

书信/致李秉中（1931·3·6）

●1-2-15-7

孩子生于前年九月间，今已一岁半，男也，以其为生于上海之婴孩，故名之曰海婴。

书信/致李秉中（1931·3·6）

●1-2-15-8

我不信人死而魂存，亦无求于后嗣……后顾无忧，反以为快。

书信/致李秉中（1931·3·6）

●1-2-15-9

海婴疹子见点之前一天，尚在街上吹了半天风，但次日却发得很好，移至旅馆，又值下雪而大冷，亦并无妨碍，至十八夜，热已退净，遂一同回寓。现在胃口很好，人亦活泼，而更加顽皮，因无别人孩子同玩，所以只在大人身边吵嚷，令男不能安静。所说之话亦更多，大抵为绍兴话，且喜吃咸，如霉豆腐，盐菜之类。现已大抵吃饭及粥，牛乳只吃两回矣。

书信/致母亲（1932·3·20）

●1-2-15-10

海婴是连一件完整的玩具也没有了。他对玩具的理论，是“看了拆掉”。

书信/致〈日〉增田涉〔译文〕(1932·5·31)

●1-2-15-11

海婴在避难中患了麻疹，又顺利地自己好了。顷又患阿米巴赤痢，已注射七次，阿米巴虽早已灭亡，但肚泻还未见好。

书信/致〈日〉增田涉〔译文〕(1932·5·31)

●1-2-15-12

横眉冷对千夫指，俯首甘为孺子牛

〖释：《鲁迅日记》1932年10月12日“午后为柳亚子书一条幅……”，即此诗。〗

集外集/自嘲 (1932·10·12)

●1-2-15-13

孩子是个累赘……我几乎终年为孩子奔忙。但既已生下，就要抚育。换言之，这是报应，也就无怨言了。

书信/致〈日〉山本初枝〔译文〕(1932·11·7)

●1-2-15-14

按：《鲁迅日记》1932年12月31日“为达夫……又一幅云：‘无情未必真豪杰……’”即下面这首诗。

无情未必真豪杰，怜子如何不丈夫。

知否兴风狂啸者，回眸时看小於菟*。

〖释：“於菟”，即虎。《左传》宣公四年：“楚人……谓虎於菟。”〗

集外集拾遗/答客诮 (1932·12·31)

●1-2-15-15

海婴很好，脸已晒黑，身体亦较去年强健，且近来似较为听话，不甚无理取闹，当因年纪渐大之故，惟每晚必须听故事，讲狗熊如何生活，萝卜如何长大等等，颇为费去不少工夫耳。

书信/致母亲 (1933·11·12)

●1-2-15-16

害马『注：指许广平。见1-1-3-47条释』亦好。海婴则已颇健壮，身子比去年长得不少，说话亦大进步，但不肯认字，终日大声叱咤，玩耍而已。

书信/致母亲 (1934·4·25)

●1-2-15-17

海婴日见长大，自有主意，常出门外与一切人捣乱，不问大小，都去冲突，管束颇觉吃力耳。

书信/致母亲 (1934·5·29)

●1-2-15-18

海婴这几天不到外面去闹事了……动物是不能给他玩的，他有时优待，有时则要虐待，寓中养着一匹老鼠，前几天他就用蜡烛将后脚烧坏了。至于学校，则今年拟不给他去，因为四近实无好小学，有些是骗钱的，教员虽然打扮得很时髦，却无学问；有些是教会开的，常要讲教，更为讨厌。

书信/致母亲 (1934·6·13)

●1-2-15-19

孩子渐大，善于捣乱，看书工夫，多为所败，从上月起，已明白宣言，以敌人视之矣。

书信/致台静农 (1934·6·18)

●1-2-15-20

上海今年之热，真是利害，晴而无雨，已有半月以上，每日虽房内也总有九十一二至九十五六度*，半夜以后，亦不过八十七八度*，大人睡不着，邻近的小孩，也整夜的叫。但海婴却好的，夜里虽然多醒一两次，而胃口仍开，活泼亦不减，白天仍然满身流汗的忙着玩耍。现于他的饮食衣服，皆加意小心，请释念为要。

〖释：“九十一二至九十五六度……八十七八度”，华氏温度。分别约合三十一二至三十五六摄氏度和三十一摄氏度。〗

书信/致母亲 (1934·7·12)

●1-2-15-21

男孩子大都是欺负妈妈的，我们的孩子也是这样；非但不听妈妈的话，还常常反抗。及至我也跟着一道说他，他反倒觉得奇怪："为什么爸爸这样支持妈妈呢?"

书信/致〈日〉山本初枝〔译文〕(1934·7·23)

●1-2-15-22

我们的孩子也很淘气，也是要吃的时候就来了，达到目的以后就出去玩，还发牢骚，说没有弟弟，太寂寞，是个伟大的不平家。

书信/致〈日〉山本初枝〔译文〕(1934·7·30)

●1-2-15-23

海婴这家伙却非常顽皮，两三日前竟发表了颇为反动的宣言，说："这种爸爸，什么爸爸!"真难办。

书信/致〈日〉增田涉〔译文〕(1934·8·7)

●1-2-15-24

有了一个孩子，虽然能不能养大也很难说，然而目下总算已经颇能说些话，发表他自己的意见了。不过不会说还好，一会说，就使我觉得他仿佛也是我的敌人。

他有时对于我很不满，有一回，当面对我说："我做起爸爸来，还要好……"甚而至于颇近于"反动"，曾经给我一个严厉的批评道："这种爸爸，什么爸爸!"

且介亭杂文/从孩子的照相说起（1934·8·20）

●1-2-15-25

我不相信他的话。做儿子时，以将来的好父亲自命，待到自己有了儿子的时候，先前的宣言早已忘得一干二净了。况且我自以为也不算怎么坏的父亲，虽然有时也要骂，甚至于打，其实是爱他的。所以他健康活泼，顽皮，毫没有被压迫得瘟头瘟脑。如果真的是一个"什么爸爸"，他还敢当面发这样反动的宣言么?

且介亭杂文/从孩子的照相说起（1934·8·20）

●1-2-15-26

那健康和活泼，有时却也使他吃亏，九一八事件后，就被同胞误认为日本孩子，骂了好几回，还挨过一次打——自然是并不重的。这里还要加一句说的听的，都不十分舒服的话：近一年多以来，以样的事情可是一次也没有了。

且介亭杂文/从孩子的照相说起（1934·8·20）

●1-2-15-27

海婴的痢疾，长久不发，看来是断根了……但他大约总不会胖起来。他每天约七点钟起身，不肯睡午觉，直至夜八点钟，就没有静一静的时候。要吃东西，要买玩具，闹个不休。客来他要陪（其实是来吃东西的），小事也要管，怎么还会胖呢。他只怕男一个人，不过在楼下闹，也仍使男不能安心看书，真是没有法子想。

书信/致母亲（1934·8·21）

●1-2-15-28

海婴也好的，他要他母亲写了一张信，今附上。他是喜欢夏天的孩子，今年如此之热，别的孩子大抵瘦落，或者生疮了，他却一点也没有什么。天气一冷，却容易伤风。现在每天很忙，专门吵闹，以及管闲事。

书信/致母亲（1934·9·16）

●1-2-15-29

我的孩子足五岁，男的，淘气得可怕。

书信/致萧军、萧红（1934·11·20）

●1-2-15-30

海婴很好……现在胖了，抱起来，重得像一块石头，我们现在才知道鱼肝油有这样的力量，但麦精鱼肝油及男在北平时所吃的那一种，却似乎没有这么有力。

他现在整天的玩，从早上到睡觉，没有休息，但比以前听话。外套稍小，但明年春天还可以穿一回，以后当给与老三的孩子，他们目下还用不着，大的穿起来太小，小的穿又太大。

书信/致母亲（1934·12·6）

●1-2-15-31

我的孩子叫海婴，但他大起来，自己要改的，他的爸爸，就连姓都改掉了。

书信/致萧军、萧红（1934·12·6）

●1-2-15-32

至于孩子，偶看看是有趣的，但养起来，整天在一起，却真是麻烦得很。

书信/致萧军、萧红（1934·12·6）

●1-2-15-33

海婴……对于我，确是一个小棒喝团＊员。他去年还问："爸爸可以吃么?"我的答复是："吃也可以吃，不过还是不吃罢。"今年就不再问，大约决定不吃了。

〖释："棒喝团"，即法西斯党。〗

书信/致萧军、萧红（1934·12·20）

●1-2-15-34

过了一年，孩子大了一岁，但我也大了一岁，这么下去，恐怕我就要打不过他，革命也就要临头了。这真是叫作怎么好。

书信/致萧军、萧红（1935·1·4）

●1-2-15-35

我这里的海婴男士，却是个不学习的懒汉，不肯读书，总爱模仿士兵。我以为让他看看残酷的战争影片，可以吓他一下，多少会安静下来，不料上星期带他看了以后，闹得更起劲了。真使我哑口无言，希特拉『注：即希特勒』有这么多党徒，盖亦不足怪矣。

书信/致〈日〉增田涉〔译文〕（1935·2·6）

●1-2-15-36

海婴的顽皮颇有进步，最近看了电影，就想上非洲去，旅费已经积蓄了两角来钱。

书信/致〈日〉增田涉〔译文〕（1935·2·27）

●1-2-15-37

孩子也好了，但他大了起来，越加捣乱，出去，就惹祸，我已经受了三家邻居的警告，——但自然，这邻居也是擅长警告的邻居。但在家里，却又闹得我静不下，我希望他快过二十岁，同爱人一起跑掉，那就好了。

书信/致萧军（1935·6·7）

●1-2-15-38

光阴如驶，近来却连一妻一子，也将为累……

且介亭杂文二集/《中国小说史略》日本译本序（1935·6·9）

●1-2-15-39

孩子的幼稚园中，一共有十多个人，所以还不十分混杂，其实也不过每天去关他四个钟头，好给我清净一下。不过我在担心，怕将来会知道他是谁的孩子。他现在还不知我的名字，一知道，是也许说出去的。

书信/致萧军（1935·8·24）

●1-2-15-40

我对付自己的孩子，也十分吃力，总算已经送进幼稚园里去了，每天清静半天。

书信/致萧军（1935·9·1）

●1-2-15-41

孩子从上月送进幼稚园，已学到铜板是可以买零食的知识了。

书信/致〈日〉致增田涉〔译文〕（1935·10·25）

●1-2-15-42

他现仍在幼稚园，认识了几个字，说"婴"之下面有"女"字，要换过了。

书信/致萧军（1935·10·29）

●1-2-15-43

一切朋友和同学，孩子都已二十岁上下，海婴每一看见，知道他是男的朋友的儿子，便奇怪的问道：他为什么会这样大呢？

书信/致母亲（1936·1·21）

●1-2-15-44

海婴已放假，在家里玩，这一两天，还不算大闹。但他考了一个第一……他大约已认识了二百字，曾对男说，你如果字写不出来了，只要问我就是。

书信/致母亲（1936·1·21）

●1-2-15-45

海婴已以第一名在幼稚园毕业，其实亦不过“山中无好汉，猢狲称霸王”而已。

书信/致母亲（1936·7·6）

●1-2-15-46

海婴安好，瘦长了，生一点疮。仍在大陆小学，进一年级，已开学。学校办得并不好，贪图近便，关关而已。

书信/致母亲（1936·8·25）

●1-2-15-47

海婴仍在原地方读书，夏天头上生了几个小疮，现在好了，前天玻璃割破了手，鲜血淋漓，今天又好了。他同玛利很要好，因为他一向是喜好客人，爱热闹的，平常也时时口出怨言，说没有兄弟姊妹，只生他一个，冷静得很。

书信/致母亲（1936·9·22）

●1-2-15-48

孩子长大，倘无才能，可寻点小事情过活，万不可去做空头文学家或美术家。

且介亭杂文末编/死（1936·9·20）

第二章 鲁迅自述（下）

第三节 自白

不管怎么说，我还活着。只要我还活着，就要拿起笔，去回敬他们的手枪。

（16）生活与习性

我一生的失计，即在历来并不为自己生活打算，一切听人安排。

●2-3-16-1

我在全家的口碑上，却的确算一个猫敌。我曾经害过猫，平时也常打猫，尤其是在他们配合的时候。但我之所以打的原因并非因为他们配合，是因为他们嚷，嚷到使我睡不着，我以为配合是不必这样大嚷而特嚷的。

呐喊/兔和猫（1922·10·10）

●2-3-16-2

记得我已曾将定例声明，即一者不再与新认识的人往还，二者不再与陌生人认识。……此事并无他种坏主意，无非熟人一多，世务亦随之而加，于其在病院也有关心之义务，而偶或相遇也又必当有恭敬鞠躬之行为，此种虽系小事，但亦为“天下从此多事”之一分子，故不如销声匿迹之为愈耳。

书信/致孙伏园（1923·10·24）

●2-3-16-3

我恐怕是以不好见客出名的。但也不尽然，我所怕见的是谈不来的生客，熟识的不在内，因为我可以不必装出陪客的态度。我这里的客并不多，我喜欢寂寞，又憎恶寂寞，所以有青年肯来访问我，很使我喜欢。

书信/致李秉中（1924·9·24）

●2-3-16-4

胡子又长起来了，我又要照例剪短他，先免得沾汤带水。于是寻出镜子，剪刀，动手就剪，其目的是在使他和上唇的上缘平齐，成一个隶书的一字。

坟/说胡须（1924·12·15）

●2-3-16-5

旧日或近来所识的朋友，旧同学而至今还在来往的，直接听讲的学生，写信的时候我都称“兄”。其余较为生疏，较需客气的，就称先生，老爷，太太，少爷，小姐，大人……之类。总之我这“兄”字的意思，不过比直呼其名略胜一等，并不如许叔重*先生所说，真含有“老哥”的意义。

〖释：许叔重，即许慎（约58－约147），东汉时人。著《说文解字》。〗

两地书/北京（1925·3·18）

●2-3-16-6

我向来是不喝酒的，数年之前，带些自暴自弃的气味地喝起酒来了，当时倒也觉得有点舒服。先是小喝，继而大喝，可是酒量愈增，食量就减下去了，我知道酒精已经害了肠胃。现在有时戒除，有时也还喝，正如还要翻翻中国书一样。

集外集拾遗/这是这么一个意思（1925·4·3）

●2-3-16-7

其实我并不很喝酒，饮酒之害，我是深知道的。现在也还是不喝的时候多，只要没有人劝喝。

两地书/北京（1925·6·2）

●2-3-16-8

我其实无病，自这几天经医生检查了一天星斗，从血液以至小便等等。终于决定是喝酒太多，吸烟太多，睡觉太少之故。所以现已不喝酒而少吸烟，多睡觉，病也好起来了。

书信/致许钦文（1925·9·30）

●2-3-16-9

我病已渐愈，或者可以说全愈了罢，现已教书了。但仍吃药。医生禁喝酒，那倒没有什么；禁劳作，但还只得做一点；禁吸烟，则苦极矣，我觉得如此，倒还不如生病。

书信/致许钦文（1925·11·8）

●2-3-16-10

我的院子里，现在就有四匹邻猫常常吵架了，倘使这些太太们之一又诞育四匹，则三四月后，我就得常听到八匹猫们常常吵闹，比现在加倍地心烦。

华盖集续编/杂论管闲事·做学问·灰色等（1926·1·18）

●2-3-16-11

我不赴宴会，很少往来，也不奔走，也不结什么文艺学术的社团……

华盖集续编/不是信（1926·2·8）

●2-3-16-12

去年夏间，我因为各处碰钉子，也很大喝了一通酒，结果是生病了，现在已愈，也不再喝酒，这是医生禁止的。他又禁止我吸烟，但这一节我却没有听。

书信/致李秉中（1926·6·17）

●2-3-16-13

这一星期以来，我对于本地更加习惯了，饭量照旧，这几天而且更能睡觉，每晚总可以睡九十小时；但还有点懒，未曾理发，只在前晚用安全剃刀刮了一髭须而已。我想从此整理为较有条理的生活；大约只要少应酬，关起门来，是做得到的。

两地书/厦门－广州（1926·9·20）

●2-3-16-14

酒是自己不想喝，我在北京，太高兴和太愤懑时就喝酒，这里虽仍不免有小刺戟，然而不至于“太”，所以可以无须喝了，况且我本来没有瘾。少吸烟卷，可不知道是怎么一回事，大约因为编讲义，只要调查，不须思索之故罢。但近几天可又多吸了一点……

两地书/厦门－广州（1926·10·15）

●2-3-16-15

今天我发见我的手指有点抖，这是吸烟太多了之故，近来我吸到每天三十支了，我从此要减少。……我于这一点不知何以自制力竟这么薄弱，总是戒不掉。

两地书/厦门－广州（1926·12·2）

●2-3-16-16

我……除陪客之外，投稿，看稿，绍介，写回信，催稿费，编辑，校对。

集外集拾遗补编/新的世故（1927·1·15）

●2-3-16-17

有时简直一面吃药，一面做事……我自甘这样用去若干生命，不但不以生命来放闫王债，想收得重大的利息，而且毫不希望一点报偿。

集外集拾遗补编/新的世故（1927·1·15）

●2-3-16-18

我给别人的信，从未有自称为“才”者『注：鲁迅字“豫才”』。蠢才乎，天才乎，杀才乎，奴才乎？其实我函电署名，非“树”则“迅”……

书信/致章廷谦（1927·7·28）

●2-3-16-19

你们从《呐喊》上看出的鲁迅和讲坛上的鲁迅并不一致；或许大家以为我穿洋服头发分开，我却没有穿洋服，头发也这样短短的。

集外集/文艺与政治的歧途（1928·1·29－30）

●2-3-16-20

我酒是早不喝了，烟仍旧，每天三十至四十支。

书信/致章廷谦（1928·6·6）

●2-3-16-21

我近来总是忙着看来稿，翻译，校对，见客，一天都被零碎事化去了。经济倒还安定的，自从走出北京以来，没有窘急过。

书信/致韦素园（1929·3·22）

●2-3-16-22

无论什么，总和经济有关，居今之世，手头略有余裕，便或出或处，自由得多，而此种款项，则须豫先积下耳。

书信/致章廷谦（1929·11·8）

●2-3-16-23

被扒手窃去二元余，盖我久不惯于围巾手套等，万分臃肿，举动木然，故贼一望而知为乡下佬也。

两地书/北平－上海（1932·11·26）

●2-3-16-24

我的习惯，对于平常的信，是随复随毁的，但其中如果有些议论，有些故事，也往往留起来。

两地书/序言（1932·12·16）

●2-3-16-25

我的决不邀投稿者相见，其实也并不完全因为谦虚，其中含着省事的分子也不少。

南腔北调集/为了忘却的记念（1933·4·1）

●2-3-16-26

我生长农村中，爱听狗子叫，深夜远吠，闻之神怡，古人之所谓犬声如豹者就是。倘或偶经生疏的村外，一声狂嗥，巨獒跃出，也给人一种紧张，如临战斗，非常有趣的。

准风月谈/秋夜纪游（1933·8·16）

●2-3-16-27

按：此信收信人高植（1911－1960），翻译工作者。当时任南京中山文化教育馆编译员。

我不见访客已经好几年了。这也并非为了别的，只是那时见访的人多，分不出时间招待，又不好或见或不见，所以只得躲起来，现在还守着这老法子……

书信/致高植（1933·12·9）

●2-3-16-28

男胃病现已医好，但还在服药，医生言因吸烟太多之故，现拟逐渐少，至每日只吸十支，惟不知能否做得到耳。

书信/致母亲（1934·4·30）

●2-3-16-29

我不能说穷，但说有钱也不对，别处省一点，捐几块钱在现在还不算难事。

书信/致窦隐夫（1934·11·1）

●2-3-16-30

卖文为活，和别的职业不同，工作的时间总不能每天一定，闲起来整天玩，一忙就夜里也不能多睡觉，而且就是不写的时候，也不免在想想，很容易疲劳的。

书信/致母亲（1934·11·18）

●2-3-16-31

我其实是不喝酒的；只在疲劳或愤慨的时候，

有时喝一点，现在是绝对不喝了，不过会客的时候，是例外。说我怎样爱喝酒，也是“文学家”造的谣。

书信/致萧军、萧红（1934·12·6）

●2-3-16-32

少贴邮票，真对不起转信的人，近年来精神差了，而一发信就是五六封，所以时时有误。

因为发信多，所以也因此时时弄出麻烦，这几天，因一个有着我的信的人惹了事，我又多天只好坐在家里了。

书信/致王志之（1934·12·23）

●2-3-16-33

运动原是很好的，但这是我在少年时候的事，现在怕难了。我是南边人，但我不会弄船，却能骑马，先前是每天总要跑它一两点钟的。然而自从升为“先生”以来，就再没有工夫干这些事，二十年前曾经试了一试，不过架式还在，不至于掉下去，或拔住马鬃而已。现在如果试起来，大约会跌死也难说了。

书信/致萧军、萧红（1935·1·29）

●2-3-16-34

自从弄笔以来，有一种坏习气，就是一样事情开手，不做完就不舒服，也不能同时做两件事，所以每作一文，不写完就不放手，倘若一天弄不完，则必须做到没有力气了，才可以放下，但躺着也还要想到。生活就因此没有规则，而一有规则，即于译作有害，这是很难两全的。还有二层，一是琐事太多，忽而管家务，忽而陪同乡，忽而印书，忽而讨版税；二是著作太杂，忽而做序文，忽而作评论，忽而译外国文。脑子就永是乱七八糟，我恐怕不放笔，就无药可救。

书信/致萧军、萧红（1935·1·29）

●2-3-16-35

又在伤风咳嗽，消化不良。我的一个坏脾气是有病不等医好，便即起床……

书信/致曹聚仁（1935·1·29）

●2-3-16-36

请客……要请，就要吃得好，否则，不如不请，这是我和悄吟太太主张不同的地方。

书信/致萧军、萧红（1935·2·9）

●2-3-16-37

孩子大了起来，会闹了；别的琐事又多，会客，看稿子，绍介稿子，还得做些短文，真弄得一点闲功夫也没有，要到半夜里，才可以叹一口气，睡觉。

书信/致曹靖华（1935·3·23）

●2-3-16-38

我这一月以来，手头很窘，因为只有一点零星收入，数目较多的稿费，不是不付，就是支票，所以要到二十五日，才有到期可取的稿费……

书信/致萧军（1935·5·9）

●2-3-16-39

琐事太多，颇以为苦，借笔墨为生活，亦非乐事，然亦别无可为。

书信/致邵文熔（1935·5·22）

●2-3-16-40

我自己是先在私塾里用毛笔，后在学校里用钢笔，后来回到乡下又用毛笔的人……一忙，就觉得无论如何，总是墨水和钢笔便当了。

且介亭杂文二集/论毛笔之类（1935·9·5）

●2-3-16-41

我的胃病，还是二十岁以前生起的，时发时愈，本不要紧……

书信/致曹靖华（1935·10·22）

●2-3-16-42

我的写信，一向不留稿子，而且别人给我的信，我也一封都不存留的……

书信/致孔另境（1935·11·1）

●2-3-16-43

有时人是可以变成机器的。一旦变成了机器，颇觉无聊，没办法，就去看电影。

书信/致〈日〉山本初枝〔译文〕(1935·12·3)

●2-3-16-44

我的住址还想不公开，这也并非不信任人，因为随时会客的例一开，那就时间不能自己支配，连看看书的工夫也不成片段了。而且目前已和先前不同，体力也不容许我谈天。

书信/致唐弢（1936·3·17）

●2-3-16-45

我的生活，也不算辛苦。数十年来，不肯给手和眼睛闲空，是真的，但早已成了习惯，不觉得什么了。

书信/致欧阳山、草明（1936·3·18）

●2-3-16-46

现在是想每天的劳作，有一个限制，不过能否实行，还是说不定，因为作文不比手艺，可以随时开手，随时放下的。

书信/致欧阳山、草明（1936·3·18）

●2-3-16-47

我的娱乐只有看电影，而可惜很少有好的。

书信/致欧阳山、草明（1936·3·18）

●2-3-16-48

我……二十岁时生了胃病，那时没有钱医治，拖成慢性，后来就无法可想了。

书信/致曹白（1936·3·26）

●2-3-16-49

要我做文学奖金＊的评判员，那是我无论如何决不来做的。

〖释："文学奖金"，指当时良友图书公司设的"良友文学奖金"。〗

书信/致赵家璧（1936·7·15）

(17)"解剖自己"

我的确时时解剖别人，然而更多的是更无情面地解剖我自己。

●2-3-17-1

我自己总觉得我的灵魂里有毒气和鬼气，我极憎恶他，想除去他，而不能。我虽然竭力遮蔽着，总还恐怕传染给别人，我之所以对于和我往来较多的人有时不免觉到悲哀者以此。

书信/致李秉中（1924·9·24）

●2-3-17-2

按："'杨树达'君袭来"事件后，鲁迅又写下《关于杨君袭来事件的辩正》，公开致歉。此为"辩正"的结束语。

由我造出来的酸酒，当然应该由我自己来喝干。

集外集/关于杨君袭来事件的辩正（1924·12·1）

●2-3-17-3

我不布施，我无布施心，我但居布施者之上，给与烦腻，疑心，憎恶。

……

我将得不到布施，得不到布施心；我将得到自居于布施之上者的烦腻，疑心，憎恶。

野草/求乞者（1924·12·8）

●2-3-17-4

我其实那里会"立地成佛"，许多烟卷，不过是麻醉药，烟雾中也没有见过极乐世界。

两地书/北京（1925·3·11）

●2-3-17-5

我的作品，太黑暗了，因为我只觉得"黑暗与虚无"乃是"实有"，却偏要向这些作绝望的抗战，所以很多着偏激的声音。其实这或者是年龄和经历的关系，也许未必一定的确的，因为我终于不能证实：惟黑暗与虚无乃是实有。

两地书/北京（1925·3·18）

●2-3-17-6

我所说的话，常与所想的不同，至于何以如此，则我已在《呐喊》的序上说过：不愿将自己的思想，传染给别人。何以不愿，则因为我的思想太黑暗，而自己终不能确知是否正确之故。

两地书/北京（1925·5·30）

●2-3-17-7

我为自己和为别人的设想，是两样的。所以者何，就因为我的思想太黑暗，但是究竟是否真确，不得而知，所以只能在自身试验，不能邀请别人。

两地书/北京（1925·5·30）

●2-3-17-8

我自己也要疑心自己的心里真藏着可怕的冰块。

集外集/俄文译本《阿Q正传》序及著者自叙传略（1925·6·15）

●2-3-17-9

我是偏心的。评是非时我总觉得我的熟人对，读作品是异己者的手腕大概不高明。在我的心里似乎是没有所谓“公平”，在别人里我也没有看见过，然而还疑心什么地方也许有，因此就不敢做那两样东西了：法官，批评家。

华盖集/并非闲话〔三〕(1925·12·7)

●2-3-17-10

我也曾反对过将自己的小说采入教科书，怕的是教错了青年

华盖集续编/不是信（1926·2·8）

●2-3-17-11

我的确时时解剖别人，然而更多的是更无情面地解剖我自己

坟/写在《坟》后面（1926·11）

●2-3-17-12

人究竟不是一块踏脚石或绊脚石，要动转，要睡觉的；又有个性，不能适合各个访问者的胃口。因此，凡有人要我代他说他要说的话，攻击他所敌视的人时候，我常说，我不会批评，我只能说自己的话，我是党同伐异的。的确，我还没有寻到公理和正义。……所以，我就不挂什么“公理正义”，什么“批评”的金字招牌。

集外集拾遗补编/新的世故（1927·1·15）

●2-3-17-13

再说一遍：我乃党同而伐异，“济私”而不“假公”，零卖气力而不全做牺牲，敢卖自己而不卖朋友，以为这样也好者不妨往来，以为不行者无须劳驾；也不收策略的同情，更不要人布施什么忠诚的友谊，简简单单，如此而已。

集外集拾遗补编/新的世故（1927·1·15）

●2-3-17-14

我知道我自己，我解剖自己并不比解剖别人留情面。

而已集/答有恒先生（1927·10·1）

●2-3-17-15

我时时说些自己的事情，怎样地在“碰壁”，怎样地在做蜗牛，好像全世界的苦恼，萃于一身，在替大众受罪似的：也正是中产的智识阶级分子的坏脾气。只是原先是憎恶这熟识的本阶级，毫不可惜它的溃灭，后来又由于事实的教训，以为惟新兴的无产者才有将来，却是的确的。

二心集/序言（1932·4·30）

●2-3-17-16

我从未傲然的假借什么“良心”或“无产阶级大众”之名，来凌压敌手，我接着一定声明：这是因为我和他有些个人的私怨的。

南腔北调集/答杨邨人先生公开信的公开信（1933·12·28）

●2-3-17-17

即如不佞，每遭压迫时，辄更粗犷易怒，顾非身历其境，不易推想，故必参商＊到底，无可如何。

〖释：“参商”，参和商都是二十八宿之一，两者从来不同时在天空中出现。因此，比喻永不相见或永不和睦。〗

书信/致林语堂（1934·5·4）

●2-3-17-18

按：此信收信人李长之（1910－1978），山东利津人，文艺批评家。当时是清华大学哲学系学生，天津《益世报·文学副刊》编辑，正在撰写《鲁迅批判》。

我对于自己的传记以及批评之类，不大热心，而且回忆和商量起来，也觉得乏味。文章，是总不免有错误或偏见的，即使叫我自己做起对自己的批评来，大约也不免有错误，何况经历全不相同的别人。

书信/致李长之（1935·7·27）

●2-3-17-19

我有时决不想在言论界求得胜利，因为我的言论有时是枭鸣，报告着大不吉利事，我的言中，是大家会有不幸的。

且介亭杂文二集/序言（1935·12·31）

（18）自白

自问数十年来，于自己保存之外，也时时想到中国，想到将来，愿为大家出一点微力，却可以自白的。

●2-3-18-1

按：鲁迅自注，此诗“二十一岁时作，五十一岁时写之，时辛未二月十六日也”。又据许寿裳1937年1月的说法：“一九〇三年他二十三岁，在东京有一首《自题小像》赠我”。

灵台＊无计逃神矢＊，风雨如磐暗故园。

寄意寒星荃不察＊，我以我血荐轩辕＊。

〖释：“灵台”，出《庄子·庚桑楚》，意为“心也”。/“神矢”，爱神之箭。/“荃不察”，出《离骚》：“荃不察余之中情兮”。/“轩辕”，即黄帝，此为中华民族的代称。〗

集外集拾遗/自题小像（1903）

●2-3-18-2

历观国内无一佳象，而仆则思想颇变迁，毫不悲观。

书信/致许寿裳〔此信原无标点〕（1918·8·20）

●2-3-18-3

耶稣＊说，见车要翻了，扶他一下。Nietzsche＊说，见车要翻了，推他一下。我自然是赞成耶稣的话；但以为倘若不愿你扶，便不必硬扶，听他罢了。此后能够不翻，固然很好；倘若终于翻倒，然后再来切切实实的帮他抬。

〖释：耶稣（Jesut Ghrist，约前4－30），基督教的创始者，犹太族人。“基督”，即救世主。/Nietzsche，尼采（1844－1900），德国哲学家，唯意志论和“超人”哲学的鼓吹者。他的思想后来曾为希特勒法西斯所吸纳和利用。〗

集外集/渡河与引路（1918·11·15）

●2-3-18-4

我交际太少，能够使我和社会相通的，多靠着这类白纸上的黑字，所以于我实在是不为无益的东西。

书信/致孙伏园（1923·6·12）

●2-3-18-5

我并不觉得我有“名”，即使有之，也毫不想因此而作文更加郑重，来维持已有的名，以及别人的信仰。

集外集/咬嚼之余（1925·1·22）

●2-3-18-6

你的所谓“……”，该是“卖国”。到我死掉为止，中国被卖与否未可知，即使被卖，卖的是否是我也未可知，这是未来的事，我无须对你说废话。但是有一节要请你明鉴：宋末，明末，送掉了国家的时候；清朝割台湾，旅顺等地的时候，我都不在场；在场的也不如你所“尝听说”似的，“都是留学外国的博士硕士”；达尔文＊的书还未介绍，罗素＊也还未来华，而“老子，孔子，孟子，荀子辈”的著作却早经行世了。

〖释：达尔文（1809－1882），英国生物学家，进化论的奠基者。/罗素（B. A. W. Russli，1872－1970），英国哲学家、数学家。1920年曾到中国讲学。〗

集外集拾遗/聊答“……”（1925·3·5）

●2-3-18-7

总结起来，我自己对于苦闷的办法，是专与苦痛捣乱，将无赖手段当作胜利，硬唱凯歌，算是乐趣，这或者就是糖罢。但临末也还是归结到“没有法子”，这真是没有法子！

两地书/北京（1925·3·11）

●2-3-18-8

假使我真有指导青年的本领——无论指导得错不错——我决不藏匿起来，但可惜我连自己也没有指南针，到现在还是乱闯，倘若闯入深坑，自己有自己负责，领着别人又怎么好呢，我之怕上讲台讲空话者就为此。

两地书/北京（1925·3·11）

●2-3-18-9

凡做领导的人，一须勇猛，而我看事情太仔细，一仔细，即多疑虑，不易勇往直前，二须不惜用牺牲，而我最不愿使别人做牺牲（这其实还是革命以前的种种事情的刺激的结果）。也就不能有大局面。所以，其结果，终于不外乎用空论来发牢骚，印一通书籍杂志。

两地书/北京（1925·3·31）

●2-3-18-10

我又无拳无勇，真没有法，在手头的只有笔墨，能写这封信一类的不得要领的东西而已。但我总还想对于根深蒂固的所谓旧文明，施行袭击，令其动摇，冀于将来有万一之希望。而且留心看看，居然也有几个不问成败而要战斗的人，虽然意见和我并不尽同，但这是前几年所没有遇到的。

两地书/北京（1925·3·31）

●2-3-18-11

和青年谈起饮食来，我总说：你不要喝酒。听的人虽然知道我曾经纵酒，而都明白我的意思。

我即使自己出的是天然痘，决不因此反对牛痘；即使开了棺材铺，也不来讴歌瘟疫的。

集外集拾遗/这是这么一个意思（1925·4·3）

●2-3-18-12

按：此信收信人赵其文（1903－1980），曾是北京大学附属音乐传习所及美术专科学生，旁听过鲁迅的课程。

感激，那不待言，无论从那一方面说起来，大概总算是美德罢。但我总觉得这是束缚人的。譬如，我有时很想冒险，破坏，几乎忍不住，而我有一个母亲，还有些爱我，愿我平安，我因为感激他的爱，只能不照自己所愿意做的做，而在北京寻一点糊口的小生计，度灰色的生涯。因为感激别人，就不能不慰安别人，也往往牺牲了自己，——至少是一部分。……将来我们假如分属于相反的两个战团里开火接战的时候呢？你如果早已忘却，这战事就自由得多，倘你还记着，则当非开炮不可之际，也许因为我在火线里面，忽而有点踌躇，于是就会失败。

书信/致赵其文（1925·4·11）

●2-3-18-13

我有时也能辣手评文，也常煽动青年冒险，但有相识的人我就不能评他的文章，怕见他的冒险，明知道这是自相矛盾的……然而终于无法改

良，奈何不得，我不愿意，由他去罢。

两地书/北京（1925·4·14）

●2-3-18-14

我自己，是什么也不怕的，生命是我自己的东西，所以我不妨大步走去，向着我自以为可以走去的路；即使前面是深渊，荆棘，狭谷，火坑，都由我自己负责。

华盖集/北京通信（1925·5·14）

●2-3-18-15

至于“还要反抗”，倒是真的……你的反抗，是为希望光明到来罢？（我想，一定是如此的。）但我的反抗，却不过是偏与黑暗捣乱。

两地书/北京（1925·5·30）

●2-3-18-16

我忽而爱人，忽而憎人；做事的时候，有时确为别人，有时却为自己玩玩，有时则竟因为希望生命从速消磨，所以故意拚命的做。此外或者还有什么道理，自己也不甚了然。但我对人说话时，却总拣择光明些的说出，然而偶不留意，就露出阎王并不反对，而“小鬼”反不乐闻的话来。

两地书/北京（1925·5·30）

●2-3-18-17

华夏大概并非地狱，然而“境由心造”，我眼前总充塞着重迭的黑云，其中有故鬼，新鬼，游魂，牛首阿旁＊，畜生，化生＊，大叫唤，无叫唤＊，使我不堪闻见。我装作无所闻见模样，以图欺骗自己，总算已从地狱中出离。

〖释：“牛首阿旁”，地狱中牛头人身的鬼卒。/“畜生，化生”，轮回中的变化。/“大叫唤，无叫唤”，地狱中的鬼魂。〗

华盖集/“碰壁”之后（1925·6·1）

●2-3-18-18

我就是这样，并不想以骑墙或阴柔来买人尊敬。

华盖集/并非闲话（1925·6·1）

●2-3-18-19

无论如何，“流言”总不能吓哑我的嘴

华盖集/我的“籍”和“系”（1925·6·5）

●2-3-18-20

我本来也无可尊敬；也不愿受人尊敬，免得不如人意的时候，又被人摔下来。

华盖集/我的“籍”和“系”（1925·6·5）

●2-3-18-21

我既然说过，颇知道些处世的妙法，为什么又去说话呢？那是，因为，我是见过清末捣乱的人，没有生长在太平盛世，所以纵使颇有些涵养工夫，有时也不免要开口，客气地说，就是大不“安分”的。

华盖集/我的“籍”和“系”（1925·6·5）

●2-3-18-22

我所憎恶的太多了，应该自己也得到憎恶，这才还有点像活在人间；如果收得的乃是相反的布施，于我倒是一个冷嘲，使我对于自己也要大加侮蔑；如果收得的是吞吞吐吐的不知道算什么，则使我感到将要呕哕似的恶心。

华盖集/我的“籍”和“系”（1925·6·5）

●2-3-18-23

我虽然竭力想摸索人们的魂灵，但时时总自憾有些隔膜。

集外集/俄文译本《阿Q正传》序及著者自叙传略（1925·6·15）

●2-3-18-24

不知道我的性质特别坏，还是脱不出往昔的环境的影响之故，我总觉得复仇是不足为奇的，虽然也并不想诬无抵抗主义者为无人格。但有时也想：报复，谁来裁判，怎能公平呢？便又立刻自答：自己裁判，自己执行；既没有上帝来主持，人便不妨以目偿头，也不妨以头偿目。

坟/杂忆（1925·6·19）

●2-3-18-25

有时也觉得宽恕是美德，但立刻也疑心这话是怯汉所发明，因为他没有报复的勇气；或者倒是卑怯的坏人所创造，因为他贻害于人而怕人来报复，便骗以宽恕的美名。

坟/杂忆（1925·6·19）

●2-3-18-26

我何尝有什么白刃在前，烈火在后，还是钉住书桌，非写不可的“创作冲动”……至于已经印过的那些，那是被挤出来的。这“挤”字是挤牛乳之“挤”；这“挤牛乳”是专来说明“挤”字的，并非故意将我的作品比作牛乳，希冀装在玻璃瓶里，送进什么“艺术之宫”。

华盖集/并非闲话〔三〕（1925·12·7）

●2-3-18-27

我的父祖是读书的，总该可以算得士流了，但不幸从我起，不知怎的就有了下等脾气，不但恩惠，连吊慰都不很愿意受，老实说罢：我总疑心是假的。这种疑心，大约就是“不识抬举”的根苗，或者还要使写出来的东西“不纯洁”。

华盖集/并非闲话〔三〕（1925·12·7）

●2-3-18-28

有些流言家幸勿误会我的意思，以为谣我怎样，我便怎样的。我的办法也并不一律。譬如前次的游行，报上谣我被打落了两个门牙＊，我可决不肯具呈警厅，吁请补派军警，来将我的门牙从新打落。我照着谣言做去，是以专检自己所愿意者为限的。

〖释：“……打落两个门牙”：1926年10月26日北京学生、民众五万余人在天安门集会，遭镇压，伤十余人。翌日和第三天，《社会日报》等报道“周树人（北大教员）齿受伤，脱落门牙二”和“门牙确落二个”云。〗

华盖集/我观北大（1925·12·17）

●2-3-18-29

我一向以为下地狱的事，待死后再对付，只有目前的生活的枯燥是最可怕的，于是便不免于有时得罪人，有时则寻些小玩意儿来开开笑口，但这也就是得罪人。得罪人当然要受报，那也只好准备着……

华盖集续编/有趣的消息（1926·1·19）

●2-3-18-30

记得在日本留学的时候，有些同学问我在中国最有大利的买卖是什么，我答道：“造反。”他们便大骇怪。在万世一系的国度里，那时听到皇帝可以一脚踢落，就如我们听说父母可以一棒打杀一般。

华盖集续编/学界的三魂（1926·1·24）

●2-3-18-31

我要“以眼还眼以牙还牙”，或者以半牙，以两牙还一牙，因为我是人，难于上帝似的铢两悉称。如果我没有做，那是我的无力，并非我大度，宽恕了加害于我的敌人。

华盖集续编/学界的三魂·附记（1926·1·25）

●2-3-18-32

我正因为生在东方，而且生在中国，所以“中庸”“稳妥”的余毒，还沦肌浃髓，比起法国的勃罗亚『注：作家，以用语刻毒著称』——他简直称大报的记者为“蛆虫”——来，真是“小巫见大巫”，使我自惭究竟不及白人之毒辣勇猛。

华盖集续编/我还不能“带住”（1926·2·7）

●2-3-18-33

我自己也知道，在中国，我的笔要算较为尖刻的，说话有时也不留情面。但我又知道人们怎样地用了公理正义的美名，正人君子的徽号，温良敦厚的假脸，流言公论的武器，吞吐曲折的文字，行私利己，使无刀无笔的弱者不得喘息。倘使我没有这笔，也就是被欺侮到赴诉无门的一个；我觉悟了，所以要常用，尤其是用于使麒麟皮下

露出马脚。万一那些虚伪者居然觉得一点痛苦，有些省悟，知道技俩也有穷时，少装些假面目，……只要谁露出真价值来，即使只值半文，我决不敢轻薄半句。

华盖集续编/我还不能“带住”（1926·2·7）

●2-3-18-34

古语说，“察见渊鱼者不祥”*，所以“刑名师爷”*总没有好结果，这是我早经知道的。

〖释：“察见渊鱼者不祥”，语出《列子·说符》。/“刑名师爷”，清代衙署中协办刑事案牍的幕僚。一般善于舞文弄法，往往能左右人的命运。这种人当时以绍兴籍者居多，因又称“绍兴师爷”。陈源曾在1926年1月30日的《晨报副刊》上发表的《致志摩》中骂鲁迅“是做了十几年官的刑名师爷”。〗

华盖集续编/不是信（1926·2·8）

●2-3-18-35

至于“思想界的权威者”*等等，我连夜梦里也没有想做过，无奈我和“鼓吹”的人不相识，无从劝止他，不像唱双簧的朋友，可以彼此心照；况且自然会有“文士”来骂倒，更无须自己费力。

〖释：“思想界的权威者”，陈源在《致志摩》中写道：“不是有一次一个报馆访员称我们为‘文士’吗？鲁迅先生为了那名字几乎笑掉了牙。可是后来某报天天鼓吹他是‘思想界的权威者’他倒又不笑了”云云。1925年8月初，北京《民报》在京报、晨报刊登广告，宣传该报的“十二大特色”，其中之一为“增加副刊”，其中有“本报自八月五日起增加副刊一张，专登学术思想及文艺等，并特约中国思想界之权威者鲁迅……诸先生随时为副刊撰著”等语。〗

华盖集续编/不是信（1926·2·8）

●2-3-18-36

有人说我是“放冷箭者”*。

我对于“放冷箭”的解释，颇有些和他们一流不同，是说有人受伤，而不知这箭从什么地方射出。所谓“流言”者，庶几近之。但是我，却明明站在这里。

〖释：“放冷箭者”，陈西滢在《致志摩》中说鲁迅“没有一篇文章里不放几枝冷箭”。〗

华盖集续编/无花的蔷薇（1926·3·8）

●2-3-18-37

酒也想喝的，可是不能。因为我近来忽然还想活下去了。为什么呢？说起来或者有些可笑，一，是世上还有几个人希望我活下去，二，是自己还要发点议论，印点关于文学的书。

书信/致李秉中（1926·6·17）

●2-3-18-38

有人说我是“文学家”，其实并不是的，不要相信他们的话，那证据，就是我也最怕做文章。

华盖集续编/马上日记（1926·7·5）

●2-3-18-39

我至今终于不明白我一向是在做什么。比方做土工的罢，做着做着，而不明白是在筑台呢还在掘坑。所知道的是即使是筑台，也无非要将自己从那上面跌下来或者显示老死；倘是掘坑，那就当然不过是埋掉自己。

坟/写在《坟》后面（1926·11·11）

●2-3-18-40

我近来忽然对于做教员发生厌恶，于学生也不愿意亲近起来，接见这里的学生时，自己觉得很不热心，不诚恳。

两地书/厦门－广州（1926·11·18）

●2-3-18-41

譬如一匹疲牛罢，明知不堪大用的了，但废物何妨利用呢，所以张家要我耕一弓地，可以的；李家要我挨一转磨，也可以的；赵家要我在他店前站一刻，在我背上帖出广告道：敝店备有肥牛，出售上等消毒滋养牛乳。我虽深知道自己是怎么瘦，又是公的，并没有乳，然而想到他们为张罗生意起见，情有可原，只要出售的不是毒药，也就不说什么了。但倘若用得我太苦，是不行的，我还要自己觅草吃，要喘气的工夫；要专指我为某家的牛，将我关在他的牛牢内，也不行的，我有时也许还要给别家挨几转磨。如果连肉都要出卖，那自然更不行，理由自明，无须细说。倘遇到上述的三不行，我就跑，或者索性躺在荒山里。

华盖集/《阿Q正传》的成因（1926·12·18）

●2-3-18-42

木皮道人＊说得好，"几年家软刀子割头不觉死"，我就要专指斥那些自称"无枪阶级"而其实是拿着软刀子的妖魔。即如上面所引的君子之徒的话，也就是一把软刀子。假如遭了笔祸了，你以为他就尊你为烈士了么？不，那时另有一番风凉话。倘不信，可看他们怎样评论那死于三一八惨杀的青年。

〖释："木皮道人"，名贾凫西（约1592－1674），字应宠，号木皮散人，山东曲阜人，明末遗民，鼓词作家。〗

坟/题记（1926·11·20）

●2-3-18-43

我……现在只是编讲义。为什么呢？这是你一定了然的：为吃饭。吃了饭为什么呢？倘照这样下去，就是为了编讲义。吃饭是不高尚的事，我倒并不这样想。然而编了讲义来吃饭，吃了饭来编讲义，可也觉得未免近于无聊。

华盖集续编/厦门通信〔二〕（1926·11·27）

●2-3-18-44

我本来不大喜欢下地狱，因为不但是满眼只有刀山剑树，看得太单调，苦痛也怕很难当。现在可又有些怕上天堂了。四时皆春，一年到头请你看桃花，你想够多么乏味？即使那桃花有车轮般大，也只能在初上去的时候，暂时吃惊，决不会每天做一首"桃之夭夭"＊的。

〖释："桃之夭夭"，出《诗经·周南·桃夭》。"夭夭"，茂盛、艳丽状。〗

华盖集续编/厦门通信〔二〕（1926·11·27）

●2-3-18-45

我一生的失计，即在历来并不为自己生活打算，一切听人安排，因为那时豫计是生活不久的。后来豫计并不确中，仍须生活下去，于是遂弊病百出，十分无聊。后来思想改变了，而仍是多所顾忌，这些顾忌，大部分自然是为生活，几分也为地位，所谓地位者，就是指我历来的一点小小工作而言，怕因我的行为的剧变而失去力量。但这些瞻前顾后，其实也是很可笑的，这样下去，更将不能动弹。

两地书/厦门－广州（1926·11·28）

●2-3-18-46

退步须两面退，倘我退一步而他进一步，就只好拔出拳头来。

书信/致韦素园（1926·12·5）

●2-3-18-47

我时时觉得自己很渺小；但看他们的著作，竟没有一个如我，敢自说是戴着假面和承认"党同伐异"的，他们说到底总必以"公平"或"中立"自居。因此，我又觉得我或者并不渺小。现在拼命要蔑视我和骂倒我的人们的眼前，终于黑的恶鬼似的站着"鲁迅"这两个字者，恐怕就为此。

两地书/厦门－广州（1926·12·12）

●2-3-18-48

只要作品好，大概十年或数十年后，便又有人看了，但大抵只是书坊老板得益，至于作者，也许早被逼死了，不再有什么相干。遇到这样的时候，我以为走外国也行；为争存计，无所不为也行，倒行逆施也行；但我还没有细想过，好在并不急迫，可以慢慢从长讨论。

两地书/厦门－广州（1926·12·12）

●2-3-18-49

我先前种种不客气，大抵施之于同辈或地位相同者，至于对少爷们，则照例退让，或者自甘牺牲一点。不料他们竟以为可欺，或纠缠，或责骂，反弄得不可开交。现在是方针要改变了，都置之不理。我常叹中国无“好事之徒”，所以什么也没有人管，现在看来，做好事之徒实在不容易，我略管闲事，便弄得这么麻烦。现在我将门关上，且看他们另向何处寻这类的牺牲。

两地书/厦门－广州（1926·12·14）

●2-3-18-50

我也有这类苦恼，常不免被逼去做“非所长”“非所好”的事。然而往往只得做，如在戏台下一般，被挤在中间，退不开去了，不但于己有损，事情也做不好；而别人看见推辞，却以为客气，仍坚执要你去做。这样地玩“杂耍”一两年，就都只剩下油滑学问，失了专长，而也逐渐被社会所弃，变了“药渣”了，虽然也曾熬了请人喝过汁。一变药渣，便什么人都来践踏，连先前吃过汁的人也来践踏；不但践踏，还要冷笑。

两地书/厦门－广州（1926·12·15、16）

●2-3-18-51

我并没有略存求得称誉，报答之心，不过以为喝过血的人们，看见没有血喝了就该走散，不要记着我是血的债主，临走还要打杀我，并且为消灭债券计，放火烧掉我的一间可怜的灰棚。我其实并不以债主自居，也没有债券，他们的这种办法，是太过的。

两地书/厦门－广州（1926·12·16）

●2-3-18-52

我就从不曾插了鲁迅的旗去访过一次人；“鲁迅即周树人”，是别人查出来的＊。这些人有四类：一类是为要研究小说，因而要知道作者的身世；一类单是好奇；一类是因为我也做短评，所以特地揭出来，想我受点祸；一类是以为于他有用处，想要钻进来。

〖释：“……别人查出来的”，陈西滢在《致志摩》中写道：“鲁迅，即教育部佥事周树人先生的名字。”〗

华盖集续编/《阿Q正传》的成因（1926·12·18）

●2-3-18-53

我先前的不甚竞争，乃是退让，何尝是无力战斗。

两地书/厦门－广州（1926·12·29）

●2-3-18-54

我不知何以忽然成为偶像，这里的几个学生力劝我回骂长虹，说道，你不是你自己了，许多青年等着听你的话。我为之吃惊，我成了他们的公物，那是不得了的，我不愿意。我想，不得已，再硬做“名人”若干年之后，还不如倒下去，舒服得多。

两地书/厦门－广州（1927·1·5）

●2-3-18-55

我牺牲得够了，我从前的生活，都已牺牲，而受者还不够，必要我奉献全部的生命。我现在不肯了，我爱“对头”，我反抗他们。

两地书/厦门－广州（1927·1·11）

●2-3-18-56

以为我不准别人批评者，诬也；我岂有这么大的权力。不过倘要我做编辑，那么，我以为不行的东西便不登，我委实不大愿意做一个莫名其妙的什么运动的傀儡。

华盖集续编/厦门通信〔三〕（1927·1·15）

●2-3-18-57

被利用呢，倒也无妨。有些人看见这字面，就面红耳赤，觉得扫了豪兴了，我却并不以为有这样坏。说得好看一点，就是“帮助”；“妥协”，“调和”，都不好看，说“让步”就冠冕。但现在姑且称为帮助罢。叫我个人帮一点忙，是可以的，就是利用，也毫无反感；只是不要间接涉及别的人。

集外集拾遗补编/新的世故（1927·1·15）

●2-3-18-58

我不想蹩死谁，也不想绊某一只脚，如果躺在大路上，阻了谁的路了，情愿力疾爬开，而且从速。但倘若我并不躺在大路上，而偏有人绕到我背后，忽而用作前躯，忽而斥为绊脚，那可真是“闭门家里坐，祸从天上来”，有些知其故而不欲言其理了。

集外集拾遗补编/新的世故（1927·1·15）

●2-3-18-59

先躯者本是容易变成绊脚石的。然而我幸不至此，因为我确是一个平凡的人；加以对于青年，自以为总是常常避道，即躺倒，跨过也很容易的，就因为很平凡。倘有人觉得横亘在前，乃是因为他自己绕到背后，而又眼小腿短，于是别的就看不见，走不开，从此开口鲁迅，闭口鲁迅，做梦也是鲁迅；文字里点几点虚线，也会给别人从中看出“鲁迅”来。

集外集拾遗补编/新的世故（1927·1·15）

●2-3-18-60

本来隐姓埋名的躲着，未曾登报招贤，也没有奔走求友，而终于被人查出，并且来访了。据“世故”所训示：青年们说，不见，是摆架子。于是乎见。有的是一见而去了；有的是提出各种要求，见我无能为力而去了；有的是不过谈谈闲天；有的是播弄一点是非；有的是不过要一点物质上的补助；有的却这样那样，纠缠不清，知有己而不知有人，硬要将我造成合于他的胃口的人物。从此我就添了一门新功课，除陪客之外，投稿，看稿，绍介，写回信，催稿费，编辑，校对。但我毫无不平，有时简直一面吃药，一面做事，就是长虹所笑为“身心交病”的时候。我自甘这样用去若干生命，不但不以生命来放闫王债，想收得重大的利息，而且毫不希望一点报偿。有人要我做一回踏脚而升到什么地方去，也可以的，只希望不要踏不完，又不许别人踏。

集外集拾遗补编/新的世故（1927·1·15）

●2-3-18-61

我的处世，自以为退让得尽够了，人家在办报，我决不自行去投稿；人家在开会，我决不自己去演说。硬要我去，自然也可以的，但须任凭我说一点我所要说的话，否则，我宁可一声不响，算是死尸。但这里却必须我开口说话，而话又须合于校长之意。我不是别人，那知道别人的意思呢？

华盖集续编/海上通信（1927·1·16）

●2-3-18-62

从去年以来，我居然大大地变坏，或者是进步了。虽或受着各方面斫刺，似乎已经没有创伤，或者不再觉得痛楚；即使加我罪案，也并不觉着一点沉重了。这是我经历了许多旧的和新的世故之后，才获得的。我已经管不得许多，只好从退让到无可退避之地，进而和他们冲突，蔑视他们，并且蔑视他们的蔑视了。

华盖集续编/海上通信（1927·2·12）

●2-3-18-63

穷苦的时候必定没有文学作品的；我在北京时，一穷，就到处借钱，不写一个字，到薪俸发放时，才坐下来做文章。

而已集/革命时代的文学（1927·6·12）

●2-3-18-64

我眼前所见的依然黑暗，有些疲倦，有些颓唐，此后能否创作，尚在不可知之数。倘这事成功而从此不再动笔，对不起人；倘再写，也许变了翰林文字，一无可观了。还是照旧的没有名誉而穷之为好罢。

书信/致台静农（1927·9·25）

●2-3-18-65

按：1927年瑞典斯文赫定访华时，曾与刘半

农商讨提名鲁迅为诺贝尔文学奖候选人事。由刘半农托台静农写信向鲁迅探询意见。鲁迅作此复信。

诺贝尔赏金*，梁启超*自然不配，我也不配，要拿这钱，还欠努力。世界上比我好的作家何限，他们得不到。

〖释："诺贝尔赏金"，以瑞典化学家、发明家诺贝尔（A. Nobel，1833－1896）的遗产设立的奖金。/梁启超（1873－1929），字卓如，号任公，广东新会人。清末维新运动领袖之一。著述甚多，晚年任清华学校研究院教授。〗

书信/致台静农（1927·9·25）

●2-3-18-66

从前我在学生时代不吸烟，不吃酒，不打牌，没有一点嗜好；后来当了教员，有人发传单说我抽鸦片。我很气，但并不辩明，为要报复他们，前年我在陕西就真的抽一回鸦片，看他们怎样？

集外集拾遗补编/关于知识阶级（1927·11）

●2-3-18-67

我从前也很想做皇帝，后来在北京去看到宫殿的房子都是一个刻板的格式，觉得无聊极了。所以我皇帝也不想做了。做人的趣味在和许多朋友有趣的谈天，热烈的讨论。做了皇帝，口出一声，臣民都下跪，只有不绝声的 yes，yes『注：英语"是，是"』，那有什么趣味？但是还有人做皇帝，因为他和外界隔绝，不知外面还有世界！

集外集拾遗补编/关于知识阶级（1927·11）

●2-3-18-68

秦始皇，汉武帝想成仙，终于没有成功而死了。危险的临头虽然可怕，但别的运命说不定，"人生必死"的运命却无法逃避，所以危险也仿佛用不着害怕似的。但我并不想劝青年得到危险，也不劝他人去做牺牲，说为社会死了名望好，高巍巍的镌起铜像来。

集外集拾遗补编/关于知识阶级（1927·11）

●2-3-18-69

老实说，远地方在革命，不相识的人们在革命，我是的确有点高兴听的，然而——没有法子，索性老实说罢，——如果我的身边革起命来，或者我所熟识的人去革命，我就没有这么高兴听。有人说我应该拚命去革命，我自然不敢不以为然，但如叫我静静地坐下，调给我一杯罐头牛奶喝，我往往更感激。

三闲集/在钟楼上〔夜记之二〕（1927·12·17）

●2-3-18-70

我不是批评家，因此也不是艺术家，因为现在要做一个什么家，总非自己或熟人兼做批评不可，没有一伙，是不行的……因为并非艺术家，所以并不以为艺术特别崇高，正如自己不卖膏药，便不来打拳赞药一样。

三闲集/文艺与革命（1928·4·16）

●2-3-18-71

例如《鲁迅在广东》*这一本书，今年战士们忽以为编者和被编者希图不朽*，于是看得"烦燥"，也给了一点对于"冥顽不灵"的冷嘲。我却以为这太偏于唯心论了，无所谓不朽，不朽又干吗，这是现代人大抵知道的。所以会有这一本书，其实不过是要黑字印在白纸上，订成一本，作商品出售罢了。无论是怎样泡制法，所谓"鲁迅"也者，往往不过是充当了一种的材料。

〖释：《鲁迅在广东》，钟敬文编。内收鲁迅到广州后，当时报刊所载有关鲁迅的文章十二篇，附鲁迅杂文和讲演记录四篇。1927 年 7 月上海北新书局出版。/"编者和被编者希图不朽"，见《战线周刊》第一卷第二期（1928 年 4 月）署名蕹光的文章，其中说："看到了鲁迅在广东这本书，便单单看这可以诱惑人的书名……鲁迅是不朽了，编者锺敬文也不朽了。"〗

三闲集/我的态度气量和年纪（1928·5·7）

●2-3-18-72

我总觉得我也许有病，神经过敏，所以凡看

一件事，虽然对方说是全都打开了，而我往往还以为必有什么东西在手巾或袖子里藏着。但又往往不幸而中，岂不哀哉。

书信/致章廷谦（1928·8·15）

●2-3-18-73

听说，燕大的有几个教员，怕学生留我教书，发生恐怖了。你看，这和厦门大学何异？但我何至于"与鸡鹜争食"乎？

两地书/北平－上海（1929·5·29）

●2-3-18-74

我也对于自己的坏脾气，时时痛心，想竭力的改正一下。我想，应该一声不响，来编《中国字体变迁史》或《中国文学史》了。

两地书/北平－上海（1929·6·1）

●2-3-18-75

自由运动大同盟，确有这个东西，也列有我的名字，原是在下面的，不知怎地，印成传单时，却升为第二名了（第一是达夫*）。近来且往学校的文艺团体演说几回，关于文学的。我本不知"运动"的人，所以凡所讲演，多与该同盟格格不入，然而有些人已以为大出风头，有些人则以为十分可恶，谣诼谤骂，又复纷纭起来。半生以来，所负的全是挨骂的命运，一切听之而已，即使反将残剩的自由失去，也天下之常事也。

〖释：达夫，即郁达夫（1896－1945），浙江富阳人，作家，创造社前期主要成员之一。曾留学日本，回国后在多所大学任教。1928年与鲁迅合办《奔流》，后又参加中国自由运动大同盟、中国左翼作家联盟、中国民权保障同盟。1945年9月被日本宪兵杀害于南洋苏门答腊。〗

书信/致章廷谦（1930·3·21）

●2-3-18-76

我常常当冲，至今没有打倒，也可以说是每一战斗，在表面上大抵是胜利的。

书信/致章廷谦（1930·3·21）

●2-3-18-77

中国的做人虽然很难，我的敌人（鬼鬼祟祟的）也太多，但我若存在一日，终当为文艺尽力，试看新的文艺和在压制者保护之下的狗屁文艺，谁先成为烟埃。……无论如何，将来总归是我们的。

书信/致韦素园（1931·2·2）

●2-3-18-78

我不信人死而魂存，亦无求于后嗣，虽无子女，素不介怀。后顾无忧，反以为快。

书信/致李秉中（1931·3·6）

●2-3-18-79

对于发表信札的事，我……毫无芥蒂，自己的信发表，究胜于别人之造谣，况且既已写出，何妨印出，那是不算一回什么事的。

书信/致李秉中（1931·6·23）

●2-3-18-80

攻击人的和我自己的私人生活，我以为发表也可以，因为即使没有这些，敌人也很会造谣攻击的，这种例子已经多得很。

书信/致李霁野（1932·7·2）

●2-3-18-81

常听得有人说，书信是最不掩饰，最显真面的文章，但我也并不，我无论给谁写信，最初，总是敷敷衍衍，口是心非的，即在这一本中，遇有较为紧要的地方，到后来也还是往往故意写得含胡些，因为我们所处，是在"当地长官"，邮局，校长……都可以随意检查信件的国度里。

两地书/序言（1932·12·16）

●2-3-18-82

民族主义的文学家在今年的一种小报上说，"鲁迅多疑"，是不错的，我正在疑心这批人们也并非真的民族主义文学者，变化正未可限量呢。

南腔北调集/《自选集》自序（1933·3）

●2-3-18-83

《新青年》的团体散掉了，有的高升，有的退隐，有的前进，我又经验了一回同一战阵中的伙伴还是会这么这么变化……

南腔北调集/《自选集》自序（1933·3）

●2-3-18-84

夜里又做一篇，原想嬉皮笑脸，而仍剑拔弩张，倘不洗心，殊难革面，真是呜呼噫嘻，如何是好。换一笔名，图掩人目，恐亦无补。

书信/致黎烈文（1933·5·4）

●2-3-18-85

按：此信收信人魏猛克（1911－1984），湖南长沙人。当时是上海美术专门学校学生。

我不是木石，倘有人给我一拳，我有时也会还他一脚的

集外集拾遗补编/通信〔复魏猛克〕（1933·6·16）

●2-3-18-86

美术的刊物上，我没有投过文章，只是有时迫于朋友的希望，也曾写过几篇小序之类，无知妄作，现在想起来还很不舒服。

集外集拾遗补编/通信〔复魏猛克〕（1933·6·16）

●2-3-18-87

居今之世，纵使在决堤灌水，飞机掷弹范围之外，也难得数年粮食，一屋图书。我数年前，曾拟编中国字体变迁史及文学史稿各一部，先从作长编入手，但即此长编，已成难事，剪取欤，无此许多书，赴图书馆抄录欤，上海就没有图书馆，即有之，一人无此精力与时光，请书记又有欠薪之惧，所以直到现在，还是空谈。

书信/致曹聚仁（1933·6·18）

●2-3-18-88

不管怎么说，我还活着。只要我还活着，就要拿起笔，去回敬他们的手枪。

书信/致〈日〉山本初枝〔译文〕（1933·6·25）

●2-3-18-89

柏拉图式的恋爱论＊，我是能看，能言，而不能行的。

〖**释：**“柏拉图式的恋爱论”，指古希腊哲学家柏拉图（前427－前347）在所著《邦国篇》中宣扬的“精神恋爱论”。〗

集外集拾遗补编/我的种痘（1933·8·1）

●2-3-18-90

好的青年，自然有的，我亲见他们遇害，亲见他们受苦，如果没有这些人，我真可以“息息肩”了。现在所做的虽只是些无聊事，但人也只有人的本领，一部分人以为非必要者，一部分人却以为必要的。而且两手也只能做这些事，学术文章要参考书，小说也须能往各处走动，考察，但现在我所处的境遇，都不能。

书信/致胡今虚（1933·8·1）

●2-3-18-91

有人批评过我，说，只要看鲁迅至今还活着，就足见不是一个什么好人。这是真的，自民元革命以至现在，好人真不知道被害死了多少了，不过谁也没有记一篇准账。这事实又教坏了我，因为我知道即使死掉，也不过给他们大卖消息，大造谣言，说我的被杀，其实是为了金钱或女人关系。所以，名列于该杀之林则可，悬梁服毒，是不来的。

南腔北调集/祝《涛声》（1933·8·19）

●2-3-18-92

领导决不敢，呐喊助威，则从不辞让。今后也还如此。可以干的，总要干下去。

书信/致胡今虚（1933·10·28）

●2-3-18-93

按：此系对美国斯诺著《鲁迅生平》的意见。当时鲁迅常被人称为“中国的高尔基”。

“中国高尔基……”，当时实无此语，这好像是近来不知何人弄来的。

书信/致姚克（1933·11·5）

●2-3-18-94

即如我自己，何尝懂什么经济学或看了什么宣传文字，《资本论》不但未尝寓目，连手碰也没有过。然而启示我的是事实，而且并非外国的事实，倒是中国的事实，中国的非“匪区”的事实，这有什么法子呢？

书信/致姚克（1933·11·15）

●2-3-18-95

近五六年来，关于我的记载多极了，无论为毁为誉，是假是真，我都置之不理，因为我没有聘定律师，常登广告的巨款，也没有遍看各种刊物的工夫。况且新闻记者为要哄动读者，会弄些夸张的手段，是大家知道的，甚至于还全盘捏造。

南腔北调集/答杨邨人先生公开信的公开信（1933·12·28）

●2-3-18-96

即使在电影上，不也有时看得见黑奴怒形于色的时候，一有同是黑奴而手里拿着皮鞭的走过来，便赶紧低下头去么？我也毫不强横。

南腔北调集/题记（1933·12·31）

●2-3-18-97

弟向来厚于私而薄于公，前之不欲以照片奉呈，正因并“非私人请托”，而有公诸读者之虑故。近来思想倒退，闻“作家”之名，颇觉头痛。又久不弄笔，实亦不符；而且示众以后，识者骤增，于逛马路，进饭馆之类，殊多不便。《自选集》中像未必竟不能得，但甚愿以私谊吁请勿转灾楮墨，一以利己，一以避贤。

书信/致林语堂（1934·4·15）

●2-3-18-98

习西医大须记忆，基础科学等，至少四年，然尚不过一毛胚，此后非多年练习不可。我学理论两年后，持听诊器试听人们之胸，健者病者，其声如一，大不如书上所记之了然。今幸放弃，免于杀人，而不幸又成文氓，或不免被杀。倘当崩溃之际，竟尚幸存，当乞红背心『注：旧上海租界上清洁工人穿的“号衣”』扫上海马路耳。

书信/致曹聚仁（1934·4·30）

●2-3-18-99

“碎割”之说，是一种牢骚，但那时我替人改稿，绍介，校对，却真是起劲，现在是懒得多了……

书信/致杨霁云（1934·5·6）

●2-3-18-100

平生所作事，决不能如来示之誉，但自问数十年来，于自己保存之外，也时时想到中国，想到将来，愿为大家出一点微力，却可以自白的。

书信/致杨霁云（1934·5·22）

●2-3-18-101

作家之名颇美，昔不自量，曾以为不妨滥竽其列，近来稍稍醒悟，已羞耻言之……倘先生他日另作“伪作家小传”时，当罗列图书，摆起架子，扫门欢迎也。

书信/致陶亢德（1934·5·25）

●2-3-18-102

男为生活计，只能漂浮于外，毫无恒产，真所谓做一日，算一日，对于自己，且不能知明日之办法，京寓离开已久而久之，更无从知道详情及将来……

书信/致母亲（1934·5·29）

●2-3-18-103

现在这里，生命是颇危险的……然而只要我还活着，不管做多少，做多久，总要做下去。

书信/致〈日〉增田涉［译文］（1934·8·7）

●2-3-18-104

我的确当过多年先生和教授，但我并没有忘记我是学生出身，所以并不管什么规矩不规矩。

书信/致萧军、萧红（1934·11·12）

●2-3-18-105

我究竟还要说话。你看老百姓一声不响，将汗血贡献出来，自己弄到无衣无食，他们不是还要老百姓的性命吗？

书信/致萧军、萧红（1934·12·6）

●2-3-18-106

按：此信收信人金性尧，当时在上海中华煤球公司当文书。

我本来不善于给人改文章，而且我也有我的事情，桌子积着的未看的稿子，未复的信件还多得很。……我一天要复许多信，虽是寥寥几句，积起来，所化的时间和力气，也就可观了。

书信/致金性尧（1934·12·11）

●2-3-18-107

按：此信收信人李桦，木刻家。曾留学日本，当时在广州美术专科学校任教。1934年开始从事木刻运动，同年6月发起组织现代创作版画研究会。

我自己连走动也不容易，交际又少，简直无人可托，官厅又神经过敏，什么都只知道堵塞和毁灭，还有自称“艺术家”在帮他们的忙，我除还可以写几封信之外，什么也做不来。

书信/致李桦（1935·1·4）

●2-3-18-108

将来我死掉之后，即使在中国还有追悼的可能，也千万不要给我开追悼会或者出什么记念册。因为这不过是活人的讲演或挽联的斗法场，为了造语惊人，对仗工稳起见，有些文豪们是简直不恤于胡说八道的。结果至多也不过印成一本书，即使有谁看了，于我死人，于读者活人，都无益处，就是对于作者，其实也并无益处，挽联做得好，也不过挽联做得好而已。

且介亭杂文/病后杂谈（1935·2）

●2-3-18-109

我也时时感到寂寞，常常想改掉文学买卖，不做了，并且离开上海。不过这是暂时的愤慨，结果大约还是这样的干下去，到真的干不来了的时候。

书信/致萧军、萧红（1935·2·9）

●2-3-18-110

我也可以自白一句：我宁可向泼剌的妓女立正，却不愿意和死样活气的文人打棚＊。

〖**释**：“打棚”，上海方言：开玩笑。〗

且介亭杂文二集/“京派”和“海派”（1935·5·5）

●2-3-18-111

我是不赞成自杀，自己也不豫备自杀的。但我的不豫备自杀，不是不屑，却因为不能。……自杀其实是不很容易，决没有我们不豫备自杀的人们所渺视的那么轻而易举的。倘有谁以为容易么，那么，你倒试试看！

且介亭杂文二集/论“人言可畏”（1935·5·20）

●2-3-18-112

其实我是讨厌天国的。中国的善人们我大抵都厌恶，倘将来朝夕同这样的人相处，真是不堪设想。

书信/致〈日〉山本初枝〔译文〕（1935·6·27）

●2-3-18-113

我的决心是如果有力，自己来做一点，虽然一点，究竟是一点。这是很坏的现象，但在目前，我以为总比说空话而一点不做好。

书信/致萧军（1935·6·27）

●2-3-18-114

按：此信收信人赖少麒，美术家。当时是广州美术专科学校学生。

太伟大的变动，我们会无力表现的，不过这也无须悲观，我们即使不能表现他的全盘，我们可以表现它的一角，巨大的建筑，总是一木一石叠起来的，我们何妨做做这一木一石呢？我时常做些零碎事，就是为此。

书信/致赖少麒（1935·6·29）

●2-3-18-115

看不起钱，也是那时的所谓“读书人家子弟”的通性。我的祖父是做官的，到父亲才穷下来，所以我其实是“破落户子弟”，不过我很感谢我父亲的穷下来（他不会赚钱），使我因此明白了许多事情。因为我自己是这样的出身，明白底细，所以别的破落户子弟的装腔作势，和暴发户子弟之自鸣风雅，给我一解剖，他们便弄得一败涂地，我好像一个“战士”了。使我自己说，我大约也还是一个破落户，不过思想较新，也时常想到别人和将来，因此也比较的不十分自私自利而已。

书信/致萧军（1935·8·24）

●2-3-18-116

我看用我去比外国的谁，是很难的，因为彼此的环境先不相同。

书信/致萧军（1935·8·24）

●2-3-18-117

虽然许多人都说我多疑，冷酷，然而我的推测人，实在太倾于好的方面了，他们自己表现出来时，还要坏得远。

书信/致萧军（1935·10·4）

●2-3-18-118

即使第一次受骗了，第二次也有被骗的可能，我还是做，因为被人偷过一次，也不能疑心世界上全是偷儿……但自然，得了真赃实据之后，又是一回事了。

书信/致萧军（1935·10·4）

●2-3-18-119

倘能暂时居乡，本为夙愿；但他乡不熟悉，故乡又不能归去。自前数年“卢布说”流行以来，连亲友竟亦有相信者，开口借钱，少则数百，时或五千；倘暂归，彼辈必以为将买肥田，建大厦，辇卢荣归矣。万一被绑票，索价必大，而又无法可赎，则将撕票也必矣，岂不冤哉。

书信/致曹聚仁（载1936年10月25日《申报周刊》）

●2-3-18-120

我并非拳师，自己留下秘诀，一想到，总是说出来，有什么“不肯”；至于“少写文章”，也并不确，我近三年的译作，比以前要多一倍以上，丝毫没有懒下去。

书信/致徐懋庸（1936·1·7）

●2-3-18-121

按：此信收信人黄苹荪，浙江杭州人，御用文人。曾编辑《越风》半月刊。

仆为六七年前以自由大同盟关系，由浙江党部率先呈请通缉之人，“会稽乃报仇雪耻之乡”，身为越人，未忘斯义……

书信/致黄苹荪（1936·2·10）

●2-3-18-122

自己年纪大了，但也曾年青过，所以明白青年的不顾前后，激烈的热情，也了解中年的怀着同情，却又不能不有所顾虑的苦心孤诣。

书信/致曹聚仁（1936·2·21）

●2-3-18-123

现在的许多论客，多说我会发脾气，其实我觉得自己倒是从来没有因为一点小事情，就成友或成仇的人。我还不少几十年的老朋友，要点就在彼此略小节而取其大。

书信/致曹聚仁（1936·2·21）

●2-3-18-124

我的娱乐只有看电影，而可惜很少有好的。此外看看“第三种人”之流，一个个的拖出尾巴来，也是一种大娱乐；其实我在作家之中，一直没有失败，要算是很幸福的，没有可说的了……

书信/致欧阳山、草明（1936·3·18）

●2-3-18-125

中国要做的事很有限，真是不值得说的。不过中国正需要肯做苦工的人，而这种工人很少，我又年纪渐老，体力不济起来，却是一件憾事。

书信/致欧阳山、草明（1936·3·18）

●2-3-18-126

按：此信收信人颜黎民（1913－1947），1934年时是北平宏达中学学生，次年以“共产嫌疑”被捕，出狱不久即化名以孩子口吻给鲁迅写信。

我的信如果要发表，且有发表的地方，我可以同意。我们不是没有说什么不能告人的话么？如果有，既然说了，就不怕发表。

书信/致颜黎民（1936·4·15）

●2-3-18-127

我是不写自传也不热心于别人给我作传的，因为一生太平凡，倘使这样的也可做传，那么，中国一下子可以有四万万部传记，真将塞满图书馆。

书信/致李霁野（1936·5·8）

●2-3-18-128

仪式并未举行，遗嘱也没有写，不过默默的躺着，有时还发生更切迫的思想：原来这样就算是在死下去，倒也并不苦痛；但是，临终的一刹那，也许并不这样的罢；然而，一世只有一次，无论怎样，总是受得了的……

且介亭杂文末编/死（1936·9·20）

●2-3-18-129

我是常常如此的：我说这好，但说不出一大篇它所以好的道理来。然而确然如此，它究竟会证明我的判断并不错。

集外集拾遗补编/答世界社信（1936·10）

（19）人生感慨

希望是本无所谓有，无所谓无的。这正如地上的路；其实地上本没有路，走的人多了，也便成了路。

●2-3-19-1

想到人类的灭亡是一件寂寞大悲哀的事；然而若干人们的灭亡，却并非寂寞悲哀的事。

热风/生命的路（1919·11·1）

●2-3-19-2

希望是本无所谓有，无所谓无的。这正如地上的路；其实地上本没有路，走的人多了，也便成了路。

呐喊/故乡（1921·5）

●2-3-19-3

我躺着，听船底潺潺的水声，知道我在走我的路。我想：我竟与闰土隔绝到这地步了，但我们的后辈还是一气，宏儿不是正在想念水生么＊。我希望他们不再像我，又大家隔膜起来……然而我又不愿意他们因为要一气，都如我的辛苦展转而生活，也不愿意他们都如闰土的辛苦麻木而生活，也不愿意都如别人的辛苦恣睢而生活。他们应该有新的生活，为我们所未经生活过的。

〖**释：“宏儿正在想念水生”，宏儿，作品中“我”的侄女；水生，作品中“闰土”的儿子。**〗

呐喊/故乡（1921·5）

●2-3-19-4

倘有人提出一个问题，问我“于蚊虫跳蚤孰爱？”我一定毫不迟疑，答曰“爱跳蚤！”这理由很简单，就因为跳蚤是咬而不嚷的。

默默的吸血，虽可怕，但于我却较为不麻烦，因此毋宁爱跳蚤。

集外集拾遗补编/无题（1921·7·8）

●2-3-19-5

假使造物也可以责备，那么，我以为他实在将生命造得太滥，毁得太滥了。

呐喊/兔和猫（1922·10·10）

●2-3-19-6

有谁从小康人家而坠入困顿的么，我以为在

这途路中，大概可以看见世人的真面目……

呐喊/自序（1923·8·21）

●2-3-19-7

所谓回忆者，虽说可以使人欢欣，有时也不免使人寂寞，使精神的丝缕还牵着已逝的寂寞的时光，又有什么意味呢，而我偏苦于不能全忘却……

呐喊/自序（1923·8·21）

●2-3-19-8

凡有一人的主张，得了赞和，是促其前进的，得了反对，是促其奋斗的，独有叫喊于生人中，而生人并无反应，既非赞同，也无反对，如置身毫无边际的荒原，无可措手的了，这是怎样的悲哀呵……

呐喊/自序（1923·8·21）

●2-3-19-9

人生最苦痛的是梦醒了无路可以走。做梦的人是幸福的；倘没有看出可走的路，最要紧的是不要去醒他。……我想，假使寻不出路，我们所要的倒是梦。

坟/娜拉走后怎样（1924·6）

●2-3-19-10

我说一句真话罢……就是这人如果以我为是，我便发生一种悲哀，怕他要陷入我一类的命运；倘若一见之后，觉得我非其族类，不复再来，我便知道他较我更有希望，十分放心了。

书信/致李秉中（1924·9·24）

●2-3-19-11

其实我何尝坦白？我已经能够细嚼黄连而不皱眉了。我很憎恶我自己，因为有若干人，或则愿我有钱，有名，有势，或则愿我陨灭，死亡，而我偏偏无钱无名无势，又不灭不亡，对于各方面，都无以报答盛意，年纪已经如此，恐将遂以如此终。我也常常想到自杀，也常想杀人，然而都不实行，我大约不是一个勇士。现在仍然只好对于愿我得意的便拉几个钱来给他看，对于愿我灭亡的避开些，以免他再费机谋。我不大愿意使人失望，所以对于爱人和仇人，都愿意有以骗之，亦即所以慰之，然而仍然各处都弄不好。

书信/致李秉中（1924·9·24）

●2-3-19-12

凡和我熟识可以通融之人，其景况总与我差不多也。

书信/致李秉中（1924·10·20）

●2-3-19-13

凡对于以真话为笑话的，以笑话为真话的……只有一个方法：就是不说话。

坟/说胡须（1924·12·15）

●2-3-19-14

我想，苦痛是总与人生联带的，但也有离开的时候，就是当睡熟之际。

两地书/北京（1925·3·11）

●2-3-19-15

醒的时候要免去若干苦痛，中国的老法子是“骄傲”与“玩世不恭”，我自己觉得我就有这毛病，不大好。苦茶加“糖”，其苦之量如故，只是聊胜于无“糖”，但这糖就不容易找到，我不知道在那里，只好交白卷了。

两地书/北京（1925·3·11）

●2-3-19-16

走“人生”的长途，最易遇到的有两大难关。其一是“歧路”，倘若墨翟先生，相传是恸哭而返的。但我不哭也不返，先在歧路头坐下，歇一会，或者睡一觉，于是选一条似乎可走的路再走，倘遇见老实人，也许夺他食物充饥，但是不问路，因为我知道他并不知道的。如果遇见老虎，我就爬上树去，等它饿得走去了再下来，倘它竟不走，我就自己饿死在树上，而且先用带子缚住，连死尸也决不给它吃。但倘若没有树呢？那么，没有法子，只好请它吃了，但也不妨也咬它一口。其二便是“穷途”了，听说阮籍先生也大哭而回，我却也像歧路上的办法一样，还是跨进去，在刺丛里姑且走走，但我也并未遇到全是荆棘毫无可走的地方过，不知道是否世上本无所谓穷途，还是我幸而没有遇着。

两地书/北京（1925·3·11）

●2-3-19-17

能够随遇而安……比起幻想太多的人们来，可以稍为安稳，能够敷衍下去而已。

两地书/北京（1925·3·23）

●2-3-19-18

人若一经走出麻木境界，即增加苦痛，而且无法可想，所谓“希望将来”，就是自慰——或者简直是自欺——之法，……必须麻木到不想“将来”也不知“现在”，这才和中国的时代环境相合，但一有知识，就不能再回到这地步去了。

两地书/北京（1925·3·23）

●2-3-19-19

跳蚤的来吮血，虽然可恶，而一声不响地就是一口，何等直截爽快。蚊子便不然了，一针叮进皮肤，自然还可以算得有点彻底的，但当未叮之前，要哼哼地发一篇大议论，却使人觉得讨厌。如果所哼的是在说明人血应该给它充饥的理由，那可更其讨厌了，幸而我不懂。

华盖集/夏三虫（1925·4·7）

●2-3-19-20

你说“青年的热情大部分还在”，这使我高兴。……我敢赠送你一句真实的话，你的善于感激，是于自己有害的，使自己不能高飞远走。我的百无所成，就是受了这癖气的害，《语丝》上《过客》中说：“这于你没有什么好处”，那“这”字就是指“感激”。我希望你向前进取，不要记着这些小事情。

书信/致赵其文（1925·4·8）

●2-3-19-21

凡有富于感激的人，即容易受别人的牵连，不能超然独往。

书信/致赵其文（1925·4·11）

●2-3-19-22

施行刺激，总须有若干人有感动性才有应验，就是所谓须是木材，始能以一颗小火燃烧，倘是沙石，就无法可想，投下火柴去，反而无聊。

两地书/北京（1925·4·22）

●2-3-19-23

死于敌手的锋刃，不足悲苦；死于不知何来的暗器，却是悲苦。但最悲苦的是死于慈母或爱人误进的毒药，战友乱发的流弹，病菌的并无恶意的侵入，不是我自己制定的死刑。

华盖集/杂感（1925·5·8）

●2-3-19-24

无论爱什么，——饭，异性，国，民族，人类等等，——只有纠缠如毒蛇，执着如怨鬼，二六时中*，没有已时者有望。但太觉疲劳时，也无妨休息一会罢；但休息之后，就再来一回罢，而且两回，三回……。

〖释：“二六时中”，一昼夜的十二个时辰。〗

华盖集/杂感（1925·5·8）

●2-3-19-25

我们都不大有记性。这也无怪，人生苦痛的事太多了，尤其是在中国。记性好的，大概都被厚重的苦痛压死了；只有记性坏的，适者生存，还能欣然活着。

华盖集/导师（1925·5·15）

●2-3-19-26

我现在愈加相信说话和弄笔的都是不中用的人，无论你说话如何有理，文章如何动人，都是空的。他们即使怎样无理，事实上却著著得胜。然而，世界岂真不过如此而已么？我还要反抗，试他一试。

两地书/北京（1925·5·18）

●2-3-19-27

我明知道笔是无用的，可是现在只有这个，只有这个而且还要为鬼魅所妨害。然而只要有地方发表，我还是不放下……总而言之，笔舌常存，是总要使用的，东滢西滢，都不相干也。

两地书/北京（1925·5·30）

●2-3-19-28

人到无聊，便比什么都可怕，因为这是从自己发生的，不大有药可救。

两地书/北京（1925·6·13）

●2-3-19-29

每每终于发见纯粹的利用，连“互”字也安不上，被用之后，只剩下耗了气力的自己而已。我的时常无聊，就是为此，但我还能将一切忘却，休息一时之后，从新再来，即使明知道后来的运命未必会胜于过去。

两地书/北京（1925·6·13）

●2-3-19-30

试到中央公园去，大概总可以遇见祖母带着她孙女儿在玩的。这位祖母的模样，就预示着那娃儿的将来。所以倘有谁要预知令夫人后日的丰姿，也只要看丈母。不同是当然要有些不同的，但总归相去不远。

华盖集/这个与那个（1925·12·10－12·22）

●2-3-19-31

俗语说：“忠厚是无用的别名”，也许太刻薄一点罢，但仔细想来，却也觉得并非唆人作恶之谈，乃是归纳了许多苦楚的经历之后的警句。

坟/论“费厄泼赖”应该缓行（1926·1·10）

●2-3-19-32

人就苦于不能将自己的灵魂砍成酱，因此能有记忆，也因此而有感慨或滑稽。

华盖集续编/不是信（1926·2·8）

●2-3-19-33

人呢，能直立了，自然是一大进步；能说话了，自然也就堕落，因为那时也开始了说空话。说空话尚无不可，甚至于连自己也不知道说着违心之论，则对于只能嗥叫的动物，实在免不得“颜厚有忸怩”＊。

〖释：“颜厚有忸怩”，语出《尚书·五子之歌》。意为脸皮虽厚，内心仍感惭愧。〗

朝花夕拾/狗·猫·鼠（1926·3·10）

●2-3-19-34

在动物界，虽然并不如古人所幻想的那样舒适自由，可是噜苏做作的事总比人间少。它们适性任情，对就对，错就错，不说句分辩话。虫蛆也许是不干净的，但它们并没有自鸣清高；鸷禽猛兽以较弱的动物为饵，不妨说是凶残的罢，但它们从来就没有竖过“公理”“正义”的旗子，使牺牲者直到被吃的时候为止，还是一味佩服赞叹它们。

朝花夕拾/狗·猫·鼠（1926·3·10）

●2-3-19-35

我们在万生园＊里，看见猴子翻筋斗，母象请安，虽然往往破颜一笑，但同时也觉得不舒服，甚至于感到悲哀，以为这些多余的聪明，倒不如没有的好罢。

〖释：“万生园”，即万牲园，北京动物园的前称。〗

朝花夕拾/狗·猫·鼠（1926·3·10）

●2-3-19-36

人和人的魂灵，是不相通的。

华盖集续编/无花的蔷薇之二（1926·3·29）

●2-3-19-37

人们的苦痛是不容易相通的。

华盖集续编/无花的蔷薇之二（1926·3·29）

●2-3-19-38

死者倘不埋在活人的心中，那就真真死掉了。

华盖集续编/空谈（1926·4·10）

●2-3-19-39

长歌当哭，是必须在痛定之后的。

华盖集续编/记念刘和珍君（1926·4·12）

●2-3-19-40

在中国的天地间，不但做人，便是做鬼，也艰难极了。然而究竟很有比阳间更好的处所：无所谓“绅士”，也没有“流言”。

朝花夕拾/二十四孝图（1926·5·25）

●2-3-19-41

我们所可以自慰的，想来想去，也还是所谓对于将来的希望。希望是附丽于存在的，有存在，便有希望，有希望，便是光明。

华盖集续编/记谈话（1926·10·2）

●2-3-19-42

既然决心做一学期，又有人来帮忙，做做也好，不过万不要拚命。人自然要办“公”，然而总须大家都办，倘人们偷懒，而只有几个人拚命，未免太不“公”了，就该适可而止，可以省下的路少走几趟，可以不管的事少做几件，这并非昧了良心，自己也是国民之一，应该爱惜的，谁也没有要求独独几个人应该做得劳苦而死的权利。

两地书/厦门－广州（1926·10·28）

●2-3-19-43

亲戚本家……要求帮忙，帮忙之后，还要大不满足，而且怨愤，因为他们以为你收入甚多，即使竭力地帮了，也等于不帮。将来如果偶需他们帮助时，便都退开，因为他们没有得过你的帮助，或者还要下石，这是对于先前吝啬的罚。

两地书/厦门－广州（1926·10·28）

●2-3-19-44

尝尝也好，因为更可以知道所谓亲戚本家是怎么一回事，知道世事就更真切了。……但这状态是永续不得的，经验若干时之后，便须斩钉截铁地将他们撇开，否则，即使将自己全部牺牲了，他们也仍不满足，而且仍不能得救。

两地书/厦门－广州（1926·10·28）

●2-3-19-45

我为了别人，牺牲已可谓不少，现在从许多事情观察起来，只觉得他们对于我凡可以使役时便竭力使役，可以诘责时便竭力诘责，将来可以攻击时便自然竭力攻击，因此我于进退去就，颇有戒心，这或者也是颓唐之一端，但我觉得也是环境造成的。

两地书/厦门－广州（1926·11·8）

●2-3-19-46

我的生命，被他们乘机另碎取去的，我觉得已经很不少，此后颇想不蹈这覆辙了。

两地书/厦门－广州（1926·11·8）

●2-3-19-47

我其实还敢于战在前线上，但发见称为“同道”的暗中将我作傀儡或背后枪击我，却比被敌人所伤更其悲哀。

两地书/厦门－广州（1926·11·8）

●2-3-19-48

失望无论大小，是一种苦味

坟/写在《坟》后面（1926·11·11）

●2-3-19-49

现在的社会，可利用时则竭力利用，可打击时则竭力打击，只要于他有利。我在北京是这么忙，来客不绝，但倘一失脚，这些人便是投井下石的，反面不识还是好人；为我悲哀的大约只有两个，我的母亲和一个朋友＊。

〖释：“一个朋友”，指此信收信人许广平。〗

两地书/厦门－广州（1926·11·15）

●2-3-19-50

说话说到有人厌恶，比起毫无动静来，还是一种幸福。

坟/题记（1926・11・20）

●2-3-19-51

我先前何尝不出于自愿，在生活的路上，将血一滴一滴地滴过去，以饲别人，虽自觉渐渐瘦弱，也以为快活。而现在呢，人们笑我瘦了，这实在使我愤怒。我并没有略存求得好报之心，不过觉得他们加以嘲笑，是太过了。

两地书/厦门－广州（1926・12・14）

●2-3-19-52

我常叹中国无“好事之徒”，所以什么也没有人管，现在看来，做好事之徒实在不容易，我略管闲事，便弄得这么麻烦。

两地书/厦门－广州（1926・12・14）

●2-3-19-53

不但对于阿Q，连我自己将来的“大团圆”，我就料不到究竟是怎样。终于是“学者”，或“教授”乎？还是“学匪”或“学棍”呢？“官僚”乎，还是“刀笔吏”呢？“思想界之权威”乎，抑“思想界先驱者”乎，抑又“世故的老人”乎？“艺术家”？“战士”？抑又是见客不怕麻烦的特别“亚拉籍夫”乎？乎？乎？乎？乎？

华盖集续编/《阿Q正传》的成因（1926・12・18）

●2-3-19-54

横竖种种谨慎，还是被人逼得不能做人。我就来自画招供，自说消息，看他们其奈我何。……即使是对头，是敌手，是枭蛇鬼怪，要推我下来，我即甘心跌下来，我何尝愿意站在台上。我就爱枭蛇鬼怪，我要给他践踏我的特权。我对于名誉，地位，什么都不要，我只要枭蛇鬼怪够了。

两地书/厦门－广州（1927・1・11）

●2-3-19-55

我自信我决不是必须自己贬抑到那么样的人了，我可以爱！

两地书/厦门－广州（1927・1・11）

●2-3-19-56

我也不想回浙，但未定到那里去，教界这东西，我实在有点怕了，并不比政界干净。

书信/致章廷谦（1927・5・15）

●2-3-19-57

我也确有这种的毛病，什么事都不能正正经经。便是感慨，也不肯一直发到底。只是我也自有我的苦衷。因为整年的发感慨，倘是假的，岂非无聊？倘真，则我早已感愤而死了，那里还有议论。我想，活着而想称“烈士”，究竟是不容易的。

而已集/略谈香港（1927・8・13）

●2-3-19-58

实地经验总比看，听，空想确凿。我先前吃过干荔支，罐头荔支，陈年荔支，并且由这些推想过新鲜的好荔枝。这回吃过了，和我所猜想的不同，非到广东来吃就永不知道。

而已集/读书杂谈（1927・8・18、19、22）

●2-3-19-59

我先前的攻击社会，其实也是无聊的。社会没有知道我在攻击，倘一知道，我早已死无葬身之所了。试一攻击社会的分子的陈源之类，看如何？而况四万万也哉？我之得以偷生者，因为他们大多数不识字，不知道，并且我的话也无效力，如一箭之入大海。否则，几条杂感，就可以送命的。

而已集/答有恒先生（1927・10・1）

●2-3-19-60

呜呼，鲁迅鲁迅，多少广告，假汝之名以行！

而已集/辞“大义”（1927・10・1）

●2-3-19-61

我近来被人随手抑扬，忽而“权威”，忽而不准作“权威”，只准做“前驱”*；忽而又改为“青年指导者”*；甲说是“青年叛徒的领袖”罢，乙又来冷笑道：“哼哼哼。”*自己一动不动，故我依然，姓名却已经经历了几回升沉冷暖。人们随意说说，将我当作一种材料，倒也罢了，最可怕的是广告底恭维和广告底嘲骂。简直是膏药摊上挂着的死蛇皮一般。

〖释：“不准作‘权威’，只准做‘前驱’”，这是针对高长虹的话而发。高长虹在《1925北京出版界形势指掌图》中曾说：“要权威何用？为鲁迅计，则拥此空名，无裨实际”；而在“狂飙社广告”（见1926年8月《新女性》月刊第一卷第八号）中又吹嘘他们曾经“与思想界先驱鲁迅……合办《莽原》”云。/“青年指导者”，1926年2月3日晨报副刊以“结束闲话，结束废话！”为题，发表了李四光和徐志摩的通信。李感慨说“指导青年的人，还要彼此辱骂，制成一个恶劣的社会”云，徐志摩则说“大学的教授们”，“负有指导青年重责的前辈”，是不该这样“混斗”的，云云。/“‘青年叛徒的领袖’……‘哼哼哼’”，1925年9月4日《莽原》周刊第二十期载霉江致鲁迅的信有“青年叛徒领导者”的话。陈源在1926年1月30日《晨报副刊》发表的《致志摩》中嘲讽道：“这像‘青年叛徒的领袖’吗？”“这才是中国‘青年叛徒的领袖’，中国青年叛徒也可想而知了。”〗

而已集/革“首领”（1927·10·15）

●2-3-19-62

我们吃东西，吃就吃，若是左思右想，吃牛肉怕不消化，喝茶时又要怀疑，那就不行了，——老年人才是如此；有力量，有自信力的人是不至于此的。

集外集拾遗补编/关于知识阶级（1927·11）

●2-3-19-63

我们穷人唯一的资本就是生命。以生命来投资，为社会做一点事，总得多赚一点利才好；以生命来做利息小的牺牲，是不值得的。

集外集拾遗补编/关于知识阶级（1927·11）

●2-3-19-64

我自到上海以来……忽被推为“前驱”，忽被挤为“落伍”，那还可以说是自作自受，管他娘的去。但若再有一个“鲁迅”，替我说教，代我题诗，而结果还要我一个人来担负，那可真不能“有闲，有闲，第三个有闲”，连译书的工夫也要没有了。

三闲集/在上海的鲁迅启事（1928·4·2）

●2-3-19-65

其实呢，异性，我是爱的，但我一向不敢，因为我自己明白各种缺点，深恐辱没了对手。

书信/致韦素园（1929·3·22）

●2-3-19-66

在寂寞之世界里，虽欲得一可以对垒之真敌人，亦不易也。

两地书/北平－上海（1929·5·30）

●2-3-19-67

北新正以“画影图形”的广告，在卖《鲁迅论》*，十年以来，不佞无论如何，总于人们有益，岂不悲哉。

〖释：《鲁迅论》，关于鲁迅及其作品的评论文集。李何林编。1930年4月出版。〗

书信/致章廷谦（1930·5·24）

●2-3-19-68

沪上人心，往往幸灾乐祸。冀人之危，以为谈助。大谈陆黄恋爱*于前，继以马振华投水*，又继以萧女士被强奸案*，今则轮到我之被捕矣。

〖释：“陆黄恋爱”，指1928、1929年间上海报纸大肆渲染陆根荣与黄慧如的主仆恋爱事。/“马振华投水”，指1928年春夏间马振华受汪世昌

诱骗投水自杀事。/“萧女士被强奸案”，指1930年8月南京女教师萧信庵赴南洋任教途中被两荷籍船员强奸一案。〗

书信/致李秉中（1931·2·4）

●2-3-19-69

我的经验是：毁或无妨，誉倒可怕，有时候是极其“汲汲乎殆哉”的。

二心集/做古人和做好人的秘诀〔夜记之五〕（1932·4·26）

●2-3-19-70

按：《鲁迅日记》1932年10月12日：“午后为柳亚子书一条幅”，即下面这首诗。

运交华盖欲何求，未敢翻身已碰头。

破帽遮颜过闹市，漏船载酒泛中流。

横眉冷对千夫指*，俯首甘为孺子牛*。

躲进小楼成一统，管他冬夏与春秋。

〖释：“千夫指”，出《汉书·王嘉传》：“千人所指，无病而死。”/“孺子牛”，出《左传》哀公六年：“鲍子曰，女忘君之为孺子牛而折其齿乎?”〗

集外集/自嘲（1932·10·12）

●2-3-19-71

孩子是个累赘，有了孩子就有许多麻烦。你以为如何？近来我几乎终年为孩子奔忙。但既已生下，就要抚育。换言之，这是报应，也就无怨言了。

书信/致〈日〉山本初枝〔译文〕(1932·11·7)

●2-3-17-72

一个人如果一生没有遇到横祸，大家决不另眼相看，但若坐过牢监，到过战场，则即使他是一个万分平凡的人，人们也总看得特别一点。

两地书/序言（1932·12·16）

●2-3-19-73

做梦，是自由的，说梦，就不自由。做梦，是做真梦的，说梦，就难免说谎。

南腔北调集/听说梦（1933·4·15）

●2-3-19-74

人的言行，在白天和在深夜，在日下和在灯前，常常显得两样。夜是造化所织的幽玄的天衣，普覆一切人，使他们温暖，安心，不知不觉的自己渐渐脱去人造的面具和衣裳，赤条条地裹在这无际的黑絮似的大块里。

准风月谈/夜颂（1933·6·10）

●2-3-19-75

现在的光天化日，熙来攘往，就是这黑暗的装饰，是人肉酱缸上的金盖，是鬼脸上的雪花膏。只有夜还算是诚实的。我爱夜，在夜间作《夜颂》。

准风月谈/夜颂（1933·6·10）

●2-3-19-76

度尽劫波兄弟在，相逢一笑泯恩仇。

集外集/题三义塔（1933·6·21）

●2-3-19-77

我向来的意见，是以为倘有慈母，或是幸福，然若生而失母，却也并非完全的不幸，他也许倒成为更加猛，更无挂碍的男儿的。

伪自由书/前记（1933·7·19）

●2-3-19-78

有好茶喝，会喝好茶，是一种“清福”。不过要享这“清福”，首先就须有工夫，其次是练习出来的特别的感觉。由这一极琐屑的经验，我想，假使是一个使用筋力的工人，在喉干欲裂的时候，那么，即使给他龙井芽茶，珠兰窨片，恐怕他喝起来也未必觉得和热水有什么大区别罢。

准风月谈/喝茶（1933·10·2）

●2-3-19-79

所谓“秋思”，其实也是这样的，骚人墨客，会觉得什么“悲哉秋之为气也”，风雨阴晴，都给他一种刺戟，一方面也就是一种“清福”，但在老农，却只知道每年的此际，就要割稻而已。

准风月谈/喝茶（1933·10·2）

●2-3-19-80

现状为我有生以来所未尝见，三十年来，年相若与年少于我一半者，相识之中，真已所存无几，因悲而愤，遂往往自视亦如轻尘，然亦偶自摄卫，以免为亲者所叹而仇者所快。

书信/致台静农（1933·12·27）

●2-3-19-81

文人的遭殃，不在生前的被攻击和被冷落，一瞑之后，言行两亡，于是无聊之徒，谬托知己，是非蜂起，既以自衒，又以卖钱，连死尸也成了他们的沽名获利之具，这倒是值得悲哀的。

且介亭杂文/忆韦素园君（1934·4·10）

●2-3-19-82

认真会是人的致命伤的么？……可以是的。一认真，便容易趋于激烈，发扬则送掉自己的命，沉静着，又啮碎了自己的心。

且介亭杂文/忆韦素园君（1934·4·10）

●2-3-19-83

男为生活计，只能漂浮于外，毫无恒产，真所谓做一日，算一日，对于自己，且不能知明日之办法……

书信/致母亲（1934·5·29）

●2-3-19-84

美国人说，时间就是金钱；但我想：时间就是性命。无端的空耗别人的时间，其实是无异于谋财害命的。

且介亭杂文/门外文谈（1934·8–9）

●2-3-19-85

在中国做人，一向是很难的，不过现在要算最难，我先前没有经验过。

书信/致金性尧（1934·11·24）

●2-3-19-86

我知道我们见面之后，是会使你们悲哀的，我想，你们单看我的文章，不会料到我已这么衰老。但这是自然的法则，无可如何。其实，我的体子并不算坏，十六七岁就单身在外面混，混了三十年，这费力可就不小；但没有生过大病或卧床数十天，不过精力总觉得不及先前了，一个人过了五十岁，总不免如此。

书信/致萧军、萧红（1934·12·6）

●2-3-19-87

萌退志是可以不必的。我亦尚在看看人间世，不过总有一天，是终于要“一走了之”的，现在是这样的世界。

书信/致郑振铎（1935·1·8）

●2-3-19-88

一个人遇了几回空城计后，就会灰心，或者从此怀疑朋友的。

书信/致萧军、萧红（1935·1·29）

●2-3-19-89

“采菊东篱下，悠然见南山”是渊明的好句，但我们在上海学起来可就难了。没有南山，我们还可以改作“悠然见洋房”或“悠然见烟囱”的，然而要租一所院子里有点竹篱，可以种菊的房子，租钱就每月总得一百两，水电在外；巡捕捐按房租百分之十四，每月十四两。单是这两项，每月就是一百十四两，每两作一元四角算，等于一百五十九元六。近来的文稿又不值钱，每千字最低的只有四五角，因为是学陶渊明的雅人的稿子，现在算他每千字三大元罢，但标点，洋文，空白除外。那么，单单为了采菊，他就得每月译作净五万三千二百字。吃饭呢？要另外想法子生发，否则，他只好“饥来驱我去，不知竟何之”了。

且介亭杂文/病后杂谈（1935·2·12）

●2-3-19-90

一个人活五六十岁，在中国实在做不出什么事来（但英雄除外），古人之想成仙，或者也是不得已的。

书信/致曹聚仁（1935·4·10）

●2-3-19-91

极平常的豫想，也往往会给实验打破。

且介亭杂文二集/"题未定"草〔一〕（1935·7）

●2-3-19-92

人们灭亡于英雄的特别的悲剧者少，消磨于极平常的，或者简直近于没有事情的悲剧者却多。

且介亭杂文二集/几乎无事的悲剧（1935·8）

●2-3-19-93

曾惊秋肃临天下，敢遣春温上笔端。
尘海苍茫沉百感，金风萧瑟走千官。
老归大泽菰蒲尽，梦坠空云齿发寒。
竦听荒鸡偏阒寂，起看星斗正阑干。

集外集拾遗/亥年残秋偶作（1935·12·5）

●2-3-19-94

人生现在实在苦痛，但我们总要战取光明，即使自己遇不到，也可以留给后来的。我们这样的活下去罢。

书信/致曹白（1936·3·26）

●2-3-19-95

一个人受了难，或者遭了冤，所谓先前的朋友，一声不响的固然有，连赶紧来投几块石子，借此表明自己是属于胜利者一方面的，也并不算怎么希罕……

且介亭杂文末编/续记（1936·5）

●2-3-19-96

倘使我那八十岁的母亲，问我天国是否真有，我大约是会毫不踌躇，答道真有的罢。

且介亭杂文末编/我要骗人（日文1936·4/中文1936·6）

●2-3-19-97

日夜躺着，无力谈话，无力看书。连报纸也拿不动，又未曾炼到"心如古井"，就只好想，而从此竟有时要想到"死"了。不过所想的也并非"二十年后又是一条好汉"，或者怎样久住在楠木棺材里之类，而是临终之前的琐事。在这时候，我才确信，我是到底相信人死无鬼的。

且介亭杂文末编/死（1936·9·20）

●2-3-19-98

三十年前学医的时候，曾经研究过灵魂的有无，结果是不知道；又研究过死亡是否苦痛，结果是不一律，后来也不再深究，忘记了。近十年中，有时也为了朋友的死，写点文章，不过好像并不想到自己。这两年来病特别多，一病也比较的长久，这才往往记起了年龄，自然，一面也为了有些作者们笔下的好意的或是恶意的不断的提示。

且介亭杂文末编/死（1936·9·20）

●2-3-19-99

假使我的血肉该喂动物，我情愿喂狮虎鹰隼，却不给癞皮狗们吃。

养肥了狮虎鹰隼，它们在天空，岩角，大漠，丛莽里是伟美的壮观，捕来放在动物园里，打死制成标本，也令人看了神旺，消去鄙吝的心。

但养胖一群癞皮狗，只会乱钻，乱叫，可多么讨厌！

且介亭杂文末编/半夏小集（1936·10）

●2-3-19-100

最高的轻蔑是无言，而且连眼珠也不转过去。

且介亭杂文末编/半夏小集（1936·10）

第四节 作家鲁迅

倘使我没有这笔，也就是被欺侮到赴诉无门的一个；我觉悟了，所以要常用，尤其是用于使麒麟皮下露出马脚。

(20) 创作历程

我明知道笔是无用的，可是现在只有这个

●2-4-20-1

仆荒落殆尽，手不触书，惟搜采植物，不殊曩日，又翻类书，荟集古逸书数种＊，此非求学，以代醇酒妇人者也。

〖释："荟集古逸书数种"，鲁迅当时已着手纂集《会稽郡故书杂集》、《古小说钩沉》和《岑表录异》。〗

书信/致许寿裳〔此信原无标点〕(1910·11·15)

●2-4-20-2

登了我的第一篇小说之处，恐怕不是《小说月报》，倘恽铁樵＊未曾办过《小说林》，则批评的老师，也许是包天笑＊之类。这一个社，曾出过一本《侠女奴》＊(《天方夜谈》中之一段) 及《黄金虫》(A. Poe 作)＊，其实是周作人所译，那时他在南京水师学堂做学生，我那一篇也由他寄去的，时候盖在宣统初。

〖释：恽铁樵 (1878－1935)，小说家、医家。曾主编《小说月报》，影响甚大。/包天笑 (1876－1973)：鸳鸯蝴蝶派主要作家之一。/《侠女奴》，即《阿里巴巴和四十大盗》。/《黄金虫》，即《玉虫缘》，署名"美安仑坡着，碧罗译，初我润"的短篇小说。A.. Poe，即爱伦·坡 (1809－1849)，美国作家。〗

书信/致杨霁云 (1934·5·22)

●2-4-20-3

当时的风气，要激昂慷慨，顿挫抑扬，才能被称为好文章，我还记得"被发大叫，抱书独行，无泪可挥，大风灭烛"＊是大家传诵的警句。但我的文章里，也有受着严又陵＊的影响的，例如"涅伏"，就是"神经"的腊丁语出音译，这是现在恐怕只有我自己懂得的了。以后又受了章太炎＊先生的影响，古了起来……

〖释："被发大叫……"，出1903年2月、3月出版的第一、第二期《浙江潮》"文诡"作《浙声》一文。/严又陵，即严复 (1853－1921)，清末启蒙思想家、翻译家。/章太炎 (1869－1936)，名炳麟，又名绛。浙江余杭人。清末革命家、学者。光复会的发起人之一，后参加同盟会，曾主编同盟会机关杂志《民报》。〗

集外集/序言 (1935·3·5)

●2-4-20-4

一篇是"雷锭"的最初的绍介＊，一篇是斯巴达的尚武精神的描写＊……我那时初学日文，文法并未了然，就急于看书，看了并不很懂，就急于翻译，所以那内容也就可疑得很。

〖释："'雷锭'最初的绍介"，指《说鈤》，1903年10月10日发表于东京出版的第八期《浙江潮》。/"斯巴达尚武精神的描写"，指《斯巴达之魂》，1903年6月15日、11月8日发表于第五、第九期《浙江潮》。〗

集外集/序言 (1935·3·5)

●2-4-20-5

威男＊的原名，因手头无书可查，已记不清楚，大约也许是 Jules Verne，他是法国的科学小说家，报上作英，系错误。……但我的译本＊，似未完，而且几乎是改作，不足存的。

〖释：威男，曾译焦士威奴，通译儒勒·凡尔纳 (1828－1905)，法国科学幻想小说家。/"我的译本"，鲁迅曾译有儒勒·凡尔纳的《月界旅行》和《地底旅行》，分别于1903年和1906年由日本东京进化社和南京启新书局出版发行。〗

书信/致杨霁云 (1934·7·17)

●2-4-20-6

又喜欢做怪句子和写古字，这是受了当时的《民报》＊的影响；现在为排印的方便起见，改了一点，其余的便都由他。

〖释：《民报》，同盟会的机关杂志，月刊。

1905年11月创刊于日本东京，共出二十六期。自1906年9月第七号起由章太炎主编。章好用古字僻典。本文所谓受《民报》影响，即指此。〗

坟/题记（1926·11·20）

●2-4-20-7

寄给《河南》＊的稿子；因为那编辑先生有一种怪脾气，文章要长，愈长，稿费便愈多。所以如《摩罗诗力说》＊那样，简直是生凑。倘在这几年，大概不至于那么做了。

〖释：《河南》，中国留日河南籍学生创办于1907年的月刊。/《摩罗诗力说》，发表于1908年2月和3月的该刊第二、第三号，署名令飞。〗

坟/题记（1926·11·20）

●2-4-20-8

《域外小说集》发行于一九〇七年或一九〇八年，我与周作人还在日本东京。当时中国流行林琴南＊用古文翻译的外国小说，文章确实很好，但误译很多。我们对此感到不满，想加以纠正，才干起来的，但大为失败。第一集（印一千册）卖了半年，总算卖掉二十册。印第二集时，数量减少，只印五百本，但最后也只卖掉二十册，就此告终。总之，在那年（一九〇七或一九〇八年）开始，也就在那年结束，只出了薄薄的两集。余书（几乎全部是余书）在上海和书店一起烧掉了。所以现存的便成珍本。但谁也没有珍视它。……译文很艰涩。

〖释：林琴南（1852－1924），名纾，号畏庐，福建闽侯（今福州）人。翻译家。晚年是反对五四新文化运动的守旧派代表人物之一。〗

书信/致〈日〉增田涉〔译文〕（1932·1·16）

●2-4-20-9

回到中国来，还给日报之类做了些古文，自己不记得究竟是什么了……我真觉得侥幸得很。

集外集/序言（1935·3·5）

●2-4-20-10

以后是抄古碑。再做就是白话；也做了几首新诗。我其实是不喜欢做新诗的——但也不喜欢做古诗——只因为那时诗坛寂寞，所以打打边鼓，凑些热闹；待到称为诗人的一出现，就洗手不作了。

集外集/序言（1935·3·5）

●2-4-20-11

《新青年》＊第五期大约不久可出，内有拙作少许＊。该杂志销路闻大不佳，而今之青年皆比我辈更为顽固，真是无法。

〖释：《新青年》，1915年9月在上海创刊，倡导新文化运动，鼓吹科学民主。陈独秀主编。1917年1月编辑部迁北京。1918年1月改同人刊物，陈独秀、钱玄同、高一涵、胡适、李大钊等轮流编辑；不久，鲁迅加入编辑部。五四运动期间休刊半年。1919年10月迁回上海。1920年后开始宣传共产主义并成为共产党机关刊物。1923年6月迁广州出版，1926年7月停刊。/“拙作少许”，指小说《狂人日记》和几首新诗。〗

书信/致许寿裳〔此信原无标点〕（1918·5·29）

●2-4-20-12

按：此信收信人宫竹心（1899－1966），曾在北京、天津的报刊任记者、编辑。当时在北京邮局任职。

鲁迅就是姓鲁名迅，不算甚奇。唐俟大约也是假名，和鲁迅相仿。然而《新青年》中别的单名还有，却大抵实有其人。《狂人日记》也是鲁迅作，此外还有《药》《孔乙己》等都在《新青年》中……

书信/致宫竹心（1921·9·5）

●2-4-20-13

初做小说是一九一八年，因为一个朋友钱玄同的劝告，做来登在《新青年》上的。这时才用“鲁迅”的笔名（Pen－name）；也常用别的名字做一点短论。

集外集拾遗补编/鲁迅自传（1925）

●2-4-20-14

中华民国八年，即西历一九一九年，五月四日北京学生对于山东问题的示威运动＊以后……我在《新青年》的《随感录》中做些短评，还在这前一年，因为所评论的多是小问题，所以无可道，原因也大都忘却了。但就现在的文字看起来，除几条泛论之外，有的是对于扶乩，静坐，打拳而发的；有的是对于所谓“保存国粹”而发的；有的是对于那时旧官僚的以经验自豪而发的；有的是对于上海《时报》〖注：应为《时事新报》〗的讽刺画而发的。记得当时的《新青年》是正在四面受敌之中，我所对付的不过一小部分；其他大事，则本志具在，无须我多言。

〖释：“北京学生对于山东问题的示威运动”，指一战后1919年1月的巴黎和会决定将德国在山东的特权转让给日本，引发五四运动。〗

热风/题记（1925·11·3）

●2-4-20-15

我所用的笔名也不只一个：LS，神飞，唐俟，某生者，雪之，风声；更以前还有：自树，索士，令飞，迅行。鲁迅就是承迅行而来的，因为那时的《新青年》编辑者不愿意有别号一般的署名。

华盖集/《阿Q正传》的成因（1926·12·18）

●2-4-20-16

我在先前，本来也还无须卖文糊口的，拿笔的开始，是在应朋友的要求。不过大约心里原也藏着一点不平，因此动起笔来，每不免露些愤言激语，近于鼓动青年的样子。

三闲集/通信（1928·4·23）

●2-4-20-17

我的笔名是它音、阿二、佩韦、明瑟、白舌、遐观 etc.。

书信/致〈日〉增田涉〔译文〕（1932·1·16）

●2-4-20-18

因为讽刺当时盛行的失恋诗，作《我的失恋》，因为憎恶社会上旁观者之多，作《复仇》第一篇，又因为惊异于青年之消沉，作《希望》。《这样的战士》，是有感于文人学士们帮助军阀而作。《腊叶》，是为爱我者的想要保存我而作的。段祺瑞政府枪击徒手民众后，作《淡淡的血痕中》，其时我已避居别处＊；奉天派和直隶派军阀战争＊的时候，作《一觉》，此后我就不能住在北京了。

所以，这也可以说，大半是废弛的地狱边沿的惨白色小花，当然不会美丽。但这地狱也必须失掉。这是由几个有雄辩和辣手，而那时还未得志的英雄们的脸色和语气所告诉我的。我于是作《失掉的好地狱》。

〖释：“避居别处”，1926年“三一八”惨案后鲁迅因被通缉而在山本医院、德国医院和法国医院避居一个多月。/“军阀战争”，指1926年春夏间冯玉祥国民军与奉系张作霖、李景林军在京、津间的战争。〗

二心集/《野草》英文译本序（1932·10）

●2-4-20-19

我做小说，是开手于一九一八年，《新青年》上提倡“文学革命”的时候的，这一种运动，现在固然已经成为文学史上的陈迹了，但在那时，却无疑地是一个革命的运动。

我的作品在《新青年》上，步调是和大家大概一致的，所以我想，这些确可以算作那时的“革命文学”。

南腔北调集/《自选集》自序（1933·3）

●2-4-20-20

都说我的第一篇小说是《狂人日记》，其实我的最初排了活字的东西，是一篇文言的短篇小说＊，登在《小说林》（?）上。那时恐怕还是革命之前，题目和笔名，都忘记了，内容是讲私塾里的事情的，后有恽铁樵的批语，还得了几本小说，算是奖品。那时还有一本《月界旅行》，也是我所编译，以三十元出售，改了别人的名字了。又曾译过世界史，每千字五角，至今不知道曾否出版。

〖释："我最初的短篇小说"，指《怀旧》。1913年4月发表于《小说月报》第四卷第一号。〗

书信/致杨霁云（1934·5·6）

●2-4-20-21

我因为向学科学，所以喜欢科学小说，但年青时自作聪明，不肯直译，回想起来真是悔之已晚。那是又译过一部《北极探险记》，叙事用文言，对话用白话，托蒋观云先生绍介于商务印书馆，不料不但不收，编辑者还将我大骂一通，说是译法荒谬。后来寄来寄去，终于没有人要，而且稿子也不见了，这一部书，好像至今没有人检去出版过。

书信/致杨霁云（1934·5·15）

●2-4-20-22

回忆《坟》的第一篇，是一九〇七年作，到今年足足三十年了，除翻译不算外，写作共有二百万字……

书信/致曹靖华（1936·2·10）

---

(21) 经验和体会

我的文章不是涌出来的，是挤出来的。

●2-4-21-1

我没有做过序，做起来一定很坏，有《水浒》《红楼》等新序*在前，也将使我永远不敢献丑。

〖释："《水浒》《红楼》等新序"，1920年起上海亚东图书馆陆续标点出版《水浒》、《红楼梦》、《三国演义》等书，请胡适、陈独秀、钱玄同等人作序。〗

书信/致胡适（1924·6·6）

●2-4-21-2

命题作文，实在苦不过

华盖集/我观北大（1925·12·17）

●2-4-21-3

我并无喷泉一般的思想，伟大华美的文章，既没有主义要宣传，也不想发起一种什么运动。

坟/写在《坟》后面（1926·11·11）

●2-4-21-4

我常常说，我的文章不是涌出来的，是挤出来的。听的人往往误解为谦逊，其实是真情。

华盖集续编/《阿Q正传》的成因（1926·12·18）

●2-4-21-5

我是不善于作序，也不赞成作序的

而已集/写在《劳动问题》之前（1927·4·11）

●2-4-21-6

我当做《阿Q正传》到阿Q被捉时，做不下去了，曾想装作酒醉去打巡警，得一点牢监里的经验。

书信/致章廷谦（1927·8·8）

●2-4-21-7

命题作文，我最不擅长。否则，我在清朝不早进了秀才了么？

而已集/通信（1927·11·1）

●2-4-21-8

我以为文艺大概由于现在生活的感受，亲身所感到的，便影印到文艺中去。

集外集/文艺与政治的歧途（1928·1·29－30）

●2-4-21-9

我的取材，多采自病态社会的不幸的人们中，意思是在揭出病苦，引起疗救的注意。所以我力避行文的唠叨，只要觉得够将意思传给别人了，就宁可什么陪衬拖带也没有。中国旧戏上，没有背景，新年卖给孩子看的花纸上，只有主要的几个人（但现在的花纸却多有背景了），我深信对于我的目的，这方法是适宜的，所以我不去描写风

月，对话也决不说到一大篇。

南腔北调集/我怎么做起小说来（1933·6）

●2-4-21-10

我的来做小说，也并非自以为有做小说的才能，只因为那时是住在北京的会馆里的，要做论文罢，没有参考书，要翻译罢，没有底本，就只好做一点小说模样的东西塞责，这就是《狂人日记》。大约所仰仗的全在先前看过的百来篇外国作品和一点医学上的知识，此外的准备，一点也没有。

南腔北调集/我怎样做起小说来（1933·6）

●2-4-21-11

向未作过长篇，难以试作。

书信/致黎烈文（1933·7·29）

●2-4-21-12

我每当写作，一律抹杀各种的批评。因为那时中国的创作界固然幼稚，批评界更幼稚，不是举之上天，就是按之入地，倘将这些放在眼里，就要自命不凡，或觉得非自杀不足以谢天下的。

南腔北调集/我怎样做起小说来（1933·6）

●2-4-21-13

所写的事迹，大抵有一点见过或听到过的缘由，但决不全用这事实，只是采取一端，加以改造，或生发开去，到足以几乎完全发表我的意思为止。人物的模特儿也一样，没有专用过一个人，往往嘴在浙江，脸在北京，衣服在山西，是一个拼凑起来的脚色。

南腔北调集/我怎样做起小说来（1933·6）

●2-4-21-14

我做完之后，总要看两遍，自己觉得拗口的，就增删几个字，一定要它读得顺口；没有相宜的白话，宁可引古语，希望总有人会懂，只有自己懂得或连自己也不懂的生造出来的字句，是不大用的。

南腔北调集/我怎样做起小说来（1933·6）

●2-4-21-15

新作小说则不能……多年和社会隔绝了，自己不在旋涡的中心，所感觉到的总不免肤泛，写出来也不会好的。

书信/致姚克（1933·11·5）

●2-4-21-16

纪念或新年之类的撰稿，其实即等于赋得"冬至阳生春又来，得阳字五言六韵"*，这类试帖，我想从此不做了。

〖释：赋得"冬至阳生春又来，得阳字五言六韵"：科举时代的试帖诗，大抵都用古人诗句或成语，冠以"赋得"二字，以作诗题。清朝又规定每首为五言六韵，即五字一句，十二句一首，两句一韵。〗

书信/致陶亢德（1933·12·5）

●2-4-21-17

五六年前我为了写关于唐朝的小说，去过长安*。到那里一看，想不到连天空都不像唐朝的天空，费尽心机用幻想描绘出的计划完全被打破了，至今一个字也未能写出。

〖释："五六年前我去过长安"，1924年7月鲁迅去西安讲学时，曾收集材料，准备写长篇小说《杨贵妃》。这里说的"五六年前"，系误记。〗

书信/致〈日〉山本初枝〔译文〕(1934·1·11)

●2-4-21-18

我平常并不做诗，只在有人要我写字时，胡诌几句塞责，并不存稿。自己记得的也不过那一点，再没有什么了。

书信/致杨霁云（1934·10·13）

●2-4-21-19

我的杂文，所写的常是一鼻，一嘴，一毛，但合起来，已几乎是或一形象的全体，不加什么原也过得去了。但画上一条尾巴，却见得更加完全。所以我的要写后记，除了我是弄笔的人，总要动笔之外，只在要这一本书里所画的形象，更成为完全的一个具象，却不是“完全为了一条尾巴”*。

〖释：“完全为了一条尾巴”，1933年11月9日出版的《社会新闻》杂志指摘《伪自由书》的“后记”长达“八千字”，出版此书“完全是为了这条尾巴”云。〗

准风月谈/后记（1934·10·16）

●2-4-21-20

有范围，有定期的文章，做起来真令人叫苦，兴味也没有，做也做不好。

书信/致萧军（1935·4·28）

●2-4-21-21

我的文章，不是涌出，乃是挤出来的。

且介亭杂文二集/“题未定”草（1935·7）

●2-4-21-22

指点做法，非我所能，我一向的写东西，却如厨子做菜，做是做的，可是说不出什么手法之类。

书信/致王冶秋（1935·11·18）

●2-4-21-23

拿我的那些书给不到二十岁的青年看，是不相宜的，要上三十岁，才很容易看懂。

书信/致颜黎民（1936·4·2）

●2-4-21-24

我的文章，未有阅历的人实在不见得看得懂，而中国的读书人，又是不注意世事的居多，所以真是无法可想。

书信/致王冶秋（1936·4·5）

●2-4-21-25

我也这样，翻译多天之后，写评论便涩滞；写过几篇之后，再来翻译，却又觉得不大顺手了。总之：打杂实在不是好事情，但在现在的环境中，也别无善法。

书信/致曹白（1936·10·6）

（22）对自己作品的介绍和评价

我的文章，未有阅历的人实在不见得看得懂

《坟》

●2-4-22-1

当呼吸还在时，只要是自己的，我有时却也喜欢将陈迹收存起来，明知不值一文，总不能绝无眷恋，集杂文而名之曰《坟》，究竟还是一种取巧的掩饰。刘伶喝得酒气熏天，使人荷锸跟在后面，道：死便埋我『注：见《晋书·刘伶传》』。虽然自以为放达，其实是只能骗骗极端老实人的。

坟/写在《坟》后面（1926·11·11）

●2-4-22-2

天下不舒服的人们多着，而有些人们却一心一意在造专给自己舒服的世界。这是不能如此便宜的，也给他们放一点可恶的东西在眼前，使他有时小不舒服，知道原来自己的世界也不容易十分美满。

坟/题记（1926·11·20）

●2-4-22-3

不幸我的古文和白话合成的杂集，又恰在此时出版了，也许又要给读者若干毒害。只是在自己，却还不能毅然决然将他毁灭，还想借此暂时看看逝去的生活的余痕。惟愿偏爱我的作品的读者也不过将这当作一种纪念，知道这小小的丘陇中，无非埋着曾经活过的躯壳。待再经若干岁月，又当化为烟埃，并纪念也从人间消去，而我的事也就完毕了。

坟/写在《坟》后面（1926·11）

《呐喊》

●2-4-22-4

在我自己，本以为现在是已经并非一个切迫而不能已于言的人了，但或者也还未能忘怀于当日自己的寂寞的悲哀罢，所以有时候仍不免呐喊几声，聊以慰藉那在寂寞里奔驰的猛士，使他不惮于前驱。至于我的喊声是勇猛或是悲哀，是可憎或是可笑，那倒是不暇顾及的；但既然是呐喊，则当然须听将令的了，所以我往往不恤用了曲笔，在《药》的瑜儿的坟上平空添了一个花环，在《明天》里也不叙单四嫂子竟没有做到看见儿子的梦，因为那时的主将是不主张消极的。……我竟将我的短篇小说结集起来，而且付印了，又因为上面所说的缘由，便称之为《呐喊》。

呐喊/自序（1923·8·21）

●2-4-22-5

为什么提笔的呢？想起了，大半倒是为了对于热情者们的同感。这些战士，我想，虽在寂寞中，想头是不错的，也来喊几声助威罢。首先，就是为此。自然，在这中间，也不免夹杂些将旧社会的病根暴露出来，催人留心，设法加以疗治的希望。但为达到这希望计，是必须与前驱者取同一的步调的，我于是删削些黑暗，装点些欢容，使作品比较的显出若干亮色，那就是后来结集起来的《呐喊》，一共有十四篇。

南腔北调集/《自选集》自序（1933·3）

●2-4-22-6

其实《呐喊》并不风行，其所以略略流行于新人物间者，因为其中的讽刺在表面上似乎大抵针对旧社会的缘故，但使老先生们一看，恐怕他们也要以为“吹敲”“苛责”，深恶而痛绝之的。

集外集/咬嚼之余（1925·1·22）

●2-4-22-7

这一篇很拙的小说，还是去年冬天做成的。那时的意思，单在描写社会上的或一种生活，请读者看看，并没有别的深意。但用活字排印了发表，却已在这时候，——便是忽然有人用了小说盛行人身攻击的时候。大抵著者走入暗路每每能引读者的思想跟他堕落：以为小说是一种泼秽水的器具，里面糟蹋的是谁。这实在是一件极可叹可怜的事。

呐喊/孔乙己〔附记〕（1919·3·26）

●2-4-22-8

按：鲁迅的短篇小说《风波》中，“六斤”所捧钉过的饭碗，前文为十六个铜钉而后文为十八个铜钉。李霁野为此写信询问。

六斤家只有这一个钉过的碗，钉是十六或十八，我也记不清了。总之两数之一是错的，请改成一律。记得七斤曾说用了若干钱，将钱数一算，就知道是多少钉。倘其中没有七斤口述的钱数（手头无书，记不清了），则都改十六或十八均可。

书信/致李霁野（1926·11·23）

●2-4-22-9

按：此信收信人舒新城（1893－1960），当时任中华书局编辑所所长。

“猹”＊字是我据乡下人所说的声音，生造出来的，读“查”。但我自己也不知道究竟是怎样的动物，因为这乃是闰土所说，别人不知其详。现在想起来，也许是獾罢。

〖释：“猹”，鲁迅在《故乡》中写到的一种小动物。〗

书信/致舒新城（1929·5·4）

●2-4-22-10

按：此信收信人刘岘，木刻家。当时是上海新华艺专学生，无名木刻社成员。

《孔乙己》的图〖注：指刘岘刻连环画《孔乙己》〗，我看是好的，尤其是许多颜面的表情，刻得不坏，和本文略有出入，也不成问题，不过这孔乙己是北方的孔乙己，例如骡车，我们那里就没有，但这也只能如此，而且使我知道假如孔乙己生在北方，也该是这样的一个环境。

书信/致刘岘（约 1934－1935）

《狂人日记》

●2-4-22-11

《狂人日记》实为拙作……前曾言中国根柢全在道教，此说近颇广行。以此读史，有多种问题可以迎刃而解。后以偶阅《通鉴》〖注：即《资治通鉴》〗，乃悟中国人尚是食人民族，因成此篇。此种发见，关系亦甚大，而知者尚寥寥也。

书信/致许寿裳〔此信原无标点〕（1918·8·20）

●2-4-22-12

《狂人日记》很幼稚，而且太逼促，照艺术上说，是不应该的。来信说好，大约是夜间飞禽都归巢睡觉，所以单见蝙蝠能干了。

集外集拾遗/对于《新潮》一部分的意见（1919·5）

《阿 Q 正传》

●2-4-22-13

那时我住在西城边，知道鲁迅就是我的，大概只有《新青年》，《新潮》＊里的人们罢；孙伏园也是一个。他正在晨报馆编副刊。不知是谁的主意，忽然要添一栏称为“开心话”的了，每周一次。他就来要我写一点东西。

阿 Q 的影像，在我心目中似乎已有了好几年，但我一向毫无写他出来的意思。经这一提，忽然想起来了，晚上便写了一点，就是第一章：序。

〖**释：《新潮》，综合性月刊，北京大学新潮社编辑，五四新文化运动初期的重要刊物之一。存在于 1919 年 1 月－1922 年 3 月。其主要成员有傅斯年、罗家伦等。**〗

华盖集续编/《阿 Q 正传》的成因（1926·12·18）

●2-4-22-14

第一章登出之后，便“苦”字临头了，每七天必须做一篇。……伏园虽然还没有现在这样胖，但已经笑嘻嘻，善于催稿了。每星期来一回，一有机会，就是：“先生，《阿 Q 正传》……。明天要付排了。”于是只得做，心里想着，“俗语说：‘讨饭怕狗咬，秀才怕岁考。’我既非秀才，又要周考，真是为难……。”然而终于又一章。但是，似乎渐渐认真起来了；伏园也觉得不很“开心”，所以从第二章起，便移在“新文艺”栏。

华盖集续编/《阿 Q 正传》的成因（1926·12·18）

●2-4-22-15

《阿 Q 正传》大约做了两个月，我实在很想收束了，但我已经记不大清楚，似乎伏园不赞成，或者是我疑心倘一收束，他会来抗议，所以将“大团圆”藏在心里，而阿 Q 却已经渐渐向死路上走。到最末的一章，伏园倘在，也许会压下，而要求放阿 Q 多活几星期的罢。但是“会逢其适”，他回去了，代庖的是何作霖君，于阿 Q 素无爱憎，我便将“大团圆”送去，他便登出来。待到伏园回京，阿 Q 已经枪毙了一个多月了。

华盖集续编/《阿 Q 正传》的成因（1926·12·18）

●2-4-22-16

不免发生阿 Q 可要做革命党的问题了。据我的意思，中国倘不革命，阿 Q 便不做，既然革命，就会做。我的阿 Q 的运命，也只能如此，人格也恐怕并不是两个。民国元年已经过去，无可追踪了，但此后倘再有改革，我相信还会有阿 Q 似的革命党出现。

华盖集续编/《阿 Q 正传》的成因（1926·12·18）

●2-4-22-17

署名是“巴人”，取“下里巴人”，并不高雅的意思。谁料这署名又闯了祸了，但我却一向不知道，今年在《现代评论》上看见涵庐（即高一涵）『注：高一涵，曾任北京大学教授』的《闲话》才知道的。那大略是——

……我记得当《阿Q正传》一段一段陆续发表的时候，有许多人都栗栗危惧，恐怕以后要骂到他的头上。并且有一位朋友，当我面说，昨日《阿Q正传》上某一段仿佛就是骂他自己。因此便猜疑《阿Q正传》是某人作的，何以呢？因为只有某人知道他这一段私事。……从此疑神疑鬼，凡是《阿Q正传》中所骂的，都以为就是他的阴私；凡是与登载《阿Q正传》的报纸有关系的投稿人，都不免做了他所认为《阿Q正传》的作者的嫌疑犯了！等到他打听出来《阿Q正传》的作者名姓的时候，他才知道他和作者素不相识，因此，才恍然自悟，又逢人声明说不是骂他。

（第四卷第八十九期）

我对于这位“某人”先生很抱歉，竟因我而做了许多天嫌疑犯。可惜不知是谁，“巴人”两字很容易疑心到四川人身上去，或者是四川人罢。直到这一篇收在《呐喊》里，也还有人问我：你实在是在骂谁和谁呢？我只能悲愤，自恨不能使人看得我不至于如此下劣。

华盖集续编/《阿Q正传》的成因（1926·12·18）

●2-4-22-18

记得一年或两年之前，蒙你赐书，指摘我在《阿Q正传》中写捉拿一个无聊的阿Q而用机关枪，是太远于事理。我当时没有答复你，一则你信上不写住址，二则阿Q已经捉过，我不能再邀你去看热闹，共同证实了。……

但阿Q……确曾上城偷过东西，未庄也确已出了抢案。那时又还是民国元年，那些官吏，办事自然比现在更离奇。先生！你想：这是十三年前的事呵。那时的事，我以为即使在《阿Q正传》中再给添上一混成旅和八尊过山炮，也不至于“言过其实”的罢。

请先生不要用普通的眼光看中国。我的一个朋友从印度回来，说，那地方真古怪，每当自己走过恒河边，就觉得还要防被捉去杀掉而祭天。我在中国也时时起这一类的恐惧。普通认为romantic『注：“浪漫”』的，在中国是平常事；机关枪不装在土谷祠外，还装到那里去呢？

华盖集/忽然想到〔七〕（1925·5·19）

●2-4-22-19

我的小说『注：指《阿Q正传》』出版之后，首先收到的是一个青年批评家的谴责*；后来，也有以为是病的，也有以为滑稽的，也有以为讽刺的；或者还以为冷嘲……

〖释：“青年批评家”，指成仿吾。他在1924年2月出版的《创造季刊》上发表的《〈呐喊〉的评论》中说：“《阿Q正传》为浅薄的纪实的传记”，“描写虽佳，而结构极坏。”〗

集外集/俄文译本《阿Q正传》序及著者自叙传略（1925·6·15）

●2-4-22-20

按：此信收信人王乔南，当时是北京陆军军医学校教师。他将《阿Q正传》改编为电影文学剧本《女人与面包》，写信征求鲁迅的意见。

我的意见，以为《阿Q正传》，实无改编剧本及电影的要素，因为一上演台，将只剩了滑稽，而我之作此篇，实不以滑稽或哀怜为目的，其中情景，恐中国此刻的“明星”是无法表现的。

书信/致王乔南（1930·10·13）

●2-4-22-21

前次因为承蒙下问，所以略陈自己的意见。此外别无要保护阿Q，或一定不许先生编制印行的意思，先生既然要做，请任便就是了。

至于表演摄制权，那是西洋——尤其是美国——作家所看作宝贝的东西，我还没有欧化到这步田地。它化为《女人与面包》以后，就算与我无干了。

书信/致王乔南（1930·11·14）

●2-4-22-22

按：此信收信人孙用，原名卜成中，浙江杭州人。当时是杭州邮局职员，业余从事翻译工作。

《阿Q正传》的世界语译本*，我没有见过，他们连一本也不送我，定价又太贵，我就随他了。

〖**释：《阿Q正传》的世界语译本，1930年2月上海出版合作社出版。钟宪民译。**〗

书信/致孙用（1930·12·6）

●2-4-22-23

按：此信收信人山上正义（1896－1938），中文名林守仁，日本作家、新闻记者。1926年10月在广州结识鲁迅。

这个短篇系一九二一年二月为一家报纸的"开心话"栏所写。其后竟然出乎意外地被列为代表作而译成各国语言，且在本国，作者因此而大受少爷派、阿Q派的憎恶等。

书信/致〈日〉山上正义〔译文〕（1931·3·3）

●2-4-22-24

鲁迅作的一篇《阿Q正传》，大约是想暴露国民的弱点的，虽然没有说明自己是否也包含在里面。然而到得今年，有几个人就用"阿Q"来称他自己了，这就是现世的恶报。

伪自由书/再谈保留（1933·5·17）

●2-4-22-25

古今文坛消息家，往往以为有些小说的根本是在报私仇，所以一定要穿凿书上的谁，就是实际上的谁。为免除这些才子学者们的白费心思，另生枝节起见，我就用"赵太爷"，"钱大爷"，是《百家姓》上最初的两个字；至于阿Q的姓呢，谁也不十分了然。但是，那时还是发生了谣言。

且介亭杂文/答《戏》周刊编者信（1934·11·25）

●2-4-22-26

我的意见，以为阿Q该是三十岁左右，样子平平常常，有农民式的质朴，愚蠢，但也很沾了些游手之徒的狡猾。在上海，从洋车夫和小车夫里面，恐怕可以找出他的影子来的，不过没有流氓样，也不像瘪三样。……我记得我给他戴的是毡帽。这是一种黑色的，半圆形的东西，将那帽边翻起一寸多，戴在头上的；上海的乡下，恐怕也还有人戴。

且介亭杂文/寄《戏》周刊编者信（1934·11·25）

●2-4-22-27

阿Q的像，在我的心目中流氓气还要少一点，在我们那里有这么凶相的人物，就可以吃闲饭，不必给人家做工了，赵太爷可如此。

书信/致刘岘（约1934－1935）

●2-4-22-28

这回见了几幅钢笔画和木刻的阿Q像，这才算遇到了在艺术上的辫子，然而是没有一条生得合式的。想起来也难怪，现在的二十上下的青年，他生下来已是民国，就是三十岁的，在辫子时代也不过四五岁，当然不会深知道辫子的底细的了。

且介亭杂文/病后杂谈之余（1935·3）

●2-4-22-29

还记得作《阿Q正传》时，就曾有小政客和小官僚惶怒，硬说是在讽刺他，殊不知阿Q的模特儿，却在别的小城市中，而他也实在正在给人家捣米。

且介亭杂文末编/《出关》的"关"（1936·5）

●2-4-22-30

按：此信收信人沈西苓（1904－1940），当时一位电影导演。

《阿Q正传》的本意，我留心各种评论，觉得能了解者不多，搬上银幕以后，大约也未免隔膜，供人一笑，颇亦无聊，不如不作也。

书信/致沈西苓（1936·7·19）

●2-4-22-31

左联初成立时，洪深*先生曾谓要将《阿Q正传》编为电影，但事隔多年，约束当然不算数了。……况且《阿Q正传》的本意，我留心各种评论，觉得能了解者不多，搬上银幕以后，大约也未免隔膜，供人一笑，颇亦无聊，不如不作也。

〖释：洪深（1894－1955），江苏常州人。剧作家、导演。〗

书信/致沈西苓（1936·7·19）

《野草》

●2-4-22-32

后来《新青年》的团体散掉了，有的高升，有的退隐，有的前进，我又经验了一回同一战阵中的伙伴还是会这么这么变化，并且落得一个“作家”的头衔，依然在沙漠中走来走去，不过已经逃不出在散漫的刊物上做文字，叫作随便谈谈。有了小感触，就写些短文，夸大点说，就是散文诗，以后印成一本，谓之《野草》。

南腔北调集/《自选集》自序（1933·3）

●2-4-22-33

《过客》的意思……是虽然明知前路是坟而偏要走，就是反抗绝望，因为我以为绝望而反抗者难，比因希望而战斗者更勇猛，更悲壮。

书信/致赵其文（1925·4·11）

《热风》

●2-4-22-34

我却觉得周围的空气太寒冽了，我自说我的话，所以反而称之曰《热风》。

热风/题记（1925·11·3）

《彷徨》

●2-4-22-35

我还听到一种传说，说《伤逝》是我自己的事，因为没有经验，是写不出这样的小说的。哈哈，做人真愈做愈难了。

书信/致韦素园（1926·12·29）

●2-4-22-36

寂寞新文苑，平安旧战场。

两间余一卒，荷戟独彷徨。

集外集/题《彷徨》（1933·3·2）

●2-4-22-37

得到较整齐的材料，则还是做短篇小说，只因为成了游勇，布不成阵了，所以技术虽然比先前好一些，思路也似乎较无拘束，而战斗的意气却冷得不少。新的战友在那里呢？我想，这是很不好的。于是集印了这时期的十一篇作品，谓之《彷徨》，愿以后不再这模样。

南腔北调集/《自选集》自序（1933·3）

《朝花夕拾》

●2-4-22-38

前天，已将《野草》编定了；这回便轮到陆续载在《莽原》上的《旧事重提》，我还替他改了一个名称：《朝花夕拾》。带露折花，色香自然要好得多，但是我不能够。

朝花夕拾/小引（1927·5·25）

●2-4-22-39

这十篇就是从记忆中抄出来的……前两篇写于北京寓所的东壁下；中三篇是流离中所作，地方是医院和木匠房*；后五篇却在厦门大学的图书馆的楼上，已经是被学者们挤出集团之后了。

〖释：“医院和木匠房”，1926年三一八惨案后，北洋政府拟下令通缉鲁迅等人，为此，鲁迅曾先后避居山本医院、德国医院和法国医院。在德国医院时因病房住满而被迫住进一间木匠房。〗

朝花夕拾/小引（1927·5·25）

●2-4-22-40

弄文罹文网，抗世违世情。

积毁可销骨，空留纸上声。

集外集拾遗/题《呐喊》（1933·3·2）

《故事新编》

●2-4-22-41

一九二六年的秋天，一个人住在厦门的石屋里，对着大海，翻着古书，四近无生人气，心里空空洞洞。而北京的未名社，却不绝的来信，催促杂志的文章。这时我不愿意想到目前；于是回忆在心里出土了，写了十篇《朝华夕拾》；并且仍旧拾取古代的传说之类，预备足成八则《故事新编》。但刚写了《奔月》和《铸剑》——发表的那时题为《眉间尺》，——我便奔向广州，这事就又完全搁起了。

故事新编/序言（1935·12·26）

●2-4-22-42

《故事新编》是根据传说改写的东西，没有什么可取。

书信/致〈日〉增田涉〔译文〕（1935·2·3）

●2-4-22-43

按：此信收信人雅罗斯拉夫·普实克（1906－1980），捷克斯洛伐克汉学家。1932年为研究中国历史来中国收集资料，后通过文学杂志社与鲁迅联系。

去年印了一本《故事新编》，是用神话和传说做材料的，并不是好作品。

书信/致〈捷〉雅罗斯拉夫·普实克〔译文〕（1935·7·23）

●2-4-22-44

《故事新编》今天才校完……内容颇有些油滑，并不佳。

书信/致王冶秋（1936·1·18）

●2-4-22-45

我做《不周山》，原意是在描写性的发动和创造，以至衰亡的，而中途去看报章，见了一位道学的批评家攻击情诗＊的文章，心里很不以为然，于是小说里就有一个小人物跑到女娲的两腿之间来，不但不必有，且将结构的宏大毁坏了。但这些处所，除了自己，大概没有人会觉到的，我们的批评大家成仿吾先生，还说这一篇做得最出色。

〖释：“一位批评家攻击情诗”，湖畔派诗人汪静之1922年8月出版诗集《蕙的风》，同年10月被东南大学学生胡梦华指摘为“堕落轻薄”，“有不道德的嫌疑”云。〗

南腔北调集/我怎么做起小说来（1933·6）

●2-4-22-46

《补天》——原先题作《不周山》——还是一九二二年的冬天写成的。那时的意见，是想从古代和现代都采取题材，来做短篇小说，《不周山》便是取了“女娲炼石补天”的神话，动手试作的第一篇。首先，是很认真的，虽然也不过取了茀罗特＊说，来解释创造——人和文学的——的缘起。不记得怎么一来，中途停了笔，去看日报了，不幸正看见了谁——现在忘记了名字——的对于汪静之君的《蕙的风》的批评，他说要含泪哀求，请青年不要再写这样的文字。这可怜的阴险使我感到滑稽，当再写小说时，就无论如何，止不住有一个古衣冠的小丈夫，在女娲的两腿之间出现了。这就是从认真陷入了油滑的开端。油滑是创作的大敌，我对于自己很不满。

〖释：茀罗特，即弗洛伊德（S. Freud，1856－1939），奥地利精神病学家，精神分析学说的创立者。这种学说认为文学、艺术、哲学、宗教等一切精神现象，都是人们因受压抑而潜伏在下意识里的某种“生命力”（Libido），特别是性欲的潜力所产生的。〗

故事新编/序言（1935·12·26）

●2-4-22-47

《故事新编》中的《铸剑》，确是写得较为认真。但是出处忘记了，因为是取材于幼时读过的书，我想也许是在《吴越春秋》＊或《越绝书》＊里面。

〖释：《吴越春秋》，东汉赵晔撰，记述吴自太伯至夫差、越自无余至勾践的史事，收入不少民闻传说。原书十一卷，今存十卷。/《越绝书》：东汉袁康撰。记述吴越两国史地及重要历史人物的事迹，多采传闻异说。原书二十五卷，今存十五卷。在《吴越春秋·阖闾内传》和《越绝书·越绝外传记宝剑》中均有“铸剑”故事的记载。〗

书信/致〈日〉增田涉〔译文〕(1935·3·28)

●2-4-22-48

在《铸剑》里，我以为没有什么难懂的地方。但要注意的，是那里面的歌，意思都不明显，因为是奇怪的人和头颅唱出来的歌，我们这种普通人是难以理解的。第三首歌，确是伟丽雄壮，但“堂哉皇帝哉兮嗳嗳唷”，是用在猥亵小调的声音。

书信/致〈日〉增田涉〔译文〕(1935·3·28)

●2-4-22-49

《故事新编》真是“塞责”的东西，除《铸剑》外，都不免油滑，然而有些文人学士，却又不免头痛，此真所谓“有一利必有一弊”，而又“有一弊必有一利”也。

书信/致黎烈文 (1936·2·1)

●2-4-22-50

《铸剑》的出典，现在完全忘记了，只记得原文大约二三百字，我是只给铺排，没有改动的。

书信/致徐懋庸 (1936·2·17)

●2-4-22-51

先生的对于《故事新编》的批评，我极愿意看。邱先生＊的批评，见过了，他是曲解之后，做了搭题，比太阳社时代毫无长进。

〖释：“邱先生”，指邱韵铎，曾任创造社出版部主任，当时任光明书局编辑。他发表在《时事新报·每周文学》第二十一期（1936年2月11日）上的《〈海燕〉读后记》中说读了鲁迅的《出关》之后，“留在脑子里的影子，就只是一个全身心都浸淫着孤独感的老人的身影……读者是会堕入孤独和悲哀去，跟着我们的作者”云。〗

书信/致徐懋庸 (1936·2·17)

●2-4-22-52

那《出关》，其实是我对于老子＊思想的批评，结末的关尹喜的几句话，是作者的本意，这种“大而无当”的思想家，是不中用的，我对于他并无同情，描写上也加以漫画化，将他送出去。

〖释：老子，姓李名耳，又称老聃，春秋时楚国人，道家学派的创始人。现存《老子》一书，即《道德经》上下两篇，是战国时人编纂的老子的言论集。〗

书信/致徐懋庸 (1936·2·21)

●2-4-22-53

孔老相争，孔胜老败，却是我的意见：老，是尚柔的；“儒者，柔也”，孔也尚柔，但孔以柔进取而老却以柔退走。这关键，即在孔子＊为“知其不可为而为之”的事无大小，均不放松的实行者，老则是“无为而无不为”的一事不做，徒作大言的空谈家。要无所不为，就只好一无所为，因为一有所为，就有了界限，不能算是“无不为”了。

〖释：孔子，即孔丘（前551－前479），字仲尼，春秋末期鲁国人，儒家学派的创始者。〗

且介亭杂文末编/《出关》的“关”(1936·5)

●2-4-22-54

我的一篇历史的速写《出关》在《海燕》＊上一发表，就有了不少的批评……有一种，是以为出关乃是作者的自况，自况总得占点上风，所以我就是其中的老子。说得最凄惨的是邱韵铎先生——

……至于读了之后，留在脑海里的影子，就在是一个全身心都浸淫着孤独感的老人的身影。我真切地感觉着读者是会坠入孤独和悲哀去，跟着我们的作者。要是这样，那么，这篇小说的意义，就要无形地削弱了，我相信，鲁迅先生以及像鲁迅先生一样的作家们的本意是不在这里的。……（《每周文学》的《海燕读后记》）

这一来真是非同小可，许多人都“坠入孤独和悲哀去”，前面一个老子，青牛屁股后面一个作者，还有“以及像鲁迅先生一样的作家们”，还有许多读者们连邱韵铎先生在内，竟一窠蜂似的涌“出关”去了。但是，倘使如此，老子就又不只是一个全身心都浸淫着孤独感的老人的身影，我想他是会不再出关，回上海请我们吃饭，出题目征集文章，做道德五百万言的了。

所以我现在想站在关口，从老子的青牛屁股后面，挽留住“像鲁迅先生一样的作家们”以及许多读者们连邱韵铎先生在内。首先是请不要“坠入孤独和悲哀去”，因为“本意是不在这里”……

〖释：《海燕》，文学月刊，胡风、聂绀弩、萧军等创办，署史青文编。1936 年 1 月 20 日在上海创刊，仅出两期即被查禁。鲁迅的《出关》发表于该刊第一期。〗

且介亭杂文末编/《出关》的“关”（1936・5）

《华盖集》及《华盖集续编》

●2-4-22-55

在一年的尽头的深夜中，整理了这一年所写的杂感，竟比收在《热风》里的整四年中所写的还要多。意见大部分还是那样，而态度却没有那么质直了，措辞也时常弯弯曲曲，议论又往往执滞在几件小事情上，很足以贻笑于大方之家。然而那又有什么法子呢。我今年偏遇到这些小事情，而偏有执滞于小事情的脾气。

华盖集/题记（1925・12・31）

●2-4-22-56

这里面所讲的仍然并没有宇宙的奥义和人生的真谛。不过是，将我所遇到的，所想到的，所要说的，一任它怎样浅薄，怎样偏激，有时便都用笔写了下来。说得自夸一点，就如悲喜时节的歌哭一般，那时无非借此来释愤抒情，现在更不想和谁去抢夺所谓公理或正义。你要那样，我偏要这样是有的；偏不遵命，偏不磕头是有的；偏要在庄严高尚的假面上拨它一拨也是有的，此外却毫无什么大举。名副其实，“杂感”而已。

华盖集/小引（1926・11・16）

●2-4-22-57

我的杂感集中，《华盖集》及《续编》中文，虽大抵和个人斗争，但实为公仇，决非私怨，而销数独少，足见读者的判断，亦幼稚者居多也。

书信/致杨霁云（1934・5・22）

《而已集》

●2-4-22-58

我现在校完了杂感第四本《而已集》，大约年内可以出版的。

书信/致章廷谦（1928・11・7）

●2-4-22-59

我先编集一九二八至二九年的文字，篇数少得很，但除了五六回在北平上海的讲演，原就没有记录外，别的也仿佛并无散失。我记得起来了，这两年正是我极少写稿，没处投稿的时期。我是在二七年被血吓得目瞪口呆『注：指 1927 年广州发生的“四一五”事变』，离开广东的，那些吞吞吐吐，没有胆子直说的话，都载在《而已集》里。

三闲集/序言（1932・4・24）

《三闲集》

●2-4-22-60

杂感上集已编成，为一九二七至二九年之作，约五六万字，名《三闲集》，希由店友便中来取，草目附呈。其下集尚须等十来天，名《二心集》。

书信/致李小峰（1932・4・24）

●2-4-22-61

一月二十八日之夜，上海打起仗来了，越打越凶，终于使我们只好单身出走，书报留在火线下，一任它烧得精光，我也可以靠这“火的洗礼”之灵，洗掉了“不满于现状”的“杂感家”这一个恶谥。殊不料三月底重回旧寓，书报却丝毫也没有损，于是就东翻西觅，开手编辑起来了，好像大病新愈的人，偏比平时更要照照自己的瘦削的脸，摩摩枯皱的皮肤似的。

三闲集/序言（1932·4·24）

●2-4-22-62

这集子里所有的，大概是两年中所作的全部，只有书籍的序引，却只将觉得还有几句话可供参考之作，选录了几篇。当翻检书报时，一九二七年所写而没有编在《而已集》里的东西，也忽然发见了一点，我想，大约《夜记》是因为原想另成一书，讲演和通信是因为浅薄或不关紧要，所以那时不收在内的。

但现在又将这编在前面，作为《而已集》的补遗了。

三闲集/序言（1932·4·24）

●2-4-22-63

我将编《中国小说史略》时所集的材料，印为《小说旧闻钞》，以省青年的检查之力，而成仿吾以无产阶级之名，指为“有闲”，而且“有闲”还至于有三个，却是至今还不能完全忘却的。我以为无产阶级是不会有这样的锻炼周纳＊法的，他们没有学过“刀笔”＊。编成而名之曰《三闲集》，尚以射仿吾也。

〖释：“锻炼周纳”，语出《汉书·路温舒传》：“上奏畏却，则锻炼而周内之”。意为罗织罪名，陷人于法。/“刀笔”，指刀笔吏（讼师）罗织罪名的手法。《创造月刊》第二卷第二期（1928年9月）载克兴的《驳甘人的“拉杂一篇”》中说鲁迅“拿出他本来的刀笔，尖酸刻薄的冷诮热骂”云。〗

三闲集/序言（1932·4·24）

《二心集》

●2-4-22-64

去年偶然看见了几篇梅林格（Franz Mehring）『注：通译梅林〈1846－1919〉，德国学者』的论文，大意说，在坏了下去的旧社会里，倘有人怀一点不同的意见，有一点携贰的心思，是一定要大吃其苦的。而攻击陷害得最凶的，则是这人的同阶级的人物。他们以为这是最可恶的叛逆，比异阶级的奴隶造反还可恶，所以一定要除掉他。我才知道中外古今，无不如此，真是读书可以养气＊，竟没有先前那样“不满于现状”＊了，并且仿《三闲集》之例而变其意，拾来做了这一本书的名目。

〖释：“读书可以养气”，李四光曾“劝告”鲁迅应“十年读书十年养气”。/“不满于现状”，是梁实秋影射、挖苦鲁迅语。〗

二心集/序言（1932·4·30）

●2-4-22-65

《贰心集》我已将稿子卖掉，现闻已排成，俟印出后当寄上。《三闲集》上月出版，已托书店寄上一本；又《朝花夕拾》一本，此书兄当已有，但因新排三板，故顺便同寄……

书信/致崔真吾（1932·10·14）

●2-4-22-66

按：此信收信者合众书店，1932年创办于上海。《二心集》1932年10月出版后不久即被当局查禁。合众书店后将删余的十六篇改名《拾零集》，于1934年10月出版。

得惠函，要将删余之《二心集》改名出版，以售去版权之作者，自无异议。但我要求在第一页上，声明此书经中央图书审查会审定删存；倘登广告，亦须说出是《二心集》之一部分，否则，蒙混读者的责任，出版者和作者都不能不负，我是要设法自己告白的。

书信/致合众书店（1934·10·13）

●2-4-22-67

《二心集》我是将版权卖给书店的，被禁之后，书店便又去请检查，结果是被删去三分之二以上，听说他们还要印，改名《拾零集》，不过其中已无可看的东西，是一定的。

书信/致刘炜明（1934·11·28）

《伪自由书》

●2-4-22-68

我自作评论以来，即无时不受攻击，即如这三四月中，仅仅关于《自由谈》的，就已有这许多篇，而且我所收录的，还不过一部份。先前何尝不如此呢，但它们都与如驶的流光一同消逝，无踪无影，不再为别人所觉察罢了。

伪自由书/后记（1933·7·20）

《南腔北调集》

●2-4-22-69

静着没事，有意无意的翻出这两年所作的杂文稿子来，排了一下，看看已经足够印成一本，同时记得了那上面所说的“素描”里的话，便名之曰《南腔北调集》，准备和还未成书的将来的《五讲三嘘集》配对。我在私塾里读书时，对过对，这积习至今没有洗干净，题目上有时就玩些什么《偶成》，《漫与》，《作文秘诀》，《捣鬼心传》，这回却闹到书名上来了。这是不足为训的。

南腔北调集/题记（1933·12·31）

《准风月谈》

●2-4-22-70

这不过是一些拉杂的文章，为“文学家”所不屑道。然而这样的文字，现在却也并不多，而且“拾荒”的人们，也还能从中检出东西来，我因此相信这书的暂时的生存，并且作为集印的缘故。

准风月谈/前记（1934·3·10）

●2-4-22-71

这六十多篇杂文，是受了压迫之后，从去年六月起，另用各种的笔名，障住了编辑先生和检查老爷的眼睛，陆续在《自由谈》上发表的。不久就又蒙一些很有“灵感”的“文学家”吹嘘，有无法隐瞒之势，虽然他们的根据嗅觉的判断，有时也并不和事实相符。但不善于改悔的人，究竟也躲闪不到那里去，于是不及半年，就得着更厉害的压迫了，敷衍到十一月初，只好停笔，证明了我的笔墨，实在敌不过那些带着假面，从指挥刀下挺身而出的英雄。

准风月谈/后记（1934·10·16）

《花边文学》

●2-4-22-72

我的常常写些短评，确是从投稿于《申报》的《自由谈》上开头的；集一九三三年之所作，就有了《伪自由书》和《准风月谈》两本。后来编辑者黎烈文先生真被挤轧得苦，到第二年，终于被挤出了，我本也可以就此搁笔，但为了赌气，却还是改些作法，换些笔名，托人抄写了去投稿，新任者不能细辨，依然常常登了出来。一面又扩大了范围，给《中华日报》的副刊《动向》，小品文半月刊《太白》之类，也间或写几篇同样的文字。聚起一九三四年所写的这些东西来，就是这一本《花边文学》。

花边文学/序言（1935·12·29）

《且介亭杂文》

●2-4-22-73

这一本集子和《花边文学》，是我在去年一年中，在官民的明明暗暗，软软硬硬的围剿“杂文”的笔和刀下的结集，凡是写下来的，全在这里面。当然不敢说是诗史，其中有着时代的眉目，也决不是英雄们的八宝箱，一朝打开，便见光辉灿烂。我只在深夜的街头摆一个地摊，所有的无非几个小钉，几个瓦碟，但也希望，并且相信有些人会从中寻出合于他的用处的东西。

且介亭杂文/序言（1935·12·30）

●2-4-22-74

尤奇的是今年我有两篇小文，一论脸谱并非象征，一记娘姨吵架，与国政世变，毫不相关，但皆不准登载。又为《文学》作一文，计七千字，谈明末事，竟被删去五分之四（此文当在二月号刊出)；我乃续作一文＊，谈清朝之禁汉人著作，这回他们自己不删了，只令生活书局中人动手删削，但所存较多（大约三月号可刊出)。这一点责任，也不肯负，可谓全无骨气，实不及叭儿之尚能露脸狂吠也。

〖释："续作一文"，指《病后杂谈之余》。〗

书信/致杨霁云（1935·1·29）

●2-4-22-75

《病后杂谈之余》也是向《文学》的投稿，但不知道为什么，检查官这回却古里古怪了，不说不准登，也不说可登，也不动贵手删削，就是一个支支吾吾。发行人没有法，来找我自己删改了一些，然而听说还是不行，终于由发行人执笔，检查官动口，再删一通，这才能在四卷三号上登出。题目必须改为《病后余谈》，小注"关于舒愤懑"这一句也不准有……只有不准说"言行一致"云云，也许莫明其妙，现在我应该指明，这是因为又触犯了"第三种人"了。

且介亭杂文/附记（1935·12·30）

●2-4-22-76

《关于中国的两三件事》，是应日本的改造社之托而写的，原是日文，即于是年三月，登在《改造》＊上，改题为《火，王道，监狱》。记得中国北方，曾有一种期刊译载过这三篇，但在南方，却只有林语堂，邵洵美，章克标三位所主编的杂志《人言》上，曾用这为攻击作者之具……

〖释：《改造》，日本一种综合性月刊。日本东京改造出版社印行。存在于1919年至1955年。〗

且介亭杂文/附记（1935·12·30）

●2-4-22-77

《中国文坛上的鬼魅》是写给《现代中国》(ChinaToday）的，不知由何人所译，登在第一卷第五期，后来又由英文转译，载在德文和法文的《国际文学》上。

且介亭杂文/附记（1935·12·30）

●2-4-22-78

我新近给一种期刊做了一点短文＊，是讲旧戏里打脸的，毫无别种意思，但也被禁止了。

〖释："一点短文"，指《脸谱臆测》。〗

书信/致曹靖华（1935·1·6）

●2-4-22-79

《不知肉味和不知水味》是写给《太白》的，登出来时，后半篇都不见了，我看这是"中央宣传部书报检查委员会"的政绩。那时有人看了《太白》上的这一篇，当面问我道："你在说什么呀?"

且介亭杂文/附记（1935·12·30）

●2-4-22-80

《中国人失掉自信力了吗》也是写给《太白》的。凡是对于求神拜佛，略有不敬之处，都被删除，可见这时我们的"上峰"正在主张求神拜佛。

且介亭杂文/附记（1935·12·30）

●2-4-22-81

《阿金》是写给《漫画生活》的；然而不但不准登载，听说还送到南京中央宣传会里去了。这真是不过一篇漫谈，毫无深意，怎么会惹出这样大问题来的呢，自己总是参不透。后来索回原稿，先看见第一页上有两颗紫色印，一大一小，文曰"抽去"，大约小的是上海印，大的是首都印，然则必须"抽去"，已无疑义了。……有几处是可以悟出道理来的。例如"主子是外国人"，"炸弹"，"巷战"之类，自然也以不提为是。但是我总不懂为什么不能说我死了"未必能够弄到开起同乡会"的缘由，莫非官意是以为我死了会开起同乡会的么?

且介亭杂文/附记（1935·12·30）

《且介亭杂文二集》

●2-4-22-82

今年，为了内心的冷静和外力的迫压，我几

乎不谈国事了，偶尔触着的几篇，如《什么是讽刺》，如《从帮忙到扯淡》，也无一不被禁止。别的作者的遭遇，大约也是如此的罢，而天下太平，直到华北自治＊，才见有新闻记者恳求保护正当的舆论＊。我的不正当的舆论，却如国土一样，仍在日即于沦亡，但是我不想求保护，因为这代价，实在是太大了。

〖释："华北自治"，1935年11月，在日本策动下成立汉奸政权"冀东防共自治政府"。/"新闻记者恳求保护正当的舆论"，1935年底平、津、宁新闻界纷纷致电当局要求"保障正当舆论"。〗

且介亭杂文二集/序言（1935·12·31）

●2-4-22-83

要感的感过了，要写的也写过了，例如"以华制华"之说罢，我在前年的自由谈上发表时，曾大受傅公红蓼之流的攻击＊，今年才又有人提出来，却是风平浪静。一定要到得"不幸而吾言中"，这才大家默默无言，然而为时已晚，是彼此都大可悲哀的。我宁可如邵洵美＊辈的《人言》之所说："意气多于议论，捏造多于实证。"

〖释："傅红蓼的攻击"，傅红蓼，当时一名报人，鸳鸯蝴蝶派代表作家。鲁迅于1933年4月21日的《申报·自由谈》上发表《"以夷制夷"》一文，揭露帝国主义的"以华制华"阴谋后，傅红蓼等曾在《大晚报》上加以攻击。/"邵洵美辈之所说"：1934年3月，邵洵美、章克标在所办《人言》周刊第一卷第三期中译载鲁迅的《关于中国的两三件事》中谈监狱的一节，诬指鲁迅"强辞夺理"，"意气多于议论，捏造多于实证"等等。邵洵美（1906－1968），浙江余姚人。曾创办"金屋书店"，主编《金屋月刊》，提倡"唯美主义文学"。他和章克标是《人言》周刊的"编辑同人"，曾在该刊上攻击鲁迅。〗

且介亭杂文二集/序言（1935·12·31）

●2-4-22-84

我在这一年中，日报上并没有投稿。凡是发表的，自然是含胡的居多。这是带着枷锁的跳舞，当然只足发笑的。但在我自己，却是一个纪念，一年完了，过而存之，长长短短，共四十七篇＊。

〖释："共四十七篇"，该书除注明"不发表"且无正文的《"题未定"草〔四〕》外，共收各类文章四十八篇。〗

且介亭杂文二集/后记（1935·12·31）

●2-4-22-85

我……正在为日本杂志做一篇文章，骂孔子的＊，因为他们正在尊孔，但不知能登出否?

〖释："……骂孔子的"，指《在现代中国的孔夫子》，收入《且介亭杂文二集》。〗

书信/致萧军（1935·4·28）

●2-4-22-86

《文坛三户》也是我做的，似乎很有些作家看了不高兴，但我觉得我说的是真话。这回做的是比较的无聊了，不会种下祸根。

书信/致萧军（1935·7·16）

●2-4-22-87

《五论……》＊是一点战斗的秘诀，现借《文学》来传授给杜衡＊之流，如果他们的本领仍旧没有长进，那么，真是从头顶到脚跟，全盘毫无出息了。

〖释：《五论……》，指鲁迅的杂文《五论文人相轻——明术》。/杜衡（1906－1964），又名苏汶，原名戴克崇，浙江杭县（余杭）人。自称"第三种人"。曾编辑《现代》月刊。〗

书信/致黄源（1935·8·15）

●2-4-22-88

我那一篇《从帮忙到扯淡》，原在指那些唱导什么儿童年，妇女年＊，读经救国，敬老正俗，中国本位文化，第三种人文艺等等的一大批政客豪商，文人学士，从已经不会帮忙，只能扯淡这方面看起来，确也应该禁止的，因为实在看得太明，说得太透。

〖释："妇女年"，上海市商会和一些妇女团体将1934年定为“妇女国货年”。』

且介亭杂文二集/后记（1935·12·31）

●2-4-22-89

《在现代中国的孔夫子》是在六月号的《改造》杂志上发表的，这时我们的“圣裔”，正在东京拜他们的祖宗，兴高采烈。

且介亭杂文二集/后记（1935·12·31）

●2-4-22-90

《关于陀思妥夫斯基的事》是应三笠书房之托而作的，是写给读者看的绍介文……

且介亭杂文二集/后记（1935·12·31）

《两地书》

●2-4-22-91

朋友的信一封也没有，我们『注：指鲁迅与许广平』自己的信倒寻出来了……我们对于这些信，也正是这样。先前是一任他垫在箱子底下的，但现在一想起他曾经几乎要打官司，要遭炮火，就觉得他好像有些特别，有些可爱似的了。夏夜多蚊，不能静静的写字，我们便略照年月，将他编了起来，因地而分为三集，统名之曰《两地书》。

两地书/序言（1932·12·16）

●2-4-22-92

我现在是左翼作家联盟中之一人，看近来书籍的广告，大有凡作家一旦向左，则旧作也即飞升，连他孩子时代的啼哭也合于革命文学之概，不过我们的这书是不然的，其中并无革命气息。

两地书/序言（1932·12·16）

●2-4-22-93

我们以这一本书为自己记念，并以感谢好意的朋友，并且留赠我们的孩子，给将来知道我们所经历的真相，其实大致是如此的。

两地书/序言（1932·12·16）

《集外集》和《集外集拾遗》

●2-4-22-94

听说：中国的好作家是大抵“悔其少作”『注：语出三国时杨脩《答临淄侯笺》』的，他在自定集子的时候，就将少年时代的作品尽力删除，或者简直全部烧掉。我想，这大约和现在的老成的少年，看见他婴儿时代的出屁股，衔手指的照相一样，自愧其幼稚，因而觉得有损于他现在的尊严，——于是以为倘使可以隐蔽，总还是隐蔽的好。但我对于自己的“少作”，愧则有之，悔却从来没有过。出屁股，衔手指的照相，当然是惹人发笑的，但自有婴年的天真，决非少年以至老年所能有。况且如果少时不作，到老恐怕也未必就能作，又怎么还知道悔呢？

集外集/序言（1935·3·5）

●2-4-22-95

使我吃惊的是霁云先生竟抄下了这么一大堆，连三十多年前的时文，十多年前的新诗，也全在那里面。这真好像将我五十多年前的出屁股，衔手指的照相，装潢起来，并且给我自己和别人来赏鉴。连我自己也诧异那时的我的幼稚，而且近乎不识羞。但是，有什么法子呢？

集外集/序言（1935·3·5）

●2-4-22-96

我惭愧我的少年之作，却并不后悔，甚而至于还有些爱，这真好像是“乳犊不怕虎”『注：语出《荀子·荣辱篇》』，乱攻一通，虽然无谋，但自有天真存在。

集外集/序言（1935·3·5）

●2-4-22-97

《语丝》第一年的头几期中，一篇仿徐志摩＊诗而骂之的文章『注：指《音乐?》，后收入《集外集》』，也是我作，此后志摩便怒而不再投稿……

〖释：徐志摩（1897－1931），名章垿，浙江宁海人。留学欧美，曾任北京大学教授，《晨报副刊》编辑，是新月派诗人和现代评论派的主要人物之一。1924年印度诗人泰戈尔来华时，有人称其为“诗圣”；徐志摩追随左右，于是也有人称之为“诗哲”。〗

书信/致杨霁云（1934·5·22）

●2-4-22-98

弟一切如常，惟琐事太多，颇以为苦，借笔墨为生活，亦非乐事，然亦别无可为。书无新出者，惟有《集外集》一本，乃友人所编，系搜集一切未曾收入总集及自所刊落之作，合为一编，原系糟粕，而又经官审阅，故稍有精采者，悉被删去，遂更无足观……

书信/致邵文熔（1935·5·22）

●2-4-22-99

那一篇四不像骈文*，是序《淑姿的信》，报章虽云淑姿是我的小姨*，实则和他们夫妇皆素昧平生，无话可说，故以骈文含胡之。

〖释：“四不像骈文”，指《〈淑姿的信〉序》，后收入《集外集》。/“淑姿是我小姨”，1932年9月26日《大晚报·读书界》曾载文《鲁迅为小姨作序》。〗

书信/致杨霁云（1934·12·9）

●2-4-22-100

《南腔北调》失收的有两篇，一即《选本》*，议论平常，或不犯忌，可收入；一为《上海杂感》*，先登日本的《朝日新闻》，后译载在《文学新地》*上，必被检掉，不如不收；在暨南的讲演*，即使检得，恐怕也通不过的。

〖释：《选本》，后收入《集外集》。/《上海杂感》，即《上海所感》，后收入《集外集拾遗》。/《文学新地》，“左联”刊物，仅于1934年9月出一期。/“在暨南的讲演”，指《文艺与政治的歧途》，后收入《集外集》。〗

书信/致杨霁云（1934·12·11）

其他

●2-4-22-101

我写的小说极为幼稚，只因哀本国如同隆冬，没有歌唱，也没有花朵，为冲破这寂寞才写的……今后写还是要写的，但前途暗淡，处此境遇，也许会更陷于讽刺和诅咒罢。

书信/致〈日〉青木正儿〔译文〕（1920·12·14）

●2-4-22-102

玉豁生『注：李商隐〈约813－约858〉，唐代诗人』清词丽句，何敢比肩，而用典太多，则为我所不满，林公庚白之论*，亦非知言；惟《晨报》*上之一切讥嘲，则正与彼辈伎俩合耳。

〖释：“林公庚白之论”，林庚白（1897－1941），福建闽侯人。诗人，官员。他在1933年7月19日上海《晨报》上闪烁其辞地评论鲁迅悼柔石的七律。/《晨报》，指上海《晨报》。潘公展主办。存在于1932年4月－1936年1月。〗

书信/致杨霁云（1934·12·20）

●2-4-22-103

按：此系对美国斯诺著《鲁迅生平》的意见。

突兴之后，革命文学的作家（旧仇创造社，新成立的太阳社）所攻击的却是我，加以旧仇新月社，一同围攻，乃为“众矢之的”，这时所写的文章都在《三闲集》中。到一九三〇年，那些“革命文学家”支持不下去了，创，太二社的人们始改变战略，找我及其他先前为他们所反对的作家，组织左联，此后我所写的东西都在《二心集》中。

书信/致姚克（1933·11·5）

●2-4-22-104

集合了短评，印成一本的，一共有三种，一就是《二心集》，二曰《伪自由书》，三曰《南腔北调集》，出版后不久，都被禁止，印出的书，或卖完，或被没收了。

书信/致刘炜明（1934·10·31）

●2-4-22-105

近来文字的压迫更严，短文也几乎无处发表了。看看去年所作的东西，又有了短评和争论各一本『注：指《花边文学》和《且介亭杂文》』，想在今年内印他出来，而新的文章，就不再做，这几年真也够吃力了。近几时我想看看古书，再来做点什么书，把那些坏种的祖坟刨一下。

书信/致萧军、萧红（1935·1·4）

(23) 目的/处境/情绪

照现在的情形，大约体力也就不能持久的了，况且还要用鞭子抽我不止，惟一的结果，只有倒毙。

●2-4-23-1

一写完，便完事，管他妈的，书贾怎么偷，文士怎么说，都不再来提心吊胆。但是，如果有我所相信的人愿意看，称赞好，我终于是欢喜的。后来也集印了，为的是还想卖几文钱，老实说。

华盖集/并非闲话〔三〕（1925·12·7）

●2-4-23-2

我幼时虽曾梦想飞空，但至今还在地上，救小创伤尚且来不及，那有余暇使心开意豁，立论都公允妥洽，平正通达，像"正人君子"一般；正如沾水小蜂，只在泥土上爬来爬去，万不敢比附洋楼中的通人，但也自有悲苦愤激，决非洋楼中的通人所能领会。

华盖集/题记（1925·12·31）

●2-4-23-3

凡我所编辑的期刊，大概是因为往往有始无终之故罢，销行一向就甚为寥落……

华盖集续编/记念刘和珍君（1926·4·12）

●2-4-23-4

"指导青年"的话，那是报馆替我登的广告，其实呢，我自己尚且寻不着头路，怎么指导别人。这些哲学式的事情，我现在不很想它了，近来想做的事，非常之小，仍然是发点议论，印点关于文学的书。

书信/致李秉中（1926·6·17）

●2-4-23-5

有人以为我信笔写来，直抒胸臆，其实是不尽然的，我的顾忌并不少。

坟/写在《坟》后面（1926·11）

●2-4-23-6

偏爱我的作品的读者，有时批评说，我的文字是说真话的。这其实是过誉，那原因就因为他偏爱。我自然不想太欺骗人，但也未尝将心里的话照样说尽，大约只要看得可以交卷就算完。

坟/写在《坟》后面（1926·11）

●2-4-23-7

几年以来，有人希望我动动笔的，只要意见不很相反，我的力量能够支撑，就总要勉力写几句东西，给来者一些极微末的欢喜。人生多苦辛，而人们有时却极容易得到安慰，又何必惜一点笔墨，给多尝些孤独的悲哀呢？我至今终于不明白我一向是在做什么。比方做土工的罢，做着做着，而不明白是在筑台，也无非要将自己从那上面跌下来或者显示老死；倘是掘坑，那就当然不过是埋掉自己。

坟/写在《坟》后面（1926·11）

●2-4-23-8

记得三四年前，有一个学生来买我的书，从衣袋里掏出钱来放在我手里，那钱上还带着体温。这体温便烙印了我的心，至今要写文字时，还常使我怕毒害了这类的青年，迟疑不敢下笔。我毫无顾忌地说话的日子，恐怕要未必有了罢。但也偶尔想，其实倒还是毫无顾忌地说话，对得起这样的青年。

坟/写在《坟》后面（1926·11）

●2-4-23-9

我的译著的印本，最初，印一次是一千，后来加五百，近时是二千至四千，每一增加，我自然是愿意的，因为能赚钱，但也伴着哀愁，怕于读者有害，因此作文就时常更谨慎，更踌躇。

坟/写在《坟》后面（1926·11）

●2-4-23-10

我就怕我未熟的果实偏偏毒死了偏爱我的果实的人，而憎恨我的东西如所谓正人君子也者偏偏都矍铄，所以我说话常不含胡，中止，心里想：对于偏爱的的读者的赠献，或者最好倒不如是一个"无所有"。

坟/写在《坟》后面（1926·11）

●2-4-23-11

我愿意我的东西躺在小摊上，被愿看的买去，却不愿意受正人君子赏识。世上爱牡丹的或者是最多，但也有喜欢曼陀罗＊花或无名小草的，朋其＊还将霸王鞭种在茶壶里当盆景哩。

〖释：曼陀罗，亦称风茄儿，茄科，一年生有毒草本，花大，色白。/朋其，原名黄鹏基，四川仁寿人。小说家。《莽原》撰稿人，后加入狂飙社。〗

华盖集续编/厦门通信（1926·12）

※　※　※

●2-4-23-12

当我沉默的时候，我觉得充实；我将开口，同时感到空虚＊。

〖释：1927年9月23日鲁迅在《怎么写》一文中这样写道："我靠了石栏远眺，听得自己的心音。四远还仿佛有无量悲哀，苦，恼，零落，死灭，都杂入这寂静中，使它变成药酒，加色，加味，加香。这时，我曾经想要写，但是不能写，无从写。这也就是我所谓'当我沉默的时候，我觉得充实；我将开口，同时感到空虚。'"〗

野草/题辞（1927·7·2）

●2-4-23-13

恐怖一去，来的是什么呢，我还不得而知，恐怕不见得是好东西罢。但我也在救助我自己，还是老法子：一是麻痹，二是忘却。一面挣扎着，还想从以后淡下去的"淡淡的血痕中"看见一点东西，誊在纸片上。

而已集/答有恒先生（1927·10·1）

●2-4-23-14

种牡丹者得花，种蒺藜者得刺，这是应该的，我毫无怨恨。但不平的是这罚仿佛太重一点，还有悲哀的是带累了几个同事和学生。

他们什么罪孽呢，就因为常常和我往来，并不说我坏。凡如此的，现在就要被称为"鲁迅党"或"语丝派"，这是"研究系"＊和"现代派"＊宣传的一个大成功。所以近一年来，鲁迅已以被"投诸四裔"为原则了。

〖释："研究系"，1916年袁世凯死后恢复国会，原进步党首领梁启超、汤化龙组织"宪法研究会"，成为一个政派，又称研究系。/"现代派"，即"现代评论派"。〗

而已集/答有恒先生（1927·10·1）

●2-4-23-15

我曾经说过：中国历来是排着吃人的筵宴，有吃的，有被吃的。被吃的也曾吃人，正吃的也会被吃。但我现在发见了，我自己也帮助着排筵宴。先生，你是看我的作品的，我现在发一个问题：看了之后，使你麻木，还是使你清楚；使你昏沉，还是使你活泼？倘所觉的是后者，那我的自己裁判，便证实大半了。中国的筵席上有一种"醉虾"，虾越鲜活，吃的人便越高兴，越畅快。我就是做这醉虾的帮手，弄清了老实而不幸的青年的脑子和弄敏了他的感觉，使他万一遭灾时来尝加倍的苦痛，同时给憎恶他的人们赏玩这较灵的苦痛，得到格外的享乐。

而已集/答有恒先生（1927·10·1）

●2-4-23-16

我所感到悲哀的，是有几个同我来的学生，至今还找不到学校进，还在颠沛流离。我还要补足一句，是：他们都不是共产党，也不是亲共派。其吃苦的原因就在和我认得。所以有一个，曾得到他的同乡的忠告道："你以后不要再说你是鲁迅的学生了罢。"

而已集/通信（1927·11·1）

●2-4-23-17

我敢说，我们所做的那些东西，决不沾别国的半个卢布，阔人的一文津贴，或者书铺的一点稿费。我也不想充"文学家"，所以也从不连络一班同伙的批评家叫好。几本小说销到上万，是我想也没有想到的。

至于希望中国有改革，有变动之心，那的确是有一点的。

三闲集/通信（1928·4·23）

●2-4-23-18

近半年来，大家都讲鲁迅，无论怎样骂，足见中国倘无鲁迅，就有些不大热闹了。

书信/致章廷谦（1928·5·30）

●2-4-23-19

回想我在京最穷之时，凡有几文现钱可拿之学校，都守成坚城，虽一二小时的功课也不可得，所以虽在今日，也宁可流宕谋生耳。

书信/致章廷谦（1928·8·2）

●2-4-23-20

秋天以来，中国文人，大有不骂我便不漂亮之概，而现在则又似减退矣，世风不古，良可慨也。因骂声减，而拉我作文者又多，其苦实比被骂厉害万倍。

书信/致章廷谦（1928·12·27）

●2-4-23-21

按：此信收信人陈濬（1882－1950），浙江绍兴人，光复会成员。徐锡麟案发生后逃往日本。曾任绍兴府中学堂监督。

今笔墨生涯，亦殊非生活之道，以此得活者，岂诚学术才力有以致之欤？种种事故，综错滋多，虽曰著作，实处荆棘。弟在广州之谈魏晋事＊，盖实有概而言。

〖**释**："在广州谈魏晋事"，指鲁迅于1927年7月23日、26日所作《魏晋风度及文章与药及酒之关系》的讲演。〗

书信/致陈濬（1928·12·30）

※　※　※

●2-4-23-22

我想另外搜集也是"杂感"一流的作品编成一本，谓之《围剿集》。如果和我的这一本对比起来，不但可以增加读者的趣味，也更能明白别一面的，即阴面的战法的五花八门。这些方法一时恐怕不会失传，去年的"左翼作家都为了卢布"＊说，就是老谱里面的一着。

〖**释**："左翼作家都为了卢布"，1930年5月14日上海《民国日报·觉悟》刊载的《解放中国文坛》中说，进步作家"受了赤色帝国主义的收买，受了苏俄卢布的津贴"；1931年2月6日上海小报《金刚钻报》刊载的《鲁迅加盟左联的动机》中说，"共产党最初以每月八十万卢布，在沪充文艺宣传费，造成所谓普罗文艺"，等等。〗

三闲集/序言（1932·4·24）

●2-4-23-23

《长夜》＊的另一本上，有一篇刘大杰＊先生的文章……正如作者所说，和我素不相知，并无私人恩怨，夹杂其间的缘故。然而尤使我觉得有益的，是作者替我设法，以为在这样四面围剿之中，不如放下刀笔，暂且出洋；并且给我忠告，说是在一个人的生活史上留下几张白纸，也并无什么紧要。在仅仅一个人的生活史上，有了几张白纸，或者全本都是白纸，或者竟全本涂成黑纸，地球也决不会因此炸裂，我是早知道的。这回意外地所得的益处，是三十年来，若有所悟，而还是说不出简明扼要的纲领的做古文和做好人的方法，因此恍然抓住了辔头了。

其口诀曰：要做古文，做好人，必须做了一通，仍旧等于一张的白纸。

〖释：《长夜》，文艺半月刊。左舜生等主办。1928年4月在上海创刊，同年5月停刊，共出四期。/刘大杰（1904－1977），湖南岳阳人，文史学家。他在发表于《长夜》第四期上的《呐喊与彷徨与野草》一文中“劝告”鲁迅：“作者若不想法变换变换生活，以后恐怕再难有较大的作品罢。我诚恳地希望作者，放下呆板的生活（不要开书店，也不要作教授），提起皮包，走上国外的旅途去，好在自己的生活史上，留下几页空白的地方。”〗

二心集/做古人和做好人的秘诀〔夜记之五〕（1932·4·26）

●2-4-23-24

从去年以来一年半之间，凡对于我们的所谓批评文字中，最使我觉得气闷的滑稽的，是常燕生＊先生在一种月刊叫作《长夜》的上面，摆出公正的脸孔，说我的作品至少还有十年生命的话＊。

〖释：常燕生，山西榆次人。曾参加狂飙社。他曾在《长夜》第三期上说“鲁迅及其追随者，都是思想已经落后的人”，“……此后十年之中自然还应该有他相当的位置”云。〗

二心集/做古人和做好人的秘诀〔夜记之五〕（1932·4·26）

●2-4-23-25

我……凡所泛览，皆通行之本，易得之书，故遂孑然于学林之外，《中国小说史略》而非断代，即尝见贬于人。

书信/致台静农（1932·8·15）

●2-4-23-26

我虽也想写些创作，但以中国现状看来，无法写。最近适应社会的需要，写了些短评，因此更不自由了。但时势所迫，不得不如此，也无可如何。去年曾想去北京暂歇，看现在这情况，恐怕又不成了。

书信/致〈日〉增田涉〔译文〕（1933·3·1）

●2-4-23-27

偶然得到一个可写文章的机会，我便将所谓上层社会的堕落和下层社会的不幸，陆续用短篇小说的形式发表出来了。

集外集拾遗/英译本《短篇小说选集》自序（1933·3·22）

●2-4-23-28

我也久没有做短篇小说了。现在的人民更加困苦，我的意思也和以前有些不同，又看见了新的文学的潮流，在这景况中，写新的不能，写旧的又不愿。中国的古书里有一个比喻，说：邯郸的步法是天下闻名的，有人去学，竟没有学好，但又已经忘却了自己原先的步法，于是只好爬回去了。

我正爬着。但我想再学下去，站起来。

集外集拾遗/英译本《短篇小说选集》自序（1933·3·22）

●2-4-23-29

“蝼蚁尚知贪生”，中国百姓向来自称“蚁民”，我为暂时保全自己的生命计，时常留心着比较安全的处所，除英雄豪杰之外，想必不至于讥笑我的罢。

伪自由书/中国人的生命圈（1933·4·14）

●2-4-23-30

近来作文，避忌已甚，有时如骨鲠在喉，不得不吐，遂亦不免为人所憎。后动脑筋更加婉约其辞，惟文章势必至流于荏弱，而干犯豪贵，虑亦仍所不免。

书信/致黎烈文（1933·5·4）

●2-4-23-31

说到“为什么”做小说罢，我仍抱着十多年前的“启蒙主义”，以为必须是“为人生”，而且要改良这人生。我深恶先前的称小说为“闲书”，而且将“为艺术的艺术”，看作不过是“消闲”的新式的别号。

南腔北调集/我怎样做起小说来（1933·6）

●2-4-23-32

在中国，小说不算文学，做小说的也决不能称为文学家，所以并没有人想在这一条道路上出世。我也并没有要将小说抬进“文苑”里的意思，不过想利用他的力量，来改良社会。

但也不是自己想创作，注重的倒是在绍介，在翻译，而尤其注重于短篇，特别是被压迫的民族中的作者的作品。

南腔北调集/我怎样做起小说来（1933·6）

●2-4-23-33

我之所以投稿，一是为了朋友的交情，一则在给寂寞者以呐喊，也还是由于自己的老脾气。

伪自由书/前记（1933·7·19）

●2-4-23-34

我一九二四年后的译著，全被禁止（只《两地书》与《笺谱》除外）。

书信/致〈日〉增田涉〔译文〕（1934·3·18）

●2-4-23-35

在创作上，则因为我不在革命的旋涡中心而且久不能到各处去考察，所以我大约仍然只能暴露旧社会的坏处。

且介亭杂文/答国际文学社问（1934·3－4）

●2-4-23-36

我自己觉得，好像确有什么事即将临头，因为在上海，以他人的生命来做买卖的人颇多……

书信/致〈日〉山本初枝〔译文〕（1934·4·25）

●2-4-23-37

我在受着武力征伐的时候，是同时一定要得到文力征伐的。

准风月谈/后记（1934·10·16）

●2-4-23-38

因为我是长男，下有两个兄弟，为豫防谣言家的毒舌起见，我的作品中的坏脚色，是没有一个不是老大，或老四，老五的。

且介亭杂文/答《戏》周刊编者信（1934·11·25）

●2-4-23-39

计划的译选集＊，在我自己，现在只是一个梦而已。近十来年中，设译社＊，编丛书＊的事情，做过四五回，先前比现在还要“年富力强”，真是拚命的做，然而结果不但不好，还弄得焦头烂额。

〖释：“选集”，指《果戈理选集》。/“设译社”，指创办未名社、朝花社等。/“编丛书”，指《未名丛书》、《朝花小集》等。〗

书信/致孟十还（1934·12·6）

●2-4-23-40

记得前信说心情有些改变，这是一个人常有的事情，长吉〖注：即李贺（790－816），唐代诗人〗诗云，“心事如波涛”，说得很真切。其实有时候虽像改变，却非改变的，起伏而已。

书信/致曹聚仁（1934·12·11）

●2-4-23-41

帮闲文学实在是一种紧要的研究，那时烦忙，原想回上海后再记一遍的，不料回沪后也一直没有做，现在是情随事迁，做的意思都不起来了，所以那《五讲三嘘集》也许将永远不过一个名目。

书信/致杨霁云（1934·12·16）

●2-4-23-42

《新文学大系》的条件，大体并无异议，惟久病新愈，医生禁止劳作，开年忽然连日看起作品来，能否持久也很难定；又序文能否做至二万字，也难预知，因为我不会做长文章，意思完了而将文字拉长，更是无聊之至。所以倘使交稿期在不得已时，可以延长，而序文不限字数，可以照字计算稿费，那么，我是可以接受的。

书信/致赵家璧（1934·12·25）

●2-4-23-43

我因此想到《中国新文学大系》。当送检所选小说时，因为不知何人所选，大约是决无问题的，但在送序论去时，便可发生问题。五四时代比明末近，我又不能做四平八稳，“今天天气，哈哈哈”到一万多字的文章，而且真也和群官的意见不能相同，那时想来就必要发生纠葛。我是不善于照他们的意见，改正文章，或另作一篇的，这时如另请他人，则小说系我所选，别人的意见，决不相同，一定要弄得无可措手。非书店白折费用，即我白费工夫，两者之一中，必伤其一。所以我决计不干这事了，索性开初就由一个不被他们所憎恶者出手，实在稳妥得多……

这并非我三翻四覆，看实情实在也并不是杞忧，这是要请你谅察的。我还想，还有几个编辑者，恐怕那序文的通过也在可虑之列。

书信/致赵家璧（1934·12·25）

※　※　※

●2-4-23-44

《集外集》既送审查，被删＊本意中事……引言被删＊，则易了然，盖他们不许有人为我作序或我为人作序而已。颠倒书名＊，则以显其权威，此亦叭儿脾气，并不足异。

〖释：“《集外集》……被删”，《集外集》出版时遭国民党中央宣传委员会图书杂志审查委员会抽去九篇，后均收入《集外集拾遗》。/“引言被删”，指杨霁云的《〈集外集〉编者引言》。/“颠倒书名”，“鲁迅：集外集”送检后被改为“集外集　鲁迅著”。〗

书信/致杨霁云（1935·1·29）

●2-4-23-45

又在伤风咳嗽，消化不良。我的一个坏脾气是有病不等医好，便即起床，近来又为了吃饭问题，在选一部小说〖注：指《中国新文学大系·小说二集》〗，日日读名作及非名作，忙而苦痛，此事不了，实不能顾及别的了。

书信/致曹聚仁（1935·1·29）

●2-4-23-46

说起“某翁”＊的称呼来，这是很奇怪的。这称呼开始于《十日谈》＊及《人言》，这是时时攻击我的刊物，他们特地这样叫，以表示轻蔑之意，犹言“老了，不中用了”的意思；但不知怎的却影响到我的熟人的笔上去了。现在是很有些人，信上都这么写的。

〖释：“某翁”，即“鲁迅翁”。/《十日谈》，邵洵美等办的一种文艺旬刊。存在于1933年8月－1934年12月。〗

书信/致萧军、萧红（1935·3·1）

●2-4-23-47

按：此信收信人罗清桢（1905－1941），广东兴宁人。木刻家。当时在广东梅县松口中学任教。

今年以来，市面经济衰落，我也在因生计而做苦工，木刻已不能顾及了，这样下去，真不知如何是好。

书信/致罗清桢（1935·3·15）

●2-4-23-48

有些青年则写信骂我，说我毫不肯费神帮别人的忙。其实是照现在的情形，大约体力也就不能持久的了，况且还要用鞭子抽我不止，惟一的结果，只有倒毙。

书信/致曹靖华（1935·3·23）

●2-4-23-49

光阴如驶，近来却连一妻一子，也将为累……

且介亭杂文二集/《中国小说史略》日本译本序（1935·6·9）

●2-4-23-50

我并未为自己所写人物感动过。各种事情刺戟我，早经麻木了，时时像一块木头，虽然有时会发火，但我自己也并不觉痛。

书信/致萧军（1935·6·27）

●2-4-23-51

我此刻才译完了本月应该交稿的《死魂灵》，弄得满身痱子，但第一部已经去了三分之二了。有些事情，逼逼也好，否则，我也许未必去翻译它的。……我也真的忙一点。现在真不像在做人，好像是机器。

书信/致萧军（1935·7·27）

●2-4-23-52

按：太阳社与创造社在关于革命文学的论争中都曾挖苦过鲁迅的年老；杨邨人1935年8月发表在《星火》上的《文坛三家》一文中也攻击鲁迅"名利双收，倚老卖老"。

今年文坛上的战术，有几手是恢复了五六年前的太阳社*式，年纪大又成为一种罪状了，叫作"倚老卖老"。

其实呢，罪是并不在"老"，而在于"卖"的，假使他在叉麻酱，念弥陀，一字不写，就决不会惹青年作家的口诛笔伐。

〖释："太阳社"，1927年下半年在上海成立的一个文学团体，主要成员有蒋光慈、钱杏邨、孟超等。1930年"左联"成立后，该社自行解散。〗

且介亭杂文二集/六论"文人相轻"——二卖（1935·10）

●2-4-23-53

我的胃病，还是二十岁以前生起的，时发时愈，本不要紧。后见S女士『注：指史沫特莱』，她以欧洲人的眼光看我，以为体弱而事多，怕不久就要死了，各处设法，要我去养病一年。我其实并不同意，现在是推宕着。因为：一，这病不必养；二，回来以后，更难动弹。所以我现在的主意，是不去的份儿多。

书信/致曹靖华（1935·10·22）

●2-4-23-54

按：此信收信人马子华为"左联"成员，当时是上海光华大学学生。曾请鲁迅为其同学何某校阅《安娜·卡列尼娜》译稿。

十来年前，我的确给人看过作品，但现在是体力和时间，都不许可了，所以实在无法实现何先生的希望，真是抱歉得很。

书信/致马子华（1935·11·11）

---

(24) 书法/画/笺谱/木刻

我爱版画，但自己不是行家。

●2-4-24-1

我看自己的字，真是可笑，我未曾学过，而此地还有人勒令我写中堂，写名片，做"名人"做得苦起来了。我的活无常*画好后，也许有人要我画扇面，但我此后拟专画活无常，则庶几不至于有人来领教，我想，这东西是大家不大喜欢的。

〖释："无常"，中国迷信传说中的鬼名。鲁迅曾手绘无常多幅。〗

书信/致章廷谦（1927·7·7）

●2-4-24-2

日前寄上书籍二包，又字一卷*，不知已收到否？字写得坏极，请勿裱挂，为我藏拙也。

〖释："字一卷"，《鲁迅日记》1932年12月9日："为静农写一横幅"。〗

书信/致台静农（1932·12·13）

●2-4-24-3

字已写就*，拙劣不堪，今呈上。

〖释："字已写就"，指鲁迅应郁达夫之请所写自作诗《无题》（"洞庭浩荡楚天高"）和《答客诮》两幅。〗

书信/致郁达夫（1933·1·10）

●2-4-24-4

我的信竟入于被装裱之列，殊出意外，遗臭万年姑且不管，但目下之劳民伤财，为可惜耳。

书信/致台静农（1934·2·15）

●2-4-24-5

素兄墓志『注：指鲁迅手书《韦素园墓记》』，当于三四日内写成寄上；我的字而可以刻石，真如天津报之令我生脑炎一样，大出意料之外。

书信/致台静农（1934·3·27）

●2-4-24-6

令我作刻石之书，真如生脑膜炎，大出意外，笔画尚不能平稳，不知可用否?

书信/致台静农（1934·4·12）

●2-4-24-7

书名＊写上，但我的字是很坏的。

〖释：“书名”，指为伊罗生的英译本《草鞋脚》用汉字题写的书名。〗

书信/致〈美〉伊罗生（1934·8·22）

●2-4-24-8

至于字，我不断的写了四十多年了，还不该写得好一些么?但其实，和时间比起来，我是要算写得坏的。

书信/致萧军、萧红（1934·11·12）

●2-4-24-9

《集外集》签已写，与诗一样不佳，姑先寄上，太大或太小，制版时可伸缩也。序文我想能于二十日前缴卷。

书信/致杨霁云（1934·12·9）

●2-4-24-10

写字事，倘不嫌拙劣，并不费事，请将那位八十岁老先生『注：指今村铁研，增田涉的表舅，乡村医生』的雅号及纸张大小（宽、长；横写还是直写）见告，自当写奉。

书信/致〈日〉增田涉〔译文〕（1935·1·25）

●2-4-24-11

纸张也已收到，如此拙字，写到宣纸上，真也自觉可笑，但先生既要我写，我是可以写的，但须拖延时日耳，因为须等一相宜的时候也。

书信/致杨霁云（1935·5·24）

●2-4-24-12

按：此信收信人张慧，木刻家，当时是广东梅县松口中学教师。他写信要求鲁迅为其自印木刻画集题写书名。

委写书面，已写好，请择用其一，如果署名，恐怕反而不好，所以不署了。如先生一定要用，则附上一印，可以剪下，贴在相宜的地方。

书信/致张慧（1935·3·22）

●2-4-24-13

我的字居然值五元，真太滑稽。其实我对那字的持有者，花了一笔裱装费，也不胜抱歉。

书信/致〈日〉增田涉〔译文〕（1935·4·30）

●2-4-24-14

纸内有两长条，是否对联?乞示知。若然，则一定写得极坏，因为我没有写过大字，所以字愈大，就愈坏。

书信/致杨霁云（1935·5·24）

●2-4-24-15

前嘱作书＊，顷始写就，拙劣如故，视之汗颜，但亦只能姑且寄奉，所谓塞责焉耳。埋之箱底，以施蟫鱼，是所愿也。

〖释：“前嘱作书”，指应杨霁云之请写集《离骚》句对联和明人题画诗。〗

书信/致杨霁云（1935·12·12）

※　※　※

●2-4-24-16

我不能画，但学过两年解剖学，画过许多死尸的图，因此略知身体四肢的比例，这回给他『注：指鲁迅手绘“无常”』加上皮肤，穿上衣服，结果还是死板板的。脸孔的模样，是从戏剧上看来，而此公的脸相，也实在容易画，况且也没有人能说是像或不像。倘是“人”我就不能画了。

书信/致魏猛克（1934·4·9）

※　※　※

●2-4-24-17

去年冬季回北平，在留黎厂得了一点笺纸，觉得画家与刻印之法，已比《文美斋笺谱》『注：清代天津文美斋字画店出版』时代更佳，譬如陈师曾齐白石*所作诸笺，其刻印法已在日本木刻专家之上，但此事恐不久也将销沈了。

〖释：陈师曾，即陈衡恪（1876－1923），江西义宁（今修水）人。书画家，篆刻家。齐白石（1863－1957），名璜，字濒生，号白石，湖南湘潭人。书画家，篆刻家。〗

书信/致郑振铎（1933·2·5）

●2-4-24-18

最近我和一位朋友在印《北京诗笺谱》，预定明年一月出版，出后当即奉览。

书信/致〈日〉山本初枝〔译文〕（1933·11·14）

●2-4-24-19

北京夙为文人所聚，颇珍楮墨，遗范未堕，尚存名笺。顾迫于时会，苓落将始，吾修好事，亦多杞忧。于是搜索市廛，拔其尤异，各就原版，印造成书，名之曰《北平笺谱》。于中可见清光绪时纸铺，尚止取明季画谱，或前人小品之相宜者，镂以制笺，聊图悦目；间亦有画工所作，而乏韵致，固无足观。

集外集拾遗/《北平笺谱》序（1933·12）

●2-4-24-20

最近我和一位朋友在印《北京诗笺谱》，预定明年一月出版，出后当即奉览。

书信/致〈日〉山本初枝〔译文〕（1933·11·14）

●2-4-24-21

《北平笺谱》极希望能够早日出书……除我自藏及将分寄各国图书馆（除法西*之意，德，及自为绅士之英）者外，都早已约出，且还不够，正在筹划怎样应付也。

〖释：“法西”，即法西斯。〗

书信/致郑振铎（1934·1·11）

●2-4-24-22

《北平笺谱》……分送印本办法，请悉如来函办理。英国亦可送给，以见并无偏心，至于德意，则且待他们法西结束之后可耳。

书信/致郑振铎（1934·2·9）

●2-4-24-23

《北平笺谱》……在内山书店之销场甚好，三日之间，卖去十一部，则二十部之售罄，当无需一星期耳。

书信/致郑振铎（1934·2·26）

●2-4-24-24

从今年开始，我与郑君每月出一点钱以复刻明代的《十竹斋笺谱》，预计一年左右可成。这部东西神致很纤巧，虽稍小，总是明代的东西，不过使它复活而已。

书信/致〈日〉增田涉〔译文〕（1934·3·18）

●2-4-24-25

《北平笺谱》之在内山书店，销路极好，不到一星期，二十部全已卖完，内山谓倘若再版，他仍可要二三十部。

书信/致郑振铎（1934·3·3）

●2-4-24-26

《北平笺谱》尚未印成，大约当在七月内。郑君处早有信去，他便来问住在何处，我回说由他自己直接通知，因为我不喜欢不得本人同意，而随便告诉。

书信/致王志之（1934·6·24）

●2-4-24-27

《十竹斋》笺样花卉最好，这种画法，今之名人就无此手腕；山水刻得也好，但因为画稿本纤巧，所以有些出力不讨好了。

书信/致郑振铎（1934·8·5）

●2-4-24-28

《十竹斋笺谱》已完成约五十余幅，现将其中四幅样张奉览。全部约二百八十幅，何时可成，尚不可知，俟半数完成后拟即开始预约，先予发卖。

书信/致〈日〉增田涉〔译文〕（1934·8·7）

●2-4-24-29

《北平笺谱》初版，确已成为珍本，再版也已卖完。现只有内山书店还留存一点，此外什么地方都没有了。

书信/致〈日〉增田涉〔译文〕（1934·12·14）

●2-4-24-30

《十竹斋笺谱》第一册，即可开始付印，预计明年一、二月间可完成，出版后当即奉上。现先寄样张一枚呈览。实物的纸张较此略大，当然要比样张美观些。

书信/致〈日〉增田涉〔译文〕（1934·12·29）

●2-4-24-31

《十竹斋笺谱》第一册，日内将出版，只印了两百部，等北平送来后当即奉寄。其他三册如何，现尚不得而知。《北平笺谱》已成珍本，只有内山老板处大概还有五部出售。

书信/致〈日〉增田涉〔译文〕（1935·4·9）

●2-4-24-32

《十竹斋笺谱》第一册，不久前出版……其余三册，预计明春可成，但不知结果如何。

书信/致〈日〉增田涉〔译文〕（1935·6·10）

●2-4-24-33

《十竹斋笺谱》第二册，完成了一半左右……对我们这件工作，颇有些攻击的人，说是何以不去为革命而死，却在干这种玩艺儿。但我们装做不知道，还是在做珂罗版的工作。

书信/致〈日〉致增田涉〔译文〕（1935·8·1）

※　※　※

●2-4-24-34

我在这三年中，居然陆续得到这许多苏联艺术家的木刻……至有一百余幅之多，中国恐怕只有我一个了，而但秘之箧中，岂不辜负了作者的好意？况且一部分已经散亡，一部分几遭兵火，而现在的人生，又无定到不及薤上露，万一相偕湮灭，在我，是觉得比失了生命还可惜的。流光真快，徘徊间已过新年，我便加以决计选出六十幅来，复制成书，以传给青年艺术学徒和版画的爱好者。

集外集拾遗/《引玉集》后记（1934·3）

●2-4-24-35

我毫不知道俄国版画的历史；幸而得到陈节『注：即瞿秋白』先生的摘译的文章，这才明白一点十五年来的梗概，现在就印在卷首，算作序言；并且作者的次序，也照序中的叙述来排列的。

集外集拾遗/《引玉集》后记（1934·3）

●2-4-24-36

我对于木刻的绍介，先有梅斐尔得（Carl Meffert）的《士敏土》之图；其次，是和西谛先生同编的《北平笺谱》；这是第三本，因为都是用白纸换来的，所以取“抛砖引玉”之意，谓之《引玉集》。

集外集拾遗/《引玉集》后记（1934·3）

●2-4-24-37

中国古时候的木刻，对于现在也许有可采用之点，所以我们有几个人，正在企图翻印（玻璃板）明清书籍中之插画，今年想出它一两种。有一种陈老莲的人物『注：指《博古页子》』，已在制版了。

书信/致李桦（1935·4·4）

●2-4-24-38

《引玉集》并不如来函所推想的风行，需要这样的书的，是穷学生居多，但那有二百五十个……德国版画集，我还想计划出版，那些都是大幅，所以印起来，书必加大，幅数也多，因此资本必须加几倍，现在所踌躇的就是这一层。

书信/致杨霁云（1934·6·3）

●2-4-24-39

新近印了一本木刻，叫作《引玉集》，是东京去印来的，所以印工还不坏。……我正在准备印一本中国新作家的木刻，想用二十幅，名曰《木刻纪程》，大约秋天出版。

书信/致吴渤（1934·6·6）

●2-4-24-40

我在印一本《木刻纪程》，共二十四幅，是中国青年的新作品，大约九月底可以印出，那时当寄上一本。不过这是以能够通行为目的的，所以选入者都是平稳之作，恐怕不能做什么材料。

书信/致姚克（1934·8·31）

●2-4-24-41

《木刻纪程》……这回的印刷是失败的，因为版面不平，所以不合于用机器印。可见木刻莫妙于手印，否则，版面必须弄得极平。

书信/致罗清桢（1934·10·21）

●2-4-24-42

按：1931年8月，鲁迅主持开办了由日本内山嘉吉主讲的木刻讲习班，学员主要为上海一八艺社成员；该社于1932年一二八战后解体，其骨干于5月另组春地美术研究所，至7月被当局查封，主要成员均被捕。其后又有1932年秋成立的野风画会，M. K.. 木刻研究会和1933年成立的野德木刻研究社等，均遭当局摧残而夭折。

四年前，请一个日本教师讲了两星期木刻法，我做翻译，听讲的有二十余人，算是一个小团体，后来有的被捕，有的回家，散掉了。此后还有一点，但终于被压迫而迸散。

书信/致李桦（1935·1·4）

●2-4-24-43

我爱版画，但自己不是行家，所以对于理论，没有全盘的话好说。

书信/致李桦（1935·6·16）

●2-4-24-44

按：此信收信人巴惠尔·艾丁格尔（P. Ettinger），当时寓居苏联的德国美术家。

我很想将从最初到现在的苏联木刻家们的代表作集成一册，介绍给中国，但没有这力量。

书信/致〈德〉巴惠尔·艾丁格尔（1936·9·7）

（25）文社、期刊与编辑

一个团体，虽是小小的文学团体罢，每当光景艰难时，内部是一定有人起来捣乱的。

●2-4-25-1

有一个专讲文学思想的月刊，确是极好的事，字数的多少，倒不算什么问题。第一为难的却是撰人，假使还是这几个人，结果即还是一种增大的某周刊或合订的各周刊之类。况且撰人一多，则因为希图保持内容的较为一致起见，即不免有互相牵就之处，很容易变为和平中正，吞吞吐吐的东西，而无聊之状于是乎可掬。

华盖集/通讯〔复徐炳昶〕（1925·3·20）

※　※　※

●2-4-25-2

两三年前，我在北京大学的教员预备室里，看见进来了一个并不熟识的青年*，默默地给我一包书，便出去了，打开看时，是一本《浅草》*。就在这默默中，使我懂得了许多话。阿，这赠品是多么丰饶啊！可惜那浅草不再出版了，似乎只成了《沉钟》*的前身。那沉钟就在这风沙澒洞中，深深地在人海的底里寂寞地鸣动。

〖释："一个并不熟识的青年"，指冯至。冯至（1905－1993），河北涿县人，诗人。《鲁迅日记》1925年4月3日对此有记载。/《浅草》，见1-2-14-24条释。/《沉钟》，沉钟社编的文艺刊物。存在于1925年10月－1934年2月，其间曾经停刊复刊，主要作者为原浅草社成员。〗

野草/一觉（1926·4·19）

●2-4-25-3

所谓《未名丛刊》*者，并非无名丛书之意，乃是还未想定名目，然而这就作为名字，不再去苦想他了。

这也并非学者们精选的宝书，凡国民都非看不可。只要有稿子，有印费，便即付印，想使萧索的读者，作者，译者，大家稍微感到一点热闹。……

《未名丛刊》专收译本；另外又分立了一种单印不阔气的作者的创作的，叫作《乌合丛书》*。

〖释：《未名丛刊》，鲁迅编辑的一套译文丛书；初由北新书局出版，1925年未名社成立后改由该社出版。/《乌合丛书》，鲁迅编辑，1926年初由北新书局出版。〗

集外集拾遗/《未名丛刊》与《乌合丛书》广告（1926·7）

●2-4-25-4

《译文》因为恐怕销路未必好，所以开首的三四期，算是试办，大家白做的，如果看得店里有钱赚了，然后再和他们订定稿费之类，现在还说不上收稿。

书信/致徐懋庸（1934·9·20）

※　※　※

●2-4-25-5

北京的印刷品现在虽然比先前多，但好的却少。《猛进》*很勇，而论一时的政象的文字太多。《现代评论》的作者固然多是名人，看去却显得灰色。《语丝》虽总想有反抗精神，而时时有疲劳的颜色，大约因为看得中国的内情太清楚，所以不免有些失望之故罢。

〖释：《猛进》，周刊。徐炳昶主编。存在于1925年3月－1926年3月。〗

两地书/原信·八〔北京〕（1925·3·31）

●2-4-25-6

听说北新要迁移*了，不知迁移了没有?

〖释："北新要迁移"，1926年10月北新书局因发行《语丝》被张作霖查封，同年底迁往上海。〗

书信/致韦素园（1926·10·15）

●2-4-25-7

倘要我做编辑，那么，我以为不行的东西便不登

华盖集续编/厦门通信〔三〕（1927·1·15）

●2-4-25-8

《语丝》中所讲的话，有好些是别的刊物所不肯说，不敢说，不能说的。

书信/致章廷谦（1927·8·17）

●2-4-25-9

按：此信收信人罗暟岚，《语丝》投稿者。当时在清华大学留美预备部学习。

来稿*是写得好的，我很佩服那辛辣之处。但仍由北新书局寄还了；因为近来《语丝》比在北京时还要碰壁，登上去便印不出来，寄不出去也。

〖释："来稿"，短篇小说《中山装》，写一个满口三民主义而对农民肆意敲诈勒索的人。〗

书信/致罗暟岚（1927·12·26）

●2-4-25-10

《语丝》在北京虽然逃过了段祺瑞及其吧儿狗们的撕裂，但终究被“张大元帅”＊所禁止了，发行的北新书局，且同时遭了封禁，其时是一九二七年。

〖释：“张大元帅”，即张作霖（1875－1928），辽宁海城人，奉系军阀首领。他于1927年6月自封“中华民国军政府陆海军大元帅”。〗

三闲集/我和《语丝》的始终（1930·2·1）

●2-4-25-11

经我担任了编辑之后，《语丝》的时运就很不济了，受了一回政府的警告，遭了浙江当局的禁止，还招了创造社式“革命文学”家的拚命的围攻。

三闲集/我和《语丝》的始终（1930·2·1）

●2-4-25-12

同我关系较为长久的，要算《语丝》了。

大约这也是原因之一罢，“正人君子”们的刊物，曾封我为“语丝派主将”，连急进的青年所做的文章，至今还说我是《语丝》的“指导者”。

三闲集/我和《语丝》的始终（1930·2·1）

●2-4-25-13

我并非“主将”……也并不是和孙伏园先生两个人创办了《语丝》。这的创办，倒要归功于伏园一位的。

三闲集/我和《语丝》的始终（1930·2·1）

●2-4-25-14

那时伏园是《晨报副刊》＊的编辑，我是由他个人来约，投些稿件的人。……伏园的椅子颇有不稳之势。因为有一位留学生＊（不幸我忘掉了他的名姓）新从欧洲回来，和晨报馆有深关系，甚不满意于副刊，决计加以改革，并且为战斗计，已经得了“学者”『注：指陈西滢』的指示，在开手看Anatole France『注：即法朗士』的小说了。

〖释：《晨报副刊》，研究系机关报《晨报》的副刊。1921年10月12日创刊。1921年秋至1924年冬由孙伏园编辑。/“一位留学生”，指刘勉己。他1924年回国后任《晨报》代理总编辑。〗

三闲集/我和《语丝》的始终（1930·2·1）

●2-4-25-15

“我辞职了。可恶！”

这是有一夜，伏园来访，见面后的第一句话。那原是意料中事，不足异的。第二步，我当然要问问辞职的原因，而不料竟和我有了关系。他说，那位留学生乘他外出时，到排字房去将我的稿子抽掉，因此争执起来，弄得非辞职不可了。

三闲集/我和《语丝》的始终（1930·2·1）

●2-4-25-16

我很抱歉伏园为了我的稿子而辞职，心上似乎压了一块沉重的石头。几天之后，他提议要自办刊物了，我自然答应愿意竭力“呐喊”。至于投稿者，倒全是他独力邀来的，记得是十六人，不过后来也并非都有投稿。于是印了广告，到各处张贴，分散，大约又一星期，一张小小的周刊便在北京——尤其是大学附近——出现了。这便是《语丝》。

三闲集/我和《语丝》的始终（1930·2·1）

●2-4-25-17

《语丝》的固定的投稿者，至多便只剩下了五六人，但同时也在不意中显了一种特色，是：任意而谈，无所顾忌，要催促新的产生，对于有害于新的旧物，则竭力加以排击，——但应该产生怎样的“新”，却并无明白的表示，而一到觉得有些危急之际，也还是故意隐约其词。陈源教授痛斥“语丝派”的时候，说我们不敢直骂军阀，而偏和握笔的名人为难，便由于这一点。

三闲集/我和《语丝》的始终（1930·2·1）

●2-4-25-18

当开办之际，努力确也可惊，那时做事的，伏园之外，我记得还有小峰和川岛，都是乳毛还未褪尽的青年，自跑印刷局，自去校对，自叠报纸，还自己拿到大众聚集之处去兜售……但自己卖报的成绩，听说并不佳，一纸风行的，还是在几个学校，尤其是北京大学，尤其是第一院（文科）。理科次之。在法科，则不大有人顾问。倘若说，北京大学的法，政，经济科出身诸君中，绝少有《语丝》的影响，恐怕是不会很错的。至于对于《晨报》的影响，我不知道，但似乎也颇受些打击，曾经和伏园来说和，伏园得意之余，忘其所以，曾以胜利者的笑容，笑着对我说道：

"真好，他们竟不料踏在炸药上了！"

三闲集/我和《语丝》的始终（1930·2·1）

●2-4-25-19

《语丝》的销路可只是增加起来，原定是撰稿者同时负担印费的，我付了十元之后，就不见再来收取了，因为收支已足相抵，后来并且有了赢余。于是小峰就被尊为"老板"，但这推尊并非美意，其时伏园已另就《京报副刊》编辑之职，川岛还是捣乱小孩，所以几个撰稿者便只好掰住了多睐眼而少开口的小峰，加以荣名，勒令拿出赢余来，每月请一回客。这"将欲取之，必先与之"的方法果然奏效，从此市场中的茶居或饭铺的或一房门外，有时便会看见挂着一块上写"语丝社"的木牌。倘一驻足，也许就可以听到疑古玄同『注：即钱玄同』先生的又快又响的谈吐。但我那时是在避开宴会的，所以毫不知道内部的情形。

三闲集/我和《语丝》的始终（1930·2·1）

●2-4-25-20

不有愿在有权者的刀下，颂扬他的威权，并奚落其敌人来取媚，可以说，是"语丝派"一种几乎共同的态度。所以《语丝》在北京虽然逃过了段祺瑞及其吧儿狗们的撕裂，但终究被"张大元帅"所禁止了，发行的北新书局，且同时遭了封禁*，其时是一九二七年。

〖释："遭了封禁"，张作霖于1927年10月派军警查封了北新书局和《语丝》。〗

三闲集/我和《语丝》的始终（1930·2·1）

●2-4-25-21

积了半年的经验之后，我就决计向小峰提议，将《语丝》停刊，没有得到赞成，我便辞去了编辑的责任。小峰要我寻一个替代的人，我于是推举了柔石。

但不知为什么，柔石编辑了六个月，第五卷的上半卷一完，也辞职了。

三闲集/我和《语丝》的始终（1930·2·1）

●2-4-25-22

语丝派的人，先前确曾和黑暗战斗，但他们自己一有地位，本身又便变成黑暗了，一声不响，专用小玩意，来抖抖的把守饭碗。

书信/致章廷谦（1930·2·22）

●2-4-25-23

贱胎们一定有贱脾气，不打是不满足的。今年我在《萌芽》上发表了一篇《我和〈语丝〉的始终》，便是赠与他们的还留情面的一棍，此外，大约有几个人还须特别打几棍，才好。这两年来，水战火战，日战夜战，敌手都消灭了，实在无聊，所以想再来闹他一下，顺便打几下无端咬我的家伙，倘若闹不死，明年再来用功罢。

书信/致章廷谦（1930·2·22）

●2-4-25-24

近来颇流行无产文学，出版物不立此为旗帜，世间便以为落伍，而作者殊寥寥。销行颇多者，为《拓荒者》*，《现代小说》*，《大众文艺》*，《萌芽》等，但禁止殆将不远。《语丝》闻亦将以作者星散停刊云。

〖释：《拓荒者》，文学月刊。蒋光慈编辑。1930年1月在上海创刊。第三期开始成为"左联"刊物之一。1930年5月出至第一卷第四、五期合刊后被当局查禁。/《现代小说》，月刊。1928年1月在上海创刊，1930年3月停刊。/《大众文艺》，月刊。郁达夫、夏莱蒂编辑。1928年9月在上海创刊，后为"左联"机关刊物。

1930年6月停刊。〗

书信/致李秉中（1930·5·3）

※　※　※

●2-4-25-25

朝华社之不行，我早已写信通知。这是一部分人上了一个人的当＊，现已将社停止了……

未名社既然如此为难，据我想，还是停止的好。所有一切书籍和版权，可以卖给别人的。否则，因为收旧欠而添新股，添了之后，于旧欠并无必得的把握，无非又添上些新欠，何苦如此呢。这不是永远给分销处做牛马吗？

〖释："上了一个人的当"，指王方仁。鲁迅在厦门大学任教时的学生，朝花社成员。朝花社因他造成的亏损而停办。〗

书信/致李霁野（1930·1·19）

●2-4-25-26

未名社竟弄得烟消云散，可叹。上月丛芜来此＊，谓社事无人管理，将委托开明书店（这是一个刻薄的书店）代理，劝我也遵奉该店规则。我答以我无遵守该店规则之必要，同人既不自管，我可以即刻退出的。此后就没有消息了。

〖释："上月丛芜来此"，为"上月丛芜来函"之误。1931年5月1日《鲁迅日记》："下午得韦丛芜信，即复，并声明退出未名社。"〗

书信/致曹靖华（1931·6·13）

●2-4-25-27

未名社开创不易，现在送给别人＊，实在可惜。那第一大错，是在京的几位，向来不肯收纳新分子进去，所以自己放手，就无接办之人了。其实，他们几位现在之做教授，就是由未名社而爬上去的，功成身退，当然留不住，不过倘早先预备下几个接手的青年，又何至于此。

〖释："未名社……送给别人"，指未名社结束，书籍财物交开明书店处理。〗

书信/致曹靖华（1931·10·27）

●2-4-25-28

未名社一向设在北京，也是一个实地劳作，不尚叫嚣的小团体。但还是遭些无妄之灾，而且遭得颇可笑。它被封闭过一次＊，是由于山东督军张宗昌＊的电报，听说发动的倒是同行的文人；后来没有事，启封了。

〖释："未名社……被封闭过一次"：1926年春北京警察厅根据张宗昌的电告于3月26日查封未名社，捕去李霁野等三人。10月启封。/张宗昌（1881－1932），山东掖县人。北洋奉系军阀。1925年他任山东督军时提倡尊孔读经。〗

且介亭杂文末编/曹靖华译《苏联作家七人集》序（1936·11）

※　※　※

●2-4-25-29

《莽原》实在有些穿棉花鞋了，但没有撒泼文章，真是无法。自己呢，又做惯了晦涩的文章，一时改不过来，初做时立志要显豁，而后来往往仍以晦涩结尾，实在可气之至！

两地书/北京（1925·5·30）

●2-4-25-30

我早就很希望中国的青年站出来，对于中国的社会，文明，都毫无忌惮地加以批评，因此曾编印《莽原周刊》，作为发言之地，可惜来说话的竟很少。在别的刊物上，倒大抵是对于反抗者的打击，这实在是使我怕敢想下去的。

华盖集/题记（1925·12·31）

●2-4-25-31

《莽原》这名称，先前因为赌气，没有改。据我的意思，从明年一月起，可以改称《未名》了，因为《狂飙》已销声匿迹。而且《莽原》开初，和长虹辈有关系，现在也犯不上再用。长虹辈此地有许多人尚称他们为"莽原小鬼"，所以《莽原》之名也不甚有趣。但这是我个人的意思，请大家决定。

书信/致李霁野（1927·10·17）

※　※　※

●2-4-25-32

诸位投稿者往往因为一时不得回信，给我指示，说编辑者应负怎样的责任。那固然是的。不过所谓奔流社的“执事者”，其实并无和这一种堂皇名号相副的大人物；就只有两三个人，来译，来做，来看，来编，来校，搜材料，寻图画，于是信件收送，便只好托北新书局代办。而那边人手又少，十来天送一次，加上本月中邮局的罢工积压，所以催促和训斥的信，好几封是和稿件同到的。无可补救。各种惠寄的文稿及信件，也因为忙，未能壹壹答复，这并非自恃被封为“知名的第一流人物”之故，乃是时光有限，又须谋生，若要周到，便没有了性命，也编不成《奔流》了。这些事，倘肯见谅，是颇望见谅的。

集外集/《奔流》编校后记〔五〕（1928·10·26）

●2-4-25-33

看看水果店之对付水果，何等随便，使果树看见，它一定要悲哀，我觉得作品也是如此，这真是无法可想。为要使《奔流》少几个错字，每月的工夫几乎都消费了，有时想想，也觉不值得。

书信/致章廷谦（1928·11·7）

●2-4-25-34

按：此信收信人陈君涵，当时是南京中央大学学生。

上海出期刊的，有一种是一个团体包办，那自然就不收外稿。有一种是几个人发起的，并无界限。《奔流》即属于后一种。不过创刊时，没有稿子，必须豫约几个作者来做基础，这几个便自然而然，变做有些优先权的人。这是《奔流》也在所不免。至于必须名人介绍之弊，却是没有的。

书信/致陈君涵（1929·6·21）

●2-4-25-35

我开去的稿费，总久不付……投稿者多是穷的，往往直接来问我，或发牢骚，使我不胜其苦，许多生命，销磨于无代价的苦工中，真是何苦如此。

书信/致韦丛芜（1929·8·7）

●2-4-25-36

《奔流》和“北新”的关系，原定是这样的：我选稿并编辑，“北新”退稿并酌送稿费。待到今年夏季，才知道他们并不实行，我就辞去编辑的责任。中间经人排解，乃约定先将稿费送来我处，由我寄出，这才动手编辑付印……

书信/致孙用（1929·11·25）

※　※　※

●2-4-25-37

新作家的刊物，一出锋头，就显病态，例如《作家》，已在开始排斥首先一同进军者，而自立于安全地位，真令人痛心，我看这种自私心太重的青年，将来也得整顿一下才好。

书信/致曹靖华（1936·5·23）

●2-4-25-38

按：此信收信人时玳，当时一位青年作者。情况不详。

《作家》月刊，原是一个商办的东西，并非文学团体的机关志，它的盛衰，是和“国防文学”并无关系的，而他们竟看得如此之重，即可见其毫无眼光，也没有自信力。

书信/致时玳（1936·5·25）

●2-4-25-39

《作家》既非机关志，即无所谓“分裂”，但我却有一点不满，因为他们只从营业上着想，竟不听我的抗议，一定要把我的作品放在第一篇。

书信/致时玳（1936·5·25）

※　※　※

●2-4-25-40

按：此信收信人娄如瑛（1914－1980），浙江绍兴人，当时的上海正风文学院学生。

我之退出文学社，曾有一信公开于《文学》『注：指《给文学社信》』，希参阅，要之，是在宁可与敌人明打，不欲受同人暗算也。

书信/致娄如瑛（1934·5·1）

●2-4-25-41

《文学》……因检查甚严，将来难以发展。但如《现代》这种法西斯化的刊物，没有读者，也已自生自灭了。《文学新地》是左联机关杂志，只出了一期。

书信/致〈日〉增田涉〔译文〕（1934·12·2）

●2-4-25-42

我和文学社并无深交，不过一年中或投一两回稿，偶然通信的也只有一个人。所嘱退还稿子的事，当去问一问，但他们听不听也难说。

书信/致王志之（1934·12·23）

●2-4-25-43

官们对于文学社的感情坏，这是故意留难的。在那里面的都是坏种或低能儿，他们除任意摧残外，一无所能，其实文章也看不懂。

书信/致萧军、萧红（1935·3·1）

●2-4-25-44

在做《文学》上的“论坛”，刚做完。其实《文学》和我并无关系，不过因为有些人要它灭亡，所以偏去支持一下，其实这也是自讨苦吃。

书信/致萧军（1935·7·16）

●2-4-25-45

《作家》，《译文》，《文丛》＊，是和《文学》不洽的，现在亦不合作，故颇为傅郑所嫉妒，令喽罗加以破坏统一之罪名。但谁甘为此辈自私者所统一呢，要弄得一团糟的。近日大约又会有别的团体出现。我以为这是好的，令读者可以比较比较，情形就变化了。

〖释：《文丛》，即《文学丛报》，月刊。王元亨、马子华、萧今度合编。1936年4月创刊，出至第五期停刊。〗

书信/致曹靖华（1936·5·3）

●2-4-25-46

从七月起，《文学》换王统照＊编辑，大约只是傀儡，而另有牵线人。……然则掌柜虽换，生意恐怕仍无起色。

〖释：王统照（1898－1957），山东诸城人。作家，文学研究会发起人之一。〗

书信/致曹靖华（1936·5·3）

●2-4-25-47

《文学》编辑，张天翼＊已知难而逃，现定为王统照，其实亦系傅郑＊辈暗中布置，操纵于后，此两公固未尝冲突也。

〖释：张天翼（1906－1985），号一之，湖南湘乡人。作家，“左联”成员。/“傅郑”，指傅东华和郑振铎。傅东华（1893－1971），浙江金华人。翻译家。当时任《文学》月刊主编。〗

书信/致台静农（1936·5·7）

●2-4-25-48

“顾问”＊之列，我不愿加入，因为先前为了这一类职衔，吃苦不少，而且甚至于由此发生事端，所以现在要回避了。

〖释：“顾问”，《文学》月刊1936年7月由王统照编辑后，拟请鲁迅为顾问。〗

书信/致沈雁冰（1936·10·5）

※　※　※

●2-4-25-49

《译文》本是几个人办来玩玩的，一方面也在纠正轻视翻译的眼光。

书信/致李霁野（1934·11·20）

●2-4-25-50

《译文》材料的大纲，最好自然是制定，不过事实上很难。没有能制定大纲的元帅，而且也没有许多能够担任分译的译者，所以暂时只能杂一点，取乌合主义，希望由此引出几个我们所不知道的新的译者来——其实志愿也小得很。

书信/致孟十还（1934·12·6）

●2-4-25-51

《译文》开初的三期，全由我们三个人（我、雁、黎）包办的，译时也颇用心，一星期前才和书店『注：指生活书店』议定稿费，每页约一元二角，但一有稿费投稿就多起来，不登即被骂为不公；要登，则须各取原文校对，好的尚可，不好，则校对工夫白化，我们几个人全变了校对人，自己倒不能译东西了。这种情形，是难以持久的，所以总得改变办法，可惜现在还想不出好法子。

书信/致曹靖华（1934·12·28）

●2-4-25-52

《译文》我担任投稿每期数千字，但别人的稿子，我希望直接寄去，因为我既事烦，照顾不转，而编辑好像不大愿意间接绍介，所以我所绍介者，一向是碰钉子居多。

书信/致王志之（1934·12·28）

●2-4-25-53

《译文》终刊号的前记是我和茅合撰的。第一张木刻是李卜克内希＊遇害的纪念，本要用在正月号的，没有敢用，这次才登出来。

〖**释：李卜克内希（1871－1919），德国社会民主党和第二国际左派领袖之一。该木刻名《吊丧》，德国珂尔威兹作。**〗

书信/致萧军（1935·2·9）

●2-4-25-54

《译文》由文化生活社出，恐财力不够；开明当然不肯包销，无前例也，其实还是看来未必赚钱之故，倘能赚钱，是可以破例的。夫盘古开辟天地时，何尝有开明书店，但竟毅然破例开张者，盖缘可以赚钱——或作“绍介文化”——耳。

书信/致黎烈文（1935·10·9）

●2-4-25-55

《译文》之遭殃，真出于意料之外，先生想亦听到了那原因。人竟有这么狭小的，那简直无话可说。复活当慢慢设法，急不成。

书信/致孟十还（1935·10·12）

●2-4-25-56

出《译文》和出丛书的，我以为还是两个书店好，因为免得一有事就要牵连。

书信/致孟十还（1935·10·12）

●2-4-25-57

按：此信收信人阮善先，浙江绍兴人，鲁迅的姨表侄。当时在北平求学。

茅盾是《译文》的发起人之一，停刊并不是他弄的鬼，这是北平小报所造的谣言，也许是弄鬼的人所造的，你不要相信它。《译文》下月要复刊了，但出版处已经换了一个，茅盾也还是译述人。

书信/致阮善先（1936·2·15）

●2-4-25-58

庄子曰：“涸辙之鲋，相濡以沫，相煦以湿，——不若相忘于江湖。”『注：见《庄子·外物》篇等』

《译文》就在一九三四年九月中，在这样的姿态之下出世的。……仿佛戈壁中的绿洲，几个人偷点余暇，译些短文，彼此看看，倘有读者，也大家看看，自寻一点乐趣，也希望或者有一点益处，——但自然，这决不是江湖之大。

且介亭杂文末编/《译文》复刊词（1936·3）

●2-4-25-59

不过这与世无争的小小的期刊，终于不能不在去年九月，以“终刊号”和大家告别了。……我们也不断的希望复刊。但那时风传的关于终刊的原因：是折本。出版家虽然大抵是“传播文化”的，而“折本”却是“传播文化”的致命伤，所以荏苒半年，简直死得无药可救。直到今年，折本说这才起了动摇，得到再造的运会，再和大家见面了。

且介亭杂文末编/《译文》复刊词（1936·3）

●2-4-25-60

《译文》现在总算复刊了，舆论仍然不坏，似已销到五千。近来有一些青年，很有实实在在的译作，不求虚名的倾向了，比先前的好用手段，进步得多；而读者的眼睛，也明亮起来，这是一个较好的现象。

书信/致曹靖华（1936·4·1）

※　※　※

●2-4-25-61

投稿一多，确也使人头昏眼花。我近来常看稿子，不但没有空闲，而且人也疲乏了，此后想不再给人看，但除了几个熟识的人们。

两地书/北京（1925·3·31）

●2-4-25-62

中国有许多坏事，各有专名，在书籍上又偏多关于它的别名和隐语。当我编辑周刊时，所收的文稿中每有直犯这些别名和隐语的；在我，是向来避而不用。但细一查考，作者实茫无所知，因此也坦然写出；其咎却在中国的坏事的别名隐语太多，而我亦太有所知道，疑虑及避忌。

坟/寡妇主义（1925·12·20）

●2-4-25-63

按：该文为戏谑的“预言”。鲁迅在稍后一篇文章中说：当时的上海“期刊纷纷而出……大抵将全力用尽在伟大或尊严的名目上，不惜将内容压杀”。

正月初一，上海有许多新的期刊出版，本子最长大者，为——

文艺又复兴。文艺真正老复兴。宇宙。其大无外。至高无上。太太阳。光明之极。白热以上。新新生命。新新新生命。同情。正义。义旗。刹那。飞狮。地震。阿呀。真真美善。……等等。

而已集/拟豫言——一九二九年出现的琐事（1928·1·28）

●2-4-25-64

我倒是一向就注意新的青年战士底养成的，曾经弄过好几个文学团体＊，不过效果也很小。

〖**释**：“好几个文学团体”，指莽原社、未名社、朝花社等。〗

二心集/对于左翼作家联盟的意见（1930·4·1）

●2-4-25-65

《十字街头》＊是左联的人化名办的刊物，恐怕不久就会被禁止的。

〖**释**：《十字街头》，当时上海一种小型日报《社会日报》的第三版。〗

书信/致〈日〉增田涉〔译文〕（1932·1·5）

●2-4-25-66

按：《文新》，即《文艺新闻》，周刊。“左联”领导的刊物，主办人袁殊（袁学易）。1931年3月16日创办于上海，1932年6月20日被查禁，共出六十号。该刊创刊一周年时曾广泛征求意见，本篇即为此而作。

……“每日笔记”〖注：《文艺新闻》的一个栏目〗里，没有影响的话也太多，例如谁在吟长诗，谁在写杰作之类，至今大抵没有后文。我以为此后要有事实出现之后，才登为是。至于谁在避暑，谁在出汗之类，是简直可以不登的。

集外集拾遗补编/我对于《文新》的意见（1932·5·16）

●2-4-25-67

一个团体，虽是小小的文学团体罢，每当光景艰难时，内部是一定有人起来捣乱的，这也并不希罕。

且介亭杂文/忆韦素园君（1934·4·10）

●2-4-25-68

文化团体，都在停滞状态中……议论是有的，但大抵是唱高调，其实唱高调就是官僚主义。

书信/致萧军、萧红（1934·12·6）

●2-4-25-69

我就是立誓不做编辑者之一人。……一做编辑，又就要看投稿者，书坊老版，读者的脸色了。脸色世界。

书信/致王志之（1935・1・18）

●2-4-25-70

文学团体不是豆荚，包含在里面的，始终都是豆。大约集成时本已各个不同，后来更各有种种的变化。

且介亭杂文二集/《中国新文学大系》小说二集序（1935・3・2）

●2-4-25-71

我曾经做过杂志的校对，经验也比较的多，能校是当然的

书信/致萧军、萧红（1935・11・16）

●2-4-25-72

奴隶社*以汗血换来的几文钱，想为这本书出版……我的心现在却好像古井中水，不生微波，麻木的写了以上那些字。这正是奴隶的心！——但是，如果还是搅乱了读者的心呢？那么，我们还决不是奴才。

〖释："奴隶社"，1935年鲁迅为编印几个青年作者的作品而拟定的一个社团名称。〗

且介亭杂文二集/萧红作《生死场》序（1935・12）

●2-4-25-73

《海燕》系我们几个人自办，但现已以"共"字罪被禁，续刊与否未可知，大稿且存敝寓，以俟将来。此次所禁者计二十余种，稍有生气之刊物，一网打尽矣。

书信/致杨霁云（1936・2・29）

(26) 杂文与鲁迅

现在拼命要蔑视我和骂倒我的人们的眼前，终于黑的恶鬼似的站着"鲁迅"这两个字。

●2-4-26-1

又为避免纠纷起见，还得声明一句，就是：我所指摘的中国古今人，乃是一部分，别有许多很好的古今人不在内！然而这么一说，我的杂感真成了最无聊的东西了，要面面顾到，是能够这样使自己变成无价值。

华盖集/忽然想到〔附记〕（1925・1・17）

●2-4-26-2

文章的看法，也是因人不同的，我因为自己爱作短文，爱用反语，每遇辩论，辄不管三七二十一，就迎头一击，所以每见和我的办法不同者便以为缺点。其实畅达也自有畅达的好处，正不必故意减缩（但繁冗则自应删削），……使读者览之了然，无所疑惑，故于表白意见，反为相宜，效力亦复很大，我的东西却常招误解，有时竟出于意料之外，可见意在简练，稍一不慎，即易流于晦涩，而其弊有至于不可究诘者焉（不可究诘四字颇有语病，……意但云"其弊颇大"耳）。

两地书/北京（1925・4・14）

●2-4-26-3

听老年人说，人是有时要交"华盖运"的。这"华盖"在他们口头上大概已经讹作"镬盖"了，现在加以订正。所以，这运，在和尚是好运：顶有华盖，自然是成佛作祖之兆。但俗人可不行，华盖在上，就要给罩住了，只好碰钉子。

华盖集/题记（1925・12・31）

●2-4-26-4

我的生命，至少是一部分的生命，已经耗费在写这些无聊的东西中，而我所获得的，乃是我自己的灵魂的荒凉和粗糙。但是我并不惧惮这些，也不想遮盖这些，而且实在有些爱他们了，因为这是我辗转而生活于风沙中的瘢痕。凡有自己也觉得在风沙中辗转而生活着的，会知道这意思。

华盖集/题记（1925・12・31）

●2-4-26-5

有人劝我不要做这样的短评。那好意，我是很感激的，而且也并非不知道创作之可贵。然而要做这样的东西的时候，恐怕也还要做这样的东西，我以为如果艺术之宫里有这么麻烦的禁令，倒不如不进去；还是站在沙漠上，看看飞沙走石，乐则大笑，悲则大叫，愤则大骂，即使被沙砾打得遍身粗糙，头破血流，而时时抚摩自己的凝血，觉得若有花纹，也未必不及跟着中国的文士们去陪莎士比亚吃黄油面包之有趣。

华盖集/题记（1925・12・31）

●2-4-26-6

我有时泛论一般现状，而无意中触着了别人的伤疤，实在是非常抱歉的事。

华盖集续编/不是信（1926・2・8）

●2-4-26-7

我是常不免于弄弄笔墨的，写了下来，印了出去，对于有些人似乎总是搔着痒处的时候少，碰着痛处的时候多。万一不谨，甚而至于得罪了名人或名教授，或者更甚而至于得罪了“负有指导青年责任的前辈”之流，可就危险已极。

朝花夕拾/狗・猫・鼠（1926・3・10）

●2-4-26-8

你要那样，我偏要这样是有的；偏不遵命，偏不磕头是有的；偏要在庄严高尚的假面上拨它一拨也是有的……名副其实，“杂感”而已。

华盖集/小引（1926・11・16）

●2-4-26-9

愿使偏爱我的文字的主顾得到一点喜欢；憎恶我的文字的东西得到一点呕吐，——我自己知道，我并不大度，那些东西因我的文字而呕吐，我也很高兴的。

坟/写在《坟》后面（1926・11）

●2-4-26-10

我……就是偏要使所谓正人君子也者之流多不舒服几天，所以自己便特地留几片铁甲在身上，站着，给他们的世界上多有一点缺陷，到我自己厌倦了，要脱掉了的时候为止。

坟/写在《坟》后面（1926・11）

●2-4-26-11

苍蝇的飞鸣，是不知道人们在憎恶他的；我却明知道，然而只要能飞鸣就偏要飞鸣。我的可恶有时自己也觉得，即如我的戒酒，吃鱼肝油，以望延长我的生命，倒不尽是为了我的爱人，大大半乃是为了我的敌人，——给他们说得体面一点，就是敌人罢——要在他的好世界上多留一些缺陷。

坟/题记（1926・11・20）

●2-4-26-12

先前，我觉得我很有写得“太过”的地方，近来却不这样想了。中国现在的事，即使如实描写，在别国的人们，或将来的好中国的人们看来，也都会觉得 grotesk『注：德语“古怪的”、“荒诞的”』。我常常假想一件事，自以为这是想得太奇怪了；但倘遇到相类的事实，却往往更奇怪。在这事实发生以前，以我的浅见寡识，是万万想不到的。

华盖集续编/《阿Q正传》的成因（1926・12・18）

●2-4-26-13

我的杂感常不免于骂。但今年发见了，我的骂对于被骂者是大抵有利的。

拿来做广告，显而易见，不消说。

而已集/“意表之外”（1927・10・22）

●2-4-26-14

早就有人劝我不要发议论，不要做杂感，你还是创作去吧！因为做了创作在世界史上有名字，做杂感是没有名字的。其实就是我不做杂感，世界史上，还是没有名字的，这得声明一句，是：

这些劝我做创作，不要写杂感的人们之中，有几个是别有用意，是被我骂过的。所以要我不再做杂感。但是我不听他，因此在北京终于站不住了，不得不躲到厦门的图书馆上去了。

集外集拾遗补编/关于知识阶级（1927・11）

●2-4-26-15

一种报上，已给我另定了一种头衔，曰：杂感家。评论是“特长即在他的尖锐的笔调，此外别无可称。”

而已集/通信（1927・11・1）

●2-4-26-16

我对于有关面子的人物，仍然都不用真姓名，将罗马字来替代。既非欧化，也不是“隐恶扬善”，只不过“远害全身”。这也是我的“世故”，不要以为自己在南方，他们在北方，或者不知所在，就小觑他们。他们是突然会在你眼前阔起来的，真是神奇得很。这时候，恐怕就会死得连自己也莫名其妙了。所以要稳当，最好是不说。但我现在来“折衷”，既非不说，而不尽说，而代以罗马字，——如果这样还不妥，那么，也只好听天由命了。上帝安我魂灵！

而已集/谈所谓“大内档案”（1928・1・28）

●2-4-26-17

“杂感”之于我，有些人，固然看作“死症”，我自己确也因此很吃过一点苦，但编集是还想编集的。

三闲集/序言（1932・4・24）

●2-4-26-18

粗粗一想，恐怕这“杂感”两个字，就使志趣高超的作者厌恶，避之惟恐不远了。有些人们，每当意在奚落我的时候，就往往称我为“杂感家”，以显出在高等文人的眼中的鄙视，便是一个证据。

三闲集/序言（1932・4・24）

●2-4-26-19

关于“北平五讲”之谣言甚多，愿印之处亦甚多，而其实则我并未整理。印成后，北新恐亦不宜经售，因后半尚有“上海三嘘”*，开罪于文人学士之处颇不少也。

〖释：“上海三嘘”，指鲁迅曾拟写的抨击梁实秋、杨邨人、张若谷三人的文章。〗

书信/致李小峰（1933・3・15）

●2-4-26-20

然而我的坏处，是在论时事不留面子，砭锢弊常取类型，而后者尤与时宜不合。盖写类型者，于坏处，恰如病理学上的图，假如是疮疽，则这图便是一切某疮某疽的标本，或和某甲的疮有些相像，或某乙的疽有点相同。而见者不察，以为所画的只是他某甲的疮、无端侮辱，于是就必欲制你画者的死命了。例如我先前的论叭儿狗，原也泛无实指，都是自觉其有叭儿性的人们自来承认的。这要制死命的方法，是不论文章的是非，而先问作者是那一个；也就是别的不管，只要向作者施行人身攻击了。

伪自由书/前记（1933・7・19）

●2-4-26-21

按：鲁迅署名“何家干”在1933年4月21日《申报・自由谈》上发表《“以夷制夷”》，对《大晚报》的关于抗日战况的某些荒唐报道进行批评后，有署名“李家作”者在4月22日《大晚报・火炬》上发表《“以华制华”》，另有傅红蓼在4月26日《大晚报・火炬》上发表《过而能改》，以“警犬”之类语句对鲁迅进行咒骂。

我……攻击得最激烈的是《大晚报》。这也并非和我前生有仇，是因为我引用了它的文字。但我也并非和它前生有仇，是因为我所看的只有《申报》和《大晚报》两种，而后者的文字往往颇觉新奇，值得引用，以消愁解闷。……社会批评者是有指斥的任务的。但还不到指斥，单单引用了几句奇文，他们便什么“员外”什么“警犬”的狂嗥起来，好像他们的一群倒是吸风饮露，

带了自己的家私来给社会服务的志士。

伪自由书/后记（1933·7·20）

●2-4-26-22

憎恶之久，憎恶者之多，就是效力之大的证据。

南腔北调集/“论语一年”（1933·9·16）

●2-4-26-23

此后颇想少作杂感文字，自己再用一点功夫，惟倘有所得而又无大碍者，则当奉呈也。

书信/致黎烈文（1933·12·24）

●2-4-26-24

我的谈风月也终于谈出了乱子来，不过也并非为了主张“杀人放火”。其实，以为“多谈风月”，就是“莫谈国事”的意思，是误解的。“漫谈国事”倒不要紧，只是要“漫”，发出去的箭石，不要正中了有些人物的鼻梁，因为这是他的武器，也是他的幌子。

准风月谈/前记（1934·3·10）

●2-4-26-25

我要保存我的杂感，而且它也因此更能够生存，虽然又因此更招人憎恶，但又在围剿中更加生长起来了。呜呼，“世无英雄，遂使竖子成名”＊，这是为我自己和中国的文坛，都应该悲愤的。

〖释：“世无英雄，遂使竖子成名”，出《晋书·阮籍传》：“（籍）尝登广武，观楚汉战处，叹曰：‘时无英雄，使竖子成名！’”竖子，对人的蔑称，如“小子”相近。〗

准风月谈/后记（1934·10·16）

●2-4-26-26

“江山好改，秉性难移”，我知道自己终于不能安分守己。《序的解放》碰着了曾今可＊，《豪语的折扣》又触犯了张资平＊，此外在不知不觉之中得罪了一些别的什么伟人，我还自己不知道。

〖释：曾今可（1901－1971），江西泰和人。当时一个无聊文人。/张资平（1893－1959），广东梅县人。作家，创造社成员。写过不少公式化的三角恋爱小说。〗

准风月谈/后记（1934·10·16）

●2-4-26-27

经验使我知道，我在受着武力征伐的时候，是同时一定要得到文力征伐的。……官办的《中央日报》讨伐得最早，真是得风气之先，不愧为“中央”；《时事新报》正当“全武行”全盛之际，最合时宜，却不免非常昏愦；《大晚报》和《大美晚报》起来得最晚，这是因为“商办”的缘故，聪明，所以小心，小心就不免迟钝……先来《中央日报》的两篇罢——

杂　感　　洲

……目下中国杂感家之多，远胜于昔，大概此亦鲁迅先生一人之功也。中国杂感家老牌，自然要推鲁迅。……

我们村上有个老女人，丑而多怪。一天到晚专门爱说人家的短处，到了东村头摇了一下头，跑到了西村头叹了一口气。好像一切总不合她的胃。但是，你真的问她倒底要怎样呢，她又说不出。我觉得她倒有些像鲁迅先生，一天到晚只是讽刺，只是冷嘲，只是不负责任的发一点杂感。当真你要问他究竟的主张，他又从来不给我们一个鲜明的回答。

十月三十一日，《中央日报》的《中央公园》

文坛与擂台　　鸣春

上海的文坛变成了擂台。鲁迅先生是这擂台上的霸王……我说，养成现在文坛上这种浮嚣，下流，粗暴等等的坏习气，像鲁迅先生这一般人多少总要负一点儿责任的。

……鲁迅先生，你现在亦垂垂老矣，你念起往日的光荣，当你现在阅历最多，观察最深，生活经验最丰富的时候，更应当如何去发奋多写几部比《阿Q传》更伟大的著作？伟大的著作，虽不能传之千年不朽，但是笔战的文章，一星期后也许人就要遗忘。青年人佩服一个伟大的文学家，实在更胜于佩服一个擂台上的霸主。我们读的是莎士比亚，托尔斯泰，哥德，这般人的文章，而并没有看到他们的“骂人文选”。

十一月十六日，《中央日报》的《中央公园》

这两位，一位比我为老丑的女人，一位愿我有“伟大的著作”，说法不同，目的却一致的，就是讨厌我“对于这样又有感想，对于那样又有感想”，于是而时时有“杂文”。这的确令人讨厌的，但因此也更见其要紧，因为“中国的大众的灵魂”，现在是反映在我的杂文里了。

准风月谈/后记（1934·10·16）

●2-4-26-28

不知道为什么，近一年来，竟常常有人诱我去学托尔斯泰*了，也许就因为“并没有看到他们的‘骂人文选’”，给我一个好榜样。可是我看见过欧战时候他骂皇帝的信*，在中国，也要得到“养成现在文坛上这种浮嚣，下流，粗暴等等的坏习气”的罪名的。托尔斯泰学不到，学到了也难做人，他生存时，希腊教徒就年年诅咒他落地狱*。

〖释：托尔斯泰（1828－1910），俄国作家。/“托尔斯泰骂皇帝的信”，1904年日俄战争时，托尔斯泰给俄国皇帝和日本皇帝写了一封信，指斥他们的战争罪恶。/“希腊教徒年年诅咒他落地狱”，由于托尔斯泰经常猛烈攻击教会（希腊正教），故于1901年2月被教会正式除名。〗

准风月谈/后记（1934·10·16）

●2-4-26-29

我的杂文，所写的常是一鼻，一嘴，一毛，但合起来，已几乎是或一形象的全体……

准风月谈/后记（1934·10·16）

●2-4-26-30

这几年来，短评我还是常做，但时时改换署名，因为有一个时候，邮局只要看见我的名字便将刊物扣留，所以不能用。近来他们方法改变了，名字可用，但压迫书局，须将稿子先送审查，或不准登，或加删改，书局是营业的，只好照办。

书信/致刘炜明（1934·10·31）

●2-4-26-31

短评，恐怕不见得做了，虽然我明知道这是要紧的，我如不写，也未必另有人写。但怕不能了。一者，检查严，不容易登出；二则我实在憎恶那暗地里中伤我的人，我不如休息休息，看看他们的非买办的战斗。

书信/致曹靖华（1935·2·7）

●2-4-26-32

我的常常写些短评，确是从投稿于《申报》的《自由谈》上开头的……后来编辑者黎烈文先生真被挤轧得苦，到第二年，终于被挤出了，我本也可以就此搁笔，但为了赌气，却还是改些作法，换些笔名，托人抄写了去投稿，新任者不能细辨，依然常常登了出来。

花边文学/序言（1935·12·29）

●2-4-26-33

我只在深夜的街头摆着一个地摊，所有的无非几个小钉，几个瓦碟，但也希望，并且相信有些人会从中寻出合于他的用处的东西。

且介亭杂文/序言（1935·12·30）

●2-4-26-34

今天我自己查勘了一下：我从在《新青年》上写《随感录》起，到写这集子里的最末一篇止，共历十八年，单是杂感，约有八十万字。后九年中的所写，比前九年多两倍；而这后九年中，近三年所写的字数，等于前六年，那么，所谓“现在不大写文章”，其实也并非确切的核算。而且这些前进的青年，似乎谁都没有注意到现在的对于言论的迫压，也很是令人觉得诧异的。

且介亭杂文二集/后记（1935·12·31）

第三章 人际关系与人物臧否（中国人士）

（本章所涉人物均以姓名笔画为序）

第五节 中国人士 ［二至六画］

岂但一切古今人，连一个人也没有骂倒过。凡是倒掉的，决不是因为骂，却只为揭穿了假面。

(27) 二、三、四画（丁马韦毛孔）

无所谓不朽，不朽又干吗，这是现代人大抵知道的。

丁玲（154）/**马寅初**（155）/**韦素园**（155）/**毛泽东**（158）/**孔丘**（158）/**孔令境**（162）

丁玲（1904－1986）……原名蒋冰之，湖南临澧人。女作家。

●3-5-27-1

按：丁玲1933年5月14日在上海被捕。蔡元培等三十八人曾致电当局抗议逮捕丁玲和潘梓年。

丁事的抗议，是不中用的，当局那里会分心于抗议。现在她的生死还不详。其实，在上海，失踪的人是常有的，只因为无名，所以无人提起。

书信/致王志之（1933·6·26）

●3-5-27-2

至于丁玲，毫无消息，据我看来，是已经被害的了，而有些刊物还造许多关于她的谣言，真是畜生之不如也。

书信/致科学新闻社（1933·8·1）

●3-5-27-3

按：据《鲁迅日记》1933年6月28日，下面这首诗是书赠陶轩的。当时盛传丁玲在南京遇害。

如磐夜气压重楼，剪柳春风＊导九秋。

瑶瑟凝尘清怨绝，可怜无女耀高丘。

〖**释：**“剪柳春风”，出唐代贺知章《咏柳》：“不知细叶谁裁出，二月春风似剪刀。”〗

集外集/悼丁君（1933·9·30）

●3-5-27-4

顷查得丁玲的母亲的通信地址，是：“湖南常德、忠靖庙街六号、蒋慕唐老太太”，如来信地址，与此无异，那就不是别人假冒的。

但又闻她的周围，穷本家甚多，款项＊一到，顷刻即被分尽，所以最好是先寄一百来元，待回信到后，再行续寄为妥也。

〖**释：**“款项”，指丁玲《母亲》一书的稿费。该书出版后作者已被捕，其母向良友图书印刷公司索取稿费。〗

书信/致赵家璧（1934·1·22）

●3-5-27-5

丁玲被捕，生死尚未可知，为社会计，牺牲生命当然并非终极目的，凡牺牲者，皆系为人所杀，或万一幸存，于社会或有恶影响，故宁愿弃其生命耳。

书信/致娄如瑛（1934·5·1）

●3-5-27-6

丁君确健在，但此后大约未必再有大文章，或再有先前那样的文章，因为这是健在的代价。

书信/致王志之（1934·9·4）

●3-5-27-7

丁玲还活着，政府在养她。

书信/致萧军、萧红（1934·11·12）

马寅初（1882－1982）……浙江绍兴人。经济学家。北京大学教授。

●3-5-27-8

……马寅初博士到厦门来演说，所谓“北大同人”，正在发昏章第十一＊，排班欢迎。我固然是“北大同人”之一，也非不知银行之可以发财，然而于“铜子换毛钱，毛钱换大洋”＊学说，实在没有什么趣味，所以都不加入，一切由它去罢。

〖释：“发昏章第十一”，见《水浒传》第二十六回：“西门庆被武松从狮子桥楼上扔下街心时，跌得‘发昏章第十一’。”／“铜子换毛钱，毛钱换大洋”，是马寅初对经济学原理的戏谑性说法。〗

两地书/厦门－广州（1926·10·20）

●3-5-27-9

学校方面，则这几天正在大敷衍马寅初；昨天浙江学生欢迎他，硬要拖我同去照相，我严词拒绝，他们颇以为怪。呜呼，我非不知银行之可以发财，其如“道不同不相为谋”何。明天是校长赐宴，陪客又有我，他们处心积虑，一定要我去和银行家扳谈，苦哉苦哉！但我在知单上只写了一个“知”字，不去可知矣。

两地书/厦门－广州（1926·11·1）

●3-5-27-10

此地无甚可为，近来组织了一种期刊……他们一面请马寅初写字，一面请我做序，真是殊属胡涂。

两地书/厦门－广州（1926·11·28）

●3-5-27-11

有博士讲“经济学精义”，只用两句，云：“铜板换角子，角子换大洋。”全世界敬服。

而已集/拟豫言——一九二九年出现的琐事（1928·1·28）

韦素园（1902－1932）……又名漱园，安徽霍邱人。翻译家，未名社成员。

●3-5-27-12

我的认识素园，大约就是霁野绍介的罢，然而我忘记了那时的情景。现在留在记忆里的，是他已经坐在客店的一间小屋子里计画出版了。这一间小房子，就是未名社。

且介亭杂文/忆韦素园君（1934·10）

●3-5-27-13

未名社的同人，实在并没有什么雄心和大志，但是，愿意切切实实的，点点滴滴的做下去的意志，却是大家一致的。而其中的骨干就是素园。

且介亭杂文/忆韦素园君（1934·10）

●3-5-27-14

我最初的记忆是在这破寨里看见了素园，一个瘦小，精明，正经的青年，窗前的几排破旧外国书，在证明他穷着也还是钉着文学。然而，我同时又有了一种坏印象，觉得和他是很难交往的，因为他笑影少。“笑影少”原是未名社同人的一种特色，不过素园显得最分明，一下子就能够令人感得。但到后来，我知道我的判断是错误了，和他也并不难于交往。

且介亭杂文/忆韦素园君（1934·10）

●3-5-27-15

他太认真；虽然似乎沉静，然而他激烈……我不禁长长的叹了一口气，想到他只是一个文人，又生着病，却这么拚命的对付着内忧外患，又怎么能够持久呢。自然，这仅仅是小忧患，但在认真而激烈的个人，却也相当的大的。

且介亭杂文/忆韦素园君（1934·10）

●3-5-27-16

关于我的小说＊，如能如来信所说，作一文，我甚愿意而且希望。此可先行发表，然后收入本子中。

〖释："我的小说"，指小说集《呐喊》。当时台静农正在选编《关于鲁迅及其著作》一书，韦素园拟作文评论《呐喊》，后未成。〗

书信/致韦素园（1926·5·1）

●3-5-27-17

段派的女子师范大学校长林素园＊，带兵接收学校去了……但素园却好像激烈起来了，从此以后，他给我的信上，有好一晌竟憎恶"素园"两字而不用，改称为"漱园"。

〖释：林素园，研究系小官僚。1925年8月，北洋政府教育部为镇压学潮，下令停办北京女子师范大学，另办北京女子学院师范部，林被任命为该部"学长"。同年9月5日，他率军警武装接收女师大。〗

且介亭杂文/忆韦素园君（1934·10）

●3-5-27-18

九月卅日的信早收到了，看见《莽原》，早知道你改了号，而且推知是因为林素园。但写惯了，一写就又写了素园，下回改正罢。……此后寄挂号信，用社名便当呢？还是用你的号便当？你的新号（漱园）的印章，已刻了么？

书信/致韦素园（1926·10·15）

●3-5-27-19

我觉得你，丛芜，霁野，均可于文艺界有所贡献，缺点只是疏懒一点，将此点改掉，一定可以有为。但我以为丛芜现在应该静养。

书信/致韦素园（1926·11·28）

●3-5-27-20

在未名社的你们几位，是小心有余，泼辣不足。所以作文，办事，都太小心，遇见一点事，精神上即很受影响，其实是小小是非，成什么问题，不足介意的。

书信/致韦素园（1926·12·5）

●3-5-27-21

未名社现在是几乎消灭了，那存在期，也并不长久。然而自素园经营以来，绍介了果戈理（N. Gogol），陀思妥也夫斯基（F. Dostoevsky），安特列夫（L. Andreev），绍介了望·蔼覃（F. van Eeden），绍介了爱伦堡（I. Ehrenburg）的《烟袋》和拉夫列涅夫（B. Lavrenev）的《四十一》『注：上述外国作家的作品均收入《未名丛刊》』。还印行了《未名新集》『注：未名社出版的该社成员的文学创作丛刊』，其中有丛芜的《君山》，静农的《地之子》和《建塔者》，我的《朝华夕拾》，在那时候，也都还算是相当可看的作品。事实不为轻薄阴险小儿留情，曾几何年，他们就都已烟消火灭，然而未名社的译作，在文苑里却至今没有枯死的。

且介亭杂文/忆韦素园君（1934·10）

●3-5-27-22

社内也发生了冲突，高长虹从上海寄信来，说素园压下了向培良的稿子，叫我讲一句话。我一声也不响。于是在《狂飙》上骂起来了，先骂素园，后是我。素园在北京压下了培良的稿子，却由上海的高长虹来抱不平，要在厦门的我去下判断，我颇觉得是出色的滑稽……

且介亭杂文/忆韦素园君（1934·10）

●3-5-27-23

我到广州，是第二年——一九二七年……有一天，我忽然接到一本书，是布面装订的素园翻译的《外套》＊。我一看明白，就打了一个寒噤，这明明是他送给我的一个纪念品，莫非他已经自觉了生命的期限了么？

我不忍再翻阅这一本书，然而我没有法。

〖释：《外套》，俄国作家果戈理的中篇小说。1926年9月未名社出版。〗

且介亭杂文/忆韦素园君（1934・10）

●3-5-27-24

明天仍当出门……又想往西山一趟，看看素园，听他朋友的口气，恐怕总是医不好的了。

两地书/北平－上海（1929・5・23）

●3-5-27-25

今天我是早晨八点钟上山的，用的是摩托车『注：指汽车』，并霁野等共五人。素园还不准起坐，也很瘦，但精神好，他很喜欢，谈了许多闲天。

两地书/北平－上海（1929・5・30）

●3-5-27-26

素园兄又吐些血，实在令我忧念，我想他应该什么事也不问，首先专心静养才是。

书信/致韦丛芜（1929・11・16）

●3-5-27-27

素园的一个好朋友也咯过血，一天竟对着素园咯起来，他慌张失措，用了爱和忧急的声音命令道："你不许再吐了！"

且介亭杂文/忆韦素园君（1934・10）

●3-5-27-28

一九二九年五月末，我最以为侥幸的是自己到西山病院去，和素园谈了天。……但我在高兴中，又时时夹着悲哀；忽而想到他的爱人，已由他同意之后，和别人订了婚；忽而想到他竟连绍介外国文学给中国的一点志愿，也怕难于达到；忽而想到他在这里静卧着，不知道他自以为是在等候全愈，还是等候死亡；忽而想到他为什么要寄给我一本精装的《外套》？……

且介亭杂文/忆韦素园君（1934・10）

●3-5-27-29

出让的事情＊，素园是不知道的，怕他伤心，大家瞒着他，他现在还躺在病院里，以为未名社正在前进。

〖释："出让的事情"，指未名社结束，财物、书籍等交开明书店处理。〗

书信/致李秉中（1931・10・27）

●3-5-27-30

按：下面这段文字题写在韦素园翻译的《外套》扉页上。

此素园病重时特装相赠者，岂自以为将去此世耶，悲夫！越二年余，发箧见此，追记之。

集外集拾遗补编/题《外套》（1932・4・30）

●3-5-27-31

顷收到八月二日来信，知道素园兄已于一日早晨逝世，这使我非常哀痛，我是以为我们还可以见面的，春末曾想一归北平，还想到仍坐汽车到西山去，而现在是完了。

说起信来，我非常抱歉。他原有几封信在我这里，很有发表的价值的，但去年春初我离开寓所时，防信为别人所得，使朋友麻烦，所以将一切朋友的信全都烧掉了，至今还是随得随毁，什么也没有存着。

书信/致李霁野、台静农、韦丛芜（1932・8・5）

●3-5-27-32

素园逝去，实足哀伤，有志者入泉，无为者住世，岂佳事乎。忆前年曾以布面《外套》一本见赠，殆其时已有无常之感。今此书尚在行箧，览之黯然。

书信/致台静农（1932・8・15）

●3-5-27-33

一九三二年八月五日，我得到霁野，静农，丛芜三个人署名的信，说漱园于八月一日晨五时半，病殁于北平同仁医院了，大家想搜集他的遗文，为他出一本纪念册，问我这里可还藏有他的信札没有。这真使我的心突然紧缩起来。因为，首先，我是希望着他能够全愈的，虽然明知道他大约未必会好；其次，是我虽然明知道他未必会好，却有时竟没有想到，也许将他的来信统统毁掉了，那些伏在枕上，一字字写出来的信……一得到北平的来信，我就担心，怕大约未必有，但还是翻箱倒箧的寻了一通，果然无踪无影。

两地书/序言（1932·12·16）

●3-5-27-34

素园却并非天才，也非豪杰，当然更不是高楼的尖顶，或名园的美花，然而他是楼下的一块石材，园中的一撮泥土，在中国第一要他多。他不入于观赏者的眼中，只有建筑者和栽植者，决不会将他置之度外。

且介亭杂文/忆韦素园君（1934·4·10）

●3-5-27-35

一九三二年八月一日晨五时半，素园终于病殁在北平同仁医院里了，一切计画，一切希望，也同归于尽。我所抱憾的是因为避祸*，烧去了他的信札，我只能将一本《外套》当作唯一的纪念，永远放在自己的身边。

〖释：“避祸”，1930年鲁迅因参加中国自由运动大同盟而被当局通缉，次年柔石等被捕，先后两度离家，避居他处，出走前烧毁了所存信札。〗

且介亭杂文/忆韦素园君（1934·10）

●3-5-27-36

文人的遭殃，不在生前的被攻击和被冷落，一瞑之后，言行两亡，于是无聊之徒，谬托知己，是非蜂起，既以自衒，又以卖钱，连死尸也成了他们的沽名获利之具，这倒是值得悲哀的。现在我以这几千字纪念我所熟识的素园，但愿还没有营私肥己的处所，此外也别无话可说了。

我不知道以后是否还有记念的时候，倘止于这一次，那么，素园，从此别了！

且介亭杂文/忆韦素园君（1934·10）

●3-5-27-37

前为素园题墓碣数十字『注：指《韦素园墓记》』，其碣想未立。那碣文，不知兄处有否？倘有，希录寄，因拟编入杂文集中。不刻之石而印之纸，或差胜于冥漠欤？

书信/致李霁野（1935·6·16）

毛泽东（1893－1976）……字润芝，湖南湘潭人。中国共产党的创始人之一，中国工农红军和中华人民共和国的缔造者之一。

●3-5-27-38

你们的“理论”确比毛泽东先生们高超得多，岂但得多，简直一是在天上，一是在地下。但高超固然是可敬佩的，无奈这高超又恰恰为日本侵略者所欢迎，则这高超仍不免要从天上掉下来，掉到地上最不干净的地方去。

且介亭杂文末编/答托洛斯基派的信（1936·7）

●3-5-27-39

我不相信你们会下作到拿日本人钱来出报攻击毛泽东先生们的一致抗日论。你们决不会的。我只要敬告你们一声，你们的高超的理论，将不受中国大众所欢迎，你们的所为有背于中国人现在为人的道德。

且介亭杂文末编/答托洛斯基派的信（1936·7）

孔丘（前551－前479）……字仲尼，春秋末期鲁国陬邑（今山东曲阜）人。儒家学派的创始者。元大德十一年（1307）加谥他为“大成至圣文宣王”，清顺治二年（1645）定谥“大成至圣文宣先师”。

●3-5-27-40

孔丘先生确是伟大，生在巫鬼势力如此旺盛的时代，偏不肯随俗谈鬼神；但可惜太聪明了，“祭如在祭神如神在”*，只用他修《春秋》*的照例手段以两个“如”字略寓“俏皮刻薄”之意，使人一时莫明其妙，看不出他肚皮里的反对来。

〖释："祭如在祭神如神在"，语出《论语·八佾》。《论语》有"子不语怪力乱神"的记述。/"修《春秋》"，孔子修订过《春秋》，后世经学家认为他往往每用一字便有所褒贬，隐含某种"微言大义"，称为"春秋笔法"。〗

坟/再论雷峰塔的倒掉（1925·2·23）

●3-5-27-41

孔丘先生是深通世故的……犯不上来做明目张胆的破坏者，所以只是不谈，而决不骂，于是乎俨然成为中国的圣人，道大，无所不包故也。否则，现在供在圣庙里的，也许不姓孔。

坟/再论雷峰塔的倒掉（1925·2·23）

●3-5-27-42

他肯对子路赌咒＊，却不肯对鬼神宣战，因为一宣战就不和平，易犯骂人——虽然不过骂鬼——之罪……

〖释："对子路赌咒"，见《论语·雍也》："子见南子，子路不说（悦）。夫子矢之曰：'予所否者，天厌之！天厌之！'"按南子是卫灵公的夫人。〗

坟/再论雷峰塔的倒掉（1925·2·23）

●3-5-27-43

袁世凯也如一切儒者一样，最主张尊孔。做了离奇的古衣冠，盛行祭孔的时候，大概是要做皇帝以前的一两年。自此以来，相承不废，但也因秉政者的变换，仪式上，尤其是行礼之状有些不同：大概自以为维新者出则西装而鞠躬，尊古者兴则古装而顿首。

坟/从胡须说到牙齿（1925·11·9）

●3-5-27-44

中国……是儒教国，年年祭孔；"俎豆之事，则尝闻之矣，军旅之事，丘未之学也。"＊

〖释："俎豆之事"等语，出《论语·卫灵公》（原文无丘字）。是孔丘回答卫灵公的话。"俎豆之事"，指祭祀仪典。俎、豆都是古代祭祀用的器具。〗

坟/坚壁清野主义（1926·1）

●3-5-27-45

现在中国顽固派的复古，把孔子礼教都拉出来了，但是他们拉出来的是好的么？如果是不好的，就是反动，倒退，以后恐怕是倒退的时代了。

集外集拾遗补编/关于知识阶级（1927·11）

●3-5-27-46

成吉思皇帝侵入中国时，所至淫掠妇女，焚烧庐舍，到山东曲阜看见孔二先生像，元兵＊也要指着骂道："说'夷狄之有君，不如诸夏之无也'＊的，不就是你吗？"夹脸就给他一箭。这是宋人笔记里垂涕而道的，正如现在常见于报章上的流泪文章一样。

〖释："元兵"，为"金兵"之误。下文的记载，出宋代庄季裕《鸡肋编》。/"夷狄之有君，不如诸夏之无也"，语见《论语·八佾》，无，原作亡。〗

二心集/"民族主义文学"的任务和运命（1931·10·23）

●3-5-27-47

周的武王＊，则以征伐之名入中国，加以和殷似乎连民族也不同，用现代的话来说，那可是侵略者。然而那时的民众的声音，现在已经没有留存了。孔子和孟子＊确曾大大的宣传过那王道，但先生们不但是周朝的臣民而已，并且周游历国，有所活动，所以恐怕是为了想做官也难说。说得好看一点，就是因为要"行道"，倘做了官，于行道就较为便当，而要做官，则不如称赞周朝之为便当的。

〖释："周的武王"，姓姬名发，公元前十一世纪率兵灭殷，建立周朝。/孟子（约前372－约前289），名轲，字子舆，战国时期邹（今山东邹县东南）人。孔子之后儒家的主要代表人物。他的言论集中在《孟子》一书中。〗

且介亭杂文/关于中国的两三件事（日文1934·3）

●3-5-27-48

古今的心的好坏，较为难以比较，只好求教于诗文。古之诗人，是有名的“温柔敦厚”的，而有的竟说：“时日曷丧，予及汝偕亡!”＊你看够多么恶毒？更奇怪的是孔子“校阅”之后，竟没有删，还说什么“诗三百，一言以蔽之，曰：思无邪”哩，好像圣人也并不以为可恶。

〖释：“时日曷丧，予及汝偕亡”，语出《尚书·汤誓》。时日，原指暴君夏桀。此句大意为：你这该死的，我与你同归于尽!〗

花边文学/古人并不纯厚（1934·4·26）

●3-5-27-49

孔子这人，其实是自从死了以后，也总是当着“敲门砖”的差使的。

且介亭杂文二集/在现代中国的孔夫子（1935·6）

●3-5-27-50

中国的一般的人民，关于孔子是怎样的相貌，倒几乎是毫无所知的。自古以来，虽然每一县一定有圣庙，即文庙，但那里面大抵并没有圣像。凡是绘画，或者雕塑应该崇敬的人物时，一般是以大于常人为原则的，但一到最应崇敬的人物时，例如孔夫子那样的圣人，却好像连形象也成为亵渎，反不如没有的好。这也不是没有道理的。孔夫子没有留下照相来，自然不能明白真正的相貌，文献中虽然偶有记载，但是胡说白道也说不定。若是从新雕塑的话，则除了任凭雕塑者的空想而外，毫无办法，更加放心不下。于是儒者们也终于只好采取“全部，或全无”的勃兰特＊式的态度了。

〖释：勃兰特，易卜生的诗剧《勃兰特》中的主人公，“全部，或全无”是其格言。〗

且介亭杂文二集/在现代中国的孔夫子（1935·6）

●3-5-27-51

倘是画像，却也会间或遇见的。我曾经见过三次：一次是《孔子家语》＊里的插画；一次是梁启超氏亡命日本时，作为横滨出版的《清议报》上的卷头画，从日本倒输入中国来的；还有一次是刻在汉朝墓石上的孔子见老子的画像。说起从这些图画上所得的孔夫子的模样的印象来，则这位先生是一位很瘦的老头子，身穿大袖口的长袍子，腰带上插着一把剑，或者腋下挟着一枝杖，然而从来不笑，非常威风凛凛的。

〖释：《孔子家语》，三国王肃辑。内容是关于孔子言行的记载。〗

且介亭杂文二集/在现代中国的孔夫子（1935·6）

●3-5-27-52

孔夫子在本国的不遇，也并不是始于二十世纪的。孟子批评他为“圣之时者也”『注：语出《孟子·万章》』，倘翻成现代语，除了“摩登圣人”实在也没有别的法。为他自己计，这固然是没有危险的尊号，但也不是十分值得欢迎的头衔。

且介亭杂文二集/在现代中国的孔夫子（1935·6）

●3-5-27-53

有一天，孔夫子愤慨道：“道不行，乘桴浮于海，从我者，其由与?”『注：语出《论语·公冶长》』从这消极的打算上，就可以窥见那消息。然而连这一位由『注：仲由，即子路』，后来也因为和敌人战斗，被击断了冠缨，但真不愧为由呀，到这时候也还不忘记从夫子听来的教训，说道“君子死，冠不免”，一面系着冠缨，一面被人砍成肉酱了『注：见《左传》哀公十五年』。连这唯一可信的弟子也已经失掉，孔子自然是非常悲痛的，据说他一听到这信息，就吩咐去倒掉厨房里的肉酱云『注：见《孔子家语·子贡问》』。

且介亭杂文二集/在现代中国的孔夫子（1935·6）

●3-5-27-54

孔夫子死了以后，我以为可以说是运气比较的好一点。因为他不会噜苏了，种种的权势者便用种种的白粉给他来化妆，一直抬到吓人的高度。但比起后来输入的释迦牟尼＊来，却实在可怜得很。

〖释：释迦牟尼（约前565－前486），原古印度北部一个小国的王子，后出家修道，成为佛教创始人。佛教于西汉末年传入中国。』

且介亭杂文二集/在现代中国的孔夫子（1935·6）

●3-5-27-55

诚然，每一县固然都有圣庙即文庙，可是一副寂寞的冷落的样子，一般的庶民，是决不去参拜的，要去，则是佛寺，或者是神庙。若向老百姓问孔夫子是什么人，他们自然回答是圣人，然而这不过是权势者的留声机。他们也敬惜字纸，然而这是因为倘不敬惜字纸，会遭雷殛的迷信的缘故；南京的夫子庙固然是热闹的地方，然而这是因为另有各种玩耍和茶店的缘故。

且介亭杂文二集/在现代中国的孔夫子（1935·6）

●3-5-27-56

既已厌恶和尚，恨及袈裟，而孔夫子之被利用为或一目的的器具，也从新看得格外清楚起来，于是要打倒他的欲望，也就越加旺盛。所以把孔子装饰得十分尊严时，就一定有找他缺点的论文和作品的出现。

且介亭杂文二集/在现代中国的孔夫子（1935·6）

●3-5-27-57

按：《子见南子》是林语堂所作独幕剧，最初发表于1928年11月《奔流》月刊第一卷第六号。1929年曲阜第二师范学校学生排演此剧引起轩然大波，导致该校校长被调离。南子春秋时卫灵公的夫人。

五六年前，曾经因为公演了《子见南子》这剧本，引起过问题，在那个剧本里，有孔夫子登场，以圣人而论，固然不免略有欠稳重和呆头呆脑的地方，然而作为一个人，倒是可爱的好人物。但是圣裔们非常愤慨，把问题一直闹到官厅里去了。因为公演的地点，恰巧是孔夫子的故乡，在那地方，圣裔们繁殖得非常多，成着使释迦牟尼和苏格拉第『注：古希腊哲学家〈前469－前399〉』都自愧弗如的特权阶级。然而，那也许又正是使那里的非圣裔的青年们，不禁特地要演《子见南子》的原因罢。

且介亭杂文二集/在现代中国的孔夫子（1935·6）

●3-5-27-58

总而言之，孔夫子之在中国，是权势者们捧起来的，是那些权势者或想做权势者们的圣人，和一般的民众并无什么关系。

且介亭杂文二集/在现代中国的孔夫子（1935·6）

●3-5-27-59

孔夫子的做定了“摩登圣人”是死了以后的事，活着的时候却是颇吃苦头的。跑来跑去，虽然曾经贵为鲁国的警视总监，而又立刻下野，失业了；并且为权臣所轻蔑，为野人所嘲弄，甚至于为暴民所包围，饿扁了肚子。弟子虽然收了三千名，中用的却只有七十二，然而真可以相信的又只有一个人。

且介亭杂文二集/在现代中国的孔夫子（1935·6）

●3-5-27-60

孔夫子到死了以后……种种的权势者便用种种的白粉给他来化妆，一直抬到吓人的高度。

且介亭杂文二集/在现代中国的孔夫子（1935·6）

●3-5-27-61

中国的一般的民众，尤其是所谓愚民，虽称孔子为圣人，却不觉得他是圣人；对于他，是恭谨的，却不亲密。但我想，能像中国的愚民那样，懂得孔夫子的，恐怕世界上是再也没有的了。

且介亭杂文二集/在现代中国的孔夫子（1935·6）

●3-5-27-62

不错，孔夫子曾经计划过出色的治国的方法，但那都是为了治民众者，即权势者设想的方法，为民众本身的，却一点也没有。这就是“礼不下庶人”『注：语出《礼记·曲礼》』。成为权势者们的圣人，终于变了“敲门砖”，实在也叫不得冤枉。和民众并无关系，是不能说的，但倘说毫无亲密之处，我以为怕要算是非常客气的说法了。

不去亲近那毫不亲密的圣人，正是当然的事……

且介亭杂文二集/在现代中国的孔夫子（1935·6）

●3-5-27-63

虽说孔子作《春秋》而乱臣贼子惧『注：这种说法见《孟子·滕文公》』，然而现在的人们，却几乎谁也不知道一个笔伐了的乱臣贼子的名字。说到乱臣贼子，大概以为是曹操，但那并非圣人所教，却是写了小说和剧本的无名作家所教的。

且介亭杂文二集/在现代中国的孔夫子（1935·6）

●3-5-27-64

从二十世纪的开始以来，孔夫子的运气是很坏的，但到袁世凯时代，却又被从新记得，不但恢复了祭典，还新做了古怪的祭服，使奉祀的人们穿起来。跟着这事而出现的便是帝制。

且介亭杂文二集/在现代中国的孔夫子（1935·6）

●3-5-27-65

即使是孔夫子，缺点总也有的，在平时谁也不理会，因为圣人也是人，本是可以原谅的。然而如果圣人之徒出来胡说一通，以为圣人是这样，是那样，所以你也非这样不可的话，人们可就禁不住要笑起来了。

且介亭杂文二集/在现代中国的孔夫子（1935·6）

●3-5-27-66

孔老相争，孔胜老败，却是我的意见：老，是尚柔的*；"儒者，柔也"*，孔也尚柔，但孔以柔进取，而老却以柔退走。

〖释："老，是尚柔的"，《老子》上篇有"柔胜刚，弱胜强"的话。/"儒者，柔也"，出许慎《说文解字》卷八。〗

且介亭杂文末编/《出关》的"关"（1936·5）

●3-5-27-67

孔子为"知其不可为而为之"*的事无大小，均不放松的实行者……

〖释："知其不可为而为之"，语出《论语·宪问》："子路宿于石门，晨门曰：'奚自？'子路曰：'自孔氏。'曰：'是知其不可为而为之者与？'"〗

且介亭杂文末编/《出关》的"关"（1936·5）

孔令境（1904－1972）……原名孔令俊，字若君，浙江桐乡人，文学工作者。

●3-5-27-68

日前往蔡先生寓，未遇，此后即寄兄一函，想已大平览。兹有恳者，缘弟有旧学生孔若君*，湖州人，向在天津之河北省立女子师范学校办事，近来家中久不得来信，因设法探问，则知已被捕*，现押绥靖公署军法处……尔和*先生住址，兄如知道，可否寄书托其予以救援，俾早得出押，实为大幸，或函中并列弟名亦可。在京名公，弟虽多旧识，但久不通书问，殊无可托也。

〖释："孔若君……被捕"，孔另境当时因"共党嫌疑"在天津被捕，后被押送北平绥靖公署军法处。/"尔和"，指汤尔和（1878－1940），浙江杭县（今余杭）人。政客。在日本时与鲁迅同学。曾任北洋政府教育总长。后来在抗日战争期间沦为汉奸。〗

书信/致许寿裳（1932·8·17）

●3-5-27-69

孔若君在津，不问亦不释，霁野（以他自己名义）曾去见尔和，五次不得见，孔家甚希望兄给霁野一绍介信，或能见面，未知可否？

书信/致许寿裳（1932·10·25）

(28) 五画（叶史白冯司台）

名声的起灭，也如光的起灭一样，起的时候，从近到远，灭的时候，远处倒还留着余光。

叶圣陶（163）/叶永蓁（163）/叶灵凤（163）/叶紫（164）/史济行（165）/白莽［及柔石、冯铿、胡也频、李伟森］（166）/冯雪峰（172）/司徒乔（172）/

台静农(172)

叶圣陶(1894－1988)……名绍钧，江苏苏州人。作家、教育家。

●3-5-28-1

曼墓题诗，闻之叶绍钧。此君非善于流言者，或在他人之墓，亦未可知。但此固无庸深究也。

书信/致章廷谦(1928·3·6)

●3-5-28-2

十来年前，叶绍钧先生的《稻草人》是给中国的童话开了一条自己创作的路的。不料此后不但并无蜕变，而且也没有人追踪，倒是拚命的在向后转。

译文序跋集/《表》译者的话(1935·3)

●3-5-28-3

叶的小说，有许多是所谓“身边琐事”那样的东西，我不喜欢。

书信/致增田涉(1936·2·3)

叶永蓁(1908－1976)……现代作家。曾为黄埔军校学员，毕业后随军北伐。后在国民党军队任职。《小小十年》是他的反映大革命生活的自传体长篇小说，1929年上海春潮书局出版。

●3-5-28-4

按：鲁迅为叶永蓁的小说《小小十年》作“小引”。

这是一个青年的作者，以一个现代的活的青年为主角，描写他十年中的行动和思想的书。

旧的传统和新的思潮，纷纭于他的一身，爱和憎的纠缠，感情和理智的冲突，缠绵和决撤的迭代，欢欣和绝望的起伏，都逐着这“小小十年”而开展，以形成一部感伤的书，个人的书。但时代是现代，所以从旧家庭所希望的“上进”而渡到革命，从交通不大方便的小县而渡到“革命策源地”的广州，从本身的婚姻不自由而渡到伟大的社会改革——但我没有发见其间的桥梁。

……在这里，是屹然站着一个个人主义者，遥望着集团主义的大纛，但在“重上征途”『注：《小小十年》的最后一章』之前，我没有发见其间的桥梁。

三闲集/叶永蓁作《小小十年》小引(1929·8·15)

●3-5-28-5

技术，是未曾矫揉造作的。因为事情是按年叙述的，所以文章也倾泻而下，至使作者在《后记》里，不愿称之为小说，但也自然是小说。我所感到累赘的只是说理之处过于多，校读时删节了一点，倘使反而损伤原作了，那便成了校者的责任。还有好像缺点而其实是优长之处，是语汇的不丰，新文学兴起以来，未忘积习而常用成语如我的和故意作怪而乱用谁也不懂的生语如创造社一流的文字，都使文艺和大众隔离，这部书却加以扫荡了，使读者可以更易于了解，然而从中作梗的还有许多新名词。

三闲集/叶永蓁作《小小十年》小引(1929·8·15)

叶灵凤(1904－1975)……江苏南京人。作家、画家。创造社成员。

●3-5-28-6

有些“艺术家”，先前生吞“琵亚词侣”，活剥蕗谷虹儿，今年突变为“革命艺术家”，早又顺手将其中的几个作家撕碎了。

〖**释：“生吞‘琵亚词侣’，活剥蕗谷虹儿”*，叶灵凤所画刊物封面和书籍插图常模仿甚至剽窃英国画家比亚兹莱和日本画家蕗谷虹儿的作品。**〗

集外集/《奔流》编校后记〔二〕(1928·7·4)

●3-5-28-7

叶灵凤革命艺术家曾经画过我的像，说是躲在酒坛的后面*。

〖**释：“……躲在酒坛的后面”，1928年5月的《戈壁》第二期刊有叶灵凤的一幅模仿西欧立体派的漫画，讽刺鲁迅，并附有说明文字：“鲁迅**

先生，阴阳脸的老人，挂着他已往的战绩，躲在酒缸的后面，挥着他‘艺术的武器’，在抵御着纷然而来的外侮。”〗

三闲集/革命咖啡店（1928·8·13）

●3-5-28-8

最彻底的革命文学家叶灵凤先生，他描写革命家，彻底到每次上茅厕时候都用我的《呐喊》去揩屁股＊……

〖释：“革命家用我的《呐喊》去揩屁股”，叶灵凤的小说《穷愁的自传》（载1929年11月出版的《现代小说》第三卷第二期）中写主人公魏日青“照着老例”“起身后便将十二枚铜元从旧书摊上买来的一册《呐喊》撕下三页到露台上去大便……”〗

二心集/上海文艺之一瞥（1931·7·27）

●3-5-28-9

现在，新的流氓画家又出了叶灵凤先生……我们的叶先生的新斜眼画，正和吴友如的老斜眼画合流，那自然应该流行好几年。但他也并不只画流氓的，有一个时期也画过普罗列塔利亚，不过所画的工人也还是斜视眼，伸着特别大的拳头。但我以为画普罗列塔利亚应该是写实的，照工人原来的面貌，并不须画得拳头比脑袋还要大。

二心集/上海文艺之一瞥（1931·7·27）

●3-5-28-10

按：此系鲁迅回忆与柔石合作出书的一段文字。

……其中的一本《蕗谷虹儿画选》，是为了扫荡上海滩上的“艺术家”，即戳穿叶灵凤这纸老虎而印的。

南腔北调集/为了忘却的记念（1933·4·1）

●3-5-28-11

叶灵凤先生，倒是自以为中国的Beardsley『注：比亚兹莱』的，但他们两人『注：另一人指吴友如』都在上海混，都染了流氓气，所以见得有相似之处了。

书信/致魏猛克（1934·4·9）

●3-5-28-12

我记得《戏》周刊上已曾发表过曾今可叶灵凤两位先生的文章；叶先生还画了一幅阿Q像＊，好像我那一本《呐喊》还没有在上茅厕时候用完，倘不是多年便秘，那一定是又买了一本新的了。

〖释：“叶先生画了一幅阿Q像”，《戏》周刊从1934年9月起为剧本《阿Q正传》刊载画像，其中有叶灵凤的作品。〗

且介亭杂文/答《戏》周刊编者信（1934·11·25）

叶紫（1910－1939）……原名俞鹤林。湖南益阳人。作家，“左联”成员。

●3-5-28-13

按：鲁迅为叶紫短篇小说集《丰收》作序。

这里的六个短篇，都是太平世界的奇闻，而现在却是极平常的事情。因为极平常，所以和我们更密切，更有大关系。作者还是一个青年，但他的经历，却抵得太平天下的顺民的一世纪的经历，在转辗的生活中，要他“为艺术而艺术”，是办不到的。但我们有人懂得这样的艺术，一点用不着谁来发愁。

且介亭杂文二集/叶紫作《丰收》序（1935·1·16）

●3-5-28-14

这就是伟大的文学么？不是的，我们自己并没有这么说。……但我们却有作家写得出东西来，作品在摧残中也更加坚实。

且介亭杂文二集/叶紫作《丰收》序（1935·1·16）

●3-5-28-15

得来信，知道你生过病，并且失去了一个孩子，真叫我无话可以安慰。

书信/致叶紫（1935·9·23）

●3-5-28-16

对于小说，他们只管攻击去＊，这也是一种广告。总而言之，它们只会作狗叫，谁也做不出一点这样的小说来：这就够是它们的死症了。

……

狗报上关于你的名字之类，何以如此清楚，奇怪！

〖释："……他们只管攻击去"，1935年12月13日上海《小晨报》载"何芳"的《鲁迅出版的奴隶丛书三种：作者叶紫、田军、萧红》，该文并指明叶紫真名余日强。〗

书信/致叶紫（1935·12·22）

史济行……史济行，又名天行，化名齐涵之等。浙江宁波人。当时常在文坛上行骗。

●3-5-28-17

这是三月十日的事。我得到一个不相识者由汉口寄来的信，自说和白莽是同济学校的同学，藏有他的遗稿《孩儿塔》，正在经营出版，但出版家有一个要求：要我做一篇序；至于原稿，因为纸张零碎，不寄来了……其实，白莽的《孩儿塔》的稿子，却和几个同时受难者的零星遗稿，都在我这里，里面还有他亲笔的插画，但在他的朋友手里别有初稿，也是可能的；至于出版家要有一篇序，那更是平常事。

……大病初愈，才能起坐，夜雨淅沥，怆然有怀，便力疾写了一点短文『注：即《白莽作〈孩儿塔〉序》』，到第二天付邮寄去，因为恐怕连累付印者，所以不题他的姓名；过了几天，才又投给《文学丛报》，因为恐怕妨碍发行，所以又隐下了诗的名目。

此后不多几天，看见《社会日报》，说是善于翻戏的史济行，现又化名齐涵之＊了。我这才悟到自己竟受了骗，因为汉口的发信者，署名正是齐涵之。他仍在玩着骗取文稿的老套，《孩儿塔》不但不会出版，大约他连初稿也未必有的，不过知道白莽和我相识，以及他的诗集的名目罢了。

〖释："……化名齐涵之"，《社会日报》1936年4月4日该报载《史济行翻戏志趣（上）》，揭发史济行化名齐涵之骗稿的行径。〗

且介亭杂文末编/白莽作《孩儿塔》序〔续记〕（1936·5）

●3-5-28-18

史济行和我的通信，却早得很，还是八九年前，我在编辑《语丝》，创造社和太阳社联合起来向我围剿的时候，他就自称是一个艺术专门学校的学生，信件在我眼前出现了投稿是几则当时所谓革命文豪的劣迹，信里还说这类文稿，可以源源的寄来。然而《语丝》里是没有"劣迹栏"的，我也不想和这种"作家"往来，于是当时即加以拒绝……总给他一个置之不理。这一回，他在汉口，我是听到过的，但不能因为一个史济行在汉口，便将一切汉口的不相识者的信都看作卑劣者的圈套，我虽以多疑为忠厚长者所诟病，但这样多疑的程度是还不到的。不料人还是大意不得，偶不疑虑，偶动友情，到底成为我的弱点了。

且介亭杂文末编/白莽作《孩儿塔》序〔续记〕（1936·5）

●3-5-28-19

今天又看见了所谓"汉出"的《人间世》＊的第二期，卷末写着"主编史天行"，而下期要目的豫告上，果然有我的《序〈孩儿塔〉》在……而第二期的第一篇，竟又是我的文章，题目是《日译本〈中国小说史略〉序》。这原是我用日本文所写的，这里却不知道何人所译，仅止一页的短文，竟充满着错误和不通，但前面却附有一行声明道："本篇原来是我为日译本《支那小说史》写的卷头语……"乃是模拟我自己翻译的。翻译自己所写的日文，竟会满纸错误，这岂不是天下的大怪事么？

〖释："'汉出'的《人间世》"，1936年4月创刊，半月刊。因当时上海有同名刊物，所以加"汉出"二字。〗

且介亭杂文末编/白莽作《孩儿塔》序〔续记〕（1936·5）

●3-5-28-20

我所要特地声明的，只在请读了我的序文而希望《孩儿塔》出版的人，可以收回了这希望，因为这是我先受了欺骗，一转而成为我又欺骗了读者的。……即使真有“汉出”《孩儿塔》，这部诗也还是可疑的。我从来不想对史济行的大事业讲一句话，但这回既经我写过一篇序，且又发表了，所以在现在或到那时，我都有指明真伪的义务和权利。

且介亭杂文末编/白莽作《孩儿塔》序〔续记〕(1936·5)

白莽［及柔石、冯铿、胡也频、李伟森］……李伟森，生于1903年；柔石，原名赵平复，生于1901年；胡也频，生于1905年；冯铿，笔名岭梅，生于1907年；殷夫，即白莽，原名徐白，生于1909年。这五位青年作家均为中共党员、“左联”成员。他们于1931年1月17日被捕，2月7日被杀害。

●3-5-28-21

按：《为了忘却的记念》是鲁迅追述和悼念“左联”五位青年作家的文章。

两年前的此刻，即一九三一年的二月七日夜或八日晨，是我们的五个青年作家同时遇害的时候。

南腔北调集/为了忘却的记念 (1933·4·1)

※　※　※

●3-5-28-22

收到第一篇《彼得斐行状》『注：奥地利奥尔佛雷德·德涅尔斯作，白莽译』时，很引起我青年时的回忆，因为他是我那时所敬仰的诗人。在满洲政府之下的人，共鸣于反抗俄皇的英雄，也是自然的事。但他其实是一个爱国诗人，译者大约因为爱他，便不免有些掩护，将“nation”『注：德语“民族”或“国民”』译作“民众”，我以为那是不必的。他生于那时，当然没有现代的见解，取长弃短，只要那“斗志”能鼓动青年战士的心，就尽够了。

集外集/《奔流》编校后记〔十二〕(1929·11·20)

●3-5-28-23

同时被难的四个青年文学家之中，李伟森我没有会见过，胡也频在上海也只见过一次面，谈了几句天。较熟的要算白莽，即殷夫了，他曾经和我通过信，投过稿，但现在寻起来，一无所得，想必是十七那夜统统烧掉了，那时我还没有知道被捕的也有白莽。然而那本《彼得斐＊诗集》却还在的，翻了一遍，也没有什么，只在一首《Wahlspruch》（格言）的旁边，有钢笔写的四行译文道：

生命诚宝贵，
爱情价更高；
若为自由故，
二者皆可抛！

又在第二叶上，写着“徐培根”＊三个字，我疑心这是他的真姓名。

〖释：彼得斐，通译裴多菲（1823－1849），匈牙利诗人。/徐培根，白莽的哥哥，曾任中央航空署署长。〗

南腔北调集/为了忘却的记念 (1933·4·1)

●3-5-28-24

白莽……所投的是从德文译出的《彼得斐传》，我就发信去讨原文，原文是载在诗集前面的，邮寄不便，他就亲自送来了。看去是一个二十多岁的青年，面貌很端正，颜色是黑黑的，当时的谈话我已经忘却，只记得他自说姓徐，象山人……

第二天又接到他一封来信，说很悔和我相见，他的话多，我的话少，又冷，好像受了一种威压似的。我便写了一封回信去解释，说初次相会，说话不多，也是人之常情，并且告诉他不应该由自己的爱憎，将原文改变。因为他的原书留在我这里了，就将我所藏的两本集子送给他，问他可能再译几首诗，以供读者的参看。他果然译了几首，自己拿来了，我们就谈得比第一回多一些。

这传和诗，后来就都登在《奔流》第二卷第五本，即最末的一本里。

南腔北调集/为了忘却的记念（1933·4·1）

●3-5-28-25

我们第三次相见，我记得是在一个热天。有人打门了，我去开门时，来的就是白莽，却穿着一件厚棉袍，汗流满面，彼此都不禁失笑。这时他才告诉我他是一个革命者，刚由被捕而释出，衣服和书籍全被没收了，连我送给他的那两本；身上的袍子是从朋友那里借来的，没有夹衫，而必须穿长衣，所以只好这么出汗……

我很欣幸他的得释，就赶紧付给稿费，使他可以买一件夹衫，但一面又很为我的那两本书痛惜：落在捕房的手里，真是明珠投暗了。

南腔北调集/为了忘却的记念（1933·4·1）

●3-5-28-26

直到左翼作家联盟成立之后，我才知道我所认识的白莽，就是在《拓荒者》上做诗的殷夫。有一次大会时，我便带了一本德译的，一个美国的新闻记者所做的中国游记去送他，这不过以为他可以由此练习德文，另外并无深意。然而他没有来。我只得又托了柔石。

但不久，他们竟一同被捕，我的那一本书，又被没收，落在“三道头”*之类的手里了。

〖**释：“三道头”，指当时上海公共租界的巡官，制服臂上有三道倒人形标志。**〗

南腔北调集/为了忘却的记念（1933·4·1）

●3-5-28-27

说起白莽……四年之前，我曾经写过一篇《为忘却的记念》，要将他们忘却。他们就义了已经足有五个年头了，我的记忆上，早又蒙上许多新鲜的血迹；这一提，他的年青的相貌就又在我的眼前出现，像活着一样，热天穿着大棉袍，满脸油汗，笑笑的对我说道：“这是第三回了。自己出来的。前两回都是哥哥保出，他一保就要干涉我，这回我不去通知他了。……”——我前一回的文章上是猜错的，这哥哥才是徐培根，航空署长，终于和他成了殊途同归*的兄弟；他却叫徐白，较普通的笔名是殷夫。

〖**释：“殊途同归”，徐培根1934年曾因航空署焚毁事被捕入狱。**〗

且介亭杂文末编/白莽作《孩儿塔》序（1936·4）

●3-5-28-28

抱守遗文，历多年还要给它出版，以尽对于亡友的交谊者，以我之孤陋寡闻，可实在很少知道。

且介亭杂文末编/白莽作《孩儿塔》序·续记（1936·5）

●3-5-28-29

一个人如果还有友情，那么，收存亡友的遗文真如捏着一团火，常要觉得寝食不安，给它企图流布的。这心情我很了然，也知道有做序文之类的义务。我所惆怅的是我简直不懂诗，也没有诗人的朋友，偶尔一有，也终至于闹开，不过和白莽没有闹，也许是他死得太快了罢。

且介亭杂文末编/白莽作《孩儿塔》序（1936·4）

※　※　※

●3-5-28-30

柔石，原名平复，姓赵，以一九〇一年『注：应为1902年』生于浙江省台州宁海县的市门头。

二心集/柔石小传（1931·4·25）

●3-5-28-31

按：此系对柔石小说《二月》的评介。

冲锋的战士，天真的孤儿，年青的寡妇，热情的女人，各有主义的新式公子们，死气沉沉而交头接耳的旧社会……

浊浪在拍岸，站在山冈上者和飞沫不相干，弄潮儿则于涛头且不在意，惟有衣履尚整，徘徊海滨的人，一溅水花，便觉得有所沾湿，狼狈起来。这从上述的两类人们看来，是都觉得诧异的。但我们书中的青年萧君『注：指《二月》中的主人公萧涧秋』，便正落在这境遇里。他极想有为，怀着热爱，而有所顾惜，过于矜持，终于连安住几年之处，也不可得。他其实并不能成为一小齿轮，跟着大齿轮转动，他仅是外来的一粒石子，所以轧了几下，发几声响，便被挤到女佛山『注：《二月》中的一个地名』——上海去了。

他幸而还坚硬，没有变成润泽齿轮的油。

三闲集/柔石作《二月》小引（1929・9・1）

●3-5-28-32

我就决计向小峰提议，将《语丝》停刊……小峰要我寻一个替代的人，我于是推举了柔石。

但不知为什么，柔石编辑了六个月，第五卷的上半卷一完，也辞职了。

三闲集/我和《语丝》的始终（1930・2・1）

●3-5-28-33

一九三○年春，自由运动大同盟发动，柔石为发起人之一；不久，左翼作家联盟成立，他也为基本构成员之一，尽力于普罗文学运动。先被选为执行委员，次任常务委员编辑部主任；五月间，以左联代表的资格，参加全国苏维埃区域代表大会，毕后，作《一个伟大的印象》＊一篇。

〖释：《一个伟大的印象》，通讯，署名刘志清。载1930年9月出版的《世界文化》创刊号（仅出一期）。〗

二心集/柔石小传（1931・4・25）

●3-5-28-34

我在上海，也有一个惟一的不但敢于随便谈笑，而且还敢于托他办点私事的人，那就是送书去给白莽的柔石。

我和柔石的相见，不知道是何时，在那里。他仿佛说过，曾在北京听过我的讲义，那么，当在八九年之前了。我也忘记了在上海怎么来往起来的，总之，他那时住在景云里，离我的寓所不过四五家门面，不知怎么一来，就来往起来了。大约最初的一回他就告诉我是姓赵，名平复。但他又曾谈起他家乡的豪绅的气焰之盛，说是有一个绅士，以为他的名字好，要给儿子用，叫他不要用这名字了。所以我疑心他的原名是“平福”，平稳而有福，才正中乡绅的意，对于“复”字却未必有这么热心。他的家乡，是台州的宁海，这只要一看他那台州式的硬气就知道，而且颇有点迂，有时会令我忽而想到方孝孺＊，觉得好像也有些这模样的。

〖释：方孝孺（1357－1402），浙江宁海人。明建文帝时为侍讲学士、文学博士。建文四年（1402）建文帝的叔父燕王朱棣攻入京师（今南京），自立为帝（即永乐帝），令他起草登极诏书，遭其坚拒及痛斥。被杀并诛九族。后又诛其朋友门生，算作十族，共计八百多人。〗

南腔北调集/为了忘却的记念（1933・4・1）

●3-5-28-35

他躲在寓里弄文学，也创作，也翻译，我们往来了许多日，说得投合起来了，于是另外约定了几个同意的青年，设立了朝华社。目的是在绍介东欧和北欧的文学，输入外国的版画，因为我们都以为应该来扶植一点刚健质朴的文艺。接着就印了《朝花旬刊》，印《近代世界短篇小说集》，印《艺苑朝华》，算都在循着这条线，只有其中的一本《蕗谷虹儿画选》，是为了扫荡上海滩上的“艺术家”，即戳穿叶灵凤＊这纸老虎而印的。

〖释：蕗谷虹儿，日本画家。/叶灵凤，见本节“叶灵凤”条。〗

南腔北调集/为了忘却的记念（1933・4・1）

●3-5-28-36

看他的作品，都很有悲观的气息，但实际上并不然，他相信人们是好的。我有时谈到人会怎样的骗人，怎样的卖友，怎样的吮血，他就前额亮晶晶的，惊疑地圆睁了近视的眼睛，抗议道，“会这样的么？——不至于此罢？……”

南腔北调集/为了忘却的记念（1933・4・1）

●3-5-28-37

朝花社不久就倒闭了，我也不想说清其中的原因，总之是柔石的理想的头，先碰了一个大钉子，力气固然白化，此外还得去借一百块钱来付纸账。后来他对于我那“人心惟危”『注：语出《尚书·大禹谟》』说的怀疑减少了，有时也叹息道，“真会这样的么？……”但是，他仍然相信人们是好的。

南腔北调集/为了忘却的记念（1933·4·1）

●3-5-28-38

他的迂渐渐的改变起来，终于也敢和女性的同乡或朋友一同去走路了，但那距离，却至少总在三四尺的。这方法很不好，有时我在路上遇见他，只要在相距三四尺前后或左右有一个年青漂亮的女人，我便会疑心就是他的朋友。但他和我一同走路的时候，可就走得近了，简直是扶住我，因为怕我被汽车或电车撞死；我这面也为他近视而又要照顾别人担心，大家都苍皇失措的愁一路，所以倘不是万不得已，我是不大和他一同出去的，我实在看得他吃力，因而自己也吃力。

无论从旧道德，从新道德，只要是损己利人的，他就挑选上，自己背起来。

南腔北调集/为了忘却的记念（1933·4·1）

●3-5-28-39

明日书店要出一种期刊，请柔石去做编辑，他答应了；书店还想印我的译著，托他来问版税的办法，我便将我和北新书局所订的合同，抄了一份交给他，他向衣袋里一塞，匆匆的走了。其时是一九三一年一月十六日的夜间，而不料这一去，竟就是我和他相见的末一回，竟就是我们的永诀。

第二天，他就在一个会场上被捕了，衣袋里还藏着我那印书的合同，听说官厅因此正在找寻我……我于是就逃走。

南腔北调集/为了忘却的记念（1933·4·1）

●3-5-28-40

这一夜，我烧掉了朋友们的旧信札，就和女人抱着孩子走在一个客栈里。不几天，即听到外面纷纷传我被捕，或是被杀了，柔石的消息却很少。

南腔北调集/为了忘却的记念（1933·4·1）

●3-5-28-41

一九三一年一月，柔石被捕，在他的衣袋里搜出有我名字的东西来，因此听说就在找我。自然罗，我只得又弃家出走，但这回是心血潮得更加明白，当然先将所有信札完全烧掉了。

两地书/序言（1932·12·16）

●3-5-28-42

天气愈冷了，我不知道柔石在那里有被褥不？我们是有的。洋铁碗可曾收到了没有？……但忽然得到一个可靠的消息，说柔石和其他二十三人，已于二月七日夜或八日晨，在龙华警备司令部被枪毙了，他的身上中了十弹。

原来如此！……

南腔北调集/为了忘却的记念（1933·4·1）

●3-5-28-43

一九三一年一月十七日被捕，由巡捕房经特别法庭移交龙华警备司令部，二月七日晚，被秘密枪决，身中十弹。

二心集/柔石小传（1931·4·25）

●3-5-28-44

他是我的学生和朋友，一同绍介外国文艺的人，尤喜欢木刻，曾经编印过三本欧美作家的作品*，虽然印得不大好。然而不知道为了什么，突然被捕了，不久就在龙华和别的五个青年作家同时枪毙。当时的报章上毫无记载，然而许多人都明白他不在人间了，因为这是常有的事。只有他那双目失明的母亲，我知道她一定还以为她的爱子仍在上海翻译和校对。偶然看到德国书店的目录上有这幅《牺牲》，便将它投寄《北斗》了，算是我的无言的纪念。

然而，后来知道，很有一些人是觉得所含的意义的，不过他们大抵以为纪念的是被害的全群。

〖释：“三本欧美作家的作品”，指印入《朝华艺苑》的《近代木刻选集》第一、二集和《比亚兹莱画选》。〗

且介亭杂文末编/写于深夜里（1936·5）

●3-5-28-45

前年，柔石要到一个书店去做编辑，来托我做点随随便便，看起来不大头痛的文章。这一夜我就又想到做“夜记”，立了这样的题目。……第二天柔石来访，将写下来的给他看，他皱皱眉头，以为说得太噜苏一点，且怕过占了篇幅。于是我就约他另译一篇短文，将这放下了。

现在去柔石的遇害，已经一年有余了，偶然从乱纸里检出这稿子来，真不胜其悲痛。我想将全文补完，而终于做不到，刚要下笔，又立刻想到别的事情上去了。所谓“人琴俱亡”者，大约这就是这模样的罢。现在只将这半篇附录在这里，以作柔石的记念。

二心集/做古人和做好人的秘诀〔夜记之五·附记〕（1932·4·26）

●3-5-28-46

柔石有子二人，女一人，皆幼。文学上的成绩，创作有诗剧《人间的喜剧》，未印，小说《旧时代之死》，《三姊妹》，《二月》，《希望》，翻译有卢那卡尔斯基＊的《浮士德与城》，戈理基『注：即高尔基』的《阿尔泰莫诺夫氏之事业》及《丹麦短篇小说集》等。

〖释：通译卢那察尔斯基（1875－1933），苏联文艺批评家。曾任苏联教育人民委员。〗

二心集/柔石小传（1931·4·25）

●3-5-28-47

按：此信收信人王育和（1903－1971），浙江宁海人。当时是慎昌钟表行的职员，和柔石同住闸北景云里二十八号。柔石在狱中通过送饭人带信给他，由他送周建人转给鲁迅。他也是鲁迅在景云里的邻居。

平复兄捐款＊，我不拟收回，希寄其夫人，听其自由处置。

〖释：“平复兄捐款”，指鲁迅为柔石遗孤所捐教育费，王育和经手。《鲁迅日记》1931年8月15日：“夜交柔石遗孤教育费百”。〗

书信/致王育和（1932·4·7）

●3-5-28-48

当《北斗》创刊时，我就想写一点关于柔石的文章，然而不能够，只得选了一幅珂勒惠支（Kathe kollwitz）夫人的木刻，名曰《牺牲》，是一个母亲悲哀地献出她的儿子去的，算是只有我一个人心里知道的柔石的记念。

南腔北调集/为了忘却的记念（1933·4·1）

●3-5-28-49

年青时读向子期《思旧赋》＊，很怪他为什么只有寥寥的几行，刚开头却又煞了尾。然而，现在我懂得了。

〖释：“向子期《思旧赋》”，向秀（约223－272），字子期，魏晋时文学家。《思旧赋》是他悼念被杀害的文友嵇康和吕安的文章。〗

南腔北调集/为了忘却的记念（1933·4·1）

●3-5-28-50

整整的五十年，从地球年龄来计算，真是微乎其微，然而从人类历史上说，却已经是半世纪，柔石、丁玲他们，就活不到这么久＊。我幸而居然经历过了。

〖释：“丁玲他们……就活不到这么久”，丁玲1933年5月14日被捕。鲁迅6月30日作此文时，尚误以为她已遇害。〗

集外集拾遗补编/我的种痘（1933·8·1）

※　　※　　※

●3-5-28-51

他『注：指柔石』曾经带了一个朋友来访我，

那就是冯铿女士。谈了一些天，我对于她终于很隔膜，我疑心她有点罗曼谛克，急于事功；我又疑心柔石的近来要做大部的小说，是发源于她的主张的……

她的体质是弱的，也并不美丽。

南腔北调集/为了忘却的记念（1933·4·1）

●3-5-28-52

政治犯而上镣，并非从他们开始，但他向来看得官场还太高，以为文明至今，到他们才开始了严酷。其实是不然的。果然，第二封信就很不同，措词非常惨苦，且说冯女士的面目都浮肿了，可惜我没有抄下这封信。

南腔北调集/为了忘却的记念（1933·4·1）

※　※　※

●3-5-28-53

我们的这几个同志已被暗杀了，这自然是无产阶级革命文学的若干损失，我们的很大的悲痛。但无产阶级革命文学却仍然滋长，因为这是属于革命的广大劳苦群众的，大众存在一日，壮大一日，无产阶级革命文学也就滋长一日。

二心集/中国无产阶级革命文学和前驱的血（1931·4·25）

●3-5-28-54

中国的焚禁书报，封闭书店，囚杀作者，实在还远在德国的白色恐怖以前，而且也得到过世界的革命的文艺家的抗议＊了。

〖释："世界的革命的文艺家的抗议"，1931年法国作家巴比塞、苏联作家法捷耶夫等曾就国民党当局杀害柔石发表抗议声明。〗

南腔北调集/又论"第三种人"（1933·7·1）

●3-5-28-55

政府里很有些从外国学来，或在本国学得的富于智识的青年，他们……最先用的是极普通的手段：禁止书报，压迫作者，终于是杀戮作者，五个左翼青年作家就做了这示威的牺牲。然而这事件又并没有公表，他们很知道，这事是可以做，却不可以说的。

且介亭杂文/中国文坛上的鬼魅（1935·11·21）

●3-5-28-56

前年的今日，我避在客栈里，他们却是走向刑场了；去年的今日，我在炮声中逃在英租界，他们则早已埋在不知那里的地下了；今年的今日，我才坐在旧寓里，人们都睡觉了，连我的女人和孩子。我又沉重的感到失掉了很好的朋友，中国失掉了很好的青年……

南腔北调集/为了忘却的记念（1933·4·1）

●3-5-28-57

在一个深夜里，我站在客栈的院子中，周围是堆着的破烂的什物；人们都睡觉了，连我的女人和孩子。我沉重的感到我失掉了很好的朋友，中国失掉了很好的青年，我在悲愤中沉静下去了，然而积习却从沉静中抬起头来，凑成了这样的几句：

惯于长夜过春时，挈妇将雏鬓有丝。
梦里依稀慈母泪，城头变幻大王旗。
忍看朋辈成新鬼，怒向刀丛觅小诗。
吟罢低眉无写处，月光如水照缁衣。

……我终于将这写给了一个日本的歌人＊。

〖释："日本的歌人"，指山本初枝。据《鲁迅日记》，1932年7月11日，鲁迅将此诗书成小幅，托内山书店寄给她。〗

南腔北调集/为了忘却的记念（1933·4·1）

●3-5-28-58

不是年青的为年老的写记念，而在这三十年中，却使我目睹许多青年的血，层层淤积起来，将我埋得不能呼吸，我只能用这样的笔墨，写几句文章，算是从泥土作挖一个小孔，自己延口残喘，这是怎样的世界呢。夜正长，路也正长，我不如忘却，不说的好罢。但我知道，即使不是我，将来总会有记起他们，再说他们的时候的。……

南腔北调集/为了忘却的记念（1933·4·1）

冯雪峰（1903－1976）……浙江义乌人。作家，文艺理论家。“左联”领导成员之一。

●3-5-28-59

《文艺政策》*另有画室『注：即冯雪峰』先生的译本，去年就出版了。听说照例的创造社革命文学诸公又在“批判”，有的说鲁迅译这书是不甘“落伍”，有的说画室居然捷足先登……

〖释：《文艺政策》，鲁迅1928年据日文转译的苏联文艺政策文件汇编，1930年6月出版。〗

集外集/《奔流》编校后记〔九〕（1929·3·25）

●3-5-28-60

按：此信收信人“蔡永言”，为当时董绍明、蔡咏裳夫妇合用的名字。董绍明（1899－1969），翻译家，曾编辑上海《世界月刊》。蔡咏裳，曾与董绍明合译革拉特珂夫的长篇小说《士敏土》。鲁迅此信系致蔡咏裳。

雪兄『注：指冯雪峰』如常，但其所接洽之出版所，似尚未十分确定。

书信/致蔡永言（1931·8·16）

●3-5-28-61

雪峰先前对我说过，要编许多人的信件，每人几封，印成一本，向我要过前几年寄静农，辞绝取得诺贝尔奖金的信。但我信均无底稿，故答以可问静农自取。

书信/致李霁野（1932·6·5）

司徒乔（1902－1958）……广东开平人。画家。

●3-5-28-62

按：1926年6月司徒乔在北京中央公园（今中山公园）水榭举行画展，鲁迅曾往参观。1928年春，他在上海举行“乔小画室春季展览会”，本篇是鲁迅为这个展览会目录写的序言。

我知道司徒乔君的姓名还在四五年前，那时是在北京，知道他不管功课，不寻导师，以他自己的力，终日在画古庙，土山，破屋，穷人，乞丐……。

这些自然应该最会打动南来的游子的心。在黄埃漫天的人间，一切都成土色，人于是和天然争斗，深红和绀碧的栋宇，白石的栏杆，金的佛像，肥厚的棉袄，紫糖色脸，深而多的脸上的皱纹……。凡这些，都在表示人们对于天然并不降服，还在争斗。

在北京的展览会里，我已经见过作者表示了中国人的这样的对于天然的倔强的魂灵。

三闲集/看司徒乔君的画（1928·4·2）

●3-5-28-63

我曾经得到他的一幅“四个警察和一个女人”『注：原题《五个警察一个〇》』。现在还记得一幅“耶稣基督”『注：原题《荆冠上的亲吻》』，有一个女性的口，在他荆冠上接吻。

这回在上海相见，我便提出质问：

“那女性是谁?”

“天使，”他回答说。

这回答不能使我满足。

三闲集/看司徒乔君的画（1928·4·2）

●3-5-28-64

后来所作的爽朗的江浙风景，热烈的广东风景，倒是作者的本色。和北方风景相对照，可以知道他挥写之际，盖谂熟而高兴，如逢久别的故人。但我却爱看黄埃，因为由此可见这抱着明丽之心的作者，怎样为人和天然的苦斗的古战场所惊，而自己也参加了战斗。

……倘将来不至于割据，则青年的背着历史而竭力拂去黄埃的中国色彩，我想，首先是这样的。

三闲集/看司徒乔君的画（1928·4·2）

台静农（1903－1990）……安徽霍邱人。作家，未名社成员。曾在北京大学研究所国学门任职，后在多所大学任教。

●3-5-28-65

按：鲁迅此信为答复提名他为诺贝尔文学奖

候选人事。

九月十七日来信收到了。请你转致半农先生，我感谢他的好意，为我，为中国。但我很抱歉，我不愿意如此。

书信/致台静农（1927·9·25）

●3-5-28-66

静农事＊殊出意外，不知何故？其妇孺今在何处？倘有所知，希示知。此间报载有教授及学生多人被捕＊，但无姓名。

〖释："静农事"，指1932年12月12日台静农被捕。/"教授学生多人被捕"，1932年12月18日《申报》载："北平警探非法逮捕监禁各学校教授学生许德珩等多人，至今未释。"〗

书信/致王志之（1932·12·21）

●3-5-28-67

静兄因误解被捕，历十多天始保出，书籍衣服，恐颇有损失。近闻他的长子病死了，未知是否因封门，无居处，受冷成病之故，真是晦气。

书信/致曹靖华（1933·2·9）

●3-5-28-68

静事＊已闻，但未详。我想，总不外乎献功和抢饭碗，此风已南北如一。段执政时，我以为"学者文人"已露尽了丑态，现在看起来，这估计是错的。昔读宋明末野史，尝时时掷书愤叹，而不料竟亲身遇之也，呜呼！

〖释："静事"，台静农以"共党嫌疑"罪名于1934年7月26日在北平被宪兵三团逮捕，解南京警备司令部囚禁。次年获释。〗

书信/致郑振铎（1934·8·5）

●3-5-28-69

农兄病已愈＊，甚可喜，此后当可健康矣。

〖释："农兄病已愈"，隐指台静农被捕获释。〗

书信/致曹靖华（1935·1·15）

●3-5-28-70

农兄如位置还在，为什么不回去教书呢？我想去年的事情，至今总算告一段落，此后大约不再会有什么问题的了（我虽然不明详情）。如果另找事情，即又换一新环境，又遇一批新的抢饭碗的人，不是更麻烦吗？

书信/致曹靖华（1935·2·7）

●3-5-28-71

静兄因讲师之不同，而不再往教，我看未免太迂。半年的准备，算得什么，一下子就吃完了，而要找一饭碗，却怕未必有这么快。现在的学校，大抵教员一有事，便把别人补上，今静兄离开了半年，却还给留下四点钟，不可谓非中国少见的好学校，恐怕在那里教书，还比别处容易吧。

书信/致曹靖华（1935·2·18）

●3-5-28-72

暨大『注：指上海暨南大学』情形复杂，新校长究竟是否到校，尚未可知，倘到校，那么，西谛是也去的。我曾劝他勿往，他不取用此言。今日已托人将农事『注：指台静农谋大学教职事』托他，倘能出力，我看他是一定出力的。

书信/致曹靖华（1935·7·16）

●3-5-28-73

今天得郑君『注：指郑振铎』答复，谓学校内情形复杂，农兄事至少在这半年内，无可设法云云。大约掣肘者多，诸事不能放手做去，郑虽为文学院长，恐亦无好效果的。

书信/致曹靖华（1935·7·22）

●3-5-28-74

闻胡博士『注：指胡适』为青兄『注：指台静农』绍介到厦门去，尚无回音，但我想，即使有成，这地方其实是很没有意思的。前闻桂林师范在请教员，曾托友『注：指陈望道』去打听，今得其来信，剪下一段附上，希即转交青兄，如何之处，并即见复，以便再定办法。据我想，那地方恐怕比厦门好一点，即使是暂时做职员。

书信/致曹靖华（1935·8·3）

●3-5-28-75

七日函收到。厦门『注：指厦门大学』不但地方不佳，经费也未必有，但既已答应，亦无法，姑且去试试罢。容容尚可，倘仍饿肚子，亦冤也。

书信/致台静农（1935·8·11）

●3-5-28-76

十一日信收到，知所遇与我当时无异，十余年来无进步，还是好的，我怕是至少是办事更颓唐，房子更破旧了。

书信/致台静农（1935·9·20）

(29) 六画（老成刘冰江许孙）

中国是古国，历史长了，花样也多，情形复杂，做人也特别难

老子……姓李名耳，又称老聃。春秋时楚国人。道家学派的创始人。相传孔子向他问过礼。后来他乘青牛西出函谷关而去。现存《老子》一书，分《道经》、《德经》上下两篇，是战国时人编纂的老子的言论集。

●3-5-29-1

《出关》，其实是我对于老子思想的批评，结末的关尹喜＊的几句话，是作者的本意，这种“大而无当”的思想家，是不中用的，我对于他并无同情……

〖释：关尹喜，又称关尹子，相传是春秋末函谷关的关尹（关长）。〗

书信/致徐懋庸（1936·2·21）

●3-5-29-2

孔老相争，孔胜老败，却是我的意见……这关键，即在孔子为“知其不可为而为之”的事无大小，均不放松的实行者，老则是“无为而无不为”＊的一事不做，徒作大言的空谈家。要无所不为，就只好一无所为，因为一有所为，就有了界限，不能算是“无不为”了。

〖释：“无为而无不为”，语出《老子》上篇：“道常无为而无不为；侯王若能守，万物将自化。”下篇：“上德无为而无不为，下德为之而为以为。”〗

且介亭杂文末编/《出关》的“关”（1936·5）

成仿吾（1897－1984）……笔名石厚生，湖南新化人。文学评论家。创造社主要成员。

●3-5-29-3

我的阶级已由成仿吾判定：“他们所矜持的是‘闲暇，闲暇，第三个闲暇’＊；他们是代表着有闲的资产阶级，或者睡在鼓里的小资产阶级。……如果北京的乌烟瘴气不用十万两无烟火药炸开的时候，他们也许永远这样过活的罢。”＊

〖释：“闲暇，闲暇，第三个闲暇”，成仿吾在《洪水》第三卷第二十五期（1927年1月）《完成我们的文学革命》中说：“鲁迅先生坐在华盖之下正在抄他的小说旧闻，是一种以趣味为中心的文艺，后面必有一种以趣味为中心的生活基调；并说：“这种以趣味为中心的生活基调，它所暗示着的是一种在小天地中自己骗自己的自足，它所矜持着的是闲暇，闲暇，第三个闲暇。”/“……永远这样过活的罢”，这段引文见《创造月刊》第一卷第九期（1928年2月）成仿吾的《从文学革命到革命文学》。〗

三闲集/“醉眼”中的朦胧（1928·3·12）

●3-5-29-4

创造社＊前年招股本，去年请律师＊，今年才揭起“革命文学”的旗子，复活的批评家成仿吾总算离开守护“艺术之宫”的职掌，要去“获

得大众”，并且给革命文学家“保障最后的胜利”＊了。……

倘若难于“保障最后的胜利”，你去不去呢？

〖释：“创造社”，1920－1921年间成立的文学团体，主要成员有郭沫若、郁达夫、成仿吾等，1927年后增加了冯乃超、彭康、李初梨等新成员。1929年2月它被当局封闭。它先后编辑、出版了《创造》（季刊）、《创造周报》、《创造日》、《洪水》、《创造月刊》、《文化批判》等刊物，以及《创造丛书》。/“……前年招股本，去年请律师”，1936年创造社曾发出招股简章，筹集办社资金。1927年聘请刘世芳为该社律师。后来，刘世芳曾代表创造社及其出版部登报声明“与任何政治团体从未发生任何关系”，“此后如有诬毁本社及本出版部者决依法起诉以受法律之正当保障”云（见1928年6月15日上海《新闻报》）。/“获得大众”、“保障最后的胜利”，均见成仿吾的《从文学革命到革命文学》。〗

三闲集/“醉眼”中的朦胧（1928·3·12）

●3-5-29-5

那成仿吾的“闲暇，闲暇，第三个闲暇”的切齿之声，在我是觉得有趣的。因为我记得曾有人批评我的小说，说是“第一个是冷静，第二个是冷静，第三个还是冷静”＊，“冷静”并不算好批判，但不知怎地竟像一板斧劈着了这位革命的批评家的记忆中枢似的，从此“闲暇”也有三个了。

〖释：“……第三个还是冷静”，这是张定璜在1927年1月《现代评论》第一卷第七期、第八期发表的《鲁迅先生》一文中的评语。〗

三闲集/“醉眼”中的朦胧（1928·3·12）

●3-5-29-6

所怕的只是成仿吾们真像符拉特弥尔·伊力支『注：即列宁』一般，居然“获得大众”；那么，他们大约更要飞跃又飞跃，连我也会升到贵族或皇帝阶级里，至少也总得充军到北极圈内去了。译著的书都禁止，自然不待言。

三闲集/“醉眼”中的朦胧（1928·3·12）

●3-5-29-7

你看革命文学家，就都在上海租界左近，一有风吹草动，就有洋鬼子造成的铁丝网，将反革命文学的华界隔离，于是从那里面掷出无烟火药——约十万两——来，轰然一声，一切有闲阶级便都“奥伏赫变”『注：德语音译，现通译“扬弃”』了。

三闲集/通信〔复“一个被你毒害的青年Y”〕（1928·4·23）

●3-5-29-8

成仿吾辈的对我的“态度”，战士们虽然不屑留心到，在我本身是明白的。我有兄弟，自以为算不得就是我“不可理喻”，而这位批评家于《呐喊》出版时，即加以讥刺道：“这回由令弟编了出来，真是好看得多了”＊。

〖释：“这回由令弟编了出来……”，是成仿吾1924年1月在《〈呐喊〉的评论》一文中挖苦鲁迅的话。〗

三闲集/我的态度气量和年纪（1928·5·7）

●3-5-29-9

我合印一年的杂感为《华盖集》，另印先前所钞的小说史料为《小说旧闻钞》，是并不相干的。这位成仿吾先生却加以编排道：“我们的鲁迅先生坐在华盖之下正在抄他的‘小说旧闻’。”这使李初梨＊很高兴，今年又抄在《文化批判》里，还乐得不可开交道，“他（成仿吾）这段文章，比‘趣味文学’还更有趣些。”＊但是还不够，他们因为我生在绍兴，绍兴出酒，便说“醉眼陶然”……

〖释：李初梨（1900－1994），四川江津人。文艺评论家。后期创造社成员。/“他（成仿吾）这段文章，比‘趣味文学’还更有趣些”，是李初梨1928年2月发表在《文化批判》第二号（1928年2月）上的《怎样地建设革命文学》一文中奚落鲁迅的话。〗

三闲集/我的态度气量和年纪（1928·5·7）

●3-5-29-10

按：成仿吾1928年5月在《毕竟是“醉眼陶然”罢了》一文中挖苦“鲁迅是我们中国的Don Quixte（珰吉诃德）——珰鲁迅！”珰，西班牙语Don的音译，通译“堂”，即先生。

向“革命的智识阶级”叫打倒旧东西，又拉旧东西来保护自己，要有革命者的名声，却不肯吃一点革命者往往难免的辛苦……例如成仿吾，做了一篇“开步走”和“打发他们去”〖注：均为成仿吾文章的标题〗，又改换姓名（石厚生）做了一点“珰鲁迅”之后，据日本的无产文艺月刊《战旗》七月号所载，他就又走在修善寺温泉的近旁（可不知洗了澡没有），并且在那边被尊为“可尊敬的普罗塔利亚作家”，“从支那的劳动者农民所选出的他们的艺术家”了。

三闲集/文坛的掌故（1928·8·20）

●3-5-29-11

闻成仿吾作文，用别的名字*了，何必也夫。

〖释：“成仿吾用别的名字”，成仿吾于1927至1928年间与郭沫若提倡“革命文学”，曾用“石厚生”笔名。〗

书信/致章廷谦（1928·5·4）

●3-5-29-12

去年，据日本的杂志上说，成仿吾是由中国的农工大众选他往德国研究戏曲去了，我们也无从打听，究竟真是这样地选了没有。

三闲集/现今的新文学的概观（1929·4·25）

●3-5-29-13

我们所听到某人在提倡某主义——如成仿吾之大谈表现主义，高长虹之以未来派自居之类——而从未见某主义的一篇作品，大吹大擂地挂起招牌来，孪生了开张和倒闭……

集外集/《奔流》编校后记〔十一〕1929·8·11）

●3-5-29-14

至于成仿吾先生似的“他们一定胜利的，所以我们去指导安慰他们去”，说出“去了”之后，便来“打发”自己们以外的“他们”那样的无产文学家，那不消说，是也和梁先生〖注：指梁实秋〗一样地对于无产文学的理论，未免有“以意为之”的错误的。

二心集/“硬译”与“文学的阶级性”（1930·3）

●3-5-29-15

成仿吾先生，将革命使一般人理解为非常可怕的事，摆着一种极左倾的凶恶的面貌，好似革命一到，一切非革命者就都得死，令人对革命只抱着恐怖。其实革命是并非教人死而是教人活的。这种令人“知道点革命的厉害”，只图自己说得畅快的态度，也还是中了才子+流氓的毒。

二心集/上海文艺之一瞥（1931·7·27）

●3-5-29-16

我将编《中国小说史略》时所集的材料，印为《小说旧闻钞》，以省青年的检查之力，而成仿吾以无产阶级之名，指为“有闲”，而且“有闲”还至于有三个，却是至今还不能完全忘却的。我以为无产阶级是不会有这样锻炼周纳法的，他们没有学过“刀笔”。编成而名之曰《三闲集》，尚以射仿吾也。

三闲集/序言（1932·4·24）

●3-5-29-17

按：此系对美国斯诺著《鲁迅生平》的意见。

成的批评*，其实是反话，讥刺我的，因为那时他们所主张的是“天才”，所以所谓“一般人”，意即“庸俗之辈”，是说我的作品不过为俗流所赏的庸俗之作。

〖释：“成的批评”，指成仿吾1924年2月发表的《〈呐喊〉的评论》一文。〗

书信/致姚克（1933·11·5）

●3-5-29-18

我们的批评家成仿吾先生手抡双斧，从《创造》*的大旗下，一跃而出的时候，曾经说，他不屑看流行的作品，要从冷落堆里提出作家来。……不大好的是他的这一张支票，到十多年后的现在还没有兑现。

〖释：《创造》，月刊，见3-5-29-4条释。〗

且介亭杂文二集/“题未定”草〔五〕（1935·10·5）

●3-5-29-19

我们的批评家成仿吾先生正在创造社门口的“灵魂的冒险”的旗子底下抡板斧。他以“庸俗”的罪名，几斧砍杀了《呐喊》，只推《不周山》为佳作，——自然也仍有不好的地方。坦白的说罢，这就是使我不但不能心服，而且还轻视了这位勇士的原因。……《不周山》的后半是很草率的，决不能称为佳作。倘使读者相信了这冒险家的话，一定自误，而我也成了误人，于是当《呐喊》印行第二版时，即将这一篇删除；行这位“魂灵”回敬了当头一棒——我的集子里，只剩着“庸俗”在跋扈了。

故事新编/序言（1935·12·26）

刘半农（1891－1934）……江苏江阴人。曾参加《新青年》编辑工作，是五四新文化运动初期的重要作家之一。后留学法国，研究语音学。回国后任北京大学教授、北平大学女子文理学院院长等职。

●3-5-29-20

按：《何典》，清代张南庄著，用上海、苏南一带方言谚语写成的讽刺而流于油滑的章回小说，共十回。1926年刘半农将此书标点重印，鲁迅为之作“题记”。

我看了样本，以为校勘有时稍迂，空格令人气闷＊，半农的士大夫气似乎还太多。至于书呢？那是，谈鬼物正像人间，用新典一如古典。三家村的达人穿了赤膊大衫向大成至圣先生拱手，甚而至于翻筋斗，吓得“子曰店”的老板昏厥过去；但到站直之后，究竟还是长衫朋友。不过这一个筋斗，在那时，敢于翻的人的魄力，可总要算是极大的了。

成语和死古典又不同，多是现世的神髓，随手拈掇，自然使文字分外精神，又即从成语中，另外抽出思绪：既然从世相的种子出，开的也一定是世相的花。于是作者便在死的鬼画符和鬼打墙中，展示了活的人间相，或者也可以说是将活的人间相，都看作了死的鬼画符和鬼打墙。便是信口开河的地方，也常能令人仿佛有会于心，禁不住不很为难的苦笑。

〖释：“空格令人气闷”，刘半农标点《何典》，将书中一些粗俗文字删去，代以空格。后再版时恢复原状。〗

集外集拾遗/《何典》题记（1926·6）

●3-5-29-21

又有文士之徒在什么报上骂半农了，说《何典》广告＊怎样不高尚，不料大学教授而竟堕落至于斯。这颇使我凄然，因为由此记起了别的事，而且也以为“不料大学教授而竟堕落至于斯”。从此一见《何典》，便感到苦痛，再也说不出一句话。

是的，大学教授要堕落下去。无论高的或矮的，白的或黑的，或灰的。不过有些是别人谓之堕落，而我谓之困苦。

〖释：“《何典》广告”，载《语丝》第七十至七十五期。前三期只刊登“放屁放屁，真正岂有此理”数语，未提《何典》书名。从七十三期（1926年4月5日）开始，广告开头才是“吴稚晖先生的老师（《何典》）出版预告”。按“放屁放屁，真正岂有此理”是吴稚晖的口头禅。〗

华盖集续编/为半农题记《何典》后，作（1926·6·7）

●3-5-29-22

半农到德法研究了音韵好几年，我虽然不懂他所做的法文书，只知道里面很夹些中国字和高高低低的曲线，但总而言之，书籍具在，势必有人懂得。所以他的正业，我以为也还是将这些曲线教给学生们。

华盖集续编/为半农题记《何典》后，作（1926·6·7）

●3-5-29-23

四五天以前看见半农，说是要编《世界日报》*的副刊去，你得寄一点稿。那自然是可以的喽。然而稿子呢？这可着实为难。

〖释：《世界日报》，成舍我主办，1925 年 2 月 1 日创刊于北京。1926 年 6 月中旬，该报请刘半农编辑副刊。据《鲁迅日记》，刘在 6 月 18 日访鲁迅约稿。鲁迅自 6 月 25 日起为该刊写了《马上日记》等文。〗

华盖集续编/马上日记（1926·7·5）

●3-5-29-24

半农不准《语丝》发行，实在可怕，不知道他何从得到这样的权力的。我前几天见他删节 Hugo 文的案语*（登《莽原》11 期），就觉得他“狄克推多”〖注：英语“独裁”的译音〗得骇人，不料更甚了。《语丝》若停，实在可惜，但有什么法子呢？

〖释：“删节 Hugo 文的案语”，Hugo，即雨果（1802－1885），法国作家。刘半农在翻译他的作品时凭个人好恶作了大量删节并在删节处作“按语”。〗

书信/致章廷谦（1927·7·17）

●3-5-29-25

书头上附无聊之校勘如《何典》者，太“小家子”相，万不可学者也。

书信/致章廷谦（1927·7·28）

●3-5-29-26

半农译法国小说，似有择其短者而译之之趋势。我以为不大好。

书信/致江绍原（1927·11·14）

●3-5-29-27

现在这里是“现代”派拜帅了，刘博士已投入其麾下，闻彼一作校长*，其夫人即不理二太太，因二老爷不过为一教员而已云。

〖释：“彼作校长”，刘任北平大学女子文理学院院长。〗

两地书/北平－上海（1932·11）

●3-5-29-28

刘博士之言行，偶然也从报章上见之，真是古怪得很，当做《新青年》时，我是万料不到会这样的。

书信/致台静农（1932·6·18）

●3-5-29-29

北京大学招考，他是阅卷官，从国文卷子上发见一个可笑的错字，就来做诗，那些人被挖苦得真是要钻地洞，那些刚毕业的中学生。自然，他是教授，凡所指摘，都不至于不对的，不过我以为有些却还可有磋商的余地。集中有一个“自注”道——

有写“倡明文化”者，余曰：倡即“娼”字，凡文化发达之处，娼妓必多，谓文化由娼妓而明，亦言之成理也。

娼妓的娼，我们现在是不写作“倡”的，但先前两字通用，大约刘先生引据的是古书。不过要引古书，我记得《诗经》里有一句“倡予和女”*，好像至今还没有人解作“自己也做了婊子来应和别人”的意思。所以那一个错字，错而已矣，可笑可鄙却不属于它的。还有一句——

幸“萌科学思想之芽”。

“萌”字和“芽”字旁边都加着一个夹圈，大约指明着可笑之处在这里的罢，但我以为“萌芽”，“萌蘖”，固然是一个名词，而“萌动”，“萌发”，就成了动词，将“萌”字作动词用，似乎也并无错误。

〖释：“倡予和女”，语见《诗经·郑风·萚兮》：“叔兮伯兮，倡予和女（汝）！”〗

准风月谈/“感旧”以后〔下〕（1933·10·16）

●3-5-29-30

五四运动时候，提倡（刘先生或者会解作“提起婊子”来的罢）白话的人们，写错几个字，用错几个古典，是不以为奇的，但因为有些反对者说提倡白话者都是不知古书，信口胡说的人，所以往往也做几句古文，以塞他们的嘴。但自然，因为从旧垒中来，积习太深，一时不能摆脱，因此带着古文气息的作者，也不能说是没有的。

准风月谈/"感旧"以后〔下〕（1933·10·16）

●3-5-29-31

现在有两个人在这里：一个是中学生，文中写"留学生"为"流学生"，错了一个字；一个是大学教授，就得意洋洋的做了一首诗，曰："先生犯了弥天罪，罚往西洋把学流，应是九流加一等，面筋熬尽一锅油。"＊我们看罢，可笑是在那一面呢？

〖释："先生犯了弥天罪……"，系刘半农《桐花芝豆堂诗集》中之"阅卷杂诗"之二。〗

准风月谈/"感旧"以后〔下〕（1933·10·16）

●3-5-29-32

按：此信商议为鲁迅、郑振铎的《〈北平笺谱〉序》聘请书写人选。"国家博士"指刘半农。

关于国家博士，我似未曾提起，因我未能料及此公亦能为人作书，惟平日颇嗤其摆架子……

书信/致台静农（1933·12·27）

●3-5-29-33

关于半农，我可以写几句＊，不过不见得是好话，但也未必是坏话。

〖释："我可以写几句"，后写成《忆刘半农君》，收入《且介亭杂文》。〗

书信/致李小峰（1934·7·31）

●3-5-29-34

古之青年，心目中有了刘半农三个字，原因并不在他擅长音韵学，或是常做打油诗，是在他跳出鸳蝴派，骂倒王敬轩＊，为一个"文学革命"阵中的战斗者。

〖释："跳出鸳蝴派，骂倒王敬轩"：刘半农早年曾以"半侬"为笔名，为鸳鸯蝴蝶派刊物撰稿。其后，刘半农与钱玄同在《新青年》上发表"双簧信"，由钱化名王敬轩，扮演复古派，对新文化进行攻击；由刘回信痛加驳斥。这场"双簧"在一定程度上扩大了新文化运动的影响。〗

花边文学/趋时和复古（1934·8·15）

●3-5-29-35

半农先生一去世，也如朱湘庐隐＊两位作家一样，很使有些刊物热闹了一番。这情形，会延得多么长久呢，现在也无从推测。但这一死，作用却好像比那两位大得多：他已经快要被封为复古的先贤，可用他的神主来打"趋时"的人们了。

这一打是有力的，因为他既是作古的名人，又是先前的新党，以新打新，就如以毒攻毒，胜于搬出生锈的古董来。

〖释：朱湘，诗人，生于1904年，1933年12月投扬子江自尽。庐隐，女作家，生于1898年，1934年5月死于难产。〗

花边文学/趋时和复古（1934·8·15）

●3-5-29-36

我并不在讥刺半农先生曾经"趋时"，我这里所用的是普通所谓"趋时"中的一部分："前驱"的意思。他虽然自认"没落"，其实是战斗过来的，只要敬爱他的人，多发挥这一点，不要七手八脚，专门把他拖进自己所喜欢的油或泥里去做金字招牌就好了。

花边文学/趋时和复古（1934·8·15）

●3-5-29-37

半农去世，我是应该哀悼的，因为他也是我的老朋友。但是，这是十来年前的话了，现在呢，可难说得很。

且介亭杂文/忆刘半农君（1934·10）

●3-5-29-38

他到北京，恐怕是在《新青年》『注：见2-4-20-11条释』投稿之后，由蔡孑民先生或陈独秀先生去请来的，到了之后，当然更是《新青年》里的一个战士。他活泼，勇敢，很打了几次大仗。譬如罢，答王敬轩的双鐄信，"她"字和"牠"字的创造，就都是的。这两件，现在看起来，自然是琐屑得很，但那是十多年前，单是提倡新式标点，就会有一大群人“若丧考妣”，恨不得“食肉寝皮”的时候，所以的确是“大仗”。

〖释：“‘她’字和‘牠’字的创造”，刘半农在1920年6月6日的《她字问题》一文中主张创造“她”、“牠”二字：“一，中国文字中，要不要有一个第三位阴性代词？二，如其要的，我们能不能就用‘她’字？……我现在还觉得第三位代词，除她字外，应当再取一个‘牠’字，以代无生物。”〗

且介亭杂文/忆刘半农君（1934·10）

●3-5-29-39

半农的活泼，有时颇近于草率，勇敢也有失之无谋的地方。但是，要商量袭击敌人的时候，他还是好伙伴，进行之际，心口并不相应，或者暗暗的给你一刀，他是决不会的。倘若失了算，那是因为没有算好的缘故。

且介亭杂文/忆刘半农君（1934·10）

●3-5-29-40

所谓亲近，不过是多谈闲天，一多谈，就露出了缺点。几乎有一年多，他没有消失掉从上海带来的才子必有“红袖添香夜读书”的艳福的思想，好容易才给我们骂掉了。但他好像到处都这么的乱说，使有些学者皱眉。有时候，连到《新青年》投稿都被排斥。他很勇于写稿，但试去看旧报去，很有几期是没有他的。那些人们批评他的为人，是：浅。

且介亭杂文/忆刘半农君（1934·10）

●3-5-29-41

不错，半农确是浅。但他的浅，却如一条清溪，澄澈见底，纵有多少沉渣和腐草，也不掩其大体的清。倘使装的是烂泥，一时就看不出它的深浅来了；如果是烂泥的深渊呢，那就更不如浅一点的好。

且介亭杂文/忆刘半农君（1934·10）

●3-5-29-42

《新青年》每出一期，就开一次编辑会，商定下一期的稿件。其时最惹我注意的是陈独秀和胡适之……半农却是令人不觉其有“武库”的一个人，所以我佩服陈胡，却亲近半农。

且介亭杂文/忆刘半农君（1934·10）

●3-5-29-43

他回来『注：指刘半农从法国留学回来』……要标点《何典》，我那时还以老朋友自居，在序文上说了几句老实话，事后，才知道半农颇不高兴了，“驷不及舌”『注：语出《论语·颜渊》』，也没有法子。另外还有一回关于《语丝》的彼此心照的不快活*。五六年前，曾在上海的宴会上见过一回面，那时候，我们几乎已经无话可谈了。

〖释：“关于《语丝》的彼此心照的不快活”：《语丝》第四卷第九期（1928年2月27日）载刘半农的文章说林则徐被英国人俘获并“明正典刑”云。不久，读者洛卿等在《语丝》第四卷第十四期（同年4月2日）发表来信，指出这是史实性的错误。刘半农从此即不再给《语丝》写稿。〗

且介亭杂文/忆刘半农君（1934·10）

●3-5-29-44

近几年，半农渐渐的据了要津，我也渐渐的更将他忘却；但从报章上看见他禁称“蜜斯”*之类，却很起了反感：我以为这些事情是不必半农来做的。从去年来，又看见他不断的做打油诗，弄烂古文*，回想先前的交情，也往往不免长叹。我想，假如见面，而我还以老朋友自居，不给一个“今天天气……哈哈哈”完事，那就也许会弄到冲突的罢。

〖释：“禁称‘蜜斯’”，1931年4月1日北平《世界日报》报载，刘半农不赞成同学之间互称“蜜斯”（Miss：英语“小姐”），认为应该使用“国语”中的小姐、姑娘、女士等称谓，并曾在北平大学女子文理学院院长任上明令“禁称蜜斯”。/“打油诗”和“烂古文”，指刘半农1933－1934年间发表在《论语》、《人间世》等杂志上的

《桐花芝豆堂诗集》和《双凤凰砖斋小品文》等。〗

且介亭杂文/忆刘半农君（1934·10）

●3-5-29-45

半农的忠厚，是还使我感动的。我前年曾到北平，后来有人通知我，半农是要来看我的，有谁恐吓了他一下，不敢来了。这使我很惭愧，因为我到北平后，实在未曾有过访问半农的心思。

且介亭杂文/忆刘半农君（1934·10）

●3-5-29-46

我爱十年前的半农，而憎恶他的近几年。这憎恶是朋友的憎恶，因为我希望他常是十年前的半农，他的为战士，即使"浅"罢，却于中国更为有益。我愿以愤火照出他的战绩，免使一群陷沙鬼将他先前的光荣和死尸一同拖入烂泥的深渊。

且介亭杂文/忆刘半农君（1934·10）

●3-5-29-47

既是学者或教授，年龄至少和学生差十年，不但饭菜多吃了万来碗了，就是每天认一个字，也就要比学生多识三千六百个，比较的高明，是应该的，在考卷里发见几个错字，"大可不必"飘飘然生优越之感，好像得了什么宝贝一样。

且介亭杂文二集/从"别字"说开去（1935·4·20）

●3-5-29-48

自然，如果精通科学，又擅文章，那也很不坏，但这不能含含胡胡，责之一般的学生，假使他要学的是工程，那么，他只要能筑堤造路，治河导淮就够了，写"昌明"为"倡明"，误"留学"为"流学"，堤防决不会因此就倒塌的。如果说，别国的学生对于本国的文字，决不致闹出这样的大笑话，那自然可以归罪于中国学生的偏偏不肯学，但也可以归咎于先生的不善教，要不然，那就只能如我所说：方块字本身就是一个死症。

且介亭杂文二集/从"别字"说开去（1935·4·20）

刘百昭……湖南武冈人。章士钊的亲信。当时任教育部专门教育司司长兼北京艺术专门学校校长。

●3-5-29-49

"要是"帝国主义者抢去了中国的大部分，只剩了一二省，我们便怎样？别的都归了强国了，少数的土地，还要维持么？明亡以后，一点土地也没有了，却还有窜身海外，志在恢复的人。凡这些，从现在的"通品"＊看来，大约都是谬种，应该派"在德国手格盗匪数人"，立功海外的英雄刘百昭去剿灭他们的罢。

〖释："通品"，章士钊在教育总长任上时，在他主编的《甲寅》周刊第一卷第二号（1925年7月25日）发表的《孤桐杂记》中称赞陈源说："陈君本字通伯，的是当今通品。"/"'在德国手格盗匪数人'的英雄刘百昭"：1925年8月6日，在章士钊策动下，女师大被停办；8月17日，章士钊又决定在女师大原址另办"女子大学"；8月19日，章士钊派刘百昭前往执行，与女师大学生发生冲突。刘于22日雇用大批流氓女丐殴曳学生出校，并将她们禁闭在报子街补习科中。他在当天给章士钊的呈文中诬称"暴生"不轨，"势将动武。百昭正色。告以……本人稍娴武术。在德时曾徒手格退盗贼多人。诸君若以武力相加。则本人势必自卫"云云。〗

华盖集/这回是"多数"的把戏（1925·12·31）

●3-5-29-50

据说当民众"再毁"＊这位"孤桐先生"＊的"寒家"时，"好像他们夫妇两位的藏书都散失了"。……和这一比较，刘百昭司长的失少了家藏的公款八千元＊，要算小事件了，但我们所引为遗憾的是偏是章士钊刘百昭有这么多的储藏，而这些储藏偏又全都遭了劫。

在幼小时候曾有一个老于世故的长辈告诫过我：你不要和没出息的担子或摊子为难，他会自己摔了，却诬赖你，说不清，也赔不完。

〖释："再毁寒家"，1925年11月28日，北京民众为要求关税自主和反对段祺瑞政府而举行示威游行。群众对段祺瑞和依附他的一批政客如章士钊、朱深等人深为痛恨，曾到他们的住宅示威。事后，章士钊即写了一篇《寒家再毁记》（按同年5月7日因章士钊禁止学生纪念国耻，学生曾到章宅质问，发生冲突，因此他称这次为“再毁”），对学生和民众进行诋毁。/“孤桐先生”，章士钊早年署名青桐，后改秋桐，自1925年7月创办《甲寅》周刊时起，又改署“孤桐”（见《甲寅》周刊第一号《字说》）。陈源经常在文章中“热剌剌地”奉承“孤桐先生”。/“刘百昭司长失少了家藏公款八千元”，1925年11月28日群众示威中，刘百昭的住宅也受到冲击。他便乘机吞没“家藏公款八千元”，呈报教育部时捏造说公款全部被劫云云。〗

华盖集续编/杂论管闲事·做学问·灰色等（1926·1·18）

●3-5-29-51

人的眼界之狭是不大有药可救的，我近来觉得有趣的倒要算看见那在德国手格盗匪若干人，在北京率领三河县老妈子＊一大队的武士刘百昭校长居然做骈文，大有偃武修文之意了；而且“百昭海邦求学，教部备员，多艺之誉愧不如人，审美之情差堪自信”＊，还是一位文武全才，我先前实在没有料想到。

〖释：“三河县老妈子”，当时在北京做女佣的多为河北省三河县妇女，故有此泛称。刘百昭奉章士钊令劫收女师大时，曾雇用女佣及女丐、流氓等百余人将女师大学生强行殴拽出校。/“百昭海邦求学……”，是刘百昭为《艺专旬刊》所作《发刊词》中之句。〗

华盖集续编/有趣的消息（1926·1·19）

刘和珍（1904－1926）……江西南昌人。北京女子师范大学英文系学生。在爱国学生的三一八请愿活动中遭段祺瑞政府杀害。

●3-5-29-52

在四十余被害的青年之中，刘和珍君是我的学生。学生云者，我向来这样想，这样说，现在却觉得有些踌躇了，我应该对她奉献我的悲哀与尊敬。她不是“苟活到现在的我”的学生，是为了中国而死的中国的青年。

华盖集续编/记念刘和珍君（1926·4·12）

●3-5-29-53

……这回却很有几点出于我的意外。一是当局者竟会这样地凶残，一是流言家竟至如此之下劣，一是中国的女性临难竟能如是之从容。

华盖集续编/记念刘和珍君（1926·4·12）

●3-5-29-54

她的姓名第一次为我所见，是在去年夏初杨荫榆女士做女子师范大学校长，开除校中六个学生自治会职员＊的时候。其中的一个就是她；但是我不认识。直到后来，也许已经是刘百昭率领男女武将，强拖出校之后了，才有人指着一个学生告诉我，说：这就是刘和珍。其时我才能将姓名和实体联合起来，心中却暗自诧异。我平素想，能够不为势利所屈，反抗一广有羽翼的校长的学生，无论如何，总该是有些桀骜锋利的，但她却常常微笑着，态度很温和。待到偏安于宗帽胡同＊，赁屋授课之后，她才始来听我的讲义，于是见面的回数就较多了，也还是始终微笑着，态度很温和。待到学校恢复旧观＊，往日的教职员以为责任已尽，准备陆续引退的时候，我才见她虑及母校前途，黯然至于泣下。此后似乎就不相见。总之，在我的记忆上，那一次就是永别了。

〖释：“杨荫榆开除六个学生自治会职员”，1925年5月9日，杨荫榆为平息学潮，假借校评议会名义开除许广平、刘和珍等六名学生自治会成员。/“偏安于宗帽胡同”，反对杨荫榆的学生被赶出校后，在西城宗帽胡同赁屋作为临时校舍，于1925年9月21日开学。鲁迅等教师曾去义务授课。/“学校恢复旧观”，女师大学生经过斗争，在社会正义力量支持下，于1925年11月30日迁回原址复校。〗

华盖集续编/记念刘和珍君（1926·4·12）

●3-5-29-55

凡我所编辑的期刊，大概是因为往往有始无终之故罢，销行一向就甚为寥落，然而在这样的生活艰难中，毅然预定了《莽原》全年的就有她。

华盖集续编/记念刘和珍君（1926·4·12）

●3-5-29-56

我在十八日早晨，才知道上午有群众向执政府请愿的事；下午便得到噩耗，说卫队居然开枪，死伤至数百人，而刘和珍君即在遇害者之列。但我对于这些传说，竟至于颇为怀疑。……

然而即日证明了是事实了，作证的便是她自己的尸骸。还有一具，是杨德群＊君的。而且又证明着这不但是杀害，简直是虐杀，因为身体上还有棍棒的伤痕。

但段政府就有令，说她们是"暴徒"！

但接着就有流言，说她们是受人利用的。

〖释：杨德群（1902－1926），湖南湘阴人。当时北京女子师范大学国文系的学生。〗

华盖集续编/记念刘和珍君（1926·4·12）

●3-5-29-57

我没有亲见；听说，她，刘和珍君，那时是欣然前往的。自然，请愿而已，稍有人心者，谁也不会料到有这样的罗网。但竟在执政府前中弹了，从背部入，斜穿心肺，已是致命的创伤，只是没有便死。同去的张静淑＊君想扶起她，中了四弹，其一是手枪，立仆；同去的杨德群君又想去扶起她，也被击，弹从左肩入，穿胸偏右出，也立仆。但她还能坐起来，一个兵在她头部及胸部猛击两棍，于是死掉了。

〖释：张静淑（1902－1978），湖南长沙人。当时北京女子师范大学教育系的学生。〗

华盖集续编/记念刘和珍君（1926·4·12）

刘海粟［及徐悲鸿］……刘海粟（1896－1994），江苏武进人，画家。曾任上海美术专科学校校长；徐悲鸿（1895－1953），江苏宜兴人，画家。曾在北京大学、中央大学等校任教。他们两人在1932－1934年间曾先后赴欧洲举办画展。

●3-5-29-58

"刘大师"的那一个展览会听说内容全是"国画"，现在的"国画"，一定是贫乏的，但因为欧洲人没有看惯，莫名其妙，所以这回也许要"载誉归来"，像徐悲鸿之在法国一样。

书信/致吴渤（1933·11·16）

●3-5-29-59

中国环境，与艺术最不利，青年竟无法看见一幅欧美名画的原作，都是摸暗弄堂，要有杰出的作家，恐怕是很难的。至于有力游历外国的"大师"之流，他却只在为自己个人吹打，岂不可叹。

书信/致姚克（1934·3·24）

●3-5-29-60

五月二十八日的《大晚报》告诉了我们一件文艺上的重要的新闻：

我国美术名家刘海粟徐悲鸿等，近在苏俄莫斯科举行中国书画展览会，深得彼邦人士极力赞美，揄扬我国之书画名作，切合苏俄正在盛行之象征主义……

……

倘说，中国画和印象主义有一脉相通，那倒还说得下去的，现在以为"切合苏俄正在盛行之象征主义"，却未免近于梦话。半枝紫藤，一株松树，一个老虎，几匹麻雀，有些确乎是不像真的，但那是因为画不像的缘故，何尝"象征"着别的什么呢？

花边文学/谁在没落？（1934·6·2）

●3-5-29-61

单是学艺上的东西，近来就先送一批古董到巴黎去展览，但终"不知后事如何"；还有几位"大师"们捧着几张古画和新画，在欧洲各国一路的挂过去，叫作"发扬国光"＊。

〖释："发扬国光"，是《大晚报》1934年5月28日题为《梅兰芳赴苏俄》新闻中的话。〗

且介亭杂文/拿来主义（1934·6·7）

●3-5-29-62

上海滩上，却依然有人在……自编自己的作品入画集里，名曰"现代杰作"*——忙忙碌碌，鬼鬼祟祟，煞是好看。

〖释："自编自己的作品入画集里，名曰'现代杰作'"：刘海粟编《世界名画》（中华书局出版），所收都是近代外国著名画家的作品，每人一集。其中第二集是他自己的画，由傅雷编辑。〗

且介亭杂文二集/逃名（1935·9·5）

冰心（1900－1999）……原名谢婉莹，福建福州人。女作家。

●3-5-29-63

燕大『注：指燕京大学』是现代派信徒居多——大约因为冰心在此之故……

两地书/北平－上海（1929·5·22）

●3-5-29-64

从芜因告诉我，长虹写给冰心情书，已阅三年，成一大捆。今年冰心结婚后，将该捆交给她的男人，他于旅行时，随看随抛入海中，数日而毕云。

两地书/北平－上海（1929·5·26）

●3-5-29-65

现在很有些人做书，格式是写给青年或少年的信。自然，说的一定是"人话"了。但不知道是那一种"人话"？为什么不写给年龄更大的人们？年龄大了就不屑教诲么？还是青年和少年比较的纯厚，容易诓骗呢？

伪自由书/"人话"（1933·3·28）

●3-5-29-66

对于文字的新压迫将开始，闻杭州禁十人作品，连冰心在内，奇极……

书信/致郑振铎（1933·11·3）

江绍原（1898－1983）……安徽旌德人。民俗学研究者。曾留学美国，回国后历任北京大学、中山大学教授。《语丝》撰稿人。

●3-5-29-67

绍原经济情形，殊可虑。但前两星期，有一个听差（我想，是蔡"公"家的人）送大学院的聘书到我这里来，也有绍原的一份，但写明是由胡适之转的。问他何时送去；他说已送去过了，胡博士说本人不在沪，不收。我本想中途截取转寄，但又以为不好，中止了。后来打听季茀，他说大约已经寄杭了，星期二（十九）付邮的。莫非还不到么？倘到，则其中有一批钱，可以过年。

书信/致章廷谦（1927·12·26）

●3-5-29-68

《国人对于西洋医学方药之反应》*，我以为于启发方面及观察中国社会状态及心理方面，是都有益处的。现在的缺点，是略觉散漫一点，将来成书时，卷首有一篇提纲和判断，那就好了。

〖释：《国人对于西洋医学方药之反应》，原题《中国人对于西洋医药和医药学的反应》，江绍原辑著。1928－1929年在上海刊物上断续连载。〗

书信/致江绍原（1929·10·22）

许寿裳（1882－1948）……字季黻，又作季茀、季市，浙江绍兴人。教育家。

●3-5-29-69

兄之聘书，已在我处，为豫科教授『注：指在当时的中山大学』，月薪二百四十元，合大洋不过二百上下。此间生活费，有百元足矣，不至于苦。

书信/致许寿裳（1927·1·31）

●3-5-29-70

季茀之职衔颇新颖*，大约是清闲之官乎。

〖释："……职衔颇新颖"，指许寿裳当时任浙江省民政厅视察员。〗

书信/致江绍原（1927·8·2）

●3-5-29-71

许寿裳先生在南京大学院做秘书，他们要请我译书，但我还没有去的意思。

书信/致廖立峨（1927·10·21）

●3-5-29-72

我和他『注：指许寿裳』极熟，是幼年同窗，他人是极好的，但欠坚硬，倘为人所包围，往往无法摆脱。我看北平学界，是非蜂起，难办之至，所以最先是劝他不要去；后来盖又受另一些人所劝，终于答应了。

书信/致曹靖华（1934·6·29）

●3-5-29-73

许季茀做了北平什么女校＊长了，在找教员。该校气魄远不如燕大之大，是非恐亦多。

〖释："什么女校"，指北平大学女子文理学院。〗

书信/致郑振铎（1934·7·6）

●3-5-29-74

许君人甚诚实，而缺机变，我看他现在所付以重任之人物，亦即将来翻脸不相识之敌人。大约将来非被彼辈所侵入，则亦当被排去，不过现在尚非其时耳。

书信/致郑振铎（1935·1·9）

●3-5-29-75

许君人甚老实，但他对于人之贤不肖，却不甚了然。

书信/致曹靖华（1935·5·22）

●3-5-29-76

得《新苗》＊，见兄所为文＊，甚以为佳，所未敢苟同者，惟在欲以佛法救中国耳。

〖释：《新苗》，北平大学女子文理学院的刊物。/"兄所为文"，指该刊第八期（1936年9月）所载《纪念先师太炎先生》。〗

书信/致许寿裳（1936·9·25）

许钦文（1897－1984）……浙江山阴人。作家。1920年间曾在北京大学旁听过鲁迅讲课。

●3-5-29-77

钦文兄小说已看过两遍，以写学生社会者为最好，村乡生活者次之；写工人之两篇，则近于失败。

书信/致孙伏园（1924·1·11）

●3-5-29-78

钦文之事＊，在一星期前，闻虽眷属亦不准接见，而死者之姊，且控其谋财害命，殊可笑，但近来不闻新消息，恐尚未获自由耳。

〖释："钦文之事"：1932年春，两名借住于许钦文建造的陶元庆纪念室内的女学生发生争执，其中一人杀死另一人。死者的姐姐因此向法院控告许钦文。一月后，许在"无罪开释"的同时又以"组织共党"等罪名被公诉并转押军人监狱近一年。后由鲁迅转托蔡元培营救出狱。〗

书信/致许寿裳（1932·3·2）

●3-5-29-79

钦文事我亦不详，似是三角恋爱，二女相妒，以至相杀，但其一角，或云即钦文，或云另一人，则真所谓"议论纷纷莫衷一是"，不佞亦难言之矣。

书信/致李秉中（1932·3·20）

●3-5-29-80

钦文似尚不能保释，闻近又发见被害者之日记若干册，法官当一一细读，此一细读，正不知何时读完，其累钦文甚矣。

书信/致许寿裳（1932·3·22）

●3-5-29-81

顷又闻钦文已释出，法官对于他，并不起诉，然则已脱干系矣。岂法官之读日记，竟如此其神速耶。

书信/致许寿裳（1932·3·22）

●3-5-29-82

监所生活与火线生活太不同，殊难比较，但由我观之，无刘姊之“声请再议”，以火线生活为爽利，而大炮之来，难以逆料而决其“无妨”，则又不及监所生活之稳当也。

书信/致许钦文（1932·3·28）

●3-5-29-83

钦文一事已了，而另一事又发生，似有仇家，必欲苦之而后快者，新闻上记事简略，殊难知其内情，真是无法。蔡公『注：指蔡元培』生病，不能相渎，但未知公侠＊有法可想否？

〖释：公侠，即陈仪（1883－1950），浙江绍兴人。毕业于日本陆军士官学校。辛亥革命后曾历任各种军政要职。〗

书信/致许寿裳（1933·8·20）

●3-5-29-84

钦文事剪报奉览。看来许之罪其实是“莫须有”的，大约有人欲得而甘心，故有此辣手，且颇有信彼为富家子弟者。世间如此，又有何理可言。

书信/致许寿裳（1933·9·19）

●3-5-29-85

钦文出来了，见过两回，他说以后大约没有事了。

书信/致母亲（1934·8·12）

●3-5-29-86

最失败的是许钦文，他募款建陶元庆纪念堂，后来收款寥寥，自己欠一批债，而杭州之律师及记者等，以他为富翁，必令涉入命案，几乎寿终牢寝，现在出来了，却专为付利子而工作着。

书信/致沈雁冰（1936·9·3）

孙中山（1866－1925）……名文，字逸仙。广东香山（今中山）人。伟大的民主革命家。

●3-5-29-87

我做那篇文章『注：指《战士和苍蝇》』的本意，并不是说现在的文坛。所谓战士者，是指中山先生和民国元年前后殉国而反受奴才们讥笑糟蹋的先烈；苍蝇则当然是指奴才们。

集外集拾遗/就是这么一个意思（1925·4·3）

●3-5-29-88

改革最快的还是火与剑，孙中山奔波一世，而中国还是如此者，最大原因还在他没有党军，因此不能不迁就有武力的别人。近几年似乎他们也觉悟了，开起军官学校『注：即黄埔“陆军军官学校”』来，惜已太晚。

两地书/北京（1925·4·8）

●3-5-29-89

中山先生逝世已经一年了，“革命尚未成功”，仅在这样的环境中作一个纪念。然而这纪念所显示，也还是他终于永远带着新的革命者前行，一同努力于进向近于完全的革命的工作。

集外集拾遗/中山先生逝世后一周年（1926·3·12）

●3-5-29-90

中山先生逝世后无论几周年，本用不着什么纪念的文章。只要这先前未曾有的中华民国存在，就是他的丰碑，就是他的纪念。

凡是自承为民国的国民，谁有不记得创造民国的战士，而且是第一人的？

集外集拾遗/中山先生逝世后一周年（1926·3·12）

●3-5-29-91

无论如何，中山先生的一生历史具在，站出世间来就是革命，失败了还是革命；中华民国成立之后，也没有满足过，没有安逸过，仍然继续着进向近于完全的革命的工作。直到临终之际，他说道：革命尚未成功，同志仍须努力＊！

〖释：“革命尚未成功，同志仍须努力”，见孙中山遗嘱。〗

集外集拾遗/中山先生逝世后一周年（1926·3·12）

●3-5-29-92

当西医已经束手的时候，有人主张服中国药了；但中山先生不赞成，以为中国的药品固然也有有效的，诊断的知识却缺如。不能诊断，如何用药？毋须服＊。人当濒危之际，大抵是什么也肯尝试的，而他对于自己的生命，也仍有这样分明的理智和坚定的意志。

〖释：“中国的药品毋须服”，关于孙中山不服中药的报道，见1925年2月5日《京报》载《孙中山先生昨日病况》。〗

集外集拾遗/中山先生逝世后一周年（1926·3·12）

●3-5-29-93

他是一个全体，永远的革命者。无论所做的那一件，全都是革命。无论后人如何吹求他，冷落他，他终于全都是革命。

集外集拾遗/中山先生逝世后一周年（1926·3·12）

●3-5-29-94

中山生日的情形，我以为于他本身是无关的，我的意思是“身后名，不如即时一杯酒”。

两地书/厦门－广州（1926·11·18）

●3-5-29-95

按：鲁迅1927年初从厦门到广州后，短暂担任过中山大学教务主任。在1927年3月出版的《国立中山大学开学纪念册》“论述”栏，他发表了“开学致语”，署名周树人。

中山先生一生致力于国民革命的结果，留下来的极大的纪念，是：中华民国。

但是，“革命尚未成功”。

集外集拾遗补编/中山大学开学致语（1927·3）

●3-5-29-96

为革命策源地的广州，现今却已在革命的后方了。设立在这里，如校史所说，将“以贯彻孙总理革命的精神”的中山大学，从此要开始他的第一步。

那使命是很重大的，然而在后方。

集外集拾遗补编/中山大学开学致语（1927·3）

●3-5-29-97

中山先生却常在革命的前线。

集外集拾遗补编/中山大学开学致语（1927·3）

●3-5-29-98

中山先生还有许多书。我想：中山大学与革命的关系，大概就等于许多书。但不是死书：他须有奋发革命的精神，增加革命的才绪，坚固革命的魄力的力量。

现在，四近没有炮火，没有鞭笞，没有压制，于是也就没有反抗，没有革命。所有的多是曾经革命，将要革命，或向往革命的青年，将在平静的空气中，度着探求学术的生活。但这平静的空气，必须为革命的精神所弥漫；这精神则如日光，永永放射，无远弗到。

否则，革命的后方便成为懒人享福的地方。

中山大学也还是无意义。

不过使国内多添了许多好看的头衔。

集外集拾遗补编/中山大学开学致语（1927·3）

●3-5-29-99

我先只希望中山大学中人虽然坐着工作而永远记得前线。

集外集拾遗补编/中山大学开学致语（1927·3）

孙用……原名卜成中。浙江杭州人。当时是杭州邮局职员，业余从事翻译工作。

●3-5-29-100

先生的九月廿四日信及《勇敢的约翰》＊……译文极好，可以诵读，但于《奔流》不宜，因为

《奔流》也有停滞现象，此后能否月出一册，殊不可知，所以分登起来，不知何时才毕，倘登一期，又觉太长，杂志便不能“杂”了。

作者是匈牙利诗人，译文又好，我想可以设法印一单行本，约印一千，托一书局经售，版税可得（定价）百分之二十（但于售后才能收），不知先生以为可否？乞示。倘以为可，请即将原译本『注：原为世界语译本』并图寄下，如作一传，尤好（不知译本卷首有序否?），当即为张罗出版也。

〖释：《勇敢的约翰》，匈牙利裴多菲作长诗，后于1931年11月由上海湖风书店出版。鲁迅为之校订并作校后记。〗

书信/致孙用（1929·11·8）

●3-5-29-101

《奔流》和“北新”的关系，原定是这样的：我选稿并编辑，“北新”退稿并酌送稿费。待到今年夏季，才知道他们并不实行，我就辞去编辑的责任。中间经人排解，乃约定先将稿费送来我处，由我寄出，这才动手编辑付印，第五本《奔流》是这新约成立后的第一次，因此中间已隔了三个月了。先生前一篇＊的稿费，我是早经开去的，现在才知道还是未送，模胡掉了。所以我想，先生最好是自己直接去问一问“北新”，倘肯自认晦气，模胡过去，就更好。因为我如去翻旧账，结果还是闹一场的。

〖释：“先生前一篇”，指匈牙利赫尔才格的小说《马拉敦之战》，发表于1929年7月《奔流》第二卷第三期。〗

书信/致孙用（1929·11·25）

第六节　中国人士［七画］

人大抵愿意有名，活的时候做自传，死了想有人分讣文，做行实，甚而至于还“宣付国史馆立传”。

(30) 七画［上］（严李杨吴）

我们还有一种相反的脾气：首饰要“足赤”，人物要完人。一有缺点，有时就全部都不要了。

严复（1854－1921）……字又陵，号几道。福建侯官（治今福州）人。清末启蒙思想家、翻译家。

●3-6-30-1

我一直从前曾见严又陵在一本什么书上发过议论，书名和原文都忘记了。大意是：“在北京道上，看见许多孩子，辗转于车轮马足之间，很怕把他们碰死了，又想起他们将来怎样得了，很是害怕。”其实别的地方，也都如此，不过车马多少不同罢了。现在到了北京，这情形还未改变，我也时时发起这样的忧虑；一面又佩服严又陵究竟是“做”过赫胥黎《天演论》＊的，的确与众不同：是一个十九世纪末年中国感觉锐敏的人。

〖释：此处的“做《天演论》”，意谓严复翻译《天演论》不是完全照原文原意翻译。赫胥黎（1825－1895），英国博物学家。在达尔文的《物种起源》一书出版后，竭力支持和宣传进化论，与教会势力进行了激烈斗争。〗

热风/随感录二十五（1918·9·15）

●3-6-30-2

按：严复译作甚多并在清末有过重大影响。其中有英国赫胥黎的《天演论》，英国亚当·斯密的《原富》，英国甄克思的《社会通诠》，英国穆勒的《群己权界论》，法国孟德斯鸠的《法意》，英国斯宾塞的《群学肄言》，英国耶方思的《名学浅说》，穆勒的《名学》等书。

现在严译的书都出版了，虽然没有什么意义，但他所用的功夫，却从中可以查考。据我所记得，译得最费力，也令人看起来最吃力的，是《穆勒名学》和《群己权界论》的一篇作者自序，其次就是这论，后来不知怎地又改称为"权界"，连书名也很费解了。最好懂的自然是《天演论》*，桐城气息*十足，连字的平仄也都留心，摇头晃脑的读起来，真是音调铿锵，使人不自觉其头晕。这一点竟感动了桐城派老头子吴汝纶*，不禁说是"足与周秦诸子相上下"了。

〖释：《天演论》，英国赫胥黎的著作，原书名《进化论与与伦理学及其他论文》。严复译本于1898年出版。/《"桐城气息"，指"桐城派"的文章风格。/吴汝纶，桐城派后期作家（1840－1903）。〗

二心集/关于翻译的通信（1932·6）

●3-6-30-3

他的翻译，实在是汉唐译经历史的缩图。中国之译佛经，汉末质直，他没有取法。六朝真是"达"而"雅"了，他的《天演论》的模范就在此。

二心集/关于翻译的通信（1932·6）

●3-6-30-4

严又陵自己却知道这太"达"的译法是不对的，所以他不称为"翻译"，而写作"侯官严复达旨*"；序例上发了一通"信达雅"*之类的议论之后，结末却声明道："什法师*云，'学我者病'。来者方多，慎勿以是书为口实也！"好像他在四十年前，便料到会有赵老爷*来谬托知己，早已毛骨悚然一样。仅仅这一点，我就要说，严赵两大师，实有虎狗之差，不能相提并论的。

那么，他为什么要干这一手把戏呢？答案是：那时的留学生没有现在这么阔气，社会上大抵以为西洋人只会做机器——尤其是自鸣钟——留学生只会讲鬼子话，所以算不了"士"人的。因此他便来铿锵一下子，铿锵得吴汝纶也肯给他作序，这一序，别的生意也就源源而来了，于是有《名学》，有《法意》，有《原富》等等。但他后来的译本，看得"信"比"达雅"都重一些。

〖释："达旨"，《天演论·译例言》："译文取明深义，故词句之间，时有所值到（颠倒）附益，不斤斤于字比句次，而意义则不倍（背）本文。题曰达旨，不云笔译，取便发挥，实非正法"，云云。/"信达雅"，《天演论·译例言》："译事三难：信、达、雅。求其信已大难矣，不达，虽译犹不译也，则达尚焉。""为达即所以为信也。""三者乃文章正轨，亦即为译事楷模。故信达而外，求其尔雅。"/什法师，即鸠摩罗什（344－413），后秦高僧，佛经翻译家。/赵老爷，指赵景深（1902－1985），四川宜宾人，学者，教授。曾任开明书店编辑。〗

二心集/关于翻译的通信（1932·6）

●3-6-30-5

留英学生也不希罕，严复的姓名还没有消失，就在他先前认真的译过好几部鬼子书，趋时……

花边文学/趋时和复古（1934·8·15）

●3-6-30-6

严又陵说："一名之立，旬月踌躕"，是他的经验之谈，的的确确的。

且介亭杂文二集/"题未定"草〔一〕（1935·7）

李大钊（1889－1927）……河北乐亭人。五四运动的领导者和中国共产党的创始人之一。曾任北京大学教授兼图书馆主任、《新青年》编辑。1927年4月6日被奉系军阀张作霖逮捕，28日遇害。

●3-6-30-7

曹锟*做总统的时代（那时这样写法就要犯罪），要办李大钊先生，国务会议席上一个阁员说："只要看他的名字，就知道不是一个安分的人。什么名字不好取，他偏要叫李大剑?!"于是乎办定了，因为这位“大剑”先生已经用名字自己证实，是“大刀王五”*一流人。

〖释：曹锟（1862－1938），天津人，北洋军阀直系首领之一。1923年10月，以贿选得任中华民国总统。/“大刀王五”，王子斌，清末著名镖客。〗

华盖集/忽然想到〔八〕(1925·5·18)

●3-6-30-8

守常先生我是认识的，遗著上应该写一点什么，不过于学说之类，我不了然，所以只能说几句关于个人的空话。

书信/致曹聚仁（1933·5·7）

●3-6-30-9

生丁斯世，言语道断*，为守常先生的遗文写了几句，塞责而已。

〖释：“言语道断”，佛家语。不可言说，悲愤到无话可说之意。〗

书信/致曹聚仁（1933·5·30）

●3-6-30-10

《李集》*我以为不如不审定，也许连出版所也不如胡诌一个，卖一通就算。论起理来，李死在清党之前，还是国民党的朋友，给他留个纪念，原是极应该的，然而中央的检查员，其低能也未必下于邮政检查员，他们已无人情，也不知历史，给碰一个大钉子，正是意中事。到那时候，倒令人更为难。所以我以为不如“自由”印卖，好在这书是不会风行的，赤者嫌其颇白，白者怕其已赤，读者盖必寥寥，大约惟留心于文献者，始有意于此耳，一版能卖完，已属如天之福也。

〖释：《李集》，指《守常全集》。李大钊的文稿经李乐光搜集整理，其中三十三篇于1933年辗转交上海群众图书公司出版，题名即为《守常全集》，并约鲁迅作序，但在当时形势下未能出版。1934年4月北新书局以“社会科学研究社”名义印出初版，但当即为租界当局没收。1949年7月仍由北新书局重印出版，改名《守常文集》上册。〗

书信/致曹聚仁（1933·6·3）

●3-6-30-11

我最初看见守常先生的时候，是在独秀先生邀去商量怎样进行《新青年》的集会上，这样就算认识了。不知道他其时是否已是共产主义者。总之，给我的印象是很好的：诚实，谦和，不多说话。《新青年》的同人中，虽然也很有喜欢明争暗斗，扶植自己势力的人，但他一直到后来，绝对的不是。

南腔北调集/《守常全集》题记（1933·8·19）

●3-6-30-12

他的模样是颇难形容的，有些儒雅，有些朴质，也有些凡俗。所以既像文士，也像官吏，又有些像商人。这样的商人，我在南边没有看见过，北京却有的，是旧书店或笺纸店的掌柜。一九二六年三月十八日，段祺瑞们枪击徒手请愿的学生的那一次，他也在群众中，给一个兵抓住了，问他是何等样人。答说是“做买卖的”。兵道：“那么，到这里来干什么？滚你的罢！”一推，他总算逃得了性命。

倘说教员，那时是可以死掉的。

然而到第二年，他终于被张作霖们害死了。

南腔北调集/《守常全集》题记（1933·8·19）

●3-6-30-13

段将军的屠戮，死了四十二人，其中有几个是我的学生，我实在很觉得一点痛楚；张将军的屠戮，死的好像是十多人，手头没有记录，说不清楚了，但我所认识的只有一个守常先生。在厦门『注：应为“在广州”』知道了这消息之后，椭圆的脸，细细的眼睛和胡子，蓝布袍，黑马褂，就时时出现在我的眼前，期间还隐约看见绞首台。痛楚是也有些的，但比先前淡漠了。这是我历来的偏见：见同辈之死，总没有像见青年之死的悲伤。

南腔北调集/《守常全集》题记（1933·8·19）

●3-6-30-14

这回听说在北平公然举行了葬式＊，计算起来，去被害的时候已经七年了。这是极应该的。我不知道他那时被将军们所编排的罪状，——大概总不外乎“危害民国”罢。然而仅在这短短的七年中，事实就铁铸一般的证明了断送民国的四省的并非李大钊，却是杀戮了他的将军！

〖释：“北平公然举行了葬式”：在中共组织下，1933年4月23日为李大钊举行公葬，由宣外下斜街移柩香山万安公墓。途中遭军警镇压，多人受伤，四十余人被捕。〗

南腔北调集/《守常全集》题记（1933·8·19）

●3-6-30-15

守常先生还有遗文在。不幸对于遗文，我却很难讲什么话。因为所执的业，彼此不同，在《新青年》时代，我虽以他为站在同一战线上的伙伴，却并未留心他的文章，譬如骑兵不必注意于造桥，炮兵无须分神于驭马，那时自以为尚非错误。所以现在所能说的，也不过：一，是他的理论，在现在看起来，当然未必精当的；二，是虽然如此，他的遗文却将永住，因为这是先驱者的遗产，革命史上的丰碑。一切死的和活的骗子的一迭迭的集子，不是已在倒塌下来，连商人也“不顾血本”的只收二三折了么？

以过去和现在的铁铸一般的事实来测将来，洞若观火！

南腔北调集/《守常全集》题记（1933·8·19）

李小峰（1897－1971）……江苏江阴人。北京大学哲学系毕业。新潮社和语丝社成员。北新书局主持人。

●3-6-30-16

我到上后，看看各出版店，大抵是营利第一。小峰却还有点傻气。前两三年，别家不肯出版的书，我一绍介，他便付印，这事我至今记得的。虽然我所绍介的作者，现在往往翻脸在骂我，但我仍不能不感激小峰的情面。情面者，面情之谓也＊，我之亦要钱而亦要管情面者以此。

〖释：“情面者，面情之谓也”，明末大臣周道登（崇祯初年任礼部尚书兼东阁大学士）对崇祯皇帝说的话。据竹坞遗民著《烈皇小识》卷一载：“上又问阁臣：‘近来诸臣奏内，多有情面二字，何谓情面？’周道登对曰：‘情面者，面情之谓也。’左右皆匿笑。”〗

书信/致章廷谦（1927·12·26）

●3-6-30-17

李公小峰，似乎很忙，信札不复，也是常事。其一，似乎书局中人，饭桶居多，所以凡事无不散漫。……以北新之懒散，而上海新书店之蜂起，照天演公例而言，是应该倒灶的。但不料一切新书店，也一样散漫，死样活气，所以直到现在，北新依然为新书店魁首，闻各店且羡而妒之，呜呼噫嘻，此岂非奇事而李公小峰的福气也欤！

书信/致章廷谦（1929·3·15）

●3-6-30-18

北新书局自云穷极，我的版税，本月一文不送，写信去问，亦不答，大约这样的交道，是打不下去的。

书信/致章廷谦（1929·7·21）

●3-6-30-19

北新近来非常麻木，我开去的稿费，总久不付，写信去催去问，也不复。投稿者多是穷的，往往直接来问我，或发牢骚，使我不胜其苦，许多生命，销磨于无代价的苦工中，真是何苦如此。

北新现在对我说穷，我是不相信的，听说他们将现钱搬出去开纱厂去了，一面又学了上海流氓书店的坏样，对作者刻薄起来。

书信/致韦丛芜（1929·8·7）

●3-6-30-20

寄来的一篇译文＊，早收到了。已于上月底，将稿费数目，开给小峰，嘱他寄去。但我想，恐怕是至今未寄的罢。

〖释："一篇译文"，指韦丛芜所译《近三十年的英国文学》。〗

书信/致韦丛芜（1929·8·7）

●3-6-30-21

奉函不得复，已有多次。我最末问《奔流》稿费的信，是上月底，鹄候两星期，仍不获片纸只字，是北新另有要务，抑意已不在此等刊物，虽不可知，但要之，我必当停止编辑，因为虽是雇工，佣仆，屡询不答，也早该卷铺盖了。现已第四期编讫，后不再编，或停，或另请人接办，悉听尊便。

书信/致李小峰（1929·8·11）

●3-6-30-22

老版原在上海，但说话不算数，寄信不回答，愈来愈甚。我熬得很久了，前天乃请了一位律师＊，给他们开了一点玩笑，也许并不算小，后事如何，此刻也难说。老版今天来访我，然已无及，因为我的箭已经射出了。用种种方法骂我的潘梓年＊，也是北新的股东，你想可气不可气。

〖释："一位律师"，指杨铿。因北新书局长期拖欠《奔流》稿酬和鲁迅版税，虽经多次催讨而不予置理，故鲁迅拟诉诸法律。/潘梓年（1893－1972），江苏宜兴人。哲学家。他当时在北新书局编辑《北新》半月刊。〗

书信/致章廷谦（1929·8·17）

●3-6-30-23

北新脾气，日见其坏，我已请律师和他们开一个小玩笑，我实在忍耐不下去了。

书信/致李霁野（1929·8·20）

●3-6-30-24

廿三日信是当夜收到的。这晚达夫正从杭州来，提出再商量一次，离我的正式开玩笑只一天。我已答应了，由律师指定日期开议。因为我是开初就将全盘的事交付了律师的，所以非由他结束不可。会议＊的人名中，由我和达夫主张，也写上了你，日子未知，大约是后天罢，但明天下午也难说。这是最后一次了，结果未可知，但据达夫口述，则他们所答应者，和我所提出的相去并不远——只要不是说过不算数。

〖释："会议"，指商议向北新索取版税等事，作此信次日在杨铿律师处进行。参加者有鲁迅、李志云、李小峰、郁达夫和杨铿等。因达成协议，后未涉讼。〗

书信/致章廷谦（1929·8·24）

●3-6-30-25

小峰说年内要付我约万元，是确的，但所谓"一切照"我"的话办"，却可笑，因为我所要求者，是还我版税和此后书上要贴印花两条，其实是非"照"不可的。

书信/致韦丛芜（1929·10·16）

●3-6-30-26

北新纠葛，我是索取版税，现拟定陆续拔还，须于明年七月才毕，所以不到七月，还不能说是已"清"的。《奔流》停着，因为议定是将各投稿之稿费送来，我才动手编辑的（先前许多投稿者，向我索取稿费，常常弄得很窘），而他们至今不送钱来，所以我也不编辑。昨我提议由我和达夫自来补完全卷，而小峰又不愿，他说半月以内，一定筹款云。

书信/致李霁野（1929·10·20）

●3-6-30-27

小峰之款，已交了两期。第二期是期票，迟了十天，但在上海习惯，似乎并不算什么。至于《奔流》之款，则至今没有，问其原因，则云因为穷，而且打仗之故。我乃函告以倘若北新不能出版，我当自行设法印售，而小峰又不愿，要我再等他半月，那么，须等至十一月五日再看了。这一种杂志，大约小峰是食之无味，弃之不甘也。

书信/致章廷谦（1929·10·26）

●3-6-30-28

小峰前天送来钱二百，为《奔流》稿费，馀一百则云于十一日送来。我想，杂志非芝麻糖，可以随便切几个钱者，所以拟俟收足后，再来动手。

书信/致章廷谦（1929·11·8）

●3-6-30-29

那时我正在编印两种小丛书，一种是《乌合丛书》，专收创作，一种是《未名丛刊》，专收翻译，都由北新书局出版……恰巧，素园他们愿意绍介外国文学到中国来，便和李小峰商量，要将《未名丛刊》移出，由几个同人自办。小峰一口答应了，于是这一种丛书便和北新书局脱离。

且介亭杂文/忆韦素园君（1934·10）

●3-6-30-30

兄离上海远，大约不知道此地书店情形，他们都有壁垒，开明苛酷，我一向不与往来，北新则一榻胡涂，我给他们信，他们早已连回信也不给了，我又蛰居，无可如何。介绍稿子，亦复如此，一样的是渺无消息，莫名其妙，我夹在中间，真是吃苦不少，自去年以来，均已陆续闹开，所以在这一方面，我是一筹莫展的。

书信/致王志之（1934·12·28）

李四光（1889－1971）……字仲揆。地质学家。湖北黄冈人。曾留学英国。回国后任北京大学教授。

●3-6-30-31

女师大事件在北京似乎竟颇算一个问题……陈西滢先生在《闲话》之间评为"臭毛厕"，李仲揆先生的《在女师大观剧的经验》*里则比作戏场。我很吃惊于同是人，而眼光竟有这么不同；但究竟同是人，所以意见也不无符合之点：都不将学校看作学校。

〖释：《在女师大观剧的经验》，李四光在《现代评论》第二卷第三十七期（1925年8月22日）发表《在北京女师大观剧的经验》，其中说："有一天晚上，已经被学生驱逐了的校长杨荫榆先生打来一次电话，她大致说：'女师大的问题现在可以解决。明早有几位朋友到学校参观，务必请你也来一次。……我并准备叫一辆汽车来接你。'我当时想到，杨先生和我不过见面两次，……又想到如若杨先生的话属实，名振一时的文明新戏也许演到最后一幕。时乎不再来，所以我快快的应允杨先生，并且声明北京的汽车向来与我们骑自转车的人是死对头，千万不要客气。"〗

华盖集/"碰壁"之余（1925·9·21）

●3-6-30-32

李仲揆先生其人也者，我在《女师风潮纪事》*上才识大名，是八月一日拥杨荫榆女士攻入学校的三勇士之一；到现在，却又知道他还是一位达人了，庸人以为学潮的，到他眼睛里就等于"观剧"：这是何等逍遥自在。

据文章上说，这位李仲揆先生是和杨女士"不过见面两次"，但却被用电话邀去看"名振一时的文明新戏"去了，幸而李先生自有脚踏车，否则，还要用汽车来迎接哩。

〖释：《女师风潮纪事》，载《妇女周刊》第三十六期和第三十七期（1925年8月19日、8月26日），作者署名晚愚。其中说八月一日的事："八一晨，全校突布满军警，各室封锁，截断电话线，停止伙食，断绝交通。同学相顾失色。继而杨氏率打手及其私党……凶拥入校，旋即张贴解散四班学生之布告。"〗

华盖集/"碰壁"之余（1925·9·21）

●3-6-30-33

女子大学在撷英馆宴请"北京教育阶名流及女大学生家长"……北大教授兼国立京师图书馆副馆长月薪至少五六百元的李四光，不也是正在坐中"维持公理"，而且演说的么？

华盖集/"公理"的把戏（1925·12·24）

●3-6-30-34

“北京国立图书馆”将要扩张，实在是再好没有的事，但听说所依靠的还是美国退还的赔款＊，常年经费又不过三万元，每月二千余。要用美国的赔款，也是非同小可的事，第一，馆长就必须学贯中西，世界闻名的学者。据说，这自然只有梁启超先生了，但可惜西学不大贯，所以配上一个北大教授李四光先生做副馆长，凑成一个中外兼通的完人。然而两位的薪水每月就要一千多，所以此后也似乎不大能够多买书籍。

〖释：“美国退还的赔款”，指1910年辛丑条约规定的庚子赔款中尚未付给美国的部分。美国政府以资助中国发展教育文化事业的名义，于1908年第一次将赔款中的一部分退还中国；1924年又决定将余款全部退还。这里所说的用以扩充北京图书馆的经费，即在第二次退款之内。〗

华盖集续编/杂论管闲事·做学问·灰色等(1926·1·18)

●3-6-30-35

李四光教授先劝我“十年读书十年养气”＊。还一句绅士话罢；盛意可感。书是读过的，不止十年，气也养过的，不到十年，可是读也读不好，养也养不好。我是李教授所早认为应当“投畀豺虎”者之一，此时本已不必温言劝谕，说什么“弄到人家无故受累”，难道真以为自己是“公理”的化身，判我以这样巨罚之后，还要我叩谢天恩么？还有，李教授以为我“东方文学家的风味，似乎格外的充足，……所以总要写到露骨到底，才尽他的兴会。”我自己的意见却绝不同。我正因为生在东方，而且生在中国，所以“中庸”“稳妥”的余毒，还沦肌浃髓，比起法国的勃罗亚『注：法国作家（1846－1917），以用语刻毒著称』——他简直称大报的记者为“蛆虫”——来，真是“小巫见大巫”，使我自惭究竟不及白人之毒辣勇猛。即以李教授的事为例罢：一，因为我知道李教授是科学家，不很“打笔墨官司”的，所以只要可以不提，便不提；只因为要回敬贵会友＊一杯酒，这才说出“兼差”的事来。二，关于兼差和薪水一节，已在《语丝》（六五）上答复了，但也还没有“写到露骨到底”。

〖释：“十年读书十年养气”，李四光发表在《晨报副刊》（1926年2月1日）上的致徐志摩信中说：“我听说鲁迅先生是当代比较有希望的文士……暗中希望有一天他自己查清事实（按指李四光兼任京师图书馆副馆长一职的月薪问题），知道天下人不尽像鲁迅先生的镜子里照出来的模样。到那个时候，也许这个小小的动机，可以促使鲁迅先生作十年读书，十年养气的工夫。也许中国因此可以产生一个真正的文士。”/“贵会友”，指王世杰（1891－1981），当时任北京大学法律系教授。他是《现代评论》的创办者之一，也是1925年12月成立的“教育界公理维持会”（后改名“国立女子大学后援会”）的成员。他曾借北大教授在女师大兼职一事，指摘那些支持女师大学生运动的教员（北洋政府教育部曾规定国立大学教员不得跨校兼职。但这一规定并未认真执行）。对此，鲁迅在《“公理”的把戏》一文中指出，同为“教育界公理维持会”成员的李四光就是北大教授兼京师图书馆副馆长，亦属“兼差”。〗

华盖集续编/我还不能“带住”（1926·2·7）

●3-6-30-36

关于我说“北大教授兼京师图书馆副馆长月薪至少五六百元的李四光”的事，据说已告了一年的假，假期内不支薪，副馆长的月薪又不过二百五十元。别一张《晨报》上又有他本人的声明，话也差不多，不过说月薪确有五百元，只是他“只拿二百五十元”，其余的“捐予图书馆购买某种书籍”了。此外还给我许多忠告，这使我非常感谢，但愿意奉还“文士”的称号，我是不属于这一类的。只是我以为告假和辞职不同，无论支薪与否，教授也仍然是教授，这是不待“刀笔吏”＊才能知道的。至于图书馆的月薪，我确信李教授（或副馆长）现在每月“只拿二百五十元”的现钱，是美国那面的；中国这面的一半，真说不定要拖欠到什么时候才有。但欠账究竟也是钱，别人的兼差，大抵多是欠账，连一半现钱也没有，可是早成了有些论客的口实了，虽然其缺点是在不肯及早捐出去。我想，如果今后每月必发，而以学校欠薪作比例，中国的一半是明年的正月间会有的，倘以教育部欠俸作比例，则须十七年正月间才有，那时购买书籍来，我一定就更正，只要我还在做“官僚”，因为这容易得知，我也自信还有这样的记性，不至于今年忘了去年事。但是，倘若又被章士钊们革掉，那就莫明其妙，更正的事也只好作罢了。可是我所说的职衔和钱数，在今日却是事实。

〖释:“刀笔吏”，古时称办理案牍文书的低级吏员，后喻指讼棍师爷。陈西滢在致徐志摩信中曾称鲁迅为“刀笔吏”。〗

华盖集续编/不是信（1926·2·8）

●3-6-30-37

我有时泛论一般现状，而无意中触着了别人的伤疤，实在是非常抱歉的事。但这也是没法补救，除非我真去读书养气，一共廿年，被人们骗得老死牖下；或者自己甘心倒掉；或者遭了阴谋。

华盖集续编/不是信（1926·2·8）

李长之（1910－1978）……山东利津人。文艺批评家。当时是清华大学哲学系学生，天津《益世报·文学副刊》编辑，正在撰写《鲁迅批判》。

●3-6-30-38

李长之不相识，只看过他的几篇文章，我觉得他还应一面潜心研究一下；胆子大和胡说乱骂，是相似而实非的。

看那《批判》的序文＊，都是空话，这篇文章也许不能启发我罢。

〖释:“《批判》的序文”，指《〈鲁迅批判〉序》，载1935年5月29日天津《益世报·文学副刊》。〗

书信/致孟十还（1935·6·19）

●3-6-30-39

李长之做的《批判》，早收到了。他好像并不专登《益世报》＊，近来在《国闻周报》＊里，也看到了一段＊。

〖释:《益世报》，日报，比利时教士雷鸣远（后入中国籍）编，为中国天主教机关报。1915年10月在天津创刊，1949年1月停刊。/《国闻周报》，综合性周刊。1924年创办于上海，1927年迁往天津，1937年停刊。该刊1935年6月曾载有李长之的《鲁迅创作中表现之人生观》。〗

书信/致孟十还（1935·7·4）

●3-6-30-40

李“天才”正在和我通信，说他并非“那一伙”，投稿是被拉，我也回答过他几句，但归根结蒂，我们恐怕总是弄不好的，目前也不过“今天天气哈哈哈——”而已。

书信/致胡风（1935·9·12）

●3-6-30-41

听见人说先生也是“第三种人”里的一个。上海习惯，凡在或一类刊物上投稿，是要被看作一伙的。不过这也无关紧要，后来大家会由作品和事实上明白起来。

书信/致李长之（1935·9·12）

李秉中（？－1940）……四川彭山人。字庸倩。曾为北京大学学生。1924年冬入黄埔军校。1926年去苏联，继而赴日本学习军事。后为国民党军官。

●3-6-30-42

我诚然总算帮过几回忙，但若是一个有力者，这些便都是些微的小事，或者简直不算是小事，现在之所以看去很像帮忙者，其原因即在我之无力，所以还是无效的回数多。即使有效，也不算什么，都可以毫不放在心里。

书信/致李秉中（1924·9·24）

●3-6-30-43

这一年来，不闻消息，我可是历来没有忘记，

但常有两种推测，一是在东江负伤或战死了＊，一是你已经变了一个武人，不再写字，因为去年你从梅县给我的信，内中已有几个空白及没有写全的字了，现在才知道你已经跑得如此之远＊，这事我确没有预先想到……

〖释："在东江负伤或战死了"，收信人李秉中曾于1925年10月中旬参加国民革命军在广东东江梅县一带与军阀陈炯明部队的激战。/"跑得如此之远"，李秉中此时已到苏联留学。〗

书信/致李秉中（1926·6·17）

●3-6-30-44

兄职业我以为不可改，非为救国，为吃饭也。人不能不吃饭，因此即不能不做事。但居今之世，事与愿违者往往而有，所以也只能做一件事算是活命之手段，倘有余暇，可研究自己所愿意之东西耳。自然，强所不欲，亦一苦事。然而饭碗一失，其苦更大。我看中国谋生，将日难一日也。所以只得混混。

书信/致李秉中（1928·4·9）

●3-6-30-45

前天……看见李秉中，他是万不料我也在京的，非常高兴。他们明天在来今雨轩结婚，听听口气，两人的感情似乎好起来了。我想于上午去公园一趟，今天托令弟『注：指许羡苏』买了绸子衣料一件，价十一元余，作为贺礼带去。女的是女大的学生，音乐系。

两地书/北平－上海（1929·5·19）

●3-6-30-46

昨天午前往中央公园贺李秉中，他很高兴。新人一到，我就走了。她比李短一点，并不美，但也不丑，适中的人。

两地书/北平－上海（1929·5·21）

●3-6-30-47

忆前此来函，颇多感愤之言，而鄙意颇以为不必，兄当冷静，将所学者学毕，然后再思其他，学固无止境，但亦有段落，因一时之刺激，释武器而奋空拳，于人于己，两无益也。

书信/致李秉中（1932·3·20）

●3-6-30-48

大人想必还记得李秉中君，他近因公事在上海，见了两回，闻在南京做教练官，境况似比先前为佳矣。

书信/致母亲（1934·5·4）

●3-6-30-49

李秉中君在南京办事，家眷即住在南京，他自己则有时出外，因为他是在陆军里做训育事务的，所以有时要跟着走，上月见过一回，比先前胖得多了。

书信/致母亲（1934·6·13）

李宗武（1895－1968）……原名李季谷。浙江绍兴人。留学日本、英国。曾任北平大学女子文理学院文史系主任。

●3-6-30-50

按：1935年1月10日，北平、上海、南京的十位教授根据国民党CC系首领陈立夫的“训示”发表所谓《中国本位的文化建设宣言》，又称《一十宣言》。

“北平大学教授兼女子文理学院文史系主任李季谷氏”赞成《一十宣言》原则的谈话，末尾道：“为复兴民族之立场言，教育部应统令设法标榜岳武穆，文天祥，方孝孺等有气节之名臣勇将，俾一般高官戎将有所法式云”。

凡这些，都是以不大十分研究为是的。如果……查查岳武穆们的事实，看究竟是怎样的结果，“复兴民族”了没有，那你一定会被捉弄得发昏，其实也就是自寻烦恼。

且介亭杂文二集/“寻开心”（1935·4·5）

●3-6-30-51

李某卑鄙势利，弟深知之，不知何以授以重

柄，但他对上司是别一种面目，亦不可知，故易为所也。

书信/致曹靖华（1935·5·22）

●3-6-30-52

至于李某，卑鄙无聊，但他一定要过瘾，这是学校和学生的大晦气；以前他是改组派*，但像风旗似的转得真快。

〖释："改组派"，国民党派系之一。1928年，汪精卫派的陈公博、顾孟余在上海成立中国国民党改组同志会，并在各省市发展组织，与其他派系争权夺利。参加该会的人，称为"改组派"。〗

书信/致曹靖华（1935·5·30）

●3-6-30-53

贵同宗之教务长，我看实在是坏货一枚，今夏在沪遇见，胖而昏狡，不足与谈。

书信/致李霁野（1935·8·3）

●3-6-30-54

横肉『注：指李季谷』可厌之至，前回许宅婚礼时，我在和一个人讲中国的Facisti『注：即法西斯』，他就来更正道，有些是谣言。我因正色告诉他：我不过说的是听来的话，我非此道中人，当然不知道是真是假。他也很不快活。但此人之倾向，可见了。

书信/致曹靖华（1935·8·19）

李霁野（1906－1997）……又作季野、寄野。安徽霍丘人，翻译家。未名社成员。留学英国。曾在天津女子师范学院等校任教。

●3-6-30-55

怕是十多年之前了罢，我在北京大学做讲师，有一天，在教师豫备室里遇见了一个头发和胡子统统长得要命的青年，这就是李霁野。

且介亭杂文/忆韦素园君（1934·10）

●3-6-30-56

我近来做事多而进款少，另外弄来的钱，又即刻被各方面纷纷分散，今又正届阴历年关，所以很窘急。但我想，北京寓里，恐怕还有点赢余……兄可去一问就是。由我想来，大半是筹得出的。

书信/致李霁野（1930·1·19）

●3-6-30-57

前接舍间来函，并兄笺，知见还百元*，甚感。

〖释："见还百元"，据《鲁迅日记》1932年4月11日："得母亲信，三日发，云收霁野所还泉百元……"按此款为李霁野归还1927年所借学费。〗

书信/致李霁野（1932·4·23）

●3-6-30-58

教育界正如文学界，漆黑一团，无赖当路，但上海怕比平津更甚。到英国去看看*，也是好的，不过回来的时候，中国情形，必不比现在好。

〖释："到英国去看看"，李霁野当时正准备去英国游学。〗

书信/致李霁野（1935·7·17）

杨杏佛……名铨（1893－1933）。江西临江（今清江）人。早年留学美国。回国后曾任东南大学教授、中央研究院总干事等。1932年12月与宋庆龄、蔡元培、鲁迅等组织中国民权保障同盟，任副会长兼总干事。1933年6月18日在上海被特务暗杀。

●3-6-30-59

按：此信收信者榴花社，即榴花艺社，木刻艺术团体。唐诃等人发起，1933年成立于太原。曾出版《榴花》周刊，出至第七期被禁。

此地盛行白色恐怖，仅仅主张保障民权之杨杏佛先生，且于前日遭了暗杀，闻在计画杀害者尚有十余人。

书信/致榴花社（1933·6·20）

●3-6-30-60

岂有豪情似旧时，花开花落两由之。

何期泪洒江南雨，又为斯民哭健儿。

集外集拾遗/悼杨铨（1933·6·21）

●3-6-30-61

近来中国式的法西斯开始流行了。朋友中已有一人失踪，一人遭暗杀。

书信/致〈日〉山本初枝〔译文〕（1933·6·25）

●3-6-30-62

杨杏佛也是热心救丁的人之一，但竟遭了暗杀，我想，这事也必以模胡了之的，什么明令缉凶之类，都是骗人的勾当。听说要用同样办法处置的人还有十四个。

书信/致王志之（1933·6·26）

●3-6-30-63

六月十八日晨八时十五分，是中国民权保障同盟的副会长杨杏佛（铨）遭了暗杀。

这总算拚了个"你死我活"……一群流氓，几枝手枪，真可以治国平天下了。

伪自由书/后记（1933·7·20）

杨邨人（1901－1955）……广东潮安人。1925年参加中国共产党。1928年参加"太阳社"，后又参加"左联"。1932年被捕变节。

●3-6-30-64

文学家容易变化，信里的话是不大可靠的，杨邨人先前怎么激烈，现在他在汉口，看他发表的文章，竟是别一个人了。

书信/致王志之（1933·1·9）

●3-6-30-65

剪下的材料中，还留着一篇妙文，倘使任其散失，是极为可惜的，所以特地将它保存在这里。

这篇文章载在六月十七日《大晚报》的《火炬》里——

新儒林外史　　柳丝

第一回　揭旗扎空营　兴师布迷阵

却说卡尔和伊理基两人这日正在天堂以上讨论中国革命问题，忽见下界中国文坛的大戈壁上面，杀气腾腾，尘沙弥漫，左翼防区里面，一位老将紧追一位小将，战鼓震天，喊声四起，忽然那位老将牙缝开处，吐出一道白雾，卡尔闻到气味立刻晕倒，伊理基拍案大怒道，"毒瓦斯，毒瓦斯！"扶着卡尔赶快走开去了。原来下界中国文坛大戈壁上面，左翼防区里头，近来新扎一座空营，揭起小资产阶级革命文学之旗，无产阶级文艺营垒受了奸人挑拨，大兴问罪之师。这日大军压境，新扎空营的主将兼官佐又兼士兵杨邨人提起笔枪，跃马相迎，只见得战鼓震天，喊声四起，为首先锋扬刀跃马而来，乃老将鲁迅是也。那杨邨人打拱，叫声"老将军别来无恙?"老将鲁迅并不答话，跃马直冲扬刀便刺……只见得从他的牙缝里头嘘出一道白雾，那小将杨邨人知道老将放出毒瓦斯，说的迟那时快，已经将防毒面具戴好了，正是：情感作用无理讲，是非不明只天知！欲知老将究竟能不能将毒瓦斯闷死那小将，且听下回分解。

第二天就收到一封编辑者的信，大意说：兹署名有柳丝者（"先生读其文之内容或不难想像其为何人"），投一滑稽文稿，题为《新儒林外史》，但并无伤及个人名誉之事，业已决定为之发表，倘有反驳文章，亦可登载云云。使刊物暂时化为战场，热闹一通，是办报人的一种极普通办法，近来我更加"世故"，天气又这么热，当然不会去流汗同翻筋斗的。况且"反驳"滑稽文章，也是一种少有的奇事，即使伤及个人名誉事，我也没有办法，除非我也作一部《旧儒林外史》，来辩明"卡尔和伊理基"『注：即马克思和列宁』的话的真假。但我并不是巫师，又怎么看得见"天堂"?

伪自由书/后记（1933·7·20）

●3-6-30-66

"柳丝"是杨邨人先生还在做"无产阶级革命文学者"时候已经用起的笔名，这无须看内容就知道，而曾几何时，就在"小资产阶级革命文学"的旗子下做着这样的幻梦，将自己写成了这么一副形容了。时代的巨轮，真是能够这么冷酷地将人们辗碎的。

伪自由书/后记（1933·7·20）

●3-6-30-67

这作品只是第一回，当然没有完，我虽然毫不想"反驳"，却也愿意看看这有"良心"的文学，不料从此就不见了，迄今已有月余，听不到"卡尔和伊理基"在天堂上和"老将""小将"在地狱里的消息。但据《社会新闻》（七月九日，四卷三期）说，则又是"左联"阻止的——

杨邨人转入AB团

叛左联而写揭小资产阶级战斗之旗的杨邨人，近已由汉来沪，闻寄居于AB团小卒徐翔之家，并已加入该团活动矣。前在《大晚报》署名柳丝所发表的《新封神榜》一文，即杨手笔，内对鲁迅大加讽刺，但未完即止，闻因受左联警告云。

左联会这么看重一篇"讽刺"的东西，而且仍会给"叛左联而写揭小资产战斗之旗的杨邨人"以"警告"，这才真是一件奇事。据有些人说，"第三种人"的"忠实于自己的艺术"，是已经因了左翼理论家的凶恶的批评而写不出来了＊，现在这"小资产战斗"的英雄，又因了左联的警告而不再"战斗"，我想，再过几时，则一切割地吞款，兵祸水灾，古物失踪，阔人生病，也要成为左联之罪，尤其是鲁迅之罪了。

〖释："'第三种人'因左翼理论家的批评而写不出来了"，是苏汶在1932年10月发表的《"第三种人"的出路》中的说法。〗

伪自由书/后记（1933·7·20）

●3-6-30-68

《文化列车》『注：当时上海一种文艺性五日刊』破格的开到我的书桌上面，是十二月十日开车的第三期，托福使我知道了近来有这样一种杂志，并且使我看见了杨邨人先生给我的公开信，还要求着答复。对于这一种公开信，本没有一定给以答复的必要的，因为它既是公开，那目的其实是在给大家看，对我个人倒还在其次。但是，我如果要回答也可以，不过目的也还是给大家看，要不然，不是只要直接寄给个人就完了么？

南腔北调集/答杨邨人先生公开信的公开信（1933·12·28）

●3-6-30-69

先生给我的信是没有答复的价值的。我并不希望先生"心服"，先生也无须我批判，因为近二年来的文字，已经将自己的形象画得十分分明了。……这并非说先生的话是一样的叭儿狗式的狺狺；恐怕先生是自以为永久诚实的罢，不过因为急促的变化，苦心的躲闪，弄得左支右绌，不能自圆其说，终于变成废话了，所以在听者的心中，也就失去了重量。例如先生的这封信，倘使略有自知之明，其实是不必写的。

南腔北调集/答杨邨人先生公开信的公开信（1933·12·28）

●3-6-30-70

说到"三嘘"＊问题……这事情是有的，但和新闻上所载的有些两样。那时是在一个饭店里，大家闲谈，谈到有几个人的文章，我确曾说：这些都只要以一嘘了之，不值得反驳。这几个人们中，先生也在内。我的意思是，先生在那冠冕堂皇的"自白"＊里，明明的告白了农民的纯厚，小资产阶级的智识者的动摇和自私，却又要来竖起小资产阶级革命文学的旗，就自己打着自己的嘴。不过也并未说出，走散了就算完结了。但不知道是辗转传开去的呢，还是当时就有新闻记者在座，不久就张大其辞的在报上登了出来，并请读者猜测。

〖释："三嘘"，1933年12月3日杨邨人给鲁迅的信称听说"《艺术新闻》与《出版消息》都登载着先生要'嘘'我的消息，说是书名定为《北平五讲与上海三嘘》"云云。/"先生那冠冕堂皇的'自白'"，指杨邨人1933年2月发表在上海《读书杂志》第三卷第一期上公开宣告变节的

《离开政党生活的战壕》一文。其中说："回过头来，看我自己，父老家贫弟幼，漂泊半生，一事无成，革命何时才成功。我的家人现在在作饿殍不能过日，将来革命就是成功，以湘鄂西苏区的情形来推测，我的家人也不免作饿殍或叫化子的。还是：留得青山在，且顾自家人吧了！病中，千思万想，终于由理智来判定，我脱离中国共产党了。"〗

南腔北调集/答杨邨人先生公开信的公开信（1933·12·28）

●3-6-30-71

人非圣人，为了麻烦而激动起来的时候也有的，我诚然讥诮过先生"们"，这些文章，后来都收在《三闲集》中，一点也不删去，然而和先生"们"的造谣言和攻击文字的数量来比一比罢，不是不到十分之一么？不但如此，在讲演里，我有时也曾嘲笑叶灵凤先生或先生，先生们以"前卫"之名，雄赳赳出阵的时候，我是祭旗的牺牲，则战不数合便从火线上爬了开去之际，我以为实在也难以禁绝我的一笑。无论在阶级的立场上，在个人的立场上，我都有一笑的权利的。

南腔北调集/答杨邨人先生公开信的公开信（1933·12·28）

●3-6-30-72

所谓《北平五讲与上海三嘘》，其实是至今没有写，听说北平有一本《五讲》出版，那可并不是我做的，我也没有见过那一本书。不过既然闹了风潮，将来索性写一点也难说，如果写起来，我想名为《五讲三嘘集》，但后一半也未必正是报上所说的三位。先生似乎羞于与梁实秋张若谷＊两位为伍，我看是排起来倒也并不怎样辱没了先生，只是张若谷先生比较的差一点，浅陋得很，连做一"嘘"的材料也不够，我大概要另换一位的。

〖释：张若谷（1905－1960?），作家。历任大学教职和编辑。〗

南腔北调集/答杨邨人先生公开信的公开信（1933·12·28）

●3-6-30-73

对于先生，照我此刻的意见，写起来恐怕也不会怎么坏。我以为先生虽是革命场中的一位小贩，却并不是奸商……据"自白"，革命与否以亲之苦乐为转移，有些投机气味是无疑的，但并没有反过来做大批的买卖，仅在竭力要化为"第三种人"，来过比革命党较好的生活。既从革命阵线上退回来，为辩护自己，做稳"第三种人"起见，总得有一点零星的忏悔，对于统治者，其实是颇有些益处的，但竟还至于遇到"左右夹攻的当儿"者，恐怕那一方面，还嫌先生门面太小的缘故罢，这和银行雇员的看不起小钱店伙计是一样的。先生虽然觉得抱屈，但不信"第三种人"的存在不独是左翼，却因先生的经验而证明了，这也是一种很大的功德。

南腔北调集/答杨邨人先生公开信的公开信（1933·12·28）

●3-6-30-74

总之，我还是和先前一样，决不肯造谣说谎，特别攻击先生，但从此改变另一种态度，却也不见得，本人的"反感"或"恭敬"，我是毫不打算的。

南腔北调集/答杨邨人先生公开信的公开信（1933·12·28）

●3-6-30-75

我所谓奸商者，一种是国共合作时代的阔人，那时颂苏联，赞共产，无所不至，一到清党的时候，就用共产青年，共产嫌疑青年的血来洗自己的手，依然是阔人，时势变了，而不变其阔；一种是革命的骁将，杀土豪，倒劣绅，激烈得很，一有蹉跌，便称"弃邪归正"，骂"土匪"，杀同人，也激烈得很，主义改了，而仍不失其骁。

南腔北调集/答杨邨人先生公开信的公开信（1933·12·28）

●3-6-30-76

先生还在做"革命文学家"的时候，用了

“小记者”的笔名，在一种报上说我领到了南京中央党部的文学奖金，大开筵宴*，祝孩子的周年，不料引起了郁达夫先生对于亡儿的记忆，悲哀了起来。这真说得栩栩如生，连出世不过一年的婴儿，也和我一同被喷满了血污。然而这事实的全出于创作，我知道，达夫先生知道，记者兼作者的您杨邨人先生当然也不会不知道的。

〖释：“……大开筵宴”云云，出自杨邨人于1930年在他本人所办的《白话小报》第一期上以“文坛小卒”的笔名发表的《鲁迅大开汤饼会》一文。其中说：“这时恰巧鲁迅大师领到了当今国民政府教育部大学院的奖赏；于是乎汤饼会就开成了。……这日鲁迅大师的汤饼会到会的来宾，都是海上闻人，鸿儒硕士，大小文学家呢。那位郁达夫先生本是安徽大学负有责任的，听到这个喜讯，亦从安庆府连夜坐船东下呢。郁先生在去年就产下了一个虎儿，这日带了郁夫人抱了小娃娃到会，会场空气倍加热闹。酒饮三巡，郁先生首先站起来致祝辞，大家都对鲁迅大师恭喜一杯，鲁迅大师谦逊着致词，说是小囝将来是龙是犬还未可知，各位今天不必怎样的庆祝啦。座中杨骚大爷和白薇女士同声叫道，一定是一个龙儿呀！这一句倒引起郁先生的伤感，他前年不幸夭殇的儿子，名子就叫龙儿呢！”〗

南腔北调集/答杨邨人先生公开信的公开信（1933·12·28）

●3-6-30-77

平心而论，先生是不算失败的，虽然自己觉得被“夹攻”，但现在只要没有马上杀人之权的人，有谁不遭人攻击。生活当然是辛苦的罢，不过比起被杀戮，被囚禁的人们来，真有天渊之别；文章也随处能够发表，较之被封锁，压迫，禁止的作者，也自由自在得远了。和阔人骁将比，那当然还差得很远，这就因为先生并不是奸商的缘故。这是先生的苦处，也是先生的好处。

南腔北调集/答杨邨人先生公开信的公开信（1933·12·28）

●3-6-30-78

给杨某信〖注：指《答杨邨人先生公开信的公开信》〗，我不过说了一部分，历来所遇，变化万端，阴险诡随如此辈者甚多，倒也惯而不以为怪，多说又不值得，所以仅略与答复而止，而先生已觉其沈痛，可见向来所遇，尚少此种人，此亦一幸事，但亦不可不小心，大约满口激烈之谈者，其人便须留意。

书信/致姚克（1934·4·12）

●3-6-30-79

多伤感情调，乃知识分子之常，我亦大有此病，或此生终不能改；杨邨人却无之，此公实是一无赖子，无真情，亦无真相也。

书信/致曹聚仁（1934·4·30）

●3-6-30-80

攻击我的人物如杨邨人者，也一向就有，只因他的文章，随生随灭，所以令人觉得今之叭儿，远不如昔了，但我看也差不多。

书信/致杨霁云（1934·5·6）

●3-6-30-81

所举三凶*，诚如尊说，惟杨邨人太渺小，其特长在无耻；居心险恶，而手段尚不足以副之，近已为《新上海半月刊》*编辑，颇有腾达之意，其实盖难，生成是一小贩，总难脱胎换骨，但多演几出滑稽剧而已。

〖释：“三凶”，当时报载鲁迅拟予“三嘘”的三个人，即梁实秋、杨邨人和张若谷。/《新上海半月刊》，应为《大上海半月刊》，文艺刊物，杨邨人等编辑。1934年5月创刊，同年10月停刊，共出三期。〗

书信/致杨霁云（1934·5·24）

●3-6-30-82

听说，现在是连用古典有时也要被检查官禁止了，例如提起秦始皇，但去年还不妨，不过用新典总要闹些小乱子。我那最末的《青年与老子》，就因为碰着了杨邨人先生（虽然刊出的时候，那名字已给编辑先生删掉了），后来在《申报》本埠增刊的《谈言》（十一月二十四日）上引得一篇妙文的……这是一篇我们的“改悔的革命家”的标本作品，弃之可惜……

聪明之道　　邨人

畴昔之夜，拜访世故老人于其庐……俨然有如隐士，居处晏如，悟道深也。老人曰，“汝来何事?”对曰，“敢问聪明之道。”谈话有主题，遂成问答。

“难矣哉，聪明之道也！……余处世数十年，头顶已秃，须发已白，阅历不为不广，教训不为不多，然而余着手编辑滑头学讲义，仅能编其第一章之第一节，第一节之第一项也。此第一章之第一节，第一节之第一项其纲目为顺水行舟，即人云亦云……第二项为投井下石，余本亦知一二，然偶一忆及投井下石之人，殊觉头痛，实无心编之也。然而滑头学虽属聪明之道，实乃左道旁门，汝实不足学也。”

……

是夕问道于世故老人，归来依然故我，呜呼噫嘻！

准风月谈/后记（1934・10・16）

●3-6-30-83

现在已经不像古代，要手抄，要木刻，只要用铅字一排就够。虽说排印，糟蹋纸墨自然也还是糟蹋纸墨的，不过只要一想连杨邨人之流的东西也还在排印，那就无论什么都可以闭着眼睛发出去了。中国人常说“有一利必有一弊”，也就是“有一弊必有一利”：揭起小无耻之旗，固然要引出无耻群，但使谦让者泼剌起来，却是一利。

且介亭杂文二集/“题未定”草〔八〕（1936・1－2）

●3-6-30-84

小报善造谣言，况且北平离上海远，当然更不会有真相。例如这回寄给我的一方小报，还拿杨邨人的话当圣旨，其实杨在上海，是早不能用真姓名发表文章的了，因为大抵知道他为人三翻四覆，不要看他的文章。

书信/致阮善先（1936・2・15）

杨荫榆（1884－1938）……江苏无锡人。曾留学日本、美国。1924 年 2 月任北京女子师范大学校长，在职期间激起学潮。1925 年 8 月被免职。

●3-6-30-85

我还记得中国的女人是怎样被压制，有时简直并羊而不如。现在托了洋鬼子学说的福，似乎有些解放了。但她一得到可以逞威的地位如校长之类，不就雇用了“掠袖擦掌”的打手似的男人，来威吓毫无武力的同性的学生们么？不是利用了外面正有别的学潮的时候，和一些狐群狗党趁势来开除她私意所不喜的学生们么？而几个在“男尊女卑”的社会生长的男人们，此时却在异性的饭碗化身的面前摇尾，简直并羊而不如。羊，诚然是弱的，但还不至于如此，我敢给我所敬爱的羊们保证！

华盖集/忽然想到〔七〕（1925・5・12）

●3-6-30-86

西滢文托之“流言”，以为此次风潮是“某系某籍教员所鼓动”，那明是说“国文系浙籍教员”了。别人我不知道，至于我之骂杨荫榆，却在此次风潮之后，而“杨家将”偏来诬赖，可谓卑劣万分。但浙籍也好，夷籍也好，既经骂起，就要骂下去，杨荫榆尚无割舌之权，总还要被骂几回的。

两地书/北京（1925・5・30）

●3-6-30-87

我本就怕这学校，因为一进门就觉得阴惨惨，不知其所以然，但也常常疑心是自己的错觉。后来看到杨荫榆校长《致全体学生公启》＊里的“须知学校犹家庭，为尊长者断无不爱家属之理，为幼稚者亦当体贴尊长之心”的话，就恍然了，原来我虽然在学校教书，也等于在杨家坐馆＊，而这阴惨惨的气味，便是从“冷板凳”里出来的。……恍然之后，即又有疑问发生：这家族人员——校长和学生——的关系是怎样的，母女，还是婆媳呢?

想而又想，结果毫无。幸而这位校长宣言多，竟在她对于暴烈学生之感言里获得正确的解答了。曰，与此曹子勃豀相向，则其为婆婆无疑也。

〖释：《致全体学生公启》，杨荫榆于1925年5月9日开除学生自治会职员六人的次日发表此启。/“坐馆”，旧时称当家庭教师。/“冷板凳”，语出清代范寅《越谚》，“谑塾师曰：‘坐冷板凳’。”〗

华盖集/“碰壁”之后（1925·6·1）

●3-6-30-88

忽然接到一本《现代评论》十五期……一篇《女师大的学潮》*就赤条条地露出。我不是也发过议论的么?自然要看一看，原来是赞成杨荫榆校长的，和我的论调正相反。做的人是“一个女读者”。

中国原是玩意儿最多的地方，近来又刚闹过什么“琴心是否女士”问题，我于是心血来潮，忽而想：又捣什么鬼，装什么佯了?

〖释：《女师大的学潮》，作者署名“一个女读者”，载1925年3月21日的《现代评论》第一卷第十五期。该文说：女师大学生历次驱杨的“那些宣言书中所列举杨氏的罪名，既大都不能成立……而这回风潮的产生和发展，校内校外尚别有人在那里主使。”又说，“女师大是中国唯一的女子大学；杨氏也是充任大学校长的唯一的中国女子……我们应否任她受教育当局或其他任何方面的排挤攻击?我们女子应否自己还去帮着摧残她?”〗

华盖集/并非闲话（1925·6·1）

●3-6-30-89

自从世界上产生了“须知学校犹家庭”的名论之后，颇使我觉得惊奇，想考查这家庭的组织。后来，幸而在《国立北京女子师范大学校长杨荫榆对于暴烈学生之感言》中，发见了“与此曹子勃豀*相向”这一句话，才算得到一点头绪：校长和学生的关系是“犹”之“妇姑”。

〖释：“勃谿”，即“妇姑勃谿”。语出《庄子·外物》，指婆媳吵架。〗

华盖集/咬文嚼字〔三〕（1925·6·7）

●3-6-30-90

杨先生大约真如自己的启事所言，“始终以培植人才恪尽职守为素志……服务情形为国人所共鉴”的罢。“素志”我不得而知，至于服务情形，则不必再说别的，只要一看本月一日至四日的“女师大”和她自己的两启事*之离奇闪烁就尽够了！撒谎造谣，即在局外者也觉得。如果是严厉的观察和批评者，即可以执此而推论其他。

但杨先生却道：“所以勉力维持至于今日者非贪恋个人之地位为彻底整饬学风计也”，窃以为学风是决非造谣撒谎所能整饬的；地位自然不在此例。

〖释：“本月一日至四日的‘女师大’和她自己的两启事”，指1925年8月3日《京报》所载《女师大学生自治会紧要启事》和次日该报刊载的《杨荫榆启事》和杨荫榆以学校名义发表的《女师大启事》。前一启事揭露了杨荫榆8月1日率领军警入校迫害学生的暴行，后两个启事则竭力为这一暴行辩护。〗

集外集/流言和谎话（1925·8·7）

●3-6-30-91

我不知道事实如何，从小说上看起来，上海洋场上恶虔婆的逼勒良家妇女，都有一定的程序：冻饿，吊打。那结果，除被虐杀或自杀之外，是没有一个不讨饶从命的；于是乎她就为所欲为，造成黑暗的世界。

这一次杨荫榆的对付反抗她的女子师范大学学生们，听说是先以率警殴打，继以断绝饮食的，但我却还不为奇，以为还是她从哥仑比亚大学学来的教育的新法，待到看见今天报上说杨氏致书学生家长，使再填入学愿书，“不交者以不愿再入学校论”，这才恍然大悟，发生无限的哀感，知道新妇女究竟还是老妇女，新方法究竟还是老方法，去光明非常辽远了。

女师大的学生，不是各省的学生么？那么故乡就多在远处，家长们怎么知道自己的女儿的境遇呢？怎么知道这就是威逼之后的勒令讨饶乞命的一幕呢？自然，她们可以将实情告诉家长的；然而杨荫榆已经以校长之尊，用了含胡的话向家长们撒下网罗了。

集外集拾遗/女校长的男女的梦（1925·8·4）

●3-6-30-92

最奇怪的是杨荫榆请警厅派警来校的信，“此次因解决风潮改组各班学生诚恐某校男生来校援助恳请准予八月一日照派保安警察三四十名来校借资防护”云云，发信日是七月三十一日。入校在八月初，而她已经在七月底做着“男生来帮女生”的梦，并且将如此梦话，叙入公文，倘非脑子里有些什么贵恙，大约总该不至于此的罢……

我真不解何以一定是男生来帮女生。因为同类么？那么，请男巡警来帮的，莫非是女巡警？给女校长代笔的，莫非是男校长么？

集外集拾遗/女校长的男女的梦（1925·8·4）

●3-6-30-93

“对于学生品性学业，务求注重实际”*，这实在是很可佩服的。但将自己夜梦里所做的事，都诬栽在别人身上，却未免和实际相差太远了。可怜的家长，怎么知道你的孩子遇到了这样的女人呢！

我说她是梦话，还是忠厚之辞；否则，杨荫榆便一钱不值；更不必说一群躲在黑幕里的一班无名的蛆虫！

〖释：“对于学生品性学业……”，是1925年8月4日《京报》所载《杨荫榆启事》中的话。〗

集外集拾遗/女校长的男女的梦（1925·8·4）

●3-6-30-94

按：杨荫榆女士终身未婚。

所谓“拟寡妇”，是指和丈夫生离以及不得已而抱独身主义的。

坟/寡妇主义（1925·12·20）

●3-6-30-95

中国的女性出而在社会上服务，是最近才有的，但家族制度未曾改革，家务依然纷繁，一经结婚，即难于兼做别的事。于是社会上的事业，在中国，则大抵还只有教育，尤其是女子教育，便多半落在上文所说似的独身者的掌中。这在先前，是道学先生所占据的，继而以顽固无识等恶名失败，她们即以曾受新教育，曾往国外留学，同是女性等好招牌，起而代之。社会上也因为她们并不与任何男性相关，又无儿女系累，可以专心于神圣的事业，便漫然加以信托。但从此而青年女子之遭灾，就远在于往日在道学先生治下之上了。

坟/寡妇主义（1925·12·20）

●3-6-30-96

大约中国此后这种独身者还要逐渐增加，倘使没有善法补救，则寡妇主义教育的声势，也就要逐渐浩大，许多女子，都要在那冷酷险狠的陶冶之下，失其活泼的青春，无法复活了。全国受过教育的女子，无论已嫁未嫁，有夫无夫，个个心如古井，脸若严霜，自然倒也怪好看的罢，但究竟也太不像真要人模样地生活下去了；为他贴身的使女，亲生的女儿着想，倒是还在其次的事。

坟/寡妇主义（1925·12·20）

●3-6-30-97

见一封信，疑心是情书了；闻一声笑，以为是怀春了；只要男人来访，就是情夫；为什么上公园呢，总该是赴密约。被学生反对，专一运用这种策略的时候不待言，虽在平时，也不免如此。加以中国本是流言的出产地方，正人君子也常以这些流言作谈资，扩势力，自造的流言尚且奉为至宝，何况是真出于学校当局者之口的呢……

坟/寡妇主义（1925·12·20）

●3-6-30-98

自从去年春间，北京女子师范大学有了反对校长杨荫榆事件以来，于是而有该校长在太平湖饭店*请客之后，任意将学生自治会员六人除名的事；有引警察及打手蜂拥入校的事；迨教育总长章士钊复出*，遂有非法解散学校的事；有司长刘百昭雇用流氓女丐殴曳学生出校，禁之补习所空屋中的事；有手忙脚乱，急挂女子大学招牌以掩天下耳目的事；有胡敦复之趁火打劫*，攫取女大校长饭碗，助章士钊欺罔世人的事。女师大的许多教职员，——我敢特地声明：并不是全体！——本极以章杨的措置为非，复痛学生之无辜受戮，无端失学，而校务维持会*之组织，遂愈加严固。我先是该校的一个讲师，于黑暗残虐情形，多曾目睹；后是该会的一个委员，待到女师大在宗帽胡同自赁校舍，而章士钊尚且百端迫压的苦痛，也大抵亲历的。当章氏势焰熏天时，我也曾环顾这首善之区，寻求所谓“公理”“道义”之类而不得；而现在突起之所谓“教育界名流”者，那时则鸦雀无声；甚且捧献肉麻透顶的呈文，以歌颂功德*。但这一点，我自然也判不定是因为畏章氏有嗾使兵警痛打之威呢，还是贪图分润金款之利，抑或真以他为“公理”或“道义”等类的具象的化身？

〖释：“太平湖饭店”，应为西安饭店。1925年5月7日杨荫榆在此请客，商讨平息学潮事宜。/“章士钊复出”，1925年5月，章士钊禁止学生纪念“五七”国耻日，引起学生反对，逃往天津暂避；6月重返教育部，8月19日派军警强行解散女师大。/“胡敦复之趁火打劫”，原上海大同大学校长胡敦复，因百般迎合章士钊，在女师大解散另立“女子大学”时被委为校长。/“校务维持会”，女师大被解散期间，该校师生推举若干人组成校务维持会。/“‘教育界名流’……歌颂功德”，当时北京五所私立大学联名呈文讨好当局，攻击女师大学潮和北大脱离教育部之举；因此，段内阁决定从法国退回的庚子赔款余额即“金款”中拨三十多万元给此五校。〗

华盖集/“公理”的把戏（1925·12·24）

●3-6-30-99

杨荫榆知道要做不成这校长，便文事用文士的“流言”，武功用三河的老妈，总非将一班“毛鸦头”*赶尽杀绝不可。先前我看见记载上说的张献忠屠戮川民的事，我总想不通他是什么意思；后来看到别一本书，这才明白了：他原是想做皇帝的，但是李自成先进北京，做了皇帝了，他便要破坏李自成的帝位。怎样破坏法呢？做皇帝必须有百姓；他杀尽了百姓，皇帝也就谁都做不成了。既无百姓，便无所谓皇帝，于是只剩了一个李自成，在白地上出丑，宛如学校解散后的校长一般。这虽然是一个可笑的极端的例，但有这一类的思想的，实在并不止张献忠一个人。

〖释：“毛鸦头”，即毛丫头，是吴稚晖1925年8月24日对女师大学生的蔑称。〗

华盖集续编/记谈话（1926·10·14）

●3-6-30-100

我自从被杨荫榆女士杀败之后，即对于一切女士都不敢开罪，因为我已经知道得罪女士，很容易引起“男士”的义侠之心，弄得要被“通缉”都说不定的，便不再开口。

而已集/革“首领”（1927·10·15）

杨振声（1890－1956）……山东蓬莱人。小说家。曾任北京大学、武昌大学教授。

●3-6-30-101

我先前看见《现代评论》上保举十一种好著作，杨振声先生的小说《玉君》*即是其中的一种，理由之一是因为做得“长”*。

〖释：《玉君》，1925年2月出版，《现代丛书》之一。/“理由之一是因为做得‘长’”，《现代评论》第三卷第七十一、七十二期（1926年4月17日、24日）载陈源的《闲话》说：“要是没有杨振声先生的《玉君》，我们简直可以说没有长篇小说。”〗

华盖集续编/马上支日记（1926·7·12）

●3-6-30-102

杨振声是极要描写民间疾苦的

且介亭杂文二集/《中国新文学大系》小说二集序（1935·3·2）

●3-6-30-103

杨振声……要“忠实于主观”，要用人工来制造理想的人物。而且凭自己的理想还怕不够，又请教过几个朋友，删改了几回＊，这才完成一本中篇小说《玉君》，那自序道——

若有人问玉君是真的，我的回答是没有一个小说家说实话的。说实话的是历史家，说假话的才是小说家……想把天然艺术化，就是要以他的理想与意志去补天然之缺陷。

他先决定了“想把天然艺术化”，唯一的方法是“说假话”，“说假话的才是小说家”。于是依照了这定律，并且博采众议，将《玉君》创造出来了，然而这是一定的：不过一个傀儡，她的降生也就是死亡。我们此后也不再见这位作家的创作。

〖释：“……请教过几个朋友，删改了几回”，杨振声在《玉君》自序中说：“先谢谢邓叔存先生，为了他的批评，我改了第一遍。再谢谢陈通伯先生，为了他的批评，我改了第二遍。最后再谢谢胡适之先生，为了他的批评，我改了第三遍。”〗

且介亭杂文二集/《中国新文学大系》小说二集序（1935·3·2）

杨霁云……江苏常州人，曾在上海任教。1934年收集、整理鲁迅集外佚文印行《集外集》。后长期从事鲁迅佚文的收集、研究和出版工作。

●3-6-30-104

到内山无定时，如见访，最好于三四日前给我一信，指明日期，时间，我当按时往候，其时间以下午为佳。

书信/致杨霁云（1934·5·22）

●3-6-30-105

我的零零碎碎的东西，查起来还有这许多，殊出自己的意外，但有些是遗落，有些当是删掉的，因为觉得并无足观。先生要印成一书『注：指《集外集》』，只要有人肯印，有人要看，就行了，我自己却并没有什么异议。

书信/致杨霁云（1934·7·17）

●3-6-30-106

旧诗本非所长，不得已而作，后辄忘却，今写出能记忆者数章。

书信/致杨霁云（1934·12·9）

吴友如（？－约1893）……江苏元和（今吴县）人。清末画家，善画人物、世态。曾主编《点石斋画报》，汇印有《吴友如画宝》。

●3-6-30-107

吴友如画的最细巧，也最能引动人。……他久居上海的租界里，耳濡目染，最擅长的倒在作“恶鸨虐妓”，“流氓拆梢”一类的时事画，那真是勃勃有生气，令人在纸上看出上海的洋场来。但影响殊不佳，近来许多小说和儿童读物的插画中，往往将一切女性画成妓女样，一切孩童都画得像一个小流氓，大半就因为太看了他的画本的缘故。

朝花夕拾/后记（1927·8·10）

●3-6-30-108

时装人物的脸，只要见过清朝光绪年间上海的吴友如的《画报》的，便会觉得神态非常相像。《画报》所画的大抵不是流氓拆梢，便是妓女吃醋，所以脸相都狡猾。这精神似乎至今不变，国产影片中的人物，虽是作者以为善人杰士者，眉宇间也带些上海洋场式的狡猾。可见不如此，是连善人杰士也做不成的。

而已集/略论中国人的脸（1927·10·25）

●3-6-30-109

清朝末年有吴友如，是画上海流氓和妓女的

好手，前几年印有《友如墨宝》……

书信/致魏猛克（1934・4・3）

●3-6-30-110

学吴友如画的危险，是在只取了他的油滑，他印《画报》，每月大约要画四五十张，都是用药水画在特种的纸张上，直接上石的，不用照相。因为多画，所以后来就油滑了，但可取的是他观察的精细，不过也只以洋场上的事情为限，对于农村就不行。他的末流是会文堂所出小说插画的画家。至于叶灵凤先生，倒是自以为中国的Beardsley『注：比亚兹莱』的，但他们两人都在上海混，都染了流氓气，所以见得有相似之处了。

书信/致魏猛克（1934・4・9）

●3-6-30-111

吴友如画的《申江胜景图》＊里，有一幅会审公堂＊，就有一个巡捕拉着犯人的辫子的形象，但是，这是已经算作“胜景”了。

〖释：《申江胜景图》，分上下两卷，出版于清光绪十年（1884）年。/“会审公堂”，即会审公廨，清末民初上海租界内的审判机关，由中外会审官会同审理租界内华人和外侨的互控案件。〗

且介亭杂文/病后杂谈之余（1935・3）

吴宓（1894－1978）……陕西泾阳人。曾留学美国，回国后曾任东南大学教授等。1912年同梅光迪、胡先骕等创办《学衡》杂志，提倡复古主义。

●3-6-30-112

有一班从外国留学回来，自称知识阶级，以为中国没有他们就要灭亡……像这样的知识阶级，我还不知道是些什么东西?!

集外集拾遗补编/关于知识阶级（1927・11）

●3-6-30-113

几年前有一位中国大学教授，他很奇怪，为什么有人要描写一个车夫的事情，这就因为大学教授一向住在高大的洋房里，不明白平民的生活。

集外集拾遗补编/关于知识阶级（1927・11）

●3-6-30-114

留学过美国的绅士派，他们以为文艺是专给老爷太太们看的，所以主角除老爷太太之外，只配有文人，学士，艺术家，教授，小姐等等，要会说Yes，No，这才是绅士的庄严，那时吴宓先生就曾经发表文章，说是真不懂为什么有些人竟喜欢描写下流社会。

二心集/上海文艺之一瞥（1931・7・27）

●3-6-30-115

俄国的作品，渐渐的绍介进中国来了，同时也得了一部分读者的共鸣，只是传布开去……

于是也遭了文人学士的讨伐，有的主张文学的崇高，说描写下等人是鄙俗的勾当……

南腔北调集/祝中俄文字之交（1932・12・15）

●3-6-30-116

中国向西洋派遣过许多留学生，其中有一位先生……因为在外国研究得太长久，忘记了中国的事情，回国之后，就只好来教授西洋文学。他一看见本国里乞丐之多，非常诧异，慨叹道：他们为什么不去研究学问，却自甘堕落的呢？所以下等人实在是无可救药的。

且介亭杂文二集/内山完造作《活中国的姿态》（1935・3・5）

吴组缃（1908－1994）……安徽泾县人。作家，学者。当时是清华大学中文系学生。

●3-6-30-117

《一千八百担》＊可以不要译了，因为他另有作品，我们想换一篇较短的。又，他的自传，说是“一八……年生”，是错的，请给他改为“一九……年生”，否则，他有一百多岁了，活的太长。

这位作者（吴君），就在清华学校，先生如要见见他，有所询问，是很便当的。要否，俟来信办理。倘要相见，则请来信指明地址，我们当写信给他，前去相访。

〖释：《一千八百担》，吴组缃作，载《文学季刊》创刊号（1934年1月）。〗

书信/致〈美〉伊罗生（1934·5·30）

●3-6-30-118

吴组缃是北平清华大学学生

书信/致〈日〉增田涉〔译文〕（1934·11·14）

●3-6-30-119

你寄给吴君的信，其中有费解之处，我略为改动一下，这样也许通顺些，但仍然是日本式文字。

书信/致〈日〉增田涉〔译文〕（1934·12·29）

●3-6-30-120

我对吴君不大熟悉，但从他的回信所发的议论看来，我以为此人是颇不足道的。……吴君好像是自满的，如果那样，就停留在一个小资产阶级作家的地位了。依我看，同他通信也不会有什么好结果。

书信/致〈日〉增田涉〔译文〕（1935·2·6）

●3-6-30-121

前几天曾寄上《小品文与漫画》『注：即《漫画生活》月刊』一册，其中有吴组缃君的短文，这次态度好了。

书信/致〈日〉增田涉〔译文〕（1935·4·9）

吴稚晖（1866－1953）……江苏武进人。早年先后留学日本、英国，参加过反清革命。后为政客。

●3-6-30-122

吴稚老的笔和舌，是尽过很大的任务的，清末的时候，五四的时候，北伐的时候，清党的时候，清党以后的还是闹不清白的时候。

伪自由书/新药（1933·5·7）

●3-6-30-123

我第一次所经历的是在一个忘了名目的会场上，看见一位头包白纱布，用无锡腔讲演排满的英勇的青年，不觉肃然起敬。但听下去，到得他说“我在这里骂老太婆，老太婆一定也在那里骂吴稚晖”，听讲者一阵大笑的时候，就感到没趣，觉得留学生好像也不外乎嬉皮笑脸。“老太婆”者，指清朝的西太后。吴稚晖在东京开会骂西太后，是眼前的事实无疑，但要说这时西太后也正在北京开会骂吴稚晖，我可不相信。讲演固然不妨夹着笑骂，但无聊的打诨，是非徒无益，而且有害的。不过吴先生这时却正在和公使蔡钧大战＊，名驰学界，白纱布下面，就藏着名誉的伤痕。不久，就被递解回国，路经皇城外的河边时，他跳了下去，但立刻又被捞起，押送回去了。这就是后来太炎先生和他笔战时，文中之所谓“不投大壑而投阳沟，面目上露”。其实是日本的御沟并不狭小，但当警官护送之际，却即使并未“面目上露”，也一定要被捞起的。这笔战愈来愈凶，终至夹着毒詈，今年吴先生讥刺太炎先生受国民政府优遇时，还提起这件事，这是三十余年前的旧账，至今不忘，可见怨毒之深了＊。

〖释：“……和公使蔡钧大战”，1902年8月，中国留日学生吴稚晖等二十六人曾前往清驻日使馆请愿，与公使蔡钧发生冲突，事态急剧扩大，是为中国留日学生运动的开端。后吴稚晖被拘捕并递解回国。/“吴先生讥刺太炎先生……”，1936年1月，吴稚晖发表《回忆蒋竹庄先生之回忆》，对自己在《苏报》案中的叛卖行为多方辩解并对章太炎加以攻击。〗

且介亭杂文末编/因太炎先生而想起的二三事（1937·3·25）

●3-6-30-124

用老手段的自然不会长进，到现在仍是说非“读破几百卷书者”即做不出好白话文，于是硬拉吴稚晖先生为例。可是竟又会有“肉麻当有趣”，述说得津津有味的，天下事真是千奇百怪。其实吴先生的“用讲话体为文”，即“其貌”也何尝与“黄口小儿所作若同”。不是“纵笔所之，辄万数千言”*么？其中自然有古典，为“黄口小儿”所不知，尤有新典，为“束发小生”所不晓。清光绪末，我初到日本东京时，这位吴稚晖先生已在和公使蔡钧大战了，其战史就有这么长，则见闻之多，自然非现在的“黄口小儿”所能企及。所以他的遣辞用典，有许多地方是惟独熟于大小故事的人物才能够了然，从青年看来，第一是惊异于那文辞的滂沛。这或者就是名流学者们所认为长处的罢，但是，那生命却不在于此。甚至于竟和名流学者们所拉拢恭维的相反，而在自己并不故意显出长处，也无法灭去名流学者们的所谓长处；只将所说所写，作为改革道中的桥梁，或者竟不想到作为改革道中的桥梁。

〖释：“纵笔所之，辄万数千言”等语，均出于章士钊吹捧吴稚晖的文章，陈西滢又引以吹捧章士钊。〗

华盖集续编/古书与白话（1926·2·2）

●3-6-30-125

按：吴稚晖曾自称无政府主义者并扬言他的“主义”将在“三千年后”实现。

吴稚晖先生不也有一种主义的么？而他不但不被普天同愤，且可以大呼“打倒……严办”者，即因为赤党要实行共产主义于二十年之后，而他的主义却须数百年之后或者才行，由此观之，近于废话故也。人那有遥管十余代以后的灰孙子时代的世界的闲情别致也哉？

而已集/答有恒先生（1927·10·1）

●3-6-30-126

最近，广州的日报上还有一篇文章指示我们，叫我们应该以四位革命文学家为师法：意大利的唐南遮*，德国的霍普德曼*，西班牙的伊本纳兹*，中国的吴稚晖。

两位帝国主义者，一位本国政府的叛徒，一位国民党救护的发起者*，都应该作为革命文学的师法，于是古墓文学便莫名其妙了，因为这实在是至难之业。

〖释：唐南遮，即邓南遮（1863－1938），意大利作家、政治活动家，晚年投向法西斯主义。/霍普德曼，即霍普特曼（1862－1946），德国剧作家，一战时支持本国政府的战争立场。/伊本纳兹，即伊巴涅斯（1867－1928），西班牙作家、政治家。1923年后因其国内实行军事独裁，他被迫迁居法国。/“国民党救护的发起者”，指吴稚晖。他曾于1927年4月2日向国民党中央监察委员会提出“清共”咨文并获通过。〗

而已集/革命文学（1927·10·21）

●3-6-30-127

按：该文为戏谑的“预言”。“什么马克斯牛克斯”：吴稚晖1927年5月、7月致汪精卫信中多有此语。广州报纸曾称吴为“革命文学家”。

有革命文学家将马克思学说推翻，这只用一句，云：“什么马克斯牛克斯。”全世界敬服，犹太人大惭。

而已集/拟豫言——一九二九年出现的琐事（1928·1·28）

●3-6-30-128

赤贼完全消灭，安那其主义将于四百九十八年后实行。*

〖释：“安那其主义”，即无政府主义。吴稚晖在1926年2月致邵飘萍的信中说过：“赤化就是所谓共产，这实在是三百年后的事；犹之乎还有比他们更进步的，叫作无政府，他更是三千年以后的事。”〗

而已集/拟豫言——一九二九年出现的琐事（1928·1·28）

●3-6-30-129

我在广东，曾经批评一个革命文学家——现在的广东，是非革命文学不能算做文学的，是非“打打打，杀杀杀，革革革，命命命”，不能算做革命文学的……

集外集/文艺与政治的歧途（1928·1·29－30）

●3-6-30-130

九一八以后，再没有听到吴稚老的妙语了，相传是生了病。现在刚从南昌专电＊中，飞出一点声音来，却连改头换面的，也是自从九一八以后，就再没有一丝声息的民族主义文学者们，也来加以冷冷的讪笑。……九一八以来的飞机，真也炸着了这党国的元老吴先生，或者是，炸大了一些躲躲闪闪的人物的小胆子。

〖释："南昌专电"，载1933年4月29日《申报》，报道吴稚晖在南昌对新闻界阐述当局抗日方针的谈话。随后，有人在《大晚报》上发表文章对吴的言论进行嘲笑。〗

伪自由书/新药（1933·5·7）

●3-6-30-131

按：此系对吴稚晖为当局所开"新药"的嘲讽。

这种新药的性味，是要很激烈，而和平。譬之文章，则须先讲烈士的殉国，再叙美人的殉情；一面赞希特勒的组阁，一妈颂苏联的成功；军歌唱后，来了恋歌；道德谈完，就讲妓院；因国耻日而悲杨柳，逢五一节而忆蔷薇；攻击主人的敌手，也似乎不满于它自己的主人……总而言之，先前所用的是单方，此后出卖的却是复药了。

复药虽然好像万应，但也常无一效的，医不好病，即毒不死人。不过对于误服这药的病人，却能够使他不再寻求良药，拖重了病症而至于胡里胡涂的死亡。

伪自由书/新药（1933·5·7）

●3-6-30-132

旧书里有过这么一个寓言，某朝某帝的时候，宫女们多数生了病，总是医不好。最后来了一个名医，开出神方道：壮汉若干名。皇帝没有法，只得照他办。若干天之后，自去察看时，宫女们果然个个神采焕发了，却另有许多瘦得不像人样的男人，拜伏在地上。皇帝吃了一惊，问这是什么呢？宫女们就嗫嚅的答道：是药渣。

照前几天报上的情形看起来，吴先生仿佛就如药渣一样，也许连狗子都要加以践踏了。然而他是聪明的，又很恬淡，决不至于不顾自己，给人家熬尽了汁水……

伪自由书/新药（1933·5·7）

●3-6-30-133

说中国人"起码要学狗"＊，倘是小学生的作文，是会遭先生的板子的，但大了几十年，新闻上就大登特登，还用方块字标题道："皤然一老莅故都，吴稚晖语妙天下"……

〖释："中国人'起码要学狗'"，1935年9月24日《时事新报》"北平特讯"报道吴稚晖在北平的讲话："中国人想要装成老虎或狮子，固然不易，但起码也应该学一个狗。因为一只狗你要杀死它的时候，至少你也要有相当的牺牲才行。"〗

且介亭杂文二集/六论"文人相轻"——二卖（1935·10）

---

(31) 七画［下］(何邹沈张陈邵)

凡有智识分子，性质不好的多，尤其是所谓"文学家"

何思源（210）/邹容（211）/沈从文（211）/沈雁冰（213）/张天翼（213）/张春桥（213）/张资平（214）/张露薇（218）/陈独秀（218）/陈源（219）/邵洵美［及章克标］（229）

何思源（1896－1982）……曾留学美国、德国。当时任中山大学政治训育部副主任。

●3-6-31-1

何主任（思源）赴宁，此地的《国民新闻》编辑即委派了别人了。

书信/致章廷谦（1927·7·7）

●3-6-31-2

何思源名氏，我未曾在意中，何得与之为难，其实鼻亦明知之，其云云者，是搆陷之一法，不足与辩也。

书信/致江绍原（1927·8·2）

●3-6-31-3

至于××××××××××＊大人，则前曾相识，固一圆滑无比者也。

〖释："××××××××××"，原件此九字被收信人涂去。据他后来追记，系"山东省教育厅长何思源"。何曾任山东省政府委员兼教育厅长。〗

书信/致王冶秋（1935·12·21）

邹容（1885－1905）……清末革命家，曾留学日本。1903年著《革命军》。是年被捕，被英租界判刑二年。1905年4月3日死于狱中。

●3-6-31-4

按：清末留日中国学生多有剪辫者，受到清政府派遣官员的威胁和压力。据章太炎《邹容传》记载，邹留学日本时，"陆军学生监督姚甲有奸私事，容偕五人排闼入其邸中，榜颊数十，持剪刀断其辫发。事觉，潜归上海。"。

"不几天，这位监督却自己被人剪去辫子逃走了。去剪的人们里面，一个便是做《革命军》的邹容，这人也因此不能再留学，回到上海来，后来死在西牢里。"

呐喊/头发的故事（1920·10·10）

●3-6-31-5

《扬州十日记》＊，《嘉定屠城记略》＊，《朱舜水集》＊，《张苍水集》＊都翻印了，还有《黄萧养回头》＊及其他单篇的汇集，我现在已经举不出那些名目来。别有一部分人，则改名"扑满""打清"之类，算是英雄。这些大号，自然和实际的革命不甚相关，但也可见那时对于光复的渴望在之心，是怎样的旺盛。

不独英雄式的名号而已，便是悲壮淋漓的诗文，也不过是纸片上的东西，于后来的武昌起义怕没有什么大关系。倘说影响，则别的千言万语，大概都抵不过浅近直截的"革命军马前卒邹容"所做的《革命军》。

〖释：《扬州十日记》，清代江都王秀楚著。/《嘉定屠城记略》，清代嘉定朱子素著。/《朱舜水集》，朱之瑜（1600－1682），号舜水，明末思想家，后据舟山抗清，兵败流亡日本，客死水户。/《张苍水集》，张煌言（1620－1664），号苍水，文学家，南明抗清义军领袖，兵败被俘，不屈而死。/《黄萧养回头》，以鼓吹反清革命为主题的粤剧。〗

坟/杂忆（1925·6·19）

●3-6-31-6

西湖博览会＊上要设先烈博物馆了，在征求遗物。这是不可少的盛举，没有先烈，现在还拖着辫子也说不定的，更那能如此自在。

但所征求的，末后又有"落伍者的丑史"……而所征求的"落伍者的丑史"的目录中，又有"邹容＊的事实"，那可更加有些古怪了。如果印本没有错而邹容不是别一人，那么，据我所知道，大概是这样的：

他在满清时，做了一本《革命军》，鼓吹排满，所以自署曰"革命军马前卒邹容"。后来从日本回国，在上海被捕，死在西牢里了，其时盖在一九〇二年。自然，他所主张的不过是民族革命，未曾想到共和，自然更不知道三民主义，当然也不知道共产主义。但这是大家应该原谅他的，因为他死得太早了，他死了的明年，同盟会才成立。

〖释："西湖博览会"，1929年6月在杭州举办的一次国际博览会。〗

三闲集/"革命军马前卒"和"落伍者"（1929·3·18）

沈从文（1902－1988）……湖南凤凰人。作家。曾用笔名小兵、懋琳、炯之、休芸芸等。早年当兵，1922年入北京大学旁听。随后开始文学创作，历任编辑和教授。

●3-6-31-7

这一期《国语周刊》*上的沈从文，就是休芸芸，他现在用了各种名字，玩各种玩意儿。欧阳兰也常如此*。

〖释：《国语周刊》，《京报》的附刊之一，钱玄同等编辑。该刊第五期（1925年7月12日）载有沈从文的诗《乡间的夏》。/“欧阳兰也常如此”：1925年1月，北京女师大演出北大学生欧阳兰的独幕剧《父亲的归来》，内容几乎完全抄袭日本菊池宽所著的《父归》。经人指出后，除欧阳兰本人作文答辩外，还出现了署名“琴心”的女师大学生撰文为她辩护。不久，又有人揭发欧阳兰抄袭郭沫若译的雪莱诗，这位“琴心”和另一“雪纹女士”又一连写了几篇文字替他分辩。事实上，所谓“琴心”是欧阳兰的女友夏雪纹（女师大学生）的别号，而署名琴心和雪纹女士的文字，都是欧阳兰自己作的。〗

书信/致钱玄同（1925·7·12）

●3-6-31-8

且夫“拏拏阿文”*确尚无偷文如欧阳公之恶德，而文章亦较为能做做者也。然而敝座之所以恶之者，因其用一女人之名，以细如蚊虫之字，写信给我*，被我察出为阿文手笔，则又有一人扮作该女人之弟来访……总之此辈之于著作，大抵意在胡乱闹闹，无诚实之意，故我在《莽原》已张起电气网，与欧阳公归入一类也耳矣。

〖释：“拏拏阿文”，指沈从文；他的诗《乡间的夏》中有“耶吻耶吻，拏拏唉”的句子。/“用一女人之名写信给我”，1925年4月30日鲁迅得丁玲信，疑为沈从文化名来信。〗

书信/致钱玄同（1925·7·20）

●3-6-31-9

《记丁玲》『注：沈从文著』中，中间既有删节，后面又被截去这许多，原作简直是遭毁了。以后的新书，有几部恐怕也不免如此罢。

书信/致赵家璧（1934·9·1）

●3-6-31-10

按：沈从文以“炯之”为笔名，发表了极为“超脱”的《谈谈上海的文坛》一文，将当时上海文坛上的一切斗争一言以蔽之曰“文人相轻”。鲁迅的《七论“文人相轻”——两伤》即对此而发。

所谓文人，轻个不完，弄得别一些作者摇头叹气了，以为作践了文苑。……然而如果还要相轻又怎么样呢？前清有成例，知县老爷出巡，路遇两人相打，不问青红皂白，谁是谁非，各打屁股五百完事。不相轻的文人们纵有“肃静”“回避”牌，却无小板子，打是自然不至于的，他还是用“笔伐”，说两面都不是好东西。这里有一段炯之先生的《谈谈上海的刊物》为例——

说到这种争斗，使我们记起《太白》，《文学》，《论语》，《人间世》几年来的争斗成绩。这成绩就是凡骂人的与被骂的一古脑儿变成丑角，等于木偶戏的互相揪打或以头互碰，除了读者养成一种“看热闹”的情趣以外，别无所有。把读者养成欢喜看“戏”不欢喜看“书”的习气，“文坛消息”的多少，成为刊物销路多少的主要原因。争斗的延长，无结果的延长，实在可说是中国读者的大不幸。我们是不是还有什么方法可以使这种“私骂”占篇幅少一些？一个时代的代表作，结起账来若只是这些精巧的对骂，这文坛，未免太可怜了。（天津《大公报》的《小公园》，八月十八日。）

“这种斗争”，炯之先生还自有一个界说：“即是向异己者用种琐碎方法，加以无怜悯，不节制的辱骂。（一个术语，便是‘斗争’。）”云。

于是乎这位炯之先生便以怜悯之心，节制之笔，定两造为丑角，觉文坛之可怜了，虽然“我们记起《太白》，《文学》，《论语》，《人间世》几年来”，似乎不但并不以“‘文坛消息’的多少，成为刊物销路多少的主要原因”，而且简直不登什么“文坛消息”。不过“骂”是有的；只“看热闹”的读者，大约一定也有的……这里来一个“然而”罢，转过来是旁观者或读者，其实又并不全如炯之先生所拟定的混沌，有些是自有各人自己的判断的。

且介亭杂文二集/七论“文人相轻”——两伤（1935·10）

沈雁冰（1896－1981）……笔名茅盾。浙江桐乡人。作家、文学评论家。

●3-6-31-11

茅盾被捕的消息，是不确的；他虽然已被编入该杀的名单中，但现在还没有事。

书信/致科学新闻社（1933·8·1）

●3-6-31-12

《子夜》*，茅兄已送来一本，此书已被禁止了，今年开头就禁书一百四十九种，单是文学的。

〖释：《子夜》，茅盾著长篇小说。〗

书信/致萧三（1934·3·4）

●3-6-31-13

茅盾是《译文》的发起人之一，停刊并不是他弄的鬼，这是北平小报所造的谣言，也许是弄鬼的人所造的，你不要相信它。《译文》下月要复刊了，但出版处已经换了一个，茅盾也还是译述人。

书信/致阮善先（1936·2·15）

张天翼（1906－1985）……湖南湘乡人。作家。“左联”成员。

●3-6-31-14

张天翼的小说过于诙谐，恐会引起读者的反感，但一经翻译，原文的讨厌味也许就减少了。

书信/致〈日〉增田涉〔译文〕（1932·8·9）

●3-6-31-15

译张君小说，已托人转告，我看他一定可以的，由我看来，他的近作《仇恨》*一篇颇好（在《现代》中），但看他自己怎么说罢。

〖释：《仇恨》，短篇小说，载《现代》第二卷第一期“创作增大号”（1932年11月）。〗

书信/致王志之（1933·1·9）

●3-6-31-16

你的作品有时失之油滑，是发表《小彼得》那时说的，现在并没有说；据我看，是切实起来了。但又有一个缺点，是有时伤于冗长。将来汇印时，再细细的看一看，将无之亦毫无损害于全局的节，句，字删去一些，一定可以更有精彩。

书信/致张天翼（1933·2·1）

张春桥（1917－2005）……山东诸城人。当时在上海活动。

●3-6-31-17

按：1931年九一八事变后，萧军和萧红从东北到上海。1935年8月，萧军出版了反映东北人民抗日斗争的长篇小说《八月的乡村》，鲁迅为之作序。张春桥化名“狄克”在《大晚报》副刊《火炬》上，以《我们要执行自我批判》为题，对这部作品及其作者进行指摘。鲁迅的《三月的租界》即对此而发。

他们『注：指萧军和萧红』的回“祖国”，如果是做随员，当然没有人会说话，如果是剿匪，那当然更没有人会说话，但他们竟不过来出版了《八月的乡村》。这就和文坛发生了关系……三月里，就“有人”在上海的租界上冷冷的说道——

“田军不该早早地从东北回来！”

谁说的呢？就是“有人”。为什么呢？因为这部《八月的乡村》“里面有些还不真实”。然而我的传话是“真实”的。有《大晚报》副刊《火炬》的奇怪毫光之一，《星期文坛》上的狄克先生的文章为证——

……有人这样对我说：“田军不该早早地从东北回来”，就是由于他感觉到田军还需要长时间的学习，如果再丰富了自己以后，这部作品当更好。技巧上，内容上，都有许多问题在，为什么没有人指出呢？

这些话自然不能说是不对的。假如“有人”说，高尔基不该早早不做码头脚夫，否则，他的作品当更好；吉须『注：通译基希（1885－1948），捷克作家』不该早早逃亡外国，如果坐在希忒拉『注：即希特勒』的集中营里，他将来的报告文学当更有希望。然而在三月的租界上，却还有说几句话的必要，因为我们还不到“十分丰富了自己”，免于来做低能儿的幸福的时期。

且介亭杂文末编/三月的租界（1936·5）

●3-6-31-18

人是很容易性急的。例如罢，田军早早的来做小说了，却“不够真实”，狄克先生一听到“有人”的话，立刻同意，责别人不来指出“许多问题”了，也等不及“丰富了自己以后”，再来做“正确的批评”。但我以为这是不错的，我们有投枪就用投枪，正不必等候刚在制造的坦克和烧夷弹。可惜的是这么一来，田军也就没有什么“不该早早地从东北回来”的错处了。立论要稳当真也不容易。

且介亭杂文末编/三月的租界（1936·5）

●3-6-31-19

从狄克先生的文章上看起来，要知道“真实”似乎也无须久留在东北似的，这位“有人”先生和狄克先生大约就留在租界上，并未比田军回来得晚，在东北学习，但他们却知道够不够真实。而且要作家进步，也无须靠“正确”的批评，因为在没有人指出《八月的乡村》的技巧上，内容上的“许多问题”以前，狄克先生也已经断定了：“我相信现在有人在写，或豫备写比《八月的乡村》更好的作品，因为读者需要！”

到这里，就是坦克车正要来，或将要来了，不妨先折断了投枪。

且介亭杂文末编/三月的租界（1936·5）

●3-6-31-20

到这里，我又应该补叙狄克先生的文章的题目，是：《我们要执行自我批判》。

题目很有劲。作者虽然不说这就是“自我批判”，但却实行着抹杀《八月的乡村》的“自我批判”的任务的……

自然，狄克先生的“要执行自我批判”是好心，因为“那些作家是我们底”的缘故。但我以为同时可也万万忘记不得“我们”之外的“他们”，也不可专对“我们”之中的“他们”。要批判，就都彼此都给批判，美恶一并指出。如果在还有“我们”和“他们”的文坛上，一味自责以显其“正确”或公平，那其实是在向“他们”献媚或替“他们”缴械。

且介亭杂文末编/三月的租界（1936·5）

张资平（1893－1959）……广东梅县人。作家，早期创造社成员。其作品多有公式化三角恋爱故事。

●3-6-31-21

现在的小说，还没有写出这种典型『注：指流氓』的书，惟《九尾龟》* 中的章秋谷，以为他给妓女吃苦，是因为她要敲人们竹杠，所以给以惩罚之类的叙述，约略近之。

由现状再降下去，大概这一流人将成为文艺书中的主角了，我在等候“革命文学家”张资平“氏”的近作。

〖释：《九尾龟》，1910 年出版的一本描写妓女生活的小说。张春帆（漱六山房）作。〗

三闲集/流氓的变迁（1930·1·1）

●3-6-31-22

张资平氏据说是“最进步”的“无产阶级作家”，你们还在“萌芽”，还在“拓荒”，他却已在收获了。这就是进步，拔步飞跑，望尘莫及。然而你如果追踪而往呢，就看见他跑进“乐群书店”* 中。

〖释：“乐群书店”，张资平 1928 年在上海开办的书店。〗

二心集/张资平氏的“小说学”（1930·4·1）

●3-6-31-23

张资平氏先前是三角恋爱小说作家，并且看见女的性欲，比男人还要熬不住，她来找男人，贱人呀贱人，该吃苦。

二心集/张资平氏的“小说学”（1930·4·1）

●3-6-31-24

《申报》报告，今年的大夏＊学生，敬请“为青年所崇拜的张资平先生”去教“小说学”了。中国老例，英文先生是一定会教外国史的，国文先生是一定会教伦理学的，何况小说先生，当然满肚子小说学。要不然，他做得出来吗？我们能保得荷马没有“史诗作法”，沙士比亚没有“戏剧学概论”吗？

〖释：“大夏”，即大夏大学，1924 年在上海创办的一所私立大学。〗

二心集/张资平氏的“小说学”（1930·4·1）

●3-6-31-25

呜呼，听讲的门徒是有福了，从此会知道如何三角，如何恋爱，你想女人吗，不料女人的性欲冲动比你还要强，自己跑来了。朋友，等着罢。但最可怜的是不在上海，只好遥遥“崇拜”，难以身列门墙的青年，竟不能恭听这伟大的“小说学”。现在我将《张资平全集》和“小说学”的精华，提炼在下面，遥献这些崇拜家，算是“望梅止渴”云。

那就是——Δ

二心集/张资平氏的“小说学”（1930·4·1）

●3-6-31-26

吾乡之下劣无赖，与人打架，好用粪帚，足令勇士却步，张公资平之战法＊，实亦此类也，看《自由谈》所发表的几篇批评，皆太忠厚。

〖释：“张公资平之战法”，指张影射攻击《自由谈》编者黎烈文以“姊妹嫁作大商人为妾”云。〗

书信/致黎烈文（1933·7·8）

●3-6-31-27

文章的战斗，大家用笔，始有胜负可分，倘一面另用阴谋，即不成为战斗，而况专持粪帚乎？

书信/致黎烈文（1933·7·14）

●3-6-31-28

至于张公，则伎俩高出万倍，即使加以猛烈之攻击，也决不会倒，他方法甚多，变化如意，近四年中，忽而普罗，忽而民主，忽而民族，尚在人记忆中，然此反复，于彼何损。……然此公实已道尽途穷，此后非带些吧儿与无赖气息，殊不足以再有刊物上（刊物上耳，非为学上也）的生命。

书信/致黎烈文（1933·7·14）

●3-6-31-29

应该提一下的，是所谓“腰斩张资平”＊案。

《自由谈》上原登着这位作者的小说，没有做完，就被停止了，有些小报上，便轰传为“腰斩张资平”……现在手头的只有《社会新闻》，第三卷十三期（五月九日出）里有一篇文章，据说罪魁祸首又是我，如下——

张资平挤出《自由谈》　粹公

今日的《自由谈》，是一块有为而为的地盘，是“乌鸦”“阿Q”的播音台，当然用不着“三角四角恋爱”的张资平混迹其间，以至不得清一。

然而有人要问：为什么那个色欲狂的“迷羊”——郁达夫却能例外？他不是同张资平一样发源于创造『注：指创造社』吗？一样唱着“妹妹我爱你”吗？我可以告诉你，这的确是例外。因为郁达夫虽则是个色欲狂，但他能流入“左联”，认识“民权保障”的大人物，与今日《自由谈》的后台老板鲁（？）老夫子是同志，成为“乌鸦”“阿Q”的伙伴了。

据《自由谈》主编人黎烈文开革张资平的理由，是读者对于《时代与爱的歧路》一文，发生了不满之感，因此中途腰斩……但在靠卖文为活的张资平，却比宣布了死刑都可惨，他还得见见人呢！

……即使鲁（?）先生要扫清地盘，似乎也应当客气一些，而不能用此辣手。问题是这样的，鲁先生为了要复兴文艺（?）运动，当然第一步先须将一切的不同道者打倒，于是乃有批评曾今可张若谷章衣萍等为“礼拜五派”之举；张资平如若识相，自不难感觉到自己正酣卧在他们榻旁，而立刻滚蛋！……

〖**释：“腰斩张资平”，张资平的长篇小说《时代与爱的歧路》自1932年12月1日起在《申报·自由谈》连载。翌年4月22日刊出编辑室启事，声明“为尊重读者意见”而从明日起中止连载。**〗

伪自由书/后记（1933·7·20）

●3-6-31-30

于是祸水就又引到《自由谈》上去，在次日的《时事新报》上，便看见一则启事『注：载1933年7月6日该报副刊《青光》』，是方寸大字的标名——

张资平启事

五日《申报·自由谈》之《谈“文人无行”》，后段大概是指我而说的。我是坐不改名，行不改姓的人，纵令有时用其他笔名，但所发表文字，均自负责，此须申明者一；白羽遐另有其人，至《内山小坐记》亦不见得是怎样坏的作品，但非出我笔，我未便承认，此须申明者二……我不单无资本家的出版者为我后援，又无姊妹嫁作大商人为妾，以谋得一编辑以自豪……今后凡有利用以资本家为背景之刊物对我诬毁者，我只视作狗吠，不再答复，特此申明。

这很明白，除我而外，大部分是对于《自由谈》编辑者黎烈文的。所以又次日的《时事新报》上，也登出相对的启事来——

黎烈文启事

……近两月来，有三角恋爱小说商张资平，因烈文停登其长篇小说，怀恨入骨，常在各大小刊物，造谣诬蔑，挑拨陷害，无所不至……其中有“又无姊妹嫁作大商人为妾”一语，不知何指。张氏启事既系对《自由谈》而发，而烈文现为《自由谈》编辑人，自不得不有所表白，以释群疑。烈文……姊妹中不论亲疏远近，既无一人嫁人为妾，亦无一人得与“大商人”结婚，张某之言，或系一种由衷的遗憾（没有姊妹嫁作大商人为妾的遗憾），或另有所指，或系一种病的发作，有如疯犬之狂吠，则非烈文所知耳。

此后还有几个启事，避烦不再剪贴了。总之：较关紧要的问题，是“姊妹嫁作大商人为妾”者是谁？但这事须问“行不改名，坐不改姓”的好汉张资平本人才知道。

伪自由书/后记（1933·7·20）

●3-6-31-31

可是中国真也还有好事之徒，竟有人不怕中暑的跑到真茹的“望岁小农居”这洋楼底下去请教他了。《访问记》登在《中外书报新闻》的第七号（七月十五日出）上，下面是关于“为妾”问题等的一段——

“‘姊妹嫁作商人妾’，这不知道有没有什么影射？”

“这是黎烈文他自己多心，我不过顺便在启事中，另外指一个人。”

“那个人是谁呢？”

“那不能公开。”自然他说既然说了不能公开的话，也就不便追问了。

……

“那是对于鲁迅的批评……”

“对于鲁迅的什么批评？”

“这是题外的事情了，我看关于这个，请你还是不发表好了。”

这真是“胸中不正，则眸子眊矣焉”『注：语出《孟子·离娄》。眊，眼睛失神』，寥寥几笔，就画出了这位文学家的嘴脸。……启事上的自白，却也须照中国文学上的例子，大打折扣的（倘白羽遐先生在“某天”又到“内山书店小坐”，一定又会从老板口头听到），因为他自己在“行不改姓”之后，也就说“纵令有时用其他笔名”，虽然“但所发表文字，均自负责”，而无奈“还是不发表好了”何？但既然“还是不发表好了”，则关于我的一笔，我也就不再深论了。

伪自由书/后记（1933·7·20）

●3-6-31-32

按：鲁迅在《伪自由书·后记》中提到他曾经写了一篇《驳“文人无行”》给《申报·自由谈》，“久而久之，不见登出，索回原稿，油墨手印满纸，这便是曾经排过，又被抽掉了的证据”。他特地将这篇文章附在该《后记》中。

虽是极低劣的三角恋爱小说，也可以卖掉一批的。我们在夜里走过马路边，常常会遇见小瘪三从暗中来，鬼鬼祟祟的问道：“阿要春宫？阿要春宫？中国的，东洋的，西洋的，都有。阿要勿？”生意也并不清淡。上当的是初到上海的青年和乡下人。然而这至多也不过四五回，他们看过几套，就觉得讨厌，甚且要作呕了，无论你“中国的，东洋的，西洋的，都有”也无效。而且因时势的迁移，读书界也起了变化，一部份是不再要看这样的东西了；一部份是简直去跳舞，去嫖妓，因为所化的钱，比买手淫小说全集还便宜。这就使三角家之类觉得没落。

……然而三角上面，是没有出路了的。于是勾结一批同类，开茶会，办小报，造谣言，其甚者还竟至于卖朋友，好像他们的鸿篇巨制的不再有人赏识，只是因为有几个人用一手掩尽了天下人的眼目似的。

伪自由书/后记·驳“文人无行”（1933·7·20）

●3-6-31-33

“腰斩张资平”，却的确不是我的意见。这位作家的大作，我自己是不要看的，理由很简单：我脑子里不要三角四角的这许多角。倘有青年来问我可看与否，我是劝他不必看的，理由也很简单：他脑子里也不必有三角四角的那许多角。若夫他自在投稿取费，出版卖钱，即使他无须养活老婆儿子，我也满不管，理由也很简单：我是从不想到他那些三角四角的角不完的许多角的。

然而多角之辈，竟谓我策动“腰斩张资平”。既谓矣，我乃简直以X光照其五脏六腑了。

伪自由书/后记（1933·7·20）

●3-6-31-34

在广告上，我们有时会看见自说“我是坐不改名，行不改姓的人”，真要蓦地发生一种好像见了《七侠五义》*中人物一般的敬意，但接着就是“纵令有时用其他笔名，但所发表文章，均自负责”，却身子一扭，土行孙*似的不见了。予岂好“用其他笔名”哉？予不得已也。

〖释：《七侠五义》，清代侠义小说。/土行孙，神话小说《封神演义》中的人物，善“地行之术”。〗

准风月谈/豪语的折扣（1933·8·8）

●3-6-31-35

张资平式和吕不韦*式，我看有些不同，张只为利，吕却为名。名和利当然分不开，但吕氏是为名的成分多一点……而张式气味，却还要恶劣。

〖释：吕不韦（？－前235），战国时卫国人。秦始皇幼年继位，他以相国执掌朝政。曾招致食客三千，令编《吕氏春秋》。〗

书信/致杨霁云（1934·5·15）

●3-6-31-36

上海《大公报》的《本埠增刊》上，却载起《文人腻事》来。……例如九月十五日的《张资平在女学生心中》条……原意大约是要写他的“颇为精明方正的”，但恰恰画出了开乐群书店赚钱时代的张资平老板面孔。最妙的是“一手里经常夹着一个大皮包”，但其中“只有恋爱小说的原稿与大学里讲义”：都是可以赚钱的货色，至于“没有支票账册”，就活画了他用不着记账，和开支票付钱。所以当书店关门时，老板依然“一付团团的黝黑的面孔”，而有些卖稿或抽板税的作者，却成了一付尖尖的晦气的面孔了。

且介亭杂文末编/“立此存照”〔五〕（1936·11·5）

张露薇……吉林人。曾主编北平《文学导报》，后沦为汉奸。当时，他在天津《益世报》的《文学副刊》上发表《略论中国文坛》，对鲁迅、茅盾等进行攻击。

●3-6-31-37

天津《益世报》的《文学副刊》……有一篇张露薇先生做的《略论中国文坛》，下有一行小注道："偷懒，奴性，而忘掉了艺术"。只要看这题目，就知道作者是一位勇敢而记住艺术的批评家了。看起文章来，真的，痛快得很。

且介亭杂文二集/"题未定"草〔五〕(1935·10·5)

●3-6-31-38

张露薇先生说庆祝高尔基四十周年创作的时候，"中国也有鲁迅，丁玲一般人发了庆祝的电文，……然而那一群签名中有几个读过高尔基的十分之一的作品?"这质问是极不错的，我只得招供：读得很少，而且连高尔基十分之一的作品究竟是几本也不知道。不过高尔基的全集，却连他本国也还未出全，所以其实也无从计算。至于祝电，我以为打一个也是应该的，似乎也并非中国人的耻辱，或者便失了人性，然而我实在却并没有发，也没有在任何电报底稿上签名。这也并非怕有奴性，只因没有人来邀，自己也想不到，过去了。发不妨，不发也不要紧，我想：发，高尔基大约不至于说我是"日本人的追随者的作家"『注：这是张露薇攻击左翼作家的话』，不发，高尔基大约也未必说我是"张露薇的追随者的作家"的。……"中国的知识阶级就是如此浅薄，做应声虫有余，做一个忠实的，不苟且的，有理性的文学创作者和研究者便不成了"『注：这也是张露薇攻击左翼作家的话』的话，对于有一些人却大概是真的了。

且介亭杂文二集/"题未定"草〔五〕(1935·10·5)

●3-6-31-39

张露薇先生自然也是知识阶级，他在同阶级中发见了这许多奴隶，拿鞭子来抽，我是了解他的心情的。但他和他所谓的奴隶们，也只隔了一张纸。如果有谁看过菲洲的黑奴工头，傲然的拿鞭子乱抽着做苦工的黑奴的电影的，拿来和这《略论中国文坛》的大文一比较，便会禁不住会心之笑。那一个和一群，有这么相近，却又有这么不同，这一张纸真隔得利害：分清了奴隶和奴才。

我在这里，自以为总算又钩下了一种新的伟大人物——一九三五年度文艺"豫言"家——的嘴脸的轮廓了。

且介亭杂文二集/"题未定"草〔五〕(1935·10·5)

●3-6-31-40

《导报》里有一个张露薇，看他口气，是高尔基的朋友，也是托尔斯泰纪念的文集刊行会的在中国的负责人。

书信/致曹靖华(1936·4·1)

陈独秀(1880－1942)……安徽怀宁人。原为北京大学教授。《新青年》杂志的创办人。五四新文化运动的主要代表人物，中国共产党的创始人之一。

●3-6-31-41

《新青年》以不能广行，书肆拟中止；独秀辈与之交涉，已允续刊，定于本月十五出版云。

书信/致许寿裳〔此信原无标点〕(1918·1·4)

●3-6-31-42

曾经有一位青年，想以独秀办《新青年》，而我在那里做过文章这一件事来证成我是共产党。但即被别一青年推翻了，他知道那时连独秀也还未讲共产，退一步，"亲共派"罢，终于也没有弄成功。

而已集/答有恒先生(1927·10·1)

●3-6-31-43

必须防止近于赤化的思想和文字，以及将来有趋于赤化之虑的思想和文字。例如，攻击礼教和白话，即有趋于赤化之忧。因为共产派无视一切旧物,而白话则始于《新青年》,而《新青年》乃独秀所办。……

而已集/扣丝杂感(1927·10·22)

●3-6-31-44

假如将韬略比作一间仓库罢,独秀先生的是外面竖一面大旗,大书道:“内皆武器,来者小心!”但那门却开着的,里面有几枝枪,几把刀,一目了然,用不着提防。

且介亭杂文/忆刘半农君(1934·10)

陈源(1896-1970)…字通伯,笔名西滢。江苏无锡人。现代评论派的主要成员。曾留学英国。当时任北京大学教授。

●3-6-31-45

几个在“男尊女卑”的社会生长的男人们*,此时却在异性*的饭碗化身的面前摇尾,简直并羊而不如。羊,诚然是弱的,但还不至于如此,我敢给我所敬爱的羊们保证!

〖**释:“男人们”,这里指陈源等。/“异性”,指当时的北京女子师范大学的女校长杨荫榆。**〗

华盖集/忽然想到〔七〕(1925·5·12)

●3-6-31-46

按:1924年秋,国立北京女子师范大学发生反对校长杨荫榆的风潮,迁延数月未得解决。1925年1月,学生代表赴教育部反映杨治下的种种黑暗状况,请求撤换杨。4月,章士钊以司法总长兼任教育总长,声言“整顿学风”,助长杨的气焰。杨与之配合,于5月7日搞了一个“讲演会”,请校外名人讲演,企图以此巩固其地位;并包含了一个阴谋:若学生有反对举动,则以国耻纪念日不守秩序为由予以惩罚。当天上午她登台为主席,但即为全场学生所嘘下。下午她便在西安饭店宴请若干教员,策划迫害学生,至9日即假借评议会名义开除六名学生自治会职员,并发表《对于暴烈学生之感言》。对此,由鲁迅起草,马裕藻、沈尹默、周树人、李泰棻、钱玄同、周作人七人签名,在5月27日的《京报》上发表了《对于北京女子师范大学风潮宣言》,仗义执言。于是,陈源在他主持的《现代评论》第一卷第二十五期(1925年5月30日)发表《闲话》说:“以前我们常常听说女师大的风潮,有在北京教育界占最大势力的某籍某系的人在暗中鼓动……这是很可惜的。我们自然还是不信我们平素所很尊敬的人会暗中挑剔风潮”云云。按“某籍”,指浙江;“某系”,指北京大学国文系。发表宣言的七人除李泰棻外都是浙江人和北大国文系教师。

今天看见《现代评论》,所谓西滢也者,对于我们的宣言出来说话了,装作局外人的样子,真会玩把戏。我也做了一点寄给《京副》,给他碰一个小钉子。但不知于伏园饭碗之安危如何。它们是无所不为的,满口仁义,行为比什么都不如。

两地书/北京(1925·5·30)

●3-6-31-47

按:针对陈西滢1925年5月30日发表在《现代评论》上的“闲话”,鲁迅在1925年6月1日《京报副刊》发表《并非闲话》。

风潮还是拖延着,而且展开来,于是有七个教员的宣言发表,也登在五月二十七日的《京报》上,其中的一个是我。

这回的反响快透了,三十日发行(其实是二十九日已经发卖)的《现代评论》上,西滢先生就在《闲话》的第一段中特地评论……“以前我们常常听说女师大的风潮,有在北京教育界占最大势力的某籍某系的人在暗中鼓动,可是我们总不敢相信。”所以他只在宣言中摘出“最精彩的几句”,加上圈子,评为“未免偏袒一方”;而且因为“流言更加传布得厉害”,遂觉“可惜”,但他说“还是不信我们平素所很尊敬的人会暗中挑剔风潮”。这些话我觉得确有些超妙的识见。例如“流言”本是畜类的武器,鬼蜮的手段,实在应该不信它。又如一查籍贯,则即使装作公平,也容易启人疑窦,总不如“不敢相信”的好,否则同籍的人固然惮于在一张纸上宣言,而别一某籍的人也不便在暗中给同籍的人帮忙了*。这些“流言”和“听说”，当然都只配当作狗屁！

〖释：“别一某籍的人……”，陈西滢与杨荫榆都是江苏无锡人。〗

华盖集/并非闲话（1925·6·1）

●3-6-31-48

世上虽然有斩钉截铁的办法，却很少见有敢负责任的宣言。所多的是自在黑幕中，偏说不知道；替暴君奔走，却以局外人自居；满肚子怀着鬼胎，而装出公允的笑脸；有谁明说出自己所观察的是非来的，他便用了“流言”来作不负责任的武器：这种蛆虫充满的“臭毛厕”＊，是难于打扫干净的，丢尽“教育界的面目”的丑态，现在和将来还多着哩！

〖释：“臭毛厕”，陈源曾在《闲话》中说北京女子师范大学的学潮“好像一个臭毛厕，人人都有扫除的义务”。〗

华盖集/并非闲话（1925·6·1）

●3-6-31-49

我吸了两支烟，眼前也光明起来，幻出饭店里电灯的光彩，看见教育家在杯酒间谋害学生，看见杀人者于微笑后屠戮百姓，看见死尸在粪土中舞蹈，看见污秽洒满了风籁琴，我想取作画图，竟不能画成一线。我为什么要做教员，连自己也侮蔑自己起来。

华盖集/“碰壁”之后（1925·6·1）

●3-6-31-50

听说明的方孝孺就被永乐灭十族，其一是“师”，但也许是齐东野语＊，我没有考查过这事的真伪。可是从西滢的文字上看来，此辈一得志，怕要“灭系”，“灭籍”了。

〖释：“齐东野语”，语出《孟子·万章上》。指无可凭信的话。〗

两地书/北京（1925·6·2）

●3-6-31-51

我记得宋朝是不许南人做宰相＊的，那是他们的“祖制”，只可惜终于不能坚持。至于“某籍”人说不得话，却是我近来的新发见。

〖释：“不许南人做宰相”，据说宋太祖赵匡胤曾立下此规矩。至宋真宗大中五年（1012）江西人王钦若任宰相而打破此制。〗

华盖集/我的“籍”和“系”（1925·6·5）

●3-6-31-52

女师大的风潮，我说了几句话……不料陈西滢先生早已常常听到一种“流言”，那大致是“女师大的风潮，有北京教育界占最大势力的某籍某系的人在暗中鼓动”。现在我一说话，恰巧化“暗”为“明”，就使这常常听到流言的西滢先生代为“可惜”，虽然他存心忠厚，“自然还是不信平素所很尊敬的人会暗中挑剔风潮”；无奈“流言”却“更加传布得厉害了”，这怎不使人“怀疑”呢？自然是难怪的。

华盖集/我的“籍”和“系”（1925·6·5）

●3-6-31-53

我常常要“挑剔”文字是确的，至于“挑剔风潮”这一种连字面都不通的阴谋，我至今还不知道是怎样的做法。何以一有流言，我就得沉默，否则立刻犯了嫌疑，至于使和我毫不相干的人如西滢先生者也来代为“可惜”呢？那么，如果流言说我正在钻营，我就得自己锁在房里了；如果流言说我想做皇帝，我就得连忙自称奴才了。然而古人却确是这样做过了，还留下些什么“空穴来风，桐乳来巢”＊的鬼格言。可惜我总不耐烦敬步后尘；不得已，我只好对于无论是谁，先奉还他无端送给我的“尊敬”。

〖释：“空穴来风，桐乳来巢”，语出《文选》宋玉《风赋》。李善注引《庄子》（佚文）：“空阅来风，桐乳致巢。”意为流言生于可乘之隙。〗

华盖集/我的“籍”和“系”（1925·6·5）

●3-6-31-54

有趣的倒是几个向来称为学者或教授的人们，居然也渐次吞吞吐吐地来说微温话了，什么“政潮”咧，“党”咧，仿佛他们都是上帝一样，超然象外，十分公平似的。

华盖集/答KS君（1925·8·28）

●3-6-31-55

西滢先生的《闲话》：“现在一部分报纸的篇幅，几乎全让女师风潮占去了。……女师风潮实在是了不得的大事情，实在有了不得的大意义。”临末还有颇为俏皮的结论道：“外国人说，中国人是重男轻女的。我看不见得吧。”

华盖集/“碰壁”之余（1925·9·21）

●3-6-31-56

我看也未必一定“见得”。中国人是“圣之时者也”教徒，况且活在二十世纪了，有华道理，有洋道理，轻重当然是都随意而无不合于道的；重男轻女也行，重女轻男也行，为了一个女性而重一切女性或轻若干女性也行，为了一个男人而轻若干女性或男性也行……。所可惜的是自从西滢先生看出底细之后，除了哑吧或半阴阳，就都坠入弗罗特『注：通译弗洛伊德』先生所掘的陷坑里去了。

华盖集/“碰壁”之余（1925·9·21）

●3-6-31-57

女师大——对不起，又是女师大——风潮，从有些眼睛看来，原是不值得提起的，但因为竟占去了许多可贵的东西，如“报纸的篇幅”“青年的时间”之类，所以，连《现代评论》的“篇幅”和西滢先生的时间也被拖累着占去一点了，而尤其罪大恶极的是触犯了什么“重男轻女”重女轻男这些大秘密。倘不是西滢先生首先想到，提出，大概是要被含胡过去了的。

华盖集/“碰壁”之余（1925·9·21）

●3-6-31-58

据说，张歆海＊先生看见两个美国兵打了中国的车夫和巡警，于是三四十个人，后来就有百余人，都跟在他们后面喊“打！打！”美国兵终于安然的走到东交民巷口了，还回头“笑着嚷道；‘来呀！来呀！’说也奇怪，这喊打的百余人不到两分钟便居然没有影踪了！”

西滢先生于是在《闲话》中斥之曰：“打！打！宣战！宣战！这样的中国人，呸！”

这样的中国人真应该受“呸！”他们为什么不打的呢，虽然打了也许又有人来说是“拳匪”。但人们那里顾忌得许多，终于不打，“怯”是无疑的。他们所有的不是拳头么？

但不知道他们可曾等候美国兵走进了东交民巷之后，远远地吐了唾沫？《现代评论》上没有记载，或者虽然“怯”，还不至于“卑劣”到那样罢。

然而美国兵终于走进了东交民巷口了，毫无损伤，还笑嚷着“来呀来呀”哩！你们还不怕么？你们还敢说“打！打！宣战！宣战！”么？这百余人，就证明着中国人该被打而不作声！

“这样的中国人，呸！呸！！！”

〖释：张歆海，浙江海盐人。“现代评论派”成员，当时任清华大学英文教授。上文所述之事，见《现代评论》第二卷第三十八期（1925年8月29日）陈源的《闲话》。该文除转述张歆海的话外，还对五卅爱国运动加以诬蔑、辱骂。〗

华盖集/并非闲话〔二〕（1925·9·25）

●3-6-31-59

中国现在还不到“群众专制”的时候，即使有几十个人，只要“无权势”者＊叫一大群警察，雇些女流氓，一打，就打散了＊，正无须乎我来为“被压迫者”说什么“公平话”。

〖释：“‘无权势’者”，指章士钊。当时北京大学议决脱离教育部，校内有人建议今后直接从财政部领取经费。陈西滢在《现代评论》第二卷第四十期《闲话》（1925年9月12日）中认为这是摆脱“无权势”者（指教育总长章士钊）而去巴结“有权势”者（指财政总长等）。/“叫一大群警察，雇些女流氓……”，指章士钊指派刘百昭雇用大群女流氓殴打、强拽女师大学生事。〗

华盖集/并非闲话〔二〕（1925·9·25）

●3-6-31-60

西滢是曾在《现代评论》(三十八)的《闲话》里冷嘲过援助女师大的人们的:“外国人说,中国人是重男轻女的。我看不见得吧。”现在却签名于什么公理会*上了,似乎性情或体质有点改变。……自诩是“所有的批评都本于学理和事实,绝不肆口嫚骂”,而忘却了自己曾称女师大为“臭毛厕”,并且署名于要将人“投畀豺虎”*的信尾曰:陈源。陈源不就是西滢么?半年的事,几个的人,就这么矛盾支离,实在可以使人悯笑。

〖释:“什么公理会”,指1925年12月14日由陈西滢、王世杰等人纠结的所谓“教育界公理维持会”。章士钊强行解散北京女子师范大学,在其原址另建“女子大学”。这个“维持会”旨在声援章士钊及“女子大学”,反对女师大复校。/“投畀豺虎”:“教育界公理维持会”成立之次日改名“女子大学后援会”,并于12月16日发函称“于该校附和暴徒,自堕人格之教职员,即不能投畀豺虎,亦宜屏诸席外,勿与为伍”云。〗

华盖集/“公理”的把戏(1925·12·24)

●3-6-31-61

撷英馆*里和后援会中所啸聚的一彪人马,也不过是各处流来的杂人,正如我一样,到北京来骗一口饭,岂但“投畀豺虎”,简直是已经“投畀有北”*的了。这算得什么呢?以人论,我与王桐龄,李顺卿*虽曾在西安点首谈话,却并不当作朋侪;与陈源虽尝在给泰戈尔*祝寿的戏台前一握手,而早已视为异类,又何至于会有和他们连席之意?而况于不知什么东西的杂人等辈也哉!以事论,则现在教育界中实无豺虎,但有些城狐社鼠之流,那是当然不能免的。不幸十余年来,早见得不少了;我之所以对于有些人的口头的鸟“公理”而不敬者,即大抵由于此。

〖释:“撷英馆”,北京一家餐馆。据鲁迅在本文中说:“十二月十六日的《北京晚报》说,则有些‘名流’即于十四日晚六时在那个撷英番菜馆开会……从这个饭局里产生了‘教育界公理维持会’”云。/“投畀有北”,有北,古人所谓“太阴之乡”,能冻死人的地方。/王桐龄,李顺卿,均为北京师范大学教授,“教育界公理维持会”成员。/泰戈尔(R. Tagore,1861-1941),印度诗人。1913年获诺贝尔文学奖。1924年曾来中国,并在中国度过他的六十四岁生日。〗

华盖集/“公理”的把戏(1925·12·24)

●3-6-31-62

按:1925年11月末女师大复校,因原址已被新立的女子大学占用,两校学生发生争执。女大学生发表宣言,认为女师大大多数学生已转入女大,因之女师大不应迁回原址。陈源借此大做文章,实际上是想维持章士钊解散女师大另办女大的“原判”。

《现代评论》五五期……发问道:“要是二百人(按据云这是未解散前的数目)中有一百九十九人入了女大便怎样?要是二百人都入了女大便怎样?……”

……

“要是”帝国主义者抢去了中国的大部分,只剩了一二省,我们便怎样?别的都归了强国了,少数的土地,还要维持么?!明亡以后,一点土地也没有了,却还有窜身海外,志在恢复的人*。

〖释:“明亡以后还有窜身海外志在恢复的人”,指坚持抗清的郑成功(1624-1662)、张煌言(1620-1664)、朱之瑜(1600-1682)等人。〗

华盖集/这回是“多数”的把戏(1925·12·31)

●3-6-31-63

可惜正如“公理”的忽隐忽现一样,“少数”的时价也四季不同的。杨荫榆时候多数不该“压迫”少数,现在是少数应该服从多数了*。你说多数是不错的么,可是俄国的多数主义现在也还叫作过激党,为大英,大日本和咱们中华民国的绅士们所“深恶而痛绝之”。

〖释:“现在是少数应该服从多数了”:陈源在《闲话》中谈到多数与少数的问题时,常表示反对多数的意见。如《现代评论》第二卷第二十九期（1925年6月27日）关于五卅惨案的《闲话》说："我向来就不信多数人的意思总是对的。我可以说多数人的意思是常常错的。"在同卷第四十期（1925年9月12日）的《闲话》里，又把"多数"说成是"群众专制"。但当女子大学学生不愿退出女师大原址而发生纷争时，他却又主张少数应该服从多数了。〗

华盖集/这回是"多数"的把戏（1925·12·31）

●3-6-31-64

"要是"真如陈源教授所言，女师大学生只有二十了呢？但是究竟还有二十人。这足可使在章士钊门下暗作走狗而脸皮还不十分厚的教授文人学者们愧死！

华盖集/这回是"多数"的把戏（1925·12·31）

●3-6-31-65

要知道做学问不是容易事……陈源教授就举着一个例："就以'四书'来说"罢，"不研究汉宋明清许多儒家的注疏理论，'四书'的真正意义是不易领会的。短短的一部'四书'，如果细细的研究起来，就得用得了几百几千种参考书"。

这就足见"学问之道，浩如烟海"了，那"短短的一部'四书'"，我是读过的，至于汉人的"四书"注疏或理论，却连听也没有听到过。陈源教授所推许为"那样提倡风雅的封藩大臣"之一张之洞＊先生在做给"束发小生"们看的《书目答问》＊上曾经说："'四书'，南宋以后之名。"＊我向来就相信他的话，此后翻翻《汉书艺文志》，《隋书经籍志》＊之类，也只有"五经"，"六经"，"七经"，"六艺"，却没有"四书"，更何况汉人所做的注疏和理论。

〖释：张之洞（1837－1909），提倡"洋务运动"的清末大臣。/《书目答问》，张之洞成于1875年的一部书目提要，开列历代书籍二千余种。/"'四书'，南宋以后之名"：自南宋朱熹将《礼记》中的《大学》、《中庸》两篇和《论语》、《孟子》合在一起，撰写《四书章句集注》，才有了"四书"之名。/《汉书艺文志》《隋书经籍志》：《汉书》，东汉班固撰；《隋书》，唐魏徵等撰。〗

华盖集续编/杂论管闲事·做学问·灰色等（1926·1·18）

●3-6-31-66

章士钊……在德国的时候，陈源教授就亲眼看见他两间屋里"几乎满床满架满桌满地，都是关于社会主义的德文书"。

华盖集续编/杂论管闲事·做学问·灰色等（1926·1·18）

●3-6-31-67

倘使有一个妹子，如《晨报副刊》上所艳称的"闲话先生"的家事似的，叫道："阿哥！"那声音正如"银铃之响于幽谷"，向我求告，"你不要再做文章得罪人家了，好不好？"＊我也许可以借此拨转马头，躲到别墅里去研究汉朝人所做的"四书"注疏和理论去。然而，惜哉，没有这样的好妹子……

〖释："阿哥！……好不好？"，此话出自1926年1月13日《晨报副刊》载徐志摩的《"闲话"引出来的闲话》。〗

华盖集续编/有趣的消息（1926·1·19）

●3-6-31-68

有些下贱东西，每以秽物掷人，以为人必不屑较，一计较，倒是你自己失了人格。我可要照样的掷过去，要是他掷来。但对于没有这样举动的人，我却不肯先动手；而且也以文字为限，"捏造事实"和"散布'流言'"的鬼蜮的长技，自信至今还不屑为。在马弁们的眼里虽然是"土匪"＊，然而"盗亦有盗"的。

〖释："土匪"，1925年10月间刘百昭在女子大学演说时，曾谩骂反对章士钊的人为"土匪"。〗

华盖集续编/学界的三魂〔附记〕（1926·1·25）

●3-6-31-69

有一回的《闲话》(《现代评论》五十)道："我们中国的批评家实在太宏博了。他们……在地上找寻窃贼，以致整大本的剽窃*，他们倒往往视而不见。要举个例吗？还是不说吧，我实在不敢再开罪'思想界的权威'*。"按照他这回的慷慨激昂例，如果要免于"卑劣"且有"半分人气"，是早应该说明谁是土匪，积案怎样，谁是剽窃，证据如何的。现在倘有记得那括弧中的"思想界的权威"六字，即曾见于《民报副刊》广告上的我的姓名之上，就知道这位陈源教授的"人气"有几多。

〖释："整大本的剽窃"，陈西滢影射攻击鲁迅的《中国小说史略》系"剽窃"日本盐谷温的《支那文学概论讲话》。后来，他又改称鲁迅"拿人家的著述作自己的蓝本"云。/"思想界的权威"，见2-3-18-35条释。〗

华盖集续编/学界的三魂〔附记〕(1926·2·1)

●3-6-31-70

至于陈教授和杨女士是亲戚而且吃了酒饭，那是陈教授自己连结起来的，我没有说曾经吃酒饭，也不能保证未曾吃酒饭，没有说他们是亲戚，也不能保证他们不是亲戚，大概不过是同乡*罢，但只要不是"某籍"，同乡有什么要紧呢。绍兴有"刑名师爷"，绍兴人便都是"刑名师爷"的例，是只适用于绍兴的人们的。

〖释："同乡"，陈西滢和杨荫榆都是江苏无锡人。〗

华盖集续编/不是信(1926·2·8)

●3-6-31-71

有人同我说，鲁迅先生缺乏的是一面大镜子，所以永远见不到他的尊容。我说他说错了。鲁迅先生的所以这样，正因为他有了一面大镜子。你听见过赵子昂*——是不是他？——画马的故事罢？他要画一个姿势，就对镜伏地做出那个姿势来。鲁迅先生的文章也是对了他的大镜子写的，没有一句骂人的话不能应用在他自己的身上。要是你不信，我可以同你打一个赌。

这一段意思很了然，犹言我写马则自己就是马，写狗自己就是狗，说别人的缺点就是自己的缺点，写法兰斯*自己就是法兰斯，说"臭毛厕"自己就是臭毛厕，说别人和杨荫榆女士同乡，就是自己和她同乡。赵子昂也实在可笑，要画马看看真马就够了，何必定作畜生的姿势；他终于还是人，并不沦入马类，总算是侥幸的。不过赵子昂也是"某籍"*，所以这也许还是一种"流言"，或自造，或那时的"正人君子"所造都说不定。这只能看作一种无稽之谈。倘若陈源教授似的信以为真，自己也照样做，则写法兰斯的时候坐下做一个法姿势，讲"孤桐先生"的时候立起作一个孤姿势，倒还堂哉皇哉；可是讲"粪车"*也就得伏地变成粪车，说"毛厕"即须翻身充当便所，未免连臭架子也有些失掉罢，虽然肚子里本来满是这样的货色。

〖释：法兰斯，通译法朗士(1844－1924)，法国作家，1921年获诺贝尔文学奖。陈西滢曾大谈法朗士，徐志摩也曾吹捧陈学法朗士"有根"了。/"赵子昂也是'某籍'"，赵子昂(1254－1322)，即赵孟頫，元代书画家，湖州人。湖州即今吴兴，与绍兴同属浙江。/"粪车"，陈西滢在《致志摩》中说"半年来""譬如在一条又长又狭的胡同里……跟着一辆粪车慢慢的走"云。〗

华盖集续编/不是信(1926·2·8)

●3-6-31-72

一关涉陈源两个字，你总不免要被公理家认为"某籍"，"某系"，"某党"，"喽罗"，"重女轻男"……等；而且还得小心记住，倘有人说过他是文士，是法兰斯，你便万不可再用"文士"或"法兰斯"字样，否则，——自然，当然又有"某籍"……等等的嫌疑了……

华盖集续编/不是信(1926·2·8)

●3-6-31-73

至于署名，则去年以来只用一个，就是陈教授之所谓"鲁迅，即教育部佥事周树人"就是。

但在下半年，应将“教育部佥事”五字删去，因为被“孤桐先生”所革；今年却又变了“暂署佥事”*了，还未去做，然而豫备去做的，目的是在弄几文俸钱，因为我祖宗没有遗产，老婆没有奁田，文章又不值钱，只好以此暂且糊口。还有一个小目的，是在对于以我去年的免官为“痛快”者，给他一个不舒服，使他恨得扒耳搔腮，忍不住露出本相。

〖释：“暂署佥事”，1926年1月17日，平政院裁决恢复鲁迅佥事职。因尚未发表，故称“暂署佥事”。〗

华盖集续编/不是信（1926·2·8）

●3-6-31-74

冷箭*呢，先是不肯的，后来也放过几枝，但总是对于先“放冷箭”用“流言”的如陈源教授之辈，“请君入瓮”，也给他尝尝这滋味。……此后也还要射，并无悔祸之心。

〖释：“冷箭”，见2-3-18-36条释。〗

华盖集续编/不是信（1926·2·8）

●3-6-31-75

他常常挖苦别人家抄袭。有一个学生钞了沫若*的几句诗，他老先生骂得刻骨镂心的痛快，可是他自己的《中国小说史略》，却就是根据日本人盐谷温*的《支那文学概论讲话》里面的“小说”一部分。其实拿人家的著述做你自己的蓝本，本可以原谅，只要你在书中有那样的声明，可是鲁迅先生就没有那样的声明。在我们看来，你自己的不正当的事也就罢了，何苦再去挖苦一个可怜的学生……

这流言早听到过了；后来见于《闲话》，说是“整大本的剽窃”，但不直指我，而同时有些人的口头上，却相传是指我的《中国小说史略》。我相信陈源教授是一定会干这样勾当的。但他既不指名，我也就只回敬他一通骂街……

但我还要对于“一个学生钞了沫若的几句诗”这事说几句话；“骂得刻骨镂心的痛快”的，似乎并不是我。因为我于诗向不留心，所以也没有看过“沫若的诗”，因此即更不知道别人的是否钞袭。陈源教授的那些话，说得坏一点，就是“捏造事实”，故意挑拨别人对我的恶感，真可以说发挥着他的真本领。说得客气一点呢，他自说写这信时是在“发热”，那一定是热度太高，发了昏，忘记装腔了，不幸显出本相；并且因为自己爬着，所以觉得我“跳到半天空”，自己抓破了皮肤或者一向就破着，却以为被我“骂”破了。

〖释：沫若，即郭沫若（1892－1978），四川乐山人，作家、史学家、古文字学家。创造社主要成员之一。/盐谷温（1878－1962），日本汉文学研究者，当时任东京大学教授。〗

华盖集续编/不是信（1926·2·8）

●3-6-31-76

盐谷氏的书，确是我的参考书之一……分量，取舍，考证的不同，尤难枚举。自然，大致是不能不同的，例如他说汉后有唐，唐后有宋，我也这样说，因为都以中国史实为“蓝本”。我无法“捏造得新奇”，虽然塞文狄斯*的事实和“四书”合成的时代也不妨创造。但我的意见，却以为似乎不可，因为历史和诗歌小说是两样的。

〖释：塞文狄斯，通译塞万提斯（1547－1616），西班牙作家，长篇小说《堂·吉诃德》的作者。陈源曾在《现代评论》第二卷第四十八期（1925年11月7日）的《闲话》写了些有关塞万提斯的道听途说的不实之言。〗

华盖集续编/不是信（1926·2·8）

●3-6-31-77

按：凌叔华（1904－1990），广东番禺人。女作家。当时正与陈西滢热恋，后结为夫妇。1925年10月和11月，有人揭发她的小说《花之寺》抄袭自俄国作家契诃夫的作品，又有人揭发她发表的人物画像剽窃自英国画家比亚兹莱的作品。

诗歌小说虽有人说同是天才即不妨所见略同，所作相像*，但我以为究竟也以独创为贵；历史则是纪事，固然不当偷成书，但也不必全两样。

说诗歌小说相类不妨，历史有几点近似便是“摽窃”，那是“正人君子”的特别意见，只在以“一言半语”“侵犯”“鲁迅先生”＊时才适用的。

〖释：“同是天才即不妨所作相像”，陈西滢于凌叔华的剽窃行为被揭发后曾有过这类辩词。/“以‘一言半语’‘侵犯’‘鲁迅先生’”，陈源在《致志摩》中攻击鲁迅道：“要是有人侵犯了他一言半语，他就跳到半天空，骂得他体无完肤……”〗

华盖集续编/不是信（1926·2·8）

●3-6-31-78

因这一回的放泄，我才悟到陈源教授大概是以为揭发叔华女士的剽窃小说图画的文章，也是我做的，所以早就将“大盗”两字挂在“冷箭”上，射向“思想界的权威者”。殊不知这也不是我做的，我并不看这些小说。“琵亚词侣”＊的画，我是爱看的，但是没有书，直到那“剽窃”问题发生后，才刺激我去买了一本 Art ofA. Beardsley『注：《比亚兹莱画集》』来，化钱一元七。可怜教授的心目中所看见的并不是我的影，叫跳竟都白费了。遇见的“粪车”，也是境由心造的，正是自己脑子里的货色，要吐的唾沫，还是静静的咽下去罢。

〖释：“琵亚词侣”，通译比亚兹莱（1872－1898），英国画家。〗

华盖集续编/不是信（1926·2·8）

●3-6-31-79

据他自己的自传，他从民国元年便做了教育部的官，从没脱离过。所以袁世凯称帝，他在教育部，曹锟贿选，他在教育部，“代表无耻的彭允彝＊”做总长，他也在教育部，甚而至于“代表无耻的章士钊”免了他的职后，他还在大嚷“佥事这一个官儿倒也并不算怎样的‘区区’”，怎样有人在那里钻谋补他的缺，怎样以为无足轻重的人是“慷他人之慨”，如是如是，这样这样……这像“青年叛徒的领袖”吗？

其实一个人做官也不大要紧，做了官再装出这样的面孔来可叫人有些恶心吧了。

现在又有人送他“土匪”的名号了。好一个“土匪”。

苦心孤诣给我加了上去的土匪的恶名，这一回忽又否认了，可见唾沫还是静静的咽下去好，免得后来自己舐回去。但是，文士别有慧心，那里会给我便宜呢，自然即代以自袁世凯称帝以来的罪恶，仿佛称帝贿选那类事，我既在教育部，即等于全由我一手包办似的。这是真的，从那时以来，我确没有带兵独立过，但我也没有冷笑云南起义＊，也没有希望国民军＊失败；对于教育部，其实是脱离过两回，一是张勋复辟时，一就是章士钊长部时，前一回以教授的一点才力自然不知道，后一回却忘却得有些离奇。

〖释：彭允彝，字静仁，湖南湘潭人。1923年他任北洋政府教育总长时，北京大学曾经为反对他而宣布脱离教育部。“代表无耻”云云，是当时北大教授胡适抨击他的话（见《努力》周报第39期）。/“云南起义”，针对袁世凯的称帝之举，1915年12月25日原云南都督蔡锷等通电反袁，宣布起义。袁被迫于1916年3月22日取消帝制。/“国民军”，冯玉祥的部队于1924年发动“北京政变”，囚禁贿选总统曹锟，并改组为“中华民国国民军”。〗

华盖集续编/不是信（1926·2·8）

●3-6-31-80

我向来就“装出这样的面孔”，不但毫不顾忌陈源教授可“有些恶心”，对于“孤桐先生”也一样。要在我的面孔上寻出些有趣来，本来是没头脑的妄想，还是去看别的面孔罢。

华盖集续编/不是信（1926·2·8）

●3-6-31-81

这类误解似乎不止陈源教授，有些人也往往如此，以为教员清高，官僚是卑下的。真所谓“得意忘形”，“官僚官僚”的骂着……从别一方面看，则官僚与教授就有“一丘之貉”之叹，这就是说：钱的来源。国家行政机关的事务官所得的所谓俸钱，国立学校的教授所得的所谓薪水，还不是同一来源，出于国库的么？在曹锟政府下做国立学校的教员，和做官的没有大区别。难道教员的是捐给了学校，所以特别清高了？

华盖集续编/不是信（1926·2·8）

●3-6-31-82

我并非因为自己是官僚，定要上侪于清高的教授之列，官僚的高下也因人而异，如所谓“孤桐先生”，做官时办《甲寅》＊，佩服的人就很多，下台之后，听说更有生气了。而我“下台”时所做的文章，岂不是不但并不更有生气，还招了陈源教授的一顿“教训”，而且罪孽深重，延祸“面孔”＊了么？

〖释：《甲寅》，即《甲寅周刊》。章士钊1914年5月在日本东京发所《甲寅》月刊，两年后出至第十期停刊。《甲寅》周刊是他任教育总长后，1925年7月在北京出版的，至1927年2月停刊，共出四十五期。其内容杂载公文、通讯，正如鲁迅所说，是“自己广告性的半官报”。他办这个刊物的目的，除提倡复古，宣扬封建外，也为了压制学生和反对者，自我吹嘘和为段祺瑞捧台。/“延祸‘面孔’”，陈西滢曾谩骂鲁迅有一副“官僚的面孔”云。〗

华盖集续编/不是信（1926·2·8）

●3-6-31-83

袁世凯称帝时代，陈源教授或者还在外国的研究室里，是到了曹锟贿选前后才做教授的，比我到北京迟得多，福气也比我好得多。曹锟贿选，他做教授，“代表无耻的彭允彝做总长”，他做教授，“甚而至于‘代表无耻的章士钊’做总长”，他自然做教授，我可是被革掉了，甚而至于待到那“甚而至于‘代表无耻的章士钊’”不做总长了，他自然还做教授，归国以来，一帆风顺，一个小钉子也没有碰。这当然是因为有适宜的面孔，不“叫人有些恶心”之故喽。看他脸上既无我一样的可厌的“八字胡子”，也可以说没有“官僚的神情”＊，所以对于他的面孔，却连我也并没有什么大“恶心”，而且仿佛还觉得有趣。这一类的面孔，只要再白胖一点，也许在中国就不可多得了。

〖释：“叫人有些恶心”、“八字胡子”和“官僚的神情”等，均为陈西滢侮骂鲁迅的话。〗

华盖集续编/不是信（1926·2·8）

●3-6-31-84

但我愿奉还“曾经研究过他国文学”的荣名。“周氏兄弟”＊之一，一定又是我了。我何尝研究过什么呢，做学生时候看几本外国小说和文人传记，就能算“研究过他国文学”么？

该教授——恕我打一句“官话”——说过，我笑别人称他们为“文士”，而不笑“某报天天鼓吹”我是“思想界的权威者”。现在不了，不但笑，简直唾弃它。

〖释：“周氏兄弟”，陈源曾在《闲话》中将“周氏兄弟”列入“曾经研究过他国文学”的人。〗

华盖集续编/无花的蔷薇（1926·3·8）

●3-6-31-85

虫蛆也许是不干净的，但它们并没有自鸣清高；鸷禽猛兽以较弱的动物为饵，不妨说是凶残的罢，但它们从来就没有竖过“公理”“正义”的旗子，使牺牲者直到被吃的时候为止，还是一味佩服赞叹它们。

朝花夕拾/狗·猫·鼠（1926·3·10）

●3-6-31-86

陈源教授的《闲话》说：“我们要是劝告女志士们，以后少加入群众运动，她们一定要说我们轻视她们，所以我们也不敢来多嘴。可是对于未成年的男女孩童，我们不能不希望他们以后不再参加任何运动。”（《现代评论》六十八）为什么呢？因为参加各种运动，是甚至于像这次一样，要“冒枪林弹雨的险，受践踏死伤之苦”的。……

我以为“女志士”和“未成年的男女孩童”，参加学校运动会，大概倒还不至于有很大的危险的。至于“枪林弹雨”中的请愿，则虽是成年的男志士们，也应该切切记住，从此罢休！

华盖集续编/空谈（1926·4·10）

●3-6-31-87

按：陈西滢在第三卷第六十八期《现代评论》的《闲话》中称三一八惨案死难者之一杨德群本不愿参加游行，是教职员勉强她去的。但事实上，当日女师大并未叫学生们都去开会，而是学生自治会向教务处请准停课一日。《现代评论》第三卷第七十期（1926年4月10日）载女师大学生雷榆、李慧等五人给陈源的信，指出杨德群平时“实际参与种种爱国运动及其他妇女运动”，当日与同学们一同出校，“沿途散发传单，意气很激昂”，揭穿了陈源的谎言。此外，陈源在第三卷第七十四期《现代评论》的《闲话》中说：“家累日重，需要日多，才智之士，也没法可想，何况一些普通人……他们自己可以挨饿，老婆子女却不能不吃饭呵！就是那些直接或间接用苏俄的金钱的人，也何尝不是如此。”

聪明人的谈吐也日见其聪明了。说三月十八日被害的学生是值得同情的，因本不愿去而受了教职员的怂恿。说“那些直接或间接用苏俄的金钱的人”是情有可原的，因为“他们自己可以挨饿，老婆子女却不能不吃饭呵！”

推开了甲而陷没了乙，原谅了情而坐实了罪；尤其是他们的行动和主张，都见得一钱不值了。

华盖集续编/新的蔷薇（1926·5·31）

●3-6-31-88

按：这是鲁迅收到一个因恐“教授老爷加害”而不敢署名的学生来信后的复信，最初发表于1926年6月25日《莽原》半月刊第十二期。此前，北京大学英语系学生董秋芳在1926年3月30日《京报副刊》发表《可怕与可杀》一文，指斥陈西滢等把三一八惨案的责任“放在群众领袖的身上”。陈便滥用北大英语系主任的职权，拒发英语翻译本给董，使他得不到该科成绩而影响毕业。

北京大学的一个学生因为投稿用了真名，已经被教授老爷谋害了。《现代评论》上有人发议论＊道，“假设我们把知识阶级完全打倒后一百年，世界成个什么世界呢?”你看他多么“心上有杞天之虑”＊？

〖**释**：“《现代评论》上有人发议论”，指1926年6月5日的《现代评论》第七十八期上牛荣声的《开倒车》一文。/“心上有杞天之虑”，为杨荫榆掉弄成语“杞人忧天”而成的不通之句。〗

集外集/通信〔复“未名”〕（1926·6·25）

●3-6-31-89

凡物总是以稀为贵。假如在欧美留学，毕业论文最好是讲李太白，杨朱，张三；研究萧伯纳＊，威尔士＊就不大妥当，何况但丁＊之类。……待到回了中国，可就可以讲讲萧伯纳，威尔士，甚而至于莎士比亚了＊。……至于“四书”“五经”之类，在本地似乎以少讲为是。

〖**释**：萧伯纳（1856－1950），英国剧作家、批评家。/威尔士，通译威尔斯（1866－1946），英国作家、历史学家。/但丁（1265－1321），意大利诗人。/莎士比亚（W. Shakepeare，1564－1616），欧洲文艺复兴时期英国戏剧家和诗人。〗

华盖集续编/马上日记之二（1926·7）

●3-6-31-90

陈西滢张奚若也来此地『注：指广州』活动，前天我们在丁惟汾先生处看见，丁先生要我将他们领到胡汉民处，我说有事，便跑出来了……吧儿狗也终于“择主而事”了。

书信/致章廷谦〔附“七月七日发”字样〕（1927·7·28）

●3-6-31-91

死了已经两千多年的老头子老聃『注：即老子』先师的“将欲取之必先与之”『注：语出老子《道德经》：“将欲夺之，必固与之”』的战略……陈西滢也知道这种战法的，他因为要打倒我的短评，便称赞我的小说＊，以见他之公正。

〖**释**：“要打倒我的短评，便称赞我的小说”：

陈西滢在1926年4月17日《现代评论》第三卷第七十一期的“闲话”中先说鲁迅的《呐喊》是新文学最初十年短篇小说的“代表作品”，接着说：“我不能因为我不尊敬鲁迅先生的人格，就不说他的小说好，我也不能因为佩服他的小说，就称赞他其余的文章。我觉得他的杂感，除了《热风》中二三篇外，实在没有一读的价值。”〗

三闲集/我的态度气量和年纪（1928·5·7）

●3-6-31-92

今天寄到一本《红玫瑰》*，陈西滢和凌叔华的照片都登上了，胡适之*的诗载于《礼拜六》*，他们的像见于《红玫瑰》，真是“物以类聚”。

〖释：《红玫瑰》，鸳鸯蝴蝶派刊物。严独鹤、赵苕狂编辑。1924年7月创刊。1929年4月21日第八期刊有“文学家陈源及其夫人凌叔华女士”的照片。/胡适之，即胡适（1891－1962），安徽绩溪人。五四新文化运动的代表人物之一，当时任北京大学教授。/《礼拜六》，鸳鸯蝴蝶派刊物。先后由王纯银、孙剑秋、周瘦鹃编辑。1914年6月创刊，后经停刊、复刊。1929年5月第五十五期和五十六期连载《礼拜六汇集第一集》要目，其中列有胡适的诗《叔永回四川》。〗

两地书/北平－上海（1929·5·22）

●3-6-31-93

陈源教授痛斥“语丝派”的时候，说我们不敢直骂军阀，而偏和握笔的名人为难……

三闲集/我和《语丝》的始终（1930·2·1）

●3-6-31-94

陈源教授的批评法：先举一些美点，以显示其公平，然而接着是许多大罪状——由公平的衡量而得的大罪状。将功折罪，归根结蒂，终于是“学匪”，理应枭首挂在“正人君子”的旗下示众。

二心集/做古人和做好人的秘诀〔夜记之五〕（1932·4·26）

●3-6-31-95

在《中国小说史略》日译本的序文里，我声明了我的高兴，但还有一种原因却未曾说出，是经十年之久，我竟报复了我个人的私仇。当一九二六年时，陈源即西滢教授，曾在北京公开对于我的人身攻击，说我的这一部著作，是窃取盐谷温教授的《支那文学概论讲话》里面的“小说”一部分的；《闲话》里的所谓“整大本的剽窃”，指的也是我。现在盐谷教授的书早有中译，我的也有了日译，两国的读者，有目共见，有谁指出我的“剽窃”来呢？呜呼，“男盗女娼”，是人间大可耻事，我负了十年“剽窃”的恶名，现在总算可以卸下，并且将“谎狗”的旗子，回敬自称“正人君子”的陈源教授，倘他无法洗刷，就只好插着生活，一直带进坟墓里去了。

且介亭杂文二集/后记（1935·12·31）

邵洵美［及章克标］……邵洵美（1906－1968），浙江余姚人。曾创办“金屋书店”，主编《金屋月刊》，提倡“唯美主义文学”。章克标，浙江海宁人，作家、编辑。邵、章是《人言》周刊的“编辑同人”，曾在该刊上攻击鲁迅。

●3-6-31-96

邵公子一打官司*，就患“感冒”，何其嫩耶？《中央日报》上颇有为该女婿臂助者*，但皆蠢才耳。

〖释：“邵公子打官司”，邵洵美所办《十日谈》为1933年8月20日的一篇短评触犯了《晶报》而引起诉讼，并于9月21日登报向《晶报》“声明误会表示歉意”云。/“为该女婿臂助者”，1933年9月《中央日报》上有人说攻击邵洵美的人是因娶不到富妻，狐狸吃不到葡萄而说葡萄是酸的云云。〗

书信/致黎烈文（1933·9·20）

●3-6-31-97

上海的邵洵美之徒，在发议论骂我们之印

《笺谱》，这些东西，真是“前不见古人，后不见来者”，吃完许多米肉，搽了许多雪花膏之后，就什么也不留一点给未来的人们的——最末，是“大出丧”＊而已。

〖释：“大出丧”，邵洵美的岳祖盛宣怀(1844－1916)，系清末大官僚资本家，死后，曾有轰动一时的“大出丧”。〗

书信/致郑振铎（1934·1·11）

●3-6-31-98

上月我做了三则短评＊，发表于本月《改造》上，对于中、日、满，都加以讽刺，而上海文氓，竟又藉此施行谋害＊，所谓黑暗，真是至今日而无以复加了。

〖释：“三则短评”，指《火》、《王道》、《监狱》，即《关于中国的两三件事》。/“上海文氓藉此施行谋害”，邵洵美、章克标编辑的《人言》周刊译载了上述“三则短评”中的一则，在附白中攻击鲁迅并示当局以“军事审判”。〗

书信/致姚克（1934·3·6）

●3-6-31-99

章『注：章克标』之攻林『注：林语堂』，则别有故，章编《人言》，而林辞编辑，自办刊物，故深恨之，仍因利益而已，且章颇恶劣，因我在外国发表文章，而以军事裁判暗示当局者，亦此人也。

书信/致郑振铎（1934·6·2）

●3-6-31-100

去年八月间，诗人邵洵美先生所经营的书店里，出了一种《十日谈》，这位诗人在第二期（二十日出）上，飘飘然的论起“文人无行”来了，先分文人为五类，然后作结道——

除了上述五类外，当然还有许多其他的典型；但其所以为文人之故，总是因为没有饭吃，或是有了饭吃不饱……因为他们是没有职业才做文人，因此他们的目的仍在职业而不在文人。他们借着文艺宴会的名义极力地拉拢大人物；借文艺杂志或是副刊的地盘，极力地为自己做广告：但求闻达，不顾羞耻。

谁知既为文人矣，便将被目为文人；既被目为文人矣，便再没有职业可得，这般东西便永远在文坛里胡闹。

文人的确穷的多，自从迫压言论和创作以来，有些作者也的确更没有饭吃了。而邵先生是所谓“诗人”，又是有名的巨富“盛宫保”＊的孙婿，将污秽泼在“这般东西”的头上，原来是十分平常的。但我以为作文人究竟和“大出丧”有些不同，即使雇得一大群帮闲，开锣喝道，过后仍是一条空街，还不及“大出丧”的虽在数十年后，有时还有几个市侩传颂。

〖释：“盛宫保”，盛宣怀曾有“太子少保”官衔。〗

准风月谈/后记（1934·10·16）

●3-6-31-101

然而，帮手立刻出现了，还出在堂堂的《中央日报》（九月四日及六日）上——

女婿问题　　如是

最近的《自由谈》上，有两篇文章都是谈到女婿的，一篇是孙用的《满意和写不出》，一篇是苇索的《登龙术拾遗》……苇索先生说：“文坛虽然不致于招女婿，但女婿却是会要上文坛的。”后一句“女婿却是会要上文坛的”，立论十分可靠，无暇可击。我们的祖父是人家的女婿，我们的父亲也是人家的女婿，我们自己，也仍然不免是人家的女婿。比如今日在文坛上“北面”而坐的鲁迅茅盾之流，都是人家的女婿，所以“女婿会要上文坛的”是不成问题的，至于前一句“文坛虽然不致于要招女婿”，这句话就简直站不住了。我觉得文坛无时无刻不在招女婿，许多中国作家现在都变成俄国的女婿了。

……

“女婿”的蔓延　　圣闲

狐狸吃不到葡萄，说葡萄是酸的，自己娶不到富妻子，于是对于一切有富岳家的人发生了妒忌，妒忌的结果是攻击。

假如做了人家的女婿，是不是还可以做文人的呢？答案自然是属于正面的……今日在文坛上最有声色的鲁迅茅盾之流，一方面身为文人，一方面仍然不免是人家的女婿……如其常常骂人家为狂吠的，则自己切不可也落入于狂吠之列。

这两位作者都是富家女婿的崇拜家，但如是先生是凡庸的，背出了他的祖父，父亲，鲁迅，茅盾之后，结果不过说着“鲁迅拿卢布”那样的滥调；打诨的高手要推圣闲先生，他竟拉到我万想不到的诗人太太的味道上去了。戏剧上的二丑帮忙，倒使花花公子格外出丑，用的便是这样的说法……

准风月谈/后记（1934·10·16）

●3-6-31-102

这种鹰犬的这面目，也不过以向“鲁迅先生的文章，最近是在查禁之列”的我而已，只要立刻能给一个嘴巴，他们就比吧儿狗还驯服。现在就引一个……登在去年九月二十一日《申报》上的广告在这里罢——

十日谈向晶报声明误会表示歉意

敬启者十日谈第二期短评有朱霁青将公布捐款一文后段提及晶报系误会本刊措词不善致使晶报对邵洵美君提起刑事自诉按双方均为社会有声誉之刊物自无互相攻讦之理兹经章士钊江容平衡诸君诠释已得晶报完全谅解除由晶报自行撤回诉讼外特此登报声明表示歉意

“双方均为社会有声誉之刊物，自无互相攻讦之理”，此“理”极奇，大约是应该攻讦“最近是在查禁之列”的刊物的罢。金子做了骨髓，也还是站不直，在这里看见了铁证了。

准风月谈/后记（1934·10·16）

●3-6-31-103

穷极，文是不能工的，可是金银又并非文章的根苗，它最好还是买长江沿岸的田地。然而富家儿总不免常常误解，以为钱可使鬼，就也可以通文。使鬼，大概是确的，也许还可以通神，但通文却不成，诗人邵洵美先生本身的诗便是证据。我那两篇中的有一段，便是说明官可捐，文人不可捐，有裙带官儿，却没有裙带文人的。

准风月谈/后记（1934·10·16）

●3-6-31-104

如果有谁和有钱的诗人辩论，那诗人的最后的结论是：共产党反对资产阶级，我有钱，他反对我，所以他是共产党。于是诗神就坐了金的坦克车，凯旋了。

且介亭杂文/中国文坛上的鬼魅（1935·11·21）

第七节 中国人士［八至九画］

一个人的言行，从别人看来，“大可不必”之点多得很，要不然，全国的人们就好像是一个了。

（32）八画（林范郁金周郑废）

“不可与言而与之言”，即是“知其不可为而为之”，一定要有这种人，世界才不寂寞。

林语堂［及陶亢德］（231）/**郁达夫**（241）/**金圣叹**（243）/**周扬［及田汉、夏衍、阳翰笙、廖沫沙］**（244）/**郑振铎**（248）/**废名**（249）

林语堂［及陶亢德］……林语堂（1895－1976）：福建龙溪人。早年留学美国，回国后历任北京大学、北京女子师范大学、厦门大学教授。作家，《语丝》撰稿人之一。三十年代在上海主编《论语》、《宇宙风》、《人间世》等杂志。后长期赴美任教。陶亢德：浙江绍兴人，先后任《论语》、《宇宙风》、《人间世》编辑。

●3-7-32-1

我所辞的兼职，（研究教授）终于辞不掉，昨晚又将聘书送来了，据说林玉堂因此一晚睡不着。使玉堂睡不着，我想，这是对他不起的，所以只得收下，将辞意取消。玉堂对于国学院，虽然很热心，但由我看来，希望不多，第一是没有人才，第二是校长有些掣肘（我觉得这样）。

两地书/厦门－广州（1926·9·30）

●3-7-32-2

语堂亦不甚得法，自云与校长甚密，而据我看去，殊不尽然，被疑之迹昭著。国学院中，佩服陈源之顾颉刚所汲引者，至有五六人之多，前途可想。

书信/致许寿裳（1926·10·4）

●3-7-32-3

一个教员……叹息，说：玉堂敌人颇多，对于国学院不敢下手者，只因为兼士和我两人在此；兼士去而我在，尚可支持，倘我亦走，则敌人即无所顾忌，玉堂的国学院就要开始动摇了。玉堂一失败，他们也站不住了。而他们一面排斥我，一面又个个接家眷，准备作长久之计，真是胡涂云云。

两地书/厦门－广州（1926·10·21）

●3-7-32-4

我于这里毫无留恋，吃苦的还是玉堂，玉堂一失势，他们也就完，现在还欣欣然自以为得计，真是愚得可怜。我和玉堂交情，还不到可以向他说明这些事情的程度，即使说了，他是否相信，也难说的。我所以只好一声不响，做我的事，他们想攻倒我，一时也很难，我在这里到年底或明年，看我自己的高兴。至于玉堂，大概是爱莫能助的了。

两地书/厦门－广州（1926·10·21）

●3-7-32-5

我实在熬不住了，你给我的第一信，不是说某君『注：指顾颉刚』首先报告你事『注：指厦门大学聘请章廷谦任教事』已弄妥了么？这实在使我很吃惊于某君之手段，据我所知，他是竭力反对玉堂邀你到这里来的，你瞧！陈源之徒！

玉堂还太老实，我看他将来是要失败的。

书信/致章廷谦（1926·10·23）

●3-7-32-6

昨夜玉堂来打听广东情形，我们因劝其将此处放弃，明春同赴广州，他想了一会说，我来时提出的条件，学校一一允许，怎能忽而不干呢？他大约决不离开这里的了，所以我看他对于国学院现状，似乎颇满足，既无决然舍去之心，亦无彻底改造之意，不过小小补苴，混下去而已。他之不能活动，而必须在此，似与太太很有关系，太太之父在鼓浪屿，其兄在此为校医，玉堂之来，闻系彼力荐，今玉堂之二兄一弟，亦俱在校，大有生根之概，自然不能动弹了。

两地书/厦门－广州（1926·11·8）

●3-7-32-7

我还要忠告玉堂一回，劝他离开这里，到武昌或广州做事。但看来大大半是无效的，他近来看事情似乎颇胡涂，又牵连的人物太多，非大失败，大概是决不走的。我的计画，也不过聊尽同事一场的交情而已。结果一定是他怪我舍他而去，使他为难。

两地书/厦门－广州（1926·11·18）

●3-7-32-8

玉堂今天辞职了，因为减缩豫算的事。但只辞国学院秘书，未辞文科主任。我已乘间令伏园达我的意见，劝他不必烂在这里，他无回话。我还要亲自对他说一回。

两地书/厦门－广州（1926·11·20）

●3-7-32-9

近日因为校长要减少国学院豫算，玉堂颇愤慨，要辞主任，我因进言，劝其离开此地，他极以为然。我亦觉此是脱身之机会。今天和校长开谈话会，乃提出强硬之抗议，且露辞职之意，不料校长竟取消前议了，别人自然大满足，玉堂亦软化，反一转而留我，谓至少维持一年，因为教员中途难请云云。

两地书/厦门－广州（1926·11·26）

●3-7-32-10

今晚语堂饯行，亦颇有活动之意，而其太太则不大谓然，以为带着两个孩子，常常搬家，如何是好。其实站在她的地位上来观察，的确也困苦的，旅行式的家庭，大抵的女性确乎也大都过不惯。但语堂则颇激烈，后事如何，只得“且听下回分解”了。

两地书/厦门－广州（1926·12·15、16）

●3-7-32-11

厦校本系削减经费，经语堂以辞职力争后，已复原，但仍难信，可减可复，既复亦仍可减耳。语堂恐终不能久居，近亦颇思他往，然一时亦难定，因有家室之累。

书信/致沈兼士（1926·12·19）

●3-7-32-12

其实是已经可以走了，但看着语堂的勤勉和为故乡做事的热心，我不好说出口。后来豫算不算数了，语堂力争；……语堂是除办事教书之外，还要防暗算，我看他在不相干的事情上，弄得力尽神疲，真是冤枉之至。

华盖集续编/厦门通信〔三〕（1927·1·15）

●3-7-32-13

据伏园上月廿七日来信云：玉堂已经就职＊了。所“就”何“职”，却未详。大约是外交上事务罢。

〖释：“玉堂就职”，林语堂当时由厦门到汉口，任武汉国民政府外交部秘书。〗

书信/致章廷谦（1927·5·15）

●3-7-32-14

按：《论语》，文艺性半月刊，林语堂等编。1932年9月创办于上海，1937年8月停刊。该刊提倡“小品文”，并向鲁迅约稿。鲁迅此信中所谓“虫二”，盖喻“风月”，由“风月无边”而来。在林语堂主持下，《论语》以“谈风月”为宗旨。

前函令打油『注：即“打油诗”』，至今未有，盖打油亦须能有打油之心情，而今何如者。重重迫压，令人已不能喘气，除呻吟叫号而外，能有他乎？

不准人开一开口，则《论语》虽专谈虫二，恐亦难，盖虫二亦有谈得讨厌与否之别也。

书信/致林语堂（1933·6·20）

●3-7-32-15

老实说罢，他所提倡的东西，我是常常反对的。先前，是对于“费厄泼赖”＊，现在呢，就是“幽默”。我不爱“幽默”，并且以为这是只有爱开圆桌会议的国民『注：指英国人』才闹得出来的玩意儿，在中国，却连意译也办不到。

〖释：“费厄泼赖”，英语fair play的音译，原为体育比赛用语，意为光明正大，不采用不正当手段。引伸为社会政治生活中的各方遵守规则，表现出宽容、妥协和秩序。〗

南腔北调集/“论语一年”（1933·9·16）

●3-7-32-16

我并非全不赞成《论语》的态度，只是其中有一二位作者的作品，我看来有些无聊。而自己的随便涂抹的东西，也不觉得怎样有聊，所以现在很想用一点功，少乱写。

书信/致陶亢德（1933·10·2）

●3-7-32-17

现在和《论语》关系尚不深，最好是不再漩进去，因为我其实不能幽默，动辄开罪于人，容易闹出麻烦，彼此都不便也。

书信/致陶亢德（1933·10·2）

●3-7-32-18

《论语》顷收到一本，是三十八期，即读一过。倘蒙谅其直言，则我以为内容实非幽默，文多平平，甚者且堕入油滑。……中国之所谓幽默，往往尚不脱《笑林广记》＊式，真是无可奈何。小品文前途虑亦未必坦荡，然亦只能姑试之耳。

〖释：《笑林广记》，明代冯梦龙编《广笑府》十三卷，至清代被书坊改编为《笑林广记》十二卷，编者署名“游戏主人”。〗

书信/致陶亢德（1934·4·1）

●3-7-32-19

大札与《人间世》＊两本，顷同时拜领，讽诵一过，诚令人有萧然出世之想，然此时此境，此作者们，而得此作品等，固亦意中事也。语堂先生及先生盛意，嘱勿藏拙，甚感甚感。惟搏战十年，筋力伤惫因此颇有所悟……虽小品文之危机临于目睫，亦不思动矣。

〖释：《人间世》，小品文半月刊，存在于1934年4月－1935年12月。林语堂主编，陶亢德、徐訏编辑。徐訏（1908－1980），浙江慈溪人，作家。当时任《人间世》编辑。〗

书信/致陶亢德（1934·4·7）

●3-7-32-20

被谥为“幽默大师”的林先生……在《自由谈》上引了古人之言，曰：“夫饮酒猖狂，或沉寂无闻，亦不过洁身自好耳。今世癞鳖，欲使洁身自好者负亡国之罪，若然则‘今日乌合，明日鸟散，今日倒戈，明日凭轼，今日为君子，明日为小人，今日为小人，明日复为君子’之辈可无罪。”＊虽引据仍不离乎小品，但去“幽默”或“闲适”之道远矣。

〖释：“今日乌合……明日复为君子”，这段引文出明代张萱《复刘仲倩书》。〗

花边文学/小品文的生机（1934·4·30）

●3-7-32-21

林先生以为新近各报上之攻击《人间世》，是系统的化名的把戏，却是错误的，证据是不同的论旨，不同的作风。其中固然有虽曾附骥，终未登龙的“名人”，或扮作黑头，而实是真正的丑脚的打诨，但也有热心人的说论。世态是这么的纠纷，可见虽是小品，也正有待于分析和攻战的了，这或者倒是《人间世》的一线生机罢。

花边文学/小品文的生机（1934·4·30）

●3-7-32-22

先生自评《人间世》＊，谓谈花树春光之文太多，此即作者大抵能作文章，而无话可说之故，亦即空虚也，为一部分人所不满者，或因此欤？

〖释：“自评《人间世》”，指林语堂发表于1934年5月3日《申报·自由谈》的《方巾气研究（三）》。〗

书信/致林语堂（1934·5·4）

●3-7-32-23

北平诸公，真令人齿冷，或则媚上，或则取容，回忆五四时，殊有隔世之感。《人间世》我真不解何苦为此，大约未必能久，倘有被麻醉者，亦不足惜也。

书信/致台静农（1934·5·10）

●3-7-32-24

文坛，则刊物杂出，大都属于“小品”。此为林公语堂所提倡，盖骤见宋人语录，明人小品，所未前闻，遂以为宝，而其作品，则已远不如前矣。如此下去，恐将与老舍＊半农，归于一丘，其实，则真所谓“是亦不可以已乎”者也。

〖释：老舍（1898－1966），原名舒庆春，字舍予，笔名老舍。北京人。小说家、戏剧家。历任齐鲁大学、山东大学教授，当时常在《论语》上发表小品。〗

书信/致台静农（1934·6·18）

●3-7-32-25

此地之小品文风潮，也真真可厌，一切期刊，都小品化，既小品矣，而又唠叨，又无思想，乏味之至。语堂学圣叹一流之文，似日见陷没，然颇沾沾自喜，病亦难治也。

书信/致郑振铎（1934·6·21）

●3-7-32-26

至于陶徐『注：指陶亢德和徐訏』，那是林门的颜曾＊，不及夫子远甚远甚，但也更无法可想了。

〖释："颜曾"，指孔子的门徒颜回和曾参。〗

书信/致曹聚仁（1934·8·12）

●3-7-32-27

看近来的《论语》之类，语堂在牛角尖里，虽愤愤不平，却更钻得滋滋有味，以我的微力，是拉他不出来的。

书信/致曹聚仁（1934·8·13）

●3-7-32-28

语堂是我的老朋友，我应以朋友待之，当《人间世》还未出世，《论语》已很无聊时，曾经竭了我的诚意，写一封信，劝他放弃这玩意儿，我并不主张他去革命，拚死，只劝他译些英国文学名作，以他的英文程度，不但译本于今有用，在将来恐怕也有用的。他回我的信是说，这些事等他老了再说。这时我才悟到我的意见，在语堂看来是暮气，但我至今还自信是良言，要他于中国有益，要他在中国存留，并非要他消灭。他能更急进，那当然很好，但我看是决不会的，我决不出难题给别人做。

书信/致曹聚仁（1934·8·13）

●3-7-32-29

人古而事近的，就是袁中郎＊。这一班明末的作家，在文学史上，是自有他们的价值和地位的。而不幸被一群学者们捧了出来，颂扬，标点，印刷，"色借，日月借，烛借，青黄借，眼色无常。声借，钟鼓借，枯竹窍借……"＊借得他一塌胡涂，正如在中郎脸上，画上花脸，却指给大家看，啧啧赞叹道："看哪，这多么'性灵'呀！"对于中郎的本质，自然是并无关系的，但在未经别人将花脸洗清之前，这"中郎"总不免招人好笑，大触其霉头。

〖释：袁宏道（1568－1610），字中郎，湖广公安（今属湖北）人，明代文学家。他肯定了小说、戏曲、民歌的地位，将《离骚》、《庄子》、《西厢》、《水浒》和《焚书》并列。/"色借，日月借……"，这段引文出自刘大杰标点、林语堂校阅的《袁中郎全集》，断句有误。正确标点方式："色，借日月，借烛，借青黄，借眼，色无常。声，借钟鼓，借枯竹窍，借……"〗

花边文学/骂杀与捧杀（1934·11·23）

●3-7-32-30

工愁的人物，真是层出不穷。开年正月，就有人怕骂倒了一切古今人，只留下自己的没意思＊。要是古今中外真的有过这等事，这才叫作希奇，但实际上并没有，将来大约也不会不会有。

〖释："有人怕骂倒了一切古今人……"，林语堂在在1935年1月16日《论语》第五十七期的《做文与做人》一文中影射道："你骂吴稚晖蔡元培胡适之老朽……骂袁中郎消沉……天下的人被你骂完了，只剩你一个人，那岂不是很悲观的现象？"〗

且介亭杂文二集/"招贴即扯"（1935·2·20）

●3-7-32-31

就以现在最流行的袁中郎为例罢，既然肩出来当作招牌，看客就不免议论这招牌，怎样撕破了衣裳，怎样画歪了脸孔。这其实和中郎本身是无关的，所指的是他的自以为徒子徒孙们的手笔。然而徒子徒孙们就以为骂了他的中郎爷，愤慨和狼狈之状可掬，觉得现在的世界是比五四时代更狂妄了。但是，现在的袁中郎脸孔究竟画得怎样呢？时代很近，文证具存，除了变成一个小品文的老师，"方巾气"＊的死敌而外，还有些什么？

〖释："方巾气"，即道学气。林语堂曾在一篇文章中说"方巾气道学气是幽默的魔敌"。〗

且介亭杂文二集/"招贴即扯"（1935·2·20）

●3-7-32-32

倘要论袁中郎，当看他趋向之大体，趋向苟正，不妨恕其偶讲空话，作小品文，因为他还有更重要的一方面在。正如李白会做诗，就可以不责其喝酒，如果只会喝酒，便以半个李白，或李白的徒子徒孙自命，那可是应该赶紧将他“排绝”的。

中郎还有更重要的一方面么？有的。万历三十年，顾宪成辞官，时中郎“主陕西乡试，发策，有‘过劣巢由’之语。监临者问‘意云何?’袁曰：‘今吴中大贤亦不出，将令世道何所倚赖，故发此感尔。’”（《顾端文公年谱》下）中郎正是一个关心世道，佩服“方巾气”人物的人，赞《金瓶梅》*，作小品文，并不是他的全部。

中郎之不能被骂倒，正如他之不能被画歪。但因此也就不能作他的蛀虫们的永久的巢穴了。

〖释：“赞《金瓶梅》”，据载，袁中郎曾赞此书“甚奇快”，并与《水浒传》并称为“逸典”。〗

且介亭杂文二集/“招贴即扯”（1935·2·20）

●3-7-32-33

林语堂先生是佩服“费厄泼赖”的，但在杭州赏菊，遇见“口里含一枝苏俄香烟，手里夹一本什么斯基的译本”的青年，他就不能不“假作无精打彩，愁眉不展，忧国忧家”（详见《论语》五十五期）的样子，面目全非了*。

〖释：林语堂在1934年12月16日的《论语》第五十五期的《游杭再记》中写道：“见有二青年，口里含一支苏俄香烟，手里夹一本什么斯基的译本，于是防他们看见我‘有闲’赏菊，又加一亡国罪状，乃假作无精打彩，愁眉不展，忧国忧家似的只人走路而并非在赏菊的样子走出来。”〗

且介亭杂文/论俗人应避雅人（1935·3·20）

●3-7-32-34

小心谨慎的人，偶然遇见仁人君子或雅人学者时，倘不会帮闲凑趣，就须远远避开，愈远愈妙。假如不然，即不免要碰着和他们口头大不相同的脸孔和手段。晦气的时候，还会弄到卢布学说的老套，大吃其亏。只给你“口里含一枝苏俄香烟，手里夹一本什么斯基的译本”，倒还不打紧，——然而险矣。

大家都知道“贤者避世”*，我以为现在的俗人却要避雅，这也是一种“明哲保身”。

〖释：“贤者避世”，语出《论语·宪问》。据朱熹《集注》，“避世”是“天下无道而隐”。〗

且介亭杂文/论俗人应避雅人（1935·3·20）

●3-7-32-35

语堂为提倡语录体，在此几成众矢之的，然此公亦诚太浅陋也。

书信/致许寿裳（1935·3·23）

●3-7-32-36

按：林语堂1935年2月在一篇文章中说：“讲潇洒，就是讲骨气，讲性灵，讲才华。”他并于1934－1935年一再撰文推荐《野叟曝言》，认为此书特具“性灵”。悍膂（聂绀弩）1935年3月5日在《太白》上发表《谈野叟曝言》，指出该书“方巾气”十足，并不具林语堂倡言的所谓“性灵”。《野叟曝言》是清代夏敬渠所作长篇小说。

其实，恐怕语堂先生之憎“方巾气”，谈“性灵”，讲“潇洒”，也不过对老实人“寻开心”而已，何尝真知道“方巾气”之类是怎么一回事；也许简直连他所称赞的《野叟曝言》也并没有怎么看。

且介亭杂文二集/“寻开心”（1935·4·5）

●3-7-32-37

语堂先生在暨南大学讲演道：“……做人要正正经经，不好走入邪道，……一走入邪道，……一定失业，……然而，作文，要幽默，和做人不同，要玩玩笑笑，寻开心”（据《芒种》本）这虽然听去似乎有些奇特，但其实是很可以启发人的神智的：这“开开玩笑，寻开心”，就是开开中国许多古怪现象的锁的钥匙。

且介亭杂文二集/“寻开心”（1935·4·5）

●3-7-32-38

按：1934年夏，林语堂因“大众语”问题与曹聚仁、陈子展发生争论，在给曹、陈信中说“我系闽人，天生蛮性；人愈骂，我愈蛮”云；又赞辜鸿铭具“蛮子骨气”，称“此种蛮子骨气，江浙人不大懂也”。下文所涉及的三人均系福建籍。其中，辜鸿铭（1857－1928），学者，辛亥革命后为北京大学教授，反对五四运动，笃信孔孟之道；他曾在所著《春秋大义》中对封建时代妇女缠足表示赞赏。郑孝胥（1860－1938），近代官僚，1932年沦为汉奸，任伪满洲国国务总理后曾鼓吹所谓“王道政治”。

辜鸿铭先生赞小脚；

郑孝胥先生讲王道；

林语堂先生谈性灵。

集外集拾遗补编/“天生蛮性”（1935·4·20）

●3-7-32-39

自以为通，别人也以为通了，但一看底细，还是并不怎么通，连明人小品都点不断的＊，又何尝少有？

〖**释：“连明人小品都点不断”，指林语堂、刘大杰等。**〗

且介亭杂文二集/人生识字胡涂始（1935·5）

●3-7-32-40

按：1934年7月《新语林》创刊号上林语堂的《论个人笔调》一文将引文“有时过客题诗，山门系马；竟日高人看竹，方丈留窝”，错点为“有时过客题诗山门，系马竟日；高人看竹，方丈留窝。”《新语林》，文艺半月刊，徐懋庸主编（后改“新语林社”编辑），上海光华书局发行。1934年7月创刊，10月停刊。

真的“各以所长，相轻所短”的能有多少呢！我们在近几年中所遇见的，有的是“以其所短，轻人所短”。例如白话文中，有些是诘屈难读的，确是一种“短”，于是有人提了小品或语录，向这一点昂然进攻了，但不久就露出尾巴来，暴露了他连对于自己所提倡的文章，也常常点着破句，“短”得很。

且介亭杂文二集/再论“文人相轻”（1935·6）

●3-7-32-41

林语堂先生以为“现代中国人尊其所不当尊，弃其所不当弃，……其实物质文明吃穿居住享用还是咱们黄帝子孙内行”。

……

而“物质文明”也至少有两种：一种是吃肥甘，穿轻暖，住洋房的；一种却是吃树皮，穿破布，住草棚，——吃其所不当吃，穿其所不当穿，而且住其所不当住。

集外集拾遗补编/两种“黄帝子孙”（1935·6·20）

●3-7-32-42

按：林语堂在《人间世》第二十八期（1935年5月20日）发表《今文八弊（中）》。鲁迅对该文进行了批评。

《人间世》二十八期上遇见了林语堂先生的大文，摘录会损精神，还抄一段——

……今人一味仿效西洋，自称摩登，甚至不问中国文法，必欲仿效英文，分“历史地”为形容词，“历史地的”为状词，以模仿英文之historic－al－ly，拖一西洋辫子，然则“快来”何不因“快”字是状词而改为“快地的来”？此类把戏，只是洋场孽少怪相，谈文学虽不足，当西崽颇有才。此种流风，其弊在奴，救之之道，在于思。（《今文八弊》中）

其实是“地”字之类的采用，并非一定从高等华人所擅长的英文而来的。“英文”“英文”，一笑一笑。况且看上文的反问语气，似乎“一味仿效西洋”的“今人”，实际上也并不将“快来”改为“快地的来”，这仅是作者的虚构，所以助成其名文。殆即所谓“保得自身为主，则圆通自在，大畅无比”之例了。不过不切实，倘是“自称摩登”的“今人”所说，就是“其弊在浮”。

且介亭杂文二集/“题未定”草〔二〕（1935·7）

●3-7-32-43

虽是我们读书人，自以为胜西崽远甚，而洗伐未净，说话一多，也常常会露出尾巴来的。再抄一段名文在这里——

……其在文学，今日绍介波兰诗人，明日绍介捷克文豪，而对于已经闻名之英美法德文人，反厌为陈腐，不欲深察，求一究竟。此与妇女新装求入时一样，总是媚字一字不是，自叹女儿身，事人以颜色，其苦不堪言。此种流风，其弊在浮，救之之道，在于学。(《今文八弊》中)

但是，这种“新装”的开始，想起来却长久了，“绍介波兰诗人”，还在三十年前，始于我的《摩罗诗力说》*。那时满清宰华，汉民受制，中国境遇，颇类波兰，读其诗歌，即易于心心相印，不但无事大之意，也不存献媚之心。后来上海的《小说月报》*，还曾为弱小民族作品出过专号，这种风气，现在是衰歇了，即偶有存者，也不过一脉的余波。但生长于民国的幸福的青年，是不知道的，至于附势奴才，拜金崽子，当然更不会知道。但即使现在绍介波兰诗人，捷克文豪，怎么便是“媚”呢？他们就没有“已经闻名”的文人吗？况且“已经闻名”，是谁闻其“名”，又何从而“闻”的呢？

〖释：《摩罗诗力说》，见 2-4-20-7 条释。/《小说月报》，1910 年（清宣统二年）创刊于上海，商务印书馆出版，内容是刊载文言小说和旧诗词笔记等，为“鸳鸯蝴蝶派”的主要刊物。1921 年 1 月第十二卷第一号起，先后由沈雁冰、郑振铎主编，开始成为新文学运动的重要阵地之一。1921 年 12 月出至第二十二卷第十二号停刊。1921 年 10 月该刊第十二卷第十号曾出版“被损害民族的文学号”，刊有鲁迅、沈雁冰等译的波兰、捷克等国的文学作品和介绍这些国家的文学情况的文章。〗

且介亭杂文二集/“题未定”草〔三〕(1935・7)

●3-7-32-44

“英美法德”，在中国有宣教师，在中国现有或曾有租界，几处有驻军，几处有军舰，商人多，用西崽也多，至于使一般人仅知有“大英”，“花旗”『注：指美国』，“法兰西”和“茄门”『注：通译日耳曼，指德国』，而不知世界上还有波兰和捷克。但世界文学史，是用了文学的眼睛看，而不用势利眼睛看的，所以文学无须用金钱和枪炮作掩护，波兰捷克，虽然未曾加入八国联军来打过北京，那文学却在，不过有一些人，并未“已经闻名”而已。外国的文人，要在中国闻名，靠作品似乎是不够的，他反要得到轻薄。

且介亭杂文二集/“题未定”草〔三〕(1935・7)

●3-7-32-45

没有打过中国的国度的文学，如希腊的史诗，印度的寓言，亚剌伯的《天方夜谈》，西班牙的《堂・吉诃德》，纵使在别国“已经闻名”，不下于“英美法德文人”的作品，在中国却被忘却了，他们或则国度已灭，或则无能，再也用不着“媚”字。

对于这情形，我看可以先把上章所引的林语堂先生的训词移到这里来的——

“此种流风，其弊在奴，救之之道，在于思。”

不过后两句不合用，既然“奴”了，“思”亦何益，思来思去，不过“奴”得巧妙一点而已。中国宁可有未“思”的西崽，将来的文学倒较为有望。

且介亭杂文二集/“题未定”草〔三〕(1935・7)

●3-7-32-46

然而现在又到了“今日绍介波兰诗人，明日绍介捷克文豪”的危机，弱国文人，将闻名于中国，英美法德的文风，竟还不能和他们的财力武力，深入现在的文林，“狗逐尾巴”『注：这是林语堂《今文八弊（中）》中的话』者既没有恒心，志在高山的又不屑动手，但见山林映以电灯，语录夹些洋话，“对于已经闻名之英美法德文人”，真不知要待何人，至何时，这才来“求一究竟”。那些文人的作品，当然也是好极了的，然甲则曰不佞望洋兴叹，乙则曰汝辈何不潜心而探求。旧笑话云：昔有孝子，遇其父病，闻股肉可疗，而自怕痛，执刀出门，执途人臂，悍然割之，途人惊拒，孝子误曰，割股疗父，乃是大孝，汝竟敢拒，岂是人哉！*是好比方；林先生云：“说法虽乖，功效实同”，是好辩解。

〖释：“昔有孝子……”，这则笑话出于清初石金成所著《传家宝》的《笑得好》初集，题为《割股》。〗

且介亭杂文二集/“题未定”草〔三〕（1935·7）

●3-7-32-47

李渔*的《一家言》，袁枚*的《随园诗话》，就不是每个帮闲都做得出来的。必须有帮闲之志，又有帮闲之才，这才是真正的帮闲。如果有其志而无其才，乱点古书，重抄笑话，吹拍名士，拉扯趣闻，而居然不顾脸皮，大摆架子，反自以为得意，——自然也还有人以为有趣，——但按其实，却不过“扯淡”而已。

帮闲的盛世是帮忙，到末代就只剩了这扯淡。

〖释：李渔（1611－约1670），号笠翁，浙江兰溪人。清初戏曲作家。《一家言》，又名闲情偶寄，是他的诗文杂着，共六卷。/袁枚（1716－1798），字子才，浙江钱塘（今杭州）人。清代诗人，曾任江宁知县，辞官后筑随园于江宁城西小仓山，自号随园。著《小仓山房全集》，其中收《随园诗话》十五卷，补遗十卷。〗

且介亭杂文二集/从帮忙到扯淡（1935·9）

●3-7-32-48

按：小说《理水》以大禹治水的历史故事为背景。下述文字中“八字胡子的伏羲朝小品文学家”系影射林语堂，接下去的文字是模仿当时林语堂提倡的小品文。“蚩尤氏之雾”等系影射林语堂在《游杭再记》中的描写。

“是之谓失其性灵，”坐在后一排，八字胡子的伏羲朝小品文学家笑道。“吾尝登帕米尔之原，天风浩然，梅花开矣，白云飞矣，金价涨矣，耗子眠矣，见一少年，口衔雪茄，面有蚩尤氏之雾……哈哈哈！没有法子……”

“O. K!”

故事新编/理水（1936·1）

●3-7-32-49

有些名人，连文章也看不懂，点不断，如果选起文章来，说这篇好，那篇坏，实在不免令人有些毛骨悚然……

且介亭杂文二集/“题未定”草〔六〕（1936·1）

●3-7-32-50

前几天，看见《时事新报》的《青光》上，引过林语堂先生的话，原文抛掉了，大意是说：老庄是上流，泼妇骂街之类是下流，他都要看，只有中流，剽上窃下，最无足观。如果我所记忆的并不错，那么，这真不但宣告了宋人语录，明人小品*，下至《论语》，《人间世》，《宇宙风》*这些“中流”作品的死刑，也透彻的表白了其人的毫无自信。不过这还是空腹痛心之谈，因为虽是“中流”，也并不一概，即使同是剽窃，有取了好处的，有取了无用之处的，有取了坏处的，到得“中流”的下流，他就连剽窃也不会，“老庄”不必说了，虽是明清的文章，又何尝真的看得懂。

〖释：“宋人语录，明人小品”，都是林语堂大加称颂或重新标点出版的东西。/《宇宙风》，刊载小品文或幽默文字的半月刊，林语堂、陶亢德编辑。1935年9月创办于上海，1947年8月停刊。〗

且介亭杂文二集/“题未定”草〔六〕（1936·1－2）

●3-7-32-51

标点古文，不但使应试的学生为难，也往往害得有名的学者出丑，乱点词曲，拆散骈文的美谈，已经成为陈迹，也不必回顾了；今年出了许多廉价的所谓珍本书，都有名家标点，关心世道者，怒然忧之，以为足煽复古之焰。我却没有这么悲观，化国币一元数角，买了几本，既读古之中流的文章，又看今之中流的标点；今之中流，未必能懂古之中流的文章的结论，就从这里得来的。

且介亭杂文二集/“题未定”草〔六〕（1936·1－2）

范爱农……鲁迅的同乡、同学和朋友。1883年生，1912年落水溺死。

●3-7-32-52

在东京的客店里，我们大抵一起来就看报……一天早晨，辟头就看见一条从中国来的电报，大概是：

“安徽巡抚『注：巡抚，清代省级最高官员』恩铭被Jo Shiki Rin刺杀，刺客就擒。”

……这是徐锡麟*，他留学回国之后，在做安徽候补道，办着巡警事务，正合于刺杀巡抚的地位。

大家接着就豫测他将被极刑，家族将被连累。不久，秋瑾姑娘在绍兴被杀的消息也传来了，徐锡麟是被挖了心，给恩铭的亲兵炒食净尽。人心很愤怒……有人主张打电报到北京，痛斥满政府的无人道。会众即刻分成两派：一派要发电，一派不要发。我是主张发电的，但当我说出之后，即有一种钝滞的声音跟着起来：

“杀的杀掉了，死的死掉了，还发什么屁电报呢。”

这是一个高大身材，长头发，眼球白多黑少的人，看人总像在渺视。他蹲在席子上，我发言他大抵就反对；我早觉得奇怪，注意着他的了，到这时才打听别人：说这话的是谁呢，有那么冷？认识的人告诉我说：他叫范爱农，是徐伯荪『注：即徐锡麟』的学生。

我非常愤怒了，觉得他简直不是人，自己的先生被杀了，连打一个电报还害怕，于是便坚执地主张要发电，同他争起来。结果是主张发电的居多数，他屈服了。其次要推出人来拟电稿。

“何必推举呢？自然是主张发电的人啰～～～。”他说。

我觉得他的话又在针对我……从此我总觉得这范爱农离奇，而且很可恶。天下可恶的人，当初以为是满人，这时才知道还在其次；第一倒是范爱农。中国不革命则已，要革命，首先就必须将范爱农除去。

〖释：徐锡麟（1873－1907），字伯荪，浙江绍兴人。清末革命组织光复会的重要成员。1907年，与秋瑾准备在浙皖两省同时起义。7月6日，他以安徽巡警处会办兼巡警学堂监督身份为掩护，乘学堂举行毕业典礼之际，刺死安徽巡抚恩铭，率领学生攻占军械局，弹尽被捕，当日惨遭杀害。〗

朝花夕拾/范爱农（1926·12·25）

●3-7-32-53

革命的前一年，我在故乡做教员，大概是春末时候罢，忽然在熟人的客座上看见了一个人，互相熟视了不过两三秒钟，我们便同时说：

“哦哦，你是范爱农！”

“哦哦，你是鲁迅！”

……他穿着很旧的布马褂，破布鞋，显得很寒素。谈起自己的经历来，他说他后来没有了学费，不能再留学，便回来了。回到故乡之后，又受着轻蔑，排斥，迫害，几乎无地可容。现在是躲在乡下，教着几个小学生糊口。

朝花夕拾/范爱农（1926·12·25）

●3-7-32-54

一天我忽而记起在东京开同乡会时的旧事，便问他：

“那一天你专门反对我，而且故意似的，究竟是什么缘故呢？”

“你还有不知道？我一向就讨厌你的，——不但我，我们。”

“你那时之前，早知道我是谁么？”

“怎么不知道。我们到横滨『注：日本海港城市』，来接的不就是子英『注：即陈名濬（1882－1950），浙江绍兴人』和你么？你看不起我们，摇摇头，你自己还记得么？”

我略略一想，记得的，虽然是七八年前的事。那时是子英来约我的，说到横滨去接新来留学的同乡。汽船一到，看见一大堆，大概一共有十多人，一上岸便将行李放到税关上去候查检，关吏在衣箱中翻来翻去，忽然翻出一双绣花的弓鞋来，便放下公事，拿着仔细地看。我很不满，心里想，这些鸟男人，怎么带这些东西来呢。自己不注意，那时也许就摇了摇头……

“我真不懂你们带这东西做什么？是谁的？”

“还不是我们师母的？”他瞪着他多白的眼。

“到东京就要假装大脚，又何必带这东西呢？”

“谁知道呢？你问她去。”

朝花夕拾/范爱农（1926·12·25）

●3-7-32-55

忽然是武昌起义，接着是绍兴光复……我被摆在师范学校校长的饭碗旁边，王都督＊给了我校款二百元。爱农做监学，还是那件布袍子，但不大喝酒了，也很少有工夫谈闲天。他办事，兼教书，实在勤快得可以。

〖释：“王都督”，指王金发（1882－1915），辛亥革命后的绍兴军政分府都督。〗

朝花夕拾/范爱农（1926·12·25）

●3-7-32-56

季茀写信来催我往南京了。爱农也很赞成，但颇凄凉，说：

“这里又是这样，住不得。你快去罢……。”

……我从南京移到北京的时候，爱农的学监也被孔教会会长的校长设法去掉了。他又成了革命前的爱农。我想为他在北京寻一点小事情做，这是他非常希望的，然而没有机会。他后来便到一个熟人的家里去寄食，也时时给我写信，景况愈困穷，言辞也愈凄苦。终于又非走出这熟人的家不可，便在各处飘浮。不久，忽然从同乡那里得到一个消息，说他已经掉在水里，淹死了。

我疑心他是自杀。因为他是浮水的好手，不容易淹死的。

朝花夕拾/范爱农（1926·12·25）

●3-7-32-57

“也许明天就收到一个电报，拆开一看，是鲁迅来叫我的。”他时常这样说。

一天，几个新的朋友约他坐船去看戏，回来时已过夜半，又是大风雨，他醉着，却偏要到船舷上去小解。大家劝阻他，也不听，自己说是不会掉下去的。但他掉下去了，虽然能浮水，却从此不起来。

第二天打捞尸体，是在菱荡里找到的，直立着。

我至今不知道他究竟是失足还是自杀＊。

〖释：“他是失足还是自杀”，范爱农1912年夏历3月27日给鲁迅信中有“如此世界，实何生为？……惟死而已，端无生理”等句。〗

朝花夕拾/范爱农（1926·12·25）

●3-7-32-58

风雨飘摇日，余怀范爱农。

华颠萎寥落，白眼看鸡虫。

世味秋荼苦，人间直道穷。

奈何三月别，竟尔失畸躬！

其　二

海草国门碧，多年老异乡。

狐狸方去穴，桃偶已登场。

故里寒云恶，炎天凛夜长。

独沉清冷水，能否涤愁肠？

集外集拾遗/哀范君三章（1912·8·21）

●3-7-32-59

把酒论当世，先生小酒人。

大圜＊犹酩酊，微醉合沉沦。

幽谷无穷夜，新宫＊自在春。

旧朋云散尽，余亦等轻尘。

〖释：“大圜”，指天。/“新宫”，指袁世凯的总统府新华宫。第三联因作者忘却，系《集外集》编集时补作，故与原发表时有出入。〗

集外集/哭范爱农（1912·8·21）

郁达夫（1896－1945）……浙江富阳人，作家。创造社前期主要成员之一。后为“左联”成员。曾与鲁迅合编《奔流》月刊，

●3-7-32-60

郁达夫已走了，有信来。又听说成仿吾也要

走。创造社中人，似乎与中大有什么不协似的，但这不过是我的推测。达夫遇安则信上确有怨言。

两地书/厦门-广州（1926·12·24）

●3-7-32-61

这里『注：指广州』的一部分青年已将郁达夫看作危险人物，大奇。

书信/致章廷谦（1927·9·19）

●3-7-32-62

我看《这样做》『注：当时广州的一种旬刊』……忽而看见一个题目道：《郁达夫先生休矣》，便又起了好奇心，立刻看文章。这还是切己的琐事总比世界的哀愁关心的老例，达夫先生是我所认识的，怎么要他“休矣”了呢？急于要知道。假使说的是张龙赵虎，或是我素昧平生的伟人，老实说罢，我决不会如此留心。

原来是达夫先生在《洪水》『注：创造社刊物』上有一篇《在方向转换的途中》，说这一次的革命是阶级斗争的理论的实现，而记者则以为是民族革命的理论的实现。大约还有英雄主义不适于今日的话罢，所以便被认为“中伤”和“挑拨离间”，非“休矣”不可了。

三闲集/怎么写〔夜记之一〕（1927·10·10）

●3-7-32-63

我倒要看看《洪水》……从三十二期倒看上去，不久便翻到第一篇《日记文学》，也是达夫先生做的，于是便不再去寻《在方向转换的途中》，变成看谈文学了。我这种模模胡胡的看法，自己也明知道是不对的，但“怎么写”的问题，却就出在那里面。

作者的意思，大略是说凡文学家的作品，多少总带点自叙的色彩的，若以第三人称来写出，则时常有误成第一人称的地方。而且叙述这第三人称的主人公的心理状态过于详细时，读者会疑心这别人的心思，作者何以会晓得这样精细？于是那一种幻灭之感，就使文学的真实性消失了。所以散文作品中最便当的体裁，是日记体，其次是书简体。

三闲集/怎么写〔夜记之一〕（1927·10·10）

●3-7-32-64

达夫先生我见过好几面，谈过好几回，只觉他稳健和平，不至于得罪于人，更何况得罪于国。

三闲集/怎么写〔夜记之一〕（1927·10·10）

●3-7-32-65

达夫那一篇文『注：此文未详』，的确写得好；他的态度，比忽然自称“第四阶级文学家”＊的好得多了。但现在颇有人攻击他，对我的更多。五月间，我们也许要再出一种期刊玩一下子。

〖释：“第四阶级”，指无产阶级。“第四阶级文学家”，指当时提倡“革命文学”的创造社、太阳社成员。〗

书信/致章廷谦（1928·3·14）

●3-7-32-66

要达夫作文的事，对他说了。他说“可以可以”。但是“可以”也颇宽泛的，我想，俟出版后，才会切实。至于我呢，自然也“可以”的，但其宽泛，大约也和达夫之“可以”略同。

书信/致章廷谦（1928·5·30）

●3-7-32-67

我和达夫则生活，实在并不行，我忙得几乎没有自己的工夫，达夫似乎也不宽裕，上月往安徽去教书，不到两星期，因为战事，又逃回来了＊。

〖释：“达夫逃回来了”，1929年10月郁达夫应聘为安徽大学教授，到校后半月即遭省教育厅厅长程天放迫害而返回上海。〗

书信/致章廷谦（1929·11·8）

●3-7-32-68

达夫先生译这篇＊时，当面和通信里，都有些不平，连在本文的附记上，也还留着“怨声载道”的痕迹，这苦楚我很明白，也很抱歉的，因为当初原想自己来译，后来觉得麻烦，便推给他了，一面也豫料他会“好，好，可以，可以”的担当去。虽然这种方法，很像“革命文学家”的自己浸在温泉里，却叫别人去革命一样，然而……倘若还要做几天编辑，这些“政策”，且留着不说破它罢。

〖释：“达夫译这篇”，指德国文学评论家菲·璞本白耳格的《阿河的艺术》一文。〗

集外集/《奔流》编校后记〔十二〕(1929·11·20)

●3-7-32-69

达夫本有北上之说，但现在看来，怕未必。一者他正在医痔疮，二者北局又有变化＊，大约薪水未必稳妥，他总不肯去喝风的。所以，大约不去总有十层之八九。自由同盟上的一个名字，也许可以算是原因之三罢。

〖释：“北局又有变化”，指1930年3月19日报载“阎（锡山）将组军政府”，“北平行营及电报局电话局等机关，已由晋方派人接受，华北日报被查封”云。〗

书信/致章廷谦（1930·3·21）

●3-7-32-70

按：此诗为题赠郁达夫之作。

无情未必真豪杰，怜子如何不丈夫。

知否兴风狂啸者，回眸时看小於菟。

〖释：“於菟”，出《左传》宣公四年：“楚人……谓虎於菟。”〗

集外集拾遗/答客诮（1932·12·31）

●3-7-32-71

附奉笺纸两幅，希为写自作诗一篇，其一幅则乞于便中代请亚子先生为写一篇诗＊，置先生处，他日当领走也。

〖释：“希为写自作诗一篇……代请亚子先生为写一篇诗”，《鲁迅日记》1933年1月19日：“下午达夫来，并交诗笺二，其一为柳亚子所写。”其中，郁达夫赠诗为：“醉眼朦胧上酒楼，彷徨呐喊两悠悠。群氓竭尽蚍蜉力，不废江河万古流。”柳亚子赠诗为：“附势趋炎苦未休，能标叛帜即千秋。稽山一老终堪念，牛酪何人为汝谋。”按柳亚子（1886－1958），江苏吴江人。诗人。同盟会会员。〗

书信/致郁达夫（1933·1·10）

●3-7-32-72

对于达夫先生的嘱咐，我是常常“漫应之曰：那是可以的”的。……我和达夫先生见面得最早，脸上也看不出那么一种创造气，所以相遇之际，就随便谈谈；对于文学的意见，我们恐怕是不能一致的罢，然而所谈的大抵是空话。但这样的就熟识了，我有时要求他写一篇文章，他一定如约寄来，则他希望我做一点东西，我当然应该漫应曰可以。但应而至于“漫”，我已经懒散得多了。

伪自由书/前记（1933·7·19）

●3-7-32-73

按：此诗是为郁达夫当时的妻子王映霞写的。郁后来在《回忆鲁迅》中说：“这诗的意思他曾同我说过，指的是杭州党政诸人的无理高压。”

钱王＊登假仍如在，伍相＊随波不可寻。

平楚＊人和憎健翮，小山香满蔽高岑。

坟坛冷落将军岳＊，梅鹤凄凉处士林＊。

何似举家游旷远，风波浩荡足行吟。

〖释：“钱王”，指五代时吴越王钱镠（852－932），“急征苛惨”的暴君。/“登假”，帝王死亡。/“伍相”，指伍子胥（？－前484），春秋时大将，屈死。/“平楚”，丛林。/“将军岳”，岳飞（1103－1142）。/“处士林”，林逋（967－1028），宋代诗人，曾隐居西湖，种梅养鹤。〗

集外集/阻郁达夫移家杭州（1933·12·30）

金圣叹（1608－1661）……吴县（今属江苏）人。明末清初文人，曾批改《西厢记》、《水浒传》等。

●3-7-32-74

自称得到古本，乱改《西厢》＊字句的案子且不说罢，单是截去《水浒》的后小半*，梦想有一个“嵇叔夜”来杀尽宋江们，也就昏庸得可以。虽说因为痛恨流寇的缘故，但他是究竟近于官绅的，他到底想不到小百姓的对于流寇，只痛恨着一半：不在于“寇”，而在于“流”。

〖释：“乱改《西厢》字句”：《西厢》全名《崔莺莺待月西厢记》，元杂剧，王实甫作。金圣叹在批注《西厢》时，曾参校徐文长、徐士范、王伯良等较早的刻本，作了若干改动，有些是无知妄改。如将篇末“谢当今盛明唐圣主”改为“谢当今垂帘双圣主”，更是为了奉承清顺治皇帝及其母后而肆意乱改的。/“截去《水浒》的后小半”：明中叶以后，《水浒传》有百回和一百二十回多种版本流行。明崇祯十四年（1611）左右，金圣叹把《水浒》七十一回以后的章节全部删去，另外伪造一个“惊噩梦”的结局（卢俊义梦见知州“嵇叔夜”击败梁山军，杀绝起义者一百〇八人），又把第一回改为楔子，成为七十回本。〗

南腔北调集/谈金圣叹（1933·7·1）

●3-7-32-75

宋江据有山寨，虽打家劫舍，而劫富济贫，金圣叹却道应该在童贯高俅辈的爪牙之前，一个个俯首受缚，他们想不懂。所以《水浒传》纵然成了断尾巴蜻蜓，乡下人却还要看《武松独手擒方腊》*这出戏。

〖释：《武松独手擒方腊》，过去流行于民间的戏剧。按《水浒传》百回和一百二十回本中，擒方腊的都是鲁智深。〗

南腔北调集/谈金圣叹（1933·7·1）

●3-7-32-76

讲起清朝的文字狱来，也有人拉上金圣叹，其实是很不合适的。……清中叶以后的他的名声，也有些冤枉。他抬起小说传奇来，和《左传》《杜诗》并列，实不过拾了袁宏道辈的唾余*；而且经他一批，原作的诚实之处，往往化为笑谈，布局行文，也都被硬拖到八股的作法上。这余荫，就使有一批人，堕入了对于《红楼梦》之类，总在寻求伏线，挑剔破绽的泥塘。

〖释：“袁宏道辈的唾余”：袁宏道，见3-7-32-29条释。金圣叹也曾称《离骚》为“第一才子书”，《南华经》（即《庄子》）为“第二才子书”，《史记》为“第三才子书”，《杜诗》为“第四才子书”，《水浒》为“第五才子书”，《西厢》为“第六才子书”。〗

南腔北调集/谈金圣叹（1933·7·1）

●3-7-32-77

我们有唐伯虎，有徐文长*；还有最有名的金圣叹，“杀头，至痛也，而圣叹以无意得之，大奇！”*虽然不知道这是真话，是笑话；是事实，还是谣言。但总之：一来，是声明了圣叹并非反抗的叛徒；二来，是将屠户的凶残，使大家化为一笑，收场大吉。我们只有这样的东西，和“幽默”是并无什么瓜葛的。

〖释：唐伯虎（1470－1524），名寅，吴县（今属江苏）人。徐文长（1521－1593），名渭，山阴（今浙江绍兴）人。两人都是明代文学家、画家。过去民间有不少关于他们的传说。/“……圣叹以无意得之，大奇”，金圣叹后陷狱被处斩。据载：“闻圣叹将死，大叹诧曰：‘断头，至痛也。籍家，至惨也。而圣叹以不意得之，大奇！’于是一笑受刑，其妻子亦遣戍边塞云。”〗

南腔北调集/“论语一年”（1933·9·16）

周扬［及田汉、夏衍、阳翰笙、廖沫沙］…… 周扬（1908－1989），即周起应，湖南益阳人，文艺理论家，“左联”领导人之一；田汉（1898－1968），湖南长沙人，戏剧家，左翼剧联领导人之一；夏衍（1900－1995），原名沈乃熙，浙江杭县（今属余杭）人，剧作家，“左联”成员；阳翰笙（1902－1993），四川高县人，曾任“左联”领导人；廖沫沙（1907－1990），湖南长沙人，作家，“左联”成员。

●3-7-32-78

倘有同一营垒中人，化了装从背后给我一刀，则我的对于他的憎恶和鄙视，是在明显的敌人之上的。

且介亭杂文/答《戏》周刊编者信（1934·11·25）

●3-7-32-79

几个月之前，曾经回答过一个朋友的关于大众语的质问，这信后来被发表在《社会月报》上了，末了是杨邨人先生的一篇文章。一位绍伯『注：即田汉』先生就在《火炬》上说我已经和杨邨人先生调和，并且深深的感慨了一番中国人之富于调和性。这一回，我的这一封信，大约也要发表的罢……如果我被绍伯先生的判决所震慑，这回是应该不敢再写什么的，但我想，也不必如此。只是在这里要顺便声明：我并无此种权力，可以禁止别人将我的信件在刊物上发表，而且另外还有谁的文章，更无从豫先知道，所以对于同一刊物上的任何作者，都没有表示调和与否的意思……现在又到了绍伯先生可以施展老手段的时候，我若不声明，则我所说过的各节，纵非买办意识＊，也是调和论了，还有什么意思呢?

〖释："买办意识"，林默（廖沫沙）1934年7月曾指摘鲁迅的杂文《倒提》表现了"买办意识"。〗

且介亭杂文/答《戏》周刊编者信（1934·11·25）

●3-7-32-80

叭儿之类，是不足惧的，最可怕的确是口是心非的所谓"战友"，因为防不胜防。例如绍伯之流，我至今还不明白他是什么意思。为了防后方，我就得横站，不能正对敌人，而且瞻前顾后，格外费力。……我有时确也愤慨，觉得枉费许多气力，用在正经事上，成绩可以好得多。

书信/致杨霁云（1934·12·18）

●3-7-32-81

田的直接通信处，我不知道。但如外面的信封上，写"本埠河南路三〇三号、中华日报馆、《戏》周刊编辑部收"，里面再用一个信封，写"陈瑜＊先生启"，他该可以收到的。不过我想，他即使收到，也未必有回信，剧本稿子＊是否还在，也是一个问题。试写一信，去问问他也可以，但恐怕百分之九十九是没有结果的。此公是有名的模模糊糊。

〖释："陈瑜"，田汉曾用笔名。他当时是《中华日报》《戏》周刊编辑。/"剧本稿子"，萧军的友人投给《戏》周刊的剧本稿。〗

书信/致萧军、萧红（1934·12·20）

●3-7-32-82

我憎恶那些拿了鞭子，专门鞭扑别人的人们。

书信/致徐懋庸（1935·1·17）

●3-7-32-83

田君被捕，已获保释，现正为南京政府（当然同时也为艺术）大肆活动，尽管如此，却还胡说正义和真理随时都附在他田君身上，可就觉得有点问题了。

书信/致〈日〉增田涉〔译文〕（1935·2·3）

●3-7-32-84

从去年以来，所谓"第三种人"的，竟露出了本相，他们帮着它的主人来压迫我们了，然而我们中的有几个人，却道是因为我攻击他们太厉害了，以至逼得他们如此。去年春天，有人『注：指廖沫沙』在《大晚报》上作文，说我的短评是买办意识，后来知道这文章其实是朋友做的，经许多人的质问，他答说已寄信给我解释，但这信我至今没有收到。到秋天，有人把我的一封信『注：指《答曹聚仁先生信》』，在《社会月报》＊上发表了，同报上又登有杨邨人的文章，于是又有一个朋友（即田君，兄见过的），化名绍伯，说我已与杨邨人合作，是调和派。被人诘问，他说这文章不是他做的。但经我公开的诘责时，他只得承认是自己所作。不过他说：这篇文章，是故意冤枉我的，为的是想我愤怒起来，去攻击杨邨人，不料竟回转来攻击他，真出于意料之外云云＊。这种战法，我真是想不到。他从背后打我一鞭，是要我生气，去打别人一鞭，现在我竟夺住了他的鞭子，他就“出于意料之外”了。从去年下半年来，我总觉有几个人倒和“第三种人”一气，恶意的在拿我做玩具。

〖释：《社会月报》，综合性期刊，陈灵犀编辑。存在于1934年6月－1935年9月。上海社会出版社发行。/“……出于意料之外云云”，田汉1935年1月29日致函鲁迅说，《调和》“虽与我有关，但既非开顽笑，也非恶意中伤，而是有意冤枉先生，便于先生起来提出抗议”云。〗

书信/致曹靖华（1935·2·7）

●3-7-32-85

我本是常常出门的，不过近来知道了我们的元帅＊深居简出，只令别人出外奔跑，所以我也不如只在家里坐了。记得托尔斯泰的什么小说说过，小兵打仗，是不想到危险的，但一看见大将面前防弹的铁板，却就也想到了自己，心跳得不敢上前了。但如元帅以为生命价值，彼此不同，那我也无话可说，只好被打军棍。

〖释：“元帅”，指周扬，当时的“左联”党组书记。〗

书信/致胡风（1935·6·28）

●3-7-32-86

田、华＊两公之自由，该是确的。电影杂志上，已有他们对于郑正秋的挽联等（铜板真迹），但我希望他们此后少说话，不要像杨邨人。

〖释：“田、华”，指田汉、华汉（阳翰笙）。他们于1935年2月被捕，7月出狱。〗

书信/致胡风（1935·8·24）

●3-7-32-87

以我自己而论，总觉得缚了一条铁索，有一个工头在背后用鞭子打我，无论我怎样起劲的做，也是打，而我回头去问自己的错处时，他却拱手客气的说，我做得好极了，他和我感情好极了，今天天气哈哈哈……

我的这意见，从元帅看来，一定是罪状（但他和我的感情一定仍旧很好的），但我确信我是对的。

书信/致胡风（1935·9·12）

●3-7-32-88

这一个名称『注：指《花边文学》书名』，是和我在同一营垒里的青年战友＊，换掉姓名挂在暗箭上射给我的。那立意非常巧妙：一，因为这类短评，在报上登出来的时候往往围绕一圈花边以示重要，使我的战友看得头疼；二，因为“花边”也是银元的别名，以见我的这些文章是为了稿费，其实并无足取。至于我们的意见不同之处，是我以为我们无须希望外国人待我们比鸡鸭优，他却以为应该待我们比鸡鸭优，我在替西洋人辩护，所以是“买办”。

〖释：“同一营垒里的青年战友”，指廖沫沙。他1934年7月3日发表批评鲁迅《倒提》的《论“花边文学”》一文中有这类说法。〗

花边文学/序言（1935·12·29）

●3-7-32-89

《答〈戏〉周刊编者的信》的末尾，是对于绍伯先生那篇《调和》的答复。听说当时我们有一位姓沈的“战友”＊看了就呵呵大笑道：“这老头子又发牢骚了！”“头子”而“老”，“牢骚”而“又”，恐怕真也滑稽得很。然而我自己，是认真的。

不过向《戏》周刊编者去“发牢骚”，别人也许会觉得奇怪。然而并不，因为编者之一是田汉同志，而田汉同志也就是绍伯先生。

〖释：“战友”，指沈乃熙，即夏衍。〗

且介亭杂文/附记（1935·12·30）

●3-7-32-90

年底编旧杂文＊，重读野容＊，田汉的两篇化名文章，真有些“百感交集”。

〖释：“年底编旧杂文”，指《且介亭杂文》和《且介亭杂文二集》。/野容，即廖沫沙。〗

书信/致徐懋庸（1936·1·7）

●3-7-32-91

《社会日报》第三版＊，粗粗一看，好像有许多杂牌人马投稿，对于某一个人，毁誉并不一致，而其实则有统系。我已连看了两个月，未曾发见过对于周扬之流的一句坏话，大约总有“社会关系”的。

〖释：《社会日报》第三版，该版名为《十字街头》，曾连续发表《鲁迅与文学夹和》（1935年11月29日）、《文学起内哄》（12月16日）、《译文于焉停刊》（12月26日）等文，后文曾说“茅盾……和傅东华商量”，“设法破坏《译文》”云云。〗

书信/致沈雁冰（1936·1·8）

●3-7-32-92

森山＊先生的文章读过。林先生＊的文章终未读到，到杂志部去找，似已卖完。敝国的田汉君，我以为颇似这位先生。

〖释：森山，即森山启，日本作家；曾参加日本无产阶级文艺联盟。/林先生，即林房雄（1903－1975）。二十年代曾参加日本无产阶级文艺联盟和全日本无产者艺术联盟，1930年被捕后“转向”，拥护天皇和军国主义。他的文章题为《当前日本文学中的问题——致鲁迅》，载日本《文学界》1936年1月号。〗

书信/致增田涉（1936·2·3）

●3-7-32-93

近十年来，为文艺的事，实已用去不少精力，而结果是受伤。认真一点，略有信用，就大家来打击。去年田汉作文说我是调和派，我作文诘问，他函答道，因为我名誉好，乱说也无害的。后来他变成这样，我们的“战友”之一却为他辩护道，他有大计画，此刻不能定论。我真觉得不是巧人，在中国是很难存活的。

书信/致曹靖华（1936·4·23）

●3-7-32-94

我琐事仍多，正在想设法摆脱一点。有些手执皮鞭，乱打苦工的背脊，自以为在革命的大人物，我深恶之，他其实是取了工头的立场而已。

书信/致曹靖华（1936·5·14）

●3-7-32-95

按：1936年8月1日，徐懋庸在某种背景下给鲁迅写了一封信。信中说：“我总觉得先生最近半年来的言行，是无意地助长着恶劣的倾向的。以胡风的性情之诈，以黄源的行为之谄，先生都没有细察，永远被他们据为私有，眩惑群众，若偶像然……”，“胡风他们的行动，显然是出于私心的，极端的宗派运动，他们的理论，前后矛盾，错误百出”，“对于他们的言行，打击本极易，但徒以有先生作着他们的盾牌，所以在实际解决和文字斗争上都感到绝大的困难”，“胡风们在样子上尚左得可爱”，“在主观上，普洛不应该挂起明显的徽章，不以工作，只以特殊的资格去要求领导权，以至吓跑别的阶级的战友”，“集合在先生的左右的‘战友’，既然包括巴金和黄源之流，难道先生以为凡参加‘文艺家协会’的人们，竟个个不如巴金和黄源么。黄源是一个根本没有思想，只靠捧名流为生的东西。从前奔走于傅郑门下之时，一副谄佞之相……”“我觉得不看事而只看人，是最近半年来先生的错误的根由。先生的看人又看得不准”，等等。

8月3－6日，鲁迅抱病回信，后发表在8月《作家》第一卷第五期上，即《答徐懋庸并关于抗日统一战线问题》。据某些记载，该文“由冯雪峰根据鲁迅的意见拟稿，经鲁迅补充、修改而成”。

抓到一面旗帜，就自以为出人头地，摆出奴隶总管的架子，以鸣鞭为唯一的业绩——是无药可医，于中国也不但毫无用处，而且还有害处的。

且介亭杂文末编/答徐懋庸并关于抗日统一战线问题（1936·8）

●3-7-32-96

首先应该扫荡的，倒是拉大旗作为虎皮，包着自己，去吓呼别人；小不如意，就倚势（！）定人罪名，而且重得可怕的横暴者。

且介亭杂文末编/答徐懋庸并关于抗日统一战线问题（1936·8）

●3-7-32-97

不能提出真凭实据，而任意诬我的朋友为“内奸”，为“卑劣”者，我是要加以辩正的，这不仅是我的交友的道义，也是看人看事的结果。

且介亭杂文末编/答徐懋庸并关于抗日统一战线问题（1936·8）

●3-7-32-98

胡风我先前并不熟识，去年的一天，一位名人『注：指夏衍』约我谈话了，到得那里，却见驶来了一辆汽车，从中跳出四条汉子：田汉，周起应『注：即周扬』，还有另两个『注：指夏衍和阳翰笙』，一律洋服，态度轩昂，说是特来通知我：胡风乃是内奸，官方派来的。我问凭据，则说是得自转向以后的穆木天口中。转向者的言谈，到左联就奉为圣旨，这真使我口呆目瞪。再经几度问答之后，我的回答是：证据薄弱之极，我不相信！当时自然不欢而散，但后来也不再听人说胡风是“内奸”了。然而奇怪，此后的小报，每当攻击胡风时，便往往不免拉上我，或由我而涉及胡风。

且介亭杂文末编/答徐懋庸并关于抗日统一战线问题（1936·8）

●3-7-32-99

不是只要“抗日”，就是战友吗？“诈”何妨，“谄”又何妨？又何必定要剿灭胡风的文字，打倒黄源的《译文》呢，莫非这里面都是“二十一条”和“文化侵略”吗？

且介亭杂文末编/答徐懋庸并关于抗日统一战线问题（1936·8）

●3-7-32-100

据我的经验，那种表面上扮着“革命”的面孔，而轻易诬陷别人为“内奸”，为“反革命”，为“托派”，以至为“汉奸”者，大半不是正路人；……老实说，我甚至怀疑过他们是否系敌人所派遣。

且介亭杂文末编/答徐懋庸并关于抗日统一战线问题（1936·8）

●3-7-32-101

周起应也许别有他的优点。也许后来不复如此，仍将成为一个真正的革命者……

且介亭杂文末编/答徐懋庸并关于抗日统一战线问题（1936·8）

●3-7-32-102

全是精华的刊物已经出得不少了，有些东西，后面虽然仍旧是“美容妙法”，“古木发光”，或者“尼姑之秘密”，但第一面却总有一点激昂慷慨的文章。作文已经有了“最中心之主题”*：连义和拳时代和德国统帅瓦德西*睡了一些时候的赛金花*，也早已封为九天护国娘娘了。

〖释：“最中心之主题”，周扬在《关于国防文学》中提出“国防的主题”应为“最中心的主题”。/瓦德西（1832－1904），侵华八国联军总司令。/赛金花（1864－1936），原名赵彩云，江苏苏州人，清末名妓。此指夏衍的剧本《赛金花》。当时报刊曾对该剧大加吹捧。〗

且介亭杂文末编/“这也是生活”……（1936·9·5）

郑振铎（1898－1958）……福建长乐人。作家、文学家。笔名西谛。文学研究会发起人之一。

●3-7-32-103

郑君锋鋩太露而昧于中国社会情形，蹉跌自所难免。

书信/致台静农（1932·6·6）

●3-7-32-104

郑君治学，盖用胡适之法，往往恃孤本秘笈，为惊人之具，此实足以炫耀人目，其为学子所珍赏，宜也。

书信/致台静农（1932·8·15）

●3-7-32-105

郑君所作《中国文学史》*，顷已在上海豫约出版，我曾于《小说月报》『注：见3-7-32-43条释』上见其关于小说者数章*，诚滔滔不已，然而此乃文学史资料长编，非“史”也。但倘有具史识者，资以为史，亦可用耳。

〖释：《中国文学史》，即《插图本中国文学史》，郑振铎著。1932年12月北京朴社初版。/“其关于小说者数章”，指郑振铎关于《水浒传》、《三国志演义》和明清两代平话的论述。〗

书信/致台静农（1932·8·15）

●3-7-32-106

得来函后，始知《桂公塘》*为先生所作，其先曾读一遍，但以为太为《指南录》*所拘束，未能活泼耳，此外亦无他感想。别人批评，亦未留意。《文学》中文，往往得酷评，盖有些人以为此是“老作家”集团所办，故必加以打击。

〖释：《桂公塘》，郭源新（郑振铎）著历史小说，系根据文天祥《指南录》写成。/《指南录》，文天祥奉使北营后得间南归期间所作诗集。〗

书信/致郑振铎（1934·5·16）

●3-7-32-107

近闻郑君振铎，颇有不欲久居燕大之意，此君热心好学，世所闻知，倘其投闲，至为可惜。因思今年秋起，学院中不知可请其教授文学否？既无色采，又不诡随，在诸生间，当无反对者。以是不揣冒昧，贡其愚忱，倘其有当，尚希采择，将来或直接接洽，或由弟居中绍介，均无不可。

书信/致许寿裳（1935·1·9）

●3-7-32-108

在中国教授中郑振铎君是工作学习都很勤谨的人，但今年被燕京大学撵出来了，原因不明。尽管他近年来多出版纯学术的著作，似乎仍不好。因为没有出版著作的教授们有气了。

书信/致〈日〉增田涉〔译文〕（1935·6·10）

●3-7-32-109

谛君之事，报载未始无因，《译文》之停刊，颇有人疑他从中作怪，生活书店貌作左倾，一面压迫我辈，故我退开。

书信/致曹靖华（1935·12·19）

●3-7-32-110

谛君曾经“不可一世”，但他的阵图，近来崩溃了，许多青年作家，都不满意于他的权术，远而避之。他现在正在从新摆阵图，不知结果怎样。

书信/致曹靖华（1936·4·1）

●3-7-32-111

郑振铎先生是我的很熟悉的人，去年时时见面，后来他做了暨南大学的文学院长，大约是很忙，就不容易看见了……

书信/致〈捷〉雅罗斯拉夫·普实克（1936·9·28）

废名（1901－1967）……即冯文炳，湖北黄梅人。小说家。语丝社成员。曾在北京大学任教。

●3-7-32-112

周启明颇昏，不知外事，废名『注：见1-2-11-21条释』是他荐为大学讲师的，所以无怪攻击我，狗能不为其主人吠乎？

两地书/北平－上海（1932·11·19）

●3-7-32-113

写文章自以为对于社会毫无影响，正如称“废名”而自以为真的废了名字一样。“废名”就是名。要于社会毫无影响，必须连任何文字也不立，要真的废名，必须连“废名”这笔名也不署。

华盖集拾遗补编/势所必至，理有固然〔手稿〕（1934?）

●3-7-32-114

后来以“废名”出名的冯文炳，也是在《浅草》中略见一斑的作者，但并未显出他的特长来。在一九二五年出版的《竹林的故事》里，才见以冲淡为衣，而如著者所说，仍能“从他们当中理出我的哀愁”的作品。可惜的是大约作者过于珍惜他有限的“哀愁”，不久就更加不欲像先前一般的闪露，于是从率直的读者看来，就只见其有意低徊，顾影自怜之态了。

且介亭杂文二集/《中国新文学大系》小说二集序（1935·3·2）

---

(33) 九画［胡赵钟施姚］

中国人之评论人，大抵特别严酷，应该多译点别国人做的评传，给大家看看。

胡风［及黄源、巴金］（250）/胡适（251）/赵景深（255）/钟敬文（255）/施蛰存［及杜衡］（256）/姚蓬子（261）

胡风［及黄源、巴金］……胡风（1902－1985），原名张光人，湖北蕲春人，文艺理论家，“左联”成员；黄源（1906－2003），浙江海盐人，翻译家，曾任《文学》月刊、《译文》月刊编辑；巴金（1904－2005），原名李芾甘，四川成都人，作家、翻译家。

●3-7-33-1

谣言，是他们的惯技，与其说对于个人，我看倒在对于书店和刊物。但个人被当作用具，也讨厌。……至于到敝寓来，我以为大可不必“谨慎”，因为这是于我毫无关系的，我不管谣言。

书信/致黄源（1935·5·28）

●3-7-33-2

那天晚上，他们开了一个会＊，也来找我，是对付黄先生的，这时我才看出了资本家及其帮闲们的原形，那专横，卑劣和小气，竟大出于我的意料之外……

〖释：“他们开了一个会”，1935年9月17日晚，生活书店宴请鲁迅，提出撤换《译文》编辑黄源事，被拒绝。〗

书信/致萧军（1935·10·4）

●3-7-33-3

昨天见黄先生，云十日东渡＊，但今天听人说，又云去否未定，究竟不知如何。

〖释：“黄先生东渡”，《译文》停刊后，黄源曾拟往日本。后未成行。〗

书信/致黎烈文（1935·10·9）

●3-7-33-4

有一件很麻烦的事拜托你。即关于茅『注：指茅盾』的下列诸事，给以答案：

一、其地位，

二、其作风，作风（Style）和形式（Firm）与别的作家之区别。

三、影响——对于青年作家之影响，布尔乔亚作家对于他的态度。

这些只要材料的记述，不必做成论文，也不必修饰文字；这大约是做英文本《子夜》＊的序文用的，他们要我写，我一向不留心此道，如何能成，又不好推托，所以只好转托你写务乞拨冗一做，自然最好是长一点，而且快一点。

〖释：“英译本《子夜》”，当时史沫特莱曾请人将《子夜》译成英文，拟寄往美国出版，后因抗日战争爆发，未成。〗

书信/致胡风（1936·1·5）

●3-7-33-5

去年的一天……驶来了一辆汽车，从中跳出四条汉子：田汉，周起应，还有另两个＊，一律洋服，态度轩昂，说是特来通知我：胡风乃是内奸，官方派来的。……几度问答之后，我的回答是：证据薄弱之极，我不相信！当时自然不欢而散，但后来也不再听人说胡风是“内奸”了。然而奇怪，此后的小报，每当攻击胡风时，便往往不免拉上我，或由我而涉及胡风。

〖释：“还有另两个”，指夏衍和阳翰笙；他们和“田汉，周起应”，均见本节“周扬（及田汉、夏衍、阳翰笙、廖沫沙）”条题解。〗

且介亭杂文末编/答徐懋庸并关于抗日统一战线问题（1936·8）

●3-7-33-6

我和胡风，巴金，黄源诸人的关系。我和他们，是新近才认识的，都由于文学工作上的关系，虽然还不能称为至交，但已可以说是朋友。

且介亭杂文末编/答徐懋庸并关于抗日统一战线问题（1936·8）

●3-7-33-7

《社会日报》*……说我就要投降南京，从中出力的是胡风，或快或慢，要看他的办法。……即使胡风不可信，但对我自己这人，我自己总还可以相信的，我就并没有经胡风向南京讲条件的事。因此，我倒明白了胡风鲠直，易于招怨，是可接近的，而对于周起应之类，轻易诬人的青年，反而怀疑以至憎恶起来了。

〖释：《社会日报》，当时上海一种小报。1929年11月创刊。〗

且介亭杂文末编/答徐懋庸并关于抗日统一战线问题（1936·8）

●3-7-33-8

胡风也自有他的缺点，神经质，繁琐，以及在理论上的有些拘泥的倾向，文字的不肯大众化，但他明明是有为的青年，他没有参加过任何反对抗日运动或反对过统一战线……

且介亭杂文末编/答徐懋庸并关于抗日统一战线问题（1936·8）

●3-7-33-9

在中国近来……却正是"恶劣的倾向"的，是无凭无据，却加给对方一个很坏的恶名。例如徐懋庸的说胡风的"诈"，黄源的"谄"，就都是。田汉周起应们说胡风是"内奸"，终于不是，是因为他们发昏；并非胡风诈作"内奸"，其实不是，致使他们成为说谎。《社会日报》说胡风拉我转向，而至今不转，是撰稿者有意的诬陷；并非胡风诈作拉我，其实不拉，以致记者变了造谣。胡风并不"左得可爱"，但我以为他的私敌，却实在是"左得可怕"的。

且介亭杂文末编/答徐懋庸并关于抗日统一战线问题（1936·8）

●3-7-33-10

黄源未尝作文捧我，也没有给我做过传，不过专办着一种月刊，颇为尽责，舆论倒还不坏，怎么便是"谄"，怎么便是对于我的"效忠致敬"？难道《译文》是我的私产吗？黄源"奔走于傅郑门下之时，一副谄佞之相"，徐懋庸大概是奉谕知道的了，但我不知道，也没有见过，至于他和我的往还，却不见有"谄佞之相"，而徐懋庸也没有一次同在，我不知道他凭着什么，来断定和谄佞于傅郑门下者"无异"？

且介亭杂文末编/答徐懋庸并关于抗日统一战线问题（1936·8）

●3-7-33-11

巴金是一个有热情的有进步思想的作家，在屈指可数的好作家之列的作家，他固然有"安那其主义者"『注：即无政府主义』之称，但他并没有反对我们的运动，还曾经列名于文艺工作者联名的战斗的宣言。

且介亭杂文末编/答徐懋庸并关于抗日统一战线问题（1936·8）

胡适（1891－1962）……字适之，安徽绩溪人。早年留学美国。1917年任北京大学教授。《新青年》撰稿人。五四新文化运动的代表人物之一。

●3-7-33-12

按：胡适于1920年底或1921年初给陈独秀写信。此信发出前曾交给鲁迅等人传阅征求意见。信中胡适为改变《新青年》的性质提出"三个办法"，其第二个办法是"恢复我们'不谈政治'的戒约"云云。

至于发表新宣言说明不谈政治，我却以为不必，这固然小半在"不愿示人以弱"，其实则凡

《新青年》同人所作的作品，无论如何宣言，官场总是头痛，不会优容。此后只要学术思想艺文的气息浓厚起来——我所知道的几个读者，极希望《新青年》如此，——就好了。

书信/致胡适（1921·1·3）

●3-7-33-13

前回承借我许多书，后来又得来信。书都大略看过了……

大稿＊已经读讫，警辟之至，大快人心！我很希望早日印成，因为这种历史的的提示，胜于许多空理论。

〖释："大稿"，指胡适所作论文《五十年来中国之文学》。〗

书信/致胡适（1922·8·21）

●3-7-33-14

按：《评心雕龙》以戏谑方式反映现实。"你们都得买一本字典"是胡适告诫青年学生的话。他在指出王统照的译文错误时，认为是不查字典之故。此外，郭沫若曾经将创作喻为"处女"，将翻译比作"媒婆"。

辰　并不是这么一回事。他是窃取着外国人的声音，翻译着。喂！你为什么不去创作？

巳　那么，他就犯了罪了！研究起来，字典上只有"Ach"，没有什么"A—a—a—ch"。我实在料不到他竟这样杜撰。所以我说：你们都得买一本字典，坐在书房里看看，这才免得为这类脚色所欺。

……

申　夫今之青年何其多误译也，还不是因为不买字典之故么？且夫……

华盖集/评心雕龙（1925·11·27）

●3-7-33-15

按：下文的"干，干，干"和"救国必先求学"都是胡适不同时期的"名言"。前者发表于1919年6月的《新青年》，后者发表于1925年9月的《现代评论》。

什么事都要干，干，干！那当然是名言，但是倘有傻子真去买了手枪，就必要深悔前非，更进而悟到救国必先求学。这当然也是名言，何用多说呢，就遵谕钻进研究室去。

华盖集/碎话（1926·1·8）

●3-7-33-16

听说后来胡适之先生也在做日记，并且给人传观了。照文学进化的理论讲起来，一定该好得多。我希望他提前陆续的印出。

三闲集/怎么写〔夜记之一〕（1927·10·10）

●3-7-33-17

按：此系戏谑的"预言"。胡适曾在一篇文章中肯定美国人的拜金主义，并问，中国人包括扒垃圾拾煤渣的老太婆"崇拜的什么！"

美国富豪们联名电贺北京检煤渣老婆子等，称为"同志"，无从投递，次日退回。

而已集/拟豫言——一九二九年出现的琐事（1928·1·28）

●3-7-33-18

按：1929年胡适在《新月》月刊上先后发表《人权与约法》、《知难，行亦不易》等文章。当局认为他"批评党义"、"污辱总理"，决定由教育部对其加以"警戒"。国民党中宣部还专门颁布了《宣传审查条例》。

现在新月社＊的批评家这样尽力地维持了治安，所要的却不过是"思想自由"，想想而已，决不实现的思想。而不料遇到了别一种维持治安法，竟连想也不准想了。从此以后，恐怕要不满于两种现状了罢。

〖释："新月社"，1923年成立于北京的文学社团，主要成员有胡适、徐志摩、陈源、梁实秋、罗隆基、林徽因等。该社于1926年夏在北京出过《诗刊》（周刊）。1927年在上海创办新月书店。1928年3月出版《新月》月刊。其主要成员曾因办《现代评论》而又被称为"现代评论派"。〗

三闲集/新月社批评家的任务（1930·1·1）

●3-7-33-19

按:辛亥革命后废帝溥仪仍住故宫内。1922年5月30日,溥仪邀请胡适进宫叙谈。胡适为此写了《宣统与胡适》一文,载同年7月出版的《努力周报》第十二期。1924年,溥仪被冯玉祥逐出故宫。1931年"九一八"事变后,日本政府将溥仪送往东北;1932年3月,溥仪出任伪"满洲国""执政",1934年3月改称"康德皇帝"。

当"宣统皇帝"逊位逊到坐得无聊的时候,我们的胡适之博士曾经尽过这样的任务。

见过以后,也奇怪,人们不知怎的先问他们怎样的称呼,博士曰:

"他叫我先生,我叫他皇上。"

那时似乎并不谈什么国家大计,因为这"皇上"后来不过做了几首打油白话诗,终于无聊,而且还落得一个赶出金銮殿。现在可要阔了,听说想到东三省再去做皇帝呢。

二心集/知难行难(1931·12·11)

●3-7-33-20

在上海,又以"蒋召见胡适之丁文江*"闻:

南京专电:丁文江,胡适,来京谒蒋,此来系奉蒋召,对大局有所垂询。……(十月十四日《申报》。)

现在没有人问他怎样的称呼。

为什么呢?因为是知道的,这回是"我称他主席……"!

安徽大学校长刘文典*教授,因为不称"主席"而关了好多天,好容易才交保出外,老同乡,旧同事*,博士当然是知道的,所以,"我称他主席"!

也没有人问他"垂询"些什么。

为什么呢?因为这也是知道的,是"大局"。而且这"大局"也并无"国民党专政"和"英国式自由"的争论的麻烦,也没有"知难行易"和"知易行难"的争论*的麻烦,所以,博士就出来了。

〖**释**:丁文江(1887-1936),字在君,江苏泰兴人。地质学家,政客。1921年与胡适同办《努力周报》,提倡"好人政府"。后积极奔走于商界和政界,在地质学和古生物学方面也有建树。/刘文典(1889-1950),教育家、社会活动家。1927年任安徽大学校长;1928年因该校学潮被蒋介石召见时称蒋为"先生"而未称"主席",被斥为"治学不严",当场拘押。/"老同乡,旧同事",刘文典与胡适同为安徽人,又曾同在北京大学任教。/"'知难行易'和'知易行难'的争论的麻烦",胡适曾批评孙中山的"知难行易"学说,认为"行易"说可作"一班无学无术的军人政客的护身符",主张"专家政治",与当局一度形成矛盾。〗

二心集/知难行难(1931·12·11)

●3-7-33-21

中国向来的老例,做皇帝做牢靠和做倒霉的时候,总要和文人学士扳一下子相好。做牢靠的时候是"偃武修文"『注:见《尚书·武成》』,粉饰粉饰;做倒霉的时候是又以为他们真有"治国平天下"『注:语出《礼记·大学》:"国治而后天下平。"』的大道,再问问看,要说得直白一点,就是见于《红楼梦》上的所谓"病笃乱投医"了。

二心集/知难行难(1931·12·11)

●3-7-33-22

看在上海的情形,萧是确不喜欢人欢迎他的,但胡博士的主张*,却别有原因,简言之,就是和英国绅士(英国人是颇嫌萧的)一鼻孔出气。他平日所交际恭维者何种人,而忽深恶富家翁耶?

〖**释**:"胡博士的主张",1933年2月20日北平《晨报》载胡适言论:"本人以为最诚恳之招待,即为不招待。"〗

书信/致台静农(1933·3·1)

●3-7-33-23

闻胡博士有攻击民权同盟之文章*,在北平报上发表,兄能觅以见寄否?

〖**释**:"胡博士攻击民权同盟之文章",胡适在

1933 年 2 月 10 日出版的北平《独立评论》周刊第三十八号发表《民权的保障》一文中批评和否定中国民权保障同盟"立即无条件的释放一切政治犯"的要求。胡适曾任中国民权保障同盟北平分会主席，后被开除。〗

书信/致台静农（1933·3·1）

●3-7-33-24

中国监狱里的拷打，是公然的秘密。……但外国人办的《字林西报》*就揭载了二月十五日的《北京通信》，详述胡适博士曾经亲自看过几个监狱，"很亲爱的"告诉这位记者，说"据他的慎重调查，实在不能得最轻微的证据，……他们很容易和犯人谈话，有一次胡适博士还能够用英国话和他们会谈。监狱的情形，他（胡适博士——干注）说，是不能满意的，但是，虽然他们很自由的（哦，很自由的——干注*）诉说待遇的恶劣侮辱，然而关于严刑拷打，他们却连一点儿暗示也没有。……"

〖释：《字林西报》，即《The Noerth – Chiry News》，英国人在上海办的英文报纸。1864 年 7 月 1 日创刊，1951 年 3 月 31 日停刊。/"干注"，鲁迅这篇作品以"何家干"为笔名发表。〗

伪自由书/"光明所到……"（1933·3·22）

●3-7-33-25

近来的事，其实也未尝比明末更坏，不过交通既广，智识大增，所以手段也比较的绵密而且恶辣。然而明末有些士大夫，曾捧魏忠贤入孔庙*，被以衮冕，现在却还不至此，我但于胡公适之之侃侃而谈*，有些不觉为之颜厚有忸怩耳。但是，如此公者，何代蔑有哉。

〖释："明末士大夫捧魏忠贤入孔庙"，史载，"监生陆万龄至请忠贤配孔子"。/"胡公适之侃侃而谈"，胡适曾于 1933 年 2 月发表《民权的保障》，维护"政府"，对中国民权保障同盟进行指摘、攻击。〗

书信/致曹聚仁（1933·6·18）

●3-7-33-26

去年的上海报上所载的胡适博士的谈话里，有的说，"只有一个方法可以征服中国，即彻底停止侵略，反过来征服中国民族的心。"*……

征服中国民族的心，这是胡适博士给中国之所谓王道所下的定义，然而我想，他自己恐怕也未必相信自己的话的罢。在中国，其实是彻底的未曾有过王道，"有历史癖和考据癖"*的胡博士，该是不至于不知道的。

不错，中国也有过讴歌了元和清的人们，但那是感谢火神之类，并非连心也全被征服了的证据。

〖释："……征服中国民族的心"，这段话载 1933 年 3 月 22 日《申报·北平通讯》，是胡适 3 月 18 日在北平对记者的谈话。/"有历史癖和考据癖"，胡适 1920 年 7 月写的《〈水浒传〉考证》中自称"有点'历史癖'"，"又有点'考据癖'"。〗

且介亭杂文/关于中国的两三件事（日文 1934·3）

●3-7-33-27

不错，中国也有过讴歌了元和清的人们，但那是感谢火神之类，并非连心也全被征服了的证据。

且介亭杂文/关于中国的两三件事（日文 1934·3）

●3-7-33-28

按：1934 年 11 月 27 日，汪精卫、蒋介石通电主张"保障""人民及社会团体""依法享有言论结社之自由"云。翌日，胡适发表文章竭力表示拥戴。

有一件事，好像我们这里的智识者们确是明白起来了，这是可以乐观的。对于什么言论自由的通电，不是除胡适之外，没有人来附和或补充么？这真真好极妙极。

书信/致杨霁云（1934·12·16）

●3-7-33-29

《新青年》是提倡"文学改良"……到第二

年『注：指1916年』，胡适的《文学改良刍议》发表了，作品也只有胡适的诗文和小说是白话。后来白话作者逐渐多了起来……

且介亭杂文二集/《中国新文学大系》小说二集序（1935·3·2）

●3-7-33-30

我们的学者也曾说过；要征服中国，必须征服中国民族的心。其实，中国民族的心，有些是早给我们的圣君贤相武将帮闲之辈征服了的。……心的征服，先要中国人自己代办。宋曾以道学替金元治心，明曾以党狱替满清箝口。

且介亭杂文二集/田军作《八月的乡村》序（1935·3·28）

●3-7-33-31

新月博士常发谬论，都和官僚一鼻孔出气，南方已无人信之。

书信/致曹靖华（1936·1·5）

赵景深（1902－1985）……四川宜宾人。学者，教授，戏曲史家。历任开明书店、北新书局编辑，复旦大学教授。

●3-7-33-32

赵景深教授老爷……一面专门攻击科学的文艺论译本之不通，指明被压迫的作家匿名之可笑，一面却又大发慈悲，说是这样的译本，恐怕大众不懂得。好像他倒天天在替大众计划方法，别的译者来搅乱了他的阵势似的。

二心集/关于翻译的通信（1932·6）

●3-7-33-33

赵老爷评论翻译，拉了严又陵『注：即严复。见2-4-20-3条释』……但由我看来，这是冤枉的，严老爷和赵老爷，在实际上，有虎狗之别。

二心集/关于翻译的通信（1932·6）

●3-7-33-34

严又陵自己却知道这太“达”的译法是不对的，……声明道：“什法师＊云，‘学我者病’。来者方多，慎勿以是书为口实也！”好像他在四十年前，便料到会有赵老爷来谬托知己，早已毛骨悚然一样。仅仅这一点，我就要说，严赵两大师，实有虎狗之差，不能相提并论的。

〖释：什法师，即鸠摩罗什法师（344－413），我国后秦高僧，佛经翻译家。〗

二心集/关于翻译的通信（1932·6）

●3-7-33-35

按：此诗系影射赵景深。

可怜织女星，化为马郎妇。

乌鹊疑不来，迢迢牛奶路＊。

〖释：“牛奶路”，赵曾将Milky Way（天河）误译为“牛奶路”，又曾将“人头马”误译为“人头牛”。〗

集外集拾遗/教授杂咏四首〔之二〕（1932·12·29）

●3-7-33-36

前几天，这里的官和出版家及书店编辑，开了一个宴会，先由官训示应该不出反动书籍，次由施蛰存说出仿检查新闻例，先检杂志稿，次又由赵景深补足可仿日本例，加以删改，或用××代之。……大约施、赵『注：指施蛰存、赵景深』诸君，此外还要联合所谓第三种人，发表一种反对检查出版物的宣言，这是欺骗读者，以掩其献策的秘密的。

书信/致姚克（1933·11·5）

钟敬文（1903－2002）……广东海丰人。作家，民间文学研究工作者。广东大学毕业。当时是广州岭南大学文学系职员。

●3-7-33-37

近日有钟敬文要在此开北新分局，小峰令来和我商量合作，我已以我情愿将“北新书局〔屋〕”＊关门，而不与闻答之。钟之背后有鼻。他们鬼祟如此。天下那有以鬼祟而成为学者的。我情愿“不好”，而且关门，虽将愈“不好”，亦“听其自然”也耳。

〖释：“北新书局”，即北新书屋，鲁迅当时在广州开设的书店。〗

书信/致章廷谦（1927·7·7）

●3-7-33-38

这里的“北新书屋”我拟于八月中关门，因为钟敬文（鼻子傀儡）〖注：鼻，指顾颉刚〗要来和我合办，我则关门了，不合办。

书信/致章廷谦（1927·7·17）

●3-7-33-39

《鲁迅在广东》＊我没有见过，不知道是怎样的东西，大约是集些报上的议论罢。但这些议论是一时的，彼一时，此一时，现在很两样。

〖释：《鲁迅在广东》，见2-3-18-71条释。〗

书信/致翟永坤（1927·9·19）

●3-7-33-40

钟敬文编的书里的三篇演说＊，请不要收进去，记的太失真，我自己并未改正，他们乱编进去的，这事我当于自序中说明。

〖释：“钟敬文编的书里的三篇演说”，指《鲁迅在广东》一书中的《鲁迅先生的演说》、《老调子已经唱完》和《读书与革命》。〗

书信/致杨霁云（1934·12·11）

施蛰存（及杜衡）……施蛰存（1905－2003），江苏松江（今属上海）人，作家。戴克崇（1906－1964），笔名杜衡，又名苏汶，浙江杭县（余杭）人。他们是《现代》月刊编辑，都曾自称“第三种人”。

●3-7-33-41

做了考官，以词取士，施先生是不以为然的，但一做教员和编辑，却以《庄子》＊与《文选》＊劝青年，我真不懂这中间有怎样的分界。

〖释：《庄子》，战国时庄周著，现存三十三篇，亦名《南华经》。/《文选》，见1－1－1－33条释。〗

准风月谈/“感旧”以后〔上〕（1933·10·15）

●3-7-33-42

按：鲁迅当时与施蛰存论争的文章，以“丰之余”为笔名发表。

施先生还举出一个“鲁迅先生”来，好像他承接了庄子的新道统，一切文章，都是读《庄子》与《文选》读出来的一般。“我以为这也有点武断”的。他的文章中，诚然有许多字为《庄子》与《文选》中所有，例如“之乎者也”之类，但这些字眼，想来别的书上也不见得没有罢。再说得露骨一点，则从这样的书里去找活字汇，简直是胡涂虫，恐怕施先生自己也未必。

准风月谈/“感旧”以后〔上〕（1933·10·15）

●3-7-33-43

施蛰存先生……推荐给青年的几部书目上，还提出着别一个极有意味的问题：其中有一种是《颜氏家训》〖注：北齐颜之推（531－约590以后）著〗。这《家训》的作者，生当乱世，由齐入隋，一直是胡势大张的时候，他在那书里，也谈古典，论文章，儒士似的，却又归心于佛，而对于子弟，则愿意他们学鲜卑语，弹琵琶，以服事贵人——胡人＊。这也是庚子义和拳败后的达官，富翁，巨商，士人的思想，自己念佛，子弟却学些“洋务”，使将来可以事人：便是现在，抱这样思想的人恐怕还不少。而这颜氏的渡世法，竟打动了施先生的心了，还推荐于青年，算是“道德修养”。他又举出自己在读的书籍，是一部英文书和一部佛经＊，正为“鲜卑语”和《归心篇》〖注：《颜氏家训》中的一篇〗写照。……假使青年，中年，老年，有着这颜氏道德者多，则在中国社会上，实是一个严重的问题，有荡涤的必要。自然，这虽为书目所引起，问题是不专在个人的，这是时代思潮的一部。

〖释：“《家训》的作者……以服事贵人——

胡人”，此处记述有误。鲁迅后在《〈扑空〉正误》中作了订正。颜之推在《家训》中说的是北齐另一“士大夫”的事实。/“施先生在读一部英文书和一部佛经”，指英国文学批评家理查兹（现译李却兹）的《文学批评原理》和一部《佛本行经》。〗

准风月谈/扑空（1933·10·23）

●3-7-33-44

施先生一开首就说我加以“训诲”，而且派他为“遗少的一肢一节”。上一句是诬赖的，我的文章中，并未对于他个人有所劝告。至于指为“遗少的一肢一节”，却诚然有这意思，不过我的意思，是以为“遗少”也并非怎么很坏的人物。新文学和旧文学中间难有截然的分界，施先生是承认的，辛亥革命去今不过二十二年，则民国人中带些遗少气，遗老气，甚而至于封建气，也还不算甚么大怪事，更何况如施先生自己所说，“虽然不敢自认为遗少，但的确已消失了少年的活力”的呢，过去的余气当然要有的。但是，只要自己知道，别人也知道，能少传授一点，那就好了。

准风月谈/扑空（1933·10·23）

●3-7-33-45

按：施蛰存发表在《大晚报·火炬》上与“丰之余”（鲁迅）辩论的文章《推荐者的立场》，自注云“《庄子》与《文选》的论争”。

施先生……虽然口说不来拳击，那第一段却全是对我个人而发的。现在介绍一点在这里，并且加以注释。

施先生说：“据我想起来，劝青年看新书自然比劝他们看旧书能够多获得一些群众。”这是说，劝青年看新书的，并非为了青年，倒是为自己要多获些群众。

施先生说：“我想借贵报的一角篇幅，将书目改一下：我想把《庄子》与《文选》改为鲁迅先生的《华盖集》正续编及《伪自由书》。我想，鲁迅先生为当代文坛老将，他的著作里是有着很广大的活字汇的，而且据丰之余先生告诉我，鲁迅先生文章里的确也有一些从《庄子》与《文选》里出来的字眼，譬如‘之乎者也’之类。这样，我想对于青年人的效果也是一样的。”这一大堆话，是说，我之反对推荐《庄子》与《文选》，是因为恨他没有推荐《华盖集》正续编与《伪自由书》的缘故。

施先生说：“本来我还想推荐一二部丰之余先生的著作，可惜坊间只有丰子恺＊先生的书，而没有丰之余先生的书，说不定他是像鲁迅先生印珂罗版木刻图一样的是私人精印本，属于罕见书之列，我很惭愧我的孤陋寡闻，未能推荐矣。”这一段话，有些语无伦次了，好像是说：我之反对推荐《庄子》与《文选》，是因为恨他没有推荐我的书，而我又并无书，然而恨他不推荐，可笑之至矣。

这是“从国文教师转到编杂志”，劝青年去看《庄子》与《文选》，《论语》，《孟子》，《颜氏家训》的施蛰存先生……无端的诬赖，自己的猜测，撒娇，装傻。几部古书的名目一撕下，“遗少”的肢节也就跟着渺渺茫茫，到底是现出本相：明明白白的变了“洋场恶少”了。

〖释：丰子恺（1898－1975），现代作家、美术家、教育家。〗

准风月谈/扑空（1933·10·23）

●3-7-33-46

我总以为现在的青年，大可以不必舍白话不写，却另去熟读了《庄子》，学了它那样的文法来写文章。

准风月谈/答“兼示”（1933·10·26）

●3-7-33-47

施先生又举鲁迅的话，说他曾经说过：一，“少看中国书，其结果不过不能作文而已。”可见是承认了要能作文，该多看中国书；二，“……我以为倘要弄旧的呢，倒不如姑且靠着张之洞的《书目答问》去摸门径去。”就知道没有反对青年读古书过。这是施先生忽略了时候和环境。他说一条的那几句的时候，正是许多人大叫要作白话文，也非读古书不可之际，所以那几句是针对他们而发的，犹言即使恰如他们所说，也不过不能作文，而去读古书，却比不能作文之害还大。至于二，则明明指定着研究旧文学的青年，和施先生的主张，涉及一般的大异。倘要弄中国上古文学史，我们不是还得看《易经》与《书经》*么?

〖释：《易经》，即《周易》，儒家经典，古代记载占卜的书。其部分内容可能起源于殷周之际。《书经》，即《尚书》，亦为儒家经典。〗

准风月谈/答“兼示”（1933·10·26）

●3-7-33-48

我和施蛰存的笔墨官司，真是无聊得很，这种辩论，五四运动时候早已闹过的了，而现在又来这一套，非倒退而何。我看施君也未必真研究过《文选》，不过以此取悦当道，假使真有研究，决不会劝青年到那里面去寻新字汇的。此君盖出自商家，偶见古书，遂视为奇宝，正如暴发户之偏喜摆士人架子一样，试看他的文章，何尝有一些“《庄子》与《文选》”气。

书信/致姚克（1933·11·5）

●3-7-33-49

施君云倘要描写宫殿之类，《文选》就有用，忽然为描写汉晋宫殿着想，真是“身在江湖，心存魏阙”*了。

〖释：“心存魏阙”，语出《庄子·让王》：“身在江海之上，心居乎魏阙之下。”魏阙，朝廷的代称。〗

书信/致姚克（1933·11·5）

●3-7-33-50

其实，在古书中找活字，是欺人之谈。例如我们翻开《文选》，何以定其字之死活？所谓“活”者，不外是自己一看就懂的字。但何以一看就懂呢？这一定是原已在别处见过，或听过的，既经先已闻见，就可知此等字别处已有，何必《文选》?

书信/致姚克（1933·11·5）

●3-7-33-51

施先生说，要描写宫殿之类的时候有用处。这很不错，《文选》里有许多赋是讲到宫殿的，并且有什么殿的专赋。倘有青年要做汉晋历史小说，描写那时的宫殿，找《文选》是极应该的，还非看“四史”*《晋书》*之类不可。然而所取的僻字也不过将死尸抬出来，说得神秘点便名之曰“复活”。如果要描写的是清故宫，那可和《文选》的瓜葛就极少了。

倘使连清故宫也不想描写，而豫备工夫却用得这么广泛，那实在是徒劳而仍不足。因为还有《易经》和《仪礼》*，里面的字汇，在描写周朝的卜课和婚丧大事时候是有用处的，也得作为“文学修养之根基”，这才更像“文学青年”的样子。

〖释：“四史”，指《史记》、《汉书》、《后汉书》和《三国志》等四部史书。/《晋书》，即《晋史》，唐房玄龄等撰。/《仪礼》，即《礼经》，儒家经典，春秋战国时代一部分礼制资料的汇编。〗

准风月谈/古书中寻活字汇（1933·11·9）

●3-7-33-52

写那篇《鸟瞰》*的人是杜衡，一名苏汶，他是现代书局出版的《现代》（文艺月刊）的编辑（另一人是施蛰存），自称超党派，其实是右派。今年压迫加紧以后，则颇像御用文人了。

因此，在那篇《鸟瞰》中，只要与现代书局刊物有关的人，都写得很好，其他的人则多被抹杀。而且还假冒别人写文章来吹捧自己。

〖释：《鸟瞰》，指《一九三二年中国文艺鸟瞰》，收入中国文艺年鉴社编辑、现代书局出版的1932年《中国文艺年鉴》。〗

书信/致〈日〉增田涉〔译文〕（1934·4·11）

●3-7-33-53

按：《谈言》是《申报》的一个杂文专栏。该专栏1934年7月4日曾载“启事”宣布停止关于大众语的讨论。但7月7日又发表“寒白”的文章谈“大众语在中国的重要性”。

“谈言”上那一篇早见过，十之九是施蛰存做的。但他握有编辑两种杂志之权，几曾反对过封建文化，又何曾有谁不准他反对，又怎么能不准他反对。这种文章，造谣撒谎，不过越加暴露了卑怯的叭儿本相而已。

而且“谈言”自己曾宣言停止讨论大众语，现在又登此文，真也是叭儿血统。

书信/致徐懋庸（1934·7·21）

●3-7-33-54

施蛰存先生在《文艺风景》＊创刊号里，很为“忠而获咎”者＊不平，就因为还不免有些“隔膜”的缘故。这是《颜氏家训》或《庄子》《文选》里所没有的。

〖释：《文艺风景》，文艺月刊。施蛰存主编。1934年6月创刊，7月停刊。上海光华书局发行。/“‘忠而获咎’者”，指清代文字狱的无辜受害者。〗

且介亭杂文/隔膜（1934·7·5）

●3-7-33-55

听说，连苏俄也要排演原本“莎士比亚”剧了。

不演还可，一要演，却就给施蛰存先生看出了“丑态”——

……苏俄最初是“打倒莎士比亚”，后来是“改编莎士比亚”，现在呢，不是要在戏剧季中“排演原本莎士比亚”了吗？（而且还要梅兰芳去演《贵妃醉酒》呢！）这种以政治方策运用之于文学的丑态，岂不令人齿冷！（《现代》五卷五期，施蛰存《我与文言文》。）

苏俄太远，演剧季的情形我还不了然，齿的冷暖，暂且听便罢。但梅兰芳和一个记者的谈话，登在《大晚报》『注：见1－1－7－62条释』的《火炬》上，却没有说要去演《贵妃醉酒》。

施先生自己说：“我自有生以来三十年，除幼稚无知的时代以外，自信思想及言行都是一贯的。……”（同前）这当然非常之好。不过他所“言”的别人的“行”，却未必一致，或者是偶然也会不一致的，如《贵妃醉酒》，便是目前的好例。

花边文学/“莎士比亚”（1934·9·23）

●3-7-33-56

苏俄将排演原本莎士比亚，可见“丑态”＊；马克思讲过莎士比亚，当然错误＊；梁实秋教授将翻译莎士比亚，每本大洋一千元＊；杜衡先生看了莎士比亚，“还再需要一点做人的经验”了。＊

我们的文学家杜衡先生，好像先前是因为没有自己觉得缺少“做人的经验”，相信群众的，但自从看了莎氏的《凯撒传》＊，才明白“他们没有理性，他们没有明确的利害观念；他们底感情是完全被几个煽动家所控制着，所操纵着”。（杜衡：《莎剧凯撒传里所表现的群众》，《文艺风景》创刊号所载。）自然，这是根据“莎剧”的，和杜先生无关，他自说现在也还不能判断它对不对，但是，觉得自己“还再需要一点做人的经验”，却已经明白无疑了。

这是“莎剧凯撒传里所表现的群众”对于杜衡先生的影响。但杜文《莎剧凯撒传里所表现的群众》里所表现的群众，又怎样呢？和《凯撒传》里所表现的也并不两样——

……这使我们想起在近几年来的各次政变中所时常看到的，“鸡来迎鸡，狗来迎狗”式……那些可痛心的情形。……人类底进化究竟在那儿呢？……

真的，“发思古之幽情”＊，往往为了现在。这一比，我就疑心罗马恐怕也曾有过有理性，有明确的利害观念，感情并不被几个煽动家所控制，所操纵的群众，但是被驱散，被压制，被杀戮了。莎士比亚似乎没有调查，或者没有想到，但也许是故意抹杀的……

〖释：“……可见‘丑态’”，指1933年苏联室内剧院排演诗人卢戈夫斯科伊翻译的莎士比亚的戏剧《安东尼与克莉奥佩特拉》。“丑态”，是施蛰存攻击当时苏联文艺政策的话。/“马克思讲过莎士比亚……”，马克思曾多次讲到或引用过莎士比亚的作品。/“梁实秋翻译莎士比亚，每本大洋一千元”，指当时胡适把持的中华教育文化基金董事会所属编译委员会以高额稿酬约定梁实秋翻译莎士比亚剧本。/“还再需要一点做人的经验”，语见杜衡《莎剧凯撒传里所表现的群众》。/《凯撒传》，又译《裘力斯·凯撒》，莎士比亚早期的历史剧，写古罗马帝国统治集团内部的斗争。/“发思古之幽情”，语出东汉班固《西都赋》。〛

花边文学/又是“莎士比亚”（1934·10·4）

●3-7-33-57

时光是不留情面的，所谓“第三种人”，尤其是施蛰存和杜衡即苏汶，到今年就各自露出他本来的嘴脸来了。

准风月谈/后记（1934·10·16）

●3-7-33-58

莎剧的确是伟大的，仅就杜衡先生所绍介的几点来看，它实在已经打破了文艺和政治无关的高论了。群众是一个力量，但“这力量只是一种盲目的暴力。他们没有理性，他们没有明确的利害观念”，据莎氏的表现，至少，他们就将“民治”的金字招牌踏得粉碎，何况其他？即在目前，也使杜衡先生对于这些问题不能判断了。

且介亭杂文/“以眼还眼”（1934·11）

●3-7-33-59

现在不但施蛰存先生已经看见了苏联将要排演莎剧的“丑态”（见《现代》＊九月号），便是《资本论》里，不也常常引用莎氏的名言，未尝说他有罪么？将来呢，恐怕也如未必有人引《哈孟雷特》＊来证明有鬼，更未必有人因《哈孟雷特》而责莎士比亚的迷信一样，会特地“吊民伐罪”＊，和杜衡先生一般见识的。

〚释：《现代》，文艺月刊，存在于1932年5月–1935年5月。施蛰存、杜衡编辑。/《哈孟雷特》，通译《哈姆雷特》，莎士比亚所著悲剧，剧中多次出现被毒死的老国王的鬼魂。/“吊民伐罪”，旧时学塾初级读物《千字文》中的句子。“吊民”，原出《孟子·滕文公》：“诛其君，吊其民。”“伐罪”，原出《周礼·夏官·大司马》：“救无辜，伐有罪。”〛

且介亭杂文/“以眼还眼”（1934·11）

●3-7-33-60

杜衡之类，总要说那些话的，倘不说，就不成其为杜衡了。我们即使一动不动，他也要攻击的，一动，自然更攻击。

书信/致黄源（1935·2·3）

●3-7-33-61

按：该文讽刺周作人（“京派”）与施蛰存、林语堂（“海派”）的合流。

目前的事实，是证明着京派已经自己贬损，或是把海派在自己眼睛里抬高……实例，自然是琐屑的，而且自然也不会有重大的例子。举一点罢。一，是选印明人小品的大权，分给海派来了；以前上海固然也有选印明人小品的人，但也可以说是冒牌的，这回却有了真正老京派的题签＊，所以的确是正统的衣钵。二，是有些新出的刊物＊，真正老京派打头，真正小海派煞尾了；以前固然也有京派开路的期刊＊，但那是半京半海派所住持的东西，和纯粹海派自说是自掏腰包来办的出产品颇有区别的。要而言之：今儿和前儿已不一样，京海两派中的一路，做成一碗了。

〚释：“真正老京派的题签”，1935年施蛰存出版的《晚明二十家小品》，封面有当时在北平的周作人的题签。/“新出的刊物”，指1935年2月施蛰存创办的《文饭小品》，其第三期首篇是知堂（周作人）的《食味杂咏注》，末篇是施蛰存的《无相庵断残录》。/“以前也有京派开路的期刊”，指林语堂主编的《人间世》，该刊创刊号（1934年4月5日）卷首刊有周作人的《五秩自寿诗》。〛

且介亭杂文二集/“京派”与“海派”（1935·5·5）

●3-7-33-62

有几个“第三种人”因为要保护好的文学和出版家的资本，便以杂志编辑者的资格提议，请采用日本的办法，在付印之前，先将原稿审查，加以删改，以免别人也被左翼作家的作品所连累而禁止，或印出后始行禁止而使出版家受亏。这提议很为各方面所满足，当即被采用了……

且介亭杂文/中国文坛上的鬼魅（1935·11·21）

●3-7-33-63

不知道何月何日，党官，店主和他的编辑，开了一个会议，讨论善后的方法。着重的是在新的书籍杂志出版，要怎样才可以免于禁止。听说这时就有一位杂志编辑先生某甲『注：指施蛰存』，献议先将原稿送给官厅，待到经过检查，得了许可，这才付印。文字固然决不会"反动"了，而店主的血本也得保全，真所谓公私兼利。别的编辑们好像也无人反对，这提议完全通过了。散出的时候，某甲之友也是编辑先生的某乙，很感动的向或一书店代表道："他牺牲了个人，总算保全了一种杂志！"

"他"者，某甲先生也；推某乙先生的意思，大约是以为这种献策，颇于名誉有些损害的。其实这不过是神经衰弱的忧虑。即使没有某甲先生的献策，检查书报是总要实行的，不过用了别一种缘由来开始，况且这献策在当时，人们不敢纵谈，报章不敢记载，大家都认某甲先生为功臣，于是也就是虎须，谁也不敢捋。所以至多不过交头接耳，局外人知道的就很少，——于名誉无关。

且介亭杂文二集/后记（1935·12·31）

●3-7-33-64

数年前的文坛上所谓"第三种人"杜衡辈，标榜超然，实为群丑，不久即本相毕露，知耻者皆羞称之，无待这里多说了……

且介亭杂文二集/"题未定"草〔九〕（1936·1–2）

姚蓬子（1905–1969）……浙江诸暨人。文人。1927年加入中共，1933年被捕宣布脱党。

●3-7-33-65

按：此诗系应姚本人请求而作，戏述上海一二八战时，穆木天的妻儿乘人力车到姚家寻找穆木天事。

蓦地飞仙降碧空，云车双辆挈灵童。

可怜蓬子非天子*，逃去逃来吸北风。

〖**释："天子"，出古书《穆天子传》，记周穆王驾八骏西游。**〗

集外集拾遗/赠蓬子（1931·3·31）

●3-7-33-66

先生所认识的贵同宗『注：指姚蓬子』，听说做了小官了，在南京助编一种杂志，特此报喜。

书信/致姚克（1934·8·31）

●3-7-33-67

蓬子的变化，我看是只因为他不愿意坐牢，其实他本来是一个浪漫性的人物。凡有智识分子，性质不好的多，尤其是所谓"文学家"，左翼兴盛的时候，以为这是时髦，立刻左倾，待到压迫来了，他受不住，又即刻变化，甚而至于卖朋友（但蓬子未做这事），作为倒过去的见面礼。这大约是各国都有的事。但我看中国较甚，真不是好现象。

书信/致萧军、萧红（1934·11·17）

第八节　中国人士［十至十一画］

自称盗贼的无须防，得其反倒是好人；自称正人君子的必须防，得其反则是盗贼。

（34）十画（袁顾钱徐高郭陶）

被我自己所讨厌的人们所讨厌人，我有时会觉得他就是好人物。

袁世凯（262）/**顾颉刚**（263）/**钱玄同**（268）/**徐志摩**（269）/**徐懋庸**（272）/**高长虹**［**及向培良、尚钺**］（273）/**郭沫若**（279）/**陶元庆**（280）/**陶成章**（281）

袁世凯（1859 – 1916） ……河南项城人。清末大臣。民国成立后，窃踞了中华民国临时大总统、大总统职位，1916 年 1 月复辟帝制，自称“洪宪皇帝”。同年 6 月在全国的强烈反对浪潮中死去。

●3-8-34-1

当时和袁世凯妥协，种下病根，其实却还是党人实力没有充实之故。

两地书/北京（1925·4·14）

●3-8-34-2

北京的流言报，是从袁世凯称帝，张勋复辟，章士钊“整顿学风”＊以还，一脉相传，历来如此的。现在当然也如此。

〖释：“整顿学风”，1925 年 8 月 25 日，段祺瑞发表所谓“整顿学风”令，对教员学生大加恫吓：“迩来学风不靖。屡次变端。一部分不职之教职员。与旷课滋事之学生。交相结托。破坏学纪。……倘有故酿风潮。蔑视政令。则火烈水儒之喻。孰杀谁嗣之谣。前例具存。所宜取则。本执政敢先父兄之教。不博宽大之名。依法从事。决不姑贷。”按，“先父兄之教”出汉代司马相如的《谕巴蜀檄》：“父兄之教不先，子弟之率不谨，寡廉鲜耻，而俗不长厚也；其被刑戮，不亦宜乎！”〗

华盖集续编/无花的蔷薇之三（1926·3·17）

●3-8-34-3

北京的辫子，是奉了袁世凯的命令＊而剪的，但并非单纯的命令，后面大约还有刀。

〖释：“袁世凯的命令”，1912 年 3 月 5 日南京临时政府通令“人民一律剪辫”；同年 11 月初，袁世凯在北京也有“剪发为民国政令所关，政府岂能漠视”等语。〗

而已集/忧“天乳”（1927·10·8）

●3-8-34-4

凡知道一点北京掌故的，该还记得袁世凯做皇帝时候的事罢。要看日报，包围者连报纸都会特印了给他看，民意全部拥戴，舆论一致赞成＊。直要待到蔡松坡＊云南起义，这才阿呀一声，连一连吃了二十多个馒头都自己不知道。但这一出戏也就闭幕，袁公的龙驭上宾于天＊了。

〖释：“……民意全部拥戴，舆论一致赞成”：袁世凯1916 年 1 月 1 日改元“洪宪”，自称“中华帝国皇帝”，到 3 月 22 日取消帝制，历时八十一天。据戈公振《中国报学史》引《虎庵杂记》：“项城（按指袁世凯）在京取阅上海各报，皆由梁士诒、袁乃宽辈先行过目，凡载有反对帝制文电，皆易以拥戴字样，重制一版，每日如是，然后始进呈。”/蔡松坡（1882 – 1916），名锷，湖南邵阳人。辛亥革命时在云南起义，任云南都督。1915 年 12 月在云南组织“护国军”，粉碎了袁世凯的称帝阴谋。/“龙驭上宾于天”，又称“龙驭宾天”，封建时代指皇帝的死，即乘龙归去之意。典出《史记·封禅书》。〗

而已集/扣丝杂感（1927·10·22）

●3-8-34-5

袁世凯在辛亥革命之后，大杀党人，从袁世凯那方面看来，是一点没有杀错的，因为他正是一个假革命的反革命者。

错的是革命者受了骗，以为他真是一个筋斗，从北洋大臣变了革命家了，于是引为同调，流了大家的血，将他浮上总统的宝位去。到二次革命时，表面上好像他又是一个筋斗，从“国民公仆”变了吸血魔王似的。其实不然，他不过又显了本相。

伪自由书/《杀错了人》异议（1933·4·12）

●3-8-34-6

袁世凯自己要做皇帝，为什么留下他真正对头的旧皇帝呢？这无须多议论，只要看现在的军阀混战就知道。他们打得你死我活，好像不共戴天似的，但到后来，只要一个“下野”了，也就会客客气气的，然而对于革命者呢，即使没有打过仗，也决不肯放过一个。他们知道得很清楚。

伪自由书/《杀错了人》异议（1933·4·12）

●3-8-34-7

袁世凯签过二十一条，卖国是有真凭实据的。

伪自由书/从盛宣怀说到有理的压迫（1933·5·10）

●3-8-34-8

袁世凯将要称帝的时候，有人以列名于劝进表中为“有面子”……

〖释：“有一国从青岛撤兵”，指1922年12月日本撤走侵占青岛的军队。〗

且介亭杂文/说“面子”（1934·10）

●3-8-34-9

前几天大家过年，报纸停刊，从袁世凯那时起，卖国就在这时候，这方法留传至今……

书信/致萧军、萧红（1935·2·9）

●3-8-34-10

从二十世纪的开始以来，孔夫子的运气是很坏的，但到袁世凯时代，却又被从新记得，不但恢复了祭典，还新做了古怪的祭服，使奉祀的人们穿起来。跟着这事而出现的便是帝制。然而那一道门终于没有敲开，袁氏在门外死掉了。

且介亭杂文二集/在现代中国的孔夫子（1935·6）

顾颉刚（1893－1980）……江苏苏州人。历史学家。

●3-8-34-11

范仲澐〖注：即范文澜（1893－1969），浙江绍兴人。历史学家〗先生的整理国故是在南开大学的讲演……其第三节说：

……近来有人一味狐疑，说禹不是人名，是虫名＊，我不知道他有什么确实证据？说句笑话罢，一个人谁是眼睁睁地看明自己从母腹中出来，难道也能怀疑父母的么？

……好像吕不韦＊将孕妇送人，实际上抢得王位……

我也说句笑话罢，吕不韦的行为，就是使一个人“也能怀疑父母”的证据。

〖释：“禹是虫名”，是1923年顾颉刚在讨论古史的文章中提出的看法。他以《说文解字》训“禹”为“虫”作“根据”，认为禹是“蜥蜴之类”的“虫”（见《古史辨》第一册六十三页）。/吕不韦（？－前235），战国时卫国人，曾任秦相；秦始皇幼年继位，他以相国执掌朝政。据载，他早年在赵国邯郸经商时，曾将已经怀孕的家姬送给在赵国作人质的秦公子异人，生嬴政，即后来的秦始皇。〗

集外集拾遗补编/对于“笑话”的笑话（1924·1·17）

●3-8-34-12

此地所请的教授，我和兼士之外，还有顾颉刚。这人是陈源之流，我是早知道的，现在一调查，则他所荐引之人，在此竟有七人之多……此人颇阴险，先前所谓不管外事，专看书云云的舆论，乃是全都为其所欺。他颇注意我，说我是名士派，可笑。

两地书/厦门－广州（1926·9·30）

●3-8-34-13

顾颉刚在此专门荐人，图书馆有一缺，又在计画荐人了，是胡适之的书记。

两地书/厦门－广州（1926·11·1）

●3-8-34-14

顾颉刚要荐一个人到国学院，（是给胡适抄写的，冒充清华校研究生，）但没有成。……从昨天起，顾颉刚已在大施宣传手段，说伏园假期已满（实则未满）而不来，乃是在那边已经就职，不来的了。今天又另派探子，到我这里来探听伏园消息，我不禁好笑，答得极其神出鬼没，似乎不来，似乎并非不来，而且立刻要来，于是乎终于莫名其妙而去。你看研究系下的小卒就这么阴险，无孔不入，真是可怕可恨。

两地书/厦门－广州（1926·11·3）

●3-8-34-15

某公之阴谋，我想现在已可以暂不对你了。

盖彼辈谋略，无非欲多拉彼辈一流人，而无位置，则攻击别人。今则在厦者且欲相率而去，大小饭碗，当空出三四个，他们只要有本领，拿去就是。……试思于自己不吃之饭碗，顾公尚不能移赠别人，而况并不声明不吃之川岛之饭碗乎？他们自己近来似乎也不大得意，大约未必再有什么积极的进攻。他们的战将也太不出色，陈万里『注：当时在厦门大学国学院任职，同时在该校文科国学系任教』已经专在学生会上唱昆腔，被大家“优伶蓄之”『注：语出《汉书·严助传》。优伶，原作俳优』了。

书信/致章廷谦（1926·11·21）

●3-8-34-16

本校并无新事发生，惟顾颉刚是日日夜夜布置安插私人……

两地书/厦门－广州（1926·12·15、16）

●3-8-34-17

顾颉刚的学问似乎已经讲完，听说渐渐讲不出……

两地书/厦门－广州（1926·12·20）

●3-8-34-18

我真想不到，在厦门那么反对民党，使兼士愤愤的顾颉刚，竟到这里『注：指中山大学』来做教授了，那么，这里的情形，难免要变成厦大，硬直者逐，改革者开除。而且据我看来，或者会比不上厦大，这是我新得的感觉。我已于上星期四辞去一切职务，脱离中大了。

书信/致孙伏园（1927·4·26）

●3-8-34-19

我到此只三月，竟做了一个大傀儡。傅斯年*我初见，先前竟想不到是这样人。当红鼻到此时，我便走了；而傅大写其信，给我，说他已有补救法，即使鼻赴京买书，不在校；且宣传于别人。我仍不理，即出校。现已知买书是他们的豫定计划，实是鼻们的一批大生意，因为数至五万元。但鼻系新来人，忽托以这么大事，颇不妥，所以托词于我之反对，而这是调和办法，则别人便无话可说了。他们的这办法，是我即不辞职，而略有微词，便可以提出的。

现在他们还在挽留我，当然无效，我是不走回头路的。

〖释：傅斯年（1896－1950），字孟真，山东聊城人。毕业于北京大学：留学英、德：回国后历任中山大学教授、中央研究院历史语言研究所所长等。〗

书信/致章廷谦（1927·5·15）

●3-8-34-20

事太凑巧，当红鼻到粤之时，正清党发生之际，所以也许有人疑我之滚，和政治有关，实则我之“鼻来我走”（与鼻不两立，大似梅毒菌，真是倒楣之至）之宣言，远在四月初上也。然而顾傅『注：指顾颉刚、傅斯年』为攻击我起见，当有说我关于政治而走之宣传，闻香港《工商报》，即曾说我因“亲共”而逃避云云，兄所闻之流言，或亦此类也欤。然而“管他妈的”可也。

书信/致章廷谦（1927·5·30）

●3-8-34-21

鼻之口中之鲁迅，可恶无疑，而且一定还有其他种种。鼻之腹中，有古史，有近史，此其所以为“学者”；而我之于鼻，则除乞药揸鼻一事外，不知其他，此其所以非“学者”也。难于伺候哉此鼻也，鲁迅与之共事，亦可恶，不与共事，亦可恶，仆仆杭沪宁燕而宣传其可恶，于是乎鲁迅之可恶彰闻于天下矣……

书信/致章廷谦（1927·6·12）

●3-8-34-22

鼻又赴沪，此人盖以“学者”而兼“钻者”矣，吾卜其必将蒙赏识于“孑公”。

书信/致章廷谦（1927·6·23）

●3-8-34-23

顷得季茀来信，已至嘉兴，信有云：“浙省亦有办大学之事，……我想傅顾不久都会来浙的。”语虽似奇，而亦有理。我从上帝之默示，觉得鼻之于粤，乃专在买书生意及取得别一种之“干脩”＊，下半年上堂讲授，则殆未必，他之口吃，他是自己知道的。所以也许对于浙也有所图也，如研究教授之类。

〖释：“干脩”，即干薪，不做实际工作而挂名领薪。〗

书信/致章廷谦（1927·6·23）

●3-8-34-24

顾吉刚们的言行如果能使我相信，我对于中国的前途还要觉得光明些。

书信/致台静农（1927·6·30）

●3-8-34-25

前几天生热病，就是玉堂在厦，生得满脸通红的躺在床上的那一流，我即用 Aspirin『注：阿司匹林』及金鸡那霜攻击之，这真比鼻之攻击我还利害，三天就好了，昨天就几乎已经复原，我于是对于廖大夫＊忽有不敬之意。但有一事则尚佩服，即鼻请其治红，彼云“没有好方子，只要少吃饭就会好的”是也。……伏园之代为乞药于远在广州之毛大夫＊者以此，因鼻不愿“少吃饭”也，

〖释：廖大夫，当时的厦门大学校医廖超照。/毛大夫，当时在广州中山大学医学部任教的毛子震。〗

书信/致章廷谦（1927·7·7）

●3-8-34-26

鼻在杭盖已探得我八月中当离粤，今日得其来信，阅之不禁失笑，即作一复，给他小开玩笑。今俱录奉，以作笑资。

书信/致章廷谦（1927·7·31）

●3-8-34-27

鼻盖在杭闻我八月中当离粤，昨得其一函，廿四写，廿六发，云：九月中当到粤给我打官司，令我勿走，“听候开审”。命令未来之被告，使他恭候月余，以俟打渺渺茫茫之官司，可谓天开奇想。实则他知我必不恭候，于是可指我为畏罪而逃耳。因复一函，言我九月已在沪，可就近在杭州起诉云，两信稿都已录寄川岛矣。鼻专在这些小玩意上用工夫，可笑可怜，血奔鼻尖而至于赤，夫岂“天实为之”哉。

书信/致江绍原（1927·8·2）

●3-8-34-28

该鼻未尝发癫，乃是放刁，如泼妇装作上吊之类；倘有些癫，则必是中大的事有些不顺手也。谢『注：谢玉生，鲁迅在厦门大学、中山大学时的学生』早不在此，孙林『注：指孙伏园、林语堂』处信不能通，好在被告有我在，够了。大约即使得罪于鼻，尚当不至于成为弥天重犯，所以我也不豫备对付他，静静地看其发疯，较为有趣。

书信/致章廷谦（1927·8·8）

●3-8-34-29

研究这一类三魂渺渺，七魄茫茫，“死无对证”的学问＊，是很新颖，也极占便宜的。假使征集材料，开始讨论，将各种往来的信件都编印起来，恐怕也可以出三四本颇厚的书，并且因此升为“学者”。

〖释：“三魂渺渺，七魄茫茫，‘死无对证’的学问”，是对顾颉刚及其《古史辨》的讽刺。〗

朝花夕拾/后记（1927·8·10）

●3-8-34-30

近偶见该《古史辨》，惊悉上面乃有自序一百多版……浩浩洋洋至此，殆真所谓文豪也哉。禹而尚在，也只能忍气吞声，自认为并无其人而已。

书信/致章廷谦（1927·8·17）

●3-8-34-31

按：1926年，鲁迅与顾颉刚同在厦门大学任教；1927年鲁迅到广州中山大学不久，顾颉刚也往该校任教，暑假去杭州为学校购书。鲁迅决定辞去中大职务，离穗赴沪。

1927年5月11日汉口《中央日报》发表编辑孙伏园的《鲁迅先生脱离广东中大》一文，其中引用谢玉生和鲁迅给他的两封信。谢信说“迅师此次辞职之原因，就是因顾颉刚……来中大担任教授的原故。”“顾去岁在厦大造作谣言，诬蔑迅师……又背叛林语堂先生”云。鲁迅信中说：“我真想不到，在厦门那么反对民党……的顾颉刚，竟到这里来做教授了……我已于上星期四辞去一切职务，脱离中大了。”

顾颉刚于1927年7月24日致函鲁迅，表示“拟于九月中回粤后提起诉讼，听候法律解决……务请先生及谢先生暂勿离粤，以俟开审”云。

本篇在收入《三闲集》前未发表过，收入《三闲集》后又未署明写作日期；因此，这次对此只作大略框定。

颉刚先生：

来函谨悉，甚至于吓得绝倒矣。先生在杭盖已闻仆于八月中须离广州之讯，于是顿生妙计，命以难题。如命，则仆尚须提空囊赁屋买米，作穷打算，恭候偏何来迟，提起诉讼。不如命，则先生可指我为畏罪而逃也；……我意早决，八月中仍当行，九月已在沪。江浙俱属党国所治，法律当与粤不异，且先生尚未启行，无须特别函挽听审，良不如请即就近在浙起诉，尔时仆必到杭，以负应负之责。倘其典书卖裤，居此生活费綦昂之广州，以俟月余乎或将提起之诉讼，天下那易有如此十足笨伯哉！……谢君处恕不代达，此种小傀儡，可不做则不做而已，无他秘计也。

三闲集/辞顾颉刚教授令“候审”（1927·7–9）

●3-8-34-32

遥想一月以前，一个獐头鼠目而赤鼻之“学者”，奔波于“西子湖”边而发挥咱们之“不好”，一面又想出起诉之“无聊之极思”来，湖光山色，辜负已尽，念及辄为失笑。禹是虫，故无其人；据我最近之研究：迅盖禽也，亦无其人，鼻当可聊以自慰欤。

书信/致章廷谦（1927·8·17）

●3-8-34-33

许多人已知道我将于八月中走出广州。七月末就收到了一封所谓“学者”的信，说我的文字得罪了他，“拟于九月中回粤后提起讼诉，听候法律解决”。且叫我“暂勿离粤，以俟开审”。命令被告枵腹恭候于异地，以俟自己雍容布置，慢慢开审，真是霸道得可观。

三闲集/匪笔三篇（1927·9·10）

●3-8-34-34

这两年来，我在北京被“正人君子”杀退，逃到海边；之后，又被“学者”之流杀退，逃到另外一个海边；之后，又被“学者”之流杀退，逃到一间西晒的楼上，满身痱子，有如荔支，兢兢业业，一声不响，以为可以免于罪戾了罢。阿呀，还是不行。一个学者要九月间到广州来，一面做教授，一面和我打官司，还豫先叫我不要走，在这里“以俟开审”哩。

而已集/革“首领”（1927·10·15）

●3-8-34-35

按：此系戏谑的“预言”。顾颉刚1926年6月出版的《古史辨》（第一册）中往往主观武断地论及古代史实和人物，书中并收他本人及胡适等人往来信札，书前其自传式自序长达一〇三页。

《古今史疑大全》出版，有名人学者往来信札函件批语颂辞共二千五百余封，编者自传二百五十余叶，广告登在《艺术界》，谓所费邮票，即已不赀，其价值可想。

而已集/拟豫言——一九二九年出现的琐事（1928·1·28）

●3-8-34-36

鼻君似仍颇仆仆道途，可叹。此公急于成名，又急于得势，所以往往难免于“道大莫能容”。据我看来，如此紧张，饭是总有得吃的，然而“着实要阔起来”，则恐未必，大概总是红着鼻子起忙头而已。

书信/致章廷谦（1929·3·15）

●3-8-34-37

（“往孔德学校”“去看旧书”时）少顷，则顾颉刚叩门而入，见我即踌躇不前，目光如鼠，终即退出，状极可笑也。他此来是为觅饭碗而来的，志在燕大，但未必请他，因燕大颇想请我；闻又在钻营清华，倘罗家伦*不走，或有希望也。

〖**释：罗家伦（1897－1969），浙江绍兴人。毕业于北京大学，后留学欧美；回国后历任大学教授、校长。时任清华大学校长。**〗

两地书/北平－上海（1929·5·26）

●3-8-34-38

鼻公奔波如此，可笑可怜。我在北京孔德学校，鼻忽推门而入，前却者屡，终于退出，似已无吃官司之意。但乃父不知何名，似应研究，倘其字之本义是一个虫，则必无其人，但藉此和疑古玄同辈联络感情者也。

书信/致章廷谦（1929·7·21）

●3-8-34-39

至于鼻公，乃是必然的事，他不在厦门兴风，便在北平作浪，天生一副小娘脾气，磨了粉也不会改的。

书信/致章廷谦（1930·2·22）

●3-8-34-40

三根『注：即顾颉刚』是必显神通的，但至今始显，已算缓慢。此公遍身谋略，凡与接触者，定必麻烦，倘与周旋，本亦不足惧，然别人那有如许闲功夫。嘴亦本来不吃，其呐呐者，即因虽谈话时，亦在运用阴谋之故。在厦大时，即逢迎校长以驱除异己，异己既已尽，而此公亦为校长所鄙，遂至广州，我连忙逃走，不知其何以又不安于粤也。现在所发之狗性，盖与在厦大时相同。最好是不与相涉，否则钩心斗角之事，层出不穷，真使人不胜其扰。其实，他是有破坏而无建设的，只要看他的《古史辨》，已将古史“辨”成没有，自己也不再有路可走，只好又用老手段了。

书信/致郑振铎（1934·7·6）

●3-8-34-41

营植排挤，本是三根惟一之特长，我曾领教两回，令人如穿湿布衫，虽不至于气绝，却浑身不舒服，所以避之惟恐不速。但他先前的历史，是排尽异己之后，特长无可施之处，即又以施之他们之同人，所以当他统一之时，亦即倒败之始。但现在既为月『注：指新月派』光而照，则情形又当不同，大约当更棉长，更恶辣，而三根究非其族类，事成后也非藏则烹的。此公在厦门趋奉校长『注：指林文庆』，颜膝可怜，迨异已去后，而校长又薄其为人，终于不安于位，殊可笑也。

书信/致郑振铎（1935·1·8）

●3-8-34-42

山根阴险，早经领教，其实只知树势，祸学界耳。

书信/致台静农（1935·7·22）

●3-8-34-43

按：小说《理水》以大禹治水的历史故事为背景。作品中的“学者”系影射顾颉刚。

“这这些些都是费话，”又一个学者吃吃的说，立刻把鼻尖胀得通红。“你们是受了谣言的骗的。其实并没有所谓禹，‘禹’是一条虫，虫虫会治水的吗？我看鲧也没有的，‘鲧’是一条鱼，鱼鱼会治水水水的吗？”他说到这里，把两脚一蹬，显得非常用劲。

“不过鲧却的确是有的，七年以前，我还亲眼看见他到昆仑山脚下去赏梅花的。”

“那么，他的名字弄错了，他大概不叫‘鲧’，他的名字应该叫‘人’！至于禹，那可一定是一条虫，我有许多证据，可以证明他的乌有，叫大家来公评……”

于是他勇猛的站了起来，摸出削刀，刮去了五株大松树皮，用吃剩的面包末屑和水研成浆，调了炭粉，在树身上用很小的蝌蚪文写上抹杀阿禹的考据，足足化掉了三九廿七天工夫。但是凡有要看的人，得拿出十片嫩榆叶，如果住在木排上，就改给一贝壳鲜水苔。

故事新编/理水（1936・1）

●3-8-34-44

一个乡下人终于说话了，这时那学者正在吃炒面。

“人里面，是有叫作禹的，”乡下人说。“况且‘禹’也不是虫，这是我们乡下人的简笔字，老爷们都写作‘禺’，是大猴子……”

“人有叫作大大猴子的吗?”学者跳了起来了，连忙咽下没有嚼烂的一口面，鼻子红到发紫，吆喝道。

“有的呀，连叫阿狗阿猫的也有。”

“鸟头先生，您不要和他去辩论了，”拿拄杖的学者放下面包，拦在中间，说。“乡下人都是愚人。拿你的家谱来，”他又转向乡下人，大声道，“我一定会发见你的上代都是愚人……”

“我就从来没有过家谱……”

“呸，使我的研究不能精密，就是你们这些东西可恶!”

“不过这这也用不着家谱，我的学说是不会错的。”鸟头先生更加愤愤的说。“先前，许多学者都写信来赞成我的学说，那些信我都带在这里……”

“不不，那可应该查家谱……”

“但是我竟没有家谱，”那“愚人”说。“现在又是这么的人荒马乱，交通不方便，要等您的朋友们来信赞成，当作证据，真也比螺蛳壳里做道场还难。证据就在眼前：您叫鸟头先生，莫非真的是一个鸟儿的头『注：“顾”字从雇从页，本义为鸟头』并不是人吗?”

“哼!”鸟头先生气忿到连耳轮都发紫了。“你竟这样的侮辱我！说我不是人！我要和你到皋陶『注：传说中舜的臣子，掌刑狱』大人那里去法律解决！如果我真的不是人，我情愿大辟——就是杀头呀，你懂了没有？要不然，你是应该反坐的。你等着罢，不要动，等我吃完了炒面。”

“先生，”乡下人麻木而平静的回答道，“您是学者，总该知道现在已是午后，别人也要肚子饿的。可恨的是愚人的肚子却和聪明人的一样：也要饿。真是对不起得很，我要捞青苔去了，等您上了呈子之后，我真再来投案罢。”『注：此段隐指1927年鲁迅与顾颉刚之间那番法律纠葛』

故事新编/理水（1936・1）

钱玄同（1887－1939）……浙江吴兴人。文字学家，教授。五四新文化运动的积极参加者。

●3-8-34-45

那时偶或来谈的是一个老朋友金心异『注：金心异，即钱玄同』……

“你钞了这些有什么用?”有一夜，他翻着我那古碑的钞本，发了研究的质问了。

“没有什么用。”

“那么，你钞他是什么意思呢?”

“没有什么意思。”

“我想，你可以做点文章……”

……

“假如一间铁屋子，是绝无窗户而万难破毁的，里面有许多熟睡的人们，不久都要闷死了，然而是从昏睡入死灭，并不顾盼到就死的悲哀。现在你大嚷起来，惊起了较为清醒的几个人，使这不幸的少数者来受无可挽救的临终的苦楚，你倒以为对得起他们么?”

“然而几个人既然起来，你不能说决没有毁坏这铁屋的希望。”

呐喊/自序（1923・8・21）

●3-8-34-46

钱玄同先生提倡废止汉字，用罗马字母来替代。这本也不过是一种文字革新，很平常的，但被不喜欢改革的中国人听见，就大不得了了，于是便放过了比较的平和的文学革命，而竭力来骂钱玄同。白话乘了这一个机会，居然减去了许多敌人，反而没有阻碍，能够流行了。……那时白话文之得以通行，就因为有废掉中国字而用罗马字的议论的缘故。

三闲集/无声的中国（1927·2）

●3-8-34-47

途次往孔德学校，去看旧书，遇钱玄同，恶其噜苏，给碰了一个钉子，遂逡巡避去……

两地书/北平－上海（1929·5·26）

●3-8-34-48

疑古和半农，还在北平逢人便即宣传，说我在上海发了疯，这和林玉堂大约也有些关系。我在这里，已经收到几封学生给我的慰问信了。但其主要原因，则恐怕是有几个北大学生，想要求我去教书的缘故。

书信/致章廷谦（1930·2·22）

●3-8-34-49

疑古玄同，据我看来，和他的令兄＊一样性质，好空谈而不做实事，是一个极能取巧的人，他的骂詈，也是空谈，恐怕连他自己也不相信他自己的话，世间竟有倾耳而听者，因其是昏虫之故也。

〖**释：“他的令兄”，指钱念劬（1853－1927），浙江吴兴人。光复会成员。曾任清政府驻日本、法国、意大利等国使馆参赞、公使等职。**〗

书信/致章廷谦（1930·2·22）

●3-8-34-50

按：此诗系影射钱玄同。钱早年曾戏说：“四十岁以上的人都应该枪毙。”又据说他曾宣称“头可断，辩证法不可开课”云。

作法不自毙，悠然过四十。

何妨赌肥头，抵当辩证法。

集外集拾遗/教授杂咏四首〔之一〕（1932·12·29）

●3-8-34-51

按：此信商议《北平笺谱》第一页题字人选事。

……我只不赞成钱玄同，因其议论虽多而高，字却俗媚入骨也。

书信/致郑振铎（1933·11·3）

●3-8-34-52

写序＊之事，传说与事实略有不符……不得托金公＊执笔，亦诚有其事，但系指书签，盖此公夸而懒，又高自位置，托以小事，能拖延至一年半载不报，而其字实俗媚入骨，无足观，犯不着向悭吝人乞烂铅钱也。

〖**释：“写序”，指请人书写鲁迅、郑振铎作《〈北平笺谱〉序》。金公，指钱玄同。**〗

书信/致台静农（1933·12·27）

徐志摩（1897－1931）……浙江宁海人。留学欧美。曾任北京大学教授，《晨报副刊》编辑。是新月派诗人和现代评论派的主角之一。被一些人捧为“诗哲”。

●3-8-34-53

按：1924年12月1日《语丝》周刊第三期载徐志摩译法国波德莱尔《恶之声》诗集中《死尸》一诗，诗前有徐志摩的宣扬“神秘主义”的长篇议论。下面文字中的引文全出自或模仿其文。

夜里睡不着……坐起来点灯看《语丝》，不幸就看见了徐志摩先生的神秘谈＊，——不，“都是音乐”，是听到了音乐先生的音乐：

……我不仅会听有音的乐，我也会听无音的乐（其实也有音就是你听不见），我直认我是一个甘脆的 Mystic＊。我深信……

此后还有什么什么“都是音乐”云云，云云云云＊。总之：“你听不着就该怨你自己的耳轮太笨或是皮粗”！

我这时立即疑心自己皮粗，用左手一摸右胳膊，的确并不滑；再一摸耳轮，却摸不出笨也与否。然而皮是粗定了；不幸而“拊不留手”的竟不是我的皮，还能听到什么庄周先生所指教的天籁地籁和人籁＊。但是，我的心还不死，再听罢，仍然没有，——阿，仿佛有了，像是电影广告的军乐。呸！错了。这是“绝妙的音乐”么？再听罢，没……唔，音乐，似乎有了：

……慈悲而残忍的金苍蝇，展开馥郁的安琪儿的黄翅，唵，颉利，弥缚谛弥谛，从荆芥萝卜玎琤淜洋的彤海里起来。Br－rrr tatata tahi tal 无终始的金刚石天堂的娇袅鬼茱萸，蘸着半分之一的北斗的蓝血，将翠绿的忏悔写在腐烂的鹦哥伯伯的狗肺上！你不懂么？咄！吁，我将死矣！婀娜涟漪的天狼的香而秽恶的光明的利镞，射中了塌鼻阿牛的妖艳光滑蓬松而冰冷的秃头，一匹黯黮欢愉的瘦螳螂飞去了。哈，我不死矣！无终……＊

危险，我又疑心我发热了，发昏了，立刻自省，即知道又不然。……如果是发热发昏而听到音乐，一定还要神妙些。并且其实连电影广告的军乐也没有听到，倘说是幻觉，大概也不过自欺之谈，还要给粗皮来粉饰的妄想。我不幸终于难免成为一个苦韧的非 Mystic 了，怨谁呢？只能恭颂志摩先生的福气大，能听到这许多“绝妙的音乐”而已。但倘有不知道自怨自艾的人，想将这位先生“送进疯人院”去，我可要拼命反对，尽力呼冤的，——虽然将音乐送进音乐去，从甘脆的 Mystic 看来，并不算什么一回事。

〖释：“徐志摩先生的神秘谈”，徐志摩在1924年12月1日《语丝》周刊第三期上发表他译的法国波德莱尔《恶之声》诗集中《死尸》一诗，诗前有他的长篇议论，宣扬“诗的真妙处不在他的字义里，却在他的不可捉摸的音节里；他刺戟着也不是你的皮肤（那本来就太粗太厚！）却是你自己一样不可捉摸的魂灵”等等。/Mystie，英语“神秘主义者”。/“都是音乐”，徐志摩在这篇议论中说：“我深信宇宙的底质，一切有形无形的思想的底质——只是音乐，绝妙的音乐。天上的星，水里泅的乳白鸭，树林里冒的烟，朋友的信，战场上的炮，坟堆里的鬼燐，巷口那只石狮子，我昨夜的梦，……无一不是音乐。你就把送进疯人院去，我还是咬定牙龈认账的。是的，都是音乐——庄周说的天籁地籁人籁；全是的。你听不着就该怨你自己的耳轮太笨，或是皮粗，别怨我。”/庄周（约前369－前286），战国时代宋国人。哲学家，道家学派的代表人物之一。“天籁地籁和人籁”，见《庄子·齐物论》：“女闻人籁而未闻地籁，女闻地籁而未闻天籁夫？”/“慈悲而残忍的金苍蝇”等等，这段话是鲁迅为嘲讽徐志摩的译诗和神秘主义论调而编撰的。〗

集外集/“音乐”？（1924·12·15）

●3-8-34-54

按：《评心雕龙》以戏谑方式反映现实。下文是对徐志摩文字的模仿。

卯　这确是一条熏微翠朴的硬汉！王九妈妈的碐嶒小提囊，杜鹃叫道行不得也哥哥儿。瀚然哀哈之蓝缕的蒺藜，劣马样儿。这口风一滑溜，凡有绯刚的评论都要逼得翘辫儿了。

华盖集/评心雕龙（1925·11·27）

●3-8-34-55

按：1926年1月30日《晨报副刊》的全部篇幅，只刊载徐志摩的《关于下面一束通信告读者们》和陈源的《闲话的闲话之闲话引出来的几封信》，乃致2月2日《京报副刊》上署名杨丹初的《问陈源》一文称它为“陈源同徐志摩两个人凑成的攻周的专号”。

一月三十日《晨报副刊》上满载着一些东西，现在有人称它为“攻周专号”，真是些有趣的玩意儿，倒可以看见绅士的本色。不知怎的，今天的《晨副》忽然将这事结束，照例用通信，李四光教授开场白，徐志摩“诗哲”接后段，一唱一和，说道“带住！让我们对着混斗的双方猛喝一声，带住！”了。

华盖集续编/我还不能“带住”（1926·2·7）

●3-8-34-56

“诗哲”所说的要点，似乎是这样闹下去，要失了大学教授的体统，丢了“负有指导青年重责的前辈”的丑，使学生不相信，青年不耐烦了。可怜可怜，有臭赶紧遮起来。“负有指导青年重责的前辈”，有这么多的丑可丢，有那么多的丑怕丢么？用绅士服将“丑”层层包裹，装着好面孔，就是教授，就是青年的导师么？

华盖集续编/我还不能“带住”（1926·2·7）

●3-8-34-57

万一那些虚伪者居然觉得一点痛苦，有些省悟，知道技俩也有穷时，少装些假面目，则用了陈源教授的话来说，就是一个“教训”。只要谁露出真价值来，即使只值半文，我决不敢轻薄半句。但是，想用了串戏的方法来哄骗，那是不行的；我知道的，不和你们来敷衍。

华盖集续编/我还不能“带住”（1926·2·7）

●3-8-34-58

“诗哲”为援助陈源教授起见，似乎引过罗曼罗兰的话，大意是各人的身上都有鬼，但人却只知道打别人身上的鬼＊。没有细看，说不清了，要是差不多，那就是一并承认了陈源教授的身上也有鬼，李四光教授自然也难逃。他们先前是自以为没有鬼的。假使真知道了自己身上也有鬼，“带住”的事可就容易办了。只要不再串戏，不再摆臭架子，忘却了你们的教授的头衔，且不做指导青年的前辈，将你们的“公理”的旗插到“粪车”上去，将你们的绅士衣装抛到“臭毛厕”里去，除下假面具，赤条条地站出来说几句真话就够了！

〖释：“罗曼罗兰的话……”，徐志摩发表在1926年1月20日《晨报副刊》上的文章说：“我真的觉得没有一件事情你可以除外你自己专骂别人的。……我们心里的心里，你要是有胆量望里看的话，那一种可能的恶、孽、罪，不曾犯过？谁也不能比谁强得了多少，老实说。……引伸这个意义，我们就可以懂得罗曼罗兰‘Above the Battle Field’的喊声。鬼是可怕的；他不仅附在你敌人的身上，那是你瞅得见的，他也附在你自己的身上，这你往往看不到，要打鬼的话，你就得连你自己身上的一起打了去，才是公平。”按罗曼罗兰（Romain Rolland, 1866－1944），法国作家、社会活动家，1915年获诺贝尔文学奖。“Above the Battle Field”，英语，意为“在战场上”；这是徐志摩对罗曼罗兰在第一次世界大战中反对帝国主义战争的文集《超乎混战之上》一书书名的不准确的英译。〗

华盖集续编/我还不能“带住”（1926·2·7）

●3-8-34-59

法国罗曼罗兰先生今年满六十岁了。晨报社为此征文，徐志摩先生于介绍之余，发感慨道：“……但如其有人拿一些时行的口号，什么打倒帝国主义等等，或是分裂与猜忌的现象，去报告罗兰先生说这是新中国，我再也不能预料他的感想了。”（《晨副》一二九九）

他住得远，我们一时无从质证，莫非从“诗哲”的眼光看来，罗兰先生的意思，是以为新中国应该欢迎帝国主义的么？

华盖集续编/无花的蔷薇（1926·3·8）

●3-8-34-60

志摩先生曰：“我很少夸奖人的。但西滢就他学法郎士的文章说，我敢说，已经当得起一句天津话：‘有根’了。”而且“像西滢这样，在我看来，才当得起‘学者’的名词。”（《晨副》一四二三）

西滢教授曰：“中国的新文学运动，方在萌芽，可是稍有贡献的人，如胡适之，徐志摩，郭沫若，郁达夫，丁西林，周氏兄弟等等都是曾经研究过他国文学的人。尤其是志摩他非但在思想方面，就是在体制方面，他的诗及散文，都已经有一种中国文学里从来不曾有过的风格。”（《现代》六三）

虽然抄得麻烦，但中国现今“有根”的“学者”和“尤其”的思想家及文人，总算已经互相选出了。

华盖集续编/无花的蔷薇（1926·3·8）

●3-8-34-61

志摩先生曰："鲁迅先生的作品，说来大不敬得很，我拜读过很少，就只《呐喊》集里两三篇小说，以及新近因为有人尊他是中国的尼采他的《热风》集里的几页。他平常零星的东西，我即使看也等于白看，没有看进去或是没有看懂。"（《晨副》一四三三）

西滢教授曰："鲁迅先生一下笔就构陷人家的罪状。……可是他的文章，我看过了就放进了应该去的地方——手边却没有。"（同上）

虽然抄得麻烦，但我总算已经被中国现在"有根"的"学者"和"尤其"的思想家及文人协力踏倒了。

华盖集续编/无花的蔷薇（1926·3·8）

●3-8-34-62

按：1929年5月13日鲁迅自上海赴北平探望母亲，6月5日返抵上海。

傍晚往燕京大学讲演了一点钟，听的人很多。我照例从成仿吾一直骂到徐志摩，燕大是现代派信徒居多……

两地书/北平－上海（1929·5·22）

●3-8-34-63

《语丝》第一年的头几期中，有一篇仿徐志摩诗而骂之的文章『注：指《音乐?》』，也是我作，此后志摩便怒而不再投稿……

书信/致杨霁云（1934·5·22）

●3-8-34-64

泰戈尔『注：见3-6-31-61条释』……到中国来了，开坛讲演，人给他摆出一张琴，烧上一炉香，左有林长民*，右有徐志摩，各各头戴印度帽。徐诗人开始绍介了："唵！叽哩咕噜，白云清风，银磬……当！"说得他好像活神仙一样，于是我们的地上的青年们失望，离开了。神仙和凡人，怎能不离开呢？

〖释：林长民（1876－1925），福建闽侯人。政客。〗

花边文学/骂杀与捧杀（1934·11·23）

●3-8-34-65

我更不喜欢徐志摩那样的诗，而他偏爱到各处投稿，《语丝》一出版，他也就来了，有人赞成他，登了出来，我就做了一篇杂感，和他开了一个玩笑，使他不能来，他也果然不来了。这是我和后来的"新月派"积仇的第一步；语丝社同人中有几位也因此很不高兴我。

集外集/序言（1934·12·20）

徐懋庸（1910－1977）……浙江上虞人。作家，"左联"成员。

●3-8-34-66

序文『注：指徐懋庸《打杂集》的序』我可以做，不过倘是公开发卖的书，只能做得死样活气，阴阳搭戤，而仍要被抽去也说不定。

书信/致徐懋庸（1935·3·22）

●3-8-34-67

所谓序文，算是做好了，今寄上，原稿也不及细看，但我看是没有关系的，横竖不过借此骂骂林希隽*。

〖释：林希隽，当时上海大夏大学学生。曾在《现代》第五卷第五期上发表《杂文与杂文家》，在《社会月报》第一卷第四期上发表《文章的商品化》等，攻击杂文创作。〗

书信/致徐懋庸（1935·4·1）

●3-8-34-68

我们的元帅*的"悭吝"说，却有些可笑，他似乎误解这局面为我的私产了。前天遇见徐君*，说第一期还差十余元……。我说，我一个钱也没有。其实，这是容易办的，不过我想应该大家出一点，也就是大家都负点责任。从我自己这方面看起来，我先前实在有些"浪费"，固然，收入也多，但天天写许多字，却也苦。

〖释："元帅"，指周扬。/"徐君"，指徐懋庸。他编辑"左联"机关刊物，得到鲁迅支助。〗

书信/致胡风（1935·8·24）

●3-8-34-69

按：徐懋庸于1936年8月1日给鲁迅写了一封信。鲁迅当时在病中，由冯雪峰根据鲁迅的意见拟稿，经鲁迅本人补充、修改而成《答徐懋庸并关于抗日统一战线问题》，最初发表于《作家》月刊第一卷第五期。

我看徐懋庸也正是一个嘁嘁嚓嚓的作者，和小报是有关系了，但还没有堕入最末的道路。不过也已经胡涂得可观。（否则，便是骄横了。）

且介亭杂文末编/答徐懋庸并关于抗日统一战线问题（1936·8）

●3-8-34-70

我也真不懂徐懋庸为什么竟如此昏蛋，忽以文坛皇帝自居，明知我病到不能读，写，却骂上门来『注：指徐懋庸1936年8月1日致鲁迅信』，大有抄家之意。我这回的信『注：即《答徐懋庸并关于抗日民族统一战线问题》』是箭在弦上，不得不发，但一发表，一批徐派就在小报上哄哄的闹起来，煞是好看，拟收集材料，待一年半载后，再作一文，此辈的嘴脸就更加清楚而有趣了。

书信/致欧阳山（1936·8·25）

●3-8-34-71

写这信的虽是他一个，却代表着某一群，试一细读，看那口气，即可了然。因此我以为更有公开答复之必要。倘只我们彼此个人间事，无关大局，则何必在刊物上喋喋哉。先生虑此事"徒费精力"，实不尽然，投一光辉，可使伏在大纛荫下的群魔嘴脸毕现，试看近日上海小报之类，此种效验，已极昭然，他们到底将在大家的眼前露出本相。

书信/致黎烈文（1936·8·28）

●3-8-34-72

文字工作，和这病最不相宜，我今年自知体弱，也写得很少，想摆脱一切，休息若干时，专以翻译糊口。不料还是发病，而且正因为不入协会，群仙就大布围剿阵，徐懋庸也明知我不久之前，病得要死，却雄赳赳首先打上门来也。

书信/致黎烈文（1936·8·28）

●3-8-34-73

他的变化，倒不足奇。前些时，是他自己大碰钉子的时候，所以觉得我的"人格好"，现在却已是文艺家协会理事，《文学界》*编辑，还有"实际解决"『注：此及以下引语，均出自徐懋庸1936年8月1日信』之力，不但自己手里捏着钉子，而且也许是别人的棺材钉子了，居移气，养移体，现在之觉得我"不对"，"可笑"，"助长恶劣的倾向"，"若偶像然"，原是不足为异的。

〖**释：《文学界》，月刊，署周渊编辑。1936年6月创刊，同年9月出至第四期停刊。上海天马书店发行。**〗

书信/致黎烈文（1936·8·28）

●3-8-34-74

如徐懋庸，他横暴到忘其所以，竟用"实际解决"来恐吓我了，则对于别的青年，可想而知。他们自有一伙，狼狈为奸，把持着文学界，弄得乌烟瘴气。我病倘稍愈，还要给以暴露的，那么，中国文艺的前途庶几有救。现在他们在利用"小报"给我损害，可见其没出息。

书信/致王冶秋（1936·9·15）

●3-8-34-75

对徐懋庸辈的文章（因为没有气力，花了四天工夫），实在是没有办法才写的。上海总有这么一伙人，一遇到发生什么事，便立刻想利用来为自己打算，故须略为打击一下。

书信/致〈日〉增田涉〔译文〕（1936·9·15）

高长虹［及向培良、尚钺］……高长虹（1898－1949）：山西盂县人，作家，狂飙社主要成员之一，1926年10月在上海创办《狂飙》周刊；向培良（1905－1961）：湖南黔阳人，狂飙社主要成员之一；尚钺（1905－1982）：河南罗山人，小说家、历史学家，其短篇小说集《斧背》是《狂飙丛书》之一。

●3-8-34-76

长虹不是我，乃是我今年新认识的。意见也有一部分和我相合，而是安那其主义『注：即无政府主义』者。他很能做文章，但大约因为受了尼采的作品的影响之故罢，常有太晦涩难解处；第二期『注：指《莽原》第二期』登出的署著 C. H. 的，也是他的文章。

两地书/北京（1925·4·28）

●3-8-34-77

长虹和韦素园又闹起来了，在上海出版的《狂飙》上大骂，又登了一封给我的信，要我说几句话。他们真是吃得闲空，然而我却不愿意陪着玩了，先前也陪的而够苦了，所以拟置之不理。（闹的原因是因为《莽原》上不登培良的一篇剧本。）我的生命，实在为少爷们耗去了好几年，现在躲在岛上了，他们还不放。

两地书/厦门－广州（1926·10·21）

●3-8-34-78

我这几年来，常想给别人出一点力，所以在北京时，拚命地做，不吃饭，不睡觉，吃了药校对，作文。谁料结出来的，都是苦果子。一群人将我做广告自利，不必说了；便是小小的《莽原》，我一走也就闹架。长虹因为他们压下（压下而已）了投稿，和我理论，而他们则时时来信，说没有稿子，催我作文。我才知道牺牲一部分给人，是不够的，总非将你磨消完结，不肯放手。我实在有些愤怒了，我想至二十四期止，便将《莽原》停刊，没有了刊物，看他们再争夺什么。

两地书/厦门－广州（1926·10·28）

●3-8-34-79

长虹和素园的闹架还没有完，长虹迁怒于《未名丛刊》，连厨川白村的书也忽然不过是“灰色的勇气”＊了。

〖释：“灰色的勇气”，厨川白村，日本文艺评论家，教授；其论文集曾由鲁迅译成中文。高长虹曾称厨川白村为“灰色”云云。〗

两地书/厦门－广州（1926·11·9）

●3-8-34-80

今年夏天就有一件事，是尚钺的小说稿＊，原说要印入《乌合丛书》的。一天高歌＊忽而来取，说尚钺来信，要拿回去整理一番。我便交给他了。后来长虹从上海来信，说“高歌来信说你将尚钺的稿交还了他，不知何故?”我不复。一天，高歌来，抽出这信来看，见了这话，问道，“那么，拿一半来，如何?”我答：“不必了。”你想，这奇怪不奇怪?然而我不但不写公开信，并且没有向人说过。

〖释：“尚钺的小说稿”，指《斧背》，共十九篇，后于1928年5月由上海泰东书局出版，列为《狂飙丛书》之一。/高歌，高长虹的弟弟，狂飙社成员。鲁迅在北京世界语专门学校任教时的学生。曾在河南开封与向培良等编辑《豫报》。〗

书信/致韦素园（1926·11·9）

●3-8-34-81

对于长虹，印一张夹在里面也好，索性置之不理也好，不成什么问题。他的种种话，也不足与辩……要鸣不平，我比长虹可鸣的要多得多多；他说以“生命赴《莽原》”了，我也并没有从《莽原》延年益寿，现在之还在生存，乃是自己寿命未尽之故也。他们不知在玩什么圈套。

书信/致韦素园（1926·11·9）

●3-8-34-82

先前利用过我的人，知道现已不能再利用，开始攻击了。长虹在《狂飙》第五期已尽力攻击，自称见过我不下百回，知道得很清楚，并捏造了许多会话（如说我骂郭沫若之类）。其意盖在推倒《莽原》，一方面则推广《狂飙》销路，其实还是利用，不过方法不同。他们专想利用我，我是知道的，但不料他看出活着他不能吸血了，就要杀了煮吃，有如此恶毒。我现在拟置之不理，看看他技俩发挥到如何。现在看来，山西人究竟是山西人，还是吸血的。

两地书/厦门－广州（1926·11·15）

●3-8-34-83

我到上海看见狂飙社广告后，便对人说：我编《莽原》，《未名》，《乌合》三种，俱与所谓什么狂飙运动无干，投稿者多互不相识，长虹作如此广告，未免过于利用别人了。此语他似乎今已知道，在《狂飙》上骂我。我作了一个启事＊，给开一个小玩笑。今附上，请登入《莽原》。又登《语丝》者一封，请即叫人送去为托。

〖释：“一个启事”，即《所谓“思想界先驱者”鲁迅启事》。发表于1926年12月的《莽原》半月刊第二十三期，同时发表于《语丝》、《北新》、《新女性》等期刊，后收入《华盖集续编》。〗

书信/致韦素园（1926·11·20）

●3-8-34-84

昨天竟决定了，虽是什么青年，我也不再留情面，于是作一启事，将他利用我的名字，而对于别人用我名字的事，则加笑骂等情状，揭露出来，比他的长文要刻毒些。且毫不客气，刀锋正对着他们的所谓“狂飙社”，即送登《语丝》，《莽原》，《新女性》，《北新》四种刊物，我已决定不再彷徨，拳来拳对，所以心里也舒服了。

两地书/厦门－广州（1926·11·20）

●3-8-34-85

我之所以愤慨，却并非因为他们以平常待我，而在他日日吮血，一觉到我不肯给他们吮了，便想一棒打杀，还将肉作罐头卖以获利。这回长虹笑我对章士钊的失败道“于是遂戴其纸糊的‘思想界的权威者’之假冠，而入于身心交病之状态矣”＊。但他八月间在《新女性》登广告，却云“与思想界先驱者鲁迅合办《莽原》”，自己加起“假冠”，又因别人所加之“假冠”而骂我，真是不像人样。

〖释：“……入于身心交病之状态矣”，见高长虹发表在《狂飙》周刊第五期（1926年11月7日）的长文《1925北京出版界形势指掌图》。〗

两地书/厦门－广州（1926·11·20）

●3-8-34-86

《狂飙》第五期已见过，但未细看，其中说诳挑拨之处似颇多，单是记我的谈话之处，就是改头换面的记述，当此文未出之前，我还想不到长虹至于如此下劣。

书信/致韦素园（1926·11·28）

●3-8-34-87

长虹的骂我，据上海来信，说是除投稿的纠葛之外，还因为他与开明书店商量，要出期刊，遭开明拒绝，疑我说了坏话之故。

书信/致韦素园（1926·12·5）

●3-8-34-88

长虹是泼辣有余，可惜空虚……偶然作一点格言式的小文，似乎还可观，一到长篇，便不行了，如那一篇《论杂交》，直是笑话。他说那利益，是可以没有家庭之累，竟不想到男人杂交后虽然毫无后患，而女人是要受孕的。

书信/致韦素园（1926·12·5）

●3-8-34-89

至于长虹，则我看了他近出的《狂飙》，才深知他很卑劣，不但挑拨，而且于我的话也都改头换面，不像一个男子所为。他近来又在称赞周建人了，大约又是在京时来访我那时的故技。

书信/致韦素园（1926·12·8）

●3-8-34-90

《新女性》＊八月号登有“狂飙社广告”，说：“狂飙运动的开始远在二年之前……去年春天本社同人与思想界先驱者鲁迅及少数最进步的青年文学家合办《莽原》……兹为大规模地进行我们的工作起见于北京出版之《乌合》《未名》《莽原》《弦上》四种出版物外特在上海筹办《狂飙丛书》及一篇幅较大之刊物”云云。我在北京编辑《莽原》,《乌合丛书》,《未名丛书》三种出版物*,所用稿件,皆系以个人名义送来;对于狂飙运动,向不知是怎么一回事;如何运动,运动甚么。今忽混称“合办”,实出意外;不敢掠美,特此声明。

〔释:《新女性》,1926年元旦创刊于上海的一家月刊。/*“《莽原》,《乌合丛书》,《未名丛书》三种出版物”,均为鲁迅编辑。〕

华盖集续编/所谓“思想界先驱者”鲁迅启事(1926·12·10)

●3-8-34-91

前因有人不明真相,或则假借虚名,加我纸冠,已非一次,业经先有陈源在《现代评论》上,近有长虹在《狂飙》上,迭加嘲骂,而狂飙社一面又锡以第三顶“纸糊的假冠”,真是头少帽多,欺人害己,虽“世故的老人”*,亦身心交病矣。只得又来特此声明:我也不是“思想界先驱者”即英文Forerunner之译名。此等名号,乃是他人暗中所加,别有作用,本人事前并不知情,事后亦未尝高兴。倘见者因此受愚,概与本人无涉。

〔释:“纸糊的假冠”、“世故的老人”,均为高长虹曾用于挖苦鲁迅的话语。〕

华盖集续编/所谓“思想界先驱者”鲁迅启事(1926·12·10)

●3-8-34-92

以中国人一般的脾气而论,失败之后的著作,是没有人看的,他们见可役使则尽量地役使,见可笑骂则尽量地笑骂,虽一向怎样常常往来,也即刻翻脸不识,看和我往来最久的少爷们的举动,便可推知。

两地书/厦门－广州(1926·12·12)

●3-8-34-93

长虹则专一攻击我,面红耳赤,可笑也,他以为将我打倒,中国便要算他。

两地书/厦门－广州(1926·12·24)

●3-8-34-94

他真疑心我破坏了他的梦,——其实我并没有注意到他做什么梦,何况破坏——因为景宋在京时,确是常来我寓,并替我校对,抄写过不少稿子,这回又同车离京,到沪后她回故乡,我来厦门,而长虹遂以为我带她到了厦门了。倘这推测是真的,则长虹大约在京时,对她有过各种计划,而不成功,因疑我从中作梗。其实是我虽然也许是“黑夜”*,但并没有吞没这“月儿”*。

〔释:“黑夜”、“月儿”,高长虹曾将鲁迅喻为“黑夜”,将许广平(景宋)喻为“月亮”。〕

书信/致韦素园(1926·12·29)

●3-8-34-95

我从此倒要细心研究他究竟是怎样的梦,或者简直动手撕碎它,给他更其痛哭流涕。只要我敢于捣乱,什么“太阳”*之类都不行的。

〔释:“太阳”,高长虹曾自比“太阳”。〕

书信/致韦素园(1926·12·29)

●3-8-34-96

至于长虹,则现在竭力攻击我,似乎非我死他便活不成,想起来真好笑。近来也很回敬了他几杯辣酒。我从前竭力帮忙,退让,现在躲在孤岛上,他们以为我精力都被他们用尽,不行了,翻脸就攻击。其实还太早了一些,以他们的一点破碎的思想的力量,还不能将我打死。不过使我此后见人更有戒心。

两地书/厦门－广州(1927·1·2)

●3-8-34-97

八月底我到上海,看见狂飙社广告,连《未名丛刊》和《乌合丛书》都算作“狂飙运动”的工作了。我颇诧异,说:这广告大约是长虹登的罢,连《未名》和《乌合》都拉扯上,未免太会利用别个了,不应当的。因为这两种书,是只因由我编印，要用相似的形式，所以立了一个名目，书的著者译者，是不但并不互相认识，有几个我也只见过两三回。我不能骗取了他们的稿子，合成丛书，私自贩卖给别的一个团体。

集外集拾遗补编/新的世故（1927·1·15）

●3-8-34-98

接着，在北京的《莽原》的投稿的纠葛发生了，在上海的长虹便发表一封公开信，要在厦门的我说一句话。这是只要有一点常识，就知道无从说起的，我并非千里眼，怎能见得这么远。我沉默着。但我也想将《莽原》停刊或别出。然而青年作家的豪兴是喷泉一般的，不久，在长虹的笔下，经我译过他那作品的厨川白村便先变了灰色，我是从“思想深刻”一直掉到只有“世故”，而且说是去年已经看出，不说坦白的话了。原来我至少已被播弄了一年！

这且由他去罢。生病也算是笑柄了，年龄也成了大错处了，然而也由他。连别人所登的广告，也是我的罪状了；但是自己呢，也在广告上给我加上一个头衔。这样的双岔舌头，是要整一下的，我就登一个《所谓“思想界先驱者”鲁迅启事》。

这一下整出“新时代富于人类同情”的幽默来，有公理和正义的谈话——

“不再吃人的老人或者还有？

救救老人！！！”

集外集拾遗补编/新的世故（1927·1·15）

●3-8-34-99

其实，先驱者本是容易变成绊脚石的。然而我幸不至此，因为我确是一个平凡的人；加以对于青年，自以为总是常常避道，即躺倒，跨过也很容易的，就因为很平凡。倘有人觉得横亘在前，乃是因为他自己绕到背后，而又眼小腿短，于是别的就看不见，走不开，从此开口鲁迅，闭口鲁迅，做梦也是鲁迅；文字里点几点虚线，也会给别人从中看出“鲁迅”两字来。连在泰东书局看见老先生问鲁迅的书，自己也要嘟哝着《小说史略》之类我是不要看＊。这样下去，怕真要成“鲁迅狂”了。病根盖在肝，“以其好喝醋也”＊。

〖释：高长虹在《狂飙》周刊第十期《走到出版界·吴歌甲集及其他》中说：“中国小说史略我也老实不要看，更无论于古小说钩沉，唐宋传奇集之类。一天，我在泰东遇见一位老先生进来问有鲁迅的书没有，我立刻便想起关于鲁迅及其著作中的那一篇撰译书录来了。唉，唉，唉，怕敢想下去。”/“以其好喝醋也”，出《狂飙》周刊第十期《走到出版界·语丝索隐》。按山西产醋，高长虹原籍山西。〗

集外集拾遗补编/新的世故（1927·1·15）

●3-8-34-100

只要能达目的，无论什么手段都敢用，倒也还不失为一个有些豪兴的青年。然而也要有敢于坦白地说出来的勇气，至少，也要有自己心里明白的勇气，费笔费墨，费纸费寿，归根结蒂，总逃不出争夺一个《莽原》的地盘，要说得冠冕一点，就是阵地。

集外集拾遗补编/新的世故（1927·1·15）

●3-8-34-101

《狂飙》停刊了，他们说被我阴谋害死的，可笑。现在又要出一种不知什么。

书信/致李霁野（1927·4·9）

●3-8-34-102

尚钺有信来，对于我的《奔月》，大不舒服，其实我那篇不过有时开一点小玩笑＊，而他们这么头痛，真是禁不起一点风波。

〖释：“……开一点小玩笑”，鲁迅在小说《奔月》中对高长虹作了若干影射、嘲讽。〗

书信/致李霁野（1927·4·9）

●3-8-34-103

有一个高长虹，先前叫我给他选了一本文章，后来他在报上说，我将他最好的篇都选掉了，因为我妒贤嫉能，怕他出名，所以将好的故意压下。从此以后，我便不做选文的事，有暇便自己玩玩。

书信/致翟永坤（1927·9·19）

●3-8-34-104

你如有一个爱人，也是他赏赐你的。为什么呢？因为他是天才而且革命家，许多女性都渴仰到五体投地。他只要说一声“来！”便都飞奔过去了，你的当然也在内。但他不说“来！”所以你得有现在的爱人。那自然也是他赏赐你的。

这又是一宗恩典。

还不但此也哩！他到你那里来的时候，还每回带来一担同情！一百回就是一百担——你如果不知道，那就因为你没有精神的眼睛——经过一年，利上加利，就是二三百担……

阿阿！这又是一宗大恩典。

而已集/新时代的放债法（1927·10·22）

●3-8-34-105

狂飙社的人们，似乎都变了曾经最时髦的党了，尚钺坏极，听说在河南，培良在湖南，高歌长虹似乎在上海。这一班人，除培良外，都是极坏的骗子。长虹前几天去访开明书店章君，听说没见他。

书信/致李霁野（1927·11·3）

●3-8-34-106

按：此系戏谑的“预言”。“法斯德”，通译“浮士德”，隐指高长虹；他在一篇文章中对鲁迅与郭沫若的关系多所“捏造”。

有中国的法斯德挑同情一担，访郭沫若，见郭穷极，失望而去。

而已集/拟豫言——一九二九年出现的琐事（1928·1·28）

●3-8-34-107

听说现在又有一些人在组织什么，骨子是拥护五色旗的军阀之流。狂飙社人们之北上，我疑心和此事有关。长虹和培良大闹，争做首领，可见大概是有了一宗款子了（大约目下还不至于）。希留心他们的暗算。

书信/致李霁野（1929·6·19）

●3-8-34-108

“狂飚文豪”高长虹攻击我时，说道劣迹多端，倘一发表，便即身败名裂，而终于并不发表，是深得捣鬼正脉的；但也竟无大效者，则与广泛俱来的“模胡”之弊为之也。

南腔北调集/捣鬼心传（1934·1·15）

●3-8-34-109

但不久这莽原社内部冲突了，长虹一流，便在上海设立了狂飚社。所谓“狂飚运动”，那草案其实是早藏在长虹的衣袋里面的，常要乘机而出，先就印过几周刊；那《宣言》，又曾在一九二五年三月间的《京报副刊》上发表，但尚未以“超人”自命，还带着并不自满的声音……

不过后来却日见其自以为“超越”了。然而拟尼采样的彼此都不能解的格言式的文章，终于使周刊难以存在，可记的也仍然只是小说方面的黄鹏基，尚钺，——其实是向培良一个作者而已。

且介亭杂文二集/《中国新文学大系》小说二集序（1935·3·2）

●3-8-34-110

有人以为我想做什么狗首领了，真可怜，侦察了百来回*，竟还不明白。

〖**释**：“侦察了百来回”，高长虹称“我与鲁迅，会面不只百次”，并骂鲁迅“要以主帅自诩”云。〗

华盖集续编/《阿Q正传》的成因（1936·12·18）

※　※　※

●3-8-34-111

向培良先生……在革命渐渐高扬的时候，他是很革命的；他在先前，还曾经说，青年人不但嗥叫，还要露出狼牙来。这自然也不坏，但也应该小心，因为狼是狗的祖宗，一到被人驯服的时候，是就要变而为狗的。向培良先生现在在提倡人类的艺术了，他反对有阶级的艺术的存在，而在人类中分出好人和坏人来，这艺术是“好坏斗争”的武器。狗也是将人分为两种的，豢养它的主人之类是好人，别的穷人和乞丐在它的眼里就是坏人，不是叫，便是咬。然而这也还不算坏，因为究竟还有一点野性，如果再一变而为吧儿狗，好像不管闲事，而其实在给主子尽职，那就正如现在的自称不问俗事的为艺术而艺术的名人们一样，只好去点缀大学教室了。

二心集/上海文艺之一瞥（1931・7・27）

●3-8-34-112

向培良的《我离开十字街头》*，是他那时的代表作，应该选入。

〖释：《我离开十字街头》，向培良的中篇小说，1926年10月光华书局出版，《狂飙丛书》之一。〗

书信/致赵家璧（1935・2・28）

●3-8-34-113

《我离开十字街头》……在这里听到了尼采声，正是狂飙社的静寂的鼓角。……但狂飙社却似乎仅止于“虚无的反抗”，不久就散了队，现在所遗留的，就只有向培良的这响亮的战叫，说明着半绥惠略夫（Sheveriov）式的“憎恶”的前途。

且介亭杂文二集/《中国新文学大系》小说二集序（1935・3・2）

郭沫若（1892－1978）……四川乐山人。作家、史学家、古文字学家。创造社主要成员之一。

●3-8-34-114

又云郭沫若在上海编《创造》（?）。我近来大看不起沫若田汉之流。

书信/致周作人（1921・8・29）

●3-8-34-115

按：《评心雕龙》以戏谑方式反映现实。下文影射郭沫若曾将翻译比作“媒婆”，将创作比作“处女”的言论。

辰：并不是这么一回事。他是窃取着外国人的声音，翻译着。喂！你为什么不去创作?

华盖集/评心雕龙（1925・11・27）

●3-8-34-116

郭沫若的《一只手》*是很有人推为佳作的，但内容说一个革命者革命之后失了一只手，所余的一只还能和爱人握手的事，却未免“失”得太巧。五体，四肢之中，倘要失去其一，实在还不如一只手；一条腿就不便，头自然更不行了。只准备失去一只手，是能减少战斗的勇往之气的；我想，革命者所不惜牺牲的，一定不只这一点。《一只手》也还是穷秀才落难，后来终于中状元，谐花烛的老调。

〖释：《一只手》，短篇小说。载1928年《创造月刊》第一卷第九至十一期，内容与这里所说有出入。〗

三闲集/现今的新文学的概观（1929・4・25）

●3-8-34-117

对于我个人的攻击是多极了……例如我所属的阶级罢，就至今还未判定，忽说小资产阶级，忽说“布尔乔亚”*，有时还升为“封建余孽”，而且又等于猩猩*（见《创造月刊》上的“东京通信”）；有一回则骂到牙齿的颜色。在这样的社会里，有封建余孽出风头，是十分可能的，但封建余孽就是猩猩，却在任何“唯物史观”上都没有说明……

〖释：“布尔乔亚”，法文“资产阶级”的音译。/“有时还升为‘封建余孽’，而且又等于猩猩”：杜荃即郭沫若在《创造月刊》第二卷第一期（1928年8月）上发表《文艺战线上的封建余孽》一文，指摘鲁迅“是资本主义以前的一个封建余孽。资本主义对于社会主义是反革命，封建主义对于社会主义是二重的反革命。鲁迅是二重性的反革命的人物。以前说鲁迅是新旧过渡期的游移分子，说他是人道主义者，这是完全错了。他是一位不得志的Fascist（法西斯谛）!”〗

二心集/“硬译”与“文学的阶级性”（1930・3）

●3-8-34-118

这些人身攻击的文字＊中，有卢冀野＊作，有郭沫若的化名之作，先生一定又大吃一惊了罢，但是，人们是往往这样的。

〖释："人身攻击的文字"，指鲁迅曾拟编入《围剿十年》中的对他进行攻击的文字。/卢冀野（1905－1951），名前，字冀野，戏曲研究者，教授。〗

书信/致杨霁云（1934·5·15）

●3-8-34-119

《战争与和平》我看是不会译完的，我对于郭沫若先生的翻译，不大放心，他太聪明，又大胆。

书信/致孟十还（1934·12·6）

●3-8-34-120

《台湾文艺》＊我觉得乏味。郭君＊要说些什么罢？这位先生是尽力保卫自己光荣的旧旗的豪杰。

〖释：《台湾文艺》，中日文合刊，台中台湾文艺联盟出版。该刊从1934年12月起曾连载增田涉的《鲁迅传》。/"郭君要说些什么"，郭沫若针对《鲁迅传》中涉及创造社的部分在《台湾文艺》1935年2月号上发表了《〈鲁迅传〉中的误谬》一文。〗

书信/致〈日〉增田涉〔译文〕（1935·2·6）

●3-8-34-121

我很同意郭沫若先生的"国防文艺是广义的爱国主义的文学"和"国防文艺是作家关系间的标帜，不是作品原则上的标帜"的意见。

且介亭杂文末编/答徐懋庸并关于抗日统一战线问题（1936·8）

陶元庆（1893－1929）……字璇卿，浙江绍兴人。美术家。曾为鲁迅的早期作品设计封面。

●3-8-34-122

按：当时陶元庆在北京举办个人的西洋绘画展览会，鲁迅为之写了这篇序。

陶璇卿君是一个潜心研究了二十多年的画家，为艺术上的修养起见，去年才到这暗赭色的北京来的。……

在那黯然埋藏着的作品中，却满显出作者个人的主观和情绪，尤可以看见他对于笔触，色采和趣味，是怎样的尽力与经心，而且，作者是夙擅中国画的，于是固有的东方情调，又自然而然地从作品中渗出，融成特别的丰神了，然而又并不由于故意的。

集外集拾遗/《陶元庆氏西洋绘画展览会目录》序（1925·3·18）

●3-8-34-123

已收到寄来信的和画，感谢之至。

但这一幅我想留作另外的书面之用＊，因为《莽原》书小价廉，用两色板的面子是力所不及的。我想这一幅，用于讲中国事情的书上最合宜。

我很希望兄有空，再画几幅，虽然太有些得陇望蜀。

〖释："这一幅……"，后来用作《唐宋传奇集》的封面画。〗

书信/致陶元庆（1926·2·27）

●3-8-34-124

给我画的像，这几天才寄到，去取来了。我觉得画得很好。我很感谢。

书信/致陶元庆（1926·5·11）

●3-8-34-125

《彷徨》的书面实在非常有力，看了使人感动。但听说第二板的颜色有些不对了，这使我很不舒服。

书信/致陶元庆（1926·10·29）

●3-8-34-126

很有些人希望你给他画一个书面，托我转达，我因为不好意思贪得无厌的要求，所以都压下了。但一面想，兄如可以画，我自然也很希望。

书信/致陶元庆（1926·10·29）

●3-8-34-127

《坟》的封面，自己想不出，今天写信托陶元庆君去了，《黑假面人》的也一同托了他。近来我对于他有些难于开口了，因为他所作的画，有时竟印得不成样子，这回《彷徨》在上海再版，颜色都不对了，这在他看来，就如别人将我们的文章改得不通一样。

书信/致李霁野（1926·10·29）

●3-8-34-128

未名社以社的名义托画，又须于几日内画成，我觉得实在不应该，他们是研究文艺的，应当知道这道理，而做出来的事还是这样，真可叹。《卷葹》『注：冯沅君（1900－1974）的短篇小说集』的封面，他们先前托我转托，我没有十分答应，后来终于写上了。近闻他们托司徒乔画了一张。兄如未动手，可以作罢，如已画则可寄与，因为其一可以用在里面的第一张上，使那书更其美观。

书信/致陶元庆（1926·11·22）

●3-8-34-129

我只是一批一批的索画，实在抱歉而且感激。

书信/致陶元庆（1926·11·22）

●3-8-34-130

这里有一个德国人，叫Ecke『注：当时的厦门大学文科哲学系教授，曾用中国名艾谔风』，是研究美学的，一个学生给他看《故乡》和《彷徨》的封面，他说好的。《故乡》是剑的地方很好。《彷徨》只是椅背和坐上的图线，和全部的直线有些不调和。太阳画得极好。

书信/致陶元庆（1926·11·22）

●3-8-34-131

陶元庆君绘画的展览，我在北京所见的第一回『注：指1925年3月陶元庆第一次画展』。记得那时曾经说过这样意思的话：他以新的形，尤其是新的色来写出他自己的世界，而其中仍有中国向来的魂灵——要字面免得流于玄虚，则就是：民族性。

我觉得我的话在上海也没有改正的必要。

而已集/当陶元庆君的绘画展览时（1927·12·19）

●3-8-34-132

陶元庆……内外两面，都和世界的时代思潮合流，而又并未梏亡中国的民族性。

而已集/当陶元庆君的绘画展览时（1927·12·19）

●3-8-34-133

能教图案画的，中国现在恐怕没有一个，自陶元庆死后，杭州美术院就只好请日本人了。

书信/致崔真吾（1930·11·19）

●3-8-34-134

按：《陶元庆的出品》，内收陶元庆绘画作品八幅，1928年5月北新书局印行。内有鲁迅《当陶元庆君的绘画展览时——我所要说的几句话》一文。下文为鲁迅题于该画集空白页上，原无标题和标点。

此璇卿当时手订见赠之本也。倏忽已逾三载，而作者亦久已永眠于湖滨。草露易晞，留此为念。乌呼！

集外集拾遗补编/题《陶元庆的出品》（1931·8·14）

陶成章（1878－1912）……字焕卿，浙江绍兴人。清末革命家，光复会首领之一，辛亥革命时期曾组织上海及江浙各地光复会起义。著有《中国民族权力消长史》等。

●3-8-34-135

想起来已经有二十多年了，以革命为事的陶焕卿，穷得不堪，在上海自称会稽先生，教人催眠术以糊口。有一天他问我，可有什么药能使人一嗅便睡去的呢？我明知道他怕施术不验，求助于药物了。其实呢，在大众中试验催眠，本来是不容易成功的。我又不知道他所寻求的妙药，爱莫能助。两三月后，报章上就有投书（也许是广告）出现，说会稽先生不懂催眠术，以此欺人。清政府却比这干鸟人灵敏得多，所以通缉他的时候，有一联对句道："著《中国权力史》，学日本催眠术。"

华盖集续编/为半农题记《何典》后，作（1926·6·7）

●3-8-34-136

徐锡麟刺杀恩铭之后，大捕党人，陶成章君是其中之一，罪状曰："著《中国权力史》，学日本催眠术。"（何以学催眠术就有罪，殊觉费解。）于是连他在家的父亲也大受痛苦；待到革命兴旺，这才被尊为"老太爷"；有人给"孙少爷"去说媒。可惜陶君不久就遭人暗杀了，神主入祠的时候，捧香恭送的士绅和商人尚有五六百。直到袁世凯打倒二次革命之后，这才冷落起来。

华盖集/补白（1925·7·3）

（35）十一画（梅黄萧曹章康梁）

世界上改革者的动机，大抵就是这对于时代环境的不满的缘故。

梅兰芳（282）/**黄兴**（284）/**萧军**［及**萧红**］（284）/**曹白**（287）/**曹靖华**（288）/**章士钊**（288）/**章太炎**（293）/**康有为**（296）/**梁实秋**（297）

梅兰芳（1894－1961）……江苏泰州人。京剧表演艺术家。

●3-8-35-1

印度的诗圣泰戈尔先生光临中国之际，像一大瓶好香水似地很熏上了几位先生们以文气和玄气，然而够到陪坐祝寿的程度的却只有一位梅兰芳君：两国的艺术家握手。

坟/论照相之类（1925·1·12）

●3-8-35-2

倘若白昼明烛，要在北京城内寻求一张不像那些阔人似的缩小放大挂起挂倒的照相，则据鄙陋所知，实在只有一位梅兰芳君。而该君的麻姑一般的"天女散花""黛玉葬花"像，也确乎比那些缩小放大挂起挂倒的东西标致，即此就足以证明中国人实有审美的眼睛，其一面又放大挺胸凸肚的照相者，盖出于不得已。

我在先只读过《红楼梦》，没有看见"黛玉葬花"的照片的时候，是万料不到黛玉的眼睛如此之凸，嘴唇如此之厚的。我以为她该是一副瘦削的痨病脸，现在才知道她有些福相，也像一个麻姑*。……其眼睛和嘴唇，盖出于不得已，即此也就足以证明中国人实有审美的眼睛。

〖释：麻姑，神话传说中的仙女。据晋代葛洪《神仙传》：东汉时仙人"王方平降蔡经家，召麻姑至，是好女子，年可十八九许，手似鸟爪，顶中有发髻，衣有文章而非锦绣。"〗

坟/论照相之类（1925·1·12）

●3-8-35-3

我们中国的最伟大最永久的艺术是男人扮女人。

异性大抵相爱。太监只能使别人放心，决没有人爱他，因为他是无性了，——假使我用了这"无"字还不算什么语病。然而也就可见虽然最难放心，但是最可贵的是男人扮女人了，因为从两性看来，都近于异性，男人看见"扮女人"，女人看见"男人扮"，所以这就永远挂在照相馆的玻璃窗里，挂在国民的心中。外国没有这样的完全的艺术家，所以只好任凭那些捏锤凿，调采色，弄墨水的人们跋扈。

我们中国的最伟大最永久，而且最普遍的艺术也就是男人扮女人。

坟/论照相之类（1925·1·12）

●3-8-35-4

异样的同情……到北京后，看看梅兰芳姜妙香*扮的贾宝玉林黛玉，觉得并不怎样《红楼梦》里面的人物，像贾宝玉林黛玉这些人物，都使我有高明。

〖释：姜妙香，北京人，京剧演员。他与梅兰芳自1916年起同台演出《黛玉葬花》。〗

集外集/文艺与政治的歧途（1928·1·29–30）

●3-8-35-5

前几天的夜里，忽然听到梅兰芳“艺员”的歌声，自然是留在留声机里的，像粗糙而钝的针尖一般，刺得我耳膜很不舒服。

华盖集续编/厦门通信（1926·12）

●3-8-35-6

他『注：指萧伯纳』与梅兰芳问答时，我是看见的，问尖而答愚*，似乎不足艳称，不过中国多梅毒，其称之也亦无足怪。

〖释：“……问尖而答愚”，据1933年2月18日《申报》，萧伯纳曾谈及中国戏剧太闹，梅答中国戏剧有两种，昆曲即为不闹之一。〗

书信/致台静农（1933·3·1）

●3-8-35-7

听说不远还要送梅兰芳博士*到苏联去，以催进“象征主义”*，此后是顺便到欧洲传道。我在这里不想讨论梅博士演艺和象征主义的关系，总之，活人替代了古董，我敢说，也可以算得显出一点进步了。

〖释：“博士”，梅兰芳1930年赴美国演出时，美国波摩那大学和南加州大学曾授予他名誉文学博士学位。/“象征主义”，1934年5月28日《大晚报》〗报道：“苏俄艺术界向分写实与象征两派，现写实主义已渐没落，而象征主义则经朝野一致提倡，引成欣欣向荣之概。自彼邦艺术家见我国之书画作品深合象征派后，即忆及中国戏剧亦必采取象征主义。因拟……邀中国戏曲名家梅兰芳等前往奏艺。”鲁迅曾在《谁在没落》一文中批评了《大晚报》的这种歪曲报道。此外，1934年5月28日《大晚报》报道梅兰芳赴苏消息的题目，就叫“发扬国光”。〗

且介亭杂文/拿来主义（1934·6·7）

●3-8-35-8

我们看《红楼梦》，从文字上推见了林黛玉这一个人，但须排除了梅博士的黛玉葬花照相的先入之见，另外想一个，那么，恐怕会想到剪头发，穿了印度绸衫，清瘦，寂寞的摩登女郎……

花边文学/看书琐记（1934·8·8）

●3-8-35-9

梅兰芳不是生，是旦，不是皇家的供奉，是俗人的宠儿，这就使士大夫敢于下手了。……他们将他从俗众中提出，罩上玻璃罩，做起紫檀架子来。教他用多数人听不懂的话，缓缓的《天女散花》，扭扭的《黛玉葬花》，先前是他做戏的，这时却成了戏为他而做，凡有新编的剧本，都只为了梅兰芳，而且是士大夫心目中的梅兰芳。雅是雅了，但多数人看不懂，不要看，还觉得自己不配看了。

花边文学/略论梅兰芳及其他〔上〕（1934·11·5）

●3-8-35-10

他未经士大夫帮忙时候所做是戏，自然是俗的，甚至于猥下，肮脏，但是泼刺，有生气。待到化为“天女”，高贵了，然而从此死板板，矜持得可怜。

花边文学/略论梅兰芳及其他〔上〕（1934·11·5）

●3-8-35-11

看一位不死不活的天女或林妹妹，我想，大多数人是倒不如看一个漂亮活动的村女的，她和我们相近。

然而梅兰芳对记者说，还要将别的剧本改得雅一些。

花边文学/略论梅兰芳及其他〔上〕（1934·11·5）

●3-8-35-12

士大夫们也在日见其消沉，梅兰芳近来颇有些冷落。

因为人是旦角，年纪一大，势必至于冷落的吗？不是的，老十三旦*七十岁了，一登台，满座还是喝采。为什么的呢？就因为他没有被士大夫据为己有，罩进玻璃罩。

〖释："老十三旦"，即侯俊仙（1854－1935），山西梆子演员；因十三岁成名，故称十三旦。〗

花边文学/略论梅兰芳及其他〔上〕（1934·11·5）

●3-8-35-13

梅兰芳的游日，游美*，其实已不是光的发扬，而是光在中国的收敛。他竟没有想到从玻璃罩里跳出，所以这样的搬出去，还是这样的搬回来。

〖释："游日，游美"，梅兰芳1919、1924年两度访日演出，1929－1930年访美演出。〗

花边文学/略论梅兰芳及其他〔上〕（1934·11·5）

●3-8-35-14

梅兰芳还要到苏联去。

……这就可见梅兰芳博士之在艺术界，确是超人一等的了。

花边文学/略论梅兰芳及其他〔下〕（1934·11·6）

●3-8-35-15

梅兰芳先生却正在说中国戏是象征主义，剧本的字句要雅一些，他其实倒是为艺术而艺术，他也是一位"第三种人"。

花边文学/略论梅兰芳及其他〔下〕（1934·11·6）

黄兴（1874－1916）……字克强，湖南善化（今长沙）人。近代民主革命家。曾留学日本，与孙中山同倡革命。民国成立后曾任陆军总长。

●3-8-35-16

黄克强在东京作师范学生时，就始终没有断发，也未尝大叫革命，所略显其楚人的反抗的蛮性者，惟因日本学监，诫学生不可赤膊，他却偏光着上身，手挟洋磁脸盆，从浴室经过大院子，摇摇摆摆的走入自修室去而已。

且介亭杂文末编/因太炎先生而想起的二三事（1937·3·25）

●3-8-35-17

南京的土匪兵小有劫掠，黄兴先生勃然大怒，枪毙了许多，后来因为知道土匪是不怕枪毙而怕枭首的，就从死尸上割下头来，草绳络住了挂在树上。

坟/杂忆（1925·6·19）

萧军［及萧红］……萧军（1907－1988），又名刘军、田军，辽宁义县人，作家；萧红（1911－1942），又名悄吟，黑龙江呼兰人，女作家。他俩当时流亡上海，从事文学创作。

●3-8-35-18

中国的许多话，要推敲起来，不能用的多得很，不过因为用滥了，意义变成含糊，所以也就这么敷衍过去。不错，先生二字，照字面讲，是生在较先的人，但如这么认真，则即使同年的人，叫来也得先问生日，非常不便了。对于女性的称呼更没有适当的，悄女士在提出抗议。但叫我怎么写呢？悄婶子，悄姊姊，悄妹妹，悄侄女……都并不好，所以我想，还是夫人太太，或女士先生罢。现在也有不用称呼的，因为这是无政府主义者式，所以我不用。

书信/致萧军、萧红（1934·11·12）

●3-8-35-19

稚气的话，说说并不要紧，稚气能找到真朋友，但也能上人家的当，受害。

书信/致萧军、萧红（1934·11·12）

●3-8-35-20

现在我要赶紧通知你的，是霞飞路的那些俄国男女，几乎全是白俄，你万不可以跟他们说俄国话，否则怕他们会疑心你是留学生，招出麻烦来。他们之中，以告密为生的人们很不少。

书信/致萧军、萧红（1934·11·20）

●3-8-35-21

我看你们的现在的这种焦躁的心情，不可使

它发展起来，最好是常到外面走走，看看社会上的情形，以及各种人们的脸。

书信/致萧军、萧红（1934·12·6）

●3-8-35-22

来信上说到用我这里拿去的钱时，觉得刺痛，这是不必要的。我固然不收一个俄国的卢布，日本的金圆，但因出版界上的资格关系，稿费总比青年作家来得容易，里面并没有青年作家的稿费那样的汗水的——用用毫不要紧。而且这些小事，万不可放在心上，否则，人就容易神经衰弱，陷入忧郁了。

书信/致萧军、萧红（1934·12·6）

●3-8-35-23

周女士『注：周颖，聂绀弩的妻子』她们所弄的戏剧组＊，我并不知道底细，但我看是没有什么的，不打紧。不过此后所遇的人们多起来，彼此都难以明白真相，说话不如小心些，最好是多听人们说，自己少说话，要说，就多说些闲谈。

〖释：“她们所弄的戏剧组”，指当时左翼剧联的戏剧供应社，专为演出提供服装、道具。〗

书信/致萧军、萧红（1934·12·26）

●3-8-35-24

考察上海一下，是很好的事……不过工人区域里却不宜去，那里狗多，有点情形不同的人走过，恐怕它就会注意。

书信/致萧军、萧红（1935·1·4）

●3-8-35-25

删改文章的事，是必须给它发表开去的，但也犯不上制成锌版。他们的丑史多得很，他们那里有一点羞。怕羞，也不去干这样的勾当了，他们自己也并不当人看。

书信/致萧军、萧红（1935·1·4）

●3-8-35-26

我不想用鞭子去打吟太太，文章是打不出来的，从前的塾师，学生背不出书就打手心，但愈打愈背不出，我以为还是不要催促好。如果胖得象蝈蝈了，那就会有蝈蝈样的文章。

书信/致萧军、萧红（1935·1·29）

●3-8-35-27

到各种杂志社去跑跑，我看是很好的，惯了就不怕了。一者可以认识些人；二者可以知道点上海之所谓文坛的情形，总比寂寞好。

书信/致萧军、萧红（1935·3·1）

●3-8-35-28

此后的笔名，须用两个，一个用于《八月》『注：指萧军的长篇小说《八月的乡村》』之类的，一个用于卖稿换钱的，否则，《八月》印出后，倘为叭儿狗所知，则别的稿子即使并没有什么，也会被他们抽去，不能发表。

书信/致萧军（1935·3·25）

●3-8-35-29

现用的“三郎”的笔名，我以为也得换一个才好，虽然您是那么的爱用他。因为上海原有一个李三郎，别人会以为是他所做，而且他也来打麻烦，要文学社登他的信，说明那一篇小说非他所作。声明不要紧，令人以为是他所作却不上算，所以必得将这姓李的撇清，要撇清，除了改一个笔名之外无好办法。

书信/致萧军（1935·3·25）

●3-8-35-30

按：以下是对萧军的长篇小说《八月的乡村》的评论。

我却见过几种说述关于东三省被占的事情的小说。这《八月的乡村》，即是很好的一部，虽然有些近乎短篇的连续，结构和描写人物的手段，也不能比法捷耶夫的《毁灭》，然而严肃，紧张，作者的心血和失去的天空，土地，受难的人民，以至失去的茂草，高粱，蝈蝈，蚊子，搅成一团，鲜红的在读者眼前展开，显示着中国的一份和全部，现在和未来，死路与活路。凡有人心的读者，是看得完的，而且有所得的。

且介亭杂文二集/田军作《八月的乡村》序（1935·3·28）

●3-8-35-31

“要征服中国民族，必须征服中国民族的心！”但这书却于心的征服有碍。……这书当然不容于满洲帝国*，但我看也因此当然不容于中华民国。这事情很快就会得到实证。如果事实证明了我的推测并没有错，那也就证明了这是一部很好的书。

好书为什么倒会不容于中华民国呢？那当然，上面已经说过几回了——

“一方面是庄严的工作，另一方面却是荒淫与无耻！”

〖释：“满洲帝国”，日本侵略者1932年3月在长春制造了所谓“满洲国”，以清废帝溥仪为“执政”；1934年3月改称“满洲帝国”，溥仪也改称“皇帝”。〗

且介亭杂文二集/田军作《八月的乡村》序（1935·3·28）

●3-8-35-32

我这一月以来，手头很窘，因为只有一点零星收入，数目较多的稿费，不是不付，就是支票，所以要到二十五日，才有到期可取的稿费。不知您能等到这时候否？但这之前，会有意外的付我的稿费，也料不定。那时当再通知。

书信/致萧军（1935·5·9）

●3-8-35-33

今天有点收入，你所要之款，已放在书店里，希持附上之条，前去一取。

书信/致萧军（1935·5·20）

●3-8-35-34

那一本《八月的乡村》印出后，内山书店是不能寄售的，因为否则他要吃苦。

书信/致萧军（1935·5·20）

●3-8-35-35

文学社陆续寄来了两篇稿费的单子，今寄上。

书信/致萧军（1935·6·2）

●3-8-35-36

贺贺你们的同居三年纪念。

书信/致萧军（1935·7·16）

●3-8-35-37

“土匪气”很好，何必克服它，但乱撞是不行的。跑跑也好，不过上海恐怕未必宜于练跑；满洲人住江南二百年，便连马也不会骑了，整天坐茶馆。我不爱江南。秀气是秀气的，但小气。听到苏州话，就令人肉麻。此种言语，将来必须下令禁止。

书信/致萧军（1935·9·1）

●3-8-35-38

《生死场》『注：萧红著长篇小说』的名目很好。那篇稿子，我并没有看完，因为复写纸写的，看起来不容易。但如要我做序，只要排印的末校寄给我看就好，我也许还可以顺便改正几个错字。

书信/致萧军、萧红（1935·10·20）

●3-8-35-39

没有了家，暂且漂流一下罢，将来不要忘记。二十四年前『注：指辛亥革命』，太大度了，受了所谓“文明”这两个字的骗。到将来，也会有人道主义者来反对报复的罢，我憎恶他们。

书信/致萧军、萧红（1935·11·16）

●3-8-35-40

那序文『注：指鲁迅《萧红作〈生死场〉序》』上，有一句“叙事写景，胜于描写人物”，也并不是好话，也可以解作描写人物并不怎么好。因为做序文，也要顾及销路，所以只得说的弯曲一点。

书信/致萧军、萧红（1935·11·16）

●3-8-35-41

我不大希罕亲笔签名重版之类，觉得这有些孩子气，不过悄吟太太既然热心于此，就写；附上，写得太大了，制版时可以缩小的。这位太太，到上海以后，好像体格高了一点，两条辫子也长了一点了，然而孩子气不改，真是无可奈何。

书信/致萧军、萧红（1935·11·16）

●3-8-35-42

听说文学社曾经愿意给她付印，稿子『注：指萧红的《生死场》稿』呈到中央宣传部书报检查委员会那里去，搁了半年，结果是不许可。

且介亭杂文二集/萧红作《生死场》序（1935·12）

●3-8-35-43

按：对萧红的中篇小说《生死场》的评论。

……看见了五年以前，以及更早的哈尔滨。这自然还不过是略图，叙事和写景，胜于人物的描写，然而北方人民的对于生的坚强，对于死的挣扎，却往往已经力透纸背；女性作者的细致的观察和越轨的笔致，又增加了不少明丽和新鲜。

且介亭杂文二集/萧红作《生死场》序（1935·12）

曹白……本名刘平若。1933年10月在杭州艺术专科学校因从事木刻被逮捕入狱，次年年底出狱。当时在上海新亚中学任教。

●3-8-35-44

按：1934年底，曹白刻了《鲁迅像》和《鲁迅遇见祥林嫂》两幅木刻，送交全国木刻联合展览会，但其中《鲁迅像》被检查官禁止展出。1935年3月，曹白将该画寄赠鲁迅，鲁迅在左侧空白处题了以下文字。

曹白刻。一九三五年夏天，全国木刻展览会在上海开会，作品先由市党部审查，“老爷”就指着这张木刻说：“这不行！”剔去了。

集外集拾遗补编/题曹白所刻像（1936·3）

●3-8-35-45

我并不觉得你没有希望，但能从文字上看出来的，是所知道的世故，比年龄相同的一般的青年多，因而很小心；感情的高涨和收缩，也比平常的人迅速：这是受过迫害的人，大抵如此的，环境倘有改变，这种情形也就改变，不能专求全于个体的。

书信/致曹白（1936·4·6）

●3-8-35-46

为了一张文学家的肖像，得了这样的罪＊，是大黑暗，也是大笑话，我想作一点短文，到外国去发表。所以希望你告诉我被捕的原因，年月，审判的情形，定罪的长短（二年四月?），但只要一点大略就够。

〖**释：“为了一张文学家的肖像，得了这样的罪”，曹白曾经因刻《卢那察尔斯基像》被捕。鲁迅据此写下《写在深夜里》。**〗

书信/致曹白（1936·4·1）

●3-8-35-47

你的那一篇文章＊，尚找不着适当的发表之处。我只抄了一段，连一封信（略有删去及改易），收在《写在深夜里》的里面。……原文给了《夜莺》＊，听说不久出版，我看是要被这篇文章送终的，但他们说：这样也不要紧。

〖**释：“那一篇文章”，指曹白所写《坐牢略记》。/《夜莺》，文学月刊，1936年3月创刊，出至第四期即停刊。**〗

书信/致曹白（1936·5·4）

●3-8-35-48

我要送你一本书（这是我们的亡友的纪念），照例是附上一笺，向书店去取。还只上卷；下卷（都是剧本和小说）即将付印，看来年底总可以出版的。开首的《写实主义文学论》＊，虽学说已旧，却都是重要文献，可供参考……

〖**释：《写实主义文学论》，指瞿秋白译文集《海上述林》上卷《现实》中的第一篇《马克思恩格斯和文学上的现实主义》一文。**〗

书信/致曹白（1936·10·6）

●3-8-35-49

你的朋友＊既爱此书，可说是《述林》的知己，还是送他罢，仍附上一条，乞便中往一取。

〖释："你的朋友"，指陆离，当时南京的一名中学教员。〗

书信/致曹白（1936·10·15）

曹靖华（1897－1987）……河南卢氏人。翻译家，未名社成员。长期在苏联留学及工作。1933年秋回国后，从事翻译并在大学任教。

●3-8-35-50

中华书局译世界文学的事，早已过去了，没有实行。其实，他们是本不想实行的……那时他们到我这里来打听靖华的通信地址，说要托他，我知道他们不过玩把戏，拒绝了。现在呢，所谓"世界文学名著"，简直不提了。

书信/致萧军、萧红（1934·12·10）

●3-8-35-51

至于书，兄尽可编起来，将来我到良友这些地方去问问看。至于说内容稳当，那在中国是不能说这道理的，他们并不管内容怎么样。

书信/致曹靖华（1934·12·28）

●3-8-35-52

当靖的那一篇拉甫列涅夫文抽去时，我曾通知他，并托他为《译文》译些短篇。那回信说，拉氏那样的不关紧要的文章尚且登不出，也没有东西可译了。他大约不高兴译旧作品，而且也没有原本，听说他本来很多，都存在河南的家里，后来不知道为了一种什么谣言，他家里人就都烧掉，烧得一本不剩了；还有一部分是放在静农家的，去年都被没收。在那边『注：指苏联』买书，似乎也很不容易，我代人买一本木刻法＊，已经一年多了，终于还没有买到。

〖释："代人买一本木刻法"，指代陈烟桥购买巴甫洛夫的《木刻技法》。〗

书信/致黄源（1935·2·3）

●3-8-35-53

靖华就是一声不响，不断的翻译着的一个。他二十年来，精研俄文，默默的出了《三姊妹》＊，出了《白茶》＊，出了《烟袋》＊和《四十一》＊，出了《铁流》以及其他单行小册很不少，然而不尚广告，至今无煊赫之名，且受挤排，两处受封锁之害。但他依然不断的在改定他先前的译作，而他的译作，也依然活在读者们的心中。

〖释：《三姊妹》，俄国作家契诃夫的四幕剧。/《白茶》，苏联独幕剧集。/《烟袋》，苏联短篇小说集。/《四十一》，即《第四十一》，苏联作家拉甫列涅夫的中篇小说。〗

且介亭杂文末编/曹靖华译《苏联作家七人集》序（1936·11）

章士钊（1881－1973）……字行严，号孤桐。湖南长沙人。当时的一名政客。早年参加过反清活动。五四时期反对新文化运动。后主办《甲寅》，提倡读经复古。1924－1926年任段祺瑞政府司法总长兼教育总长。因鲁迅支持北京女子师范大学学生运动，章曾于1925年8月12日呈请段祺瑞免去鲁迅的教育部佥事职务。

●3-8-35-54

按：鲁迅此文原标题《"两个桃子杀了三个读书人"》，发表于1923年9月14日《晨报副刊》，当时该刊编辑为孙伏园。该文因稿子失落而未能编入《热风》。鲁迅自述当时尚未与章士钊有私怨，"那'动机'，大概不过是想给白话的流行帮点忙"云。

章行严先生在上海批评他之所谓"新文化"说，"二桃杀三士"怎样好，"两个桃子杀了三个读书人"便怎样坏，而归结到新文化之"是亦不可以已乎？"

……

我们虽然不知道这三士于旧文化有无心得，但既然书上说是"以勇力闻"，便不能说他们是"读书人"。倘使《梁父吟》＊说是"二桃杀三勇士"，自然更可了然，可惜那是五言诗，不能增字，所以不得不作“二桃杀三士”，于是也就害了章行严先生解作“两个桃子杀了三个读书人”。

旧文化也实在太难解，古典也诚然太难记，而那两个旧桃子也未免太作怪：不但那时使三个读书人因此送命，到现在还使一个读书人因此出丑，“是亦不可以已乎”！

〖释：《梁父吟》，又作《梁甫吟》，乐府楚调曲名；今所传古辞，写齐相晏婴以二桃杀三士，传为诸葛亮作。〗

华盖集续编/再来一次（1926・6・10）

●3-8-35-55

按：章士钊为“两个桃子杀了三个读书人”事受到鲁迅的嘲笑后，在《甲寅》第一卷第九号（1925年9月12日）上自我辩解。

但不知怎的，这位“孤桐先生”竟在《甲寅》上辩起来了，以为这不过是小事。这是真的，不过是小事。……但我以为攻击白话的豪举，可也大可以不必了；将白话来代文言，即使有点不妥，反正也不过是小事情。

华盖集续编/再来一次（1926・6・10）

●3-8-35-56

五月十二日《京报》的“显微镜”*下有这样的一条——

某学究见某报上载教育总长“章士钉”五七呈文*，愀然曰：“名字怪僻如此，非圣人之徒也，岂能为吾侪卫古文之道者乎！”

〖释：“显微镜”，当时《京报》的一个栏目，刊登短小轻松的文字。/“五七呈文”，1925年5月7日，北京学生纪念“五七”国耻遭镇压后，曾结队去章士钊住宅责问，与巡警发生冲突。章为此给段祺瑞的呈文，称“五七呈文”。〗

华盖集/忽然想到〔八〕（1925・5・18）

●3-8-35-57

想章士钊和社会奋斗，是不会的，否则，也不成其为章士钊了。

两地书/北京（1925・5・3）

●3-8-35-58

章士钊将我免职，我倒并没有你似的觉得诧异，他那对于学校的手段，我也并没有你似的觉得诧异，因为我本就没有预期章士钊能做出比现在更好的事情来。

华盖集/答KS君（1925・8・28）

●3-8-35-59

你先有了一种无端的迷信，将章士钊当作学者或智识阶级的领袖看，于是从他的行为上感到失望，发生不平，其实是作茧自缚；他这人本来就只能这样，有着更好的期望倒是你自己的误谬。

华盖集/答KS君（1925・8・28）

●3-8-35-60

《甲寅》第一次出版时，我想，大约章士钊还不过熟读了几十篇唐宋八大家文，所以模仿吞剥，看去还近于清通。至于这一回，却大大地退步了，关于内容的事且不说，即以文章论，就比先前不通得多，连成语也用不清楚，如“每下愈况”*之类。尤其害事的是他似乎后来又念了几篇骈文，没有融化，而急于挦扯，所以弄得文字庞杂，有如泥浆混着沙砾一样。即如他那《停办北京女子师范大学呈文》中有云，“钊念儿女乃家家所有良用痛心为政而人人悦之亦无是理”，旁加密圈，想是得意之笔了。但比起何栻『注：清道光时进士〈1816－1872〉』《齐姜醉遣晋公子赋》的“公子固翩翩绝世未免有情少年而碌碌因人安能成事”来，就显得字句和声调都怎样陋弱可哂。何栻比他高明得多，尚且不能入作者之林，章士钊的文章更于何处讨生活呢？况且，前载公文，接着就是通信，精神虽然是自己广告性的半官报，形式却成了公报尺牍合璧了，我中国自有文字以来，实在没有过这样滑稽体式的著作。这种东西，用处只有一种，就是可以借此看看社会的暗角落里，有着怎样灰色的人们，以为现在是攀附显现的时候了，也都吞吞吐吐的来开口。至于别的用处，我委实至今还想不出来。倘说这是复古运动的代表，那可是只见得复古派的可怜，不过以此当作

讣闻，公布文言文的气绝罢了。

〖释：“每下愈况”，语出《庄子·知北游》。原指用脚踏猪以估量其肥瘦，越踏在猪腿下端，就越能看出它是否真肥（因为脚胫是难肥之处）。比喻愈从低微事物入手愈能把握真相和全局。章士钊曾在《甲寅》第一卷第三号发表的《孤桐杂记》中将其误用作“每况愈下”。按“每况愈下”现已通用，意思与“每下愈况”完全相反，表示情况越来越糟。〗

华盖集/答KS君（1925·8·28）

●3-8-35-61

即使真如你所说，将有文言白话之争，我以为也该是争的终结，而非争的开头，因为《甲寅》不足称为敌手，也无所谓战斗。倘要开头，他们还得有一个更通古学，更长古文的人，才能胜对垒之任，单是现在似的每周印一回公牍和游谈的堆积，纸张虽白，圈点虽多，是毫无用处的。

华盖集/答KS君（1925·8·28）

●3-8-35-62

我今年已经有两次被封为“学者”，而发表之后，也就即刻取消。第一次是我主张中国的青年应当多看外国书，少看，或者竟不看中国书的时候，便有论客以为素称学者的鲁迅不该如此，而现在竟至如此，则不但决非学者，而且还有洋奴的嫌疑。第二次就是这回佥事免职之后……又有论客以为因失了“区区佥事”而反对章士钊，确是气量狭小，没有“学者的态度”；而且岂但没有“学者的态度”而已哉，还有“人格卑污”的嫌疑云。

华盖集/“碰壁”之余（1925·9·21）

●3-8-35-63

惭愧我还不是“臣罪当诛兮天王圣明”＊式的理想奴才，所以竟不能“尽如人意”，已经在平政院对章士钊提起诉讼了。

〖释：“臣罪当诛兮天王圣明”，唐代韩愈《拘幽操——文王羑里作》中的句子，是韩愈模仿文王口气的句子。〗

华盖集/“碰壁”之余（1925·9·21）

●3-8-35-64

又是章士钊。我之遇到这个姓名而摇头，实在由来已久；但是，先前总算是为“公”，现在却像憎恶中医一样，仿佛也挟带一点私怨了，因为他“无故”将我免了官，所以，在先已经说过：我正在给他打官司。近来看见他的古文的答辩书了，很斤斤于“无故”之辩，其中有一段：

……又该伪校务维持会擅举该员为委员，该员又不声明否认，显系有意抗阻本部行政，既情理所难容，亦法律之所不许。……不得已于八月十二日，呈请执政将周树人免职，十三日由执政明令照准……

于是乎我也“之乎者也”地驳掉他：

查校务维持会公举树人为委员，系在八月十三日，而该总长呈请免职，据称在十二日。岂先预知将举树人为委员而先为免职之罪名耶……

其实，那些什么“答辩书”也不过是中国的胡牵乱扯的照例的成法，章士钊未必一定如此胡涂；假使真只胡涂，倒还不失为胡涂人，但他是知道舞文玩法的。

坟/从胡须说到牙齿（1925·11·9）

●3-8-35-65

中国有许多坏事，各有专名，在书籍上又偏多关于它的别名和隐语。……即以今年的士大夫的文言而论，章士钊呈文中的“荒学逾闲恣为无忌”，“两性衔接之机缄缔构”，“不受检制竟体忘形”，“谨愿者尽丧所守”等……可谓臻媟黩之极致了。但其实，被侮辱的青年学生们是不懂的；即使仿佛懂得，也大概不及我读过一些古文者的深切地看透作者的居心。

坟/寡妇主义（1925·12·20）

●3-8-35-66

按：《评心雕龙》以戏谑方式反映现实。

己　胡说！说“唉”也行。但可恨他竟说过

好几回，将“唉”都“垄断”了去，使我们没有来说的余地了。

庚 曰“唉”乎？予蔑闻之。何也？噫嘻吗呢为之障也＊。

辛 然哉！故予素主张而文言者也。

……

酉 这实在“唉”得不行！中国之所以这样“世风日下”，就是他说了“唉”的缘故。但是诸位在这里，我不妨明说，三十年前，我也曾经“唉”过的，我何尝是木石，我实在是开风气之先＊。后来我觉得流弊太多了，便绝口不谈此事，并且深恶而痛绝之。并且到了今年，深悟读经之可以救国，并且深信白话文之应该废除。但是我并不是说中国应该守旧……。

戌 我也并且到了今年，深信读经之可以救国……。

亥 并且深信白话文之应当废除……。

〖释：“噫嘻吗呢为之障也”，是章士钊在《孤桐杂记》（1925年7月25日《甲寅周刊》第一卷第二号）中贬斥白话文的说法。“噫（章原文作‘嘻’）嘻吗呢”为当时白话文常用感叹词，章士钊认为这些感叹词造成了阅读障碍。/“我实在是开风气之先”，据胡适在一篇文章中说，章士钊早年也曾写过白话文，“同是曾开风气人”云。〗

华盖集/评心雕龙（1925・11・27）

●3-8-35-67

按：此文题目《十四年的“读经”》，“十四年”指民国十四年，即作者写作此文的1925年。

自从章士钊主张读经＊以来，论坛上又很出现了一些论议，如谓经不必尊，读经乃是开倒车之类。我以为这都是多事的，因为民国十四年的“读经”，也如民国前四年，四年，或将来的二十四年一样，主张者的意思，大抵并不如反对者所想的那么一回事。

……现在的能以他的主张，引起若干议论的，则大概是阔人。阔人决不是笨牛，否则，他早就伏处牖下，老死田间了。现在岂不是正值“人心不古”的时候么？则其所以得阔之道，居然可知。他们的主张，其实并非那些笨牛一般的真主张，是所谓别有用意；反对者们以为他真相信读经可以救国，真是“谬以千里”了！

〖释：“章士钊主张读经”，1925年11月2日，章士钊主持教育部部务会议，决定全国小学初小四年级开始读经，每周一课时，至高小毕业。〗

华盖集/十四年的“读经”（1925・11・27）

●3-8-35-68

这一类的主张读经者，是明知道读经不足以救国的，也不希望人们都读成他自己那样的；但是，耍些把戏，将人们作笨牛看则有之，“读经”不过是这一回耍把戏偶尔用到的工具。抗议的诸公倘若不明乎此，还要正经老实地来评道理，谈利害，那我可不再客气，也要将你们归入诚心诚意主张读经的笨牛类里去了。

以这样文不对题的话来解释“伊乎其然”的主张，我自己也知道有不恭之嫌，然而我又自信我的话，因为我也是从“读经”得来的。我几乎读过十三经＊。

衰老的国度大概就免不了这类现象。这正如人体一样，年事老了，废料愈积愈多，组织间又沉积下矿质，使组织变硬，易就于灭亡。

〖释：“十三经”，指儒家十三部经典，即《诗》、《书》、《易》、《周礼》、《礼记》、《仪礼》、《公羊传》、《穀梁传》、《左传》、《孝经》、《论语》、《尔雅》和《孟子》。〗

华盖集/十四年的“读经”（1925・11・27）

●3-8-35-69

去年，自从章士钊提了“整顿学风”的招牌，上了教育总长的大任之后，学界里就官气弥漫，顺我者“通”＊，逆我者“匪”，官腔官话的余气，至今还没有完。

〖释：“通”，章士钊曾称赞陈西滢为“通品”。〗

华盖集续编/学界的三魂（1926・2・1）

●3-8-35-70

据说“孤桐先生”下台之后，他的什么《甲寅》居然渐渐的有了活气了。可见官是做不得的。＊

然而他又做了临时执政府秘书长了，不知《甲寅》可仍然还有活气？如果还有，官也还是做得的……

〖释：“……可见官是做不得的”云云，陈源在《现代评论》第三卷第五十九期（1926年1月23日）的《闲话》中为章士钊及其《甲寅》吹嘘说：“自从孤桐先生下台之后，《甲寅》虽然还没有恢复十年前的精神，也渐渐的有了生气了。可见做时事文章的人官实在是做不得的。”接着他便举章士钊在《甲寅》上发表的那篇《再答吴稚晖先生》来作为这“有了生气”的例证。〗

华盖集续编/无花的蔷薇之二（1926·3·29）

●3-8-35-71

三月十八日段祺瑞，贾德耀＊，章士钊们使卫兵枪杀民众，通缉五个所谓“暴徒首领”之后，报上还流传着一张他们想要第二批通缉的名单……这通缉如果实行，我是想要逃到东交民巷或天津去＊的；能不能自然是别一问题。这种举动虽将为“正人君子”所冷笑，但我却不愿意为要博得这些东西的夸奖，便到“孤桐先生”的麾下去投案。但这且待后来再说，因为近几天是“孤桐先生”也如“政客，富人，和革命猛进者及民众的首领”一般，“安居在东交民巷里”＊了。

〖释：贾德耀，安徽合肥人，曾任北洋政府陆军总长。三一八惨案的元凶之一，当时是段祺瑞临时执政府的国务总理。/“逃到东交民巷或天津去”，1925年5月在学生爱国运动的压力下，章士钊曾逃往天津躲避；1926年4月在冯玉祥国民军的压力下，段祺瑞、章士钊又曾逃到东交民巷使馆区躲避。/“安居在东交民巷里”，这原是陈西滢挖苦某些人物的语言。〗

而已集/大衍发微（1926·4·16）

●3-8-35-72

自然，和不多时以前，士钊秘长运筹帷幄，假公济私，谋杀学生，通缉异己之际，“正人君子”时而相生讥笑着被缉诸人的逃亡，时而“孤桐先生”“孤桐先生”叫得热剌剌地的时候一比较，目下诚不免有落寞之感。但据我看来，他其实并未落水，不过“安住”在租界里＊而已：北京依旧是他所豢养过的东西在张牙舞爪，他所勾结着的报馆在颠倒是非，他所栽培成的女校长在兴风作浪：依然是他的世界。

〖释：“‘安住’在租界里”，1926年4月20日，冯玉祥武力驱赶段祺瑞下台后，章士钊曾逃往天津租界。〗

华盖集续编/再来一次（1926·6·10）

●3-8-35-73

我虽然未曾在“孤桐先生”门下钻……但偶然见到他所发表的“文言”，知道他于法律的不可恃，道德习惯的并非一成不变，文字语言的必有变迁，其实倒是懂得的。懂得而照直说出来的，便成为改革者；懂得而不说，反要利用以欺瞒别人的，便成为“孤桐先生”及其“之流”。他的保护文言，内骨子里也不过是这样。

华盖集续编/再来一次（1926·6·10）

●3-8-35-74

章士钊先生现在是在保障民权了＊，段政府时代，他还曾保障文言。他造过一个实例，说倘将“二桃杀三士”用白话写作“两个桃子杀了三个读书人”，是多么的不行。

〖释：“章士钊保障民权”，1931年起章在上海当律师。1934年5月4日，他在《申报》发表文章谈及“保障民权”。〗

花边文学/“大雪纷飞”（1934·8·24）

●3-8-35-75

陈源教授之流……已经别离了最佩服的“孤桐先生”，而到青天白日旗下来革命了。我想，只要青天白日旗插远去，恐怕“孤桐先生”也会来革命的。不成问题了，都革命了，浩浩荡荡。

而已集/答有恒先生（1927·10·1）

章太炎（1869－1936）……名炳麟，又名绛。浙江余杭人。清末革命家、学者。光复会的发起人之一。后参加同盟会，曾主编同盟会机关杂志《民报》。

●3-8-35-76

章师在外亦颇困顿。浙图书馆原议以六千金雇匠人刻《章氏丛书》*，字皆仿宋，物美而价廉。比来两遭议会质问，谓此书何以当刻，事遂不能进行。国人识见如此，相向三叹。

〖释：《章氏丛书》，收章太炎著作十五种。1919年浙江图书馆刻版刊行。〗

书信/〔此信原无标点〕致许寿裳（1916·12·9）

●3-8-35-77

民国元年章太炎先生在北京，好发议论，而且毫无顾忌地褒贬。常常被贬的一群人于是给他起了一个绰号，曰“章疯子”。其人既是疯子，议论当然是疯话，没有价值的了，但每有言论，也仍在他们的报章上登出来，不过题目特别，道：《章疯子大发其疯》。有一回，他可是骂到他们的反对党头上去了。那怎么办呢？第二天报上登出来的时候，那题目是：《章疯子居然不疯》。

华盖集/补白（1925·7·3）

●3-8-35-78

归途过大马路，见文明书局*方廉价出售旧书，进而一观，则见太炎先生手写影印之《文始》*四本，黯淡垢污，在无聊之群书中，定价每本三角，为之慨然，得二本而出，兄不知有此书否，否则当以一部奉呈，亦一纪念也。

〖释：文明书局，1902年俞复、廉泉等创办于上海。初成立时以出版发行教科书为主。/《文始》，章太炎著，研究汉语语源的重要著作。1913年浙江图书馆影印出版。〗

书信/致许寿裳（1932·8·12）

●3-8-35-79

太炎先生曾教我小学*，后来因为我主张白话，不敢再去见他了，后来他主张投壶*，心窃非之，但当国民党要没收他的几间破屋*，我实不能向当局作媚笑。以后如相见，仍当执礼甚恭（而太炎先生对于弟子，向来也绝无傲态，和蔼若朋友然），自以为师弟之道，如此已可矣。

〖释：“小学”，汉代对文字学的通称。隋唐之后，扩延为文字学、训诂学、音韵学的总称。/“投壶”，古代一种娱乐。章太炎任孙传芳的“婚丧祭制会会长”时，曾主张恢复“投壶”古礼。/“国民党要没收他的几间破屋”，1927年“四·一二”政变后，章太炎在余杭老家的旧居曾被没收。〗

书信/致曹聚仁（1933·6·18）

●3-8-35-80

回忆三十余年之前，木板的《訄书》*已经出版了，我读不断，当然也看不懂，恐怕那时的青年，这样的多得很。……那时留学日本的浙籍学生，正办杂志《浙江潮》，其中即载有先生狱中所作诗，却并不难懂。这使我感动，也至今并没有忘记，现在抄两首在下面——

狱中赠邹容

邹容吾小弟，被发下瀛洲。快剪刀除辫，干牛肉作餱。英雄一入狱，天地亦悲秋。临命须掺手，乾坤只两头。

狱中闻沈禹希*见杀

不见沈生久，江湖知隐沦，萧萧悲壮士，今在易京门。螭魅羞争焰，文章总断魂。中阴当待我，南北几新坟。

〖释：《訄书》，章太炎早期的一部学术著作。木刻本印行于1899年，1902年修订出版时，增加了反清革命的色彩。/沈禹希（1872－1903），名荩，湖南善化（今长沙）人。清末参加维新运动，戊戌变法失败后流亡日本。1900年回国，秘密进行反清斗争。1903年被捕后杖死狱中。章太炎所作《祭沈禹希文》，载《浙江潮》第九期（1903年11月）。〗

且介亭杂文末编/关于太炎先生二三事（1934·3·10）

●3-8-35-81

一九〇六年六月出狱，即日东渡，到了东京，不久就主持《民报》。我爱看这《民报》，但并非为了先生的文笔古奥，索解为难，或说佛法，谈“俱分进化”*，是为了他和主张保皇的梁启超斗争，和“××”『注：疑为“献策”二字』的×××斗争，和“以《红楼梦》为成佛之要道”的×××『注：指蓝公武（1887－1957）』斗争，真是所向披靡，令人神旺。前去听讲*也在这时候，但又并非因为他是学者，却为了他是有学问的革命家，所以直到现在，先生的音容笑貌，还在目前，而所讲的《说文解字》，却一句也不记得了。

〖释：“俱分进化”，章太炎有一篇谈佛法的《俱分进化论》。/“×××”，指吴稚晖，他在《苏报》案中有过向当局“献策”的叛卖行为。/“前去听讲”，鲁迅曾于1908年在东京章太炎处听讲小学。〗

且介亭杂文末编/关于太炎先生二三事（1934·3·10）

●3-8-35-82

民国元年革命后，先生的所志已达，该可以大有作为了，然而还是不得志。这也是和高尔基的生受崇敬，死备哀荣，截然两样的。

且介亭杂文末编/关于太炎先生二三事（1934·3·10）

●3-8-35-83

革命之后，先生亦渐为昭示后世计，自藏其锋铓。浙江所刻的《章氏丛书》*，是出于手定的，大约以为驳难攻讦，至于忿詈，有违古之儒风，足以贻讥多士的罢，先前的见于期刊的斗争的文章，竟多被刊落，上文所引的诗两首，亦不见于《诗录》中。一九三三年刻《章氏丛书续编》于北平，所收不多，而更纯谨，且不取旧作，当然也无斗争之作，先生遂身衣学术的华衮，粹然成为儒宗，执贽愿为弟子者綦众，至于仓皇制《同门录》*成册。

〖释：《章氏丛书》，浙江图书馆木刻本于1919年刊行，共收著作十五种。其中无“诗录”，诗即附于“文录”卷二之末。下文的《章氏丛书续编》，由章太炎的学生吴承仕、钱玄同等编校，1933年刊行，共收著作七种。/《同门录》，即同学录。据《汉书·孟喜传》唐代颜师古注：“同门，同师学者也。”〗

且介亭杂文末编/关于太炎先生二三事（1934·3·10）

●3-8-35-84

清末，治朴学的不止太炎先生一个人，而他的声名，远在孙诒让*之上者，其实是为了他提倡种族革命，趋时，而且还“造反”。后来“时”也“趋”了过来……孙传芳*大帅也来请太炎先生投壶了。原是拉车前进的好身手，腿肚大，臂膊也粗，这回还是请他拉，拉还是拉，然而是拉车屁股向后，这里只好用古文，“呜呼哀哉，尚飨”了。

〖释：孙诒让（1848－1908），字仲容，浙江瑞安人。清末朴学家。著有《周礼正义》、《墨子闲诂》等。/孙传芳（1885－1935），山东历城人，北洋奉系军阀。他盘踞东南五省时，为了提倡复古，于1926年8月6日在南京举行投壶仪式，曾邀请章太炎去主持，但章未去。投壶，古代宴会时的一种娱乐，宾主依次把箭投入壶中，负者罚饮。〗

花边文学/趋时和复古（1934·8·15）

●3-8-35-85

按：《訄书》初版于1899年。1902年改订出版时删去《客帝》等篇，增加了反清革命色彩。1914年再版时又有增删并改名《检论》。

太炎先生是以文章排满的骁将著名的，然而在他那《訄书》的未改订本中，还承认满人可以主中国，称为“客帝”，比于嬴秦的“客卿”*。但是，总之，到光绪末年，翻印的不利于清朝的古书，可是陆续出现了；太炎先生也自己改正了“客帝”说，在再版的《訄书》里，“删而存此篇”；后来这书又改名为《检论》，我却不知道是否还是这办法。

〖释：“客卿”，战国时在一国担任官职的别

国人。〗

且介亭杂文/病后杂谈之余（1935·3）

●3-8-35-86

太炎先生是革命的先觉，小学的大师，倘谈文献，讲《说文》，当然娓娓可听，但一到攻击现在的白话，便牛头不对马嘴……我很自歉这回时时涉及了太炎先生。但“智者千虑，必有一失”，这大约也无伤于先生的“日月之明”的。至于我的所说＊，可是我想，“愚者千虑，必有一得”，盖亦“悬诸日月而不刊”＊之论也。

〖释：“我的所说”，指鲁迅在本文中为保卫白话而批评章太炎的言论。/“悬诸日月而不刊”，语出汉代扬雄《答刘歆书》；刊，这里是掉下的意思。〗

且介亭杂文二集/名人与名言（1935·7·20）

●3-8-35-87

苏州的学子是聪明的，他们请太炎先生讲国学＊，却不请他讲簿记学或步兵操典……

〖释：“请太炎先生讲国学”，1933年前后，章太炎在苏州创立章氏国学讲习会。他1935年9月说：“余自民国二十一年返旧都，讲学吴中三年矣。”〗

且介亭杂文二集/名人与名言（1935·7·20）

●3-8-35-88

老子的西出函谷，为了孔子的几句话，并非我的发见或创造，是三十年前，在东京从太炎先生口头听来的，后来他写在《诸子学略说》中，但我也并不信为一定的事实。

且介亭杂文末编/《出关》的“关”（1936·5）

●3-8-35-89

读太炎先生狱中诗，卅年前事，如在眼前。……今太炎先生诸诗及“速死”＊等，实为贵重文献，似应乘收藏者多在北平之便，汇印成册，以示天下，以遗将来。

〖释：“速死”，1915年章太炎被袁世凯软禁于北京时，曾大书“速死”二字悬于壁上。〗

书信/致许寿裳（1936·9·25）

●3-8-35-90

太炎先生虽先前也以革命家现身，后来却退居于宁静的学者，用自己所手造的和别人所帮造的墙，和时代隔绝了。纪念者自然有人，但也许将为大多数所忘却。

且介亭杂文末编/关于太炎先生二三事（1937·3·10）

●3-8-35-91

我以为先生的业绩，留在革命史上的，实在比在学术史上还要大。……我的知道中国有太炎先生，并非因为他的经学和小学，是为了他驳斥康有为和作邹容的《革命军》序，竟被监禁于上海的西牢。

且介亭杂文末编/关于太炎先生二三事（1937·3·10）

●3-8-35-92

“中华民国”之称，尚系发源于先生的《中华民国解》（最先亦见《民报》），为巨大的记念而已，然而知道这一重公案者，恐怕也已经不多了。

且介亭杂文末编/关于太炎先生二三事（1937·3·10）

●3-8-35-93

考其生平，以大勋章作扇坠，临总统府之门，大诟袁世凯的包藏祸心者，并世无第二人；七被追捕，三入牢狱，而革命之志，终不屈挠者，并世亦无第二人：这才是先哲的精神，后生的楷范。

且介亭杂文末编/关于太炎先生二三事（1937·3·10）

●3-8-35-94

战斗的文章，乃是先生一生中最大，最久的业绩……使先生和后生相印，活在战斗者的心中的。

且介亭杂文末编/关于太炎先生二三事（1937·3·10）

●3-8-35-95

先生手定的《章氏丛书》内，却都不收录这

些攻战的文章。先生力排清虏，而服膺于几个清儒，殆将希踪古贤，故不欲以此等文字自秽其著述——但由我看来，其实是吃亏，上当的，此种醇风，正使物能遁形，贻害千古。

且介亭杂文末编/因太炎先生而想起的二三事（1937・3・25）

●3-8-35-96

剪掉辫子，也是当时一大事。太炎先生去发时，作《解辫发》……文见于木刻初版和排印再版的《訄书》中，后经更定，改名《检论》时，也被删掉了。

且介亭杂文末编/因太炎先生而想起的二三事（1937・3・25）

康有为（1858－1927）……广东南海人，清末维新运动的领袖。1898 年戊戌变法失败后坚持君主立宪主张，反对民主革命。

●3-8-35-97

近一年来，居然也有几个不肯徒托空言的人，叹息一番之后，还要想法子来挽救。第一个是康有为，指手画脚的说“虚君共和”才好＊，陈独秀便斥他不兴……

〖释：“康有为说‘虚君共和’才好，陈独秀便斥他不兴”，康有为主张“虚君共和”（即君主立宪）的文字 1918 年 1 月发表在上海《不忍》杂志第九、十期合刊上。陈独秀的《驳康有为共和平议》1918 年 3 月发表于《新青年》第四卷第三号。〗

坟/我之节烈观（1919・8）

●3-8-35-98

康圣人＊主张跪拜，以为“否则要此膝何用”＊。走时的腿的动作，固然不易于看得分明，但忘记了坐在椅上时候的膝的曲直，则不可谓非圣人之疏于格物＊也。身中间脖颈最细，古人则于此斫之，臀肉最肥，古人则于此打之，其格物都比康圣人精到，后人之爱不忍释，实非无因。

〖释：“康圣人”，据梁启超《康有为传》载，康幼时“有志于圣人之学”，“开口辄曰圣人圣人也”，故乡人戏称之“圣人为”。/“否则要此膝何用”，此语常见于康有为鼓吹尊孔的文电中。例如他在《请饬全国祀孔仍行跪拜礼》中发问：“中国民不拜天，又不拜孔子，留此膝何用？”/“格物”，推究事物的道理。〗

华盖集/忽然想到〔一〕（1925・1・17）

●3-8-35-99

我生得太早一点，连康有为们“公车上书”＊的时候，已经颇有些年纪了。政变＊之后，有族中的所谓长辈也者教诲我，说：康有为是想篡位，所以他的名字叫有为；有者，“富有天下”，为者，“贵为天子”也。非图谋不轨而何？

〖释：“公车上书”，甲午战败后，清政府被迫与日本签订丧权辱国的《马关条约》，遭到国内各界的反对。1895 年秋，正在北京参加会试的康有为联合各省举人一千三百余人，上书光绪皇帝，要求“拒和、迁都、变法”，史称公车上书。公车，原为汉代地方官派出载送士人进京的马车，后世举人入京会试也用此作称。/“政变”，指戊戌变法。〗

华盖集/忽然想到（1925・4・22）

●3-8-35-100

广东举人多得很，为什么康有为独独那么有名呢，因为他是公车上书的头儿，戊戌政变的主角，趋时。

花边文学/趋时和复古（1934・8・15）

●3-8-35-101

清末，因为想“维新”，常派些“人才”出洋去考察，我们现在看看他们的笔记罢，他们最以为奇的是什么馆里的蜡人能够和活人对面下棋。南海康有为，佼佼者也，他周游十一国，一直到得巴尔干，这才悟出外国之所以常有“弑君”之故来了，曰：因为宫墙太矮的缘故。

南腔北调集/谚语（1933・7・15）

梁实秋（1903－1987）……浙江杭县（今余杭）人，新月社主要成员。学者，教授。

●3-8-35-102

梁先生究竟是有智识的教授，所以和平常的不同。他终于不讲“文学是有阶级性的吗?”了，在《答鲁迅先生》＊那一篇里，很巧妙地插进电杆上写“武装保护苏联”，敲碎报馆玻璃那些句子去，在上文所引的一段里又写出“到××党去领卢布”字样来，那故意暗藏的两个×，是令人立刻可以悟出的“共产”这两字，指示着凡主张“文学有阶级性”，得罪了梁先生的人，都是在做“拥护苏联”，或“去领卢布”的勾当，和段祺瑞的卫兵枪杀学生，《晨报》＊却道学生为了几个卢布送命，自由大同盟上有我的名字，《革命日报》＊的通信上便说为“金光灿烂的卢布所买收”，都是同一手段。在梁先生，也许以为给主子嗅出匪类（“学匪”＊），也就是一种“批评”，然而这职业，比起“刽子手”来，也就更加下贱了。

〖释：《答鲁迅先生》，梁实秋发表在《新月》第二卷第九期（实际出版日期在1930年2月以后）上的文章。其中说：“革命我是不敢乱来的，在电灯杆子上写武装保护苏联我是不干的，到报馆门前敲碎一两块值五六百元的大块玻璃我也是不干的……”/《晨报》，梁启超、汤化龙等组织的政治团体研究系的机关报。存在于1918年12月－1928年6月。/《革命日报》，国民党汪精卫改组派主办的报纸，1929年底在上海创刊。/“学匪”，1925年12月30日，国家主义派刊物《国魂》旬刊第九期上，载有姜华的《学匪与学阀》一文，咒骂在北京女子师范大学风潮中支持学生的鲁迅、马裕藻等人为“学匪”。当时的现代评论派也对鲁迅等进行过这类攻击。〗

二心集/“丧家的”“资本家的乏走狗”（1930·5·1）

●3-8-35-103

我还记得，“国共合作”时代，通信和演说，称赞苏联，是极时髦的，现在可不同了，报章所载，则电杆上写字和“××党”，捕房正在捉得非常起劲，那么，为将自己的论敌指为“拥护苏联”或“××党”，自然也就髦得合时，或者还许会得到主子的“一点恩惠”了。但倘说梁先生意在要得“恩惠”或“金镑”，是冤枉的，决没有这回事，不过想借此助一臂之力，以济其“文艺批评”之穷罢了。所以从“文艺批评”方面看来，就还得在“走狗”之上，加上一个形容字：“乏”。

二心集/“丧家的”“资本家的乏走狗”（1930·5·1）

●3-8-35-104

那篇《文学是有阶级性的吗?》的高文，结论是并无阶级性。……但是梁先生却中了一些“什么马克斯”＊毒了，先承认了现在许多地方是资产制度，在这制度之下则有无产者。不过这“无产者本来并没有阶级的自觉。是几个过于富同情心而又态度褊激的领袖把这个阶级观念传授了给他们”，要促起他们的联合，激发他们争斗的欲念。不错，但我以为传授者应该并非由于同情，却因了改造世界的思想。况且“本无其物”的东西，是无从自觉，无从激发的，会自觉，能激发，足见那是原有的东西。

〖释：“什么马克斯牛克斯”，见吴稚晖1927年5月给汪精卫的信。〗

二心集/“硬译”与“文学的阶级性”（1930·3）

●3-8-35-105

梁先生自有消除斗争的办法，以为如卢梭所说：“资产是文明的基础”〖注：此语原文为“财产是文明社会的真正基础”〗，“所以攻击资产制度，即是反抗文明”，“一个无产者假如他是有出息的，只消辛辛苦苦诚诚实实的工作一生，多少必定可以得到相当的资产。这才是正当的生活斗争的手段。”〖注：这些话见梁实秋《文学是有阶级性的吗?》一文〗……无产者应该“辛辛苦苦”爬上有产阶级去的“正当”的方法，则是中国有钱的老太爷高兴的时候，教导穷工人的古训，在实际上，现今正在“辛辛苦苦诚诚实实”想爬上一级去的“无产者”也还多。然而这是还没有人“把这个阶级观念传授了给他们”的时候。一经传授，他们可就不肯一个一个的来爬了，诚如梁先生所说，“他们是一个阶级了，他们要有组织了，他们是一个集团了，于是他们便不循常轨的一跃而夺取政权财权，一跃而为统治阶级。”但可还有想“辛辛苦苦诚诚实实工作一生，多少必定可以得到相当的资产”的“无产者”呢？自然还有的。然而他要算是“尚未发财的有产者”了。

二心集/“硬译”与“文学的阶级性”（1930·3）

●3-8-35-106

梁先生以为……“这种革命的现象不能是永久的，经过自然进化之后，优胜劣败的定律又要证明了，还是聪明才力过人的人占优越的地位，无产者仍是无产者”。但无产阶级大概也知道“反文明的势力早晚要被文明的势力所征服”，所以“要建立所谓‘无产阶级文化’，……这里面包括文艺学术”『注：这些话见梁实秋《文学是有阶级性的吗?》一文』。

二心集/“硬译”与“文学的阶级性”（1930·3）

●3-8-35-107

梁先生首先以为无产者文学理论的错误，是“在把阶级的束缚加在文学上面”，因为一个资本家和一个劳动者，有不同的地方，但还有相同的地方，“他们的人性（这两个字原本有套圈）并没有两样”，例如都有喜怒哀乐，都有恋爱（但所“说的是恋爱的本身，不是恋爱的方式”），“文学就是表现这最基本的人性的艺术”『注：这些话见梁实秋《文学是有阶级性的吗?》一文』。这些话是矛盾而空虚的。既然文明以资产为基础，穷人以竭力爬上去为“有出息”，那么，爬上是人生的要谛，富翁乃人类的至尊，文学也只要表现资产阶级就够了，又何必如此“过于富同情心”，一并包括“劣败”的无产者？况且“人性”的“本身”，又怎样表现的呢？

二心集/“硬译”与“文学的阶级性”（1930·3）

●3-8-35-108

梁先生说作者的阶级，和作品无关『注：这种意思见梁实秋《文学是有阶级性的吗?》一文』。托尔斯泰出身贵族，而同情于贫民，然而并不主张阶级斗争；马克斯并非无产阶级中的人物；终身穷苦的约翰孙＊博士，志行吐属，过于贵族。所以估量文学，当看作品本身，不能连累到作者的阶级和身分。这些例子，也全不足以证明文学的无阶级性的。托尔斯泰正因为出身贵族，旧性荡涤不尽，所以只同情于贫民而不主张阶级斗争。马克斯原先诚非无产阶级中的人物，但也并无文学作品，我们不能悬拟他如果动笔，所表现的一定是不用方式的恋爱本身。至于约翰孙博士终身穷苦，而志行吐属，过于王侯者，我却实在不明白那缘故，因为我不知道英国文学和他的传记。也许，他原想“辛辛苦苦诚诚实实的工作一生，多少必定可以得到相当的资产”，然后再爬上贵族阶级去，不料终于“劣败”，连相当的资产也积不起来，所以只落得摆空架子，“爽快”了罢。

〖释：约翰孙，英国文学家（1709－1784）。曾独力编撰第一部《英语辞典》〗

二心集/“硬译”与“文学的阶级性”（1930·3）

●3-8-35-109

梁先生说，“好的作品永远是少数人的专利品，大多数永远是蠢的，永远是和文学无缘”，但鉴赏力之有无却和阶级无干，因为“鉴赏文学也是一种福气”『注：这些话见梁实秋《文学是有阶级性的吗?》一文』，就是，虽在无产阶级里，也会有这“天生的一种福气”的人。由我推论起来，则只要有这一种“福气”的人，虽穷得不能受教育，至于一字不识，也可以赏鉴《新月》月刊，来作“人性”和文艺“本身”原无阶级性的证据。

二心集/“硬译”与“文学的阶级性”（1930·3）

●3-8-35-110

梁先生的这篇文章，原意是在取消文学上的阶级性，张扬真理的。但以资产为文明的祖宗，指穷人为劣败的渣滓，只要一瞥，就知道是资产家的斗争的“武器”，——不，“文章”了。无产文学理论家以主张“全人类”“超阶级”的文学理论为帮助有产阶级的东西，这里就给了一个极分明的例证。

二心集/“硬译”与“文学的阶级性”（1930·3）

●3-8-35-111

梁先生最痛恨的是无产文学理论家以文艺为斗争的武器，就是当作宣传品。他“不反对任何人利用文学来达到另外的目的”，但“不能承认宣传式的文学便是文字”『注：这些话见梁实秋《文学是有阶级性的吗?》一文』。我以为这是自扰之谈。据我所看过的那些理论，都不过说凡文艺必有所宣传，并没有谁主张只要宣传式的文字便是文学。

二心集/“硬译”与“文学的阶级性”（1930·3）

●3-8-35-112

梁先生……临末让步说，“假如无产阶级革命家一定要把他的宣传文学唤做无产文学，那总算是一种新兴文学，总算是文学国土里的新收获，用不着高呼打倒资产的文学来争夺文学的领域，因为文学的领域太大了，新的东西总有它的位置的。”『注：这些话见梁实秋《文学是有阶级性的吗?》一文』但这好像“中日亲善，同存共荣”之说，从羽毛未丰的无产者看来，是一种欺骗。愿意这样的“无产文学者”，现在恐怕实在也有的罢，不过这是梁先生所谓“有出息”的要爬上资产阶级去的“无产者”一流，他的作品是穷秀才未中状元时候的牢骚，从开手到爬上以及以后，都决不是无产文学。无产者文学是为了以自己们之力，来解放本阶级并及一切阶级而斗争的一翼，所要的是全般，不是一角的地位。

二心集/“硬译”与“文学的阶级性”（1930·3）

●3-8-35-113

梁实秋先生这回在《新月》的“零星”上，也赞成“不满于现状了”，但他以为“现在有智识的人（尤其是夙来有‘前驱者’‘权威’‘先进’的徽号的人），他们的责任不仅仅是冷讥热嘲地发表一点‘不满于现状’的杂感而已，他们应该更进一步的诚诚恳恳地去求一个积极医治‘现状’的药方”。

为什么呢？因为有病就须下药，“三民主义是一副药，——梁先生说，——共产主义也是一副药，国家主义也是一副药，无政府主义也是一副药，好政府主义也是一副药”，现在你“把所有的药方都褒贬得一文不值，都挖苦得不留余地，……这可是什么心理呢?”

……自三民主义以至无政府主义，无论它性质的寒温如何，所开的究竟还是药名，如石膏，肉桂之类，——至于服后的利弊，那是另一个问题。独有“好政府主义”这“一副药”，他在药方上所开的却不是药名，而是“好药料”三个大字，以及一些唠唠叨叨的名医架子的“主张”。不错，谁也不能说医病应该用坏药料，但这张药方，是不必医生才配摇头，谁也会将他“褒贬得一文不值”（“褒”是“称赞”之意，用在这里，不但“不通”，也证明了不识“褒”字，但这是梁先生的原文，所以姑仍其旧）的。

倘这医生羞恼成怒，喝道“你嘲笑我的好药料主义，就开出你的药方来!”那就是更大可笑的“现状”之一，即使并不根据什么主义，也会生出杂感来的。杂感之无穷无尽，正因为这样的“现状”太多的缘故。

二心集/“好政府主义”（1930·5）

●3-8-35-114

前年，最初绍介蒲力汗诺夫（Plekhanov）*和卢那卡尔斯基（Lunacharsky）『注：见4-11-39“卢那察尔斯基”题解』文艺理论进到中国的时候，先使一位白璧德*先生（Mr. Prof. Irving Babbitt）的门徒，感觉锐敏的“学者”愤慨，他以为文艺原不是无产阶级的东西，无产者倘要创作或鉴赏文艺，先应该辛苦地积钱，爬上资产阶级去，而不应该大家浑身褴褛，到这花园中来吵嚷。并且造出谣言，说在中国主张无产阶级文学的人，是得了苏俄的卢布。这方法也并非毫无效力，许多上海的新闻记者就时时捏造新闻，有时还登出卢布的数目。

〖释：蒲力汗诺夫，即普列汉诺夫（1856－1918），俄国最早的马克思主义传播者，后成为孟什维克。/白璧德（I. Babbitt，1865－1933），美国近代新人文主义运动的领导者之一，著有《新拉奥孔》、《卢梭与浪漫主义》、《民主与领导》等。〗

二心集/黑暗中国的文艺界的现状（1931·3－4）

●3-8-35-115

将来重开四库馆时，恐怕我的一切译作，全在排除之列；虽是现在，天津图书馆的目录上，在《呐喊》和《彷徨》之下，就注着一个“销”字，“销”者，销毁之谓也；梁实秋教授充当什么图书馆主任时，听说也曾将我的许多译作驱逐出境＊。

〖释：“梁实秋……将我的许多译作驱逐出境”，1930年前后梁实秋任青岛大学图书馆主任时曾取缔馆藏马克思主义书籍，包括鲁迅所译《文艺政策》。〗

且介亭杂文二集/“题未定”草〔六〕（1936·1－2）

●3-8-35-116

我的《呐喊》在天津图书馆被焚毁，梁实秋教授掌青岛大学图书馆时，将我的译作驱除，以及未名社的横祸，我那时颇觉得北方官长，办事较南方为森严，元朝分奴隶为四等＊，置北人于南人之上，实在并非无故。后来知道梁教授虽居北地，实是南人，以及靖华的小说想在南边出版，也曾被锢多日＊，就又明白我的决论其实是不确的了。这也是“学问无止境”罢。

〖释：“元朝分奴隶为四等”，元朝实行种族歧视政策，将其治下的人民分为四等。第一等为蒙古人，第二等为色目人，指蒙古人在侵入中原以前所征服的西域各少数民族；再次为汉人，指在金人统治下的北中国的汉族人，包括契丹、女真、回回等族；最后为南人，即南宋遗民。/“靖华的小说……被锢多日”，上海现代书局原说要出版曹靖华所译苏联小说，但又久置，后由鲁迅索回编成《苏联作家七人集》。〗

且介亭杂文末编/曹靖华译《苏联作家七人集》序（1936·11）

第九节　中国人士［十二至十八画］

即使是孔夫子，缺点总也有的，在平时谁也不理会，因为圣人也是人，本是可以原谅的。然而如果圣人之徒出来胡说一通，以为圣人是这样，是那样，所以你也非这样不可的话，人们可就禁不住要笑起来了。

(36) 十二、十三画（蒋傅曾谢楼）

即使含些“利用”的私心，也不妨，利用别人，又给别人做点事，说得好看一点，就是“互助”。

蒋光慈（300）/**傅东华**（301）/**曾今可**（302）/**谢冰莹**（304）/**楼适夷**（304）

蒋光慈（1901－1931）……蒋光赤，安徽六安人。大革命失败后改名蒋光慈。作家，太阳社主要成员。

●3-9-36-1

我在“革命文学”战场上，是“落伍者”，所以中心和前面的情状，不得而知。但向他们屁股那面望过去，则有成仿吾司令的《创造月刊》＊，《文化批判》＊，《流沙》＊，蒋光X（恕我还不知道现在已经改了那一字）拜帅的《太阳》＊……

〖释：《创造月刊》，见3-5-29-4条释。/《文化批判》，见3-5-29-4条释。/《流沙》，创造社综合性半月刊。1928年3月在上海创刊，出至第六期停刊。/《太阳》，即《太阳月刊》，太阳社主要文学刊物之一。1928年1月在上海创刊，出至第七期停刊。〗

三闲集/文坛的掌故（1928·8·20）

●3-9-36-2

在“中国新兴文学的地位，早为读者所共知”的蒋光Z先生，曾往日本东京养病，看见藏原惟人＊，谈到日本有许多翻译太坏，简直比原文还难读……他就笑了起来，说：“……那中国的翻译界更要莫名其妙了，近来中国有许多书籍都是译自日文的，如果日本人将欧洲人那一国的作品带点错误和删改，从日文译到中国去，试问这作品岂不是要变了一半的相貌么？……”（见《拓荒者》）也就是深不满于翻译，尤其是重译的表示。不过梁先生还举出书名和坏处，蒋先生却只嫣然一笑，扫荡无余，真是普遍得远了。藏原惟人是从俄文直接译过许多文艺理论和小说的，于我个人就极有裨益。我希望中国也有一两个这样的诚实的俄文翻译者，陆续译出好书来，不仅自骂一声“混蛋”就算尽了革命文学家的责任。

〖释：藏原惟人，日本文艺评论家。/“……不是要变了一半的相貌么”，蒋光慈的这些话，见他在《拓荒者》第一期（1930年1月）发表的《东京之旅》。〗

二心集/“硬译”与“文学的阶级性”（1930·3）

●3-9-36-3

当蒋光慈先生组织太阳社，和创造社联盟，率领“小将”来围剿我的时候，他曾经做过一篇文章，其中有几句，大意是说，鲁迅向来未曾受人攻击，自以为不可一世，现在要给他知道知道了。其实这是错误的，我自作评论以来，即无时不受攻击……

伪自由书/后记（1933·7·20）

●3-9-36-4

按：鲁迅给伊罗生的这封信，署名L. S.。

蒋君的生年，现在查出来了，是一九〇一年；卒年不大明白，大约是一九三〇或三一年。

书信/致〈美〉伊罗生（1934·8·25）

●3-9-36-5

中华书局译世界文学的事，早已过去了，没有实行。其实，他们是本不想实行的……现在蒋『注：指蒋光慈』死了，说本想托蒋译，假如活着，也不会托他译的，因为一托他，真的译出来，岂不大糟？

书信/致萧军、萧红（1934·12·10）

傅东华（1893－1971）……浙江金华人。翻译家。历任《文学》月刊编辑、主编。

●3-9-36-6

《文学》第二号，伍实『注：即傅东华』先生写的《休士＊在中国》中，开首有这样的一段——

“……萧翁＊是名流，自配我们的名流招待，且唯其是名流招待名流，这才使鲁迅先生和梅兰芳博士有千载一时的机会得聚首于一堂。休士呢，不但不是我们的名流心目中的那种名流，且还加上一层肤色上可顾忌！”

是的，见萧的不只是我一个，但我见了一回萧，就被大小文豪一直骂到现在，最近的就是这回因此就并我和梅兰芳为一谈的名文。然而那时是招待者邀我去的。这回的招待休士，我并未接到通知，时间地址，全不知道，怎么能到？即使邀而不到，也许有别种原因，当口诛笔伐之前，似乎也须略加考察。现在并未相告，就责我不到，因这不到，就断定我看不起黑种。作者是相信的罢，读者不明事实，大概也可以相信的，但我自己还不相信我竟是这样一个势利卑劣的人！

〖释：休士（L. Hughes，1902－1967），美国黑人作家。1933年7月访苏返美途经上海时，上海的文学社、现代杂志社、中外新闻社等曾宴请他。/萧翁，指英国作家萧伯纳。他曾于1933年2月访问过上海。〗

南腔北调集/给文学社信（1933·9·1）

●3-9-36-7

我看伍实先生其实是化名，他一定也是名流……不过他如果和上海的所谓文坛上的那些狐鼠有别，则当施人身攻击之际，似乎应该略负一点责任，宣布出和他的本身相关联的姓名，给我看看真实的嘴脸。这无关政局，决无危险，况且我们原曾相识，见面时倒是装作十分客气也说不定的。

南腔北调集/给文学社信（1933·9·1）

●3-9-36-8

傅公，一孱头耳，不知道他是在怎么想；那刊物，似乎也不过挨满一年，聊以塞责，则不复有朝气也可知。

书信/致姚克（1934·2·20）

曾今可（1901－1971）……江西泰和人。1931年在上海创办新时代书局，并出版《新时代》月刊。

●3-9-36-9

现在是二十世纪过了三十三年，地方是上海的租界上，做买办立刻享荣华，当文学家怎不马上要名利，于是乎有术存焉。

那术，是自己先决定自己是文学家，并且有点儿遗产或津贴。接着就自开书店，自办杂志，自登文章，自做广告，自报消息，自想花样……然而不成，诗的解放，先已有人，词的解放，只好骗鸟，于是乎"序的解放"起矣。

夫序，原是古已有之，有别人做的，也有自己做的。但这未免太迂，不合于"新时代"的"文学家"＊的胃口。因为自序难于吹牛，而别人来做，也不见得定规拍马，那自然只好解放解放，即自己替别人来给自己的东西作序，术语曰"摘录来信"，真说得好像锦上添花。"好评一束"还须附在后头，代序却一开卷就看见一大番颂扬，仿佛名角一登场，满场就大喝一声采，何等有趣。倘是戏子，就得先买许多留声机，自己将"好"叫进去，待到上台时候，一面一齐开起来。

〖释："'新时代'的'文学家'"，指曾今可。1933年2月他在《新时代》第四卷第一期上刊出"词的解放运动专号"，其中有他本人一首油腔滑调的《画堂春》："一年开始日初长，客来慰我凄凉；偶然消遣本无妨，打打麻将。都喝干杯中酒，国家事管他娘；樽前犹幸有红妆，但不能狂。"同年同月他出版自己的诗集《两颗星》，盗用崔万秋名义作该书"代序"，并在该"代序"中历述"读者的好评"。此事被戳穿后，他在1933年7月4日《申报》上刊登启事进行辩解，称该"代序""乃摘录崔君的来信"。又说"鄙人既未有党派作护身符，也不借主义为工具，更无集团的背景，向来不敢狂妄。惟能力薄弱，无法满足朋友们之要求，遂不免获罪于知己……（虽自幸未尝出卖灵魂，亦足见没有'帮口'的人的可怜了！）"〗

准风月谈/序的解放（1933·7·7）

●3-9-36-10

这样的玩意儿给人戳穿了又怎么办呢？也有术的。立刻装出可怜相，说自己既无党派，也不借主义，又没有帮口，向来不敢狂妄，毫没有座谈时候的摇头摆尾的得意忘形的气味了，倒好像别人乃是反动派，杀人放火主义，青帮红帮，来欺侮了这位文弱而有天才的公子哥儿似的。

准风月谈/序的解放（1933·7·7）

●3-9-36-11

更有效的是说，他的被攻击，实乃因为"能力薄弱，无法满足朋友们之要求"。我们倘不知道这位"文学家"的性别，就会疑心到有许多有党派或帮口的人们，向他屡次的借钱，或向她使劲的求婚或什么，"无法满足"，遂受了冤枉的报复的。

准风月谈/序的解放（1933·7·7）

●3-9-36-12

曾大少真太脆弱，而启事尤可笑，谓文坛污秽，所以退出，简直与《伊索寓言》所记，狐吃不到葡萄，乃诋之为酸同一方法。但恐怕他仍要回来的，中国人健忘，半年六月之后，就依然一个纯正的文学家了。

书信/致黎烈文（1933·7·14）

●3-9-36-13

《自由谈》上曾经攻击过曾今可的“解放词”，据《社会新闻》第三卷廿二期（六月六日出）说，原来却又是我在闹的了，如下——

曾今可准备反攻

曾今可之为鲁迅等攻击也，实至体无完肤，固无时不想反攻，特以力薄能鲜，难于如愿耳！且知鲁迅等有左联作背景，人多手众，此呼彼应，非孤军抗战所能抵御，因亦着手拉拢，凡曾受鲁等侮辱者更所欢迎。近已拉得张资平，胡怀琛，张凤，龙榆生等十余人，组织一文艺漫谈会，假新时代书店为地盘，计划一专门对付左翼作家之半月刊，本月中旬即能出版。〔如〕

那时我想，关于曾今可，我虽然没有写过专文，但在《曲的解放》*（本书第十五篇）里确曾涉及，也许可以称为“侮辱”罢；胡怀琛虽然和我不相干，《自由谈》上是嘲笑过他的“墨翟为印度人”说*的。但龙、张两位是怎么的呢？彼此的关涉，在我的记忆里竟一点也没有。

〖释：《曲的解放》，实际上出自瞿秋白手笔，发表在1933年3月12日《申报·自由谈》，署名“何家干”；文章开头涉及曾今可的“词的解放”。/“胡怀琛的‘墨翟为印度人’说”，胡怀琛（1886－1938）曾于1928年4月和8月两度发表文章断言墨子是印度人，墨学是佛学的旁支云。〗

伪自由书/后记（1933·7·20）

●3-9-36-14

有人来抱不平了，七月五日的《自由谈》……揭载了这样的一篇文字——

谈“文人无行”　　谷春帆

……过去有曾某其人者，硬以管他娘与打打麻将等屁话来实行其所谓词的解放，被人斥为轻薄少年与色情狂的急色儿，曾某却唠唠叨叨辩个不休，现在呢，新的事实又证明了曾某不仅是一个轻薄少年，而且是阴毒可憎的蛇蝎……用最卑劣的手段投稿于小报，指他的朋友为×××，并公布其住址，把朋友公开出卖（见第五号《中外书报新闻》）。这样的大胆，这样的阴毒，这样的无聊，实在使我不能相信这是一个有廉耻有人格的“人”——尤其是“文人”，所能做出。然而曾某却真想得到，真做得出，我想任何人当不能不佩服曾某的大无畏的精神。

……比如以专写三角恋爱小说出名，并发了财的张××，彼固动辄以日本某校出身自炫者，然而他最近也会在一些小报上泼辣叫嚣，完全一副满怀毒恨的“弃妇”的脸孔，他会阴谋中伤，造谣挑拨，他会硬派人像布哈林或列宁，简直想要置你于死地，其人格之卑污，手段之恶辣，可说空前绝后……还有新出版之某无聊刊物上有署名“白羽遐”者作《内山书店小坐记》一文，公然说某人常到内山书店，曾请内山书店救过命保过险。我想，这种公开告密的勾当，大概也就是一流人化名玩出的花样。

伪自由书/后记（1933·7·20）

●3-9-36-15

以前我实在闲却了《文艺座谈》的座主，“解放词人”曾今可先生了。但写起来却又很简单，他除了“准备反攻”之外，只在玩“告密”的玩艺。

崔万秋『注：当时《大晚报·火炬》主编』先生和这位词人，原先是相识的，只为了一点小纠葛，他便匿名向小报投稿，诬陷老朋友去了。不幸原稿偏落在崔万秋先生的手里，制成铜版，在《中外书报新闻》（五号）上精印了出来——

崔万秋加入国家主义派

《大晚报》屁股编辑崔万秋自日回国，即住在愚园坊六十八号左舜生家，旋即由左与王造时介绍于《大晚报》工作。近为国家主义及广东方面宣传极力，夜则留连于舞场或八仙桥庄上云。

有罪案，有住址，逮捕起来是很容易的。而同时又诊出了一点小毛病，是这位词人曾经用了崔万秋的名字，自己大做了一通自己的诗的序，而在自己所作的序里又大称赞了一通自己的诗。轻恙重症，同时夹攻，渐使这柔嫩的诗人兼词人站不住，他要下野了，而在《时事新报》（七月九日）上却又是一个启事，好像这时的文坛是入了“启事时代”似的——

曾今可启事

鄙人不日离沪旅行，且将脱离文字生活。以后对于别人对我造谣诬蔑，一概置之不理。这年头，只许强者打，不许弱者叫，我自然没有什么话可说。我承认我是一个弱者，我无力反抗，我将在英雄们胜利的笑声中悄悄地离开这文坛。如果有人嘲笑我是“懦夫”，我只当他是尊我为“英雄”。此启。

这就完了。但我以为文字是有趣的，结末两句，尤为出色。

伪自由书/后记（1933·7·20）

谢冰莹（1906－2000）……湖南新化人。女作家。著有《从军日记》等。

●3-9-36-16

冰莹女士近来似乎不但作风不好而已，她与左联亦早无关系，所以我不能代为催促。

书信/致王志之（1933·1·9）

●3-9-36-17

谢小姐和我们久不相往来，雪声『注：段雪笙（1891－1945），曾参加创造社和北平“左联”』兄想已知之，而尚托其转信，何也？她一定不来干这种事情的。

书信/致王志之（1933·2·2）

楼适夷（1905－2001）……字建南，浙江余姚人。作家，翻译家。“左联”成员。

●3-9-36-18

适兄忽患大病＊，颇危，不能写信了。

〖释：“适兄大病”，隐指楼适夷1933年9月17日在上海被捕。〗

书信/致姚克（1933·9·24）

●3-9-36-19

我说适兄的事，是他遭了不幸，不在上海了。……他的家一定也早不在老地方的。

书信/致姚克（1933·10·2）

●3-9-36-20

适兄尚存，其夫人曾得一信，但详情则不知。

书信/致姚克（1933·11·5）

●3-9-36-21

按：此信收信人楼炜春，浙江余姚人，楼适夷的堂弟。曾任天马书店副经理。

昨收到惠函，并适夷兄笺。先前时闻谣言，多为恶耗，几欲令人相信，今见其亲笔，心始释然。来日方长，无期＊与否实不关宏恉，但目前则未必能有法想耳。

〖释：“无期”，楼适夷于1934年5月被判无期徒刑，关押在南京军人监狱。〗

书信/致楼炜春（1934·6·24）

●3-9-36-22

按：鲁迅给伊罗生的这封信，署名L. S.。

楼适夷的生年已经查来，是一九〇三年『注：楼适夷生年应为1905年』，他今年三十一岁，经过拷问，不屈，已判定无期徒刑。

书信/致〈美〉伊罗生（1934·8·22）

●3-9-36-23

适兄译成英文之小说，即《盐场》＊，并非登在杂志上，乃在一本中国小说选集，名《草鞋脚》者之中，其书选现代作品，由我起至新作家止，共为一书，现稿已寄美国，尚未出书……

〖释：《盐场》，建南（楼适夷）所著短篇小说。〗

书信/致楼炜春（1934·9·21）

（37）十四至十八画（蔡端黎颜穆戴魏瞿）

如果孔丘，释迦，耶稣基督还活着，那些教徒难免要恐慌。

蔡元培（1868－1940）……号孑民。浙江绍兴人。近代教育家，五四新文化运动的有力支持者。他是前清进士，早年与章太炎等组织光复会，后又参加同盟会。曾任北洋政府教育总长、北京大学校长、国民政府大学院院长、中央研究院院长等职。

●3-9-37-1

革命政府在南京成立，教育部长＊招我去做部员，移入北京，一直到现在＊。

〖释：“教育部长”，指蔡元培。/“……一直到现在”，1912 年中华民国临时政府在南京成立，故鲁迅应教育总长蔡元培之约赴教育部任职，同年5 月随临时政府迁至北京，任社会教育司第二科科长。不久，第一科移交内务部，第二科改为第一科，1912 年8 月26 日，鲁迅被委任为第一科科长。〗

集外集/俄文译本《阿Q正传》序及著者自叙传略（1925·6·15）

●3-9-37-2

在沪时闻蔡先生在越中，报章亦云尔；今日往询其家，则言已往杭州矣。在此曾一演说＊，听者颇不能解，或者云：但知其欲填塞河港耳。

〖释：“蔡先生演说”，蔡元培1916 年11 月从欧洲回国后，曾于26 日在绍兴向各界发表演说，希望能改善交通，注意卫生，举办公益事业等。〗

书信/致许寿裳〔此信原无标点〕（1916·12·9）

●3-9-37-3

前被书，属告起孟『注：启孟，即周作人』，并携言语学美学书籍，便即转致。顷有书来，言此二学均非所能，略无心得，实不足以教人，若勉强敷说，反有辱殷殷之意。虑到后面陈，多稽时日，故急函谢，切望转达，以便别行物色诸语。

书信/致蔡元培〔此信原无标点〕（1917·3·8）

●3-9-37-4

听说世有可来消息＊，真的吗？

〖释：“世有可来消息”，“世”指蔡元培。1919 年5 月9 日，北京大学校长蔡元培为抗议北洋政府镇压五四运动而辞职离校。后在校内外各派人士敦促下通电放弃辞职，并于9 月12 日回京主持校务。〗

书信/致钱玄同（1919·7·4）

●3-9-37-5

按：据1926 年2 月5 日《晨报》报道，刚从欧洲回来的蔡元培“对学生界现象极不满。谓现实问题，固应解决，尤须有人埋头研究，以规将来”云云。这与胡适的主张相似。鲁迅对此提出了委婉的批评。

蔡孑民先生一到上海，《晨报》就据国闻社电报郑重地发表他的谈话，而且加以按语，以为“当为历年潜心研究与冷眼观察之结果，大足诏示国人，且为知识阶级所注意也”。

我很疑心那是胡适之先生的谈话，国闻社的电码有些错误了。

华盖集续编/无花的蔷薇（1926·3·8）

●3-9-37-6

此公将必请我们入研究院＊。然而我有何物可研究呢？古史乎，鼻『注：鼻，指顾颉刚』已“辨”了；文学乎，胡适之已“革命”了，所余者，只有“可恶”而已。可恶之研究，必为孑公『注：蔡元培，字孑民』所大不乐闻也，其实，我和此公，气味不投者也，民元以后，他所赏识者，袁希涛蒋维乔＊辈，则十六年之顷，其所赏识者，也就可以类推了。

〖释：“此公将必请我们入研究院”，蔡元培当时曾参与筹组浙江大学研究院。/“袁希涛蒋维乔”，均曾为北洋政府教育部官员。〗

书信/致章廷谦（1927·6·12）

●3-9-37-7

鼻『注：指顾颉刚』又赴沪……吾卜其必将蒙赏识于“孑公”。

书信/致章廷谦（1927·6·23）

●3-9-37-8

子公复膺大学院长＊，饭仍是蒋维乔袁希涛口中物也。

〖释："子公复膺大学院长"：1927年6月27日国民党中央政治会议通过蔡元培等提议，决定成立大学院，作为全国最高学术教育行政机关。同年10月，蔡元培就任大学院院长。〗

书信/致章廷谦（1927·9·19）

●3-9-37-9

太史＊之类，不过傀儡，其实是不在话下的。他们的话听了与否，不成问题，我以为该太史在中国无可为。

〖释："太史"，指蔡元培。他曾是清末翰林，俗称翰林为太史。〗

书信/致章廷谦（1927·12·9）

●3-9-37-10

据报，云蔡公已至首善＊，但力辞院长，荐贤自代，将成事实。贤者何？易公培基＊也。而院则将改为部＊云。

〖释："首善"，首都。此指南京。语出《汉书·儒林传》："故教化之行也，建首善自京师始"。/"易公培基"，易培基，曾任北洋政府教育总长、北京女子师范大学校长、上海劳动大学校长等。/"院则将改为部"，1928年8月28日国民党五中全会通过决议，废止大学院，设立教育部。〗

书信/致章廷谦（1928·9·19）

●3-9-37-11

蔡先生确是一个很念旧知的人，倘其北行，兄自不妨同去，但世事万变，他此刻大约又未必去了罢。

书信/致章廷谦（1930·3·27）

●3-9-37-12

今所恳望者，惟舍弟乔峰〖注：指周建人〗……可否乞兄转蕲蔡先生代为设法，俾有一栖身之处，即他处他事，亦甚愿服务也。

书信/致许寿裳（1932·3·2）

●3-9-37-13

被裁之事，先已得教部通知，蔡先生如是为之设法，实深感激。惟数年以来，绝无成绩……教部付之淘汰之列，固非不当，受命之日，没齿无怨。

书信/致许寿裳（1932·3·2）

●3-9-37-14

乔峰事经蔡先生面商，甚为感谢

书信/致许寿裳（1932·3·22）

●3-9-37-15

希兄于便中向蔡先生一谈，或能由商务馆得一较确之消息……但如蔡先生以为现在尚非往询之时，则当然不宜催促也。

书信/致许寿裳（1932·6·18）

●3-9-37-16

商务印书馆纠纷已经了结……是否可请蔡先生再为乔峰一言，希兄裁酌定进止，幸甚感甚。

书信/致许寿裳（1932·6·26）

●3-9-37-17

被裁＊之事，先已得教部通知，蔡先生如是为之设法，实深感激。

〖释："被裁"，鲁迅的大学院特约撰述员职于1931年12月被裁。〗

书信/致许寿裳（1932·3·2）

●3-9-37-18

昨晨得手书，因于下午与乔峰往蔡先生寓，未遇。见其留字，言聘约在马先生处，今日上午，乔峰已往取得。蒙兄及蔡先生竭力设法，始得此席，弟本拟向蔡先生面达谢忱，而又不遇，大约国事鞅掌＊，外出之时居多，所以一时恐不易见，兄如相见时，尚乞转致谢意为托。

〖释："国事鞅掌"，语出《诗经·小雅·北山》，原为"王事鞅掌"。鞅掌，事多不暇整理仪容，引伸指公事繁忙。〗

书信/致许寿裳（1932·8·12）

●3-9-37-19

《三闲集》似的杂感集，我想不必赠蔡公。

书信/致许寿裳（1932·9·28）

●3-9-37-20

近日见蔡先生数次，诗笺已见付＊，谓兄曾允转寄，但既相见，可无须此周折也。

〖释："蔡先生诗笺已见付"，蔡元培书赠鲁迅"诗笺"两首，其一为："养兵千日知何用，大敌当前喑不声。汝辈尚容说威信，十重颜甲对苍生。"其二为："几多恩怨争牛李，有数人材走越胡。顾犬补牢犹未晚，只今谁是蔺相如？"〗

书信/致许寿裳（1933·1·19）

●3-9-37-21

按：此系对美国斯诺著《鲁迅生平》的意见。

蔡元培先生，他是我的前辈，称为"朋友"，似不可的。

书信/致姚克（1933·11·5）

●3-9-37-22

《祝蔡先生六十五岁论文集》＊，则昨日已到，其中力作不少，甚资参考。

〖释：《祝蔡先生六十五岁论文集》，即《庆祝蔡元培先生六十五岁论文集》上册，1933年中央研究院历史语言研究所出版。〗

书信/致许寿裳（1934·5·23）

●3-9-37-23

周子兢＊先生这人，以问许季茀，说是认识的，他是蔡先生的亲戚，但会不见，今天已面托蔡先生，相见时向其转借了。我想，那么，迟迟早早，总该有回信。

〖释：周子兢，原名周仁，江苏江宁人，蔡元培的内弟。曾留学美国，当时任中央研究院工程研究所所长。〗

书信/致郑振铎（1934·6·29）

●3-9-37-24

周子竞果系蔡子民先生之亲戚，前曾托许季茀打听，昨得蔡先生信，谓他可以将书〖注：指周子兢所藏《水浒叶子》〗借出，并将其住宅之电话号数开来，谓可自去接洽。

书信/致郑振铎（1934·7·6）

●3-9-37-25

蔡先生又在忙笔会＊……

〖释："笔会"，国际性著作家团体，1921年在英国成立。其中国支会1929年12月成立于上海，蔡元培为发起人之一并任会长。一二八战后会务暂停，1935年3月22日在上海举行大会，恢复活动。〗

书信/致许寿裳（1935·3·23）

端木蕻良（1912－1996）……辽宁昌图人。作家。

●3-9-37-26

先前有称端木蕻良的，寄给我一篇稿子＊，而我失其住址，无法回复。今天见《文学》八月号，《鸶鹭湖的忧郁》＊一篇，亦同名者所作。因思文学社内，或存有他的通信处，可否乞先生便中一查，见示。

〖释："寄给我一篇稿子"，指短篇小说稿《爷爷为什么不吃高粱米粥》。/《鸶鹭湖的忧郁》，短篇小说。〗

书信/致沈雁冰（1936·9·14）

●3-9-37-27

按：此系对收信人的短篇小说《爷爷为什么不吃高粱米粥》的意见。

一般的时式的批评家也许会说结束太消沉了也说不定，我则以为缺点在开初好像故意使人坠入雾中，作者的解说也嫌多，又不常用的词也太多，但到后来这些毛病统统没有了。

书信/致端木蕻良（1936·9·22）

黎烈文（1904－1972）……湖南湘潭人。翻译家。1932年12月－1934年5月任《申报·自由谈》主编，后又任《中流》月刊编辑。

●3-9-37-28

日前见启事＊，便知大碰钉子无疑。放言已久，不易改弦，非不为也，不能也。近来所负笔债甚多，拟稍清理，然后闭门思过，革面洗心，再一尝试，其时恐当在六月中旬矣。

以前所登稿，因早为书局〖注：指青光书局〗约去，不能反汗＊，所以希给我“自由”出版，并以未登者见还，作一结束。

〖释：“启事”，在当局压力下，《申报·自由谈》1933年5月25日刊出编者黎烈文“吁请海内文豪，从兹多谈风月，少发牢骚”的启事。/“反汗”，语出《汉书·刘向传》。指反悔、食言，通常用以形容收回成命。〗

书信/致黎烈文（1933·5·27）

●3-9-37-29

和《大晚报》不相上下，注意于《自由谈》的还有《社会新闻》。但手段巧妙得远了，它不用不能通或不愿通的文章，而只驱使着真伪杂糅的记事。即如《自由谈》的改革的原因，虽然断不定所说是真是假，我倒还是从它那第二卷第十三期（二月七日出版）上看来的——

从《春秋》与《自由谈》说起

……最近守旧的《申报》，忽将《自由谈》编辑礼拜六派的巨子周瘦鹃撤职，换了一个新派作家黎烈文，这对于旧势力当然是件非常的变动，遂形成今日新旧文坛剧烈的冲突。……以后想好戏还多，读者请拭目俟之。〔微知〕

但到二卷廿一期（三月三日）上，就已大惊小怪起来，为“守旧文化的堡垒”的动摇惋惜——

左翼文化运动的抬头　水手

关于左翼文化运动，虽然受过各方面严厉的压迫，及其内部的分裂，但近来又似乎渐渐抬起头了……鲁迅与沈雁冰，现在已成了《自由谈》的两大台柱了。……商务印书馆与申报馆，是两个守旧文化的堡垒，可是这两个堡垒，现在似乎是开始动摇了，其余自然是可想而知。……

过了三星期，便确指鲁迅与沈雁冰为《自由谈》的台柱（三月廿四日第二卷第廿八期）——

黎烈文未入文总

《申报·自由谈》编辑黎烈文，系留法学生，为一名不见于经传之新进作家……现《自由谈》资为台柱者，为鲁迅与沈雁冰两氏，鲁迅在《自由谈》上发表文稿尤多，署名“何家干”。除鲁迅与沈雁冰外……作文者均系中国左翼文化总同盟（简称文总），故疑黎氏本人，亦系文总中人，但黎氏对此，加以否认，谓彼并未加入文总，与以上诸人仅友谊关系云。〔逸〕

又过了一个多月，则发见这两人的“雄图”（五月六日第三卷第十二期）了——

鲁迅沈雁冰的雄图

自从鲁迅沈雁冰等以《申报·自由谈》为地盘，发抒阴阳怪气的论调后，居然又能吸引群众，取得满意的收获了……这个运动的台柱，除他们二人外有郁达夫，郑振铎等……〔农〕

伪自由书/后记（1933·7·20）

●3-9-37-30

小报式的期刊所谓《微言》＊，却在《文坛进行曲》里刊了这样的记事——

曹聚仁经黎烈文等绍介，已加入左联。（七月十五日，九期）

……用寥寥十五字，便并陷两者，使都成为必被压迫或受难的人们。

〖释：《微言》，周刊，当时一种官方喉舌。1933年5月创刊于上海。〗

伪自由书/后记（1933·7·20）

●3-9-37-31

到五月初，对于《自由谈》的压迫，逐日严紧起来了，我的投稿，后来就接连的不能发表。

但我以为这并非因了《社会新闻》之类的告状，倒是因为这时正值禁谈时事，而我的短评却时有对于时局的愤言；也并非仅在压迫《自由谈》，这时的压迫，凡非官办的刊物，所受之度大概是一样的。但这时侯，最适宜的文章是鸳鸯蝴蝶的游泳和飞舞，而《自由谈》可就难了，到五月廿五日，终于刊出了这样的启事——

编 辑 室

这年头，说话难，摇笔杆尤难。这并不是说："祸福无门，惟人自召"，实在是"天下有道"，"庶人"相应"不议"。编者谨掬一瓣心香，吁请海内文豪，从兹多谈风月，少发牢骚，庶作者编者，两蒙其休。若必论长议短，妄谈大事，则塞之字簏既有所不忍，布之报端又有所不能，陷编者于两难之境，未免有失恕道。语云：识时务者为俊杰，编者敢以此为海内文豪告。区区苦衷，伏乞矜鉴！编者

《社会新闻》……第三卷廿一期（六月三日）里的"文化秘闻"栏内，就有了如下的记载——

《自由谈》态度转变

《申报·自由谈》自黎烈文主编后，即吸收左翼作家鲁迅沈雁冰及乌鸦主义者曹聚仁等为基本人员，一时论调不三不四，大为读者所不满……已不复见于近日矣。〔闻〕

伪自由书/后记（1933·7·20）

●3-9-37-32

闻黎烈文先生将辞职＊，《自由谈》面目，当一变矣。

〖释："黎烈文辞职"，黎于1934年5月9日辞去《申报·自由谈》编辑职务。〗

书信/致林语堂（1934·5·4）

颜黎民（1913－1947）……1934年时是北平一名中学生。次年以"共产嫌疑"被捕，出狱后开始与鲁迅通信。

●3-9-37-33

一张照相……大约还是四五年前照着的，新的没有，因为我不大爱看自己的脸，所以不常照。……还是不要挂，收在抽屉里罢。

书信/致颜黎民（1936·4·2）

●3-9-37-34

我很赞成你们再在北平聚两年；我也住过十七年，很喜欢北平。现在是走开了十年了，也想去看看，不过办不到，原因，我想，你们是明白的。

书信/致颜黎民（1936·4·2）

穆木天（1900－1971）……翻译家。

●3-9-37-35

穆木天被捕＊，不知何故，或谓与希图反日有关云。

〖释："穆木天被捕"，穆木天1933年任国民御侮自救会秘书长，1934年7月在上海被捕。〗

书信/致郑振铎（1934·8·5）

●3-9-37-36

穆公们之献文＊，是登在秘密刊物里的，不知怎的为日本人所得，译载在《支那研究资料》上了，遂使我们局外人亦得欣赏。他说：某翼中有两个太上皇，亦即傀儡，乃我与仲方『注：即沈雁冰』。其实这种意见，他大约蓄之已久，不过不到时候，没有说出来。然则尚未显出原形之所谓"朋友"也者，岂不可怕?

〖释："穆公献文"，穆木天1934年9月出狱前给当局呈递了一份改变自己政治、文艺主张的报告，发表在9月26日《申报》上。其"献文"及译载它的《支那研究资料》，不详。〗

书信/致郑振铎（1935·1·8）

●3-9-37-37

穆公木天也反正了，他与另三人作一献上之报告，毁左翼惟恐不至，和先前之激昂慷慨，判若两人，但我深怕他有一天又会激烈起来，判我辈之印古董以重罪也。

书信/致郑振铎（1935·1·8）

戴季陶（1890－1949）……字传贤，浙江吴兴人。政客。

●3-9-37-38

不到两整年中，大则四省，小则九岛，都已变了旗色了，不久还有八岛。不但救不胜救，即使想要救罢，一开口，说不定自己就危险……灾民们不计其数，幸而暂免于灾殃的小民，又怎么能有一个救法？那自然远不如救魂灵，事省功多，和大人先生的打醮造塔＊同其功德。

〖释：“打醮造塔”，打醮，旧时僧道设坛念经做法事。戴季陶等政客在九一八事变后拉来班禅喇嘛诵经礼佛，发起“仁王护国法会”、“普利法会”等，“超度”在天灾兵祸中死去的鬼魂。造塔，指戴季陶于1933年5月在南京筑塔收藏孙中山的遗著抄本。〗

准风月谈/新秋杂识〔二〕（1933·9·13）

●3-9-37-39

如戴季陶者，还多得很，他的忽而教忠，忽而讲孝，忽而拜忏，忽而上坟，说是因为忏悔旧事，或藉此逃避良心的责备，我以为还是忠厚之谈，他未必责备自己，其毫无特操者，不过用无聊与无耻，以应付环境的变化而已。

书信/致杨霁云（1934·4·24）

魏猛克（1911－1984）……湖南长沙人。当时是上海美术专门学校学生，曾以文章和漫画嘲笑鲁迅。

●3-9-37-40

按：1933年6月3日魏猛克给鲁迅信中，有“你肯回信，已经值得我们青年人感激，大凡中国的大文学家，对于一班无名小卒……是向来‘相应不理’的”，“萧（伯纳），在幼稚的我，总疑心他有些虚伪”，“我们想起……高尔基极高兴给青年们通信，写文章，改文稿”和“希望你于谈谈文学之外，不要忘记了美术的重要才好”等语。

回信，其实我也常有失写的，或者以为不必复，或者失掉了住址，或者偶然搁下终于忘记了，或者对于质问，本想查考一番再答，而被别事岔开，从此搁笔的也有。那些发信者，恐怕在以为我是以“大文学家”自居的……

集外集拾遗补编/通信〔复魏猛克〕（1933·6·16）

●3-9-37-41

这回我的为萧辩护＊，事情并不久远，还很明明白白的：起于他在香港大学的讲演＊。这学校是十足奴隶式教育的学校，然而向来没有人能去投一个爆弹，去投了的，只有他。但上海的报纸，有些却因此憎恶他了，所以我必须给以支持，因为在这时候，来攻击萧，就是帮助奴隶教育。

……

所以对于萧的言论，侮辱他个人与否是不成问题的，要注意的是我们为社会的战斗上的利害。

〖释：“……为萧辩护”，指鲁迅发表在1933年2月17日的《萧伯纳颂》，后改题《颂萧》，收入《伪自由书》。/“他在香港大学的讲演”，香港大学，英国殖民当局创办于1912年；萧伯纳1933年2月13日在该校演讲。〗

集外集拾遗补编/通信〔复魏猛克〕（1933·6·16）

●3-9-37-42

关于高尔基。许多青年，也像你一样，从世界上各种名人的身上寻出美点来，想我来照样学。但这是难的，一个人那里能做到这么好。况且你很明白，我和他是不一样的，就是你所举的他那些美点，虽然根据于记载，我也有些怀疑。照一个人的精力，时间和事务比例起来，是做不了这许多的，所以我疑心他有书记，以及几个助手。我只有自己一个人，写此信时，是夜里一点半了。

集外集拾遗补编/通信〔复魏猛克〕（1933·6·16）

●3-9-37-43

按：魏猛克的漫画《鲁迅与高尔基》，画中鲁迅形象矮小，站在高大的高尔基身旁。此画后被李青崖标上“俨然”二字，发表在1933年6月的第十八期《论语》半月刊上。

至于那一张插图，一目了然，那两个字是另一位文学家的手笔，其实是和那图也相称的，我觉得倒也无损于原意。我的身子，我以为画得太胖，而又太高，我那里及得高尔基的一半。文艺家的比较是极容易的，作品就是铁证，没法游移。

集外集拾遗补编/通信〔复魏猛克〕（1933·6·16）

●3-9-37-44

按：鲁迅的《萧伯纳颂》发表后，魏猛克曾在自己编辑的美术小报上发表文章，嘲笑鲁迅是从“坟”里爬出来欢迎萧的。后来魏等举办美展，写信请鲁迅给予支持，鲁迅在回信（已佚）中说：自己不是学美术的，如果“再来开口”，就比从“坟”里爬出来还可笑。

我的不“再来开口”，却并非因为你的文章，我想撕掉别人给我贴起来的名不符实的“百科全书”的假招帖。

但仔细分析起来，恐怕关于你的大作的，也有一点。这请你不要误解，以为是为了“地位”*的关系，即使是猫狗之类，你倘给以打击之后，它也会避开一点的，我也常对于青年，避到僻静区处去。

〖**释：“地位”，魏猛克1933年6月3日给鲁迅的信中有“以先生的地位”之类的话。**〗

集外集拾遗补编/通信〔复魏猛克〕（1933·6·16）

●3-9-37-45

小说插图已取来，今日另行挂号寄出，内共五幅，两幅大略相似，请择其取其一。作者姓魏，名署在图上……现在我只能找到魏君，总算用毛笔而带中国画风的，但尚幼稚，器具衣服，亦有误处（如衣皆左衽等），不过还不庸俗，而且比欧洲人所作，错误总可较少。

书信/致姚克（1934·4·3）

瞿秋白（1899－1935）……江苏常州人。曾经担任中共中央领导职务。1931年开始在上海与鲁迅交往。1934年奉调前往中央苏区。1935年2月转战被俘，6月18日在福建长汀被杀害。

●3-9-37-46

没有木刻的插图还不要紧，而缺乏一篇好好的序文，却实在觉得有些缺憾。幸而，史铁儿『注：即瞿秋白』竟特地为了这译本而将涅拉陀夫*的那篇翻译出来了，将近二万言，确是一篇极重要的文字……对于本书的理解，就是对于创作，批评理论的理解，也都有很大的帮助的。

〖**释：涅拉陀夫，《铁流》的原编者和原序作者，其序题为《十月的艺术家》。**〗

集外集拾遗/《铁流》编校后记（1931·11）

●3-9-37-47

它*兄曾咯血数口，现已止，人是好的。他已将《被解放之Don Quixote》*译完，但尚未觅得出版处；现正编译关于文艺理论之论文。

〖**释：它，指瞿秋白。/《被解放之Don Quixote》，即《解放了的堂吉诃德》，剧本。苏联卢那察尔斯基著。**〗

书信/致曹靖华（1933·2·9）

●3-9-37-48

人生得一知己足矣
斯世当以同怀视之

书赠瞿秋白联语〔录清人何瓦琴句〕（1933年春）

●3-9-37-49

它兄多天没有见了，但闻他身子尚好。

书信/致曹靖华（1933·10·21）

●3-9-37-50

我现在校印《被解放的唐·吉诃德》，它兄译的。

书信/致曹靖华（1933·10·21）

●3-9-37-51

一星期前，听说它兄要到内地*，现恐已动身，附来的信，一时不能交给他了。

〖**释：“它兄要到内地”，指瞿秋白1934年1月离沪赴江西苏区。**〗

书信/致萧三（1934·1·17）

●3-9-37-52

它兄到乡下去了，地僻，不能通邮，来信已交其太太『注：指杨之华』看过，但她大约不久也要赴乡下去了……

书信/致萧三（1934·3·4）

●3-9-37-53

我毫不知道俄国版画的历史；幸而得到陈节『注：即瞿秋白』先生的摘译的文章，这才明白一点十五年来的梗概，现在就印在卷首，算作序言；并且作者的次序，也照序中的叙述来排列的。

集外集拾遗/《引玉集》后记（1934·3）

●3-9-37-54

《非政治化……》＊系别人所作，由我托人抄过，因为偶有不愿意拿出原稿去的投稿者，所以绍介人很困难。他还有一篇登在《文学季刊》（一）上。

〖释：《非政治化……》，即《“非政治化”的高尔基》，杂文，瞿秋白作。〗

书信/致徐懋庸（1934·7·14）

●3-9-37-55

它嫂平安，惟它兄仆仆道途，不知身体如何耳。

书信/致曹靖华（1935·1·6）

●3-9-37-56

闻它兄大病＊，且甚确，恐怕很难医好的了；闻它嫂却尚健。

〖释：“大病”，指瞿秋白1935年2月23日在福建被捕事。〗

书信/致曹靖华（1935·5·14）

●3-9-37-57

那消息是万分的确的，真是可惜得很。从此引伸开来，也许还有事，也许竟没有。

书信/致胡风（1935·5·17）

●3-9-37-58

它事极确，上月弟曾得确信，然何能为。这在文化上的损失，真是无可比喻。

书信/致曹靖华（1935·5·22）

●3-9-37-59

三兄『注：指萧三』有信来，今附上。它兄的事，是已经结束了，此时还有何话可说。

书信/致曹靖华（1935·6·11）

●3-9-37-60

它兄文稿，很有几个人要把它集起来，但我们尚未商量……此事我在单独进行。

中国事其实早在意中，热心人或杀或囚，早替他们收拾了，和宋明之末极像。但我以为哭是无益的，只好仍是有一分力，尽一分力，不必一时特别愤激，事后却又悠悠然。

书信/致曹靖华（1935·6·24）

●3-9-37-61

中国人先在自己把好人杀完，秋『注：指瞿秋白』即其一。萧参是他用过的笔名，此外还很多。他有一本《高尔基短篇小说集》，在生活书店出版，后来被禁止了。另外还有，不过笔名不同。他又译过革拉特珂夫的小说《新土地》，稿子后来在商务印书馆被烧掉，真可惜。中文俄文都好，像他那样的，我看中国现在少有。

书信/致萧军（1935·6·27）

●3-9-37-62

检易嘉『注：易嘉，即瞿秋白』的一包稿子，有译出的高尔基《四十年》＊的四五页，这真令人看得悲哀。

〖释：《四十年》，高尔基长篇小说《克里姆·萨姆金的一生》的副题。瞿秋白翻译的是该书第一部第一章的开端。〗

书信/致胡风（1935·6·28）

●3-9-37-63

关于出纪念册＊的事，先前已有几个人提议过了，我不同意，也不愿意说明理由；不过如有一团〔?〕要出，那自然是另一回事，只是我个人不加入。

〖释："纪念册"，指瞿秋白纪念册。〗

书信/致萧军（1935·7·16）

●3-9-37-64

Pavlenko＊作的关于莱芒托夫的小说，急于换几个钱，不知可入三卷一期否？此篇约三万字，插图四幅。

〖释：Pavlenko，即巴甫连珂（1899－1951），苏联作家。他的短篇小说集《第十三篇关于列尔孟托夫的小说》，陈节（瞿秋白）译，后载1935年9月的《译文》终刊号。鲁迅当时拟编选瞿秋白遗文，为此筹款向现代书局赎回瞿秋白的《高尔基论文选集》和《现实》两部译稿。〗

书信/致黄源（1935·7·30）

●3-9-37-65

全集事＊此刻恐怕动不得，或者反而不利。

〖释："全集事"，指印行《瞿秋白全集》。〗

书信/致黄源（1935·8·16）

●3-9-37-66

《死灵魂》的原作，一定比译文好，就是德文译，也比中译好，……瞿若不死，译这种书是极相宜的，即比一端，即足判杀人者为罪大恶极。

书信/致萧军（1935·9·1）

●3-9-37-67

关于集印遗文事，前曾与沈先生『注：指沈雁冰』商定，先印译文。现集稿大旨就绪，约已有六十至六十五万字，拟分二册，上册论文，除一二短篇外，均未发表过；下册则为诗，剧，小说之类，大多数已曾发表。草目附呈。

关于付印，最好是由我直接接洽，因为如此，则指挥格式及校对往返，便利得多。看原稿一遍，大约尚须时日，俟编定后，当约先生同去付稿，并商定校对办法，好否？又书系横行，恐怕排字费也得重行商定。

密斯杨『注：即杨之华』之意，又与我们有些不同。她以为写作要紧，翻译倒在其次。但他的写作，编集较难，而且单是翻译，字数已有这许多，再加一本，既拖时日，又加经费，实不易办。我想仍不如先将翻译出版，一面渐渐收集作品，俟译集售去若干，经济可以周转，再图其它可耳。

书信/致郑振铎（1935·9·11）

●3-9-37-68

史兄病故＊后，史嫂由其母家接去，云当旅行。三月无消息。兄如与三兄『注：萧三当时在苏联』通信，乞便中一问，究竟已到那边否。

〖释："史兄病故"，指瞿秋白（史铁儿）遇害。〗

书信/致曹靖华（1935·12·19）

●3-9-37-69

它嫂已有信来，到了那边了。我们正在为它兄印一译述文字的集子，第一本约三十万字，正在校对，夏初可成。

书信/致曹靖华（1936·1·5）

●3-9-37-70

从去年冬起，数人集资为它兄印译著，第一本约三十万字（皆论文），由我任编校，拟于三月初排完，故也颇忙。此本如发卖顺利，则印第二本，算是完毕。

书信/致曹靖华（1936·1·21）

●3-9-37-71

它兄的译文『注：指《海上述林》』，上本已校毕，可付印了，有七百页。下本拟即付排。

书信/致曹靖华（1936·5·3）

●3-9-37-72

我的选集＊，实系出于它兄之手，序也是他作，因为那时他寓沪缺钱用，弄出来卖几个钱的。《作家》第一期中的一篇，原是他的集子上卷里的东西，因为集未出版，所以先印一下。

〖释：“我的选集”，指1933年7月出版的《鲁迅杂感选集》。编者署名“何凝”。〗

书信/致曹靖华（1936·5·14）

●3-9-37-73

它兄集上卷已排完，皆译论，有七百页，日内即去印，大约七八月间可成；下卷刚付印，皆诗，剧，小说译本，几乎都发表过的，则无论如何，必须在本年内出版。这么一来，他的译文，总算有一结束了。

书信/致曹靖华（1936·5·15）

●3-9-37-74

《述林》下卷校样，七天一来，十天一来，现在一算，未排的也不过百五十面上下了。前天寄函雪村，托其催促，于二十日止排成。至今无答说不可之函，大约是做得到的了。那么，下卷也可以在我离沪之前，寄去付印。

书信/致沈雁冰（1936·8·13）

●3-9-37-75

它兄集上卷已在装订，不久可成，曾见样本，颇好，倘其生存，见之当亦高兴，而今竟已归土，哀哉。至于第二本，说起来真是气死人；原与印刷局约定六月底排成，我在病中，亦由密斯许『注：指许广平』校对，未曾给与影响，而他们拖至现在，还差一百余页，催促亦置之不理。说过话不算数，是中国人的大毛病，一切计画，都被捣乱，无可豫算了。

书信/致曹靖华（1936·8·27）

●3-9-37-76

想到《述林》，那第二本，交稿时约六月底排成……前曾函托章先生，请催排字局，必于八月二十边排完，而并无回信置可否，也看不出排稿加紧，或隔一星期来一次，或隔十多天来一次，有时新稿，而再三校居多，或只清样。这真不大像在做生意。所以想请先生于便中或专函向能拿主意的人（章？徐?）一催，从速结束，我也算了却一事，比较的觉得轻松也。

那第一本的装订样子已送来，重磅纸；皮脊太“古典的”一点，平装是天鹅绒面，殊漂亮也。

书信/致沈雁冰（1936·8·31）

●3-9-37-77

它兄译集的下本，正在排校，本月底必可完，去付印，年内总能出齐了。一下子就是一年，中国人做事，什么都慢，即使活到一百岁，也做不成多少事。

书信/致曹靖华（1936·9·7）

●3-9-37-78

《述林》已在关上候查，但官场办事雍容，恐怕总得一星期才会通过罢。所印只五百部，如捐款者按人一律两部，则还不如不募之合适，大约有些也只能一部，然亦不过收回成本而已。

书信/致郑振铎（1936·9·29）

●3-9-37-79

……译这类文章，能如史铁儿之清楚者，中国尚无第二人，单是为此，就觉得他死得可惜。

书信/致曹白（1936·10·15）

●3-9-37-80

《述林》是纪念的意义居多，所以竭力保存原样，译名不加统一，原文也不注了，有些错处，我也并不改正——让将来中国的公谟学院＊来办罢。

〖释：“公谟学院”，即“共产主义学院”。〗

书信/致曹白（1936·10·15）

●3-9-37-81

今年由数人集资印亡友遗著，以为纪念，已

成上卷，日内当托书店寄上，至希察收，其下卷已校毕，年内当可装成耳。

书信/致台静农（1936·10·15）

●3-9-37-82

它兄译作，下卷亦校完，准备付印，此卷皆曾经印过的作品，为诗，戏曲，小说等，预计本年必可印成，作一结束。

书信/致曹靖华（1936·10·17）

●3-9-37-83

本卷所收，都是文艺论文，作者既系大家，译者又是名手，信而且达，并世无两。其中《写实主义文学论》与《高尔基论文选集》两种，尤为煌煌巨制。此外论说，亦无一不佳，足以益人，足以传世。

集外集拾遗/绍介《海上述林》上卷（1936·11·20）

第十节 中国人士[其他]

别的运命说不定，"人生必死"的运命却无法逃避，所以危险也仿佛用不着害怕似的。

(38) 鲁迅笔下偶然出现过的人物

"朋友，以义合者也。"古人确曾说过的，然而又有古人说："义，利也。"呜呼！

王国维［及罗振玉、金梁］（315）/石评梅（316）/冯友兰（316）/朱自清（316）/苏雪林（316）/邹韬奋（316）/沈佩贞（316）/罗隆基（316）/周立波［及何家槐］（317）/曹轶欧（317）/常书鸿（317）/蒋径三（317）/董康（317）/裴文中［及李健吾］（317）/潘光旦（318）

王国维［及罗振玉、金梁］……王国维（1877－1927），学者。1927年在颐和园投水自杀；罗振玉（1866－1940），清末曾任学部参事。对甲骨、铜器、简牍有研究。辛亥革命后大力进行复辟活动；金梁，清光绪进士。曾任京师大学堂提调，奉天新民府知府。辛亥革命后顽固的复辟分子。

●3-10-38-1

中国有一部《流沙坠简》*，印了将有十年了。要谈国学，那才可以算一种研究国学的书。开首有一篇长序，是王国维先生做的，要谈国学，他才可以算一个研究国学的人物。

〖释：《流沙坠简》，三卷，罗振玉、王国维合编。1900年和1907年，英国人斯坦因两度在我们新疆、甘肃掘得汉晋时代的汉简，偷运回国；法国人沙畹曾为这些木简作考释。罗振玉、王国维又对它们进行分类编排，重加考释，分为《小学术数方技书》、《屯戍丛残》、《简牍遗文》等三卷。〗

热风/不懂的音译（1922·11·4）

●3-10-38-2

王国维已经在水里将遗老生活结束，是老实人；但他的感喟，却往往和罗振玉一鼻孔出气，虽然所出的气，有真假之分。所以他被弄成夹广告的Sandwich『注：英语，夹心面包片』，是常有的事，因为他老实到像火腿一般。

而已集/谈所谓"大内档案"（1928·1·28）

●3-10-38-3

罗振玉呢，也算是遗老，曾经立誓不见国门，而后来仆仆京津间，痛责后生不好古，而偏将古董卖给外国人的，只要看他的题跋，大抵有"广告"气扑鼻，便知道"于意云何"了。

而已集/谈所谓"大内档案"（1928·1·28）

●3-10-38-4

金梁，本是杭州的驻防旗人，早先主张排汉

的，民国以来，便算是遗老了，凡有民国所做的事，他自然都以为很可恶。

而已集/谈所谓“大内档案”（1928·1·28）

石评梅（1902－1928）……女子高等师范学校毕业生。曾任《妇女周刊》编辑。

●3-10-38-5

据京报，评梅死了。

书信/致章廷谦（1928·10·12）

冯友兰（1895－1990）……唐河人。哲学家，北京大学教授。

●3-10-38-6

中国乡村和小城市，现在恐无可去之处，我还是喜欢北京，单是那一个图书馆，就可以给我许多便利。但这也只是一个梦想，安分守己如冯友兰，且要被逮*，可以推知其它了。所以暂时大约也不能移动。

〖释：“冯友兰被逮”，1934年11月28日，冯因曾去苏联旅行被传讯。〗

书信/致杨霁云（1934·12·18）

朱自清（1898－1948）……诗人。时任清华大学中文系主任。

●3-10-38-7

郑朱*皆合作，甚好。我以为我们的态度还是缓和些的好。

〖释：“郑朱”，指郑振铎、朱自清。1933年4月23日，他们应邀参加北平“左联”的文学杂志社在北海公园举行的文艺茶话会。〗

书信/致王志之（1933·5·10）

苏雪林（1897－1999）……当时在东吴大学任职。

●3-10-38-8

中国文人的私德，实在是好的多，所以公德，也是好的多，一动也不敢动。……苏夫人殊不必有杞天之虑也。该女士我大约见过一回，盖即将出“结婚纪念册”*者欤?

〖释：“结婚纪念册”，苏雪林的散文集《绿天》，1928年3月北新书局出版；《语丝》所载该书广告称其为“结婚纪念册”。〗

书信/致章廷谦（1928·3·14）

邹韬奋（1895－1944）……江西余江人。政论家、出版家。中国民权保障同盟执行委员。《生活》周刊主编，生活书店创办人。

●3-10-38-9

今天在《生活》周刊*广告上，知道先生已做成《高尔基》*，这实在是给中国青年的很好的赠品。

〖释：《生活》周刊，1925年10月在上海创刊，生活周刊社出版，1926年以后由邹韬奋主编，1933年12月被迫停刊。/《高尔基》，即《革命文豪高尔基》。1933年4月邹韬奋根据美国康恩所著《高尔基和他的俄国》改编而成，同年7月上海生活书店出版。〗

书信/致邹韬奋（1933·5·9）

沈佩贞（1865－1936）……浙江杭州人。辛亥革命时曾组织女子北伐队。民国初年任袁世凯总统府顾问。

●3-10-38-10

辛亥革命后，为了参政权，有名的沈佩贞女士曾经一脚踢倒过议院门口的守卫。不过我很疑心那是他自己跌倒的，假使我们男人去踢罢，他一定会还踢你几脚。这是做女子便宜的地方。

南腔北调集/关于妇女解放（1933·10·21）

罗隆基（1898－1965）……江西安福人。曾留学美国，政治学家。新月派重要成员。

●3-10-38-11

“新月派”的罗隆基博士曰：“根本改组政府，……容纳全国各项人才各种政见的政府，……

政治的意见，是可以牺牲的，是应该牺牲的。”（《沈阳事件》）

代表各种政见的人才，组成政府，又牺牲掉政治的意见，这种政府实在是神妙极了。

二心集/知难行难（1931·12·11）

周立波（及何家槐）……周立波（1908－1979），原名周绍仪，湖南益阳人，作家，“左联”成员；何家槐（1911－1969），浙江义乌人，作家，“左联”成员。

●3-10-38-12

闻最近《读书生活》上有立波大作＊，言苏汶先生与语堂先生皆态度甚好云。《时事新报》一月一日之《青光》上，有何家槐作＊，亦大拉拢语堂。似这边有一部分人，颇有一种新的梦想。

〖释：“立波大作”，周立波的相关文章发表在1936年1月的《读书生活》第三卷第五期上。/“何家槐作”，何在《恭贺文化界“新年”》一文中对林语堂有所称赞。〗

书信/致沈雁冰（1936·1·17）

曹轶欧（1903－1999）……当时一名女大学生。所写《阶级与鲁迅》，载《语丝》周刊第一〇八期（1926年12月4日），署名“一萼”。

●3-10-38-13

《阶级与鲁迅》……是我到厦门不久，从上海先寄给我的；作者姓张，住中国大学，似是一个女生（倘给长虹知道，又要生气），问我可否发表。我答以评论一个人，无须征求本人同意，如登《语丝》，也可以。因给写了一张信给小峰作绍介。

书信/致韦素园（1926·12·29）

常书鸿（1904－1994）……杭州人。美术家，曾留学法国。

●3-10-38-14

看近日作品，于古时衣服什器无论矣，即画现在的事，衣服器具，也错误甚多，好像诸公于裸体模特儿之外，都未留心观察，然而裸体画仍不佳。本月之《东方杂志》（卅一卷十一号）上有常书鸿所作之《裸女》，看去仿佛当胸有特大之乳房一枚，倘是真的人，如此者是不常见的。

书信/致郑振铎（1934·6·2）

蒋径三（1899－1936）……曾任中山大学图书馆馆员兼文科历史语言研究所助理员。鲁迅编纂《唐宋传奇集》时，他曾帮助代借资料。1936年7月在杭州坠马而死。鲁迅的纪念文章，后未写成。

●3-10-38-15

径三兄的纪念文，我是应该做的，我们并非泛泛之交。只因为久病，怕写不出什么来，但无论如何，我一定写一点，于十月底以前寄上。

书信/许杰（1936·9·18）

董康（1867－1941）……江苏武进人。

●3-10-38-16

董康氏在日本讲演的事已见诸报端。十年前他是司法部长，现在在上海当律师。因印制豪华书籍（复刻古本）而颇有名，但在中国算不得学者。

书信/致〈日〉山本初枝〔译文〕（1935·6·27）

裴文中［及李健吾］……裴文中（1904－1983），河北丰润人，古人类学家。他的短篇小说《戎马声中》发表于1924年11月19日的《晨报副刊》；李健吾（1906－1982），山西安邑人，文学家。他的短篇小说《终条山的传说》发表于1924年12月15日的《晨报副刊》。

●3-10-38-17

这时——一九二四年——偶然发表作品的还有裴文中和李健吾。前者大约并不是向来留心创作的人，那《戎马声中》，却拉杂的记下了游学的青年，为了炮火下的故乡和父母而惊魂不定的实

感。后者的《终条山的传说》是绚烂了，虽在十年以后的今日，还可以看见那藏在用口碑织就的华服里面的身体和灵魂。

蹇先艾叙述过贵州，裴文中关心着榆关……

且介亭杂文二集/《中国新文学大系》小说二集序（1935·3·2）

潘光旦（1899－1967）……江苏宝山（今属上海市）人。曾有《明清两代嘉兴的望族》等著述，主要以一些“豪门望族”的家谱为根据研究“遗传学”，宣扬“优生学”。按优生学是英国遗传学家哥尔登在1883年提出的“改良人种”学说。它认为人或人种在生理和智力上的差别是遗传决定的，只有发展“优等人”，淘汰“劣等人”，社会才能进步，人类才会进化。

●3-10-38-18

按：小说《理水》以大禹治水的历史故事为背景。作品中“一个拿拄杖的学者”系影射潘光旦。

“禹来治水，一定不成功，如果他是鲧的儿子的话，”一个拿拄杖的学者说。“我曾经搜集了许多王公大臣和豪富人家的家谱，很下过一番研究工夫，得到一个结论：阔人的子孙都是阔人，坏人的子孙都是坏人——这就叫作‘遗传’。所以，鲧不成功，他的儿子禹一定也不会成功，因为愚人是生不出聪明人来的！”

“O. K!”一个不拿拄杖的学者说。

“不过您要想想咱们的太上皇『注：指禹的父亲瞽叟。据说其人“顽”，即愚妄无知』，”别一个不拿拄杖的学者道。

“他先前虽然有些‘顽’，现在可是改好了。倘是愚人，就永远不会改好……”

“O. K!”

故事新编/理水（1936·1）

第四章 人际关系与人物臧否（外国人士）

（本章所涉人物均以中文译名笔画为序）

第十一节　外国人士

外国用火药制造子弹御敌，中国却用它做爆竹敬神；外国用罗盘针航海，中国却用它看风水；外国用鸦片医病，中国却拿来当饭吃。

(39) 俄国与苏联

我们的读者大众，是一向不用自私的“势利眼”来看俄国文学的。

卢那察尔斯基（1875－1933）……苏联文艺批评家。曾任苏联教育人民委员。

●4-11-39-1

“Anatoli Vasilievich Lunacharski”『注：卢那察尔斯基』以一八七六年生于Poltava省，他的父亲是一个地主，Lunacharski族本是半贵族的大地主系统，曾经出过很多的智识者。他在Kiew『注：基辅』受中学教育，然后到Zurich『注：苏黎世。在瑞士』大学去。在那里和许多俄国侨民以及Avenarius『注：阿芬那留斯，德国哲学家』和Axelrod『注：阿克雪里罗德，俄国学者』相遇，决定了未来的状态。从这时候起，他的光阴多费于瑞士，法兰西，意大利，有时则在俄罗斯。

他原先便是一个布尔塞维克……一九一七年革命后，他终于回了俄罗斯。

集外集拾遗/《浮士德与城》后记（1930·9）

●4-11-39-2

Lunacharski『注：卢那察尔斯基』的文学底发展大约可从一九〇〇年算起。他最先的印本是哲学底讲谈。他是著作极多的作家。他的三十六种书，可成十五巨册。早先的一本为《研求》，是从马克斯主义者的观点出发的关于哲学的随笔集。讲到艺术和诗，……又是音乐和戏剧的大威权，在他的戏剧里，尤其是在诗剧，人感到里面鸣着未曾写出的伤痕。

集外集拾遗/《浮士德与城》后记（1930·9）

●4-11-39-3

Lunacharski『注：卢那察尔斯基』的文字，在中国，翻译要算比较地多的了。《艺术论》（并包括《实证美学的基础》，大江书店版）之外，有《艺术之社会的基础》（雪峰译，水沫书店版），有《文艺与批评》（鲁迅译，同店版），有《霍善斯坦因论》（译者同上，光华书局版）等，其中所说，可作含在这《浮士德与城》里的思想的印证之处，是随时可以得到的。

集外集拾遗/《浮士德与城》后记（1930·9）

●4-11-39-4

按：《解放了的堂·吉诃德》，十场戏剧，卢那察尔斯基作。易嘉（瞿秋白）译。中译本1934年4月出版，鲁迅为之作“后记”。

假如现在有一个人，以黄天霸『注：清代小说《施公案》中的“侠客”』之流自居，头打英雄结，身穿夜行衣靠，插着马口铁的单刀，向市镇村落横冲直撞，去除恶霸，打不平，是一定被人哗笑的，决定他是一个疯子或昏人，然而还有一些可怕。倘使他非常孱弱，总是反而被打，那就只是一个可笑的疯子或昏人了，人们警戒之心全失，于是倒爱看起来。西班牙的文豪西万提斯（Miguel Cervantes Saavedra，1547－1616）『注：通译塞万提斯』所作的《堂·吉诃德传》（Viday hechosdel ingenioso hidalgo Don Quixote de la Mancha）中的主角，就是以那时的人，偏要行古代游侠之道，执迷不悟，终于困苦而死的资格，赢得许多读者的开心，因而爱读，传布的。

集外集拾遗/《解放了的堂·吉诃德》后记（1934·4）

●4-11-39-5

原书以一九二二年印行，正是十月革命后六年，世界上盛行着反对者的种种谣诼，竭力企图中伤的时候，崇精神的，爱自由的，讲人道的，大抵不平于党人的专横，以为革命不但不能复兴人间，倒是得了地狱。这剧本便是给与这些论者们的总答案。吉诃德即由许多非议十月革命的思想家，文学家所合成的。其中自然有梅垒什珂夫斯基（Merezhkovsky），有托尔斯泰派；也有罗曼罗兰，爱因斯坦因（Einstein）『注：通译爱因斯坦〈1879－1955〉，物理学家』。我还疑心连高尔基也在内，那时他正为种种人们奔走，使他们出国，帮他们安身，听说还至于因此和当局者相冲突。

但这种的辩解和豫测，人们是未必相信的，因为他们以为一党专政的时候，总有为暴政辩解的文章，即使做得怎样巧妙而动人，也不过一种血迹上的掩饰。然而几个为高尔基所救的文人，就证明了这豫测的真实性，他们一出国，便痛骂高尔基，正如复活后的谟尔却伯爵＊一样了。

〖释：“谟尔却伯爵”，《解放了的堂·吉诃德》中的一个人物。堂·吉诃德救了他，他却恩将仇报。〗

集外集拾遗/《解放了的堂·吉诃德》后记（1934·4）

托尔斯泰（1828－1910）……俄国作家。

●4-11-39-6

野蓟经了几乎致命的摧折，还要开一朵小花，我记得托尔斯泰曾受了很大的感动，因此写出一篇小说来＊。但是，草木在旱干的沙漠中间，拼命伸长他的根，吸取深地中的水泉，来造成碧绿林莽，自然是为了自己的生的，然而使疲劳枯渴的旅人，一见就怡然觉得遇到了暂时息肩之所，这是如何的可以感激，而且可以悲哀的事!?

〖释：“托尔斯泰……因此写出一篇小说来”，指托尔斯泰的中篇小说《哈泽·穆拉特》。〗

野草/一觉（1926·4·19）

●4-11-39-7

俄国文学家托尔斯泰讲人道主义，反对战争，写过三册很厚的小说——那部《战争与和平》，他自己是个贵族，却是经过战场的生活，他感到战争是怎么一个惨痛。尤其是他一临到长官的铁板前（战场上重要军官都有铁板挡住枪弹），更有刺心的痛楚。而他又眼见他的朋友们，很多在战场上牺牲掉。战争的结果，也可以变成两种态度：一种是英雄，他见别人死的死伤的伤，只有他健存，自己就觉得怎样了不得，这么那么夸耀战场上的威雄。一个是变成反对战争的，希望世界上不要再打仗了。托尔斯泰便是后一种。主张用无抵抗主义来消灭战争。他这么主张，政府自然讨厌他；反对战争，和俄皇的侵掠欲望冲突；主张无抵抗主义，叫兵士不替皇帝打仗，警察不替皇帝执法，审判官不替皇帝裁判，大家都不去捧皇帝；皇帝是全要人捧的，没有人捧，还成什么的皇帝，更和政治相冲突。这种文学家出来，对于社会现状不满意，这样批评，那样批评，弄得社会上个个都自己觉到，都不安起来，自然非杀头不可。

集外集/文艺与政治的歧途（1928·1·29－30）

●4-11-39-8

俄国托尔斯泰……不主张以恶报恶的，他的意思是皇帝叫我们去当兵，我们不去当兵。叫警察去捉，他不去；叫刽子手去杀，他不去杀；大家都不听皇帝的命令，他也没有兴趣；那末做皇帝也无聊起来，天下也就太平了。然而如果一部分的人偏听皇帝的话，那就不行。

集外集拾遗补编/关于知识阶级（1927·11）

●4-11-39-9

生存八十二年，作文五十八年，今年将出全集九十三卷的托尔斯泰，即使将一本《奔流》都印了关于他的文献的目录，恐怕尚且印不下，更何况登载记念的文章。但只有这样的才力便只能做这样的事，所以虽然不过一本小小的期刊，也还是趁一九二八年还没有全完的时候，来作一回托尔斯泰诞生后百年的记念。

关于这十九世纪的俄国的巨人，中国前几年虽然也曾经有人介绍，今年又有人叱骂，然而他于中国的影响，其实也还是等于零。他的三部大著作中，《战争与和平》至今无人翻译；传记是只有 Ch. Sarolea＊的书的文言译本和一小本很不完全的《托尔斯泰研究》＊。……关于他的著作，在中国是如此的。说到行为，那是更不相干了。

〖释：Ch. Sarolea，萨洛利亚（1870－1953），英国学者。他的《托尔斯泰传》1920 年在上海出版。/《托尔斯泰研究》，刘大杰著，1928 年上海出版。〗

集外集/《奔流》编校后记〔七〕（1928·12·23）

●4-11-39-10

托尔斯泰晚年的出奔，原因很复杂，其中的一部，是家庭的纠纷。

集外集/《奔流》编校后记〔七〕（1928·12·23）

●4-11-39-11

在中国，有《文学周报》＊和《文化战线》＊，都曾为托尔斯泰出了记念号；十二月的《小说月报》上，有关于他的图画八幅和译著三篇。

〖释：《文学周报》，文学研究会的机关刊物。1921 年 5 月在上海创刊，原名《文学旬刊》，是《时事新报》的副刊之一。郑振铎等主编。1923 年 7 月改名《文学》（周刊），1925 年改名《文学周报》，独立发行，1929 年 6 月停刊。先后出版约四百期。1928 年该刊曾出《托尔斯泰百年纪念专号》。/《文化战线》，周刊。上海现代文化社编辑。1928 年 5 月创刊。〗

集外集/《奔流》编校后记〔七〕（1928·12·23）

●4-11-39-12

托尔斯泰，他写些小故事给农民看，也不自命为“第三种人”，当时资产阶级的多少攻击，终于不能使他“搁笔”。

南腔北调集/论“第三种人”（1932·11·1）

●4-11-39-13

不知道为什么，近一年来，竟常有人诱我去学托尔斯泰了，也许就因为“并没有看到他们的‘骂人文选’”，给我一个好榜样。可是我看见过欧战时他骂皇帝的信＊，在中国，也要得到“养成现在文坛上这种浮嚣，下流，粗暴等等的坏习气”的罪名的。托尔斯泰学不到，学到了也难做人，他生存时，希腊教徒就年年诅咒他＊落地狱。

〖释：“骂皇帝的信”，1904 年日俄战争时，托尔斯泰给俄国沙皇和日本天皇写了一封信，指斥他们的战争罪恶。/“希腊教徒诅咒他”，由于托尔斯泰经常猛烈攻击教会（希腊正教），故于 1901 年 2 月被教会正式除名。〗

准风月谈/后记（1934·10·16）

托洛茨基（1879－1940）……早年参加俄国革命，两度被沙俄政府流放到西伯利亚。参加了十月革命和早期苏俄政权的组织和领导。列宁逝世后，1927年被“联共（布）”开除出党；1929年被驱逐出国。后被斯大林派人暗杀于墨西哥。

●4-11-39-14

在中国人的心目中，大概还以为托罗兹基『注：通译托洛茨基』是一个喑呜叱咤的革命家和武人，但看他这篇『注：指《文学与革命》』，便知道他也是一个深解文艺的批评者。他在俄国，所得的俸钱，还是稿费多。

集外集拾遗/《十二个》后记（1926·8）

●4-11-39-15

托罗兹基虽然已经“没落”，但他曾说，不含利害关系的文章，当在将来另一制度的社会里。我以为他这话却还是对的。

三闲集/我的态度气量和年纪（1928·5·7）

●4-11-39-16

托罗兹基是博学的，又以雄辩著名，所以他的演说，恰如狂涛，声势浩大，喷沫四飞。

集外集/《奔流》编校后记〔三〕（1928·8·11）

●4-11-39-17

史太林『注：即斯大林』先生们的苏维埃俄罗斯社会主义共和国联邦在世界上的任何方面的成功，不就说明了托洛斯基先生的被逐，飘泊，潦倒，以致“不得不”用敌人金钱的晚景的可怜么？现在的流浪，当与革命前西伯利亚的当年风味不同，因为那时怕连送一片面包的人也没有；但心境又当不同，这却因了现在苏联的成功。事实胜于雄辩，竟不料现在就来了如此无情面的讽刺的。

且介亭杂文末编/答托洛斯基派的信（1936·6·9）

安特来夫（1871－1919）……通译安德烈夫，俄国作家。十月革命后流亡国外。著有小说《红笑》（即《赤咲》等。

●4-11-39-18

安特来夫生于一八七一年。初作《默》一篇，遂有名；为俄国当世文人之著者。其文神秘幽深，自成一家。所作小品甚多，长篇有《赤咲》一卷，记俄日战争＊事，列国竞传译之。

〖释：俄日战争，指1904年2月至1905年9月日本与沙俄为争夺在中国东北地区和朝鲜的侵略权益而进行的战争。〗

译文序跋集/杂识·安特来夫（1909·3）

●4-11-39-19

安特来夫（Leonid Andrejev）以一八七一年生于阿莱勒＊，后来到墨斯科学法律，所过的都是十分困苦的生涯。他也做文章，得了戈理奇（Gorky）『注：即高尔基』的推助，渐渐出了名，终于成为二十世纪俄国有名的著作者。一九一九年大变动＊的时候，他想离开祖国到美洲去，没有如意，冻饿而死了＊。

他有许多短篇和几种戏剧，将十九世纪末俄人的心里的烦闷与生活的暗淡，都描写在这里面。尤其有名的是反对战争的《红笑》和反对死刑的《七个绞刑的人们》。欧洲大战时，他又有一种有名的长篇《大时代中一个小人物的自白》。

安特来夫的创作里，又都含着严肃的现实性以及深刻和纤细，使象征印象主义与写实主义相调和。俄国作家里，没有一个人能够如他的创作一般，消融了内面世界与外面表现之差，而现出灵肉一致的境地。他的著作虽然是很有象征印象气息，而仍然不失其现实性的。

〖释：阿莱勒，通译奥廖尔，莫斯科西南面一座城市。/一九一九年大变动，指十月革命后红色政权与白军和外国武装干涉的斗争。/“……冻饿而死”，1919年安德烈夫流亡国外，同年9月赴美国，途经芬兰赫尔辛基时死于心脏麻痹症。〗

译文序跋集/现代小说译丛·《黯澹的烟霭里》译者附记（1928·9·8）

●4-11-39-20

按：下文附在鲁迅致许钦文信之后，注明

“《往星中》，四幕戏剧”。“正文”第一部分为“作者”，第二部分为“内容”。下是“作者”。

安特来夫全然是一个绝望厌世的作家。他那思想的根柢是：一，人生是可怕的（对于人生的悲观）；二，理性是虚妄的（对于思想的悲观）；三，黑暗是有大威力的（对于道德的悲观）。

书信/致许钦文（1925・9・30）

阿尔志跋绥夫（1878－1927）……俄国作家。著有《工人绥惠略夫》、《沙宁》等。

●4-11-39-21

阿尔志跋绥夫虽然没有托尔斯泰（Tolstoi）和戈理奇（Gorkij）『注：通译高尔基』这样伟大，然而是俄国新兴文学的典型的代表作家的一人；他的著作，自然不过是写实派，但表现的深刻，到他却算达到了极致。

译文序跋集/现代小说译丛・《幸福》译者附记（1920・12）

●4-11-39-22

阿尔志跋绥夫的著作是厌世的，主我的，而且每每带着肉的气息。但我们要知道，他只是如实写出，虽然不免主观，却并非主张和煽动；他的作风，也并非因为“写实主义大盛之后，进为唯我”，却只是时代的肖像；我们不要忘记他是描写现代生活的作家。对于他的《沙宁》的攻难，他寄给比拉尔特的信里，以比先前都介涅夫（Turgenev）『注：通译屠格涅夫』的《父与子》，我以为不错的。

译文序跋集/现代小说译丛・《幸福》译者附记（1920・12）

●4-11-39-23

阿尔志跋绥夫（M・Artsydashev）在一八七八年生于南俄的一个小都市；据系统和氏姓是鞑靼＊人，但在他的血管里夹流着俄、法，乔具亚（G・eorgia）＊，波兰的血液。他的父亲是退职军官；他的母亲是有名的波兰革命者珂修支珂（Koscinsko）＊的曾孙女，他三岁时便死去了，只将肺结核留给他做遗产。他因此常常生病，一九〇五年这病终于成实，没有全愈的希望了。

阿尔志跋绥夫少年时，进了一个乡下的中学一直到五年级；自己说：全不知道在那里做了些甚么事。他从小喜欢绘画，便决计进了哈理珂夫（Kharkov）的绘画学校，这时候是十六岁。其时他很穷，住在污秽的屋角里而且挨饿，又缺钱去买最要紧的东西：颜料和麻布。他因为生计，便给小日报画些漫画，做点短文和滑稽小说，这是他做文章的开头。

在绘画学校一年之后，阿尔志跋绥夫便到彼得堡，最初二年，做一个地方事务官的书记。一九〇一年，做了他第一篇的小说《都玛罗夫》＊（Pasha Tumarov），是显示俄国中学的黑暗的；此外又做了两篇短篇小说。这时他被密罗留皤夫＊（Miroljudov）赏识了，请他做他的杂志的副编辑，这事于他的生涯上发生了很大的影响：使他终于成了文人。

〖释：鞑靼，中亚一支少数民族。苏联曾有俄罗斯联邦鞑靼自治共和国。/乔具亚（G・eorgia），通译格鲁吉亚。/珂修支珂：通译珂斯狄希科（1746－1817）。波兰爱国者，1794年在波兰领导了反对俄国和普鲁士的武装起义。/哈理珂夫，通译哈尔科夫。乌克兰第二大城市。/《都玛罗夫》，应为《托曼诺夫》。原题为《托曼诺夫将军》。/密罗留皤夫（1860－1939），俄国作家、出版家。当时《大众杂志》的主编和发行人。〗

译文序跋集/译了《工人绥惠略夫》之后（1921・7）

●4-11-39-24

使他出名的小说是《阑兑的死》（Smert Lande），使他更出名的而得种种攻难的小说是《沙宁》（Sanin）。

译文序跋集/现代小说译丛・《幸福》译者附记（1920・10・30）

●4-11-39-25

阿尔志跋绥夫的本领尤在小品；这一篇『注：

指《幸福》』也便是出色的纯艺术品，毫不多费笔墨，而将“爱憎不相离，不但不离而且相争的无意识的本能”，浑然写出，可惜我的译笔不能传达罢了。

译文序跋集/现代小说译丛·《幸福》译者附记（1920·12）

●4-11-39-26

一九〇四年阿尔志跋绥夫又发表了几篇短篇小说，如《旗手戈罗波夫》，《狂人》，《妻》，《兰兑之死》等，而最末的一篇使他有名。一九〇五年发生革命了，他也许多时候专做他的事：无治的个人主义（Anarchistische Individualismus）的说教＊。他做成若干小说，都是驱使那革命的心理和典型做材料的；他自己以为最好的是《朝影》和《血迹》。这时候，他便得了文字之祸，受了死刑的判决，但俄国的官宪，比欧洲文明国虽然黑暗，比亚洲文明国却文明多了，不久他们知道自己的错误，阿尔志跋绥夫无罪了。

此后，他便将发生了问题的有名的《赛宁》＊出了版。这小说的成就，还在做《革命的故事》之前，但此时才印成一本书籍。赛宁的言行全表明人生的目的只在于获得个人的幸福与欢娱，此外生活上的欲求，全是虚伪。……赛宁说：

我只知道一件事，我不愿生活于我有苦痛。所以应该满足了自然的欲求。

赛宁这样做了。

〖释：无治的个人主义，即无政府的个人主义。/《赛宁》，后通译《沙宁》。〗

译文序跋集/译了《工人绥惠略夫》之后（1921·7）

●4-11-39-27

所谓自然的欲求，是专指肉体的欲，于是阿尔志跋绥夫得了性欲描写的作家这一个称号，许多批评家也同声攻击起来了。

批评家的攻击，是以为他这书诱惑青年。而阿尔志跋绥夫的解辩，则以为“这一种典型，在纯粹的形态上虽然还新鲜而且希有，但这精神却寄宿在新俄国的各个新的，勇的，强的代表者之中。”

批判家以为一本《赛宁》，教俄国青年向堕落走去，其实是武断的。

译文序跋集/译了《工人绥惠略夫》之后（1921·7）

●4-11-39-28

诗人的感觉，本来比寻常更其锐敏，所以阿尔志跋绥夫早在社会里觉到这一点，做出《赛宁》来。十九世纪末的俄国，思潮最为勃兴，中心是个人主义；这思潮渐渐酿成社会运动，终于现出一九〇五年的革命。约一年，这运动慢慢平静下去，俄国青年的性欲运动却显著起来了；但性欲本是生物的本能，所以便在社会运动时期，自然地也参互在里面，只是失意之后社会运动熄了迹，这便格外显露罢了。阿尔志跋绥夫是诗人，所以在一九〇五年之前，已经写出一个以性欲为第一义的典型人物来。

这一种倾向，虽然可以说是人性的趋势，但总不免便是颓唐。赛宁的议论，也不过一个败绩的颓唐的强者的不圆满的辩解。阿尔志跋绥夫也知道，赛宁只是现代人的一面，于是又写出一个绥惠略夫＊来，而更为重要。他写给德国人毕拉特（A·Billard）信里面说：

这故事，是显示着我的世界观的要素和我的最重要的观念。

阿尔志跋绥夫是主观的作家，所以赛宁和绥惠略夫的意见，便是他自己的意见。

〖释：绥惠略夫，中篇小说《工人绥惠略夫》里的主人公。〗

译文序跋集/译了《工人绥惠略夫》之后（1921·7）

●4-11-39-29

一九〇七至一九〇九年……文学上，则淫荡文学盛行，《赛宁》即在这时出现。

二心集/《艺术论》译本序（1930·6·1）

●4-11-39-30

阿尔志跋绥夫是俄国新兴文学典型的代表作家的一人，流派是写实主义，表现之深刻，在侪辈中中称为达到了极致。但我们在本书『注：指《工人绥惠略夫》』里，可以看出微微的传奇色彩来。

译文序跋集/译了《工人绥惠略夫》之后（1921·7）

●4-11-39-31

阿尔志跋绥夫是厌世主义的作家，在思想黯淡的时节，做了这一本被绝望所包围的书『注：指《工人绥惠略夫》』。

译文序跋集/译了《工人绥惠略夫》之后（1921·7）

●4-11-39-32

我本来还没有翻译这书『注：指《工人绥惠略夫》』的力量，幸而得了我的朋友齐宗颐『注：见1-1-2-15条释』君给我许多指点和修正，这才居然脱稿了，我很感谢。

译文序跋集/译了《工人绥惠略夫》之后（1921·7）

陀思妥耶夫斯基（1821－1881）……俄国作家。著有长篇小说《罪与罚》、《穷人》、《卡拉玛卓夫兄弟》等。

●4-11-39-33

陀思妥夫斯基『注：通译陀思妥耶夫斯基』将自己作品中的人物们，有时也委实太置之万难忍受的，没有活路的，不堪设想的境地，使他们什么事都做不出来。用了精神的苦刑，送他们到那犯罪，痴呆，酗酒，发狂，自杀的路上去。有时候，竟至于似乎并无目的，只为了手造的牺牲者的苦恼，而使他受苦，在骇人的卑污的状态上，表示出人们的心来。这确凿是一个"残酷的天才"，人的灵魂的伟大的审问者。

集外集/《穷人》小引（1926·6·14）

●4-11-39-34

凡是人的灵魂的伟大的审问者，同时也一定是伟大的犯人。审问者在堂上举劾着他的恶，犯人在阶下陈述他自己的善；审问者在灵魂中揭发污秽，犯人在所揭发的污秽中阐明那埋藏的光耀。这样，就显示出灵魂的深。

集外集/《穷人》小引（1926·6·14）

●4-11-39-35

显示灵魂的深者，每要被人看作心理学家；尤其是陀思妥夫斯基那样的作者。他写人物，几乎无须描写外貌，只要以语气，声音，就不独将他们的思想和感情，便是面目和身体也表示着。

集外集/《穷人》小引（1926·6·14）

●4-11-39-36

千八百八十年，是陀思妥夫斯基完成了他的巨制之一《卡拉玛卓夫兄弟》这一年……第二年，他就死了。

集外集/《穷人》小引（1926·6·14）

●4-11-39-37

相传陀思妥夫斯基不喜欢对人述说自己，尤不喜欢述说自己的困苦；但和他一生相纠结的却正是困难和贫穷。便是作品，也至于只有一回是并没有豫支稿费的著作。但他掩藏着这些事。他知道金钱的重要，而他最不善于使用的又正是金钱；直到病得寄养在一个医生的家里了，还想将一切来诊的病人当作佳客。他所爱，所同情的是这些，——贫病的人们，——所记得的是这些，所描写的是这些。不但这些，其实，他早将自己也加以精神底苦刑了，从年青时候起，一直拷问到死灭。

集外集/《穷人》小引（1926·6·14）

●4-11-39-38

陀思妥夫斯基的著作生涯一共有三十五年，虽那最后的十年很偏重于正教『注：即东正教，基督教的一支』的宣传了，但其为人，却不妨说是始终一律。即作品，也没有大两样。从他最初的《穷人》起，最后的《卡拉玛卓夫兄弟》止，所说的都是同一的事，即所谓"捉住了心中所实验的事实，使读者追求着自己思想的径路，从这心的法则中，自然显示出伦理的观念来。"*

〖释："捉住了心中所实验的事实…显示出伦理的观念来"，语出自日本昇曙梦《露西亚文学研

究·陀思妥耶夫斯基》。〗

集外集/《穷人》小引（1926·6·14）

●4-11-39-39

《穷人》是作于千八百四十五年，到第二年发表的；是第一部，也是使他即刻成为大家的作品……而作者其时只有二十四岁，却尤其是惊人的事。天才的心诚然是博大的。

集外集/《穷人》小引（1926·6·14）

●4-11-39-40

壁上还有一幅陀思妥也夫斯基的大画像。对于这先生，我是尊敬，佩服的，但我又恨他残酷到了冷静的文章。他布置了精神上的苦刑，一个个拉了不幸的人来，拷问给我们看。现在他用沉郁的眼光，凝视着素园和他的卧榻，好像在告诉我：这也是可以收在作品里的不幸的人。

且介亭杂文/忆韦素园君（1934·10）

●4-11-39-41

到了关于陀思妥夫斯基，不能不说一两句话的时候了。说什么呢？他太伟大了……

回想起来，在年青时候，读了伟大的文学者的作品，虽然敬服那些作者，然而总不能爱的，一共有两个人。一个是但丁……还有一个，就是陀思妥夫斯基。

且介亭杂文二集/陀思妥夫斯基的事（1936·2）

●4-11-39-42

读他二十四岁时所作的《穷人》，就已经吃惊于他那暮年似的孤寂。到后来，他竟作为罪孽深重的罪人，同时也是残酷的拷问官而出现了。他把小说中的男男女女，放在万难忍受的境遇里，来试炼它们，不但剥去了表面的洁白，拷问出藏在底下的罪恶，而且还要拷问出藏在那罪恶之下的真正的洁白来。而且还不肯爽利的处死，竭力要放它们活得长久。而这陀思妥夫斯基，则仿佛就在和罪人一同苦恼，和拷问官一同高兴着似的。这决不是平常人做得到的事情，总而言之，就因为伟大的缘故。但我自己，却常常想废书不观。

且介亭杂文二集/陀思妥夫斯基的事（1936·2）

●4-11-39-43

医学者往往用病态来解释陀思妥夫斯基的作品。这伦勃罗梭＊式的说明，在现今的大多数的国度里，恐怕实在也非常便利，能得一般人们的赞许的。但是，即使他是神经病者，也是俄国专制时代的神经病者，倘若谁身受了和他相类似的重压，那么，愈身受，也就会愈懂得他那夹着夸张的真实，热到发冷的热情，快要破裂的忍从，于是爱他起来的罢。

〖释：伦勃罗梭（1836－1909），意大利精神病学者，认为刑事犯罪具有“先天因素”，主张对“先天罪犯”实施死刑、阉割和终身隔离。其学说后来被德国的法西斯理论所汲纳。〗

且介亭杂文二集/陀思妥夫斯基的事（1936·2）

●4-11-39-44

作为中国读者的我，却还不能熟悉陀思妥夫斯基式的忍从——对于横逆之来的真正的忍从。在中国，没有俄国的基督……陀思妥夫斯基式的掘下去，我以为恐怕也还是虚伪。

且介亭杂文二集/陀思妥夫斯基的事（1936·2）

●4-11-39-45

陀思妥夫斯基式的忍从，终于也并不只成了说教或抗议就完结。因为这是当不住的忍从，太伟大的忍从的缘故。人们也只好带着罪业，一直闯进但丁的天国，在这里才大家合唱着，再来修炼天人的功德了。

且介亭杂文二集/陀思妥夫斯基的事（1936·2）

果戈理（1809－1852）……俄国作家。作品有剧本《钦差大臣》、长篇小说《死魂灵》等。

●4-11-39-46

俄罗斯当十九世纪初叶，文事始新，渐乃独立，日益昭明，今则已有齐躯先觉诸邦之概，令西欧人士，无不惊其美伟矣。顾夷考权舆，实本三士：曰普式庚＊，曰来尔孟多夫＊，曰鄂戈理＊。前二者以诗名世，均受影响于裴伦＊；惟鄂戈理以描绘社会人生之黑暗著名，与二人异趣，不属于此焉。

〖释：普式庚（1799－1837），通译普希金，俄国诗人。/来尔孟多夫（1814－1841），通译莱蒙托夫，俄国诗人。/鄂戈理，通译果戈理。/裴伦（1788－1824），通译拜伦，英国诗人。他作品中爱憎分明的精神和浪漫主义的色彩，对欧洲诗歌的发展影响很大。〗

坟/摩罗诗力说（1908·2－3）

●4-11-39-47

按：《译丛补》据鲁迅生前发表于报刊而未经编集的译文辑成。

果戈理（Nikolai V·G0g0l1809－1852）几乎可以说是俄国写实派的开山祖师；他开手是描写乌克兰的怪谈的，但逐渐移到人事，并且加进讽刺去。奇特的是虽是讲着怪事情，用的却还是写实手法。从现在看来，格式是有些古老了，但还为现代人所爱读，《鼻子》便是和《外套》一样，也很有名的一篇。

译文序跋集/译丛补·《鼻子》译者附记（1921·6·17）

●4-11-39-48

按：《死魂灵》是果戈理著长篇小说，1842年出版。第一部由鲁迅参考日译本自德译本转译，1935－1936年间陆续发表。第二部被作者自行焚毁，仅存前五章残稿。1938年，文化生活出版社将第二部残稿三章并入第一部，出版增订本。

果戈理（Nikolai G0g0l）的名字，渐为中国读者所认识了，他的名著《死魂灵》的译本，也已经发表了第一部的一半。……一共写了五个地主的典型，讽刺固多，实则除一个老太婆和吝啬鬼泼留希金外，都各有可爱之处。至于写到农奴，却没有一点可取了，连他们诚心来帮绅士们的忙，也不但无益，反而有害。果戈理自己就是地主。

然而当时的绅士们很不满意，一定的照例的反击，是说书中的典型，多是果戈理自己，而且他也并不知道大俄罗斯地主的情形。这是说得通的，作者是乌克兰人，而看他的家信，有时也简直和书中的地主的意见相类似。然而即使他并不知道大俄罗斯的地主的情形罢，那创作出来的脚色，可真是生动极了，直到现在，纵使时代不同，国度不同，也还使我们像是遇见了有些熟识的人物。讽刺的本领，在这里不及谈，单说那独特之处，尤其是在用平常事，平常话，深刻的显出当时地主的无聊生活。

且介亭杂文二集/几乎无事的悲剧（1935·8）

●4-11-39-49

这些极平常的，或者简直近于没有事情的悲剧，正如无声的言语一样，非由诗人画出它的形象来，是很不容易觉察的。然而人们灭亡于英雄的特别的悲剧者少，消磨于极平常的，或者简直近于没有事情者却多。

且介亭杂文二集/几乎无事的悲剧（1935·8）

●4-11-39-50

听说果戈理的那些所谓"含泪的微笑"＊，在他本土，现在是已经无用了＊，来替代它的有了健康的笑。但在别的地方，也依然有用，因为其中还藏着许多活人的影子。况且健康的笑，在被笑的一方面是悲哀的，所以果戈理的"含泪的微笑"，倘传到了和作者地位不同的读者的脸上，也就成为健康；这是《死魂灵》的伟大处，也正是作者的悲哀处。

〖释："含泪的微笑"，是普希金评论果戈理小说的话。/"在他本土……已经无用"，指俄国经过十月革命，建立了苏维埃政权。〗

且介亭杂文二集/几乎无事的悲剧（1935·8）

●4-11-39-51

果戈理（N·G0gol）的《死魂灵》第一部，中国已有译本……其实，只有第一部也就足够，以后的两部——《炼狱》和《天堂》＊已不是作者的力量所能达到了。果然，第二部完成后，他竟连自己也不相信了自己，在临终前烧掉，世上就只剩了残存的五章，描写出来的人物，积极者偏远逊于没落者：在讽刺作家果戈理，真是无可奈何的事。

〖释：《炼狱》和《天堂》，原是意大利诗人但丁所作长诗《神曲》的第二、三部。《神曲》全诗分三部分，以梦幻手法描写作者游历地狱、炼狱（又译“净界”）和天堂的情景。〗

译文序跋集/《死魂灵》第二部第一章译者附记（1936·3）

●4-11-39-52

其实，这一部书，单是第一部就已经足够的，果戈理的运命所限，就在讽刺他本身所属的一流人物。所以他描写没落人物，依然栩栩如生，一到创造他之所谓好人，就没有生气。

译文序跋集/《死魂灵》第二部第二章译者附记（1936·5）

●4-11-39-53

G『注：果戈理』决非革命家，那是的确的，不过一想到那时代，就知道并不足奇，而且那时的检查制度又多么严厉，不能说什么（他略略涉及君权，便被禁止，这一篇，我译附在《死魂灵》后面，现在看起来，是毫没有什么的）。至于耿说他谄媚政府＊，却纯据中国思想立论，外国的批评家都不这样说……但G确不讥刺大官，这是一者那时禁令严，二者人们都有一种迷信，以为高位者一定道德学问也好。

〖释：“耿说他谄媚政府”，耿济之在为其所译《果戈理的悲剧》写的后记中有这种说法。〗

书信/致萧军（1935·10·29）

●4-11-39-54

G是老实的，所以他会发狂。

书信/致萧军（1935·10·29）

●4-11-39-55

革命有血，有污秽，但有婴孩。这“溃灭”正是新生之前的一滴血，是实际战斗者献给现代人们的大教训。虽然有冷淡，有动摇，甚至于因为依赖，因为本能，而大家还是向目的前进，即使前途终于是“死亡”，但这“死”究竟已经失去了个人底意义，和大众相融合了。所以只要有新生的婴孩，“溃灭”便是“新生”的一部分。

译文序跋集/《溃灭》第二部一至三章译者附记（1930·4·1）

●4-11-39-56

按：鲁迅自费印行书籍时用“三闲书屋”名义。下文最初附于“三闲书屋版”《铁流》版权页后。

《毁灭》＊作者法捷耶夫，是早有定评的小说作家……不但所写的农民矿工以及知识阶级，皆栩栩如生，且多格言，汲之不尽，实在是新文学中的一个大炬火。

〖释：《毁灭》，曾由鲁迅译为中文，1930年连载时题为《溃灭》；1931年出版单行本时改题《毁灭》。〗

集外集拾遗补编/三闲书屋校印书籍（1931·11）

●4-11-39-57

今年总算将这一部纪念碑的小说『注：指《毁灭》』，送在这里的读者们的面前了。译的时候和印的时候，颇经过了不少艰难，现在倒也退出了记忆的圈外去，但我真如你来信所说那样，就像亲生的儿子一般爱他，并且由他想到儿子的儿子。还有《铁流》『注：苏联绥拉菲摩维支（1863－1949）著长篇小说』，我也很喜欢。这两部小说，虽然粗制，却并非滥造，铁的人物和血的战斗，实在够使描写多愁善病的才子和千娇百媚的佳人的所谓“美文”，在这面前淡到毫无踪影。

二心集/关于翻译的通信（1931·12·28）

契诃夫（1860－1904）……俄国作家。著有短篇小说数百篇及剧本《海鸥》、《樱桃园》等。

●4-11-39-58

契诃夫说过：“被昏蛋所称赞，不如战死在他手里。”*真是伤心而且可道之言。

〖**释：此语出契诃夫的遗著《随笔》。**〗

且介亭杂文/徐懋庸作《打杂集》序（1935·5·5）

●4-11-39-59

按：《坏孩子和别的奇闻》是契诃夫早期的短篇小说集，收八个短篇。鲁迅于1934－1935年间据德文本翻译和发表，并写出这篇“前记”。

这是一九〇四年一月间的事，到七月初，他死了。他在临死这一年，自说的不满于自己的作品，指为“小笑话”的时代，是一八八〇年，他二十岁的时候起，直至一八八七年的七年间。在这之间，他不但用“契红德”*（Antosha Chkhonte）的笔名，还用种种另外的笔名，在各种刊物上，发表了四百多篇的短篇小说，小品，速写，杂文，法院通信之类。一八八六年，才在彼得堡的大报《新时代》*上投稿；有些批评家和传记家以为这时候，契诃夫才开始认真的创作，作品渐有特色，增多人生的要素，观察也愈加深邃起来。这和契诃夫自述的话，是相合的。

〖**释：“契红德”，即安托沙·契红德，契诃夫早期的笔名之一。/《新时代》，俄国刊物。1868年创刊，十月革命时被彼得堡新政权封闭。**〗

译文序跋集/《坏孩子和别的奇闻》前记（1936·4）

●4-11-39-60

这些短篇，虽作者自以为“小笑话”，但和中国普通之所谓“趣闻”，却又截然两样的。它不是简单的只招人笑。一读自然往往会笑，不过笑后总还剩下些什么，——就是问题。生瘤的化装，蹩脚的跳舞，那模样不免使人笑，而笑时也知道：这可笑是因为他有病。这病能医不能医。这八篇里面，我以为没有一篇是可以一笑就了的。但作者却将这些指为“小笑话”，我想，这也许是因为他谦虚，或者后来更加深广，更加严肃了。

译文序跋集/《坏孩子和别的奇闻》前记（1936·4·8）

●4-11-39-61

以常理而论，一个作家被别国译出了全集或选集，那么，在那一国里，他的作品的注意者，阅览者和研究者该多起来，这作者也更为大家所知道，所了解的。但在中国却不然，一到翻译集子之后，集子还没有出齐，也总不会出齐，而作者可早被压杀了。易卜生，莫泊桑，辛克莱*，无不如此，契诃夫也如此。

〖**释：易卜生（1828－1906），挪威戏剧家。著有《玩偶之家》等。莫泊桑（1850－1893），法国作家，著有短篇小说三百多篇及长篇小说《俊友》等。辛克莱（1878－1968），美国作家，著有长篇小说《石炭王》等。**〗

译文序跋集/《坏孩子和别的奇闻》译者后记（1935·9·15）

●4-11-39-62

不过姓名大约还没有被忘却。他在本国，也还没有被忘却的，一九二九年做过他死后二十五周年的纪念，现在又在出他的选集。

译文序跋集/《坏孩子和别的奇闻》译者后记（1935·9·15）

勃洛克（1880－1921）……俄国诗人。

●4-11-39-63

按：本篇最初印入北新书局出版的苏联勃洛克1918年的长诗《十二个》中译本，为《未名丛书》之一。

俄国在一九一七年三月的革命『注：指“二月革命”』，算不得一个大风暴；到十月，才是一个大风暴，怒吼着，震荡着，枯朽的都拉杂崩坏，连乐师画家都茫然失措，诗人也沉默了。

就诗人而言，他们因为禁不起这连底的大变动，或者脱出国界，便死亡，如安得列夫『注：通译安德烈夫（1871－1919）』；或者在德法做侨民，如梅垒什珂夫斯奇『注：通译梅列日科夫斯基（1866－1941）』，巴德芒德『注：通译巴尔蒙特（1867－1942）』；或者虽然并未脱走，却比较的失了生动，如阿尔志跋绥夫『注：作家（1878－1927）』。但也有还是生动的，如勃留梭夫『注：诗人（1873－1924）』和戈里奇『注：即高尔基』，勃洛克『注：诗人（1880－1921）』。

集外集拾遗/《十二个》后记（1926·8）

●4-11-39-64

勃洛克名亚历山大，早就有一篇很简单的自叙传——

一八八〇年生在彼得堡。先学于古典中学，毕业后进了彼得堡大学的言语科。一九〇四年才作《美的女人之歌》这抒情诗，一九〇七年又出抒情诗两本，曰《意外的欢喜》，曰《雪的假面》。抒情悲剧《小游览所的主人》，《广场的王》，《未知之女》，不过才脱稿。现在担当着《梭罗忒亚卢拿》『注：即《金羊毛》，象征派杂志』的批评栏，也和别的几种新闻杂志关系着。

此后，他的著作还很多：《报复》，《文集》，《黄金时代》，《从心中涌出》，《夕照是烧尽了》，《水已经睡着》，《运命之歌》。当革命时，将最强烈的刺戟给与俄国诗坛的，是《十二个》。

他死时是四十二岁，在一九二一年。

集外集拾遗/《十二个》后记（1926·8）

●4-11-39-65

从一九〇四年发表了最初的象征诗集《美的女人之歌》起，勃洛克便被称为现代都会诗人的第一人了。他之为都会诗人的特色，是在用空想，即诗底幻想的眼，照见都会中的日常生活，将那朦胧的印象，加以象征化。将精气吹入所描写的事象里，使它苏生；也就是在庸俗的生活，尘嚣的市街中，发见诗歌的要素。所以勃洛克所擅长者，是在取卑俗，热闹，杂沓的材料，造成一篇神秘写实的诗歌。

集外集拾遗/《十二个》后记（1926·8）

●4-11-39-66

能在杂沓的都会里看见诗者，也将在动摇的革命中看见诗。所以勃洛克做《十二个》，而且因此"在十月革命的舞台上登场了"。但他的能上革命的舞台，也不只因为他是都会诗人；乃是，如托罗兹基言，因为他"向着我们这边突进了。突进而受伤了"*。

《十二个》于是便成了十月革命的重要作品，还要永久地流传。

〖**释："在十月革命的舞台上登场了……突进而受伤了"，是托洛茨基对勃洛克的评价，见其《文学与革命》。**〗

集外集拾遗/《十二个》后记（1926·8）

●4-11-39-67

然而他究竟不是新兴的革命诗人，于是虽然突进，却终于受伤，他在十二个之前，看见了戴着白色玫瑰花圈的耶稣基督。

集外集拾遗/《十二个》后记（1926·8）

莱蒙托夫（1814－1941）……俄国诗人。著有长诗《恶魔》、《童僧》和长篇小说《当代英雄》等。

●4-11-39-68

来尔孟多夫（M·Larmontov）『注：通译莱蒙托夫』生于千八百十四年，与普式庚略并世。其先来尔孟斯（T·Lermontov）*氏，英之苏格兰人；故每有不平，辄云将去此冰雪警吏之地，归其故乡。顾性格全如俄人，妙思善感，惆怅无间，少即能缀德语成诗；后入大学被黜，乃居陆军学校二年，出为士官，如常武士，惟自谓仅于香槟酒中，加少许诗趣而已。

〖**释：来尔孟斯**（T·Lermontov，约1220－

1297），苏格兰诗人。〗

坟/摩罗诗力说（1908·2－3）

●4-11-39-69

初虽摹裴伦及普式庚＊，后亦自主。且思想复类德之哲人勖宾赫尔，知习俗之道德大原，悉当改革，因寄其意于二诗，一曰《神摩》（Demon），一曰《谟哈黎》（Mtsyri）＊。

〖释：裴伦及普式庚，即拜伦及普希金。/《神摩》和《谟哈黎》，分别通译为《恶魔》和《童僧》。〗

坟/摩罗诗力说（1908·2－3）

爱罗先珂……俄国盲诗人。1921－1923年间曾到中国。

●4-11-39-70

有人初到北京＊的，不久便说：我似乎住在沙漠里了。

〖释："有人初到北京"，此"人"指爱罗先珂。〗

热风/为"俄国歌舞团"（1922·4·9）

●4-11-39-71

按：当时的北京大学学生魏建功（1901－1980）读了鲁迅翻译的俄国盲作家爱罗先珂《观北京大学学生演剧和燕京女校学生演剧的记》一文（载1923年1月6日《晨报副刊》），发表《不敢盲从》，认为该文是鲁迅写的，或至少有鲁迅的意见夹杂在内。鲁迅因此写了如下"几句声明"，亦发《晨报副刊》。

作者在他的别的著作上，常用色彩明暗等等形容字，和能见的无别，则用些"观""看"之类的动词，本也不足为奇。

集外集拾遗补编/看了魏建功君的《不敢盲从》以后的几句声明（1923·1·17）

●4-11-39-72

作者未到中国以前，所译的作品全系我个人的选择，及至到了中国，便都是他自己的指定，这一节，我在他的童话集的序文上已经说明过的了。至于对于他的作品的内容，我自然也常有不同的意见，但因为为他而译，所以总是抹杀了我见，连语气也不肯和原文有所出入，美意恶意，更是说不到，感谢嘲骂，也不相干。

集外集拾遗补编/看了魏建功君的《不敢盲从》以后的几句声明（1923·1·17）

●4-11-39-73

那一篇记文＊，我也明知道在中国是非但不能容纳，还要发生反感的，尤其是在躬与其事的演者。但是我又没有去阻止的勇气，因为我早就疑心我自己爱中国的青年倒没有他这样深，所以也就不愿意发些明知无益的急迫的言论。然而这也就是俄国人和中国及别国人不同的地方，他很老实，不知道恭维，其实是罗素在英国称赞中国＊，他的门槛就要被中国留学生踏破了的故事，我也曾经和他谈过的。

〖释："那一篇记文"，指爱罗先珂的《观北京大学学生演剧和燕京女校学生演剧的记》。/"罗素在英国称赞中国"，指罗素1920年到中国讲学回英国后，著《中国问题》一书。〗

集外集拾遗补编/看了魏建功君的《不敢盲从》以后的几句声明（1923。1。17）

●4-11-39-74

三年前，我遇见神经过敏的俄国的E君『注：指爱罗先珂』，有一天他忽然发愁道，不知道将来的科学家，是否不至于发明一种奇妙的药品，将这注射在谁的身上，则这人即甘心永远去做服役和战争的机器了？那时我也就皱眉叹息，装作一齐发愁的模样，以示"所见略同"之至意，殊不知我国的圣君，贤臣，圣贤，圣贤之徒，却早已有过这一种黄金世界的理想了。

坟/春末闲谈（1925·4·24）

●4-11-39-75

"知识阶级"一辞是爱罗先珂（V. Eroshen-

ko）七八年前讲演“知识阶级及其使命”时提出的，他骂俄国的知识阶级，也骂中国的知识阶级，中国人于是也骂起知识阶级来了；后来便要打倒知识阶级，再利害一点，甚至于要杀知识阶级了。知识仿佛是罪恶……

集外集拾遗补编/关于知识阶级（1927·11）

●4-11-39-76

童话作家爱罗先珂的名字，现在是已经从读者的记忆上渐渐淡下去了，此时我却记起了他的一种奇异的忧愁。他在北京时，曾经认真的告诉我说：我害怕，不知道将来会不会有人发明一种方法，只要怎么一来，就能使人们都成为打仗的机器的。

其实是这方法早经发明了，不过较为烦难，不能“怎么一来”就完事。

准风月谈/新秋杂识（1933·9·2）

●4-11-39-77

大约七八年前，爱罗先珂君从中国到德国，说了些中国的黑暗，北洋军阀的黑暗。那时上海报上就有一篇文章，说是他之宣传，受之于我，而我则因为女人是日本人，所以给日本人出力云云。

书信/致杨霁云（1934·5·15）

高尔基（1868－1936）……苏联作家。

●4-11-39-78

当屠格纳夫『注：通译屠格涅夫』，柴霍夫『注：通译契诃夫』这些作家大为中国读书界所称颂的时候，高尔基是不很有人很注意的。即使偶然有一两篇翻译，也不过因为他所描的人物来得特别，但总不觉得有什么大意思。

这原因，现在很明白了：因为他是“底层”的代表者，是无产阶级的作家。对于他的作品，中国的旧的知识阶级不能共鸣，正是当然的事。

然而革命的导师＊，却在二十多年以前，已经知道他是新俄的伟大的艺术家，用了别一种兵器，向着同一的敌人，为了同一的目的而战斗的伙伴，他的武器——艺术的言语——是有极大的意义的。

而这先见，现在已经由事实来确证了。

〖释：“革命的导师”，指列宁。他在1907年称赞过高尔基的《母亲》，1910年再度赞扬了高尔基。〗

集外集拾遗/译本高尔基《一月九日》小引（1933·5·27）

●4-11-39-79

关于高尔基。……我和他是不一样的，就是你所举的他那些美点，虽然根据于记载，我也有些怀疑。照一个人的精力，时间和事务比例起来，是做不了这许多的，所以我疑心他有书记，以及几个助手。

集外集拾遗补编/通信〔复魏猛克〕（1933·6·16）

●4-11-39-80

高尔基的《科洛连柯》＊，中国好像并无译本，因为这被记的科氏，在中国并非名人，只有关于托尔斯泰的，是被译了好几回了。

〖释：《科洛连柯》，高尔基关于柯罗连科的回忆录。最初于1922年发表于苏联《革命年鉴》第一期。〗

书信/致孟十还（1934·10·31）

●4-11-39-81

按：《俄罗斯的童话》，高尔基著，内收童话16篇，俄文原本出版于1918年。鲁迅根据日本高桥晚成译本译成中文，1935年8月由上海文化生活出版社出版，列为《文化生活丛书》第三种。下文印在该书版权页后。1935年8月16日鲁迅致黄源信中所说“《童话》广告附呈”，即指此篇。

高尔基所做的大抵是小说和戏剧，谁也决不说他是童话作家，然而他偏偏要做童话。他所做的童话里，再三再四的教人不要忘记这是童话，然而又偏偏不大像童话。说是做给成人看的童话罢，那自然倒也可以的，然而又可恨做的太出色，太恶辣了。

作者在地窖子里看了一批人，又伸出头来在地面上看了一批人，又伸进头去在沙龙里看了一批人，看得熟透了，都收在历来的创作里。这种童话里所写的却全不像真的人，所以也不像事实，然而这是呼吸，是痱子，是疮疽，都是人所必有的，或者是会有的。

短短的十六篇，用漫画的笔法，写出了老俄国人的生态和病情，但又不只写出了老俄国人，所以这作品是世界的；就是我们中国人看起来，也往往会觉得他好像讲着周围的人物，或者简直自己的顶门上给扎了一大针。

但是，要全愈的病人不辞热痛的针灸，要上进的读者也决不怕恶辣的书！

集外集拾遗补编/《俄罗斯童话》(1935·8)

●4-11-39-82

按：《〈母亲〉木刻十四幅》，鲁迅提供原插图并作序，韩白罗用晒图法翻印。关于韩白罗，见1-1-7-54条按。

高尔基的小说《母亲》一出版，革命者就说是一部“最合时的书”*。而且不但在那时，还在现在。我想，尤其是在中国的现在和未来，这有沈端先君的译本*为证，用不着多说。在那边，倒已经看不见这情形，成为陈迹了。

〖**释：“最合时的书”，列宁语，见高尔基的回忆录《列宁》。/“沈端先君的译本”，沈端先，即夏衍。他翻译的《母亲》于1929年10月、1930年8月由大江书铺分上下册出版。**〗

集外集拾遗补编/《〈母亲〉木刻十四幅》序(1935·8)

●4-11-39-83

今年各种刊物上，多刊高尔基像，此老今年忽然成为一切好好歹歹的东西的掩护旗子了。

书信/致曹靖华(1936·4·23)

萧洛霍夫(1905–1984)……苏联作家。以长篇小说《静静的顿河》于1965年获诺贝尔文学奖。

●4-11-39-84

本书的作者是新近有名的作家，一九二七年珂刚(P. S. Kohan)*教授所作的《伟大的十年的文学》中，还未见他的姓名，我们也得不到他的自传。卷首的事略，是从德国辑译的《新俄新小说家三十人集》(Dreising Erxaehler desnewen Russland)的附录里翻译出来的。

这《静静的顿河》*的前三部，德国就在去年由Olha Halpern*译成出版……

〖**释：珂刚(P. S. Kohan)，即戈庚(1872–1932)，苏联文学史家。/《静静的顿河》，萧洛霍夫著四卷本长篇小说。作于1926–1939年。/Olha Halpern，奥尔加·哈尔培恩，德国作家。**〗

集外集拾遗/《静静的顿河》后记(1931·10)

●4-11-39-85

德译的续卷，是今年秋天才出现的，但大约总还须再续，因为原作就至今没有写完。这一译本，即出于Olga Halpern德译本第一卷的上半，所以“在战争的持续间却生长了沉郁的憎恨”的事，在这里还不能看见。然而风物既殊，人情复异，写法又明朗简洁，绝无旧文人描头画角，宛转抑扬的恶习，华斯珂普所说的“充满着原始力的新文学”的大概，已灼然可以窥见。将来倘有全部译本，却要看这古国的读书界的魄力而定了。

集外集拾遗/《静静的顿河》后记(1931·10)

普列汉诺夫(1856–1918)……俄国早期的马克思主义理论家，后成为孟什维克和第二国际领导人之一。

●4-11-39-86

按：《艺术论》包括普列汉诺夫的四篇论文，1930年7月由上海光华书局出版。鲁迅为之作序。

蒲力汗诺夫（George Valentinovitch Plekhanov）〖注：通译普列汉诺夫〗以一八五七年，生于坦木皤夫省的一个贵族的家里。自他出世以至成年之间，在俄国革命运动史上，正是智识阶级所提倡的民众主义＊自兴盛以至凋落的时候。……青年的蒲力汗诺夫，也大概在这样的社会思潮之下，开始他革命底活动的。

〖释：民众主义，通译民粹主义。〗

二心集/《艺术论》译本序（1930·6·1）

●4-11-39-87

一八八一年恐怖主义者竭全力所实行的亚历山大二世的暗杀，民众未尝蹶起，公民也不得自由，结果是有力的指导者或死或囚，“民意党”＊殆濒于消灭。连不属此党而倾向工人的社会主义的蒲力汗诺夫等，也终被政府所迫，不得不逃亡国外了。

他在这时候，遂和西欧的劳动运动相亲，遂开始研究马克斯的著作。

〖释：“民意党”，民粹派所属秘密团体。〗

二心集/《艺术论》译本序（1930·6·1）

●4-11-39-88

一八八四年，他发表叫作《我们的对立》＊的书，就是指摘民众主义的错误，证明马克斯主义的正当的名作。……自此以来，蒲力汗诺夫不但本身成了伟大的思想家，并且也作了俄国的马克斯主义者的先驱和觉醒了的劳动者的教师和指导者了。

〖释：《我们的对立》，通译为《我们的意见分歧》。〗

二心集/《艺术论》译本序（1930·6·1）

●4-11-39-89

一八八九年，社会主义者开第一次国际会议于巴黎，蒲力汗诺夫在会上说，“俄国的革命运动，只有靠着劳动者的运动才能胜利，此外并无解决之道”的时候，是连欧洲有名的许多社会主义者们，也完全反对这话的；但不久，他的业绩显现出来了。文字方面，则有《历史上的一元底观察的发展》＊（或简称《史的一元论》），出版于一八九五年，从哲学底领域方面，和民众主义者战斗，以拥护唯物论，而马克斯主义的全时代，也就受教于此，借此理解战斗底唯物论的根基。

〖释：《历史上的一元底观察的发展》，通译为《论一元论历史观之发展》。〗

二心集/《艺术论》译本序（1930·6·1）

●4-11-39-90

然而蒲力汗诺夫究竟是理论家。十九世纪末，列宁才开始活动，也比他年青，而两个人之间，就自然而然地行了未尝商量的分业。他所擅长的是理论方面，对于敌人，便担当了哲学底论战。列宁却从最先的著作以来，即专心于社会政治底问题，党和劳动阶级的组织的。

二心集/《艺术论》译本序（1930·6·1）

●4-11-39-91

一九〇三年，俄国的马克斯主义者分裂为布尔塞维克（多数派）和门塞维克（少数派）＊了，列宁是前者的指导者，蒲力汗诺夫则是后者。从此两人即时离时合。……门塞维克的取消派＊，已经给布尔塞维克唱起挽歌来了。这时大声叱咤，说取消派主义应该击破，以支持布尔塞维克的，却是身为门塞维克的权威的蒲力汗诺夫，且在各种报章上，国会中，加以勇敢的援助。于是门塞维克的别派，便嘲笑“他垂老而成了地下室的歌人”了。

〖释：“布尔塞维克”，通译布尔什维克。“门塞维克”，通译孟什维克。/“门塞维克的取消派”，俄国1905年革命失败后，俄国社会民主工党内形成孟什维克派，他们要求“取消”俄国社会民主工党组织，代之以一种程在合法范围内存在的涣散团体。该派在1912年社会民主工党布拉格代表会议上被清除出党。普列汉诺夫当时曾领导一个从孟什维克中分化出来的“孟什维克护党派”，同布尔什维克结成联盟，反对取消派。〗

二心集/《艺术论》译本序（1930·6·1）

●4-11-39-92

殆欧洲大战起，蒲力汗诺夫遂以德意志帝国主义为欧洲文明和劳动阶级的最危险的仇敌，和第二国际的指导者们一样，站在爱国的见地上，为了和最可憎恶的德国战斗，竟不惜和本国的资产阶级和政府想提携，相妥协了。

二心集/《艺术论》译本序（1930·6·1）

●4-11-39-93

一九一七年二月革命后，他回到本国，组织了一个社会主义底爱国者的团体，曰“协同”*。然而在俄国的无产阶级之父蒲力汗诺夫的革命的感觉，这时已经没有了打动俄国劳动者的力量，布勒斯特的媾和*后，他几乎全为劳农俄国所忘却，终在一九一八年五月三十日，孤独地死于那时正被德军所占领的芬兰了。相传他临终的谵语中，曾有疑问云：“劳动者阶级可觉察着我的活动呢?”

〖释：“协同”，通译“统一派”，是以普列汗诺夫为首、以《统一报》为喉舌的孟什维克护国派集团。成立于1917年3月，1918年夏解体。/布勒斯特的媾和，指1918年3月苏俄与德国等国在布勒斯特订立和约。当时，列宁为集中力量巩固十月革命后的红色政权，决定退出第一次世界大战，与帝国主义列强妥协。〗

二心集/《艺术论》译本序（1930·6·1）

普希金（1799－1837）……俄国诗人。主要作品有《欧根·奥涅金》和《上尉的女儿》等。

●4-11-39-94

普式庚（A·Pushkin）『注：通译普希金』以千七百九十九年生于墨斯科，幼即为诗，初建罗曼宗于其文界，名以大扬。顾其时俄境内多内讧，时势方亟，而普式庚诗多讽喻，人即借而挤之，将流鲜卑，有数耆宿力为之辩，始获免，谪居南方。其时始读裴伦诗，深感其大，思理文形，悉受转化，小诗亦尝摹裴伦……

〖释：鲜卑，这里指西伯利亚。1820年沙皇亚历山大一世曾经想把普希金流放此地，后因人说情，改为流放高加索。〗

坟/摩罗诗力说（1908·2－3）

●4-11-39-95

俄自有普式庚，文界始独立，故文史家芘宾谓真之俄国文章，实与斯人偕起也。

坟/摩罗诗力说（1908·2－3）

(40) 日本

日本人是很有值得我们效法之处的。

山本初枝（335）/井上红梅（336）/内山完造（336）/有岛武郎（338）/江口涣（339）/芥川龙之介（339）/夏目漱石（339）/菊池宽（340）/森鸥外（340）/厨川白村（341）/增田涉（342）/蕗谷虹儿（343）/藤野严九郎（344）

山本初枝（1898－1966）……日本歌人。1931年与鲁迅结识。

●4-11-40-1

你先生还是在家看孩子吗？何时才出去活动？我也是在家看孩子。这样彼此也就不能见面了。倘使双方都出来漂流，也许会在某地相遇的。

书信/致〈日〉山本初枝〔译文〕（1932·11·7）

●4-11-40-2

我一直想去日本，然而倘现在去，恐怕不会让我上陆罢。即使允许上陆，说不定也会派便衣钉梢。身后跟着便衣去看花，实在是离奇的玩笑，因此我觉得暂时还是等等再说为好。

书信/致〈日〉山本初枝〔译文〕（1934·1·11）

●4-11-40-3

《版艺术》『注：日本木刻月刊』日前收到。这本我已有了，但你送我的还是要珍藏，正如富翁不嫌钱多一样。

书信/致〈日〉山本初枝〔译文〕（1934·9·23）

井上红梅（1881－1949）……中国风俗研究者。他翻译的《鲁迅全集》，收《呐喊》、《彷徨》两书，仅一册，1932年11月日本东京改造社出版。

●4-11-40-4

我的小说，据说已全部由井上红梅氏翻译，十月中将由改造社出版。

书信/致〈日〉增田涉〔译文〕(1932·10·2)

●4-11-40-5

井上红梅氏翻译拙作，我也感到意外，他和我并不同道。但他要译，也是无可如何。近来看到他的大作《酒、鸦片、麻将》，更令人慨叹。然书已译出，只好如此。今日拜读《改造》刊登的广告＊，作者被吹得很了不起，也可慨叹。就是说你写的《某君传》为广告尽了义务，世事是怎样的微妙啊。

我感到《小说史略》＊也是危险的。

〖释："《改造》刊登的广告"，该广告以《中国现代左翼作家第一人的全集出版》为题，载《改造》1932年11月号。/《小说史略》，指鲁迅的《中国小说史略》。〗

书信/致〈日〉增田涉〔译文〕(1932·11·7)

●4-11-40-6

我的小说已被井上红梅氏译出，将由改造社出版，使增田兄受到意外的打击，我也甚感意外。既然别人要翻译，我也不能说不行。就这样译出来了。你也一定会被榨取二元钱＊的。请你不要认为这是我的罪过。增田兄早点译出来就好了。

〖释："二元钱"，当时井上红梅译《鲁迅全集》定价二日元。〗

书信/致〈日〉山本初枝〔译文〕(1932·11·7)

●4-11-40-7

井上红梅氏送了我一本他翻译的拙作。

书信/致〈日〉山本初枝〔译文〕(1932·12·15)

●4-11-40-8

井上氏所译《鲁迅全集》＊已出版，送到上海来了。译者也赠我一册。但略一翻阅，颇惊其误译之多，他似未参照你和佐藤先生所译的。我觉得那种做法，实在太荒唐了。

〖释："井上氏所译《鲁迅全集》"，收《呐喊》、《彷徨》两书，仅一册。1932年11月东京改造社出版。〗

书信/致〈日〉增田涉〔译文〕(1932·12·19)

●4-11-40-9

关于高明＊君，其实并不像他的名字那样，虽曾一度写过不少东西，但此刻几乎都被遗忘了。我想佐藤＊先生的作品，倘由他翻译，其不幸怕在我遇到井上红梅氏之上罢。

〖释：高明，翻译工作者，曾留学日本。/佐藤，即佐藤春夫（1892－1964），作家；曾主编《世界幽默全集》，其第十二集为《中国篇》，内收鲁迅的《阿Q正传》和《幸福的家庭》，1933年日本改造社出版。〗

书信/致〈日〉增田涉〔译文〕(1933·3·1)

内山完造（1885－1959）……1913年来上海，后开设内山书店。1927年开始与鲁迅交往。

●4-11-40-10

廿年居上海，每日见中华。
有病不求药，无聊才读书。
一阔脸就变，所砍头渐多。
忽而又下野，南无阿弥陀。

〖释：本篇手迹题款为"辛未初春，书请邬其山仁兄教正"。邬其山，即内山完造。〗

集外集拾遗/赠邬其山(1931)

●4-11-40-11

上海仍寂寞，内山书店的漫谈虽已不太热闹，但我看，生意似乎比别的店铺要好。老板也很忙。

书信/致〈日〉山本初枝〔译文〕(1932·11·7)

●4-11-40-12

至于内山书店，三年以来，我确是常去坐，

检书谈话，比和上海的有些所谓文人相对还安心，因为我确信他做生意，是要赚钱的，却不做侦探；他卖书，是要赚钱的，却不卖人血；这一点，倒是凡有自以为人，而其实是狗也不如的文人们应该竭力学学的！

伪自由书/后记（1933·7·20）

●4-11-40-13

五月十四日午后一时，还有了丁玲和潘梓年的失踪的事，大家多猜测为遭了暗算，而这猜测也日益证实了。谣言也因此非常多，传说某某也将同遭暗算的也有，接到警告或恐吓信的也有。我没有接到什么信，只有一连五六日，有人打电话到内山书店的支店去询问我的住址。我以为这些信件和电话，都不是实行暗算者们所做的，只不过几个所谓文人的鬼把戏，就是“文坛”上，自然也会有这样的人的。

伪自由书/后记（1933·7·20）

●4-11-40-14

“文艺漫谈会”的机关杂志《文艺座谈》＊第一期……罗列了十多位作家的名字，于七月一日出版了。其中的一篇是专为我而作的——

内山书店小坐记　　白羽遐

某天的下午，我同一个朋友在上海北四川路散步。走着走着……就进了内山书店。

内山书店是日本浪人内山完造开的，他表面是开书店，实在差不多是替日本政府做侦探。他每次和中国人谈了点什么话，马上就报告日本领事馆。这也已经成了“公开的秘密”了，只要是略微和内山书店接近的人都知道……他常和中国人谈中国文化及中国社会的情形，却不大谈到中国的政治，自然是怕中国人对他怀疑。

“中国的事情都要打折扣，文字也是一样。‘白发三千丈’这就是一个天大的谎！这就得大打折扣。中国别的问题，也可以以此类推……哈哈！哈！”

……不久以前，在《自由谈》上看到何家干先生的一篇文字，就是内山所说的那些话。原来所谓“思想界的权威”，所谓“文坛老将”，连一点这样的文章都非“出自心裁”！

……我们除了勉强敷衍他之外，不大讲什么话，不想理他。因为我们知道内山是个什么东西，而我们又没有请他救过命，保过险，以后也决不预备请他救命或保险。

〖释：《文艺座谈》，半月刊，曾今可等编。1933年7月在上海创刊，共出四期。新时代书局发行。〗

伪自由书/后记（1933·7·20）

●4-11-40-15

不到一礼拜（七月六日），《社会新闻》（第四卷二期）就加以应援，廓大到“左联”去了。其中的“茅盾”，是本该写作“鲁迅”的故意的错误，为的是令人不疑为出于同一人的手笔——

内山书店与左联

《文艺座谈》第一期上说，日本浪人内山完造在上海开书店，是侦探作用，这是确属的，而尤其与左联有缘。记得郭沫若由汉逃沪，即匿内山书店楼上，后又代为买船票渡日。茅盾在风声紧急时，亦以内山书店为惟一避难所。然则该书店之作用何在者？盖中国之有共匪，日本之利也，所以日本杂志所载调查中国匪情文字，比中国自身所知者为多，而此类材料之获得，半由受过救命之恩之共党文艺份子所供给；半由共党自行送去，为张扬势力之用，而无聊文人为其收买甘愿为其刺探者亦大有人在。闻此种侦探机关，除内山以外，尚有日日新闻社，满铁调查所等，而著名侦探除内山完造外，亦有田中，小岛，中村等。〔新皖〕

这两篇文章中，有两种新花样：一，先前的诬蔑者，都说左翼作家是受苏联的卢布，现在则变了日本的间接侦探；二，先前的揭发者，说人抄袭是一定根据书本的，现在却可以从别人的嘴里听来，专凭他的耳朵了。

伪自由书/后记（1933·7·20）

●4-11-40-16

内山书店经常去，但不是每天，漫谈的人材

也寥若晨星，令人感到寂寞。

书信/致〈日〉山本初枝〔译文〕(1933·9·29)

●4-11-40-17

内山老板依然在埋头写漫谈，已成三十篇。

书信/致〈日〉山本初枝〔译文〕(1934·1·17)

●4-11-40-18

内山老板依然很忙，正埋头写漫谈，并寄出去。

书信/致〈日〉山本初枝〔译文〕(1934·7·23)

●4-11-40-19

内山老板偕夫人已于二三日前返沪，这一次倒是很快。

书信/致〈日〉山本初枝〔译文〕(1934·9·23)

●4-11-40-20

我是常到内山书店去闲谈的，我的可怜的敌对的“文学家”，还曾经借此竭力给我一个“汉奸”的称号，可惜现在他们又不坚持了……

且介亭杂文/运命（1934·11·20）

●4-11-40-21

内山老板惠赠松竹梅一盆，最近盛开，给会客室增添了不少生气。内山老板原说假期中去南京一游，结果未去，只到南京路转了一遭，去看《克来阿派忒拉》『注：即美国影片《倾国倾城》』。我也去了，这部电影并不如广告上说的那么好。

书信/致〈日〉山本初枝〔译文〕(1935·1·4)

●4-11-40-22

著者是二十年以上，生活于中国，到各处去旅行，接触了各阶级的人们的，所以来写这样的漫文，我以为实在是适当的人物。事实胜于雄辩，这些漫文，不是的确放着一种异彩吗？自己也常常去听漫谈，其实负有捧场的权利和义务的，但因为已是很久的“老朋友”了，所以也想添几句坏话在这里。其一，是有多说中国的优点的倾向，这是和我的意见相反的，不过著者那一面，也自有他的意见，所以没有法子想。还有一点，是并非坏话也说不定的，就是读起那漫文来，往往颇有令人觉得“原来如此”的处所，而这令人觉得“原来如此”的处所，归根结蒂，也还是结论。幸而卷末没有明记着“第几章：结论”……总算还好的。

且介亭杂文二集/内山完造作《活中国的姿态》序（1935·3·5）

●4-11-40-23

老板因母亲病危归国，但闻病已痊愈，估计即将返沪。

书信/致〈日〉山本初枝〔译文〕(1935·6·27)

●4-11-40-24

近来这一带正热闹起来，却又谣言四起，许多人搬走了，因此颇见冷清。内山老板的店里似乎也比较空闲……老板的《活中国的姿态》虽已出版，但仅看到样本。

书信/致〈日〉山本初枝〔译文〕(1935·12·3)

●4-11-40-25

我早已不住以前的公寓，我这次的住址，一问内山老板便知。

书信/致〈日〉增田涉〔译文〕(1936·3·28)

有岛武郎（1878－1923）……日本小说家。后因思想矛盾不可自拔而自杀。

●4-11-40-26

按：《与幼者》收在《有岛武郎著作集》第七辑中。鲁迅曾译为中文，题为《与幼小者》，收入《现代日本小说集》中。

幼者呵，将又不幸又幸福的你们的父母的祝福，浸在心中，上人生的旅路罢。前途很远，也很暗。然而不要怕。不怕的人的面前才有路。

走罢！勇猛着！幼者呵！

有岛氏是白桦派＊，是一个觉醒的，所以有

这等话；但里面也免不了带些眷恋凄怆的气息。

这也是时代的关系。将来便不特没有解放的话，并且不起解放的心，更没有什么眷恋和凄怆；只有爱依然存在。——但是对于一切幼者的爱。

〖释：白桦派，近代日本一个文学派别，由1910年创刊的《白桦》杂志而得名有。〗

热风／随感录·六十三“与幼者”（1919·11·1）

江口涣（1887－1975）……日本作家。1929年加入日本无产阶级作家同盟。

●4-11-40-27

江口涣（Ehisaki mono e）生于一八八七年，东京大学英文学科出身，曾加入社会主义者同盟＊。

〖释：“社会主义者同盟”，1920年成立于东京，后分裂。〗

译文序跋集／《现代日本小说集》附录：关于作者的说明（1923·6）

芥川龙之介（1892－1927）……日本作家。后因苦闷自杀。

●4-11-40-28

按：《现代日本小说集》是鲁迅和周作人合译的现代日本短篇小说集，收作家十五人的小说三十篇。

芥川龙之介（Akutagawa Riunosuke）生于一八九二年，也是东京大学英文学科出身。田中纯评论他说：“在芥川的作品上，可以看出他用了性格的全体，支配尽所用的材料的模样来。这事实便使我们起了这感觉，就是感得这作品是完成的。”他的作品所用的主题，最多的是希望已达之后的不安，或者正不安时的心情。他又多用旧材料，有时近于故事的翻译。但他的复述古事并不专是好奇，还有他的更深的根据：他想从含在这些材料里的古人的生活当中，寻出与自己的心情能够贴切的或物，因此那些古代的故事经他改作之后，都注进新的生命去，便与现代人生出干系来了。

译文序跋集／《现代日本小说集》附录：关于作者的说明（1923·6）

●4-11-40-29

芥川氏是日本新兴文坛中一个出名的作家。……他的作品所用的主题，最多的是希望已达之后的不安，或者正不安时的心情，这篇便可以算得适当的样本。

不满于芥川氏的，大约因为这两点：一是多用旧材料，有时近于故事的翻译；一是老手的气息太浓，易使读者不欢欣。这篇也可以算得适当的样本。

译文序跋集／《鼻子》译者附记（1921·5·13）

●4-11-40-30

这一篇历史的小说（并不是历史小说），也算他的佳作，取古代的事实，注进新的生命去，便与现代人生出干系来。

译文序跋集／《罗生门》译者附记（1921·6·17）

夏目漱石（1867－1916）……原名金之助，日本作家。著有长篇小说《我是猫》、中篇小说《哥儿》等。

●4-11-40-31

夏目漱石（Natsume Soseki，1867－1917）名金之助，初为东京大学教授，后辞去入朝日新闻＊社，专从事于著述。他所主张的是所谓“低徊趣味”，又称“有余裕的文学”。一九〇八年高滨虚子＊的小说集《鸡头》出版，夏目替他做序，说明他们一派的态度：

有余裕的小说，即如名字所示，不是急迫的小说，是避了非常这字的小说。如借用近来流行的文句，便是或人所谓触着不触着之中，不触着的这一种小说。……或人以为不触著者即非小说，但我主张不触著的小说不特与触著的小说同有存在的权利，而且也能收同等的成功。……世间很是广阔，在这广阔的世间，起居之法也有种种的不同：随缘临机的乐此种种起居即是余裕，观察之亦是余裕，或玩味之亦是余裕。有了这个余裕才得发生的事件以及对于这些事件的情绪，固亦依然是人生，是活泼泼地之人生也。

夏目的著作以想像丰富，文词精美见称。早年所作，登在俳谐＊《子规》＊（Hototogisu）上的《哥儿》（Bocchan），《我是猫》（Wagahaiwa neko de aru）诸篇，轻快洒脱，富于机智，是明治＊文坛上的新江户艺术＊的主流，当世无与匹者。

〖释：朝日新闻，日本报纸，1879 年创刊于东京。/ 高滨虚子（1874 –1959），日本诗人。/“俳谐”，日本诗体之一，一般以五言、七言、五言三句十七音组成，又称十七音诗。/《子规》，日本杂志，创办于1879 年。/“明治”，日本天皇睦仁的年号（1868 –1912）。/“新江户艺术”，指明治时期（1868 –1912）的文艺。“江户艺术”则指江户时期（1603 –1867）的文艺。〗

译文序跋集 /《现代日本小说集》附录：关于作者的说明（1923 · 6）

菊池宽（1888 – 1948）……日本作家。二战期间曾为日本军国主义效劳。

●4-11-40-32

菊池宽（Kikuchi Kan）生于一八八九年，东京大学英文学科出身。他自己说，在高等学校时代，是只想研究文学，不豫备做创作家的，但后来偶做小说，意外的得了朋友和评论界的赞许，便做下去了。他的创作，是竭力的要掘出人间性的真实来。一得真实，他却又怃然的发了感叹，所以他的思想是近于厌世的，但又时时凝视著遥远的黎明，于是又不失为奋斗者。

译文序跋集 /《现代日本小说集》附录：关于作者的说明（1923 · 6）

●4-11-40-33

他的著作却比较的要算少作；我所见的只有《无名作家的日记》、《报恩的故事》和《心之王国》三种，都是短篇小说集。

译文序跋集 /《三浦右卫门的最后》译者附记（1921 · 7）

●4-11-40-34

杨太真＊的遭遇，与这右卫门约略相同，但从当时至今，关于这事的著作虽然多，却并不见和这一篇有相类的命意，这又是什么缘故呢？我也愿意发掘真实，却又望不见黎明，所以不能不爽然，而于此呈作者以真心的赞叹。

〖释：杨太真（719 –756），即杨贵妃，名玉环，法号太真，蒲州（今山西永济）人。“安史之乱”中，她于天宝十四年（755）在随唐玄宗仓皇逃亡途中，在马嵬坡被“赐死”。〗

译文序跋集 /《三浦右卫门的最后》译者附记（1921 · 7）

●4-11-40-35

但这一篇中也偶然有失于检点的处所。右卫门已经上绑了——古代的绑法，一定是反剪的，——但乞命时候，却又有两手抵地的话，这明明是与上文冲突了，必须说是低头之类，才合于先前的事情。然而这是小疵，也无伤于大体的。

译文序跋集 /《三浦右卫门的最后》译者附记（1921 · 7）

森鸥外（1862 –1922）……日本作家、翻译家。

●4-11-40-36

森鸥外（Mori Ogai，1860—　）名林太郎，医学博士又是文学博士，曾任军医总监，现为东京博物馆长。……最初介绍欧洲文艺，很有功绩。后又从事创作，著有小说戏剧甚多。他的作品，批评家都说是透明的智的产物，他的态度里是没有“热”的。

译文序跋集 /《现代日本小说集》附录：关于作者的说明（1923 · 6）

●4-11-40-37

森氏号鸥外，是医学家，也是文坛的老辈。但很有几个批评家不以为然，这大约因为他的著作太随便，而且很有“老气横秋”的神情。这一篇是代《察拉图斯忒拉这样说》译本的序言的，讽刺有庄有谐，轻妙深刻，颇可以看见他的特色。文中用拜火教＊徒者，想因为火和太阳是同类，所以借来影射他的本国。我们现在也正可借来比照中国，发一大笑。只是中国用的是一个过激主义的符牒＊，而以为危险的意思也没有派希族那样分明罢了。

〖释："拜火教"，又称祆教或波斯教等，相传为古波斯人察拉图斯忒拉所创立。该教教义认为火代表太阳，是善和光明的化身，以礼拜"圣火"为主要宗教仪式。/"过激主义的符牒"，这里的意思是以"过激主义"为护符。《沉默的塔》里说的是：派希族（Parsi，即拜火教徒）"以洋书为危险"，"杀掉那看危险书籍的东西"，"用车子运进塔里去"。而"危险书籍"就是"自然主义和社会主义的书"。〗

译文序跋集/《沉默之塔》译者附记（1921・4・24）

厨川白村（1880－1923）……日本文艺论理家。曾留学美国，回国后任大学教授。

●4-11-40-38

按：《苦闷的象征》是日本文艺理论家厨川白村的论文集。鲁迅于1924年译为中文并陆续发表，1925年出版单行本。

这书的著者厨川白村氏，在日本大地震＊时不幸被难了，这是从他镰仓别邸的废墟中掘出来的一包未定稿。……但终于付印了，本来没有书名，由编者定名为《苦闷的象征》。其实是文学论。

这共分四部：第一创作论，第二鉴赏论，第三关于文艺的根本问题的考察，第四文学的起源。其主旨，著者自己在第一部第四章中说得很分明：生命力受压抑而生的苦闷懊恼乃是文艺的根柢，而其表现法乃是广义的象征主义。

〖释："大地震"，指1923年9月发生在日本关东的大地震。〗

译文序跋集/译《苦闷的象征》后三日序(1924・4・1)

●4-11-40-39

去年日本的大地震，损失自然是很大的，而厨川博士的遭难也是其一。

厨川博士名辰夫，号白村。我不大明白他的生平，也没有见过有系统的传记。但就零星的文字里掇拾起来，知道他以大阪府立第一中学出身，毕业于东京大学，得文学士学位；此后分住熊本和东京者三年，终于定居京都，为第三高等学校教授。大约因为重病之故罢，曾经割去一足，然而尚能游历美国，赴朝鲜；平居则专心学问，所著作很不少。据说他的性情是极热烈的，尝以为"若药弗瞑眩厥疾弗瘳"＊吧，所以对于本国的缺失，特多痛切的攻难。

〖释："若药弗瞑眩厥疾弗瘳"，语出《书经・说命（上篇）》，意谓如果服药后不头脑昏胀，重病就不能治好。〗

译文序跋集/《苦闷的象征》引言（1925・3）

●4-11-40-40

《苦闷的象征》也是殁后才印行的遗稿，虽然还非定本，而大体上却已完具了。第一分《创作论》是本据，第二分《鉴赏论》其实即是论批评，和后两分都不过从《创作论》引申出来的必然的系论。至于主旨，也极分明，用作者自己的话来说，就是"生命力受了压抑而生的苦闷懊恼乃是文艺的根柢，而其表现法乃是广义的象征主义"。

译文序跋集/《苦闷的象征》引言（1925・3）

●4-11-40-41

按：《出了象牙之塔》是厨川白村的文艺评论集，鲁迅译于1924至1925年之交。

厨川白村氏……还有一篇短文，是回答早稻田文学社＊的询问的，题曰《文学者和政治家》。大意是说文学和政治都是根据于民众的深邃严肃性的内底生活的活动，所以文学者总该踏在实生活的地盘上，为政者总该深解文艺，和文学者接近。我以为这诚然也有理，但和中国现在的政客官僚们讲论此事，却是对牛弹琴；至于两方面的接近，在北京却时常有，几多丑态和恶行，都在这新而黑暗的阴影中开演，不过还想不出作者所说似的好招牌，——我们的文士们的思想也特别俭啬。

〖释："早稻田文学社"，即早稻田文学出版社。《早稻田文学》存在于1891－1898年和

1906－1927 年间。**该刊发表的不少创作、评论和翻译，是研究日本明治时期文学的重要资料。**〗

译文序跋集／《出了象牙之塔》后记（1925·12）

●4-11-40-42

按：《观照享乐的生活》是《出了象牙之塔》中的一篇。

作者对于他的本国的缺点的猛烈的攻击法，真是一个霹雳手＊。但大约因为同是立国于亚东，情形大抵相像之故罢，他所狙击的要害，我觉得往往也就是中国的病痛的要害；这是我们大可以借此深思，反省的。

〖**释：“霹雳手”，意谓快捷果断。语出《新唐书裴漼传》：“积案数百……一日毕，既与夺当理，而笔词劲妙。……由是名动一州，号‘霹雳手’。”**〗

译文序跋集／《观照享乐的生活》译者附记（1924·12·13）

●4-11-40-43

这也是《出了象牙之塔》里的一篇，主旨是专在指摘他最爱的母国——日本——的缺陷的。但我看除了开首这一节攻击旅馆制度和第三节攻击馈送仪节的和中国不甚相干外，其他却多半切中我们现在大家隐蔽着的痼疾，尤其是很自负的所谓精神文明。现在我就再来编入，作为从外国药房贩来的一帖泻药罢。

译文序跋集／《从灵向肉和从肉向灵》译者附记（1925·1·9）

●4-11-40-44

造化所赋与于人类的不调和实在还太多。这不独在肉体上而已，人能有高远美妙的理想，而人间世不能有副其万一的现实，和经历相伴，那冲突便日见其了然，所以在勇于思索的人们，五十年的中寿就恨过久，于是有急转，有苦闷，有彷徨；然而也许不过是走向十字街头＊，以自送他的余年归尽。自然，人们中尽不乏面团团地活到八十九十，而且心地太平，并无苦恼，但这是专为来受中国内务部的褒扬而生的人物，必须又作别论。

假使著者不为地震所害，则在塔外＊的几多道路中，总当选定其一，直前勇往的罢，可惜现在是无从揣测了。

〖**释：“十字街头”，厨川白村死后结集出版的他的论文集名《走向十字街头》。／“塔外”，喻厨川白村的书名《出了象牙之塔》。**〗

译文序跋集／《出了象牙之塔》后记（1925·12·14）

增田涉（1903－1977）……日本中国文学研究家。1931 年来上海，鲁迅曾为他讲解自己的作品并帮助他翻译《中国小说史略》。

●4-11-40-45

曼殊和尚的日语非常好，我以为简直像日本人一样。

书信／致〈日〉增田涉〔译文〕（1932·5·9）

●4-11-40-46

今天托内山书店寄上小说八种。郁达夫、张天翼两君之作，我特为选入。近代的作品，只选我的，似觉寂寞。这两册中，如有可取者，即选译一些，如何?

书信／致〈日〉增田涉〔译文〕（1932·5·22）

●4-11-40-47

信奉悉，画一并收到。从礼节上说，本当恭维一番，但说实话，此画并不高明。

书信／致〈日〉增田涉〔译文〕（1932·10·2）

●4-11-40-48

你近来不学画，专做翻译工作，我以为很好。收到你的画时，虽颇想加以赞美，但细加审阅后，便采取攻击方针，实为抱歉，但也是无法的事。

书信／致〈日〉增田涉〔译文〕（1932·11·7）

●4-11-40-49

今天又拜领《明日》第五期，增田君在上面大发议论＊，不过对我未免太过奖了。也许因为太熟悉了罢。

〖释：指增田涉发表于1933年9月的《明日》第五期上的《支那的作家》。该文介绍了鲁迅、郭沫若、郁达夫、张资平和胡也频等作家及他们的作品。〗

书信/致〈日〉山本初枝〔译文〕（1933·9·29）

●4-11-40-50

我以为增田一世尽量多写写就好。这位先生有点悠闲，而且太谦虚。只要看看现在的所谓中国通，尽管他们所写的东西穿凿附会，错误百出，竟然也堂哉皇哉付梓问世，那他又何必太谦呢？我想如他现在就专心致志做起来，一定能够成功。

书信/致〈日〉山本初枝〔译文〕（1934·4·25）

●4-11-40-51

按：增田涉等当时拟编《汉语大辞典》。鲁迅对此提出若干建议。

《佩文韵府》＊、《骈字类编》＊等庞然巨著……我以为如非中国文学专家，则毋须购藏，但为编辑《大辞典》，也许是适用的书。

如仅用《辞源》、《通俗编》＊来对付，我以为太贫乏。此外，可从《子史精华》＊与《读书记数略》＊中摘录些认为必要的东西放进去如何？或从《骈雅训纂》＊（比《骈字类编》简明）亦可略为采择些。

〖释：《佩文韵府》，分韵编排的辞书，清代张玉书奉康熙敕编，共五五六卷。/《骈字类编》，分类编排的辞书，清代张廷玉奉康熙敕编，专收二字合成的词语，共二四〇卷。/《通俗编》，清代翟灏撰，收集日常通俗词语，共五千余条。/《子史精华》，类书，清康熙时辑，共一六〇卷。/《读书记数略》，类书，清代宫梦仁编，集古书故实，共五十四卷。/《骈雅训纂》，清代魏茂林所作《骈雅》的注本；《骈雅》，明代训诂书。〗

书信/致〈日〉增田涉〔译文〕（1934·5·11）

●4-11-40-52

汉学大会＊，大可参加。研究曼殊和尚一定比研究《左传》、《公羊传》＊等更饶兴味。……

此地的曼殊热，最近已略为下降，全集＊出版后，拾遗之类，未见出现。

〖释：“汉学大会”，指1934年10月27日东京帝国大学举行的第三次汉学大会。/“《左传》、《公羊传》”，史书。相传分别为春秋时人左丘明和战国时人公羊高作。/“全集”，指《苏曼殊全集》，柳亚子编。1928－1929年北新书局出版。〗

书信/致〈日〉增田涉〔译文〕（1934·9·12）

●4-11-40-53

顷接增田一世函，说他的论文＊已登在《斯文》杂志上，但该杂志不在沪出版，因此无法拜读。

〖释：“增田的论文”，指增田涉的《现代支那文学“行动”的倾向》一文。〗

书信/致〈日〉山本初枝〔译文〕（1934·9·23）

●4-11-40-54

读了《斯文》刊载的大作，觉得痛快，日本青年想必大抵如此。但这种文章，其它杂志未必能登罢？毕竟是因为《斯文》的关系。

书信/致〈日〉增田涉〔译文〕（1934·11·14）

●4-11-40-55

今天已将我写的字两件＊托内山老板寄上，铁研翁的一幅，因先写，反而拙劣。包中有贯休＊画的罗汉像一册，是大为缩小后的东西，只觉得有趣才送给你，别无他意。

〖释：“字两件”，鲁迅为增田涉、今村铁研各书南宋郑思肖《锦钱余笑》中诗一幅。/贯休，五代时前蜀和尚、画家（832－913）。他画的罗汉像，1926年杭州西泠印社据清乾隆拓本影印。〗

书信/致〈日〉增田涉〔译文〕（1935·3·23）

蕗谷虹儿（1898－1979）……日本画家。

●4-11-40-56

对于沉静，而又疲弱的神经，Beardsley

『注：比亚兹莱』的线究竟又太强烈了，这时适有蕗谷虹儿的版画运来中国，是用幽婉之笔，来调和了 Beardsley 的锋芒，这尤合中国现代青年的心，所以他的模仿就至今不绝。

集外集拾遗/《蕗谷虹儿画选》小引（1929·1）

●4-11-40-57

作者『注：指蕗谷虹儿』现在是往欧洲留学去了，前途正长，这不过是一时期的陈迹，现在又作为中国几个作家『注：鲁迅经常以“作家”称画家。此指叶灵凤等人』的秘密宝库的一部份，陈在读者的眼前，就算一面小镜子，——要说的堂皇一些，那就是，这才或者能使我们逐渐认真起来，先会有小小的真的创作。

集外集拾遗/《蕗谷虹儿画选》小引（1929·1）

藤野严九郎（1874－1945）……日本福井县人。1901 年后曾任仙台医学专门学校讲师、教授。

●4-11-40-58

解剖学是两个教授分任的。最初是骨学。其时进来的是一个黑瘦的先生，八字须，戴着眼镜，挟着一叠大大小小的书。一将书放在讲台上，便用了缓缓而很有顿挫的声调，向学生介绍自己道：

“我就是叫作藤野严九郎的……”

朝花夕拾/藤野先生（1926·12·10）

●4-11-40-59

这藤野先生，据说是穿衣服太模胡了，有时竟会忘记带领结；冬天是一件旧外套，寒颤颤的，有一回上火车去，致使管车的疑心他是扒手，叫车里的客人大家小心些。

朝花夕拾/藤野先生（1926·12·10）

●4-11-40-60

“我的讲义，你能抄下来么？”

“可以抄一点。”

“拿来我看！”

我交出所抄的讲义去，他收下了，第二三天便还我，并且说，此后每一星期要送给他看一回。我拿下来打开时，很吃了一惊，同时也感到一种不安和感激。原来我的讲义已经从头到末，都用红笔添改过了，不但增加了许多脱漏的地方，连文法的错误，也都一一订正。这样一直继续到教完了他所担任的功课：骨学，血管学，神经学。

朝花夕拾/藤野先生（1926·12·10）

●4-11-40-61

有一回藤野先生将我叫到他的研究室里去，翻出我那讲义上的一个图来，是下臂的血管，指着，向我和蔼的说道：

“你看，你将这条血管移了一点位置了。——自然，这样一移，的确比较的好看些，然而解剖图不是美术，实物是那么样的，我们没法改换它。现在我给你改好了，以后你要全照着黑板上那样的画。”

朝花夕拾/藤野先生（1926·12·10）

●4-11-40-62

有一天，本级的学生会干事到我寓里来了，要借我的讲义看。我检出来交给他们，却只翻检了一通，并没有带走。但他们一走，邮差就送到一封很厚的信，拆开看时，第一句是：

“你改悔罢！”

……其次的话，大略是说上年解剖学试验的题目，是藤野先生在讲义上做了记号，我预先知道的，所以能有这样的成绩。末尾是匿名。

朝花夕拾/藤野先生（1926·12·10）

●4-11-40-63

中国是弱国，中国人当然是低能儿，分数在六十分以上，便不是自己的能力了：也无怪他们疑惑。但我接着便有参观枪毙中国人的命运了。第二年添教霉菌学，细菌的形状是全用电影来显示的，一段落已完而还没有到下课的时候，便影几片时事的片子，自然都是日本战胜俄国的情形。但偏有中国人夹在里边：给俄国人做侦探，被日本军捕获，要枪毙了，围着看的也是一群中国人；

在讲堂里的还有一个我。

"万岁!"他们都拍掌欢呼起来。

这种欢呼，是每看一片都有的，但在我，这一声却特别听得刺耳。此后回到中国来，我看见那些闲看枪毙犯人的人们，他们也何尝不酒醉似的喝采，——呜呼，无法可想！但在那时那地，我的意见却发生变化了。

到第二学年的结束，我便去寻藤野先生，告诉他我将不学医学，并且离开这仙台。他的脸色仿佛有些悲哀，似乎想说话，但竟没有说。

朝花夕拾/藤野先生（1926·12·10）

●4-11-40-64

将走的前几天，他叫我到他家里去，交给我一张照相，后面写着两个字道："惜别"，还说希望将我的也送他。但我这时适值没有照相了；他便叮嘱我将来照了寄给他，并且时时通信告诉他此后的状况。

我离开仙台之后，就多年没有照过相，又因为状况也无聊，说起来无非使他失望，便连写信也怕敢写了。经过的年月一多，话更无从写起，所以虽然有时想写信，却又难以下笔，这样的一直到现在，竟没有寄过一封信和一张照片。从他那一面看起来，是一去之后，杳无消息了。

朝花夕拾/藤野先生（1926·12·10）

●4-11-40-65

我总还时时记起他，在我所认为我师的之中，他是最使我感激，给我鼓励的一个。有时我常常想：他的对于我的热心的希望，不倦的教诲，小而言之，是为中国，就是希望中国有新的医学；大而言之，是为学术，就是希望新的医学传到中国去。他的性格，在我的眼里和心里是伟大的，虽然他的姓名并不为许多人所知道。

朝花夕拾/藤野先生（1926·12·10）

●4-11-40-66

他的照相至今还挂在我北京寓居的东墙上，书桌对面。每当夜间疲倦，正想偷懒时，仰面在灯光中瞥见他黑瘦的面貌，似乎正要说出抑扬顿挫的话来，便使我忽又良心发现，而且增加勇气了，于是点上一枝烟，再继续写些为"正人君子"之流所深恶痛疾的文字。

朝花夕拾/藤野先生（1926·12·10）

●4-11-40-67

《某氏集》* 请全权处理。我看要放进去的，一篇也没有了。只有《藤野先生》一文，请译出补进去，《范爱农》写法较差，还是割爱为好。

〖释：《某氏集》，指佐藤春夫、增田涉合译的《鲁迅选集》。〗

书信/致〈日〉增田涉〔译文〕（1934·12·2）

●4-11-40-68

藤野先生是大约三十年前仙台医学专门学校的解剖学教授，是真名实姓。该校现在已成为大学了，三四年前曾托友人去打听过，他已不在那里了。是否还在世，也不得而知。倘仍健在，已七十左右了。

书信/致〈日〉山本初枝〔译文〕（1935·6·27）

---

(41) 其他国家

总之，我们要拿来。我们要或使用，或存放，或毁灭。……然而首先要这人沉着，勇猛，有辨别，不自私。

比亚兹莱(345)/**弗洛伊德**(346)/**麦绥莱尔**(347)/**罗素**(347)/**拜伦**(348)/**雪莱**(351)/**珂勒惠支**(352)/**理维拉**(354)/**萧伯纳**(354)/**赛珍珠**(356)

比亚兹莱（1872－1898）……英国画家。

●4-11-41-1

中国的新的文艺的一时的转变和流行，有时那主权是简直大半操于外国书籍贩卖者之手的。来一批书，便给一点影响。《Modern Library》* 中的 A. V. Beardsley『注：比亚兹莱』画集一入中国，那锋利的刺戟力，就激动了多年沉静的神经，于是有了许多表面的摹仿。

〖释：《Modern Library》，《现代丛书》，美国出版的历史、科学及艺术丛书。〗

集外集拾遗/《蕗谷虹儿画选》小引（1929·1）

●4-11-41-2

视为一个纯然的装饰艺术家，比亚兹莱是无匹的。他把世上一切不一致的事物聚在一堆，以他自己的模型来使他们织成一致。但比亚兹莱不是一个插画家。没有一本书的插画至于最好的地步——不是因为较伟大而是不相称，甚且不相干。

集外集拾遗/《比亚兹莱画选》小引（1929·4）

●4-11-41-3

比亚兹莱（Aubrey Beardey〈1872—1898〉）生存只有二十六年，他是死于肺病的。生命虽然如此短促，却没有一个艺术家，作黑白画的艺术家，获得比他更为普遍的名誉；也没有一个艺术家影响现代艺术如他这样的广阔。比亚兹莱少时的生活底第一个影响是音乐，他真正的嗜好是文学。除了在美术学校两月之外，他没有艺术的训练。他的成功完全是由自习获得的。

集外集拾遗/《比亚兹莱画选》小引（1929·4）

弗洛伊德（1856－1939）……奥地利精神病学家，精神分析学说的创立者。这种学说认为文学、艺术、哲学、宗教等一切精神现象，都是人们因受压抑而潜伏在下意识里的某种“生命力”（Libido），特别是性欲的潜力所产生的。

●4-11-41-4

奥国的佛罗特『注：通译弗洛伊德』一流专一用解剖刀来分割文艺，冷静到了入迷，至于不觉得自己的过度的穿凿附会……

集外集拾遗/诗歌之敌（1925·1·17）

●4-11-41-5

我看，奥国的学者实在有些偏激，弗罗特就是其一，他的分析精神，竟一律看待，不让谁站在超人间的上帝的地位上。还有那短命的 Otto Weininger＊，他的痛骂女人，不但不管她是校长，学生，同乡，亲戚，爱人，自己的太太，太太的同乡，简直连自己的妈妈都骂在内。这实在和弗罗特说一样，都使人难于利用。

〖释：Otto Weininger，通译魏宁格（1880－1903），奥地利心理学家。著有《性与性格》，从生理和心理角度竭力贬低女性。〗

华盖集/“碰壁”之余（1925·9·21）

●4-11-41-6

偏执的弗罗特先生宣传了“精神分析”之后，许多正人君子的外套都被撕破了。但撕下了正人君子的外套的也不一定就是“小人”，只要并非自以为还钻在外套里的不显本相的脚色。

华盖集/“碰壁”之余（1925·9·21）

●4-11-41-7

《东方杂志》＊记者……引佛洛伊特的意见，以为正宗的梦，是表现各人的心底的秘密而不带着社会作用的。但佛洛伊特以被压抑为梦的根柢——人为什么被压抑的呢？这就和社会制度，习惯之类连结了起来，单是做梦不打紧，一说，一问，一分析，可就不妥当了。

〖释：《东方杂志》，综合性刊物。1904年在上海创刊，商务印书馆出版。初为月刊，1920年起改为半月刊。1948年停刊。〗

南腔北调集/听说梦（1933·4·15）

●4-11-41-8

佛洛伊特恐怕是有几文钱，吃得饱饱的罢，所以没有感到吃饭之难，只注意于性欲。有许多人正和他在同一境遇上，就也轰然的拍起手来。诚然，他也告诉过我们，女儿多爱父亲，儿子多爱母亲，即因为异性的缘故。然而婴儿出生不多久，无论男女，就尖起嘴唇，将头转来转去。莫非它想和异性接吻么？不，谁都知道：是要吃东西！

南腔北调集/听说梦（1933·4·15）

麦绥莱尔（1889－1972）……比利时画家、木刻家。

●4-11-41-9

比国有一个麦绥莱勒（Frans Masereel）『注：通译麦绥莱尔』，是欧洲战时候，像罗曼罗兰一样，因为非战而逃出过外国的。他的作品最多，都是一本书，只有书名，连小题目也没有。现在德国印出了普及版（Bei Kurt Wolff, Munchen），每本三马克半，容易到手了。我所见过的是这几种——

一，《理想》（Die Idee），木刻八十三幅；

二，《我的祷告》（Mein Stundenbuch），木刻一百六十五幅；

三，《没字的故事》（Geschichte one Worte），木刻六十幅；

四，《太阳》（Die sonne），木刻六十三幅；

五，《工作》（Das Werk），木刻，幅数失记；

六，《一个人的受难》（Die Passion Menschen），木刻二十五幅。

南腔北调集/"连环图画"的辩护（1932·11·15）

●4-11-41-10

耶稣说过，富翁想进天国，比骆驼走过针孔还要难。但说这话的人，自己当时却受难（Passion）了。现在是欧美的一切富翁，几乎都是耶稣的信奉者，而受难的就轮到了穷人。

这就是《一个人的受难》中所叙述的。

南腔北调集/《一个人的受难》序（1933·8·6）

●4-11-41-11

用图画来叙事，又比较的后起，所作最多的就是麦绥莱勒。我想，这和电影有极大的因缘，因为一面是用图画来替文字的故事，同时也是用连续来代活动的电影。

南腔北调集/《一个人的受难》序（1933·9）

●4-11-41-12

麦绥莱勒（Frans Masereel）是反对欧战的一人；据他自己说，以一八九九年七月三十一日生于弗兰兑伦的勃兰勘培克（Blankenberghe in Flandern），幼小时候是很幸福的，因为玩的多，学的少。求学时代是在干德（Gent），在那里的艺术学院里学了小半年；后来就漫游德，英，瑞士，法国去了，而最爱的是巴黎，称之为"人生的学校"。在瑞士时，常投画稿于日报上，摘发社会的隐病，罗曼罗兰比之于陀密埃（Daumier）『注：通译杜米埃（1808－1879），法国讽刺画家』和戈耶（Goya）『注：西班牙讽刺画家（1742－1828）』。但所作最多的是木刻的书籍上的插图，和全用图画来表现的故事。他是酷爱巴黎的，所以作品往往浪漫，奇诡，出于人情，因以收得惊异和滑稽的效果。独有这《一个人的受难》（Die Passion eies Menschen）乃是写实之作，和别的图画故事都不同。

南腔北调集/《一个人的受难》序（1933·9）

●4-11-41-13

麦绥莱勒的连环图画四种＊出版并不久，日报上已有了种种的批评，这是向来的美术书出版后未能遇到的盛况，可见读书界对于这书，是十分注意的。

〖释："麦绥莱勒的连环图画四种"，指1933年9月上海良友图书公司出版其连环画《光明的追求》、《我的忏悔》和《没有字的故事》等。〗

南腔北调集/论翻印木刻（1933·11·25）

●4-11-41-14

麦绥莱勒的木刻的翻印，是还在证明连环图画确可以成为艺术这一点的。现在的社会上，有种种读者层，出版物自然也就有种种，这四种是供给智识者层的图画。

南腔北调集/论翻印木刻（1933·11·25）

罗素（1872－1970）……英国哲学家、数学家。

●4-11-41-15

罗素在西湖见轿夫含笑，便赞美中国

人*，……但是，轿夫如果能对坐轿的人不含笑，中国也早不是现在似的中国了。

〖释："罗素赞美中国人"，罗素1920年曾来中国讲学，并在各地游览。他在所著《中国问题》一书中写道："我记得一个大夏天，我们几个人坐轿过山，道路崎岖难行，轿夫非常的辛苦；我们到了山顶，停十分钟，让他们休息一会。立刻他们就并排的坐下来了，抽出他们的烟袋来，谈着笑着，好像一点忧虑都没有似的。"〗

坟/灯下漫笔（1925·5·1）

●4-11-41-16

按：鲁迅在1925年7月13日致许广平信中抄录了"罗素近著《中国之问题》"中的多段话语。

罗素的话我们不能承认是"金科玉律"的不能移易，但上面所举的也确有他真的见地。他是英国人，他看透我们的弱点，我也可以说凡世界的人，也多能看透我们的弱点……

两地书/北京（1925·7·13）

●4-11-41-17

英国罗素（Russel）法国罗曼罗兰（R. Rolland）反对欧战*，大家以为他们了不起，其实幸而他们的话没有实行，否则，德国早已打进英国和法国了；因为德国如不能同时实行非战，是没有办法的。……

总之，思想一自由，能力要减少，民族就站不住，他的自身也站不住了！现在思想自由和生存还有冲突，这是知识阶级本身的缺点。

〖释："罗素……反对欧战"，罗素在第一次世界大战时因反对英国参战而被革除剑桥大学教职，后又因反对征兵而被判监禁四个月。〗

集外集拾遗补编/关于知识阶级（1927·11）

●4-11-41-18

罗素到中国讲学，急进的青年们开会欢宴，打听印象。罗素道："你们待我这么好，就是要说坏话，也不好说了。"急进的青年愤愤然，以为他滑头。

准风月谈/打听印象（1933·9·24）

拜伦（1788－1824）……英国诗人。曾参加意大利革命斗争和希腊民族独立战争。其作品爱憎分明，充满积极的浪漫主义精神，对欧洲诗歌的发展有很大影响。主要作品有长诗《唐·璜》、诗剧《曼弗雷特》等。

●4-11-41-19

裴伦〖注：通译拜伦〗名乔治戈登（George Gordon），系出司堪第那比亚*海贼蒲隆族（Burun）。其族后居诺曼*，从威廉入英，递显理二世*时，始用今字。裴伦以千七百八十八年一月二十二日生于伦敦，十二岁即为诗；长游堪勃力俱大学*不成，渐决去英国，作汗漫游，始于波陀牙，东至希腊突厥*及小亚细亚，历审其天物之美，民俗之异，成《哈洛尔特游草》*（Childe Harolds Pilgrimage）二卷，波谲云诡，世为之惊绝。次作《不信者》*（The Giaour）暨《阿毕陀斯新妇行》（The Bride of Abydos）二篇，皆取材于突厥。

〖释："司堪第那比亚"，即斯堪的纳维亚半岛。公元八世纪前后，这里多海盗。/"诺曼"，即诺曼底，在今法国北部。1066年，诺曼底封建领主威廉公爵攻克伦敦，成为英国国王，诺曼底遂属英国。这一年，拜伦的祖先拉尔夫·杜·蒲随威廉迁入英国。至1450年，诺曼底划归法国。/显理二世，通译亨利第二，1154年起为英国国王。/"堪勃力俱大学"，通译剑桥大学。/突厥，指土耳其。/《哈洛尔特游草》，通译《恰尔德·哈罗尔德游记》。/《不信者》，通译《异教徒》；《阿毕陀斯新妇行》，通译《阿拜多斯的新娘》。〗

坟/摩罗诗力说（1908·2－3）

●4-11-41-20

按：拜伦的祖先是斯堪的纳维亚半岛的海盗。拜伦本人亦于1814年作长诗《海盗》，不久又作题材类似的诗《莱拉》。

裴伦之祖约翰＊，尝念先人为海王，因投海军为之帅；裴伦赋此『注：指长诗《海盗》』，缘起似同；有即以海贼字裴伦者，裴伦闻之窃喜，则篇中康拉德为人，实即此诗人变相，殆无可疑已。

〖释："约翰……因投海军为之帅"，拜伦的祖父约翰（1723－1786），曾任英国的海军上将。〗

坟／摩罗诗力说（1908·2－3）

●4-11-41-21

其诗格多师司各德＊，而司各德由是锐意于小说，不复为诗，避裴伦也。已而裴伦去其妇，世虽不知去之之故，然争难之，每临会议，嘲骂即四起，且禁其赴剧场。其友穆亚为之传，评是事曰，世于裴伦，不异其母，忽爱忽恶，无判决也。顾窘戮天才，殆人群恒状，滔滔皆是，宁止英伦。

〖释：司各德（1771－1832），英国作家。〗

坟／摩罗诗力说（1908·2－3）

●4-11-41-22

裴伦之祸，则缘起非如前陈，实反由于名盛，社会顽愚，仇敌窥覗，乘隙立起，众则不察而妄和之；若颂高官而厄寒士者，其污且甚于此矣。顾裴伦由是遂不能居英，自曰，使世之评骘诚，吾在英为无值，若评骘谬，则英于我为无值矣。吾其行乎？然未已也，虽赴异邦，彼且蹑我。已而终去英伦，千八百十六年十月，抵意大利。自此，裴伦之作乃益雄。

裴伦在异域所为文，有《哈洛尔特游草》之续，《堂祥》＊（Don Juan）之诗，及三传奇称最伟，无不张撒但＊而抗天帝，言人所不能言。

〖释：《堂祥》，通译《唐·璜》，政治讽刺长诗，拜伦的代表作。写于1819－1824年。／"撒但"，即撒旦，西方传说中的魔鬼。〗

坟／摩罗诗力说（1908·2－3）

●4-11-41-23

裴伦既喜拿破仑＊之毁世界，亦爱华盛顿＊之争自由，既心仪海贼之横行，亦孤援希腊之独立，压制反抗，兼以一人矣。虽然，自由在是，人道亦在是。

〖释：拿破仑（1769－1821），即拿破仑·波拿巴，法国军事家、政治家，1799年任共和国执政，1804年建立法兰西第一帝国，自称拿破仑一世。他曾对欧洲各国连年发动大规模的战争。／华盛顿（1732－1799），曾领导美国独立战争，是美利坚合众国的奠基人、第一任总统，被尊为"美国国父"。〗

坟／摩罗诗力说（1908·2－3）

●4-11-41-24

自尊至者，不平恒有之，忿世嫉俗，发为巨震，与对蹠之徒争衡。盖人既独尊，自无退让，自无调和，意力所如，非达不已，乃以是渐与社会生冲突，乃以是渐有所厌倦于人间。若裴伦者，即其一矣。

坟／摩罗诗力说（1908·2－3）

●4-11-41-25

尊侠尚义，扶弱者而平不平，颠扑有力之蠢愚，虽获罪于全群无惧，即裴伦最后之时是已。

盖裴伦者，自繇『注：即自由』主义之人耳，尝有言曰，若为自由故，不必战于宗邦，则当为战于他国＊。

〖释："不必战于宗邦，则当为战于他国"，拜伦1820年11月5日致托马斯·摩尔的信中说："如果一个人在国内没有自由可争，那么让他为邻邦的自由而战斗吧。"〗

坟／摩罗诗力说（1908·2－3）

●4-11-41-26

裴伦之所督励，力直及于于后日，起马志尼＊，起加富尔＊，于是意之独立成＊。故马志尼曰，意太利实大有赖于裴伦。彼，起吾国者也！盖诚言已。裴伦平时，又至有情愫于希腊，思想所趣，如磁指南。特希腊时自由悉丧，入突厥版图，受其羁縻，不敢抗拒。诗人惋惜悲愤，往往

见于篇章，怀前古之光荣，哀后人之零落，或与斥责，或加激励，思使之攘突厥而复兴，更睹往日耀灿庄严之希腊，如所作《不信者》暨《堂祥》二社中，其怨愤谯责之切，与希冀之诚，无不历然可征信也。比千八百二十三年，伦敦之希腊协会＊驰书托裴伦，请援希腊之独立。裴伦平日，至不满于希腊今人，尝称之曰世袭之奴，曰自由苗裔之奴，因不即应；顾以义愤故，则终诺之，遂行。

〖释：马志尼（1805－1872），意大利政治家，民族解放运动领袖。下文中他关于拜伦的评价，见他的文章《拜伦与歌德》。/加富尔（1810－1861），意大利君主立宪派领袖，统一的意大利王国第一任首相。/“意之独立”，1820－1821年，意大利人在“烧炭党”鼓动下举行反对奥国统治者的起义，被镇压；1841年，意大利再度发生要求独立和统一的革命，终于在1860－1861年的民族革命战争中取得胜利，成立了统一的意大利王国。/“希腊协会”，1821年意大利爆发反对土耳其统治的独立战争，欧洲一些国家成立了支援希腊独立的组织。这里指英国支援委员会，拜伦是该会的主要成员。〗

坟/摩罗诗力说（1908·2－3）

●4-11-41-27

……久之，疾乃渐革。将死，其从者持楮墨，将录其遗言。裴伦曰否，时已过矣。不之语，已而微呼人名，终乃曰，吾言已毕。从者曰，吾不解公言。裴伦曰，吁，不解乎？呜呼晚矣！状若甚苦。有间，复曰，吾既以吾物暨吾康健，悉付希腊矣。今更付之吾生。他更何有？遂死，时千八百二十四年四月十八日夕六时也。……次日，希腊独立政府为举国民丧，市肆悉罢，炮台鸣炮三十七，如裴伦寿也。

坟/摩罗诗力说（1908·2－3）

●4-11-41-28

故其平生，如狂涛如厉风，举一切伪饰陋习，悉与荡涤，瞻顾前后，素所不知；精神郁勃，莫可制抑，力战而毙，亦必自救其精神；不克厥敌，战则不止。而复率真行诚，无所讳掩，谓世之毁誉褒贬是非善恶，皆缘习俗而非诚，因悉措而不理也。盖英伦尔时，虚伪满于社会，以虚文缛礼为真道德，有秉自由思想而探究者，世谓之恶人。裴伦善抗，性又率真，夫自不可以默矣，故托凯因＊而言曰，恶魔者，说真理者也。

〖释：凯因，通译该隐。据《旧约·创世纪》，该隐是亚伯之兄。〗

坟/摩罗诗力说（1908·2－3）

●4-11-41-29

即一切人，若去其面具，诚心以思，有纯禀世所谓善性而无恶分者，果几何人？遍观众生，必几无有，则裴伦虽负摩罗＊之号，亦人而已，夫何诧焉。

〖释：“摩罗”，通作“魔罗”，原系梵文。佛教传说中的魔鬼。英国诗人兼散文家骚塞（R·Shelley，1774－1843）曾在长诗《审判的幻影》序言中暗指拜伦是“恶魔派”诗人，后又要求政府禁售拜伦的作品，并在一篇答复拜伦的文章中公开指责拜伦是“恶魔派”首领。〗

坟/摩罗诗力说（1908·2－3）

●4-11-41-30

若问其力奈何？则意大利希腊二国，已如上述，可毋赘言。此他西班牙德意志证邦，亦悉蒙其影响。次复入斯拉夫族而新其精神，流泽之长，莫可阐述。

坟/摩罗诗力说（1908·2－3）

●4-11-41-31

有人说，G·Byron『注：拜伦』的诗多为青年所爱读，我觉得这话很有几分真。就自己而论，也还记得怎样读了他的诗而心神俱旺；尤其是看见他那花布裹头，去助希腊独立时候的肖像。这像，去年才从《小说月报》传入中国了＊。……其实，那时Byron之所以比较的为中国人所知，还有别一原因，就是他的助希腊独立。时当清的末年，在一部分中国青年的心中，革命思潮正盛，凡有叫喊复仇和反抗的，便容易惹起感应。

〖释：“拜伦的肖像”，指英国画家菲力普斯（T·Phillipa）所作拜伦肖像。1924年4月《小说月报》第十五卷第四期《拜伦逝世百年纪念专号》曾予刊载。关于《小说月报》，见3-7-32-43条释。〗

坟/杂忆（1925·6·19）

雪莱（1792－1822）……英国诗人。曾参加爱尔兰民族独立运动，作品富有积极浪漫主义精神。著有诗歌《解放了的普罗米修斯》等。

●4-11-41-32

修黎『注：通译雪莱』生三十年而死，其三十年悉奇迹也，而亦即无韵之诗。时既艰危，性复狷介，世不彼爱，而彼亦不爱世，人不容彼，而般亦不容人，客意大利之南方，终以壮龄而夭死，谓一生即悲剧之实现，盖非夸也。修黎者，以千七百九十二年生于英之名门，姿状端丽，夙好静思；比入中学，大为学友暨校师所不喜，虐遇不可堪。诗人之心，乃早萌反抗之朕兆；后作说部，以所得值飨其友八人，负狂人之名而去。次入恶斯佛大学＊，修爱智之学，屡驰书乞教于名人。而尔时宗教，权悉归于冥顽之牧师，因以妨自由之崇信。修黎蹶起，著《无神论之要》一篇，略谓惟慈爱平等三，乃使世界为乐园之要素，若夫宗教，于此无功，无有可矣。书成行世，校长见之大震，终逐之；其父亦惊绝，使谢罪返校，而修黎不从，因不能归。天地虽大，故乡已失，于是至伦敦，时年十八，顾已孤立两间，欢爱悉绝，不得不与社会战矣。已而知戈德文＊（W·Godwin），读其著述，博爱之精神益张。次年入爱尔兰，檄其人士，于政治宗教，皆欲有所更革，顾终不成。逮千八百十五年，其诗《阿剌斯多》＊（Alastor）始出世，记怀抱神思之人，索求美者，遍历不见，终死旷原，如自叙也。

〖释：“恶斯佛大学”，通译牛津大学。/戈德文（1756－1836），通译葛德文。英国作家，空想社会主义者。/《阿剌斯多》，通译《阿拉斯特》。〗

坟/摩罗诗力说（1908·2－3）

●4-11-41-33

次年『注：1816年』乃识裴伦『注：即拜伦』于瑞士；裴伦深称其人，谓奋迅如狮子，又善其诗，而世犹无顾之者。

坟/摩罗诗力说（1908·2－3）

●4-11-41-34

又次年『注：1817年』成《伊式阑转轮篇》＊（The Revolt ofIsam）。凡修黎怀抱，多抒于此。篇中英雄曰罗昂，以热诚雄辩，警其国民，鼓吹自由，掊击压制，顾正义终败，而压制于以凯还，罗昂遂为正义死。是诗所函，有无量希望信仰，暨无穷之爱，穷追不舍，终以殒亡。盖罗昂者，实诗人之先觉，亦即修黎之化身也。

〖释：《伊式阑转轮篇》，通译《伊斯兰起义》。〗

坟/摩罗诗力说（1908·2－3）

●4-11-41-35

诗人悉出以全力，尝自言曰，吾诗为众而作，读者将多。又曰，此可登诸剧场者。顾诗成而后，实乃反是，社会以谓不足读，伶人以谓不可为；修黎抗伪俗弊习以成诗，而诗亦即受伪俗弊习之夭阏，此十九稘＊上叶精神界之战士，所为多抱正义而骈殒者也。虽然，往时去矣，任其自去，若夫修黎之真值，则至今日而大昭。革新之潮，此其巨派，戈德文书出，初启其端，得诗人之声，乃益深入世人之灵府。凡正义自由真理以至博爱希望诸说，无不化而成醇，或为罗昂，或为普罗美迢，或是为伊式阑之壮士＊，现于人前，与旧习对立，更张破坏，无稍假借也。旧习既破，何物斯存，则惟改革之新精神而已。十九世纪机运之新，实赖有此。

〖释：稘，周年，这里指世纪。/罗昂、普罗美迢（普罗米修斯）和“伊式阑之壮士”，均为雪莱笔下的英雄人物。〗

坟/摩罗诗力说（1908·2－3）

●4-11-41-36

况修黎者，神思之人，求索而无止期，猛进而不退转，浅人之所观察，殊莫可得其渊深。若能真识其人，将见品行之卓，出于云间，热诚勃然，无可沮遏，自趁其神思而奔神思之乡；此其为乡，则爰有美之本体。

坟/摩罗诗力说（1908·2－3）

●4-11-41-37

修黎……出人间而神行，冀自达其所崇信之境；复以妙音，喻一切未觉，使知人人类曼衍之大故，暨价值之所存，扬同情之精神，而张其上征渴仰之思想，使怀大希以奋进，与时劫同其无穷。世所谓之恶魔，而修黎遂以孤立；群复加以排挤，使不可久留人间，于是压制凯还，修黎以死，盖宛然阿剌斯多之右于大漠也。

坟/摩罗诗力说（1908·2－3）

●4-11-41-38

修黎幼时，素亲天物，尝曰，吾幼即爱山河林壑之幽寂，游戏于断厓绝壁之为危险，吾伴侣也。考其生平，诚如自述。方在稚齿，已盘桓于密林幽谷之中，晨瞻晓日，夕观繁星，俯则瞰大都中人事之盛衰，或思前此压制抗拒之陈迹；而芜城古邑，或破屋中贫人啼饥号寒之状，亦时复历历入其目中。其神思之澡雪＊，既至异于常人，则旷观天然，自感神閟，凡万汇之当其前，皆若有情而至可念也。故心之动，自与天籁合调，发为抒情之什，品悉至神，莫可方物，非狭斯丕尔暨斯宾塞＊所作，不有足与相伦比者。

〖释：澡雪，意谓高洁。《庄子·知北游》：“澡雪而精神”。/“狭斯丕尔”，即莎士比亚(William Snakes Peare 1564－1616)，英国历史上最伟大的剧作家。/“斯宾塞”(Edmund Spenser, 1552－1599)，英国文艺复兴时期的伟大诗人。〗

坟/摩罗诗力说（1908·2－3）

●4-11-41-39

比千八百十九年春，修黎定居罗马，次年迁毕撒；裴伦亦至，此他之友多集，为其一生中至乐之时。迨二十二年七月八日，偕其友乘舟泛海，而暴风猝起，益以奔电疾雷，少顷波平，孤舟遂杳。裴伦闻信大震，遣使四出侦之，终得诗人之骸于水裔，乃葬罗马焉。

坟/摩罗诗力说（1908·2－3）

珂勒惠支（1867－1945）……德国版画家。鲁迅于1936年编印过《凯绥·珂勒惠支版画选集》，并为其写了《序目》。

●4-11-41-40

珂勒惠支……最有名的是四种连续画＊。《牺牲》即木刻《战争》七幅中之一，刻一母亲含悲献她的儿子去做无谓的牺牲。这时正值欧洲大战＊，她的两个幼子都死在战线上。

然而她的画不仅是“悲哀”和“愤怒”，到晚年时，已从悲剧的，英雄的，暗淡的形式化蜕了。

〖释：“最有名的四种连续画”，指《织工的反抗》、《农民战争》、《战争》和《无产阶级》四组版画。/“欧洲大战”，指第一次世界大战。珂勒惠支的次子彼得于1914年10月23日战死；后文的“两个幼子”，系误记。〗

集外集拾遗补编/凯绥·珂勒惠支木刻《牺牲》说明（1931·9·20）

●4-11-41-41

那盖勒（O tto Nagel）＊批评她说：K. Kollwitz之所以于我们这样接近的，是在她那强有力的，无不包罗的母性。这漂泛于她的艺术之上，如一种善的征兆。这使我们希望离开人间。然而这也是对于更新和更好的“将来”的督促和信仰。

〖释：那盖勒（O tto Nagel），通译纳格尔(1894－1967)，德国画家、美术批评家，后为德意志民主共和国艺术科学院院长。〗

集外集拾遗补编/凯绥·珂勒惠支木刻《牺牲》说明（1931·9·20）

●4-11-41-42

凯绥·勖密特（Kaethe Schmidt）以一八六

七年七月八日生于东普鲁士……一八九一年，和她兄弟的幼年之友卡尔·珂勒惠支（Karl Kollwitz）结婚，他是一个开业医生，于是凯绥也就在柏林的“小百姓”之间住下，这才放下绘画，刻起版画来。

且介亭杂文末编/《凯绥·珂勒惠支版画选集》序目（1936·5）

●4-11-41-43

今年是柔石被害后的满五年，也是作者『注：指珂勒惠支』的木刻第一次在中国出现后的第五年；而作者，用中国式计算起来，她是七十岁了，这也可以算作一个纪念。作者虽然现在也只能守着沉默，但她的作品，却更多的在远东的天下出现了。是的，为人类的艺术，别的力量是阻挡不住的。

且介亭杂文末编/写于深夜里（1936·5）

●4-11-41-44

在女性艺术家之中，震动了艺术界的，现代几乎无出于凯绥·珂勒惠支之上——或者赞美，或者攻击，或者又对攻击给她以辩护。

且介亭杂文末编/《凯绥·珂勒惠支版画选集》序目（1936·5）

●4-11-41-45

《凯绥·珂勒惠支作品集》……只要一翻这集子，就知道她以深广的慈母之爱，为一切被侮辱和损害者悲哀，抗议，愤怒，斗争；所取的题材大抵是困苦，饥饿，流离，疾病，死亡，然而也有呼号，挣扎，联合和奋起。

且介亭杂文末编/《凯绥·珂勒惠支版画选集》序目（1936·5）

●4-11-41-46

她不但为周围的悲惨生活抗争，对于中国也没有像中国对于她那样的冷淡：一九三一年一月间，六个青年作家遇害之后，全世界的进步的文艺家联名提出抗议的时候，她也是署名的一个人。……这一本书的出版，虽然篇幅有限，但也可以算是为她作一个小小的记念的罢。

且介亭杂文末编/《凯绥·珂勒惠支版画选集》序目（1936·5）

●4-11-41-47

一九三一年……创刊不久便被禁止的杂志《北斗》第一本上，有一幅木刻画，是一个母亲，悲哀的闭了眼睛，交出她的孩子去。这是珂勒惠支教授（Prof. Kaethe Kollwitz）的木刻连续画《战争》的第一幅，题目叫作《牺牲》；也是她的版画绍介进中国来的第一幅。

这幅木刻是我寄去的，算是柔石遇害的纪念。

且介亭杂文末编/写于深夜里（1936·5）

●4-11-41-48

作者的自画像，脸上虽有憎恶和愤怒，而更多的是慈爱和悲悯的相同。这是一切“被侮辱和被损害的”的母亲的心的图像。

且介亭杂文末编/写于深夜里（1936·5）

●4-11-41-49

没有到过外国的人，往往以为白种人都是对人来讲耶稣道理或开洋行的，鲜衣美食，一不高兴就用皮鞋向人乱踢。有了这画集，就明白世界上其实许多地方都还存在着“被侮辱和被损害的”人，是和我们一气的朋友，而且还有为这些人们悲哀，叫喊和战斗的艺术家。

且介亭杂文末编/写于深夜里（1936·5）

●4-11-41-50

此书『注：指《凯绥·珂勒惠支版画选集》』在书店卖廉价一星期（二元五角，七月底止），约销去十本，中国人买者三本而已。同胞往往看一看就不要。

书信/致沈雁冰（1936·8·2）

●4-11-41-51

版画的事情，说起来话长，最要紧的是绍介

作品，你看珂勒惠支，多么大的气魄。我以为开这种作品的展览会，比开本国作品的展览会要紧。

书信/致曹白（1936·8·7）

理维拉（1886－1957）……理惠拉（D iego Rivera），通译里维拉。墨西哥壁画运动重要成员之一。

●4-11-41-52

理惠拉（D iego Rivera）以一八八六年生于墨西哥，然而是久在西欧学画的人。他二十岁后，即往来于法兰西，西班牙和意大利，很受了印象派，立体派，以及文艺复兴前期的壁画家的影响。此后回国，感于农工的运动，遂宣言"与民众同在"，成了有名的生地壁画家。生地壁画（Fresco）者，乘灰粉未干之际，即须挥毫傅彩，是颇不容易的。

……

理惠拉以为壁画最能尽社会的责任。因为这和宝藏在公侯邸宅内的绘画不同，是在公共建筑的壁上，属于大众的。因此也可知倘还在倾向沙龙（Salon）『注：法语"客厅"』绘画，正是现代艺术中的最坏的倾向。

集外集拾遗补编/理惠拉壁画《贫人之夜》说明（1931·10·20）

萧伯纳（1856－1950）……英国剧作家、批评家。1933年2月17日他经香港到上海访问。

●4-11-41-53

我们不能识他在欧洲大战以前和以后的思想，也不能深识他游历苏联以后的思想。但只就十四日香港"路透电"所传，在香港大学对学生说的"如汝在二十岁时不为赤色革命家，则在五十岁时将成不可能之僵石，汝欲在二十岁时成一赤色革命家，则汝可得在四十岁时不致落伍之机会"的话，就知道他的伟大。

但我所谓伟大的，并不在他要令人成为赤色革命家，因为我们有"特别国情"，不必赤色，只要汝今天成为革命家，明天汝就失掉了性命，无从到四十岁。我所谓伟大的，是他竟替我们二十岁的青年，想到了四五十岁的时候，而且并不离开了现在。

伪自由书/颂萧（1933·2·17）

●4-11-41-54

Shaw『注：萧伯纳』来上海，曾轰动一时。我也见了他……我觉得他是个颇有风采的老人。

书信/致〈日〉山本初枝〔译文〕（1933·3·1）

●4-11-41-55

萧在上海时，我同吃了半餐饭，彼此讲了一句话＊，并照了一张相，蔡先生也在内，此片现已去添印，成后当寄上也。

〖释："彼此讲了一句话"，据1933年3月1日《论语》第十二期镜涵的《萧伯纳过沪谈话记》载，当时萧对鲁迅说："他们称你为中国的高尔基，但是你比高尔基漂亮！"鲁迅答："我更老时，将来还会更漂亮。"〗

书信/致台静农（1933·3·1）

●4-11-41-56

我们集了上海各种议，以为一书，名之曰《萧伯纳在上海》＊，已付印，成后亦当寄上。萧在初到时，与孙夫人（宋），林语堂，杨杏佛（?）谈天不少，别人皆不知道，登在第十二期《论语》＊上……我到时，他们已吃了一半饭，故未闻，但我的一句话也登在那上面。

〖释：《萧伯纳在上海》，鲁迅、瞿秋白编，署名乐雯；1933年上海野草书屋出版。/《论语》第十二期（1933年3月1日）为"萧伯纳访沪专辑"。〗

书信/致台静农（1933·3·1）

●4-11-41-57

他本是来玩玩的，偏要逼他讲道理，讲了几句，听的又不高兴了，说他是来"宣传赤化"了。

有的看不起他，因为他不是一个马克思主义文学者，然而倘是马克思主义文学者，看不起他的人可就不要看他了。

有的看不起他，因为他不去做工人，然而倘若做工人，就不会到上海，看不起他的人可就看不见他了。

有的又看不起他，因为他不是实行的革命者，然而倘是实行者，就会和牛兰＊一同关在牢监里，看不起他的人可就不愿提他了。

他有钱，他偏讲社会主义，他偏不去做工，他偏来游历，他偏到上海，他偏讲革命，他偏谈苏联，他偏不给人们舒服……

于是乎可恶。

〖释：牛兰，即保罗·鲁埃格，原籍波兰，共产国际派驻中国的工作人员。1931 年 6 月在上海被国民党政府拘捕，囚禁于南京，直至 1937 年日军占领南京前夕才获释。〗

南腔北调集/谁的矛盾（1933·3·1）

●4-11-41-58

萧在上海不到一整天，而故事竟有这么多……所以这一本书，也确是重要的文献。在前三个部门之中，就将文人，政客，军阀，流氓，叭儿的各式各样的相貌，都在一个平面镜里映出来了。说萧是凹凸镜，我也不以为确凿。

南腔北调集/《萧伯纳在上海》序（1933·3）

●4-11-41-59

蹩脚愿意他主张拿拐杖，癞子希望他赞成戴帽子，涂了脂粉的想他讽刺黄脸婆，民族主义文学者要靠他来压服了日本的军队。但结果如何呢？结果只要看唠叨的多，就知道不见得十分圆满了。

南腔北调集/《萧伯纳在上海》序（1933·3）

●4-11-41-60

萧的伟大可又在这地方。英报系，日报系，白俄报系，虽然造了一些谣言，而终于全都攻击起来，就知道他决不为帝国主义所利用。至于有些中国报，那是无须多说的，因为原是洋大人的跟丁。

南腔北调集/《萧伯纳在上海》序（1933·3）

●4-11-41-61

余波流到北平，还给大英国的记者一个教训：他不高兴中国人欢迎他。二十日路透电说北平报章多登关于萧的文章，是“足证华人传统的不感觉苦痛性”＊。胡适博士尤其超脱，说是不加招待，倒是最高尚的欢迎＊。

〖释：“路透电说……‘足证华人传统的不感觉苦痛性’”，1933 年 2 月 20 日路透社电认为，“大规模之战事正在发展之中”而中国“政府机关报”“仍以广大之篇幅载萧伯纳抵北事”，故有此言。/“胡适……说是不加招待，倒是最高尚的欢迎”，1933 年 2 月 20 日路透社电，胡适认为对萧伯纳的“最高尚的欢迎，无过于任其独来独往，听渠晤其所欲晤者，见其所欲见者”云。〗

南腔北调集/《萧伯纳在上海》序（1933·3）

●4-11-41-62

关于照片，你说得很对。与萧合照的一张，我自己太矮，实在叫人生气，不过也无办法。

书信/致〈日〉山本初枝〔译文〕（1933·4·1）

●4-11-41-63

我是喜欢萧的。这并不是因为看了他的作品或传记，佩服得喜欢起来，仅仅是在什么地方见过一点警句，从什么人听说他往往撕掉绅士们的假面，这就喜欢他了。还有一层，是因为中国也常有模仿西洋绅士的人物的，而他们却大抵不喜欢萧。

南腔北调集/看萧和“看萧的人们”记（中文1933·5·1/日文 1933·4）

●4-11-41-64

十七日的早晨，萧该已在上海登陆了……到了午后，得到蔡先生的信，说萧现就在孙夫人的家里吃午饭，教我赶紧去。

我就跑到孙夫人的家里去。一走进客厅隔壁的一间小小的屋子里，萧就坐在圆桌的上首……雪白的须发，健康的血色，和气的面貌，我想，倘若作为肖像画的模范，倒是很出色的。

……

午餐一完，照了三张相。并排一站，我就觉得自己的矮小了。虽然心里想，假如再年青三十年，我得来做伸长身体的体操……。

南腔北调集/看萧和“看萧的人们”记（中文1933·5·1/日文1933·4）

●4-11-41-65

两点光景，笔会（Pen Club）＊有欢迎，也趁了摩托车『注：指汽车』一同去看时，原来是在叫作“世界学院”的大洋房里。走到楼上，早有为文艺的文艺家，民族主义文学家，交际明星，伶界大王等等，大约五十个人在那里了。合起围来，向他质问各色各样的事，好像翻检《大英百科全书》似的。

萧也演说了几句：……今天就如看看动物园里的动物一样，现在已经看见了，这就可以了罢。云云。

大家都哄笑了，大约又以为这是讽刺。

〖释：“笔会（Pen Club）”，国际作家社团，1921年成立于伦敦。中国分会1929年12月成立于上海，蔡元培为会长。〗

南腔北调集/看萧和“看萧的人们”记（中文1933·5·1/日文1933·4）

●4-11-41-66

我对于萧，什么都没有问；萧对于我，也什么都没有问。

南腔北调集/看萧和“看萧的人们”记（中文1933·5·1/日文1933·4）

●4-11-41-67

见萧的不只我一个，但我见了一回萧，就被大小文豪一直笑骂到现在……

南腔北调集/给文学社信（1933·9·1）

●4-11-41-68

萧伯纳周游过中国，上海的记者群集访问，又打听印象。萧道：我有什么意见，与你们都不相干。假如我是个武人，杀死个十万条人命，你们才会尊重我的意见。革命家和非革命家都愤愤然，以为他刻薄。

克准风月谈/打听印象（1933·9·24）

赛珍珠（1892－1973）……美国女作家，自幼在中国生活多年。获1938年度诺贝尔文学奖。

●4-11-41-69

中国的事情，总是中国人做来，才可以见真相，即如布克夫人＊，上海曾大欢迎，她亦自谓视中国如祖国，然而看她的作品，毕究是一位生长在中国的美国女教士的立场而已，所以她称许《寄庐》，也无足怪，因为她所觉得的，还不过一点浮面的情形。只有我们做起来，方能留下一个真相。

〖释：“布克夫人”，即赛珍珠。〗

书信/致姚克（1933·11·15）

●4-11-41-70

近布克夫人译《水浒》＊，闻颇好，但其书名，取“皆兄弟也”之意，便不确，因为山泊中人，是并不将一切人们都作兄弟看的。

〖释：赛珍珠所译《水浒》（七十回本），题为《All Mcn are Brothers》，1934年纽约约翰·戴公司出版。〗

书信/致姚克（1934·3·24）

第五章 知人论世（上）

第十二节 社　会

世界上改革者的动机，大抵就是这对于时代环境的不满的缘故。

(42)“知人”

我也没有在中外古今的名人中，发见能够确保决无虚伪的人，所以对于人，我以为只能随时取其一段一节。

●5-12-42-1

人有恒言：“妇人弱也，而为母则强。”仆为一转曰：“孺子弱也，而失母则强。”此意久不语人，知君能解此意，故敢言之矣。

书信/致许寿裳〔此信原无标点〕(1918·8·20)

●5-12-42-2

康有为借重皇帝的虚名，灵学家全靠着鬼话。这表彰节烈，却是全权都在人民，大有渐进自力之意了。……这节烈救世说，是多数国民的意思；主张的人，只是喉舌。虽然是他发声，却和四支五官神经内脏，都有关系。

坟/我之节烈观（1919·8）

●5-12-42-3

世风人心这件事，不但鼓吹坏事，可以“日下”；即使未曾鼓吹，只是旁观，只是赏玩，只是叹息，也可以叫他“日下”。

坟/我之节烈观（1919·8）

●5-12-42-4

我们试一翻大族的家谱，便知道始迁祖宗，大抵是单身迁居，成家立业；一到聚族而居，家谱出版，却已在零落的中途了。

坟/我们现在怎样做父亲（1919·11）

●5-12-42-5

时代环境全都迁流，并且进步，而个人始终如故，毫无进步，这才谓之“落伍者”。倘是对于时代环境，怀着不满，望它更好，待较好时，又望它更更好，即不当有“落伍者”之称。因为世界上改革者的动机，大抵就是这对于时代环境的不满的缘故。

两地书/北京（1925·3·23）

●5-12-42-6

凡自以为识路者，总过了“而立”之年，灰色可掬了，老态可掬了，圆稳而已，自己却误以为识路。

华盖集/导师（1925·5·15）

●5-12-42-7

我明知道几个人做事，真出于“为天下”是很少的。但人于现状，总该有点不平，反抗，改良的意思。只这一点共同目的，便可以合作。即使含些“利用”的私心，也不妨，利用别人，又给别人做点事，说得好看一点，就是“互助”。

两地书/北京（1925·6·13）

●5-12-42-8

性急就容易发脾气，最好要酌减“急”的角

度，否则，要防自己吃亏，因为现在的中国，总是阴柔人物得胜。

两地书/北京（1925·6·13）

●5-12-42-9

造化生人，已经非常巧妙，使一个人不会感到别人的肉体上的痛苦了，我们的圣人和圣人之徒却又补了造化之缺，并且使人们不再会感到别人的精神上的痛苦。

集外集/俄文译本《阿Q正传》序及著者自叙传略（1925·6·15）

●5-12-42-10

阔人所赏识的牡丹，下等人又何尝以为“花之富贵者”也?

坟/论“他妈的!”（1925·7·27）

●5-12-42-11

单是妄行的是可与论议的，故意妄行的却是无须再与谈理。

华盖集/十四年的“读经”（1925·11·27）

●5-12-42-12

人们真容易被听惯的讹传所迷

坟/寡妇主义（1925·12·20）

●5-12-42-13

按：谷源增是当时的北京大学法文系学生。下文是鲁迅就他的一篇译文所发议论.

我相信源增先生的话：“表面上看只是些土匪与强盗，其实是农民革命军。”（《国民新报副刊》四三）那么，社会不是改进了么? 并不，我虽然也是被谥为“土匪”之一，却并不想为老前辈们饰非掩过。农民是不来夺取政权的，源增先生又道：“任三五热心家将皇帝推倒，自己过皇帝瘾去。”但这时候，匪便被称为帝，除遗老外，文人学者却都来恭维，又称反对他的为匪了。

华盖集续编/学界的三魂（1926·2·1）

●5-12-42-14

孔子说：礼不下庶人。照现在的情形看，该是并非庶人不得接近豪猪，却是豪猪可以任意刺着庶人而取得温暖。受伤是当然要受伤的，但这也只能怪你自己独独没有刺，不足以让他守定适当的距离。孔子又说：刑不上大夫。这就又难怪人们的要做绅士。

华盖集续编/一点比喻（1926·2·25）

●5-12-42-15

如果孔丘，释迦，耶稣基督还活着，那些教徒难免要恐慌。对于他们的行为，真不知道教主先生要怎样慨叹。

所以，如果活着，只得迫害他。

待到伟大的人物成为化石，人们都称他伟人时，他已经变了傀儡了。

华盖集续编/无花的蔷薇（1926·3·8）

●5-12-42-16

豫言者，即先觉，每为故国所不容，也每受同时人的迫害，大人物也时常这样。他要得人们的恭维赞叹时，必须死掉，或者沉默，或者不在面前。

华盖集续编/无花的蔷薇（1926·3·8）

●5-12-42-17

有一流人之所谓伟大与渺小，是指他可给自己利用的效果的大小而言。

华盖集续编/无花的蔷薇（1926·3·8）

●5-12-42-18

人当濒危之际，大抵是什么也肯尝试的

集外集拾遗/中山先生逝世后一周年（1926·3·12）

●5-12-42-19

……知道所谓亲戚本家是怎么一回事，知道世事就更真切了。倘永是在同一境遇，不忽儿穷忽儿有点收入，看世事就不能有这么多变化。

两地书/厦门－广州（1926·10·28）

●5-12-42-20

工人地位升高，总还须有教育才行。

两地书/厦门－广州（1927·1·2）

●5-12-42-21

我们知道，连他长指甲都不肯剪去的人，是决不肯剪去他的辫子的。

三闲集/无声的中国（1927·2）

●5-12-42-22

有一个高长虹，先前叫我给他选了一本文章，后来他在报上说，我将他最好的篇都选掉了，因为我妒贤嫉能，怕他出名，所以将好的故意压下。从此以后，我便不做选文的事，有暇便自己玩玩。

书信/致翟永坤（1927·9·19）

●5-12-42-23

“不可与言而与之言”，即是“知其不可为而为之”，一定要有这种人，世界才不寂寞。

而已集/反“漫谈”（1927·10·8）

●5-12-42-24

自称盗贼的无须防，得其反倒是好人；自称正人君子的必须防，得其反则是盗贼。

而已集/小杂感（1927·12·17）

●5-12-42-25

一个作者自取的别名，自然可以窥见他的思想，譬如“铁血”，“病鹃”之类，固不妨由此开一点小玩笑。但姓氏籍贯，却不能决定本人的功罪，因为这是从上代传下来的，不能由他自主。我说这话还在四年之前，当时曾有人评我为“封建余孽”，其实是捧住了这样的题材，欣欣然自以为得计者，倒是十分“封建的”的。

南腔北调集/辱骂和恐吓决不是战斗（1932·12·15）

●5-12-42-26

被我自己所讨厌的人们所讨厌的人，我有时会觉得他就是好人物。

南腔北调集/看萧和“看萧的人们”记（1933·4）

●5-12-42-27

其实有一些人，即使并无大帮助，却并不怀着恶意，目前决不是敌人，倘若疾声厉色，拒人于千里之外，倒是我们的损失，也姑且不要太求全，因为求全责备，则有些人便远避了，坏一点的就来迎合，作违心之论，这样，就不但不会有好文章，而且也是假朋友了。

书信/致王志之（1933·5·10）

●5-12-42-28

疲劳的人，不可再加重，否则，他就更加疲乏。过一些时，他会恢复的。

书信/致王志之（1933·5·10）

●5-12-42-29

中国人虽然想了各种苟活的理想乡，可惜终于没有实现。但我却替他们发见了，你们大概知道的罢，就是北京的第一监狱。这监狱在宣武门外的空地里，不怕邻家的火灾；每日两餐，不虑冻馁；起居有定，不会伤生；构造坚固，不会倒塌；禁卒管着，不会再犯罪；强盗是决不会来抢的。住在里面，何等安全，真真是“千金之子坐不垂堂”*了。……可是真在第一监狱里的犯人，都想早些释放，虽然外面并不比狱里安全。

〖释：“千金之子坐不垂堂”，语见《史记·袁盎传》，意思是有钱的人不坐在屋檐之下（以免被坠瓦击中）。〗

华盖集/北京通信（1933·5·14）

●5-12-42-30

我也没有在中外古今的名人中，发见能够确保决无虚伪的人，所以对于人，我以为只能随时取其一段一节。

集外集拾遗补编/通信〔复魏猛克〕（1933·6·16）

●5-12-42-31

古之师道，实在也太尊，我对此颇有反感。我以为师如荒谬，不妨叛之，但师如非罪而遭冤，却不可乘机下石，以图快敌人之意而自救。

书信/致曹聚仁（1933·6·18）

●5-12-42-32

被压制时，信奉着“各人自扫门前雪，莫管他家瓦上霜”的格言的人物，一旦得势，足以凌人的时候，他的行为就截然不同，变为“各人不扫门前雪，却管他家瓦上霜”了。

南腔北调集/谚语（1933·7·15）

●5-12-42-33

十年前，在北京混混的时候。那时也在世界语专门学校『注：鲁迅1923年9月－1925年3月在该校义务授课』里教几点钟书，总该是天花流行了罢……颇为漂亮的某女士缺课两月之后，再到学校里来，竟变了一副面目，肿而且麻，几乎不能认识了；还变得非常多疑而善怒，和她说话之际，简直连微笑也犯忌，因为她会疑心你在暗笑她，所以我总是十分小心，庄严，谨慎，这情形使某种人批评起来，也许又会说是我在用冷静的方法，进攻女学生的。但不然，老实说罢，即使原是我的爱人，这时也实在使我有些进退维谷……

集外集拾遗补编/我的种痘（1933·8·1）

●5-12-42-34

旧小说家……写暗娼和别人相争，照例攻击过别人的偷汉之后，就自序道：“老娘是指头上站得人，臂膊上跑得马……”底下怎样呢？他任别人去打折扣。他知道别人是决不那么胡涂，会十足相信的，但仍得这么说，恰如卖假药的，包纸上一定印着“存心欺世，雷殛火焚”一样，成为一种仪式了。

准风月谈/豪语的折扣（1933·8·8）

●5-12-42-35

我们还有一种相反的脾气：首饰要“足赤”，人物要完人。一有缺点，有时就全部都不要了。

准风月谈/关于翻译〔下〕（1933·9·14）

●5-12-42-36

譬如有一堆蛆虫在这里罢，一律即即足足，自以为是绅士淑女，文人学士，名宦高人，互相点头，雍容揖让，天下太平，那就是全体没有什么高下，都是平常的蛆虫。但是，如果有一只蓦地跳了出来，大喝一声道：“这些其实都是蛆虫！”那么，——自然，它也是从茅厕里爬出来的，然而我们非认它为特别的伟大的蛆虫则不可。

蛆虫也有大小，有好坏的。

南腔北调集/“论语一年”（1933·9·16）

●5-12-42-37

当上司对于下属解释的时候，你做下属的切不可误解这是在征求你的同意，因为即使你绝对的不同意，他还是干他的。

准风月谈/同意和解释（1933·9·20）

●5-12-42-38

不进过牢狱的那里知道牢狱的真相。跟着阔人，或者自己原是阔人，先打电话，然后再去参观的，他只看见狱卒非常和气，犯人还可以用英语自由的谈话。倘要知道得详细，那他一定是先前的狱卒，或者是释放的犯人。自然，他还有恶习，但他教人不要钻进牢狱去的忠告，却比什么名人说模范监狱的教育卫生，如何完备，比穷人的家里好得多等类的话，更其可信的。

准风月谈/反刍（1933·11·7）

●5-12-42-39

缺点可以改正，优点可以相师。

花边文学/北人与南人（1934·2·4）

●5-12-42-40

吉诃德的立志去打不平，是不能说他错误的；

不自量力，也并非错误。错误是在他的打法。因为胡涂的思想，引出了错误的打法。侠客为了自己的“功绩”不能打尽不平，正如慈善家为了自己的阴功，不能救助社会上的困苦一样。而且是“非徒无益，而又害之”的。

集外集拾遗/《解放了的堂·吉诃德》后记（1934·4）

●5-12-42-41

嘲笑吉诃德的旁观者，有时也嘲笑得未必得当。他们笑他本非英雄，却以英雄自命，不识时务，终于赢得颠连困苦；由这嘲笑，自拔于“非英雄”之上，得到优越感；然而对于社会上的不平，却并无更好的战法，甚至于连不平也未曾觉到。

集外集拾遗/《解放了的堂·吉诃德》后记（1934·4）

●5-12-42-42

人大抵愿意有名，活的时候做自传，死了想有人分讣文，做行实，甚而至于还“宣付国史馆立传”。人也并不全不自知其丑，然而他不愿意改正，只希望随时消掉，不留痕迹，剩下的单是美点，如曾经施粥赈饥之类，却不是全般。

且介亭杂文二集/论讽刺（1934·4）

●5-12-42-43

变戏法的时时拱手道：“……出家靠朋友!”有几分就是对着明白戏法的底细者而发的，为的是要他不来戳穿西洋镜。

花边文学/朋友（1934·5·1）

●5-12-42-44

“朋友，以义合者也”*，但我们向来常常不作如此解。

〖释：“朋友，以义合者也”，语出《论语·乡党》。宋代朱熹注：“朋友以义合。”〗

花边文学/朋友（1934·5·1）

●5-12-42-45

劝人安贫乐道是古今治国平天下的大经络，开过的方子也很多，但都没有十全大补的功效……有一种是极其彻底的：说是大热天气，阔人还忙于应酬，汗流浃背，穷人却挟了一条破席，铺在路上，脱衣服，浴凉风，其乐无穷，这叫作“席卷天下”。这也是一张少见的富有诗趣的药方，不过也有煞风景在后面。快要秋凉了，一早到马路上去走走，看见手捧肚子，口吐黄水的就是那些“席卷天下”的前任活神仙。大约眼前有福，偏不去享的大愚人，世上究竟是不多的，如果精穷真是这么有趣，现在的阔人一定首先躺在马路上，而现在的穷人的席子也没有地方铺开来了。

花边文学/安贫乐道法（1934·8·6）

●5-12-42-46

如果自造一点丑恶，来证明他的敌对的不行，那只是他从隐蔽之处挖出来的自己的丑恶，不能使大众羞，只能使大众笑。

花边文学/“大雪纷飞”（1934·8·24）

●5-12-42-47

虽是一个残废人，倘在主张健康运动，他绝对没有错；如果提倡缠足，则即是天足的壮健的女性，她还是在有意的或无意的害人。

花边文学/汉字和拉丁化（1934·8·25）

●5-12-42-48

中国人中，有吃燕窝鱼翅的人，有卖红丸的人，有拿回扣的人，但不能因此就说一切中国人，都在吃燕窝鱼翅，卖红丸，拿回扣一样。要不然，一个郑孝胥，真可以把全副“王道”*挑到满洲去。

〖释：郑孝胥，见3-7-32-40条按。〗

且介亭杂文/中国语文的新生（1934·10·13）

●5-12-42-49

人而没有“坚信”，狐狐疑疑，也许并不是好事情，因为这也就是所谓“无特操”。

且介亭杂文/运命（1934·11·20）

●5-12-42-50

一个人遇了几回空城计后，就会灰心，或者从此怀疑朋友的。

书信/致萧军、萧红（1935·1·29）

●5-12-42-51

岂但一切古今人，连一个人也没有骂倒过。凡是倒掉的，决不是因为骂，却只为揭穿了假面。揭穿假面，就是指出了实际来，这不能混谓之骂。

且介亭杂文二集/“招贴即扯”（1935·2·20）

●5-12-42-52

现在是比较的精细了，然而我又别有其不满于自己之处。我佩服会用拖刀计的老将黄汉升，但我爱莽撞的不顾利害而终于被部下偷了头去的张翼德＊；我却又憎恶张翼德型的不问青红皂白，抡板斧排头砍去的李逵，我因此喜欢张顺＊的将他诱进水里去，淹得他两眼翻白。

〖释：黄汉升即黄忠（？－220），张翼德即张飞（？－221）。/李逵、张顺都是小说《水浒》中的人物。〗

集外集/序言（1935·3·5）

●5-12-42-53

“……一方面是庄严的工作，另一方面却是荒淫与无耻。”〖注：苏联作家爱伦堡语〗

这末两句，真也好像说着现在的中国。然而中国是还有更其甚的呢。

且介亭杂文二集/田军作《八月的乡村》序（1935·3·28）

●5-12-42-54

东三省被占之后，听说北平富户，就不愿意关外的难民来租房子，因为怕他们付不出房租。在南方呢，恐怕义军的消息，未必能及鞭毙土匪，蒸骨验尸，阮玲玉自杀＊，姚锦屏化男＊的能够耸动大家的耳目罢？“一方面是庄严的工作，另一方面却是荒淫与无耻。”

〖释：阮玲玉（1910－1935），广东中山人，电影演员。因婚姻问题受当时一些报纸的诽谤而于1935年3月间自杀。/“姚锦屏化男”，1935年3月报载东北一个二十岁的女子姚锦屏自称化为男身，后经医师检验，仍系女性。〗

且介亭杂文二集/田军作《八月的乡村》序（1935·3·28）

●5-12-42-55

一个人的言行，从别人看来，“大可不必”之点多得很，要不然，全国的人们就好像是一个了。

且介亭杂文二集/从“别字”说开去（1935·4·20）

●5-12-42-56

古时候的真话，到现在就有些变成谎话。大约是西洋人说的罢，世界上穷人有份的，只有日光空气和水。这在现在的上海就不适用，卖心卖力的被一天关到夜，他就晒不着日光，吸不到好空气；装不起自来水的，也喝不到干净水。报上往往说：“近来天时不正，疾病盛行”，这岂只是“天时不正”之故，“天何言哉”〖注：语出《论语·阳货》〗，它默默地被冤枉了。

且介亭杂文二集/“靠天吃饭”（1935·7·20）

●5-12-42-57

专门家除了他的专长之外，许多见识是往往不及博识家或常识者的。

且介亭杂文二集/名人和名言（1935·7·20）

●5-12-42-58

改造自己，总比禁止别人来得难。

且介亭杂文二集/论毛笔之类（1935·9·5）

●5-12-42-59

世事要看总账，到得总结的时候，究竟还是他愚弄我呢，还是愚弄了他自己呢，却不一定得很。……至于我的先前受人愚弄呢，那自然；但也不是第一次了，不过在他们还未露出原形，他们做事好像还于中国有益的时候，我是出力的。这是我历来做事的主意，根柢即在总账问题。即使第一次受骗了，第二次也有被骗的可能，我还是做，因为被人偷过一次，也不能疑心世界上全是偷儿，只好仍旧打杂。但自然，得了真赃实据之后，又是一回事了。

书信/致萧军（1935·10·4）

●5-12-42-60

如果在冷路上走走，有时会遇见几个人蹲在地上赌钱，庄家只是输，押的只是赢，然而他们其实是庄家的一伙，就是所谓“屏风”——也就是他们自己之所谓“朋友”——目的是在引得蠢才眼热，也来出手，然后掏空他的腰包。如果你站下了，他们又觉得你并非蠢才，只因为好奇，未必来上当，就会说：“朋友，管自己走，没有什么好看。”这是一种朋友，不妨害骗局的朋友。荒场上又有变戏法的，石块变白鸽，坛子装小孩，本领大抵不很高强，明眼人本极容易看破，于是他们就时时拱手大叫道：“在家靠父母，出家靠朋友！”这并非在要求撒钱，是请托你不要说破。这又是一种朋友，是不戳穿戏法的朋友。把这些识时务的朋友稳住了，他才可以掏呆朋友的腰包；或者手执花枪，来赶走不知趣的走近去窥探底细的傻子，恶狠狠的啐一口道：“……瞎你的眼睛！”

且介亭杂文二集/四论“文人相轻”（1935·9）

●5-12-42-61

“朋友，以义合者也。”古人确曾说过的，然而又有古人说：“义，利也。”＊呜呼！

〖释：“义，利也”，语见《墨子·经上》。〗

且介亭杂文二集/四论“文人相轻”（1935·9）

●5-12-42-62

中国人之评论人，大抵特别严酷，应该多译点别国人做的评传，给大家看看。

书信/致孟十还（1935·10·20）

●5-12-42-63

畏强者，未有不欺弱的。

书信/致曹靖华（1935·12·19）

●5-12-42-64

我初到上海的时候，曾经看见一个西洋人从旅馆里出来，几辆洋车便向他飞奔而去，他坐了一辆，走了。这时忽然来了一位巡捕，便向拉不到客的车夫的头上敲了一棒，撕下他车上的照会。我知道这是车夫犯了罪的意思，然而不明白为什么拉不到客就犯了罪，因为西洋人只有一个，当然只能坐一辆，他也并没有争。后来幸蒙一位老上海告诉我，说巡捕是每月总得捉多少犯人的，要不然，就算他懒惰，于饭碗颇有碍。真犯罪的不易得，就只好这么创作了。

且介亭杂文二集/后记（1935·12·31）

●5-12-42-65

譬如勇士，也战斗，也休息，也饮食，自然也性交，如果只取他末一点，画起像来，挂在妓院里，尊为性交大师，那当然也不能说是毫无根据的，然而，岂不冤哉！

且介亭杂文二集/“题未定”草〔六〕（1936·1）

●5-12-42-66

被论客赞赏着“采菊到篱下，悠然见南山”的陶潜先生……也还有“精卫衔微木，将以填沧海，形天舞干戚，猛志固常在”之类的“金刚怒目”式，在证明着他并非整天整夜的飘飘然。这“猛志固常在”和“悠然见南山”的是一个人，倘有取舍，即非全人，再加抑扬，更离真实。

且介亭杂文二集/“题未定”草〔六〕（1936·1）

●5-12-42-67

我对于初接近我的青年，是不想到他“好”“不好”的。如果已经“当做不好的人看待”，不是无须接近了吗？

书信/致时玳（1936·5·25）

●5-12-42-68

给名人作传的人，也大抵一味铺张其特点，李白＊怎样做诗，怎样耍颠，拿破仑＊怎样打仗，怎样不睡觉，却不说他们怎样不耍颠，要睡觉。

其实，一生中专门耍颠或不睡觉，是一定活不下去的，人之有时能耍颠和不睡觉，就因为倒是有时不耍颠和也睡觉的缘故。

〖**释：李白（701－762），唐代诗人。/拿破仑（Napoleon Bonaparte，1769－1821），即拿破仑·波拿巴，法国军事家、政治家，1799年任共和国执政，1804年建立法兰西第一帝国，自称拿破仑一世。**〗

且介亭杂文末编/“这也是生活”……（1936·9·5）

●5-12-42-69

损着别人的牙眼，却反对报复，主张宽容的人，万勿和他接近。

且介亭杂文末编/死（1936·9·20）

●5-12-42-70

别人应许给你的事物，不可当真。

且介亭杂文末编/死（1936·9·20）

●5-12-42-71

并不一哄而起的人，当时好像落后，但因为也不一哄而散，后来却成为中坚。

且介亭杂文末编/曹靖华译《苏联作家七人集》序（1936·11）

（43）论世

世间许多事，只消常识，便得了然。

●5-12-43-1

现在的情形，“国将不国”，自不消说：丧尽良心的事故，层出不穷；刀兵盗贼水旱饥荒，又接连而起。但此等现象，只是不讲新道德新学问的缘故，行为思想，全钞旧账；所以种种黑暗，竟和古代的乱世仿佛……

坟/我之节烈观（1918·8）

●5-12-43-2

未有汽船，便只好先坐独木小舟，倘使因为豫料将来当有汽船，便不造独木小舟，或不坐独木小舟，那便连汽船也不会发明，人类也不能渡水了。

集外集/渡河与引路（1918·11·15）

●5-12-43-3

凡有牺牲在祭坛前沥血之后，所留给大家的，实在只有“散胙”*这一件事了。

〖**释：“散胙”，祭祀事毕散发供品。**〗

热风/即小见大（1922·11·18）

●5-12-43-4

我们无权去劝诱人做牺牲，也无权去阻止人做牺牲。况且世上也尽有乐于牺牲，乐于受苦的人物。

坟/娜拉走后怎样（1924·6）

●5-12-43-5

自由固不是钱所能买到的，但能够为钱而卖掉。

坟/娜拉走后怎样（1924·6）

●5-12-43-6

人们到了失去余裕心，或不自觉地满抱了不留余地心时，这民族的将来恐怕就可虑。

华盖集/忽然想到〔二〕（1925·1·20）

●5-12-43-7

在北京常看见各样好地名：辟才胡同，乃兹府，丞相胡同，协资庙，高义伯胡同，贵人关。但探起底细来，据说原是劈柴胡同，奶子府，绳匠胡同，蝎子庙，狗尾巴胡同，鬼门关。字面虽然改了，涵义还依旧。

华盖集/咬文嚼字〔一〕（1925·2·10）

●5-12-43-8

古人做过的事，无论什么，今人也都会做出来。而辩护古人，也就是辩护自己。

华盖集/忽然想到〔四〕（1925·2·20）

●5-12-43-9

无破坏即无新建设，大致是的；但有破坏却未必即有新建设。

坟/再论雷峰塔的倒掉（1925・2・23）

●5-12-43-10

国的存亡是在政权，不在语言文字的。美国用英文，并非英国的隶属；瑞士用德法文，也不被两国所瓜分；比国用法文，没有请法国人做皇帝。

集外集拾遗/报《“奇哉”所谓……》（1925・3・8）

●5-12-43-11

记得有一种小说里攻击牧师，说有一个乡下女人，向牧师历诉困苦的半生，请他救助，牧师听毕答道，“忍着罢，上帝使你在生前受苦，死后定当赐福的。”其实古今的圣贤以及哲人学者所说，何尝能比这高明些，他们之所谓“将来”，不就是牧师之所谓“死后”么？

两地书/北京（1925・3・11）

●5-12-43-12

金钱的魔力，本是非常之大，而中国又是向来善于运用金钱诱惑法术的地方……

两地书/北京（1925・3・11）

●5-12-43-13

一切理想家，不是怀念“过去”，就是希望“将来”，对于“现在”这一个题目，都交了白卷，因为谁也开不出药方。其中最好的药方，即所谓“希望将来”的就是。

两地书/北京（1925・3・18）

●5-12-43-14

世界主义者，而同志自己先打架；无政府主义者的报馆，而用护兵守门，真不知是怎么一回事。土匪也不行，河南的单知道烧抢，东三省的渐趋于保护雅片，总之是抱“发财主义”的居多，梁山泊劫富济贫的事，已成为书本子上的故事了。军队里也不好，排挤之风甚盛，勇敢无私的一定孤立，为敌所乘，同人不救，终至阵亡，而巧滑骑墙，专图地盘者反很得意。我有几个学生在军中，倘不同化，怕终不能占得势力，但若同化，则占得势力又于将来何益。

两地书/北京（1925・3・31）

●5-12-43-15

约翰弥耳＊说：“专制使人们变成冷嘲。”我们却天下太平，连冷嘲也没有。我想：暴君的专制使人们变成冷嘲，愚民的专制使人们变成死相。大家渐渐死下去，而自己反以为卫道有效，这才渐渐近于正经的活人。

〖**释：约翰弥耳，通译约翰・穆勒**（1806－1873），**英国哲学家、经济学家**。〗

华盖集/忽然想到（1925・4・22）

●5-12-43-16

我究竟是中国人，读过中国书的，因此也颇知道些处世的妙法。譬如，假使要掉文袋，可以说说桃红柳绿，这些事是大家早已公认的，谁也不会说你错。如果论史，就赞几句孔明，骂一通秦桧，这些是非也早经论定，学述一回决没有什么差池；况且秦太师的党羽现已半个无存，也可保毫无危险。至于近事呢，勿谈为佳……

华盖集/我的“籍”和“系”（1925・6・5）

●5-12-43-17

据我看起来，要防一个不好的结果，就是白用了许多牺牲，而反为巧人取得自利的机会，这种事在中国也常有的。

两地书/北京（1925・6・13）

●5-12-43-18

无论是谁，只要站在“辩诬”的地位的，无论辩白与否，都已经是屈辱。更何况受了实际的大损害之后，还得来辩诬。

华盖集/忽然想到〔十〕（1925・6・16）

●5-12-43-19

佛教初来时便大被排斥，一到理学先生谈禅，和尚做诗的时候，“三教同源”的机运就成熟了。听说现在悟善社里的神主已经有了五块：孔子，老子，释迦牟尼，耶稣基督，谟哈默德*。

〖释：谟哈默德，通译穆罕默德（约570－632），伊斯兰教创始人。〗

华盖集/补白（1925·6·26）

●5-12-43-20

现在，气象似乎一变，到处听不见歌吟花月的声音了，代之而起的是铁和血的赞颂。然而倘以欺瞒之心，用欺瞒的嘴，则无论说A和O，或Y和Z，一样是虚假的；只可以吓哑了先前鄙薄花月的所谓批评家的嘴，满足地以为中国就要中兴。可怜他在“爱国”的大帽子底下又闭上了眼睛了——或者本来就闭着。

坟/论睁了眼看（1925·8·3）

●5-12-43-21

不是上帝，那里能够超然世外，真下公平的批评。

华盖集/并非闲话〔二〕（1925·9·25）

●5-12-43-22

世间都以“党同伐异”为非，可是谁也不做“党异伐同”的事。

华盖集/并非闲话〔二〕（1925·9·25）

●5-12-43-23

多数主义『注：指布尔什维克』虽然现称过激派，如果在列宁治下，则共产主义之合于葛天氏，一定可以考据出来的。

华盖集/十四年的“读经”（1925·11·27）

●5-12-43-24

当一个知县的寿辰，因为他是子年生，属鼠的，属员们便集资铸了一个金老鼠去作贺礼。知县收受之后，另寻了机会对大众说道：明年又恰巧是贱内的整寿；她比我小一岁，是属牛的。其实，如果大家先不送金老鼠，他决不敢想金牛。一送开手，可就难于收拾了，无论金牛无力致送，即使送了，怕他的姨太太也会属象。象不在十二生肖之内，似乎不近情理罢，但这是我替他设想的法子罢了，知县当然别有我们所莫测高深的妙法在。……有贪图金牛者，不但金老鼠，便是死老鼠也不给。那么，此辈也就连生日都未必做了。单是省却拜寿，已经是一件大快事。

华盖集/这个与那个（1925·12）

●5-12-43-25

幼小时候曾有一个老于世故的长辈告诫过我：你不要和没出息的担子或摊子为难，他会自己摔了，却诬赖你，说不清，也赔不完。这话于我似乎到现在还有影响，我新年去逛火神庙的庙会时，总不敢挤近玉器摊去，即使它不过摆着寥寥的几件。怕的是一不小心，将它碰倒了，或者摔碎了一两件，就要变成宝贝，一辈子赔不完，那罪孽之重，会在毁坏一坐博物馆之上。

华盖集续编/杂论管闲事·做学问·灰色等（1926·1·18）

●5-12-43-26

即使是动物，也怎能和我们不相干？青蝇的脚上有一个霍乱菌，蚊子的唾沫里有两个疟疾菌，就说不定会钻进谁的血里去。管到“邻猫生子”*，很有人以为笑谈，其实却正与自己大有相关。譬如我的院子里，现在就有四匹邻猫常常吵架了，倘使这些太太们之一又诞育四匹，则三四月后，我就得常听到八匹猫们常常吵闹，比现在加倍地心烦。

〖释：“邻猫生子”，指梁启超在《中国史界革命家》中引英国斯宾塞的话：“或有告者曰：邻家之猫，昨日产一子，以云事实，诚事实也；然谁不知为无用之事实乎？何也？以其与他事毫无关涉，于吾人生活上之行为，毫无影响也。”〗

华盖集续编/杂论管闲事·做学问·灰色等（1926·1·18）

●5-12-43-27

我现在觉得世上是仿佛没有所谓闲事的，有人来管，便都和自己有点关系；即使是爱人类，也因为自己是人。假使我们知道了火星里张龙和赵虎打架，便即大有作为，请酒开会＊，维持张龙，或否认赵虎，那自然是颇近于管闲事了。然而火星上的事，既然能够“知道”，则至少必须已经可以通信，关系也密切起来，算不得闲事了。因为既能通信，也许将来就能交通，他们终于会在我们的头顶上打架。至于咱们地球之上，即无论那一处，事事都和我们相关，然而竟不管者，或因不知道，或因管不着，非以其“闲”也。

〖释：“请酒开会”，影射杨荫榆在女师大风潮中在再利用宴会方式拉拢教员，策划压制学潮。1925年12月14日，章士钊另立的女子大学也宴请所谓“教育界名流”，陈源、王世杰、燕树棠等人就在席上成立了所谓“教育界公理维持会”。〗

华盖集续编/杂论管闲事·做学问·灰色等（1926·1·18）

●5-12-43-28

天下本无所谓闲事，只因为没有这许多遍管的精神和力量，于是便只好抓一点来管。为什么独抓这一点呢？自然是最和自己相关的，大则因为同是人类，或是同类，同志；小则，因为是同学，亲戚，同乡，——至少，也大概叨光过什么，虽然自己的显在意识上并不了然，或者其实了然，而故意装痴作傻。

华盖集续编/杂论管闲事·做学问·灰色等（1926·1·18）

●5-12-43-29

研究系比狐狸还坏，而国民党则太老实，你看将来实力一大，他们转过来来拉拢，国民便会觉得他们也并不坏。

两地书/厦门–广州（1926·10·20）

●5-12-43-30

英雄的血，始终是无味的国土里的人生的盐，而且大抵是给闲人们作生活的盐……

集外集拾遗/《争自由的波浪》小引（1927·1·1）

●5-12-43-31

中国现在道路少，虽有，也很狭，“生存竞争，天演公例”＊，须在同界中排斥异已，无论其为老人，或同是青年，“取而代之”，本也无足怪的，是时代和环境所给与的运命。

〖释：“生存竞争，天演公例”，高长虹在《狂飙》周刊第一期（1926年10月10日）上发表的《答国民大学X君》中说：“‘生存竞争，天演公例’，十一二岁时我从彪门书局出版的一本课本上已经知道了。”按彪门书局，应为彪蒙书室。这里所说的课本，当指清代光绪三十一年（1905）彪蒙书室出版的初级蒙学用书《格致实在易》。〗

华盖集拾遗补编/新的世故（1927·1·15）

●5-12-43-32

要不危险，我倒曾经发见了一个很合式的地方。这地方，就是：牢狱。人坐在监，牢里便不至于再捣乱，犯罪了；救火机关也完全，不怕失火；也不怕盗劫，到牢狱里去抢东西的强盗是从来没有的。坐监是实在最安稳。但是，坐监却独独缺少一件事，这就是：自由。所以，贪安稳就没有自由，要自由就总要历些危险。只有这两条路。那一条好，是明明白白的，不必待我来说了。

集外集拾遗/老调子已经唱完（1927·2·19）

●5-12-43-33

中国有一个大毛病，就是人们大概以为自己所学的一门是最好，最妙，最要紧的学问，而别的都无用，都不足道的，弄这些不足道的东西的人，将来该当饿死。其实是，世界还没有如此简单，学问都各有用处，要定什么是头等还很难。

而已集/读书杂谈（1927·8·18–22）

●5-12-43-34

你以为“骂”决非好东西罢，于有些人还是

有利的。人类究竟是可怕的东西。就是能够咬死人的毒蛇，商人们也会将它浸在酒里，什么“三蛇酒”，“五蛇酒”，去卖钱。

而已集/“意表之外”（1927·10·22）

●5-12-43-35

我以为法律上的许多罪名，都是花言巧语，只消以一语包括之，曰：可恶罪。

……

我先前总以为人是有罪，所以枪毙或坐监的。现在才知道其中的许多，是先因为被人认为“可恶”，这才终于犯了罪。

许多罪人，应该称为“可恶的人”。

而已集/可恶罪（1927·10·22）

●5-12-43-36

别的运命说不定，“人生必死”的运命却无法逃避，所以危险也仿佛用不着害怕似的。

集外集拾遗补编/关于知识阶级（1927·11）

●5-12-43-37

自己活着的人没有劝别人去死的权利，假使你自己以为死是好的，那末请你自己先去死吧。

集外集拾遗补编/关于知识阶级（1927·11）

●5-12-43-38

要上战场，莫如做军医；要革命，莫如走后方；要杀人，莫如做刽子手。既英雄，又稳当。

而已集/小杂感（1927·12·17）

●5-12-43-39

约翰穆勒*说：专制使人们变成冷嘲。

而他竟不知道共和使人们变成沉默。

〖释：约翰·穆勒，见5-12-43-15条释。〗

而已集/小杂感（1927·12·17）

●5-12-43-40

中国公共的东西，实在不容易保存。如果当局者是外行，他便将东西糟完，倘是内行，他便将东西偷完。

而已集/谈所谓“大内档案”（1928·1·28）

●5-12-43-41

中国的一切事万不可“办”的；即如档案罢，任其自然，烂掉，霉掉，蛀掉，偷掉，甚而至于烧掉，倒是天下太平；倘一加人为，一“办”，那就舆论沸腾，不可开交了。结果是办事的人成为众矢之的，谣言和谗言谤，百口也分不清。

而已集/谈所谓“大内档案”（1928·1·28）

●5-12-43-42

从生活窘迫过来的人，一到了有钱，容易变成两种情形：一种是理想世界，替处同一境遇的人着想，便成为人道主义；一种是什么都是自己挣起来，从前的遭遇，使他觉得什么都是冷酷，便流为个人主义。我们中国大概是变成个人主义者多。主张人道主义的，要想替穷人想想法子，改变改变现状，在政治家眼里，倒还不如个人主义的好；所以人道主义者和政治家就有冲突。

集外集/文艺与政治的歧途（1928·1·29–30）

●5-12-43-43

现在的人间也还是“大王好见，小鬼难当”的处所。出路是有的。何以无呢？只因多鬼祟，他们将一切路都要糟蹋了。这些都不要，才是出路。

三闲集/路（1928·4·23）

●5-12-43-44

盖天下的事，往往决计问罪在先，而搜集罪状（普通是十条）在后也。

三闲集/通信（1928·4·23）

●5-12-43-45

无所谓不朽，不朽又干吗，这是现代人大抵知道的。

三闲集/我的态度气量和年纪（1928·5·7）

●5-12-43-46

旧的和新的，往往有极其相同之点

三闲集/我的态度气量和年纪（1928·5·7）

●5-12-43-47

事实常没有字面这么好看。

伪自由书/崇实（1933·2·6）

●5-12-43-48

初初看见报上登载的《五一告工友书》*上说："反抗本国资本家无理的压迫"，我也是吃了一惊的。这不是提倡阶级斗争么？后来想想也就明白了。这是说，无理的压迫要反对，有理的不在此例。

〖释：《五一告工友书》，指当局操纵的上海市总工会于1933年发布的《告全市工友书》。〗

伪自由书/从盛宣怀说到有理的压迫（1933·5·10）

●5-12-43-49

至于比排长更下等的小兵，那不用说，他们只会"打开天窗说亮话，咱们弟兄，处于今日局势，若非对外，鲜有不哗变者"（同上通信）*。这还成话么？古人说，"无敌国外患者，国恒亡。"*以前我总不大懂得这是什么意思：既然连敌国都没有了，我们的国还会亡给谁呢？现在照这兵士的话就明白了，国是可以亡给"哗变者"的。

〖释："……通信"，指1933年5月17日《申报》"特约通信"。/"无敌国外患者，国恒亡"，孟轲的话。见《孟子·告子》："入则无法家拂士，出则无敌国外患者，国恒亡；然后知生于忧患而死于安乐也。"〗

伪自由书/"有名无实"的反驳（1933·5·18）

●5-12-43-50

假如我们设立一个"肚子饿了怎么办"的题目，拖出古人来质问罢，倘说"肚子饿了应该争食吃"，则即使这人是秦桧，我赞成他，倘说"应该打嘴巴"，那就是岳飞，也必须反对。如果诸葛亮出来说明，道是"吃食不过要发生温热，现在打起嘴巴来，因为摩擦，也有温热发生，所以等于吃饭"，则我们必须撕掉他假科学的面子，先前的品行如何，是不必计算的。

集外集拾遗补编/通信〔复魏猛克〕（1933·6·16）

●5-12-43-51

也有经过许多人经验之后，倒给了后人坏影响的，如俗语说："各人自扫门前雪，莫管他家瓦上霜"的便是其一。救急扶伤，一不小心，向来就很容易被人所诬陷，而还有一种坏经验的结果的歌诀，是"衙门八字开，有理无钱莫进来"，于是人们就只要事不干己，还是远远的站开干净。我想，人们在社会里，当初是并不这样彼此漠不关心的，但因豺狼当道，事实上因此出过许多牺牲，后来就自然的都走到这条道路上去了。所以，在中国，尤其是在都市里，倘使路上有暴病倒地，或翻车摔伤的人，路人围观或甚至于高兴的人尽有，肯伸手来扶助一下的人却是极少的。这便是牺牲所换来的坏处。

南腔北调集/经验（1933·7·15）

●5-12-43-52

近来有些看报的人，对于什么宣言，通电，讲演，谈话之类，无论它怎样骈四俪六，崇论宏议，也不去注意了，甚而还至于不但不注意，看了倒不过做嘻笑的资料。这那里有"始制文字，乃服衣裳"『注：语出幼学读物《千字文》』一样重要呢，然而这一点点结果，却是牺牲了一大片地面，和许多人的生命财产换来的。生命，那当然是别人的生命，倘是自己，就得不着这经验了。所以一切经验，是只有活人才能有的，我的决不上别人讥刺我怕死*，就去自杀或拚命的当，而必须写出这一点来，就为此。

〖释："……别人讥刺我怕死"：梁实秋在《新月》第二卷第十一期发表的《鲁迅与牛》一文，借1930年4月8日中国自由运动大同盟为声援"四·三惨案"（英国人在南京打死打伤中国工人）集会时，一工人被巡捕枪杀的事讥笑鲁迅说："自由运动大同盟即是鲁迅先生领衔发起的……这事发生之后，颇有人为鲁迅先生担心，因为不晓得流了‘一滩鲜血’的究竟是那一位。……幸亏事实不久大明，死的不是‘参加工农革命底实际行动’的‘左翼作家’，是一位‘勇敢的工人’……鲁迅先生的‘不卖肉主义’是老早言明在先的。”又，法鲁在1933年6月11日的《大晚报·火炬》上发表的《到底要不要自由》中，也有这类含沙射影的话，参看《伪自由书·后记》。〗

南腔北调集/经验（1933·7·15）

●5-12-43-53

我们对于别人的或公共的东西，不是也不很爱惜的么？

准风月谈/晨凉漫记（1933·8·1）

●5-12-43-54

增加混乱的倒是有些悲观论者，不施考察，不加批判，但用“彼亦一是非，此亦一是非”*的论调，将一切作者，诋为“一丘之貉”。这样子，扰乱是永远不会收场的。然而世间却并不都这样，一定会有明明白白的是非之别，我们试想一想，林琴南攻击文学革命的小说*，为时并不久，现在那里去了？

〖释：“彼亦一是非，此亦一是非”，语见《庄子·齐物论》。/“林琴南攻击文学革命的小说”：林琴南晚年反对五四新文化运动，写了攻击文学革命的小说《荆生》和《妖梦》，分别刊载于1919年2月17日至18日、3月19日至23日上海《新申报》，前篇写一个所谓“伟丈夫”荆生，将大骂孔丘、提倡白话者打骂了一顿；后篇写一个所谓“罗睺罗阿罗王”将白话学堂（影射北京大学）的校长、教务长吃掉等事。〗

准风月谈/“中国文坛的悲观”（1933·8·14）

●5-12-43-55

一切死的和活的骗子的一迭迭的集子，不是已在倒塌下来……了么？

以过去和现在的铁铸一般的事实来测将来，洞若观火！

南腔北调集/《守常全集》题记（1933·8·19）

●5-12-43-56

中国的流行，实在也过去得太快，一种学问或文艺介绍进中国来，多则一年，少则并年，大抵就烟消火灭。

准风月谈/为翻译辩护（1933·8·20）

●5-12-43-57

现在世界的糟，不在于统治者是男子，而在这男子在女人的地统治。以妾妇之道治天下，天下那得不糟！

集外集拾遗补编/娘儿们也不行（1933·8·21）

●5-12-43-58

一道浊流，固然不如一杯清水的干净而澄明，但蒸溜了浊流的一部分，却就有许多杯净水在。

准风月谈/由聋而哑（1933·9·8）

●5-12-43-59

耶稣教传入中国，教徒自以为信教，而教外的小百姓却都叫他们是“吃教”的。这两个字，真是提出了教徒的“精神”，也可以包括大多数的儒释道教之流的信者，也可以移于许多“吃革命饭”的老英雄。

准风月谈/吃教（1933·9·29）

●5-12-43-60

旧瓶可以装新酒，新瓶也可以装旧酒，倘若不信，将一瓶五加皮和一瓶白兰地互换起来试试看，五加皮装在白兰地瓶子里，也还是五加皮。

准风月谈/重三感旧（1933·10·6）

●5-12-43-61

据我的经验，得到“深于世故”的恶谥者，却还是因为“不通世故”的缘故。

南腔北调集/世故三昧（1933·11·15）

●5-12-43-62

“世故”深到不自觉其“深于世故”，这才真是“深于世故”的了。这是中国处世法的精义中的精义。

南腔北调集/世故三昧（1933·11·15）

●5-12-43-63

人世间真是难处的地方，说一个人“不通世故”，固然不是好话，但说他“深于世故”也不是好话。“世故”似乎也像“革命之不可不革，而亦不可太革”一样，不可不通，而亦不可太通的。

南腔北调集/世故三昧（1933·11·15）

●5-12-43-64

郑板桥＊说“难得糊涂”，其实他还能够糊涂的。

〖释：郑板桥（1693－1765），名燮，号板桥，江苏兴化人。清代文学家、画家。〗

准风月谈/难得糊涂（1933·11·24）

●5-12-43-65

现在只要没有马上杀人之权的人，有谁不遭人攻击。

南腔北调集/答杨邨人先生公开信的公开信（1933·12·28）

●5-12-43-66

倘有火灾，则被灾的和邻近的没有被灾的人们，都要祭火神，以表感谢之意。被了灾还要来表感谢之意，虽然未免有些出于意外，但若不祭，据说是第二回还会烧，所以还是感谢了的安全。而且也不但对于火神，就是对于人，有时也一样的这么办，我想，大约也是礼仪的一种罢。

且介亭杂文/关于中国的两三件事（1934·3）

●5-12-43-67

监狱确也并非没有不像以“安全第一”为标语的人们的理想乡的地方。火灾极少，偷儿不来，土匪也一定不来抢。即使打仗，也决没有以监狱为目标，施行轰炸的。……总而言之，似乎也并非很坏的处所。只要准带家眷，则即使不是现在似的大水，饥荒，战争，恐怖的时候，请求搬进去住的人们，也未必一定没有的。

且介亭杂文/关于中国的两三件事（1934·3）

●5-12-43-68

假如你到四马路去，看见雉妓在拖住人，倘大声说：“野鸡在拉客”，那就会被她骂你是“骂人”。骂人是恶德，于是你先就被判定在坏的一方面了；你坏，对方可就好。但事实呢，却的确是“野鸡在拉客”，不过只可心里知道，说不得……

且介亭杂文二集/论讽刺（1934·4）

●5-12-43-69

大约满口激烈之谈者，其人便须留意。

书信/致姚克（1934·4·12）

●5-12-43-70

人间有犯罪学者，一派说，由于环境；一派说，由于个人。现在盛行的是后一说，因为倘信前一派，则消灭犯罪，便得改造环境，事情就麻烦，可怕了。

花边文学/论秦理斋夫人事（1934·6·1）

●5-12-43-71

责别人的自杀者，一面责人，一面正也应该向驱人于自杀之途的环境挑战，进攻。倘使对于黑暗的主力，不置一辞，不发一言，而但向“弱者”唠叨不已，则纵使他如何义形于色，我也不能不说——我真也忍不住了——他其实乃是杀人者的帮凶而已。

花边文学/论秦理斋夫人事（1934·6·10）

●5-12-43-72

不负责任的，不能照办的教训多，则相信的人少；利己损人的教训多，则相信的人更其少。“不相信”就是“愚民”的远害的堑壕，也是使他们成为散沙的毒素。

且介亭杂文/难行和不信（1934·7·20）

●5-12-43-73

事实是毫无情面的东西，它能将空言打得粉碎。

花边文学/安贫乐道法（1934·8·16）

●5-12-43-74

现在说话难，如果主张“非孝”，就有人会说你在煽动打父母，主张男女平等，就有人会说你在提倡乱交……

且介亭杂文/说“面子”（1934·10）

●5-12-43-75

名声的起灭，也如光的起灭一样，起的时候，从近到远，灭的时候，远处倒还留着余光。

花边文学/略论梅兰芳及其他〔上〕（1934·11·5）

●5-12-43-76

中国是古国，历史长了，花样也多，情形复杂，做人也特别难，我觉得别的国度里，处世法总还要简单，所以每个人可以有工夫做些事，在中国，则单是为生活，就要化去生命的几乎全部。

书信/致萧军、萧红（1934·12·6）

●5-12-43-77

我觉得凡是得到大杀风景的结果的考证，往往比表面说得好听，玩得有趣的东西近真。

且介亭杂文/病后杂谈（1935·2-12）

●5-12-43-78

人是进化的长索子上的一个环……人生，宇宙的最后究竟怎样呢，现在还没有人能够答复。也许永久，也许灭亡。但我们不能因为“也许灭亡”就不做，正如我们知道人的本身一定要死，却还要吃饭也。

书信/致唐英伟（1935·6·29）

●5-12-43-79

朋友乃至五常＊之一名，交道是人间的美德，当然也好得很。不过骗子有屏风，屠夫有帮手，在他们自己之间，却也叫作“朋友”的。

〖释：“五常”，《孟子·滕文公上》：“使契为司徒，教以人伦，父子有亲，君臣有义，夫妇有别长幼有序，朋友有信。”旧时以君臣、父子、夫妇、兄弟、朋友为五伦，认为制约他们各自之间关系的道德准则是不可移易的，所以称为“五常”。〗

且介亭杂文二集/四论“文人相轻”（1935·9）

●5-12-43-80

在对于真的造谣，毫不为怪的社会里，对于真的收贿，也就毫不为怪。如果收贿会受制裁的社会，也就要制裁妄造受贿的谣言的人们。

且介亭杂文二集/后记（1935·12·31）

●5-12-43-81

记得十多年前，在北京认识了一个土财主，不知怎么一来，他也忽然“雅”起来了，买了一个鼎，据说是周鼎，真是土花斑驳，古色古香。而不料过不几天，他竟叫铜匠把它的土花和铜绿擦得一干二净，这才摆在客厅里，闪闪的发着铜光。这样的擦得精光的古铜器，我一生中还没有见过第二个。一切“雅士”，听到的无不大笑，我在当时，也不禁由吃惊而失笑了，但接着就变成肃然，好像得了一种启示。这启示并非“哲学的意蕴”，是觉得这才看见了近于真相的周鼎。鼎在周朝，恰如碗之在现代，我们的碗，无整年不洗之理，所以鼎在当时，一定是干干净净，金光灿烂的，换了术语来说，就是它并不“静穆”，倒有些“热烈”。

且介亭杂文二集/“题未定”草〔七〕（1936·1）

●5-12-43-82

我曾经听人说过：所谓“和平”，不过是两次战争之间的时日。

且介亭杂文/阿金（1936·2·20）

●5-12-43-83

模模胡胡的摇头，比列举十大罪状更有害于对手，列举还有条款，含胡的指摘，是可以令人揣测到坏到茫无界限的。

且介亭杂文末编/三月的租界（1936·5）

（44）处事

假使做事要面面顾到，那就什么事不能做了。

●5-12-44-1

若问鄙意，则以为不如先自作官，至整顿一层，不如待天气清明以后，或官已做稳，行有余力时耳。

书信/致许寿裳〔此信原无标点〕（1918·1·4）

●5-12-44-2

凡事总须研究，才会明白。

呐喊/狂人日记（1918·5）

●5-12-44-3

仆以为有权在手，便当任意作之，何必参考愚说耶？

书信/致许寿裳〔此信原无标点〕（1918·8·20）

●5-12-44-4

有人做了一块象牙片，半寸方，看去也没有什么；用显微镜一照，却看见刻着一篇行书的《兰亭序》。我想：显微镜的所以制造，本为看那些极细微的自然物的；现在既用人工，何妨便刻在一块半尺方的象牙板上，一目了然，省却用显微镜的工夫呢？

热风/随感录·四十七（1919·2·15）

●5-12-44-5

先生来信说互助，这实在很有道理。但所谓互助者，也须有能助的力量，倘没有，也就无法了。

书信/致宫竹心（1922·2·16）

●5-12-44-6

“说不清”是一句极有用的话。不更事的勇敢的少年，往往敢于给人解决疑问，选定医生，万一结果不佳，大抵反成了怨府*，然而一用这说不清来作结束，便事事逍遥自在了。

〖释：“怨府”，怨恨集中的所在。〗

彷徨/祝福（1924·3·25）

●5-12-44-7

人不能饿着静候理想世界的到来，至少也得留一点残喘，正如涸辙之鲋，急谋升斗之水一样，就要这较为切近的经济权，一面再想别的法。

坟/娜拉走后怎样（1924·6）

●5-12-44-8

钱这个字很难听，或者要被高尚的君子们所非笑，但我总觉得人们的议论是不但昨天和今天，即使饭前和饭后，也往往有些差别。凡承认饭需钱买，而以说钱为卑鄙者，倘能按一按他的胃，那里面怕总还有鱼肉没有消化完，须得饿他一天之后，再来听他发议论。

坟/娜拉走后怎样（1924·6）

●5-12-44-9

譬如现在似的冬天，我只有这一件棉袄，然而必须救助一个将要冻死的苦人，否则便须坐在菩提树下冥想普度一切人类的方法去*。普度一切人类和救活一人，大小实在相去太远了，然而倘叫我挑选，我就立刻到菩提树下去坐着，因为免得脱下唯一的棉袄来冻杀自己。

〖释：“坐在菩提树下……”，传说佛祖释迦牟尼（约前565－前486）曾在菩提树下静思七日，方成“正觉”。〗

坟/娜拉走后怎样（1924·6）

●5-12-44-10

世间有一种无赖精神，那要义就是韧性。听说拳匪『注：指1900年的义和团之乱』乱后，天津的青皮，就是所谓无赖者很跋扈，譬如给人搬一件行李，他就要两元，对他说这行李小，他说要两元，对他说道路近，他说要两元，对他说不要搬了，他说也仍然要两元。青皮固然是不足为法，而那韧性却大可以佩服。

坟/娜拉走后怎样（1924·6）

●5-12-44-11

见事太明，做事即失其勇，庄子所谓“察见渊鱼者不祥”*，盖不独谓将为众所忌，且于自己的前进亦有妨碍也。

〖释：“察见渊鱼者不祥”，语见《列子·说符》：“周谚有言：察见渊鱼者不祥；智料隐匿者有殃。”“察见渊鱼”，比喻窥见别人的隐匿；“不祥”，指容易招来猜忌和祸患。〗

两地书/北京（1925·3·31）

●5-12-44-12

我的习性不大好，每不肯相信表面上的事情

两地书/北京（1925·4·8）

●5-12-44-13

我以为只要目的是正的——这所谓正不正，又只专凭自己判断——即可用无论什么手段……

两地书/北京（1925·5·3）

●5-12-44-14

按：此信收信人吕蕴如，名琦，河南人。鲁迅在北京世界语专门学校时的学生。

我想，骂人是中国极普通的事，可惜大家只知道骂而没有指出其可骂之道，而又继之以骂。那么，就很有意思了，于是就可以由骂而生出骂以上的事情来罢。

集外集拾遗/通讯〔复吕蕴如〕（1925·5·6）

●5-12-44-15

“以为自己抢人是好的，抢我就有点不乐意”，你以为这是变坏了么？我想这是不好不坏，平平常常。所以你终于还不能证明自己是坏人。看看许多中国人罢，反对抢人，说自己愿意施舍；我们也毫不见他去抢，而他家里有许许多多别人的东西。

集外集拾遗/通讯〔复高歌〕（1925·5·8）

●5-12-44-16

凡事无论大小，只要和自己有些相干，便不免格外警觉。

华盖集/并非闲话（1925·6·1）

●5-12-44-17

无论什么事，在中国是万不可轻易去“看一看”的

华盖集/“碰壁”之后（1925·6·1）

●5-12-44-18

中国青年中，有些很有太“急”的毛病……因此，就难于耐久（因为开首太猛，易于将力气用完），也容易碰钉子，吃亏而发脾气：此不佞所再三申说者也，亦自己所实验者也。

两地书/北京（1925·6·13）

●5-12-44-19

急不择言的病源，并不在没有想的工夫，而在有工夫的时候没有想。

华盖集/忽然想到〔十一〕（1925·6·16－6·23）

●5-12-44-20

有一群豪猪，在冬天想用了大家的体温来御寒冷，紧靠起来了，但它们彼此即刻又觉得刺的疼痛，于是乎又离开。然而温暖的必要，再使它们靠近时，却又吃了照样的苦。但它们在这两种困难中，终于发见了彼此之间的适宜的间隔，以这距离，它们能够过得最平安。人们因为社交的要求，聚在一处，又因为各有可厌的许多性质和难堪的缺陷，再使他们分离。他们最后所发见的距离，——使他们得以聚在一处的中庸的距离，就是“礼让”和“上流的风习”。

华盖集续编/一点比喻（1926·2·25）

●5-12-44-21

我以为许多事是做的人必须有这一门特长的，这才做得好。

华盖集续编/为半农题记《何典》后，作（1926·6·7）

●5-12-44-22

我曾经忠告过G先生：你要开医院，万不可收留些看来无法挽回的病人；治好了走出，没有人知道，死掉了抬出，就哄动一时了，尤其是死掉的如果是“名流”。……G先生却似乎以为我良心坏。

华盖集续编/马上日记（1926·7·8）

●5-12-44-23

相传为戏台上的好对联，是“戏场小天地，天地大戏场”。大家本来看得一切事不过是一出戏，有谁认真的，就是蠢物。但这也并非专由积极的体面，心有不平而怯于报复，也便以万事是戏的思想了之。万事既然是戏，则不平也非真，而不报也非怯了。所以即使路见不平，不能拔刀相助，也还不失其为一个老牌的正人君子。

华盖集续编/马上支日记（1926·7·12）

●5-12-44-24

适可而止，可以省下的路少走几趟，可以不管的事少做几件，这并非昧了良心，自己也是国民之一，应该爱惜的，谁也没有要求独独几个人应该做得劳苦而死的权利。

两地书/厦门－广州（1926·10·28）

●5-12-44-25

无论创作翻译，自然只有坚实者站得住

书信/致韦素园（1926·12·5）

●5-12-44-26

被利用呢，倒也无妨。……现在姑且称为帮助罢。叫我个人帮一点忙，是可以的，就是利用，也毫无反感；只是不要间接涉及别的人。

集外集拾遗补编/新的世故（1927·1·15）

●5-12-44-27

假如从广东乡下找一个没有历练的人，叫他从上海到北京或者什么地方，然后问他观察所得，我恐怕是很有限的，因为他没有练习过观察力。所以要观察，还是先要经过思索和读书。

而已集/读书杂谈（1927·8·18、19、22）

●5-12-44-28

譬如中国人，凡是做文章，总说“有利然而又有弊”，这最足以代表知识阶级的思想。其实无论什么都是有弊的，就是吃饭也是有弊的……假使做事要面面顾到，那就什么事不能做了。

集外集拾遗补编/关于知识阶级（1927·11）

●5-12-44-29

对于人生的经验，别的且不说，“肚子饿”这件事，要是喜欢，便可以试试看，只要两天不吃饭，饭的香味便会是一个特别的诱惑；要是走过街上饭铺子门口，更会觉得这个香味一阵阵冲到鼻子来。我们有钱的时候，用几个钱不算什么；直到没有钱，一个钱都有它的意味。

集外集/文艺与政治的歧途（1928·1·29－30）

●5-12-44-30

人不能不吃饭，因此即不能不做事。但居今之世，事与愿违者往往而有，所以也只能做一件事算是活命之手段……自然，强所不欲，亦一苦事。然而饭碗一失，其苦更大。

书信/致李秉中（1928·4·9）

●5-12-44-31

第一，要谋生，谋生之道，则不择手段。且住，现在很有些没分晓，以为“问目的不问手段”是共产党的口诀，这是大错的。人们这样的很多，不过他们不肯说出口。……这不过不择手段的手段，还不是主义哩。即使是主义，我敢写出，肯写出，还不算坏东西。等到我坏起来，就一定将这些宝贝放在肚子里，手头集许多钱，住在安全地带，而主张别人必须做牺牲。

三闲集/通信（1928·4·23）

●5-12-44-32

要之，倘若先前并无可以师法的东西，就只好自己来开创。

集外集/《奔流》编校后记〔十〕（1929·5·10）

●5-12-44-33

在瓜田中，可以不纳履，而要使人信为永不纳履是难的，除非你赶紧走远。

两地书/北平－上海（1929·6·1）

●5-12-44-34

“不虞之誉”*，也和“不虞之毁”一样地无聊，如果生平未曾带过一兵半卒，而有人拱手颂扬道，“你真像拿破仑呀！”则虽是志在做军阀的未来的英雄，也不会怎样舒服的。

〖释：“不虞之誉”，语出《孟子·离娄》。不虞，意料之外。〗

三闲集/我和《语丝》的始终（1930·2·1）

●5-12-44-35

一个人做事不专，这样弄一点，那样弄一点，既要翻译，又要做小说，还要做批评，并且也要做诗，这怎么弄得好呢？

二心集/对于左翼作家联盟的意见（1930·4·1）

●5-12-44-36

我向来对于有新闻记者气味的人，是不见，倘见，则不言，然而也还是谣言层出，有时竟会将舍弟的事，作为我的。大约因为面貌相似，认不清楚之故。惟近数月来，关于我的记事颇少见，大约一时想不出什么新鲜花样故也。

书信/致李秉中（1931·6·23）

●5-12-44-37

兄之常常觉得为难，我想，其缺点即在想得太仔细，要毫无错处。其实，这样的事，是极难的。凡细小的事情，都可以不必介意。一旦身临其境，倒也没有什么，譬如在围城中，亦未必如在城外之人所推想者之可怕也。

书信/致李秉中（1931·6·23）

●5-12-44-38

……将所学者学毕，然后再思其他，学固无止境，但亦有段落，因一时之刺激，释武器而奋空拳，于人于己，两无益也。

书信/致李秉中（1932·3·20）

●5-12-44-39

文章，立意当然要清楚的，什么意见，倒在其次。譬如说，做《工欲善其事，必先利其器论》罢，从正面说，发挥“其器不利，则工事不善”固可，即从反面说，偏以为“工以技为先，技不纯，则器虽利，而事亦不善”也无不可。就是关于皇帝的事，说“天皇圣明，臣罪当诛”固可，即说皇帝不好，一刀杀掉也无不可的，因为我们的孟夫子有言在先，“闻诛独夫纣矣，未闻弑君也”*，现在我们圣人之徒，也正是这一个意思儿。但总之，要从头到底，一层一层说下去，弄得明明白白，还是天皇圣明呢，还是一刀杀掉，或者如果都不赞成，那也可以临末声明：“虽穷淫虐之威，而究有君臣之分，君子不为已甚，窃以为放诸四裔可矣”的。这样的做法，大概先生也未必不以为然，因为“中庸”也是我们古圣贤的教训。

〖释：“闻诛独夫纣矣，未闻弑君也”，语出《孟子·梁惠王》。“独夫”，原作“一夫”。〗

二心集/做古人和做好人的秘诀〔夜记之五〕（1932·4·26）

●5-12-44-40

现金应尽可能掌握在自己手中，这是五十年之经验所发明，盼望你也实行之。

书信/致〈日〉增田涉〔译文〕（1932·5·22）

●5-12-44-41

许多历史的教训，都是用极大的牺牲换来的。

譬如吃东西罢，某种是毒物不能吃，我们好像全惯了，很平常了。不过，这一定是以前有多少人吃死了，才知道的。所以我想，第一次吃螃蟹的人是很可佩服的，不是勇士谁敢去吃它呢？螃蟹有人吃，蜘蛛一定也有人吃过，不过不好吃，所以后人不吃了。像这种人我们当极端感谢的。

集外集拾遗/今春的两种感想（1932·11·30）

●5-12-44-42

我希望一般人不要只注意在近身的问题，或地球以外的问题，社会上实际问题是也要注意些才好。

集外集拾遗/今春的两种感想（1932·11·30）

●5-12-44-43

我对于正面的记载，是不大相信的，往往用一种另外的看法。

伪自由书/中国人的生命圈（1933·4·14）

●5-12-44-44

现在做人，似乎只能随时随手做点有益于人之事，倘其不能，就做些利己而不损人之事，又不能，则做些损人利己之事。只有损人而不利己的事，我是反对的，如强盗之放火是也。

书信/致曹聚仁（1933·6·18）

●5-12-44-45

经验的所得的结果无论好坏，都要很大的牺牲，虽是小事情，也免不掉要付惊人的代价。

南腔北调集/经验（1933·7·15）

●5-12-44-46

查旧账，翻开账簿，打起算盘，给一个结算，问一问前后不符，是怎么的，确也是一种切实分明，最令人腾挪不得的办法。

准风月谈/查旧账（1933·7·29）

●5-12-44-47

所谓“便当”，并不是偷懒，是说在同一时间内，可以由此做成较多的事情。这就是节省时间，也就是使一个人的有限的生命，更加有效，而也即等于延长了人的有限的生命。

准风月谈/禁用和自造（1933·10·1）

●5-12-44-48

我们有痛觉，一方面是使我们受苦的，而一方面也使我们能够自卫。假如没有，则即使背上被人刺了一尖刀，也将茫无知觉，直到血尽倒地，自己还不明白为什么倒地。

准风月谈/喝茶（1933·10·2）

●5-12-44-49

倘有人骂，当一任其骂，或回骂之。

又其实，错与被骂，在中国现在，并不相干。错未必被骂，被骂者未必便错。

书信/致陶亢德（1933·10·18）

●5-12-44-50

“兴奋”我很赞成，但不要“太”，“太”即容易疲劳。

书信/致郑振铎（1933·11·11）

●5-12-44-51

按：此信收信人陈烟桥（1912－1970），广东宝安人，木刻家，中国左翼美术家联盟成员。

做一件事，无论大小，倘无恒心，是很不好的。而看一切太难，固然能使人无成，但若看得太容易，也能使事情无结果。

书信/致陈烟桥（1934·4·19）

●5-12-44-52

我在《野草》中，曾记一男一女，持刀对立旷野中，无聊人竟随而往，以为必有事件，慰其无聊，至于老死……但此亦不过愤激之谈，该二人或相爱，或相杀，还是照所欲而行的为是。

书信/致郑振铎（1934·5·16）

●5-12-44-53

近来时被攻击，惯而安之，纵令诬我以可死之罪，亦不想置辩，而至今亦终未死，可见与此辈讲理，乃反而上当耳。例如乡下顽童，常以纸上画一乌龟，贴于人之背上，最好是毫不理睬，若认真与他们辩论自己之非乌龟，岂非空费口舌。

书信/致郑振铎（1934·6·2）

●5-12-44-54

我以为应该对于那些批评，完全放开，而自己看书，自己作论，不必和那些批评针锋相对。否则，终日为此事烦劳，能使自己没有进步。批评者的眼界是小的，所以他不能在大处落墨，如果受其影响，那就是自己的眼界也给他们收小了。假使攻击者多，而一一应付，那真能因此白活一世，于自己，于社会，都无益处。

书信/致徐懋庸（1934·6·21）

●5-12-44-55

骂别人不革命，便是革命者，则自己不做事，而骂别人的事做得不好，自然便是更做事者。若与此辈理论，可以被牵连到白费唇舌，一事无成，也就是白活一世，于己于人，都无益处。我现在得了妙法，是谣言不辩，诬蔑不洗，只管自己做事，而顺便中，则偶刺之。他们横竖就要消灭的，然而刺之者，所以偶使不舒服，亦略有报复之意云尔。

书信/致郑振铎（1934·6·21）

●5-12-44-56

要下河，最好是预先学一点浮水工夫，……倘因了种种关系，不能学浮水，那就用竹竿先探一下河水的浅深，只在浅处敷衍敷衍；或者最稳当是舀起水来，只在河边冲一冲，而最要紧的是要知道水有能淹死不会游泳的人的性质，并且还要牢牢的记住！

花边文学/水性（1934·7·20）

●5-12-44-57

我们……和几乎同类的人，只要什么地方有些不同，又得心口如一，就往往免不了彼此无话可说。不过我们中国人是聪明的，有些人早已发明了一种万应灵药，就是“今天天气……哈哈哈！”倘是宴会，就只猜拳，不发议论。

花边文学/看书琐记〔二〕（1934·8·9）

●5-12-44-58

孩子是要别人教的，毛病是要别人医的，即使自己是教员或医生。但做人处世的法子，却恐怕要自己斟酌，许多别人开来的良方，往往不过是废纸。

花边文学/安贫乐道法（1934·8·16）

●5-12-44-59

拉纤或把舵的好方法，虽然也可以口谈，但大抵得益于实验，无论怎么看风看水，目的只是一个：向前。

且介亭杂文/门外文谈（1934·8–9）

●5-12-44-60

几个读书人在书房里商量出来的方案，固然大抵行不通，但一切都听其自然，却也不是好办法。

且介亭杂文/门外文谈（1934·8·24）

●5-12-44-61

单是话不行，要紧的是做。

且介亭杂文/门外文谈（1934·8·24）

●5-12-44-62

稚气能找到真朋友，但也能上人家的当，受害。

书信/致萧军、萧红（1934·11·12）

●5-12-44-63

空谈之类，是谈不久，也谈不出什么来的，

它终必被事实的镜子照出原形，拖出尾巴而去。

书信/致萧军、萧红（1934·12·10）

●5-12-44-64

官威莫测，即使无论如何圆通，也难办的，因为中国的事，此退一步，而彼不进者极少，大抵反进两步，非力批其颊，彼决不止步也。我说中国人非中庸者，亦因见此等事太多之故。

书信/致曹聚仁（1935·1·17）

●5-12-44-65

譬如赛跑，至少总得有两个人，如果不许有第二人入场，则先在的一个永远是第一名，无论他怎样蹩脚。

且介亭杂文二集/非有复译不可（1935·4）

●5-12-44-66

帮朋友的忙，帮到后来，只忙了自己，这是常常要遇到的。……我的经验，是人来要我帮忙的，他用“互助论”，一到不用，或要攻击我了，就用“进化论的生存竞争说”；取去我的衣服，倘向他索还，他就说我是“个人主义”，自私自利，吝啬得很。前后一对照，真令人要笑起来，但他却一本正经，说得一点也不自愧。

书信/致萧军、萧红（1935·4·23）

●5-12-44-67

被称赞固然可以代广告，被骂也可以代广告，张扬了荣是广告，张扬了辱又何尝非广告。

且介亭杂文二集/“京派”和“海派”（1935·5·5）

●5-12-44-68

我的决心是如果有力，自己来做一点，虽然一点，究竟是一点。……总比说空话而一点不做好。

书信/致萧军（1935·6·27）

●5-12-44-69

中国的论客，论事论人，向来是极苛酷的。

书信/致萧军（1935·10·29）

●5-12-44-70

比较，是最好的事情。

且介亭杂文/关于新文字（1935·12·9）

●5-12-44-71

按：此信收信人周剑英，未详。

我的意思甚浅显：随时为大家想想，谋点利益就好。

书信/致周剑英（1935·12·14）

●5-12-44-72

“爱惜自己”当然并不是坏事情，至少，他不至于无耻，然而有些人往往误认“装点”和“遮掩”为“爱惜”。

且介亭杂文二集/“题未定”草〔八〕（1936·1–2）

●5-12-44-73

不是没有说什么不能告人的话么？如果有，既然说了，就不怕发表。

书信/致颜黎民（1936·4·15）

●5-12-44-74

有关本业的东西，是无论怎样节衣缩食也应该购买的，试看绿林强盗，怎样不惜钱财以买盒子炮，就可知道。

书信/〔鲁迅口授〕致赵家璧（1936·7·7）

●5-12-44-75

恕我直言：我觉得你所从朋友和报上得来的，多是些无关大体的无聊事，这是堕落文人的搬弄是非，只能令人变小，如果旅沪四五年，满脑不过装了这样的新闻，便只能成为像他们一样的人物，甚不值得。所以我希望你少管那些鬼鬼祟祟的文坛消息，多看译出的理论和作品。

书信/致时玳（1936·8·6）

●5-12-44-76

问题不在争口号，而在实做

且介亭杂文末编/答徐懋庸并关于抗日统一战线问题（1936·8）

●5-12-44-77

中国古人，常欲得其“全”，就是制妇女用的“乌鸡白凤丸”，也将全鸡连毛血都收在丸药里，方法固然可笑，主意却是不错的。

删夷枝叶的人，决定得不到花果。

且介亭杂文末编/“这也是生活”……（1936·9·5）

●5-12-44-78

讲演固然不妨夹着笑骂，但无聊的打诨，是非徒无益，而且有害的。

且介亭杂文末编/因太炎先生而想起的二三事（1937·3·25）

（45）社会心态与宗教现象

凡人们的言论，思想，行为，倘若自己以为不错的，就愿意天下的别人，自己的朋友都这样做。

●5-12-45-1

前曾言中国根柢全在道教，此说近颇广行。以此读史，有多种问题可迎刃而解。

书信/致许寿裳（1918·8·20）

●5-12-45-2

此间科学会开会*，南京代表云，“不宜说科学万能！”此语甚奇。不知科学本非万能乎？抑万能与否未定乎？抑确系万能而却不宜说乎？这是中国科学家。

〖释：“科学会开会”，中国科学社于1921年8月20日至31日在北京清华园举行全国科学大会。〗

书信/致周作人（1921·9·4）

●5-12-45-3

我们中国的许多人……大抵患有一种“十景病”，至少是“八景病”，沉重起来的时候大概在清朝。凡看一部县志，这一县往往有十景或八景，如“远村明月”“萧寺清钟”“古池好水”之类。

坟/再论雷峰塔的倒掉（1925·2·23）

●5-12-45-4

“十”字形的病菌，似乎已经侵入血管，流布全身……点心有十样锦，菜有十碗，音乐有十番*，阎罗有十殿，药有十全大补，猜拳有全福手福手全，连人的劣迹或罪状，宣布起来也大抵是十条，仿佛犯了九条的时候总不肯歇手。

〖释：“十番”，流行于东南沿海的十番锣鼓。〗

坟/再论雷峰塔的倒掉（1925·2·23）

●5-12-45-5

疑心将来的黄金世界里，也会有将叛徒处死刑，而大家尚以为是黄金世界的事，其大病根就在人们各各不同，不能像印版书似的每本一律。要彻底地毁坏这种大势的，就容易变成“个人的无政府主义者”……要救群众，而反被群众所迫害，终至于成了单身，忿激之余，一转而仇视一切，无论对谁都开枪，自己也归于毁灭。

两地书/北京（1925·3·18）

●5-12-45-6

茭白的心里有黑点的，我们那里称为灰茭，虽是乡下人也不愿意吃，北京却用在大酒席上。卷心白菜在北京论斤论车地卖，一到南边，便根上系着绳，倒挂在水果铺子的门前了，买时论两，或者半株，用处是放在阔气的火锅中，或者给鱼翅垫底。但假如有谁在北京特地请我吃灰茭，或北京人到南边时请他吃煮白菜，则即使不至于称为“笨伯”，也未免有些乖张罢。

华盖集续编/马上日记之二（1926·7·19/7·23）

●5-12-45-7

大概是物以希为贵罢。北京的白菜运往浙江，便用红头绳系住菜根，倒挂在水果店头，尊为“胶菜”；福建野生着的芦荟，一到北京就请进温室，且美其名曰“龙舌兰”。

朝花夕拾/藤野先生（1926·12·10）

●5-12-45-8

中国老例，无论谁，只要死了，挽联上不都

说活着的时候多么好，没有了又多么可惜么？

两地书/厦门－广州（1926·12·29）

●5-12-45-9

我对于佛教先有一种偏见，以为坚苦的小乘＊教倒是佛教，待到饮酒食肉的阔人富翁，只要吃一餐素，便可以称为居士＊，算作信徒，虽然美其名曰大乘＊，流播也更广远，然而这教却因为容易信奉，因而变为浮滑，或者竟等于零了。革命也如此的，坚苦的进击者向前进行，遗下广大的已经革命的地方，使我们可以放心歌呼，也显出革命者的色彩，其实是和革命毫不相干。这样的人们一多，革命的精神反而会从浮滑，稀薄，以至于消亡，再下去是复旧。

〖释："小乘"与"大乘"，佛教的两个宗派。"小乘"要求苦行修炼，在很大程度上保持了早期佛教的精神；"大乘"强调人皆能成佛，戒律比较松弛。/"居士"，在家修行的佛教徒。〗

集外集拾遗补编/庆祝沪宁克复的那一边（1927·5·5）

●5-12-45-10

凡人们的言论，思想，行为，倘若自己以为不错的，就愿意天下的别人，自己的朋友都这样做。

而已集/魏晋风度及文章与药及酒之关系（1927·8）

●5-12-45-11

社会上对于儿子不像父亲，称为"不肖"，以为是坏事，殊不知世上正有不愿意他的儿子像自己的父亲哩。

而已集/魏晋风度及文章与药及酒之关系（1927·8）

●5-12-45-12

偌大的中国，即使一月出几本关于宗教学的书，那里算多呢。但这些理论，此刻不适用……无论"打倒宗教"或"扶起宗教"时，都没有别人会研究。

书信/致江绍原（1927·11·20）

●5-12-45-13

大约人们一遇到不大看惯的东西，总不免以为他古怪。

而已集/略论中国人的脸（1927·11·25）

●5-12-45-14

人们一死，讣文上即都是第一等好人。

而已集/谈所谓"大内档案"（1928·1·28）

●5-12-45-15

败落大户家里的一堆废纸，说好也行，说无用也行的。因为是废纸，所以无用；因为是败落大户家里的，所以也许夹些好东西。况且这所谓好与不好，也因人的看法而不同，我的寓所近旁的一个垃圾箱，里面都是住户所弃的无用的东西，但我看见早上总有几个背着竹篮的人，从那里面一片一片，一块一块，检了什么东西去了，还有用。更何况现在的时候，皇帝也还尊贵，只要在"大内"里放几天，或者带一个"宫"字，就容易使人另眼相看的，这真是说也不信，虽然在民国。

而已集/谈所谓"大内档案"（1928·1·28）

●5-12-45-16

释迦牟尼出世以后，割肉喂鹰，投身饲虎的是小乘，渺渺茫茫地说教的倒算是大乘，总是发达起来……

三闲集/叶永蓁作《小小十年》小引（1929·8·15）

●5-12-45-17

此次回教徒之大举请愿＊，有否他故，所不敢知。其实自清朝以来，冲突本不息止，新甘二省，或至流血，汉人又油腔滑调，喜以秽语诬人，及遇寻仇，则延颈受戮，甚可叹也。北新所出小册子，弟尚未见，要之此种无实之言，本不当宣传，既启回民之愤怒，又导汉人之轻薄，彼局有编辑四五人，而悠悠忽忽，漫不经心，视一切事如儿戏，其误一也。及被回人代表诘责，弟以为惟有直捷爽快，自认失察，焚弃存书，登报道歉耳。而彼局又延宕数日（有事置之不理，是北新老手段，弟前年之几与涉讼，即为此)，迨遭重创，始于报上登载启事*，其误二也。

〖释："此次回教徒之大举请愿"，1932年上海北新书局出版《小猪八戒》一书，激起上海、北平等地回教徒的示威和请愿，于10月、11月达到高潮。北新书局一度被封。/"彼局……于报上登载启事"，1932年11月10日上海《申报》登载《北新书局李志云对全体回教诸君声明》。〗

书信/致许寿裳（1932·11·3）

●5-12-45-18

许多人的随便的哄笑，是一枝白粉笔，它能够将粉涂在对手的鼻子上，使他的话好像小丑的打诨。

南腔北调集/"连环图画"的辩护（1932·11·15）

●5-12-45-19

此次南来时，适与护教团*代表同车，见送者数百人，气势甚盛，然则此事似尚未了……

〖释："护教团"，指自南京返沪的回教徒请愿代表。〗

书信/致许寿裳（1932·12·2）

●5-12-45-20

每当历代势衰，回教徒必有动作，史实如此，原因甚深，现今仅其发端，窃疑将来必有更巨于此者也。

书信/致许寿裳（1932·12·2）

●5-12-45-21

阿剌伯人攻陷亚历山德府*的时候，就烧掉了那里的图书馆，那理论是：如果那些书籍所讲的道理，和《可兰经》*相同，则已有《可兰经》，无须留了；倘使不同，则是异端，不该留了。

〖释："阿剌伯人攻陷亚历山德府"，"亚历山德"即亚历山大，埃及最大的海港城市，在埃及托勒密王朝时期（前305－前30）是地中海东部政治、经济和文化的中心。该城图书馆藏书甚丰，公元前48年罗马人入侵时被焚烧过半；残存部分，于公元641年阿拉伯人攻陷该城时被焚尽。/《可兰经》，又译《古兰经》，伊斯兰教经典。共三十卷，是该教创立者穆罕默德的言行录，后人整理成册传世。〗

准风月谈/华德焚书异同论（1933·7·1）

●5-12-45-22

耶稣教传入中国，教徒自以为信教，而教外的小百姓却都叫他们是"吃教"的。这两个字，真是提出了教徒的"精神"，也可以包括大多数的儒释道教之流的信者……

准风月谈/吃教（1933·9·29）

●5-12-45-23

骆宾王*作《讨武曌檄》，那"入宫见嫉，蛾眉不肯让人，掩袖工谗，狐媚偏能惑主"这几句，恐怕是很费了点心机的了，但相传武后看到这里，不过微微一笑。是的，如此而已，又怎样呢？……我想假使当时骆宾王站在大众之前，只是攒眉摇头，连称"坏极坏极"，却不说出其所谓坏的实例，恐怕那效力会在文章之上的罢。

〖释：骆宾王（约640－?），义乌（今属浙江）人，唐代诗人。曾随徐敬业起兵反对武则天。其《代徐敬业讨武曌檄》，据《新唐书·骆宾王传》："后读，但嘻笑"。〗

南腔北调集/捣鬼心传（1934·1·15）

●5-12-45-24

这些东西*，都是为了弄清事物的。可见中国的邪鬼，非常害怕明确，喜欢含混。

〖释："这些东西"，指中国幼儿"避邪"物上的浮雕饰、算盘、笔砚、剪、尺、历书、天平等。〗

书信/致〈日〉增田涉〔译文〕（1934·2·27）

●5-12-45-25

不错，中国也有过讴歌了元和清的人们，但那是感谢火神之类，并非连心也全被征服了的证据。如果给与一个暗示，说是倘不讴歌，便将更加虐待，那么，即使加以或一程度的虐待，也还可以使人们来讴歌。

且介亭杂文/关于中国的两三件事（日文 1934·3）

●5-12-45-26

对于慈善者，人道主义者，也早有人揭穿了他们不过用同情或财力，买得心的平安。这自然是对的。但倘非战士，而只劫取一个理由来自掩他的冷酷，那就是用一毛不拔，买得心的平安了，他是不化本钱的买卖。

集外集拾遗/《解放了的堂·吉诃德》后记（1934·4）

●5-12-45-27

人间世事，恨和尚往往就恨袈裟。

花边文学/一思而行（1934·5·17）

●5-12-45-28

中国人一向喜欢造些和大人物相关的名胜，石门有“子路止宿处”*，泰山上有“孔子小天下处”*；一个小山洞，是埋着大禹*，几堆大土堆，便葬着文武和周公*。

〖释：“子路止宿处”，《论语·宪问》中载有“子路宿于石门”的话，后人就在山西平定附近石门地方建立“子路止宿处”石碑；但据《论语》汉代郑玄注：“石门，鲁城外门也。”/“孔子小天下处”，《孟子·尽心》有“孔子登东山而小鲁，登太山而小天下”的话。后人便在泰山顶上竖起“孔子小天下处”石碑。/“一个小山洞埋着大禹”，指浙江绍兴城南会稽山麓的禹穴。/“几堆大土堆葬着文武和周公”，文武周公墓，过去传说在陕西咸阳城西北。但唐代萧德言等撰写的《括地》志则断言，文武墓都“在雍州万年县（今陕西临潼渭水北）西南二十八里原上”。并认为在咸阳西北十四里的是秦惠文王陵，在咸阳西十里的是秦悼武王陵，“俗名周武王陵，非也。”〗

花边文学/清明时节（1934·5·24）

●5-12-45-29

中国老例，一死是常常能够增价的

花边文学/玩笑只当它玩笑〔上〕（1934·7·25）

●5-12-45-30

谁都要“面子”……好像只要和普通有些不同便是“有面子”，而自己成了什么，却可以完全不管。这类脾气，是“绅商”也不免发露的：袁世凯将要称帝的时候，有人以列名于劝进表中为“有面子”；有一国从青岛撤兵*的时候，有人以列名于万民伞上为“有面子”。

〖释：“有一国从青岛撤兵”，指 1922 年 12 月日本撤走侵占青岛的军队。〗

且介亭杂文/说“面子”（1934·10）

●5-12-45-31

长谷川如是闲*说“盗泉”*云：“古之君子，恶其名而不饮，今之君子，改其名而饮之。”也说穿了“今之君子”的“面子”的秘密。

〖释：长谷川如是闲（1875－1969），日本评论家。/“古之君子……”，语出《尸子》（清代章宗源辑本）卷下：“孔子……过于盗泉，渴矣而不饮，恶其名也。”据《水经注》，盗泉出卞（今山东泗水县东）东北卞山之阴。〗

且介亭杂文/说“面子”（1934·10）

●5-12-45-32

宗教战争是向来没有的，从北魏到唐末的佛道二教的此仆彼起，是只靠几个人在皇帝耳朵边的甘言蜜语。

且介亭杂文/运命（1934·11·20）

●5-12-45-33

我以为信运命的中国人而又相信运命可以转移，却是值得乐观的。

后来的讼师，写状之际，还常常给被告加上一个评名，以见他原是流氓地痞一类，然而不久也就拆穿西洋镜，即使毫无才能的师爷，也知道这是不足注意的了。

且介亭杂文二集/五论“文人相轻”——明术（1935·9）

●5-12-45-34

试看路上两人相打，他们何尝没有是非曲直之分，但旁观者往往只觉得有趣；就是绑出法场去，也是不问罪状，单看热闹的居多。

且介亭杂文二集/七论“文人相轻”——两伤（1935·10）

●5-12-45-35

过年本来没有什么深意义，随便那天都好，明年的元旦，决不会和今年的除夕就不同，不过给人事借此时时算有一个段落，结束一点事情，倒也便利的。

且介亭杂文二集/序言（1935·12·31）

●5-12-45-36

一个人的言行，总有一部分愿意别人知道，或者不妨给别人知道，但有一部分却不然。然而一个人的脾气，又偏爱知道别人不肯给人知道的一部分……

且介亭杂文二集/孔另境编《当代文人尺牍钞》序（1936·5）

（46）人生百态

丑态，我说，倒还没有什么丢人，丑态而蒙着公正的皮，这才催人呕吐。

●5-12-46-1

世上固多爱国者，但也羼着些爱亡国者。爱国者虽偶然怀旧，却专重在现世以及将来。爱亡国者便只是悲叹那过去，而且称赞着所以亡的病根。

〔原未发表〕/随感录（1918·4–1919·4）

●5-12-46-2

人们因为能忘却，所以自己能渐渐地脱离了受过的苦痛，也因为能忘却，所以往往照样地再犯前人的错误。被虐待的儿媳做了婆婆，仍然虐待儿媳；嫌恶学生的官吏，每是先前痛骂官吏的学生；现在压迫子女的，有时也就是十年前的家庭革命者。这也许与年龄和地位都有关系罢，但记性不佳也是一个很大的原因。

坟/娜拉走后怎样（1924·6）

●5-12-46-3

伶俐人叹“人心不古”时，大抵是他的巧计失败了；但老太爷叹“人心不古”时，则无非因为受了儿子或姨太太的气。

集外集/烽话五则（1924·11·24）

●5-12-46-4

勇者愤怒，抽刃向更强者；怯者愤怒，却抽刃向更弱者。

华盖集/杂感（1925·5·8）

●5-12-46-5

天下之人，其实真发酒疯者，有几何哉，十之九是装出来的。但使人敢于装，或者也是酒的力量罢。然而世人之装醉发疯，大半又由于倚赖性，因为一切过失，可以归罪于醉，自己不负责任，所以虽醒而装起来。

两地书/北京（1925·6·28）

●5-12-46-6

相传曾经有一个人，一向就以“万物不得其所”为宗旨的，平生只有一个大愿，就是愿中国人都死完，但要留下他自己，还有一个女人和一个卖食物的。

华盖集/并非闲话〔二〕（1925·9·25）

●5-12-46-7

丑态，我说，倒还没有什么丢人，丑态而蒙着公正的皮，这才催人呕吐。

华盖集/答KS君（1925·8·28）

●5-12-46-8

我有时也偶然去散步，在丛葬中，这是Borel＊讲厦门的书上早就说过的：中国全国就是一个大墓场。墓碑文很多不通：有写先妣某而没有儿子的姓名的；有头上横写着地名的；还有刻着“敬惜字纸”四字的，不知道叫谁敬惜字纸。这些不通，就因为读了书之故。假如问一个不识字的人，坟里的人是谁，他道父亲；再问他什么名字，他说张二；再问他自己叫什么，他说张三。照直写下来，那就清清楚楚了。而写碑的人偏要舞文弄墨，所以反而越舞越胡涂，他不知道研究“金石例”*的，从元朝到清朝就终于没有了局。

〖释：Borel，亨利·包立尔，荷兰人。清末曾在中国居住多年。/“金石例”，墓志碑文的写作体例。〗

华盖集续编/厦门通信（1926·12）

●5-12-46-9

尼采先生说过，大毒使人死，小毒是使人舒服的。最无聊的倒是缠不清。

集外集拾遗补编/新的世故（1927·1·15）

●5-12-46-10

我常叹新官僚不比旧官僚好，旧者如破落户，新者如暴发户，倘若我们去当听差，一定是破落户子弟容易侍侯，若遇暴发户子弟，则贱相未脱而遽大摆其架子，其蠢臭何可向迩哉。

书信/致章廷谦（1927·7·28）

●5-12-46-11

曾经阔气的要复古，正在阔气的要保持现状，未曾阔气的要革新。

大抵如是。大抵！

而已集/小杂感（1927·12·17）

●5-12-46-12

按：此信收信人张孟闻，笔名西屏，浙江宁波人。当时是宁波浙江省立第四中学和驿亭私立春晖中学教师。

我们所认为在崇拜偶像者，其中的有一部分其实并不然，他本人原不信偶像，不过将这来做傀儡罢了。和尚喝酒养婆娘，他最不信天堂地狱。巫师对人见神见鬼，但神鬼是怎样的东西，他自己的心里是明白的。

集外集拾遗补编/通信〔复张孟闻〕（1928·4·23）

●5-12-46-13

前清的“奉旨申斥”……是帝制时代的事。一个官员犯了过失了，便叫他跪在一个什么门外面，皇帝差一个太监来斥骂。这时须得用一点化费，那么，骂几句就完；倘若不用，他便从祖宗一直骂到子孙。这算是皇帝在骂，然而谁能去问皇帝，问他究竟可是要这样地骂呢？

三闲集/现今的新文学的概观（1929·4·25）

●5-12-46-14

人必有所缺，这才想起他所需。穷教员养不活老婆了，于是觉到女子自食其力说之合理，并且附带地向男女平权论点头；富翁胖到要发哮喘病了，才去打高而富球，从此主张运动的紧要。我们平时，是决不记得自己有一个头，或一个肚子，应该加以优待的，然而一旦头痛肚泻，这才记起了他们，并且大有休息要紧，饮食小心的议论。

南腔北调集/由中国女人的脚，推定中国人之非中庸，又由此推定孔夫子有胃病（1933·3·16）

●5-12-46-15

中华也是诞生细针密缕人物的所在，有时真能够想得入微，例如今年北平社会局呈请市政府查禁女人养雄犬文*云：

……查雌女雄犬相处，非仅有碍健康，更易发生无耻秽闻，揆之我国礼义之邦，亦为习俗所不许，谨特通令严禁，除门犬猎犬外，凡妇女带养之雄犬，斩之无赦，以为取缔。

……不但“雌女”难以蓄犬，连“雄犬”也将砍头。这影响于叭儿狗，是很大的。由保存自己的本能，和应时势之需要，它必将变成“门犬猎犬”模样。

〖释：“呈请市政府查禁女人养雄犬文”，这段引文转引自《论语》半月刊第十八期（1933年6

月1日)“古香斋”栏。该栏是《论语》自第四期开辟的一个栏目，专门刊载当时各地记述荒谬事件的新闻和文字。〗

——准风月谈/华德保粹优劣论（1933·7·2）

●5-12-46-16

这故作豪语的脾气，正不独文人为然，常人或市侩，也非常发达。市上甲乙打架，输的大抵说：“我认得你的!”这是说，他将如伍子胥一般，誓必复仇的意思＊。不过总是不来的居多，倘是智识分子呢，也许另用一些阴谋，但在粗人，往往这就是斗争的结局，说的是有口无心，听的也不以为意，久成为打架收场的一种仪式了。

〖释：伍子胥誓必复仇，伍子胥，见3-7-32-73条释。他本为楚国人，因楚平王杀了他的父亲，伍奢和哥哥伍尚逃到吴国，协助阖闾夺取王位，并伐楚，攻破楚都郢，掘平王墓，鞭尸三百以复仇。〗

准风月谈/豪语的折扣（1933·8·8）

●5-12-46-17

爬是自古有之。例如从童生到状元，从小瘪三到康白度『注：即“买办”』。撞却似乎是近代的发明。要考据起来，恐怕只有古时候“小姐抛彩球”有点像给人撞的办法。……

爬得上的机会越少，愿意撞的人就越多，那些早已爬在上面的人们，就天天替你们制造撞的机会，叫你们化些小本钱，而豫约着你们名利双收的神仙生活。所以撞得好的机会，虽然比爬得上的还要少的多，而大家都愿意来试试的。这样，爬了来撞，撞不着再爬……鞠躬尽瘁，死而后已。

准风月谈/爬和撞（1933·8·23）

●5-12-46-18

一试验，如果有名无实，是往往不免灰心的，例如现在已经很少有人修仙或炼金，而代以洗温泉和买奖券，便是试验无效的结果。

花边文学/零食（1934·6·16）

●5-12-46-19

广东举人多得很，为什么康有为独独那么有名呢，因为他是公车上书的头儿，戊戌政变的主角，趋时；留英学生也不希罕，严复的姓名还没有消失，就在他先前认真的译过好几部鬼子书，趋时；清末，治朴学的不止太炎先生一个人，而他的声名，远在孙诒让之上者，其实是为了他提倡种族革命，趋时，而且还“造反”。后来“时”也“趋”了过来，他们就成为活的纯正的先贤。但是，晦气也夹屁股跟到，康有为永定为复辟的祖师，袁皇帝要严复劝进，孙传芳大帅也来请太炎先生投壶了。原是拉车前进的好身手，腿肚大，臂膊也粗，这回还是请他拉，拉还是拉，然而是拉车屁股向后，这里只好用古文，“呜呼哀哉，尚飨”了。

花边文学/趋时和复古（1934·8·15）

●5-12-46-20

人们遇到要主持自己的主张的时候，有时会用一枝粉笔去搪对手的脸，想把他弄成丑角模样，来衬托自己是正生。但那结果，却常常适得其反。

花边文学/“大雪纷飞”（1934·8·24）

●5-12-46-21

“丢脸”之道，则因人而不同，例如车夫坐在路边赤膊捉虱子，并不算什么，富家姑爷坐在路边赤膊捉虱子，才成为“丢脸”。但车夫也并非没有脸，不过这时不算“丢”，要给老婆踢了一脚，就躺倒哭起来，这才成为他的“丢脸”。这一条“丢脸”律，是也适用于上等人的。这样看来，“丢脸”的机会，似乎上等人比较的多，但也不一定，例如车夫偷一个钱袋，被人发见，是失了面子的，而上等人大捞一批金珠珍玩，却仿佛也不见得怎样“丢脸”，况且还有“出洋考察”，是改头换面的良方。

且介亭杂文/说“面子”（1934·10）

●5-12-46-22

大愿，原是每个人都有的，……他们中最特

别的有两位：一位愿天下的人都死掉，只剩下他自己和一个好看的姑娘，还有一个卖大饼的；另一位是愿秋天薄暮，吐半口血，两个侍儿扶着，恹恹的到阶前去看秋海棠。……“吐半口血”，就有很大的道理。才子本来多病，但要“多”，就不能重，假使一吐就是一碗或几升，一个人的血，能有几回好吐呢？

且介亭杂文/病后杂谈（1935·2）

●5-12-46-23

“人言可畏”是电影明星阮玲玉＊自杀之后，发见于她的遗书中的话。这哄动一时的事件，经过了一通空论，已经渐渐冷落了，只要《玲玉香消记》一停演，就如去年的艾霞自杀＊事件一样，完全烟消火灭。她们的死，不过像在无边的人海里添了几粒盐，虽然使扯淡的嘴巴们觉得有些味道，但不久也还是淡，淡，淡。

〖释：阮玲玉，见5-12-42-54条释。/“艾霞自杀”，艾霞是当时一位女电影演员，1934年2月间自杀。〗

且介亭杂文二集/论“人言可畏”（1935·5·20）

●5-12-46-24

小市民总爱听人们的丑闻，尤其是有些熟识的人的丑闻。上海的街头巷尾的老虔婆，一知道近邻的阿二嫂家有野男人出入，津津乐道，但如果对她讲甘肃的谁在偷汉，新疆的谁在再嫁，她就不要听了。阮玲玉正在现身银幕，是一个大家认识的人，因此她更是给报章凑热闹的好材料，至少也可以增加一点销场。读者看了这些，有的想：“我虽然没有阮玲玉那么漂亮，却比她正经”；有的想：“我虽然不及阮玲玉的有本领，却比她出身高”；连自杀了之后，也还可以想：“我虽然没有阮玲玉的技艺，却比她有勇气，因为我没有自杀”。化几个铜元就发见了自己的优胜，那当然是很上算的。但靠演艺为生的人，一遇到公众发生了上述的前两种的感想，她就够走到末路了。

且介亭杂文二集/论“人言可畏”（1935·5·20）

●5-12-46-25

“必也正名乎”＊，好名目当然也好得很。只可惜美名未必一定包着美德。“翻手为云覆手雨，纷纷轻薄何须数，君不见管鲍贫时交＊，此道今人弃如土！”这是李太白先生罢，就早已感慨系之矣，更何况现在这洋场——古名“彝场”——的上海。

〖释：“必也正名乎”，语出《论语·子路》。/“君不见管鲍贫时交”句，出杜甫《贫交行》诗。“管鲍”，春秋时齐国人管仲和鲍叔牙，历来被认为是友人间情深谊长的典范。〗

且介亭杂文二集/四论“文人相轻”（1935·9）

●5-12-46-26

在中国的社会上，“卖老”的真也特别多。女人会穿针，有什么希奇呢，一到一百多岁，就可以开大会，穿给大家看＊……使街头巷尾弄得闹嚷嚷。然而呀了，这其实是为了奉旨旌表的缘故，如果一个十六七岁的漂亮姑娘登台穿起针来，看的人也决不会少的。

〖释：“一百多岁……穿给大家看”，1934年2月15日，广州市长刘纪文请了八十岁以上老人二百多位开“耆英会”，其中一位据说一百零六岁老人张苏氏尚能穿针。〗

且介亭杂文二集/六论“文人相轻”——二卖（1935·10）

●5-12-46-27

我这里也偶有人寄骂我的文章来，久不答，他便焦急的问人道：他为什么还不回骂呢？盖“名利双收”之法，颇有多种。不过虽有弊，却亦有利，此类英雄，被骂之后，于他有益，但于读者也有益＝于他又有损，因为气焰究竟要衰一点，而有些读者，也因此看见那狐狸尾巴也。

书信/致王冶秋（1935·12·24）

---

(47) 地域风俗

据我所见，北人的优点是厚重，南人的优点是机灵。但厚重之弊也愚，机灵之

弊也狡

●5-12-47-1

世之论客，好言南北之别，其实同是中国人，脾气无甚大异也。

书信/致宋崇义（1920·5·4）

●5-12-47-2

有人初到北京＊的，不久便说：我似乎住在沙漠里了。

是的，沙漠在这里。

没有花，没有诗，没有光，没有热。没有艺术，而且没有趣味，而且没有好奇心。

沉重的沙……

〖释："有人初到北京"，指俄国盲诗人爱罗先珂。〗

热风/为"俄国歌舞团"（1922·4·9）

●5-12-47-3

我可是觉得在北京仿佛没有春和秋。老于北京的人说，地气北转了，这里在先是没有这么和暖。只是我总以为没有春和秋；冬末和夏初衔接起来，夏才去，冬又开始了。

呐喊/鸭的喜剧（1922·12）

●5-12-47-4

活在沙漠似的北京城里，枯燥当然是枯燥的，但偶然看看世态，除了百物昂贵之外，究竟还是五花八门，创造艺术的也有，制造流言的也有，肉麻的也有，有趣的也有……这大概就是北京之所以为北京的缘故，也就是人们总还要奔凑聚集的缘故。

华盖集续编/有趣的消息（1926·1·19）

●5-12-47-5

北京倒是不大禁锢妇女，走在外面，也不很加侮蔑的地方，但这和我们的古哲和今贤之意相左，或者这种风气，倒是满洲人输入的罢。满洲人曾经做过我们的圣上，那习俗也应该遵从的。

坟/坚壁清野主义（1926·1）

●5-12-47-6

我看看各处的情形，觉得北京倒不坏，所以下半年也许回京去。

书信/致李霁野（1927·6·30）

●5-12-47-7

在黄埃漫天的人间，一切都成土色，人于是和天然争斗，深红和绀碧的栋宇，白石的栏杆，金的佛像，肥厚的棉袄，紫糖色脸，深而多的脸上的皱纹……

三闲集/看司徒乔君的画（1928·4·2）

●5-12-47-8

北京已非善地，可以不去，以暂且不去为是。倘长此以往，恐怕要日见其荒凉，四五年后，必如河南山东一样，不能居住矣。近日之车夫大闹＊，其实便是失业者大闹，其流为土匪，只差时日矣。

〖释："车夫大闹"，指1929年10月22日，北平人力车夫数千人暴动，捣毁电车。遭残酷镇压。〗

书信/致章廷谦（1929·11·8）

●5-12-47-9

北京环境与上海不同，遍地是古董，所以西人除研究这些东西之外，就只好赏鉴中国人物之工贱而价廉了。人民是一向很沈静的，什么传单撒下来都可以，但心里也有一个主意，是给他们回复老样子，或至少维持现状。

书信/致姚克（1933·10·2）

●5-12-47-10

先生在北平住了这许多天了，明白了南北情形之不同了罢，我想，这地方，就是换了旗子，人民是不会愤慨的，他们和满洲人关系太深，太好了。

书信/致姚克（1933·10·2）

●5-12-47-11

北平原是帝都，只要有权者一提倡“惰气”，一切就很容易趋于“无聊”的，盖不独报纸为然也。这里也一样。

书信/致姚克（1934·8·31）

●5-12-47-12

中国乡村和小城市，现在恐无可去之处，我还是喜欢北京，单是那一个图书馆，就可以给我许多便利。

书信/致杨霁云（1934·12·18）

●5-12-47-13

先生如离开北平，亦大可惜，因北平究为文化旧都，继古开今之事，尚大有可为者在。

书信/致郑振铎（1935·1·9）

●5-12-47-14

我也住过十七年，很喜欢北平。现在是走开了十年了，也想去看看……

书信/致颜黎民（1936·4·2）

※　※　※

●5-12-47-15

上海人惯于用商人眼光看人。

书信/致廖立峨（1927·10·21）

●5-12-47-16

现在每月须吃海潮灌在水中的自来水一回，做菜无须再加盐料。今日上半天无水，下午有了，而夜间电灯之光，已不及一支洋蜡烛矣。

书信/致章廷谦（1929·3·15）

●5-12-47-17

上海的市民是在看《开天辟地》（现在已到“尧皇出世”了）和《封神榜》这些旧戏，新戏有《黄慧如产后血崩》（你看怪不怪?），有些文学家是在讲革命文学。

书信/致韦素园（1929·3·22）

●5-12-47-18

上海到处都是商人气（北新也大为商业化了），住得真不舒服，但北京也是畏途，现在似乎是非很多，我能否以著书生活，恐怕也是一个疑问，北返否只能将来再看了。

书信/致李霁野（1929·8·20）

●5-12-47-19

沪上人心，往往幸灾乐祸。冀人之危，以为谈助。

书信/致李秉中（1931·2·4）

●5-12-47-20

沪上实危地，杀机甚多，商业之种类又甚多，人头亦系货色之一，贩此为活者，实繁有徒，幸存者大抵偶然耳。

书信/致台静农（1932·6·5）

●5-12-47-21

要将上海的所谓“白相”，改作普通话，只好是“玩耍”；至于“吃白相饭”，那恐怕还是用文言译作“不务正业，游荡为生”，对于外乡人可以比较的明白些。

游荡可以为生，是很奇怪的。然而在上海问一个男人，或向一个女人问她的丈夫的职业的时候，有时会遇到极直截的回答道：“吃白相饭的。”

听的也并不觉得奇怪，如同听到了说“教书”，“做工”一样。倘说是“没有什么职业”，他倒会有些不放心了。

“吃白相饭”在上海是这么一种光明正大的职业。

准风月谈/“吃白相饭”（1933·6·29）

●5-12-47-22

“白相”可以吃饭，劳动的自然就要饿肚，明明白白，然而人们也不以为奇。

但“吃白相饭”朋友倒自有其可敬的地方，因为他还直直落落的告诉人们说，“吃白相饭的!”

准风月谈/“吃白相饭”（1933·6·29）

●5-12-47-23

上海原是中国的一部分，当然受着孔子的教化的。便是商家，柜内的“不二价”的金字招牌也时时和屋外的“大廉价”的大旗互相辉映，不过他总有一个缘故：不是提倡国货，就是纪念开张。

准风月谈/豪语的折扣（1933·8·8）

●5-12-47-24

“推”还要抬一抬手，对付下等人是犯不着如此费事的，于是乎有“踢”。而上海也真有“踢”的专家，有印度巡捕，有安南『注：越南旧称』巡捕，现在还添了白俄巡捕，他们将沙皇时代对犹太人的手段，到我们这里来施展了。

准风月谈/踢（1933·8·13）

●5-12-47-25

在上海，五步一咖啡馆，十步一照相馆，真是讨厌的地方。

书信/致〈日〉增田涉〔译文〕（1933·10·7）

●5-12-47-26

《季刊》＊中多关于旧文学之论文，亦很好，此中论文，上海是不会有的，因为非读书之地。我居此五年，亦自觉心粗气浮，颇难救药……

〖释：《季刊》，指《文学季刊》。郑振铎、章靳以。存在于1934年1月－1935年12月。〗

书信/致郑振铎（1933·10·27）

●5-12-47-27

居上海久，眼睛也渐渐市侩化，不辨好坏起来

书信/致郑振铎（1933·11·11）

●5-12-47-28

上海的空气真坏，不宜于卫生，但此外也无可住之处，山巅海滨，是极好的，而非富翁无力住，所以虽然要缩短寿命，也还只得在这里混一下了。

书信/致王志之（1934·5·24）

●5-12-47-29

上海的文场，正如商场，也是你枪我刀的世界，倘不是有流氓手段，除受伤以外，并不会落得什么。

书信/致徐懋庸（1934·9·20）

●5-12-47-30

上海实在不是好地方，固然不必把人们都看成虎狼，但也切不可一下子就推心置腹。

书信/致萧军、萧红（1934·11·12）

●5-12-47-31

生长在北方的人，住上海真难惯，不但房子像鸽子笼，而且笼子的租价也真贵，真是连吸空气也要钱，古人说，水和空气，大家都有份，这话是不对的。

书信/致萧军、萧红（1934·11·17）

●5-12-47-32

上海多琐事，亦殊非好住处也。

书信/致许寿裳（1934·11·27）

●5-12-47-33

我到上海后，即做不出小说来，而上海这地方，真也不能叫人和他亲热。

书信/致萧军、萧红（1934·12·6）

●5-12-47-34

我最讨厌江南才子，扭扭捏捏，没有人气，不像人样，现在虽然大抵改穿洋服了，内容也并不两样。其实上海本地人倒并不坏的，只是各处坏种，多跑到上海来作恶，所以上海便成为下流之地了。

书信/致萧军、萧红（1934·12·26）

●5-12-47-35

我生在乡下，住了北京，看惯广大的土地了，初到上海，真如被装进鸽子笼一样，两三年才

习惯。

书信/致萧军、萧红（1935・1・4）

●5-12-47-36

上海真是流氓世界，我的收入，几乎被不知道什么人的选本和翻板剥削完了。然而什么法子也没有。

书信/致曹靖华（1936・3・24）

●5-12-47-37

上海总有这么一伙人，一遇到发生什么事，便立刻想利用来为自己打算……

书信/致〈日〉增田涉〔译文〕（1936・9・15）

※　※　※

●5-12-47-38

凡有一处地方，如果出了文人学者或名流，他将笔头一扭，就很容易变成“模范县”*。我的故乡，在汉末虽曾经虞仲翔*先生揄扬过，但是那究竟太早了，后来到底免不了产生所谓“绍兴师爷”，不过也并非男女老少全是“绍兴师爷”，别的“下等人”也不少。

〖释：“模范县”，陈西滢是无锡人，他在1925年8月的一篇文章中将无锡说成“模范县”。/虞仲翔（164－233），经学家；《三国志》上有他颂扬会稽（绍兴）的话。〗

朝花夕拾/无常（1926・7・10）

●5-12-47-39

对于绍兴，陈源教授所憎恶的是“师爷”和“刀笔吏的笔尖”，我所憎恶的是饭菜。《嘉泰会稽志》『注：地方志，宋代施宿撰』已在石印了，但还未出版，我将来很想查一查，究竟绍兴遇着过多少回大饥馑，竟这样地吓怕了居民，仿佛明天便要到世界末日似的，专喜欢储藏干物品。有菜，就晒干；有鱼，也晒干；有豆，又晒干；有笋，又晒得它不像样；菱角是以富于水分，肉嫩而脆为特色的，也还要将它风干……。听说探险北极的人，因为只吃罐头食物，得不到新东西，常常要生坏血病；倘若绍兴人肯带了干菜之类去探险，恐怕可以走得更远一点罢。

华盖集续编/马上支日记（1926・7・12）

●5-12-47-40

浙江是只能如此的，不能有更好之事，我从钱武肃王*的时代起，就灰心了……

〖释：钱武肃王，即钱镠（852－932）。见3-7-32-73条释。〗

书信/致章廷谦（1927・7・17）

●5-12-47-41

绍原似颇嫌广大『注：广东大学，即中山大学』，但我以为浙更无聊。所谓研究院*者，将来当并“自然科学”而无之……至于浙之大学，恕我直言，骗局而已，即当事诸公，请他们问问自己，岂但毫无把握，可曾当作一件事乎?

〖释：“研究院”，指当时正在筹办的浙江大学研究院。〗

书信/致章廷谦（1927・7・17）

●5-12-47-42

夫浙江之不能容纳人才，由来久矣，现今在外面混混的人，那一个不是曾被本省赶出? 我想，便是茭白*之流，也不会久的，将一批一批地挤出去，终于止留下旧日的地头蛇。

〖释：茭白，指蒋梦麟（1886－1964），浙江余姚人。时任浙江省教育厅首任厅长。按“蒋”字本义为茭白。〗

书信/致章廷谦（1927・7・28）

●5-12-47-43

中国士大夫之好行小巧，真应“大发感慨”，明即以此亡。而江浙尤为此种小巧渊薮。

书信/致江绍原（1927・8・2）

●5-12-47-44

江浙是不能容人才的，三国时孙氏即如此，我们只要将吴魏人才一比，即可知……广东还有点蛮气，较好。

书信/致章廷谦（1927·8·8）

●5-12-47-45

杭州和北京比起来，以气候与人情而论，是京好。

书信/致章廷谦（1930·5·24）

●5-12-47-46

中国人里，杭州人是比较的文弱的人。当钱大王＊治世的时候，人民被刮得衣裤全无，只用一片瓦掩着下部，然而还要追捐，除被打得鹿一般叫之外，并无贰话。不过这出于宋人的笔记，是谣言也说不定的。但宋明的末代皇帝，带着没落的阔人，和暮气一同滔滔的逃到杭州来，却是事实，苟延残喘，要大家有刚决的气魄，难不难。到现在，西子湖边还多是摇摇摆摆的雅人；连流氓也少有浙东似的“白刀子进红刀子出”的打架。自然，倘有军阀做着后盾，那是也会格外的撒泼的，不过当时实在并无敢于杀人的风气，也没有乐于杀人的人们。我们只要看举了老成持重的汤蛰仙＊先生做都督，就可以知道是不会流血的了。

〖释：钱大王，即钱镠，五代时后梁开平元年（907）年封吴越王。/汤蛰仙（1857－1917），清末官僚，辛亥革命后被举为浙江军政府都督。〗

南腔北调集/谣言世家（1933·11·15）

●5-12-47-47

江浙人相信风水，富翁往往豫先寻葬地；乡下人知道一个故事：有风水先生给人寻好了坟穴起誓道：“您百年之后，安葬下去，如果到第三代不发，请打我的嘴巴！”

且介亭杂文二集/“题未定”草〔五〕（1935·10·5）

※　※　※

●5-12-47-48

广东人的迷信似乎确也很不小，走过上海五方杂处的衖堂，只要看毕毕剥剥在那里放鞭炮的，大门外的地上点着香烛的，十之九总是广东人，这很可以使新党叹气。

花边文学/《如此广州》读后感（1934·2·7）

●5-12-47-49

广州究竟是中国的一部分，虽然奇异的花果，特别的语言，可以淆乱游子的耳目，但实际是和我所走过的别处都差不多的。倘说中国是一幅画出的不类人间的图，则各省的图样实无不同，差异的只在所用的颜色。黄河以北的几省，是黄色和灰色画的，江浙是淡墨和淡绿，厦门是淡红和灰色，广州是深绿和深红。

三闲集/在钟楼上〔夜记之二〕（1927·12·17）

●5-12-47-50

在一处演讲时，我说广州的人民并无力量，所以这里可以做“革命的策源地”，也可以做反革命的策源地……当译成广东话时，我觉得这几句话似乎被删掉了。给一处做文章＊时，我说青天白日旗插远去，信徒一定加多。但有如大乘佛教一般，待到居士也算佛子的时候，往往戒律荡然，不知道是佛教的弘通，还是佛教的败坏？……然而终于没有印出，不知所往了……。

〖释：“给一处做文章”，指《庆祝沪宁克服的那一边》。载1927年5月5日《国民新闻》副刊《新出路》，现收入《集外集拾遗补编》。〗

三闲集/在钟楼上〔夜记之二〕（1927·12·17）

●5-12-47-51

《如此广州》＊，引据那边的报章，记店家做起玄坛＊和李逵的大像来，眼睛里嵌上电灯，以镇压对面的老虎招牌，真写得有声有色。……其实，中国人谁没有迷信，只是那迷信迷得没出息了，所以别人倒不注意。譬如罢，对面有了老虎招牌，大抵的店家，是总要不舒服的。不过，倘在江浙，恐怕就不肯这样的出死力来斗争，他们只会化一个铜元买一条红纸，写上“姜太公＊在此百无禁忌”或“泰山石敢当”＊，悄悄的贴起来，就如此的安身立命。迷信还是迷信，但迷得多少小家子相，毫无生气，奄奄一息，……

〖释：《如此广州》，发表于1934年1月29日《申报·自由谈》，署名味荔。/“玄坛”，迷信传说中的财神赵公明。/“姜太公”，《封神演义》中的人物。/“泰山石敢当”，旧时用于迷信的“镇邪石碑”上通常刻有这类字样。〗

花边文学/《如此广州》读后感（1934·2·7）

※ ※ ※

●5-12-47-52

北京是明清的帝都，上海乃各国之租界，帝都多官，租界多商，所以文人之在京者近官，没海者近商，近官者在使官得名，近商者在使商获利，而自己也赖以糊口。要而言之，不过“京派”是官的帮闲，“海派”则是商的帮忙而已。但从官得食者其情状隐，对外尚能傲然，从商得食者其情状显，到处难于掩饰，于是忘其所以者，遂据以有清浊之分。而官之鄙商，固亦中国旧习，就更使“海派”在“京派”的眼中跌落了。

花边文学/“京派”与“海派”（1934·2·3）

●5-12-47-53

所谓“京派”与“海派”，本不指作者的本籍而言，所指的乃是一群人所聚的地域，故“京派”非皆北平人，“海派”亦非皆上海人。

花边文学/“京派”与“海派”（1934·2·3）

●5-12-47-54

北人的卑视南人，已经是一种传统。这也并非因为风俗习惯的不同，我想，那大原因，是在历来的侵入者多从北方来，先征服中国之北部，又携了北人南征，所以南人在北人的眼中，也是被征服者。

花边文学/北人与南人（1934·2·4）

●5-12-47-55

据我所见，北人的优点是厚重，南人的优点是机灵。但厚重之弊也愚，机灵之弊也狡，所以某先生曾经指出缺点道：北方人是“饱食终日，无所用心”；南方人是“群居终日，言不及义”。就有闲阶级而言，我以为大体是的确的。

花边文学/北人与南人（1934·2·4）

●5-12-47-56

相书上有一条说，北人南相，南人北相者贵。我看这并不是妄语。北人南相者，是厚重而又机灵，南人北相者，不消说是机灵而又能厚重。

花边文学/北人与南人（1934·2·4）

●5-12-47-57

按：以下系对高长虹（山西籍）而发的戏言。

山西人究竟是山西人，还是吸血的。

两地书/厦门－广州（1926·11·15）

●5-12-47-58

“土匪气”很好，何必克服它，但乱撞是不行的。跑跑也好，不过上海恐怕未必宜于练跑；满洲人住江南二百年，便连马也不会骑了，整天坐茶馆。我不爱江南。秀气是秀气的，但小气。听到苏州话，就令人肉麻。此种言语，将来必须下令禁止。

书信/致萧军（1935·9·1）

（48）养生/中医/医道

中国人或信中医或信西医，现在较大的城市中往往并有两种医，使他们各得其所。

●5-12-48-1

与其胖也宁瘦，在兄虽也许如此，但这是应该由运动而瘦才好，以泻医胖，在医学上是没有这种办法的。

书信/致章廷谦（1929·6·25）

●5-12-48-2

胃病无大苦，故患者易于疏忽，但这是极不好的。

书信/致徐懋庸（1934·7·9）

●5-12-48-3

中国普通所谓肝胃病，实即胃肠病。……鄙意不如首慎饮食，即勿多食不消化物，一面觅一可靠之西医，令开一方，病不过初起，一二月当能全愈。但不知杭州有可靠之医生否，此不在于有名而在于诚实也。

书信/致邵文熔（1935·5·22）

●5-12-48-4

吾兄胃病，鄙意以为大应小心，时加医治，因胃若不佳，遇病易致衰弱。弟此次之突成重症，即因旧生胃病，体力易竭之故也。

书信/致邵文熔（1936·6·19）

※　※　※

●5-12-48-5

他们的祖师李时珍做的“本草什么”上，明明写着人肉可以煎吃＊；他还能说自己不吃人么?

〖释：“……人肉可以煎吃”，明代李时珍《本草纲目》对唐人陈藏器在《本草拾遗》中关于以人肉治肺痨的记载提出异议。此处说法可能是“狂人”谵语，也可能是鲁迅“误记”。〗

呐喊/狂人日记（1918·5）

●5-12-48-6

按：《明天》是一篇小说，从一定意义上反映了鲁迅当时对医的看法。以下文字描写了“单四嫂子”的幼子“宝儿”患病后从诊治到夭折的过程。

“先生，——我家的宝儿什么病呀?”

“他中焦塞着＊。”

“不妨事么? 他……”

“先去吃两帖。”

“他喘不过气来，鼻翅子都扇着呢。”

“这是火克金＊……”

何小仙说了半句话，便闭上了眼睛；单四嫂子也不好意思再问。在何小仙对面坐着的一个三十多岁的人，此时已经开好一张药方，指着纸角上的几个字说道：

“这第一味保婴活命丸，须是贾家济世老店才有!”

……

宝儿吃下药，已经是午后了。单四嫂子留心看他神情，似乎仿佛平稳了不少；到得下午，忽然睁开眼叫了一声“妈!”又仍然合上眼，像是睡去了。他睡了一刻，额上鼻尖都沁出一粒粒的汗珠，单四嫂子轻轻一摸，胶水般粘着手；慌忙去摸胸口，便禁不住呜咽起来。

宝儿的呼吸从平稳变到没有，单四嫂子的声音也就从呜咽变成号咷。

〖释：“中焦塞着”，即中焦堵塞。中医学认为“自膈以上，名曰上焦”，“自齐（脐）以上，名曰中焦”，“自齐以下，名曰下焦”。见《难经·三十一难》唐杨玄注。/“火克金”，中医用语。中医学用五行相生相克之说解释病理，认为心、肺、肝、脾、肾五脏与火、金、木、土、水五行相应。火克金，是说“心火”克制了“肺金”，引起了呼吸系统的疾病。〗

呐喊/明天（1919·10）

●5-12-48-7

我还记得先前的医生的议论和方药，和现在所知道的比较起来，便渐渐的悟得中医不过是一种有意的或无意的骗子……

呐喊/自序（1923·8·21）

●5-12-48-8

……因为开方的医生是最有名的，以此所用的药引也奇特：冬天的芦根，经霜三年的甘蔗，蟋蟀要原对的，结子的平地木……多不是容易办到的东西。然而我的父亲终于日重一日的亡故了。

呐喊/自序（1923·8·21）

●5-12-48-9

人为“万物之灵”。所以月经精液可以延年，毛发爪甲可以补血，大小便可以医许多病，臂膊上的肉可以养亲。

坟/论照相之类（1925·1·12）

●5-12-48-10

做《内经》*的不知道究竟是谁。对于人的肌肉，他确是看过，但似乎单是剥了皮略略一观，没有细考过，所以乱成一片，说是凡有肌肉都发源于手指和足趾。宋的《洗冤录》*说人骨，竟至于谓男女骨数不同；老仵作之谈，也有不少胡说。然而直到现在，前者还是医家的宝典，后者还是检验的南针：这可以算得天下奇事之一。

〖释：《内经》，即《黄帝内经》，是我国现存最早的一部医学文献。约为战国秦汉时医家集汇古代及当时医学资料纂述而成。全书分《素问》和《灵枢》两部分。"肌肉都发源于手指和足趾"的说法，见该书《灵枢·经筋第十三》。/《洗冤录》，法医学著作，宋代宋慈撰。"男女骨数不同"的说法，见该书《验骨》。〗

华盖集/忽然想到〔一〕（1925·1·17）

●5-12-48-11

牙痛在中国不知发端于何人？相传古人壮健，尧舜时代盖未必有；现在假定为起于二千年前罢。我幼时曾经牙痛，历试诸方，只有用细辛『注：一种中药』稍有效，但也不过麻痹片刻，不是对症药。至于拔牙的所谓"离骨散"，乃是理想之谈，实际上并没有。西法的牙医一到，这才根本解决了；但在中国人手里一再传，又每每只学得镶补而忘了去腐杀菌，仍复渐渐地靠不住起来。牙痛了二千年，敷敷衍衍的不想一个好方法，别人想出来了，却又不肯好好地学：这大约也可以算得天下奇事之二罢。

华盖集/忽然想到〔一〕（1925·1·17）

●5-12-48-12

……看中医，服汤药，可惜中医仿佛也束手了，据说这是叫"牙损"，难治得很呢。还记得有一天一个长辈斥责我，说，因为不自爱，所以会生这病的；医生能有什么法？我不解，但从此不再向人提起牙齿的事了，似乎这病是我的一件耻辱。……我后来也看看中国的医药书，忽而发见触目惊心的学说了。它说，齿是属于肾的，"牙损"的原因是"阴亏"。我这才顿悟出先前的所以得到申斥的原因来，原来是它们在这样诬陷我。

坟/从胡须说到牙齿（1925·11·9）

●5-12-48-13

到现在，即使有人说中医怎样可靠，单方怎样灵，我还都不信。自然，其中大半是因为他耽误了我的父亲的病的缘故罢，但怕也很挟些切肤之痛的自己的私怨。

坟/从胡须说到牙齿（1925·11·9）

●5-12-48-14

又是章士钊。我之遇到这个姓名而摇头，实在由来已久；但是，先前总算是为"公"，现在却像憎恶中医一样，仿佛也挟带一点私怨了……

坟/从胡须说到牙齿（1925·11·9）

●5-12-48-15

中国人或信中医或信西医，现在较大的城市中往往并有两种医，使他们各得其所。我以为这确是极好的事。

坟/论"费厄泼赖"应该缓行（1926·1·10）

●5-12-48-16

按：《弟兄》是一篇小说，但文章中一段描写却反映了鲁迅对中医的看法。作品的主人公张沛君之弟患重病，张拟为之重金延请名西医普悌思大夫而尚未找到……

……同寓的白问山虽然是中医，或者于病名倒还能断定的，但是他曾经对他说过好几回攻击中医的话：况且追请普大夫的电话，他也许已经听到了……。

然而他终于去请白问山。

白问山却毫不介意，立刻戴起玳瑁边墨晶眼镜，同到靖甫的房里来。他诊过脉，在脸上端详一回，又翻开衣服看了胸部，便从从容容地告辞。沛君跟在后面。

他请沛君坐下，却是不开口。

"问山兄，舍弟究竟是……？"

"红斑痧。你看他已经'见点'了。"

"那么，不是猩红热?"沛君有些高兴起来。

"他们西医叫猩红热，我们中医叫红斑痧『注：后经西医普悌思大夫确诊为"疹子"』。"

这立刻使他手脚觉得发冷。

"可以医的么?"他愁苦地问。

"可以。不过这也要看你们府上的家运。"

彷徨/弟兄（1926·2·10）

●5-12-48-17

当西医已经束手的时候，有人主张服中国药了；但中山先生不赞成，以为中国的药品固然也有有效的，诊断的知识却缺如。不能诊断，如何用药?毋须服。

〖释："中国的药品……毋须服"，关于孙中山不服中药的报道，见1925年2月5日《京报》载《孙中山先生昨日病况》。〗

集外集拾遗/中山先生逝世后一周年（1926·3·12）

●5-12-48-18

中医，虽然有人说是玄妙无穷，内科尤为独步，我可总是不相信。西医呢，有名的看资贵，事情忙，诊视也潦草，无名的自然便宜些，然而我着总还有些踌躇。

华盖集续编/马上日记（1926·7·8）

●5-12-48-19

自从西医割掉了梁启超的一个腰子＊以后，责难之声就风起云涌了，连对于腰子不很有研究的文学家也都"仗义执言"＊。同时，"中医了不得论"也就应运而起；腰子有病，何不服黄耆欤?什么有病，何不吃鹿茸欤?

〖释："西医割掉了梁启超的一个腰子"，指1926年3月梁启超因尿血症在协和医院误诊事。/"……文学家也都'仗义执言'"，指徐志摩、陈西滢等当时所发有关议论。〗

华盖集续编/马上日记（1926·7·8）

●5-12-48-20

他一张药方上，总兼有一种特别的丸散和一种奇特的药引……最平常的是"蟋蟀一对"，旁注小字道："要原配，即本在一窠中者。"似乎昆虫也要贞节，续弦或再醮，连做药的资格也丧失了。

朝花夕拾/父亲的病（1926·11·10）

●5-12-48-21

……还有一种特别的丸药：败鼓皮丸。这败鼓皮丸就是用打破的鼓皮做成；水肿一名鼓胀，一用打破的鼓皮自然就可以克伏他。

朝花夕拾/父亲的病（1926·11·10）

●5-12-48-22

"我有一种丹，"有一回陈莲河先生说，"点在舌上，我想一定可以见效。因为舌乃心之灵苗……"

朝花夕拾/父亲的病（1926·11·10）

●5-12-48-23

"我这样用药还会不大见效。"有一回陈莲河先生又说，"我想，可以请人看一看，可有什么冤愆『注：冤愆，见1－1－1－15条释』……。医能医病，不能医命，对不对?自然，这也许是前世的事……"

朝花夕拾/父亲的病（1926·11·10）

●5-12-48-24

据舆论说，神妙就在这地方。先前有一个病人，百药无效；待到遇见了叶天士＊先生，只在旧方上加了一味药引：梧桐叶。只一服，便霍然而愈了。医者，意也＊。其时是秋天，而梧桐先知秋气。其先百药不投，今以秋气动之，以气感气，所以……

〖释：叶天士（1667－1746），清乾隆时名医；史籍上有关于他以梧桐叶作药引的记载。/"医者，意也"，语出《后汉书·郭玉传》："医之为言，意也。腠理至微，随气用巧。"〗

朝花夕拾/父亲的病（1926·11·10）

●5-12-48-25

你的女儿的情形，倘不经西医诊断，恐怕是很难疗治的。

书信/致曹靖华（1930·9·20）

●5-12-48-26

大约古人一有病，最初只好这样尝一点，那样尝一点，吃了毒的就死，吃了不相干的就无效，有的竟吃到了对证的就好起来，于是知道这是对于某一种病痛的药。这样累积下去，乃有草创的纪录，后来渐成为庞大的书，如《本草纲目》*就是。而且这书中的所记，又不独是中国的，还有阿剌伯人的经验，有印度人的经验，则先前所用的牺牲之大，更可想而知了。

〖释：《本草纲目》，明代药学家李时珍历时近三十年写成的中药学典籍，内收药物一千八百九十二种。共五十二卷。〗

南腔北调集/经验（1933·7·15）

●5-12-48-27

《本草纲目》……是很普通的书，但里面却含有丰富的宝藏。自然，捕风捉影的记载，也是在所不免的，然而大部分的药品的功用，却由历久的经验，这才能够知道到这程度，而尤其惊人的是关于毒药的叙述。

南腔北调集/经验（1933·7·15）

●5-12-48-28

中国古法的种痘*，将痘痂研成细末，给孩子由鼻孔里吸进去，发出来的地方虽然也没有一定的处所，但粒数很少，没有危险了。人说，这方法是明末发明的，我不知道可的确。

〖释：“中国古法的种痘……是明末发明的”，中国古法种痘，相传始于宋代，至明代隆庆年（1567－1572）设立痘疹专科。〗

集外集拾遗补编/我的种痘（1933·8·1）

●5-12-48-29

卖脚气药处，系“上海大东门内大街，严大德堂”，药计二种，一曰脚肿丸，浮肿者服之；一曰脚麻丸，觉麻痹者服之。应视症以求药，每服似一元，大率二服便愈云。

书信/致许寿裳（1934·2·9）

●5-12-48-30

中国的医书中，常常记载着“食忌”，就是说，某两种食物同食，是于人有害，或者足以杀人的，例如葱与蜜，蟹与柿子，落花生与王瓜之类。但是否真实，却无从知道，因为我从未听见有人实验过。

花边文学/读书忌（1934·11·29）

●5-12-48-31

妇科的医书『注：指中医医书』呢？几乎都不明白女性下身的解剖学的构造，他们只将肚子看作一个大口袋，里面装着莫名其妙的东西。

且介亭杂文/病后杂谈（1935·2－12）

●5-12-48-32

医术和虐刑，是都要生理学和解剖学智识的。中国却怪得很，固有的医书上的人身五脏图，真是草率错误到见不得人……

且介亭杂文/病后杂谈（1935·2－12）

※ ※ ※

●5-12-48-33

新的医学对于日本的维新有很大的助力。

集外集/俄文译本《阿Q正传》序及著者自叙传略（1925·6·15）

●5-12-48-34

自从盘古开辟天地以来，中国就未曾发明过一种止牙痛的好方法。现在虽然很有些什么“西法镶牙补眼”的了，但大概不过学了一点皮毛，连消毒去腐的粗浅道理也不明白。以北京而论，以中国自家的牙医而论，只有几个留美出身的博士是好的，但是，Yes『注：英语：是的』，贵不可言。至于穷乡僻壤，却连皮毛家也没有，倘使不幸而牙痛，又不安本分而想医好，怕只好去叩求城隍土地爷爷罢。

坟/从胡须说到牙齿（1925·11·9）

●5-12-48-35

如此者久而久之，直至我到日本的长崎，再去寻牙医，他给我刮去了牙后面的所谓“齿垽”，这才不再出血了，化去的医费是两元，时间是约一小时以内。

坟/从胡须说到牙齿（1925·11·9）

●5-12-48-36

西方的医学在中国还未萌芽，便已近于腐败。我虽然只相信西医，近来也颇有些望而却步了。

华盖集续编/马上日记（1926·7·8）

●5-12-48-37

现在多攻击大医院对于病人的冷漠，我想，这些医院，将病人当作研究品，大概是有的，还有在院里的“高等华人”，将病人看作下等研究品，大概也是有的。不愿意的，只好上私人所开的医院去，可是诊金药价都很贵。请熟人开了方去买药呢，药水也会先后不同起来。

华盖集续编/马上日记（1926·7·8）

●5-12-48-38

凡国手，都能够起死回生的，我们走过医生的门前，常可以看见这样的扁额。现在是让步一点了，连医生自己也说道：“西医长于外科，中医长于内科。”但是S城那时不但没有西医，并且谁也还没有想到天下有所谓西医，因此无论什么，都只能由轩辕岐伯的嫡派门徒包办。轩辕时候是巫医不分的，所以直到现在，他的门徒就还见鬼……

朝花夕拾/父亲的病（1926·11·25）

●5-12-48-39

中西的思想确乎有一点不同。听说中国的孝子们，一到将要“罪孽深重祸延父母”的时候，就买几斤人参，煎汤灌下去，希望父母多喘几天气，即使半天也好。我的一位教医学的先生却教给我医生的职务道：可医的应该给他医治，不可医的应该给他死得没有痛苦。——但这先生自然是西医。

朝花夕拾/父亲的病（1926·11·25）

●5-12-48-40

小心的医生的药，不会吃坏，可是吃好也慢。

书信/致章廷谦（1928·6·6）

●5-12-48-41

“牛痘”……来自西洋，所以先前叫“洋痘”。最初的时候，当然，华人是不相信的，很费过一番宣传解释的气力。这一类宝贵的文献，至今还剩在《验方新编》＊中，那苦口婆心虽然大足以感人，而说理却实在非常古怪的。

〖释：《验方新编》，清代鲍相璈编著，是过去流行的通俗医药书。〗

集外集拾遗补编/我的种痘（1933·8·1）

●5-12-48-42

习西医大须记忆，基础科学等，至少四年，然尚不过一毛胚，此后非多年练习不可。

书信/致曹聚仁（1934·4·30）

---

(49) 爱情/婚姻/家庭生活

第一，便是生活。人必生活着，爱才有所附丽。

●5-12-49-1

现在的社会，一夫一妻制最为合理，而多妻主义，实能使人群堕落。

坟/我们现在怎样做父亲（1919·11）

●5-12-49-2

爱情是什么东西？我也不知道。中国的男女大抵一对或一群——一男多女——的住着，不知道有谁知道。

热风/随感录・四十（1919・1・15）

●5-12-49-3

我们还要叫出没有爱的悲哀，叫出无所可爱的悲哀。……我们要叫到旧账勾销的时候。

旧账如何勾销？我说："完全解放了我们的孩子！"

热风/随感录・四十（1919・1・15）

●5-12-49-4

父母对于子女，应该健全的产生，尽力的教育，完全的解放。

坟/我们现在怎样做父亲（1919・11）

●5-12-49-5

父母生了子女，同时又有天性的爱，这爱又很深广很长久，不会即离。……子女对于父母，也便最爱，最关切，不会即离。

坟/我们现在怎样做父亲（1919・11）

●5-12-49-6

父子们冲突着。但倘用神通将他们的年纪变成约略相同，便立刻可以像一对志同道合的好朋友。

集外集/烽话五则（1924・11・24）

●5-12-49-7

中国婚姻方法的缺陷，才子佳人小说作家早就感到了，他于是使一个才子在壁上题诗，一个佳人便来和，由倾慕——现在就得称恋爱——而至于有"终身之约"。但约定之后，也就有了难关。我们都知道，"私订终身"在诗和戏曲或小说上尚不失为美谈（自然只以与终于中状元的男人私订为限），实际却不容于天下的，仍然免不了要离异。

坟/论睁了眼看（1925・8・3）

●5-12-49-8

爱情虽说是天赋的东西，但倘没有相当的刺戟和运用，就不发达。譬如同是手脚，坐着不动的人将自己的和铁匠挑夫的一比较，就非常明白。

坟/寡妇主义（1925・12・20）

●5-12-49-9

在女子，是从有了丈夫，有了情人，有了儿女，而后真的爱情才觉醒的；否则，便潜藏着，或者竟会萎落，甚且至于变态。

坟/寡妇主义（1925・12・20）

●5-12-49-10

第一，便是生活。人必生活着，爱才有所附丽。

彷徨/伤逝（1926・8）

●5-12-49-11

我看凡有夫人的人，在这里都比别人和气些。

书信/致章廷谦（1926・11・21）

●5-12-49-12

至于所提出之问题，我实不知有较妥之品，大约第一原因，多在疏忽，因此事无万全之策，而况疏忽之乎哉。北京狄博尔Dr.『注：当时北平德国医院的院长』好用小手术，或加子宫帽，较妥；但医生须得人，不可大意，随便令三脚猫郎中为之。我意用橡皮套于男性，较妥，但亦有缺点，因能阻碍感觉也。

书信/致章廷谦（1928・3・31）

●5-12-49-13

据我个人意见，则以为禁欲，是不行的，中世纪之修道士，即是前车。但染病，是万不可的。十九世纪末之文艺家，虽曾赞颂毒酒之醉，病毒之死，但赞颂固不妨，身历却是大苦。于是归根结蒂，只好结婚。结婚之后，也有大苦，有大累，怨天尤人，往往不免。但两害相权，我以为结婚较小。否则易于得病，一得病，终身相随矣。

书信/致李秉中（1928・4・9）

●5-12-49-14

其实呢，异性，我是爱的，但我一向不敢，因为我自己明白各种缺点，深恐辱没了对手。

书信/致韦素园（1929·3·22）

●5-12-49-15

我以为所谓恋爱，是只有不革命的恋爱的。革命的爱在大众，于性正如对于食物一样，再不会缠绵菲恻，但一时的选择，是有的罢。读众愿看这些，而不肯研究别的理论，很不好。大约仍是聊作消遣罢了。

书信/致韦素园（1929·4·7）

●5-12-49-16

结婚之事，难言之矣……爱与结婚，确亦天下大事，由此而定，但爱与结婚，则又有他种大事，由此开端，此种大事，则为结婚之前，所未尝想到或遇见者，然此亦人生所必经（倘要结婚），无可如何者也。未婚之前，说亦不解，既解之后，——无可如何。

书信/致李秉中（1930·5·3）

●5-12-49-17

结婚之后……理想与现实，一定要冲突。

书信/致李秉中（1930·9·3）

●5-12-49-18

生今之世，而多孩子，诚为累坠之事，然生产之费，问题尚轻，大者乃在将来之教育，国无常经，个人更无所措手，我本以绝后顾之忧为目的，而偶失注意，遂有婴儿，念其将来，亦常惆怅，然而事已如此，亦无奈何，长吉『注：即唐代诗人李贺』诗云：已生须己养，荷担出门去，只得加倍服劳，为孺子牛耳，尚何言哉。

书信/致李秉中（1931·4·15）

●5-12-49-19

兄之孩子，虽倍于我，但倘不更有增益，似尚力有可为，所必要者，此后当行节育法也。惟须不懈，乃有成效，因此事繁琐，易致疏失，一不注意，便又往往怀孕矣，求子者日夜祝祷而无功，不欲者稍不经意而辄妊，此人间之所以多苦恼欤。

书信/致李秉中（1931·4·15）

●5-12-49-20

才子+佳人的书，却又出了一本当时震动一时的小说，那就是从英文翻译过来的《迦茵小传》*（H. R. Haggard：Joan Haste）。但只有上半本，据译者说，原本从旧书摊上得来，非常之好，可惜觅不到下册，无可奈何了。果然这很打动了才子佳人们的芳心，流行得很广很广。后来还至于打动了林琴南先生，将全部译出，仍旧名为《迦茵小传》。而同时受了先译者的大骂*，说他不该全译，使迦茵的价值降低，给读者以不快的。于是才知道先前之所以只有半部，实非原本残缺，乃是因为记着迦茵生了一个私生子，译者故意不译的。其实这样的一部并不很长的书，外国也不至于分印成两本。但是，即此一端，也很可以看出当时中国对于婚姻的见解了。

〖释：《迦茵小传》，英国哈葛德著长篇小说。该书原有署名蟠溪子的译文，仅为原书的下半部，1903年上海文明书局出版，当时流行很广。后由林琴南根据魏易口述，译出全文，1905年商务印书馆出版。/“……受了先译者的大骂”，指寅半生作《读迦因小传两译本书后》一文（载1906年杭州出版的《游戏世界》第十一期），其中说蟠溪子乃有意“将有孕一节为迦因隐去。……不意有林畏庐者，不知与迦因何仇，凡蟠溪子百计所弥缝而曲为迦因讳者，必欲另补之以彰其丑”云.〗

二心集/上海文艺之一瞥（1931·7–8）

●5-12-49-21

柏拉图式的恋爱论『注：见2-3-18-89条释』，我是能看，能言，而不能行的。

集外集拾遗补编/我的种痘（1933·8·1）

●5-12-49-22

我对海婴这小家伙讨厌的吵闹领教够了，已在罢工中，不想再有出品了。

书信/致〈日〉增田涉〔译文〕（1933·11·13）

●5-12-49-23

现在是火药蜕化为轰炸弹，烧夷弹，装在飞机上面了，我们却只能坐在家里等他落下来。自然，坐飞机的人是颇有了的，但他那里是远征呢，他为的是可以快点回到家里去。

家是我们的生处，也是我们的死所。

南腔北调集/家庭为中国之基本（1934·1·15）

●5-12-49-24

一有儿女，在身边则觉其烦，不在又觉寂寞……真是无法可想。

书信/致曹靖华（1934·2·24）

●5-12-49-25

“安全周”有许多人说不可靠，但我未曾失败过，所以存疑，现在看来，究竟是不可靠的。

书信/致欧阳山（1936·8·25）

第十三节 历 史

就是秦始皇隋炀帝，他会自承无道么？百姓就只好永远箝口结舌，相率被杀，被奴。这情形一直继续下来……

(50) 论史

读史，就愈可以觉悟中国改革之不可缓了。虽是国民性，要改革也得改革

●5-13-50-1

我翻开历史一查，这历史没有年代，歪歪斜斜的每叶上都写着“仁义道德”几个字。……从字缝里看出字来，满本都写着两个字是“吃人”！

呐喊/狂人日记（1918·5）

●5-13-50-2

四千年来时时吃人的地方，今天才明白，我也混在其中……有了四千年吃人履历的我，当初虽然不知道，现在明白，难见真的人！

呐喊/狂人日记（1918·5）

●5-13-50-3

历史结帐，不能像数学一般精密，写下许多小数，却只能学粗人算帐的四舍五入法门，记一笔整数。

中国历史的整数里面，实在没有什么思想主义在内。这整数只是两种物质，——是刀与火，“来了”便是他的总名。

火从北来便逃向南，刀从前来便退向后，一大堆流水帐簿，只有这一个模型。倘嫌“来了”的名称不很庄严，“刀与火”也触目，我们也可以别想花样，奉献一个谥法，称作“圣武”*，便好看了。

〖释：“圣武”，古代文人对皇朝武功的颂词。〗

热风/“圣武”（1919·5）

●5-13-50-4

历史的提示，胜于许多空理论。

书信/致胡适（1922·8·21）

●5-13-50-5

历史上都写着中国的灵魂，指示着将来的命运，只因为涂饰太厚，废话太多，所以很不容易察出底细来。正如通过密叶投射在莓苔上面的月光，只看见点点的碎影。但如看野史和杂记，可更容易了然了，因为他们究竟不必太摆史官的架子。

华盖集/忽然想到〔四〕（1925·2·20）

●5-13-50-6

试将记五代，南宋，明末的事情的，和现今的状况一比较，就当惊心动魄于何其相似之甚，仿佛时间的流驶，独与我们中国无关。现在的中华民国也还是五代，是宋末，是明季。

华盖集/忽然想到〔四〕（1925·2·20）

●5-13-50-7

请看清朝的汉人所做的颂扬武功的文章去，开口“大兵”，闭口“我军”，你能料得到被这“大兵”“我军”所败的就是汉人的么？你将以为汉人带了兵将别的一种什么野蛮腐败民族歼灭了。

然而这一流人是永远胜利的，大约也将永久存在。在中国，惟他们最适于生存，而他们生存着的时候，中国便永远免不掉反复着先前的运命。

华盖集/忽然想到〔四〕（1925·2·20）

●5-13-50-8

以明末例现在，则中国的情形还可以更腐败，更破烂，更凶酷，更残虐，现在还不算达到极点。但明末的腐败破烂也还未达到极点，因为李自成＊，张献忠＊闹起来了。而张李的凶酷残虐也还未达到极点，因为满洲兵进来了。

难道所谓国民性者，真是这样地难于改变的么？倘如此，将来的命运便大略可想了……

〖释：李自成（1606－1645），陕西米脂人，明末农民军首领。明崇祯二年（1629）起事，号称闯王。崇祯十七年（1644）一月在西安建立“大顺国”，自称皇帝；三月，攻陷北京。次年兵败，在湖北通山县九宫山被杀。/张献忠（1606－1646），延安柳树涧（今陕西定边东）人，明末农民军首领。史书上关于他杀人的记载很多。〗

华盖集/忽然想到〔四〕（1925·2·20）

●5-13-50-9

“地大物博，人口众多”，用了这许多好材料，难道竟不过老是演一出轮回把戏而已么？

华盖集/忽然想到〔四〕（1925·2·20）

●5-13-50-10

宋的文艺，现在似的国粹气味就熏人。然而辽金元陆续进来了，这消息很耐寻味。汉唐虽然也有边患，但魄力究竟雄大，人民具有不至于为异族奴隶的自信心，或者竟毫未想到，凡取用外来事物的时候，就如将彼俘来一样，自由驱使，绝不介怀。一到衰弊陵夷之际，神经可就衰弱过敏了，每遇外国东西，便觉得仿佛彼来俘我一样，推拒，惶恐，退缩，逃避，抖成一团，又必想一篇道理来掩饰，而国粹遂成为孱王和孱奴的宝贝。

坟/看镜有感（1925·3·2）

●5-13-50-11

读史，就愈可以觉悟中国改革之不可缓了。虽是国民性，要改革也得改革，否则，杂史杂说上所写的就是前车。一改革，就无须怕孙女儿总要像点祖母那些事，譬如祖母的脚是三角形，步履维艰的，小姑娘的却是天足，能飞跑；丈母老太太出过天花，脸上有些缺点的，令夫人却种的是牛痘，所以细皮白肉：这也就大差其远了。

华盖集/这个与那个（1925·12）

●5-13-50-12

假如有一种暴力，“将人不当人”，不但不当人，还不及牛马，不算什么东西；待到人们羡慕牛马，发生“乱离人，不及太平犬”的叹息的时候，然后给与他略等于牛马的价格，有如元朝定律，打死别人的奴隶，赔一头牛，则人们便要心悦诚服，恭颂太平的盛世。为什么呢？因为他虽不算人，究竟已等于牛马了。……“三千余年古国古”＊的中华，历来所闹的就不过是这一个小玩艺。

〖释：“三千余年古国古”，语出清代黄遵宪《出军歌》：“四千余年古国古，是我完全土。”〗

坟/灯下漫笔（1925·5·1）

●5-13-50-13

中国人向来就没有争到过“人”的价格，至多不过是奴隶，到现在还如此，然而下于奴隶的时候，却是数见不鲜的。中国的百姓是中立的，战时连自己也不知道属于那一面，但又属于无论那一面。强盗来了，就属于官，当然该被杀掠；官兵既到，必是自家人了罢，但仍然要被杀掠，仿佛又属于强盗似的。这时候，百姓就希望有一个一定的主子，拿他们去做百姓，——不敢，是拿他们去做牛马，情愿自己寻草吃，只求他决定他们怎样跑。

假使真有谁能够替他们决定，定下什么奴隶规则来，自然就“皇恩浩荡”了。可惜的是往往暂时没有谁能定。举其大者，则如五胡十六国的时候，黄巢*的时候，五代时候，宋末元末时候，除了老例的服役纳粮以外，都还要受意外的灾殃。张献忠的脾气更古怪了，不服役纳粮的要杀，服役纳粮的也要杀，敌他的要杀，降他的也要杀：将奴隶规则毁得粉碎。这时候，百姓就希望来一个另外的主子，较为顾及他们的奴隶规则的，无论仍旧，或者新颁，总之是有一种规则，使他们可上奴隶的轨道。

〖释：黄巢（？－884），曹州冤句（今山东菏泽）人，唐末农民军首领。后兵败在泰山虎狼谷自杀。〗

坟/灯下漫笔（1925·5·1）

●5-13-50-14

“时日曷丧，予及汝偕亡！”愤言而已，决心实行的不多见。实际上大概是群盗如麻，纷乱至极之后，就有一个较强，或较聪明，或较狡滑，或是外族的人物出来，较有秩序地收拾了天下。厘定规则：怎样服役，怎样纳粮，怎样磕头，怎样颂圣。而且这规则是不像现在那样朝三暮四的。于是便“万姓胪欢”了；用成语来说，就叫做“天下太平”。

坟/灯下漫笔（1925·5·1）

●5-13-50-15

任凭你爱排场的学者们怎样铺张，修史时候设些什么“汉族发祥时代”“汉族发达时代”“汉族中兴时代”的好题目，好意诚然是可感的，但措辞太绕湾子了。有更其直捷了当的说法在这里——

一，想做奴隶而不得的时代；

二，暂时做稳了奴隶的时代。

坟/灯下漫笔（1925·5·1）

●5-13-50-16

我们弓箭是能自己制造的，然而败于金，败于元，败于清。

华盖集/补白（1925·6·26）

●5-13-50-17

我们看历史，能够据过去以推知未来，看一个人的已往的经历，也有一样的效用。

华盖集/答KS君（1925·8·28）

●5-13-50-18

古国的灭亡，就因为大部分的组织被太多的古习惯教养得硬化了，不再能够转移，来适应新环境。

华盖集/十四年的“读经”（1925·11·27）

●5-13-50-19

太平盛世，是没有匪的；待到群盗如毛时，看旧史，一定是外戚，宦官，奸臣，小人当国，即使大打一通官话，那结果也还是“呜呼哀哉”。

华盖集续编/学界的三魂（1926·1·24）

●5-13-50-20

以过去和现在的铁铸一般的事实来测将来，洞若观火！

南腔北调集/《守常全集》题记（1933·8·19）

●5-13-50-21

胡人仍源源而至，深沟高垒，都没有用处的。

坟/坚壁清野主义（1926·1）

●5-13-50-22

如果历史家的话不是诳话，则世界上的事物可还没有因为黑暗而长存的先例。黑暗只能附丽于渐就灭亡的事物，一灭亡，黑暗也就一同灭亡了，它不永久。然而将来是永远要有的，并且总要光明起来；只要不做黑暗的附着物，为光明而灭亡，则我们一定有悠久的将来，而且一定是光明的将来。

华盖集续编/记谈话（1926·10·2）

●5-13-50-23

我们中国被别人用兵器来打，早有过好多次了。例如，蒙古人满洲人用弓箭，还有别国人用枪炮。用枪炮来打的后几次，我已经出了世了，但是年纪青。我仿佛记得那时大家倒还觉得一点苦痛的，也曾经想有些抵抗，有些改革。用枪炮来打我们的时候，听说是因为我们野蛮；现在，倒不大遇见有枪炮来打我们了，大约是因为我们文明了罢。现在也的确常常有人说，中国的文化好得很，应该保存。那证据，是外国人也常在赞美。这就是软刀子。用钢刀，我们也许还会觉得的，于是就改用软刀子。我想：叫我们用自己的老调子唱完我们自己的时候，是已经要到了。

集外集拾遗/老调子已经唱完（1927·2·19）

●5-13-50-24

我们为甚么能够同化蒙古人和满洲人呢？是因为他们的文化比我们的低得多。倘使别人的文化和我们的相敌或更进步，那结果便要大不相同了。他们倘比我们更聪明，这时候，我们不但不能同化他们，反要被他们利用了我们的腐败文化，来治理我们这腐败民族。他们对于中国人，是毫不爱惜的，当然任你腐败下去。现在听说又很有别国人在尊重中国的旧文化了，那里是真在尊重呢，不过是利用！……现在是不像元朝清朝时候，我们可以靠着老调子将他们唱完，只好反而唱完自己了。这就因为，现在的外国人，不比蒙古人和满洲人一样，他们的文化并不在我们之下。

集外集拾遗/老调子已经唱完（1927·2·19）

●5-13-50-25

“软刀子”的名目，也不是我发明的，明朝有一个读书人，叫做贾凫西＊的，鼓词里曾经说起纣王，道：“几年家软刀子割头不觉死，只等得太白旗悬才知道命有差。”＊我们的老调子，也就是一把软刀子。

中国人倘被别人用钢刀来割，是觉得痛的，还有法子想；倘是软刀子，那可真是“割头不觉死”，一定要完。

〖释：贾凫西，见2-3-18-42条释。/“……太白旗悬才知道命有差”，引句见贾凫西于明亡后作的《木皮散人鼓词》中关于周武王灭纣的一段。〗

集外集拾遗/老调子已经唱完（1927·2·19）

●5-13-50-26

至于元，那时东取中国，西侵欧洲，武力自然是雄大的，但他是蒙古人，倘以这为中国的光荣，则现在也可以归降英国，而自以为本国的国旗——但不是五色的＊——“遍于日所出入处”＊了。

〖释：“本国的国旗……五色的”，1911－1927年间的中国国旗由红、黄、蓝、白、黑五色横列组成。/“遍于日所出入处”，英国殖民地曾满布全球，号称“日不落帝国”。〗

集外集/《奔流》编校后记〔十〕（1929·5·10）

●5-13-50-27

我们也无须再看什么亡国史了。因为这样的书，至多只能教给你一做亡国奴，就比现在的苦还要苦；他日情随事迁，很可以自幸还胜于连表面上还已经亡国的人民，依然高高兴兴，再等着灭亡的更加逼近。这是“亡国史”第一页之前的页数，“亡国史”作者所不肯明写出来的。

集外集拾遗补编/“日本研究”之外（1931·11·30）

●5-13-50-28

每当历代势衰，回教徒必有动作，史实如此，原因甚深……

书信/致许寿裳（1932·12·2）

●5-13-50-29

按：1931年11月30日，蒋介石在国民政府外交部部长顾维钧宣誓就职会上的“亲书训词”中提出“攘外必先安内”的方针。1933年4月10日，他在南昌对国民党将领们演讲时又提出“安内始能攘外”。这时，一些报刊也纷纷发表文章谈“安内攘外”问题。

新花样的文章，只剩了“安内而不必攘外”，“不如迎外以安内”，“外就是内，本无可攘”这三种了。

这三种意思，做起文章来，虽然实在希奇，但事实却有的，而且不必远征晋宋，只要看看明朝就够。满洲人早在窥伺了，国内却是草菅民命，杀戮清流，做了第一种。李自成进北京了，阔人们不甘给奴子做皇帝，索性请“大清兵”来打掉他，做了第二种。至于第三种，我没有看过《清史》『注：应为《清史稿》，修于1914－1927年间』，不得而知，但据老例，则应说是爱新觉罗氏之先，原是轩辕黄帝第几子之苗裔，遁于朔方，厚泽深仁，遂有天下，总而言之，咱们原是一家子云。

伪自由书/文章与题目（1933·5·5）

●5-13-50-30

古人告诉我们唐如何盛，明如何佳，其实唐室大有胡气，明则无赖儿郎，此种物件，都须褫其华衮，示人本相，庶青年不再乌烟瘴气，莫名其妙。其他如社会史，艺术史，赌博史，娼妓史……都未有人著手。

书信/致曹聚仁（1933·6·18）

●5-13-50-31

结果往往和英雄们的豫算不同。始皇想皇帝传至万世，而偏偏二世而亡，赦免了农书和医书，而秦以前的这一类书，现在却偏偏一部也不剩。

准风月谈/华德焚书异同论（1933·7·1）

●5-13-50-32

古人所传授下来的经验，有些实在是极可宝贵的，因为它曾经费去许多牺牲，而留给后人很大的益处。

南腔北调集/经验（1933·7·15）

●5-13-50-33

中国人虽然自夸“四千余年古国古”，可是十分健忘的，连民族主义文学家，也会认成吉斯汗为老祖宗，则不宜与之谈古也可见。

南腔北调集/祝《涛声》（1933·8·19）

●5-13-50-34

二陆＊入晋，北方人士在欢欣之中，分明带着轻薄，举证太烦，姑且不谈罢。容易看的是，羊衒之＊的《洛阳伽蓝记》中，就常诋南人，并不视为同类。至于元，则人民截然分为四等＊，一蒙古人，二色目人，三汉人即北人，第四等才是南人，因为他是最后投降的一伙。最后投降，从这边说，是矢尽援绝，这才罢战的南方之强，从那边说，却是不识顺逆，久梗王师的贼。孑遗自然还是投降的，然而为奴隶的资格因此就最浅，因为浅，所以班次就最下，谁都不妨加以卑视了。到清朝，又重理了这一篇账，至今还流衍着余波；如果此后的历史是不再回旋的，那真不独是南人的如天之福。

〖释：“二陆”，指晋代文学家陆机、陆云兄弟。出身三国时吴士族，吴灭后同至晋都洛阳。/羊衒之，羊一作汤，北魏北平（今河北满城）人。《洛阳伽蓝记》，五卷，作于东魏武定五年（547），其中有轻视南人的话。/元将“人民截然分为四等”，前三等据元末明初陶宗仪《南村辍耕录·氏族》载为：一、蒙古人；二、色目人，包括钦察、唐兀、回回等族，是蒙古人侵入中原前已征服的西域人；三、汉人，包括契丹、高丽等族及在金人治下北中国的汉族人。又有第四等：南人，据钱大昕《十驾斋养新录》卷九说：“汉人南人之分，以宋金疆域为断，江浙湖广江西三行省为南人，河南省唯江北淮南诸路为南人。”〗

花边文学/北人与南人（1934·2·4）

●5-13-50-35

儒士和方士，是中国特产的名物。方士的最高理想是仙道，儒士的便是王道。但可惜的是这两件在中国终于都没有。据长久的历史上的事实所证明，则倘说先前曾有真的王道者，是妄言，说现在还有者，是新药。

且介亭杂文/关于中国的两三件事（1934·3）

●5-13-50-36

放火，是很可怕的，然而比起烧饭来，却也许更有趣。外国的事情我不知道，若在中国，则无论查检怎样的历史，总寻不出烧饭和点灯的人们的列传来。在社会上，即使怎样的善于烧饭，善于点灯，也毫没有成为名人的希望。然而秦始皇一烧书*，至今还俨然做着名人，至于引为希特拉烧书*事件的先例。……秦的末年就有着放火的名人项羽*在，一烧阿房宫*，便天下闻名，至今还会在戏台上出现，连在日本也很有名。然而，在未烧以前的阿房宫里每天点灯的人们，又有谁知道他们的名姓呢？

〖释："秦始皇烧书"，秦始皇（前259－前210）于始皇三十四年（前213）采纳丞相李斯的建议，下令将秦以外的各国史书和民间所藏除农书和医书以外的古籍尽行焚毁。/"希特拉烧书"，希特勒（1889－1945）1933年担任内阁总理后实行法西斯统治，烧毁一切进步书籍和所谓"非德国思想"的书籍。/"放火的名人项羽"，项羽（前232－前202），下相（今江苏宿迁）人，秦末农民军首领，后为刘邦所败。据《史记·项羽本纪》载，他攻破咸阳后，"烧秦宫室，火三月不灭"。阿房宫，秦始皇时建筑的宫殿，遗址在今陕西西安市西阿房村。〗

且介亭杂文/关于中国的两三件事（1934·3）

●5-13-50-37

元朝的国师八合思巴*罢，他就深相信掘坟的利害。他掘开宋陵，要把人骨和猪狗骨同埋在一起，以使宋室倒楣。后来幸而给一位义士盗走了，没有达到目的，然而宋朝还是亡。曹操*设了"摸金校尉"之类的职员，专门盗墓，他的儿子却做了皇帝，自己竟被谥为"武帝"，好不威风。

〖释：八合思巴（1235－1280），即八思巴，佛教高僧。元中统元年（1260）封为"国师"。按发掘绍兴宋陵的是元代江南释教总统（佛教首领）杨琏真迦。据载，当时有儒生唐珏、林德阳分别收拾埋藏宋帝遗骸，被称为"义士"。/曹操（155－220），字孟德，三国时军阀、政治家。据载，他"帅将吏士，亲临发掘"梁孝王母墓，"掠取金宝"。又特置发丘中郎将，摸金校尉，大肆掘墓，"无骸不露"云。他的儿子曹丕称帝后，追尊他为魏武帝。〗

花边文学/清明时节（1934·5·24）

●5-13-50-38

中国向来的历史上，凡一朝要完的时候，总是自己动手，先向本国的较好的人，物，都打扫干净，给新主子可以不费力量的进来。现在也毫不两样，本国的狗，比洋狗更清楚中国的情形，手段更加巧妙。

书信/致萧军、萧红（1935·2·9）

●5-13-50-39

医术和虐刑，是都要生理学和解剖学智识的。中国却怪得很，固有的医书上的人身五脏图，真是草率错误到见不得人，但虐刑的方法，则往往好像古人早懂得了现代的科学。

且介亭杂文/病后杂谈（1935·2）

●5-13-50-40

俞正燮*看过野史，正是一个因此觉得义愤填膺的人，所以他在记载清朝的解放惰民丐户，罢教坊，停女乐*的故事之后，作一结语道——

自三代至明，惟宇文周武帝，唐高祖，后晋高祖，金，元，及明景帝，于法宽假之，而尚存其旧。余皆视为固然。本朝尽去其籍，而天地为之廓清矣。汉儒歌颂朝廷功德，自云"舒愤懑"*，除乐户之事，诚可云舒愤懑者：故列古语琐事之实，有关因革者如此。

这一段结语，有两事使我吃惊。第一事，是宽假奴隶的皇帝中，汉人居很少数。但我疑心俞正燮还是考之未详，例如金元，是并非厚待奴隶的，只因那时连中国的蓄奴的主人也成了奴隶，从征服者看来，并无高下，即所谓“一视同仁”，于是就好像对于先前的奴隶加以宽假了。第二事，就是这自有历史以来的虐政，竟必待满洲的清才来廓清，使考史的儒生，为之拍案称快，自比于汉儒的“舒愤懑”——就是明末清初的才子们之所谓“不亦快哉”*！

〖释：俞正燮，字理初，安徽黟县人。清代学者。《除乐户丐户籍及女乐考附古事》一文载其所撰《癸巳类稿》中。/“解放惰民丐户，罢教坊，停女乐”，“惰民”又作堕民、丐户。清雍正元年(1723)废“丐籍”，雍正七年(1729)废教坊，顺治十六年(1659)废女乐。/“舒愤懑”，原语为“启发愤懑”，语出汉代班固《典引》。/“不亦快哉”，金圣叹在《圣叹外书》中记录了三十三则“快事”，每则都以“不亦快哉”一语结束。〗

且介亭杂文/病后杂谈之余（1935·3）

●5-13-50-41

人民在欺骗和压制之下，失了力量，哑了声音，至多也不过有几句民谣。“天下有道，则庶人不议。”*就是秦始皇隋炀帝，他会自承无道么？百姓就只好永远箝口结舌，相率被杀，被奴。这情形一直继续下来，谁也忘记了开口，但也许不能开口。即以前清末年而论，大事件不可谓不多了：雅片战争，中法战争，中日战争，戊戌政变，义和拳变，八国联军，以至民元革命。然而我们没有一部像样的历史的著作，更不必说文学作品了。“莫谈国事”，是我们做小民的本分。

〖释：“天下有道，则庶人不议”，孔丘的话，见《论语·季氏》。据朱熹《集注》：“上无失政，则下无私议，非箝其口使不敢言也。”〗

且介亭杂文二集/田军作《八月的乡村》序（1935·3·28）

●5-13-50-42

苛求君子，宽纵小人，自以为明察秋毫，而实则反助小人张目。倘说：东林*中虽亦有小人，然多数为君子，反东林者虽亦有正士，而大抵是小人。那么，斤量就大不相同了。

〖释：“东林”，指明末东林党。主要人物有顾宪成、高攀龙等，他们聚集在无锡东林书院讲学。议论时政，批评时政，对舆论影响很大。一部分比较正直的官员也与他们互通声气，形成上层知识分子为主的政治集团。明天启五年（1625）他们遭到宦官魏忠贤的残酷镇压，被杀害者达数百人。〗

且介亭杂文二集/“题未定”草〔九〕（1936·1）

●5-13-50-43

残害了几万几十万人，还只“能博得一时的慑服”，为“成功的帝王”设想，实在是大可悲哀的：没有好法子。

且介亭杂文末编/写于深夜里（1936·5）

※　※　※

●5-13-50-44

要攻击高门大族的坚固的旧堡垒，却去瞄准他的血统，在战略上，真可谓奇谲的了。

坟/论“他妈的！”（1925·7·27）

●5-13-50-45

我们讲到曹操，很容易就联想起《三国志演义》，更而想起戏台上那一位花面的奸臣，但这不是观察曹操的真正的方法。

而已集/魏晋风度及文章与药及酒之关系（1927·8）

●5-13-50-46

我以为考证固不可荒唐，而亦不宜墨守，世间许多事，只消常识，便得了然。藏书家欲其所藏版本之古，史家则不然。

二心集/关于《唐三藏取经诗话》的版本（1931·2）

●5-13-50-47

我久不看现行的历史教科书了，不知道里面怎么说，但在报章杂志上，却有时还看见以成吉思汗自豪的文章。事情早已过去了，原没有什么大关系，但也许正有着大关系，而且无论如何，总是说些真实的好。

且介亭杂文/随便翻翻（1934·11）

※　※　※

●5-13-50-48

“北平大学教授兼女子文理学院文史系主任李季谷『注：即李宗武。见5-6-30“李宗武”题解』氏”赞成《一十宣言》原则的谈话，末尾道：“为复兴民族之立场言，教育部应统令设法标榜岳武穆，文天祥，方孝孺＊等有气节之名臣勇将，俾一般高官戎将有所法式云”。

凡这些，都是以不大十分研究为是的。如果……查查岳武穆们的事实，看究竟是怎样的结果，“复兴民族”了没有，那你一定会被捉弄得发昏，其实也就是自寻烦恼。

〖释：岳武穆，即岳飞（1103-1142），南宋抗金名将。被宋高宗赵构和宰相秦桧从前线召回，以“莫须有”罪名合谋杀害。文天祥（1236-1283），南宋大臣、文学家；坚持抗元，被俘后不屈被杀。留有《正气歌》等。方孝孺，见3-5-28-33条释。〗

且介亭杂文二集/“寻开心”（1935·4·5）

●5-13-50-49

印给少年们看的刊物上，现在往往见有描写岳飞呀，文天祥呀的故事文章。自然，这两位，是给中国人挣面子的……

他们俩，一位是文官，一位是武将，倘使少年们受了感动，要来模仿他，他就先得在普通学校卒业之后，或进大学，再应文官考试，或进陆军学校，做到将官。于是武的呢，准备被十二金牌召还，死在牢狱里；文的呢，起兵失败，死在蒙古人的手中。

宋朝怎么样呢？有历史在，恕不多谈。

不过这两位，却确可以励现任的文官武将，愧前任的降将逃官，我疑心那些故事，原是为办给大人老爷们看的刊物而作的文字，不知怎么一来，却错登在少年读物上面了，要不然，作者是决不至于如此低能的。

且介亭杂文末编/登错的文章（1936·2）

●5-13-50-50

“作善降祥”＊的古训，六朝人本已有些怀疑了，他们作墓志，竟会说“积善不报，终自欺人”＊的话。但后来的昏人，却又瞒起来。……凡有缺陷，一经作者粉饰，后半便大抵改观，使读者落诬妄中，以为世间委实尽够光明，谁有不幸，便是自作自受。

有时遇到彰明的史实，瞒不下，如关羽岳飞的被杀，便只好别设骗局了。一是前世已造夙因，如岳飞；一是死后使他成神，如关羽。定命不可逃，成神的善报更满人意，所以杀人者不足责，被杀者也不足悲，冥冥中自有安排，使他们各得其所，正不必别人来费力了。

〖释：“作善降祥”，语出《尚书·伊训》：“惟上帝不常，作善降之百祥，作不善降之百殃。”/“积善不报，终自欺人”，语见东魏元湛墓志铭：“曰仁者寿，所期必信，积善不报，终自欺人。”〗

坟/论睁了眼看（1925·8·3）

※　※　※

●5-13-50-51

在七月廿六日《新闻报》的《快活林》里，遇见一篇题作《吾国征俄战史之一页》的叙述详细而昏不可当的文章，可惜限于篇幅，只能摘抄：

乃尝读史至元成吉思汗＊。起自蒙古。入主中夏……陷莫斯科。太祖长子术赤＊遂于其地即汗位……进逼欧洲内地。而有欧亚混一之势者。谓非吾国战史上最有光彩最有荣誉之一页得乎……

那结论是：

……质言之。元时之兵锋。不仅足以扼欧亚之吭。而有席卷包举之气象。有足以壮吾国后人之勇气者。固自有在。余故备述之。以告应付时局而固边圉者。

这只有这作者“清癯”先生是蒙古人，倒还说得过去。否则，成吉思汗“入主中夏”，术赤在墨斯科“即汗位”，那时咱们中俄两国的境遇正一样，就是都被蒙古人征服的。为什么中国人现在竟来硬霸“元人”为自己的先人，仿佛满脸光彩似的，去骄傲同受压迫的斯拉夫种的呢？

倘照这样的论法，俄国人就也可以作“吾国征华战史之一页”，说他们在元代奄有中国的版图。

倘照这样的论法，则即使俄人此刻“入主中夏”，也就有“欧亚混一之势”，“有足以壮吾国后人”之后人“之勇气者”矣。

嗟乎，赤俄未征，白痴已出，殊“非吾国战史上最有光彩最有荣誉之一页”也！

〖释：成吉思汗（1162－1227），名铁木真，古代蒙古族领袖。1206年统一蒙古族各部落，建立蒙古汗国，被拥戴为王，称成吉思汗。他的继承者灭南宋建立元朝后，追尊他为元太祖。他在1219年－1223年西征，占领中亚和南俄。以后他的孙子拔都又于1235年－1244年第二次西征，征服俄罗斯并侵入匈、奥、波等欧洲国家。以上事件均发生在1279年元世祖忽必烈灭宋之前。/术赤（1177－1225），蒙古汗国大将，成吉思汗长子。〗

三闲集/《吾国征俄战史之一页》（1929·8·5）

●5-13-50-52

幼小时候，我知道中国在“盘古氏开辟天地”之后，有三皇五帝，……宋朝，元朝，明朝，“我大清”＊。到二十岁，又听说“我们”的成吉思汗征服欧洲，是“我们”最阔气的时代。到二十五岁，才知道所谓这“我们”最阔气的时代，其实是蒙古人征服了中国，我们做了奴才。直到今年八月里，因为要查一点故事，翻了三部蒙古史，这才明白蒙古人的征服“斡罗斯”＊，侵入匈奥，还在征服全中国之前，那时的成吉思汗还不是我们的汗，倒是俄人被奴的资格比我们老，应该他们说“我们的成吉思汗征服中国，是我们最阔气的时代”的。

〖释：“我大清”，旧时学塾初级读物三字经中的句子。/“斡罗斯”，即俄罗斯。〗

且介亭杂文/随便翻翻（1934·11）

●5-13-50-53

这是明亡后的事情。

凡活着的，有些出于心服，多数是被压服的。但活得最舒服横恣的是汉奸；而活得最清高，被人尊敬的，是痛骂汉奸的逸民。后来寿终林下，儿子已不妨应试去了，而且各有一个好父亲。至于默默抗战的烈士，却很少有一个遗孤。

且介亭杂文末编/半夏小集〔四〕（1936·10）

●5-13-50-54

历史通知过我们，清兵入关，禁缠足＊，要垂辫，前一事只用文告，到现在还是放不掉，后一事用了别的法，到现在还在拖下来。

〖释：“清兵入关禁缠足”，清顺治二年（1645）、康熙元年（1662）和康熙三年清廷曾三度下令禁止妇女缠足。〗

华盖集/通讯〔复徐炳昶〕（1925·3·20）

●5-13-50-55

我希望有人好好地做一部民国的建国史给少年看，因为我觉得民国的来源已经失传了，虽然还只有十四年！

华盖集/忽然想到〔三〕（1925·2·14）

●5-13-50-56

不错，中国也有过讴歌了元和清的人们，但那是感谢火神之类，并非连心也全被征服了的证据。

且介亭杂文/关于中国的两三件事（日文1934·3）

●5-13-50-57

许多历史的教训，都是用极大的牺牲换来的。

集外集拾遗/今春的两种感想（1932·11·30）

（51）秦汉/魏晋/六朝/唐宋

查查岳武穆们的事实，看究竟是怎样的结果，“复兴民族”了没有，那你一定会被捉弄得发昏，其实也就是自寻烦恼。

●5-13-51-1

孔子之徒为儒，墨子＊之徒为侠。“儒者，柔也”，当然不会危险的。惟侠老实，所以墨者的末流，至于以“死”为终极的目的。到后来，真老实的逐渐死完，止留下取巧的侠，汉的大侠，就已和公侯权贵相馈赠，以备急时来作护符之用了＊。

〖释：墨子，即墨翟（约前468－前376），墨家学派创始人。其部分信徒在秦汉时演化为游侠。据《史记·游侠列传》，他们“言必信，行必果”，以“不爱其躯”和“士为知己者死”为信条。/“汉的大侠……”，据《汉书·游侠传》，大侠陈遵居长安，“列侯近臣贵戚”、“牧守”和“豪杰”都来趋奉。〗

三闲集/流氓的变迁（1930·1·1）

●5-13-51-2

秦始皇一烧书，至今还俨然做着名人，至于引为希特拉『注：即希特勒』烧书事件的先例。……秦的末年就有着放火的名人项羽在，一烧阿房宫，便天下闻名，至今还会在戏台上出现，连在日本也很有名。

且介亭杂文/关于中国的两三件事（1934·3）

●5-13-51-3

秦始皇实在冤枉得很，他的吃亏是在二世而亡，一班帮闲们都替新主子去讲他的坏话了。

准风月谈/华德焚书异同论（1933·7·1）

●5-13-51-4

不错，秦始皇烧过书，烧书是为了统一思想。但他没有烧掉农书和医书；他收罗许多别国的“客卿”＊，并不专重“秦的思想”，倒是博采各种的思想的。秦人重小儿；始皇之母＊，赵女也，赵重妇人，所以我们从“剧秦”＊的遗文中，也看不见轻贱女人的痕迹。

〖释：“客卿”，战国时代，某一诸侯国任用别国人材为官，称为“客卿”。例如秦始皇的丞相李斯就是楚国人。/“秦人重小儿，赵重妇人”，见《史记·扁鹊列传》：“扁鹊名闻天下。过邯郸，闻（闻赵人）贵妇人，即为带下医；……来入咸阳，闻秦人爱小儿，即为小儿医；随俗为变。”又同书《秦始皇本纪》和《吕不韦列传》载，秦始皇的母亲是赵国邯郸的一个“豪家女”。/“剧秦”，意即很短促的秦朝。原语见汉代扬雄《剧秦美新》：“二世而亡，何其剧与（欤）!”《文选》李善注：“剧，甚也，言促甚也。”〗

准风月谈/华德焚书异同论（1933·7·1）

●5-13-51-5

汉的高祖＊，据历史家说，是龙种，但其实是无赖出身。

〖释：“汉的高祖”，刘邦（前247－前195），名季，沛（今江苏沛县）人。秦末农民军首领，汉朝的创立者。据《史记·高祖本纪》载，刘邦之母“梦与神遇……已而有身，遂产高祖。”又说他“不事家人生产作业……好酒及色”云。〗

且介亭杂文/关于中国的两三件事（1934·3）

●5-13-51-6

人感到寂寞时，会创作；一感到干净时，即无创作，他已经一无所爱。

创作总根于爱。

杨朱无书＊。

〖释：“杨朱无书”，杨朱学说的核心是“为我”。《孟子·尽心》说：“杨子取为我，拔一毛而利天下，不为也。”他没有著作留传下来。其言论散见于《孟子》、《庄子》、《韩非子》、《吕氏春秋》等书中。《列子》中有《杨朱篇》，一般认为是伪书。〗

而已集/小杂感（1927·12·17）

●5-13-51-7

刘邦除秦苛暴，“与父老约，法三章耳。”＊

而后来仍有族诛，仍禁挟书，还是秦法。

法三章者，话一句耳。

〖释：“与父老约，法三章耳”，公元前206年，刘邦率兵入咸阳，与当地父老约法三章：“杀

人者死，伤人及盗抵罪。”并宣布废除秦的苛酷法律，如“诽谤者族，偶语者弃市”等。〗

而已集/小杂感（1927·12·17）

●5-13-51-8

汉时习俗，实与秦无大异，循览之后，颇能得其仿佛也。

书信/致姚克（1934·2·11）

●5-13-51-9

嵇康＊的见杀，是因为他的朋友吕安不孝，连及嵇康，罪案和曹操的杀孔融＊差不多。魏晋，是以孝治天下的，不孝，故不能不杀。为什么要以孝治天下呢？因为天位从禅让，即巧取豪夺而来，若主张以忠治天下，他们的立脚点便不稳，办事便棘手，立论也难了，所以一定要以孝治天下。

〖释：嵇康（223－262），字叔夜，晋代诗人。留有《嵇康集》。/孔融（153－208），汉末文人。〗

而已集/魏晋风度及文章与药及酒之关系（1927·8）

●5-13-51-10

董卓『注：汉末军阀（？－192）』之后，曹操专权。在他的统治之下，第一个特色便是尚刑名。他的立法是很严的……影响到文章方面，成了清峻的风格。——就是文章要简约严明的意思。此外还有一个特点，就是尚通脱。

而已集/魏晋风度及文章与药及酒之关系（1927·8）

●5-13-51-11

曹操本身，也是一个改造文章的祖师，可惜他的文章传的很少。他胆子很大，文章从通脱得力不少，做文章时又没有顾忌，想写的便写出来。

而已集/魏晋风度及文章与药及酒之关系（1927·8）

●5-13-51-12

曹操在史上年代也是颇短的，自然也逃不了被后一朝人说坏话的公例。其实，曹操是一个很有本事的人，至少是一个英雄，我虽不是曹操一党，但无论如何，总是非常佩服他。

而已集/魏晋风度及文章与药及酒之关系（1927·8）

●5-13-51-13

曹丕＊做的诗赋很好，更因他以“气”为主，故于华丽以外，加上壮大。归纳起来，汉末，魏初的文章，可说是：“清峻，通脱，华丽，壮大。”

〖释：曹丕（187－226），字子恒，曹操的次子。建安二十五年（220）废汉献帝自立为帝，即魏文帝。他爱好文学，是著名的作家和批评家。〗

而已集/魏晋风度及文章与药及酒之关系（1927·8）

●5-13-51-14

嵇阮＊的罪名，一向说他们毁坏礼教。但据我个人的意见，这判断是错的。魏晋时代，崇奉礼教的看来似乎很不错，而实在是毁坏礼教，不信礼教的。表面上毁坏礼教者，实则倒是承认礼教，太相信礼教。

〖释：“嵇阮”，指嵇康、阮籍（210－263），二人齐名。阮是著名文人，传世有《阮籍集》十卷。〗

而已集/魏晋风度及文章与药及酒之关系（1927·8）

●5-13-51-15

魏晋时所谓崇奉礼教，是用以自利，那崇奉也不过偶然崇奉，如曹操杀孔融，司马懿＊杀嵇康，都是因为他们和不孝有关，但实在曹操司马懿何尝是著名的孝子，不过将这个名义，加罪于反对自己的人罢了。于是老实人以为如此利用，亵黩了礼教，不平之极，无计可施，激而变成不谈礼教，不信礼教，甚至于反对礼教。——但其实不过是态度，至于他们的本心，恐怕倒是相信礼教，当作宝贝，比曹操司马懿们要迂执得多。

〖释：司马懿（179－251），字仲达，初为曹操主簿，魏明帝时为大将军。其孙司马炎于咸熙二年（265）代魏称帝，建立晋朝。〗

而已集/魏晋风度及文章与药及酒之关系（1927·8）

●5-13-51-16

有人来恐吓了。他说，你不怕么？古之嵇康，在柳树下打铁，钟会来看他，他不客气，问道："何所闻而来，何所见而去?"＊于是得罪了钟文人，后来被他在司马懿面前搬是非，送命了。所以你无论遇见谁，应该赶紧打拱作揖，让坐献茶，连称"久仰久仰"才是。这自然也许未必全无好处，但做文人做到这地步，不是很有些近乎婊子了么？况且这位恐吓家的举例，其实也是不对的，嵇康的送命，并非为了他是傲慢的文人，大半倒是因为他是曹家的女婿，即使钟会不去搬是非，也总有人去搬是非的，所谓"重赏之下，必有勇夫"者是也。

〖释："……何所见而去"，关于钟会访嵇康事，见《晋书·嵇康传》。钟会（225－264），司马昭的重要谋士，三国后期曾统兵伐蜀。后文的司马懿应为司马昭。〗

且介亭杂文二集/再论"文人相轻"（1935·6）

●5-13-51-17

晋人尚清谈，讲标格，常以寥寥数言，立致通显，所以那时的小说，多是记载畸行隽语的《世说》＊一类，其实是借口舌取名位的入门书。

〖释：《世说》，即《世说新语》，南朝刘义庆撰。内容是记述东汉至东晋间一般文人学士的言谈风貌轶事等。有南朝梁刘孝标所作注释。按刘义庆（403－444），彭城（今江苏徐州）人。〗

且介亭杂文二集/六朝小说和唐代传奇文有怎样的区别？（1935·5·3）

●5-13-51-18

"五石散"是一种毒药，是何晏＊吃开头的。汉时，大家还不敢吃，何晏或者将药方略加改变，便吃开头了。五石散的基本，大概是五样药：石钟乳，石硫黄，白石英，紫石英，赤石脂；另外怕还配点别样的药。……那时五石散的流毒就同清末的鸦片的流毒差不多，看吃药与否以分阔气与否的。

〖释：何晏（？－249），曹操的女婿，曾为吏部尚书。后被司马懿所杀。〗

而已集/魏晋风度及文章与药及酒之关系（1927·8）

●5-13-51-19

到东晋，风气变了。社会思想平静得多，各处都夹入了佛教的思想。再至晋末，乱也看惯了，篡也看惯了，文章便更和平。代表平和的文章的人有陶潜＊。他的态度是随便饮酒，乞食，高兴的时候就谈论和作文章，无尤无怨。所以现在有人称他为"田园诗人"，是个非常和平的田园诗人。他的态度是不容易学的，他非常之穷，而心里很平静。

〖释：陶渊明（365或372或376－427），东晋诗人。一名潜，字元亮，私谥靖节。亦擅散文、辞赋。有《陶渊明集》。〗

而已集/魏晋风度及文章与药及酒之关系（1927·8）

●5-13-51-20

陶潜总不能超于尘世，而且，于朝政还是留心，也不能忘掉"死"，这是他诗文中时时提起的。

而已集/魏晋风度及文章与药及酒之关系（1927·8）

●5-13-51-21

东晋以后，不做文章而流为清谈，由《世说新语》一书里可以看到。此中空论多而文章少……

而已集/魏晋风度及文章与药及酒之关系（1927·8）

●5-13-51-22

六朝人小说，是没有记叙神仙或鬼怪的，所写的几乎都是人事；文笔是简洁的；材料是笑柄，谈资；但好像很排斥虚构……

且介亭杂文二集/六朝小说和唐代传奇文有怎样的区别？（1935·5·3）

●5-13-51-23

唐代传奇文可就大两样了：神仙人鬼妖物，都可以随便驱使；文笔是精细的，曲折的，至于被崇尚简古者所诟病；所叙的事，也大抵具有首尾和波澜，不止一点断片的谈柄；而且作者往往故意显示着这事迹的虚构，以见他想象的才能了。

且介亭杂文二集/六朝小说和唐代传奇文有怎样的区别？1935·5·3）

●5-13-51-24

唐以诗文取士，但也看社会上的名声，所以士子入京应试，也须豫先干谒名公，呈献诗文，冀其称誉，这诗文叫作“行卷”。诗文既滥，人不欲观，有的就用传奇文，来希图一新耳目，获得特效了，于是那时的传奇文，也就和“敲门砖”很有关系。

且介亭杂文二集/六朝小说和唐代传奇文有怎样的区别？（1935·5·3）

●5-13-51-25

也许是已经汉译了的日本箭内亘＊氏的著作罢，他曾经一一记述了宋代的人民怎样为蒙古人所淫杀，俘获，践踏和奴使。然而南宋小朝廷却仍旧向残山剩水间的黎民施威，在残山剩水间行乐；逃到那里，气焰和奢华就跟到那里，颓靡和贪婪也跟到那里。“若要官，杀人放火受招安；若要富，跟着行在卖酒醋。”＊这是当时的百姓提取了朝政的精华的结语。

〖释：箭内亘（1875－1926），日本汉学家。/“若要官，杀人放火受招安……”，南宋民谣。见南宋庄季裕《鸡肋编》。〗

且介亭杂文二集/田军作《八月的乡村》序（1935·3·28）

●5-13-51-26

宋朝是不许南人做宰相的，那是他们的“祖制”，只可惜终于不能坚持。

华盖集/我的“籍”和“系”（1925·6·5）

●5-13-51-27

不知道南宋比现今如何，但对外敌，却明明已经称臣，惟独在国内特多繁文缛节以及唠叨的碎话。正如倒霉人物，偏多忌讳一般，豁达闳大之风消歇净尽了。直到后来，都没有什么大变化。

坟/看镜有感（1925·3·2）

（52）元/明/清/民国

中国向来的历史上，凡一朝要完的时候，总是自己动手，先向本国的较好的人，物，都打扫干净，给新主子可以不费力量的进来。现在也毫不两样

●5-13-52-1

二十多年前，都说朱元璋＊（明太祖）是民族的革命者，其实是并不然的，他做了皇帝以后，称蒙古朝为“大元”，杀汉人比蒙古人还利害。

〖释：朱元璋（1328－1398），濠州钟离（今安徽凤阳）人。元末农民军首领，明朝的开国皇帝。辛亥革命前夕，同盟会机关报《民报》上曾登载他的画像，称他为“中国大民族革命伟人”、“中国革命之英雄”云。〗

二心集/上海文艺之一瞥（1931·7·27）

●5-13-52-2

鹰犬塞途，干儿当道，魏忠贤不是活着就配享了孔庙＊么？他们那种办法，当时都有人来说得头头是道的。

〖释：“魏忠贤活着配享孔庙”，魏忠贤（1568－1627），河间肃宁（今河北肃宁）人。明代天启年间最跋扈的太监。曾操纵特务机关东厂大肆残害忠良。当时趋炎附势的无耻之徒对他竞相谄媚，丑态百出。据《明史·魏忠贤传》载：“群小益求媚”，“相率归忠贤称义儿”，“监生陆万龄至请以忠贤配孔子”。〗

伪自由书/文章与题目（1933·5·5）

●5-13-52-3

东林中虽亦有小人，然多数为君子，反东林

者虽亦有正士，而大抵是小人。

且介亭杂文二集/“题未定”草（1936·1）

●5-13-52-4

单说剥皮法，中国就有种种。……大明一朝，以剥皮始，以剥皮终，可谓始终不变；至今在绍兴戏文里和乡下人的嘴上，还偶然可以听到“剥皮揎草”的话，那皇泽之长也就可想而知了。

且介亭杂文/病后杂谈（1935·2）

●5-13-52-5

明末人好名，刻古书也是一种风气，然而往往自己看不懂，以为错字，随手乱改。不改尚可，一改，可就反而改错了，所以使后来的考据家为之摇头叹气，说是“明人好刻古书而古书亡”。

准风月谈/四库全书珍本（1933·8·26）

●5-13-52-6

张献忠『注：见5-13-50-8条释』的剥人皮，不是一种骇闻么？但他之前已有一位剥了“逆臣”景清的皮的永乐皇帝*在。

〖释：永乐皇帝，即明成祖朱棣（1360－1424）。朱元璋死后传位皇太孙朱允炆（即建文帝），被其叔朱棣起兵推翻。朱棣即位后改年号永乐，并残酷镇压忠于建文帝的旧臣，对景清曾“剥其皮，草椟之，械系长安门，碟其骨肉”。〗

南腔北调集/偶成（1933·10·15）

●5-13-52-7

张献忠在明末的屠戮百姓，是谁也知道，谁也觉得可骇的，譬如他使ABC三枝兵杀完百姓之后，便令AB杀C，又令A杀B，又令A自相杀。为什么呢？是李自成已经入北京，做皇帝了。做皇帝是要百姓的，他就要杀完他的百姓，使他无皇帝可做。

坟/坚壁清野主义（1926·1）

●5-13-52-8

明亡以后，一点土地也没有了，却还有窜身海外，志在恢复的人。

华盖集/这回是“多数”的把戏（1925·12·31）

●5-13-52-9

我曾在古物陈列所所陈列的古画上看见一颗印文，是几个罗马字母。但那是所谓“我圣祖仁皇帝”『注：指清康熙皇帝玄烨』的印，是征服了汉族的主人，所以他敢；汉族的奴才是不敢的，便是现在，便是艺术家，可有敢用洋文的印的么？

坟/看镜有感（1925·3·2）

●5-13-52-10

现在中西的学者们，几乎一听到“钦定四库全书”*这名目就魂不附体，膝弯总要软下来似的。其实呢，书的原式是改变了，错字是加添了，甚至于连文章都删改了……一比较就知道。“官修”而加以“钦定”的正史也一样，不但本纪咧，列传咧，要摆“史架子”；里面也不敢说什么。据说，字里行间是也含着什么褒贬的，但谁有这么多的心眼儿来猜闷壶卢。至今还道“将平生事迹宣付国史馆立传”，还是算了罢。

〖释：“钦定四库全书”，清代乾隆三十八年（1773）朝廷设馆纂修的大型丛书。历时十年，共选录书籍三千五百〇三种，分经、史、子、集四部。它有整理和保存文献的作用，但也是加强文化统制的具体措施，凡被认为“违碍”之书，都遭“全毁”、“抽毁”和窜改。〗

华盖集/这个与那个（1925·12）

●5-13-52-11

满洲人以异族侵入中国，讲历史的，尤其是讲宋末的事情的人被杀害了，讲时事的自然也被杀害了。所以，到乾隆年间，人民大家便更不敢用文章来说话了『注：指清初的多次文字狱』。所谓读书人，便只好躲起来读经，校刊古书，做些古时的文章，和当时毫无关系的文章。

三闲集/无声的中国（1927·2）

●5-13-52-12

清朝人改宋人书，……原文带些愤激，是“激烈”，改本不过“可叹也夫”，是“循规蹈矩”的。何以故呢？愤激便有揭竿而起的可能，而“可叹也夫”则瘟头瘟脑，即使全国一同叹气，其结果也不过是叹气，于“治安”毫无妨碍。

但我还要给青年们一个警告：勿以为我们以后只做“可叹也夫”的文章，便可以安全了。新例我还未研究好，单看清朝的老例，则准其叹气，乃是对于古人的优待，不适用于今人的。因为奴才都叹气，虽无大害，主人看了究竟不舒服。

而已集/谈“激烈”（1927·10·8）

●5-13-52-13

元朝之于中文书籍，未尝如此留心。这一著倒要推清朝做模范，他不但兴过几回“文字狱”，大杀叛徒，且于宋朝人所做的“激烈文字”，也曾细心加以删改。同胞之热心“复古”及友邦之赞助“复古”者，似当奉为师法者也。

而已集/谈“激烈”（1927·10·8）

●5-13-52-14

前清末年，满人出死力以镇压革命，有“宁赠友邦，不给家奴”『注：这是晚清大臣刚毅的话』的口号，汉人一知道，更恨得切齿。其实汉人何尝不如此？吴三桂之请清兵入关，便是一想到自身的利害，即“人同此心”的实例了。

伪自由书/文章与题目（1933·5·5）

●5-13-52-15

后人能使古人纯厚，则比古人更为纯厚也可见。清朝曾有钦定的《唐宋文醇》和《唐宋诗醇》*，便是由皇帝将古人做得纯厚的好标本，不久也许会有人翻印，以“挽狂澜于既倒”的。

〖释：《唐宋文醇》，清乾隆三年（1738）“御定”，五十八卷，包括唐宋八大家和李翱、孙樵等十人的文章。《唐宋诗醇》，清乾隆十五年（1750）“御定”，四十七卷，包括唐代李白、杜甫、白居易、韩愈和宋代苏轼、陆游等六人的诗作。〗

花边文学/古人并不纯厚（1934·4·26）

●5-13-52-16

清朝的开国之君是十分聪明的……用的是中国的古训：“爱民如子”，“一视同仁”。一部分的大臣，士大夫，是明白这奥妙的，并不敢相信。但有一些简单愚蠢的人们却上了当，真以为“陛下”是自己的老子，亲亲热热的撒娇讨好去了。他那里要这被征服者做儿子呢？于是乎杀掉。

且介亭杂文/隔膜（1934·7·5）

●5-13-52-17

满洲人自己，就严分着主奴，大臣奏事，必称“奴才”，而汉人却称“臣”就好。这并非因为是“炎黄之胄”，特地优待，锡以嘉名的，其实是所以别于满人的“奴才”，其地位还下于“奴才”数等。

且介亭杂文/隔膜（1934·7·5）

●5-13-52-18

我每遇到学者谈起清代的学术时，总不免同时想：“扬州十日”，“嘉定三屠”这些小事情，不提也好罢，但失去全国的土地，大家十足做了二百五十年奴隶，却换得这几页光荣的学术史，这买卖，究竟是赚了利，还是折了本呢？

花边文学/算账（1934·7·23）

●5-13-52-19

清朝虽然遵崇朱子*，但止于“尊崇”，却不许“学样”，因为一学样，就要讲学，于是而有学说，于是而有门徒，于是而有门户，于是而有门户之争，这就足为“太平盛世”之累。

〖释：朱子，即朱熹（1130－1200），南宋哲学家、教育家，集理学之大成，世称“程（程颢、程颐）朱学派”。〗

且介亭杂文/买《小学大全》记（1934·8·5）

●5-13-52-20

乾隆是不承认清朝会有“名臣”的，他自己是“英主”，是“明君”，所以在他的统治之下，不能有奸臣，既没有特别坏的奸臣，也就没有特别好的名臣，一律都是不好不坏，无所谓好坏的奴子。

且介亭杂文/买《小学大全》记（1934·8·5）

●5-13-52-21

特别攻击道学先生，所以是那时的一种潮流，也就是“圣意”。我们所常见的，是纪昀＊总纂的《四库全书总目提要》＊和自著的《阅微草堂笔记》＊里的时时的排击。这就是迎合着这种潮流的，倘以为他秉性平易近人，所以憎恨了道学先生的豁刻，那是一种误解。

〖释：纪昀（1725－1805），字晓岚，直隶（今河北）献县人，清代文学家。官至礼部尚书，曾任四库馆总纂官。/《四库全书总目提要》，二百卷，是四库全书的书目解题，完成于乾隆四十七年（1782）。/《阅微草堂笔记》，笔记小说，书中多有不满道学的言论。〗

且介亭杂文/买《小学大全》记（1934·8·5）

●5-13-52-22

清的康熙，雍正和乾隆三个，尤其是后两个皇帝，对于“文艺政策”或说得较大一点的“文化统制”＊，却真尽了很大的努力的。文字狱不过是消极的一方面，积极的一面，则如钦定四库全书，于汉人的著作，无不加以取舍，所取的书，凡有涉及金元之处者，又大抵加以修改，作为定本。此外，对于“七经”＊，“二十四史”＊，《通鉴》＊，文士的诗文，和尚的语录，也都不肯放过，不是鉴定，便是评选，文苑中实在没有不被蹂躏的处所了。而且他们是深通汉文的异族的君主，以胜者的看法，来批评被征服的汉族的文化和人情，也鄙夷，但也恐惧，有苛论，但也有确评，文字狱只是由此而来的辣手的一种，那成果，由满洲这方面言，是的确不能说它没有效的。

〖释：“文艺政策”、“文化统制”等语，系针对当局政策而发，当初发表时均被删去。如1934年1月《汗血》月刊第卷第四期即为《文化剿匪专号》，同年8月的《前途》月刊第二卷第八期又为《文化统制专号》。/“七经”，儒家的七部经典。汉、北宋和清康熙朝，对这七部经典的组成有不同规定。/“二十四史”，清乾隆时，《明史》定稿，诏刊二十二史，又诏《旧唐书》，并从《永乐大典》等书中辑出薛居正《旧五代史》，合称二十四史。/《通鉴》，即《资治通鉴》，宋代司马光等编纂的编年体史书，起于战国，终于五代。乾隆曾命臣下编成另一部起于上古终至明末的编年体史书，由他亲自“详加评断”，称为《御批通鉴辑览》。〗

且介亭杂文/买《小学大全》记（1934·8·5）

●5-13-52-23

《东华录》＊，《御批通辑览》，《上谕八旗》＊，《雍正朱批谕旨》＊……等，……倘有有心人加以收集，一一钩稽，将其中的关于驾御汉人，批评文化，利用文艺之处，分别排比，辑成一书，我想，我们不但可以看见那策略的博大和恶辣，并且还能够明白我们怎样受异族主子的驯扰，以及遗留至今的奴性的由来的罢。

〖释：《东华录》，清代蒋良骐编。系从清太祖天命至世上宗雍正六朝的实录和其他文献摘抄而成。后由王先谦加增扩，合为《九朝东华录》。后又形成《咸丰朝东华录》、《同治朝东华录》以及《光绪朝东华录》等。/《上谕八旗》，内容为雍正一朝关于八旗政务的谕旨和奏议等文件。/《雍正朱批谕旨》，是经雍正朱批的臣工二三百人的奏折。〗

且介亭杂文/买《小学大全》记（1934·8·5）

●5-13-52-24

清朝有灭族，有凌迟，却没有剥皮之刑，这是汉人应该惭愧的，但后来脍炙人口的虐政是文字狱。

且介亭杂文/病后杂谈（1935·2）

●5-13-52-25

单看雍正乾隆两朝的对于中国人著作的手段，就足够令人惊心动魄。全毁，抽毁，剜去之类也且不说，最阴险的是删改了古书的内容。乾隆朝的纂修《四库全书》，是许多人颂为一代之盛业的，但他们却不但捣乱了古书的格式，还修改了古人的文章；不但藏之内廷，还颁之文风较盛之处，使天下士子阅读，永不会觉得我们中国的作者里面，也曾经有过很有些骨气的人。

且介亭杂文/病后杂谈之余（1935·3）

●5-13-52-26

清朝的考据家有人说过，“明人好刻古书而古书亡”，因为他们妄行校改。我以为这之后，则清人纂修《四库全书》而古书亡，因为他们变乱旧式，删改原文；今人标点古书而古书亡，因为他们乱点一通，佛头着粪：这是古书的水火兵虫以外的三大厄。

且介亭杂文/病后杂谈之余（1935·3）

●5-13-52-27

我家里有一个年老的女工，她说长毛时候，她已经十多岁，长毛故事要算她对我讲得最多，但她并无邪正之分，只说最可怕的东西有三种，一种自然是“长毛”*，一种是“短毛”*，还有一种是“花绿头”*。到得后来，我才明白后两种其实是官兵，但在愚民的经验上，是和长毛并无区别的。

〖释：“长毛”，指太平天国军队。他们都留发而不结辫，因此被称为“长毛”。/“短毛”，指剃发的清军。/“花绿头”，指帮助清军镇压太平天国的法、英军队。清代许瑶光《谈浙》卷四“谈洋兵”条：“法国兵用花布缠头，英国兵则用绿布，故人称绿头、花头云。”〗

且介亭杂文/病后杂谈之余（1935·3）

●5-13-52-28

对我最初提醒了满汉的界限的不是书，是辫子。这辫子，是砍了我们古人的许多头，这才种定了的，到得我有知识的时候，大家早忘却了血史，反以为全留乃是长毛，全剃好像和尚，必须剃一点，留一点，才可以算是一个正经人了。

且介亭杂文/病后杂谈之余（1935·3）

●5-13-52-29

从辫子上玩出花样来：小丑挽一个结，插上一朵纸花打诨；开口跳将小辫子挂在铁杆上，慢慢的吸烟献本领；变把戏的不必动手，只消将头一摇，劈拍一声，辫子便自会跳起来盘在头顶上，他于是耍起关王刀来了。而且还切于实用：打架的时候可以拔住，挣脱极难；捉人的时候可以拉着，省得绳索，要是被捉的人多呢，只要捏住辫梢头，一个人就可以牵一大串。

且介亭杂文/病后杂谈之余（1935·3）

●5-13-52-30

那时『注：指清朝末年』的青年，好像涵养工夫没有现在的深，也还未懂得“幽默”……对于拥有二百余年历史的辫子的模样，也渐渐的觉得并不雅观，既不全留，又不全剃，剃去一圈，留下一撮，又打起来拖在背后，真好像做着好给别人来拔着牵着的柄子。对于它终于怀了恶感，我看也正是人情之常，不必指为拿了什么地方的东西，迷了什么斯基的理论的。

且介亭杂文/病后杂谈之余（1935·3）

●5-13-52-31

集中国文字狱史料，此举极紧要，大约起源古矣。清朝之狱，往往亦始于汉人之告密，此事又将于不远之日见之。

书信/致杨霁云（1935·12·19）

●5-13-52-32

见惯者不怪，对辫子也不觉其丑，何况花样繁多，以姿态论，则辫子有松打，有紧打，辫线有三股，有散线，周围有看发（即今之“刘海”），看发有长短，长看发又可打成两条细辫子，环于顶搭之周围，顾影自怜，为美男子；以作用论，

则打架时可拔，犯奸时可剪，做戏的可挂于铁竿，为父的可鞭其子女，变把戏的将头摇动，能飞舞如龙蛇，昨在路上，看见巡捕拿人，一手一个，以一捕二，倘在辛亥革命前，则一把辫子，至少十多个，为治民计，也极方便的。

且介亭杂文末编/因太炎先生而想起的二三事（1937·3·25）

●5-13-52-33

嘉庆道光以来，珍重宋元版本的风气逐渐旺盛……这就使那时的阴谋露了马脚。最初启示了我的是《琳琅秘室丛书》*里的两部《茅亭客话》*，一是校宋本，一是四库本，同是一种书，而两本的文章却常有不同，而且一定是关于“华夷”的处所。这一定是四库本删改了的；现在连影宋本的《茅亭客话》也已出版，更足据为铁证，不过倘不和四库本对读，也无从知道那时的阴谋。

〖释：《琳琅秘室丛书》，清代胡珽校刊。共五集，计三十六种，所收主要是掌故、说部、释道方面的书。/《茅亭客话》，宋代黄休复著。共十卷，内容系记录从五代到宋真宗时（约当公元十世纪）的蜀中杂事。〗

且介亭杂文/病后杂谈之余（1935·3）

●5-13-52-34

新近陆续出版的《四部丛刊续编》*自然应该说是一部新的古董书，但其中却保存着满清暗杀中国著作的案卷。例如宋洪迈*的《容斋随笔》至《五笔》是影宋刊本和明活字本，据张元济*跋，其中有三条就为清代刻本中所没有。……

清朝不惟自掩其凶残，还要替金人来掩饰他们的凶残。据此一条，可见俞正燮入金朝于仁君之列，是不确的了，他们不过是一扫宋朝的主奴之分，一律都作为奴隶，而自己则是主子。

〖释：《四部丛刊续编》，商务印书馆编选影印。共八十一种，五百册。/洪迈（1123－1202），字景庐，鄱阳（今江西波阳）人。宋代文学家。《容斋随笔》、《续笔》、《三笔》、《四笔》各十六卷，又《五笔》十卷，是一部有关经史、文艺、掌故等的笔记。/张元济（1867－1959），商务印书馆编译所所长。〗

且介亭杂文/病后杂谈之余（1935·3）

●5-13-52-35

按：以下是将中国古籍的“旧抄本”与“四库本”相关文字对比后所作结论。

……“贼”“虏”“犬羊”是讳的；说金人的淫掠是讳的；“夷狄”当然要讳，但也不许看见“中国”两个字，因为这是和“夷狄”对立的字眼，很容易引起种族思想来的。

且介亭杂文/病后杂谈之余（1935·3）

●5-13-52-36

我想赞美几句一些过去的人……所谓过去的人，是指光绪末年的所谓“新党”*，民国初年，就叫他们“老新党”*。甲午战败*，他们自以为觉悟了，于是要“维新”，便是三四十岁的中年人，也看《学算笔谈》*，看《化学鉴原》*；还要学英文，学日文，硬着舌头，怪声怪气的朗诵着，对人毫无愧色，那目的是要看“洋书”，看洋书的缘故是要给中国图“富强”，现在的旧书摊上，还偶有“富强丛书”*出现，就如目下的“描写字典”“基本英语”一样，正是那时应运而生的东西。连八股出身的张之洞*，他托缪荃孙*代做的《书目答问》*也竭力添进各种译本去，可见这“维新”风潮之烈了。

〖释：“新党”，指清末戊戌变法时期的维新派。/“老新党”，以推翻清朝为宗旨的革命党出现后，原来的维新派被称为“老新党”。/“甲午战败”，1894年（农历甲午年），日本侵略朝鲜而引发中日战争，北洋舰队全军覆灭；清政府被迫与日本签订卖国的《马关条约》。/《学算笔谈》，清末华蘅芳著近代数学丛书之一。1885年刊行。/《化学鉴原》，英国人韦尔斯著化学课本。/“富强丛书”，即《西学富强丛书》，张荫桓编辑。1896年出版，分数学、化学、电学、天文学等十二类七十余种。/张之洞，见3-6-31-64条释。/缪荃孙（1844－1919），清末藏书家、版本目录学家。早年曾入张之洞幕府，光绪间授翰林院编修。1894年辞官，专心治学。/《书目答问》，该书目中有一些从西方传入的近代数学著作如《新法算书》、《新译几何原本》等。〗

准风月谈/重三感旧（1933·10·6）

●5-13-52-37

“海禁大开”，士人渐读洋书，因知比较，纵使不被洋人称为“猪尾”，而既不全剃，又不全留，剃掉一圈，留下一撮，打成尖辫，如慈菇芽，也未免自己觉得毫无道理，大可不必了。

且介亭杂文末编/因太炎先生而想起的二三事（1937·3·25）

●5-13-52-38

北京的辫子，是奉了袁世凯的命令而剪的，但并非单纯的命令，后面大约还有刀。否则，恐怕现在满城还拖着。

而已集/忧“天乳”（1927·10·8）

●5-13-52-39

然而辫子还有一场小风波，那就是张勋的“复辟”，一不小心，辫子是又可以种起来的，我曾见他的辫子兵在北京城外布防，对于没有辫子的人们真是气焰万丈。幸而不几天就失败了，使我们至今还可以剪短，分开，披落，烫卷……

且介亭杂文/病后杂谈之余（1935·3）

●5-13-52-40

待到革命起来，就大体而言，复仇思想可是减退了。我想，这大半是因为大家已经抱着成功的希望，又服了“文明”的药，想给汉人挣一点面子，所以不再有残酷的报复。但那时的所谓文明，却确是洋文明，并不是国粹；所谓共和，也是美国法国式的共和，不是周召共和＊的共和。革命党人也大概竭力想给本族增光，所以兵队倒不大抢掠。

〖释：“周召共和”，据《史记·周本纪》，西周时厉王无道，遭国人反对，于三十七年（公元前841年）出奔，“召公、周公二相行政，号曰共和”。又据《竹书纪年》，周厉王出奔后，由共伯（共国国君名）代行王政，号共和元年。〗

坟/杂忆（1925·6·19）

●5-13-52-41

民国成立以后，汉满的恶感仿佛很是消除了，各省的界限也比先前更其轻淡了。然而“罪孽深重不自殒灭”＊的中国人，不到一年，情形便又逆转：有宗社党的活动和遗老的谬举＊而两族的旧史又令人忆起，有袁世凯的手段而南北的交恶加甚＊，有阴谋家的狡计而省界又被利用＊，并且此后还要增长起来！

〖释：“罪孽深重不自殒灭”，宋代以来一些人在父母死后讣文中的套话。/“宗社党的活动和遗老的谬举”，指1911年至1917年期间从良弼、铁良到张勋、康有为等形形色色人物的复辟阴谋活动阴谋。/“南北的交恶加甚”，指1913年（民国二年）7月发生的袁世凯与南方国民党讨袁军之间的战争。/“阴谋家的狡计而省界又被利用”，指1916年以后南北军阀以省为单位的封建割据和经常发生的战争。〗

坟/杂忆（1925·6·19）

●5-13-52-42

按：辛亥革命时期，革命党人杨禹昌、张先培、黄之萌行炸袁世凯，未遂被杀；彭家珍行炸清大臣良弼，功成身亡。四烈士后被合葬于三贝子花园（今北京动物园），其中杨、张、黄三烈士墓前均为无字碑。

三贝子花园里面，有谋刺良弼和袁世凯而死的四烈士坟，其中有三块墓碑，何以直至民国十一年还没有人去刻一个字。

热风/即小见大（1922·11·18）

●5-13-52-43

说起民元的事来，那时确是光明得多，当时我也在南京教育部，觉得中国将来很有希望。自然，那时恶劣分子固然也有的，然而他总失败。一到二年二次革命失败之后，即渐渐坏下去，坏而又坏，遂成了现在的情形。其实这不是新添的坏，乃是涂饰的新漆剥落已尽，于是旧相又显了出来，使奴才主持家政，那里会有好样子。

两地书/北京（1925·3·31）

●5-13-52-44

西洋人初入中国时，被称为蛮夷，自不免个个蹙额，但是，现在则时机已至，到了我们将曾经献于北魏，献于金，献于元，献于清的盛宴，来献给他们的时候了。

坟/灯下漫笔（1925·5·1）

●5-13-52-45

民国既经成立，辫子总算剪定了，即使保不定将来要翻出怎样的花样来，但目下总不妨说是已经告一段落。

坟/从胡须说到牙齿（1925·11·9）

●5-13-52-46

凡知道一点北京掌故的，该还记得袁世凯做皇帝时候的事罢。要看日报，包围者连报纸都会特印了给他看，民意全部拥戴，舆论一致赞成。直要待到蔡松坡云南起义，这才阿呀一声，连一连吃了二十多个馒头都自己不知道。但一这出戏也就闭幕，袁公的龙驭上宾于天了。

而已集/扣丝杂感（1927·10·22）

●5-13-52-47

按：1925年3月12日，孙中山在北京病逝。1926年6月，在南京钟山第二峰茅山南麓开工修建陵墓，1929年完工。此前，有迷信谣言流传，谓“石匠有摄收幼童灵魂以合龙口之举。市民以讹传讹，自相惊扰，因而家家幼童，左臂各悬红布一方，上书歌诀四句……（一）人来叫我魂，自叫自当承。叫人叫不着，自己顶石坟”云云。

“叫人叫不着，自己顶石坟。”则竟包括了许多革命者的传记和一部中国革命的历史。

三闲集/太平歌诀（1928·4·30）

●5-13-52-48

“老新党”们的见识虽然浅陋，但是有一个目的：图富强。所以他们坚决，切实；学洋话虽然怪声怪气，但是有一个目的：求富强之术。所以他们认真，热心。待到排满学说播布开来，许多人就成为革命党了，还是因为要给中国图富强，而以为此事必自排满始。

准风月谈/重三感旧（1933·10·6）

●5-13-52-49

我觉得革命给我的好处，最大，最不能忘的是我从此可以昂头露顶，慢慢的在街上走，再不听到什么嘲骂。

……

假如有人要我颂革命功德，以“舒愤懑”，那么，我首先要说的就是剪辫子。

且介亭杂文/病后杂谈之余（1935·3）

（53）文化史

我们为什么能够同化蒙古人和满洲人呢？是因为他们的文化比我们的低得多。倘使别人的文化和我们的相敌或更进步，那结果便要大不相同了。

●5-13-53-1

在昔原始之民，其居群中，盖惟以姿态声音，达其情意而已。声音繁变，寖成言辞，言辞谐美，乃兆歌咏。然言者，犹风波也，激荡方已，余踪杳然，独恃口耳之传，殊不足以行远或垂后，故越吟＊仅一见于载籍，绋讴＊不从集于诗山也。幸赖文字，匄其散亡，楮墨所书，年命斯久。

〖释：“越吟”，古代越国民歌，现仅存汉代刘向《说苑·善说》所载春秋时的《越人歌》一首。/“绋讴”，古代出殡时挽柩人所唱的歌，汉乐府相和曲中有《薤露曲》、《蒿里曲》等。〗

集外集拾遗补编/题记一篇（1932·7·3）

●5-13-53-2

《诗经》＊是后来的一部经，但春秋时代，其中的有几篇就用之于侑酒；屈原是“楚辞”的开山老祖，而他的《离骚》，却只是不得帮忙的不平。到得宋玉〖注：战国时楚国辞赋家〗，就现有的作品看起来，他已经毫无不平，是一位纯粹的清客了。然而《诗经》是经，也是伟大的文学作品；屈原宋玉，在文学史上还是重要的作家。为什么呢？——就因为他究竟有文采。

〖释：《诗经》，我国最早的诗歌总集，编成于春秋时代，大约是周初到春秋中期的作品。共收三〇五篇，分风、雅、颂三部分。“风”是各地方的乐歌；“雅”是王畿的乐歌；“颂”是宗庙祭祀时的乐歌。〗

且介亭杂文二集/从帮忙到扯淡（1935·9）

●5-13-53-3

司马相如＊……常常称病，不到武帝面前去献殷勤，却暗暗的作了关于封禅的文章，藏在家里，以见他也有计画大典——帮忙的本领，可惜等到大家知道的时候，他已经“寿终正寝”了。然而虽然并未实际上参与封禅的大典，司马相如在文学史上也还是很重要的作家。为什么呢？就因为他究竟有文采。

〖释：司马相如，汉代辞赋家（前179－前117）。据《史记·司马相如列传》，司马相如死后，天子遣使去他家寻问遗著，以恐失传；其妻曰“长卿未死时，为一卷书，曰有使者来求书，奏之。无他书。”其遗札书言封禅事，“天子异之”云。〗

且介亭杂文二集/从帮忙到扯淡（1935·9）

●5-13-53-4

例如蔡邕〖注：东汉文学家、书法家（132－192）〗，选家大抵只取他的碑文，使读者觉得他是典重文章的作手，必须看见《蔡中郎集》里的《述行赋》（也见于《续古文苑》），那些“穷工巧于台榭兮，民露处而寝湿，委嘉谷于禽兽兮，下糠秕而无粒”（手头无书，也许记错，容后订正）的句子，才明白他并非单单的老学究，也是一个有血性的人，明白那时的情形，明白他确有取死之道。

且介亭杂文二集/“题未定”草〔六〕（1936·1－2）

※ ※ ※

●5-13-53-5

墨子兼爱，杨子〖注：即杨朱。见5-13-51-5条释〗为我。墨子当然要著书；杨子就一定不著，这才是“为我”。因为若做出书来给别人看，便变成“为人”了。

而已集/魏晋风度及文章与药及酒之关系（1927·8）

●5-13-53-6

靖节〖注：即陶渊明。见5-13-51-5条释〗先生不但有妾，而且有奴，奴在当时，实生财之具，纵使陶公不事生产，但有人送酒，亦尚非孤寂人也。

书信/致杨霁云（1936·2·29）

●5-13-53-7

凡是有名的隐士，他总是已经有了“悠哉游哉，聊以卒岁”的幸福的。倘不然，朝砍柴，昼耕田，晚浇菜，夜织屦，又那有吸烟品茗，吟诗作文的闲暇？陶渊明先生是我们中国赫赫有名的大隐，一名“田园诗人”，自然，他并不办期刊，也赶不上吃“庚款”＊。然而他有奴子。汉晋时候的奴子，是不但侍候主人，并且给主人种地，营商的，正是生财器具。所以虽是渊明先生，也还略略有些生财之道在，要不然，他老人家不但没有酒喝，而且没有饭吃，早已在东篱旁边饿死了。

所以我们倘要看看隐君子风，实际上也只能看看这样的隐君子，真的“隐君子”是没法看到的。

〖释：“庚款”，1900年八国联军侵华，1901年（辛丑）强迫清政府签定《辛丑条约》，规定中国向八国赔款银四亿五千万两，年息四厘，分三十九年还清，本息共九亿八千多万两。这笔赔款称“庚子赔款”。后来，美国退还半数赔款，计一千一百六十余万美元，作为中国学生留美之用，并在北京设立留美预备学校（即清华学校）。第一次世界大战后，中国停止支付战败国德、奥两国的赔款；十月革命后，俄国放弃对俄赔款。1923年之后，英、法、比、荷相继仿效，将中国尚未还清的“庚款”改用于在华兴办文化、教育事业。此前，中国已偿付的赔款约六亿五千二百万两。〗

且介亭杂文/隐士（1935·2·20）

●5-13-53-8

孝文帝曹丕，以长子＊而承父业，篡汉而即帝位。他也是喜欢文章的。其弟曹植＊，还有明帝曹叡＊，都是喜欢文章的。不过那个时候，于通脱之外，更加上华丽。丕著有《典论》，现已失散无全本，那里面说：“诗赋欲丽”，“文以气为主”。《典论》的零零碎碎，在唐宋类书中；一篇整的《论文》，在《文选》中可以看见。

后来有一般人很不以他的见解为然。他说诗赋不必寓教训，反对当时那些寓训勉于诗赋的见解，用近代的文学眼光看来，曹丕的一个时代可以说是“文学的自觉时代”，或如近代所说是为艺术而艺术（Art for Art's Sake）＊的一派。

〖释：“长子”，曹操长子曹昂，随征张绣阵亡，故一般都以其次子曹丕为“长子”。/曹植（192－232），曹操第三子，字子建，诗人。/曹叡（204－239）：曹丕之子，即魏明帝。/“为艺术而艺术（Art for Art's Sake）”，十九世纪法国作家戈蒂叶（T. Gautier）的观点，认为艺术可以超越一切功利，与社会政治无关。〗

而已集/魏晋风度及文章与药及酒之关系（1927·8）

●5-13-53-9

在文学的意见上，曹丕和曹植表面上似乎是不同的。曹丕说文章事可以留名声于千载『注：见曹丕《典论·论文》』；但子建却说文章小道，不足论的『注：见曹植《与杨德祖（修）书》』。据我的意见，子建大概是违心之论。这里有两个原因，第一，子建的文章做得好，一个人大概总是不满意自己所做而羡慕他人所为的，他的文章已经做得好，于是他便敢说文章是小道；第二，子建活动的目标在于政治方面，政治方面不甚得志，遂说文章是无用了。

而已集/魏晋风度及文章与药及酒之关系（1927·8）

●5-13-53-10

曹操曹丕以外，还有下面的七个人：孔融，陈琳，王粲，徐幹，阮瑀，应瑒，刘桢，都很能做文章，后来称为“建安七子”＊。七人的文章很少流传，现在我们很难判断；但，大概都不外是“慷慨”，“华丽”罢。华丽即曹丕所主张，慷慨就因当天下大乱之际，亲戚朋友死于乱者特多，于是为文就不免带着悲凉，激昂和“慷慨”了。

〖释：“建安七子”，这个说法始于曹丕《典论·论文》：“今之文人，鲁国孔融文举，广陵陈琳孔璋，山阳王粲仲宣，北海徐幹伟长，陈留阮瑀元瑜，汝南应瑒德琏，东平刘桢公干：斯七子者，于学无所遗，于辞无所假，咸以自骋骥騄于千里，仰齐足而并驰。”对七人给予高度评价，后人据此提出“建安七子”之说。〗

而已集/魏晋风度及文章与药及酒之关系（1927·8）

●5-13-53-11

汉文慢慢壮大起来，是时代使然，非专靠曹操父子之功的。但华丽好看，却是曹丕提倡的功劳。

而已集/魏晋风度及文章与药及酒之关系（1927·8）

●5-13-53-12

吃散发源于何晏『注：见5-13-51-17条释』，和他同志的，有王弼和夏侯玄＊两个人，与晏同为服药的祖师。有他三人提倡，有多人跟着走。他们三人多是会做文章，除了夏侯玄的作品流传不多外，王何二人现在我们尚能看到他们的文章。他们都是生于正始的，所以又名曰“正始名士”＊。但这种习惯的末流，是只会吃药，或竟假装吃药，而不会做文章。

〖释：王弼（226－249）和夏侯玄（209－254），均为当时的文士和名人。/“正始名士”，此说出《世说新语·文学》。“正始”（240－249）为魏废帝齐王曹芳的年号。〗

而已集/魏晋风度及文章与药及酒之关系（1927·8）

●5-13-53-13

魏末，何晏他们以外，又有一个团体新起，叫做“竹林名士”，也是七个，所以又称“竹林七贤”＊。正始名士服药，竹林名士饮酒。竹林的代表是嵇康和阮籍。但究竟竹林名士不纯粹是喝酒的，嵇康也兼服药，而阮籍则是专喝酒的代表。但嵇康也饮酒，刘伶『注：当时一个名士』也是这里面的一个。他们七人中差不多都是反抗旧礼教的。

〖释：“竹林七贤”，指当时的著名文人嵇康、阮籍、山涛、向秀、阮咸、王戎和刘伶。据《世说新语·任诞》的说法，七人“常集于竹林之下，肆意酣畅，故世谓竹林七贤”。〗

而已集/魏晋风度及文章与药及酒之关系（1927·8）

●5-13-53-14

阮籍作文章和诗都很好，他的诗文虽然也慷慨激昂，但许多意思都是隐而不显的。宋的颜延之『注：南朝宋诗人（384－456）』已经说不大能懂，我们现在自然更很难看得懂他的诗了。他诗里也说神仙，但他其实是不相信的。嵇康的论文，比阮籍更好，思想新颖，往往与古时旧说反对。

而已集/魏晋风度及文章与药及酒之关系（1927·8）

●5-13-53-15

何晏王弼阮籍嵇康之流，因为他们的名位大，一般的人们就学起来，而所学的无非是表面，他们实在的内心，却不知道。因为只学他们的皮毛，于是社会上便很多了没意思的空谈和饮酒。许多人只会无端的空谈和饮酒，无力办事，也就影响到政治上，弄得玩“空城计”，毫无实际了。在文学上也这样，稽康阮籍的纵酒，是也能做文章的，后来到东晋，空谈和饮酒的遗风还在，而万言的大文如嵇阮之作，却没有了。

而已集/魏晋风度及文章与药及酒之关系（1927·8）

●5-13-53-16

刘勰＊说：“嵇康师心以遣论，阮籍使气以命诗。”这“师心”和“使气”，便是魏末晋初的文章的特色。正始名士和竹林名士的精神灭后，敢于师心使气的作家也没有了。

〖释：刘勰（？－520），南朝梁文艺理论家。上述引句见其所著《文心雕龙·才略》篇。〗

而已集/魏晋风度及文章与药及酒之关系（1927·8）

※　※　※

●5-13-53-17

宋代行于民间的小说，与历来史家所著录者很不同，当时并非文辞，而为属于技艺的“说话”＊之一种。

说话者，未详始于何时，但据故书，可以知道唐时则已有……到宋朝，小说的情形乃始比较的可以知道详细。孟元老在南渡之后，追怀汴梁盛况，作《东京梦华录》＊，于“京瓦技艺”条下有当时说话的分目，为小说，合生，说诨话，说三分，说《五代史》等。而操此等职业者则称为“说话人”。

〖释：“说话”，即后来的“说书”。/《东京梦华录》，十卷，宋代孟元老撰（孟元老，事迹不详）。此书对宋京城汴梁（今开封）的市容、街巷、风俗、气氛和典礼仪卫等等都有记载。“京瓦技艺”，见该书卷五；“瓦”，即“瓦肆”，又称“瓦舍”或“瓦子”，是宋代伎艺演出场所集中之地。〗

坟/宋民间之所谓小说及其后来（1923·12·1）

●5-13-53-18

惟有小说，是说话中最难的一科，所以说话人“最畏小说，盖小说者，能讲一朝一代故事，顷刻间提破”（《都城纪胜》云；《梦粱录》同，惟“提破”作“捏合”＊）……非同讲史，易于

铺张；而且又须有“谈论古今，如水之流”的口辩。

〖释：“提破”，说明故事结局；“捏合”，史实与虚构结合。〗

坟/宋民间之所谓小说及其后来（1923·12·1）

●5-13-53-19

临安的文士佛徒多有集会；瓦舍的技艺人也多有，其主意大约是在于磨炼技术的。小说专家所立的社会，名曰雄辩社。(《武林旧事》三)

坟/宋民间之所谓小说及其后来（1923·12·1）

●5-13-53-20

元人杂剧虽然早经销歇，但尚有流传的曲本，来示人以大概的情形。宋人的小说也一样，也幸而借了“话本”偶有留遗，使现在还可以约略想见当时瓦舍中说话的模样。

坟/宋民间之所谓小说及其后来（1923·12·1）

●5-13-53-21

“宋人词话”……有时亦称词话：就是小说的别名。《通俗小说》每篇引用诗词之多，实远过于讲史（《五代史平话》*，《三国志传》*，《水浒传》*等），开篇引首，中间铺叙与证明，临末断结咏叹，无不征引诗词，似乎此举也就是小说的一样必要条件。引诗为证，在中国本是起源很古的，汉韩婴*的《诗外传》，刘向*的《列女传》，皆早经引《诗》以证杂说及故事，但未必与宋小说直接相关；只是“借古语以为重”的精神，则虽说汉之与宋，学士之与市人，时候学问，皆极相违，而实有一致的处所。唐人小说中也多半有诗，即使妖魔鬼怪，也每能互相酬和，或者做几句即兴诗，此等风雅举动，则与宋市人小说不无关涉，但因为宋小说多是市井间事，人物少有物魅及诗人，于是自不得不由吟咏而变为引证，使事状虽殊，而诗气不脱；吴自牧记讲史高手，为“讲得字真不俗，记问渊源甚广”（《梦粱录》二十），即可移来解释小说之所以多用诗词的缘故的。

〖释：《五代史平话》，不著作者名姓，应是宋代说话人所用的讲史底本之一，叙述梁、唐、晋、汉、周五代史事。/《三国志传》，即《三国志演义》，明代罗贯中著。/《水浒传》，明施耐庵著。/韩婴，汉文帝时为博士，其著作现存有《诗外传》十卷。/刘向（前77－前6），西汉学者。他所著《列女传》及《续传》，每传大都引《诗》句作结。〗

坟/宋民间之所谓小说及其后来（1923·12·1）

●5-13-53-22

宋的文艺，现在似的国粹气味就熏人。然而辽金元陆续进来了……一到衰弊陵夷之际，神经可就衰弱过敏了，每遇外国东西，便觉得仿佛彼来俘我一样，推拒，惶恐，退缩，逃避，抖成一团，又必想一篇道理来掩饰，而国粹遂成为孱王和孱奴的宝贝。

坟/看镜有感（1925·3·2）

※　※　※

●5-13-53-23

满洲入关，中国渐被压服了，连有“侠气”的人，也不敢再起盗心，不敢指斥奸臣，不敢直接为天子效力，于是跟一个好官员或钦差大臣，给他保镳，替他捕盗，一部《施公案》*，也说得很分明，还有《彭公案》*，《七侠五义》*之流，至今没有穷尽。他们出身清白，连先前也并无坏处，虽在钦差之下，究居平民之上，对一方面固然必须听命，对别方面还是大可逞雄，安全之度增多了，奴性也跟着加足。

〖释：《施公案》，明代公案小说，著者不详。写施仕伦、黄天霸办案的故事。/《彭公案》，清代公案小说，署贪梦道人作。写江湖侠客为三河知县彭鹏办案的故事。/《七侠五义》，见3-6-31-34条释。〗

三闲集/流氓的变迁（1930·1·1）

●5-13-53-24

清初反满派的文集被舍弃，可以说是由于清

朝之故，但是明末公安、竟陵两派＊的作品也大受排斥，其实这两派作者，当时在文学上影响是很大的。

〖释：“明末公安、竟陵两派”，明末袁宏道是湖北公安人，与兄宗道、弟崇道提倡“独抒性灵、不拘格套”的文学创作，被称为“公安派”。湖北竟陵（今天门）人钟惺、谭元春首创的文学流派，主张抒写性灵，反对拟古，提倡幽深孤峭的风格，被称为“竟陵派”。〗

书信/致〈日〉增田涉〔译文〕（1935·4·9）

●5-13-53-25

说起清代的学术来，有几位学者总是眉飞色舞，说那发达是为前代所未有的。证据也真够十足：解经的大作，层出不穷，小学也非常的进步；史论家虽然绝迹了，考史家却不少；尤其是考据之学，给我们明白了宋明人决没有看懂的古书……

花边文学/算账（1934·7·23）

●5-13-53-26

清的末年，在一部分中国青年的心中，革命思潮正盛，凡有叫喊复仇和反抗的，便容易惹起感应。……有一部分人，则专意搜集明末遗民的著作如满人残暴的记录，钻在东京或其他的图书馆里，抄写出来，印了，输入中国，希望使忘却的旧恨复活，助革命成功。

坟/杂忆（1925·6·19）

※　※　※

●5-13-53-27

古时，于外来物品，每加海字，如海马，如海榴，海红花，海棠之类。海即现在之所谓洋，海马译成今文，当然就是洋马。

坟/看镜有感（1925·3·2）

●5-13-53-28

遥想汉人多少闳放，新来的动植物，即毫不拘忌，来充装饰的花纹。唐人也还不算弱，例如汉人的墓前石兽，多是羊，虎，天禄，辟邪＊，而长安的昭陵＊上，却刻着带箭的骏马，还有一匹驼鸟，则办法简直前无古人。现今在坟墓上不待言，即平常的绘画，可有人敢用一朵洋花一只洋鸟，即私人的印章，可有人肯用一个草书一个俗字么？

〖释：“天禄，辟邪”，均为《汉书》记载的西域动物。/“长安的昭陵”，唐太宗陵墓，浮雕中有著名的“六骏”。〗

坟/看镜有感（1925·3·2）

●5-13-53-29

现存的最通行的《文选》『注：《文选》，见1－1－1－33条释』，……我们倘一调查里面的作家，却至少有一半不得好死，当然，就因为心不好。经昭明太子一挑选，固然好像变成语汇祖师了，但在那时，恐怕还有个人的主张，偏激的文字。否则，这人是不传的，试翻唐以前的史上的文苑传，大抵是禀承意旨，草檄作颂的人，然而那些作者的文章，流传至今者偏偏少得很。

花边文学/古人并不纯厚（1934·4·26）

●5-13-53-30

我尝见人评古人的文章，说谁是“锋棱太露”，谁又是“剑拔弩张”，就因为对面的文章，完全消灭了的缘故，倘在，是也许可以减去评论家几分懵懂的。

且介亭杂文二集/“题未定”草（1936·1）

●5-13-53-31

从古到今，文人的送命，往往并非他的什么“意德沃罗基”『注：德语“意识形态”的音译』的悖谬，倒是为了个人的私仇居多。

且介亭杂文二集/“题未定”草〔六〕（1936·1）

●5-13-53-32

我以为伏案还未功深的朋友，现在正不必埋头来哼线装书。倘其咿唔日久，对于旧书有些上瘾了，那么，倒不如去读史，尤其是宋朝明朝史，而且尤须是野史；或者看杂说。

华盖集/这个与那个（1925·12）

●5-13-53-33

《蜀碧》*一类的书，记张献忠杀人的事……看去仿佛他是像“为艺术而艺术”的一样，专在“为杀人而杀人”了。他其实是别有目的的。他开初并不很杀人，他何尝不想做皇帝。后来知道李自成进了北京，接着是清兵入关，自己只剩了没落这一条路于是就开手杀，杀……他分明的感到，天下已没有自己的东西，现在是在毁坏别人的东西了，这和有些末代的风雅皇帝，在死前烧掉了祖宗或自己所搜集的书籍古董宝贝之类的心情，完全一样。他还有兵，而没有古董之类，所以就杀，杀，杀人，杀……

但他还要维持兵，这实在不过是维持杀。他杀得没有平民了，就派许多较为心腹的人到兵们中间去，设法窃听，偶有怨言，即跃出执之，戮其全家（他的兵像是有家眷的，也许就是掳来的妇女）。以杀治兵，用兵来杀，自己是完了，但要这样的达到一同灭亡的末路。

〖释：《蜀碧》，清代彭遵泗撰，记述明末张献忠祸蜀史实。〗

准风月谈/晨凉漫记（1933·8·1）

（54）野史/稗史/文字狱

无怪有些慈悲心肠人不愿意野史，听故事；有些事情，真也不像人世，要令人毛骨悚然，心里受伤，永不全愈的。

●5-13-54-1

宋明野史所记诸事，虽不免杂恩怨之私，但大抵亦不过甚，而且往往不足以尽之。五六年前考虑杀法*，见日本书记彼国杀基督徒时，火刑之法，与别国不同，乃远远以火焙之，已大叹其苛酷*。后见唐人笔记*，则云有官杀盗，亦用火缓焙，渴则饮以醋，此又日本人所不及也。岳飞死后，家族流广州，曾有人上书，谓应就地赐死*，则今之人心，似尚不如古人耳。

〖释：“考虑杀法”，1927－1928年间，鲁迅目睹“屠戮之凶”，曾作《虐杀》一文，原稿无存。参看《二心集·做古文和做好人的秘诀》。/“日本书记彼国杀基督徒……”，指《切支丹殉教记》一书。“切支丹”，是“天主教”和“天主教徒”的日本译名。/“唐人笔记”，指《太平广记》卷二六八所引《神异经》对唐代武则天时酷吏来俊臣审讯犯人时所用手段的记载。/“岳飞死后……”，据《宋人轶事汇编》卷十五引宋王明清《玉照新志》载：“秦桧既杀岳飞父子，其子孙皆徙重湖闽岭，日赈钱米以活其命。绍兴间，有知漳州者建言：‘叛逆之后，不应留，乞绝其急需，使尽残年。’秦得其牍，使札付岳氏。”〗

书信/致杨霁云（1934·5·24）

●5-13-54-2

野史和杂说自然也免不了有讹传，挟恩怨，但看往事却可以较分明，因为它究竟不像正史那样地装腔作势。

华盖集/这个与那个（1925·12）

●5-13-54-3

真也无怪有些慈悲心肠人不愿意看野史，听故事；有些事情，真也不像人世，要令人毛骨悚然，心里受伤，永不全愈的。残酷的事实尽有，最好莫如不闻，这才可以保全性灵，也是“是以君子远庖厨也”〖注：语出《孟子·梁惠王》〗的意思。

且介亭杂文/病后杂谈（1935·2）

●5-13-54-4

偶看明末野史，觉现在的士大夫和那时之相像，真令人不得不惊。

书信/致郑振铎（1935·1·8）

●5-13-54-5

观明末野史，则现状之可藉以了然者颇多。

书信/致江绍原（1927·8·2）

●5-13-54-6

明末清初的野史，时代较近，看起来也许较有趣味。第一本拿在手里的是《蜀碧》……还有一部《蜀龟鉴》*，都是讲张献忠祸蜀的书，其实是不但四川人，而是凡有中国人都该翻一下的著作，可惜刻的太坏，错字颇不少。翻了一遍，在卷三里看见了这样的一条——

又，剥皮者，从头至尻『注：尻，脊骨的末端；臀部』，一缕裂之，张于前，如鸟展翅，率逾日始绝。有即毙者，行刑之人坐死。

也还是为了自己生病的缘故罢，这时就想到了人体解剖……谁都知道从周到汉，有一种施于男子的“宫刑”，也叫“腐刑”，次于大辟一等。对于女性就叫“幽闭”，向来不大有人提起那方法，但总之，是决非将她关起来，或者将它缝起来。近时好像被我查出一点大概来了，那办法的凶恶，妥当，而又合乎解剖学，真使我不得不吃惊。

〖释：《蜀龟鉴》，清代刘景伯著，内容与《蜀碧》相似。〗

且介亭杂文/病后杂谈（1935·2－12）

●5-13-54-7

按：下文是鲁迅介绍《安龙逸史》关于明末“剥皮”之刑的记载后所发议论。《安龙逸史》，清代禁毁书籍之一，作者署“沧州渔隐”（一署“溪上樵隐”）。1916年吴兴刘氏嘉业堂刻本题“南海屈大均撰”。

屈大均*的《安龙逸史》，也是这回在病中翻到的。其时是永历六年，即清顺治九年，永历帝已经躲在安隆（那时改为安龙），秦王孙可望*杀了陈传邦父子，御史李如月就弹劾他擅杀勋将，无人臣礼，皇帝反打了如月四十板。可是事情还不能完，又给孙党张应科知道了，就去报告了孙可望。

可望得应科报，即令应科杀如月，剥皮示众。俄缚如月至朝门，有负石灰一筐，稻草一捆，置于其前。如月问，“如何用此”？其人曰，“是揎你的草！”如月叱曰，“瞎奴！此株株是文章，节节是忠肠也！”既而应科立右角门阶，捧可望令旨，喝如月跪。如月叱曰，“我是朝廷命官，岂跪贼令！?”乃步至中门，向阙再拜。……应科促令仆地，剖脊，及臀，如月大呼曰：“死得快活，浑身清凉！”又呼可望名，大骂不绝。及断至手足，转前胸，犹微声恨骂；至颈绝而死。随以灰渍之，纫以线，后乃入草，移北城门通衢阁上，悬之。……

张献忠的自然是“流贼”式；孙可望虽然也是流贼出身，但这时已是保明拒清的柱石，封为秦王，后来降了满清，还是封为义王，所以他所用的其实是官式。明初，永乐皇帝剥了那忠于建文帝的景清的皮，也就是用的这方法的。

〖释：屈大均（1630－1696），明末文学家，曾参加反清斗争，失败后一度削发为僧。/孙可望（？－1660），张献忠的养子和部将。张败死后，他继续流窜，最后投降清朝。〗

且介亭杂文/病后杂谈（1935·2－12）

●5-13-54-8

山东道御史东莞李如月劾孙可望擅杀勋将（即陈邦传，亦剥皮），无人臣礼，故可望亦剥其皮也。可望后降清，盖亦替“天朝”扫除端人正士，使更易于长驱而入者。

书信/致杨霁云（1935·2·10）

●5-13-54-9

晚明名家的潇洒小品在现在的盛行，实在也不能说是无缘无故。不过这一种心地晶莹的雅致，又必须有一种好境遇，李如月仆地“剖脊”，脸孔朝下，原是一个看书的好姿势*，但如果这时给他看袁中郎*的《广庄》*，我想他是一定不要看的。这时他的性灵有些儿不对，不懂得真文艺了。

〖释：“看书的好姿势”，1933年11月1日的《论语》第二十八期载一组题为《介绍几个读论语的好姿势》的画，其一为伏在地上看书。/袁中郎，见3-7-32-29条释。/《广庄》，一部仿《庄子》谈道家思想的作品。〗

且介亭杂文/病后杂谈（1935·2－12）

●5-13-54-10

永乐『注：即明成祖朱棣』的硬做皇帝，一部分士大夫是颇以为不大好的。尤其是对于他的惨杀建文的忠臣。和景清＊一同被杀的还有铁铉＊，景清剥皮，铁铉油炸，他的两个女儿则发付了教坊，叫她们做婊子。……那时的教坊是怎样的处所？罪人的妻女在那里是并非静候嫖客的，据永乐定法，还要她们“转营”，这就是每座兵营里都去几天，目的是在使她们为多数男性所凌辱，生出“小龟子”和“淫贱材儿”来！

〖释：景清，真宁（今甘肃正宁）人。明建文帝时任御史大夫。据《明史·景清传》载，成祖（朱棣）登位，他佯为归顺，后以谋刺，被磔死。另据《明史纪事本末·壬午殉难》载，乃是被剥皮。/铁铉（1366－1402），明建文帝之臣，曾有力抗击燕王兵。燕王即帝位后被残酷处死，“割其耳鼻”，“寸磔”后又被油炸。〗

且介亭杂文/病后杂谈（1935·2－12）

●5-13-54-11

我常说明朝永乐皇帝的凶残，远在张献忠之上，是受了宋端仪＊的《立斋闲录》的影响的。那时我还是满洲治下的一个拖着辫子的十四五岁的少年，但已经看过记载张献忠怎样屠杀蜀人的《蜀碧》，痛恨着这“流贼”的凶残。后来又偶然在破书堆里发现了一本不全的《立斋闲录》，还是明抄本，我就在那书上看见了永乐的上谕，于是我的憎恨就移到永乐身上去了。

〖释：宋端仪，明成化时进士，官至广东提学佥事。其《立斋闲录》四卷，为笔记体，记载自太祖吴元年至英宗天顺年间（1367－1464）事。〗

且介亭杂文/病后杂谈之余（1935·3）

●5-13-54-12

在《安徽丛书》＊第三集中看见了清俞正燮（1775－1840）《癸巳类稿》的改定本，那《除乐户丐户籍及女乐考附古事》里，却引有永乐皇帝的上谕，是根据王世贞＊《弇州史料》＊中的《南京法司所记》的。虽然不多，又未必是精粹，但也足够“略见一斑”，和献忠流贼的作品相比较了。摘录于下——

永乐十一年正月十一日，教坊司于右顺门口奏：齐泰姊及外甥媳妇，又黄子澄妹四个妇人，每一日一夜，二十余条汉子看守着，年少的都有身孕，除生子令做小龟子，又有三岁女子，奏请圣旨。奉钦依：由他。不的到长大便是个淫贱材儿？

铁铉妻杨氏年三十五，送教坊司；茅大芳妻张氏年五十六，送教坊司。张氏病故，教坊司安政于奉天门奏。奉圣旨：分付上元县抬出门去，着狗吃了！钦此！

君臣之间的问答，竟是这等口吻，不见旧记，恐怕是万想不到的罢。但其实，这也仅仅是一时的一例。

〖释：《安徽丛书》，内容为汇集安徽人著作。1932－1935年间陆续出版。/俞正燮，清代学者。/王世贞，明代文学家（1526－1590）。/《弇州史料》，明代董复表编，系采录王世贞著作中有关朝野的记载编纂而成。/齐泰、黄子澄、茅大芳，都是忠于建文帝的大臣，永乐登位时被杀。〗

且介亭杂文/病后杂谈之余（1935·3）

●5-13-54-13

俞正燮《癸巳类稿》又据茅大芳《希董集》，言“铁公妻女以死殉”；并记或一说云，“铁二子，无女。”那么，连铁铉有无女儿，也都成为疑案了。……不过铁妻死殉之说，我以为是粉饰的。《弇州史料》所记，奏文与上谕具存，王世贞明人，决不敢捏造。

倘使铁铉真的并无女儿，或有而实已自杀，则由这虚构的故事，也可以窥见社会心理之一斑。就是：在受难者的家族中，无女不如其有之有趣，自杀又不如其落教坊之有趣；但铁铉究竟是忠臣，使其女永沦教坊，终觉于心不安，所以还是和寻常女子不同，因献诗而配了士子。这和小生落难，下狱挨打，到底中了状元的公式，完全是一致的。

且介亭杂文/病后杂谈之余（1935·3）

●5-13-54-14

明人小品，好的；语录体也不坏，但我看《明季稗史》＊之类和明末遗民的作品却实在还要好，现在也正到了标点，翻印的时候了：给大家来清醒一下。

〖释：《明季稗史》，即《明季稗史汇编》，清代留云居士辑。汇刊明末野史十六种。〗

花边文学/读书忌（1934·11·29）

●5-13-54-15

现在正在盛行提倡的明人小品，有些篇的确是空灵的。枕边厕上，车里舟中，这真是一种极好的消遣品。然而先要读者的心里空空洞洞，混混茫茫。假如曾经看过《明季稗史》，《痛史》＊，或者明末遗民的著作，那结果可就不同了，这两者一定要打起仗来，非打杀其一不止。我自以为因此很了解了那些憎恶明人小品的论者的心情。

〖释：《痛史》，乐天居士编。汇印明末清初野史二十余种。〗

花边文学/读书忌（1934·11·29）

※　※　※

●5-13-54-16

顷读《清代文字狱档》＊第八本，见有山西秀才欲娶二表妹不得，乃上书于乾隆，请其出力，结果几乎杀头。真像明清之际的佳人才子小说，惜结末大不相同耳。清时，许多中国人似并不悟自己之为奴，一叹。

〖释：《清代文字狱档》，前故宫博物院文献馆编。1931－1934年陆续出版。〗

书信/致郑振铎（1934·6·2）

●5-13-54-17

大家向来的意见，总以为文字之祸，是起于笑骂了清朝。然而，其实是不尽然的。……有的是卤莽；有的是发疯；有的是乡曲迂儒，真的不识讳忌；有的则是草野愚民，实在关心皇家。而运命大概很悲惨，不是凌迟，灭族，便是立刻杀头，或者“斩监候”＊，也仍然活不出。

〖释：“斩监候”，清制，将死刑缓期执行的犯人暂行监禁，俟秋审后再予决定，称“监候”。其中判处斩首的称“斩监候”。〗

且介亭杂文/隔膜（1934·7·5）

●5-13-54-18

乾隆时代的一定办法，是凡以文字获罪者，一面拿办，一面就查抄，这并非着重他的家产，乃在查看藏书和另外的文字，如果别有“狂吠”，便可以一并治罪。因为乾隆的意见，是以为既敢“狂吠”，必不止一两声，非彻底根究不可的。

且介亭杂文/买《小学大全》记（1934·8·5）

●5-13-54-19

乾雍禁书，现在每部数十元，但偶然入手，看起来，却并没有什么，可笑甚矣。现正在看《闲渔闲闲录》＊，是作者因此杀头的，内容却恭顺者居多，大约那时的事情，也如现在一样，因于私仇为多也。

〖释：《闲渔闲闲录》，清代蔡显著，杂录朝典、时事、诗句等。蔡为雍正时举人，因此书被告发“语含诽谤，意多悖逆”云而被处斩，其子“斩监候秋后处决”。〗

书信/致杨霁云（1934·12·14）

●5-13-54-20

《大义觉迷录》＊虽巧妙，但究有痕迹，后来好像连这本书也禁止了。现行文学暗杀政策，几无迹象可寻，实是今胜于古，惜叭儿多不称职，致大闹笑话耳。

〖释：《大义觉迷录》，清世宗胤禛为残害士人、制造文字狱而授命辑刊的一部书，定为士大夫必读之书。雍正七年（1729）颁行，清高宗弘历接位后即被禁毁。〗

书信/致杨霁云（1935·2·10）

●5-13-54-21

我前次所举尹嘉铨＊的应禁书目，是钞《清代文字狱档》中之奏折的，大约后来又陆续的查出他种，所以自当以见于《禁毁书目》＊中者为完全。尹氏之拚命著书，其实不过想做一个道学家——至多是一个贤人，』而皇帝竟与他如此过不去，真也出乎意外。大约杀犬警猴，固是大原因之一，而尹之以道学家自命，因开罪于许多同僚，并且连对主子也多说话，致招厌恶，总也不无关系的。

〖释：尹嘉铨（？－1781），清代道学家、官员。/《禁毁书目》，即清《禁书总目》。据该书记载“应毁尹嘉铨编纂各书”共九十三种。〗

书信/致杨霁云（1935·2·12）

●5-13-54-22

俞正燮的歌颂清朝功德，却不能不说是当然的事。他生于乾隆四十年，到他壮年以至晚年的时候，文字狱的血迹已经消失，满洲人的凶残已经缓和，愚民政策早已集了大成，剩下的就只有“功德”了。那时的禁书，我想他都未必看见。

且介亭杂文/病后杂谈之余（1935·3）

第十四节　人文精神

我们总要战取光明，即使自己遇不到，也可以留给后来的。我们这样的活下去罢。

---

(55) 知识阶层与知识分子

真的知识阶级是不顾利害的，如想到种种利害，就是假的，冒充的知识阶级；只是假知识阶级的寿命倒比较长一点。

●5-14-55-1

前人之勤，后人之乐，要做事的时候可以援引孔丘墨翟，不要做事的时候另外有老聃＊，要被杀的时候我是关龙逄＊，要杀人的时候他是少正卯＊，有些力气的时候看看达尔文＊赫胥黎＊的书，要人帮忙就有克鲁巴金＊的《互助论》，勃朗宁夫妇岂不是讲恋爱的模范么，勖本华尔＊和尼采又是咒诅女人的名人……

〖释：老聃，即老子。/关龙逄，夏桀的臣子，因谏阻桀作酒池被杀。/少正卯（？－前498），春秋时人，孔子任鲁国司寇时被杀。/达尔文，见2-3-18-6条释。/赫胥黎（1825－1895），英国博物学家。在达尔文的《物种起源》一书出版后，竭力支持和宣传进化论，曾与教会势力进行了激烈斗争。/克鲁巴金，通译克鲁泡特金（1842－1921），俄国无政府主义思想家。/勖本华尔，即叔本华（A. Schopenhauer，1788－1860）：德国哲学家、唯意志论者。一生反对妇女解放，在所著《妇女论》中诋毁妇女虚伪、愚昧、无是非心等等。〗

华盖集续编/有趣的消息（1926·1·19）

●5-14-55-2

山羊……在北京却颇名贵了，因为比胡羊聪明，能够率领羊群，悉依它的进止，所以畜牧家虽然偶而养几匹，却只用作胡羊们的领导，并不杀掉它。

这样的山羊我只见过一回，确是走在一群胡羊的前面，脖子上还挂着一个小铃铎，作为智识阶级的徽章。

……

人群中也很有这样的山羊，能领了群众稳妥平静地走去，直到他们应该走到的所在。

华盖集续编/一点比喻（1926·2·25）

●5-14-55-3

比较新的思想运动起来时，如与社会无关，作为空谈，那是不要紧的，这也是专制时代所以能容知识阶级存在的原故。因为痛哭流泪与实际是没有关系的，只是思想运动变成实际的社会运动时，那就危险了。往往反为旧势力所扑灭。

集外集拾遗补编/关于知识阶级（1927·11）

●5-14-55-4

知识阶级能否存在还是个问题。知识和强有

力是冲突的，不能并立的；强有力不许人民有自由思想，因为这能使能力分散，在动物界有很显的例；猴子的社会是最专制的，猴王说一声走，猴子都走了。在原始时代酋长的命令是不能反对的，无怀疑的，在那时酋长带领着群众并吞衰小的部落；于是部落渐渐的大了，团体也大了。一个人就不能支配了。因为各个人思想发达了，各人的思想不一，民族的思想就不能统一，于是命令不行，团体的力量减小，而渐趋灭亡。在古时野蛮民族常侵略文明很发达的民族，在历史上常见的。现在知识阶级在国内的弊病，正与古时一样。

集外集拾遗补编/关于知识阶级（1927・11）

●5-14-55-5

知识阶级将怎么样呢？还是在指挥刀下听令行动，还是发表倾向民众的思想呢？要是发表意见，就要想到什么就说什么。真的知识阶级是不顾利害的，如想到种种利害，就是假的，冒充的知识阶级；只是假知识阶级的寿命倒比较长一点。

集外集拾遗补编/关于知识阶级（1927・11）

●5-14-55-6

知识阶级……对于社会永不会满意的，所感受的永远是痛苦，所看到的永远是缺点，他们预备着将来的牺牲，社会也因为有了他们而热闹，不过他的本身——心身方面总是苦痛的；因为这也是旧式社会传下来的遗物。

集外集拾遗补编/关于知识阶级（1927・11）

●5-14-55-7

这样的害怕，一动也不敢动，怎样能够有进步呢？这实在是没有力量的表示……虽是西洋文明罢，我们能吸收时，就是西洋文明也变成我们自己的了。好像吃牛肉一样，决不会吃了牛肉自己也即变成牛肉的，要是如此胆小，那真是衰弱的知识阶级了，不衰弱的知识阶级，尚且对于将来的存在不能确定；而衰弱的知识阶级是必定要灭亡的。从前或许有，将来一定不能存在的。

集外集拾遗补编/关于知识阶级（1927・11）

●5-14-55-8

“知识阶级”一辞是爱罗先珂（V. Eroshenko）『注：4-11-39题解』七八年前讲演“知识阶级及其使命”时提出的，他骂俄国的知识阶级，也骂中国的知识阶级，中国人于是也骂起知识阶级来了；后来便要打倒知识阶级，再利害一点，甚至于要杀知识阶级了。知识仿佛是罪恶，但是一方面虽有人骂知识阶级；一方面却又有人以此自豪：这种情况是中国所特有的……

集外集拾遗补编/关于知识阶级（1927・11）

●5-14-55-9

所谓俄国的知识阶级，其实与中国的不同，俄国当革命以前，社会上还欢迎知识阶级。为什么要欢迎呢？因为他确能替平民抱不平，把平民的苦痛告诉大众。他为什么能把平民的苦痛说出来？因为他与平民接近，或自身就是平民。

集外集拾遗补编/关于知识阶级（1927・11）

●5-14-55-10

譬如中国人，凡是做文章，总说“有利然而又有弊”，这最足以代表知识阶级的思想。其实无论什么都是有弊的，就是吃饭也是有弊的……假使做事要面面顾到，那就什么事不能做了。

集外集拾遗补编/关于知识阶级（1927・11）

●5-14-55-11

几年前有一位中国大学教授『注：指吴宓。关于吴宓，见3-6-30“吴宓”题解』，他很奇怪，为什么有人要描写一个车夫的事情，这就因为大学教授一向住在高大的洋房里，不明白平民的生活。欧洲的著作家往往是平民出身，（欧洲人虽出身穷苦，而也做文章；这因为他们的文字容易写，中国的文字却不容易写了。）所以也同样的感受到平民的苦痛，当然能痛痛快快写出来为平民说话，因此平民以为知识阶级对于自身是有益的；于是赞成他，到处都欢迎他，但是他们既受此荣誉，地位就增高了，而同时却把平民忘记了，变成一种特别的阶级。那时他们自以为了不得，到阔人家里去宴会，钱也多了，房子东西都要好的，终于与平民远远的离开了。他享受了高贵的生活，就记不起从前一切的贫苦生活了。……他不但不同情于平民或许还要压迫平民，以致变成了平民的敌人，现在贵族阶级不能存在；贵族的知识阶级当然也不能站住了，这是知识阶级缺点之一。

集外集拾遗补编/关于知识阶级（1927・11）

●5-14-55-12

还有知识阶级不可避免的运命，在革命时代是注重实行的，动的；思想还在其次，直白地说：或者倒有害。至少我个人的意见如此的。唐朝奸臣李林甫＊有一次看兵操练很勇敢，就有人对着他称赞。他说："兵好是好，可是无思想，"这话很不差。

〖释：此处李林甫疑应为许敬宗。唐《隋唐嘉话》："太宗之征辽，作云梯临其城。有应募为梯者，城中矢石如雨，而竞为先登。英公指谓中书舍人许敬宗曰：'此人岂不大健?'敬宗曰：'健即大健，要是不解思量。'"〗

集外集拾遗补编/关于知识阶级（1927・11）

●5-14-55-13

知识阶级对于别人的行动，往往以为这样也不好，那样也不好。先前俄国皇帝杀革命党，他们反对皇帝；后来革命党杀皇族，他们也起来反对。问他怎么才好呢？他们也没有办法。所以在皇帝时代他们吃苦，在革命时代他们也吃苦，这实在是他们本身的缺点。

集外集拾遗补编/关于知识阶级（1927・11）

●5-14-55-14

英国罗素＊（Russel）法国罗曼罗兰（R. Rolland）反对欧战＊，大家以为他们了不起，其实幸而他们的话没有实行，否则，德国早已打进英国和法国了；因为德国如不能同时实行非战，是没有办法的。俄国托尔斯泰（Tolstoi）的无抵抗主义之所以不能实行，也是这个原因。他不主张以恶报恶，他的意思是皇帝叫我们去当兵，我们不去当兵。叫警察去捉，他不去；叫刽子手去杀，他不去杀，大家都不听皇帝的命令，他也没有兴趣；那末做皇帝也无聊起来，天下也就太平了。然而如果一部分的人偏听皇帝的话，那就不行。

……

总之，思想一自由，能力要减少，民族就站不住，他的自身也站不住了！现在思想自由和生存还有冲突，这是知识阶级本身的缺点。

〖释："罗素和罗曼罗兰反对欧战"，罗素反对欧战，见4-11-41-17条释文。罗曼罗兰也在一战时发表过反战文章。〗

集外集拾遗补编/关于知识阶级（1927・11）

●5-14-55-15

知识阶级将怎么样呢？还是在指挥刀下听令行动，还是发表倾向民众的思想呢？……像今天发表这个主张，明天发表那个意见的人，思想似乎天天在进步；只是真的知识阶级的进步，决不能如此快的。

集外集拾遗补编/关于知识阶级（1927・11）

●5-14-55-16

有一班从外国留学回来，自称知识阶级，以为中国没有他们就要灭亡……像这样的知识阶级，我还不知道是些什么东西?!

集外集拾遗补编/关于知识阶级（1927・11）

●5-14-55-17

比较新的思想运动起来时，如与社会无关，作为空谈，那是不要紧的，这也是专制时代所以能容知识阶级存在的原故。因为痛哭流泪与实际是没有关系的，只是思想运动变成实际的社会运动时，那就危险了。

集外集拾遗补编/关于知识阶级（1927・11）

●5-14-55-18

我并不希望做文章的人去直接行动，我知道做文章的人是大概只能做文章的。

三闲集/“醉眼”中的朦胧（1928・3・12）

●5-14-55-19

据我所见，则昔之称为战士者，今已蓄意险仄，或则气息奄奄，甚至举止言语，皆非常庸鄙可笑，与为伍则难堪，与战斗则不得，归根结蒂，令人如陷泥坑中。

书信/致章廷谦（1930・3・27）

●5-14-55-20

继杨杏佛『注：见3-6-30“杨杏佛”题解』而该死之榜，的确有之，但弄笔之徒，列名其上者实不过六七人，而竟至于天下骚然，鸡飞狗走者内智识阶级之怕死者半，盖怕死亦一种智识耳，孔子所谓知命者不立于岩墙之下也『注：此为孟子语』。而若干文虻（古本作氓），趁势造谣，各处恫吓者亦半。一声失火，大家乱窜，塞住大门，踏死数十，古已有之，今一人也不踏死，则知识阶级之故也。

书信/致曹聚仁（1933・7・11）

●5-14-55-21

智识太多了，不是心活，就是心软。心活就会胡思乱想，心软就不肯下辣手。……所以智识非铲除不可。

准风月谈/智识过剩（1933・7・16）

●5-14-55-22

五四运动……现在虽然还有历史上的光辉，但当时的战士，却“功成，名遂，身退”者有之，“身稳”者有之，“身升”者更有之，好好的一场恶斗，几乎令人有“若要官，杀人放火受招安”之感。

花边文学/“京派”与“海派”（1934・2・3）

●5-14-55-23

多伤感情调，乃知识分子之常，我亦大有此病，或此生终不能改……

书信/致曹聚仁（1934・4・30）

●5-14-55-24

中国的学者们，多以为各种智识，一定出于圣贤，或者至少是学者之口；连火和草药的发明应用，也和民众无缘，全由古圣王一手包办：燧人氏，神农氏＊。

〖释：“燧人氏，神农氏”，我国传说中的远古帝王。前者发明钻木取火，教人熟食；后者发明农具，教人耕种，又传说他尝百草，发明医药。〗

花边文学/知了世界（1934・7・12）

●5-14-55-25

凡有智识分子，性质不好的多，尤其是所谓“文学家”，左翼兴盛的时候，以为这是时髦，立刻左倾，待到压迫来了，他受不住，又即刻变化，甚而至于卖朋友……

书信/致萧军、萧红（1934・11・17）

●5-14-55-26

我看中国有许多智识分子，嘴里用各种学说和道理，来粉饰自己的行为，其实却只顾自己一个的便利和舒服，凡有被他遇见的，都用作生活的材料，一路吃过去，像白蚁一样，而遗留下来的，却只是一条排泄的粪。社会上这样的东西一多，社会是要糟的。

书信/致萧军、萧红（1935・4・23）

（56）文明/道德/伦理/天才

我们从古以来，逆天行事，于是人的能力，十分萎缩，社会的进步，也就跟着停顿。

●5-14-56-1

大约一个多月以前，这里枪毙一个强盗，两

个穿短衣的人各拿手枪，一共打了七枪。不知道是打了不死呢，还是死了仍然打，所以要打得这么多。当时我便对我的一群少年同学们发感慨，说：这是民国初年用枪毙的时候的情形；现在隔了十多年，应该进步些，无须给死者这么多的苦痛。北京就不然，犯人未到刑场，刑吏就从后脑一枪，结果了性命，本人还来不及知道已经死了呢。所以北京究竟是“首善之区”，便是死刑，也比外省的好得远。

华盖集续编/《阿Q正传》的成因（1926·12·18）

●5-14-56-2

我其实并不是急进的改革论者，我没有反对过死刑。但对于凌迟和灭族，我曾表示过十分的憎恶和悲痛，我以为二十世纪的人群中是不应该有的。斧劈枪刺*，自然不说是凌迟，但我们不能用一粒子弹打在他后脑上么？结果是一样的，对方的死亡。但事实是事实，血的游戏已经开头，而角色又是青年，并且有得意之色。

〖释：“斧劈枪刺”，鲁迅在本文中提到1927年政变中报刊上“胜利者的得意之笔：‘用斧劈死’呀，……‘乱枪刺死呀’”，等等。〗

而已集/答有恒先生（1927·10·1）

●5-14-56-3

我们中国的人道怎么样？那答话，想来只能“……”。对于人道只能“……”的人的头上，决不会掉下人道来。因为人道是要各人竭力挣来，培植，保养的，不是别人布施，捐助的。

热风/不满（1919·11·1）

●5-14-56-4

按：当时的上海租界禁止“倒提鸡鸭”。

鸡鸭这东西，无论如何，总不过送进厨房，做成大菜而已，……然而它不能言语，不会反抗，又何必加以无益的虐待呢？西洋人是什么都讲有益的。

花边文学/倒提（1934·6·28）

●5-14-56-5

我们的古人，人民的“倒悬”之苦是想到的了，而且也实在形容得切帖，不过还没有察出鸡鸭的倒提之灾来，然而对于什么“生封驴肉”“活烤鹅掌”*这些无聊的残虐，却早经在文章里加以攻击了。这种心思，是东西之所同具的。

〖释：“生封驴肉”“活烤鹅掌”，唐代张鷟《朝野佥载》和清代钱泳《履园丛话》、顾公燮《消夏闲记摘抄》中均曾有活烤鹅鸭或烫剐活驴的残虐记载。〗

花边文学/倒提（1934·6·28）

●5-14-56-6

我们还要叫出没有爱的悲哀，叫出无所可爱的悲哀。……我们要叫到旧账勾销的时候。

旧账如何勾销？我说：“完全解放了我们的孩子！”

热风/随感录·四十（1919·1·15）

※　※　※

●5-14-56-7

道德这事，必须普遍，人人应做，人人能行，又于自他两利，才有存在的价值。

坟/我之节烈观（1918·8）

●5-14-56-8

男子决不能将自己不守的事，向女子特别要求。

坟/我之节烈观（1918·8）

●5-14-56-9

道德这事，必须普遍，人人应做，人人能行，又于自他两利，才有存在的价值。

坟/我之节烈观（1918·8）

●5-14-56-10

要自己和别人，都纯洁聪明勇猛向上。要除去虚伪的脸谱。要除去世上害己害人的昏迷和强暴。

……还要发愿：要除去于人生毫无意义的苦痛。要除去制造并赏玩别人苦痛的昏迷和强暴。

我们还要发愿：要人类都受正当的幸福。

坟/我之节烈观（1919·8）

●5-14-56-11

饮食并非罪恶，并非不净；性交也就并非罪恶，并非不净。饮食的结果，养活了自己，对于自己没有恩；性交的结果，生出子女，对于子女当然也算不了恩。——前前后后，都向生命的长途走去。仅有先后的不同，分不出谁受谁的恩典。

坟/我们现在怎样做父亲（1919·11）

●5-14-56-12

中国的社会，虽说“道德好”，实际却太缺乏相爱相助的心思。

坟/我们现在怎样做父亲（1919·11）

●5-14-56-13

觉醒的人，应该先洗净了东方古传的谬误思想，对于子女，义务思想须加多，而权利思想却大可切实核减，以准备改作幼者本位的道德。

坟/我们现在怎样做父亲（1919·11）

●5-14-56-14

“父子间没有什么恩”这一个断语，实是招致“圣人之徒”面红耳赤的一大原因。他们的误点，便在长者本位与利己思想，权利思想很重，义务思想和责任心却很轻。以为父子关系，只须“父兮生我”一件事，幼者的全部，理该做长者的牺牲。殊不知自然界的安排，却件件与这要求反对，我们从古以来，逆天行事，于是人的能力，十分萎缩，社会的进步，也就跟着停顿。我们虽不能说停顿便要灭亡，但较之进步，总是停顿与灭亡的路相近。

坟/我们现在怎样做父亲（1919·11）

●5-14-56-15

自然界的安排，虽不免也有缺点，但结合长幼的方法，却并无错误。他并不用“恩”，却给与生物以一种天性，我们称他为“爱”。动物界中除了生子数目太多——爱不周到的如鱼类之外，总是挚爱他的幼子，不但绝无利益心情，甚或至于牺牲了自己，让他的将来的生命，去上那发展的长途。

人类也不外此，欧美家庭，大抵以幼者为本位，便是最合于这生物学的真理的办法。便在中国，只要心思纯白，未曾经过“圣人之徒”作践的人，也都自然而然的能发现这一种天性。……有了子女，即天然相爱，愿他生存；更进一步的，便还要愿他比自己更好，就是进化。这离绝了交换关系利害关系的爱，便是人伦的索子，便是所谓“纲”。

坟/我们现在怎样做父亲（1919·11）

●5-14-56-16

旧说，抹煞了“爱”，一味说“恩”，又因此责望报偿，那便不但败坏了父子间的道德，而且也大反于做父母的实际的真情，播下乖剌的种子。……

所以我现在心以为然的，便只是“爱”。

坟/我们现在怎样做父亲（1919·11）

●5-14-56-17

长者须是指导者协商者，却不该是命令者。不但不该责幼者供奉自己；而且还须用全副精神，专为他们自己，养成他们有耐劳作的体力，纯洁高尚的道德，广博自由能容纳新潮流的精神，也就是能在世界新潮流中游泳，不被淹没的力量。

坟/我们现在怎样做父亲（1919·11）

●5-14-56-18

子女是即我非我的人，但既已分立，也便是人类中的人。因为即我，所以更应该尽教育的义务，交给他们自立的能力；因为非我，所以也应同时解放，全部为他们自己所有，成一个独立的人。

……惟其解放，所以相亲；惟其没有“拘挛”

子弟的父兄，所以也没有反抗“拘挛”的“逆子叛弟”。若威逼利诱，便无论如何，决不能有“万年有道之长”。

坟/我们现在怎样做父亲（1919·11）

●5-14-56-19

独有“爱”是真的。……但若爱力尚且不能钩连，那便任凭什么“恩威，名分，天经，地义”之类，更是钩连不住。

坟/我们现在怎样做父亲（1919·11）

●5-14-56-20

解放子女的父母，应该先有一番预备；而对于如此社会，尤应该改造，使他能适于合理的生活。许多人预备着，改造着，久而久之，自然可望实现了。

坟/我们现在怎样做父亲（1919·11）

●5-14-56-21

现在的社会，一夫一妻制最为合理，而多妻主义，实能使人群堕落。堕落近于退化，与继续生命的目的，恰恰完全相反。无后只是灭绝了自己，退化状态的有后，便会毁到他人。人类总有些为他人牺牲自己的精神，而况生物自发生以来，交互关联，一人的血统，大抵总与他人有多少关系，不会完全灭绝。

坟/我们现在怎样做父亲（1919·11）

●5-14-56-22

觉醒的父母，完全应该是义务的，利他的，牺牲的，很不易做；而在中国尤不易做。

坟/我们现在怎样做父亲（1919·11）

●5-14-56-23

倘我们赏识美的事物，而以伦理学的眼光了论动机，必求其“无所为”，则第一先得与生物离绝。柳阴下听黄鹂，我们感得天地间春气横溢，见流萤明灭于丛草里，使人顿怀秋心。然而鹂歌萤照是“为”什么呢？毫不客气，那都是所谓“不道德”的，都正在大“出风头”，希图觅得配偶。至于一切花，则简直是植物的生殖机关了。虽然有许多披着美丽的外衣，而目的则专在受精，比人们的讲神圣恋爱尤其露骨。即使清高如梅菊，也逃不出例外——而可怜的陶潜林逋*，却都不明白那些动机。

〖释：林逋，见3-7-32-73条释。陶潜和他两人都有咏菊咏梅的名篇名句。〗

集外集拾遗/诗歌之敌（1925·1·17）

●5-14-56-24

父亲的喘气颇长久，连我也听得很吃力，然而谁也不能帮助他。我有时竟至于电光一闪似的想道：还是快一点喘完了罢……这思想实在是正当的，我很爱我的父亲。便是现在，也还是这样想。

朝花夕拾/父亲的病（1926·11·10）

※ ※ ※

●5-14-56-25

我自己知道实在不是作家，现在的乱嚷，是想闹出几个新的创作家来，——我想中国总该有天才，被社会挤倒在底下，——破破中国的寂寞。

集外集拾遗/对于《新潮》一部分的意见（1919·5）

●5-14-56-26

恶意的批评家在嫩苗的地上驰马，那当然是十分快意的事；然而遭殃的是嫩苗——平常的苗和天才的苗。

坟/未有天才之前（1924·1）

●5-14-56-27

天才并不是自生自长在深林荒野里的怪物，是由可以使天才生长的民众产生，长育出来的，所以没有这种民众，就没有天才。

坟/未有天才之前（1924·1）

●5-14-56-28

在要求天才的产生之前，应该先要求使天才

生长的民众。——譬如想有乔木，想看好花，一定要有好土；没有土，便没有花木了；所以土实在较花木还重要。

坟/未有天才之前（1924·1）

●5-14-56-29

其实即使天才，在生下来的时候，第一声啼哭，也和平常的儿童的一样，不会就是一首好诗。因为幼稚，当头加以戕贼，也可以萎死的。

坟/未有天才之前（1924·1）

●5-14-56-30

天才大半是天赋的；独有这培养天才的泥土，似乎大家都可以做。做土的功效，比要求天才的泥土还切近；否则，纵有成千成百的天才，也因为没有泥土，不能发达，要像一碟子绿豆芽。

坟/未有天才之前（1924·1）

●5-14-56-31

泥土和天才比，当然是不足齿数的，然而不是坚苦卓绝者，也怕不容易做；不过事在人为，比空等天赋的天才有把握。这一点，是泥土的伟大的地方，也是反有大希望的地方。而且也有报酬，譬如好花从泥土里出来，看的人固然欣然的赏鉴，泥土也可以欣然的赏鉴，正不必花卉自身，这才心旷神怡的——假如当作泥土也有灵魂的说。

坟/未有天才之前（1924·1）

(57) 国家/社会/民族

现在的强弱之分固然在有无枪炮，但尤其是在拿枪炮的人。假使这国民是卑怯的，即纵有枪炮，也只能杀戮无枪炮者

●5-14-57-1

世界虽然不小，但彷徨的人种，是终竟寻不出位置的。

热风/随感录·五十四（1919·3·15）

●5-14-57-2

曙光在头上，不抬起头，便永远只能看见物质的闪光。

热风/“圣武”（1919·5）

●5-14-57-3

人类尚未长成，人道自然也尚未长成，但总在那里发荣滋长。……不满是向上的车轮，能够载着不自满的人类，向人道前进。

多有不自满的人的种族，永远前进，永远有希望。

多有只知责人不知反省的人的种族，祸哉祸哉！

热风/不满（1919·11·1）

●5-14-57-4

中国相传的成法，谬误很多：一种是锢闭，以为可以与社会隔离，不受影响。一种是教给他恶本领，以为如此才能在社会中生活。用这类方法的长者，虽然也含有继续生命的好意，但比照事理，却决定谬误。此外还有一种，是传授些周旋方法，教他们顺应社会。……社会虽然不能不偶然顺应，但决不是正当办法。因为社会不良，恶现象便很多，势不能一一顺应；倘都顺应了，又违反了合理的生活，倒走了进化的路。所以根本方法，只有改良社会。

坟/我们现在怎样做父亲（1919·11）

●5-14-57-5

要而言之，旧状无以维持，殆无可疑；而其转变也，既非官吏所希望之形状，亦非新学家所鼓吹之新式：但有一塌胡涂而已。

书信/致宋崇义（1920·5·4）

●5-14-57-6

大概两三年前，正值一种爱国运动的时候罢，偶见一篇它的社论＊，大意说，一国当衰弊之际，总有两种意见不同的人。一是民气论者，侧重国民的气概，一是民力论者，专重国民的实力。前

者多则国家终亦渐弱，后者多则将强。我想，这是很不错的；而且我们应该时时记得的。

可惜中国历来就独多民气论者，到现在还如此。如果长此不改，“再而衰，三而竭”，将来会连辩诬的精力也没有了。所以在不得已而空手鼓舞民气时，尤必须同时设法增长国民的实力，还要永远这样的干下去。

〖释：“它的社论”，指《顺天时报》的社论。这是日本人中岛正雄在北京创办的报纸，最初称《燕京时报》。存在于1901年10月－1930年3月。这篇社论发表于1923年4月4日，题为《爱国的两说与爱国的两派》。其中说：“一国中兴之际。照例发生充实民力论及伸张国权论两派。试就中国之现状而论。亦明明有此二说可观。……故国权论者常多为感情所支配。……民力论者多具理智之头脑。……故国权论者。可以投好广漠之爱国心。民力论者。必为多数人所不悦。于是高倡国权论容易。主张民力论甚难”云。〗

华盖集/忽然想到〔十〕（1925・6・16）

●5-14-57-7

自家相杀和为异族所杀当然有些不同。譬如一个人，自己打自己的嘴巴，心平气和，被别人打了，就非常气忿。但一个人而至于乏到自己打嘴巴，也就很难免为别人所打，如果世界上“打”的事实还没有消除。

华盖集/忽然想到〔十一〕（1925・6・16）

●5-14-57-8

后出者胜于前者，本是天下的平常事情，但除了堕落的民族。

华盖集续编/有趣的消息（1926・1・19）

●5-14-57-9

此国将与彼国为敌的时候，总得先用了手段，煽起国民的敌忾心来，使他们一同去扞御或攻击。但有一个必要的条件，就是：国民是勇敢的。……假使是怯弱的人民，则即使如何鼓舞，也不会有面临强敌的决心；然而引起的愤火却在，仍不能不寻一个发泄的地方，这地方，就是眼见得比他们更弱的人民，无论是同胞或是异族。

坟/杂忆（1925・6・19）

●5-14-57-10

现在的强弱之分固然在有无枪炮，但尤其是在拿枪炮的人。假使这国民是卑怯的，即纵有枪炮，也只能杀戮无枪炮者，倘敌手也有，胜败便在不可知之数了。这时候才见真强弱。

华盖集/补白（1925・6・26）

●5-14-57-11

中国要和爱国者的灭亡一同灭亡。

华盖集续编/无花的蔷薇之二（1926・3・29）

●5-14-57-12

世界的进步，当然大抵是从流血得来。但这和血的数量，是没有关系的，因为世上也尽有流血很多，而民族反而渐就灭亡的先例。

华盖集续编/“死地”（1926・3・30）

●5-14-57-13

惨象，已使我目不忍视了；流言，尤使我耳不忍闻。我还有什么话可说呢？我懂得衰亡民族之所以默无声息的缘由了。沉默呵，沉默呵！不在沉默中爆发，就在沉默中灭亡。

华盖集续编/记念刘和珍君（1926・4・12）

●5-14-57-14

青年们先可以将中国变成一个有声的中国。大胆地说话，勇敢地进行，忘掉了一切利害，推开了古人，将自己的真心的话发表出来。——真，自然是不容易的。……但总可以说些较真的话，发些较真的声音。只有真的声音，才能感动中国的人和世界的人；必须有了真的声音，才能和世界的人同在世界上生活。

三闲集/无声的中国（1927・2）

（58）北京大学

北大究竟还是活的，而且还在生长的。凡活的而且在生长者，总有着希望的前途。

●5-14-58-1

大学学生二千，大抵暮气甚深，蔡先生来，略与改革，似亦无大效，惟近来出杂志一种曰《新潮》*，颇强人意，只是二十人左右之小集合所作，间亦杂教员著作，第一卷已出，日内当即邮寄奉上（其内以傅斯年*作为上，罗家伦*亦不弱，皆学生）。

〖释：《新潮》，见2-4-22-13条释。/傅斯年，见3-8-34-19条释。他当时是北京大学学生，《新潮》编辑。《新潮》第一卷第一号载有他的《人生问题发端》。/罗家伦，见3-8-34-37条释。他当时也是北京大学学生和《新潮》编辑。《新潮》第一卷第一号载有他的《今日之世界新潮》等文。〗

书信/致许寿裳〔此信原无标点〕（1919·1·16）

●5-14-58-2

《新潮》每本里面有一二篇纯粹科学文，也是好的。但我的意见，以为不要太多；而且最好是无论如何总要对于中国的老病刺他几针，譬如说天文忽然骂阴历，讲生理终于打医生之类。现在的老先生听人说“地球椭圆”，“元素七十七种”，是不反对的了。《新潮》里装满了这些文章，他们或者还暗地里高兴。（他们有许多很鼓吹少年专讲科学，不要议论，《新潮》三期通信内有史志元先生的信，似乎也上了他们的当。）现在偏要发议论，而且讲科学，讲科学而仍发议论，庶几乎他们依然不得安稳，我们也可告无罪于天下了。

集外集拾遗/对于《新潮》一部分的意见（1919·5）

●5-14-58-3

《新潮》里的诗写景叙事的多，抒情的少，所以有点单调。此后能多有几样作风很不同的诗就好了。翻译外国的诗歌就也是一种要事，可惜这事很不容易。

集外集拾遗/对于《新潮》一部分的意见（1919·5）

●5-14-58-4

按：1922年10月，北京大学发生风潮，部分学生反对征收讲义费。学校开除学生冯省三，同时向学生作出让步。其实冯并非这次学潮的发起者。

北京大学的反对讲义收费风潮，芒硝火焰似的起来，又芒硝火焰似的消灭了，其间就是开除了一个学生冯省三。

这事很奇特，一回风潮的起灭，竟只关于一个人。倘使诚然如此，则一个人的魄力何其太大，而许多人的魄力又何其太无呢。

现在讲义费已经取消，学生是得胜了，然而并没有听得有谁为那做了这次牺牲者祝福。

热风/即小见大（1922·11·18）

●5-14-58-5

按：《我观北大》系鲁迅为北大学生会纪念二十七周年校庆专刊而作。

我向来也不专以北大教员自居，因为另外还与几个学校有关系。然而不知怎的，——也许是含有神妙的用意的罢，今年忽而颇有些人指我为北大派。我虽然不知道北大可真有特别的派，但也就以此自居了。北大派么？就是北大派！怎么样呢？

华盖集/我观北大（1925·12·17）

●5-14-58-6

既然是二十七周年*，则本校的萌芽，自然是发于前清的……

〖释：“二十七周年”，北京大学的前身是晚清政府于1898年设立的京师大学堂。1912年改现名，初由严复任校长。1917年蔡元培任校长后，采用兼容并包、学术自由的方针，吸引众多各派学者来校任教，使北大很快成为新文化运动的策源地。从1998年建校至鲁迅写作此文的1925年，是为“二十七周年”。〗

华盖集/我观北大（1925·12·17）

●5-14-58-7

我觉得北大也并不坏。如果真有所谓派，那么，被派进这派里去，也还是也就算了。

华盖集/我观北大（1925·12·17）

●5-14-58-8

从章士钊提了“整顿学风”的招牌来“作之师”，并且分送金款＊以来，北大却还是给他一个依照彭允彝＊的待遇。现在章士钊虽然还伏在暗地里做总长＊，本相却已显露了；而北大的校格也就愈明白。

〖释：“金款”，当时法国退还部分庚子赔款的余额约一千零四十万元，按金法郎计算，故称“金款”。其中的一百五十万元被拨为教育经费。时任教育总长的章士钊用这些钱清理国立八校的积欠并笼络人心，“分送金款”即指此事。/彭允彝，1923年在教育总长任上干涉司法，使蔡元培愤然出走，北大宣布与教育部脱离关系，以示抗议。1925年北大不为“金款”所动，为反对章士钊而再度宣布与教育部脱离关系；所以这里称之为“给他一个依照彭允彝的待遇”。/“章士钊伏在暗地里做总长”，1925年11月28日北京群众游行并分赴内阁各总长住宅示威，章士钊逃往天津，但并未下台，即所谓“还伏在暗地里做总长”。〗

华盖集/我观北大（1925·12·17）

●5-14-58-9

如果北大到二十八周年而仍不为章士钊者流所谋害＊，又要出纪念刊，我却要预先声明：不来多话了。

〖释：“为章士钊者流所谋害”，1925年9月5日，段祺瑞政府内阁会议根据章士钊的呈请，决定停发北京大学经费。鲁迅因有此语。〗

华盖集/我观北大（1925·12·17）

●5-14-58-10

北大是常为新的，改进的运动的先锋，要使中国向着好的，往上的道路走。虽然很中了许多暗箭，背了许多谣言；教授和学生也都逐年地有些改换了，而那向上的精神还是始终一贯，不见得弛懈。

华盖集/我观北大（1925·12·17）

●5-14-58-11

北大是常与黑暗势力抗战的，即使只有自己。

华盖集/我观北大（1925·12·17）

●5-14-58-12

我不是公论家，有上帝一般决算功过的能力。仅据我所感得的说，则北大究竟还是活的，而且还在生长的。凡活的而且在生长者，总有着希望的前途。

华盖集/我观北大（1925·12·17）

●5-14-58-13

北大堕落至此，殊可叹息，若将标语各增一字，作“五四失精神”，“时代在前面”，则较切矣。

书信/致台静农（1933·12·27）

●5-14-58-14

不但袁世凯朝，就定袍子马褂为常礼服，五四运动之后，北京大学要整饬校风，规定制服了，请学生们公议，那议决的也是：袍子和马褂！

花边文学/洋服的没落（1934·4·25）

●5-14-58-15

我任北大教授，绝无此事，他们是不会要我去教书的。

书信/致何白涛（1934·9·24）

●5-14-58-16

“五四”事件一起，这运动的大营的北京大学负了盛名，但同时也遭了艰险。

且介亭杂文二集/《中国新文学大系》小说二集序（1935·3·2）

第十五节 国际关系

我们自己看看本国的模样，就可知道不会有什么友人的了，岂但没有友人，简直大半都曾经做过仇敌。……倒也似乎并不是全世界都是怨敌。但怨敌总常有一个，因此每一两年，爱国者总要鼓舞一番对于敌人的怨恨与愤怒。

(59) 中国与外国

外国人的知道我们，常比我们自己知道得更清楚。

●5-15-59-1

中国人对于异族，历来只有两样称呼：一样是禽兽，一样是圣上。从没有称他朋友，说他也同我们一样的。

热风/随感录・四十八（1919・2・15）

●5-15-59-2

不论中外，诚然都有偶像。但外国是破坏偶像的人多；那影响所及，便成功了宗教改革，法国革命。旧像愈摧破，人类便愈进步；所以现在才有比利时的义战*，与人道的光明。

〖释：“比利时的义战”，第一次世界大战时，比利时因拒绝德军假道进攻法国，而被迫参战，被称为“义战”。〗

热风/随感录・四十六（1919・2・15）

●5-15-59-3

我们和别人的思想中间，的确还隔着几重铁壁。他们是说家庭问题的，我们却以为他鼓吹打仗；他们是写社会缺点的，我们却说他讲笑话；他们以为好的，我们说来却是坏的。若再留心看看别国的国民性格，国民文学，再翻一本文人的评传，便更能明白别国著作里写出的性情，作者的思想，几乎全不是中国所有。所以不会了解，不会同情，不会感应；甚至彼我间的是非爱憎，也免不了得到一个相反的结果。

热风/“圣武”（1919・5）

●5-15-59-4

现在的外来思想，无论如何，总不免有些自由平等的气息，互助共存的气息，在我们这单有“我”，单想“取彼”，单要由我喝尽了一切空间时间的酒的思想界上，实没有插足的余地。

热风/“圣武”（1919・5）

●5-15-59-5

赞颂中国固有文明的人们多起来了，加之以外国人。我常常想，凡有来到中国的，倘能疾首蹙额而憎恶中国，我敢诚意地捧献我的感谢，因为他一定是不愿意吃中国人的肉的！

坟/灯下漫笔（1925・5・1）

●5-15-59-6

外国人……有两种，其一是以中国人为劣种，只配悉照原来模样，因而故意称赞中国的旧物。其一是愿世间人各不相同以增自己旅行的兴趣，到中国看辫子，到日本看木屐，到高丽看笠子，倘若服饰一样，便索然无味了，因而来反对亚洲的欧化。

坟/灯下漫笔（1925・5・1）

●5-15-59-7

说英国不对的，还有英国人。所以无论如何，我总觉得鬼子比中国人文明，货只管排，而那品性却很有可学的地方。

两地书/北京（1925・6・13）

●5-15-59-8

如果我们永远只有公道，就得永远着力于辩诬，终身空忙碌。

华盖集/忽然想到〔十〕（1925・6・16）

●5-15-59-9

外国人的知道我们，常比我们自己知道得更清楚。

华盖集/忽然想到〔十一〕(1925·6·16)

●5-15-59-10

总而言之，就是将华夏传统的所有小巧的玩意儿全都放掉，倒去屈尊学学枪击我们的洋鬼子，这才可望有新的希望的萌芽。

华盖集/忽然想到〔十一〕(1925·6·16)

●5-15-59-11

孔老先生说过："毋友不如己者。"『注：语出《论语·学而》』其实这样的势利眼睛，现在的世界上还多得很。我们自己看看本国的模样，就可知道不会有什么友人的了，岂但没有友人，简直大半都曾经做过仇敌。不过仇甲的时候，向乙等候公论，后来仇乙的时候，又向甲期待同情，所以片段的看起来，倒也似乎并不是全世界都是怨敌。但怨敌总常有一个，因此每一两年，爱国者总要鼓舞一番对于敌人的怨恨与愤怒。

坟/杂忆 (1925·6·19)

●5-15-59-12

民国初年……邮局门口的扁额是写着"邮政局"的，后来外人不干涉中国内政的叫声高起来，不知道是偶然还是什么，不几天，都一律改了"邮务局"了。外国人管理一点邮"务"，实在和内"政"不相干，这一出戏就一直唱到现在。

华盖集续编/马上支日记 (1926·7·12)

●5-15-59-13

民国以来，也还是谁也不作声。反而在外国，倒常有说起中国的，但那都不是中国人自己的声音，是别人的声音。

三闲集/无声的中国 (1927·2)

●5-15-59-14

有人说，外国尚且译中国书，足见其好，我们自己倒不看么？殊不知埃及的古书，外国人也译，非洲黑人的神话，外国人也译，他们别有用意，即使译出，也算不了怎样光荣的事的。

三闲集/无声的中国 (1927·2)

●5-15-59-15

要别人承认是人，总须自己本国里先争得人格。

集外集拾遗补编/《"行路难"》按语 (1928·1·28)

●5-15-59-16

中国的文化，便是怎样的爱国者，恐怕也大概不能不承认是有些落后。新的事物，都是从外面侵入的。

三闲集/现今的新文学的概观 (1929·4·25)

●5-15-59-17

按：汤本求真 (1867－1941)，日本医生，汉医学家，著有《皇汉医学》和《日医应用汉方释义》等。前者以中医理论为基础，阐述中医治疗的效用。后者分述中医方剂的主治症候。周子叙的中译本于1930年9月由中华书局出版。上海《新闻报》1929年7月17日刊出"《皇汉医学》出版预告"。

我们"皇汉"人实在有些怪脾气的；外国人论及我们缺点的不欲闻，说好处就相信，讲科学者不大提，有几个说神见鬼的便绍介。

三闲集/"皇汉医学" (1929·8·5)

●5-15-59-18

按：林克多，原名李平，浙江黄岩人，五金工人。原在巴黎做工，1929年失业，1930年应募到苏联做工。其《苏联闻见录》，1932年10月上海光华书局出版。

我们中国人实在有一点小毛病，就是不大爱听别国的好处，尤其是清党之后，提起那日有建设的苏联。一提到罢，不是说你意在宣传，就是说你得了卢布。

南腔北调集/林克多《苏联闻见录》序 (1932·6·10)

●5-15-59-19

去年十九路军的某某英雄怎样杀敌，大家说得眉飞色舞，由此忘却了全线退出一百里的大事情，可是中国其实还是输了的。

南腔北调集/论“赴难”和“逃难”（1933·2·11）

●5-15-59-20

外国用火药制造子弹御敌，中国却用它做爆竹敬神；外国用罗盘针航海，中国却用它看风水；外国用鸦片医病，中国却拿来当饭吃。同是一种东西，而中外用法之不同有如此……

伪自由书/电的利弊（1933·2·16）

●5-15-59-21

中国的所谓手段，由我看来，有是也应该说有的，但决非“以夷制夷”，倒是想“以夷制华”。然而“夷”又那有这么愚笨呢，却先来一套“以华制华”给你看。

这例子常见于中国的历史上，后来的史官为新朝作颂，称此辈的行为曰：“为王前驱”＊！

〖释：“为王前驱”，语出《诗经·卫风·伯兮》，为王室征战充当先锋之意。此处指当局当时“攘外必先安内”的政策。〗

伪自由书/“以夷制夷”（1933·4·21）

●5-15-59-22

听说四川有一只民谣，大略是“贼来如梳，兵来如篦，官来如剃”的意思。……租界和外国银行，也是海通以来新添的物事，不但剃尽毛发，就是刮尽筋肉，也永远填不满的。正无怪小百姓将“坐寇”之可怕，放在“流寇”之上了。

南腔北调集/谈金圣叹（1933·7·1）

●5-15-59-23

我还记得先前有一个排货的年头，国货家贩了外国的牙粉，摇松了两瓶，装作三瓶，贴上商标，算是国货，而购买者却多损失了三分之一；还有一种痱子药水，模样和洋货完全相同，价钱却便宜一半，然而它有一个大缺点，是搽了之后，毫无功效，于是购买者便完全损失了。

南腔北调集/关于翻译（1933·9·1）

●5-15-59-24

假如有这么一个外国人，遇见有人问他印象时，他先反问道：“你先生对于自己中国的印象怎么样?”那可真是一篇难以下笔的文章。

准风月谈/打听印象（1933·9·24）

●5-15-59-25

九一八的纪念日，则华界但有囚车随着武装巡捕梭巡，这囚车并非“意图”拘禁敌人或汉奸，而是专为“意图乘机捣乱”的“反动分子”所豫设的宝座。天气也真是阴惨，狂风骤雨，报上说是“飓风”，是天地在为中国饮泣，然而在天地之间——人间，这一日却“平安”的过去了。

南腔北调集/漫与（1933·10·15）

●5-15-59-26

中国和印度不同，是看重历史的。但是，并不怎么相信，总以为只要用一种什么好手段，就可以使人写得体体面面。

集外集拾遗/上海所感（1934·1·1）

●5-15-59-27

至今为止，西洋人讲中国的著作，大约比中国人民讲自己的还要多。不过这些总不免只是西洋人的看法，中国有一句古谚，说：“肺腑而能语，医师面如土。”＊我想，假使肺腑真能说话，怕也未必一定完全可靠的罢，然而，也一定能有医师所诊察不到，出乎意外，而其实是十分真实的地方。

〖释：“肺腑而能语，医师面如土”，见明代杨慎编辑的《古今谚》所录方回《山经》引《相冢书》：“山川而能语，葬师食无所；肺肝而能语，医师色如土。”清代沈德潜编《古诗源》卷一亦载此诗，“肺肝”作“肺腑”。〗

且介亭杂文/《草鞋脚》（英译中国短篇小说集）小引（1934·3·23）

●5-15-59-28

只要是地位，尤其是利害一不相同，则两国之间不消说，就是同国的人们之间，也不容易互相了解的。

且介亭杂文二集/内山完造作《活中国的姿态》序（1935·3·5）

●5-15-59-29

按：此信收信人尤炳圻，江苏无锡人，曾留学日本。

日本国民性，的确很好，但最大的天惠，是未受蒙古之侵入……

书信/致尤炳圻（1936·3·4）

●5-15-59-30

现在各国的彼此念念不忘，恐怕大抵未必是为了交情太好了的缘故。

且介亭杂文末编/《呐喊》捷克译本序言（1936·10·20）

※　※　※

●5-15-59-31

所谓“经济绝交”者，在无法可想中，确是一个最好的方法，但有附带条件，要耐久，认真。这么办起来，有人说中国的实业就会借此促进，那是自欺欺人之谈。（前几年排斥日货时，大家也那么说，然而结果不过做成功了一种“万年糊”。草帽和火柴发达的原因，尚不在此。那时候，是连这种万年糊也不会做的，排货事起，有三四个学生组织了一个小团体来制造，我还是小股东，但是每瓶八枚铜子的糊，成本要十枚，而且总敌不过日本品。后来，折本，闹架，关门。现在所做的好得多，进步得多了，但和我辈无关也。）因此获利的却是美法商人。我们不过将送给英日的钱，改送美法，归根结蒂，二五等于一十。但英日却究竟受损，为报复计，亦足快心而已。

两地书/北京（1925·6·13）

●5-15-59-32

我并非说我们应该做“爱敌若友”的人，不过说我们目下委实并没有认谁作敌。近来的文字中，虽然偶有“认清敌人”这些话，那是行文过火的毛病。倘有敌人，我们就早该抽刃而起，要求“以血偿血”了。而现在我们所要求的是什么呢？辩诬之后，不过想得点轻微的补偿；那办法虽说有十几条＊，总而言之，单是“不相往来”，成为“路人”而已。虽是对于本来极密的友人，怕也不过如此罢。

然而将实话说出来，就是：因为公道和实力还没有合为一体，而我们只抓得了公道，所以满眼是友人，即使他加了任意的杀戮。

〖**释：“办法虽说有十几条”，指五卅惨案后上海工商联合会提出的对外谈判条款。**〗

华盖集/忽然想到〔十〕（1925·6）

●5-15-59-33

按：1925年5月30日，上海英国巡捕开枪杀伤要求释放被捕学生的市民数十人，酿成“五卅惨案”。当时《京报》主笔邵飘萍于6月5日发表两篇文章，申辩中国并未“赤化”、学生并非“暴徒”云云。

我们的市民被上海租界的英国巡捕击杀了，我们并不还击，却先来赶紧洗刷牺牲者的罪名。说道我们并非“赤化”，因为没有受别国的煽动；说道我们并非“暴徒”，因为都是空手，没有兵器的。我不解为什么中国人如果真使中国赤化，真在中国暴动，就得听英捕来处死刑？记得新希腊人也曾用兵器对付过国内的土耳其人＊，却并不被称为暴徒；俄国确已赤化多年了，也没有得到别国开枪的惩罚。而独有中国人，则市民被杀之后，还要皇皇然辩诬，张着含冤的眼睛，向世界搜求公道。

其实，这原由是很容易了然的，就因为我们并非暴徒，并未赤化的缘故。

〖**释：“希腊人用兵器对付土耳其人”，指1821年希腊人民反对土耳其统治的民族独立运动。**〗

华盖集/忽然想到〔十〕（1925·6）

●5-15-59-34

公道和武力合为一体的文明，世界上本未出现，那萌芽或者只在几个先驱者和几群被迫压民族的脑中。但是，当自己有了力量的时候，却往往离而为二了。

华盖集/忽然想到〔十〕（1925·6）

●5-15-59-35

英国人的品性，我们可学的地方还多着，——但自然除了捕头，商人，和看见学生的游行而在屋顶拍手嘲笑的娘儿们。

华盖集/忽然想到〔十〕（1925·6）

●5-15-59-36

罗素的话我们不能承认是“金科玉律”的不能移易，但上面所举的也确有他真的见地。他是英国人，他看透我们的弱点，我也可以说凡世界的人，也多能看透我们的弱点他……我们还想做一个顶天立地的人吗？还有些儿未凉的血吗？则誓雪“不敢以兵力反抗外国”之耻，起来作正义，人道国权之战争。直至四万万人全没有一些儿气息然后止。我们为什么要“故步自封”，在刀缝下偷活而仍然望“和平”，不希望有战争呢？这种“宽容”的态度，是否可以对付狼子野心，猛兽噬人的强悍的帝国主义者？

两地书/北京（1925·7·13）

●5-15-59-37

按：第一次世界大战后，中国号称“战胜国”，并在北京中央公园里竖起“公理战胜”牌坊。然而在“巴黎和会”上，操纵会议的英、法、美等国大肆损害中国主权，让日本继承德国原在山东享有的特权。

“公理战胜”的牌坊，立在法国巴黎的公园里不知怎样，立在中国北京的中央公园里可实在有些希奇，——但这是现在的话。当时，市民和学生也曾游行欢呼过。

我们那时的所以入战胜之林者，因为曾经送去过很多的工人；大家也常常自夸工人在欧战的劳绩。现在不大有人提起了，战胜也忘却了，而且实际上是战败了。

华盖集/补白（1925·6·26）

●5-15-59-38

在变动，进展的地方，十年的确可以抵得我们的一世纪或者还要多。

集外集/《奔流》编校后记〔八〕（1929·1·18）

●5-15-59-39

“青天大老爷”们却常常用着“以华制华”的方法的。

例如罢，他们所深恶的反帝国主义的“犯人”，他们自己倒是不做恶人的，只是松松爽爽的送给华人，叫你自己去杀去。他们所痛恨的腹地的“共匪”，他们自己并不明白表示意见的，只将飞机炸弹卖给华人，叫你自己去炸去。对付下等华人的有黄帝子孙的巡捕和西崽，对付智识阶级的有高等华人的学者和博士。

伪自由书/“以夷制夷”（1933·4·21）

●5-15-59-40

假如你常在租界的路上走，有时总会遇见几个穿制服的同胞和一位异胞（也往往没有这一位），用手枪指住你，搜查全身和所拿的物件。倘是白种，是不会指住的；黄种呢，如果被指的说是日本人，就放下手枪，请他走过去；独有文明最古的黄帝子孙，可就“则不得免焉”了。这在香港，叫作“搜身”，倒也还不算很失了体统，然而上海则竟谓之“抄靶子”。

抄者，搜也，靶子是该用枪打的东西，我从前年九月以来『注：指 1931 年“九一八事变”以来』，才知道这名目的的确。四万万靶子，都排在文明最古的地方，私心在侥幸的只是还没有被打着。洋大人的下属，实在给他的同胞们定了绝好的名称了。

准风月谈/“抄靶子”（1933·6·20）

●5-15-59-41

北方情形如此……国事我看是即以叩头暂结＊的。此后类此之事，则将层出不穷。敝寓如常，可释远念，令人心悲之事自然也不少，但也悲不了许多。

〖释："国事……以叩头暂结"，指1935年7月中国政府代表何应钦与日军代表梅津美治郎签订《何梅协定》，中国失去河北和察哈尔两省大部分主权。〗

书信/致台静农（1935·6·24）

●5-15-59-42

愈下劣者，愈得主人的爱怜，所以西崽打叭儿，则西崽被斥，平人忤西崽，则平人获咎，租界上并无禁止苛待华人的规律，正因为我们该自有力量，自有本领，和鸡鸭绝不相同的缘故。

花边文学/倒提（1934·6·28）

●5-15-59-43

别的国度里，处世法总还要简单，所以每个人可以有工夫做些事，在中国，则单是为生活，就要化去生命的几乎全部。

书信/致萧军、萧红（1934·12·6）

※　※　※

●5-15-59-44

按：《文艺新闻》，周刊，见2-4-25-66条按。九一八事变后，该刊向上海文化界一些著名人士征询对这一事变的看法，鲁迅作此回答。

日本帝国主义在"膺惩"他的仆役——中国军阀，也就是"膺惩"中国民众，因为中国民众又是军阀的奴隶；在另一面，是进攻苏联的开头，是要使世界的劳苦群众，永受奴隶的苦楚的方针的第一步。见2-4-25-66条按。

二心集/答文艺新闻社问（1931·9·21）

●5-15-59-45

日本军里是没有女将的。然而确已动手了。这是因为日本人是做事是做事，做戏是做戏，决不混合起来的缘故。

二心集/新的"女将"（1931·11·20）

●5-15-59-46

在这排日声中，我敢坚决的向中国的青年进一个忠告，就是：日本人是很有值得我们效法之处的。

集外集拾遗补编/"日本研究"之外（1931·11·30）

●5-15-59-47

我们当然要研究日本，但也要研究别国，免得西藏失掉了再来研究英吉利（照前例，那时就改称"英夷"），云南危急了再来研究法兰西。也可以注意些现在好像和我们毫无关系的德，奥，匈，比……尤其是应该研究自己：我们的政治怎样，经济怎样，文化怎样，社会怎样，经了连年的内战和"正法"，究竟可还有四万万人了？

集外集拾遗补编/"日本研究"之外（1931·11·30）

●5-15-59-48

我们应该看现代的西欧兴国史，现代的新国的历史，这里面所指示的是战叫，是活路，不是亡国奴的悲叹和号咷！

集外集拾遗补编/"日本研究"之外（1931·11·30）

●5-15-59-49

日人太认真，而中国人却太不认真。中国的事情往往是招牌一挂就算成功了。日本则不然。他们不像中国这样只是作戏似的。……这样不认真的同认真的碰在一起，倒霉是必然的。

中国实在是太不认真，什么全是一样。

集外集拾遗/今春的两种感想（1932·11·30）

●5-15-59-50

然而沙漠＊以外，还有团结的人们『注：指日本人』在，他们"如入无人之境"的走进来了。

这就是沙漠上的大事变。当这时候，古人曾有两句极切贴的比喻，叫作"君子为猿鹤，小人为虫沙"。那些君子们，不是像白鹤的腾空，就如猢狲的上树，“树倒猢狲散”，另外还有树，他们决不会吃苦。剩在地下的，便是小民的蝼蚁和泥沙，要践踏杀戮都可以，他们对沙皇尚且不敌，怎能敌得过沙皇的胜者＊呢?

〖释：“沙漠”，指中国。鲁迅有过这种比喻。/“沙皇的胜者”，指日本。日俄战争中，日本曾战胜俄国。〗

南腔北调集/沙（1933·8·15）

●5-15-59-51

《活中国的姿态》的序文里，我在对于“支那通”加以讥刺，且说明日本人的喜欢结论，语意之间好像笑着他们的粗疏。然而这脾气是也有长处的，他们的急于寻求结论，是因为急于实行的缘故，我们不应该笑一笑就完。

且介亭杂文二集/后记（1935·12·31）

※ ※ ※

●5-15-59-52

此次事件『注：指上海一二八战事』，战争的胜败，我这外行人不懂得。但在出版物方面是打了败仗。日本出版很多战地通信，中国出版得很少，而且更乏味了。

书信/致〈日〉增田涉〔译文〕(1932·5·13)

●5-15-59-53

优良而非国货的时候，中国禁用，日本仿造，这是两国截然不同的地方。

准风月谈/禁用与自造（1933·10·1）

●5-15-59-54

后藤朝太郎有“支那通”之名，实则肤浅，现在在日本似已失去读者。要之，日本方在发生新的“支那通”，而尚无真“通”者，至于攻击中国弱点，则至今为止，大概以斯密司＊之《中国人气质》为蓝本，此书在四十年前，他们已有译本，亦较日本人所作者为佳，似尚值得译给中国人一看（虽然错误亦多)，但不知英文本尚在通行否耳。

〖释：斯密司（Smith 1845－1932)，通译史密斯，美国传教士，曾留居中国五十余年。所著《中国人气质》，在日本早有译本且影响很大。〗

书信/致陶亢德（1933·10·27）

●5-15-59-55

一个旅行者走进了下野的有钱的大官的书斋，看见有许多很贵的砚石，便说中国是“文雅的国度”；一个观察者到上海来一下，买几种猥亵的书和图画，再去寻寻奇怪的观览物事，便说中国是“色情的国度”。连江苏和浙江方面，大吃竹笋的事，也算作色情心理的表现的一个证据。然而广东和北京等处，因为竹少，所以并不怎么吃竹笋。倘到穷文人的家里或者寓里去，不但无所谓书斋，连砚石也不过用着两角一块的家伙。一看见这样的事，先前的结论就通不过去了，所以观察者也就有些窘，不得不另外摘出什么适当的结论来。于是这一回，是说支那很难懂得，支那是“谜的国度”了。

且介亭杂文二集/内山完造作《活中国的姿态》序（1935·3·5）

●5-15-59-56

日本和中国的人们之间，是一定会有互相了解的时候的。新近的报章上，虽然又在竭力的说着“亲善”呀，“提携”呀，到得明年，也不知道又将说些什么话，但总而言之，现在却不是这时候。

且介亭杂文二集/内山完造作《活中国的姿态》序（1935·3·5）

●5-15-59-57

按：《我要骗人》系应日本《改造》杂志社社长山本彦实的约请而写。原系日文，发表于日本《改造》月刊；后由作者本人译成中文，发表于中国《文学丛报》。关于《文学丛报》，见2-4-25-45条释。在《改造》发表时，文章中有的一些词汇如“上海”、“死尸”、“俘虏”、“太阳的圆圈”等都被删去，后在《文学丛报》发表时经作者补入。

庄子曾经说过："干下去的（曾经积水的）车辙里的鲋鱼，彼此用唾沫相湿，用湿气相嘘，"——然而他又说，"倒不如在江湖里，大家相互忘却的好。"

可悲的是我们不能互相忘却。

且介亭杂文末编/我要骗人（日文 1936·4/中文 1936·6）

●5-15-59-58

写着这样的文章，也不是怎么舒服的心地。要说的话多得很，但得等候"中日亲善"更加增进的时光。不久之后，恐怕那"亲善"的程度，竟会到在我们中国，认为排日即国贼——因为说是共产党利用了排日的口号，使中国灭亡的缘故——而到处的断头台上，都闪烁着太阳的圆圈『注：指日本国旗』的罢，但即使到了这样子，也还不是披沥真实的心的时光。

且介亭杂文末编/我要骗人（日文 1936·4/中文 1936·6）

※ ※ ※

●5-15-59-59

中国一向是所谓"闭关主义"，自己不去，别人也不许来。自从给枪炮打破了大门之后，又碰了一串钉子，到现在，成了什么都是"送去主义"了。

且介亭杂文/拿来主义（1934·6·7）

●5-15-59-60

他占有，挑选。看见鱼翅，并不就抛在路上以显其"平民化"，只要有养料，也和朋友们像萝卜白菜一样的吃掉，只不用它来宴大宾；看见鸦片，也不当众摔在毛厕里，以见其彻底革命，只送到药房里去，以供治病之用，却不弄"出售存膏，售完即止"的玄虚。只有烟枪和烟灯，虽然形式和印度，波斯，阿剌伯的烟具都不同，确可以算是一种国粹，倘使背着周游世界，一定会有人看，但我想，除了送一点进博物馆之外，其余的是大可以毁掉的了。还有一群姨太太，也大可以请她们各自走散为是，要不然，"拿来主义"怕未免有些危机。

且介亭杂文/拿来主义（1934·6·7）

●5-15-59-61

总之，我们要拿来。我们要或使用，或存放，或毁灭。……然而首先要这人沉着，勇猛，有辨别，不自私。没有拿来的，人不能自成为新人，没有拿来的文艺不能自成为新文艺。

且介亭杂文/拿来主义（1934·6·7）

●5-15-59-62

我们被"送来"的东西吓怕了。先有英国的鸦片，德国的废枪炮，后有法国的香粉，美国的电影，日本的印着"完全国货"的各种小东西。于是连清醒的青年们，也对于洋货发生了恐怖。其实，这正是因为那是"送来"的，而不是"拿来"的缘故。

所以我们要运用脑髓，放出眼光，自己来拿！

且介亭杂文/拿来主义（1934·6·7）

●5-15-59-63

我在这里也并不想对于"送去"再说什么，否则太不"摩登"了。我只想鼓吹我们再吝啬一点，"送去"之外，还得"拿来"，是为"拿来主义"。

且介亭杂文/拿来主义（1934·6·7）

●5-15-59-64

譬如罢，我们之中的一个穷青年，因为祖上的阴功（姑且让我这么说说罢），得了一所大宅子，且不问他是骗来的，抢来的，或合法继承的，或是做了女婿换来的。那么，怎么办呢？我想，首先是不管三七二十一，"拿来"！但是，如果反对这宅子的旧主人，怕给他的东西染污了，徘徊不敢走进门，是孱头；勃然大怒，放一把火烧光，算是保存自己的清白，则是昏蛋。不过因为原是羡慕这宅子的旧主人的，而这回接受一切，欣欣然的蹩进卧室，大吸剩下的鸦片，那当然更是废物。“拿来主义”者是全不这样的。

且介亭杂文/拿来主义（1934·6·7）

●5-15-59-65

总之，我们要拿来。我们要或使用，或存放，或毁灭。那么，主人是新主人，宅子也就会成为新宅子。然而首先要这人沉着，勇猛，有辨别，不自私。没有拿来的，人不能自成为新人，没有拿来的，文艺不能成为新文艺。

且介亭杂文/拿来主义（1934·6·7）

●5-15-59-66

所谓“洋气”之中，有不少是优点，也是中国人性质中所本有的，但因了历朝的压抑，已经萎缩了下去，现在就连自己也莫名其妙，统统送给洋人了。这是必须拿它回来——恢复过来的——自然还得加一番慎重的选择。

且介亭杂文/从孩子的照相说起（1934·8·20）

●5-15-59-67

即使并非中国所固有的罢，只要是优点，我们也应该学习。即使那老师是我们的仇敌罢，我们也应该向他学习。

且介亭杂文/从孩子的照相说起（1934·8·20）

●5-15-59-68

我在这里要提出现在大家所不高兴说的日本来，他的会摹仿，少创造，是为中国的许多论者所鄙薄的，但是，只要看看他们的出版物和工业品，早非中国所及，就知道“会摹仿”决不是劣点，我们正应该学习这“会摹仿”的。“会摹仿”又加以有创造，不是更好么?

且介亭杂文/从孩子的照相说起（1934·8·20）

---

(60) 中外文化交流

自然，人类最好是彼此不隔膜，相关心。然而最平正的道路，却只有用文艺来沟通

〖中俄［苏］交流（449）/中日交流（451）/中国与欧美各国交流（456）/中外艺术交流（459）〗

中俄（苏）交流:

●5-15-60-1

这有名的《小鬼》的作者梭罗古勃＊，就于去年在列宁格勒去世了，活了六十五岁。十月革命时，许多文人都往外国跑，他却并不走，但也没有著作，那自然，他是出名的“死的赞美者”，在那样的时代和环境里，当然做不出东西来的，做了也无从发表。这回译载了他的一篇短篇——也许先前有人译过的——并非说这是他的代表作，不过借此作一点记念。

〖释：梭罗古勃（1863－1927），俄国作家。作品多描写颓废变态心理，悲观绝望，赞美死亡。〗

集外集/《奔流》编校后记〔八〕（1929·1·18）

●5-15-60-2

契诃夫『注：俄国作家（1860－1904）』要算在中国最为大家所熟识的文人之一，他开手创作，距今已五十年，死了也满二十五年了。日本曾为他开过创作五十年纪念会，俄国也出了一本小册子，为他死后二十五年纪念，这里的插画，便是其中的一张。我就译了一篇觉得很平允的论文＊，接着是他的两篇创作。

〖释：“我就译了一篇……论文”，指俄国李沃夫·罗加切夫斯基作《契诃夫与新文艺》。〗

集外集/《奔流》编校后记〔十二〕（1929·11·20）

●5-15-60-3

确木努易『注：俄国作家拉札列夫（1863－1910）的笔名』的小品『注：《青湖记游》，鲁迅译』，是从《新兴文学全集》第二十五本中横泽芳人的译本重译的，作者的生平不知道，查去年出版的V. Lidin所编的《文学的俄国》，也不见他的姓名，这篇上注着“遗稿”，也许是一个新作家，

而不幸又早死的罢。

集外集/《奔流》编校后记〔十二〕(1929·11·20)

●5-15-60-4

俄国文学是我们的导师和朋友。因为从那里面，看见了被压迫者的善良的灵魂，的酸辛，的挣扎；还和四十年代的作品一同烧起希望，和六十年代的作品一同感到悲哀。我们岂不知道那时的大俄罗斯帝国也正在侵略中国，然而从文学里明白了一件大事，是世界上有两种人：压迫者和被压迫者！

南腔北调集/祝中俄文字之交（1932·12·15）

●5-15-60-5

我们的读者大众，是一向不用自私的“势利眼”来看俄国文学的。我们的读者大众，在朦胧中，早知道这伟大肥沃的“黑土”里，要生长出什么来，而这“黑土”却也确实生长了东西，给我们亲见了：忍受，呻吟，挣扎，反抗，战斗，变革，战斗，建设，战斗，成功。

南腔北调集/祝中俄文字之交（1932·12·15）

●5-15-60-6

那时较为革命的青年，谁不知道俄国青年是革命的，暗杀的好手？尤其忘不掉的是苏菲亚＊，虽然大半也因为她是一位漂亮的姑娘。现在的国货的作品中，还常有“苏菲”一类的名字，那渊源就在此。

〖释：苏菲亚，即别罗夫斯卡娅，生于1853年。因参与暗杀沙皇于1881年被杀害。〗

南腔北调集/祝中俄文字之交（1932·12·15）

●5-15-60-7

俄国的作品，渐渐的绍介进中国来了，同时也得了一部分读者的共鸣，只是传布开去。零星的译品且不说罢，成为大部的就有《俄国戏曲集》『注：1921年商务印书馆出版』十种和《小说月报》增刊的《俄国文学研究》『注：1921年9月出版』一大本，还有《被压迫民族文学号》『注：1921年10月出版』两本，则是由俄国文学的启发，而将范围扩大到一切弱小民族，并且明明点出“被压迫”的字样来了。

于是也遭了文人学士的讨伐，有的主张文学的崇高，说描写下等人是鄙俗的勾当＊，有的比创作为处女，说翻译不过是媒婆＊，而重译尤令人讨厌。的确，除了《俄国戏曲集》以外，那时所有的俄国作品几乎都是重译的。

但俄国文学只是绍介进来，传布开去……终于使先前膜拜曼殊斐儿（KatherineMansfield）的绅士＊也重译了都介涅夫『注：通译屠格涅夫(1818－1883)，俄国作家』的《父与子》，排斥“媒婆”的作家也重译着托尔斯泰的《战争与和平》＊了。

这之间，自然又遭了文人学士和流氓警犬的联军的讨伐。对于绍介者，有的说是为了卢布＊，有的说是意在投降＊，有的笑为“破锣”＊，有的指为共党，而实际上的对于书籍的禁止和没收，还因为是秘密的居多，无从列举。

但俄国文学只是绍介进来，传布开去。

〖释：“描写下等人是鄙俗的勾当”，是当时曾留学英美的吴宓等人的说法。/“创作为处女，翻译是媒婆”，郭沫若1921年2月有过这种说法。/“膜拜曼殊斐儿的绅士”，指陈源，他曾在《新月》第一卷第四号（1928年6月）《曼殊斐儿》一文中称曼殊斐儿是“超绝一世的微妙清新的作家”。按曼殊斐儿（K. Mansfield，(1888－1923)，通译曼斯菲尔德）是英国女作家。陈源根据英译本重译的屠格涅夫的《父与子》于1931年6月出版。/“排斥‘媒婆’的作家重译托尔斯泰的《战争与和平》”，郭沫若根据德译本重译的《战争与和平》于1931年8月出版。/“为了卢布”：1930、1931年上海一些报纸多次出现这类诬陷之词。/“意在投降”，1928年8月19日上海《真报》说鲁迅翻译苏联文艺政策书籍是在向创造社“表示投降”。/“破锣”，即“普罗”，英语“无产阶级”的谐音。〗

南腔北调集/祝中俄文字之交（1932·12·15）

●5-15-60-8

按：本篇最初印入《死魂灵百图》。该书由鲁迅出资，于1936年7月以三闲书屋名义出版。

果戈理＊『注：俄国作家（1809－1852）』开手作《死魂灵》第一部的时候，是一八三五年的下半年，离现在足有一百年了。幸而，还是不幸呢，其中的许多人物，到现在还很有生气，使我们不同国度，不同时代的读者，也觉得仿佛写着自己的周围，不得不叹服他伟大的写实的本领。

〖**释：果戈理，俄国作家**（1809－1852）。**长篇小说《死魂灵》是他的代表作之一**。〗

且介亭杂文二集/《死魂灵百图》小引（1935·12·24）

●5-15-60-9

今年秋天，孟十还『注：见1－1－7－122条按』君忽然在上海的旧书店里看到了这画集『注：指《死魂灵百图》』，便像孩子望见了糖果似的，立刻奔走呼号，总算弄到手里了，是一八九三年印的第四版，不但百图完备，还增加了收藏家蔼甫列摩夫所藏的三幅，并那时的广告画和第一版封纸上的小图一各幅，共计一百零五图。

这大约是十月革命之际，俄国人带了逃出国外来的；他该是一个爱好文艺的人，抱守了十六年，终于只好拿它来换衣食之资；在中国，也许未必有第二本。藏了起来，对己对人，说不定都是一种罪业，所以现在就设法来翻印这一本书……

且介亭杂文二集/《死魂灵百图》小引（1935·12·24）

●5-15-60-10

世间也真有意外的运气。当中文译本的《死魂灵》开始发表时，曹靖华君就寄给我一卷图画，也还是十月革命后不多久，在彼得堡得到的。这正是里斯珂夫所说的梭可罗夫『注：俄国画家（1821－1899）』画的十二幅。纸张虽然颇为破碎，但图像并无大损，怕它由我而亡，现在就附印在阿庚『注：俄国画家（1817－1875）』的百图之后，于是俄国艺术家所作的最写实，而且可以互相补助的两种《死魂灵》的插画，就全收在我们的这一本集子里了。

且介亭杂文二集/《死魂灵百图》小引（1935·12·24）

●5-15-60-11

《死魂灵》第二部，只存残稿五章，已大不及第一部，本来是没有也可以的……作者想在这一部里描写地主们改心向善，然而他所写的理想人物，毫无生气，倒仍旧是几个丑角出色，他临死之前，将全稿烧掉，是有自知之明的。

书信/致曹白（1936·5·4）

中日交流：

●5-15-60-12

按：此信收信人青木正儿（1887－1964），日本中国文学研究家。当时任日本同志社大学文学部教授，并编辑《中国学》杂志。

我以为目前研究中国的白话文，实在困难。因刚提倡，并无一定规则，用词、造句皆各随其便。钱玄同君等虽早就提倡编纂字典，但尚未着手。倘编成，当方便多了。

书信/〈日〉致青木正儿〔译文〕（1920·12·14）

●5-15-60-13

按：《从小说看来的支那民族性》是日本安冈秀夫所著一本肆意诬蔑中国民族的书。

安冈氏……似乎很相信Smith＊的《Chinese Characteristiee》＊，常常引为典据。这书在他们，二十年前就有译本，叫作《支那人气质》；但是支那人的我们却不大有人留心它。第一章就是Smith说，以为支那人是颇有点做戏气味的民族，精神略有亢奋，就成了戏子样，一字一句，一精手一投足，都装模装样，出于本心的分量，倒还是撑场面的分量多。这就是因为太重体面了，总想将自己的体面弄得十足，所以敢于做出这样的言语

动作来。总而言之，支那人的重要的国民性所成的复合关键，便是这“体面”。

我们试来博观和内省，便可以知道这话并不过于刻毒。

〖释：Smith，即史密斯。见 5-15-59-54 条释。/《Chinese Characteristiee》，即《中国人的气质》。〗

华盖集续编/马上日记（1926·7·12–8·16）

●5-15-60-14

我所遇见的外国人，不知道可是受了 Smith 的影响，还是自己实验出来的，就很有几个留心研究着中国人之所谓“体面”或“面子”。但我觉得，他们实在是早有心得，而且应用了，倘若更加精深圆熟起来，则不但外交上一定胜利，还要取得上等“支那人”的好感情。这时须连“支那人”三个字也不说，代以“华人”，因为这也是关于“华人”的体面的。

华盖集续编/马上日记（1926·7·12–8·16）

●5-15-60-15

安冈氏的论中国菜，所引据的是威廉士＊的《中国》(《Middle Kihgdom byilliams》)，在最末《耽享乐而淫风炽盛》这一篇中。其中有这么一段——

这好色的国民，便在寻求食物的原料时，也大概以所想像的性欲底效能为目的。从国外输入的特殊产物的最多数，就是认为含有这种效能的东西。……在大宴会中，许多菜单的最大部分，即是想像为含有或种特殊的强壮剂底性质的奇妙的原料所做。……

我自己想，我对于外国人的指摘本国的缺失，是不很发生反感的，但看到这里却不能不失笑。筵席上的中国菜诚然大抵浓厚，然而并非国民的常食；中国的阔人诚然很多淫昏，但还不至于将肴馔和壮阳药并合。“纣虽不善，不如是之甚也。”研究中国的外国人，想得太深，感得太敏，便常常得到这样——比“支那人”更有性底敏感——的结果。

〖释：威廉士(Samnel Wells Williams，1842–1884)，中文名卫三畏，美国基督教新教公理会传教士。1883 年来华传教，1855–1876 年任美国驻华公使馆参赞。1877 年回国后任耶鲁大学教授。此处所举《中国》一书通译《中国总论》。〗

华盖集续编/马上日记（1926·7·12–8·16）

●5-15-60-16

安冈氏又自己说——

笋和支那人的关系，也与虾正相同。彼国人的嗜笋，可谓在日本人以上。虽然是可笑的话，也许因为那挺然翘然的姿势，引起想像来的罢。

会稽至今多竹。竹，古人是很宝贵的，所以曾有“会稽竹箭”的话。然而宝贵它的原因是在可以做箭，用于战斗，并非因为它“挺然翘然”像男根。多竹，即多笋；因为多，那价钱就和北京的白菜差不多。我在故乡，就吃了十多年笋，现在回想，自省，无论如何，总是丝毫也寻不出吃笋时，爱它“挺然翘然”的思想的影子来。因为姿势而想像它的效能的东西是有一种的，就是肉苁蓉＊，然而那是药，不是菜。总之，笋虽然常见于南边的竹林中和食桌上，正如街头的电干和屋里的柱子一般，虽“挺然翘然”，和色欲的大小是没有什么关系的。

〖释：肉苁蓉，列当科植物，多年生寄生草本。中医以茎入药，能补肾壮阳。〗

华盖集续编/马上日记（1926·7·12–8·16）

●5-15-60-17

在中国的外人，译经书，子书＊的是有的，但很少有认真地将现在的文化生活——无论高低，总还是文化生活——绍介给世界。有些学者，还要在载籍里竭力寻出食人风俗的证据来。这一层，日本比中国幸福得多了，他们常有外客将日本的好的东西宣扬出去，一面又将外国的好的东西，循循善诱地输运进来。

〖释：“经书，子书”，经书指儒家经典，如十

三经（见3-8-35-67条释）；"子书"指先秦诸子百家的著作，在后来的图书四部（经、史、子、集）分类法中居第三部，包括哲学、政治、科技和艺术等类的书。】

集外集/《奔流》编校后记〔八〕（1929·1·18）

●5-15-60-18

即使是胡乱写写也好，因为不乱写就不能有所成就。等到有所成就以后，再把乱写的东西改正就好了。日本的学者或文学家，来中国之前大抵抱有成见，来到中国后，害怕遇到和他的成见相抵触的事实，就回避。这样来等于不来，于是一辈子以乱写告终。

书信/致〈日〉增田涉〔译文〕（1932·1·16）

●5-15-60-19

井上氏所译《鲁迅全集》*已出版，送到上海来了。译者也赠我一册。但略一翻阅，颇惊其误译之多，他似未参照你和佐藤先生所译的。我觉得那种做法，实在太荒唐了。

〖释：井上红梅及其所译《鲁迅全集》，见4-11-40"井上红梅"条题解。〗

书信/致〈日〉增田涉〔译文〕（1932·12·19）

●5-15-60-20

野口君的文章*中说萧是个可怜的人，也有道理。看看这样的漫游世界，那里是什么漫游，简直像自讨苦吃。不过对他的批评，还是日本方面的好。在中国，好损人的家伙多，坏话不少。我只因合照了张相，也沾光被骂了一通。好在也习惯了，听他们的便好了。

〖释："野口君的文章"，指日本诗人野口米次郎（1875－1947）的文章《为人而生（迎接萧伯纳）》，载1933年4月号《改造》。〗

书信/致〈日〉山本初枝〔译文〕（1933·4·1）

●5-15-60-21

和我们中国一样，一向用毛笔的，还有一个日本。然而在日本，毛笔几乎绝迹了，代用的是铅笔和墨水笔，连用这些笔的习字帖也很多。为什么呢？就因为这便当，省时间。

准风月谈/禁用和自造（1933·10·1）

●5-15-60-22

《从小说看来的支那民族性》……这种小册子，历来他们出得不少，大抵旋生旋灭，没有较永久的。其中虽然有几点还中肯，然而穿凿附会者多，阅之令人失笑。

书信/致陶亢德（1933·10·27）

●5-15-60-23

关于中国文艺情形，先生能陆续作文发表，最好。我看外国人对于这些事，非常模胡，而所谓"大师""学者"之流，则一味自吹自捧，绝不可靠，青年又少有精通外国文者，有话难开口，弄得漆黑一团。日本人读汉文本来较易，而看他们的著作，也还是胡说居多，到上海半月，便做一本书，什么轮盘睹，私门子之类，说得中国好像全盘都是嫖赌的天国。但现在他们也有些露出马脚，读者颇知其不可信了。

书信/致姚克（1934·1·25）

●5-15-60-24

我的意见，是以为日文只要能看论文就好了，因为他们绍介得快。至于读文艺，却实在有些得不偿失。他们的新语，方言，常见于小说中，而没有完备的字典，只能问日本人，这可就费事了，然而又没有伟大的创作，补偿我们外国读者的劳力。

书信/致陶亢德（1934·6·8）

●5-15-60-25

日本的翻译界，是很丰富的，他们适宜的人才多，读者也不少，所以著名的作品，几乎都找得到译本，我想，除德国外，肯绍介别国作品的，恐怕要算日本了。但对于苏联的文学理论的绍介近来却有一个大缺点，即常有删节，甚至于"战争""革命""杀"（无论谁杀谁）这些字，也都成为××，看起来很不舒服。

书信/致唐弢（1934·7·27）

●5-15-60-26

看了这期《东方学报》『注：日本科学杂志』，居然有用汉字发表论文的日本学者，殊感惊异，这究竟是打算给谁读的呢?

书信/致〈日〉增田涉〔译文〕（1934·9·12）

●5-15-60-27

日本的……作家，和批评家分工，不是极熟的朋友，是不会轻发意见的。

书信/致罗清桢（1934·10·1）

●5-15-60-28

日本的木刻家，经商量之后，实在无人可问。一者，因为他们的木刻，都是超然的，流派和我们的不同（这一点上，有些日本人也不满于他们自己的艺术家的态度），他们无法批判。二则，他们的习惯和我们两样，大抵非常客气，不肯轻易说话，所以要得一个真实的——不是应酬的批评，是办不到的。

书信/致罗清桢（1934·10·21）

●5-15-60-29

日本一切左翼作家，现在没有转向的，只剩了两个（藏原与宫本＊）。我看你们一定会吃惊，以为他们真不如中国左翼的坚硬。不过事情是要比较而论的，他们那边的压迫法，真也有组织，无微不至，他们是德国式的，精密，周到，中国倘一仿用，那就又是一个情形了。

〖释：“藏原与宫本”，指藏原惟人和宫本百合子（1899－1951）。前者见3-9-36-2条释，后者是日本女作家，日本无产阶级作家同盟成员。〗

书信/致萧军、萧红（1934·11·17）

●5-15-60-30

《万叶集》＊里有不少从中国传去的语汇罢?但因此就学汉文，我却不以为然。《万叶集》时代的诗人用汉文就让他用去罢，但现在的日本诗人应该使用当代的日语。不然，就永远也跳不出古人的窠臼。

〖释：《万叶集》，日本最古的诗歌集，有“和歌”约4500首，文字均用汉字标音。〗

书信/致〈日〉山本初枝〔译文〕（1934·12·13）

●5-15-60-31

实在说来，中国的白话文，至今尚无一定形式，外国人写起来，是非常困难的。

书信/致〈日〉增田涉〔译文〕（1934·12·29）

●5-15-60-32

他们『注：指某些日本木刻家』的风气，都是拚命离社会，作隐士气息，作品上，内容是无可学的，只可以采取一点技法……

书信/致刘岘（约1934－1935）

●5-15-60-33

按：下文是对增田涉翻译工作中所涉问题的答复和说明。

答问：——

活咳。活该之误，意为“当然”，其中又含有“自作自受”、“不足惜”之意。天津话。

蹩扭＝纠葛、意见不合、合不来。天津话。

老闆＝老板＝商店主人，但对户主也可这么称呼。上海话。

瘪。最难译。最初的意思是形容压扁的气球泄气四分之三的样子时，使用此字。引伸到形容精神的萎靡、郁闷的表情、饥饿的肚子等。上海话。又另有“小瘪三”的名词，这指没有能力谋生，而将沦落为乞丐的人，但若成为乞丐，就正式称乞丐，就从“小瘪三”的类型划出。

书信/致〈日〉增田涉〔译文〕（1935·1·25）

●5-15-60-34

我觉得日本作者与中国作者之间的意见，暂时尚难沟通，首先是处境和生活都不相同。

书信/致〈日〉增田涉〔译文〕（1935·2·3）

●5-15-60-35

日本的浮世绘＊，何尝有什么大题目，但它的艺术价值却在的。

〖释："浮世绘"，日本德川幕府时代（1603－1867）的一种民间版画，题材多取自下层市民社会生活，十八世纪末逐渐衰落。〗

书信/致李桦（1935·2·4）

●5-15-60-36

实际上中国的白话文尚未成形，外国人自然不容易写的。

书信/致〈日〉增田涉〔译文〕（1935·2·6）

●5-15-60-37

《文学》『注：见1－1－7－26条释』三月号刊出的拙作，大被删削。现在国民党的做法，实在与满清时大致相同，也许当时满洲人的这种作法，也是汉人教的。自从去年六月以来，对出版物的压迫步步加紧，出版社大感困难。对于新的青年作家的作品，压迫特别厉害，常常把有关紧要之处全部删除，只留下空壳。在日本研究"中国文学"，倘对此种情形没有仔细了解，就不免很隔膜了。就是说，我们都是带着锁链在跳舞的。

书信/致〈日〉增田涉〔译文〕（1935·4·9）

●5-15-60-38

《小说史略》有出版机会，总算令人满意。对你的尽力，极为感谢。"合译"没有意思，还是单用你的名字好。序文日后写罢。

书信/致〈日〉增田涉〔译文〕（1935·4·30）

●5-15-60-39

这一本书『注：指《中国小说史略》日本译本』，不消说，是一本有着寂寞的运命的书。然而增田涉君排除困难，加以翻译，赛棱社主三上於菟氏不顾利害，给它出版，这是和将这寂寞的书带到书斋里去的读者诸君，我都真心感谢的。

且介亭杂文二集/《中国小说史略》日本译本序（1935·6·9）

●5-15-60-40

《中国小说史》序文呈上，由于忙和懒，写得芜杂，祈大加斧正，使成佳作，面目一新。

书信/致〈日〉增田涉〔译文〕（1935·6·10）

●5-15-60-41

《中国小说史》豪华的装帧，是我有生以来，著作第一次穿上漂亮服装。我喜欢豪华版，也许毕竟是小资产阶级的缘故罢。

书信/致〈日〉增田涉〔译文〕（1935·6·10）

●5-15-60-42

增田一世所译我的《中国小说史略》，已发排，由"赛棱社"出版，好像还准备出豪华版。我的书这样盛装问世，还是第一次。

书信/致〈日〉山本初枝〔译文〕（1935·6·27）

●5-15-60-43

本月的《经济往来》＊你看过没有？其中有长与善郎＊的文章《与××会见的晚上》『注："××"，指鲁迅』，对我颇表不满，但的确发挥了古风的人道主义者的特色，但也不必特为去买来看。

〖释：《经济往来》，日本月刊，后改名《日本评论》。/长与善郎（1888－1961），日本作家。〗

书信/致〈日〉增田涉〔译文〕（1935·7·17）

●5-15-60-44

……乌丸求女『注：不详。其文题为《鲁迅的寂寞的影子》』的文章，朋友剪送给我，我转给你。但其中引用长与『注：即长与善郎』氏所写的"想进棺材去"云云，其实仅是我所说的一部分。当时我谈到中国有许多极好的材料都被糟蹋掉了。我说过这样的话："例如把黑檀或阴沉木（类似日本的埋木，仙台有）做成棺材，陈列在上海大马路的玻璃橱窗里，用蜡擦得发亮，造得十分美观，我经过那里一看，对那种巧妙的做法颇感惊奇，就想钻进去了。"然而那时候长与氏不知是正同别人谈着话，还是想着别的事情，只摘用我末尾的话，就断定"阴黯、阴黯"。假如突然就讲那样的话，那就实在太愚蠢，并不仅仅是什么“凶险，阴黯”的问题。总之，我和长与氏的会见，彼此都不愉快。

书信/致〈日〉增田涉〔译文〕(1935·8·1)

●5-15-60-45

写了一篇《从帮忙到扯淡》，不许发表。所谓“扯淡”一词，实较难译。也就是没有可说而又强要说，既无帮闲的才能，又要做帮闲的事之类。

书信/致〈日〉增田涉〔译文〕(1935·8·1)

●5-15-60-46

按：下文是对增田涉翻译鲁迅《藤野先生》一文所提供的参考意见。

中国的所谓“分数在六十分以上”，日译作“丙等”，最易理解。这还是指分数的事。

“尾闾”，颇为暧昧，在解剖学上有叫做“尾骶骨”的骨，因此，所谓“尾闾”，就是这一部位。

书信/致〈日〉增田涉〔译文〕(1935·10·25)

●5-15-60-47

“对日本的中国文学研究者的期望”＊，从未想过，即使现在来考虑，也没有什么意思，不值一谈，因此不写了。

〖释：“对日本的……期望”，是日本《中国文学月报》编者竹内好向鲁迅约稿的题目。〗

书信/致〈日〉增田涉〔译文〕(1935·12·3)

●5-15-60-48

和名流的会见，也还是停止为妙。野口＊先生的文章，没有将我所讲的全部写进去，所写部分，恐怕也为了发表的缘故，而没有按原意写。长与先生的文章，则更加那个了。

〖释：野口，即野口米次郎。其文章的抄译件题为《一个日本诗人的鲁迅会谈记》，发1935年11月23日上海《晨报·书报春秋》。〗

书信/致增田涉(1936·2·3)

●5-15-60-49

按：1936年春，鲁迅应日本改造社社长山本实彦的要求，选出中国青年作家短篇小说十篇，从同年6月起在《改造》月刊“中国杰出小说”总标题下陆续发表（只发表了六篇）。下文原为日文，无标题。

中国的新文学，自始至今，所经历的年月不算长。初时，也像巴尔干各国一样，大抵是由创造者和翻译者来扮演文学革新运动战斗者的角色……

一般说，目前的作者，创作上的不自由且不说，连处境也着实困难。第一，新文学是在外国文学潮流的推动下发生的，从中国古代文学方面，几乎一点遗产也没摄取。第二，外国文学的翻译极其有限，连全集或杰作也没有，所谓可资“他山之石”＊的东西实在太贫乏。

创作中的短篇小说是较有成绩的，尽管这些作品还称不上什么杰作，要是比起流行的外国人写的，以中国事情为题材的东西来，却并不显得更低劣。从真实这点来看，应该说是很优秀的。在外国读者看来，也许会感到似有不真实之处，但实际大抵是真实的。

〖释：“他山之石”，语出《诗经·小雅·鹤鸣》：“它山之石，可以为错”，“它山之石，可以攻玉”。〗

集外集拾遗补编/“中国杰出小说”小引（日文1936·6·1）

中国与欧美各国交流：

●5-15-60-50

欧美的几个国度……文艺是早有些老旧了，待到世界大战的时候，才发生了一种战争文学。战争一结束，环境也变了，老调子无从再唱，所以现在文学上也有些寂寞。将来的情形如何，我们实在不能豫测。但我相信，他们是一定也会有新的声音的。

集外集拾遗/老调子已经唱完(1927·3)

●5-15-60-51

一些事物，虽说以独创为贵，但中国既然是世界上的一国，则受点别国的影响，即自然难免，似乎倒也无须如此娇嫩，因而脸红。单就文艺而言，我们实在还知道得太少，吸收得太少。

集外集/《奔流》编校后记〔二〕（1928·7·4）

●5-15-60-52

在现在的环境中，人们忙于生活，无暇来看长篇，自然也是短篇小说的繁生的很大原因之一。……中国于世界所有的大部杰作很少译本，翻译短篇小说的却特别的多者，原因大约也为此。我们——译者的汇印这书，则原因就在此。贪图用力少，绍介多，有些不肯用尽呆气力的坏处，是自问恐怕也在所不免的。但也有一点只要能培一朵花，就不妨做做会朽的腐草的近于不坏的意思。

三闲集/《近代世界短篇小说集》小引（1929·4）

●5-15-60-53

在英文学方面，小泉八云＊便是其一，他的讲义，是多么简要清楚，为学生们设想。中国的研究英文，并不比日本迟，所接触的，是英文书籍多，学校里的外国语，又十之八九是英语，然而关于英文学的这样讲义，却至今没有出现。

〖释：小泉八云，日本学者、作家（1850－1904）。生于希腊，原名 Lafcadio Hearn，加入日本籍后改用此名。〗

集外集/《奔流》编校后记〔八〕（1929·11·20）

●5-15-60-54

关于梅斐尔德『注：德国现代木刻家』的事情，我知道得极少。仅听说他在德国是一个最革命底的画家，今年才二十七岁，而消磨在牢狱里的光阴倒有八年。他最爱刻印含有革命底内容的版画的连作，我所见过的有《汉堡》《抚育的门徒》和《你的姊妹》，但都还隐约可以看见悲悯的心情，惟这《士敏土》之图，则因为背景不同，却很示人以粗豪和组织的力量。

集外集拾遗/《梅斐尔德木刻士敏土之图》序言（1930·9）

●5-15-60-55

按：《夏娃日记》，李兰译，1931 年 10 月上海湖风书局出版。鲁迅所作“小引”署名唐丰瑜。

这《夏娃日记》（Eve’s Diary）出版于一九〇六年，是他『注：马克·吐温，美国作家』的晚年之作，虽然不过一种小品，但仍是在天真中露出弱点，叙述里夹着讥评，形成那时的美国姑娘，而作者以为是一切女性的肖像，但脸上的笑影，却分明是有了年纪的了。幸而靠了作者的纯熟的手腕，令人一时难以看出，仍不失为活泼泼地的作品；又得译者将丰神传达，而且朴素无华，几乎要令人觉得倘使夏娃用中文来做日记，恐怕也就如此一样：更加值得一看了。

二心集/《夏娃日记》小引（1931·10）

●5-15-60-56

小说之在欧美，……生活艰难起来了，为了维持，就缺少余暇，不再能那么悠悠忽忽。只是偶然也还想借书来休息一下精神，而又耐不住唠叨不已，破费工夫，于是就使短篇小说交了桃花运。这一种洋文坛上的趋势，也跟着古人之所谓欧风美雨，冲进中国来，所以文学革命以后，所产生的小说，几乎以短篇为限。但作者的才力不能构成巨制，自然也是一个很大的原因。

南腔北调集/《总退却》序（1933·12·25）

●5-15-60-57

德哥派拉君之事＊，我未注意，此君盖法国礼拜六派，油头滑脑，其到中国来，大概确是搜集小说材料。我们只要看电影上，已大用菲洲，北极，南美，南洋……之土人作为材料，则“小说家”之来看支那土人，做书卖钱，原无足怪。阔人恭迎，维恐或后，则电影上亦有酋长飨宴等事迹也。

〖释：“德哥派拉之事”，指法国小说家德哥派

拉1933年11月到中国游览事。〗

书信/致王志之（1933·12·28）

●5-15-60-58

按：对英译中国短篇小说集《草鞋脚》的评介。

这一本书，便是十五年来的，文学革命以后的短篇小说的选集。因为在我们还算是新的尝试，自然不免幼稚，但恐怕也可以看见它恰如压在大石下面的植物一般，虽然并不繁荣，它却在曲曲折折地生长。

且介亭杂文/《草鞋脚》（英译中国短篇小说集）小引（1934·3·23）

●5-15-60-59

近布克夫人〖注：见4-11-41“赛珍珠”题解〗译《水浒》，闻颇好，但其书名，取“皆兄弟也”平意，便不确，因为山泊中人，是并不将一切人们都作兄弟看的。

书信/致姚克（1934·3·24）

●5-15-60-60

现在的文学也一样，有地方色彩的，倒容易成为世界的，即为别国所注意。打出世界上去，即于中国之活动有利。

书信/致陈烟桥（1934·4·19）

●5-15-60-61

宴L. Korber＊，到者如此之少，真出意料之外。中国的事情，她自己看不出，也没有人告诉她，真是无法可想。外国人到中国来的，大抵如此，也不但她。

〖**释：**L. Korber，即莉莉·珂贝，奥地利女作家。1934年6月访问中国时，新语林社等三个文艺团体在上海联合举行欢迎宴会，到会者只有五人。〗

书信/致徐懋庸（1934·7·14）

●5-15-60-62

如果嘲笑欧化白话的人，除嘲笑之外，再去试一试绍介外国的精密的论著，又不随意改变，删削，我想，他一定还能够给我们更好的箴规。

花边文学/玩笑只当它玩笑〔上〕（1934·7·25）

●5-15-60-63

按：此信为茅盾执笔，茅盾、鲁迅签名。

八月十七日来信收到。您翻译的鲁迅序文〖注：即《〈草鞋脚〉小引》〗，还有您自己做的引言＊，我们都看过了，很好。……这本小说集您打算取名为《草鞋脚》，我们也很赞成。鲁迅用墨写的三个中国字，就此附上。

〖**释：**“您自己做的引言”，即1934年伊罗生为英译本《草鞋脚》写的引言。1974年该书出版时未用，译者另撰长序。〗

书信/致〈美〉伊罗生（1934·8·22）

●5-15-60-64

您说以后还打算再译些中国作品，这是我们很喜欢听的消息。我们觉得像这本《草鞋脚》那样的中国小说集，在西方还不曾有过。中国的革命青年对于您这有意义的工作，一定是很感谢的。我们同样感谢您费心力把我们的脆弱的作品译出去。革命的青年作家时时刻刻在产生，在更加进步，我们希望一年半载之后再提起译笔的时候，已经有更好的作品出世，使您再也没有闲工夫仍找老主顾，而要介绍新人了，——我们诚心诚意这么希望着，想来您也是同一希望罢！

书信/致〈美〉伊罗生（1934·8·22）

●5-15-60-65

按：这是鲁迅为《草鞋脚》的翻译、出版事务给伊罗生的信。署名L. S.。

一、楼适夷的生年已经查来，是一九〇三年〖注：楼适夷生年应为1905年〗，他今年三十一岁，经过拷问，不屈，已判定无期徒刑。蒋〖注：指蒋光慈〗的终于查不出。

二、我的小说，今年春天已允许施乐＊君随

便翻译，不能答应第二个人了。

〖释：施乐，即斯诺。他翻译的鲁迅七篇作品后收入《活的中国》，1936 年伦敦乔治·哈拉普公司出版。〗

书信/致〈美〉伊罗生（1934·8·22）

●5-15-60-66

蒋君『注：指蒋光慈』的生年，现在查出来了，是一九〇一年；卒年不大明白，大约是一九三〇或三一年。

书信/致〈美〉伊罗生（1934·8·25）

●5-15-60-67

中国、日本之外，还有西洋学者对《四库全书》如此珍视，实为不解。

书信/致〈日〉增田涉〔译文〕（1935·4·9）

●5-15-60-68

关于翻译我的小说《风波》，您要给我的报酬，我是不取的。这事，我没有花多少工夫。我希望，此款由您随意处理。

书信/致〈美〉伊罗生〔译文〕（1935·10·17）

●5-15-60-69

近几期的 China Today＊上，又在登《阿 Q 正传》了，是一个在那边做教员的中国人新译的，我想永远是炒阿 Q 的冷饭，也颇无聊，不如选些未曾绍介过的作者的新作品，由那边译载。此事希便中与 S『注：指史沫特莱』一商量，倘她以为可以，并将寄书去的地址开下，我可以托书店直接寄去，——但那时候并望你选一些。

〖释：China Today，即《现代中国》，美国的中国人民之友协会主办的英文月刊。该刊 1935 年 11 月号至 1936 年 1 月号曾连载王际真翻译的《阿 Q 正传》。〗

书信/致沈雁冰（1936·1·8）

●5-15-60-70

自然，人类最好是彼此不隔膜，相关心。然而最平正的道路，却只有用文艺来沟通……

且介亭杂文末编/《呐喊》捷克译本序言（1936·7·21）

中外艺术交流：

●5-15-60-71

十九世纪末，俄国的绘画是还在西欧美术的影响之下的，一味追随，很少独创，然而握美术界的霸权，是为学院派（Academisus）＊。至九十年代，“移动展览会派”＊出现了，对于学院派的古典主义，力加掊击，斥模仿，崇独立，终至收美术于自己的掌中，以鼓吹其见解和理想。然而排外则易倾于慕古，慕古必不免于退婴，所以后来，艺术遂见衰落，而祖述法国色彩画家绥珊的一派（Cezannist）＊兴。同时，西南欧的立体派和未来派，也传入而且盛行于俄国。

〖释：“学院派（Academisus）”，十七世纪末欧洲各国官办美术学院中形成的艺术流派，风格刻板、虚浮。/“移动展览会派”，习称“巡回展览会派”，力主现实主义，代表人物有列宾、苏里柯夫、克拉姆司柯依等。/“绥珊的一派（Cezannist）”，绥珊，通译塞尚（1839－1906）。〗

集外集拾遗/《新俄画选》小引（1930·5）

●5-15-60-72

俄木刻家……他们之看中国，是一个谜，而知识甚少，他们画五六百年前的中国人，也戴红缨帽，且拖着一条辫子，站在牌楼之下，而远处则一定有一座塔——岂不哀哉。

书信/致郑振铎（1934·1·11）

●5-15-60-73

我毫不知道俄国版画的历史；幸而得到陈节『注：即瞿秋白』先生摘译的文章，这才明白一点十五年来的梗概，现在就印在卷首，算作序言；并且作者的次序，也照序中的叙述来排列的。

集外集拾遗/《引玉集》后记（1934·3）

●5-15-60-74

现在的文学也一样，有地方色彩的，倒容易成为世界的，即为别国所注意。打出世界上去，即于中国之活动有利。

书信/致陈烟桥（1934·4·19）

●5-15-60-75

单是学艺上的东西，近来就先送一批古董到巴黎去展览，但终“不知后事如何”；还有几位“大师”们捧着几张古画和新画，在欧洲各国一路的挂过去，叫作“发扬国光”*。听说不远还要送梅兰芳博士到苏联去，以催进象征主义，此后是顺便到欧洲传道。我在这里不想讨论梅博士演艺和象征主义的关系，总之，活人替代了古董，我敢说，也可以算得显出一点进步了。

〖释：“发扬国光”，1934年5月28日《大晚报》报道《梅兰芳赴苏俄》消息中的话。〗

且介亭杂文/拿来主义（1934·6·7）

●5-15-60-76

按：此信收信人郑野夫（1909－1973），原名郑诚芝，浙江乐清人。曾在上海美术专科学校学习，并参加木刻艺术团体“一八艺社”和“野风画会”。

二十日起，上海要开苏联版画展览会*，其中木刻不少（会址现在还不知道，那时会有广告的），于中国木刻家大有益处，我希望先生和朋友们去看看。

〖释：“苏联版画展览会”，1936年2月20日至26日在上海举行，展出版画二百余幅。〗

书信/致郑野夫（1936·2·17）

●5-15-60-77

现在，二百余幅的作品，是已经灿烂的一同出现于上海了。单就版画而论，使我们看起来，它不像法国木刻的多为纤美，也不像德国木刻的多为豪放；然而它真挚，却非固执，美丽，却非淫艳，愉快，却非狂欢，有力，却非粗暴；但又不是静止的，它令人觉得一种震动——这震动，恰如用坚实的步法，一步一步，踏着坚实的广大的黑土进向建设的路的大队友军的足音。

且介亭杂文末编/记苏联版画展览会（1936·2·24）

●5-15-60-78

一九三四年一月二十之夜，作《引玉集》的《后记》时，曾经引用一个木刻家为中国人而写的自传——

亚历克舍夫（Nikolai Vasilievich Alekseev）。线画美术家。一八九四年生于丹堡（Tambovsky）省的莫尔襄斯克（Morshansk）城。……

主要作品：陀思妥夫斯基的《博徒》，斐定的《城与年》，高尔基的《母亲》。

……

但到第二年，捷克京城的德文报上绍介《引玉集》的时候，他的名姓上面，已经加有“亡故”二字了。

集外集拾遗/《城与年》插图本小引（1936·3·10）

●5-15-60-79

今年二月，上海开“苏联版画展览会”，里面不见他的木刻。一看《自传》，就知道他仅仅活了四十岁，工作不到二十年，当然也还不是一个名家，然而在短促的光阴中，已经刻了三种大著的插画，且将两种都寄给中国，一种虽然早经发表，而一种却还在我的手里，没有传给爱好艺术的青年……

斐定（Konstantin Fedin）『注：通译费定，苏联作家』的《城与年》至今还见有人翻译。恰巧，曹靖华君所作的概略却寄到了。我不想袖手来等待。便将原拓木刻全部，不加删削，和概略合印为一本，以供读者的赏鉴，以尽自己的责任，以作我们的尼古拉·亚历克舍夫君的纪念。

自然，和我们的文艺有一段因缘的人，我们是要纪念的！

集外集拾遗/《城与年》插图本小引（1936·3·10）

※　※　※

●5-15-60-80

按：此信收信人陈铁耕（1906－1970），原名陈耀唐，又名陈克白，广东兴宁人。木刻家，木刻艺术团体“一八艺社”主要成员之一。

有一位外国女士＊，她要收集中国左翼作家的绘画，先往巴黎展览＊，次至苏联，要我通知上海的作者。但我于绘画界不熟悉，所以转托先生设法，最好将各作家的作品于十五日以前，送内山书店转交我，再由我转交她。

除绘画外，还须选各种木刻二份。

〖释：“一位外国女士”，指绮达·谭丽德（Ida Treat），当时的法国《观察》杂志记者。/“往巴黎展览”，指1934年3月在巴黎毕埃利画廊展出的“革命的中国之新艺术展览会”。〗

书信/致陈铁耕（1933·12·4）

●5-15-60-81

谭女士我曾见过一回，上海我们的画家不多，我也极少往来，但已通知了两个相识者，请他们并约别人趁早准备，想来作品未必能多。她不知何时南来，倘能先行告知，使我可以豫先收集，届时一总交给她，就更好。

书信/致姚克（1933·12·5）

●5-15-60-82

谭女士终于没有看到，恐怕她已经走了，木刻我收集了五十余幅，拟直接寄到巴黎去，现将目录寄上，烦先生即为译成英文，并向S君问明谭女士在巴黎的通信地址，一并寄下，我就可以寄去。

书信/致姚克（1934·1·5）

●5-15-60-83

所集的中国木刻，已于前日寄往巴黎，并致函苏联木刻家，托其见后给我们批评，但不知何时始有消息。

书信/致吴渤（1934·1·19）

●5-15-60-84

一个美国人告诉我，他从一个德国人听来，我们的绘画（这是北平的作家的出品）及木刻，在巴黎展览，很成功；又从一苏联人听来，这些作品，又在莫斯科展览，评论很好云云。

书信/致陈烟桥（1934·6·20）

●5-15-60-85

听说我们的木刻，已在巴黎，莫S科展览，批评颇好，但收集者〖注：即绮达·谭丽德〗本人，却毫无消息给我，真不知是怎么一回事。

书信/致吴渤（1934·7·17）

●5-15-60-86

中国木刻，已在巴黎展览过，那边的作家团体有一封信给中国作者，但并无批评，不过是鼓励的话。这信现在也没法发表。

书信/致吴渤（1934·10·16）

（61）苏联和中苏文化交流

一个簇新的，真正空前的社会制度从地狱底里涌现而出

●5-15-61-1

柏烈威＊先生要译《阿Q正传》及其他，我是当然可以的。但王希礼＊君已经译过，不知于他（王）如何？倘在外国习惯上不妨有两种译本，那只管译印就是了。（我也没有与王希礼君声明，不允第二人译。）L夫人＊画如允我们转载，自然很好。

〖释：柏烈威，苏联人，曾任北京大学讲师。按他要译的《阿Q正传》未见出版。/王希礼，苏联人，1925年在中国任职时将《阿Q正传》译成俄文，连同他人译的几篇鲁迅作品于1929年在苏联结集出版。/L夫人，即罗尔斯卡娅，苏联画家、雕刻家，1925年来中国。柏烈威译《阿Q正传》时曾约请她作插图。〗

书信/致李霁野（1927·2·21）

●5-15-61-2

俄国是活的，虽然暂时没有声音，但他究竟有改造环境的能力，所以将来一定也会有新的声音出现。

集外集拾遗/老调子已经唱完（1927·3）

●5-15-61-3

当俄皇专制的时代，有许多作家很同情于民众，叫出许多惨痛的声音，后来他们又看见民众有缺点，便失望起来，不很能怎样歌唱，待到革命以后，文学上便没有什么大作品了。只有几个旧文学家跑到外国去，作了几篇作品，但也不见得出色，因为他们已经失掉了先前的环境了，不再能照先前似的开口。

在这时候，他们的本国是应该有新的声音出现的，但是我们还没有很听到。我想，他们将来是一定要有声音的。因为俄国是活的，虽然暂时没有声音，但他究竟有改造环境的能力，所以将来一定也会有新的声音出现。

集外集拾遗/老调子已经唱完（1927·3）

●5-15-61-4

叶遂宁和梭波里＊是未可厚非的，他们先后给自己唱了挽歌，他们有真实。他们以自己的沉没，证明着革命的前行。他们到底并不是旁观者。

〖释：叶遂宁，通译叶赛宁（1895－1925），苏联诗人。十月革命时向往革命，写过一些赞扬革命的作品，但于革命后自杀。梭波里（1888－1926），苏联“同路人”作家，十月革命后接近革命，也终于自杀。〗

三闲集/在钟楼上〔夜记之二〕（1927·12·17）

●5-15-61-5

柏烈伟『注：即柏烈威』先生要译我的小说，请他随便译就是，我并没有一点不愿意之处，至于那几篇好，请他选定就是了，他是研究文学的，恐怕会看得比我自己还清楚。

书信/致李霁野（1929·3·22）

●5-15-61-6

V. Lidin＊只是一位“同路人”，经历是平常的，如他的自传。别的作品，我曾译过一篇《竖琴》，载在去年一月的《小说月报》＊上。

〖释：V. Lidin，符·理定，苏联“同路人”作家。该期《奔流》上载有鲁迅所译《理定自传》。/《小说月报》，见3-7-32-43条释。〗

集外集/《奔流》编校后记〔十二〕（1929·11·20）

●5-15-61-7

Kogan＊教授的关于Gorky＊的短文，也是很简要的；所说的他的作品内容的出发点和变迁，大约十分中肯。早年所作的《鹰之歌》有韦素园先生的翻译，收在《未名丛刊》之一的《黄花集》中。

〖释：Kogan，戈庚（1872－1932），苏联文学史家。/Gorky，即高尔基。“短文”指他1928年10月7日发表在《真理报》上的反驳“反苏谬论”的公开信。〗

集外集/《奔流》编校后记〔十二〕（1929·11·20）

●5-15-61-8

听说俄国的诗人叶遂宁，当初也非常欢迎十月革命，当时他叫道，“万岁，天上和地上的革命！”又说“我是一个布尔塞维克了！”然而一到革命后，实际上的情形，完全不是他所想像的那么一回事，终于失望，颓废。叶遂宁后来是自杀了的，听说这失望是他的自杀的原因之一。又如毕力涅克＊和爱伦堡＊，也都是例子。

〖释：毕力涅克，即皮涅克（1894－1941），苏联作家；爱伦堡，苏联作家（1891－1967）。他们两人都曾以“歪曲现实”乃至“反苏”等罪名受过整肃。〗

二心集/对于左翼作家联盟的意见（1930·4·1）

●5-15-61-9

小说《士敏土》＊为革拉特珂夫＊所作的名篇，也是新俄文学的永久的碑碣。……这十幅木刻＊，即表现着工业的从寂灭中而复兴。由散漫而有组织，因组织而得恢复，自恢复而至盛大。

〖释：《士敏土》，现译《水泥》，苏联作家革拉特珂夫（1883－1958）著。/“十幅木刻”，梅斐尔德为小说《士敏土》所作十幅插图。鲁迅自费印刷。〗

集外集拾遗/《梅斐尔德木刻士敏土之图》序言（1930·9）

●5-15-61-10

我们这一本『注：指《铁流》的曹靖华译本』，因为我们的能力太小的缘故，当然不能称为“定本”，但完全实胜于德译，而序跋，注解，地图和插画的周到，也是日译本所不及的。只是，待到攒凑成功的时候，上海出版界的情形早已大异从前了：没有一个书店敢于承印。在这样的岩石似的重压之下，我们就只得宛委曲折，但还是使她在读者眼前开出了鲜艳而铁一般的新花。

这自然不算什么“艰难”，不过是一些琐屑，然而现在偏说了些琐屑者，其实是愿意读者知道：在现状之下，很不容易出一本较好的书，这书虽然仅仅是一种翻译小说，但却是尽三人『注：指曹靖华、瞿秋白和鲁迅本人』的微力而成，——译的译，补的补，校的校，而又没有一个是存着借此来自己消闲，或乘机哄骗读者的意思的。倘读者……终于肯将她读完，甚而至于再读，而且连那序言和附录，那么我们所得的报酬，就尽够了。

集外集拾遗/《铁流》编校后记（1931·11）

●5-15-61-11

没有木刻的插图还不要紧，而缺乏一篇好好的序文，却实在觉得有些缺憾。幸而，史铁儿『注：即瞿秋白』竟特地为了这译本而将涅拉陀夫*的那篇翻译出来了，将近二万言，确是一篇极重要的文字。读者倘将这和附在卷末的《我怎么写铁流的》都仔细的研读几回，则不但对于本书的理解，就是对于创作，批评理论的理解，也都有很大的帮助的。

〖释：涅拉陀夫，《铁流》的原编者和原序作者，其序题为《十月的艺术家》。〗

集外集拾遗/《铁流》编校后记（1931·11）

●5-15-61-12

“苏联是无产阶级专政的，智识阶级就要饿死。”——一位有名的记者曾经这样警告我。是的，这倒恐怕要使我也有些睡不着了。但无产阶级专政，不是为了将来的无产阶级社会么？只要你不去谋害它，自然成功就早，阶级的消灭也就早，那时就谁也不会“饿死”了。

南腔北调集/我们不再受骗了（1932·5·20）

●5-15-61-13

帝国主义及其奴才们，还来对我们说苏联怎么不好，好像它倒愿意苏联一下子就变成天堂，人们个个享福。

南腔北调集/我们不再受骗了（1932·5·20）

●5-15-61-14

帝国主义是一定要进攻苏联的。苏联愈弄得好，它们愈急于要进攻，因为它们愈要趋于灭亡。

南腔北调集/我们不再受骗了（1932·5·20）

●5-15-61-15

帝国主义和我们，除了它的奴才之外，那一样利害不和我们正相反？我们的痈疽，是它们的宝贝，那么，它们的敌人，当然是我们的朋友了。它们自身正在崩溃下去，无法支持，为挽救自己的末运，便憎恶苏联的向上。谣诼，诅咒，怨恨，无所不至，没有效，终于只得准备动手去打了，一定要灭掉它才睡得着。

南腔北调集/我们不再受骗了（1932·5·20）

●5-15-61-16

我们反对进攻苏联。我们倒要打倒进攻苏联的恶鬼，无论它说着怎样甜腻的话头，装着怎样公正的面孔。

南腔北调集/我们不再受骗了（1932·5·20）

●5-15-61-17

俄国革命以后，欧美的富家奴去看了一看，回来就摇头皱脸，做出文章，慨叹着工农还在怎样吃苦，怎样忍饥，说得满纸凄凄惨惨。仿佛惟有他却是极希望一个筋斗，工农就都住王宫，吃大菜，躺安乐椅子享福的人。谁料还是苦，所以俄国不行了，革命不好了，阿呀阿呀了，可恶之极了。对着这样的哭丧脸，你同他说什么呢？假如觉得讨厌，我想，只要拿指头轻轻的在那纸糊架子上挖一个窟窿就可以了。

二心集/关于翻译的通信（1932·6）

●5-15-61-18

这两部小说『注：指苏联小说《毁灭》和《铁流》』，虽然粗制，却并非滥造，铁的人物和血的战斗，实在够使描写多愁善病的才子和千娇百媚的佳人的所谓“美文”，在这面前淡到毫无踪影。

二心集/关于翻译的通信（1932·6）

●5-15-61-19

政治和经济的事，我是外行，但看去年苏联煤油和麦子的输出，竟弄得资本主义文明国的人们那么骇怕的事实，却将我多年的疑团消释了。我想：假装面子的国度和专会杀人的人民，是决不会有这么巨大的生产力的，……

南腔北调集/林克多《苏联见闻录》序（1932·6·10）

●5-15-61-20

苏联实在使他们失望了。为什么呢？因为不但共妻，杀父，裸体游行等类的“不平常的事”，确然没有而已，倒是有了许多极平常的事实，那就是将“宗教，家庭，财产，祖国，礼教……一切神圣不可侵犯”的东西，都像粪一般抛掉，而一个簇新的，真正空前的社会制度从地狱底里涌现而出，几万万的群众自己做了支配自己命运的人。

南腔北调集/林克多《苏联见闻录》序（1932·6·10）

●5-15-61-21

十来年前，说过苏联怎么不行怎么无望的所谓文明国人，去年已在苏联的煤油和麦子面前发抖。而且我看见确凿的事实：他们是在吸中国的膏血，夺中国的土地，杀中国的人民。他们是大骗子，他们说苏联坏，要进攻苏联，就可见苏联是好的了。

南腔北调集/林克多《苏联见闻录》序（1932·6·10）

●5-15-61-22

十五年前，被西欧的所谓文明国人看作半开化的俄国，那文学，在世界文坛上，是胜利的；十五年以来，被帝国主义者看作恶魔的苏联，那文学，在世界文坛上，是胜利的。这里的所谓“胜利”，是说：以它的内容和技术的杰出，而得到广大的读者，并且给与了读者许多有益的东西。

南腔北调集/祝中俄文字之交（1932·12·15）

●5-15-61-23

包探，冒险家，英国姑娘，菲洲野蛮的故事，是只能当醉饱之后，在发胀的身体上搔搔痒的，然而我们的一部分的青年却已经觉得压迫，只有痛楚，他要挣扎，用不着痒痒的抚摩，只在寻切实的指示了。

那时就看见了俄国文学创作。

南腔北调集/祝中俄文字之交（1932·12·15）

●5-15-61-24

苏联文学在我们这里却已有了里培进斯基『注：通译里别进斯基（1898－1959）』的《一周间》，革拉特珂夫的《士敏土》，法捷耶夫『注：苏联作家（1901－1956）』的《毁灭》，绥拉菲摩微支的《铁流》；此外中篇短篇，还多得很。凡这些，都在御用文人的明枪暗箭之中，大踏步跨到读者大众的怀里去，给一一知道了变革，战斗，建设的辛苦和成功。

南腔北调集/祝中俄文字之交（1932·12·15）

●5-15-61-25

可祝贺的，是中俄的文字之交，开始虽然比中英，中法迟，但在近十年中，两国的绝交也好，复交＊也好，我们的读者大众却不因此而进退；译本的放任也好，禁压也好，我们的读者也决不因此而盛衰。不但如常，而且扩大；不但虽绝交和禁压还是如常，而且虽绝交和禁压而更加扩大。

〖释："两国的绝交复交"，当时的中国政府1927年12月与苏联断交，1932年12月与之复交。〗

南腔北调集/祝中俄文字之交（1932·12·15）

●5-15-61-26

现在，英国的萧『注：即萧伯纳』，法国的罗兰『注：即罗曼·罗兰』，也都成为苏联的朋友了。这，也是我们中国和苏联在历来不断的文字之交的途中，扩大而与世界结成真的文字之交的开始。

这是我们应该祝贺的。

南腔北调集/祝中俄文字之交（1932·12·15）

●5-15-61-27

俄国的文学，从尼古拉二世＊时候以来，就是"为人生"的，无论它的主意是在探究，或在解决，或者堕入神秘，沦于颓唐，而其主流还是一个：为人生。

〖释：尼古拉二世（1868－1918），俄国最后一位沙皇，1894年即位。1917年十月革命后被处死。〗

南腔北调集/《竖琴》前记（1933·1）

●5-15-61-28

二一年『注：指1921年』二月一日，在列宁格勒"艺术府"里的第一回集会的，加盟者大抵是年青的文人，那立场是在一切立场的否定。淑雪兼珂＊说过："从党人的观点看起来，我是没有宗旨的人物。这不很好么？自己说起自己来，则我既不是共产主义者，也不是社会革命党员，也不是帝制主义者。我只是一个俄国人，而且对于政治，是没有操持的。大概和我最相近的，是布尔什维克，和他们一同布尔什维克化，我是赞成的。……但我爱农民的俄国。"这就很明白的说出了他们的立场。

〖释：淑雪兼珂，即左琴科（1895－1958），"同路人"文学团体"谢拉皮翁兄弟"的发起人之一。他的上述言论见1922年第三期《文学杂志》（俄文）。〗

南腔北调集/《竖琴》前记（1933·1）

●5-15-61-29

在苏联中，这样的非苏维埃的文学的勃兴，是很足以令人奇怪的。然而理由很简单：当时的革命者，正忙于实行，惟有这些青年文人发表了较为优秀的作品其一；他们虽非革命者，而身历了铁和火的试练，所以凡所描写的恐怖和战栗，兴奋和感激，易得读者的共鸣者其二；其三，则当时指挥文学界的瓦浪斯基＊，是很给他们支持的。托罗茨基也是支持者之一，称之为"同路人"。同路人者，谓因革命中所含有的英雄主义而接受革命，一同前行，但并无彻底为革命而斗争，虽死不惜的信念，仅是一时同道的伴侣罢了。这名称，由那时一直使用到现在。

〖释：瓦浪斯基，即沃龙斯基（1884－1943），苏联作家。"同路人"的代表人物之一。〗

南腔北调集/《竖琴》前记（1933·1）

●5-15-61-30

四五年以前，中国又曾盛大的绍介了苏联文学，然而就是这同路人的作品居多。这也是无足异的。一者，此种文学的兴起较为在先，颇为西欧及日本所赏赞和介绍，给中国也得了不少转译的机缘；二者，恐怕也还是这种没有立场的立场，反而易得介绍者的赏识之故了，虽然他自以为是"革命文学者"。

南腔北调集/《竖琴》前记（1933·1）

●5-15-61-31

寄来之《艺术》＊两本，早已收到。……不过它兄既不在沪，则原文实已无人能看，只能暂时收藏，而我们偶然看看插画而已。

……

Goethe 纪念号＊是收到的；《文学报》收到过两回，第一回它兄拿去了，它一去，这里遂再没有会看原文的人。

〖释：《艺术》，双月刊，苏联画家和雕刻家协会机关刊物。/“Goethe 纪念号”，即《歌德专号》，苏联《文学遗产》杂志于 1932 年为纪念歌德诞生一百周年所出的第四、五期合刊。〗

书信/致萧三（1934·1·17）

●5-15-61-32

按：《国际文学》，双月刊，国际革命作家联盟的机关刊物，以俄、德、英、法等文字在苏联出版，原名《外国文学消息》，1930 年 11 月改称《世界命文学》，1933 年改称《国际文学》。鲁迅的这篇答问，发表在《国际文学》1934 年第三、四期合刊，发表时题为《中国与十月》，同年 7 月 5 日苏联《真理报》曾予转载。

苏联的存在和成功，使我确切的相信无阶级社会一定要出现，不但完全扫除了怀疑，而且增加许多勇气了。

且介亭杂文/答国际文学社问（1934）

●5-15-61-33

高尔基的小说《母亲》一出版，革命者就说是一部“最合时的书”『注：列宁语』。而且不但在那时，还在现在。我想，尤其是在中国的现在和未来，这有沈端先『注：即夏衍』的译本为证，用不着多说。

集外集拾遗补编/《〈母亲〉木刻十四幅》序（1934·7·27）

●5-15-61-34

假使共产主义国里可以毫不改动那些权力者的老样，或者还要阔，他们是一定赞成的。然而后来的情形证明了共产主义没有上帝那样的可以通融办理，于是才下了剿灭的决心。

且介亭杂文/中国文坛上的鬼魅（1934·11·21）

●5-15-61-35

伟大的文学是永久的，许多学者们这么说。对啦，也许是永久的罢。但我自己，却与其看薄凯契阿＊，雨果的书，宁可看契诃夫，高尔基的书，因为它更新，和我们的世界更接近。

〖释：薄凯契阿，通译薄伽丘（1313－1375），意大利作家。著有《十日谈》。〗

且介亭杂文二集/叶紫作《丰收》序（1935·1·16）

●5-15-61-36

《铁流》之令人觉得有点空，我看是因为作者到时并未在场的缘故，虽然后来调查了一通，究竟和亲历不同，记得有人称之为“诗”＊，其故可想。

〖释：“有人称之为‘诗’”，苏联涅拉陀夫曾称《铁流》为“诗史”。〗

书信/致胡风（1935·6·28）

（62）面对法西斯和列强

希特拉先生一上台，烧书，打犹太人，不可一世，连这里的黄脸干儿们，也听得兴高采烈

●5-15-62-1

按：鲁迅行文，往往以“法西”指代法西斯。

《北平笺谱》……将分寄各国图书馆（除法西之意，德，及自以为绅士之英）者外，都早已约出，且还不够，正在筹划怎样应付也。

书信/致郑振铎（1934·1·11）

●5-15-62-2

《北平笺谱》……英国亦可送给，以见并无偏心，至于德意，则且待他们法西结束之后可耳。

书信/致郑振铎（1934·2·9）

※　※　※

●5-15-62-3

有些人们，也译了《莫索里尼＊传》，也译了

《希特拉传》，但他们绍介不出一册现代意国或德国的白色的大作品，《战后》＊是不属于希特拉『注：即希特勒』的卐字旗下的，《死的胜利》＊又只好以"死"自傲。

〖释：莫索里尼，通译墨索里尼（S. Mussolini, 1883－1945），意大利独裁者，法西斯党魁，第二次世界大战的罪魁祸首之一。/《战后》，德国作家雷马克的小说《西线无战事》的续篇，中译本于1931年8月出版。/《死的胜利》，意大利作家邓南遮1894年出版的小说，中译本1932年10月出版。〗

南腔北调集/祝中俄文字之交（1932·12·15）

●5-15-62-4

结果往往和英雄们的豫算不同。始皇想皇帝传至万世，而偏偏二世而亡，赦免了农书和医书，而秦以前的这一类书，现在却偏偏一部也不剩。希特拉先生一上台，烧书，打犹太人，不可一世，连这里的黄脸干儿们，也听得兴高采烈，向被压迫者大加嘲笑，对讽刺文字放出讽刺的冷箭来……

这回是不必二世，只有半年，希特拉先生的门徒们在奥国一被禁止『注：1933年6月，奥地利政府宣布解散本国纳粹党』，连党徽也改成三色玫瑰了。最有趣的是因为不准叫口号，大家就以手遮嘴，用了"掩口式"。

准风月谈/华德焚书异同论（1933·7·1）

●5-15-62-5

阿剌伯人攻陷亚历山德府的时候，就烧掉了那里的图书馆，那理论是：如果那些书籍所讲的道理，和《可兰经》相同，则已有《可兰经》，无须留了；倘使不同，则是异端，不该留了。这才是希特拉先生们的嫡派祖师……

准风月谈/华德焚书异同论（1933·7·1）

●5-15-62-6

希特拉先生不许德国境内有别的党，连屈服了的国权党＊也难以幸存，这似乎颇感动了我们的有些英雄们，已在称赞其"大刀阔斧"。

〖释："国权党"，又译民族党。该党曾与法西斯的"国家社会主义工人党"密切合作。〗

准风月谈/华德保粹优劣论（1933·7·2）

●5-15-62-7

五六年前，德国就嚷着大学生太多了，一些政治家和教育家，大声疾呼的劝告青年不要进大学。现在德国是不但劝告，而且实行铲除智识了：例如放火烧一些书籍，叫作家把自己的文稿吞进肚子去，还有，就是把一群群的大学生关在营房里做苦工。这叫做"解决失业问题"。

准风月谈/智识过剩（1933·7·16）

●5-15-62-8

新进的世界闻人＊说："原人时代就有威权，例如人对动物，一定强迫它们服从人的意志，而使它们抛弃自由生活，不必征求动物的同意。"这话说得透彻。不然我们那里有牛肉吃，有马骑呢？人对人也是这样。

〖释："新进的世界闻人"，指希特勒。上文引自他1933年9月初在纽伦堡国家社会主义工人党全国代表大会闭幕式上的讲话。〗

准风月谈/同意和解释（1933·9·20）

●5-15-62-9

他『注：指希特勒法西斯』自有他的梦想，只要金银财宝和飞机大炮的力量还在他手里，他的梦想就会实现；而你的梦想却终于只是梦想，——万一实现了，他还说你抄袭他的动物主义的老文章呢。

准风月谈/同意和解释（1933·9·20）

●5-15-62-10

日本耶教会＊主教最近宣言日本是圣经上说的天使："上帝要用日本征服向来屠杀犹太人的白人……以武力解放犹太人，实现《旧约》上的豫言。"这也显然不征求白人的同意的，正和屠杀犹太人的白人并未征求过犹太人的同意一样。日本的大人老爷在中国制造“国难”，也没有征求中国人民的同意。

〖释：“日本耶教会”，即日本耶稣教会。据1933年9月3日《大晚报》载路透社东京讯，该会负责人中田宣称：“《以色亚》章（按指《旧约全书·以赛亚书》第五十五章）中一汝所不知之国，与亦不知汝之国，及《启示录》第七篇（按指《新约全书·启示录》第七章）一天使降自东方，执上帝之玺，皆指日本而言。”又说：“上帝将以日本征服向来屠杀犹太人之白人，……日本以武力解放犹太人，实现《旧约》预言”云。〗

准风月谈/同意和解释（1933·9·20）

●5-15-62-11

点灯太平凡了。从古至今，没有听说过点灯出名的名人，虽然人类从燧人氏那里学会了点火已经有五六千年的时间。放火就不然。秦始皇放了一把火——烧了书没有烧人；项羽入关又放了一把火——烧的是阿房宫不是民房（？——待考）。……罗马的一个什么皇帝却放火烧百姓了*；中世纪正教的僧侣就会把异教徒当柴火烧，间或还灌上油。这些都是一世之雄。现代的希特拉就是活证人*。如何能不供养起来。

〖释：“罗马的一个皇帝…”，指古罗马皇帝尼禄（37－68）公元64年焚烧罗马城。/“希特拉就是活证人”，指希特勒1933年2月27日制造“国会纵火案”。〗

南腔北调集/火（1933·12·15）

●5-15-62-12

刊物上……登着莫索里尼或希特拉的传记，恭维着，还说是要救中国，必须这样的英雄，然而一到中国的莫索里尼或希特拉是谁呢这一个紧要结论，却总是客气着不明说。这是秘密，要读者自己悟出，各人自负责任的罢。

集外集拾遗/上海所感（1934·1·1）

●5-15-62-13

秦始皇一烧书，至今还俨然做着名人，至于引为希特拉烧书事件的先例。

且介亭杂文/关于中国的两三件事（1934·3）

●5-15-62-14

这回《译文》中有一篇是讲德国一个小学堂，不肯挂希氏『注：希特勒』照相的，不准登；有一篇是十九世纪初之法人所作，内有说西班牙之多盗，是政府之故的，被删掉了。今之德国和昔之西班牙都不准提，还有什么可说呢？

书信/致曹靖华（1935·1·15）

●5-15-62-15

现在连译文也常被抽去或删削；连插画也常被抽去；连现在的希忒拉『注：希特勒』，十九世纪的西班牙政府也骂不得，否则——删去。

书信/致曹靖华（1935·2·7）

●5-15-62-16

尼采教人们准备着“超人”的出现，倘不出现，那准备便是空虚。但尼采『注：见2-3-18-3条释』却自有其下场之法的：发狂和死。

且介亭杂文二集/《中国新文学大系》小说二集序（1935·3·2）

●5-15-62-17

从现在的卐字眼睛看来，黄人已经是劣种了，我们却还夸耀希特拉。

且介亭杂文/拿破仑与隋那（1935·11·6）

●5-15-62-18

元旦看报，《申报》的第三面上就见了商务印书馆的“星期标准书”*，这回是“罗家伦先生选定”的希特拉著《我之奋斗》（A. Hitler：My Battle）*，遂“摘录罗先生序”云：

希特拉之崛起于德国，在近代史上为一大奇迹。……希特拉《我之奋斗》一书系为其党人而作；唯其如此，欲认识此一奇迹者尤须由此处入手。以此书列为星期标准书至为适当。

但即使不看译本，仅“由此处入手”，也就可以认识三种小“奇迹”，其一，是堂堂的一个国立中央编译馆，竟在百忙中先译了这一本书；其二，是这“近代史上为一大奇迹”的东西，却须从英文转译；其三，堂堂的一位国立中央大学校长＊，却不过“欲认识此一奇迹者尤须由此处入手”。

真是奇杀人哉！

〖释：“星期标准书”，上海商务印书馆为推销书籍，从1935年10月起，由该馆编审部就日出新书及重版各书中每周选出一种，请馆外专家审定，列为“星期标准书”，广为宣传介绍。/《我之奋斗》（A. Hitler: My Battle），希特勒宣传纳粹主义的自传性著作。/“国立中央大学校长”，罗家伦当时正任此职。罗家伦，见3-8-34-37条释。〗

且介亭杂文末编/大小奇迹（1936·1）

●5-15-62-19

我向来没有研究儿童文学……现在材料就不易收，希公『注：指希特勒』治下，这一类大约都已化为灰烬。而在我们这边，有意义的东西，也无法发表。

书信/致杨晋豪（1936·3·11）

●5-15-62-20

现在中国的报纸上多喜欢登载张口大叫着的希特拉像，当时是暂时的，照相上却永久是这姿势……

且介亭杂文末编/写于深夜里（1936·5）

※　※　※

●5-15-62-21

世界第一要人美国总统发表了“和平”宣言＊，据说是要禁止各国军队越出国境。但是，注释家立刻就说：“至于美国之驻兵于中国，则为条约所许，故不在罗斯福总统所提议之禁止内”（十六日路透社华盛顿电）。再看罗氏的原文：“世界各国应参加一庄严而确切之不侵犯公约，及重行庄严声明其限制及减少军备之义务，并在签约各国能忠实履行其义务时，各自承允不派遣任何性质之武装军队越出国境。”要是认真注解起来，这其实是说：凡是不“确切”，不“庄严”，并不“自己承允”的国家，尽可以派遣任何性质的军队越出国境。至少，中国人且慢高兴，照这样解释，日本军队的越出国境，理由还是十足的；何况连美国自己驻在中国的军队，也早已声明是“不在此例”了。

〖释：“美国总统发表了‘和平’宣言”，指1933年5月16日罗斯福发表《吁请世界和平保障宣言书》。〗

伪自由书/不求甚解（1933·5·18）

●5-15-62-22

据说现在的世界潮流，正是庞大权力的政府的出现，这是十九世纪人士所梦想不到的。意大利和德意志不用说了；就是英国的国民政府，“它的实权也完全属于保守党一党”。“美国新总统所取得的措置经济复兴的权力，比战争和戒严时期还要大得多”『注：这是当时财政部长宋子文1933年9月3日在南京的谈话』。大家做动物，使上司不必征求什么同意，这正是世界的潮流。懿欤盛哉，这样的好榜样，那能不学？

不过，我这种解释还有点美中不足：中国自己的秦始皇帝焚书坑儒，中国自己的韩退之＊等说：“民不出米粟麻丝以事其上则诛”。这原是国货，何苦违背着民族主义，引用外国的学说和事实上——长他人威风，灭自己志气呢？

〖释：韩退之，即韩愈（768－824），河阳（今河南孟县）人，唐代文学家。上面的话引自他的《原道》：“民不出粟、米、麻、丝，作器皿，通货财，以事其上，则诛！”〗

准风月谈/同意和解释（1933·9·20）

●5-15-62-23

现在的侵略者和压制者，还有像古代的暴君一样，竟连奴才们的发昏和做梦也不准的么？

准风月谈/新秋杂识〔二〕（1933·9·13）

●5-15-62-24

我在中国，看不见资本主义各国之所谓“文

化”；我单知道他们和他们的奴才们，在中国正在用力学和化学的方法，还有电气机械，以拷问革命者，并且用飞机和炸弹以屠杀革命群众。

且介亭杂文/答国际文学社问（1934）

●5-15-62-25

按：拿破仑，见5-12-42-68条释。他曾对欧洲连年发动大规模战争。隋那，通译琴纳（1745－1823），英国医学家。1796年发明防治天花的牛痘疫苗。

杀人者在毁坏世界，救人者在修补它，而炮灰资格的诸公，却总在恭维杀人者。

这看法倘不改变，我想，世界是还要毁坏，人们也还要吃苦的。

且介亭杂文/拿破仑与隋那（1935·11·5）

（63）国际主义与东北欧文学

许多新兴的国家出现的时候，我们曾经非常高兴过，因为我们也是曾被压迫，挣扎出来的人民。

●5-15-63-1

英国究竟有真的文明人存在。今天，我们已经看见各国无党派智识阶级劳动者所组织的国际工人后援会，大表同情于中国的《致中国国民宣言》＊了。列名的人，英国就有培那特萧＊，中国的留心世界文学的人大抵知道他的名字；法国则巴尔布斯（Henri Barbusse）＊，中国也曾译过他的作品。

〖释：《致中国国民宣言》，1925年6月6日，国际工人后援会为五卅惨案从柏林发来声援中国国民的宣言。/培那特萧（Bernard Shaw），即萧伯纳。/巴尔布斯（Henri Barbusse），通译巴比塞（1873－1935），德国作家。〗

华盖集/忽然想到〔十〕（1925·6）

●5-15-63-2

我们试想在没有声音的民族是那几种民族。我们可听到埃及人的声音？可听到安南『注：即越南』，朝鲜的声音？

印度除了泰戈尔，别的声音可还有？

三闲集/无声的中国（1927·2）

●5-15-63-3

有些民族因为叫苦无用，连苦也不叫了，他们便成为沉默的民族，渐渐更加衰颓下去，埃及，阿拉伯，波斯，印度就都没有什么声音了！

而已集/革命时代的文学（1927·6·12）

●5-15-63-4

戴望舒＊先生远远地从法国给我们一封通信，叙述着法国A·E·A·R·（革命文艺家协会）得了纪德＊的参加，在三月二十一日召集大会，猛烈的反抗德国法西斯谛的情形，并且介绍了纪德的演说，发表在六月号的《现代》上。法国的文艺家，这样的仗义执言的举动是常有的：较远，则如左拉＊为德来孚斯＊打不平，法朗士当左拉改葬时候的讲演；较近，则有罗曼罗兰的反对战争。

〖释：戴望舒（1905－1950）：浙江杭县（今余杭）人，诗人，翻译家。他的《法国通讯——关于文艺界的反法西斯蒂运动》发表在《现代》第三卷第二期上（1933年6月）。/纪德（1869－1951），法国作家，1947年获诺贝尔文学奖。/左拉（1840－1902），法国作家，1898年为德雷福斯案发表《我控诉》抨击当局，被判徒刑，后逃往英国。/德来孚斯，即德雷福斯（1859－1935），法国军官，犹太人，1894年被军事当局诬陷，判终身监禁；在事实已经证明纯系冤案的情况下，当局却拒绝重新审理，激起社会舆论的愤怒。德雷福斯于1899年被宣告无罪，1906年复职。〗

南腔北调集/又论“第三种人”（1933·7·1）

●5-15-63-5

会是开成的＊，费了许多力；各种消息，报上都不肯登，所以在中国很少人知道。结果并不算坏，各代表回国后都有报告，使世界上更明瞭了中国的实情。我加入的。

〖释："会是开成的"，世界反对帝国主义战争委员会组织的远东反战会议1933年9月30日在上海秘密举行。鲁迅未能到会，但被选为大会主席团名誉主席之一。〗

书信/致萧军、萧红（1934·12·6）

●5-15-63-6

世界大战之后，许多新兴的国家出现的时候，我们曾经非常高兴过，因为我们也是曾被压迫，挣扎出来的人民。

且介亭杂文末编/《呐喊》捷克译本序言（1936·10·20）

※　※　※

●5-15-63-7

我们……想介绍些名家所不屑道的东欧和北欧文学，而又少懂得原文的人，所以暂时只能用重译本，尤其是巴尔干诸小国的作品。原来的意思，实在不过是聊胜于无，且给读书界知道一点所谓文学家，世界上并不止几个受奖的泰戈尔和漂亮的曼殊斐儿＊之类。

〖释："漂亮的曼殊斐儿"，徐志摩在《小说月报》第十四卷第五号（1923年5月）上发表《曼殊斐儿》一文，以轻佻的笔调和许多譬喻描写了曼殊斐儿（即曼斯菲尔德）的身态，又用许多艳丽的词句形容她的衣饰。〗

集外集/通讯〔复张逢汉〕（1929·7·20）

●5-15-63-8

A Mickiewicz（1798－1855）＊是波兰在异族压迫之下的时代的诗人，所鼓吹的是复仇，所希求的是解放，在二三十年前，是很足以招致中国青年的共鸣的。我曾在《摩罗诗力说》里，讲过他的生涯和著作，后来收在论文集《坟》中；记得《小说月报》很注意于被压迫民族的文学的时候，也曾有所论述……最近，则在《奔流》本卷第一本上，登过他的两篇诗。但这回绍介的主意，倒在巴黎新成的雕像＊；《青春的赞颂》一篇，也是从法文重译的。

〖释：A Mickiewicz（1798－1855），密茨凯维支，波兰诗人。/"巴黎新成的雕像"，密茨凯维支塑像1929年4月28日在巴黎落成。〗

集外集/《奔流》编校后记〔十一〕（1929·8·11）

●5-15-63-9

跋佐夫＊在《小说月报》上，还是由今年不准提起姓名的茅盾先生『注：茅盾于大革命失败后曾遭通缉』所编辑的时候，已经绍介过；巴尔干诸国作家之中，恐怕要算中国最为熟识的人了，这里便不多赘。

〖释：跋佐夫，通译伐佐夫（1850－1921），保加利亚作家。〗

集外集/《奔流》编校后记〔十二〕（1929·11·20）

●5-15-63-10

J. Aho＊是芬兰的一个幽婉凄艳的作家，生长于严酷的天然物的环境中，后来是受了些法国文学的影响。《域外小说集》中曾介绍过一篇他的小说《先驱者》，写一对小夫妇，怀着希望去开辟荒林，而不能战胜天然之力，终于灭亡。如这一篇＊中的艺术家，感得天然之美而无力表现，正是同一意思。

〖释：J. Aho，即约·阿河（1861－1921），又译哀禾。/"这一篇"，指短篇小说《一个残败的人》，郁达夫译。〗

集外集/《奔流》编校后记〔十二〕（1929·11·20）

●5-15-63-11

这里绍介丹麦思潮的是极简要的一篇『注：指丹麦尤利乌斯·克劳森所作《丹麦的思想潮流》』，并译了两个作家『注：指丹麦作家严森〈1873－1950〉和耶培·阿克耶尔（1866－1930）』的作品，以供参考，别的作者，我们现在还寻不到可作标本的文章。但因为篇中所讲的是限于最近的作家，所以出现较早的如 Jacobsen，

Bang〖注：雅格伯森（1847－1885），班恩（1857－1912），都是丹麦作家〗等，都没有提及。他们变迁得太快，我们知道得太迟，因此世界上许多文艺家，在我们这里还没有提起他的姓名的时候，他们却早已在他们那里死掉了。

集外集/《奔流》编校后记〔十二〕（1929·11·20）

●5-15-63-12

德作品都短，英作品多无聊（我看英国人是不对的）。我看波兰的《火与剑》＊或《农民》＊，倒可以译的，后者有日译本，前者不知有无，英译本都有。

〖释：《火与剑》，显克微支（1846－1916）著长篇小说。/《农民》，莱蒙特（1867－1925）著长篇小说。〗

书信/致胡风（1935·5·17）

●5-15-63-13

前两天，收到来信，说要将我的《呐喊》，尤其是《阿Q正传》译成捷克文出版，征求我的意见。这事情，在我，是很以为荣幸的。自然，您可以随意翻译，我都承认，许可。

至于报酬，无论那一国翻译我的作品，我是都不取的，历来如此。但对于捷克，我却有一种希望，就是：当作报酬，给我几幅捷克古今文学家的画像的复制品……倘若这种画片难得，就给我一本捷克文的有名文学作品，要插画很多的本子，我可以作为纪念。我至今为止，还没有见过捷克文的书。

书信/致〈捷〉雅罗斯拉夫·普实克（1935·7·23）

●5-15-63-14

我极希望您的关于中国旧小说的著作，早日完成，给我能够拜读。我看见过 Giles＊和 Brucke＊的《中国文学史》，但他们对于小说，都不十分详细。我以为您的著作，实在是很必要的。

〖释：Giles，翟理斯（1845－1935），英国汉学家，其《中国文学史》出版于1911年。/Brucke，疑为 Grube，即葛鲁贝（W.. Grube，1855－1908），德国汉学家，其《中国文学史》出版于1902年。〗

书信/致〈捷〉雅罗斯拉夫·普实克（1936·9·28）

●5-15-63-15

我同意于将我的作品翻译成捷克文，这事情，已经是给我的很大的光荣，所以我不要报酬，虽然外国作家是收受的，但我并不愿意同他们一样。先前，我的作品曾经译成法、英、俄、日本文，我都不收报酬，现在也不应该对于捷克特别收受。况且，将来要给我书籍或图画，我的所得已经够多了。

书信/致〈捷〉雅罗斯拉夫·普实克（1936·9·28）

●5-15-63-16

我的作品，因此能够展开在捷克的读者的面前，这在我，实在比被译成通行很广的别国语言更高兴。我想，我们两国，虽然民族不同，地域相隔，交通又很少，但是可以互相了解，接近的，因为我们都曾经走过苦难的道路，现在还在走——一面寻求着光明。

且介亭杂文末编/《呐喊》捷克译本序言（1936·10·20）

---

(64) 战争

仗自然是要打的，要打掉制造打仗机器的蚁冢

●5-15-64-1

改革最快的还是火与剑

两地书/北京（1925·4·8）

●5-15-64-2

坚壁清野是兵家言……听说这回的欧洲战争时最要紧的是壕堑战，那么，虽现在也还使用着这战法——坚壁。至于清野，世界史上就有着有趣的事例：相传十九世纪初拿破仑进攻俄国，到了墨斯科时，俄人便大发挥其清野手段，同时在

这地方纵火，将生活所需的东西烧个干净，请拿破仑和他的雄兵猛将在空城里吸西北风。吸不到一个月，他们便退走了。

坟/坚壁清野主义（1926·1）

●5-15-64-3

一首诗吓不走孙传芳，一炮就把孙传芳轰走了。

而已集/革命时代的文学（1927·6·12）

●5-15-64-4

我呢，自然倒愿意听听大炮的声音，仿佛觉得大炮的声音或者比文学的声音要好听得多似的。

而已集/革命时代的文学（1927·6·12）

●5-15-64-5

战争的结果，也可以变成两种态度：一种是英雄，他见别人死的死伤的伤，只有他健存，自己就觉得怎样了不得，这么那么夸耀战场上的威雄。一种是变成反对战争的，希望世界上不要再打仗了。

集外集/文艺与政治的歧途（1928·1·29－30）

●5-15-64-6

最高的艺术——“武器的艺术”现在究竟落在谁的手里呢？只要寻得到，便知道中国最近的将来。

三闲集/“醉眼”中的朦胧（1928·3·12）

●5-15-64-7

战争，禁得起主持的人预定着打败仗的计画么？好像戏台上的花脸和白脸打仗，谁输谁赢是早就在后台约定了的。

伪自由书/对于战争的祈祷（1933·2·28）

●5-15-64-8

仗自然是要打的，要打掉制造打仗机器的蚁冢，打掉毒害小儿的药饵，打掉陷没将来的阴谋：这才是人的战士的任务。

准风月谈/新秋杂识（1933·9·2）

第六章 知人论世（下）

第十六节　青　年

自己年纪大了，但也曾年青过，所以明白青年的不顾前后，激烈的热情……

(65) 鲁迅论青年

对手如凶兽时就如凶兽，对手如羊时就如羊！

●6-16-65-1

中国的男女，大抵未老先衰，甚至不到二十岁，早已老态可掬，待到真实衰老，便更须别人扶持。

坟/我们现在怎样做父亲（1919·11）

●6-16-65-2

我们能够大叫，是黄莺便黄莺般叫；是鸱鸮便鸱鸮般叫。……

热风/随感录·四十（1919·1·15）

●6-16-65-3

愿中国青年都摆脱冷气，只是向上走，不必听自暴自弃者流的话。能做事的做事，能发声的发声。有一分热，发一分光，就令萤火一般，也可以在黑暗里发一点光，不必等候炬火。

此后如竟没有炬火：我便是唯一的光。倘若有了炬火，出了太阳，我们自然心悦诚服的消失，不但毫无不平，而且还要随喜*赞美这炬火或太阳；因为他照了人类，连我都在内。

我又愿中国青年都只是向上走，不必理会这冷笑和暗箭。

〖释："随喜"，佛家语，为他人获得善果而欣喜。〗

热风/随感录·四十一（1919·1·15）

●6-16-65-4

纵令不过一洼浅水，也可以学学大海；横竖都是水，可以相通。几粒石子，任他们暗地里掷来；几滴秽水，任他们从背后泼来就是了。

热风/随感录·四十一（1919·1·15）

●6-16-65-5

他们应该有新的生活，为我们所未经生活过的。

呐喊/故乡（1921·5）

●6-16-65-6

我不解青年何以就不准做代表，当主席，否则就是"出锋头"。莫非必须老头子如赵尔巽*者，才可以做代表当主席么？

〖释：赵尔巽（1844－1927），字公镶，奉天铁岭人（今属辽宁）人。清末曾任湖南巡抚、四川总督等。辛亥革命后，又任北洋政府临时参政院议长、奉天都督、清史馆馆长等。〗

集外集拾遗/报《"奇哉"所谓……》（1925·3·8）

●6-16-65-7

大小无数的人肉的筵宴，即从有文明以来一

直排到现在，人们就在这会场中吃人，被吃……

这人肉的筵宴现在还排着，有许多人还想一直排下去。扫荡这些食人者，掀掉这筵席，毁坏这厨房，则是现在的青年的使命！

坟/灯下漫笔（1925·5·1）

●6-16-65-8

我终于还不想劝青年一同走我所走的路；我们的年龄，境遇，都不相同，思想的归宿大概总不能一致的罢。但倘若一定要问我青年应当向怎样的目标，那么，我只可以说出我为别人设计的话，就是：一要生存，二要温饱，三要发展。有敢来阻碍这三事者，无论是谁，我们都反抗他，扑灭他！

可是还得附加几句话以免误解，就是：我之所谓生存，并不是苟活；所谓温饱，并不是奢侈；所谓发展，也不是放纵。

华盖集/北京通信（1925·5·14）

●6-16-65-9

我们总得将青年从牢狱里引出来，路上的危险，当然是有的，但这是求生的偶然的危险，无从逃避。

华盖集/北京通信（1925·5·14）

●6-16-65-10

要中国得救，也不必添什么东西进去，只要青年们将这两种性质的古传用法，反过来一用就够了：对手如凶兽时就如凶兽，对手如羊时就如羊！

华盖集/忽然想到〔七〕（1925·5·18）

●6-16-65-11

中国青年中，有些很有太“急”的毛病……因此，就难于耐久（因为开首太猛，易于将力气用完），也容易碰钉子，吃亏而发脾气：此不佞所再三申说者也，亦自己所实验者也。

两地书/北京（1925·6·13）

●6-16-65-12

我敢于说，中国人中，仇视那真诚的青年的眼光有的比英国或日本人还凶险。为“排货”『注：指抵制英国货或日本货』复仇的，倒不一定是外国人！

华盖集/忽然想到〔十一〕（1925·6·16）

●6-16-65-13

现在青年的精神未可知，在体质，却大半还是弯腰曲背，低眉顺眼，表示着老牌的老成的子弟，驯良的百姓……

坟/论睁了眼看（1925·8·3）

●6-16-65-14

至于幼稚，尤其没有什么可羞，正如孩子对于老人，毫没有什么可羞一样。幼稚是会生长，会成熟的，只不要衰老，腐败，就好。倘说待到纯熟了才可以动手，那是虽是村妇也不至于这样蠢。她的孩子学走路，即使跌倒了，她决不至于叫孩子从此躺在床上，待到学会了走法再下地面来的。

三闲集/无声的中国（1927·2）

●6-16-65-15

打起来的时候，我是正在所谓火线里面『注：一二八事变时，鲁迅寓所临近战区』，亲遇见捉去许多中国青年。捉去了就不见回来，是生是死也没人知道，也没人打听，这种情形是由来已久了，在中国被捉去的青年素来是不知下落的。

集外集拾遗/今春的两种感想（1932·11·30）

●6-16-65-16

东北事起，上海有许多抗日团体，有一种团体就有一种徽章。这种徽章，如被日军发现死是很难免的。然而中国青年的记性确是不好，如抗日十人团，一团十人，每人有一个徽章，可是并不一定抗日，不过把它放在袋里。但被捉去后这就是死的证据。还有学生军们，以前是天天练操，不久就无形中不练了，只有军装的照片存在，并且把操衣放在家中，自己也忘却了。然而一被日军查出时是又必定要送命的……日本人太认真，而中国人又太不认真。

集外集拾遗/今春的两种感想（1932·11·30）

●6-16-65-17

不幸东省沦陷，举国骚然，爱国之士竭力搜索失地的原因，结果发见了其一是在青年的爱玩乐，学跳舞。

伪自由书/从幽默到正经（1933·3·8）

●6-16-65-18

知识分子以外，现在是不能有作家的……新的文学，只能希望于好的青年。

书信/致曹聚仁（1933·6·18）

●6-16-65-19

青年思想简单，不知道环境之可怕，只要一时听得畅快，说得畅快，而实际上却是大大的得不偿失。

书信/致曹靖华（1933·10·31）

●6-16-65-20

我们自己也还有好青年，但不知在此世界，究竟可以剩下几个?

书信/致郑振铎（1935·1·8）

●6-16-65-21

文界的腐败，和武界也并不两样，你如果较清楚上海以至北京的情形，就知道有一群蛆虫，在怎样挂着好看的招牌，在帮助权力者暗杀青年的心，使中国完结得无声无臭。

书信/致萧军、萧红（1935·2·9）

●6-16-65-22

现在的青年，已经成了“庙头鼓”，谁都不妨敲打了。一面有繁重的学科，古书的提倡，一面却又有教育家喟然兴叹，说他们成绩坏，不看报纸，昧于世界的大势。

且介亭杂文二集/论毛笔之类（1935·9·5）

●6-16-65-23

青年之遭惨祸，我已目睹数次，真是无话可说，那结果，是反使有一些人可以邀功，一面又向外夸称“民气”。当局是向来媚于权贵的。

书信/致曹靖华（1935·12·19）

●6-16-65-24

自己年纪大了，但也曾年青过，所以明白青年的不顾前后，激烈的热情……

书信/致曹聚仁（1936·2·21）

---

(66) 鲁迅与青年

我们自己也还有好青年，但不知在此世界，究竟可以剩下几个?

●6-16-66-1

先前我只攻击旧党，现在我还要攻击青年。

两地书/北京（1925·4·8）

●6-16-66-2

我之所以苦恼，是因我平生言动，即使青年来杀我，我总不愿意还手，而况是常常见面的人。

两地书/厦门－广州（1926·11·20）

●6-16-66-3

有青年攻击或讥笑我，我是向来不去还手的，他们还脆弱，还是我比较的禁得起践踏。然而他竟得步进步，骂个不完，好像我即使避到棺材里去，也还要戮尸的样子。所以我昨天就决定，无论什么青年，我也不再留情面，……拳来拳对，刀来刀当，所以心里也很舒服了。

两地书/厦门－广州（1926·11·20）

●6-16-66-4

我现在对于做文章的青年，实在有些失望，我想有希望的青年似乎大抵打仗去了，至于弄弄笔墨的，却还未看见一个真有几分为社会的，他们多是挂新招牌的利己主义者。而他们竟自以为他们比我新一二十年，我真觉得他们无自知之明，这也就是他们之所以“小”的地方。

两地书/厦门－广州（1926·12·2）

●6-16-66-5

我这三四年来，怎样地为学生，为青年拚命，并无一点坏心思，只要可给与的便给与。然而男的呢，他们互相嫉妒，争起来了，一方面不满足，就想打杀我，给那方面也无所得。看见我有女生在坐，他们便造流言。这些流言，无论事之有无，他们是在所必造的，除非我和女人不见面。他们貌作新思想，其实都是暴君酷吏，侦探，小人。倘使顾忌他们，他们更得步进步。我蔑视他们了。我有时自己惭愧，怕不配爱那一个人；但看看他们的言行思想，便觉得我也并不算坏人，我可以爱。

两地书/厦门－广州（1927·1·11）

●6-16-66-6

先驱者本是容易变成绊脚石的……对于青年，自以为总是常常避道，即躺倒，跨过也很容易的，就因为很平凡。

集外集拾遗补编/新的世故（1927·1·15）

●6-16-66-7

我已经管不得许多，只好从退让到无可退避之地，进而和他们冲突，蔑视他们，并且蔑视他们的蔑视了。

华盖集续编/海上通信（1927·2·12）

●6-16-66-8

按：此文系鲁迅给“一个被你毒害的青年Y”1928年3月13日来信的复信。

虽然有人指定我为没有出路——哈哈，出路，中状元么——的作者，“毒笔”的文人，但我自信并未抹杀一切。我总以为下等人胜于上等人，青年胜于老头子，所以从前并未将我的笔尖的血，洒到他们身上去。我也知道一有利害关系的时候，他们往往也就和上等人老头子差不多了，然而这是在这样的社会组织之下，势所必至的事。对于他们，攻击的人又正多，我何必再来助人下石呢，所以我所揭发的黑暗是只有一方面的，本意实在并不在欺蒙阅读的青年。

三闲集/通信（1928·4·23）

●6-16-66-9

我疑心吃苦的人们中，或不免有看了我的文章，受了刺戟，于是挺身出而革命的青年，所以实在很苦痛。但这也因为我天生的不是革命家的缘故，倘是革命巨子，看这一点牺牲，是不算一回事的。

三闲集/通信（1928·4·23）

●6-16-66-10

我……拿笔的开始，是在应朋友的要求。不过大约心里原也藏着一点不平，因此动起笔来，每不免露些愤言激语，近于鼓动青年的样子。

三闲集/通信（1928·4·23）

●6-16-66-11

我十年以来，帮未名社，帮狂飙社，帮朝花社，而无不或失败，或受欺，但愿有英俊出于中国之心，终于未死，所以此次又应青年之请，除自由同盟外，又加入左翼作家连盟……

书信/致章廷谦（1930·3·27）

●6-16-66-12

我惟希望就是在文艺界，也有许多新的青年起来。

书信/致曹靖华（1930·9·20）

●6-16-66-13

按：杜荃（郭沫若）在《创造月刊》第二卷第一期（1928年8月）上发表的《文艺战线上的封建余孽》一文中攻击鲁迅道：“杀哟！杀哟！杀哟！杀尽一些可怕的青年！而且赶快！这是这位‘老头子’的哲学，于是乎而‘老头子’不死了。”。

我自己省察，无论在小说中，在短评中，并无主张将青年来“杀，杀，杀”的痕迹，也没有怀着这样的心思。

三闲集/序言（1932·4·24）

●6-16-66-14

由于历来的经验，我知道青年们，尤其是文学青年们，十之九是感觉很敏，自尊心也很旺盛的，一不小心，极容易得到误解，所以倒是故意回避的时候多。

南腔北调集/为了忘却的记念（1933·4·1）

●6-16-66-15

我其实也并不比我所怕见的神经过敏而自尊的文学青年高明。

南腔北调集/为了忘却的记念（1933·4·1）

●6-16-66-16

即使是猫狗之类，你倘给以打击之后，它也会避开一点的，我也常对于青年，避到僻静区处去。

集外集拾遗补编/通信〔复魏猛克〕(1933·6·16)

●6-16-66-17

我历来的偏见：见同辈之死，总没有像见青年之死的悲伤。

南腔北调集/《守常全集》题记（1933·8·19）

●6-16-66-18

按：“福建事变”发生后，一些青年欲往“投奔革命”。关于“福建事变”，见1-1-7-35条释。

闻此地青年，又颇有往闽者，其实我看他们的办法，与北伐前之粤不异，将来变脸时，当又是杀掉青年，用其血洗自己的手而已。惜我不能公开作文，加以阻止。

书信/致姚克（1933·12·19）

●6-16-66-19

现在的青年，似乎所注意的范围，大抵很狭小，这却比文坛上之多叭儿更可虑。

书信/致杨霁云（1934·6·3）

●6-16-66-20

先生所责的各点，都不错的。不过从我这面说，却不能不希望原谅。……对于先生，我自以为总算尽了我可能的微力。……

我现在确切的知道了对于先生的函件往还，是彼此都无益处的，所以此后也不想再说什么了。

书信/致金性尧（1934·12·11）

●6-16-66-21

有些青年则写信骂我，说我毫不肯费神帮别人的忙。其实是照现在的情形，大约体力也就不能持久的了，况且还要用鞭子抽我不止，惟一的结果，只有倒毙。

书信/致曹靖华（1935·3·23）

●6-16-66-22

以我为师，我是不敢当的，因为我没有东西可以指授，而且约为师弟的风气，我也不赞成。

我们的关系，我想，只要大家都算在文学界上做点事的也就够了。

书信/致杜和銮、陈佩骥（1936·4·2）

●6-16-66-23

按：鲁迅此时已病重。写此信后四十天逝世。

我现在特地声明：我的病确不是装出来的，所以不但叫我出外，令我算账，不能照办，就是无关紧要的回信，也不写了。

书信/致叶紫（1936·9·8）

●6-16-66-24

我并不觉得你浅薄和无学。这要看地位和年龄。并非青年，或虽青年而以指导者自居，却所知甚少，这才谓之浅薄或无学。若是还在学习途中的青年，是不当受这苛论的。我说句老实话罢：

我所遇见的随便谈谈青年，我很少失望过，但哗啦哗啦大写口号理论的作家，我却觉得他大抵是呆鸟。

书信/致曹白（1936·10·15）

(67) 革命青年

许多青年，从东江起，而上海，而武汉，而江西，为革命战斗了，其中的一部分，是抱着种种的希望，死在战场上

●6-16-67-1

死地确乎已在前面。为中国计，觉悟的青年应该不肯轻死了罢。

华盖集续编/“死地”（1926·3·30）

●6-16-67-2

苟活者在淡红的血色中，会依稀看见微茫的希望；真的猛士，将更奋然而前行。

华盖集续编/记念刘和珍君（1926·4·12）

●6-16-67-3

今年似乎是青年特别容易死掉的年头。

而已集/谈“激烈”（1927·10·8）

●6-16-67-4

许多青年，从东江起，而上海，而武汉，而江西，为革命战斗了，其中的一部分，是抱着种种的希望，死在战场上，再看不见上面摆起来的是金交椅呢还是虎皮交椅。种种革命，便都是这样地进行，所以掉弄笔墨的，从实行者看来，究竟还是闲人之业。

三闲集/叶永蓁作《小小十年》小引（1929·8·15）

●6-16-67-5

当《北斗》创刊时，我就想写一点关于柔石的文章，然而不能够，只得选了一幅珂勒惠支(Kathe kollwitz)夫人的木刻，名曰《牺牲》，是一个母亲悲哀地献出她的儿子去的，算是只有我一个人心里知道的柔石的记念。

南腔北调集/为了忘却的记念（1933·4·1）

●6-16-67-6

年青时读向子期《思旧赋》＊，很怪他为什么只有寥寥的几行，刚开头却又煞了尾。然而，现在我懂得了。

〖释：“向子期《思旧赋》”，见 3-5-28-48 条释。〗

南腔北调集/为了忘却的记念（1933·4·1）

●6-16-67-7

不是年青的为年老的写记念，而在这三十年中，却使我目睹许多青年的血，层层淤积起来，将我埋得不能呼吸，我只能用这样的笔墨，写几句文章，算是从泥土作挖一个小孔，自己延口残喘，这是怎样的世界呢。

南腔北调集/为了忘却的记念（1933·4·1）

●6-16-67-8

夜正长，路也正长，我不如忘却，不说的好罢。但我知道，即使不是我，将来总会有记起他们，再说他们的时候的。……

南腔北调集/为了忘却的记念（1933·4·1）

●6-16-67-9

好的青年，自然有的，我亲见他们遇害，亲见他们受苦，如果没有这些人，我真可以“息息肩”了。

书信/致胡今虚（1933·8·1）

●6-16-67-10

革命青年的血，却浇灌了革命文学的萌芽，在文学方面，倒比先前更其增加了革命性。

且介亭杂文/中国文坛上的鬼魅（1934·11·21）

●6-16-67-11

许多青年们，共产主义者及其嫌疑者，左倾者及其嫌疑者，以及这些嫌疑者的朋友们，就到

处用自己的血来洗自己的错误，以及那些权力者们的错误。权力者们的先前的错误，是受了他们的欺骗的，所以必得用他们的血来洗干净。

且介亭杂文/中国文坛上的鬼魅（1935·11·21）

●6-16-67-12

看桃花的名所，是龙华，也有屠场，我有好几个青年朋友就死在那里面，所以我是不去的。

书信/致颜黎民（1936·4·15）

---

(68) 形形色色的青年

青年又何能一概而论？有醒着的，有睡着的，有昏着的，有躺着的，有玩着的……但是，自然也有要前进的。

●6-16-68-1

信中所谓揭出怪论来便使“青年出丑”，也不过是多虑，照目下的情形看，甲们以为可丑者，在乙们也许以为可宝，全不一定，正无须乎替别人如此操心……

书信/致孙伏园（1923·6·12）

●6-16-68-2

我自问还不至于如此之昏，会不知道青年有各式各样。

集外集拾遗/聊答“……”（1925·2·21）

●6-16-68-3

青年又何能一概而论？有醒着的，有睡着的，有昏着的，有躺着的，有玩着的，此外还多。但是，自然也有要前进的。

华盖集/导师（1925·5·15）

●6-16-68-4

今天又知道一件事，一个留学生在东京自称我的代表去见盐谷温〖注：见 3-6-31-75 条释〗氏，向他要他所印的书，自然说是我要的，但书尚未钉成，没有拿去。他怕事情弄穿，事后才写信到我这里来认错。你看他们的行为是多么荒唐，无论什么都要利用，可怕极了。

两地书/厦门－广州（1926·11·3）

●6-16-68-5

中国学生学什么意大利，以趋奉北政府，还说什么“树的党”*，可笑可恨。别的人就不能用更粗的棍子对打么？

〖释：“树的党”，仿意大利“棒喝团”名目，国民党“孙文主义学会”控制的学生组织。〗

两地书/厦门－广州（1926·11·9）

●6-16-68-6

我先前种种不客气，大抵施之于同辈或地位相同者，至于对少爷们，则照例退让，或者自甘牺牲一点。不料他们竟以为可欺，或纠缠，或责骂，反弄得不可开交。

两地书/厦门－广州（1926·12·14）

●6-16-68-7

青年们说，不见，是摆架子。于是乎见。有的是一见而去了；有的是提出各种要求，见我无能为力而去了；有的是不过谈谈闲天；有的是播弄一点是非；有的是不过要一点物质上的补助；有的却这样那样，纠缠不清，知有己而不知有人，硬要将我造成合于他的胃口的人物。

集外集拾遗补编/新的世故（1927·1·15）

●6-16-68-8

只要能达目的，无论什么手段都敢用，倒也还不失为一个有些豪兴的青年。

集外集拾遗补编/新的世故（1927·1·15）

●6-16-68-9

中国向来就是“当面输心背面笑”，正不必“新的时代”的青年才这样。对面是“吾师”和“先生”，背后是毒药和暗箭，领教了已经不只两三次了。

华盖集续编/海上通信（1927·2·12）

●6-16-68-10

我至今为止，时时有一种乐观，以为压迫，杀戮青年的，大概是老人。这种老人渐渐死去，中国总可比较地有生气。现在我知道不然了，杀戮青年的，似乎倒大概是青年，而且对于别个的不能再造的生命和青春，更无顾惜。如果对于动物，也要算“暴殄天物”*。我尤其怕看的是胜利者的得意之笔：“用斧劈死”呀，……“乱枪刺死”呀……。

〖释：“暴殄天物”，语见《尚书·武成》：“今商王受纣无道，暴殄天物，害虐蒸民。”据唐代孔颖达疏，“天物”是指不包括人在内的“天下百物，鸟兽草木”。〗

而已集/答有恒先生（1927·10·1）

●6-16-68-11

曾经有一位青年，想以独秀『注：见3-6-31“陈独秀”题解』办《新青年》，而我在那里做过文章这一件事来证成我是共产党。但即被别一青年推翻了，他知道那时连独秀也还未讲共产，退一步，“亲共派”罢，终于也没有弄成功。

而已集/答有恒先生（1927·10·1）

●6-16-68-12

我一向是相信进化论的，总以为将来必胜于过去，青年必胜于老人，对于青年，我敬重之不暇，往往给我十刀，我只还他一箭。然而后来我明白我倒是错了。这并非唯物史观的理论和革命文艺的作品蛊惑我的，我在广东，就目睹了同是青年，而分成两大阵营，或则投书告密，或则助官捕人的事实！我的思路因此轰毁，后来便时常用了怀疑的眼光去看青年，不再无条件的敬畏了。

三闲集/序言（1932·4·24）

●6-16-68-13

在有一个大学里演讲的题目，是《象牙塔和蜗牛庐》……不久就有一位勇敢的青年在政府机关的上海《民国日报》上给我批评*，说我的那些话使他非常看不起，因为我没有敢讲共产党的话的勇气。谨案在“清党”以后的党国里，讲共产主义是算犯大罪的，捕杀的网罗，张遍了全中国，而不讲，却又为党国的忠勇青年所鄙视。

〖释：“一位勇敢的青年……给我批评”，1930年3月18日上海《民国日报》载署名“敌天”的来稿，攻击鲁迅“公然作反动的宣传”等等。按《民国日报》，1916年1月在上海创刊，1924年国民党第一次全国代表大会后成为该党机关报，1925年末为“西山会议派”把持，变成国民党右派的报纸。〗

二心集/序言（1932·4·30）

●6-16-68-14

我和青年们合作过许多回，虽然都没有好结果，但事实上却曾参加过。

集外集拾遗补编/通信〔复魏猛克〕（1933·6·16）

●6-16-68-15

十余年来，我所遇见的文学青年真也不少了，而稀奇古怪的居多。最大的通病，是以为因为自己是青年，所以最可贵，最不错的，待到被人驳得无话可说的时候，他就说是因为青年，当然不免有错误，该当原谅的了。而变化也真来的快，三四年中，三翻四覆的，你看有多少。

书信/致曹聚仁（1933·6·18）

●6-16-68-16

今之青年，似乎比我们青年时代的青年精明，而有些也更重目前之益，为了一点小利，而反噬构陷，真有大出于意料之外者，历来所身受之事，真是一言难尽，但我是总如野兽一样，受了伤，就回头钻入草莽，舐掉血迹，至多也不过呻吟几声的。只是现在却因为年纪渐大，精力就衰，世故也愈深，所以渐在回避了。

书信/致曹聚仁（1933·6·18）

●6-16-68-17

有些新青年可以有旧思想，有些旧形式也可以藏新内容。

准风月谈/“感旧”以后〔上〕（1933·10·15）

●6-16-68-18

很激烈的青年，一遭压迫，即一变而为侦探的也有，我在这里就认识几个，常怕被他们碰见。

书信/致曹靖华（1933·10·31）

●6-16-68-19

青年向来有一恶习，即厌恶科学，便作文学家，不能作文，便作美术家，留长头发，放大领结，事情便算了结。

书信/致姚克（1934·4·12）

●6-16-68-20

中国的文坛上，人渣本来多。近十年中，有些青年，不乐科学，便学文学；不会作文，便学美术，而又不肯练画，则留长头发，放大领结完事，真是乌烟瘴气。假使中国全是这类人，实在怕不免于糟。

书信/致杨霁云（1934·6·3）

●6-16-68-21

关于大众语问题，我因为素无研究，对个人不妨发表私见，公开则有一点踌躇，因为不豫备公开的，所以信笔乱写，没有顾到各方面，容易引出岔子。我这人又是容易引出岔子的人，后来有一些人会由此改骂鲁迅而忘记了大众语。上海有些这样的“革命”的青年，由此显示其“革命”，而一方面又可以取悦于某方。

书信/致曹聚仁（1934·8·12）

●6-16-68-22

青年两字，是不能包括一类人的，好的有，坏的也有。但我觉得虽是青年，稚气和不安定的并不多，我所遇见的倒十之七八是少年老成的，城府也深，我大抵不和这种人来往。

书信/致萧军、萧红（1934·11·12）

●6-16-68-23

我看中国青年，大都有愤激一时的缺点，其实现在秉政的，就都是昔日所谓革命的青年也。

书信/致曹靖华（1935·6·24）

●6-16-68-24

政府里很有些从外国学来，或在本国学得的富于智识的青年，他们……禁止书报，压迫作者，终于是杀戮作者，五个左翼青年作家就做了这示威的牺牲。

且介亭杂文/中国文坛上的鬼魅（1935·11·21）

---

(69)“青年导师”

寻什么乌烟瘴气的鸟导师！

●6-16-69-1

凡自以为识路者，总过了“而立”之年，灰色可掬了，老态可掬了，圆稳而已，自己却误以为识路。

华盖集/导师（1925·5·15）

●6-16-69-2

青年又何须寻那挂着金字招牌的导师呢？不如寻朋友，联合起来，同向着似乎可以生存的方向走。你们所多的是生力，遇见深林，可以辟成平地的，遇见旷野，可以栽种树木的，遇见沙漠，可以开掘井泉的。问什么荆棘塞途的老路，寻什么乌烟瘴气的鸟导师！

华盖集/导师（1925·5·15）

●6-16-69-3

我们憎恶的所谓“导师”，是自以为有正路，有捷径，而其实却是劝人不走的人。倘有领人向前者，只要自己愿意，自然也不妨追踪而往；但这样的前锋，怕中国现在还找不到罢。

集外集/田园思想〔通讯〕（1925·6·12）

●6-16-69-4

与其找胡涂导师，倒不如自己走，可以省却

寻觅的工夫，横竖他也什么都不知道。

集外集/田园思想（通讯）（1925·6·12）

●6-16-69-5

我也曾有如现在的青年一样，向已死和未死的导师们问过应走的路。他们都说：不可向东，或西，或南，或北。但不说应该向东，或西，或南，或北。我终于发见他们心底里的蕴蓄了：不过是一个“不走”而已。

华盖集/这个与那个（1925·12）

●6-16-69-6

“负有指导青年重责的前辈”，有这么多的丑可丢，有那么多的丑怕丢么？用绅士服将“丑”层层包裹，装着好面孔，就是教授，就是青年的导师么？

华盖集续编/我还不能“带住”（1926·2·7）

●6-16-69-7

中国的青年不要高帽皮袍，装腔作势的导师；要并无伪饰，——倘没有，也得少有伪饰的导师。倘有戴着假面，以导师自居的，就得叫他除下来，否则，便将它撕下来，互相撕下来。撕得鲜血淋漓，臭架子打得粉碎，然后可以谈后话。这时候，即使只值半文钱，却是真价值；即使丑得要使人“恶心”，却是真面目。

华盖集续编/我还不能“带住”（1926·2·7）

第十七节 学　生

我们不可看得大学生太高，也不可责备他们太重，中国是不能专靠大学生的……

（70）学生

三四年前，有一个学生来买我的书，从衣袋里掏出钱来放在我手里，那钱上还带着体温。这体温便烙印了我的心……

●6-17-70-1

一无根柢学问，爱国之类，俱是空谈；现在要图，实只在熬苦求学……

书信/致宋崇义（1920·5·4）

●6-17-70-2

社会上千奇百怪，无所不有；在学校里，只有捧线装书和希望得到文凭者，虽然根柢上不离“利害”二字，但是还要算好的。

两地书/北京（1925·3·18）

●6-17-70-3

我愿意自首我的罪名：这回除硬派的不算外，我也另捐了极少的几个钱，可是本意并不在以此救国，倒是为了看见那些老实的学生们热心奔走得可感，不好意思给他们碰钉子。

华盖集/忽然想到〔十一〕（1925·6·16－6·23）

●6-17-70-4

记得革命以前，社会上自然还不如现在似的憎恶学生，学生也没有目下一般驯顺，单是态度，就显得桀傲，在人丛中一望可知。现在却差远了，大抵长袍大袖，温文尔雅，正如一个古之读书人。

华盖集/后记（1926·2·15）

●6-17-70-5

你说我受学生的欢迎，足以自慰吗？我对于他们不大敢有希望，我觉得特出者很少，或者竟没有。

两地书/厦门－广州（1926·11·20）

●6-17-70-6

无论讨赤军，讨革军，倘捕到敌党的有智识的如学生之类，一定特别加刑，甚于对工人或其他无智识者。为什么呢，因为他可以看见更锐敏微细的痛苦的表情，得到特别的愉快。

而已集/答有恒先生（1927·10·1）

●6-17-70-7

此地学生们是正在大练义勇军之类，但不久自然就收场，这种情形，已见了好几次了。

书信/致曹靖华（1931·11·10）

●6-17-70-8

大学生虽然是中坚分子，然而没有市价，假使欧美的市场上值到五百美金一名口，也一定会装了箱子，用专车和古物一同运出北平，在租界上外国银行的保险柜子里藏起来的。

伪自由书/崇实（1933·2·6）

●6-17-70-9

孔子曰："以不教民战，是谓弃之。"〖注：语见《论语·子路》〗我并不全拜服孔老夫子，不过觉得这话是对的，我也是反对大学生"赴难"的一个。

南腔北调集/论"论难"和"逃难"（1933·2·11）

●6-17-70-10

那么，"不逃难"怎样呢？我也是完全反对。自然，现在是"敌人未到"的，但假使一到，大学生们将赤手空拳，骂贼而死呢，还是躲在屋里，以图幸免呢？我想，还是前一着堂皇些，将来也可以有一本烈士传。不过于大局依然无补，无论是一个或十万个，至多，也只能又向"国联"*报告一声罢了……而况大学生们连武器也没有。现在中国的新闻上大登"满洲国"*的虐政，说是不准私藏军器，但我们大中华民国人民来藏一件护身的东西试试看，也会家破人亡，——先生，这是很容易"为反动派所利用"的呵。

〖释："国联"，即"国际联盟"，亦称"国际联合会"。1920 年由英法等国发起成立的国际组织，后于1940 年宣告解散。日本侵占东北后，南京国民政府曾多次向"国联"申诉，要求制止日本侵华行动。但"国联"出于其绥靖主义的政治需要，居然承认日本"在华利益"，根本未作任何干预。/"满洲国"，日本侵占我国东北后扶植的傀儡政权。1932 年 3 月 9 日正式成立，清废帝溥仪就任"执政"。后于1934 年 1 月改政体为君主立宪制，溥仪成为"皇帝"。〗

南腔北调集/论"论难"和"逃难"（1933·2·11）

●6-17-70-11

再：顷闻十来天之前，北平有学生五十多人因开会被捕，可见不逃的还有，然而罪名是"借口抗日，意图反动"，又可见虽"敌人未到"，也大以"逃难"为是也。

南腔北调集/论"论难"和"逃难"（1933·2·11）

●6-17-70-12

我的意见是：我们不可看得大学生太高，也不可责备他们太重，中国是不能专靠大学生的……

南腔北调集/论"赴难"和"逃难"（1933·2·11）

（71）学生运动

他们所能做的，也无非是演讲，游行，宣传之类，正如火花一样，在民众的心头点火，引起他们的光焰来，使国势有一点转机。

●6-17-71-1

比年以来，国内不靖，影响及于学界，纷扰已经一年。世之守旧者，以为此事实为乱源；而维新者则又赞扬甚至。全国学生，或被称为祸萌，或被誉为志士；然由仆观之，则于中国实无何种影响，仅是一时之现象而已；谓之志士固过誉，谓之乱萌，亦甚冤也。

书信/致宋崇义（1920·5·4）

●6-17-71-2

血书所能挣来的是什么？不过就是你的一张血书，况且并不好看。

华盖集/杂感（1925·5·8）

●6-17-71-3

我还记得第一次五四以后，军警们很客气地

只用枪托，乱打那手无寸铁的教员和学生，威武到很像一队铁骑在苗田上驰骋；学生们则惊叫奔避，正如遇见虎狼的羊群。但是，当学生们成了大群，袭击他们的敌人时，不是遇见孩子也要推他摔几个觔斗么？在学校里，不是还唾骂敌人的儿子，使他非逃回家去不可么？这和古代暴君的灭族的意见，有什么区分！

华盖集/忽然想到〔七〕（1925·5·12）

●6-17-71-4

报上有一则新闻，大意是学生要到执政府去请愿*，而执政府已于事前得知，东门上添了军队，西门上还摆起两架机关枪，学生不得入，终于无结果而散云。……

夫学生的游行和请愿，由来久矣。他们都是“郁郁乎文哉”*，不但绝无炸弹和手枪，并且连九节钢鞭，三尖两刃刀也没有，更何况丈八蛇矛和青龙掩月刀乎？至多，“怀中一纸书”而已，所以向来就没有闹过乱子的历史。现在可是已经架起机关枪来了，而且有两架！

〖释：“学生到执政府去请愿”，1925年5月9日，北京各校学生为援救“五七”国耻日集会被捕的同学而往段祺瑞执政府请愿。/“郁郁乎文哉”，语见《论语·八佾》。据朱熹注：“郁郁，文盛貌。”这里是文质彬彬的意思。〗

华盖集/忽然想到〔九〕（1925·5·19）

●6-17-71-5

上海的风潮『注：指“五卅事件”』，也出于意料之外。可是今年的学生的动作，据我看来是比前几回进步了。不过这些表示，真所谓“就是这么一回事”。试想：北京全体（?）学生而不能去一章士钉*，女师大大多数学生而不能去一杨荫榆，何况英国和日本。但在学生一方面，也只能这么做，唯一的希望，就是等候意外飞来的“公理”。

〖释：“章士钉”，据载，当时某报曾将章士钊之名误印作“章士钉”。〗

两地书/北京（1925·6·13）

●6-17-71-6

究竟是“束发小生”*，所以当然不会有三头六臂的大神力。他们所能做的，也无非是演讲，游行，宣传之类，正如火花一样，在民众的心头点火，引起他们的光焰来，使国势有一点转机。倘若民众并没有可燃性，则火花只能将自身烧完，正如在马路上焚纸人轿马，暂时引得几个人闲看，而终于毫不相干。

〖释：“束发小生”，1925年，章士钊因禁止学生纪念“五七”国耻而遭到反对，他在给段祺瑞的辞呈里说：“夫束发小生。千百成群。至以本管长官之进退。形诸条件。”束发，古代男子成童的年龄；章士钊说的“束发小生”却含有轻视的意思，近似俗称的“毛头小子”。〗

华盖集/补白（1925·6·26）

●6-17-71-7

谁也不动，难道“小生”们真能自己来打枪铸炮，造兵舰，糊飞机，活擒番将，平定番邦么？所以这“五分热”*是地方病，不是学生病。这已不是学生的耻辱了；倘在别的有活力，有生气的国度里，现象该不至于如此的。

〖释：“五分热”，当时有人指摘学生爱国运动只有“五分钟热度”。〗

华盖集/补白（1925·6·26）

●6-17-71-8

别有所图的聪明人又作别论，便是真诚的学生们，我以为自身却有一个颇大的错误，就是正如旁观者所希望或冷笑的一样：开首太自以为有非常的神力，有如意的成功。幻想飞得太高，堕在现实上的时候，伤就格外沉重了；力气用得太骤，歇就来的时候，身体就难于动弹了。为一般计，或者不如知道自己所有的不过是“人力”，倒较为切实可靠罢。

华盖集/补白（1925·7·10）

●6-17-71-9

按：1926年3月，日本军舰炮轰中国军队，日本并纠结英、美、法、意、荷、比、西等国向中国政府发出最后通牒。北京各界群众于3月18日在天安门集会反对帝国主义的侵略行径，会后列队赴执政府请愿，在国务院门前遭军警开枪镇压并以大刀铁棍追打砍杀，当场和事后因重伤而死者四十七人，伤一百五十余人，是为“三一八惨案”。这天下午，女师大学生许羡苏到鲁迅寓所报告了卫队开枪屠杀学生，刘和珍等遇害的噩耗。鲁迅极为愤怒，感到“已不是写什么‘无花的蔷薇’的时候”了，从第四节即本节开始，将锋芒直指段祺瑞军阀政府；至第九节结束，落款“三月十八日，民国以来最黑暗的一天，写。”

已不是写什么“无花的蔷薇”的时候了。

虽然写的多是刺，也还要些和平的心。

现在，听说北京城中，已经施行了大杀戮了。当我写出上面这些无聊的文字的时候，正是许多青年受弹饮刃的时候。

华盖集续编/无花的蔷薇之二（1926·3·29）

●6-17-71-10

按：三一八惨案发生后，研究系机关报《晨报》3月20日发表林学衡的文章，诬蔑爱国青年“激于意气，挺（铤）而走险，乃陷入奸人居间利用之彀中”，指摘徐谦等“驱千百珍贵青年为孤注一掷……必欲置千百珍贵青年于死地”，“共产派诸君故杀青年，希图利己”。3月22日，该报又发表陈渊泉题为《群众领袖安在》的社论，诬指“纯洁爱国之百数十青年即间接死于若辈（按即他所谓的‘群众领袖’）之手”。

但各种评论中，我觉得有一些比刀枪更可以惊心动魄者在。这就是几个论客，以为学生们本不应当自蹈死地，前去送死的。倘以为徒手请愿是送死，本国的政府门前是死地，那就中国人真将死无葬身之所，除非是心悦诚服地充当奴子，“没齿而无怨言”『注：语出《论语·宪问》』。……

但我却恳切地希望：“请愿”的事，从此可以停止了。倘用了这许多血，竟换得一个这样的觉悟和决心，而且永远纪念着，则似乎还不算是很大的折本。

华盖集续编/“死地”（1926·3·30）

●6-17-71-11

去年，为“整顿学风”＊计，大传播学风怎样不良的流言，学匪怎样可恶的流言，居然很奏了效。今年，为“整顿学风”＊计，又大传播共产党怎样活动，怎样可恶的流言，又居然很奏了效。于是便将请愿者作共产党论，三百多人死伤了，如果有一个所谓共产党的首领死在里面，就更足以证明这请愿就是“暴动”。

可惜竟没有。这该不是共产党了罢。据说也还是的，但他们全都逃跑了，所以更可恶。而这请愿也还是暴动，做证据的有一根木棍，两支手枪，三瓶煤油。姑勿论这些是否群众所携去的东西；即使真是，而死伤三百多人所携的武器竟不过这一点，这是怎样可怜的暴动呵！

〖释：“整顿学风”，见3-8-34-2条释。/“今年，为‘整顿学风’……”，指1926年3月6日，西北边防督办张之江致电执政段祺瑞和总理贾德耀，侈谈“整顿学风”。按他的说法，当时“学风日窳，士习日偷……现已男女合校，复欲共妻”；“江窃以为中国之可虑者，不在内忧，不在外患，惟此邪说詖行，甚于洪水猛兽。”请段祺瑞设法抑制。段祺瑞接到电报后，令秘书长章士钊复电“嘉许”，并将原电通知国务院，责成教育部会同军警机关，切实“整顿学风”。〗

华盖集续编/可惨与可笑（1926·3·28）

●6-17-71-12

中华民国十五年三月十八日，段祺瑞政府使卫兵用步枪大刀，在国务院门前包围虐杀徒手请愿，意在援助外交之青年男女，至数百人之多。还要下令，诬告陷害之曰“暴徒”！

如此残虐险狠的行为，不但在禽兽中所未曾见，便是在人类中也极少有的，除却俄皇尼古拉二世使可萨克兵击杀民众＊的事，仅有一点相像。

〖释：“尼古拉二世使可萨克兵击杀民众”，1905年1月22日（俄历1月9日），彼得堡工人因反对开除工人和要求改善生活，带着眷属到冬宫请愿。沙皇尼古拉二世命令士兵开枪，导致一千多人被杀，两千多人受伤。这天是星期日，史称“流血的星期日”。』

华盖集续编/无花的蔷薇之二（1926·3·29）

●6-17-71-13

中国只任虎狼侵食，谁也不管。管的只有几个年青的学生，他们本应该安心读书的，而时局漂摇得他们安心不下。假如当局者稍有良心，应如何反躬自责，激发一点天良?

然而竟将他们虐杀了!

华盖集续编/无花的蔷薇之二（1926·3·29）

●6-17-71-14

墨写的谎说，决掩不住血写的事实。

血债必须用同物偿还。拖欠得愈久，就要付更大的利息!

华盖集续编/无花的蔷薇之二（1926·3·29）

●6-17-71-15

实弹打出来的却是青年的血。血不但不掩于墨写的谎语，不醉于墨写的挽歌；威力也压它不住，因为它已经骗不过，打不死了。

华盖集续编/无花的蔷薇之二（1926·3·29）

●6-17-71-16

请愿的事，我一向就不以为然的，但并非因为怕有三月十八日那样的惨杀。那样的惨杀，我实在没有梦想到，虽然我向来常以“刀笔吏”的意思来窥测我们中国人。我只知道他们麻木，没有良心，不足与言，而况是请愿，而况又是徒手，却没有料到有这么阴毒与凶残。……四十七个男女青年的生命，完全是被骗去的，简直是诱杀。

华盖集续编/空谈（1926·4·10）

●6-17-71-17

这回『注：指三一八惨案』死者的遗给后来的功德，是在撕去了许多东西的人相，露出那出于意料之外的阴毒的心，教给继续战斗者以别种方法的战斗。

华盖集续编/空谈（1926·4·10）

●6-17-71-18

真的猛士，敢于直面惨淡的人生，敢于正视淋漓的鲜血。

华盖集续编/记念刘和珍君（1926·4·12）

●6-17-71-19

时间永是流驶，街市依旧太平，有限的几个生命，在中国是不算什么的，至多，不过供无恶意的闲人以饭后的谈资，或者给有恶意的闲人作“流言”的种子。至于此外的深的意义，我总觉得很寥寥，因为这实在不过是徒手的请愿。人类的血战前行的历史，正如煤形成，当时用大量的木材，结果却只是一小块，但请愿是不在其中的，更何况是徒手。

华盖集续编/记念刘和珍君（1926·4·12）

●6-17-71-20

既然有了血痕了，当然不觉要扩大。至少，也当浸渍了亲族，师友，爱人的心，纵使时光流驶，洗成绯红，也会在微漠的悲哀永存微笑的和蔼的旧影。陶潜说过，“亲戚或余悲，他人亦已歌，死去何所道，托体同山阿。”『注：语出《挽歌》』倘能如此，这也就够了。

华盖集续编/记念刘和珍君（1926·4·12）

●6-17-71-21

放下书包来请愿，真是已经可怜之至。不道国民党政府却在十二月十八日通电各地军政当局文里，又加上他们“捣毁机关，阻断交通，殴伤中委，拦劫汽车，攒击路人及公务人员，私逮刑讯，社会秩序，悉被破坏”的罪名，而且指出结果，说是“友邦人士，莫名惊诧，长此以往，国将不国”了!

二心集/“友邦惊诧”论（1931·12·25）

●6-17-71-22

学生并未如国府通电所说，将“社会秩序，破坏无余”，而国府则不但依然能够镇压，而且依然能够诬陷，杀戮。

二心集/“友邦惊诧”论（1931·12·25）

●6-17-71-23

我们还记得，自前年冬天以来，学生是怎么闹的，有的要南来，有的要北上，南来北上，都不给开车。待到到得首都，顿首请愿，却不料“为反动派所利用”，许多头都恰巧“碰”在刺刀和枪柄上，有的竟“自行失足落水”＊而死了。……谁发一句质问，谁提一句抗议呢？有些人还笑骂他们。

〖释：“自行失足落水”：九一八事变后，全国学生奋起抗议当局的不抵抗政策。12月初，各地学生纷纷赴南京请愿。当局于12月5日通令全国，加以禁止；17日出动军警，逮捕和屠杀进京请愿的各地学生，有的学生被刺伤后又被扔进河里。事后当局为了掩盖真相，诬称学生“为反动分子所利用”、被害学生是“失足落水”等等，并发表验尸报告，说死者“腿有青紫黑白四色，上身有黑白二色”云。〗

伪自由书/逃的辩护（1933·1·30）

●6-17-71-24

有一回，对着请愿的学生毕毕剥剥的开枪＊了，兵们最爱瞄准的是女学生，这用精神分析学＊来解释，是说得过去的，尤其是剪发的女学生，这用整顿风俗学说＊来解说，也是说得过去的。

〖释：“对学生毕毕剥剥开枪”，指三一八惨案。/“精神分析学”，见2-4-22-46条释。/“整顿风俗学说”，指段祺瑞政府的多次“整顿学风”令。〗

南腔北调集/论“赴难”和“逃难”（1933·2·11）

●6-17-71-25

五四式是不对了。为什么呢？因为这是很容易为“反动派”所利用的。为了矫正这种坏脾气，我们的政府，军人，学者，文豪，警察，侦探，实在费了不少的苦心。用诰谕，用刀枪，用书报，用煅炼，用逮捕，用拷问，直到去年请愿之徒，死的都是“自行失足落水”，连追悼会也不开的时候为止，这才显出了新教育的效果。

南腔北调集/论“赴难”和“逃难”（1933·2·11）

●6-17-71-26

大学生们曾经和中国的兵警打过架，但是“自行失足落水”了，现在中国的兵警尚且不抵，大学生能抵抗么？我们虽然也看见过许多慷慨激昂的诗，什么用死尸堵住敌人的炮口呀，用热血胶住倭奴的刀枪呀，但是，先生，这是“诗”啊！事实并不这样的，死得比蚂蚁还不如，炮口也堵不住，刀枪也胶不住。

南腔北调集/论“赴难”和“逃难”（1933·2·11）

●6-17-71-27

北平学生游行＊，所遭与前数次无异，闻之惨然，此照例之饰终大典耳。上海学生，则长跪于府前，此真教育之效，可羞甚于陨亡。

〖释：“北平学生游行”，指一二九运动。/“上海学生长跪于府前”，指一二九运动时，上海学生曾为声援北平学生而跪在国民党上海市政府前请愿。〗

书信/致台静农（1935·12·21）

●6-17-71-28

北方学校事，此地毫无所知，总之不会平静，其实无论迁到那里，也决不会平安。我看外交不久就要没有问题，于是同心协力，学生又要吃苦了。

书信/致曹靖华（1936·1·5）

●6-17-71-29

我要重申九年前的主张：不要再请愿！

且介亭杂文二集/“题未定”草〔九〕（1936·1）

第十八节　妇　女

中国的男人，本来大半都可以做圣贤，可惜全被女人毁掉了。

(72) 历史/命运/社会地位

我一向不相信昭君出塞会安汉，木兰从军就可以保隋；也不信妲己亡殷，西施沼吴，杨妃乱唐的那些古老话。我以为在男权社会里，女人是决不会有这种大力量的，兴亡的责任，都应该男的负。

●6-18-72-1

节烈这两个字，从前也算是男子的美德，所以有过"节士"，"烈士"的名称。现在的"表彰节烈"，却是专指女子……丈夫死了，决不再嫁，也不私奔，丈夫死得愈早，家里愈穷，他便节得愈好。烈可是有两种：一种是无论已嫁未嫁，只要丈夫死了，他也跟着自尽；一种是有强暴来污辱他的时候，设法自戕，或者抗拒被杀，都无不可。

坟/我之节烈观（1918·8）

●6-18-72-2

总而言之：女子死了丈夫，便守着，或者死掉；遇了强暴，便死掉；将这类人物，称赞一通，世道人心便好，中国便得救了。

坟/我之节烈观（1918·8）

●6-18-72-3

现在的情形，"国将不国"，自不消说：丧尽良心的事故，层出不穷；刀兵盗贼水旱饥荒，又接连而起。但此等现象，只是不讲新道德新学问的缘故，行为思想，全钞旧账；所以种种黑暗，竟和古代的乱世仿佛，况且政界军界学界商界等等里面，全是男人，并无不节烈的女子夹杂在内。也未必是有权力的男子，因为受了他们蛊惑，这才丧了良心，放手作恶。至于水旱饥荒，便是专拜龙神，迎大王，滥伐森林，不修水利的祸祟，没有新知识的结果；更与女子无关。只有刀兵盗贼，往往造出许多不节烈的妇女。但也是兵盗在先，不节烈在后，并非因为他们不节烈了，才将刀兵盗匪招来。

坟/我之节烈观（1918·8）

●6-18-72-4

照着旧派说起来，女子是"阴类"，是主内的，是男子的附属品。然则治世救国，正须责成阳类，全仗外子，偏劳主体。决不能将一个绝大题目，都阁在阴类肩上。倘依新说，则男女平等，义务略同。纵令该担责任，也只得分担。其余的一半男子，都该各尽义务。不特须除去强暴，还应发挥他自己的美德。不能专靠惩劝女子，便算尽了天职。

坟/我之节烈观（1918·8）

●6-18-72-5

节烈的人，既经表彰，自是品格最高。但圣贤虽人人可学，此事却有所不能。

坟/我之节烈观（1918·8）

●6-18-72-6

道德这事，必须普遍，人人应做，人人能行，又于自他两利，才有存在的价值。

坟/我之节烈观（1918·8）

●6-18-72-7

现在所谓节烈，不特除开男子，绝不相干；就是女子，也不能全体都遇着这名誉的机会。所以决不能认为道德，当作法式。

坟/我之节烈观（1918·8）

●6-18-72-8

多妻主义的男子，有无表彰节烈的资格？……男子决不能将自己不守的事，向女子特别要求。若是买卖欺骗贡献的婚姻，则要求生时的贞操，尚且毫无理由。何况多妻主义的男子，来表彰女子的节烈。

坟/我之节烈观（1918·8）

●6-18-72-9

古代的社会，女子多当作男人的物品。或杀或吃，都无不可；男人死后，和他喜欢的宝贝，日用的兵器，一同殉葬，更无不可。后来殉葬的风气，渐渐改了，守节便也渐渐发生。但大抵因为寡妇是鬼妻，亡魂跟着，所以无人敢娶，并非要他不事二夫。

坟/我之节烈观（1918·8）

●6-18-72-10

周末虽有殉葬，并非专用女人，嫁否也任便，并无什么裁制，便可知道脱离了这宗习俗，为日已久。由汉至唐也并没有鼓吹节烈。直到宋朝，那一班“业儒”*的才说出“饿死事小失节事大”*的话，看见历史上“重适”两个字，便大惊小怪起来。出于真心，还是故意，现在却无从推测。其时也正是“人心日下，国将不国”的时候，全国士民，多不像样。或者“业儒”的人，想借女人守节的话，来鞭策男子，也不一定。但旁敲侧击，方法本嫌鬼祟，其意也太难分明，后来因此多了几个节妇，虽未可知，然而吏民将卒，却仍然无所感动。于是“开化最早，道德第一”的中国终于归了“长生天气力里大福荫护助里”*的什么“薛禅皇帝，完泽笃皇帝，曲律皇帝”*了。此后皇帝换过了几家，守节思想倒反发达。皇帝要臣子尽忠，男人便愈要女人守节。

〖释：“业儒”，以儒为业的道学家。/“饿死事小失节事大”，是宋代道学家程颐的话。出自《河南程氏遗书》卷二十二。/“长生天气力里大福荫护助里”，元代皇帝谕旨前的必用语，意为“上天眷命”。/“薛禅皇帝，完泽笃皇帝，曲律皇帝”，分别是元世祖忽必烈、元成宗铁穆尔、元武宗海山的称号，各为“聪明天纵”、“有寿”、“杰出”之意。〗

坟/我之节烈观（1918·8）

●6-18-72-11

女子既是男子所有，自己死了，不该嫁人，自己活着，自然更不许被夺。然而自己是被征服的国民，没有力量保护，没有勇气反抗了，只好别出心裁，鼓吹女人自杀。或者妻女极多的阔人，婢妾成行的富翁，乱离时候，照顾不到，一遇“逆兵”（或是“天兵”），就无法可想。只得救了自己，请别人都做烈女；变成烈女，“逆兵”便不要了。他便待事定以后，慢慢回来，称赞几句。好在男子再娶，又是天经地义，别讨女人，便都完事。

坟/我之节烈观（1918·8）

●6-18-72-12

只有自己不顾别人的民情，又是女应守节男子却可多妻的社会，造出如此畸形道德，而且日见精密苛酷，本也毫不足怪。但主张的是男子，上当的是女子。女子本身，何以毫无异言呢？原来“妇者服也”〖注：见《说文解字》卷十二〗，理应服事于人。教育固可不必，连开口也都犯法。他的精神，也同他体质一样，成了畸形。所以对于这畸形道德，实在无甚意见。就令有了异议，也没有发表的机会。

坟/我之节烈观（1918·8）

●6-18-72-13

节烈难么？答道，很难。男子都知道极难，所以要表彰他。社会的公意，向来以为贞淫与否，全在女性。男子虽然诱惑了女人，却不负责任。……历史上亡国败家的原因，每每归咎女子。糊糊涂涂的代担全体的罪恶，已经三千多年了。

坟/我之节烈观（1918·8）

●6-18-72-14

节烈苦么？答道：很苦。男子都知道很苦，所以要表彰他。凡人都想活；烈是必死，不必说了。节妇还要活着。精神上的惨苦，也姑且弗论。单是生活一层，已是大宗的痛楚。……各府各县志书传记类的末尾，也总有几卷“烈女”。一行一人，或是一行两人，赵钱孙李，可是从来无人翻读。

坟/我之节烈观（1918·8）

●6-18-72-15

不节烈便不苦么？答道，也很苦。社会公意，不节烈的女人，既然是下品；他在这社会里，是容不住的。社会上多数古人模模糊糊传下来的道理，实在无理可讲；能用历史和数目的力量，挤死不合意的人。这一类无主名无意识的杀人团里，古来不晓得死了多少人物；节烈的女子，也就死在这里。不过他死后间有一回表彰，写入志书。不节烈的人，便生前也要受随便什么人的唾骂，无主名的虐待。

坟/我之节烈观（1918·8）

●6-18-72-16

女子自己愿意节烈么？答道，不愿。人类总有一种理想，一种希望。虽然高下不同，必须有个意义。自他两利固好，至少也得有益本身。节烈很难很苦，既不利人，又不利己。说是本人愿意，实在不合人情。所以假如遇着少年女人，诚心祝赞他将来节烈，一定发怒；或者还要受他父兄丈夫的尊拳。……无论何人，都怕这节烈。怕他竟钉到自己和亲骨肉的身上。

坟/我之节烈观（1918·8）

●6-18-72-17

到了清朝，儒者真是更加利害。看见唐人文章里有公主改嫁的话，也不免勃然大怒道，“这是什么事！你竟不为尊者讳，这还了得！”假使这唐人还活着，一定要斥革功名＊，以正人心而端风俗了。

〖释：“斥革功名”，封建时代在科举考试中取得功名者如果犯罪，必先革去功名才能审判和处刑。〗

坟/我之节烈观（1919·8）

●6-18-72-18

女子身旁，几乎布满了危险。除却他自己的父兄丈夫以外，便都带点诱惑的鬼气。

坟/我之节烈观（1919·8）

●6-18-72-19

就是一生崇拜节烈的道德大家，若问他贵县志书里烈女门的前十名是谁？也怕不能说出。其实他是生前死后，竟与社会漠不相关的。

坟/我之节烈观（1919·8）

●6-18-72-20

节烈这事是：极难，极苦，不愿身受，然而不利自他，无益社会国家，于人生将来又毫无意义的行为，现在已经失了存在的生命和价值。

坟/我之节烈观（1919·8）

●6-18-72-21

中国的男人，本来大半都可以做圣贤，可惜全被女人毁掉了。商是妲己＊闹亡的；周是褒姒＊弄坏的；秦……虽然史无明文，我们也假定他因为女人，大约未必十分错；而董卓可是的确给貂蝉＊害死了。

〖释：妲己，殷纣王之妃；褒姒，周幽王之妃。据史记载，商朝因妲己而亡，周朝因褒姒而衰。/貂蝉，《三国演义》中的人物。〗

呐喊/阿Q正传（1921·12·4－1922·2·12）

●6-18-72-22

在现在，一个娜拉＊的出走，或者也许不至于感到困难的，因为这人物很特别，举动也新鲜，能得到若干人们的同情，帮助着生活。生活在人们的同情之下，已经是不自由了，然而倘有一百个娜拉出走，便连同情也减少，有一千一万个出走，就得到厌恶了，断不如自己握着经济权之为可靠。

〖释：娜拉，挪威戏剧家亨利克·易卜生（1828－1906）的作品《玩偶之家》中的女主人公。〗

坟/娜拉走后怎样（1924·6）

●6-18-72-23

来翻县志，就看见每一次兵燹之后，所添上的是许多烈妇烈女的氏名。看近来的兵祸，怕又要大举表扬节烈了罢。许多男人们都那里去了？

坟/再论雷峰塔的倒掉（1925·2·23）

●6-18-72-24

中国的老先生们——连二十岁上下的老先生们都算在内——不知怎的总有一种矛盾的意见，就是将女人孩子看得太低，同时又看得太高。妇孺是上不了场面的；然而一面又拜才女，捧神童，甚至于还想借此结识一个阔亲家，使自己也连类飞黄腾达。什么木兰从军，缇萦救父＊，更其津津乐道，以显示自己倒是一个死不挣气的瘟虫。

〖释："缇萦救父"，据《史记·扁鹊仓公列传》，汉代淳于意（仓公）获罪，其幼女缇萦上书文帝，愿为官婢以代父赎罪。〗

华盖集/补白（1925·7·10）

●6-18-72-25

中国有些地方还在"溺女"，就因为豫料她们将来总是没出息的。可惜下手的人们总没有好眼力，否则并以施之男孩，可以减少许多单会消耗食粮的废料。

华盖集/并非闲话〔二〕（1925·9·25）

●6-18-72-26

去翻专夸本地人物的府县志书去。我可以说，可惜男的孝子和忠臣也不多的，只有节烈的妇女的名册却大抵有一大卷以至几卷。孔子之徒的经，真不知读到那里去了；倒是不识字的妇女们能实践。

华盖集/十四年的"读经"（1925·11·27）

●6-18-72-27

中国的女性出而在社会上服务，是最近才有的，但家族制度未曾改革，家务依然纷繁，一经结婚，即难于兼做别的事。于是社会上的事业，在中国，则大抵还只有教育，尤其是女子教育……

坟/寡妇主义（1925·12·20）

●6-18-72-28

我未出户庭，中国也未有女学校以前不知道怎样，自从我涉足社会，中国也有了女校，却常听到读书人谈论女学生的事，并且照例是坏事。有时实在太谬妄了，但倘若指出它的矛盾，则说的听的都大不悦，仇恨简直是"若杀其父兄"。

坟/寡妇主义（1925·12·20）

●6-18-72-29

按：龚尹霞为《申报》馆英文译员秦理斋之妻。1934年2月25日秦理斋在上海病逝后，住在无锡的秦父多次令她回乡。她为子女在沪读书等故不能回去，受到秦父严厉催逼，被迫于5月5日与一女两子一同服毒自杀。此事经披露后影响很大，多有指摘龚尹霞者。

责别人的自杀者，一面责人，一面正也应该向驱人于自杀之途的环境挑战，进攻。倘使对于黑暗的主力，不置一词，不发一矢，而但向"弱者"唠叨不已，则纵使他如何义形于色，我也不能不说——我真也忍不住了——他其实乃是杀人者的帮凶而已。

花边文学/论秦理斋夫人事（1934·6·10）

●6-18-72-30

孙桂云＊是赛跑的好手，一过上海，不知怎的就萎靡不振，待到到得日本，不能跑了；阮玲玉＊算是比较的有成绩的明星，但"人言可畏"，到底非一口气吃下三瓶安眠药片不可……大约还有人记得"美人鱼"＊罢，简直捧得令观者发生肉麻之感，连看见姓名也会觉得有些滑稽。

〖释：孙桂云，当时一位女短跑运动员。/阮玲玉，见5－12－42－54条释。/"美人鱼"，指当时的女游泳运动员杨秀琼。报刊上有行政院秘书长褚民谊为她拉缰挥扇等记事。〗

且介亭杂文二集/徐懋庸作《打杂集》序（1935·5·5）

●6-18-72-31

“人言可畏”是电影明星阮玲玉自杀之后，发见于她的遗书中的话。这哄动一时的事件，经过了一通空论，已经渐渐冷落了，只要《玲玉香消记》一停演，就如去年的艾霞自杀事件一样，完全烟消火灭。她们的死，不过像在无边的人海里添了几粒盐，虽然使扯淡的嘴巴们觉得有些味道，但不久也还是淡，淡，淡。

且介亭杂文二集/论“人言可畏”（1935・5・20）

●6-18-72-32

上海的有些介乎大报和小报之间的报章，那社会新闻……有一点坏习气，是偏要加上些描写，对于女性，尤喜欢加上些描写；这种案件，是不会有名公巨卿在内的，因此也更不妨加上些描写。案中的男人的年纪和相貌，是大抵写得老实的，一遇到女人，可就要发挥才藻了，不是“徐娘半老，风韵犹存”，就是“豆蔻年华，玲珑可爱”。一个女孩儿跑掉了，自奔或被诱还不可知，才子就断定道，“小姑独宿，不惯无郎”，你怎么知道？一个村妇再醮了两回，原是穷乡僻壤的常事，一到才子的笔下，就又赐以大字的题目道，“奇淫不减武则天”，这程度你又怎么知道？这些轻薄句子，加之村姑，大约是并无什么影响的，她不识字，她的关系人也未必看报。但对于一个智识者，尤其是对于一个出到社会上了的女性，却足够使她受伤，更不必说故意张扬，特别渲染的文字了。然而中国的习惯，这些句子是摇笔即来，不假思索的，这时不但不会想到这也是玩弄着女性，并且也不会想到自己乃是人民的喉舌。

且介亭杂文二集/论“人言可畏”（1935・5・20）

●6-18-72-33

无拳无勇如阮玲玉，可就正做了吃苦的材料了，她被额外的画上一脸花，没法洗刷。叫她奋斗吗？她没有机关报，怎么奋斗；有冤无头，有怨无主，和谁奋斗呢？我们又可以设身处地的想一想，那么，大概就又知她的以为“人言可畏”，是真的，或人的以为她的自杀，和新闻记事有关，也是真的。

且介亭杂文二集/论“人言可畏”（1935・5・20）

●6-18-72-34

我是不赞成自杀，自己也不豫备自杀的。但我的不豫备自杀，不是不屑，却因为不能。凡有谁自杀了，现在是总要受一通强毅的评论家的呵斥，阮玲玉当然也不在例外。然而我想，自杀其实是不很容易，决没有我们不豫备自杀的人们所渺视的那么轻而易举的。倘有谁以为容易么，那么，你倒试试看！

且介亭杂文二集/论“人言可畏”（1935・5・20）

●6-18-72-35

我一向不相信昭君＊出塞会安汉，木兰从军就可以保隋；也不信妲己亡殷，西施沼吴＊，杨妃乱唐的那些古老话。我以为在男权社会里，女人是决不会有这种大力量的，兴亡的责任，都应该男的负。但向来的男性的作者，大抵将败亡的大罪，推在女性身上，这真是一钱不值的没有出息的男人。

〖释：昭君，即王昭君，名嫱，汉元帝宫女。据《汉书・匈奴传》载，竟宁元年（前33）被遣出塞和亲，嫁与匈奴呼韩邪单于。/西施，春秋时越国美女。据《吴越春秋》载，越王勾践为吴所败，将她献给吴王夫差。后吴王昏乱致败，被灭于越。“沼吴”语出《左传》哀公元年，当勾践战败向吴求和时，伍员（子胥）劝夫差拒和，不听，伍员“退而告人曰：越十年生聚，而十年教训，二十年之外，吴其为沼乎！”〗

且介亭杂文/阿金（1936・2・20）

（73）妇女解放/学生运动中的女性

我并非说，女人应该和男人一样的拿枪，或者只给自己的孩子吸一只奶，而使男子去负担那一半。我只以为应该不自苟安于目前暂时的位置，而不断的为解放思想，经济等等而战斗。

●6-18-73-1

娜拉走后怎样？……一个英国人曾作一篇戏剧，说一个新式女子的走出家庭，再也没有路走，终于堕落，进了妓院了。还有一个中国人，——我称他什么呢？上海的文学家罢，——说他所见的《娜拉》是和现译本不同，娜拉终于回来了。这样的本子可惜没有第二人看见，除非是伊孛生*自己寄给他的。但从事理上推想起来，娜拉或者也实在只有两条路：不是堕落，就是回来。因为如果是一匹小鸟，则笼子里固然不自由，而一出笼门，外面便又有鹰，有猫，以及别的什么东西之类；倘使已经关得麻痹了翅子，忘却了飞翔，也诚然是无路可以走。还有一条，就是饿死了，但饿死已经离开了生活，更无所谓问题，所以也不是什么路。

〖释：伊孛生，通译易卜生，见6-18-72-22条释。〗

坟/娜拉走后怎样（1924·6）

●6-18-73-2

自由固不是钱所能买到的，但能够为钱而卖掉。

坟/娜拉走后怎样（1924·6）

●6-18-73-3

人类有一个大缺点，就是常常要饥饿。为补救这缺点起见，为准备不做傀儡起见，在目下的社会里经济权就见得最要紧了。第一，在家应该先获得男女平均的分配；第二，在社会应该获得男女相等的势力。

坟/娜拉走后怎样（1924·6）

●6-18-73-4

要求经济权固然是很平凡的事，然而也许比要求高尚的参政权以及博大的女子解放之类更烦难。天下事尽有小作为比大作为更烦难的。

坟/娜拉走后怎样（1924·6）

●6-18-73-5

在经济方面得到自由，就不是傀儡了么？也还是傀儡。无非被人所牵的事可以减少，而自己能牵的傀儡可以增多罢了。因为在现在的社会里，不但女人常作男人的傀儡，就是男人和男人，女人和女人，也相互地作傀儡，男人也常作女人的傀儡，这决不是几个女人取得经济权所能救的。

坟/娜拉走后怎样（1924·6）

●6-18-73-6

当三个女子从容地辗转于文明人所发明的枪弹的攒射中的时候，这是怎样一个惊心动魄的伟大呵！中国军人的屠戮妇婴的伟绩，八国联军的惩创学生的武功，不幸全被这几缕血痕抹杀了。

〖释：“三个女子”，指在1926年三一八惨案中被杀害的北京女子师范大学学生刘和珍、杨德群和负重伤的张静淑。〗

华盖集续编/记念刘和珍君（1926·4·12）

●6-18-73-7

我目睹中国女子的办事，是始于去年的，虽然是少数，但看那干练坚决，百折不回的气概，曾经屡次为之感叹。至于这一回在弹雨中互相救助，虽殒身不恤的事实，则更足为中国女子的勇毅，虽遭阴谋秘计，压抑至数千年，而终于没有消亡的明证了。

华盖集续编/记念刘和珍君（1926·4·12）

●6-18-73-8

中国女性，并不如厌世家所说那样的无法可施，在不远的将来，便要看见辉煌的曙色的。

彷徨/伤逝（1926·8）

●6-18-73-9

我们还常常听到职业妇女的痛苦的呻吟，评论家的对于新式女子的讥笑。她们从闺阁走出，到了社会上，其实是又成为给大家开玩笑，发议论的新资料了。

这是因为她们虽然到了社会上，还是靠着别

人的“养”；要别人“养”，就得听人的唠叨，甚而至于侮辱。

南腔北调集/关于妇女解放（1933·10·21）

●6-18-73-10

在生理上和心理上，男女是有差别的；即在同性中，彼此也都不免有些差别，然而地位却应该同等。必须地位同等之后，才会有真的女人和男人，才会消失了叹息和苦痛。

南腔北调集/关于妇女解放（1933·10·21）

●6-18-73-11

在真的解放之前，是战斗。但我并非说，女人应该和男人一样的拿枪，或者只给自己的孩子吸一只奶，而使男子去负担那一半。我只以为应该不自苟安于目前暂时的位置，而不断的为解放思想，经济等等而战斗。解放了社会，也就解放了自己。但自然，单为了现存的惟妇女所独有的桎梏而斗争，也还是必要的。

南腔北调集/关于妇女解放（1933·10·21）

●6-18-73-12

一切女子，倘不得到和男子同等的经济权，我以为所有好名目，就都是空话。

南腔北调集/关于妇女解放（1933·10·21）

(74)“女人”

女子身旁，几乎布满了危险。

●6-18-74-1

大略看来，似乎“女士”说话的句子排列法，就与“男士”不同，所以写在纸上，一见可辨。

两地书/北京（1925·3·31）

●6-18-74-2

我所谓“女性”的文章，倒不专在“唉，呀，哟……”之多，就是在抒情文，则多用好看字样，多讲风景，多怀家庭，见秋花而心伤，对明月而泪下之类。一到辩论之文，尤易看出特别。即历举对手之语，从头至尾，一一驳去，虽然犀利，而不沉重，且罕有正对“论敌”的要害，仅以一击给与致命的重伤者。总之是只有小毒而无剧毒，好作长文而不善于短文。

两地书/北京（1925·4·8）

●6-18-74-3

武则天做皇帝，谁敢说“男尊女卑”？

华盖集/十四年的“读经”（1925·11·27）

●6-18-74-4

按：《寡妇主义》一文在一些方面系影射杨荫榆。

托独身者来造贤妻良母，简直是请盲人骑瞎马上道，更何论于能否适合现代的新潮流。自然，特殊的独身的女性，世上也并非没有，如那过去的有名的数学家 Sophie Kowalewsky＊，现在的思想家 Ellen Key＊等；但那是一则欲望转了向，一则思想已经透澈的。

〖释：Sophie Kowalewsky，通译索菲亚·柯瓦列夫斯卡娅（1850－1891），俄国著名女数学家。在偏微分方程和刚体旋转理论等方面有重要贡献。1888 年获法兰西科学院鲍廷奖，并成为彼得堡科学院第一位女性院士。她曾结婚。/Ellen Key：通译爱伦·凯（1849－1926），瑞典女教育家、女权运动者。〗

坟/寡妇主义（1925·12·20）

●6-18-74-5

因为不得已而过着独身生活者，则无论男女，精神上常不免发生变化，有着执拗猜疑阴险的性质者居多。欧洲中世的教士，日本维新前的御殿女中（女内侍），中国历代的宦官，那冷酷险狠，都超出常人许多倍。别的独身者也一样，生活既不合自然，心状也就大变，觉得世事都无味，人物都可憎，看见有些天真欢乐的人，便生恨恶。尤其是因为压抑性欲之故，所以于别人的性底事件就敏感，多疑；欣羡，因而妒嫉。其实这也是势所必至的事：为社会所逼迫，表面上固不能不装作纯洁，但内心却终于逃不掉本能之力的牵制，不自主地蠢动着缺憾之感的。

坟/寡妇主义（1925·12·20）

●6-18-74-6

我以为在古老的国度里，老于世故者和许多青年，在思想言行上，似乎有很远的距离，倘观以一律的眼光，结果即往往谬误。……因为人们因境遇而思想性格能有这样的不同，所以在寡妇或拟寡妇所办的学校里，正当的青年是不能生活的。青年应当天真烂漫，非如她们的阴沉，她们却以为中邪了；青年应当有朝气，敢作为，非如她们的萎缩，她们却以为不安本分了；都有罪。只有极和她们相宜，——说得冠冕一点罢，就是极其"婉顺"的，以她们为师法，使眼光呆滞，面肌固定，在学校所化成的阴森的家庭里屏息而行，这才能敷衍到毕业；拜领一张纸，以证明自己在这里被多年陶冶之余，已经失了青春的本来面目，成为精神上的"未字先寡"的人物，自此又要到社会上传布此道去了。

坟/寡妇主义（1925·12·20）

●6-18-74-7

虽然是中国，自然也有一些解放之机，虽然是中国妇女，自然也有一些自立的倾向；所可怕的是幸而自立之后，又转而凌虐还未自立的人，正如童养媳一做婆婆，也就像她的恶姑一样毒辣。

坟/寡妇主义（1925·12·20）

●6-18-74-8

我曾经也有过"杞天之虑"*，以为将来中国的学生出身的女性，恐怕要失去哺乳的能力，家家须雇乳娘。但只攻击束胸是无效的。第一，要改良社会思想，对于乳房较为大方；第二，要改良衣装，将上衣系进裙里去。旗袍和中国的短衣，都不适于乳的解放，因为其时即胸部以下掀起，不便，也不好看的。

〖释："杞天之虑"，系影射杨荫榆的不通文句。〗

而已集/忧"天乳"（1927·10·8）

●6-18-74-9

《顺天时报》*载北京辟才胡同女附中主任欧阳晓澜女士不许剪发之女生报考*，致此等人多有望洋兴叹之概云云。是的，情形总要到如此，她不能别的了。但天足的女生尚可投考，我以为还要光明。不过也太嫌"新"一点。

〖释：《顺天时报》，见5-14-57-6条释。/"不许剪发之女生报考"，1927年8月7日《顺天时报》有此报道，题为《女附中拒绝剪发女生入校》。〗

而已集/忧"天乳"（1927·10·8）

●6-18-74-10

现在的有力者，也有主张女子剪发的，可惜据地不坚。同是一处地方，甲来乙走，丙来甲走，甲要短，丙要长，长者剪，短者杀。这几年似乎是青年遭劫的时期，尤其是女性。报载有一处是鼓吹剪发的，后来别一军攻入了，遇到剪发女子，即慢慢拔去头发，还割去双乳……。

而已集/忧"天乳"（1927·10·8）

●6-18-74-11

已经有了"短发犯"了，此外还要增加"天乳犯"*，或者也许还有"天足犯"。呜呼，女性身上的花样也特别多，而人生亦从此多苦矣。

〖释："天乳犯"，1927年7月7日，国民党广东省政府通过代理民政厅长朱家骅关于禁止女子束胸的提案，"限三个月内，所有全省女子一律禁止束胸"，逾限仍有束胸，一经查确，即处以五十元以上之罚金，如犯者年在二十岁以下，则罚其家长"云，被一些报纸称为"天乳运动"。〗

而已集/忧"天乳"（1927·10·8）

●6-18-74-12

在医学上，"妇人科"虽然设有专科，但在文艺上，"女作家"分为一类却未免滥用了体质的差别，令人觉得有些特别的。

三闲集/书籍和财色（1930·2·1）

●6-18-74-13

女人的天性中有母性，有女儿性；无妻性。

妻性是逼成的，只是母性和女儿性的混合。

而已集/小杂感（1927·12·17）

●6-18-74-14

妓女的装束，是闺秀们的大成至圣先师＊，这在现在还是如此……

〖释：“大成至圣先师”，这里是“祖师爷”之意。历代帝王追赠孔子许多封号。元代大德十一年，朝廷追谥孔子为“大成至圣文宣王”。〗

南腔北调集/由中国女人的脚，推定中国人之非中庸，又由此推定孔夫子有胃病（1933·3·16）

●6-18-74-15

慨自辫子肃清以后，缠足本已一同解放的了，……然而我们中华民族是究竟有些“极端”的，不多久，老病复发，有些女士们已在别想花样，用一枝细黑柱子将脚跟支起，叫它离开地球。她到底非要她的脚变把戏不可。由过去以测将来，则四朝（假如仍旧有朝代的话）之后，全国女人的脚趾都和小腿成一直线，是可以有八九成把握的。

南腔北调集/由中国女人的脚，推定中国人之非中庸，又由此推定孔夫子有胃病（1933·3·16）

●6-18-74-16

林黛玉说：“不是东风压倒西风，就是西风压倒东风”『注：见《红楼梦》第八十二回』，这就是女界的“内战”也是永远不息的意思。虽说娘儿们打起仗来不用机关枪，然而动不动就抓破脸皮也就不得了。何况“东风”和“西风”之间，还有另一种女人，她们专门在挑拨，教唆，搬弄是非。总之，争吵和打架也是女治主义国家的国粹，而且还要剧烈些。所以假定娘儿们来统治了，天下固然仍旧不得太平。而且我们的耳根更是一刻儿不得安静了。

集外集拾遗补编/娘儿们也不行（1933·8·21）

●6-18-74-17

娘儿们都大半是第三种：东风吹来往西倒，西风吹来往东倒，弄得循环报复，没有个结帐的日子。同时，每一次打仗一因为她们倒得快，就总不会彻底，又因为她们大都特别认不清冤家，就永久只有纠缠，没有清账。

集外集拾遗补编/娘儿们也不行（1933·8·21）

●6-18-74-18

现在世界的糟，不在于统治者是男子，而在这男子在女人的地统治。以妾妇之道治天下，天下那得不糟！

集外集拾遗补编/娘儿们也不行（1933·8·21）

●6-18-74-19

明朝的魏忠贤『注：见5-13-52-2条释』是太监——半个女人，他治天下的时候，弄得民不聊生，到处“养生”了许多干儿孙，把人的血肉廉耻当馒头似的吞噬，而他的狐群狗党还拥戴他配享孔庙，继承道统。半个女人的统治尚且如此可怕，何况还是整个的女人呢！

集外集拾遗补编/娘儿们也不行（1933·8·21）

●6-18-74-20

我想，与其说“女人讲谎话要比男人来的多”，不如说“女人被人指为‘讲谎话要法男人来的多’的时候来得多”，但是，数目字的统计自然也没有。

花边文学/女人未必多说谎（1934·1·21）

●6-18-74-21

按：鲁迅在《阿金》中塑造了一个“讨厌”的女仆（“上海叫娘姨，外国人叫阿妈，她的主人也正是外国人”）。

阿金却以一个貌不出众，才不惊人的娘姨，不用一个月，就在我眼前搅乱了四分之一里，假使她是一个女王，或者是皇后，皇太后，那么，其影响也就可以推见了：足够闹出大大的乱子来。

且介亭杂文/阿金（1936·2·20）

第十九节　儿　童

生了孩子，还要想怎样教育，才能使这生下来的孩子，将来成一个完全的人。

（75）儿童

“爸爸”和前辈的话，固然也要听的，但也须说得有道理。

●6-19-75-1

救救孩子……

呐喊/狂人日记（1918·5）

●6-19-75-2

穷人的孩子蓬头垢面的在街上转，阔人的孩子妖形妖势娇声娇气的在家里转。转得大了，都昏天黑地的在社会上转，同他们的父亲一样，或者还不如。

热风/随感录·二十五（1918·9·15）

●6-19-75-3

看十来岁的孩子，便可以逆料二十年后中国的情形；看二十多岁的青年，——他们大抵有了孩子，尊为爹爹了，——便可以推测他儿子孙子，晓得五十年后七十年后中国的情形。

热风/随感录·二十五（1918·9·15）

●6-19-75-4

中国的孩子，只要生，不管他好不好，只要多，不管他才不才。生他的人，不负教他的责任。虽然“人口众多”这一句话，很可以闭了眼睛自负，然而这许多人口，便只在尘土中辗转，小的时候，不把他当人，大了之后，也做不了人。

热风/随感录·二十五（1918·9·15）

●6-19-75-5

中国娶妻早是福气，儿子多也是福气。所有小孩，只是他父母福气的材料，并非将来的“人”的萌芽，所以随便辗转，没人管他，因为无论如何，数目和材料的资格，总还存在。即使偶尔送进学堂，然而社会和家庭的习惯，尊长和伴侣的脾气，却多与教育反背，仍然使他与新时代不合。大了以后，幸而生存，也不过“仍旧贯如之何”，照例是制造孩子的家伙，不是“人”的父亲，他生了孩子，便仍然不是“人”的萌芽。

热风/随感录·二十五（1918·9·15）

●6-19-75-6

生了孩子，还要想怎样教育，才能使这生下来的孩子，将来成一个完全的人。

热风/随感录·二十五（1918·9·15）

●6-19-75-7

我们中国所多的是孩子之父；所以以后是只要“人”之父。

热风/随感录·二十五（1918·9·15）

●6-19-75-8

中国的“圣人之徒”*……以为父对于子，有绝对的权力和威严；若是老子说话，当然无所不可，儿子有话，却在未说之前早已错了。

〖释：“圣人之徒”，指当时竭力维护旧道德和旧文学的林琴南等人。林琴南1919年3月给北京大学校长蔡元培的信中，曾以“必覆孔孟，铲伦常为快”、“拾李卓吾之余唾”、“卓吾有禽兽行”等语，攻击新文化运动的参加者。按李卓吾（1527－1602），即李贽，明代具有进步倾向的思想家。他反对当时的道学派，主张男女婚姻自主，曾被人诬蔑有“挟妓女白昼同浴，勾引士人妻女”等“禽兽行”。〗

坟/我们现在怎样做父亲（1919·11）

●6-19-75-9

……只能先从觉醒的人开手，各自解放了自

己的孩子。自己背着因袭的重担，肩住了黑暗的闸门，放他们到宽阔光明的地方去；此后幸福的度日，合理的做人。

坟/我们现在怎样做父亲（1919·11）

●6-19-75-10

只要思想未遭锢蔽的人，谁也喜欢子女比自己更强，更健康，更聪明高尚，——更幸福；就是超越了自己，超越了过去。

坟/我们现在怎样做父亲（1919·11）

●6-19-75-11

往昔的欧人对于孩子的误解，是以为成人的预备；中国人的误解，是以为缩小的成人。

坟/我们现在怎样做父亲（1919·11）

●6-19-75-12

长辈的训诲于我是这样的有力，所以我很遵从读书人家的家教。屏息低头，毫不敢轻举妄动。两眼下视黄泉，看天就是傲慢，满脸装出死相，说笑就是放肆。我自然以为极应该的，但有时心里也发生一点反抗。心的反抗，那时还不算什么犯罪，似乎诛心之律，倒不及现在之严。

但这心的反抗，也还是大人们引坏的，因为他们自己就常常随便大说大笑，而单是禁止孩子。

华盖集/忽然想到〔五〕（1925·4·22）

●6-19-75-13

我的近邻有几个小学生，常常用几张小纸片，写些幼稚的宣传文，用他们弱小的腕，来贴在电杆或墙壁上。待到第二天，我每见多被撕掉了。虽然不知道撕的是谁，但未必是英国人或日本人罢。

华盖集/忽然想到〔十一〕（1925·6）

●6-19-75-14

孩子们在瞪眼中长大了，又向别的孩子们瞪眼，并且想：他们一生都过在愤怒中。

华盖集/杂感（1925·5·8）

●6-19-75-15

关于儿童观，我竟一无所知。在北京见嘱以来，亦曾随时留心，而竟无所得。类书中记得《太平御览》有《幼慧》＊一门，但不中用。中国似向未尝想到小儿也。

〖释：《幼慧》，即《幼智》，辑录有关“神童”的记述，见《太平御览·人事部》。〗

书信/致许寿裳（1929·3·23）

●6-19-75-16

中国虽说“惟女子与小人为难养也”，但一有事故，除三老通电＊，二老宣言＊，九四老人题字＊之外，总有许多“童子爱国”，“佳人从军”的美谈，使壮年男儿索然无色。我们的民族，好像往往是“小时了了，大未必佳”＊，到得年老，才又脱尽暮气，据讣文，死的就更了不得。

〖释：“三老通电”，马良、章炳麟、沈恩孚于1933年4月1日通电指斥当局对日的不抵抗政策。/“二老宣言”，马良、章炳麟1933年2月至4月间三次发表宣言或通电，驳斥日本的侵华言论，号召国人抗日。/“九四老人题字”，马良（1840－1939），字相伯，1933年时虚岁九十四岁，积极参加抗日救亡活动。/“小时了了，大未必佳”，语出《世说新语·言语》，是汉代陈韪戏谑孔融的话。“了了”，即聪明。〗

伪自由书/保留（1933·5·17）

●6-19-75-17

二十年来，国难不息，而被大众公认为卖国者，一向全是三十以上的人，虽然他们后来依然逍遥自在。至于少年和儿童，则拚命的使尽他们稚弱的心力和体力，携着竹筒和扑满〖注：储钱的器具〗，奔走于风沙泥泞中，想于中国有些微的裨益者，真不知有若干次数了。虽然因为他们无先见之明，这些用汗血求来的金钱，大抵反以供虎狼的一舐，然而爱国之心是真诚的，卖国的事是向来没有的。

……

从我们的儿童和少年的头颅上，洗去喷来的

狗血罢！

伪自由书/保留（1933·7·19）

●6-19-75-18

顽劣，钝滞，都足以使人没落，灭亡。童年的情形，便是将来的命运。

南腔北调集/上海的儿童（1933·9·15）

●6-19-75-19

先前的人，只知道“为儿孙作马牛”，固然是错误的，但只顾现在，不想将来，“任儿孙作马牛”，却不能不说是一个更大的错误。

南腔北调集/上海的儿童（1933·9·15）

●6-19-75-20

中国中流的家庭，教孩子大抵只有两种法。其一，是任其跋扈，一点也不管，骂人固可，打人亦无不可，在门内或门前是暴主，是霸王，但到外面，便如失了网的蜘蛛一般，立刻毫无能力。其二，是终日给以冷遇或呵斥，甚而至于打扑，使他畏葸退缩，仿佛一个奴才，一个傀儡，然而父母却美其名曰“听话”，自以为是教育的成功，待到放他到外面来，则如暂出樊笼的小禽，他决不会飞鸣，也不会跳跃。

南腔北调集/上海的儿童（1933·9·15）

●6-19-75-21

孩子长大，不但失掉天真，还变得呆头呆脑，是我们时时看见的。

准风月谈/新秋杂识（1933·9·2）

●6-19-75-22

“儿女成行”只能证明他两口子的善于生，还会养，却并无妄谈儿童的权利。要谈，只不过不识羞。

花边文学/漫骂（1934·1·22）

●6-19-75-23

说儿童为了一点食物就会打起来，是冤枉儿童的，其实是漫骂。儿童的行为，出于天性，也因环境而改变，所以孔融会让梨＊。打起来的，是家庭的影响，便是成人，不也有争家私，夺遗产的吗？孩子学了样了。

〖释：“孔融让梨”，《世说新语》南朝梁刘峻注引《融别传》：“融四岁与兄食梨，辄引小者，人问其故，答曰：‘小儿法当取小者。’”〗

花边文学/漫骂（1934·1·22）

●6-19-75-24

公园里面，外国孩子聚沙成为圆堆，横插上两条短树干，这明明是在创造铁甲炮车了，而中国孩子是青白的，瘦瘦的脸，躲在大人的背后，羞怯的，惊异的看着，身上穿着一件斯文之极的长衫。

花边文学/玩具（1934·6·14）

●6-19-75-25

按：1933年，当时的上海市政府将1934年定为“儿童年”；1935年3月，当局将从1935年8月1日开始的一年定为“儿童年”。

不料又来了一个崭新的“儿童年”，爱国之士，因此又想起了“小朋友”，或者用笔，或者用舌，不怕劳苦的来给他们教训。一个说要用功，古时候曾有“囊萤照读”“凿壁偷光”＊的志士；一个说要爱国，古时候曾有十几岁突围请援，十四岁上阵杀敌的奇童。这些故事，作为闲谈来听听是不算很坏的，但万一有谁相信了，照办了，那就会成为乳臭未干的吉诃德。你想，每天要捉一袋照得见四号铅字的萤火虫，那岂是一件容易事？但这还只是不容易罢了，倘去凿壁，事情就更糟，无论在那里，至少是挨一顿骂之后，立刻由爸爸妈妈赔礼，雇人去修好。

〖释：“囊萤照读”，出《晋书·车胤传》。“凿壁偷光”，见《西京杂记》关于匡衡的记载。〗

且介亭杂文/难行和不信（1934·7·20）

●6-19-75-26

请援，杀敌，更加是大事情，在外国，都是三四十岁的人们所做的。他们那里的儿童，着重的是吃，玩，认字，听些极普通，极紧要的常识。

中国的儿童给大家特别看得起，那当然也很好，然而出来的题目就因此常常是难题，仍如飞剑一样，非上武当山＊寻师学道之后，决计没法办。到了二十世纪，古人空想中的潜水艇，飞行机，是实地上成功了，但《龙文鞭影》或《幼学琼林》＊里的模范故事，却还有些难学。我想，便是说教的人，恐怕自己也未必相信罢。

〖**释：武当山，在湖北均县北，多道观。据记载，学道者“相继不绝”。/《龙文鞭影》、《幼学琼林》，均为旧时学塾初级读物。**〗

且介亭杂文/难行和不信（1934·7·20）

●6-19-75-27

中国和日本的小孩子，穿的如果都是洋服，普通实在是很难分辨的。但我们这里的有些人，却有一种错误的速断法：温文尔雅，不大言笑，不大动弹的，是中国孩子；健壮活泼，不怕生人，大叫大跳的，是日本孩子。

且介亭杂文/从孩子的照相说起（1934·8·20）

●6-19-75-28

两国的照相师先就不相同，站定之后，他就瞪了眼睛，觑机摄取他以为最好的一刹那的相貌。……照住了驯良和拘谨的一刹那的，是中国孩子相；照住了活泼或顽皮相的，就好像日本孩子相。

且介亭杂文/从孩子的照相说起（1934·8·20）

●6-19-75-29

“爸爸”和前辈的话，固然也要听的，但也须说得有道理。

且介亭杂文/从孩子的照相说起（1934·8·20）

●6-19-75-30

假使有一个孩子，自以为事事都不如人，鞠躬倒退；或者满脸笑容，实际上却总是阴谋暗箭，我实在宁可听到当面骂我“什么东西”的爽快，而且希望他自己是一个东西。

且介亭杂文/从孩子的照相说起（1934·8·20）

●6-19-75-31

我以为就是圣贤豪杰，也不必自惭他的童年；自惭，倒是一个错误。

且介亭杂文二集/《中国新文学大系》小说二集序（1935·3·2）

●6-19-75-32

按：鲁迅当时看到《申报·儿童增刊》上的一篇文章，竟主张中国人杀外国人应加倍治罪，在愤慨中写了此文，寄给《中流》半月刊，发表在该刊1936年第四期。

九月二十七日，偶然看《申报》，遇到了《儿童专刊》……发见了不忍删节的应时的名文：

小学生们应有的认识　梦苏

……倘若以个人的私忿，而杀害外侨，这比较杀害自国人民，罪加一等。……

这“大国民的风度”非常之好……是极有益于敦睦邦交的。不过我们站在中国人的立场上，却还“希望”我们对于自己，也有这“大国民的风度”，不要把自国的人民的生命价值，估计得只值外侨的一半，以至于“罪加一等”。主杀奴无罪，奴杀主重办的刑律，自从民国以来（呜呼，二十五年了！）不是早经废止了么？

真的要“救救孩子”。这“于我们民族前途的关系是极大的”！

而这也是关于我们的子孙。大朋友，我们既然生着人头，努力来讲人话罢！

且介亭杂文末编/“立此存照”〔七〕（1936·10·20）

---

(76) 儿童教育

先从觉醒的人开手，各自解放了自己的孩子。

●6-19-76-1

开宗第一，便是理解。往昔的欧人对于孩子的误解，是以为成人的豫备；中国人的误解，是以为缩小的成人。直到近来，经过许多学者的研究，才知道孩子的世界，与成人截然不同；倘不先行理解，一味蛮做，便大碍于孩子的发达。所以一切设施，都应该以孩子为本位……

坟/我们现在怎样做父亲（1919·11）

●6-19-76-2

游戏是儿童最正当的行为，玩具是儿童的天使。

野草/风筝（1925·2·2）

●6-19-76-3

自从所谓“文学革命”以来，供给孩子的书籍，和欧、美、日本的一比较，虽然很可怜，但总算有图有说，只要能读下去，就可以懂得的了。可是一班别有心肠的人们，便竭力来阻遏它，要使孩子的世界中，没有一丝乐趣。

朝花夕拾/《二十四孝图》（1926·5·25）

●6-19-76-4

每看见小学生欢天喜地地看着一本粗拙的《儿童世界》之类，另想到别国的儿童用书的精美，自然要觉得中国儿童的可怜。但回忆起我和我的同窗小友的童年，却不能不以为他幸福，给我们的永逝的韶光一个悲哀的吊唁。我们那时有什么可看的呢，只要略有图画的本子，就要被塾师，就是当时的“引导青年的前辈”禁止，呵斥，甚而至于打手心。

朝花夕拾/《二十四孝图》（1926·5·25）

●6-19-76-5

我们只要看外国为儿童而作的书籍，玩具，常常以指教武器为大宗，就知道这正是制造打仗机器的设备，制造是必须从天真烂漫的孩子们入手的。

准风月谈/新秋杂识（1933·9·2）

●6-19-76-6

孩子是可以敬服的，他常常想到星月以上的境界，想到地面下的情形，想到花卉的用处，想到昆虫的言语；他想飞上天空，他想潜入蚁穴……所以给儿童看的图书就必须十分慎重，做起来也十分烦难。

且介亭杂文/《看图识字》（1934·7·1）

●6-19-76-7

我们是忘却了自己曾为孩子时候的情形了，将他们看作一个蠢才，什么都不放在眼里。即使因为时势所趋，只得施一点所谓教育，也以为只要付给蠢才去教就足够。于是他们长大起来，就真的成了蠢才，和我们一样了。

且介亭杂文/《看图识字》（1934·7·1）

●6-19-76-8

驯良之类并不是恶德。但发展开去，对一切事无不驯良，却决不是美德，也许简直倒是没出息。

且介亭杂文/从孩子的照相说起（1934·8·20）

●6-19-76-9

少年读物……内容和文章，都没有生气，受了这样的教育，少年的前途可想。

书信/致杨晋豪（1936·3·11）

第七章 文化与文学艺术

第二十节 文 化

中国的文化，我可是实在不知道在那里。

(77) 文化

中国的文化，都是侍奉主子的文化

●7-20-77-1

我们国民的学问，大多数却实在靠着小说，甚至于还靠着从小说编出来的戏文。

华盖集续编/马上支日记（1926·8·2）

●7-20-77-2

中国的文化，我可是实在不知道在那里。所谓文化之类，和现在的民众有甚么关系，甚么益处呢？近来外国人也时常说，中国人礼仪好，中国人肴馔好。中国人也附和着。但这些事和民众有甚么关系？车夫先就没有钱来做礼服，南北的大多数的农民最好的食物是杂粮。有什么关系？

集外集拾遗/老调子已经唱完（1927·2·19）

●7-20-77-3

中国的文化，都是侍奉主子的文化，是用很多的人的痛苦换来的。无论中国人，外国人，凡是称赞中国文化的，都只是以主子自居的一部份。

以前，外国人所作的书籍，多是嘲骂中国的腐败；到了现在，不大嘲骂了，或者反而称赞中国的文化了。常听到他们说："我在中国住得很舒服呵！"这就是中国人已经渐渐把自己的幸福送给外国人享受的证据。所以他们愈赞美，我们中国将来的苦痛要愈深的！

这就是说：保存旧文化，是要中国人永远做侍奉主子的材料，苦下去，苦下去。

集外集拾遗/老调子已经唱完（1927·2·19）

●7-20-77-4

偌大的中国，即使一月出几本关于宗教学的书，那里算多呢。但这些理论，此刻不适用。所以我以为，先生所研究的宗教学，恐怕暂时要变成聊以自娱的东西。无论"打倒宗教"或"扶起宗教"时，都没有别人会研究。

书信/致江绍原（1927·11·20）

●7-20-77-5

中国的文化，便是怎样的爱国者，恐怕也大概不能不承认是有些落后。新的事物，都是从外面侵入的。新的势力来到了，大多数的人们还是莫名其妙。

三闲集/现今的新文学的概观（1929·4·25）

●7-20-77-6

新的阶级及其文化，并非突然从天而降，大抵是发达于对于旧支配者及其文化的反抗中，亦即发达于和旧者的对立中，所以新文化仍然有所承传，于旧文化也仍然有所择取。

集外集拾遗/《浮士德与城》后记（1930·9）

●7-20-77-7

新的文化既幼稚，又受压迫，难以发达；旧

的又只受着官私两方的漠视，摧残，近来我觉得文艺界会变成白地，由个人留一点东西给好事者及后人，可喜亦可哀也。

书信/致郑振铎（1933·11·11）

●7-20-77-8

我们要保存清故宫，不过不将它当作皇宫，却是作为历史上的古迹看。

书信/致黎烈文（1933·12·24）

●7-20-77-9

艺术的前进，还要别的文化工作的协助，某一文化部门，要某一专家唱独脚戏来提得特别高，是不妨空谈，却难做到的事……

且介亭杂文/论“旧形式的采用”（1934·5·4）

●7-20-77-10

文化的改革如长江大河的流行，无法遏止，假使能够遏止，那就成为死水，纵不干涸，也必腐败的。

且介亭杂文二集/从“别字”说开去（1935·4·20）

●7-20-77-11

自然，人类最好是彼此不隔膜，相关心。然而最平正的道路，却只有用文艺来沟通，可惜走这条道路的人又少得很。

且介亭杂文末编/《呐喊》捷克译本序言（1936·10·20）

---

(78) 语言/文字与文字改革

一句话：将文字交给一切人。

●7-20-78-1

依我看来，人类将来总当有一种共同的言语……至于将来通用的是否Esperanto*，却无从断定。

〖释：Esperanto，即世界语，波兰医生柴门霍夫于1887年创造。〗

集外集/渡河与引路（1918·11·15）

●7-20-78-2

要清清楚楚的讲国学，也仍然须嵌外国字，须用新式的标点的。

热风/不懂的音译（1922·11·6）

●7-20-78-3

中国的化学家多能兼做新仓颉*。我想，倘若就用原文，省下造字的工夫来，一定于本职的化学上更其大有成绩，因为中国人的聪明是决不在白种人之下的。

〖释：仓颉，又作苍颉，相传是黄帝的史官，汉字的最初创造者。〗

华盖集/咬文嚼字〔一〕（1925·2·10）

●7-20-78-4

中国有几个字，不但在白话文中，就是在文言文中也几乎不用。其一是这误印为“钉”的“钊”字*，还有一个是“淦”字，大概只在人名里还有留遗。我手头没有《说文解字》，钊字的解释完全不记得了，淦则仿佛是船底漏水的意思。我们现在要叙述船漏水，无论用怎样古奥的文章，大概总不至于说“淦矣”了罢，所以除了印张国淦，孙嘉淦或新淦县的新闻之外，这一粒铅字简直就废物。

〖释：“误印为‘钉’的‘钊’字”，1925年5月12日《京报》载，某报曾将“章士钊”误印为“章士钉”。〗

华盖集/忽然想到〔七〕（1925·5·18）

●7-20-78-5

我们的古人又造出了一种难到可怕的一块一块的文字；但我还并不十分怨恨，因为我觉得他们倒并不是故意的。

集外集/俄文译本《阿Q正传》序及著者自叙传略（1925·6·15）

●7-20-78-6

便是文章，也未必独有万古不磨的典则。

华盖集续编/古书与白话（1926·2·2）

●7-20-78-7

当开首改革文章的时候，有几个不三不四的作者，是当然的，只能这样，也需要这样。他的任务，是在有些警觉之后，喊出一种新声；又因为从旧垒中来，情形看得较为分明，反戈一击，易制强敌的死命。但仍应该和光阴偕逝，逐渐消亡，至多不过是桥梁中的一木一石，并非什么前途的目标，范本。

坟/写在《坟》后面（1926・11）

●7-20-78-8

以文字论，就不必更在旧书里讨生活，却将活人的唇舌作为源泉，使文章更加接近语言，更加有生气。

坟/写在《坟》后面（1926・11）

●7-20-78-9

发表自己的思想，……拿文章来达意，现在一般的中国人还做不到。这也怪不得我们；因为那文字，先就是我们的祖先留传给我们的可怕的遗产。人们费了多年的工夫，还是难于运用。

三闲集/无声的中国（1927・2・18）

●7-20-78-10

文明人和野蛮人的分别，其一，是文明人有文字，能够把他们的思想，感情，藉此传给大众，传给将来。

三闲集/无声的中国（1927・2・18）

●7-20-78-11

欧洲人虽出身穷苦，而也做文章；这因为他们的文字容易写，中国的文字却不容易写了。

集外集拾遗补编/关于知识阶级（1927・11）

●7-20-78-12

中国的象形——现在是早已变得连形也不像了——的方块字，使农工虽是读书十年，也还不能任意写出自己的意见。

二心集/黑暗中国的文艺界的现状（1931・3）

●7-20-78-13

我是反对用太限于一处的方言的，……只在一处活着的口语，倘不是万不得已，也应该回避的。

二心集/关于翻译的通信（1932・6）

●7-20-78-14

“……”是洋货，五四运动之后这才输入的。先前林琴南先生译小说时，夹注着“此语未完”的，便是这东西的翻译。在洋书上，普通用六点，吝啬的却只用三点。然而中国是“地大物博”的，同化之际，就渐渐的长起来，九点，十二点，以至几十点；有一种大作家，则简直至少点上三四行，以见其中的奥义，无穷无尽，实在不可以言语形容。读者也大抵这样想，有敢说觉不出其中奥义的罢，那便是低能儿。

然而归根结蒂，也好像终于是安徒生童话里的“皇帝的新衣”，其实是一无所有；不过须是孩子，才会照实的大声说出来。孩子不会看文学家的“创作”，于是在中国就没有人来道破。

花边文学/“……”“□□□□”论补（1934・5・26）

●7-20-78-15

“一劳永逸”的话，有是有的，而“一劳永逸”的事却极少，就文字而论，中国的这方块字便决非“一劳永逸”的符号。

花边文学/再论重译（1934・7・7）

●7-20-78-16

按：鲁迅此信谈了对于大众语的意见。

一、有划分新阶段，提倡起来的必要的。对于白话和国语，先不要一味“继承”，只是择取。

二、秀才想造反，一中举人，便打官话了。

三、最要紧的是大众至少能够看。倘不然，即使造出一种“大众语文”来，也还是特殊阶级的独占工具。

四、先建设多元的大众语文，然后看着情形，再谋集中，或竟不集中。

……

书信/致曹聚仁（1934・7・29）

●7-20-78-17

我看这事情复杂，艰难得很。一面要研究，推行罗马字拼音；一面要教育大众，先使他们能够看；一面是这班提倡者来写作一下。逐渐使大众自能写作，这大众语才真的成了大众语。

书信/致曹聚仁（1934・7・29）

●7-20-78-18

现在真是哗啦哗啦。有些论者，简直是狗才，借大众语以打击白话的，因为他们知道大众语的起来还不在目前，所以要趁机会先将为害显然的白话打倒。至于建立大众语，他们是不来的……照现在的情形看来，倘不小心，便要弄到大众语无结果，白话文遭毒打，那么，剩下来的是什么呢?

书信/致曹聚仁（1934・7・29）

●7-20-78-19

汉字和大众，是势不两立的。

且介亭杂文/答曹聚仁先生信（1934・8）

●7-20-78-20

要推行大众语文，必须用罗马字拼音……普及拉丁化，要在大众自掌教育的时候。

且介亭杂文/答曹聚仁先生信（1934・8）

●7-20-78-21

关于大众语问题，我因为素无研究，对个人不妨发表私见，公开则有一点踌躇，因为不豫备公开的，所以信笔乱写，没有顾到各方面，容易引出岔子。我这人又是容易引出岔子的人，后来有一些人会由此改骂鲁迅而忘记了大众语。

书信/致曹聚仁（1934・8・12）

●7-20-78-22

现在我们能在实物上看见的最古的文字，只有商朝的甲骨和钟鼎文。但这些，都已经很进步了，几乎找不出一个原始形态。只在铜器上，有时还可以看见一点写实的图形，如鹿，如象，而从这图形上，又能发见和文字相关的线索：中国文字的基础是“象形”。

且介亭杂文/门外文谈（1934・8・24）

●7-20-78-23

直到现在，中国还在生出新字来。但是，硬做新仓颉，却要失败的，吴的朱育，唐的武则天，都曾经造过古怪的字＊，也都白费力。

〖释：“吴的朱育，唐的武则天……”，朱育，据《三国志・吴书・虞翻传》的注引：“山阴朱育，少好奇字，凡所特达，依体象类，造作异字千名以上。”又据《新唐书・后妃列传》和《资治通鉴・唐纪二十》：武则天曾造十二字，其中包括她自取名的“曌”字；在她的授意下，凤阁侍郎宗秦客也“改造‘天’、‘地’等十二字以献，丁亥，行之。太后自名‘曌’”。〗

且介亭杂文/门外文谈（1934・8・24）

●7-20-78-24

我的臆测，是以为中国的言文，一向就并不一致的，大原因便是字难写，只好节省些。当时的口语的摘要，是古人的文；古代的口语的摘要，是后人的古文。所以我们的做古文，是在用了已经并不象形的象形字，未必一定谐声的谐声字，在纸上描出今人谁也不说，懂的也不多的，古人的口语的摘要来。

且介亭杂文/门外文谈（1934・8・24）

●7-20-78-25

一句话：将文字交给一切人。

且介亭杂文/门外文谈（1934・8・24）

●7-20-78-26

劳乃宣和王照他两位都有简字＊，进步得很，可以照音写字了。民国初年，教育部要制字母，他们两位都是会员，劳先生派了一位代表，王先生是亲到的，为了入声存废问题，曾和吴稚晖先生大战，战得吴先生肚子一凹，棉裤也落了下来。但结果总算几经斟酌，制成了一种东西，叫作

"注音字母"。那时很有些人，以为可以替代汉字了，但实际上还是不行，因为它究竟不过简单的方块字，恰如日本的"假名"一样，夹上几个，或者注在汉字的旁边还可以，要它拜帅，能力就不够了。写起来会混杂，看起来要眼花。那时候的会员们称它为注音字母，是深知道它的能力范围的。

〖释："劳乃宣和王照……"：劳乃宣（1843－1921），清末任京师大学堂总监督兼署学部副大臣，其《简字全谱》系以王照的《官话字母》为依据，成于1907年；王照（1859－1933），清末参加维新运动，其《官话合声字母》于1900年刊行。1913年2月，北洋政府教育部召开读音统一会，吴稚晖和王照分任正副议长；因为浊音字母和入声存废问题，南北两方会方会员争论了一个多月。后来该会除审定六千五百余字的读音以外，正式通过审定字音所用的"注音字母"；1930年，改称"注音符号"。〗

且介亭杂文/门外文谈（1934·8·24）

●7-20-78-27

再好一点的是用罗马字拼法，研究得最精的是赵元任＊先生罢，我不大明白。用世界通用的罗马字拼起来——现在是连土耳其也采用了——一词一串，非常清晰。但……那拼法还太难。要精密，当然不得不繁，但繁得很，就又变了"难"，有些妨碍普及了。最好是另有一种简而不陋的东西。

〖释：赵元任（1893－1982），江苏武进人，语言学家。历任清华大学中文系教授、中央研究院语言研究所专任研究员等。〗

且介亭杂文/门外文谈（1934·8·24）

●7-20-78-28

方言土语里，很有些意味深长的话，我们那里叫"炼话"，用起来是很有意思的，恰如文言的用古典，听者也觉得趣味津津。

且介亭杂文/门外文谈（1934·8·24）

●7-20-78-29

各就各处的方言，将语法和词汇，更加提炼，使他发达上去的，就是专化。这于文学，是很有益处的，它可以做得比仅用泛泛的话头的文章更加有意思。……年深月久之后，语文更加一致，和"炼话"一样好，比"古典"还要活的东西，也渐渐的形成，文学创作就更加精采了。

且介亭杂文/门外文谈（1934·8·24）

●7-20-78-30

我也赞成必不得已的时候，大众语文可以采用文言，白话，甚至于外国话，而且在事实上，现在也已经在采用。

花边文学/"大雪纷飞"（1934·8·24）

●7-20-78-31

白话并非文言的直译，大众语也并非文言或白话的直译。

花边文学/"大雪纷飞"（1934·8·24）

●7-20-78-32

一个人从学校跳到社会的上层，思想和言语，都一步一步的和大众离开，那当然是"势所不免"的事。不过他倘不是从小就是公子哥儿，曾经多少和"下等人"有些相关，那么，回心一想，一定可以记得他们有许多赛过文言文或白话文的好话。如果自造一点丑恶，来证明他的敌对的不行，那只是他从隐蔽之处挖出来的自己的丑恶，不能使大众羞，只能使大众笑。大众虽然智识没有读书人的高，但他们对于胡说的人们，却有一个谥法：绣花枕头。这意义，也许只有乡下人能懂的了，因为穷人塞在枕头里面的，不是鸭绒：是稻草。

花边文学/"大雪纷飞"（1934·8·24）

●7-20-78-33

倘要中国的文化一同向上，就必须提倡大众语，大众文，而且书法更必须拉丁化。

且介亭杂文/门外文谈（1934·8·24）

●7-20-78-34

大众语文刚一提出，就有些猛将趁势出现了，来路是并不一样的，可是都向白话，翻译，欧化语法，新字眼进攻。他们都打着“大众”的旗，说这些东西，都为大众所不懂，所以要不得。其中有的是原是文言余孽，借此先来打击当面的白话和翻译的，就是祖传的“远交近攻”的老法术；有的是本是懒惰分子，未尝用功，要大众语未成，白话先倒，让他在这空场上夸海口的，其实也还是文言文的好朋友……

且介亭杂文/门外文谈（1934·8·24）

●7-20-78-35

读书人常常看轻别人，以为较新，较难的字句，自己能懂，大众却不能懂，所以为大众计，是必须彻底扫荡的；说话作文，越俗，就越好。这意见发展开来，他就要不自觉的成为新国粹派。或则希图大众语文在大众中推行得快，主张什么要配大众的胃口，甚至于说要“迎合大众”，故意多骂几句，以博大众的欢心。这当然自有他的苦心孤诣，但这样下去，可要成为大众的新帮闲的。

……新国粹派的主张，虽然好像为大众设想，实际上倒尽了拖住的任务。

且介亭杂文/门外文谈（1934·8·24）

●7-20-78-36

也不能听大众的自然，因为有些见识，他们究竟还在觉悟的读书人之下，如果不给他们随时拣选，也许会误拿了无益的，甚而至于有害的东西。所以，“迎合大众”的新帮闲，是绝对的要不得的。

且介亭杂文/门外文谈（1934·8·24）

●7-20-78-37

为了这方块的带病的遗产，我们的最大多数人，已经几千年做了文盲来殉难了，中国也弄到这模样，到别国已在人工造雨的时候，我们却还是拜蛇，迎神。如果大家还要活下去，我想：是只好请汉字来做我们的牺牲了。

花边文学/汉字和拉丁化（1934·8·25）

●7-20-78-38

现在只还有“书法拉丁化”的一条路。这和大众语文是分不开的。也还是从读书人首先试验起，先绍介过字母，拼法，然后写文章。开手是，像日本文那样，只留一点名词之类的汉字，而助词，感叹词，后来连形容词，动词也都用拉丁拼音写，那么，不但顺眼，对于了解也容易得远了。至于改作横行，那是当然的事。

花边文学/汉字和拉丁化（1934·8·25）

●7-20-78-39

不错，汉字是古代传下来的宝贝，但我们的祖先，比汉字还要古，所以我们更是古代传下来宝贝。为汉字而牺牲我们，还是为我们而牺牲汉字呢？这是只要还没有丧心病狂的人，都能够马上回答的。

花边文学/汉字和拉丁化（1934·8·25）

●7-20-78-40

古人说：“仓颉，黄帝史。”＊第一句未可信，但指出了史和文字的关系，却是很有意思的。

〖释：“仓颉，黄帝史”，见《汉书·古今人表》。“史”，即史官。〗

且介亭杂文/门外文谈（1934·8－9）

●7-20-78-41

仓颉也不止一个，有的在刀柄上刻一点图，有的在门户上画一些画，心心相印，口口相传，文字就多起来，史官一采集，便可以敷衍记事了。中国文字的由来，恐怕也逃不出这例子的。

且介亭杂文/门外文谈（1934·8－9）

●7-20-78-42

我们中国的文字，对于大众，除了身分，经济这些限制之外，却还要加上一条高门槛：难。单是这条门槛，倘不费他十来年工夫，就不容易跨过。跨过了的，就是士大夫，而这些士大夫，又竭力的要使文字更加难起来，因为这可以使他特别的尊严，超出别的一切平常的士大夫之上。汉朝的杨雄＊的喜欢奇字，就有这毛病……唐朝呢，樊宗师＊的文章做到别人点不断，李贺的诗＊做到别人看不懂，也都为了这缘故。

〖释：杨雄（前53－18），一作扬雄，西汉文学家、语言文字学家。据《汉书·扬雄传》载，他好“奇字”。/樊宗师（？－约821），唐代散文家。他的文章艰涩，难以断句。/“李贺的诗”，立意新巧，用语奇特，不易理解，“当时无能效者”。〗

且介亭杂文/门外文谈（1934·8－9）

●7-20-78-43

仓颉的画像，是生着四只眼睛的老头陀。可见要造文字，相貌先得出奇，我们这种只有两只眼睛的人，是不但本领不够，连相貌也不配的。

且介亭杂文/门外文谈（1934·8－9）

●7-20-78-44

文字在人民间萌芽，后来却一定为特权者所收揽。据《易经》的作者所推测，“上古结绳而治”，则连结绳就已是治人者的东西。待到落在巫史的手里的时候，更不必说了，他们都是酋长之下，万民之上的人。

且介亭杂文/门外文谈（1934·8－9）

●7-20-78-45

因为文字是特权者的东西，所以它就有了尊严性，并且有了神秘性。中国的字，到现在还很尊严，我们在墙壁上，就常常看见挂着写上“敬惜字纸”的篓子；至于符的驱邪治病，那就靠了它的神秘性的。

且介亭杂文/门外文谈（1934·8－9）

●7-20-78-46

文字既然含着尊严性，那么，知道文字，这人也就连带的尊严起来了。新的尊严者日出不穷，对于旧的尊严者就不利，而且知道文字的人们一多，也会损伤神秘性的。符的威力，就因为这好像是字的东西，除道士以外，谁也不认识的缘故。所以，对于文字，他们一定要把持。

且介亭杂文/门外文谈（1934·8－9）

●7-20-78-47

中国现在的所谓中国字和中国文，已经不是中国大家的东西了。

且介亭杂文/中国语文的新生（1934·10·13）

●7-20-78-48

我们中国，识字的却大概只占全人口的十分之二，能作文的当然还要少。……应该以最大多数为根据，说中国现在等于并没有文字。

这样的一个连文字也没有的国度，是在一天一天的坏下去了。

且介亭杂文/中国语文的新生（1934·10·13）

●7-20-78-49

我也同意于一切冷笑家所冷嘲的大众语的前途的艰难；但以为即使艰难，也还要做；愈艰难，就愈要做。改革，是向来没有一帆风顺的，冷笑家的赞成，是在见了成效之后，如果不信，可看提倡白话文的当时。

且介亭杂文/中国语文的新生（1934·10·13）

●7-20-78-50

倘要生存，首先就必须除去阻碍传布智力的结核：非语文和方块字。如果不想大家来给旧文字做牺牲，就得牺牲掉旧文字。

且介亭杂文/中国语文的新生（1934·10·13）

●7-20-78-51

按：本篇曾被译为拉丁化新文字，发表在《拥护新文字六日报》，期数未详。

汉字也是中国劳苦大众身上的一个结核，病菌都潜伏在里面，倘不首先除去它，结果只有自己死。

且介亭杂文/关于新文字（1934·12·9）

●7-20-78-52

我是排斥汉文和贩卖日货的专家，关于这一点，怎样也是跟你的意见不同的。最近我们提倡废止汉字，颇受到各方的责备。

书信/致〈日〉山本初枝〔译文〕(1934·12·13)

●7-20-78-53

方块汉字真是愚民政策的利器，不但劳苦大众没有学习和学会的可能，就是有钱有势的特权阶级，费时一二十年，终于学不会的也多得很。

且介亭杂文/关于新文字（1934·12·9）

●7-20-78-54

我还没有明目张胆的提倡过写别字，假如我在做国文教员，学生写了错字，我是要给他改正的，但一面也知道这不过是治标之法。

且介亭杂文二集/从“别字”说开去（1935·4·20）

●7-20-78-55

古人写了别字，今人也写别字，可见要写别字的病根，是在方块字本身的，别字病将与方块字本身并存，除了改革这方块字之外，实在并没有救济的十全好方法。

且介亭杂文二集/从“别字”说开去（1935·4·20）

●7-20-78-56

我以为方块字本身就是一个死症，吃点人参，或者想一点什么方法，固然也许可以拖延一下，然而到底是无可挽救的……

且介亭杂文二集/从“别字”说开去（1935·4·20）

●7-20-78-57

维持现状说是任何时候都有的，赞成者也不会少，然而在任何时候都没有效，因为在实际上决定做不到。假使古时候用此法，就没有今之现状，今用此法，也就没有将来的现状，直至辽远的将来，一切都和太古无异。以文字论，则未有文字之时，就不会象形以造“文”，更不会孳乳而成“字”*，篆决不解散而为隶，隶更不简单化为现在之所谓“真书”。

〖释：“象形以造‘文’……孳乳而成‘字’”，据《说文解字·序目》，“仓颉之初作书，盖依类象形，故谓之文，其后形声相益，即谓之字；字者，言孳乳而浸多也。”。〗

且介亭杂文二集/从“别字”说开去（1935·4·20）

●7-20-78-58

旧语的复活，方言的普遍化，那自然也是必要的，但一须选择，二须有字典以确定所含的意义……

且介亭杂文二集/人生识字胡涂始（1935·5）

●7-20-78-59

有人说中国是“文字国”，有些像，却还不充足，中国倒该说是最不看重文字的“文字游戏国”，一切总爱玩些实际以上花样，把字和词的界说，闹得一团糟……

且介亭杂文二集/逃名（1935·9·5）

●7-20-78-60

先前也曾有过学者『注：指王照、劳乃宣等人』，想出拼音字来，要大家容易学，也就是更容易教训，并且延长他们服役的生命，但那些字都还很繁琐，因为学者总忘不了官话，四声，以及这是学者创造出来的字，必需有学者的气息。

且介亭杂文/关于新文字（1935·12·9）

●7-20-78-61

这回的新文字却简易得远了，又是根据于实生活的，容易学，有用，可以用这对大家说话，听大家的话，明白道理，学得技艺，这才是劳苦大众知己的东西，首先的唯一的活路。

且介亭杂文/关于新文字（1935·12·9）

●7-20-78-62

正在中国试验的新文字，给南方人读起来，是不能全懂的。现在的中国，本来还不是一种语言所能统一，所以必须另照各地方的言语来拼，待将来再图沟通。反对拉丁化文字的人，往往将这当一个大缺点，以为反而使中国的文字不统一了，但他却抹杀了方块字本为大多数中国人所不识，有些知识阶级也并不真识的事实。

且介亭杂文/关于新文字（1935・12・9）

●7-20-78-63

凡文字，倘若容易学，容易写，常常是未必精密的。烦难的文字，固然不见得一定就精密，但要精密，却总不免比较的烦难。

且介亭杂文二集/论新文字（1936・1・11）

●7-20-78-64

拉丁化却没有这空谈的弊病，说得出，就写得来，它和民众是有联系的，不是研究室或书斋里的清玩，是街头巷尾的东西；它和旧文字的关系轻，但和人民的联系密，倘要大家能够发表自己的意见，收获切要的知识，除它以外，确没有更简易的文字了。

且介亭杂文二集/论新文字（1936・1・11）

●7-20-78-65

我自己确信，我是赞成世界语的。赞成的时候也早得很，怕有二十来年了罢，但理由却很简单，现在回想起来：一，是因为可以由此联合世界上的一切人——尤其是被压迫的人们；二，是为了自己的本行，以为它可以互相绍介文学；三，是因为见了几个世界语家，都超乎口是心非的利己主义者之上。

集外集拾遗补编/答世界社信（1936・10）

（79）编辑

我想进一句忠告：不要去做编辑。

●7-20-79-1

印书本是美事，但若自己于意义不甚了然时，不可便以为是错的，而奋然“加以纠正”，不如“过而存之”，或者倒是并不错。

热风/望勿“纠正”（1924・1・28）

●7-20-79-2

我的意见，以为做编辑是不会有什么进步的，我近来因常与周刊之类相关，弄得看书和休息的工夫也没有了，因为选用的稿子，常须动笔改削，倘若任其自然，又怕闹出错处来。

两地书/北京（1925・4・22）

●7-20-79-3

做编辑一定是受气的，但为“赌气”计，且为于读者有所贡献计，只得忍受。略为平和，本亦一法，而然仍不免攻击，因为攻击之来，与内容其实是无甚关系的。

书信/致黎烈文（1933・7・14）

●7-20-79-4

我意刊物不宜办。一是稿件，大约开初是不困难的，但后必渐少，投稿又常常不能用，其时编辑者就如推重车上峻坂，前进难，放手亦难，昔者屡受此苦，今已悟澈而决不作此事矣，故写出以备参考。

书信/致黎烈文（1933・7・22）

●7-20-79-5

校对员一面要通晓排版的格式，一面要多认识字，然而看现在的出版物，“己”与“已”，“戮”与“戳”，“剌”与“刺”，在很多的眼睛里是没有区别的。

南腔北调集/大家降一级试试看（1933・8・15）

●7-20-79-6

我和先生见面过多次了，至少已经是一个熟人，所以我想进一句忠告：不要去做编辑。……我劝先生坚决的辞掉，不要跳下这泥塘去。

先生想于青年有益，这是极不错的，但我以为还是自己向各处投稿，一面译些有用的书，由可靠的书局出版，于己于人，益处更大。

书信/致徐懋庸（1934·5·26）

●7-20-79-7

编辑要独裁，“一个和尚挑水吃，两个和尚抬水吃，三个和尚无水吃”，是中国人的老毛病……书坊老板代编辑打算盘，道不同，必无是处，将来大约不容易办。

书信/致曹聚仁（1934·8·12）

●7-20-79-8

先生去编《新语林》，我原是不赞成的，上海的文场，正如商场，也是你枪我刀的世界，倘不是有流氓手段，除受伤以外，并不会落得什么。但这事情已经过去了，可以不提。

书信/致徐懋庸（1934·9·20）

●7-20-79-9

一做过编辑，交际是一定多起来的，而无聊的人，也就乘虚而入，此后可以仍旧只与几个老朋友往还，而有些不可靠的新交，便断绝往来，以省无谓的口舌，也可以节省时间，自己看书。

书信/致徐懋庸（1934·9·20）

●7-20-79-10

投稿难，到了拉稿，则拉稿亦难，两者都很苦，我就是立誓不做编辑者之一人。当投稿时，要看编辑者的脸色，但一做编辑，又就要看投稿者，书坊老版，读者的脸色了。脸色世界。

书信/致王志之（1935·1·18）

●7-20-79-11

编刊物决不会“绝对的自由”，而且人也决不会“不属于任何一面”，一做事，要看出来的。如果真的不属于任何一面，那么，他是一个怪人，或是一个滑人，刊物一定办不好。

书信/致唐弢（1936·5·22）

（80）教育

施以狮虎式的教育，他们就能用爪牙，施以牛羊式的教育，他们到万分危急时还会用一对可怜的角。然而我们所施的是什么式的教育呢，连小小的角也不能有，则大难临头，惟有兔子似的逃跑而已。

●7-20-80-1

前清末年，某省初开师范学堂的时候，有一位老先生听了，很为诧异，便发愤说：“师何以还须受教，如此看来，还该有父范学堂了！”这位老先生，便以为父的资格，只要能生。能生这件事，自然便会，何须受教呢。却不知中国现在，正须父范学堂；这位先生便须编入初等第一年级。

热风/随感录·二十五（1918·9·15）

●7-20-80-2

教育界的清高，本是粉饰之谈，其实和别的什么界都一样，人的气质不大容易改变，进几年大学是无甚效力的，况且又有这样的环境，正如人身的血液一坏，体中的一部分决不能独保健康一样，教育界也不会在这样的民国里特别清高的。

两地书/北京（1925·3·11）

●7-20-80-3

学风如何，我以为和政治状态及社会情形相关的，倘在山林中，该可以比城市好一点，只要办事人员好。但若政治昏暗，好的人也不能做办事人员，学生在学校中，只是少听到一些可厌的新闻，待到出校和社会接触，仍然要苦痛，仍然要堕落，无非略有迟早之分。

两地书/北京（1925·3·11）

●7-20-80-4

学校之不甚高明，其实由来已久，加以金钱的魔力，本是非常之大，而中国又是向来善于运用金钱诱惑法术的地方……

两地书/北京（1925·3·11）

●7-20-80-5

现在的所谓教育，世界上无论那一国，其实都不过是制造许多适应环境的机器的方法罢了。要适如其分，发展各各的个性，这时候还未到来，也料不定将来究竟可有这样的时候。

两地书/北京（1925·3·18）

●7-20-80-6

教书一久，即与一般社会睽离，无论怎样热心，做起事来总要失败。假如一定要做，就得存学者的良心，有市侩的手段，但这类人才，怕教员中间是未必会有的。

华盖集/通讯〔复徐炳昶〕（1925·3·20）

●7-20-80-7

我知道凡有教育学家，是决不肯说教育是没有效验的。

坟/寡妇主义（1925·12·20）

●7-20-80-8

范源廉*先生是现在许多青年所钦敬的；各人有各人的意思……我个人所叹服的，是在他当前清光绪末年，首先发明了“速成师范”。一门学术而可以速成，迂执的先生们也许要觉得离奇罢；殊不知那时中国正闹着“教育荒”，所以这正是一宗急赈的款子。半年以后，从日本留学回来的师资就不在少数了，还带着教育上的各种主义，如军国民主义，尊王攘夷主义之类。

〖释：范源廉，应作范源濂（1875－1927），湖南湘阴人，近代教育家。1912－1921年间三度出任民国教育总长，后任北京师范大学第一任校长。〗

坟/寡妇主义（1925·12·20）

●7-20-80-9

要风化好，是在解放人性，普及教育，尤其是性教育，这正是教育者所当为之事

坟/坚壁清野主义（1926·1）

●7-20-80-10

是的，大学教授要堕落下去。无论高的或矮的，白的或黑的，或灰的。不过有些是别人谓之堕落，而我谓之困苦。

华盖集续编/为半农题记《何典》后，作（1926·6·7）

●7-20-80-11

看上海报，北京已解严，不知何故；女师大已被合并为女子学院，师范部的主任是林素园（小研究系），而且于四日武装接收了，真令人气愤，但此时无暇管也无法管，只得暂且不去理会它，还有将来呢。

两地书/厦门－广州（1926·9·14）

●7-20-80-12

一做教员，未免有顾忌；教授有教授的架子，不能畅所欲言。这或者有人要反驳：那么，你畅所欲言就是了，何必如此小心。然而这是事前的风凉话，一到有事，不知不觉地他也要从众来攻击的。而教授自身，纵使自以为怎样放达，下意识里总不免有架子在。

而已集/读书杂谈（1927·8）

●7-20-80-13

按：1928年7月当局设立北平大学区，9月决定合并北京各院校，组织北平大学本部，并于11月12日任命成舍我为北平大学秘书长，遭各校反对。北京大学学生于11月17日组成敢死队，宣布武力护校。成舍我，名平，湖南湘乡人，北京《世界日报》编辑。

成公舍我为大学秘书长，校事可知。闻北京各校，非常纷纭，什么敢死队之类，亦均具备，真是无话可说也。

书信/致章廷谦（1928·11·28）

●7-20-80-14

用活动电影来教学生，一定比教员的讲义好，将来恐怕要变成这样的。……我自己，却的确另

外听过采用影片的细菌学讲义，见过全部照相，只有几句说明的植物学书。所以我深信不但生物学，就是历史地理，也可以这样办。

南腔北调集/"连环图画"的辩护（1932·11·15）

●7-20-80-15

施以狮虎式的教育，他们就能用爪牙，施以牛羊式的教育，他们到万分危急时还会用一对可怜的角。然而我们所施的是什么式的教育呢，连小小的角也不能有，则大难临头，惟有兔子似的逃跑而已。

南腔北调集/论"赴难"和"逃难（1933·2·11）

●7-20-80-16

五六年前，德国就嚷着大学生太多了……中国不是也嚷着文法科的大学生过剩＊吗？其实何止文法科。就是中学生也太多了。要用"严厉的"会考制度＊，像铁扫帚似的——刷，刷，刷，把大多数的智识青年刷回"民间"去。

〖释："文法科的大学生过剩"，1933年5月国民政府教育部以"人才过剩"为由下令各大学限制招收文法科学生。/"会考制度"，国民政府教育部自1933年度开始，规定全国各中小学学生届毕业时，除校内毕业考试以外，还须会同他校毕业生参加当地教育行政机关主持的一次考试，称为"会考"，及格者才得毕业。〗

准风月谈/智识过剩（1933·7·16）

●7-20-80-17

所谓"教科书"，在近三十年中，真不知变化了多少。忽而这么说，忽而那么说，今天是这样的宗旨，明天又是那样的主张，不加"教育"则已，一加"教育"，就从学校里造成了许多矛盾冲突的人……

准风月谈/我们怎样教育儿童的？（1933·8·18）

●7-20-80-18

根本就没有什么所谓"业"了。……学生是去年大学生减少，今年中学生减少了。

书信/致曹靖华（1935·2·18）

●7-20-80-19

教育界正如文学界，漆黑一团，无赖当路……

书信/致李霁野（1935·7·17）

---

(81) 学习与求知

最好是自己多看看书。

●7-20-81-1

君教诗英『注：许世瑛，许寿裳之长子』，但以养成适应时代之思想为第一谊，文体似不必十分抉择，且此刻颂习，未必于将来大有效力，只须思想能自由，则将来无论大潮如何，必能与为沆瀣矣。

书信/致许寿裳〔此信原无标点〕（1919·1·16）

●7-20-81-2

最好是自己多看看书。靠教员，是不行的，即使将他们的学问全都学了来，也不过是"瞠目呆然"。

书信/致廖立峨（1927·10·21）

●7-20-81-3

与其个人教授，不如进学校好。这是我年青时候的经验，个人教授不但化费多，教师为博学习者的欢心计，往往迁就，结果是没有好处。学校却按部就班，没有这弊病。

书信/致陶亢德（1934·6·6）

●7-20-81-4

学日本文要到能够看小说，且非一知半解，所需的时间和力气，我觉得并不亚于学一种欧洲文字，然而欧洲有大作品。

书信/致陶亢德（1934·6·8）

●7-20-81-5

倘要研究苏联文学，总要懂俄文才好。

书信/致唐弢（1934·7·27）

●7-20-81-6

自修的方法，我想是不大好，因为没有督促，很容易随便放下，不如进夜校之类的稳当。我的自修，是都失败的……

书信/致唐弢（1934·7·27）

●7-20-81-7

初学外国语，教师的中国话或中国文不高明，于学生是很吃亏的。学生如果要像小孩一样，自然而然的学起来，那当然不要紧，但倘是要知道外国的那一句，就是中国的那一句，则教师愈会比较，就愈有益处。否则，发音即使准确，所得的每每不过一点皮毛。

书信/致唐弢（1935·4·19）

●7-20-81-8

外国文却非精通不可，至少一国，英法德日都可，俄更好。这并不难，青年记性好，日记生字数个，常常看书，不要间断，积四五年，一定能到看书的程度的。

书信/致夏传经（1936·2·19）

●7-20-81-9

学外国文须每日不放下，记生字和文法是不够的，要硬看。比如一本书，拿来硬看，一面翻生字，记文法，到看完，自然不大懂，便放下，再看别的。数月或半年之后，再看前一本，一定比第一次懂得多。这是小儿学语一样的方法。

书信/致曹白（1936·5·8）

---

(82) 外文与翻译

研究文学，不懂一种外国文，是非常不便的。

●7-20-82-1

欧人慎重译事，往往一书有重译至数本者，即以我国论，《鲁滨孙漂流记》*，《迦因小传》*，亦两本并行，不相妨害。爰加厘订，使益近于信达。

〖释：《鲁滨孙漂流记》，英国作家笛福（1660－1731）著长篇小说，中译本1902年出版。/《迦因小传》，见5－12－49－20条释。〗

集外集拾遗补编/《劲草》译本序〔残稿〕(1909)

●7-20-82-2

所谓“物语”，原是Erzahl□ng，不能译作小说，其意思只是“说话”“说说谈谈”，我想译作“叙述”，或“叙事”，似较好也。精神（Geist）似可译作“人物”。

书信/致周作人（1921·7·13）

●7-20-82-3

翻外国人的姓名用音译，原是一件极正当，极平常的事，倘不是毫无常识的人们，似乎决不至于还会说费话。

热风/不懂的音译（1922·11·4）

●7-20-82-4

我想，现在的翻译家倒大可以学学“古之和尚”，凡有人名地名，什么音便怎么译，不但用不着白费心思去嵌镶，而且还须去改正。

热风/不懂的音译（1922·11·4）

●7-20-82-5

还有几位批评家，当批评译本的时候，往往诋为不足齿数的劳力，而怪他何不去创作。

创作之可尊，想来翻译家该是知道的，然而他竟止于翻译者，一定因为他只能翻译，或者偏爱翻译的缘故。

热风/对于批评家的希望（1922·11·9）

●7-20-82-6

外国的平易地讲述学术文艺的书，往往夹杂

些闲话或笑谈，使文章增添活气，读者感到格外的兴趣，不易于疲倦。但中国的有些译本，却将这些删去，单留下艰难的讲学语，使他复近于教科书。这正如折花者，除尽枝叶，单留老朵，折花固然是折花，然而花枝的活气却灭尽了。人们到了失去余裕心，或不自觉地满抱了不留余地心时，这民族的将来恐怕就可虑。

华盖集/忽然想到〔二〕(1925·1·20)

●7-20-82-7

以摆脱传统思想的束缚而来主张男女平等的男人，却偏喜欢用轻靓艳丽字样来译外国女人的姓氏：加些草头，女旁，丝旁。不是“思黛儿”，就是“雪琳娜”。西洋和我们虽然远哉遥遥，但姓氏并无男女之别，却和中国一样的……

华盖集/咬文嚼字〔一〕(1925·2·10)

●7-20-82-8

以摆脱传统思想的束缚而来介绍世界文学的文人，却偏喜欢使外国人姓中国姓：Gogol 姓郭；Wilde 姓王；D’An－nunzio 姓段，一姓唐；Holz 姓何；Gorky 姓高；Galsworthy 也姓高，假使他谈到 Gorky，大概是称他“吾家 rky”的了。我真万料不到一本《百家姓》*，到现在还有这般伟力。

〖释：《百家姓》，中国旧时的蒙学课本。宋初编，作者佚名。集姓氏为四言韵语；为“尊国姓”，以“赵”居首。虽然无文理，但便诵读。明代有《皇明千家姓》，改以“朱”姓居首。清康熙时有《御制百家姓》，又以“孔”姓居首。但流行者仍为北宋时本。〗

华盖集/咬文嚼字〔一〕(1925·2·10)

●7-20-82-9

创作翻译和批评，我没有研究过等次，但我都给以相当的尊重。对于常被奚落的翻译和介绍，也不轻视，反以为力量是非同小可的。

集外集拾遗补编/新的世故（1927·1·15）

●7-20-82-10

按：此信收信人钱君匋，浙江宁海人，美术家。当时任开明书店编辑。

《思想，山水，人物》* 中的 Sketch Book * 一字，完全系我看错译错，最近出版的《一般》里有一篇文章（题目似系《论翻译之难》）指摘得很对的。但那结论以翻译为冒险，我却以为不然。翻译似乎不能因为有人粗心或浅学，有了误译，便成冒险事业，于是反过来给误译的人辩护。

〖释：《思想，山水，人物》，随笔集，日本鹤见祐辅作，鲁迅译。1928 年 5 月上海北新书局出版。/“Sketch Book……”，1928 年 4 月《一般》月刊上端先（即夏衍）的《说翻译之难》认为鲁迅译作中“Sketch book（小品集子）似乎应该改为 Skeptic（怀疑主义者）的”。〗

书信/致钱君匋（1928·7·17）

●7-20-82-11

从前创造社所区分的“创作是处女，翻译是媒婆”之说，我是见过的，但意见不能相同，总以为处女并不妨去做媒婆——后来他们居然也兼做了——，倘不过是一个媒婆，更无须硬称处女。我终于并不藐视翻译。

集外集拾遗补编/致《近代美术史潮论》的读者诸君（1929·3·1）

●7-20-82-12

倘要比较地明白，还只好用我的老话，“多看外国书”，……多看些别国的理论和作品之后，再来估量中国的新文艺，便可以清楚得多了。更好是绍介到中国来；翻译并不比随便的创作容易，然而于新文学的发展却更有功，于大家更有益。

三闲集/现今的新文学的概观（1929·4·25）

●7-20-82-13

凡学习外国文字的，开手不久便选读童话，我以为不能算不对，然而开手就翻译童话，却很有些不相宜的地方，因为每容易拘泥原文，不敢意译，令读者看得费力。

三闲集/《小彼得》译本序（1929·11）

●7-20-82-14

倘若只留着一班翻译家，——认真的翻译家，中国的文坛还不算堕落。

集外集/《奔流》编校后记〔十二〕（1929·11·20）

●7-20-82-15

文法繁杂的国语，较易于翻译外国文，语系相近的，也较易于翻译，而且也是一种工作。荷兰翻德国，俄国翻波兰，能说这和并不工作没有什么区别么?

二心集/“硬译”与“文学的阶级性”（1930·3）

●7-20-82-16

现在又来了“外国文”，许多句子，即也须新造，——说得坏点，就是硬造。据我的经验，这样译来，较之化为几句，更能保存原来的精悍的语气，但因为有待于新造，所以原先的中国文是有缺点的。

二心集/“硬译”与“文学的阶级性”（1930·3）

●7-20-82-17

我自信并无故意的曲译，打着我所不佩服的批评家的伤处了时候我就一笑，打着我的伤处了的时候我就忍疼，却决不肯有所增减，这也是始终硬译的一个原因。自然，世间总会有较好的翻译者，能够译成既不曲，也不硬或死的文章的，那时我的译本当然就被淘汰，我就只要来填这从无有到较好的空间罢了。

二心集/“硬译”与“文学的阶级性”（1930·3）

●7-20-82-18

我们晓得《铁流》＊虽然已有杨骚＊先生的译本，但因此反有另出一种译本的必要。别的不必说，即其将贵胄子弟出身的士官幼年生译作“小学生”，就可以引读者陷于极大的错误。小学生都成群的来杀贫农，这世界不真是完全发了疯么?

〖释：《铁流》，苏联绥拉菲摩维支（1863－1949）著长篇小说。/杨骚（1901－1957），福建漳州人，作家。他所译《十月》、《铁流》分别于1930年3月、6月由南强书局出版。〗

集外集拾遗/《铁流》编校后记（1931·11）

●7-20-82-19

译得“信而不顺”的至多不过看不懂，想一想也许能懂，译得“顺而不信”的却令人迷误，怎样想也不会懂，如果好像已经懂得，那么你正是入了迷途了。

二心集/几条“顺”的翻译（1931·12·20）

●7-20-82-20

我们的译书……首先要决定译给大众中的怎样的读者。将这些大众，粗粗的分起来：甲，有很受了教育的；乙，有略能识字的；丙，有识字无几的。而其中的丙，则在“读者”的范围之外，启发他们是图画，演讲，戏剧，电影的任务，在这里可以不论。但就是甲乙两种，也不能用同样的书籍，应该各有供给阅读的相当的书。供给乙的，还不能用翻译，至少是改作，最好还是创作，而这创作又必须并不只在配合读者的胃口，讨好了，读的多就够。至于供给甲类的读者的译本，无论什么，我是至今主张“宁信而不顺”的。

二心集/关于翻译的通信（1932·6）

●7-20-82-21

这里就来了一个问题：为什么不完全中国化，给读者省些力气呢?这样费解，怎样还可以称为翻译呢?我的答案是：这也是译本。这样的译本，不但在输入新的内容，也在输入新的表现法。

二心集/关于翻译的通信（1932·6）

●7-20-82-22

创作对于自己人，的确要比翻译切身，易解，然而一不小心也容易发生“硬作”，“乱作”的毛病，而这毛病，却比翻译要坏得多。我们的文化落后，无可讳言，创作力当然也不及洋鬼子，作品的比较的薄弱，是势所必至的，而且又不能不时时取法于外国。所以翻译和创作，应该一同提倡，决不可压抑了一面，使创作成为一时的骄子，反因容纵而脆弱起来。

南腔北调集/关于翻译（1933・9・1）

●7-20-82-23

注重翻译，以作借镜，其实也就是催进和鼓励着创作。

南腔北调集/关于翻译（1933・9・1）

●7-20-82-24

中国人原是喜欢“抢先”的人民，上落电车，买火车票，寄挂号信，都愿意是一到便是第一个。翻译者当然也逃不出这例子的。

准风月谈/为翻译辩护（1933・8・20）

●7-20-82-25

翻译的不行，大半的责任固然该在翻译家，但读书界和出版界，尤其是批评家，也应该分负若干的责任。要救治这颓运，必须有正确的批评，指出坏的，奖励好的，倘没有，则较好的也可以。

准风月谈/为翻译辩护（1933・8・20）

●7-20-82-26

我要求中国有许多好的翻译家，倘不能，就支持着“硬译”。理由还在中国有许多读者层，有着并不全是骗人的东西，也许总有人会多少吸收一点，比一张空盘较为有益。

南腔北调集/关于翻译（1933・9・1）

●7-20-82-27

因为销路的少，出版界就要更投机，欺骗，而拿笔的人也因此只好更投机，欺骗。即有不愿意欺骗的人，为生计所压迫，也总不免比较的粗制滥造，增出些先前所没有的缺点来。

准风月谈/关于翻译〔下〕（1933・9・14）

●7-20-82-28

译名应该画一，那固然倒是急务。

书信/致姚克（1933・11・5）

●7-20-82-29

对于翻译，现在似乎暂不必有严峻的堡垒。最要紧的是要看译文的佳良与否，直接译或间接译，是不必置重的；是否投机，也不必推问的。

花边文学/论重译（1934・6・27）

●7-20-82-30

重译确是比直译容易。

花边文学/论重译（1934・6・27）

●7-20-82-31

译文是大抵比不上原文的，就是将中国的粤语译为京语，或京语译成沪语，也很难恰如其分。在重译，便减少了对于原文的好处的踌躇。其次，是难解之处，忠实的译者往往会有注解，可以一目了然，原书上倒未必有。

花边文学/论重译（1934・6・27）

●7-20-82-32

中国人所懂的外国文，恐怕是英文最多，日文次之，倘不重译，我们将只能看见许多英美和日本的文学作品，不但没有伊卜生『注：通译易卜生』，没有伊本涅支『注：通译伊巴涅斯（1867－1928），西班牙作家、政治家』，连极通行的安徒生的童话，西万提司『注：通译塞万提斯』的《吉诃德先生》，也无从看见了。这是何等可怜的眼界。自然，中国未必没有精通丹麦，诺威『注：即挪威』，西班牙文字的人们，然而他们至今没有译，我们现在的所有，都是从英文重译的。连苏联的作品，也大抵是从英法文重译的。

花边文学/论重译（1934・6・27）

●7-20-82-33

我以为翻译的路要放宽，批评的工作要着重。

花边文学/再论重译（1934・7・7）

●7-20-82-34

我们向来看轻着翻译，尤其是重译。……前几年还偶有专指误译的文章，近来就极其少见；对于重译的更其少。但在工作上，批评翻译却比批评创作难，不但看原文须有译者以上的工力，对作品也须有译者以上的理解。

花边文学/再论重译（1934·7·7）

●7-20-82-35

我自己，是因为懂一点日本文，在用日译本《世界史教程》*和新出的《中国社会史》*应应急的，都比我历来所见的历史书类说得明确。前一种中国曾有译本，但只有一本，后五本不译了，译得怎样，因为没有见过，不知道。后一种中国倒先有译本，叫作《中国社会发展史》*，不过据日译者说，是多错误，有删节，靠不住的。

我还在希望中国有这两部书。

〖释：《世界史教程》，苏联波查洛夫（现译鲍恰罗夫）等人编，原名《阶级斗争史课本》。/《中国社会史》，苏联沙发洛夫（现译萨法罗夫）著，原名《中国史纲》。鲁迅藏有1934年版的早川二郎日译本。/《中国社会发展史》，李俚人译，1932年上海新生命书局出版。〗

且介亭杂文/随便翻翻（1934·11）

●7-20-82-36

希望不要一哄而来，一哄而散，要译，就译他完；也不要删节，要删节，就得声明，但最好还是译得小心，完全，替作者和读者想一想。

且介亭杂文/随便翻翻（1934·11）

●7-20-82-37

记得中国先前，有过一种风气，遇见外国——大抵是日本——有一部书出版，想来当为中国人所要看的，便往往有人在报上登出广告来，说“已在开译，请万勿重译为幸”。他看得译书好像订婚，自己首先套上约婚戒指了，别人便莫作非分之想。自然，译本是未必一定出版的，倒是暗中解约的居多；不过别人却也因此不敢译，新妇就在闺中老掉。

且介亭杂文二集/非有复译不可（1935·4）

●7-20-82-38

今年的唠叨家……看得翻译好像结婚，有人译过了，第二个便不该再来碰一下，否则，就仿佛引诱了有夫之妇似的，他要来唠叨，当然罗，是维持风化。但在这唠叨里，他不也活活的画出了自己的猥琐的嘴脸了么？

且介亭杂文二集/非有复译不可（1935·4）

●7-20-82-39

常有胡乱动笔的译本。不过要击退这些乱译，诬赖，开心，唠叨，都没有用处，唯一的好方法是又来一回复译，还不行，就再来一回。

且介亭杂文二集/非有复译不可（1935·4）

●7-20-82-40

譬如赛跑，至少总得有两个人，如果不许有第二人入场，则先在的一个永远是第一名，无论他怎样蹩脚。所以讥笑复译的，虽然表面上好像关心翻译界，其实是在毒害翻译界，比诬赖，开心的更有害，因为他更阴柔。

且介亭杂文二集/非有复译不可（1935·4）

●7-20-82-41

即使已有好译本，复译也还是必要的。……即使先出的白话译本已很可观，但倘使后来的译者自己觉得可以译得更好，就不妨再来译一遍，无须客气，更不必管那些无聊的唠叨。取旧译的长处，再加上自己的新心得，这才会成功一种近于完全的定本。但因言语跟着时代的变化，将来还可以有新的复译本的，七八次何足为奇，何况中国其实也并没有译过七八次的作品。如果已经有，中国的新文艺倒也许不至于现在似的滞了。

且介亭杂文二集/非有复译不可（1935·4）

●7-20-82-42

日本的语文是不合一的，学了语，看不懂文。

但实际上，现在的出版物，用“文”写的几乎已经没有了，所以除了要研究日本古文学以外，只学语就够。

书信/致唐弢（1935·4·19）

●7-20-82-43

言语上阶级色采，更重于日本的，世界上大约未必有了。但那些最大敬语，普通也用不著，因为我们决不会去和日本贵族交际；不过对于女性，话却还是说得客气一点的。

书信/致唐弢（1935·4·19）

●7-20-82-44

诗这东西，译起来很容易出力不讨好

书信/致胡风（1935·5·17）

●7-20-82-45

“校对”实是一个问题，普通是只要校者自己觉得看得懂，就不看原稿的，所以有时候，译者想了许多工夫，这才决定了的字，会错得大差其远，使那时的苦心经营，反而成为多事。所以，我以为凡有稿子，最好是译作者自己看一遍。但这自然指书籍而言，期刊则事实上办不到。

书信/致黄源（1935·5·28）

●7-20-82-46

日本文很累坠，和中国文差远，大约和俄文也差远，所以从日本重译欧洲著作，其实是不大相宜的，至多，在怀疑时，可以参考一下。

书信/致孟十还（1935·7·4）

●7-20-82-47

动笔之前，就先得解决一个问题：竭力使它归化，还是尽量保存洋气呢？……如果还是翻译，那么，首先的目的，就在博览外国的作品，不但移情，也要益智，至少是知道何地何时，有这等事，和旅行外国，是很相像的：它必须有异国情调，就是所谓洋气。

且介亭杂文二集/“题未定”草〔二〕（1935·7）

●7-20-82-48

我向来总以为翻译比创作容易，因为至少是无须构想。但到真的一译，就会遇着难关，譬如一个名词或动词，写不出，创作时候可以回避，翻译上却不成，也还得想，一直弄到头昏眼花，好像在脑子里面摸一个急于要开箱子的钥匙，却没有。严又陵说：“一名之立，旬月踌躕”，是他的经验之谈，的的确确的。

且介亭杂文二集/“题未定”草〔一〕（1935·7）

●7-20-82-49

其实世界上也不会有完全归化的译文，倘有，就是貌合神离，从严辨别起来，它算不得翻译。凡是翻译，必须兼顾着两面，一当然力求其易解，一则保存着原作的丰姿……

且介亭杂文二集/“题未定”草〔二〕（1935·7）

●7-20-82-50

“已经闻名的英美法德文人”，在中国却确是不遇的。中国的立学校来学这四国语，为时已久＊，开初虽不过意在养成使馆的译员，但后来却展开，盛大了。学德语盛于清末的改革军操，学法语盛于民国的“勤工俭学”＊。学英语最早，一为了商务，二为了海军，而学英语的人数也最多，为学英语而作的教科书和参考书也最多，由英语起家的学士文人也不少。然而海军不过将军舰送人，绍介已经闻名的司各德，迭更斯，狄福，斯惠夫德＊……的，竟是只知汉文的林纾＊，连绍介最大的“已经闻名”的莎士比亚的几篇剧本的，也有待于并不专攻英文的田汉＊。这缘故，可真是非“在于思”则不可了。

〖释：“中国立学校学这四国语……”，清同治元年（1862）在北京设立培养译员的学校“京师同文馆”；初设英文馆，次年添设法文、俄文馆，后又设德文、日文馆。/“勤工俭学”，1914年蔡元培等成立勤工俭学会，组织赴法求学。/“司各德，迭更斯，狄福，斯惠夫德”：司各德（W. Scott, 1771－1832），曾著《撒克逊劫后英雄略》（今译《艾凡赫》）；迭更斯（G. Diekena,

1812－1870)，曾著《块肉余生叙》（今译《大卫·科波菲尔》）；狄福（D, Defoe，约1660－1721)，曾著《鲁滨孙漂流记》；斯惠夫德（J. Swift, 1667－1745)，曾著《海外轩渠记》（今译《格列佛游记》）。／“……只知汉文的林纾”，林纾本人不懂外语，他是根据别人口述以文言文翻译欧美文学作品一百多种的。／“……并不专攻英文的田汉”，田汉于1921年翻译了莎士比亚的剧本《罗蜜欧与朱丽叶》和《哈孟雷特》，中华书局印行。』

且介亭杂文二集/“题未定”草〔三〕(1935·7)

●7-20-82-51

耿济之『注：翻译工作者（1899－1947)』的译稿，如错，我以为只好彻底的修改，本人高兴与否，可以不管，因为译书是为了读者，其次是作者，只要于读者有益，于作者还对得起，此外是都可以不管的。

书信/致孟十还（1935·9·8)

●7-20-82-52

即有错误也不要紧，我看一切翻译，错误是百分之九十九总在所不免的，可以不管。

书信/致徐懋庸（1935·9·8)

●7-20-82-53

中国作家的新作，实在稀薄的很，多看并没有好处，其病根：一是对事物太不注意，二是还因为没有好遗产。对于后一层，可见翻译之不可缓。

书信/致萧军（1935·10·29)

●7-20-82-54

我翻译时，倘想不到适当的字，就把这字空起来，依旧译下去，这字待稍暇时再想。否则，能够因为一个字，停到大半天。

书信/致叶紫（1935·11·25)

●7-20-82-55

研究文学，不懂一种外国文，是非常不便的。日文虽名词与中国大略相同，但要深通无误，仍非三四年不可，而且他们自己无大作家，近来绍介也少了，犯不着。

书信/致曹白（1936·5·8)

---

(83) 新闻与宣传

宣传这两个字，在中国实在是被糟蹋得太不成样子了，人们看惯了什么阔人的通电，什么会议的宣言，什么名人的谈话，发表之后，立刻无影无踪，还不如一个屁的臭得长久

●7-20-83-1

现在的各种小周刊，虽然量少力微，却是小集团或单身的短兵战，在黑暗中，时见匕首的闪光，使同类者知道也还有谁还在袭击古老坚固的堡垒，较之看见浩大而灰色的军容，或者反可以会心一笑。在现在，我倒只希望这类的小刊物增加，只要所向的目标小异大同，将来就自然而然的成了联合战线，效力或者也不见得小。

华盖集/通讯〔复徐炳昶〕(1925·3·20)

●7-20-83-2

通俗的小日报，自然也紧要的；但此事看去似易，做起来却很难。我们只要将《第一小报》＊与《群强报》＊之类一比，即知道实与民意相去太远，要收获失败无疑。民众要看皇帝何在，太妃安否＊，而《第一小报》却向他们去讲“常识”，岂非悖谬。

〖释：《第一小报》，北京当时一种小型日报，曾连载译自日文的《常识基础》一书。／《群强报》，北京当时一种小型日报，内容多低级趣味。／“皇帝何在，太妃安否”，清废帝溥仪于1924年11月被冯玉祥驱逐出宫后，仍有一些人关心这伙人的命运。〗

华盖集/通讯〔复徐炳昶〕(1925·3·20)

●7-20-83-3

我有时以为“宣传”是无效的，但细想起来，

也不尽然。革命之前，第一个牺牲者我记得是史坚如*，现在人们都不大知道了，在广东一定是记得的人较多罢，此后接连的好几人，而爆发却在湖北，还是宣传的功劳。

〖释：史坚如（1879－1900），名久伟，字经如，后改坚如。广东番禺人，清末革命志士。为支援惠州起义在广州潜入总督衙门炸死二十余人，被捕遇害。〗

两地书/北京（1925·4·14）

●7-20-83-4

北京的流言报，是从袁世凯称帝，张勋复辟，章士钊"整顿学风"以还，一脉相传，历来如此的。现在当然也如此。

华盖集续编/无花的蔷薇之三（1926·3·17）

●7-20-83-5

我一向有一种偏见，凡书面上画着这样的兵士和手捏铁锄的农工的刊物，是不大去涉略的，因为我总疑心它是宣传品。发抒自己的意见，结果弄成带些宣传气味了的伊孛生『注：即易卜生』等辈的作品，我看了倒并不发烦。但对于先有了宣传两个大字的题目，然后发出议论来的文艺作品，却总有些格格不入……

三闲集/怎么写〔夜记之一〕（1927·10·10）

●7-20-83-6

先前是刊物的封面上画一个工人，手捏铁铲或鹤嘴锹，文中有"革命！革命！""打倒！打倒！"者，一帆风顺，算是好的。现在是要画一个少年军人拿旗骑在马上，里面"严办！严办！"这才庶几免于罪戾。至于什么"讽刺"，"幽默"，"反语"，"闲谈"等类，实在还是格不相入。

而已集/扣丝杂感（1927·10·22）

●7-20-83-7

一切文艺，是宣传，只要你一给人看。即使个人主义的作品，一写出，就有宣传的可能，除非你不作文，不开口。那么，用于革命，作为工具的一种，自然也可以的。

三闲集/文艺与革命（1928·4·16）

●7-20-83-8

一切文艺固是宣传，而一切宣传却并非全是文艺，这正如一切花皆有色（我将白也算作色），而凡颜色未必都是花一样。革命之所以于口号，标语，布告，电报，教科书……之外，要用文艺者，就因为它是文艺。

三闲集/文艺与革命（1928·4·16）

●7-20-83-9

我是不相信文艺的旋乾转坤的力量的，但倘有人要在别方面应用他，我以为也可以。譬如"宣传"就是。

三闲集/文艺与革命（1928·4·16）

●7-20-83-10

教育经费用光了，却还要开几个学堂，装装门面；全国的人们十之九不识字，然而总得请几位博士，使他对西洋人去讲中国的精神文明；至今还是随便拷问，随便杀头，一面却总支撑维持着几个洋式的"模范监狱"，给外国人看看。还有，离前敌很远的将军，他偏要大打电报，说要"为国前驱"。连体操班也不愿意上的学生少爷，他偏要穿上军装，说是"灭此朝食"。

二心集/宣传与做戏（1931·11·20）

●7-20-83-11

日本人，他们做文章论及中国的国民性的时候，内中往往有一条叫作"善于宣传"。看他的说明，这"宣传"两字却又不像是平常的"Propaganda"『注：英语"宣传"』，而是"对外说谎"的意思。

华盖集续编/宣传与做戏（1931·11·20）

●7-20-83-12

这普遍的做戏，却比真的做戏还要坏。真的做戏，是只有一时；戏子做完戏，也就恢复为平常状态的。杨小楼做《单刀赴会》*，梅兰芳做《黛玉葬花》，只有在戏台上是时候是关云长，是林黛玉，下台就成了普通人，所以并没有大弊。倘使他们扮演一回之后，就永远提着青龙偃月刀或锄头，以关老爷，林妹妹自命，怪声怪气，唱来唱去，那就实在只好算是发热昏了。

不幸因为是天地大戏场，可以普遍的做戏者，就很难有下台的时候……

〖释：杨小楼（1877－1937），安徽石台人，京剧演员。《单刀赴会》和《黛玉葬花》，均为京剧剧目。〗

华盖集续编/宣传与做戏（1931·11·20）

●7-20-83-13

宣传这两个字，在中国实在是被糟蹋得太不成样子了，人们看惯了什么阔人的通电，什么会议的宣言，什么名人的谈话，发表之后，立刻无影无踪，还不如一个屁的臭得长久，于是渐以为凡有讲述远处或将来的优点的文字，都是欺人之谈，所谓宣传，只是一个为了自利，而漫天说谎的雅号。

南腔北调集/林克多《苏联见闻录》序（1932·6·10）

●7-20-83-14

宣传的事，是必须在现在或到后来有事实来证明的，这才可以叫作宣传。而中国现行的所谓宣传，则不但后来只有证明这“宣传”确凿就是说谎的事实而已，还有一种坏结果，是令人对于凡有记述文字逐渐起了疑心，临末弄得索性不看。

南腔北调集/林克多《苏联见闻录》序（1932·6·10）

●7-20-83-15

中国的报纸上看不出实话

南腔北调集/辱骂和恐吓决不是战斗（1932·12·15）

●7-20-83-16

我们也能将少的增多，无的化有，例如戏台上走出四个拿刀的瘦伶仃的小戏子，我们就知道这是十万精兵；刊物上登载一篇俨乎其然的像煞有介事的文章，我们就知道字里行间还有看不见的鬼把戏。

伪自由书/文学上的折扣（1933·3·15）

●7-20-83-17

如果有谁能忘了三百年前的恐怖，只要撮取报章，存其精英，就是一部不朽的大作。

伪自由书/再谈保留（1933·5·17）

●7-20-83-18

近来有些看报的人，对于什么宣言，通电、讲演，谈话之类，无论它怎样骈四骊六，崇论宏议，也不去注意了，甚而还至于不但不注意，看了倒不过做嘻笑的资料。

南腔北调集/经验（1933·7·15）

●7-20-83-19

只要写出实情，即于中国有益，是非曲直，昭然具在，揭其障蔽，便是公道耳。

书信/致姚克（1934·1·25）

●7-20-83-20

单是题材好，是没有用的，还是要技术；更不好的是内容并不怎样有力，却只有一个可怕的外表……这回无名木刻社的画集，封面上是一张马克思像，有些人就不敢买了。

书信/致陈烟桥（1934·4·19）

●7-20-83-21

中国艺术家……以为凡革命艺术，都应该大刀阔斧，乱砍乱劈，凶眼睛，大拳头，不然，即是贵族。

书信/致郑振铎（1934·6·2）

●7-20-83-22

现在的报章的失了力量，却也是真的，不过我以为还没有到达如记者先生所自谦，竟至一钱不值，毫无责任的时候。因为它对于更弱者如阮玲玉一流人，也还有左右她命运的若干力量的，这也就是说，它还能为恶，自然也还能为善。“有闻必录”或“并无能力”的话，都不是向上的负责的记者所该采用的口头禅，因为在实际上，并不如此，——它是有选择的，有作用的。

且介亭杂文二集/论“人言可畏”（1935·5·20）

●7-20-83-23

现在的报章之不能像个报章，是真的；评论的不能逞心而谈，失了威力，也是真的，明眼人决不会过分的责备新闻记者。但是，新闻的威力其实是并未全盘坠地的，它对甲无损，对乙却会有伤；对强者它是弱者，但对更弱者它却还是强者，所以有时虽然吞声忍气，有时仍可以耀武扬威。

且介亭杂文二集/论“人言可畏”（1935·5·20）

●7-20-83-24

口号是口号，诗是诗……譬如文学与宣传，原不过说：凡有文学，都是宣传，因为其中总不免传布着什么，但后来却有人解为文学必须故意做成宣传文字的样子了。诗必用口号，其误正等。

书信/致蔡斐君（1935·9·20）

●7-20-83-25

先生信上提过《社会日报》*，就定来看看，真是五花八门，文言白话悉具，但有些地方，却比“大报”活泼，也有些是“大报”所不能言。……近人印古书，选新文章，却不注意选报，如果择要剪取，汇成巨册，若干年后，即不下于《三朝北盟汇编》*矣。

〖释：《社会日报》，见3-7-33-7条释。/《三朝北盟汇编》，宋代徐梦华（1126－1207）编。汇集从宋徽宗政和七年（1117）至高宗绍兴三十一年（1161）间宋、金和战史料。〗

书信/致曹聚仁（1935·10·29）

●7-20-83-26

国事至此，始云“保障正当舆论”，“正当”二字，加得真真聪明……

书信/致杨霁云（1935·12·19）

●7-20-83-27

按：此信收信人谢六逸（1896－1945），贵州贵阳人，作家。曾任上海商务印书馆编辑、复旦大学教授。当时是《立报》副刊编辑。

看近来稍稍直说的报章，天窗满纸，华北虽然脱体*，华南却仍旧箝口可知，与其吞吞吐吐以冀发表而仍不达意，还不如一字不说之痛快也。

〖释：“华北脱体”，1935年11月，日本为并吞华北，唆使汉奸殷汝耕成立冀东防共自治委员会，发动“华北五省自治”。〗

书信/致谢六逸（1935·12·24）

●7-20-83-28

《申报》……教人当吃西瓜时，也该想到我们土地的被割碎，像这西瓜一样。自然，这是无时无地无事而不爱国，无可訾议的。但倘使我一面这样想，一面吃西瓜，我恐怕一定咽不下去，即使用劲咽下，也难免不能消化，在肚子里咕冬的响它好半天。……战士如吃西瓜，是否大抵有一面吃，一面想的仪式的呢？我想：未必有的。他大概只觉得口渴，要吃，味道好，却并不想到此外任何好听的大道理。吃过西瓜，精神一振，战斗起来就和喉干舌敝时候不同，所以吃西瓜和抗敌的确有关系，但和应该怎样想的上海设定的战略，却是不相干。这样整天哭丧着脸去吃喝，不多久，胃口就倒了，还抗什么敌。

且介亭杂文末编/“这也是生活”……（1936·9·5）

（84）出版与书商

书店股东若是商人，其弊在胡涂，若是智识者，又苦于太精明，这两者都于进行有损。

●7-20-84-1

我于书的形式上有一种偏见，就是在书的开

头和每个题目前后，总喜欢留些空白，所以付印的时候，一定明白地注明。但待排出寄来，却大抵一篇一篇挤得很紧，并不依所注的办。查看别的书，也一样，多是行行挤得极紧的。

华盖集/忽然想到〔二〕（1925·1·20）

●7-20-84-2

书贾也像别的商人一样，惟利是图；他的出版或发议论的“动机”，谁也知道他“不纯洁”，决不至于和大学教授的来等量齐观的。但他们除惟利是图之外，别的倒未必有什么用意，这就是使我反而放心的地方。

华盖集/并非闲话〔三〕（1925·12·7）

●7-20-84-3

我先前在北京参与印书的时候，自己暗暗地定下了三样无关紧要的小改革，来试一试。一，是首页的书名和著者的题字，打破对称式；二，是每篇的第一行之前，留下几行空白；三，就是毛边。现在的结果，第一件已经有恢复香炉烛台式的了；第二件有时无论怎样叮嘱，而临印的时候，工人终于将第一行的字移到纸边，用“迅雷不及掩耳之势的手段”，使你无可挽救；第三件被攻击最早，不久我便有条件的降伏了，与李老板『注：指李小峰』约：别的不管，只是我的译著，必须坚持毛边到底！但是，今竟如何？老板送给我的五部或十部，至今还确是毛边。不过在书铺里，我却发见了毫无“毛”气，四面光滑的《彷徨》之类。归根结蒂，他们都将彻底的胜利。所以说我想改革社会，或者和改革社会有关，那是完全冤枉的，我早已瘟头瘟脑，躺在板床上吸烟卷——彩凤牌——了。

而已集/扣丝杂感（1927·10·22）

●7-20-84-4

上海的出版界糟极了，许多人大嚷革命文学，而无一好作，大家仍大印吊膀子小说骗钱，这样下去，文艺只有堕落，所以绍介些别国的好著作，实是最要紧的事。

书信/致李霁野（1929·4·20）

●7-20-84-5

这里的有些书店老板而兼作家者，敛钱方法直同流氓，不遇见真会不相信。许多较为老实的小书店，听说收账也难。合记是批发文具的，现在朝华社托他批发书，听说他就分发各处文具店代售，收款倒可靠。因为各处文具店老版，和书店老版性质不同，还没有那么坏。大约开书店，别处也如上海一样，往往有流氓性者也。

书信/致李霁野（1929·7·8）

●7-20-84-6

现在这里出版物的编辑，要求用我的名义的很多，但他们是为营业起见，不愿我有实权，因为他们从我先前的历史看来，我是应该“被损害的”，所以对于我的交涉，比对于别人凶得多。

书信/致李霁野（1930·3·12）

●7-20-84-7

按：此信收信人方善境，笔名焦风，浙江镇海人，世界语和拉丁化新文字工作者，木刻艺术爱好者。

书局虽往往自云传播文化，其实是表面之词。一遇小危险，又难获利，便推托迁延起来，或则停刊了。

书信/致方善境（1930·8·2）

●7-20-84-8

以译书维持生计，现在是不可能的事。上海秽区，千奇百怪，译者作者，往往为书贾所诳，除非你也是流氓。……我因经验，与书坊交涉，有时用律师或合同，然仍不可靠也。

书信/致李秉中（1930·9·3）

●7-20-84-9

书坊专为牟利，是不好的，这能使中国没有好书。

书信/致孙用（1931·5·4）

●7-20-84-10

上海书店，无论其说话如何漂亮，而其实则出版之际，一欲安全，二欲多售，三欲不化本钱，四欲大发其财，故交涉颇麻烦也。

书信/致蔡永言（1931·8·16）

●7-20-84-11

翻版书北平确也不少，有我的全集，而其实只三百页，可笑。但广州土产亦不免，我在五年前，就见过油印版的《阿Q正传》。

书信/致崔真吾（1931·10·13）

●7-20-84-12

此地事无一定，书店也早已胆小如鼠，心凶如狼，非常难与商量。

书信/致曹靖华（1931·11·10）

●7-20-84-13

《铁流》在北平有翻板了，坏纸错字，弄得一塌胡涂。所以我已将纸版售给（板权不售）这里的光华书局，因为外行人实在弄不过书贾，只好让商人和商人去对垒。

书信/致曹靖华（1932·6·24）

●7-20-84-14

上海书坊，利用左翼作者之被压迫而赚钱者，常常有之。

书信/致曹靖华（1933·2·9）

●7-20-84-15

现在很有些人做书，格式是写给青年或少年的信。自然，说的一定是“人话”了。但不知道是那一种“人话”？为什么不写给年龄更大的人们？年龄大了就不屑教诲么？还是青年和少年比较的纯厚，容易诓骗呢？

伪自由书/“人话”（1933·3·28）

●7-20-84-16

按：《文艺连丛》，文学艺术丛书。鲁迅编辑。1933年5月起陆续出版。

投机的风气使出版界消失了有几分真为文艺尽力的人。即使偶然有，不久也就变相，或者失败了。

集外集拾遗/《文艺连丛》（1933·5）

●7-20-84-17

按：《四库全书》是清乾隆时朝廷设馆纂修的大型丛书。后因兵燹祸乱，焚毁散失了很大一部分。1933年6月，南京教育部指令影印《四库全书》未刊本。但因清代文字禁忌太多，“四库”本中很多被抽毁或窜改，所以在选择何种本子为影印底本的问题上，各方人士发生争议。一些教育界、学术界人士如蔡元培、陈垣等主张采用“四库”以前的旧本，而负责影印的商务印书馆监理张元济则主张照“库本”影印；因教育部长王世杰支持商务方面的意见，结果仍照库本印行《四库全书珍本初集》。

现在除兵争，政争等类之外，还有一种倘非闲人，就不大注意的影印《四库全书》中的“珍本”之争。官商要照原式，及早印成，学界却以为库本有删改，有错误，如果有别本可得，就应该用别的“善本”来替代。

但是，学界的主张，是不会通过的，结果总非依照《钦定四库全书》不可。这理由很分明，就因为要赶快。四省不见＊，九岛出脱＊，不说也罢，单是黄河的出轨举动＊，也就令人觉得岌岌乎不可终日，要做生意就得赶快。

〖释：“四省不见”，1931年“九一八事变”后，我国东北四省被日本侵占。/“九岛出脱”，“九一八事变”后，法国趁机于1933年侵占我国南沙群岛的九个岛屿。/“黄河出轨”，1933年7月的黄河决口，造成六省特大水灾。〗

准风月谈/四库全书珍本（1933·8·31）

●7-20-84-18

这回的《四库全书》『注：见7-20-84-17条释』中的珍本是“影印”的，决无改错的弊病，然而那原本就有无意的错字，有故意的删改，并且因为新本的流布，更能使善本湮没下去，将来的认真的读者如果偶尔得到这样的本子，恐怕总免不了要有摇头叹气的第二回。

然而结果总非照《钦定四库全书》『注：见5-13-52-10条释』不可。因为“将来”的事，和现在的官商是不相干了。

准风月谈/四库全书珍本（1933·8·31）

●7-20-84-19

经济的雕敝，使出版界不肯印行大部的学术文艺书籍，不是教科书，便是儿童书，黄河决口似的向孩子们滚过去。

准风月谈/新秋杂识（1933·9·2）

●7-20-84-20

七日一报，十日一谈，收罗废料，装进读者的脑子里去，看过一年半载，就满脑都是某阔人如何摸牌，某明星如何打嚏的典故。开心是自然也开心的。但是，人世却也要完结在这些欢迎开心的开心的人们之中的罢。

准风月谈/帮闲法发隐（1933·9·5）

●7-20-84-21

至于出版界形势之险，恐怕不只现代，以后也许更甚，只有摧毁而无建设，是一定的。

书信/致杜衡（1933·11·12）

●7-20-84-22

同样内容的书，或被禁，或不被禁，并非因了是否删去主要部分，内容如何，官僚是不知道的。其主要原因，全在出版者之与官场有无联络，而最稳当则为出版者是流氓，他们总有法子想。

书信/致曹靖华（1933·12·20）

●7-20-84-23

这些名人在卖着他们的“名”，不知道可是领着“干薪”的？倘使领的，自然是同意的自卖，否则，可以说是被“盗卖”。“欺世盗名”者有之，盗卖名以欺世者又有之，世事也真是五花八门。然而受损失的却只有读者。

花边文学/大小骗（1934·3·28）

●7-20-84-24

“文坛”上的丑事，这两年来真也揭发得不少了：剪贴，瞎抄，贩卖，假冒。……名人的题签，虽然字不见得一定写的好，但只在表示这书的作者或出版者认识名人，和内容并无关系，是算不得骗人的。可疑的是“校阅”。校阅的脚色，自然是名人，学者，教授。然而这些先生们自己却并无关于这一门学问的著作。所以真的校阅了没有是一个问题；即使真的校阅了，那校阅是否真的可靠又是一个问题。

花边文学/大小骗（1934·3·28）

●7-20-84-25

还有一种是“编辑”。这编辑者，也大抵是名人，因这名，就使读者觉得那书的可靠。但这是也很可疑的。……至于大部的各门类的刊物的所谓“主编”，那是这位名人竟上至天空，下至地底，无不通晓了，“无为而无不为”，倒使我们无须再加以揣测。

花边文学/大小骗（1934·3·28）

●7-20-84-26

还有一种是“特约撰稿”。刊物初出，广告上往往开列一大批特约撰稿的名人，有时还用凸版印出作者亲笔的签名，以显示其真实。这并不可疑。然而过了一年半载，可就渐有破绽了，许多所谓特约撰稿者的东西一个字也不见。……那些所谓亲笔签名，也许是从别处剪来，或者简直是假造的了。要是从投稿上取下来的，为什么见签名却不见稿呢？

花边文学/大小骗（1934·3·28）

●7-20-84-27

我因为根据着前五年的经验，对于有几个书店出版物，是决不投稿的，而光华即是其中之一。

他们善于俟机利用别人，出版刊物，到或一

时候，便面目全变，决不为别人略想一想。……他们是决不讲信用的，讲信用要两面讲，待到他们翻脸不识时，事情就更糟。

书信/致徐懋庸（1934·5·26）

●7-20-84-28

书的销场，和推销法实是大有关系的，但可靠的书店，往往不善于推销，有推销手段者，大抵连书款（打了折扣的）也不还，所以我终于弄不好。

书信/致吴渤（1934·7·17）

●7-20-84-29

光华忽用算盘，忽用苦求，也就是忽讲买卖，忽讲友情，只要有利于己的，什么方法都肯用，这正是流氓行为的模范标本。

书信/致徐懋庸（1934·8·3）

●7-20-84-30

出版界也真难，别国的检查是删去，这里却是给作者改文章。那些人物，原是做不成作家，这才改行做官的，现在他却来改文章了，你想被改者冤枉不冤枉。

书信/致姚克（1934·8·31）

●7-20-84-31

中国现行之板权页，仿自日本，实为彼国维新前呈报于诸侯爪牙之余痕

书信/致郑振铎（1934·10·8）

●7-20-84-32

《木刻法》〖注：指吴渤编译的《木刻创作法》〗的稿子，暂时还难以出版，因为上海的出版界，真是艰难极了。

书信/致吴渤（1934·10·16）

●7-20-84-33

托翁的《安娜·卡列尼那》，中国已有人译过了＊，虽然并不好，但中国出版界是没有人肯再印的。所以还不如译 A．．T．＊的《彼得第一》＊，此书也有名，我可没有见过。不知长短怎样？一长，出版也就无法想。

〖释："《安娜·卡列尼那》……"，指1917年8月上海中华书局出版的，由陈家麟、陈大镫翻译的《婀娜小史》。/A．．T．，指阿·托尔斯泰（1883–1945），苏联作家。/《彼得第一》，即《彼得大帝》，长篇历史小说，中国有楼适夷译本。〗

书信/致孟十还（1934·10·31）

●7-20-84-34

和商人交涉，真是难极了，他们的算盘之紧而凶，真是出人意外。《译文》已出三期，而一切规约，如稿费之类，尚未商妥。我们要以页计，他们要以字数计，即此一端，就纠纷了十多天，尚无结果。所以先生的稿费，还要等一下，但年内是总要弄好的。

书信/致孟十还（1934·12·4）

●7-20-84-35

现在的一切书店，比以前更不好，他们除想立刻发财外，什么也不想，即使订了合同，也可以翻脸不算的。我曾在神州国光社上过一次大当，《铁流》就是他们先托我去拉，而后来不要了的一种。

书信/致孟十还（1934·12·6）

●7-20-84-36

上海也有原是作家出身的老版，但是比纯粹商人更刻薄，更凶。

书信/致孟十还（1934·12·6）

●7-20-84-37

外国的作家，恐怕中国其实等于并没有绍介。每一作家，乱译几本之后，就完结了。屠格涅夫被译得最多，但至今没有人集成一部选集。《战争与和平》我看是不会译完的，我对于郭沫若先生的翻译，不大放心，他太聪明，又大胆。

书信/致孟十还（1934·12·6）

●7-20-84-38

稿子是该论页的，但商人的意见，和我们不同，他们觉得与萝卜白菜无异，诗的株儿小，该便宜，塞满全张的文章株儿大，不妨贵一点；标点，洋文，等于缚白菜的草，要除掉的。脑子像石头，总是说不通。

书信/致孟十还（1934·12·6）

●7-20-84-39

中华书局译世界文学的事，早已过去了，没有实行。其实，他们是本不想实行的，即使开首会译几部，也早已暗中定着某人包办，没有陌生人的份儿。现在蒋『注：指蒋光慈』死了，说本想托蒋译，假如活着，也不会托他译的，因为一托他，真的译出来，岂不大糟？那时他们到我这里来打听靖华的通信地址，说要托他，我知道他们不过玩把戏，拒绝了。现在呢，所谓"世界文学名著"，简直不提了。

书信/致萧军、萧红（1934·12·10）

●7-20-84-40

名人，阔人，商人……常常玩这一种把戏『注：指"中华书局译世界文学的事"』，开出一个大题目来，热闹热闹，以见他们之热心。未经世故的青年，不知底细，就常常上他们的当；碰顶子还是小事，有时简直连性命也会送掉，我就知道不少这种卖血的名人的姓名。

书信/致萧军、萧红（1934·12·10）

●7-20-84-41

我自己现在虽然说得好像深通世故，但近年就上了神州国光社的当，他们与我订立合同，托我找十二个人，各译苏联名作一种，出了几本，不要了，有合同也无用，我只好又磕头礼拜，各去回断，靖华住得远，不及回复，已经译成，只好我自己付版税，又设法付印，这就是《铁流》，但这书的印本一大半和纸版，后来又被别一书局骗去了。

书信/致萧军、萧红（1934·12·10）

●7-20-84-42

稿费还是从各方面取得的好，卖稿集中于一个书店，于一个作者是很不利的，后来它就能支配你的生活。

书信/致孟十还（1935·2·9）

●7-20-84-43

书店，是无论是那一个，手段都是辣的。我想，不如待合同订定后，再作计较罢。而且我还得声明，中国之所谓合同，其实也无甚用处。

书信/致孟十还（1935·2·9）

●7-20-84-44

现在的意见，我以为倘有购买那些纸墨白布的闲钱，还不如选几部明人，清人或今人的野史或笔记来印印，倒是于大家很有益处的。但是要认真，用点工夫，标点不要错。

且介亭杂文/病后杂谈（1935·2–12）

●7-20-84-45

今年的书业也似乎真的不景气，我的版税，被拖欠得很利害。一方面，看看广告，就知道大小书店，都是竭力设法，用大部书或小本书的豫约法，吸收读者的现钱，但距吸干的时候，恐怕也不远了。

书信/致黄源（1935·3·16）

●7-20-84-46

我看开明书店即太精明的标本，也许可以保守，但很难有大发展；生活书店目下还不至此，不过将来是难说的，这时候，他们的译作者，就止好用雇员。至于不登广告，大约是爱惜纸张之故，纸张现在确也值钱，但他们没有悟到白纸买卖，乃是纸店，倘是书店，有时是只能牺牲点纸张的。

书信/致郑振铎（1935·3·30）

●7-20-84-47

书店股东若是商人，其弊在胡涂，若是智识

者，又苦于太精明，这两者都于进行有损。

书信/致郑振铎（1935·3·30）

●7-20-84-48

这里的书店，总想印我的作品，却又怕印。他们总想我写平平稳稳，既能卖钱，又不担心的东西。天下那里有这样的文章呢?

书信/致曹靖华（1935·6·11）

●7-20-84-49

有书出版，最好是两面订立合同，再由作者付给印证，贴在每本书上。但在中国，两样都无用，因为书店破约，作者也无力使其实行，而运往外省的书不贴印花，作者也无从知道，知道了也无法，不能打官司。我和天马的交涉，是不立合同，只付印证。

豫支版税，并通是每千字一元；广告方面，完全由书店负责。

书信/致唐弢（1935·8·26）

●7-20-84-50

每个外国大作家，在中国只能走运两三年，一久，就又被厌弃了，所以必须在还未走气时出版。

书信/致孟十还（1935·9·8）

●7-20-84-51

自己出版，本以为可以避开编辑和书店的束缚的了，但我试过好几回，无不失败。因为登广告还须付出钱去，而托人代售却收不回钱来，所以非有一宗大款子，准备化完，是没有法子的。

书信/致蔡斐君（1935·9·20）

●7-20-84-52

近来的有些期刊，那无聊，无耻与下流，也是世界上不可多得的物事，然而这又确是现代中国的或一群人的“文学”，现在可以知今，将来可以知古，较大的图书馆，都必须保存的。

且介亭杂文二集/“题未定”草〔八〕(1936·2)

●7-20-84-53

如果多少和社会有些关系的文字，我以为是都应该集印的，其中当然夹杂着许多废料，所谓“榛楛弗剪”*，然而，这才是深山大泽。

〖释：“榛楛弗剪”，语出晋代陆机《文赋》：“彼榛楛之勿剪，亦蒙荣于集翠。”榛楛，丛生的荆棘。〗

且介亭杂文二集/“题未定”草〔八〕(1936·2)

●7-20-84-54

一任鬼蜮的技俩随时消灭，也不能洞晓反鬼蜮者的人和文章。……我以为此后该有博采种种所谓无价值的别人的文章，作为附录的集子。

且介亭杂文二集/“题未定”草〔八〕(1936·2)

●7-20-84-55

翻印的一批人，现在已给我生活上的影响；这里又有一批人，是印“选本”的，选三四回，便将我的创作都选在他那边出售了。不过现在影响还小，再下去，就得另想生活法。

书信/致曹靖华（1936·2·10）

●7-20-84-56

上海真是流氓世界，我的收入，几乎被不知道什么人的选本和翻板剥削完了。然而什么法子也没有。不过目前于生活还不受影响，将来也许要弄到随时卖稿吃饭。

书信/致曹靖华（1936·3·24）

●7-20-84-57

看看近来的各种刊物，昏话之多，每与十年前相同，但读者的眼光，却究竟有进步，昏话刊物，很难久长。还可以骗人的是说英雄话。

书信/致王冶秋（1936·4·5）

●7-20-84-58

一切书店，纵使口甜如蜜，但无不惟利是图。

书信/致曹靖华（1936·5·14）

●7-20-84-59

凡是为中国大众工作的，倘我力所及，我总希望（并非为了个人）能够略有帮助。这是我常常自己印书的原因。因为书局印的，都偷工减料，不能作为学习的范本。

书信/致曹白（1936·8·2）

●7-20-84-60

印刷局的校员，可怕之至，他于觉得错误处，大抵以意改令通顺，并不查对原稿，所以倘是紧要的书，真令人寒心。

书信/致沈雁冰（1936·9·3）

●7-20-84-61

数期停刊的杂志，上海是常有的，其原因除压迫外，也有书店太贪，或编辑们闹架。

书信/致曹靖华（1936·9·7）

第二十一节　文　学

“中国为什么没有伟大文学产生?”我们听过许多指导者的教训了，但可惜他们独独忘却了一方面的对于作者和作品的摧残。

(85) 文学

好的文艺作品，向来多是不受别人命令，不顾利害，自然而然地从心中流露的东西

●7-21-85-1

中国的文学艺术界实有不胜寂寞之感，创作的新芽似略见吐露，但能否长成，殊不可知。最近《新青年》也颇倾向于社会问题，文学方面的东西减少了。

书信/〈日〉致青木正儿〔译文〕(1920·12·14)

●7-21-85-2

没有冲破一切传统思想和手法的闯将，中国是不会有真的新文艺的。

坟/论睁了眼看（1925·8·3）

●7-21-85-3

无论创作翻译，自然只有坚实者站得住

书信/致韦素园（1926·12·5）

●7-21-85-4

这革命地方的文学家，恐怕总喜欢说文学和革命是大有关系的，例如可以用这来宣传，鼓吹，煽动，促进革命和完成革命。不过我想，这样的文章是无力的，因为好的文艺作品，向来多是不受别人命令，不顾利害，自然而然地从心中流露的东西；如果先挂起一个题目，做起文章来，那又何异于八股，在文学中并无价值，更说不到能否感动人了。

而已集/革命时代的文学（1927·6·12）

●7-21-85-5

研究文章的历史或理论的，是文学家，是学者；做做诗，或戏曲小说，是做文章的人，就是古时候所谓文人，此刻所谓创作家。创作家不妨毫不理会文学史或理论，文学家也不妨做不出一句诗。

而已集/读书杂谈（1927·8·18－22）

●7-21-85-6

文学的理论不像算学，二二一定得四，所以议论很纷歧。

而已集/读书杂谈（1927·8·18－22）

●7-21-85-7

文艺既然是政治家的眼中钉，那就不免被挤出去。外国许多文学家，在本国站不住脚，相率亡命到别个国度去；这个方法，就是“逃”。要是逃不掉，那就被杀掉，割掉他的头；割掉头那是最好的方法，既不会开口，又不会想了。

集外集/文艺与政治的歧途（1928·1·29－30）

●7-21-85-8

一时代的纪念碑式的文章，文坛上不常有；即有之，也什九是大部的著作。以一篇短的小说而成为时代精神所居的大宫阙者，是极其少见的。

三闲集/《近代世界短篇小说集》小引（1929·4）

●7-21-85-9

Lunacharski『注：卢那察尔斯基。见3-5-28-45条释』说过，文艺上的各种古怪主义，是发生于楼顶房上的文艺家，而旺盛于贩卖商人和好奇的富翁的。那些创作者，说得好，是自信很强的不遇的才人，说得坏，是骗子。但此说嵌在中国，却只能合得一半，因为我们所听到某人在提倡某主义——如成仿吾之大谈表现主义，高长虹之以未来派自居之类——而从未见某主义的一篇作品，大吹大擂地挂起招牌来，孪生了开张和倒闭，所以欧洲的文艺史潮，在中国毫未开演，而又像已经一一演过了。

集外集/《奔流》编校后记〔十一〕（1929·8·11）

●7-21-85-10

文艺本应该并非只有少数的优秀者才能够鉴赏，而是只有少数的先天的低能者所不能鉴赏的东西。

集外集拾遗/文艺的大众化（1930·3）

●7-21-85-11

文学史上，我没有见过用阴谋除去了文学上的敌手，便成为文豪的人。

书信/致韦素园（1931·2·2）

●7-21-85-12

留学过美国的绅士派，他们以为文艺是专给老爷太太们看的，所以主角除老爷太太之外，只配有文人，学士，艺术家，教授，小姐等等，要会说Yes，No，这才是绅士的庄严，那时吴宓『注：见3-6-30“吴宓”题解－』先生就曾经发表文章，说是真不懂为什么有些人竟喜欢描写下流社会。

二心集/上海文艺之一瞥（1931·7·27）

●7-21-85-13

从文学里明白了一件大事，是世界上有两种人：压迫者和被压迫者！

南腔北调集/祝中俄文字之交（1932·12·15）

●7-21-85-14

中国文学从我看起来，可以分为两大类：（一）廊庙文学，这就是已经走进主人家中，非帮主人的忙，就得帮主人的闲；与这相对的是（二）山林文学。唐诗即有此二种。如果用现代话讲起来，是“在朝”和“下野”。后面这一种虽然暂时无忙可帮，无闲可帮，但身在山林，而“心存魏阙”。如果既不能帮忙，又不能帮闲，那么，心里就甚是悲哀了。

集外集拾遗/帮忙文学与帮闲文学（1932·12·17）

●7-21-85-15

中国是隐士和官僚最接近的。……听说有人做世界文学史，称中国文学为官僚文学。看起来实在也不错。一方面固然由于文字难，一般人受教育少，不能做文章，但在另一方面看起来，中国文学和官僚也实在接近。

集外集拾遗/帮忙文学与帮闲文学（1932·12·17）

●7-21-85-16

今日文学最巧妙的有所谓为艺术而艺术派。这一派在五四运动时代，确是革命的，因为当时是向“文以载道”*说进攻的，但是现在却连反抗性都没有了。不但没有反抗性，而且压制新文学的发生。对社会不敢批评，也不能反抗，若反抗，便说对不起艺术。

〖释：“文以载道”，语出宋代周敦颐《通书·文辞》：“文所以载道也。”〗

集外集拾遗/帮忙文学与帮闲文学（1932·12·17）

●7-21-85-17

中国原来还有着一标布满全国的旧式的军马，这就是以小说为“闲书”的人们。小说，是供看官们“茶余”酒后的消遣之用的，所以要优雅，超逸，万不可使读者不欢，打断他消闲的雅兴。此说虽古，但却与英美时行的小说合流……

南腔北调集/《竖琴》前记（1933·1）

●7-21-85-18

按：《短篇小说选集》是鲁迅应美国作家斯诺之约而编选的。

中国的诗歌中，有时也说些下层社会的苦痛。但绘画和小说却相反，大抵将他们写得十分幸福，说是“不识不知，顺帝之则”『注：语见《诗经·大雅·皇矣》』，平和得像花鸟一样。

集外集拾遗/英译本《短篇小说选集》自序（1933·3·22）

●7-21-85-19

中国的工农，被压榨到救死尚且不暇，怎能谈到教育；文字又这么不容易，要想从中出现高尔基似的伟大的作者，一时恐怕是很困难的。不过人的向着光明，是没有两样的，无祖国的文学（注：《共产党宣言》有“工人无祖国”之语，故有人称无产阶级文学为“无祖国的文学”）也并无彼此之分……

〖释：“无祖国的文学”，《共产党宣言》有“工人无祖国”之语，故有人称无产阶级文学为“无祖国的文学”。〗

集外集拾遗/译本高尔基《一月九日》小引（1933·5·27）

●7-21-85-20

文章的战斗，大家用笔，始有胜负可分，倘一面另用阴谋，即不成为战斗

书信/致黎烈文（1933·7·14）

●7-21-85-21

生得又高又胖并不就是伟人，做得多而且繁也决不就是名著。

准风月谈/由聋而哑（1933·9·8）

●7-21-85-22

古之小说，主角是勇将策士，侠盗赃官，妖怪神仙，佳人才子，后来则有妓女嫖客，无赖奴才之流。“五四”以后的短篇里却大抵是新的智识者登了场，因为他们是首先觉到了在“欧风美雨”中的飘摇的，然而总还不脱古之英雄和才子气。现在可又不同了，大家都已感到飘摇，不再要听一个特别的人的运命。……感觉得更广大，更深邃了。

南腔北调集/《总退却》序（1933·12·25）

●7-21-85-23

假如文字真的毫无什么力，那文人真是废物一枚，寄生虫一条了。他的文学观，就是废物或寄生虫的文学观。

华盖集拾遗补编/势所必至，理有固然〔手稿〕（1934?）

●7-21-85-24

正确的文学观是不骗人的，凡所指摘，自有他们自己来证明。

华盖集拾遗补编/势所必至，理有固然〔手稿〕（1934?）

●7-21-85-25

在中国，小说是向来不算文学的。在轻视的眼光下，自从十八世纪末的《红楼梦》以后，实在也没有产生什么较伟大的作品。小说家的侵入文坛，仅是开始“文学革命”运动，即一九一七年以来的事。自然，一方面是由于社会的要求的，一方面则是受了西洋文学的影响。

且介亭杂文/《草鞋脚》（英译中国短篇小说集）小引（1934·3·23）

●7-21-85-26

现在的文学也一样，有地方色彩的，倒容易

成为世界的，即为别国所注意。打出世界上去，即于中国之活动有利。

书信/致陈烟桥（1934·4·19）

●7-21-85-27

文学有普遍性，但有界限；也有较为永久的，但因读者的社会体验而生变化。……一有变化，即非永久，说文学独有仙骨，是做梦的人们的梦话。

花边文学/看书琐记（1934·8·8）

●7-21-85-28

文学要普遍而且永久，恐怕实在有些艰难。“今天天气……哈哈哈！”虽然有些普遍，但能否永久，却很可疑，而且也不大像文学。

花边文学/看书琐记〔二〕（1934·8·9）

●7-21-85-29

我想，普遍，永久，完全，这三件宝贝，自然是了不得的，不过也是作家的棺材钉，会将他钉死。譬如现在的中国，要编一本随时随地，无不可用的剧本，其实是不可能的，要这样编，结果就是编不成。

且介亭杂文/答《戏》周刊编者信（1934·11·25）

●7-21-85-30

“中国为什么没有伟大文学产生？”我们听过许多指导者的教训了，但可惜他们独独忘却了一方面的对于作者和作品的摧残。

且介亭杂文二集/叶紫作《丰收》序（1935·1·16）

●7-21-85-31

讲文学的著作，如果是所谓“史”的，当然该以时代来区分，“什么是文学”之类，那是文学概论的范围，万不能牵进去，如果连这些也讲，那么，连文法也可以讲进去了。史总须以时代为经，一般的文学史，则大抵以文章的形式为纬……

书信/致王冶秋（1935·11·5）

●7-21-85-32

“爱惜自己”当然并不是坏事情，至少，他不至于无耻，然而有些人往往误认“装点”和“遮掩”为“爱惜”。集子里面，有兼收取“少作”的，然而偏去修改一下，在孩子的脸上，种上一撮白胡须；也有兼收别人之作的，然而又大加拣选，决不取谩骂诬蔑的文章，以为无价值。其实是这些东西，一样的和本文都有价值的，即使那力量还不够引出无耻群，但倘和有价值的本文有关，这就是它在当时的价值。

且介亭杂文二集/“题未定”草〔八〕（1936·2）

●7-21-85-33

《红楼梦》里贾宝玉的模特儿是作者自己曹霑＊，《儒林外史》里马二先生的模特儿是冯执中＊，现在我们所觉得的却只是贾宝玉和马二先生，只有特种学者如胡适之先生之流，这才把曹霑和冯执中念念不忘的记在心儿里＊：这就是所谓人生有限，而艺术却较为永久的话罢。

〖释：曹霑（？－1763或1764），号雪芹，满洲正白旗“包衣”人。清代小说家，《红楼梦》的作者。/《儒林外史》，长篇小说，清代吴敬梓著。书中人物马二先生（马纯上）是个八股文选家。冯执中，应作冯萃中。清代金和在《儒林外史》跋文中说：“马纯上者，冯萃中。”/“特种学者如胡适之……”，胡适曾在《红楼梦考证》中说：“《红楼梦》这部书是曹雪芹的自叙传。”〗

且介亭杂文末编/《出关》的“关”（1936·5）

●7-21-85-34

提口号，发空论，都十分容易办。但在批评上应用，在创作上实现，就有问题了。批评与创作都是实际工作。以过去的经验，我们的批评常流于标准太狭窄，看法太肤浅；我们的创作也常现出近于出题目做八股的弱点。

且介亭杂文末编/论现在我们的文学运动（1936·7）

（86）中国现当代小说（1915－1935）

文学家是感觉灵敏了一点，许多观念，

文学家早感到了，社会还没有感到。

●7-21-86-1

《新青年》是提倡“文学改良”，后来更进一步而号召“文学革命”的发难者。

且介亭杂文二集/《中国新文学大系》小说二集序(1935·3·2)

●7-21-86-2

《新青年》……一九一五年九月中在上海开始出版的时候，却全部是文言的。苏曼殊『注：见1-1-5-8条释』的创作小说，陈嘏『注：当时一位翻译家』和刘半农的翻译小说，都是文言。到第二年『注：指1916年』，胡适的《文学改良刍议》发表了，作品也只有胡适的诗文和小说是白话。后来白话作者逐渐多了起来，但又因《新青年》其实是一个论议的刊物，所以创作并不怎样著重，比较旺盛的只有白话诗；至于戏曲和小说，也依然大抵是翻译。

且介亭杂文二集/《中国新文学大系》小说二集序(1935·3·2)

●7-21-86-3

《新青年》是提倡“文学改良”……到第二年『注：指1916年』，胡适的《文学改良刍议》发表了，作品也只有胡适的诗文和小说是白话。后来白话作者逐渐多了起来……

且介亭杂文二集/《中国新文学大系》小说二集序(1935·3·2)

●7-21-86-4

在这里『注：指《新青年》』发表了创作的短篇小说的，是鲁迅。从一九一八年五月起，《狂人日记》，《孔乙己》，《药》等，陆续的出现了，算是显示了“文学革命”的实绩，又因那时的认为“表现的深切和格式的特别”，颇激动了一部分青年读者的心。然而这激动，却是向来怠慢了绍介欧洲大陆文学的缘故……《药》的收束，也分明的留有安特莱夫（L. Andreev）『注：俄国作家(1871－1919)』式的阴冷。但后起的《狂人日记》意在暴露家族制度和礼教的弊害，却比果戈理的忧愤深广，也不如尼采的超人的渺茫。此后虽然脱离了外国作家的影响，技巧稍为圆熟，刻划也稍加深切，如《肥皂》，《离婚》等，但一面也减少了热情，不为读者们所注意了。

从《新青年》上，此外也没有养成什么小说的作家。

且介亭杂文二集/《中国新文学大系》小说二集序(1935·3·2)

●7-21-86-5

较多的倒是在《新潮》『注：见2-4-22-13条释』上。从一九一九年一月创刊，到次年主干者们出洋留学而消灭的两个年中，小说作者就有汪敬熙『注：小说家（1897－1968)』，罗家伦『注：见3-8-34-37释』，杨振声『注：见3-6-30“杨振声”题解』，俞平伯『注：文学家（1900－1990)』，欧阳予倩『注：戏剧家（1889－1962)』和叶绍钧『注：见3-5-28“叶圣陶”题解』。自然，技术是幼稚的，往往留存着旧小说上的写法和语调；而且平铺直叙，一泻无余；或者过于巧合，在一刹时中，在一个人上，会聚集了一切难堪和不幸。然而又有一种共同前进的趋向，是这时的作者们，没有一个以为小说是脱俗的文学，除了为艺术之外，一无所有的。他们每作一篇，都是“有所为”而发，是在用改革社会的器械，——虽然也没有设定终极的目标。

且介亭杂文二集/《中国新文学大系》小说二集序(1935·3·2)

●7-21-86-6

杨振声是极要描写民间疾苦的；汪敬熙并且装着笑容，揭露了好学生的秘密和苦人的灾难。但究竟因为是上层的知识者，所以笔墨总不免伸缩于描写身边琐事和小民生活之间。后来，欧阳予倩致力于剧本去了；叶绍钧却有更远大的发展。汪敬熙又在《现代评论》上发表创作，至一九二五年，自选了一本《雪夜》，但他好像终于没有自觉，或者忘却了先前的奋斗，以为他自己的作品，是并无“什么批评人生的意义的”了。

且介亭杂文二集/《中国新文学大系》小说二集序（1935・3・2）

●7-21-86-7

俞平伯的《花匠》以为人们应该屏绝矫揉造作，任其自然，罗家伦之作则在诉说婚姻不自由的苦痛，虽然稍嫌浅露，但正是当时许多知识青年们的公意；输入易卜生（H. Ibsen）的《娜拉》和《群鬼》的机运，这时候也恰恰成熟了，不过还没有想到《人民之敌》和《社会柱石》*。

〖释：“易卜生的《娜拉》……”，易卜生在《娜拉》和《群鬼》中提出了婚姻和家庭的改革问题，在《国民之敌》和《社会柱石》中提出了社会改革问题。〗

且介亭杂文二集/《中国新文学大系》小说二集序（1935・3・2）

●7-21-86-8

按：弥洒社，文学团体，胡山源、钱春江等组成。弥洒，即缪斯，希腊神话中的艺术女神。1923年3月在上海创办《弥洒》月刊，共出六期。胡山源（1897－1988），曾任世界书局编辑。

上海却还有着为人生的文学的『注：指文学研究会』一群，不过也崛起了为文学的文学的一群『注：指创造社等』。这里应该提起的，是弥洒社。它在一九二三年三月出版的《弥洒》（Musai）上，由胡山源作的《宣言》（《弥洒临凡曲》）告诉我们说——

我们乃是艺文之神；

我们不知自己何自而生，

也不知何为而生：

…………

我们一切作为只知顺着我们的 Inspiration『注：英语“灵感”』！

且介亭杂文二集/《中国新文学大系》小说二集序（1935・3・2）

●7-21-86-9

按：以下是对弥洒社和《弥洒》月刊的评介。

一切作品，诚然大抵很致力于优美，要舞得“翩跹回翔”，唱得“宛转抑扬”，然而所感觉的范围却颇为狭窄，不免咀嚼着身边的小小的悲欢，而且就看这小悲欢为全世界。在这刊物上，作为小说作者而出现的，是胡山源，唐鸣时，赵景沄，方企留『注：应为张企留』，曹贵新；钱春江和方时旭，却只能数作速写的作者。从中最特出的是胡山源，他的一篇《睡》，是实践宣言，笼罩全群的佳作，但在《樱桃花下》（第一期）『注：应为《碧桃花下》，发《弥洒》第三期』，却正如这面的过度的睡觉一样，显出那面的病的神经过敏来了。“灵感”也究竟要露出目的的。赵景沄的《阿美》，虽然简单，虽然好像不能无所为，却强有力的写出了连敏感的作者们也忘却了的“丫头”的悲惨短促的一世。

且介亭杂文二集/《中国新文学大系》小说二集序（1935・3・2）

●7-21-86-10

一九二四年中发祥于上海的浅草社『注：见1-2-14-24条释』，其实也是“为艺术而艺术”的作家团体，但他们的季刊，每一期都显示着努力：向外，在摄取异域的营养，向内，在挖掘自己的魂灵，要发见心里的眼睛和喉舌，来凝视这世界，将真和美歌唱给寂寞的人们。韩君格，孔襄我，胡絮若，高世华，林如稷……都是小说方面的工作者；连后来是中国最为杰出的抒情诗人冯至『注：见2-4-25-2条释』，也曾发表他幽婉的名篇。次年，中枢移入北京，社员好像走散了一些，《浅草》季刊改为篇叶较少的《沉钟》周刊了，但锐气并不稍衰，第一期的眉端就引着吉辛（G. Gissing）『注：英国小说家、散文家（1857－1903）』的坚决的句子——

而且我要你们一齐都证实……

我要工作啊，一直到我死之一日。

且介亭杂文二集/《中国新文学大系》小说二集序（1935・3・2）

●7-21-86-11

在事实上，沉钟社『注：见1-2-14-24条释』却确是中国的最坚韧，最诚实，挣扎得最久的团体。它好像真要如吉辛的话，工作到死掉之一日；如“沉钟”的铸造者，死也得在水底里用自己的脚敲出洪大的钟声。然而他们并不能做到，他们是活着的，时移世易，百事俱非；他们是要歌唱的，而听者却有的睡眠，有的槁死，有的流散，眼前只剩下一片茫茫白地……

且介亭杂文二集/《中国新文学大系》小说二集序(1935·3·2)

●7-21-86-12

后来以“废名”出名的冯文炳『注：见1-2-11-21条释』，也是在《浅草》中略见一斑的作者，但并未显出他的特长来。在一九二五年出版的《竹林的故事》里，才见以冲淡为衣，而如著者所说，仍能“从他们当中理出我的哀愁”的作品。可惜的是大约作者过于珍惜他有限的“哀愁”，不久就更加不欲像先前一般的闪露，于是从率直的读者看来，就只见其有意低徊，顾影自怜之态了。

且介亭杂文二集/《中国新文学大系》小说二集序(1935·3·2)

●7-21-86-13

冯沅君＊有一本短篇小说集《卷施》——是“拔心不死”的草名，也是一九二三年起，身在北京人，而以“淦女士”的笔名，发表于上海创造社的刊物上的作品。其中的《旅行》是提炼了《隔绝》和《隔绝之后》(并在《卷施》内)的精粹的名文，虽嫌过于说理，却还未伤其自然；那“我很想拉他的手，但是我不敢，我只敢在间或车上的电灯被震动而失去它的光的时候，因为我害怕那些搭客们的注意。可是我们又自己觉得很骄傲的，我们不客气的以全车中最尊贵的人自命。”这一段，实在是五四运动直后，将毅然和传统战斗，而又怕敢毅然和传统战斗，遂不得不复活其“缠绵悱恻之情”的青年们的真实的写照。和“为艺术而艺术”的作品中的主角，或夸耀其颓唐，或衒鬻其才绪，是截然两样的。

〖释：冯沅君(1900－1974)，小说家、文学史家。《卷施》，应为《卷葹》，《乌合丛书》之一。〗

且介亭杂文二集/《中国新文学大系》小说二集序(1935·3·2)

●7-21-86-14

北京虽然是“五四运动”的策源地，但自从支持着《新青年》和《新潮》的人们，风流云散以来，一九二〇至一九二二年这三年间，倒显着寂寞荒凉的古战场的情景。《晨报副刊》，后来是《京报副刊》露出头角来了，然而都不是怎么注重文艺创作的刊物，它们在小说一方面，只绍介了有限的作家：蹇先艾，许钦文，王鲁彦，黎锦明，黄鹏基，尚钺，向培良＊。

〖释：蹇先艾(1906－1994)，贵州遵义人，小说家。许钦文，见3-5-29“许钦文”题解。王鲁彦(1902－1944)，浙江镇海人，小说家。黎锦明(1905－1984)，湖南湘潭人，小说家。黄鹏基，2-4-23-11条释。尚钺向培良，见3-8-34“尚钺”题解。〗

且介亭杂文二集/《中国新文学大系》小说二集序(1935·3·2)

●7-21-86-15

蹇先艾的作品是简朴的……虽然简朴，或者如作者所自谦的“幼稚”，但很少文饰，也足够写出他心曲的哀愁。他所写的范围是狭小的，几个平常人，一些琐屑事，但如《水葬》＊，却对我们展示了“老远的贵州”的乡间习俗的冷酷，和出于这冷酷中的母之爱的伟大，——贵州很远，但大家的情境是一样的。

〖释：《水葬》，收在蹇先艾的短篇小说集《朝雾》中，写贵州乡间一个穷人因偷窃被人抛入水中淹死，而他的老母天黑后还倚门等候他回家的故事。〗

且介亭杂文二集/《中国新文学大系》小说二集序(1935·3·2)

●7-21-86-16

这时——一九二四年——偶然发表作品的还有裴文中和李健吾＊。前者大约并不是向来留心创作的人，那戎马声中，却拉杂的记下了游学的青年，为了炮火下的故乡和父母而惊魂不定的实感。后者的终条山的传说是绚烂了，虽在十年以后的今日，还可以看见那藏在用口碑织就的华服里面的身体和灵魂。

〖释：裴文中（1904－1983），河北丰润人，古人类学家；他的短篇小说《戎马声中》发表于1924年11月19日《晨报副刊》。李健吾，山西安邑人，文学家；他的短篇小说《终条山的传说》发表于1924年12月15日的《晨报副刊》。〗

且介亭杂文二集/《中国新文学大系》小说二集序（1935·3·2）

●7-21-86-17

蹇先艾叙述过贵州，裴文中关心着榆关，凡在北京用笔写出他的胸臆来的人们，无论他自称为用主观或客观，其实往往是乡土文学，从北京这方面说，则是侨寓文学的作者。……侨寓的只是作者自己，却不是这作者所写的文章，因此也只见隐现着乡愁，很难有异域情调来开拓读者的心胸，或者眩耀他的眼界。

且介亭杂文二集/《中国新文学大系》小说二集序（1935·3·2）

●7-21-86-18

许钦文自名他的第一本短篇小说集为《故乡》＊，也就是在不知不觉中，自招为乡土文学的作者，不过在还未开手来写乡土文学之前，他却已被故乡所放逐，生活驱逐他到异地去了，他只好回忆"父亲的花园"，而且是已不存在的花园，因为回忆故乡的已不存在的事物，是比明明存在，而只有自己不能接近的事物较为舒适，也更能自慰的……他也能活泼的写出民间生活来，如《石宕》，但可惜不多见。

〖释：《故乡》，《乌合丛书》之一，收《父亲的花园》等小说二十七篇，一九二六年四月北新书局出版。《石宕》发表于一九二六年七月，写几个石匠在山石崩裂下丧生的惨剧。〗

且介亭杂文二集/《中国新文学大系》小说二集序（1935·3·2）

●7-21-86-19

王鲁彦的一部分的作品的题材和笔致，似乎也是乡土文学的作家，但那心情，和许钦文是极其两样的。许钦文所苦恼的是失去了地上的"父亲的花园"，他所烦冤的却是离开了天上的自由的乐土。他听得"秋雨的诉苦"……这是太空的秋雨，要逃避人间而不能。他只好将心还给母亲，才来做"人"，骗得母亲的微笑。秋天的雨，无心的"人"，和人间社会是不会有情愫的。要说冷静，这才真是冷静；这才能够和"托尔斯小"的无抵抗主义一同抹杀"牛克斯"的斗争说；和"达我文"的进化说一并嘲弄"克鲁屁特金"的互助论；对专制不平，但又向自由冷笑。作者是往往想以诙谐之笔出之的，但也因为太冷静了，就又往往化为冷话，失掉了人间的诙谐。

然而"人"的心是究竟还不尽的，《柚子》＊一篇，虽然为湘中的作者所不满，但在玩世的衣裳下，还闪露着地上的愤懑，在王鲁彦的作品里，我以为倒是最为热烈的了。

〖释：《柚子》，王鲁彦的短篇小说集，收《秋雨的诉苦》、《灯》、《柚子》等十一篇。〗

且介亭杂文二集/《中国新文学大系》小说二集序（1935·3·2）

●7-21-86-20

……湘中的作家是黎锦明，他大约是自小就离开了故乡的。在作品里＊，很少乡土气息，但蓬勃着楚人的敏感和热情。他一早就在《社交问题》里，对易卜生一流的解放论掷了斯忒林培黎＊式的投枪；但也能精致而明丽的说述儿时的"轻微的印象"。待到一九二六年，他布告不满于自己了……他判过去的生活为灰色，以早期的作品为童騃了。果然，在此后的《破垒集》中，的确很换了些披挂，有含讥的轻妙的小品，但尤其显出好的故事作者的特色来……但其失，则又即在立旨居陆离光怪的装饰之中，时或永被沉埋，倘一显现，便又见得鹘突了。

〖释："黎锦明……作品里"，黎锦明的短篇集《烈火》，1925年开明书店出版；小说集《破垒集》，1927年开明书店出版。/斯忒林培黎（1849－1912），通译斯特林堡，瑞典作家。他对妇女解放持轻视和嘲讽的态度。〗

且介亭杂文二集/《中国新文学大系》小说二集序(1935·3·2)

●7-21-86-21

《现代评论》比起日报的副刊来，比较的着重于文艺，但那些作者，也还是新潮社和创造社的老手居多。凌叔华〖注：见5-15-60-61条释〗的小说，却发祥于这一种期刊的，她恰和冯沅君的大胆，敢言不同，大抵很谨慎的，适可而止的描写了旧家庭中的婉顺的女性。即使间有出轨之作，那是为了偶受着文酒之风的吹拂，终于也回复了她的故道了。这是好的，——使我们看见了冯沅君，黎锦明，川岛〖注：即章廷谦，见1-1-2-19条按〗，汪静之＊所描写的绝不相同的人物，也就是世态的一角，高门巨族的精魂。

〖释：汪静之，安徽绩溪人，诗人。著有诗集《蕙的风》等。〗

且介亭杂文二集/《中国新文学大系》小说二集序(1935·3·2)

●7-21-86-22

一九二五年十月间，北京突然有莽原社出现，这其实不过是不满于《京报副刊》编辑者的一群，另设《莽原》周刊，却仍附《京报》发行，聊以快意的团体。奔走最力者为高长虹，中坚的小说作者也还是黄鹏基，尚钺，向培良三个；而鲁迅是被推为编辑的。

且介亭杂文二集/《中国新文学大系》小说二集序(1935·3·2)

●7-21-86-23

到十一月，《京报》要停止副刊以外的小幅了，便改为半月刊，由未名社出版，其时所绍介的新作品，是描写着乡下的沉滞的氛围气的魏金枝＊之作：《留下镇上的黄昏》。

〖释：魏金枝（1900－1972），浙江嵊县人，作家。他的短篇小说《留下镇上的黄昏》，发表于《莽原》半月刊第十二期（1926年2月25日）。〗

且介亭杂文二集/《中国新文学大系》小说二集序(1935·3·2)

●7-21-86-24

但不久这莽原社内部冲突了，长虹一流，便在上海设立了狂飚社。所谓"狂飚运动"，那草案其实是早藏在长虹的衣袋里面的，常要乘机而出，先就印过几周刊；那《宣言》，又曾在一九二五年三月间的《京报副刊》上发表，但尚未以"超人"自命，还带着并不自满的声音……

不过后来却日见其自以为"超越"了。然而拟尼采样的彼此都不能解的格言式的文章，终于使周刊难以存在，可记的也仍然只是小说方面的黄鹏基，尚钺，——其实是向培良一个作者而已。

且介亭杂文二集/《中国新文学大系》小说二集序(1935·3·2)

●7-21-86-25

黄鹏基将他的短篇小说印成一本，称为《荆棘》，而第二次和读者相见的时候，已经改名"朋其"了。他是首先明白晓畅的主张文学不必如奶油，应该如刺，文学家不得颓丧，应该刚健的人；他在《刺的文学》(《莽原》周刊二十八期)里，说明了"文学绝不是无聊的东西"，"文学家并不一定就是得天独厚的特等民族"，"也不是成天哭泣的鲛人"。……

朋其的作品的确和他的主张并不怎么背驰，他用流利而诙谐的言语，暴露，描画，讽刺着各式人物，尤其是智识者层……

且介亭杂文二集/《中国新文学大系》小说二集序(1935·3·2)

●7-21-86-26

尚钺的创作，也是意在讥刺，而且暴露，搏击的，小说集《斧背》之名，便是自提的纲要。他创作的态度，比朋其严肃，取材也较为广泛，时时描写着风气未开之处——河南信阳——的人民。可惜的是为才能所限，那斧背就太轻小了，使他为公和为私的打击的效力，大抵失在由于器械不良，手段生涩的不中里。

且介亭杂文二集/《中国新文学大系》小说二集序（1935·3·2）

●7-21-86-27

向培良当发表他第一本小说集《飘渺的梦》时，一开首就说——

时间走过去的时候，我的心灵听见轻微的足音，我把这个很拙笨地移到纸上去了，这就是我这本小册子的来源罢！

的确，作者向我们叙述着他的心灵所听到的时间的足音，有些是借了儿童时代的天真的爱和憎，有些是借着羁旅时候的寂寞的闻和见，然而他并不“拙笨”，却也不矫揉造作，只如熟人相对，娓娓而谈，使我们在不甚操心的倾听中，感到一种生活的色相。

且介亭杂文二集/《中国新文学大系》小说二集序（1935·3·2）

●7-21-86-28

《我离开十字街头》＊……在这里听到了尼采声，正是狂飙社的静寂的鼓角。……但狂飙社却似乎仅止于“虚无的反抗”，不久就散了队，现在所遗留的，就只有向培良的这响亮的战叫，说明着半绥惠略夫（Sheveriov）式的“憎恶”的前途。

〖释：《我离开十字街头》，向培良的中篇小说。作者在此书《前记》中说：“我知道他是一个反抗者，虚无的反抗者”云云。〗

且介亭杂文二集/《中国新文学大系》小说二集序（1935·3·2）

●7-21-86-29

未名社却相反，主持者韦素园，是宁愿作为无名的泥土，来栽植奇花和乔木的人，事业的中心，也多在外国文学的译述。待到接办《莽原》后，在小说方面，魏金枝之外，又有李霁野，以敏锐的感觉创作，有时深而细，真如数着每一片叶的叶脉，但因此就往往不能广，这也是孤寂的发掘者所难以两全的。

且介亭杂文二集/《中国新文学大系》小说二集序（1935·3·2）

●7-21-86-30

台静农是先不想到写小说，后不愿意写小说的人，但为了韦素园的奖劝，为了《莽原》的索稿，他挨到一九二六年，也只得动手了。《地之子》……此后还有《建塔者》。要在他的作品里吸取“伟大的欢欣”，诚然是不容易的，但他却贡献了文艺；而且在争写着恋爱的悲欢，都会的明暗的那时候，能将乡间的死生，泥土的气息，移到纸上的，也没有更多，更勤于这作者的了。

且介亭杂文二集/《中国新文学大系》小说二集序（1935·3·2）

●7-21-86-31

有些作者，是有自编的集子的，曾在期刊上发表过的初期的文章，集子里有时却不见，恐怕是自己不满，删去了。但我间或仍收在这里面『注：指《〈中国新文学大系〉小说二集》』，因为我以为就是圣贤豪杰，也不必自惭他的童年；自惭，倒是一个错误。

且介亭杂文二集/《中国新文学大系》小说二集序（1935·3·2）

●7-21-86-32

自编的集子里的有些文章，和先前在期刊上发表的，字句往往有些不同，这当然是作者自己添削的。但这里『注：指《〈中国新文学大系〉小说二集》』却有时采了初稿，因为我觉得加了修饰之后，也未必一定比质朴的初稿好。

且介亭杂文二集/《中国新文学大系》小说二集序（1935·3·2）

（87）文学与平民

应该多有为大众设想的作家，竭力来作浅显易解的作品，使大家能懂，爱看

●7-21-87-1

平民所唱的山歌野曲，现在也有人写下来，以为是平民之音了，因为是老百姓所唱。但他们间接受古书的影响很大，他们对于乡下的绅士有田三千亩，佩服得不了，每每拿绅士的思想，做自己的思想，绅士们惯吟五言诗，七言诗；因此他们所唱的山歌野曲，大半也是五言或七言。这是就格律而言，还有构思取意，也是很陈腐的，不能称是真正的平民文学。

而已集/革命时代的文学（1927·6·12）

●7-21-87-2

现在的文学家都是读书人，如果工人农民不解放，工人农民的思想，仍然是读书人的思想，必待工人农民得到真正的解放，然后才有真正的平民文学。

而已集/革命时代的文学（1927·6·12）

●7-21-87-3

新文学兴起以来，未忘积习而常用成语如我的和故意作怪而乱用谁也不懂的生语如创造社一流的文字，都使文艺和大众隔离

三闲集/叶永蓁作《小小十年》小引（1929·8·15）

●7-21-87-4

在现下的教育不平等的社会里，仍当有种种难易不同的文艺，以应各种程度的读者之需。不过应该多有为大众设想的作家，竭力来作浅显易解的作品，使大家能懂，爱看，以挤掉一些陈腐的劳什子。但那文字的程度，恐怕也只能到唱本那样。

集外集拾遗/文艺的大众化（1930·3）

●7-21-87-5

穷人们也爱小说，他们不识字，就到茶馆里去听说书，百来回的大部书，也要每天一点一点的听下去。

南腔北调集/《总退却》序（1933·12·25）

●7-21-87-6

作品和大众不能机械的地分开。以为艺术是艺术家的“灵感”的爆发，像鼻子发痒的人，只要打出喷嚏来就浑身舒服，一了百了的时候已经过去了，现在想到，而且关心了大众。

且介亭杂文/论“旧形式的采用”（1934·5·4）

●7-21-87-7

大众并无旧文学的修养，比起士大夫文学的细致来，或者会显得所谓“低落”的，但也未染旧文学的痼疾，所以它又刚健，清新。

且介亭杂文/门外文谈（1934·8–9）

●7-21-87-8

文学的存在条件首先要会写字，那么，不识字的文盲群里，当然不会有文学家的了。然而作家却有的。……《诗经》的《国风》里的东西，好许多也是不识字的无名氏作品，因为比较的优秀，大家口口相传的。王官＊们检出它可作行政上参考的记录了下来，此外消灭的正不知有多少。

〖释：王官，王朝的职官，这里指“采诗之官”。〗

且介亭杂文/门外文谈（1934·8–9）

●7-21-87-9

我们的祖先的原始人，原是连话也不会说的，为了共同劳作，必需发表意见，才渐渐的练出复杂的声音来，假如那时大家抬木头，都觉得吃力了，却想不到发表，其中有一个叫道“杭育杭育”，那么，这就是创作；大家也要佩服，应用

的，这就等于出版；倘若用什么记号留存了下来，这就是文学；他当然就是作家，也是文学家，是“杭育杭育派”。

且介亭杂文/门外文谈（1934·8–9）

●7-21-87-10

东晋到齐陈的《子夜歌》＊和《读曲歌》＊之类，唐朝的《竹枝词》＊和《柳枝词》＊之类，原都是无名氏的创作，……到现在，到处还有民谣，山歌，渔歌等，这就是不识字的诗人的作品；也传述着童话和故事，这就是不识字的小说家的作品；他们，就都是不识字的作家。

但是，因为没有记录作品的东西，又很容易消灭，流布的范围也不能很广大，知道的人们也就很少了。偶有一点为文人所见，往往倒吃惊，吸入自己的作品中，作为新的养料。

〖释：《子夜歌》，据《晋书·乐志》：“《子夜歌》者，女子名子夜造此声。”《乐府诗集》收《子夜歌》四十二首和《子夜四时歌》七十五首。/《读曲歌》，据《宋书·乐志》：“民间为彭城王义康所作也。”《乐府诗集》收《读曲歌》八十九首，列为“吴声歌曲”。/《竹枝词》，据《乐府诗集》：“《竹枝》，本出于巴渝。唐贞元中，刘禹锡在沅湘，以俚歌鄙陋，乃依骚人《九歌》作《竹枝》新辞九章……由是盛于贞元、元和之间（785–820）。”/《柳枝词》，即《杨柳枝》，唐代教坊曲名。白居易有《杨柳枝词》八首，其中有“古歌旧曲君休听，听取新翻杨柳枝”句。又在《杨柳枝二十韵》题下自注：“《杨柳枝》，洛下新声也。”〗

且介亭杂文/门外文谈（1934·8–9）

●7-21-87-11

旧文学衰颓时，因为摄取民间文学和外国文学而起一个新的转变，这例子是常见于文学史上的。不识字的作家虽然不及文人的细腻，但他却刚健，清新。

且介亭杂文/门外文谈（1934·8–9）

●7-21-87-12

农民们还有一点余闲，譬如乘凉，就有人讲故事。不过这讲手，大抵是特定的人，他比较的见识多，说话巧，能够使人听下去，懂明白，并且觉得有趣。这就是作家，抄出他的话来，也就是作品。

且介亭杂文/门外文谈（1934·8–9）

●7-21-87-13

也不能听大众的自然，因为有些见识，他们究竟还在觉悟的读书人之下……“迎合大众”的新帮闲，是绝对的要不得的。

且介亭杂文/门外文谈（1934·8·24）

●7-21-87-14

……说到乱臣贼子，大概以为是曹操，但那并非圣人所教，却是写了小说和剧本的无名作家所教的。

且介亭杂文二集/在现代中国的孔夫子（1935·6）

(88) 文学与社会

中国人向来因为不敢正视人生，只好瞒和骗，由此也生出瞒和骗的文艺来，由这文艺，更令中国人更深地陷入瞒和骗的大泽中

●7-21-88-1

文艺是国民精神所发的火光，同时也是引导国民精神的前途的灯火。这是互为因果的，正如麻油从芝麻榨出，但以浸芝麻，就使它更油。

坟/论睁了眼看（1925·8·3）

●7-21-88-2

中国人向来因为不敢正视人生，只好瞒和骗，由此也生出瞒和骗的文艺来，由这文艺，更令中国人更深地陷入瞒和骗的大泽中，甚而至于已经自己不觉得。

坟/论睁了眼看（1925·8·3）

●7-21-88-3

文学文学，是最不中用的，没有力量的人讲的；有实力的人并不开口，就杀人，被压迫的人讲几句话，写几个字，就要被杀；即使幸而不被杀，但天天呐喊，叫苦，鸣不平，而有实力的人仍然压迫，虐待，杀戮，没有方法对付他们，这文学于人们又有什么益处呢？

而已集/革命时代的文学（1927・6・12）

●7-21-88-4

政治是要维持现状，自然和不安于现状的文艺处在不同的方向。不过不满意现状的文艺，直到十九世纪以后才兴起来，只有一段短短历史。

集外集/文艺与政治的歧途（1928・1・29－30）

●7-21-88-5

政治家认定文学家是社会扰乱的煽动者，心想杀掉他社会就可平安。殊不知杀了文学家，社会还是要革命；俄国的文学家被杀掉的充军的不在少数，革命的火焰不是到处燃着吗？文学家生前大概不能得到社会的同情，潦倒地过了一生，直到死后四五十年，才为社会所认识，大家大闹起来。政治家因此更厌恶文学家，以为文学家早就种下大祸根；政治家想不准大家思想，而那野蛮时代早已过去了。

集外集/文艺与政治的歧途（1928・1・29－30）

●7-21-88-6

后来，一个部落一个部落你吃我吞，渐渐扩大起来，所谓大国，就是吞吃那多多少少的小部落；一到了大国，内部情形就复杂得多，夹着许多不同的思想，许多不同的问题。这时，文艺也起来了，和政治不断地冲突；政治想维系现状使它统一，文艺催促社会进化使它渐渐分离；文艺虽使社会分裂，但是社会这样才进步起来。

集外集/文艺与政治的歧途（1928・1・29－30）

●7-21-88-7

文艺家的话其实还是社会的话，他不过感觉灵敏，早感到早说出来（有时，他说的太早，连社会也反对他，也排轧他）。

集外集/文艺与政治的歧途（1928・1・29－30）

●7-21-88-8

到了后来，社会终于变动了；文艺家先时讲的话，渐渐大家都记起来了，大家都赞成他，恭维他是先知先觉。虽是他活的时候，怎样受过社会的奚落。

集外集/文艺与政治的歧途（1928・1・29－30）

●7-21-88-9

文学家是感觉灵敏了一点，许多观念，文学家早感到了，社会还没有感到。

集外集/文艺与政治的歧途（1928・1・29－30）

●7-21-88-10

十九世纪以后的文艺，……完全变成和人生问题发生密切关系。我们看了，总觉得十二分的不舒服，可是我们还得气也不透地看下去。这因为以前的文艺，好像写别一个社会，我们只要鉴赏；现在的文艺，就在写我们自己的社会，连我们自己也写进去；在小说里可以发见社会，也可以发见我们自己；以前的文艺，如隔岸观火，没有什么切身关系；现在的文艺，连自己也烧在这里面，自己一定深深感觉到；一到自己感觉到，一定要参加到社会去！

集外集/文艺与政治的歧途（1928・1・29－30）

●7-21-88-11

其实朦胧也不关怎样紧要。便在最革命的国度里，文艺方面也何尝不带些朦胧。

三闲集/“醉眼”中的朦胧（1928・3・12）

●7-21-88-12

超时代其实就是逃避，倘自己没有正视现实的勇气，又要挂革命的招牌，便自觉地或不自觉地必然地要走入那一条路的。身在现世，怎么离去？这是和说自己用手提着耳朵，就可以离开地球者一样的欺人。

三闲集/文艺与革命（1928·4·16）

●7-21-88-13

社会停滞着，文艺决不能独自飞跃，若在这停滞的社会里居然滋长了，那倒是为这社会所容，已经离开革命，其结果，不过多卖几本刊物，或在大商店的刊物上挣得揭载稿子的机会罢了。

三闲集/文艺与革命（1928·4·16）

●7-21-88-14

在现在的中国，文学和艺术，也还是一种所谓文艺家的食宿的窠。

集外集拾遗补编/致《近代美术史潮论》的读者诸君（1929·3·1）

●7-21-88-15

生活状态，当随时代而变更，后来的作者，也许不及看见，随时记载下来，至少也可以作这一时代的记录。所以对于现在以及将来，还是都有意义的。

二心集/关于小说题材的通信（1932·1·5）

●7-21-88-16

我们并且能将有的化无，例如什么“枕戈待旦”呀，“卧薪尝胆”呀，“尽忠报国”呀，我们也就即刻会看成白纸，恰如还未定影的照片，遇到了日光一般。

伪自由书/文学上的折扣（1933·3·15）

●7-21-88-17

有一篇《正面文章反看法》，这是令人毛骨悚然的文字。因为得到这一个结论的时候，先前一定经过许多苦楚的经验，见过许多可怜的牺牲。本草家『注：中医药物学家』提起笔来，写道：砒霜，大毒。字不过四个，但他却确切知道了这东西曾经毒死过若干性命的了。

伪自由书/推背图（1933·4·6）

●7-21-88-18

我们日日所见的文章，……有明说要做，其实不做的；有明说不做，其实要做的；有明说做这样，其实做那样的；有其实自己要这么做，倒说别人要这么做的；有一声不响，而其实倒做了的。然而也有说这样，竟这样的。

伪自由书/推背图（1933·4·6）

●7-21-88-19

作文真就毫无秘诀么？……简而言之，实不过要做得“今天天气，哈哈哈……”而已。

南腔北调集/作文秘诀（1933·12·15）

●7-21-88-20

文学与社会之关系，先是它敏感的描写社会，倘有力，便又一转而影响社会，使有变革。这正如芝麻油原从芝麻打出，取以浸芝麻，就使它更油一样。

书信/致徐懋庸（1933·12·20）

●7-21-88-21

艺术的真实非即历史上的真实，我们是听到过的，因为后者须有其事，而创作则可以缀合，抒写，只要逼真，不必实有其事也。然而他所据以缀合，抒写者，何一非社会上的存在，从这些目前的人，的事，加以推断，使之发展下去，这便好像豫言，因为后来此人，此事，确也正如所写。

书信/致徐懋庸（1933·12·20）

●7-21-88-22

莫非大作家动笔，一定故意只看社会不看人（不涉及人，社会上又看什么），舍已有之典型而写可有的典型的么？倘其如是，那真是上帝，上帝创造，即如宗教家说，亦有一定的范围，必以有存在之可能为限，故火中无鱼，泥里无鸟也。

书信/致徐懋庸（1933·12·20）

●7-21-88-23

中国久已称小说之类为“闲书”，这在五十年前为止，是大概真实的，整日价辛苦做活的人，就没有工夫看小说。所以凡看小说的，他就得有余暇，既有余暇，可见是不必怎样辛苦做活的了，成仿吾先生曾经断之曰：“有闲，即是有钱！”＊者以此。

〖释：“有闲，即是有钱！”，李初梨在《文化批判》第二号（1928年2月）发表的《怎样地建设革命文学》一文中引用成仿吾“批判”鲁迅是“有闲阶级”的话之后说：“我们知道，在现在的资本主义社会，有闲阶级，就是有钱阶级。”〗

南腔北调集/《总退却》序（1933·12·25）

●7-21-88-24

写文章自以为对于社会毫无影响，正如称“废名”『注：冯文炳的笔名』而自以为真的废了名字一样。“废名”就是名。要于社会毫无影响，必须连任何文字也不立，要真的废名，必须连“废名”这笔名也不署。

华盖集拾遗补编/势所必至，理有固然〔手稿〕（1934?）

●7-21-88-25

中国确也还盛行着《三国志演义》和《水浒传》，但这是为了社会还有三国气和水浒气的缘故。

且介亭杂文二集/叶紫作《丰收》序（1935·1·16）

(89) 文学的阶级性

要抹杀阶级性，我以为最干净的是吴稚晖先生的“什么马克斯牛克斯”

●7-21-89-1

人性是永久不变的么？

类人猿，原人，古人，今人，未来的人，……如果生物真会进化，人性就不能永久不变。不说类猿人，就是原人的脾气，我们大约就很难猜得着的，则我们的脾气，恐怕未来的人也未必会明白。要写永久不变的人性，实在难哪。

而已集/文学和出汗（1928·1·14）

●7-21-89-2

有一派讲文艺的，主张离开人生，讲些月呀花呀鸟呀的话（在中国又不同，有国粹的道德，连花呀月呀都不许讲，当作别论），或者专讲“梦”，专讲些将来的社会，不要讲得太近。这种文学家，他们都躲在象牙之塔里面；但是“象牙之塔”毕竟不能住得很长久的呀！象牙之塔总是要安放在人间，就免不掉还要受政治的压迫。

集外集/文艺与政治的歧途（1928·1·29－30）

●7-21-89-3

正人君子……大骂“偏激”之可恶＊，以为人人应该相爱，现在被一班坏东西教坏了。他们饱人大约是爱饿人的，但饿人却不爱饱人，黄巢时候，人相食＊，饿人尚且不爱饿人，这实在无须斗争文学作怪。

〖释：“正人君子大骂‘偏激’之可恶”，指新月派中人之所为。他们在《新月》月刊创刊号的发刊词《“新月”的态度》中指摘革命文学的“偏激”，是他们的“态度所不容的”。又说：“我们不崇拜任何的偏激因为我们相信社会的纪纲是靠着积极的情感来维系的，在一个常态社会的天平上，情爱的分量一定超过仇恨的分量，互助的精神一定超过互害与互杀的动机。”/“黄巢时候人相食”，据新、旧《唐书·黄巢传》载：中和三年（833）他率军退出长安（今西安），途中受敌人围困，粮食匮乏，他的军队曾“俘人而食”。〗

三闲集/文艺与革命（1928·4·16）

●7-21-89-4

托罗兹基『注：即托洛茨基』虽然已经“没落”，但他曾说，不含利害关系的文章，当在将来另一制度的社会里。我以为他这话却还是对的。

三闲集/我的态度气量和年纪（1928·5·7）

●7-21-89-5

在我自己，是以为若据性格感情等，都受“支配于经济”（也可以说根据于经济组织或依存于经济组织）之说，则这些就一定都带着阶级性。但是“都带”，而非“只有”。所以不相信有一切超乎阶级，文章如日月的永久的大文豪，也不相信住洋房，喝咖啡，却道“唯我把握住了无产阶级意识，所以我是真的无产者”的革命文学者。

三闲集/文学的阶级性（1928·8·20）

●7-21-89-6

文学不借人，也无以表示“性”，一用人，而且还在阶级社会里，即断不能免掉所属的阶级性，无需加以“束缚”，实乃出于必然。自然，“喜怒哀乐，人之情也”，然而穷人决无开交易所折本的懊恼，煤油大王那会知道北京检煤渣老婆子身受的酸辛，饥区的灾民，大约总不去种兰花，像阔人的老太爷一样，贾府上的焦大，也不爱林妹妹的。“汽笛呀!”“列宁呀!”固然并不就是无产文学，然而“一切东西呀!”“一切人呀!”“可喜的事来了，人喜了呀!”也不是表现“人性”的“本身”的文学。

二心集/“硬译”与“文学的阶级性”（1930·3）

●7-21-89-7

前年以来，中国确曾有许多诗歌小说，填进口号和标语去，自以为就是无产文学。但那是因为内容和形式，都没有无产气，不用口号和标语，便无从表示其“新兴”的缘故，实际上也并非无产文学。今年，有名的“无产文学底批评家”钱杏邨*先生在《拓荒者》上还在引卢那卡尔斯基的话，以为他推重大众能解的文学，足见用口号标语之未可厚非，来给那些“革命文学”辩护。但我觉得那也和梁实秋先生一样，是有意的或无意的曲解。卢那卡尔斯基所谓大众能解的东西，当是指托尔斯泰做了分给农民的小本子那样的文体，工农一看便会了然的语法，歌调，诙谐。

〖释：钱杏邨（1900－1977），即阿英，文学家，太阳社主要成员。他的说法，见《拓荒者》第一期（1930年1月）。〗

二心集/“硬译”与“文学的阶级性”（1930·3）

●7-21-89-8

无产者文学是为了以自己们之力，来解放本阶级并及一切阶级而斗争的一翼，所要的是全般，不是一角的地位。

二心集/“硬译”与“文学的阶级性”（1930·3）

●7-21-89-9

号称无产作家的作品中，我也举不出相当的成绩。但钱杏邨先生也曾辩护，说新兴阶级，于文学的本领当然幼稚而单纯，向他们立刻要求好作品，是“布尔乔亚”的恶意。这话为农工而说，是极不错的。这样的无理要求，恰如使他们冻饿了好久，倒怪他们为什么没有富翁那么肥胖一样。

〖释：“钱杏邨先生也曾辩护……”，鲁迅、茅盾曾批评“口号标语文学”，钱杏邨反驳说这是“中国的布尔乔亚作家”对“普罗列塔利亚文坛”的“恶意的嘲笑”云。〗

二心集/“硬译”与“文学的阶级性”（1930·3）

●7-21-89-10

倘以表现最普通的人性的文学为至高，则表现最普遍的动物性——营养，呼吸，运动，生殖——的文学，或者除去“运动”，表现生物性的文学，必当更在其上。倘说，因为我们是人，所以以表现人性为限，那么，无产者就因为是无产阶级，所以要做无产文学。

二心集/“硬译”与“文学的阶级性”（1930·3）

●7-21-89-11

要抹杀阶级性，我以为最干净的是吴稚晖先生的“什么马克斯牛克斯”以及什么先生的“世界上并没有阶级这东西”的学说。那么，就万喙息响，天下太平。

二心集/“硬译”与“文学的阶级性”（1930·3）

●7-21-89-12

非同阶级是不能深知的，加以袭击，撕其面具，当比不熟悉此中情形者更加有力。

二心集/关于小说题材的通信（1932·1·5）

●7-21-89-13

生在有阶级的社会里而要做超阶级的作家，生在战斗的时代而要离开战斗而独立，生在现在而要做给与将来的作品，这样的人，实在也是一个心造的幻影，在现实世界上是没有的。要做这样的人，恰如用自己的手拔着头发，要离开地球一样，他离不开，焦躁着，然而并非因为有人摇了摇头，使他不敢拔了的缘故。

南腔北调集/论“第三种人”（1932·11·1）

●7-21-89-14

从文学里明白了一件大事，是世界上有两种人：压迫者和被压迫者！

南腔北调集/祝中俄文字之交（1932·12·15）

●7-21-89-15

佛洛伊特『注：即弗洛伊德』恐怕是有几文钱，吃得饱饱的罢，所以没有感到吃饭之难，只注意于性欲。有许多人正和他在同一境遇上，就也轰然的拍起手来。诚然，他也告诉过我们，女儿多爱父亲，儿子多爱母亲，即因为异性的缘故。然而婴儿出生不多久，无论男女，就尖起嘴唇，将头转来转去。莫非它想和异性接吻么？不，谁都知道：是要吃东西！

南腔北调集/听说梦（1933·4·15）

●7-21-89-16

我们还受着旧思想的束缚，一说到吃，就觉得近乎鄙俗。……食欲的根柢，实在比性欲还要深，在目下开口爱人，闭口情书，并不以为肉麻的时候，我们也大可以不必讳言要吃饭。

南腔北调集/听说梦（1933·4·15）

●7-21-89-17

不问那一阶级的作家，都有一个“自己”，这“自己”，就都是他本阶级的一分子，忠实于他自己的艺术的人，也就是忠实于他本阶级的作者，在资产阶级如此，在无产阶级也如此。

南腔北调集/又论“第三种人”（1933·7·1）

●7-21-89-18

一个活人，当然是总想活下去的，就是真正老牌的奴隶，也还在打熬着要活下去。然而自己明知道是奴隶，打熬着，并且不平着，挣扎着，一面“意图”挣脱以至实行挣脱的，即使暂时失败，还是套上了镣铐罢，他却不过是单单的奴隶。如果从奴隶生活中寻出“美”来，赞叹，抚摸，陶醉，那可是万劫不复的奴才了，他使自己和别人永远安住于这生活。就因为奴群中有这一点区别，所以使社会有平安和不安的差别，而在文学上，就分明的显现了麻醉的和战斗的的不同。

南腔北调集/漫与（1933·10·15）

●7-21-89-19

决非革命文学要放弃它的阶级的领导的责任，而是将它的责任更加重，更放大，重到和大到要使全民族，不分阶级和党派，一致去对外。这个民族的立场，才真是阶级的立场。

且介亭杂文末编/论现在我们的文学运动（1936·7）

（90）文学与革命

对于压迫者的答复：文学是战斗的！

●7-21-90-1

革命时代总要有许多文艺家萎黄，有许多文艺家向新的山崩地塌般的大波冲进去，乃仍被吞没，或者受伤。被吞没的消灭了；受伤的生活着，开拓着自己的生活，唱着苦痛和愉悦之歌。待到这些逝去了，于是现出一个较新的新时代，产出更新的文艺来。

中国自民元革命以来，所谓文艺家，没有萎黄的，也没有受伤的，自然更没有消灭，也没有苦痛和愉悦之歌。这就是因为没有新的山崩地塌般的大波，也就是因为没有革命。

华盖集续编/马上日记之二（1926·7·19）

●7-21-90-2

“五四运动”前一年，胡适之先生所提倡的“文学革命”＊。……我们就称为“文学革命”罢，中国文字上，这样的花样是很多的。那大意也并不可怕，不过说：我们不必再去费尽心机，学说古代的死人的话，要说现代的活人的话；不要将文章看作古董，要做容易懂得的白话的文章。然而，单是文学革新是不够的，因为腐败思想，能用古文作，也能用白话作。所以后来就有人提倡思想革新。思想革新的结果，是发生社会革新运动。这运动一发生，自然一面就发生反动，于是便酿成战斗……。

〖释：“胡适之提倡‘文学革命’”，指胡适1918年4月在《新青年》上发表《建设的文学革命论》一文。〗

三闲集/无声的中国（1927·2）

●7-21-90-3

有人以为文学于革命是有伟力的，但我个人总觉得怀疑，文学总是一种余裕的产物，可以表示一民族的文化，倒是真的。

而已集/革命时代的文学（1927·6·12）

●7-21-90-4

革命虽然进行，但社会上旧人物还很多，决不能一时变成新人物，他们的脑中满藏着旧思想旧东西；环境渐变，影响到他们自身的一切，于是回想旧时的舒服，便对于旧社会眷念不已，恋恋不舍，因而讲出很古的话，陈旧的话，形成这样的文学。这种文学都是悲哀的调子，表示他心里不舒服，一方面看见新的建设胜利了，一方面看见旧的制度灭亡了，所以唱起挽歌来。但是怀旧，唱挽歌，就表示已经革命了，如果没有革命，旧人物正得势，是不会唱挽歌的。

而已集/革命时代的文学（1927·6·12）

●7-21-90-5

大革命之前，所有的文学，大抵是对于种种社会状态，觉得不平，觉得痛苦，就叫苦，鸣不平，在世界文学中关于这类的文学颇不少。但这些叫苦鸣不平的文学对于革命没有什么影响，因为叫苦鸣不平，并无力量，压迫你们的人仍然不理，老鼠虽然吱吱地叫，尽管叫出很好的文学，而猫儿吃起它来，还是不客气。……叫苦鸣不平的文学等于喊冤，压迫者对此倒觉得放心。

而已集/革命时代的文学（1927·6·12）

●7-21-90-6

文学对于战争，没有益处，最好不过作一篇战歌，或者写得美的，便可于战余休憩时看看，倒也有趣。

而已集/革命时代的文学（1927·6·12）

●7-21-90-7

富有反抗性，蕴有力量的民族，因为叫苦没用，他便觉悟起来，由哀音而变为怒吼。怒吼的文学一出现，反抗就快到了；他们已经很愤怒，所以与革命爆发时代接近的文学每每带有愤怒之音；他要反抗，他要复仇。

而已集/革命时代的文学（1927·6·12）

●7-21-90-8

到了大革命的时代，文学没有了，没有声音了，因为大家受革命潮流的鼓荡，大家由呼喊而转入行动，大家忙着革命，没有闲空谈文学了。还有一层，是那时民生凋敝，一心寻面包吃尚且来不及，那里有心思谈文学呢？守旧的人因为受革命潮流的打击，气得发昏，也不能再唱所谓他们底文学了。

而已集/革命时代的文学（1927·6·12）

●7-21-90-9

大革命成功后，社会底状态缓和了，大家底生活有余裕了，这时候就又产生文学。这时候底文学有二：一种文学是赞扬革命，称颂革命……另有一种文学是吊旧社会的灭亡——挽歌——也是革命后会有的文学。

而已集/革命时代的文学（1927·6·12）

●7-21-90-10

我以为根本问题是在作者可是一个“革命人”，倘是的，则无论写的是什么材料，即都是“革命文学”。从喷泉里出来的都是水，从血管里出来的都是血。“赋得革命，五言八韵”＊是只能骗骗盲试官的。

〖释：“赋得革命，五言八韵”，科举时代的试帖诗大抵都用古人诗句或成语，冠以“赋得”二字，以作诗题。清朝又规定每首为五言八韵，即五字一句，十六句一首，二句一韵。〗

而已集/革命文学（1927·10·21）

●7-21-90-11

凡有革命以前的幻想或理想的革命诗人，很可有碰死在自己所讴歌希望的现实上的运命；而现实的革命倘不粉碎了这类诗人的幻想或理想，则这革命也还是布告上的空谈。

三闲集/在钟楼上〔夜记之二〕（1927·12·17）

●7-21-90-12

革命成功以后……有人恭维革命，有人颂扬革命，这已不是革命文学。他们恭维革命颂扬革命，就是颂扬有权力者，和革命有什么关系？

这时，也许有感觉灵敏的文学家，又感到现状的不满意，又要出来开口。从前文艺家的话，政治革命家原是赞同过；直到革命成功，政治家把从前所反对那些人用过的老法子重新采用起来，在文艺家仍不免于不满意，又非被排轧出去不可，或是割掉他的头。

集外集/文艺与政治的歧途（1928·1·29－30）

●7-21-90-13

我每每觉到文艺和政治时时在冲突之中；文艺和革命原不是相反的，两者之间，倒有不安于现状的同一。

集外集/文艺与政治的歧途（1928·1·29－30）

●7-21-90-14

正在革命，那有工夫做诗？我有几个学生，在打陈炯明＊时候，他们都在战场；我读了他们的来信，只见他们的字与词一封一封生疏下去。俄国革命以后，拿了面包票排了队一排一排去领面包；这时，国家既不管你什么文学家艺术家雕刻家；大家连想面包都来不及，那有功夫去想文学？等到有了文学，革命早成功了。

〖释：陈炯明（1875－1933），广东海丰人，广东军阀。1925年所部被广东革命军消灭。鲁迅的学生李秉中等曾参加讨伐陈炯明的战争。〗

集外集/文艺与政治的歧途（1928·1·29－30）

●7-21-90-15

所谓革命，那不安于现在，不满意于现状的都是……文学家的命运并不因自己参加过革命而有一样改变，还是处处碰钉子。现在革命的势力已经到了徐州，在徐州以北文学家原站不住脚；在徐州以南，文学家还是站不住脚，即共了产，文学家还是站不住脚。

集外集/文艺与政治的歧途（1928·1·29－30）

●7-21-90-16

革命文学家和革命家竟可说完全两件事。诋斥军阀怎样怎样不合理，是革命文学家；打倒军阀是革命家；孙传芳『注：见3-8-35-83条释』所以赶走，是革命家用炮轰掉的，决不是革命文艺家做了几句“孙传芳呀，我们要赶掉你呀”的文章赶掉的。

集外集/文艺与政治的歧途（1928·1·29－30）

●7-21-90-17

在革命的时候，文学家都在做一个梦，以为

革命成功将有怎样怎样一个世界；革命以后，他看看现实全不是那么一回事，于是他又要吃苦了。照他们这样叫，啼，哭都不成功；向前不成功，向后也不成功，理想和现实不一致，这是注定的运命……

集外集/文艺与政治的歧途（1928·1·29－30）

●7-21-90-18

以革命文学自命的，一定不是革命文学，世间那有满意现状的革命文学？除了吃麻醉药！

集外集/文艺与政治的歧途（1928·1·29－30）

●7-21-90-19

苏俄革命以前，有两个文学家，叶遂宁和梭波里『注：均见5－15－61－4条释』，他们都讴歌过革命，直到后来，他们还是碰死在自己所讴歌希望的现实碑上……不过，社会太寂寞了，有这样的人，才觉得有趣些。人类是欢喜看看戏的，文学家自己来做戏给人家看，或是绑出去砍头，或是在最近墙脚下枪毙，都可以热闹一下子。且如上海巡捕用棒打人，大家围着去看，他们自己虽然不愿意挨打，但看见人家挨打，倒觉得颇有趣的。文学家便是用自己的皮肉在挨打的啦！

集外集/文艺与政治的歧途（1928·1·29－30）

●7-21-90-20

世界上时时有革命，自然会有革命文学。

三闲集/文艺与革命（1928·4·16）

●7-21-90-21

外来的东西，单取一件，是不行的，有汽车也须有好道路，一切事总不免环境的影响。文学——在中国的所谓新文学，所谓革命文学，也是如此。

三闲集/现今的新文学的概观（1929·4·25）

●7-21-90-22

各种文学，都是应环境而产生的，推崇文艺的人，虽喜欢说文艺足以煽起风波来，但在事实上，却是政治先行，文艺后变。倘以为文艺可以改变环境，那是“唯心”之谈，事实的出现，并不如文学家所豫想。所以巨大的革命，以前的所谓革命文学者还须灭亡，待到革命略有结果，略有喘息的余裕，这才产生新的革命文学者。

三闲集/现今的新文学的概观（1929·4·25）

●7-21-90-23

旧社会将近崩坏之际，是常常会有近似带革命性的文学作品出现的，然而其实并非真的革命文学。例如：或者憎恶旧社会，而只是憎恶，更没有对于将来的理想；或者也大呼改造社会，而问他要怎样的社会，却是不能实现的乌托邦＊；或者自己活得无聊了，便空泛地希望一大转变，来作刺戟，正如饱于饮食的人，想吃些辣椒爽口；更下的是原是旧式人物，但在社会里失败了却想另挂新招牌，靠新兴势力获得更好的地位。

〖释：“乌托邦”，拉丁文 Utopia 的音译，源于英国汤姆士·莫尔1516年所作小说《乌托邦》。书中描绘一种叫“乌托邦”的社会形式，寄托着作者空想社会主义的理想。〗

三闲集/现今的新文学的概观（1929·4·25）

●7-21-90-24

希望革命的文人，革命一到，反而沉默下去的例子，在中国便曾有过的。即如清末的南社＊，便是鼓吹革命的文学团体，……民国成立以后，倒寂然无声了。

〖释：“南社”，文学团体。1909年柳亚子等人发起，成立于苏州。一度有成员千余人，以诗文鼓吹反清革命。辛亥革命后发生分化，有的人投靠袁世凯，有的人成为安福系、研究系政客，只有极少数人坚持进步立场。1923年解体。〗

三闲集/现今的新文学的概观（1929·4·25）

●7-21-90-25

十月革命开初，也曾有许多革命文学家非常惊喜，欢迎这暴风雨的袭来，愿受风雷的试炼。但后来，诗人叶遂宁，小说家索波里自杀了，近来还听说有名的小说家爱伦堡有些反动。这是什么缘故呢？就因为四面袭来的并不是暴风雨，来试炼的也并非风雷，却是老老实实的“革命”。空想被击碎了，人也就活不下去……

三闲集/现今的新文学的概观（1929·4·25）

●7-21-90-26

法国的波特莱尔*，谁都知道是颓废的诗人，然而他欢迎革命，待到革命要妨害他的颓废生活的时候，他才憎恶革命了。所以革命前夜的纸张上的革命家，而且是极彻底，极激烈的革命家，临革命时，便能够撕掉他先前的假面，——不自觉的假面。

〖释：波特莱尔（C. Baudelaire，1821－1867），法国诗人。曾参加法国1848年的二月革命，编辑《社会生路报》，参加了六月的街垒战。但革命失败后他丧失信心，日益颓废，在诗集《恶之花》中美化丑恶，歌颂死亡，充满悲观厌世情绪。〗

二心集/非革命的急进革命论者（1930·3·1）

●7-21-90-27

关在房子里，最容易高谈彻底的主义，然而也最容易“右倾”。西洋的叫作“Salon 的社会主义者”，便是指这而言。“Salon”是客厅的意思，坐在客厅里谈谈社会主义，高雅得很，漂亮得很，然而并不想到实行的。这种社会主义者，毫不足靠。

二心集/对于左翼作家联盟的意见（1930·4·1）

●7-21-90-28

“革命”和“文学”，若断若续，好像两只靠近的船，一只是“革命”，一只是“文学”，而作者的每一只脚就站在每一只船上面。当环境较好的时候，作者就在革命这一只船上踏得重一点，分明是革命者，待到革命一被压迫，则在文学的船上踏得重一点，他变了不过是文学家了。

二心集/上海文艺之一瞥（1931·7·27）

●7-21-90-29

有些貌似革命的作品，也并非要将本阶级或资产阶级推翻，倒在憎恨或失望于他们的不能改良，不能较长久的保持地位……对于这些的作品，我以为实在无须称之为无产阶级文学，作者也无须为了将来的名誉起见，自称为无产阶级的作家的。

二心集/上海文艺之一瞥（1931·7·27）

●7-21-90-30

在现在中国这样的社会中，最容易希望出现的，是反叛的小资产阶级的反抗的，或暴露的作品。因为他生长在这正在灭亡着的阶级中，所以他有甚深的了解，甚大的憎恶，而向这刺下去的刀也最为致命与有力。

二心集/上海文艺之一瞥（1931·7·27）

●7-21-90-31

我们的作者，却将革命的工农用笔涂成一个吓人的鬼脸，由我看来，真是卤莽之极了。

南腔北调集/辱骂和恐吓决不是战斗（1932·12·15）

●7-21-90-32

最初，文学革命者的要求是人性的解放，他们以为只要扫荡了旧的成法，剩下来的便是原来的人，好的社会了，于是就遇到保守家们的迫压和陷害。大约十年之后，阶级意识觉醒了起来，前进的作家，就都成了革命文学者，而迫害也更加厉害，禁止出版，烧掉书籍，杀戮作家，有许多青年，竟至于在黑暗中，将生命殉了他的工作了。

且介亭杂文/《草鞋脚》〔英译中国短篇小说集〕小引（1934·3·23）

●7-21-90-33

对于压迫者的答复：文学是战斗的！

且介亭杂文二集/叶紫作《丰收》序（1935·1·16）

●7-21-90-34

《新青年》是提倡“文学改良”，后来更进一步而号召“文学革命”的发难者。

且介亭杂文二集/《中国新文学大系》小说二集序（1935·3·2）

●7-21-90-35

我们需要的，不是作品后面添上去的口号和矫作的尾巴，而是那全部作品中的真实的生活，生龙活虎的战斗，跳动着的脉搏，思想和热情，等等。

且介亭杂文末编/论现在我们的文学运动（1936·7）

(91)“难懂”的文学

作者本来就是乱写，自己也不知道什么意思。但认真的读者却以为里面有着深意，用心的来研究它，结果是到底莫名其妙，只好怪自己浅薄。假如你去请教作者本人罢，他一定不加解释，只是鄙夷的对你笑一笑。这笑，也就愈见其深。

●7-21-91-1

夜里睡不着……坐起来点灯看《语丝》，不幸就看见了徐志摩先生的神秘谈，——不，“都是音乐”，是听到了音乐先生的音乐：

……慈悲而残忍的金苍蝇，展开馥郁的安琪儿的黄翅，唵，颇利，弥缚谛弥谛，从荆芥萝卜玎琤溯洋的彤海里起来。Br－rrr tatata tahi tal 无终始的金刚石天堂的娇袅鬼茱萸，蘸着半分之一的北斗的蓝血，将翠绿的忏悔写在腐烂的鹦哥伯伯的狗肺上！你不懂么？咄！吁，我将死矣！婀娜涟漪的天狼的香而秽恶的光明的利镞，射中了塌鼻阿牛的妖艳光滑蓬松而冰冷的秃头，一匹黯黮欢愉的瘦螳螂飞去了。哈，我不死矣！无终……

危险，我又疑心我发热了，发昏了……只能恭颂志摩先生的福气大，能听到这许多“绝妙的音乐”而已。但倘有不知道自怨自艾的人，想将这位先生“送进疯人院”去，我可要拚命反对，尽力呼冤的……

集外集/“音乐”？（1924·12·15）

●7-21-91-2

按：下文是对徐志摩文字的模仿。

……这确是一条熹微翠朴的硬汉！王九妈妈的陵嶒小提囊，杜鹃叫道行不得也哥哥儿。滃然哀哈之蓝缕的蒺藜，劣马样儿。这口风一滑溜，凡有绯刚的评论都要逼得翘辫儿了。

华盖集/评心雕龙（1925·11·27）

●7-21-91-3

现在呢，思想上且不说，便是文辞，许多青年作者又在古文，诗词中摘些好看而难懂的字面，作为变戏法的手巾，来装潢自己的作品了。

坟/写在《坟》后面（1926·11）

●7-21-91-4

按：鲁迅在短文《扁》中模仿并挖苦了某些古怪写法。

天上掉下一颗头，头上站着一头牛，爱呀，海中央的青霹雳呀……

三闲集/扁（1928·4·23）

●7-21-91-5

Lunacharski『注：卢那察尔斯基』说过，文艺上的各种古怪主义……那些创作者，说得好，是自信很强的不遇的才人，说得坏，是骗子。

集外集/《奔流》编校后记〔十一〕（1929·8·11）

●7-21-91-6

倘若说，作品愈高，知音愈少。那么，推论起来，谁也不懂的东西，就是世界上的绝作了。

集外集拾遗/文艺的大众化（1930·3）

●7-21-91-7

以前欧洲有所谓未来派艺术。未来派的艺术是看不懂的东西。但看不懂也并非一定是看者知识太浅，实在是它根本上就看不懂。文章本来有两种：一种是看得懂的，一种是看不懂的。假若你看不懂就自恨浅薄，那就是上当了。不过人家是不管看懂与不懂的——看不懂如未来派的文学，虽然看不懂，作者却是拚命的，很认真的在那里讲。但是中国就找不出这样例子。

集外集拾遗/今春的两种感想（1932·11·30）

●7-21-91-8

人们不懂，所以雅，也就是所以好，现在也还是一个做文豪的秘诀呀。

准风月谈/新秋杂识〔三〕（1933·9·17）

●7-21-91-9

至于修辞，也有一点秘诀：一要蒙胧，二要难懂。那方法，是：缩短句子，多用难字。

南腔北调集/作文秘诀（1933·12·15）

●7-21-91-10

做得蒙胧，这便是所谓“好”么？答曰：也不尽然，其实是不过掩了丑。但是，“知耻近乎勇”，掩了丑，也就仿佛近乎好了。摩登女郎披下头发，中年妇人罩上面纱，就都是蒙胧术。

南腔北调集/作文秘诀（1933·12·15）

●7-21-91-11

不懂当然也好的。好在那里呢？即好在不懂中。但所虑的是好到令人不能说好丑，所以还不如做得它“难懂”：有一点懂，而下一番苦功之后，所懂的也比较的多起来。我们是向来很有崇拜“难”的脾气的，每餐吃三碗饭，谁也不以为奇，有人每餐要吃十八碗，就郑重其事的写在笔记上；用手穿针没有人看，用脚穿针就可以搭帐篷卖钱；一幅画片，平淡无奇，装在匣子里，挖一个洞，化为西洋镜，人们就张着嘴热心的要看了。况且同是一事，费了苦功而达到的，也比并不费力而达到的的可贵；三步一拜才到庙里的庙，和坐了轿子一径抬到的庙，即使同是这庙，在到达者的心里的可贵的程度是大有高下的。作文之贵乎难懂，就是要使读者三步一拜，这才能够达到一点目的的妙法。

南腔北调集/作文秘诀（1933·12·15）

●7-21-91-12

做白话文……也可以夹些僻字，加上蒙胧或难懂，来施展那变戏法的障眼的手巾的。

南腔北调集/作文秘诀（1933·12·15）

●7-21-91-13

作文论秦朝事，写一句“秦始皇乃始烧书”，是不算好文章的，必须翻译一下，使它不容易一目了然才好。这时就用得着《尔雅》*、《文选》『注：见1-1-1-33条释』了，其实是只要不给别人知道，查查《康熙字典》*也不妨的。动手来改，成为“始皇始焚书”，就有些“古”起来，到得改成“政俶燔典”，那就简直有了班马*气，虽然跟着也令人不大看得懂。但是这样的做成一篇以至一部，是可以被称为“学者”的，我想了半天，只做得一句，所以只配在杂志上投稿。

〖释：《尔雅》，中国最早的一部解释词义的专著。约成书于西汉初年，唐宋时被列为“十三经”之一。/《康熙字典》，清代康熙年间张玉书等奉旨编撰，共四十二卷，收四万七千余字。康熙五十六年（1716）年开始印行。/“班马”，指班固、司马迁。〗

南腔北调集/作文秘诀（1933·12·15）

●7-21-91-14

古之文学大师，就常常玩着这一手。班固先生的“紫色鼃声，余分闰位”*，就将四句长句，缩成八字的；扬雄先生的“蠢迪检柙”*，就将“动由规矩”这四个平常字，翻成难字的。

〖释：“紫色鼃声，余分闰位”，语见《汉书·王莽传》，指王莽“篡位”事。据唐代颜师古注：“应劭曰：紫，间色；鼃邪音也。服虔曰：言莽不得正王之命，如岁月之余分为闰也。”/“蠢迪检柙”，语见《法言·序》。据东晋李轨注：“蠢，动也；迪，道也；检柙，犹隐括也。言君子举动，

则当蹈规矩。”按检押，当作检柙。〗

南腔北调集/作文秘诀（1933·12·15）

●7-21-91-15

歌，诗，词，曲……原是民间物，文人取为己有，越做越难懂，弄得僵石，他们就又去取一样，又来慢慢的绞死它。譬如《楚辞》*罢，《离骚》*虽有方言，倒不难懂，到了扬雄，就特地“古奥”，令人莫名其妙，这就离断气不远矣。词，曲之始，也都文从字顺，并不艰难，到后来，可就实在难读了。

〖释：《楚辞》，西汉刘向辑，收战国时屈原、宋玉等人的辞赋，共十七篇。/《离骚》，《楚辞》篇名，长诗，屈原作。〗

书信/致姚克（1934·2·20）

●7-21-91-16

归根结蒂，也好像终于是安徒生*童话里的“皇帝的新衣”，其实是一无所有；不过须是孩子，才会照实的大声说出来。孩子不会看文学家的“创作”，于是在中国就没有人来道破。

〖释：安徒生（H. C, Andersen, 1805－1875），丹麦童话作家。《皇帝的新衣》是其名作。〗

花边文学/“……”“□□□□”论补（1934·5·26）

●7-21-91-17

文字难，文章难，这还都是原来的；这些上面，又加以士大夫故意特制的难，却还想它和大众有缘，怎么办得到。但士大夫们也正愿其如此，如果文字易识，大家都会，文字就不尊严，他也跟着不尊严了。

且介亭杂文/门外文谈（1934·8－9）

●7-21-91-18

这些士大夫，又竭力的要使文字更加难起来，因为这可以使他特别的尊严，超出别的一切平常的士大夫之上。汉朝的杨雄的喜欢奇字，就有这毛病……唐朝呢，樊宗师的文章做到别人点不断，李贺的诗做到别人看不懂，也都为了这缘故。

且介亭杂文/门外文谈（1934·8－9）

●7-21-91-19

我有时候想到，忠厚老实的读者或研究者，遇见有两种人的文章，他是会吃冤枉苦头的。一种，是古里古怪的诗和尼采〖注：见2-3-18-3条释〗式的短句以及几年前的所谓未来派的作品。……作者本来就是乱写，自己也不知道什么意思。但认真的读者却以为里面有着深意，用心的来研究它，结果是到底莫名其妙，只好怪自己浅薄。假如你去请教作者本人罢，他一定不加解释，只是鄙夷的对你笑一笑。这笑，也就愈见其深。

且介亭杂文二集/“寻开心”（1935·4·5）

(92) 小品文

讲小道理，或没道理，而又不是长篇的，才可谓之小品。

●7-21-92-1

唐末诗风衰落，而小品放了光辉。但罗隐*的《谗书》，几乎全部是抗争和愤激之谈；皮日休*和陆龟蒙*自以为隐士，别人也称之为隐士，而看他们在《皮子文薮》和《笠泽丛书》中的小品文，并没有忘记天下，正是一榻胡涂的泥塘里的光彩和锋铓。明末的小品虽然比较的颓放，却并非全是吟风弄月，其中有不平，有讽刺，有攻击，有破坏。这种作风，也触着了满洲君臣的心病，费去许多助虐的武将的刀锋，帮闲的文臣的笔锋，直到乾隆年间，这才压制下去了。

〖释：罗隐（833－909），余杭（今属浙江）人。唐代文学家。早年屡试不第，后入镇海军节度使钱镠幕府。著有《谗书》等。/皮日休（约834－约883），襄阳（今属湖北襄阳）人，唐代文学家，著有《皮子文薮》。/陆龟蒙（？－约881），长洲（今江苏吴县）人，著有《笠泽丛

书》等。〗

南腔北调集/小品文的危机（1933·10·1）

●7-21-92-2

小品文就这样的走到了危机。但我所谓危机，也如医学上的所谓“极期”（krisis）一般，是生死的分歧，能一直得到死亡，也能由此至于恢复。

南腔北调集/小品文的危机（1933·10·1）

●7-21-92-3

现在的趋势，却在特别提倡那和旧文章相会之点，雍容，漂亮，缜密，就是要它成为“小摆设”，供雅人的摩挲，并且想青年摩挲了这“小摆设”，由粗暴而变为风雅了。……

南腔北调集/小品文的危机（1933·10·1）

●7-21-92-4

关于近日小品文的流行，我倒并不心痛。以革新或留学获得名位，生计已渐充裕者，很容易流入这一路。盖先前原着鬼迷，但因环境所迫，不得不新，一旦得志，即不免老病复发，渐玩古董，始见老庄＊，则惊其奥博，见《文选》，则惊其典赡，见佛经，则服其广大，见宋人语录＊，又服其平易超脱，惊服之下，率尔宣扬，这其实还是当初沽名的老手段。有一部分青年是要受点害的，但也原是脾气相近之故，于大局却无大关系，例如《人间世》『注：见3-7-32-19条释』出版后，究竟不满者居多；而第三期已有随感录，虽多温暾话，然已与编辑者所主张的“闲适”＊相矛盾。此后恐怕还有变化，倘依然一味超然物外，是不会长久存在的。

〖释：“老庄”，即《老子》和《庄子》。/“宋人语录”，宋代一种纪录授业、传道的文体，不重文字修饰，随讲随记，如《程颐语录》、《朱熹语录》等。林语堂在《论语》第二十六期（1933年10月1日）发表《论语录体之用》一文，鼓吹“吾恶白话之文，而喜文言之白，故提倡语录体。”“盖语录体简练可如文言，质朴可如白话，有白话之爽利，无白话之罗索”云。/“闲适”，《人间世》编者在创刊号（1934年4月5日）“发刊词”中说，小品文“特以自我为中心，以闲事适为格调”。〗

书信/致杨霁云（1934·5·6）

●7-21-92-5

我们试看撰稿人名单＊，中国在事实上确有许多作者存在，现在都网罗在《人间世》中，藉此看看他们的文章，思想，也未尝无用。只三期便已证明，所谓名家，大抵徒有其名，实则空洞，其作品且不及无名小卒……

〖释：“撰稿人名单”，《人间世》创刊号列“特约撰稿人”四十九人名单。〗

书信/致杨霁云（1934·5·6）

●7-21-92-6

上海盛行小品文，有人疑心我在号召攻击，其实不然。但看近来名家的作品，却真也愈看愈觉可厌。

书信/致郑振铎（1934·5·24）

●7-21-92-7

小品文本身本无功过，今之被人诟病，实因过事张扬，本不能诗者争作打油诗；凡袁宏道李日华＊文，则誉为字字佳妙，于是而反感随起。总之，装腔作势，是这回的大病根。其实，文人作文，农人掘锄，本是平平常常，若照相之际，文人偏要装作粗人，玩什么“荷锄带笠图”，农夫则在柳下捧一本书，装作“深柳读书图”之类，就要令人肉麻。现已非晋，或明，而《论语》及《人间世》作者，必欲作飘逸闲放语，此其所以难也。

〖释：李日华（1565－1635），浙江嘉兴人，明代文学家。作品主要表现封建士大夫的闲适情致。〗

书信/致郑振铎（1934·6·2）

●7-21-92-8

专读《论语》『注：见3-7-32-14条按』或

《人间世》一两年，而欲不变为废料，亦殊不可得也。

书信/致郑振铎（1935·1·8）

●7-21-92-9

篇幅短并不是小品文的特征。一条几何定理不过数十字，一部《老子》『注：见 2-4-22-52 释』只有五千言，都不能说是小品。……讲小道理，或没道理，而又不是长篇的，才可谓之小品。至于有骨力的文章，恐不如谓之“短文”，短当然不及长，寥寥几句，也说不尽森罗万象，然而它并不“小”。

且介亭杂文二集/杂谈小品文（1935·12·7）

●7-21-92-10

《史记》*里的《伯夷列传》和《屈原贾谊列传》除去了引用的骚赋，其实也不过是小品……

〖释：《史记》，西汉司马迁撰，我国第一部纪传体通史。《史记·屈原贾生列传》全文引录了屈原的《怀沙赋》和贾谊的《吊屈原赋》、《服赋》。〗

且介亭杂文二集/杂谈小品文（1935·12·7）

●7-21-92-11

现在大家所提倡的，是明清，据说“抒写性灵”*是它的特色。那时有一些人，确也只能够抒写性灵的，风气和环境，加上作者的出身和生活，也只能有这样的意思，写这样的文章。虽说抒写性灵，其实后来仍落了窠臼，不过是“赋得性灵”，照例写出那么一套来。当然也有人豫感到危难，后来是身历了危难的，所以小品文中，有时也夹着感愤，但在文字狱时，都被销毁，劈板了，于是我们所见，就只剩了“天马行空”*似的超然的性灵。

〖释：“抒写性灵”，当时林语堂等提倡小品文，推崇明代袁中郎、清代袁枚等人“抒写性灵”的作品。林语堂在《论语》第二十八期（1933 年 11 月）发表的《论文（下）》中说：“性灵派文字，主‘真’字。发抒性灵，斯得其真。”/“天马行空”，林语堂在《论语》第十五期（1933 年 4 月）发表的《论文（上）》中说：“真正豪放自然，天马行空，如金圣叹之《水浒传序》，可谓绝无仅有。”〗

且介亭杂文二集/杂谈小品文（1935·12·7）

●7-21-92-12

经过清朝检选的“性灵”，到得现在，却刚刚相宜，有明末的洒脱，无清初的所谓“悖谬”*，有国时是高人，没国时还不失为逸士。逸士也得有资格，首先即在“超然”，“士”所以超庸奴，“逸”所以超责任：现在的特重明清小品，其实是大有理由，毫不足怪的。

〖释：“悖谬”，清乾隆间纂修《四库全书》时，凡被视为有“违碍”的书，都加以全毁或抽毁。在各省缴送的禁书书目中，有的就注“有悖谬语，应请抽毁”字样。〗

且介亭杂文二集/杂谈小品文（1935·12·7）

●7-21-92-13

不过“高人兼逸士梦”恐怕也不长久。近一年来，就露了大破绽，自以为高一点的，已经满纸空言，甚而至于胡说八道，下流的却成为打诨，和猥鄙丑角，并无不同，主意只在挖公子哥们的跳舞之资，和舞女们争生意，可怜之状，已经下于五四运动前后的鸳鸯蝴蝶派*数等了。

〖释：“鸳鸯蝴蝶派”，兴起于清末民初的一个文学流派，多以文言描写才子佳人的哀情故事，常以鸳鸯蝴蝶比喻这些才子佳人，迎合小市民口味。代表作家有徐枕亚、陈蝶仙、李定夷等。〗

且介亭杂文二集/杂谈小品文（1935·12·7）

●7-21-92-14

为了这小品文的盛行，今年就又有翻印所谓“珍本”*的事。……不该“珍本”并不就是“善本”，有些是正因为它无聊，没有人要看，这才日就灭亡，少下去；因为少，所以“珍”起来。

〖释：“翻印所谓‘珍本’”，指《中国文学珍本丛书》和《国学珍本文库》，前者由施蛰存主

编，上海杂志公司发行；后者由襟霞阁主人（平襟亚）编印，中央书局发行。』

且介亭杂文二集/杂谈小品文（1935·12·7）

（93）杂文

是匕首，是投枪，能和读者一同杀出一条生存的血路

●7-21-93-1

猛烈的攻击，只宜用散文如“杂感”之类，而造语还须曲折，否，即容易引起反感。

两地书/北京（1925·6·28）

●7-21-93-2

我以为凡对于时弊的攻击，文字须与时弊同时灭亡，因为这正如白血轮『注：即白血球』之酿成疮疖一般，倘非自身也被排除，则当它的生命存留中，也即证明着病菌尚在。

热风/题记（1925·11）

●7-21-93-3

做杂感不要紧，有便写，没有便罢……

书信/致黎烈文（1933·8·3）

●7-21-93-4

在风沙扑面，狼虎成群的时候，……即使要悦目，所要的也是耸立于风沙中的大建筑，要坚固而伟大，不必怎样精；即使要满意，所要的也是匕首和投枪，要锋利而切实，用不着什么雅。

南腔北调集/小品文的危机（1933·10·1）

●7-21-93-5

小品文的生存，也只仗着挣扎和战斗的。

南腔北调集/小品文的危机（1933·10·1）

●7-21-93-6

生存的小品文，必须是匕首，是投枪，能和读者一同杀出一条生存的血路的东西；但自然，它也能给人愉快和休息，然而这并不是“小摆设”，更不是抚慰和麻痹，它给人的愉快和休息的休养，是劳作和战斗之前的准备。

南腔北调集/小品文的危机（1933·10·1）

●7-21-93-7

漫骂固然冤屈了许多好人，但含含糊糊的扑灭“漫骂”却包庇了一切坏种。

花边文学/漫骂（1934·1·22）

●7-21-93-8

因为要推倒旧的东西，就要着力，太着力，就要“做”，太“做”，便不但“生涩”，有时简直是“格格不吐”了，比早经古人“做”得圆熟了的旧东西还要坏。而字数论旨，都有些限制的“花边文学”『注：指当时报纸上的专栏文章』之类，尤其容易生这生涩病。

花边文学/做文章（1934·7·24）

●7-21-93-9

“杂文”很短，……用力极少，是一点也不错的。不过也要有一点常识，用一点苦工，要不然，就是“杂文”，也不免更进一步的“粗制滥造”，只剩下笑柄。

花边文学/商贾的批评（1934·9·29）

●7-21-93-10

按：林希隽在1934年9月号《现代》发表的《杂文和杂文家》一文，认为“杂文意义是极端狭窄的”，“决不能与小说戏曲并日而语”，“这堕落的事实是不容掩讳的”云云。

林希隽先生的大作《杂文与杂文家》……以为中国的没有大著作产生，是因为最近——虽然“早便生存着的”——流行着一种“容易下笔”，容易成名的“杂文”，所以倘不是“作家之甘自菲薄而放弃其任务，即便是作家毁掉了自己以投机取巧的手腕来替代一个文艺作者的严肃的工作”了。

……最近以来，有些杂志报章副刊上很时行

的争相刊载着一种散文非散文，小品非小品的随感式的短文，形式既绝对无定型，不受任何文学制作之体裁的束缚，内容则无所不谈，范围更少有限制。为其如此，故很难加以某种文学作品的称呼；在这里，就暂且名之为杂文吧。

他的所谓“严肃的工作”是说得明明白白的：形式要有“定型”，要受“文学制作之体裁的束缚”；内容要有所不谈；范围要有限制。这“严肃的工作”是什么呢？就是“制艺”，普通叫“八股”。

集外集拾遗补编/做“杂文”也不易（1934·10·1）

●7-21-93-11

照林先生的看法来判断，“散文非散文，小品非小品”，其实也正是“杂文”。但这并不矛盾。用“杂文”攻击“杂文”，就等于“以杀止杀”。先前新月社宣言里说，他们主张宽容，但对于不宽容者，却不宽容，也正是这意思。

集外集拾遗补编/做“杂文”也不易（1934·10·1）

●7-21-93-12

不错，比起高大的天文台来，“杂文”有时确很像一种小小的显微镜的工作，也照秽水，也看脓汁，有时研究淋菌，有时解剖苍蝇。从高超的学者看来，是渺小，污秽，甚而至于可恶的，但在劳作者自己，却也是一种“严肃的工作”，和人生有关，并且也不十分容易做。

集外集拾遗补编/做“杂文”也不易（1934·10·1）

●7-21-93-13

近一两年，作短文的较多了，就又有人来削“杂文”，说这是作者的堕落的表现，因为既非诗歌小说，又非戏剧，所以不入文艺之林，他还一片婆心，劝人学学托尔斯泰，做《战争与和平》似的伟大的创作去。这一流论客，在礼仪上，别人当然不该说他是“昏蛋”的。批评家吗？他谦虚得很，自己不承认。攻击杂文的文字虽然也只能说是杂文，但他又决不是杂文作家，因为他不相信自己也相率而堕落。如果恭维他为诗歌小说戏剧之类的伟大的创作者，那么，恭维者之为“昏蛋”也无疑了。归根结底，不是东西而已。

且介亭杂文二集/徐懋庸作《打杂集》序（1935·5·5）

●7-21-93-14

慨叹于杂文的泛滥，还是一种胡说八道。只是作杂文的人比先前多几个，却是真的，虽然多几个，在四万万人口里面，算得什么，却就要谁来疾首蹙额？中国也真有一班人在恐怕中国有一点生气；用比喻说：此之谓“虎伥”。

且介亭杂文二集/徐懋庸作《打杂集》序（1935·5·5）

●7-21-93-15

我是爱读杂文的一个人，而且知道爱读杂文还不只我一个，因为它“言之有物”。我还更乐观于杂文的开展，日见其斑斓。第一是使中国的著作界热闹，活泼；第二是使不是东西之流缩头；第三是使所谓“为艺术而艺术”的作品，在相形之下，立刻显出半死不活相。

且介亭杂文二集/徐懋庸作《打杂集》序（1935·5·5）

●7-21-93-16

我知道中国的这几年的杂文作者，他的作文，却没有一个想到“文学概论”的规定，或者希图文学史上的位置的，他以为非这样写不可，他就这样写，因为他只知道这样的写起来，于大家有益。

且介亭杂文二集/徐懋庸作《打杂集》序（1935·5·5）

●7-21-93-17

杂文这东西，我却恐怕要侵入高尚的文学楼台去的。小说和戏曲，中国向来是看作邪宗的，但一经西洋的“文学概论”引为正宗，我们也就奉之为宝贝，《红楼梦》《西厢记》*之类，在文学史上竟和《诗经》《离骚》并列了。杂文中之一体的随笔，因为有人说它近于英国的 Essay『注：随笔、短论、小品文等』，有些人也就顿首再拜，不敢轻薄。……杂文发展起来，倘不赶紧削，大约也未必没有扰乱文苑的危险。以古例今，很可能的，真不是一个好消息。

〖释：《西厢记》，杂剧，元代王实甫作。〗

且介亭杂文二集/徐懋庸作《打杂集》序（1935·5·5）

●7-21-93-18

轻蔑"杂文"的人，不但他所用的也是"杂文"，而他的"杂文"，比起他所轻蔑的别的"杂文"来，还拙劣到不能相提并论。

且介亭杂文二集/再论"文人相轻"（1935·6）

●7-21-93-19

近几年来，所谓"杂文"的产生，比先前多，也比先前更受着攻击。……然而没有效，作者多起来，读者也多起来了。

且介亭杂文/序言（1935·12·30）

●7-21-93-20

"杂文"也不是现在的新货色，是"古已有之"的，凡有文章，倘若分类，都有类可归，如果编年，那就只按作成的年月，不管文体，各种都夹在一处，于是成了"杂"。分类有益于揣摩文章，编年有利于明白时势，倘要知人论世，是非看编年的文集不可的，现在新作的古人年谱的流行，即证明着已经有许多人省悟了此中的消息。

且介亭杂文/序言（1935·12·30）

●7-21-93-21

我们有投枪就用投枪，正不必等候刚在制造的坦克和烧夷弹。

且介亭杂文末编/三月的租界（1936·5）

---

(94) 悲剧/喜剧/讽刺/幽默/冷嘲

历来的自以为正经的言论和事实，大抵滑稽者多，人们看惯，渐渐以为平常

●7-21-94-1

悲剧将人生的有价值的东西毁灭给人看，喜剧将那无价值的撕破给人看。讥讽又不过是喜剧的变简的一支流。

坟/再论雷峰塔的倒掉（1925·2·23）

●7-21-94-2

无情的冷嘲和有情的讽刺相去本不及张纸……

热风/《热风》题记（1925·11）

●7-21-94-3

人说，讽刺和冷嘲只隔一张纸，我以为有趣和肉麻也一样。

朝花夕拾/后记（1927·8·10）

●7-21-94-4

中国究竟有无"幽默"作品？似乎没有。多是一些拙劣鄙野之类的东西。

书信/致〈日〉增田涉〔译文〕（1932·5·13）

●7-21-94-5

中国没有幽默作家，大抵是讽刺作家。

书信/致〈日〉增田涉〔译文〕（1932·5·13）

●7-21-94-6

所谓中国的"幽默"是个难题，因为"幽默"本非中国的东西。

书信/致〈日〉增田涉〔译文〕（1932·10·2）

●7-21-94-7

现在的所谓"人"，身体外面总得包上一点东西，绸缎，毡布，纱葛都可以。就是穷到做乞丐，至少也得有一条破裤子；就是被称为野蛮人的，小肚前后也多有了一排草叶子……

人们的讲话，也大抵包着绸缎以至草叶子的，假如将这撕去了，人们就也爱听，也怕听。因为爱，所以围拢来，因为怕，就特地给它起了一个

对于自己们可以减少力量的名目，称说这类的话的人曰“讽刺家”。

南腔北调集/《萧伯纳在上海》序（1933·3）

●7-21-94-8

讽刺家，是危险的。

假如他所讽刺的是不识字者，被杀戮者，被囚禁者，被压迫者罢，那很好，正可给读他的所谓有教育的智识者嘻嘻一笑，更觉得自己的勇敢和高明。然而现今的讽刺家之所以为讽刺家，却正在讽刺这一流所谓有教育的智识者社会。

因为所讽刺的是这一流社会，其中的各分子便各各觉得好像刺着了自己，就一个个的暗暗的迎出来，又用了他们的讽刺，想来刺死这讽刺者。……他所讽刺的是社会，社会不变，这讽刺就跟着存在，而你所刺的是他个人，他的讽刺倘存在，你的讽刺就落空了。

伪自由书/从讽刺到幽默（1933·3·7）

●7-21-94-9

人们谁高兴做“文字狱”中的主角呢，但倘不死绝，肚子里总还有半口闷气，要借着笑的幌子，哈哈的吐出来。笑笑既不至于得罪别人，现在的法律上也尚无国民必须哭丧着脸的规定，并非“非法”，盖可断言的。

我想：这便是去年以来，文字上流行了“幽默”的原因，但其中单是“为笑笑而笑笑”的自然也不少……

伪自由书/从讽刺到幽默（1933·3·7）

●7-21-94-10

现今的讽刺家之所以为讽刺家，却正在讽刺这一流所谓有教育的智识者社会。

因为所讽刺的是这一流社会，其中的各分子便各各觉得好像刺着了自己，就一个个的暗暗的迎出来，又用了他们的讽刺，想来刺死这讽刺者。

伪自由书/从讽刺到幽默（1933·3·7）

●7-21-94-11

社会讽刺家究竟是危险的，尤其是在有些“文学家”明明暗暗的成了“王之爪牙”的时代。

伪自由书/从讽刺到幽默（1933·3·7）

●7-21-94-12

“幽默”既非国产，中国人也不是长于“幽默”的人民，而现在又实在是难以幽默的时候。于是虽幽默也就免不了改变样子了，非倾于对社会的讽刺，即堕入传统的“说笑话”和“讨便宜”。

伪自由书/从讽刺到幽默（1933·3·7）

●7-21-94-13

大敌压境之际，手无寸铁，杀不得敌人，而心里却总是愤怒的，于是他就不免寻求敌人的替代。这时候，笑嘻嘻的可就遭殃了，……知机的人，必须也和大家一样哭丧着脸，以免于难。“聪明人不吃眼前亏”，亦古贤之遗教也，然而这时也就“幽默”归天，“正经”统一了剩下的全中国。

明白这一节，我们就知道先前为什么无论贞女与淫女，见人时都得不笑不言；现在为什么送葬的女人，无论悲哀与否，在路上定要放声大叫。

伪自由书/从幽默到正经（1933·3·8）

●7-21-94-14

但人类究竟不能这么沉静，当大敌压境之际，手无寸铁，杀不得敌人，而心里却总是愤怒的，于是他就不免寻求敌人的替代。

伪自由书/从幽默到正经（1933·3·8）

●7-21-94-15

“幽默”一倾于讽刺，失了它的本领且不说，最可怕的是有些人又要来“讽刺”，来陷害了，倘若堕于“说笑话”，则寿命是可以较为长远，流年也大致顺利的，但愈堕愈近于国货，终将成为洋式徐文长＊。当提倡国货声中，广告上已有中国的“自造舶来品”，便是一个证据。

伪自由书/从幽默到正经（1933·3·8）

●7-21-94-16

我们有唐伯虎，有徐文长；还有最有名的金圣叹 * ……我们只有这样的东西，和“幽默”是并无什么瓜葛的。

〖释：唐伯虎，见 3-7-32-77 条释；徐文长，见 3-7-32-77 条释；金圣叹，见 3-7-32“金圣叹”题解。〗

南腔北调集/“论语一年”（1933·9·16）

●7-21-94-17

中国向来不大有幽默。只是滑稽是有的，但这和幽默还隔着一大段……那么，在中国，只能寻得滑稽文章了？却又不。中国之自以为滑稽文章者，也还是油滑，轻薄，猥亵之谈，和真的滑稽有别。这“狸猫换太子”的关键，是在历来的自以为正经的言论和事实，大抵滑稽者多，人们看惯，渐渐以为平常，便将油滑之类，误以为滑稽了。

准风月谈/“滑稽”例解（1933·10·26）

●7-21-94-18

现在的所谓讽刺作品，大抵倒是写实。非写实决不能成为所谓“讽刺”；非写实的讽刺，即使能有这样的东西，也不过是造谣和诬蔑而已。

且介亭杂文二集/论讽刺（1934·4）

●7-21-94-19

轰的一声，天下无不幽默和小品，幽默那有这许多，于是幽默就是滑稽，滑稽就是说笑话，说笑话就是讽刺，讽刺就是漫骂。油腔滑调，幽默也；“天朗气清” *，小品也；看郑板桥《道情》* 一遍，谈幽默十天，买袁中郎尺牍半本 *，作小品一卷。

〖释：“天朗气清”，语见晋王羲之《兰亭集序》。/“郑板桥《道情》”，郑燮（1693－1765），字克柔，号板桥，江苏兴化人。文学家和书画家。“道情”，原是道士唱的歌曲，后来演变为一种民间曲调。郑板桥曾有道情《老渔翁》等十首。/“袁中郎尺牍”，袁中郎，见 3-7-32-29 条释。三十年代，林语堂极力推崇袁中郎、郑板桥等人的文章。当时，上海时代图书公司出版过林语堂校阅的《袁中郎全集》，上海南强书局出版过《袁中郎尺牍全稿》。〗

花边文学/一思而行（1934·5·17）

●7-21-94-20

我们走到交际场中去，就往往可以看见这样的事实，是两位胖胖的先生，彼此弯腰拱手，满面油晃晃的正在开始他们的扳谈——

“贵姓？……”

“敝姓钱。”

“哦，久仰久仰！还没有请教台甫……”

“草字阔亭。”

“高雅高雅。贵处是……？”

“就是上海……”

“哦哦，那好极了，这真是……”

说觉得奇怪呢？但若写在小说里，人们可就会另眼相看了，恐怕大概要被算作讽刺。

且介亭杂文二集/论讽刺（1935·4）

●7-21-94-21

一个作者，用了精炼的，或者简直有些夸张的笔墨——但自然也必须是艺术的地——写出或一群人的或一面的真实来，这被写的一群人，就称这作品为“讽刺”。

且介亭杂文二集/什么是“讽刺”？（1935·9）

●7-21-94-22

譬如罢，洋服青年拜佛，现在是平常事，道学先生发怒，更是平常事，只消几分钟，这事迹就过去，消灭了。但“讽刺”却是正在这时候照下来的一张相，一个撅着屁股，一个皱着眉心，不但自己和别人看起来有些不很雅观，连自己看见也觉得不很雅观；而且流传开去，对于后日的大讲科学和高谈养性，也不免有些妨害。倘说，所照的并非真实，是不行的，因为这时有目共睹，谁也会觉得确有这等事；但又不好意思承认这是真实，失了自己的尊严。于是挖空心思，给起了一个名目，叫作“讽刺”。其意若曰：它偏要提出这等事，可见也不是好货。

有意的偏要提出这等事，而且加以精炼，甚至于夸张，却确是“讽刺”的本领。

且介亭杂文二集/什么是“讽刺”？（1935·9）

●7-21-94-23

“讽刺”的生命是真实；不必是曾有的实事，但必须是会有的实情。所以它不是“捏造”，也不是“诬蔑”，既不是“揭发阴私”，又不是专记骇人听闻的所谓“奇闻”或“怪现状”。

且介亭杂文二集/什么是“讽刺”？（1935·9）

●7-21-94-24

讽刺作者虽然大抵为被讽刺者所憎恨，但他却常常是善意的，他的讽刺，在希望他们改善，并非要捺这一群到水底里。

且介亭杂文二集/什么是“讽刺”？（1935·9）

●7-21-94-25

如果貌似讽刺的作品，而毫无善意，也毫无热情，只使读者觉得一切世事，一无足取，也一无可为，那就并非讽刺了，这便是所谓“冷嘲”。

且介亭杂文二集/什么是“讽刺”？（1935·9）

（95）诗与诗人

我以为一切好诗，到唐已被做完，此后倘非能翻出如来掌心之“齐天大圣”，大可不必动手

●7-21-95-1

诗歌是本以发抒自己的热情的，发讫即罢；但也愿意有共鸣的心弦，则不论多少，有了也即罢；对于老先生的一颦蹙，殊无所用其惭惶。纵使稍稍带些杂念，即所谓意在撩拨爱人或是“出风头”之类，也并非大悖人情，所以正是毫不足怪，而且对于老先生的一颦蹙，即更无所用其惭惶。

集外集拾遗/诗歌之敌（1925·1·17）

●7-21-95-2

诗歌不能凭仗了哲学和智力来认识，所以感情已经冰结的思想家，即对于诗人往往有谬误的判断和隔膜的揶揄。最显著的例是洛克『注：英国哲学家（1623－1704）』，他观作诗，就和踢球相同。在科学方面发扬了伟大的天才的巴士凯尔『注：通译帕斯卡（1623－1662），法国数学家、物理学家、哲学家』，于诗美也一点不懂，曾以几何学者的口吻断结说：“诗者，非有少许稳定者也。”凡是科学底的人们，这样的很不少，因为他们精细地研钻着一点有限的视野，便决不能和博大的诗人的感得全人间世，而同时又领会天国之极乐和地狱之大苦恼的精神相通。近来的科学者虽然对于文艺稍稍加以重视了，但如意大利的伦勃罗梭一流总想在大艺术中发见疯狂，奥国的佛罗特『注：弗洛伊德』一流专一用解剖刀来分割文艺，冷静到了入迷，至于不觉得自己的过度的穿凿附会，也还是属于这一类。

集外集拾遗/诗歌之敌（1925·1·17）

●7-21-95-3

反诗歌党的大将总要算柏拉图＊。他是艺术否定论者，对于悲剧喜剧，都加攻击，以为足以灭亡我们灵魂中崇高的理性，鼓舞劣等的情绪，凡有艺术，都是模仿的模仿，和“实在”尚隔三层；又以同一理由，排斥荷马＊。在他的《理想国》中，因为诗歌有能鼓动民心的倾向，所以诗人是看作社会的危险人物的，所许可者，只有足供教育资料的作品，即对于神明及英雄的颂歌。这一端，和我们中国古今的道学先生的意见，相差似乎无几。然而柏拉图自己却是一个诗人，著作之中，以诗人的感情来叙述的就常有；即《理想国》，也还是一部诗人的梦书。他在青年时，又曾委身于艺圃的开拓，待到自己知道胜不过无敌的荷马，却一转而开始攻击，仇视诗歌了。

〖释：柏拉图，见2-3-18-89条释。他著有

《对话集》，《理想国》是其中的一篇。/荷马，相传为公元前9世纪古希腊行吟盲诗人。著有《伊利亚特》、《奥德赛》等。』

集外集拾遗/诗歌之敌（1925·1·17）

●7-21-95-4

他『注：指柏拉图（前427－前347）』的高足弟子亚里士多德＊做了一部《诗学》，就将为奴的文艺从先生的手里一把抢来，放在自由独立的世界里了。

〖释：亚里士多德（前384－前322），古希腊哲学家、科学家。著有《形而上学》、《物理学》和《诗学》等。他在《诗学》中否定了柏拉图的超现实的理念世界，肯定了现实世界的存在以及模仿世界的文艺的真实性和独立性。〗

集外集拾遗/诗歌之敌（1925·1·17）

●7-21-95-5

普通的社会上，历来就骂杀了不少的诗人，则都有文艺史实来作证的了。中国的大惊小怪，也不下于过去的西洋，绰号似的造出许恶名，都给文人负担，尤其是抒情诗人。

集外集拾遗/诗歌之敌（1925·1·17）

●7-21-95-6

说文学革命之后而文学已有转机，我至今还未明白这话是否真实。但戏曲尚未萌芽，诗歌却已奄奄一息了，即有几个人偶然呻吟，也如冬花在严风中颤抖。

集外集拾遗/诗歌之敌（1925·1·17）

●7-21-95-7

听说前辈老先生，还有后辈而少年老成的小先生，近来尤厌恶恋爱诗；可是说也奇怪，咏叹恋爱的诗歌果然少见了。

集外集拾遗/诗歌之敌（1925·1·17）

●7-21-95-8

查理九世＊……是爱好诗歌的，常给诗人一点酬报，使他们肯做一些好诗，而且时常说："诗人就像赛跑的马，所以应该给吃一点好东西。但不可使他们太肥，太肥，他们就不中用了。"这虽然对于胖子而想兼做诗人的，不算一个好消息，但也确有几分真实在内。匈牙利最大的抒情诗人彼象飞（A. Petotfi）『注：即裴多菲（1823－1849）』有题B. Sz.夫人照像的诗＊，大旨说"听说你使你的丈夫很幸福，我希望不至于此，因为他是苦恼的夜莺，而今沉默在幸福里了。苛待他罢，使他因此常常唱出甜美的歌来。"也正是一样的意思。但不要误解，以为我是在提倡青年要做好诗，必须在幸福的家庭里和令夫人天天打架。事情也不尽如此的。相反的例并不少，最显著的是勃朗宁和他的夫人＊。

〖释：查理九世（Charles，1550－1574），法国国王，1560年至1574年在位。曾资助"七星诗社"，供养龙沙等一批诗人。他的"诗人就像赛跑的马"等语，在法国《皮埃尔·布代尔全集》第五卷里曾有记载。/"题B. Sz.夫人照像的诗"，指《题在瓦·山夫人的纪念册上》："我知道，你使你的丈夫过上幸福的生活；但是我希望你不就那样去做，最低限度，你不要作得太过火。他是一只苦恼的夜莺，自从他获得了幸福，他绝少歌唱……折磨他吧，让我们谛听他甜蜜而痛苦的歌。1844年12月25日，佩斯。"按B. Sz.夫人应为V. S.夫人，原名乔鲍·马丽亚（Csapo Maria，1830－1896），匈牙利作家。V. S.是她的丈夫、诗人瓦豪特·山陀尔（Vachott Sandor，1818－1861）名字的缩写。/"勃朗宁和他的夫人"，勃朗宁（R. Browning，1812－1889），英国诗人。他的夫人伊丽莎白·芭雷特·勃朗宁（E. B. Browning，1806－1861），也是英国诗人。他们不顾女方家庭的反对而结婚，长期旅居意大利。〗

集外集拾遗/诗歌之敌（1925·1·17）

●7-21-95-9

中国没有这样的都会诗人。我们有馆阁诗人，山林诗人，花月诗人……；没有都会诗人。

集外集拾遗/《十二个》后记（1926·8）

●7-21-95-10

诗是只能有一篇的，即使以俄文改写俄文，尚且决不可能，更何况用了别一国的文字。

集外集拾遗/《十二个》后记（1926・8）

●7-21-95-11

沪案*以后，周刊上常有极锋利肃杀的诗，其实是没有意思的，情随事迁，即味如嚼蜡。我以为感情正烈的时候，不宜作诗，否则锋铓太露，能将"诗美"杀掉。

〖释：沪案，1925年5月，上海工人学生发起反对英帝国主义的斗争，要求收回租界。5月30日，英国巡捕开枪，民众死十余人，伤无数。是为"五卅惨案"。〗

两地书/北京（1925・6・28）

●7-21-95-12

即使是从前的人，那诗文完全超于政治的所谓"田园诗人"，"山林诗人"，是没有的。完全超出于人间世的，也是没有的。既然是超出于世，则当然连诗文也没有。诗文也是人事，既有诗，就可以知道于世事未能忘情。

而已集/魏晋风度及文章与药及酒之关系（1927・8・11－17）

●7-21-95-13

收到第一篇《彼得斐行状》『注：奥地利奥尔佛雷德・德涅尔斯作，白莽译』时，很引起我青年时的回忆，因为他是我那时所敬仰的诗人。在满洲政府之下的人，共鸣于反抗俄皇的英雄，也是自然的事。但他其实是一个爱国诗人，译者大约因为爱他，便不免有些掩护，将"nation"『注：德语"民族"或"国民"』译作"民众"，我以为那是不必的。他生于那时，当然没有现代的见解，取长弃短，只要那"斗志"能鼓动青年战士的心，就尽够了。

集外集/《奔流》编校后记〔十二〕（1929・11・20）

●7-21-95-14

绍介彼得斐最早的，有半篇译文叫《裴象飞诗论》*『注：裴象飞，即裴多菲』，登在二十多年前在日本东京出版的杂志《河南》上，现在大概是消失了。其次，是我的《摩罗诗力说》里也曾说及，后来收在《坟》里面。一直后来，则《沉钟》月刊上有冯至先生的论文；《语丝》上有L. S.『注：即鲁迅』的译诗，和这里的诗有两篇相重复。

〖释：《裴象飞诗论》，匈牙利籁息著《匈牙利文章史》的一章，鲁迅译，载1908年8月《河南》第七期。〗

集外集/《奔流》编校后记〔十二〕（1929・11・20）

●7-21-95-15

昔之诗人，本为梦者，今谈世事，遂如狂酲；诗人原宜热中，然神驰宦海，则溺矣……

书信/致台静农（1933・6・28）

●7-21-95-16

蜀的韦庄*穷困时，做过一篇慷慨激昂，文字较为通俗的《秦妇吟》，真弄得大家传诵，待到他显达之后，却不但不肯编入集中，连人家的钞本也想设法消灭了。当时不知道成绩如何，但看清朝末年，又从敦煌的山洞中掘出了这诗的钞本，就可见是白用了心机了的，然而那苦心却也还可以想见。

〖释：韦庄（约836－910），长安杜陵（今属陕西长安县）人，五代前蜀诗人、词人。著有《浣花集》。〗

准风月谈/查旧账（1933・7・29）

●7-21-95-17

仙才李太白*的善作豪语，可以不必说了；连留长了指甲，骨瘦如柴的鬼才李长吉*，也说"见买若耶溪水剑，明朝归去事猿公"起来，简直是毫不自量，想学刺客了。这应该折成零，证据是他到底并没有去。南宋时候，国步艰难，陆放翁＊自然也是慷慨党中的一个，他有一回说："老子犹堪绝大漠，诸君何至泣新亭"。他其实是去不得的，也应该折成零。

〖释：李太白，即李白，见5-12-42-68条释。他有"诗仙"之称。/"留长了指甲，骨瘦如柴的鬼才李长吉"：李长吉，即李贺（790－816），唐代诗人。《新唐书·文艺志》说他"为人纤瘦，通眉，长指爪"。这里所引句，见其《南园》诗十三首之七。/陆游（1125－1210），字务观，自号放翁，山阴（今浙江绍兴）人。南宋诗人。这里所引句，见其《夜泊水村》诗。〗

准风月谈/豪语的折扣（1933·8·8）

●7-21-95-18

中国诗中，病雁难得见到，病鹤倒不少。《清六家诗钞》『注：清刘执玉编选』中一定也有的。鹤是人饲养的，病了便知道；雁则为野生，病了也没人知道。

书信/致〈日〉山本初枝〔译文〕（1934·1·17）

●7-21-95-19

孔子究竟删过《诗》没有＊，我不能确说，但看它先"风"后"雅"而末"颂"，排得这么整齐，恐怕至少总也费过乐师的手脚，是中国现存的最古的诗选。

〖释："孔子删《诗》"，《诗经》，见5-13-53-1条释。《诗经》据传曾经孔子删订。〗

集外集/选本（1934·1）

●7-21-95-20

一位诗人说过这样的话：诗人要做诗，就如植物要开花，因为他非开不可的缘故。如果你摘去吃了，即使中了毒，也是你自己的错。

这比喻很美，也仿佛很有道理的。但再一想，却也有错误。错的是诗人究竟不是一株草，还是社会里的一个人；况且诗集是卖钱的，何尝可以白摘。一卖钱，这就是商品，买主也有了说好说歹的权利了。

即使真是花罢，倘不是开在深山幽谷，人迹不到之处，如果有毒，那是园丁之流就要想法的。花的事实，也并不如诗人的空想。

花边文学/看书琐记〔三〕（1934·8·23）

●7-21-95-21

周朝的什么"关关雎鸠，在河之洲，窈窕淑女，君子好逑"罢，它是《诗经》里的头一篇，所以吓得我们只好磕头佩服，假如先前未曾有过这样的一篇诗，现在的新诗人用这意思做一首白话诗，到无论什么副刊上去投稿试试罢，我看十分之九是要被编辑者塞进字纸篓去的。"漂亮的好小姐呀，是少爷的好一对儿!"什么话呢?

且介亭杂文/门外文谈（1934·8·24）

●7-21-95-22

我平常并不做诗，只在有人要我写字时，胡诌几句塞责……

书信/致杨霁云（1934·10·13）

●7-21-95-23

要我论诗，真如要我讲天文一样，苦于不知怎么说才好，实在因为素无研究，空空如也。我只有一个私见，以为剧本虽有放在书桌上的和演在舞台上的两种，但究以后一种为好，诗歌虽有眼看的和嘴唱的两种，也究以后一种为好；可惜中国的新诗大概是前一种。没有节调，没有韵，它唱不来；唱不来，就记不住，记不住，就不能在人们的脑子里将旧诗挤出，占了它的地位。……新诗直到现在，还是在交倒楣运。

书信/致窦隐夫（1934·11·1）

●7-21-95-24

我以为内容且不说，新诗先要有节调，押大致相近的韵，给大家容易记，又顺口，唱得出来。但白话要押韵而又自然，是颇不容易的，我自己实在不会做，只好发议论。

书信/致窦隐夫（1934·11·1）

●7-21-95-25

旧诗本非所长，不得已而作，后辄忘却……

书信/致杨霁云（1934·12·9）

●7-21-95-26

来信于我的诗，奖誉太过。其实我于旧诗素未研究，胡说八道而已。然而言行不能一致，有时也诌几句，自省殊亦可笑。

书信/致杨霁云（1934·12·20）

●7-21-95-27

玉谿生＊清词丽句，何敢比肩，而用典太多，则为我所不满……

〖释：玉谿生，即李商隐（约813－约858），字义山，怀州河内（今河南沁阳）人。唐代诗人。〗

书信/致杨霁云（1934·12·20）

●7-21-95-28

我是散文式的人，任何中国诗人的诗，都不喜欢。只是年轻时较爱读唐朝李贺的诗。他的诗晦涩难懂，正因为难懂，才钦佩的。现在连对这位李君也不钦佩了。

书信/致〈日〉山本初枝〔译文〕（1935·1·17）

●7-21-95-29

李白会做诗，就可以不责其喝酒，如果只会喝酒，便以半个李白，或李白的徒子徒孙自命，那可是应该赶紧将他“排绝”的。

且介亭杂文二集/“招贴即扯”（1935·2·20）

●7-21-95-30

我又记起匈牙利的诗人彼兑菲（Petofi Sandor）题B. Sz. 夫人照像的诗来——

听说你使你的男人很幸福，我希望不至于此，因为他是苦恼的夜莺，而今沉默在幸福里了。苛待他罢，使他因此常常唱出甜美的歌来。

我并不是说：苦恼是艺术的渊源，为了艺术，应该使作家们永远陷在苦恼里。不过说彼兑菲的时候，这话是有些真实的；在十年前的中国，这话也有些真实的。

且介亭杂文二集/《中国新文学大系》小说二集序（1935·3·2）

●7-21-95-31

我不管这本书〖注：指徐懋庸的杂文《打杂集》〗能否入于文艺之林，但我要背出一首诗来比一比：“夫子何为者？栖栖一代中。地犹鄹氏邑，宅接鲁王宫。叹凤嗟身否，伤麟怨道穷。今看两楹奠，犹与梦时同。”＊这是《唐诗三百首》里的第一首，是“文学概论”诗歌门里的所谓“诗”。

〖释：“夫子何为者……”，为《唐诗三百首》卷五“五言律诗”的第一首，题为《经鲁祭孔子而叹之》，唐玄宗李隆基作。第四句中的“接”一作“即”；末句中的“犹”字一作“当”。《唐诗三百首》，八卷，清代蘅塘退士（孙洙）编。〗

且介亭杂文二集/徐懋庸作《打杂集》序（1935·5·5）

●7-21-95-32

诗这东西，译起来很容易出力不讨好

书信/致胡风（1935·5·17）

●7-21-95-33

我对于诗一向未曾研究过，实在不能说些什么。我以为随便乱谈，是很不好的。

书信/致蔡斐君（1935·9·20）

●7-21-95-34

口号是口号，诗是诗，如果用进去还是好诗，用亦可，倘是坏诗，即和用不用都无关。譬如文学与宣传，原不过说：凡有文学，都是宣传，因为其中总不免传布着什么，但后来却有人解为文学必须故意做成宣传文字的样子了。诗必用口号，其误正等。

书信/致蔡斐君（1935·9·20）

●7-21-95-35

诗须有形式，要易记，易懂，易唱，动听，但格式不要太严。要有韵，但不必依旧诗韵，只要顺口就好。

书信/致蔡斐君（1935·9·20）

●7-21-95-36

古希腊人，也许把和平静穆看作诗的极境的罢，这一点我毫无知识。但以现存的希腊诗歌而论，荷马＊的史诗，是雄大而活泼的，沙孚＊的恋歌，是明白而热烈的，都不静穆。我想，立"静穆"为诗的极境，而此境不见于诗，也许和立蛋形为人体的最高形式，而此形终不见于人一样。

〖**释：荷马，见7－21－95－4释。/"沙孚"，通译萨福，约公元前6世纪时的古希腊女诗人。她留存至今的作品只有两三篇完整的短诗和若干断句，内容是歌颂爱情和友谊。**〗

且介亭杂文二集/"题未定"草〔七〕（1936·1）

●7-21-95-37

新近在《中学生》＊的十二月号上，看见了朱光潜『注：文艺理论家（1895－1986），当时是北京大学教授』先生的《说"曲终人不见，江上数峰青"》的文章，推这两句为诗美的极致，我觉得也未免有以割裂为美的小疵。他说的好处是：

我爱这两首诗，多少是因为它对于我启示了一种哲学的意蕴。"曲终人不见"所表现的是消逝，"江上数峰青"所表现的是永恒……

抚慰劳人的圣药，在诗，用朱先生的话来说，是"静穆"：

艺术的最高境界都不在热烈。就诗人之所以为人而论，他所感到的欢喜和愁苦也许比常人所感到的更加热烈。就诗人之所以为诗人而论，热烈的欢喜或热烈的愁苦经过诗所表达出来以后，都好比黄酒经过长久年代的储藏，失去了它的辣性，只剩一味醇朴。……我在别的文章里曾经说过这一段话："懂得这个道理，我们可以明白古希腊人何以把和平静穆看作诗的极境……"……"静穆"是一种豁然大悟，得到归依的心情。它好比低眉默想的观音大士，超一切忧喜，同时你也可以说它泯化一切忧喜。这种境界在中国诗里不多见。屈原阮籍李白杜甫都不免有些像金刚怒目，愤愤不平的样子。陶潜浑身是"静穆"，所以他伟大。

凡论文艺，虚悬了一个"极境"，是要陷入"绝境"的……"摘句"又大足以困人，所以朱先生就只能取钱起『注：唐代诗人（722－约780）』的两句，而踢开他的全篇，又用这两句来概括作者的全人，又用这两句来打杀了屈原，阮籍，李白，杜甫等辈，以为"都不免有些像金刚怒目，愤愤不平的样子"。其实是他们四位，都因为垫高朱先生的美学说，做了冤屈的牺牲的。

我们现在先来看一看钱起的全篇罢：

省试湘灵鼓瑟

善鼓云和瑟，常闻帝子灵。冯夷空自舞，楚客不堪听。苦调凄金石，清音入杳冥。苍梧来怨慕，白芷动芳馨。流水传湘浦，悲风过洞庭。曲终人不见，江上数峰青。

要证成"醇朴"或"静穆"，这全篇实在是不宜称引的，因为中间的四联，颇近于所谓"衰飒"。但没有上文，末两句便显得含胡，不过这含胡，却也许又是称引者之所谓超妙。现在一看题目，便明白"曲终"者结"鼓瑟"，"人不见"者点"灵"字，"江上数峰青"者做"湘"字，全篇虽不失为唐人的好试帖，但末两句也并不怎么神奇了。况且题上明说是"省试"＊，当然不会有"愤愤不平的样子"，假使屈原不和椒兰＊吵架，却上京求取功名，我想，他大约也不至于在考卷上大发牢骚的，他首先要防落第。

〖**释：《中学生》，当时一种以中学生为对象的综合性月刊，1930年在上海创刊。/"省试"，唐代各州县贡士到京城参加考试，由尚书省的礼部主试，故称省试或礼部试。/"椒兰"，指楚大夫椒和楚怀王少子子兰。**〗

且介亭杂文二集/"题未定"草〔七〕（1936·1）

●7-21-95-38

我们于是应该再来看看这位《湘灵鼓瑟》的

作者的另外的诗了……其中有一首是：

下第题长安客舍

不遂青云望，愁看黄鸟飞。梨花寒食夜，客子未春衣。世事随时变，交情与我违。空余主人柳，相见却依依。

一落第，在客栈的墙壁上题起诗来，他就不免有些愤愤了，可见那一首《湘灵鼓瑟》，实在是因为题目，又因为省试，所以只好如此圆转活脱。他和屈原，阮籍，李白，杜甫四位，有时都不免是怒目金刚，但就全体而论，他长不到丈六＊。

〖释："丈六"，佛家语。据载，"佛身长一丈六尺"。〗

且介亭杂文二集/"题未定"草〔七〕(1936·1)

(96) 批评与批评家

批评必须坏处说坏，好处说好，才于作者有益。

●7-21-96-1

靠了一两本"西方"的旧批评论，或则捞一点头脑板滞的先生们的唾余，或则仗着中国固有的什么天经地义之类的，也到文坛上来践踏，则我以为委实太滥用了批评的权威。试将粗浅的事来比罢：譬如厨子做菜，有人品评他坏，他固不应该将厨刀铁釜交给批评者，说道你试来做一碗好的看；但他却可以有几条希望，就是望吃菜的没有"嗜痂之癖"，没有喝醉了酒，没有害着热病，舌苔厚到二三分。

热风/对于批评家的希望 (1922·11·9)

●7-21-96-2

我对于文艺批评家……不敢望他们于解剖裁判别人的作品之前，先将自己的精神来解剖裁判一回，看本身有无浅薄卑劣荒谬之处，因为这事情是颇不容易的。我所希望的不过愿其有一点常识。例如知道裸体画和春画的区别，接吻和性交的区别，尸体解剖和戮尸的区别，出洋留学和"放诸四夷"的区别，笋和竹的区别，猫和老虎的区别，老虎和番菜馆的区别……。更进一步，则批评以英美的老先生学说为主，自然是悉听尊便的，但尤希望知道世界上不止英美两国；看不起托尔斯泰，自然也自由的，但尤希望先调查一点他的行实，真看过几本他所做的书。

热风/对于批评家的希望 (1922·11·9)

●7-21-96-3

大家的要求批评家的出现，也由来已久了，到目下就出了许多批评家。可惜他们之中很有不少是不平家，不像批评家，作品才到前面，便恨恨地磨墨，立刻写出很高明的结论道，"唉，幼稚得很。中国要天才！"到后来，连并非批评家也这样叫唤了，他是听来的。……对于无论打着什么旗子的批评，都可以置之不理的！

坟/未有天才之前 (1924·1)

●7-21-96-4

恶意的批评家在嫩苗的地上驰马，那当然是十分快意的事；然而遭殃的是嫩苗——平常的苗和天才的苗。

坟/未有天才之前 (1924·1)

●7-21-96-5

看客在戏台下喝倒采，食客在膳堂里发标『注：发脾气，耍威风』，伶人厨子，无嘴可开，只能怪自己没本领。但若看客开口一唱戏，食客动手一做菜，可就难说了。

所以，我以为批评家最平稳的是不要兼做创作。

集外集/"说不出"(1924·11·17)

●7-21-96-6

他『注：指孔子』肯对子路赌咒，却不肯对鬼神宣战，因为一宣战就不和平，易犯骂人——虽然不过骂鬼——之罪，即不免有《衡论》(见一月份《晨报副镌》)作家TY＊先生似的好人，会替鬼神来奚落他道：为名乎？骂人不能得名。为利乎？骂人不能得利。想引诱女人乎？又不能将脸子印在文章上。何乐而为之也欤？

〖释：TY，身份未详，《衡论》一文的作者。该文将一切批评文章都贬为“骂人文章”。〗

坟/再论雷峰塔的倒掉（1925·2·23）

●7-21-96-7

即使是自以为公平的批评家，“偏袒”也在所不免的

华盖集/并非闲话（1925·6·1）

●7-21-96-8

不是上帝，那里能够超然世外，真下公平的批评。

华盖集/并非闲话（1925·9·25）

●7-21-96-9

批评家的职务不但是剪除恶草，还得灌溉佳花，——佳花的苗。

华盖集/并非闲话（1925·12·7）

●7-21-96-10

这种工作『注：指文艺批评』，做的人自以为不偏而其实是偏的也可以，自以为公平而其实不公平也可以，但总不可“别有用心”于其间的。

华盖集/并非闲话（1925·12·7）

●7-21-96-11

自然，批评是“精神底冒险”，批评家的精神总比作者会先一步的，但在他们的所谓死尸上，我却分明听到心搏，这真是到死也说不到一块儿。

华盖集/并非闲话（1925·12·7）

●7-21-96-12

以为我不准别人批评者，诬也；我岂有这么大的权力。

华盖集续编/厦门通信〔三〕（1927·1·15）

●7-21-96-13

在考辨的文字中杂入一点滑稽轻薄的论调，每容易迷眩一般读者，使之失去冷静，坠入彀中……

华盖集续编/关于《三藏取经记》等（1927·1·15）

●7-21-96-14

我并非要大家不看批评，不过说看了之后，仍要看看本书，自己思索，自己做主。

而已集/读书杂谈（1927·8·18－22）

●7-21-96-15

批评这东西，对于读者，至少对于和这批评家趣旨相近的读者，是有用的。但中国现在，似乎应该暂作别论。往往有人误以为批评家对于创作是操生杀之权，占文坛的最高位的，就忽而变成批评家；他的灵魂上挂了刀。但是怕自己的立论不周密，便主张主观，有时怕自己的观察别人不看重，又主张客观；有时说自己的作文的根柢全是同情，有时将校对者骂得一文不值。凡中国的批评文字，我总是越看越胡涂，如果当真，就要无路可走。

而已集/读书杂谈（1927·8·18－22）

●7-21-96-16

印度人……有一个很普通的比喻＊。他们说：一个老翁和一个孩子用一匹驴子驮着货物出去卖，货卖去了，孩子骑驴回来，老翁跟着走。但路人责备他了，说是不晓事，叫老年人徒步。他们便换了一个地位，而旁人又说老人忍心；老人忙将孩子抱到鞍鞒上，后来看见的人却说他们残忍；于是都下来，走了不久，可又有人笑他们了，说他们是呆子，空着现成的驴子却不骑。于是老人对孩子叹息道，我们只剩了一个办法了，是我们两人抬着驴子走。无论读，无论做，倘若旁征博访，结果是往往会弄到抬驴子走的。

〖释：“印度人……的比喻”，这个故事见清光绪十四年（1888）张赤山译伊索寓言《海国妙喻·表驴》。〗

而已集/读书杂谈（1927·8·18、19、22）

●7-21-96-17

在中国，从道士听论道，从批评家听谈文，都令人毛孔痉挛，汗不敢出。

而已集/文学和出汗（1928·1·14）

●7-21-96-18

中国的批评界……有的说要真正，有的说要斗争，有的说要超时代，有的躲在人背后说几句短短的冷话。还有，是自己摆着文艺批评家的架子，而憎恶别人的鼓吹了创作。倘无创作，将批评什么呢，这是我最不能懂得他的心肠的。

三闲集/文艺与革命（1928·4·16）

●7-21-96-19

中国文艺界上可怕的现象，是在尽先输入名词，而并不绍介这名词的函义。

于是各各以意为之。看见作品上多讲自己，便称之为表现主义；多讲别人，是写实主义；见女郎小腿肚作诗，是浪漫主义；见女郎小腿肚不准作诗，是古典主义；天上掉下一颗头，头上站着一头牛，爱呀，海中央的青霹雳呀……是未来主义……等等。

还要由此生出议论来。这个主义好，那个主义坏……

三闲集/扁（1928·4·23）

●7-21-96-20

乡间一向有一个笑谈：两位近视眼要比眼力，无可质证，便约定到关帝庙去看这一天新挂的扁额。他们都先从漆匠探得字句。但因为探来的详略不同，只知道大字的那一个便不服，争执起来了，说看见小字的人是说谎的。又无可质证，只好一同探问一个过路的人。那人望了一望，回答道："什么也没有。扁还没有挂哩。"

我想，在文艺批评上要比眼力，也总得先有那块扁额挂起来才行。空空洞洞的争，实在只有两面自己心里明白。

三闲集/扁（1928·4·23）

●7-21-96-21

《文艺政策》*另有画室『注：即冯雪峰』先生的译本，去年就出版了。听说照例的创造社革命文学诸公又在"批判"，有的说鲁迅译这书是不甘"落伍"，有的说画室居然捷足先登。其实我译这书，倒并非救"落"，也不在争先，倘若译一部书便免于"落伍"，那么，先驱倒也是轻松的玩意。我的翻译这书不过是使大家看看各种议论，可以和中国的新的批评家的批评和主张相比较。

〖释：《文艺政策》，鲁迅1928年据日文转译的苏联文艺政策文件汇编，1930年6月出版。〗

集外集/《奔流》编校后记〔九〕（1929·3·25）

●7-21-96-22

我不是什么社的内定的"斗争"的"批评家"之一员，只能直说自己所愿意说的话。

三闲集/叶永蓁作《小小十年》小引（1929·8·15）

●7-21-96-23

他现为批评家而说话的时候，就随便捞到一种东西以驳诘相反的东西。要驳互助说*时用争存说*，驳争存说时用互助说；反对和平论时用阶级争斗说，反对斗争时就主张人类之爱。论敌是唯心论者呢，他的立场是唯物论，待到和唯物论者相辩难，他却又化为唯心论者了。要之，是用英寸来量俄里，又用法尺来量密达，而发见无一相合的人。因为别的一切，无一相合，于是永远觉得自己是"允执厥中"*，永远得到自己满足。

〖释："互助说"，俄国无政府主义者克鲁泡特金的学说，认为应以互助的办法解决社会矛盾。/"争存说"，即达尔文生存竞争学说。/"允执厥中"，语见《尚书·大禹谟》，不偏不倚之意。〗

二心集/非革命的急进革命论者（1930·3·1）

●7-21-96-24

对于敌人，解剖，咬嚼，现在是在所不免的，不过有一本解剖学，有一本烹饪法，依法办理，则构造味道，总还可以较为清楚，有味。

二心集/"硬译"与"文学的阶级性"（1930·3）

●7-21-96-25

人往往以神话中的 Prometheus『注：普罗米修斯』比革命者，以为窃火给人，虽遭天帝之虐待不悔，其博大坚忍正相同。但我从别国里窃得火来，本意却在煮自己的肉的，以为倘能味道较好，庶几在咬嚼者那一面也得到较多的好处，我也不枉费了身躯：出发点全是个人主义，并且还夹杂着小市民性的奢华，以及慢慢地摸出解剖刀来，反而刺进解剖者的心脏里去的“报复”。……这样，首先开手的就是《文艺政策》，因为其中含有各派的议论。

二心集/“硬译”与“文学的阶级性”（1930·3）

●7-21-96-26

世间纸张还多，每一文社的人数却少，志大力薄，写不完所有的纸张，于是一社中的职司克敌助友，扫荡异类的批评家，看见别人来涂写纸张了，便喟然兴叹，不胜其摇头顿足之苦。上海的《申报》上，至于称社会科学的翻译者为“阿狗阿猫”*，其愤愤有如此。

〖释：“阿狗阿猫”，1930年1月8日《申报·艺术界》（朱应鹏主办）余话里有话栏载陈浩的《社会科学书籍的瘟疫》一文说：“阿猫也来一本社会科学的理论，阿狗也来一本社会科学大纲，驯至阿猫阿狗联合起来弄社会科学大全，这样，杂乱胡糟的社会科学书籍就发瘟了。”同月16日该刊又说“阿猫阿狗都译着连自己都搅不明白的社会科学书”等言论。〗

二心集/“硬译”与“文学的阶级性”（1930·3）

●7-21-96-27

我们所需要的，就只得还是几个坚实的，明白的，真懂得社会科学及其文艺理论的批评家。

二心集/我们要批评家（1930·4·1）

●7-21-96-28

批评家的发生，在中国已经好久了。每一个文学团体中，大抵总有一套文学的人物。至少，是一个诗人，一个小说家，还有一个尽职于宣传本团体的光荣和功绩的批评家。这些团体，都说是志在改革，向旧的堡垒取攻势的，然而还在中途，就在旧的堡垒之下纷纷自己扭打起来，扭得大家乏力了，这才放开了手，因为不过是“扭”而已矣，所以大创是没有的，仅仅喘着气。一面喘着气，一面各自以为胜利，唱着凯歌。旧堡垒上简直无须守兵，只要袖手俯首，看这些新的敌人自己所唱的喜剧就够。他无声，但他胜利了。

二心集/我们要批评家（1930·4·1）

●7-21-96-29

最初，青年的读者迷于广告式批评的符咒，以为读了“革命的”创作，便有出路，自己和社会，都可以得救，于是随手拈来，大口吞下，不料许多许多是并不是滋养品，是新袋子里的酸酒，红纸包里的烂肉，那结果，是吃得胸口痒痒的，好像要呕吐。

二心集/我们要批评家（1930·4·1）

●7-21-96-30

即使“熟悉”，却未必便是“正确”，取其有意义之点，指示出来，使那意义格外分明，扩大，那是正确的批评家的任务。

二心集/关于小说题材的通信（1932·1·5）

●7-21-96-31

按：这是对北斗杂志社关于“创作要怎样才会好？”问题的答复。

不相信中国的所谓“批评家”之类的话，而看看可靠的外国批评家的评论。

二心集/答北斗杂志社问（1932·1·20）

●7-21-96-32

批评必须坏处说坏，好处说好，才于作者有益。

南腔北调集/我怎样做起小说来（1933·6）

●7-21-96-33

我是主张青年也可以看看“帝国主义者”的

作品的，这就是古语的所谓“知己知彼”。青年为了要看虎狼，赤手空拳的跑到深山里去固然是呆子，但因为虎狼可怕，连用铁栅围起来了的动物园里也不敢去，却也不能不说是一位可笑的愚人。有害的文学的铁栅是什么的呢？批评家就是。

准风月谈/关于翻译〔上〕（1933·9·11）

●7-21-96-34

希望于批评家的，实在有三点：一，指出坏的；二，奖励好的；三，倘没有，则较好的也可以。……倘连较好的也没有，则指出坏的译本之后，并且指明其中的那些地方还可以于读者有益处。

准风月谈/关于翻译〔下〕（1933·9·14）

●7-21-96-35

我们先前的批评法，是说，这苹果有烂疤了，要不得，一下子抛掉。然而买者的金钱有限，岂不是大冤枉，而况此后还要穷下去。所以，此后似乎最好还是添几句，倘不是穿心烂，就说：这苹果有着烂疤了，然而这几处没有烂，还可以吃得。这么一办，译品的好坏是明白了，而读者的损失也可以小一点。……

所以，我又希望刻苦的批评家来做剜烂苹果的工作，正如“拾荒”一样，是很辛苦的，但也必要，而且家有益的。

准风月谈/关于翻译〔下〕（1933·9·14）

●7-21-96-36

我们曾经在文艺批评史上见过没有一定圈子的批评家＊吗？都有的，或者是美的圈，或者是真实的圈，或者是前进的圈。没有一定的圈子的批评家，那才是怪汉子呢。办杂志可以号称没有一定的圈子，而其实这正是圈子，是便于遮眼的变戏法的手巾。……我们不能责备他有圈子，我们只能批评他这圈子对不对。

〖释：“一定圈子的批评家”，《现代》月刊第四卷第三期（1934年1月）载刘莹姿《我所希望于新文坛上之批评家者》一文，说“批评家拿一套外国或本国的时髦圈子来套作品的高低大小，这是充分地表明了我国新文坛尚无真挚伟大的批评家。”又第四卷第一期（1933年11月）载苏汶《新的公式主义》一文中有“不知从什么地方拿来了一个圈子，就拿这去套一切的文章。小了不合适，大了套不进：不行。恰恰套住：行”等语句。〗

花边文学/批评家的批评家（1934·1·21）

●7-21-96-37

批评家的批评家会引出张献忠考秀才的古典＊来：先在两柱之间横系一条绳子，叫应考的走过去，太高的杀，太矮的也杀，于是杀光了蜀中的英才。这么一比，有定见的批评家即等于张献忠，真可以使读者发生满心的憎恨。但是，评文的圈，就是量人的绳吗？论文的合不合，就是量人的长短吗？引出这例子来的，是诬陷，更不是什么批评。

〖释：“张献忠考秀才的古典”，见清代彭遵泗的《蜀碧》一书：“贼诡称试士，于贡院前左右，设长绳离地四尺，按名序立，凡身过绳者，悉驱至西门外青羊宫杀之，前后近万人，笔砚委积如山。”〗

花边文学/批评家的批评家（1934·1·21）

●7-21-96-38

假如指着一个人，说道：这是婊子！如果她是良家，那就是漫骂；倘使她实在是做卖笑生涯的，就并不是漫骂，倒是说了真实。诗人没有捐班，富翁只会计较，因为事实是这样的，所以这是真话，即使称之为漫骂，诗人也还是捐不来，这是幻想碰在现实上的小钉子。

花边文学/漫骂（1934·1·22）

●7-21-96-39

假使世界上真有天才，那么，漫骂的批评，于他是有损的，能骂退他的作品，使他不成其为作家。然而所谓漫骂的批评，于庸才是有益的，能保持其为作家，不过据说是吓退了他的作品。

花边文学/推己及人（1934·5·18）

●7-21-96-40

张三说李四的作品是象征主义，于是李四也自以为是象征主义，读者当然更以为是象征主义。然而怎样是象征主义呢？向来就没有弄分明，只好就用李四的作品为证。……听说梅特林＊是象征派的作家，于是李四就成为中国的梅特林了。此外中国的法朗士，中国的白璧德，中国的吉尔波丁＊，中国的高尔基……还多得很。

〖释：梅特林，即梅特林克（1862－1949），比利时剧作家。/吉尔波丁，苏联文艺批评家。〗

花边文学/读几本书（1934·5·18）

●7-21-96-41

这些批评家之病亦难治。他们斥小说家写“身边琐事”，而不悟自己在做“身边批评”，较远之大敌，不看见，不提起的。

书信/致郑振铎（1934·6·21）

●7-21-96-42

我们向来看轻着翻译，尤其是重译。对于创作，批评家是总算时时开口的，一到翻译，则前几年还偶有专指误译的文章，近来就极其少见；对于重译的更其少。但在工作上，批评翻译却比批评创作难，不但看原文须有译者以上的工力，对作品也须有译者以上的理解。

花边文学/再论重译（1934·7·7）

●7-21-96-43

文艺必须有批评；批评如果不对了，就得用批评来抗争，这才能够使文艺和批评一同前进，如果一律掩住嘴，算是文坛已经干净，那所得的结果倒是要相反的。

花边文学/看书琐记（1934·8·23）

●7-21-96-44

批评家兼能创作的人，向来是很少的。

花边文学/看书琐记（1934·8·23）

●7-21-96-45

作家和批评家的关系，颇有些像厨司和食客。厨司做出一味食品来，食客就要说话，或是好，或是歹。厨司如果觉得不公平，可以看看他是否神经病，是否厚舌苔，是否挟夙嫌，是否想赖账。或者他是否广东人，想吃蛇肉；是否四川人，还要辣椒。于是提出解说或抗议来——自然，一声不响也可以。但是，倘若他对着客人大叫道：“那么，你去做一碗来给我吃吃看！”那却未免有些可笑了。

花边文学/看书琐记（1934·8·23）

●7-21-96-46

用笔的人以为一做批评家，便可以高踞文坛，所以速成的和乱评的也不少，但要矫正这风气，是须用批评的批评的，只在批评家这名目上，涂上烂泥，并不是好办法。

花边文学/看书琐记（1934·8·23）

●7-21-96-47

创作家大抵憎恶批评家的七嘴八舌。

花边文学/看书琐记（1934·8·23）

●7-21-96-48

如果自造一点丑恶，来证明他的敌对的不行，那只是他从隐蔽之处挖出来的自己的丑恶

花边文学/“大雪纷飞”（1934·8·24）

●7-21-96-49

作品，总是有些缺点的。亚波理奈尔『注：即阿波利奈尔（1880－1918），法国诗人』咏孔雀，说它翘起尾巴，光辉灿烂，但后面的屁股眼也露出来了。所以批评家的指摘是要的，不过批评家这时却也就翘起了尾巴，露出他的屁眼。但为什么还要呢，就因为它正面还有光辉灿烂的羽毛。不过倘使并非孔雀，仅仅是鹅鸭之流，它应该想一想翘起尾巴来，露出的只有些什么！

花边文学/商贾的批评（1934·9·29）

●7-21-96-50

乡下人常常误认一种硫化铜为金矿，空口是和他说不明白的，或者他还会赶紧藏起来，疑心你要白骗他的宝贝。但如果遇到一点真的金矿，只要用手掂一掂轻重，他就死心塌地：明白了。

且介亭杂文/随便翻翻（1934・11）

●7-21-96-51

其实所谓捧与骂者，不过是将称赞与攻击，换了两个不好看的字眼。指英雄为英雄，说娼妇是娼妇，表面上虽像捧与骂，实则说得刚刚合式，不能责备批评家的。批评家的错处，是在乱骂与乱捧，例如说英雄是娼妇，举娼妇为英雄。

花边文学/骂杀与捧杀（1934・11・23）

●7-21-96-52

批评的失了威力，由于“乱”，甚而至于“乱”到和事实相反，这底细一被大家看出，那效果有时也就相反了。所以现在被骂杀的少，被捧杀的却多。

花边文学/骂杀与捧杀（1934・11・23）

●7-21-96-53

以学者或诗人的招牌，来批评或介绍一个作者，开初是很能够蒙混旁人的，但待到旁人看清了这作者的真相的时候，却只剩了他自己的不诚恳，或学识的不够了。然而如果没有旁人来指明真相呢，这作家就从此被捧杀，不知道要多少年后才翻身。

花边文学/骂杀与捧杀（1934・11・23）

●7-21-96-54

现在的批评家，对于“骂”字也用得非常之模胡。由我说起来，倘说良家女子是婊子，这是“骂”，说婊子是婊子，就不是骂。我指明了有些人的本相，或是婊子，或是叭儿，它们却真的是婊子或叭儿，所以也决不是“骂”。但论者却一概谓之“骂”，岂不哀哉。

书信/致萧军、萧红（1935・1・4）

●7-21-96-55

两个近视眼论扁额上字，辩论一通，其实连扁额也没有挂，原也是能有的事实。

且介亭杂文/病后杂谈之余（1935・3）

●7-21-96-56

凡批评家的对于文人，或文人们的互相评论，各各“指其所短，扬其所长”固可，即“掩其所短，称其所长”亦无不可。然而那一面一定得有“所长”，这一面一定得有明确的是非，有热烈的好恶。

且介亭杂文二集/“文人相轻”（1935・5）

●7-21-96-57

按：1935年1月《论语》第五十七期载林语堂的《做文与做人》一文，把文艺界的论争都说成“文人相轻”：“文人好相轻，与女子互相评头品足相同。……于是白话派骂文言派，文言派骂白话派，民族文学派骂普罗，普罗骂第三种人，大家争营对垒，成群结党，一枪一矛，街头巷尾，报上屁股，互相臭骂……原其心理，都大家要取媚于世。”

曹丕之所谓“文人相轻”者，是“文非一体，鲜能备善，是以各以所长，相轻所短”，凡所指摘，仅限于制作的范围。一切别的攻击形体，籍贯，诬赖，造谣，……都不在内。倘把这些都作为曹丕所说的“文人相轻”，是混淆黑白，真理虽然大哭*，倒增加了文坛的黑暗的。

〖**释：前文有“真理哭了”引句，未详出处。**〗

且介亭杂文二集/“文人相轻”（1935・5）

●7-21-96-58

批评一个人，得到结论，加以简括的名称，虽只寥寥数字，却很要明确的判断力和表现的才能的。必须切贴，这才和被批判者不相离，这才会跟了他跑到天涯海角。

且介亭杂文二集/五论“文人相轻”——明术（1935・9）

●7-21-96-59

现在却大抵只是漫然的抓了一时之所谓恶名，摔了过去：或“封建余孽”，或“布尔乔亚”『注：即资产阶级』，或“破锣”，或“无政府主义”者，或“利己主义者”……等等；而且怕一个不够致命，又连用些什么“无政府主义封建余孽”或“布尔乔亚破锣利己主义者”；怕一人说没有力，约朋友各给他一个；怕说一回还太少，一年内连给他几个：时时改换，个个不同。这举棋不定，就因为观察不精，因而品题也不确，所以即使用尽死劲，流完大汗，写了出去，也还是和对方不相干，就是用浆糊粘在他身上，不久也就脱落了。

且介亭杂文二集/五论“文人相轻”——明术（1935·9）

●7-21-96-60

纵使名之曰“私骂”……在“私”之中，有的较近于“公”，在“骂”之中，有的较合于“理”的，居然来加评论的人，就该放弃了“看热闹的情趣”，加以分析，明白的说出你究以为那一面较“是”，那一面较“非”来。

且介亭杂文二集/七论“文人相轻”——两伤（1935·10）

●7-21-96-61

我以为要论作家的作品，必须兼想到周围的情形。

且介亭杂文二集/后记（1935·12·31）

●7-21-96-62

我尝见人评古人的文章，说谁是“锋棱太露”，谁又是“剑拔弩张”，就因为对面的文章，完全消灭了的缘故，倘在，是也许可以减去评论家几分懵懂的。

且介亭杂文二集/“题未定”草〔八〕（1936·2）

●7-21-96-63

凡论文艺，虚悬了一个“极境”，是要陷入“绝境”的

且介亭杂文二集/“题未定”草〔七〕（1936·1）

●7-21-96-64

倘要论文，最好是顾及全篇，并且顾及作者的全人，以及他所处的社会状态，这才较为确凿。要不然，是很容易近乎说梦的。

且介亭杂文二集/“题未定”草〔七〕（1936·1）

●7-21-96-65

慷慨激昂之士也露脸了，他戟指大叫道：“我们中国有半个托尔斯泰没有？有半个歌德没有?”惭愧得很，实在没有。不过其实也不必这么激昂，因为从地壳凝结，渐有生物以至现在，在俄国和德国，托尔斯泰和歌德也只有各一个。

且介亭杂文末编/《出关》的“关”（1936·5）

●7-21-96-66

批评者有从作品来批判作者的权利，作者也有从批评来批判批评者的权利

且介亭杂文末编/《出关》的“关”（1936·5）

●7-21-96-67

我以为同时可也万万忘记不得“我们”之外的“他们”，也不可专对“我们”之中的“他们”。要批判，就得彼此都给批判，美恶一并指出。如果在还有“我们”和“他们”的文坛上，一味自责以显其“正确”和公平，那其实是在向“他们”献媚或替“他们”缴械。

且介亭杂文末编/三月的租界（1936·5）

(97) 作者与作家

“文”和“人”当然是相关的

●7-21-97-1

以文笔作生活，是世上最苦的职业。

书信/致宫竹心（1921·8·26）

●7-21-97-2

世界日日改变，我们的作家取下假面，真诚地，深入地，大胆地看取人生并且写出他的血与肉来的时候早到了；早就应该有一片崭新的文场，早就应该有几个凶猛的闯将！

坟/论睁了眼看（1925·8·3）

●7-21-97-3

这两三年来，无名作家何尝没有胜于较有名的作者的作品，只是谁也不去理会他，一任他自生自灭。

华盖集/并非闲话（1925·12·7）

●7-21-97-4

“文”和“人”当然是相关的

朝花夕拾/《二十四孝图》（1926·5·25）

●7-21-97-5

做文章呢，还是教书？因为这两件事，是势不两立的。作文要热情，教书要冷静。兼做两样时，倘不认真，便两面都油滑浅薄，倘都认真，则一时使热血沸腾，一时使心平气和，精神便不胜困惫，结果也还是两面不讨好。看外国，做教授的文学家，是从来很少有的……

两地书/厦门－广州（1926·11·1）

●7-21-97-6

教书和写东西是势不两立的，或者死心塌地地教书，或者发狂变死地写东西，一个人走不了方向不同的两条路。

华盖集续编/厦门通信〔二〕（1926·11·27）

●7-21-97-7

试翻世界文学史，那里面的人，几乎没有兼做教授的。

而已集/读书杂谈（1927·8·18－22）

●7-21-97-8

现在有几个做文章的人，有时也确去做教授。但这是因为中国创作不值钱，养不活自己的缘故。听说美国小名家的一篇中篇小说，时价是二千美金；中国呢，别人我不知道，我自己的短篇寄给大书铺，每篇卖过二十元。

而已集/读书杂谈（1927·8·18、19、22）

●7-21-97-9

我们想研究某一时代的文学，至少要知道作者的环境，经历和著作。

而已集/魏晋风度及文章与药及酒之关系（1927·8）

●7-21-97-10

“人”第一，“艺术底工作”第一呢？这问题，是在力作一生之后，才会发生，也才能解答。独战到底，还是终于向大家伸出和睦之手来呢？这问题，是在战斗一生之后，才能发生，也才能解答。

集外集/《奔流》编校后记〔三〕（1928·8·11）

●7-21-97-11

有精力弥满的作家和观者，才会生出“力”的艺术来。

集外集拾遗/《近代木刻选集》〔2〕小引（1929·3·21）

●7-21-97-12

文艺家至少是须有直抒己见的诚心和勇气的，倘不肯吐露本心，就更谈不到什么意识。

三闲集/叶永蓁作《小小十年》小引（1929·8·15）

●7-21-97-13

在医学上，“妇人科”虽然设有专科，但在文艺上，“女作家”分为一类却未免滥用了体质的差别，令人觉得有些特别的。

三闲集/书籍和财色（1930·2·1）

●7-21-97-14

现在做文章的人们几乎都是帮闲帮忙的人物。有人说文学家是很高尚的，我却不相信与吃饭问题无关，不过我又以为文学与吃饭问题有关也不打紧，只要能比较的不帮忙不帮闲就好。

集外集拾遗/帮忙文学与帮闲文学（1932·12·17）

●7-21-97-15

文艺家的比较是极容易的，作品就是铁证，没法游移。

集外集拾遗补编/通信〔复魏猛克〕(1933·6·16)

●7-21-97-16

知识分子以外，现在是不能有作家的，戈理基『注：即高尔基』虽称非知识阶级出身，其实他看的书很不少，中国文字如此之难，工农何从看起，所以新的文学，只能希望于好的青年。

书信/致曹聚仁（1933·6·18）

●7-21-97-17

创作和演说，形式虽然不同，所含的思想是决不会两样的。

南腔北调集/又论“第三种人”(1933·7·1)

●7-21-97-18

作文的人首先也要认识字，但在文章上，往往以“战慓”为“战慄”，以“已竟”为“已经”；“非常顽艳”是因妒杀人的情形；“年已鼎盛”的意思，是说这人已有六十多岁了。

南腔北调集/大家降一级试试看（1933·8·15）

●7-21-97-19

甘为泥土的作者和译者的奋斗，是已经到了万不可缓的时候了，这就是竭力运输些切实的精神的粮食，放在青年们的周围，一面将那些聋哑的制造者送回黑洞和朱门里面去。

准风月谈/由聋而哑（1933·9·8）

●7-21-97-20

弄文学的人，只要（一）坚忍，（二）认真，（三）韧长，就可以了。不必因为有人改变，就悲观的。

书信/致胡今虚（1933·10·7）

●7-21-97-21

“秘”是中国非常普遍的东西，连关于国家大事的会议，也总是“内容非常秘密”，大家不知道。但是，作文却好像偏偏并无秘诀，假使有，每个作家一定是传给子孙的了，然而祖传的作家很少见。自然，作家的孩子们，从小看惯书籍纸笔，眼格也许比较的可以大一点罢，不过不见得就会做。

南腔北调集/作文秘诀（1933·12·15）

●7-21-97-22

籍贯之都鄙，固不能定本人之功罪，居处的文陋，却也影响于作家的神情，孟子曰：“居移气，养移体”『注：语出《孟子·尽心》』，此之谓也。

花边文学/“京派”与“海派”(1934·2·3)

●7-21-97-23

如果作者是一个斗争者，那么，无论他写什么，写出来的东西一定是斗争的。就是写咖啡馆跳舞场罢，少爷们和革命者的作品，也决不会一样。

书信/致萧军（1934·10·9）

●7-21-97-24

穷极，文是不能工的

准风月谈/后记（1934·10·16）

●7-21-97-25

钱可使鬼……大概是确的，也许还可以通神，但通文却不成

准风月谈/后记（1934·10·16）

●7-21-97-26

官可捐，文人不可捐，有裙带官儿，却没有裙带文人的。

准风月谈/后记（1934·10·16）

●7-21-97-27

一个作者，“自卑”固然不好，“自负”也不

好的，容易停滞。我想，顶好是不要自馁，总是干；但也不可自满，仍旧总是用功。要不然，输出多而输入少，后来要空虚的。

书信/致萧军（1935·4·12）

●7-21-97-28

外国的文学者，作品比较的专，小说家多做小说，戏剧家多做戏剧，不像中国的所谓作家，什么都做一点，所以他们做起文学史来，不至于将一个作者切开。中国的这现象，是过渡时代的现象，我想，做起文学史来，只能看这作者的作品重在那一面，便将他归入那一类，例如小说家也做诗，则以小说为主而将他的诗不过附带的提及。

书信/致王冶秋（1935·11·5）

●7-21-97-29

倘使这作者是身在人间，带些战斗性的，那么，他在社会上一定有敌对。

且介亭杂文二集/“题未定”草〔八〕（1936·1）

---

(98) 创作与写作

“立身之道，与文章异。立身先须谨重，文章且须放荡。”

——鲁迅引萧纲（503－551）语

●7-21-98-1

幼稚对于老成，有如孩子对于老人，决没有什么耻辱；作品也一样，起初幼稚，不算耻辱的。因为倘不遭了戕贼，他就会生长，成熟，老成；独有老衰和腐败，倒是无药可救的事！

坟/未有天才之前（1924·1）

●7-21-98-2

改变文体，实在是不容易的事。

两地书/北京（1925·4·22）

●7-21-98-3

古人所谓“穷愁著书”＊的话，是不大可靠的。穷到透顶，愁得要死的人，那里还有这许多闲情逸致来著书？我们从来没有见过候补的饿殍在沟壑边吟哦；鞭扑底下的囚徒所发出的不过是直声的叫唤，决不会用一篇妃红俪白的骈体文＊来诉痛苦的。所以待到磨墨吮笔，说什么“履穿踵决”＊时，脚上也许早经是丝袜；高吟“饥来驱我去……”的陶征士〖注：即陶渊明〗，其时或者偏已很有些酒意了。正当苦痛，即说不出苦痛来，佛说极苦地狱中的鬼魂，也反而并无叫唤！

〖释：“穷愁著书”，语出《史记·虞卿传》：“虞卿非穷愁亦不能著书以自见于后世。”虞卿，战国时赵国的上卿。/“骈体文”，我国古代一种文体，讲究对仗工稳，声律和谐，词藻华丽。盛行于南北朝。/“履穿踵决”，谓鞋子破旧，露出脚跟。语出《庄子·山木》和《庄子·让王》。〗

华盖集/“碰壁”之后（1925·6·1）

●7-21-98-4

便是文章，也未必独有万古不磨的典则。

华盖集续编/古书与白话（1926·2·2）

●7-21-98-5

我觉得教书和创作，是不能并立的，郭沫若郁达夫之不大有文章发表，其故盖亦由于此。

两地书/厦门－广州（1926·12·3）

●7-21-98-6

只要作品好，大概十年或数十年后，便又有人看了

两地书/厦门－广州（1926·12·12）

●7-21-98-7

有人说：“文学是穷苦的时候做的”，其实未必，穷苦的时候必定没有文学作品的；我在北京时，一穷，就到处借钱，不写一个字，到薪俸发放时，才坐下来做文章。忙的时候也必定没有文学作品，挑担的人必要把担子放下，才能做文章；拉车的人也必要把车子放下，才能做文章；大革命时代忙得很，同时又穷得很，这一部分人和那

一部分人斗争，非先行变换现代社会底状态不可，没有时间也没有心思做文章；所以大革命时代的文学便只好暂归沉寂了。

而已集/革命时代的文学（1927·6·12）

●7-21-98-8

研究文学是一件事，做文章又是一件事。

而已集/读书杂谈（1927·8·18－22）

●7-21-98-9

我也尝见想做小说的青年，先买小说法程和文学史来看。据我看来，是即使将这些书看烂了，和创作也没有什么关系的。

而已集/读书杂谈（1927·8·18－22）

●7-21-98-10

研究是要用理智，要冷静的，而创作须情感，至少总得发点热，于是忽冷忽热，弄得头昏，——这也是职业和嗜好不能合一的苦处。苦倒也罢了，结果还是什么都弄不好。那证据，是试翻世界文学史，那里面的人，几乎没有兼做教授的。

而已集/读书杂谈（1927·8·18、19、22）

●7-21-98-11

唐欧阳询《艺文类聚》＊二十五引梁简文帝《诫当阳公大心书》＊：立身之道，与文章异。立身先须谨重，文章且须放荡。

案：帝王立言，诫饬其子，而谓作文“且须放荡”，非大有把握，那能尔耶？后世小器文人，不敢说出，不敢想到。

〖释：《艺文类聚》，类书，唐欧阳询（557－641）等人奉敕编纂，共一百卷，分四十八门。/梁简文帝，即萧纲（503－551）。《诫当阳公大心书》，《艺文类聚》中题为《诫当阳公书》，见该书卷二十三。大心，即萧大心（522－551），萧纲次子。中大通四年（532）封当阳公。〗

集外集拾遗补编/书苑折枝（1927·9·1）

●7-21-98-12

散文作品中最便当的体裁，是日记体，其次是书简体。

三闲集/怎么写〔夜记之一〕（1927·10·10）

●7-21-98-13

我想，散文的体裁，其实是大可以随便的，有破绽也不妨。做作的写信和日记，恐怕也还不免有破绽，而一有破绽，便破灭到不可收拾了。与其防破绽，不如忘破绽。

三闲集/怎么写〔夜记之一〕（1927·10·10）

●7-21-98-14

一般的幻灭的悲哀，我以为不在假，而在以假为真。记得年幼时，很喜欢看变戏法，猢狲骑羊，石子变白鸽，最末是将一个孩子刺死，盖上被单，一个江北口音的人向观众装出撒钱模样道：Huazaa！Huazaa！『注：拉丁字母拼写的“哗嚓”，形容撒钱』大概是谁都知道，孩子并没有死，喷出来的是装在刀柄里的苏木汁『注：一种红色染料』，Huazaa一够，他便会跳起来的。但还是出神的看着，明明意识着这是戏法，而全心沉浸在这戏法中。万一变戏法的定要做得真实，买了小棺材，装进孩子去，哭着抬走，倒反索然无味了。这时候，连戏法的真实也消失了。

三闲集/怎么写〔夜记之一〕（1927·10·10）

●7-21-98-15

纪晓岚攻击蒲留仙的《聊斋志异》＊，就在这一点。两人密语，决不肯泄，又不为第三人所闻，作者何从知之？所以他的《阅微草堂笔记》『注：见5-13-52-21条释』，竭力只写事状，而避去心思和密语。但有时又落了自设的陷阱……他的支绌的原因，是在要使读者信一切所写为事实，靠事实来取得真实性，所以一与事实相左，那真实性也随即灭亡。如果他先意识到这一切是创作，即是他个人的造作，便自然没有一切挂碍了。

〖释：“纪晓岚攻击蒲留仙……”，纪晓岚的门人盛时彦记有他攻击《聊斋志异》的话：“今燕昵之词，媟狎之态，细微曲折，摹绘如生，使出自言，似无此理；使出作者代言，则何从而闻见之，又所未解也。”蒲留仙（1640－1715），即蒲松龄，清代小说家，《聊斋志异》是他的短篇小说集。〗

三闲集/怎么写〔夜记之一〕（1927·10·10）

●7-21-98-16

靠事实来取得真实性，所以一与事实相左，那真实性也随即灭亡。

三闲集/怎么写〔夜记之一〕（1927·10·10）

●7-21-98-17

唐朝人早就知道，穷措大想做富贵诗，多用些“金”“玉”“锦”“绮”字面，自以为豪华，而不知适见其寒蠢。真会写富贵景象的，有道：“笙歌归院落，灯火下楼台”＊，全不用那些字。

〖释：“笙歌归院落，灯火下楼台”，见唐代白居易《宴散》诗。宋代欧阳修《归田录》卷二说：“晏元献公喜评诗。尝曰：‘老觉腰金重，慵便枕玉凉。’未是富贵语，不如‘笙歌归院落，灯火下楼台’。此善言富贵者也。人皆以为知言。”〗

而已集/革命文学（1927·10·21）

●7-21-98-18

有余裕，未必能创作；而要创作，是必须有余裕的。

三闲集/在钟楼上〔夜记之二〕（1927·12·17）

●7-21-98-19

创作虽说抒写自己的心，但总愿意有人看。

创作是有社会性的。

但有时只要一个人看便满足：好友，爱人。

而已集/小杂感（1927·12·17）

●7-21-98-20

人感到寂寞时，会创作；一感到干净时，即无创作，他已经一无所爱。

创作总根于爱。

杨朱无书。

而已集/小杂感（1927·12·17）

●7-21-98-21

我以为文艺大概由于现在生活的感受，亲身所感到的，便影印到文艺中去。

集外集/文艺与政治的歧途（1928·1·29－30）

●7-21-98-22

我以为革命并不能和文学连在一块儿……做文学的人总得闲定一点，正在革命中，那有工夫做文学。我们且想想：在生活困乏中，一面拉车，一面“之乎者也”，到底不大便当。古人虽有种田做诗的，那一定不是自己在种田；雇了几个人替他种田，他才能吟他的诗；真要种田，就没有工夫做诗。

集外集/文艺与政治的歧途（1928·1·29－30）

●7-21-98-23

我以为当先求内容的充实和技巧的上达，不必忙于挂招牌。“稻香村”“陆稿荐”＊，已经不能打动人心了，“皇太后鞋店”的顾客，我看见也并不比“皇后鞋店”里的多。

〖释：“稻香村”“陆稿荐”，旧时上海等大城市有名的食品店或肉食店的招牌。〗

三闲集/文艺与革命（1928·4·16）

●7-21-98-24

现在能写什么，就写什么，不必趋时，自然更不必硬造一个突变式的革命英雄，自称“革命文学”；但也不可苟安于这一点，没有改革，以致沉没了自己——也就是消灭了对于时代的助力和贡献。

二心集/关于小说题材的通信（1932·1·5）

●7-21-98-25

可以各就自己现在能写的题材，动手来写的。不过选材要严，开掘要深，不可将一点琐屑的没有意思的事故，便填成一篇，以创作丰富自乐。

这样写去，到一个时候，我料想必将觉得写完，……向着前进的青年，又抱着对于时代有所助力和贡献的意志，那时也一定能逐渐克服自己的生活和意识，看见新路的。

二心集/关于小说题材的通信（1932·1·5）

●7-21-98-26

按：这是对北斗杂志社关于“创作要怎样才会好?”问题的答复。

一，留心各样的事情，多看看，不看到一点就写。

二，写不出的时候不硬写。

三，模特儿不用一个一定的人，看得多了，凑合起来的。

四，写完后至少看两遍，竭力将可有可无的字，句，段删去，毫不可惜。宁可将可作小说的材料缩成 Sketch『注：英语“速写”』，决不将 Sketch 材料拉成小说。

五，看外国的短篇小说，几乎全是东欧及北欧作品，也看日本作品。

六，不生造除自己之外，谁也不懂的形容词之类。

七，不相信“小说作法”之类的话。

八，不相信中国的所谓“批评家”之类的话，而看看可靠的外国批评家的评论。

二心集/答北斗杂志社问（1932·1·20）

●7-21-98-27

凡我所遇见的研究中国文学的外国人中，往往不满于中国文章之夸大。这真是虽然研究中国文学，恐怕到死也还不会懂得中国文学的外国人。倘是我们中国人，则只看过几百篇文章，见过十来个所谓“文学家”的行径，又不是刚刚“从民间来”的老实青年，就决不会上当……譬如说罢，称赞贵相是“两耳垂肩”，这时我们便至少将他打一个对折，觉得比通常也许大一点，可是决不相信他的耳朵像猪猡一样。说愁是“白发三千丈”『注：见唐李白《秋浦歌》第十五首』，这时我们便至少将他打一个二万扣，以为也许有七八尺，但决不相信它会盘在顶上像一个大草囤。

伪自由书/文学上的折扣（1933·3·15）

●7-21-98-28

我们也能将少的增多，无的化有，例如戏台上走出四个拿刀的瘦伶仃的小戏子，我们就知道这是十万精兵；刊物上登载一篇俨乎其然的像煞有介事的文章，我们就知道字里行间还有看不见的鬼把戏。

伪自由书/文学上的折扣（1933·3·15）

●7-21-98-29

忘记是谁说的了，总之是，要极省俭的画出一个人的特点，最好是画他的眼睛。我以为这话是极对的，倘若画了全副的头发，即使细得逼真，也毫无意思。

南腔北调集/我怎样做起小说来（1933·6）

●7-21-98-30

按：此信收信人董永舒，广西钟山人。当时在桂林第三高级中学任教，因请求指导创作和代购书籍与鲁迅通信。

如要创作，第一须观察，第二是要看别人的作品，但不可专看一个人的作品，以防被他束缚住，必须博采众家，取其所长，这才后来能够独立。我所取法的，大抵是外国的作家。

书信/致董永舒（1933·8·13）

●7-21-98-31

做得蒙胧，这便是所谓“好”么？答曰：也不尽然，其实是不过掩了丑。但是，“知耻近乎勇”，掩了丑，也就仿佛近乎好了。摩登女郎披下头发，中年妇人罩上面纱，就都是蒙胧术。

南腔北调集/作文秘诀（1933·12·15）

●7-21-98-32

人类学家解释衣服的起源有三说：一说是因为男女知道了性的羞耻心，用这来遮羞；一说却以为倒是用这来刺激；还有一种是说老弱男女，身体衰弱，露着不好看，盖上一些东西，借此掩掩丑的。从修辞学的立场上看起来，我赞成后一说。

南腔北调集/作文秘诀（1933・12・15）

●7-21-98-33

“白描”却并没有秘诀。如果要说有，也不过是和障眼法反一调：有真意，去粉饰，少做作，勿卖弄而已。

南腔北调集/作文秘诀（1933・12・15）

●7-21-98-34

只要写出实情，即于中国有益，是非曲直，昭然具在，揭其障蔽，便是公道耳。

书信/致姚克（1934・1・25）

●7-21-98-35

想从一个题目限制了作家，其实是不能够的。假如出一个“学而时习之”的试题，叫遗少和车夫来做八股，那做法就决定不一样。自然，车夫做的文章可以说是不通，是胡说，但这不通或胡说，就打破了遗少们的一统天下。古话里也有过：柳下惠看见糖水，说“可以养老”，盗跖见了，却道可以粘门闩『注：出《淮南子・说林训》』。他们是弟兄，所见的又是同一的东西，想到的用法却有这么天差地远。“月白风清，如此良夜何?”『注：见宋代苏轼《后赤壁赋》』好的，风雅之至，举手赞成。但同是涉及风月的“月黑杀人夜，风高放火天”呢，这不明明是一联古诗么?

准风月谈/前记（1934・3・10）

●7-21-98-36

旧形式是采取，必有所删除，既有删除，必有所增益，这结果是新形式的出现，也就是变革。

且介亭杂文/论“旧形式的采用”（1934・5・4）

●7-21-98-37

太做不行，但不做，却又不行。用一段大树和四枝小树做一只凳，在现在，未免太毛糙，总得刨光它一下才好。但如全体雕花，中间挖空，却又坐不来，也不成其为凳子了。高尔基说，大众语是毛坯，加了工的是文学。我想，这该是很中肯的指示了。

花边文学/做文章（1934・7・24）

●7-21-98-38

沈括＊的《梦溪笔谈》里，有云：

往岁士人，多尚对偶为文，穆修张景＊辈始为平文，当时谓之“古文”。穆张尝同造朝，待旦于东华门外，方论文次，适见有奔马，践死一犬，二人各记其事以较工拙。穆修曰：“马逸，有黄犬，遇蹄而毙。”张景曰：“有犬，死奔马之下。”时文体新变，二人之语皆拙涩，当时已谓之工，传之至今。

……两人的大作，不但拙涩，主旨先就不一，穆说的是马踏死了犬，张说的是犬给马踏死了，究竟是着重在马，还是在犬呢? 较明白稳当的还是沈括的毫不经意的文章：“有奔马，践死一犬。”

〖释：沈括（1031－1095），字存中，钱塘（今浙江杭州）人。北宋政治家、科学家。撰有《梦溪笔谈》等，在数学、天文学、地质学和医学等方面均有所创见。/穆修（979－1032）、张景（970－1018），均为北宋文学家。〗

花边文学/做文章（1934・7・24）

●7-21-98-39

《水浒》和《红楼梦》的有些地方，是能使读者由说话看出人来的。其实，这也并非什么奇特的事情，在上海的弄堂里，租一间小房子住着的人，就时时可以体验到。他和周围的住户，是不一定见过面的，但只隔一层薄板壁，所以有些人家的眷属和客人的谈话，尤其是高声的谈话，都大略可以听到，久而久之，就知道那里有那些人，而且仿佛觉得那些人是怎样的人了。

如果删除了不必要之点，只摘出各人的有特色的谈话来，我想，就可以使别人从谈话里推见每个说话的人物。但我并不是说，这就成了中国的巴尔扎克＊。

〖释：巴尔扎克（1799－1850），法国作家。他的《人间喜剧》包括九十多部小说。〗

花边文学/看书琐记（1934·8·8）

●7-21-98-40

我想，最好是抄完后暂且不看，搁起来，搁一两月再看。

书信/致萧军、萧红（1934·11·12）

●7-21-98-41

我想，假如写一篇暴露小说，指定事情是出在某处的罢，那么，某处人恨得不共戴天，非某处人却无异隔岸观火，彼此都不反省，一班人咬牙切齿，一班人却飘飘然，不但作品的意义和作用完全失掉了，还要由此生出无聊的枝节来，大家争一通闲气……

且介亭杂文/答《戏》周刊编者信（1934·11·25）

●7-21-98-42

一个人离开故土，到一处生地方，还不发生关系，就是还没有在这土里下根，很容易有这一种情境。一个作家，离开本国后，即永不会写文章了，是常有的事。

书信/致萧军、萧红（1934·12·6）

●7-21-98-43

作者写出创作来，对于其中的事情，虽然不必亲历过，最好是经历过。诘难者问：那么，写杀人最好是自己杀过人，写妓女还得去卖淫么？答曰：不然。我所谓经历，是所遇，所见，所闻，并不一定是所作，但所作自然也可以包含在里面。

且介亭杂文二集/叶紫作《丰收》序（1935·1·16）

●7-21-98-44

天才们无论怎样说大话，归根结蒂，还是不能凭空创造。描神画鬼，毫无对证，本可以专靠了神思，所谓“天马行空”似的挥写了，然而他们写出来的，也不过是三只眼，长颈子，就是在常见的人体上，增加了眼睛一只，增长了颈子二三尺而已。这算什么本领，这算什么创造？

且介亭杂文二集/叶紫作《丰收》序（1935·1·16）

●7-21-98-45

作文的人，因为不能修辞，于是也就不能达意。但是，如果内容的充实，不与技巧并进，是很容易陷入徒然玩弄技巧的深坑里去的。

书信/致李桦（1935·2·4）

●7-21-98-46

现在有许多人，以为应该表现国民的艰苦，国民的战斗，这自然并不错的，但如自己并不在这样的旋涡中，实在无法表现，假使以意为之，那就决不能真切，深刻，也就不成为艺术。所以我的意见，以为一个艺术家，只要表现他所经验的就好了，当然，书斋外面是应该走出去的，倘不在什么旋涡中，那么，只表现些所见的平常的社会状态也好。

书信/致李桦（1935·2·4）

●7-21-98-47

“燕山雪花大如席”*，是夸张，但燕山究竟有雪花，就含着一点诚实在里面，使我们立刻知道燕山原来有这么冷。如果说“广州雪花大如席”，那可就变成笑话了。

〖释：“燕山雪花大如席”，李白《北风行》句。燕山，在河北蓟县东南。〗

且介亭杂文二集/漫谈“漫画”（1935·3）

●7-21-98-48

我自己，是常常会用些书本上的词汇的。虽然并非什么冷僻字，或者连读者也并不觉得是冷僻字。然而假如有一位精细的读者，请了我去，交给我一枝铅笔和一张纸，说道，“您老的文章里，说过这山是‘崚嶒’的，那山是‘巉岩’的，那究竟是怎么一副样子呀？您不会画画儿也不要紧，就钩出一点轮廓来给我看看罢。请，请，请……”这时我就会腋下出汗，恨无地洞可钻。因为我实在连自己也不知道“崚嶒”和“巉岩”

究竟是什么样子，这形容词，是从旧书上钞来的，向来就并没有弄明白，一经切实的考查，就糟了。此外如“幽婉”，“玲珑”，“蹒跚”，“嗫嚅”……之类，还多得很。

且介亭杂文二集/人生识字胡涂始（1935·5）

●7-21-98-49

文章应该怎样做，我说不出来，因为自己的作文，是由于多看和练习，此外并无心得或方法的。

书信/致赖少麒（1935·6·29）

●7-21-98-50

太伟大的变动，我们会无力表现的，不过这也无须悲观，我们即使不能表现他的全盘，我们可以表现它的一角，巨大的建筑，总是一木一石叠起来的，我们何妨做做这一木一石呢？

书信/致赖少麒（1935·6·29）

●7-21-98-51

凡是有志于创作的青年，第一个想到的问题，大概总是“应该怎样写？”现在市场上陈列着的“小说作法”，“小说法程”之类，就是专掏这类青年的腰包的。然而，好像没有效，从“小说作法”学出来的作者，我至今还没有听到过。

且介亭杂文二集/不应该那么写（1935·6）

●7-21-98-52

创作是并没有什么秘诀，……倘不然，只要有这秘诀，就真可以登广告，收学费，开一个三天包成文豪学校了。以中国之大，或者也许会有罢，但是，这其实是骗子。

且介亭杂文二集/不应该那么写（1935·6）

●7-21-98-53

凡是已有定评的大作家，他的作品，全部就说明着“应该怎样写”。只是读者很不容易看出，也就不能领悟。

且介亭杂文二集/不应该那么写（1935·6）

●7-21-98-54

太伟大的变动，我们会无力表现的，不过这也无须悲观，我们即使不能表现他的全盘，我们可以表现它的一角，巨大的建筑，总是一木一石叠起来的，我们何妨做做这一木一石呢？

书信/致赖少麒（1935·6·29）

●7-21-98-55

创作难，就是给人起一个称号或诨名也不易。假使有谁能起颠扑不破的诨名的罢，那么，他如作评论，一定也是严肃正确的批评家，倘弄创作，一定也是深刻博大的作者。

且介亭杂文二集/五论“文人相轻”——明术（1935·9）

●7-21-98-56

果戈里夸俄国人之善于给别人起名号——或者也是自夸——说是名号一出，就是你跑到天涯海角，它也要跟着你走，怎么摆也摆不脱。这正如传神的写意画，并不细画须眉，并不写上名字，不过寥寥几笔，而神情毕肖，只要见过被画者的人，一看就知道这是谁；夸张了这人的特长——不论优点或弱点，却更知道这是谁。可惜我们中国人并不怎样擅长这本领。

且介亭杂文二集/五论“文人相轻”——明术（1935·9）

●7-21-98-57

我一向的写东西，却如厨子做菜，做是做的，可是说不出什么手法之类。

书信/致王冶秋（1935·11·18）

●7-21-98-58

你……先前那样十步九回头的作文法，是很不对的，这就是在不断的不相信自己——结果一定做不成。以后应该立定格局之后，一直写下去，不管修辞，也不要回头看。等到成后，搁他几天，然后再来复看，删去若干，改换几字。

书信/致叶紫（1935·11·25）

●7-21-98-59

小说也如绘画一样，有模特儿，我从来不用某一整个，但一肢一节，总不免和某一个相似，倘使无一和活人相似处，即非具象化了的作品……

书信/致徐懋庸（1936·2·21）

●7-21-98-60

纵使写的是妖怪，孙悟空一个筋斗十万八千里，猪八戒高老庄招亲，在人类中也未必没有谁和他们的精神上相像。有谁相像，就是无意中取谁来做了模特儿，不过因为是无意中，所以也可以说是谁竟和书中的谁相像。

且介亭杂文末编/《出关》的“关”（1936·5）

●7-21-98-61

我们的古人，是早觉得做小说要用模特儿的，记得有一部笔记，说施耐庵＊——我们也姑且认为真有这作者罢——请画家画了一百零八条梁山泊上的好汉，贴在墙上，揣摩着各人的神情，写成了《水浒》。但这作者大约是文人，所以明白文人的技俩，而不知道画家的能力，以为他倒能凭空创造，用不着模特儿来作标本了。

〖**释：施耐庵，相传为元末明初时钱塘（今浙江杭州）人，《水浒》的作者。旧籍中关于他的记载互有出入，俱无确证。**〗

且介亭杂文末编/《出关》的“关”（1936·5）

●7-21-98-62

作家的取人为模特儿，有两法。一是专用一个人，言谈举动，不必说了，连微细的癖性，衣服的式样，也不加改变。……二是杂取种种人，合成一个人，从和作者相关的人们里去找，是不能发见切合的了。但因为“杂取种种人”，一部分相像的人也就更其多数，更能招致广大的惶怒。我是一向取后一法的，当初以为可以不触犯某一个人，后来才知道倒触犯了一个以上，真是“悔之无及”，既然“无及”，也就不悔了。

且介亭杂文末编/《出关》的“关”（1936·5）

●7-21-98-63

纵使谁整个的进了小说，如果作者手腕高妙，作品久传的话，读者所见的就只是书中人，和这曾经实有的人倒不相干了。例如《红楼梦》里贾宝玉的模特儿是作者自己曹霑，《儒林外史》里马二先生的模特儿是冯执中，现在我们所觉得的却只是贾宝玉和马二先生……这就是所谓人生有限，而艺术却较为永久的话罢。

且介亭杂文末编/《出关》的“关”（1936·5）

第二十二节 读书

听得爱赌的人说，它妙在一张一张的摸起来，永远变化无穷。我想，凡嗜好的读书，能够手不释卷的原因也就是这样。

(99) 读书

爱看书的青年，大可以看看本分以外的书……大可以看看各样的书，即使和本业毫不相干的，也要泛览。

●7-22-99-1

较好的中国书和西洋书，每本前后总有一两张空白的副页，上下的天地头也很宽。而近来中国的排印的新书则大抵没有副页，天地头又都很短，想要写上一点意见或别的什么，也无地可容，翻开书来，满本是密密层层的黑字；加以油臭扑鼻，使人发生一种压迫和窘促之感，不特很少“读书之乐”，且觉得仿佛人生已没有“余裕”，“不留余地”了。……在这样“不留余地”空气的围绕里，人们的精神大抵要被挤小的。

华盖集/忽然想到〔二〕（1925·1·20）

●7-22-99-2

按：1925年1月，《京报副刊》征求“青年必读书”十部，鲁迅作了如下回答。

从来没有留心过，

所以现在说不出。

华盖集/青年必读书〔“答问”〕(1925·2·21)

●7-22-99-3

按：1925年1月，《京报副刊》征求“青年爱读书”和“青年必读书”各十部。鲁迅作了回答并在“附注”中写道：“我要趁这机会，略说自己的经验，以供若干读者的参考——”。

我以为要少——或者竟不——看中国书，多看外国书。

华盖集/青年必读书〔“附注”〕(1925·2·21)

●7-22-99-4

少看中国书，其结果不过不能作文而已。但现在的青年最要紧的是“行”，不是“言”。只要是活人，不能作文算什么大不了的事。

华盖集/青年必读书〔“附注”〕(1925·2·21)

●7-22-99-5

中国书虽有劝人入世的话，也多是僵尸的乐观；外国书即使是颓唐和厌世的，但却是活人的颓唐和厌世。

华盖集/青年必读书〔“附注”〕(1925·2·21)

●7-22-99-6

看人生是因作者而不同，看作品又因读者而不同

集外集/俄文译本《阿Q正传》序及著者自叙传略(1925·5·26)

●7-22-99-7

因为我劝过人少——或者竟不——读中国书，曾蒙一位不相识的青年先生赐信要我搬出中国去*，但是我终于没有走。

〖释：“……要我搬出中国去”，1925年3月5日，一署名“瞎嘴”者写信给鲁迅，攻击鲁迅在回答“青年必读书”时的“附注”，信中有这种“建议”。〗

华盖集/我的“籍”和“系”(1925·6·5)

●7-22-99-8

中国婚姻方法的缺陷，才子佳人小说作家早就感到了，他于是使一个才子在壁上题诗，一个佳人便来和，由倾慕——现在就得称恋爱——而至于有“终身之约”。但约定之后，也就有了难关。我们都知道，“私订终身”在诗和戏曲或小说上尚不失为美谈（自然只以与终于中状元的男人私订为限），实际却不容于天下的，仍然免不了要离异。明末的作家便闭上眼睛，并这一层也加以补救了，说是：才子及第，奉旨成婚。

坟/论睁了眼看(1925·8·3)

●7-22-99-9

我主张中国的青年应当多看外国书，少看，或者竟不看中国书的时候，便有论客以为素称学者的鲁迅不该如此，而现在竟至如此，则不但决非学者，而且还有洋奴的嫌疑。

华盖集/“碰壁”之余(1925·9·21)

●7-22-99-10

我常被询问：要弄文学，应该看什么书？这实在是一个极难回答的问题。先前也曾有几位先生给青年开过一大篇书目。但从我看来，这是没有什么用处的，因为我觉得那都是开书目的先生自己想要看或者未必想要看的书目。

而已集/读书杂谈(1927·8·18－22)

●7-22-99-11

爱看书的青年，大可以看看本分以外的书，即课外的书，不要只将课内的书抱住。……大可以看看各样的书，即使和本业毫不相干的，也要泛览。譬如学理科的，偏看看文学书，学文学的，偏看看科学书，看看别个在那里研究的，究竟是怎么一回事。

而已集/读书杂谈(1927·8·18－22)

●7-22-99-12

嗜好的读书……就如游公园似的，随随便便去，因为随随便便，所以不吃力，因为不吃力，

所以会觉得有趣。

而已集/读书杂谈（1927·8·18－22）

●7-22-99-13

嗜好的读书，该如爱打牌的一样，天天打，夜夜打，连续的去打，有时被公安局捉去了，放出来之后还是打。诸君要知道真打牌的人的目的并不在赢钱，而在有趣。牌有怎样的有趣呢，我是外行，不大明白。但听得爱赌的人说，它妙在一张一张的摸起来，永远变化无穷。我想，凡嗜好的读书，能够手不释卷的原因也就是这样。他在每一叶每一叶里，都得着深厚的趣味。自然，也可以扩大精神，增加智识的，但这些倒都不计及，一计及，便等于意在赢钱的博徒了，这在博徒之中，也算是下品。

而已集/读书杂谈（1927·8·18－22）

●7-22-99-14

我并非要大家不看批评，不过说看了之后，仍要看看本书，自己思索，自己做主。看别的书也一样，仍要自己思索，自己观察。倘只看书，便变成书厨，即使自己觉得有趣，而那趣味其实是已在逐渐硬化，逐渐死去了。

而已集/读书杂谈（1927·8·18－22）

●7-22-99-15

说到读书，似乎是很明白的事，只要拿书来读就是了，但是并不这样简单。至少，就有两种：一是职业的读书，一是嗜好的读书。所谓职业的读书者，譬如学生因为升学，教员因为要讲功课，不翻翻书，就有些危险的就是。

而已集/读书杂谈（1927·8·18、19、22）

●7-22-99-16

如果一本书拿到手，就满心想道，“我在读书了！”“我在用功了！”那就容易疲劳，因而减掉兴味，或者变成苦事了。

而已集/读书杂谈（1927·8·18、19、22）

●7-22-99-17

我们自动的读书，即嗜好的读书，请教别人是大抵无用，只好先行泛览，然后决择而入于自己所爱的较专的一门或几门；但专读书也有弊病，所以必须和实社会接触，使所读的书活起来。

而已集/读书杂谈（1927·8·18、19、22）

●7-22-99-18

读书的人，多半是看时势的，去年郭沫若书颇行，今年上半年我的书颇行，现在是大卖戴季陶讲演录了（蒋介石的也行了一时）。这里『注：指广州』的书，要作者亲到而阔才好，就如江湖上卖膏药者，必须将老虎骨头挂在旁边似的。

书信/致台静农（1927·9·25）

●7-22-99-19

只要一比较，许多事便明白；看书和画，亦复同然。

集外集拾遗补编/致《近代美术史潮论》的读者诸君（1929·3·1）

●7-22-99-20

一部《水浒》，说得很分明：因为不反对天子，所以大军一到，便受招安，替国家打别的强盗——不“替天行道”的强盗去了。终于是奴才。

三闲集/流氓的变迁（1930·1·1）

●7-22-99-21

什么人全都懂得的书，现在是不会有的，只有佛教徒的“唵”字，据说是“人人能解”，但可惜又是“解各不同”。

二心集/关于翻译的通信（1932·6）

●7-22-99-22

看客的取舍，是没法强制的，他若不要看，连拖也无益。

准风月谈/偶成（1933·6·22）

●7-22-99-23

看别人的作品，也很有难处，就是经验不同，即不能心心相印。所以常有极要紧，极精采处，而读者不能感到，后来自己经验了类似的事，这才了然起来。例如描写饥饿罢，富人是无论如何都不会懂的，如果饿他几天，他就明白那好处。

书信/致董永舒（1933·8·13）

●7-22-99-24

在中国，恐怕生意也还是“珍本”好。因为这可以做摆饰，而“善本”却不过能合于实用。能买这样的书的，决非穷措大也可想，则买去之后，必将供在客厅上也亦可知。这类的买主，会买一个商周的古鼎，摆起来，不得已时，也许买一个假古鼎，摆起来；但他决不肯买一个沙锅或铁镬，摆在紫檀桌子上。因为他的目的是在“珍”而并不在“善”，更不在是否能合于实用的。

准风月谈/四库全书珍本（1933·8·26）

●7-22-99-25

我觉得中国一般人，求知的欲望很小，观科学书出版之少可知。但我极希望先生做出来，因为读者有许多层，此类书籍，也必须的。

书信/致曹聚仁（1933·9·1）

●7-22-99-26

按：上海《人言》周刊第一卷第十期（1934年4月21日）载胡雁的《谈读书》一文，先引叔本华“脑子里给别人跑马”的话，然后说“看过一本书，是让人跑过一次马，看的书越多，脑子便变成跑马场……书大可不必读。”按叔本华在《读书和书籍》等文中，反对读书，认为“读书时，我们的脑已非自己的活动地。这是别人的思想的战场了”，主张“由自己思想得来真理”云。

读死书会变成书呆子，甚至于成为书厨，早有人反对过了，时光不绝的进行，反读书的思潮也愈加彻底，于是有人来反对读任何一种书。他的根据是叔本华的老话，说是倘读别人的著作，不过是在自己的脑里给作者跑马。

……不过要明白：死抱住这句金言的天才，他的脑里却正被叔本华跑了一趟马，踏得一榻胡涂了。

花边文学/读几本书（1934·5·18）

●7-22-99-27

我常常坐在内山书店里，看看中国人的买书，觉得可叹的现象也不少。例如罢，倘有大批的关于日本的书（日本人自己做的）买去了，不久便有《日本研究》之类出板；近来，则常有青年在寻关于法西斯主义的书。制造家来买书的，想寻些记载着秘诀的小册子，其实那有这样的东西。画家呢，凡是资料，必须加以研究，融化，才可以应用的好书，大抵弃而不顾，他们最喜欢可以生吞活剥的绘画，或图案，或广告画，以及只有一本的什么“大观”。一本书，怎么会“大观”呢，他们是不想的。其甚者，则翻书一通之后，书并不买，而将其中的几张彩色画撕去了。

书信/致杨霁云（1934·6·3）

●7-22-99-28

看完一部书，都是些那时的名人轶事，某将军每餐要吃三十八碗饭，某先生体重一百七十五斤半；或是趣闻怪事，某村雷劈蜈蚣精，某妇产生人面蛇，毫无益处的也有。这时可得自己有主意了，知道这是帮闲文士所做的书。倘不小心，被他诱过去，那就坠入陷阱，后来满脑子是某将军的饭量，某先生的体重，蜈蚣精和人面蛇了。

且介亭杂文/随便翻翻（1934·11）

●7-22-99-29

如果他专讲天王星，或海王星，虾蟆的神经细胞，或只咏梅花，叫妹妹，不发关于社会的议论，那么，自然，不看也可以的。

且介亭杂文/随便翻翻（1934·11）

●7-22-99-30

读书也有“忌”，不过与“食忌”稍不同。这就是某一类书决不能和某一类书同看，否则两者中之一必被克杀，或者至少使读者反而发生愤怒。

花边文学/读书忌（1934·11·29）

●7-22-99-31

中国的书，乱骂唯物论之类的固然看不得，自己不懂而乱赞的也看不得，所以我以为最好先看一点基本书，庶不致为不负责任的论客所误。

书信/致徐懋庸（1933·12·20）

●7-22-99-32

有一种可叹的事，是读者的感觉，往往还是叭儿灵。叭儿明白了，他们还不懂，甚而至于连讥刺，反话，也不懂。现在的青年，似乎所注意的范围，大抵很狭小，这却比文坛上之多叭儿更可虑。然而也顾不得许多，只好照自己所定的做。至于碰壁或休息，那是当然的，也必要的。

书信/致杨霁云（1934·6·3）

●7-22-99-33

文艺本来都有一个对象的界限。譬如文学，原是以懂得文字的读者为对象的，懂得文字的多少有不同，文章当然要有深浅。而主张用字要平常，作文要明白，自然也还是作者的本分。

花边文学/"彻底"的底子（1934·7·11）

●7-22-99-34

文学虽然有普遍性，但因读者的体验的不同而有变化，读者倘没有类似的体验，它也就失去了效力。

花边文学/看书琐记（1934·8·8）

●7-22-99-35

作者用对话表现人物的时候，恐怕在他自己的心目中，是存在着这人物的模样的，于是传给读者，使读者的心目中也形成了这人物的模样，但读者所推见的人物，却并不一定和作者所设想的相同，……不过那性格，言动，一定有些类似，大致不差，恰如将法文翻成了俄文一样。要不然，文学这东西便没有普遍性了。

花边文学/看书琐记（1934·8·8）

●7-22-99-36

读死书是害己，一开口就害人；但不读书也并不见得好。

花边文学/读几本书（1934·5·18）

●7-22-99-37

我看现在青年的常在问人该读什么书，就是要看一看真金，免得受硫化铜的欺骗。而且一识得真金，一面也就真的识得了硫化铜，一举两得了。

且介亭杂文/随便翻翻（1934·11）

●7-22-99-38

讲扶乩＊的书，讲婊子的书，倘若有机会遇见，不要皱起眉头，显示憎厌之状，也可以翻一翻；明知道和自己意见相反的书，已经过时的书也用一样的办法。……这也有一点危险，也就是怕被它诱过去。治法是多翻，翻来翻去，一多翻，就有比较，比较是医治受骗的好方子。

〖释："扶乩"，又称"扶箕"，"扶鸾"，道教法术之一，用以"请神问事"。〗

且介亭杂文/随便翻翻（1934·11）

●7-22-99-39

我想，无论是学文学的，学科学的，他应该先看一部关于历史的简明而可靠的书。

且介亭杂文/随便翻翻（1934·11）

●7-22-99-40

大约各人所知，彼此不同，所以在作者以为平常的东西，也还是有益于别的读者。

书信/致曹聚仁（1935·1·29）

●7-22-99-41

按：孔另境所编《当代文人尺牍钞》1936 年 5 月由生活书店出版时改题《现代作家书简》，收

作家五十八人的书信二一九封。

日记或书信，是向来有些读者的。……于是害得名人连写日记和信也不敢随随便便。

且介亭杂文二集/孔另境编《当代文人尺牍钞》序（1935·11·25）

●7-22-99-42

旧书店里必讨大价的所谓“禁书”，也并非都是慷慨激昂，令人奋起的作品，清初，单为了作者也会禁，往往和内容简直不相干。这一层，却要读者有选择的眼光也希望识者给相当的指点的。

且介亭杂文二集/杂谈小品文（1935·12·7）

●7-22-99-43

这些敌对决不肯自承，时时撒娇道：“冤乎枉哉，这是他把我当作假想敌了呀！”可是留心一看，他的确在放暗箭，一经指出，这才改为明枪，但又说这是因为被诬为假想敌的报复。所用的技俩，也是决不肯任其流传的，不但事后要它消灭，就是临时也在躲闪；而编集子的人又不屑收录。于是到得后来，就只剩了一面的文章了，无可对比，当时的抗战之作，就都好像无的放矢，独个人在向着空中发疯。

且介亭杂文二集/“题未定”草〔八〕（1936·2）

●7-22-99-44

关于少年读物，诚然是一个大问题：偶然看到一点印出来的东西，内容和文章，都没有生气，受了这样的教育，少年的前途可想。

书信/致杨晋豪（1936·3·11）

●7-22-99-45

你们不要专门看文学，关于科学的书（自然是写得有趣而容易懂的）以及游记之类，也应该看看的。

书信/致颜黎民（1936·4·2）

●7-22-99-46

可以看看世界旅行记，藉此就知道各处的人情风俗和物产。

书信/致颜黎民（1936·4·15）

●7-22-99-47

专看文学书，也不好的。先前的文学青年，往往厌恶数学，理化，史地，生物学，以为这些都无足轻重，后来变成连常识也没有，研究文学固然不明白，自己做起文章来也胡涂，所以我希望你们不要放开科学，一味钻在文学里。

书信/致颜黎民（1936·4·15）

●7-22-99-48

你说专爱看我的书，那也许是我常论时事的缘故。不过只看一个人的著作，结果是不大好的：你就得不到多方面的优点。必须如蜜蜂一样，采过许多花，这才能酿出蜜来，倘叮在一处，所得就非常有限了。

书信/致颜黎民（1936·4·15）

●7-22-99-49

无论写的是什么，这个人总还是这个人，不过加了些藻饰，有了些排场，仿佛穿上了制服。写信固然比较的随便，然而做作惯了的，仍不免带些惯性，别人以为他这回是赤条条的上场了罢，他其实还是穿着肉色坚身小衫裤，甚至于用了平常决不应用的奶罩。话虽如此，比起峨冠博带的时候来，这一回可究竟较近于真实。

且介亭杂文二集/孔另境编《当代文人尺牍钞》序（1936·5）

●7-22-99-50

一个人的言行，总有一部分愿意别人知道，或者不妨给别人知道，但有一部分却不然。然而一个人的脾气，又偏爱知道别人不肯给人知道的一部分，于是尺牍就有了出路。这并非等于窥探门缝，意在发人的阴私，实在是因为要知道这人的全般，就是从不经意处，看出这人——社会的一分子的真实。

且介亭杂文二集/孔另境编《当代文人尺牍钞》序

(1936·5)

●7-22-99-51

从作家的日记或尺牍上，往往能得到比看他的作品更其明晰的意见，也就是他自己的简洁的注释。不过也不能十分当真。

且介亭杂文二集/孔另境编《当代文人尺牍钞》序(1936·5)

(100) 鲁迅读书

一些老实人，和我闲谈之后，常说我书是看得很多的，略谈一下，我也的确好像书看得很多，殊不知就为了常常随手翻翻的缘故，却并没有本本细看。

●7-22-100-1

我看了几年杂志和报章，渐渐的造成一种古怪的积习了。

这是什么呢？就是看文章先看署名。……

一，自称“铁血”“侠魂”“古狂”“怪侠”“亚雄”之类的不看。

二，自称“鰈栖”“鸳精”“芳侬”“花怜”“秋瘦”“春愁”之类的又不看。

三，自命为“一分子”，自谦为“小百姓”，自鄙为“一笑”之类的又不看。

四，自号为“愤世生”“厌世主人”“救世居士”之类的又不看。

如是等等，不遑枚举……

集外集拾遗补编/名字(1921·5·7)

●7-22-100-2

我之不赞成《水浒后传》，大约在于托古事而改变之，以浇自己块垒这一点，至于文章，固然也实有佳处……

〖释：《水浒后传》，清初陈忱作长篇小说，四十回。作者在序中说“穷愁潦倒，满眼牢骚，胸中块磊，无酒可浇，故借此惨局而著成之也。”〗

书信/致胡适(1924·10·5)

●7-22-100-3

我看中国书时，总觉得就沉静下去，与实人生离开；读外国书——但除了印度——时，往往就与人生接触，想做点事。

华盖集/青年必读书(1925·2·21)

●7-22-100-4

往日看《鬼谷子》*，觉得其中的谋略也没有什么出奇，独有《飞箝》中的“可箝而从，可箝而横，……可引而反，可引而覆。虽覆能复，不失其度”这一段里的一句“虽覆能复”很有些可怕。但这一种手段，我们在社会上是时常遇见的。

〖释：《鬼谷子》，旧题周楚鬼谷子撰，实系后人伪托。按鬼谷子相传为战国时楚人，隐居鬼谷，因以自号，长于纵横捭阖之术。〗

华盖集/补白(1925·7·3)

●7-22-100-5

《鬼谷子》自然是伪书，决非苏秦，张仪*的老师所作；但作者也决不是“小人”，倒是一个老实人。宋的来鹄*已经说，“捭阖飞箝，今之常态，不读鬼谷子书者，皆得自然符契也。”人们常用，不以为奇，作者知道了一点，便笔之于书，当作秘诀，可见禀性纯厚，不但手段，便是心里的机诈也并不多。如果是大富翁，他肯将十元钞票嵌在镜屏里当宝贝么？

〖释：苏秦、张仪，均为战国时纵横家，《史记》称二人“但事鬼谷子先生学术”。/来鹄，应为唐朝人，事略不详；上文所引其语，出宋代晁公武《郡斋读书志》“鬼谷子”条。〗

华盖集/补白(1925·7·3)

●7-22-100-6

鬼谷子所以究竟不是阴谋家，否则，他还该说得吞吞吐吐些；或者自己不说，而钩出别人来说；或者并不必钩出别人来说，而自己永远阔不可言。

华盖集/补白(1925·7·3)

●7-22-100-7

《红楼梦》中的小悲剧，是社会上常有的事，作者又是比较的敢于实写的，而那结果也并不坏。无论贾氏家业再振，兰桂齐芳，即宝玉自己，也成了个披大红猩猩毡斗篷的和尚。和尚多矣，但披这样阔斗篷的能有几个，已经是“入圣超凡”无疑了。至于别的人们，则早在册子里一一注定，末路不过是一个归结：是问题的结束，不是问题的开头。读者即小有不安，也终于奈何不得。然而后来或续或改，非借尸还魂，即冥中另配，必令“生旦当场团圆”，才肯放手者，乃是自欺欺人的瘾太大，所以看了小小骗局，还不甘心，定须闭眼胡说一通而后快。赫克尔（E·Haeckel）『注：通译海克尔（1834－1919），德国生物学家』说过：人和人之差，有时比类人猿和原人之差还远。我们将《红楼梦》的续作者和原作者*一比较，就会承认这话大概是确实的。

〖释：“《红楼梦》的续作者和原作者”，《红楼梦》是清代曹雪芹着长篇小说，通行本一百二十回。后四十回一般认为是高鹗续作。〗

坟/论睁了眼看（1925·8·3）

●7-22-100-8

孔孟的书我读得最早，最熟，然而倒似乎和我不相干。

坟/写在《坟》后面（1926·11·11）

●7-22-100-9

《红楼梦》是中国许多人所知道，至少，是知道这名目的书。谁是作者和续者姑且勿论，单是命意，就因读者的眼光有种种：经学家看见《易》『注：3-7-33-47 释』，道学家看见淫，才子看见缠绵，革命家看见排满，流言家看见宫闱秘事……

集外集拾遗补编/《绛洞花主》小引（1927·1·14）

●7-22-100-10

诸君之中一定有些这样的经验，有的不喜欢算学，有的不喜欢博物*，然而不得不学，否则，不能毕业，不能升学，和将来的生计便有妨碍了。我自己也这样，因为做教员，有时即非看不喜欢看的书不可，要不这样，怕不久便会于饭碗有妨。我们习惯了，一说起读书，就觉得是高尚的事情，其实这样的读书，和木匠的磨斧头，裁缝的理针线并没有什么分别，并不见得高尚，有时还很苦痛，很可怜。你爱做的事，偏不给你做，你不爱做的，倒非做不可。这是由于职业和嗜好不能合一而来的。倘能够大家去做爱做的事，而仍然各有饭吃，那是多么幸福。但现在的社会上还做不到，所以读书的人们的最大部分，大概是勉勉强强的，带着苦痛的为职业的读书。

〖释：“博物”，当时的一门中学课程，包括动物、植物、矿物等内容。〗

而已集/读书杂谈（1927·8·18、19、22）

●7-22-100-11

《越缦堂日记》*近来已极风行了，我看了却总觉得他每次要留给我一点很不舒服的东西。为什么呢？一是钞上谕。大概是受了何焯*的故事的影响的，他提防有一天要蒙“御览”。二是许多墨涂。写了尚且涂去，该有许多不写的罢？三是早给人家看，钞，自以为一部著作了。我觉得从中看不见李慈铭的心，却时时看到一些做作，仿佛受了欺骗。翻翻一部小说，虽是很荒唐，浅陋，不合理，倒从来不起这样的感觉的。

〖释：《越缦堂日记》，清代李慈铭著。1920年商务印书馆曾影印出版。/何焯（1661－1722），字屺瞻，江苏长洲（今苏州）人。清代学者，官员。曾因事入狱。所藏文字书面材料全部被抄，康熙亲自审查，因未发现罪证，免罪并发还。〗

三闲集/怎么写〔夜记之一〕（1927·10·10）

●7-22-100-12

“收心读书”，是很难的，我也从幼小时想起，至今没有做到，因为一自由，就很难有规则，一天一天的拖下去了。

书信/致章廷谦（1929·10·26）

●7-22-100-13

我宁看《红楼梦》，却不愿看新出的《林黛玉日记》*，它一页能够使我不舒服小半天。《板桥家书》*我也不喜欢看，不如读他的《道情》。我所不喜欢的是他题了家书两个字。那么，为什么刻了出来给许多人看呢？不免有些装腔。幻灭之来，多不在假中见真，而在真中见假。日记体，书简体，写起来也许便当得多罢，但也极容易起幻灭之感；而一起则大抵很厉害，因为它起先模样装得真。

〖释：《林黛玉日记》，一部假托《红楼梦》中人物林黛玉口吻的日记体小说，喻血轮作。内容庸俗拙劣，1918年上海广文书局出版。/《板桥家书》，清代郑燮著。收家书十封。〗

三闲集/怎么写〔夜记之一〕(1927·10·10)

●7-22-100-14

书上的人大概比实物好一点，《红楼梦》里面的人物，像贾宝玉林黛玉这些人物，都使我有异样的同情；后来，考究一些当时的事实，到北京后，看看梅兰芳姜妙香扮的贾宝玉林黛玉，觉得并不怎样高明。

集外集/文艺与政治的歧途（1928·1·29-30）

●7-22-100-15

《全上古……文》*……我以为大可不必买。况且兄若不想统系底研究中国文学史，无需此物（倘要研究实又不够）。内中大半是小作家，是断片文字，多不合用，倒不如花十来块钱，拾一部丁福保辑的《汉魏六朝名家集》*，随便翻翻为合算。倘要比较的大举，则《史》，《汉》，《三国》*；《蔡中郎集》*，嵇，阮，二陆（机云）*，陶潜，庾开府*，鲍参军*（如不想摆学者架子，不如看清人注本），何水部*，都尚有专集（有些在商务馆《四部丛刊》中，每部不到一元也），于是到唐宋类书：《初学记》*，《艺文类聚》，《太平御览》*中，再去找寻。要看为和尚帮忙的六朝唐人辩论，则有《弘明集》*，《广弘明集》*也。要而言之，《全上古……文》实在是大而无当的书，可供陈列而不适于实用的。

〖释：《全上古……文》，即《全上古三代秦汉三国六朝文》，清代严可均辑，收作者三四九七人，共七四六卷。/《汉魏六朝名家集》，丁福保(1874-1952)辑，收各家文集四十种，共一七六卷。/“《史》，《汉》，《三国》”，指《史记》、《汉书》、《三国志》。/《蔡中郎集》，东汉蔡邕(133-192)著，十卷。/“嵇，阮，二陆（机云）”，指三国时的嵇康、阮籍和晋代陆机、陆云兄弟；他们分别著有《嵇中散集》、《阮步兵集》、《陆平原集》和《陆清河集》。/庾开府，即庾信(513-581)，著有《庾开府集》。/鲍参军，即鲍照（约414-466），著有《鲍参军集》。/何水部，即何逊（？-约518），南朝人，明人辑有《何记室集》。/《初学记》，类书，唐代徐坚等辑，共三十卷。/《太平御览》，类书，宋代李昉奉敕纂辑，共一千卷。/《弘明集》，佛教书名，南朝僧祐编。/《广弘明集》，《弘明集》的续编，唐代道宣编。〗

书信/致章廷谦（1929·1·6）

●7-22-100-16

《子夜》『注：茅盾著长篇小说』诚然如来信所说，但现在也无更好的长篇作品，这只是作用于智识阶级的作品而已。能够更永久的东西，我也举不出。

书信/致吴渤（1933·12·13）

●7-22-100-17

我是不研究理论的，所以应看什么书，不能切要的说。据我的私见，首先是改看历史，日文的《世界史教程》*（共六本，已出五本），我看了一点，才知道所谓英国美国，犹如中国之王孝籁*而带兵的国度，比年青时明白了。

〖释：《世界史教程》，见7-20-82-35条释。此书日本1932-1934年东京白杨社出版。/王孝籁，当时的上海总商会会长，流氓头子。〗

书信/致徐懋庸（1933·12·20）

●7-22-100-18

社会科学书，我是不看中国译本的。

书信/致唐弢（1934·7·27）

●7-22-100-19

书在手头，不管它是什么，总要拿来翻一下，或者看一遍序目，或者读几叶内容，到得现在，还是如此，不用心，不费力，往往在作文或看非看不可的书籍之后，觉得疲劳的时候，也拿这玩意来作消遣了，而且它也的确能够恢复疲劳。

倘要骗人，这方法很可以冒充博雅。现在有一些老实人，和我闲谈之后，常说我书是看得很多的，略谈一下，我也的确好像书看得很多，殊不知就为了常常随手翻翻的缘故，却并没有本本细看。

且介亭杂文/随便翻翻（1934·11）

●7-22-100-20

这里只说我消闲的看书——有些正经人是反对的，以为这么一来，就“杂”！“杂”，现在又算是很坏的形容词。但我以为也有好处。譬如我们看一家的陈年账簿，每天写着“豆付三文，青菜十文，鱼五十文，酱油一文”，就知先前这几个钱就可买一天的小菜，吃够一家；看一本旧历本，写着“不宜出行，不宜沐浴，不宜上梁”，就知道先前是有这么多的禁忌。看见了人宋人笔记里的“食菜事魔”＊，明人笔记里的“十彪五虎”＊，就知道“哦呵，原来‘古已有之’。”

〖释：“食菜事魔”，即明教，五代两宋时的民间秘密宗教组织，提倡素食。/“十彪五虎”，应作“五虎五彪”，明代魏忠贤手下的一帮恶霸走狗。〗

且介亭杂文/随便翻翻（1934·11）

●7-22-100-21

有一种很容易到手的秘本，是《四库书目提要》＊，倘还怕繁，那么，《简明目录》＊也可以，这可要细看，它能做成你好像看过许多书。

〖释：《四库书目提要》，即《四库全书总目提要》，见5-13-52-21条释。/《简明目录》，即《四库全书简明目录》，二十卷。纪昀编撰。〗

且介亭杂文/随便翻翻（1934·11）

●7-22-100-22

我也曾用过正经工夫，如什么“国学”之类，请过先生指教，留心过学者所开的参考书目。结果都不满意。有些书目开得太多，要十来年才能看完，我还疑心他自己就没有看；只开几部的较好，可是这须看这位开书目的先生了，如果他是一位胡涂虫，那么，开出来的几部一定也是极顶胡涂书，不看还好，一看就胡涂。

我并不是说，天下没有指导后学看书的先生，有是有的，不过很难得。

且介亭杂文/随便翻翻（1934·11）

●7-22-100-23

中国作家的作品，我不大看，因为我不弄批评，我常看的是外国人的小说或论文，但我看书的工夫也很有限。

书信/致萧军、萧红（1934·11·12）

●7-22-100-24

《儒林外史》『注：见7－21－85－33条释』作者的手段何尝在罗贯中下，然而留学生漫天塞地以来，这部书就好像不永久，也不伟大了。伟大也要有人懂。

且介亭杂文二集/叶紫作《丰收》序（1935·1·16）

●7-22-100-25

《集外集》付装订时，可否给我留十本不切边的。我是十年前的毛边『注：书籍装订后不切边』党，至今脾气还没有改。但如麻烦，那就算了，而且装订作也未必肯听，他们是反对毛边的。

书信/致曹聚仁（1935·4·10）

●7-22-100-26

清朝的史书，我没有留心，说不出什么好。大约萧一山＊的那一种，是说了一个大略的。还有夏曾佑＊做过一部历史教科书，我年青时看过，觉得还好，现在改名《中国古代史》了，两种皆商务印书馆版。《清代文字狱档》系北平故宫博物院分册出版，每册五角，已出八册，但不知上海可有代售处。

〖释：萧一山（1902－1978），历史学家，著有《清代通史》等。/夏曾佑（1865－1924），光绪进士，清末维新派人士，后任北洋政府教育部社会教育司司长、京师图书馆馆长。〗

书信/致唐弢（1935·4·19）

●7-22-100-27

我喜欢毛边书，宁可裁，光边书像没有头发的人——和尚或尼姑。

书信/致萧军（1935·7·16）

●7-22-100-28

中国屡经绍介的法国昆虫学家法布耳（Fabre）＊……他的著作还有两种缺点：一是嗤笑解剖学家，二是用人类道德于昆虫界。但倘无解剖，就不能有他那样精到的观察，因为观察的基础，也还是解剖学；农学者根据对于人类的利害，分昆虫为益虫和害虫，是有理可说的，但凭了当时的人类的道德和法律，定昆虫为善虫或坏虫，却是多余了。有些严正的科学者，对于法布耳的有微词，实也并非无故。但倘若对这两点先加警戒，那么，他的大著作《昆虫记》十卷，读起来也还是一部很有趣，也很有益的书。

〖释：法布耳（1823－1915），法国昆虫学家。他著的《昆虫记》出版于1910年，文笔活泼。我国当时有好几种节译本。〗

且介亭杂文二集/名人与名言（1935·7·20）

●7-22-100-29

光是胡思乱想也不是事，不如看点不劳精神的书，要不然，也不成其为“养病”。像这样的时候，我赞成中国纸的线装书，这也就是有点儿“雅”起来了的证据。洋装书便于插架，便于保存，现在不但有洋装二十五六史＊，连《四部备要》也硬领而皮靴＊了，——原是不为无见的。但看洋装书要年富力强，正襟危坐，有严肃的态度。假使你躺着看，那就好像两只手捧着一块大砖头，不多工夫，就两臂酸麻，只好叹一口气，将它放下。所以，我在叹气之后，就去寻线装书。

〖释：“二十五六史”，上海开明书店出版的精装《二十五史》（即原来的《二十四史》加《新元史》），共九大册；上海书报合作社出版的精装《二十六史》（即《二十五史》加《清史稿》），共二十册。/“《四部备要》也硬领而皮靴”，上海中华书局印行《四部备要》（含经、史、子、集共三三六种）原订二千五百册，其精装本合订为一百册。〗

且介亭杂文/病后杂谈（1935·2－12）

●7-22-100-30

一寻，寻到了久不见面的《世说新语》『注：见5-13-51-16条释』之类一大堆，躺着来看，轻飘飘的毫不费力了，魏晋人的豪放潇洒的风姿，也仿佛在眼前浮动。由此想到阮嗣宗『注：即阮籍』的听到步兵厨善于酿酒，就求为步兵校尉；陶渊明的做了彭泽令，就教官田都种秫，以便做酒，因了太太的抗议，这才种了一点秔。这真是天趣盎然，决非现在的“站在云端里呐喊”＊者们所能望其项背。但是，“雅”要想到适可而止，再想便不行。例如阮嗣宗可以求做步兵校尉，陶渊明补了彭泽令，他们的地位，就不是一个平常人，要“雅”，也还是要地位。

〖释：“站在云端里呐喊”，是林语堂讥刺鲁迅提倡大众语时的话。〗

且介亭杂文/病后杂谈（1935·2－12）

●7-22-100-31

《蜀龟鉴》『注：见5-13-54-6释』，原是一部笔法都仿《春秋》的书，但写到“圣祖仁皇帝康熙元年春正月”，就有“赞”道：“……明季之乱甚矣！风终《豳》，雅终《召旻》＊，托乱极思治之隐忧而无其实事，孰若臣祖亲见之，臣身亲被之乎？是编以元年正月终者，非徒谓体元表正＊，蔑以加兹；生逢盛世，荡荡难名，一以寄没世不忘之恩，一以见太平之业所由始耳！”

《春秋》上是没有这种笔法的。满洲的肃王的一箭，不但射死了张献忠，也感化了许多读书人，而且改变了“春秋笔法”＊了。

〖释：“风终《豳》，雅终《召旻》”，《诗经》分“国风”、“小雅”、“大雅”、“颂”四部。《豳》是“国风”的末篇，《召旻》是“大雅”的末篇。据称，这些诗都有讽喻时政之意。/“体元表正”，体元，“人君即位”；表正，“法正万邦”。/“春秋笔法”，据说《春秋》每用一字都隐含“褒”“贬”。〗

且介亭杂文/病后杂谈（1935·2－12）

●7-22-100-32

病中来看这些书，归根结蒂，也还是令人气闷。但又开始知道了有些聪明的士大夫，依然会从血泊里寻出闲适来。例如《蜀碧》『注：见5-13-53-33释』，总可以说是够惨的书了，然而序文后面却刻着一位乐斋先生的批语道：“古穆有魏晋间人笔意。”

这真是天大的本领！那死似的镇静，又将我的气闷打破了。

我放下书，合了眼睛，躺着想想学这本领的方法……瞑想的结果，拟定了两手太极拳。一，是对于世事要浮光掠影，随时忘却，不甚了然，仿佛有些关心，却又并不恳切；二，是对于现实要蔽聪塞明，麻木冷静，不受感触，先由努力，后成自然。第一种的名称不大好听，第二种却也是却病延年的要诀，连古之儒者也并不讳言的。这都是大道。还有一种轻捷的小道，是：彼此说谎，自欺欺人。

且介亭杂文/病后杂谈（1935·2－12）

●7-22-100-33

有喜欢的书，而无钱买，是很不舒服的，我幼小时常有此苦，虽然那时的书，每部也不过四五百文。

书信/致曹白（1936·10·15）

（101）“选本”与丛书

拚命的读古文……从周朝人的文章，一直读到明朝人的文章，非常驳杂，脑子给古今各种马队践踏了一通之后，弄得乱七八糟，但蹄迹当然是有些存留的，这就是所谓“有所得”。

●7-22-101-1

《唐人说荟》＊……这一部书，倘若单以消闲，自然不成问题，假如用作历史的研究的材料，可就误人很不浅。我也被这书瞒过了许多年，现在觉察了，所以要趁这机会来揭破他。

《唐人说荟》也称为《唐代丛书》，早有小木板，现在却有了石印本了，然而反加添了许多脱落，误字，破句。全书分十六集，每集的书目都很光怪陆离，但是很荒谬，大约是书坊欺人的手段罢。只是因为是小说，从前的儒者是不屑辩的，所以竟没有人来掊击，到现在还是印而又印，流行到“不亦乐乎”。

……

然而这胡闹的下手人却不是《唐人说荟》，是明人的《古今说海》＊和《五朝小说》＊，还有清初的假《说郛》＊也跟着，《说荟》只是采取他们的罢了。那些胡闹祖师都是旧板，现已归入宝贝书类中，我们无力购阅，倒不必怕为其所感的。目下可恶的就只是《唐人说荟》。

为避免《说荟》之祸起见，我想出一部书来，就是《太平广记》＊……好处有二，一是从六朝到宋初的小说几乎全收在内，倘若大略的研究，即可以不必别买许多书。二是精怪，鬼神，和尚，道士，一类一类的分得很清楚，聚得很多，可以使我们看到厌而又厌，对于现在谈狐鬼的《太平广记》的子孙，再没有拜读的勇气。

〖释：《唐人说荟》，笔记小说丛书，明末桃源居士辑；清代陈世熙有所补充。后来坊刻本有的改名《唐代丛书》。/《古今说海》，明代陆楫等编。/《五朝小说》，明末桃源居士编。/《说郛》，笔记丛书，明代陶宗仪编，已佚；清初陶珽编刊，

掺杂乱窜了原本《说郛》。/《太平广记》，类书，实际上也是一部小说总集。北宋李昉等奉敕纂辑。采录汉初至宋初的小说、笔记、稗史等四百七十余种，保存了大量古小说资料。〗

集外集拾遗补编/破《唐人说荟》（1922·10·3）

●7-22-101-2

《世说新语》并没有说明是选的，好像刘义庆或他的门客所搜集，但检唐宋类书中所存裴启＊《语林》的遗文，往往和《世说新语》相同，可见它也是一部钞撮故书之作，正和《幽明录》＊一样。它的被清代学者所宝重，自然因为注中多有现今的逸书，但在一般读者，却还是为了本文，自唐迄今，拟作者不绝，甚至于自己兼加注解。袁宏道在野时要做官，做了官又大叫苦＊，便是中了这书的毒，误明为晋的缘故。有些清朝人却较为聪明，虽然辫发胡服，厚禄高官，他也一声不响，只在倩人写照的时候，在纸上改作斜领方巾，或芒鞋竹笠，聊过“世说”式瘾罢了。

〖释：裴启，又名裴荣，东晋河东（今山西永济）人，作古小说集《语林》，《世说新语》多取材于此书。/《幽明录》，南朝刘义庆（403－444）撰志怪小说集。/“袁宏道……大叫苦”，袁在做官之前的书信中说“少时望官如望仙，朝冰暮热……有无限光景”云；万历二十二年（1594）任吴县知县后却道“官实能害我性命”和“无复人理，几不知有昏朝寒暑矣”，并于一年后辞官。〗

集外集/选本（1934·1）

●7-22-101-3

《文选》的影响却更大。从曹宪＊至李善＊加五臣＊，音训注释书类之多，远非拟《世说新语》可比。那些烦难字面，如草头诸字，水旁山旁诸字，不断的被摘进历代的文章里面去……

〖释：曹宪，隋唐时文字学家，著《文选音义》。/李善，唐代文字学家，曾从曹宪习《文选》，撰有《文选》注释。/“五臣”，指吕延济、刘良、张铣、吕向、李周翰五人，他们所作《文选》注释称“五臣注”。〗

集外集/选本（1934·1）

●7-22-101-4

以《古文观止》＊和《文选》并称，初看好像是可笑的，但是，在文学上的影响，两者却一样的不可轻视。

〖释：《古文观止》，总集名。清康熙年间吴楚材、吴调侯编选。收文上起先秦，下止明代，共二百二十二篇。〗

集外集/选本（1934·1）

●7-22-101-5

选者总是层出不穷的，至今尚存，影响也最广大者，我以为一部是《世说新语》，一部就是《文选》。

集外集/选本（1934·1）

●7-22-101-6

凡选本，往往能比所选各家的全集或选家自己的文集更流行，更有作用。册数不多，而包罗诸作，固然也是一种原因，但还在近则由选者的名位，远则凭古人之威灵，读者想从一个有名的选家，窥见许多有名作家的作品。

集外集/选本（1934·1）

●7-22-101-7

凡是对于文术，自有主张的作家，他所赖以发表和流布自己的主张的手段，倒并不在作文心，文则，诗品，诗话，而在出选本。

集外集/选本（1934·1）

●7-22-101-8

选本可以借古人的文章，寓自己的意见。博览群籍，采其合于自己意见的为一集，一法也，如《文选》是。择取一书，删其不合于自己意见的为一新书，又一法也，如《唐人万首绝句选》＊是。如此，则读者虽读古人书，却得了选者之意，意见也就逐渐和选者接近，终于“就范”了。

〖释：《唐人万首绝句选》，清代王士祯编选，七卷。这个选本是他从宋代洪迈所编《万首唐人绝句》中选取他认为能表现“神韵”特色的八百九十五首而成的。〗

集外集/选本（1934·1）

●7-22-101-9

读者的读选本，自以为是由此得了古人文笔的精华的，殊不知却被选者缩小了眼界，……选本既经选者所滤过，就总只能吃他所给与的糟或醨。

集外集/选本（1934·1）

●7-22-101-10

评选的本子，影响于后来的文章的力量是不小的，恐怕还远在名家的专集之上，我想，这许是研究中国文学史的他们也该留意的罢。

集外集/选本（1934·1）

●7-22-101-11

把大部的丛书印给读者看，是宋朝就有的，一直到现在。缺点是因为部头大，所以价钱贵。好处是把研究一种学问的书汇集在一处，能比一部一部的自去寻求更省力；或者保存单本小种的著作在里面，使它不易于灭亡。但这第二种好处，是也靠着部头大，价钱贵，人们就因此格外珍重的缺点的。

且介亭杂文二集/书的还魂和赶造（1935·2·5）

●7-22-101-12

丛书也有蠹虫。从明末到清初，就时有欺人的丛书出现。那方法之一，是删削内容，轻减刻费，而目录却有一大串，使购买者只觉其种类之多；之二，是不用原题，别立名目，甚至另题撰人，使购买者只觉其收罗之广。如《格致丛书》，《历代小史》，《五朝小说》，《唐人说荟》＊等，就都是的。现在是大抵消灭了，只有末一种化名为《唐代丛书》＊，有时还在流毒。

〖释：《格致丛书》、《历代小史》、《五朝小说》、《唐人说荟》等，均为明清两代刊刻的丛书，各收百余至数百种各类书籍。/《唐代丛书》，见7-22-101-1条释。〗

且介亭杂文二集/书的还魂和赶造（1935·2·5）

●7-22-101-13

推测起新花样来：其一，是豫先设定一种丛书的大名，罗列目录，大如宇宙，微至苍蝇身上的细菌，无所不包，这才分头觅人，托他译作，限定时日，必须完工，虽然译作者未必定是专家，但总之有许多手同时在稿纸上写字，于是不必穷年累月，一大部煌煌巨制也就出现了；其二，是原有一批零碎的旧译作，一向不甚流行，或者虽曾流行，而现在却已经过了时候，于是聚在一起，略加类别，开成一串五花八门的目录，而一大部煌煌巨制也就出现了。

且介亭杂文二集/书的还魂和赶造（1935·2·5）

●7-22-101-14

出版者是明白读者们的心想的，有些读者们，苦于不知道什么是必要的书，所以往往以为被选进丛书里的，总该是必要的书籍；而且丛书里的一本，价钱也比单行本便宜，所以看起来好像很上算；加以大小一律，也很合人们爱好整齐的心情。本数又多，一下子可以填满几书架，规模不大的图书馆有这几部，馆员就省下时常留心选购新书的精神了。然而出版者是又很明白购买者们的经济状况的，他深知道现在他们手头已没有这许多钱，所以这些书一定是廉价，使他们拚命的办出来，或者是分期豫约，使他们逐渐的缴进去。

且介亭杂文二集/书的还魂和赶造（1935·2·5）

●7-22-101-15

汇印新作，当然是很好的，但新作必须是精粹的本子，这才可以救读者们的智识的饥荒。就是重印旧作，也并不算坏，不过这旧作必须已是一种带着文献性的本子，这才足供读者们的研究。如果仅仅是克日速成的草稿，或是栈房角落的存书，改换新装，招摇过市，但以“大”或“多”

或“廉”诱人，使读者化去不少的钱，实际上却不过得到一大堆废物，这恶影响之在读书界是很不小的。

且介亭杂文二集/书的还魂和赶造（1935·2·5）

●7-22-101-16

我们虽然拚命的读古文，但时间究竟是有限的，不像说话，整天的可以听见；而且所读的书，也许是《庄子》和《文选》呀，《东莱博议》*呀，《古文观止》呀，从周朝人的文章，一直读到明朝人的文章，非常驳杂，脑子给古今各种马队践踏了一通之后，弄得乱七八糟，但蹄迹当然是有些存留的，这就是所谓“有所得”。这一种“有所得”当然不会清清楚楚，大概是似懂非懂的居多，所以自以为通文了，其实却没有通，自以为识字了，其实也没有识。自己本是胡涂的，写起文章来自然也胡涂，读者看起文章来，自然也不会倒明白。

〖释：《东莱博议》，宋代吕祖谦著，原名《东莱左氏博议》，是一部取《左传》中故事加以评论的文集。〗

且介亭杂文二集/人生识字胡涂始（1935·5）

●7-22-101-17

选本所显示的，往往并非作者的特色，倒是选者的眼光。眼光愈锐利，见识愈深广，选本固然愈准确，但可惜的是大抵眼光如豆，抹杀了作者真相的居多，这才是一个“文人浩劫”。

且介亭杂文二集/“题未定”草〔六〕（1936·1）

●7-22-101-18

有些名人，连文章也看不懂，点不断，如果选起文章来，说这篇好，那篇坏，实在不免令人有些毛骨悚然，所以认真读书的人，一不可倚仗选本，二不可凭信标点。

且介亭杂文二集/“题未定”草〔六〕（1936·1）

●7-22-101-19

自己放出眼光看过较多的作品，就知道历来的伟大的作者，是没有一个“浑身是‘静穆’”的。陶潜……被尊为“静穆”，是因为他被选文家和摘句家所缩小，凌迟了。

且介亭杂文二集/“题未定”草〔七〕（1936·1）

●7-22-101-20

至于选本，我倒以为是弊多利少的。

且介亭杂文二集/“题未定”草〔六〕（1936·1）

●7-22-101-21

自然，如果随便玩玩，那是什么选本都可以的，《文选》好，《古文观止》也可以。不过倘要研究文学或某一作家，所谓“知人论世”，那么，足以应用的选本就很难得。

且介亭杂文二集/“题未定”草〔六〕（1936·1）

●7-22-101-22

被选家录取了《归去来辞》和《桃花源记》，被论客赞赏着“采菊东篱下，悠然见南山”的陶潜先生，在后人的心目中，实在飘逸得太久了，但在全集里，他却有时很摩登，“愿在丝而为履，附素足以周旋，悲行止之有节，空委弃于床前”，竟想摇身一变，化为“阿呀呀，我的爱人呀”的鞋子，虽然后来自说因为“止于礼义”，未能进攻到底，但那些胡思乱想的自白，究竟是大胆的。就是诗，除论客所佩服的“悠然见南山”之外，也还有“精卫衔微木，将以填沧海，形天舞干戚，猛志固常在”『注：出陶潜《读山海经》诗之十』之类的“金刚怒目”式，在证明着他并非整天整夜的飘飘然。这“猛志固常在”和“悠然见南山”的是一个人，倘有取舍，即非全人，再加抑扬，更离真实。……我每见近人的称引陶渊明，往往不禁为古人惋惜。

且介亭杂文二集/“题未定”草〔六〕（1936·1）

●7-22-101-23

现在还在流传的古人文集，汉人的已经没有略存原状的了，魏的嵇康，所存的集子里还有别人的赠答和论难，晋的阮籍，集里也有伏义的来信*，大约都是很古的残本，由后人重编的。《谢宣城集》

＊虽然只剩了前半部，但有他的同僚一同赋咏的诗。我以为这样的集子最好，因为一面看作者的文章，一面又可以见他和别人的关系，他的作品，比之同咏者，高下如何，他为什么要说那些话……

〖释：“阮籍集里有伏义来信”，《阮籍集》中有《答伏义书》，并附录有伏义的《与阮嗣宗书》。伏义，字公表，生平不详。/《谢宣城集》，南朝齐诗人谢朓（464－499）的诗文集。〗

且介亭杂文二集/“题未定”草〔八〕（1936·2）

第二十三节　艺　术

必须令人能懂，而又有益，也还是艺术，才对。

（102）艺术观/艺术家

号称“艺术家”者，他们的得名，与其说在艺术，倒是在他们的履历和作品的题目——故意题得香艳，漂渺，古怪，雄深。连骗带吓，令人觉得似乎了不得。

●7-23-102-1

我于美术虽然全是门外汉，但很望中国有新兴美术出现。

热风/随感录·五十三（1919·3·15）

●7-23-102-2

Leonardo da Vinci＊非常敏感，但为要研究人的临死的恐怖苦闷的表情，却去看杀头。

〖释：Leonardo da Vinci，即莱奥那多·达·芬奇（1452－1519），意大利文艺复兴时期杰出的画家、雕塑家和科学家。〗

华盖集/忽然想到〔十一〕（1925·6·23）

●7-23-102-3

中国近来其实也没有什么艺术家。号称“艺术家”者，他们的得名，与其说在艺术，倒是在他们的履历和作品的题目——故意题得香艳，漂渺，古怪，雄深。连骗带吓，令人觉得似乎了不得。

二心集/一八艺社习作展览会小引（1931·5·22）

●7-23-102-4

然而时代是在不停地进行，现在新的，年青的，没有名的作家的作品站在这里了，以清醒的意识和坚强的努力，在榛莽中露出了日见生长的健壮的新芽。

自然，这，是很幼小的。但是，惟其幼小，所以希望就正在这一面。

二心集/一八艺社习作展览会小引（1931·5·22）

●7-23-102-5

前几天，我在《现代》上看见苏汶〖注：见3-7-33“杜衡”题解〗先生的文章，他以中立的文艺论者的立场，将“连环图画”一笔抹杀了。

南腔北调集/“连环图画”的辩护（1932·11·15）

●7-23-102-6

我并不劝青年的艺术学徒蔑弃大幅的油画或水彩画，但是希望一样看重并且努力于连环图画和书报的插图；自然应该研究欧洲名家的作品，但也更注意于中国旧书上的绣像和画本，以及新的单张的花纸。这些研究和由此而来的创作，自然没有现在的所谓大作家的受着有些人们的照例的叹赏，然而我敢相信：对于这，大众是要看的，大众是感激的！

南腔北调集/“连环图画”的辩护（1932·11·15）

●7-23-102-7

我以为中国新的木刻，可以采用外国的构图和刻法，但也应该参考中国旧木刻的构图模样，一面并竭力使人物显出中国人的特点来，使观者一看便知道这是中国人和中国事，在现在，艺术上是要地方色彩的。

书信/致何白涛（1933·12·19）

●7-23-102-8

地方色彩，也能增画的美和力，自己生长其地，看惯了，或者不觉得什么，但在别的地方人，看起来是觉得非常开拓眼界，增加知识的。

书信/致罗清桢（1933·12·26）

●7-23-102-9

采用外国的良规，加以发挥，使我们的作品更加丰满是一条路；择取中国的遗产，融合新机，使将来的作品别开生面也是一条路。

且介亭杂文/《木刻纪程》小引（1934）

●7-23-102-10

目前的中国，真是荆天棘地，所见的只是狐虎的跋扈和雉兔的偷生，在文艺上，仅存的是冷淡和破坏。而且，丑角也在荒凉中趁势登场，对于木刻的绍介，已有富家赘婿＊和他的帮闲们的讥笑了。但历史的巨轮，是决不因帮闲们的不满而停运的；我已经确切的相信：将来的光明，必将证明我们不但是文艺上的遗产的保存者，而且也是开拓者和建设者。

〖释："富家赘婿"，指邵洵美。他曾指摘鲁迅和郑振铎印《北平笺谱》是"大开倒车"云。〗

集外集拾遗/《引玉集》后记（1934·3）

●7-23-102-11

中国环境，与艺术最不利，青年竟无法看见一幅欧美名画的原作，都是摸暗弄堂，要有杰出的作家，恐怕是很难的。至于有力游历外国的"大师"之流『注：指刘海粟等』，他却只在为自己个人吹打，岂不可叹。

书信/致姚克（1934·3·24）

●7-23-102-12

手法和构图，我的意见是以为不必问是西洋风或中国风，只要看观者能否看懂，而采用其合宜者。

书信/致陈烟桥（1934·3·28）

●7-23-102-13

刻劳动者而头小臂粗，务须十分留心，勿使看者有"畸形"之感，一有，便成为讽刺他只有暴力而无智识了。

书信/致陈烟桥（1934·4·5）

●7-23-102-14

新的艺术，没有一种是无根无蒂，突然发生的，总承受着先前的遗产，有几位青年以为采用便是投降，那是他们将"采用"与"模仿"并为一谈了。……既是采用，当然要有条件，例如为流行计，特别取了低级趣味之点，那不消说是不对的，这就是采取了坏处。必须令人能懂，而又有益，也还是艺术，才对。

书信/致魏猛克（1934·4·9）

●7-23-102-15

青年向来有一恶习，即厌恶科学，便作文学家，不能作文，便作美术家，留长头发，放大领结，事情便算了结。较好者好大喜功，喜看"未来派""立方派"作品，而不肯作正正经经的画，刻苦用功。人面必歪，脸色多绿，然不能作一不歪之人面，所以其实是能作大幅油画，却不能作"末技"之插画的，譬之孩子，就是只能翻筋斗而不能跨正步。

书信/致姚克（1934·4·12）

●7-23-102-16

单是题材好，是没有用的，还是要技术；更不好的是内容并不怎样有力，却只有一个可怕的外表，先将普通的读者吓退。例如这回无名木刻社的画集，封面上是一张马克思像，有些人就不敢买了。

书信/致陈烟桥（1934·4·19）

●7-23-102-17

我们有艺术史，而且生在中国，即必须翻开中国的艺术史来。采取什么呢？我想，唐以前的真迹，我们无从目睹了，但还能知道大抵以故事为题材，这是可以取法的；在唐，可取佛画的灿烂，线画的空实和明快，宋的院画＊，萎靡柔媚之处当舍，周密不苟之处是可取的，米点山水＊，则毫无用处。后来的写意画（文人画）有无用处，我此刻不敢确说，恐怕也许还有可用之点的罢。这些采取，并非断片的古董的杂陈，必须溶化于新作品中，那是不必赘说的事，恰如吃用牛羊，弃去蹄毛，留其精粹，以滋养及发达新的生体，决不因此就会“类乎”牛羊的。

〖释：“宋的院画”，指宋代翰林图画院中宫廷画家的作品，以形式上的工整、细密为特征。/“米点山水”，指宋代米芾（1051－1107）、米友仁（1074－1153）父子的山水画。他们的画不取工细，自创一种皴法，以笔尖横点而成，称“米点”。〗

且介亭杂文/论“旧形式的采用”（1934·5·4）

●7-23-102-18

既有消费者，必有生产者，所以一面有消费者的艺术，一面也有生产者的艺术。

且介亭杂文/论“旧形式的采用”（1934·5·4）

●7-23-102-19

“懂”是最要紧的，而且能懂的图画，也可以仍然是艺术。

且介亭杂文/连环画琐谈（1934·5·11）

●7-23-102-20

中国艺术家，一向喜欢介绍欧洲十九世纪末之怪画，一怪，即便于胡为，于是畸形怪相，遂弥漫于画苑。而别一派，则以为凡革命艺术，都应该大刀阔斧，乱砍乱劈，凶眼睛，大拳头，不然，即是贵族。我这回之印《引玉集》，大半是在供此派诸公之参考的，其中多少认真，精密，那有仗着“天才”，一挥而就的作品，倘有影响，则幸也。

书信/致郑振铎（1934·6·2）

●7-23-102-21

位高望重如李毅士教授，其作《长恨歌画意》，也不过将梅兰芳放在广东大旅馆中，而道士则穿着八卦衣，如戏文中之诸葛亮，则于青年又何责焉呢？日本人之画中国故事，还不至于此。

书信/致郑振铎（1934·6·21）

●7-23-102-22

我是主张青年发表作品『注：这里指木刻等艺术作品』，要“胆大心细”的，因为心若不细，便容易走入草率的路。

书信/致罗清桢（1934·10·1）

●7-23-102-23

脸谱，当然自有它本身的意义的，但我总觉得并非象征手法，而且在舞台的构造和看客的程度和古代不同的时候，它更不过是一种赘疣，无须扶持它的存在了。

且介亭杂文/脸谱臆测（1934·10·28）

●7-23-102-24

按：此信收信人金肇野，辽宁辽中人，九一八事变后参加东北抗日义勇军，1932年底到北京后从事木刻运动。

我得警告先生：要技艺进步，看本国人的作品是不行的，因为他们自己还有缺点；必须看外国名家之作。

书信/致金肇野（1934·12·18）

●7-23-102-25

论理，以中国之大，是该有一种（至少）正正堂堂的美术杂志，一面绍介外国作品，一面，绍介国内艺术的发展的，但我们没有，以美术为名的期刊，大抵所载的都是低级趣味之物，这真是无从说起。

书信/致李桦（1934·12·18）

●7-23-102-26

中国至今竟没有一种较好的美术杂志，真要

羞死人。

书信/致孟十还（1935·2·24）

●7-23-102-27

现在的时势，是艺术也常为别人所利用的。

书信/致罗清桢（1935·3·15）

●7-23-102-28

北国的朋友……所说的《现代版画》的内容小资产阶级的气分太重，固然不错，但这是意识如此，所以有此气分，并非因此而有"意识堕落之危险"，不过非革命的而已。但要消除此气分，必先改变这意识，这须由经验，观察，思索而来，非空言所能转变，如果硬装前进，其实比直抒他所固有的情绪还要坏。因为前者我们还可以看见社会中一部分人的心情的反映，后者便成为虚伪了。

书信/致李桦（1935·6·16）

●7-23-102-29

木刻是一种作某用的工具，是不错的，但万不要忘记它是艺术。它之所以是工具，就因为它是艺术的缘故。斧是木匠的工具，但也要它锋利，如果不锋利，则斧形虽存，即非工具，但有人仍称之为斧，看作工具，那是因为他自己并非木匠，不知作工之故。

书信/致李桦（1935·6·16）

●7-23-102-30

譬如静物，现在有些作家也反对的，但其实那"物"就大可以变革。枪刀锄斧，都可以作静物刻，草根树皮，也可以作静物刻，则神采就和古之静物，大不相同了。

书信/致李桦（1935·6·16）

●7-23-102-31

现在只要有人做一点事，总就另有人拿了大道理来非难的，例如问"木刻的最后的目的与价值"就是。这问题之不能答复，和不能答复"人的最后目的和价值"一样。但我想：人是进化的长索子上的一个环，木刻和其他的艺术也一样，它在这长路上尽着环子上的一个环子的任务，助成奋斗，向上，美化的诸种行动。至于木刻，人生，宇宙的最后究竟怎样呢，现在还没有人能够答复。也许永久，也许灭亡。但我们不能因为"也许灭亡"就不做，正如我们知道人的本身一定要死，却还要吃饭也。

书信/致唐英伟（1935·6·29）

●7-23-102-32

例如希腊雕刻罢，我总以为它现在之见得"只剩一味醇朴"者，原因之一，是在曾埋土中，或久经风雨，失去了锋棱和光泽的缘故，雕造的当时，一定是崭新，雪白，而且发闪的，所以我们现在所见的希腊之美，其实并不准是当时希腊人之所谓美，我们应该悬想它是一件新东西。

且介亭杂文二集/"题未定"草〔七〕（1936·1）

●7-23-102-33

依傍和模仿，决不能产生真艺术。

且介亭杂文末编/记苏联版画展览会（1936·2·24）

（103）绘画/漫画/插图/连环画/国画

我也爱看绘画，尤其是人物。

●7-23-103-1

吴友如画的最细巧，也最能引动人。但他于历史画其实是不大相宜的；他久居上海的租界里，耳濡目染，最擅长的倒在作"恶鸨虐妓"，"流氓拆梢"一类的时事画，那真是勃勃有生气，令人在纸上看出上海的洋场来。但影响殊不佳，近来许多小说和儿童读物的插画中，往往将一切女性画成妓女样，一切孩童都画得像一个小流氓，大半就因为太看了他的画本的缘故。

朝花夕拾/后记（1927·8·10）

●7-23-103-2

力能历览欧陆画廊的幸福者，不必说了，倘

只能在中国而偏要留心国外艺术的人，我以为必须看看外国印刷的图画，那么，所领会者，必较拘泥于“国货”的时候为更多。——这些话，虽然还是我被人骂了几年的“少看中国书”的老调，但我敢说，自己对于这主张，是有十分确信的。

集外集拾遗补编/致《近代美术史潮论》的读者诸君（1929·3·1）

●7-23-103-3

看近日作品，于古时衣服什器无论矣，即画现在的事，衣服器具，也错误甚多，好像诸公于裸体模特儿之外，都未留心观察，然而裸体画仍不佳。

书信/致郑振铎（1934·6·2）

●7-23-103-4

吴友如画的《申江胜景图》里，有一幅会审公堂，就有一个巡捕拉着犯人的辫子的形象，但是，这是已经算作“胜景”了。

且介亭杂文/病后杂谈之余（1935·3）

●7-23-103-5

我也爱看绘画，尤其是人物。

且介亭杂文/病后杂谈之余（1935·3）

●7-23-103-6

我们的绘画，从宋以来就盛行“写意”，两点是眼，不知是长是圆，一画是鸟，不知是鹰是燕，竟尚高简，变成空虚……

且介亭杂文末编/记苏联版画展览会（1936·2·24）

※　※　※

●7-23-103-7

漫画是 Karikatur『注：德语，“讽刺画”』的译名，那“漫”，并不是中国旧日的文人学士之所谓“漫题”“漫书”的“漫”。当然也可以不假思索，一挥而就的，但因为发芽于诚实的心，所以那结果也不会仅是嬉皮笑脸。

且介亭杂文二集/漫谈“漫画”（1935·3）

●7-23-103-8

廓大一个事件或人物的特点固然使漫画容易显出效果来，但廓大了并非特点之处却更容易显出效果。矮而胖的，瘦而长的，他本身就有漫画相了，再给他秃头，近视眼，画得再矮而胖些，瘦而长些，总可以使读者发笑。

且介亭杂文二集/漫谈“漫画”（1935·3）

●7-23-103-9

因为真实，所以也有力。但这种漫画，在中国是很难生存的。我记得去年就有一位文学家说过，他最讨厌论人用显微镜。

且介亭杂文二集/漫谈“漫画”（1935·3）

●7-23-103-10

欧洲先前……漫画虽然是暴露，讥刺，甚而至于是攻击的，但因为读者多是上等的雅人，所以漫画家的笔锋的所向，往往只在那些无拳无勇的无告者，用他们的可笑，衬出雅人们的完全和高尚来，以分得一枝雪茄的生意。

且介亭杂文二集/漫谈“漫画”（1935·3）

●7-23-103-11

漫画要使人一目了然，所以那最普通的方法是“夸张”，但又不是胡闹。无缘无故的将所攻击或暴露的对象画作一头驴，恰如拍马家将所拍的对象做成一个神一样，是毫没有效果的，假如那对象其实并无驴气息或神气息。然而如果真有些驴气息，那就糟了，从此之后，越看越像，比读一本做得很厚的传记还明白。

且介亭杂文二集/漫谈“漫画”（1935·3）

※　※　※

●7-23-103-12

欲得木版有图之《玉历钞传》＊一本，未知有法访求否？此系善书＊，书坊店不出售，或好善之家尚有存者。我因欲看其中之“无常”＊画像，故欲得之。如无此像者，则不要也。

〖释：《玉历钞传》，即《玉历至宝钞传》，封

建迷信书籍，讲“地狱十殿”，因果报应。/“善书”，宣扬因果报应的书。/“无常”，佛家语，迷信传说中的勾魂鬼差。〗

书信/致章廷谦（1926·11·30）

●7-23-103-13

……《玉历钞传》亦到，可惜中无活无常，另外又得几本有的，而鬼头鬼脑，没有“迎会”里面的那么可爱，也许终于要自己来画罢。

书信/致章廷谦（1927·7·7）

●7-23-103-14

按：《近代美术史潮论》，日本板垣鹰穗著，鲁迅译。该书介绍了欧洲近代美术发展史，有插图一百四十幅。《北新》半月刊曾予连载，文、图先后载完。后于1929年由北新书局出版单行本。

关于绘画，我本来是外行，理论和派别之类，知道是知道一点的，但不并不足以除去外行的徽号，因为所知道的并不多。我所以翻译这书的原因，是起于前一年多，看见李小峰君在搜罗《北新月刊》『注：应为《北新》半月刊』的插画，于是想，在新艺术毫无根柢的国度里，零星的介绍，是毫无益处的，最好是有一些统系。其时适值这《近代美术史潮论》出版了，插画很多，又大抵是选出的代表之作。我便主张用这做插画，自译史论，算作图画的说明，使读者可以得一点头绪。

集外集拾遗补编/致《近代美术史潮论》的读者诸君（1929·3·1）

●7-23-103-15

书籍的插画，原意是在装饰书籍，增加读者的兴趣的，但那力量，能补助文字之所不及，所以也是一种宣传画。

南腔北调集/“连环图画”的辩护（1932·11·15）

●7-23-103-16

欢迎插图是一向如此的，记得十九世纪末，绘图的《聊斋志异》出版，许多人都买来看，非常高兴的。而且有些孩子，还因为图画，才去看文章，所以我以为插图不但有趣，且亦有益……

书信/致孟十还（1935·5·22）

※　※　※

●7-23-103-17

我们看惯了绘画史的插图上，没有“连环图画”，名人的作品的展览会上，不是“罗马夕照”，就是“西湖晚凉”，便以为那是一种下等物事，不足以登“大雅之堂”的。但若走进意大利的教皇宫——我没有游历意大利的幸福，所走进的自然只是纸上的教皇宫——去，就能看见凡有伟大的壁画，几乎都是《旧约》，《耶稣传》，《圣者传》的连环图画，艺术史家截取其中的一段，印在书上，题之曰《亚当的创造》*，《最后之晚餐》*，读者就不觉得这是下等，这在宣传了，然而那原画，却明明是宣传的连环图画。

在东方也一样。印度的阿强陀石窟『注：通译阿旃陀石窟』，经英国人摹印了壁画以后，在艺术史上发光了；中国的《孔子圣迹图》*，只要是明版的，也早为收藏家所宝重。这两样，一是佛陀的本生，一是孔子的事迹，明明是连环图画，而且是宣传。

〖释：《亚当的创造》，取材于《旧约·创世纪》的绘画。中世纪欧洲这一题材的绘画很多，其中最著名的是米开朗基罗画在罗马西斯廷教堂的一幅。/《最后之晚餐》，取材于《新约·马太福音》的绘画。一般指达·芬奇画在米兰圣玛利亚·格拉契教堂的一幅。/《孔子圣迹图》，描绘孔子生平事迹的连环画。明代有木刻本多种，另有曲阜孔庙的石刻及其拓印画卷。〗

南腔北调集/“连环图画”的辩护（1932·11·15）

●7-23-103-18

这种画『注：指书籍插图』的幅数极多时候，即能只靠图像，悟到文字的内容，和文字一分开，也就成了独立的连环图画。

南腔北调集/“连环图画”的辩护（1932·11·15）

●7-23-103-19

自十九世纪后半以来，版画复兴了，许多作家，往往喜欢刻印一些以几幅画汇成一帖的“连作”（Blattfolge）……首先应该举出来的是德国的珂勒惠支（Kathe Kollwitz）夫人。她除了为霍普德曼的《织匠》（Die Weber）而刻的六幅版画外，还有三种，有题目，无说明——

一，《农民斗争》（Bauernkrieg），金属版七幅；

二，《战争》（Der Krieg），木刻七幅；

三，《无产者》（Proletariat），木刻三幅。

南腔北调集/“连环图画”的辩护（1932·11·15）

●7-23-103-20

《士敏土》的版画，为中国所知道的梅斐尔德（Carl Meffert）『注：见5-15-60-54释』，是一个新进的青年作家，他曾为德译本斐格纳尔『注：即妃格纳尔（1852－1942），俄国民粹派女革命家』的《猎俄皇记》（Die Jagd nach Zare von Wear Fígncr）刻过五幅木版图，又有两种连作——

一，《你的姊妹》（Deine schwester），木刻七幅，题诗一幅；

二，《养护的门徒》（原名未详），木刻十三幅。

南腔北调集/“连环图画”的辩护（1932·11·15）

●7-23-103-21

美国作家的作品，我曾见过希该尔『注：未详』木刻的《巴黎公社》（The Paris Commune，A Stofy in Picture by Willam Siegel），是纽约的约翰李特社（John Reed Club）出版的。还有一本石版的格罗沛尔（W. Gropper）『注：即格罗波（1897－1977），美国画家』所画的书……

英国的作家我不大知道，因为那作品定价贵。但曾经有一本小书，只有十五幅木刻和不到二百字的说明，作者是有名的吉宾斯（Robert Gibbings）『注：英国版画家（1889－1958）』，限印五百部，英国绅士是死也不肯重印的，现在恐怕已将绝版，每本要数十元了罢。那书是——

《第七人》（The 7th Man）。

南腔北调集/“连环图画”的辩护（1932·11·15）

●7-23-103-22

我的意思是总算举出事实，证明了连环图画不但可以成为艺术，并且已经坐在“艺术之宫”的里面了。至于这也和其他的文艺一样，要有好的内容和技术，那是不消说得的。

南腔北调集/“连环图画”的辩护（1932·11·15）

●7-23-103-23

按：此信收信人何家骏，即魏猛克；陈企霞，浙江鄞县人，当时是上海《无名》杂志编辑。

连环图画是极紧要的……画法，用中国旧法。花纸，旧小说之绣像，吴友如之画报，皆可参考，取其优点而改去其劣点。不可用现在流行之印象画法之类，专重明暗之木版画亦不可用，以素描（线画）为宜。总之：是要毫无观赏艺术的训练的人，也看得懂，而且一目了然。

还有必须注意的，是不可堕入知识阶级以为非艺术而大众仍不能懂（因而不要看）的绝路里。

书信/致何家骏、陈企霞（1933·8·1）

●7-23-103-24

“连环图画”这名目，现在已经有些用熟了，无须更改；但其实是应该称为“连续图画”的，因为它并非“如环无端”，而是有起有讫的画本。中国古来的所谓“长卷”＊，如《长江无尽图卷》，如《归去来辞图卷》，也就是这一类，不过联成一幅罢了。

〖**释：“长卷”，窄长的横幅卷轴国画。**〗

南腔北调集/《一个人的受难》序（1933·9）

●7-23-103-25

这种画法的起源真是早得很。埃及石壁所雕名王的功绩，“死书”＊所画冥中的情形，已就是连环图画。别的民族，古今都有，无须细述了。这于观者很有益，因为一看即可以大概明白当时的若干的情形，不比文辞，非熟习的不能领会。到十九世纪末，西欧的画家，有许多很喜欢作这一类画，立一个题，制成画贴，但并不一定连贯的。

〖释："死书"，The Book of the Dead. 又译"死者之书"，古埃及王公、贵族的陪葬品，其上多有文字和图画。〗

南腔北调集/《一个人的受难》序（1933·9）

●7-23-103-26

古之雅人，曾谓妇人俗子，看画必问这是什么故事，大可笑。中国的雅俗之分就在此：雅人往往说不出他以为好的画的内容来，俗人却非问内容不可。从这一点看，连环图画是宜于俗人的，但我在《连环图画辩护》中，已经证明了它是艺术，伤害了雅人的高超了。

南腔北调集/论翻印木刻（1933·11·25）

●7-23-103-27

现在社会上的流行连环图画，即因为它有流行的可能，且有流行的必要，着眼于此，因而加以导引，正是前进的艺术家的正确的任务；为了大众，力求易懂，也正是前进的艺术家的正确的努力。

且介亭杂文/论"旧形式的采用"（1934·5·4）

●7-23-103-28

但要启蒙，即必须能懂。懂的标准，当然不能俯就低能儿或白痴，但应该着眼于一般的大众，譬如罢，中国画是一向没有阴影的，我所遇见的农民，十之九不赞成西洋画及照相，他们说：人脸那有两边颜色不同的呢？……作"连环图画"而没有阴影，我以为是可以的；人物旁边写上名字，也可以的，甚至于表示做梦从人头上放出一道毫光来，也无所不可。观者懂得了内容之后，他就会自己删去帮助理解的记号。这也不能谓之失真，因为观者既经会得了内容，便是有了艺术上的真，倘必如实物之真，则人物只有二三寸，就不真了，而没有和地球一样大小的纸张，地球便无法绘画。

且介亭杂文/连环画琐谈（1934·5·11）

●7-23-103-29

"连环木刻"也并不一定能负普及的使命，现在所出产几种，大众是看不懂的。现在的木刻运动，因为观者有许多层——有智识者，有文盲——也须分许多种，首先决定这回的对象，是那一种人，然后来动手，这才有效。

书信/致李桦（1935·6·16）

●7-23-103-30

看画也要训练。十九世纪末的那些画派，不必说了。就是极平常的动植物图，我曾经给向来没有见过图画的村人看，他们也不懂。立体的东西变成平面，他们就万想不到会有这等事。所以我主张刻连环图画，要多采用旧画法。

书信/致赖少麒（1935·6·29）

※　※　※

●7-23-103-31

毛笔作画之有趣，我想，在于笔触；而用软笔画得有劲，也算中国画中之一种本领。粗笔写意画有劲易，工细之笔有劲难，所以古有所谓"铁线描"，是细而有劲的画法，早已无人作了，因为一笔也含胡不得。

书信/致魏猛克（1934·4·3）

●7-23-103-32

五月二十八日的《大晚报》告诉了我们一件文艺上的重要的新闻：

我国美术名家刘海粟徐悲鸿等，近在苏俄莫斯科举行中国书画展览会，深得彼邦人士极力赞美，揄扬我国之书画名作，切合苏俄正在盛行之象征主义……

……

倘说，中国画和印象主义有一脉相通，那倒还说得下去的，现在以为"切合苏俄正在盛行之象征主义"，却未免近于梦话。半枝紫藤，一株松树，一个老虎，几匹麻雀，有些确乎是不像真的，但那是因为画不像的缘故，何尝“象征”着别的什么呢?

花边文学/谁在没落?（1934·6·2）

●7-23-103-33

我以为宋末以后，除了山水，实在没有什么绘画，山水画的发达也到了绝顶，后人无以胜之，即使用了别的手法和工具，虽然可以见得新颖，却难于更加伟大，因为一方面也被题材所限制了。

书信/致李桦（1935·2·4）

●7-23-103-34

就绘画而论，六朝以来，就大受印度美术的影响，无所谓国画了；元人的水墨山水，或者可以说是国粹，但这是不必复兴，而且即使复兴起来也不会发展的。

书信/致李桦（1935·2·4）

（104）木刻/笺画/拓片

倘参酌汉代的石刻画像，明清的书籍插画，并且留心民间所赏玩的所谓“年画”……许能够创出一种更好的版画。

●7-23-104-1

我的私见，以为在印刷术未曾发达的中国，美术家倘能兼作木刻，是颇为切要的，因为容易印刷而不至于很失真，因此流布也能较广远，可以不再如巨幅或长卷，固定一处，仅供几个人的鉴赏了。又，如果刻印章的人，以铁笔兼刻绘画，大概总也能够开一新生面的。

集外集/《奔流》编校后记〔十〕（1929·5·10）

●7-23-104-2

西洋木版的材料，固然有种种，而用于刻精图者大概是柘木。同是柘木，因锯法两样，而所得的板片，也就不同。顺木纹直锯，如箱板或桌面的是一种，将木纹横断，如砧板的又是一种。前一种较柔，雕刻之际，可以挥凿自如，但不宜于细密，倘细，是很容易碎裂的。后一种是木丝之端，攒聚起来的板片，所以坚，宜于刻细，这便是“木口雕刻”。这种雕刻，有时便不称 Woodcut，而别称为 Wood-engraving『注：木口雕刻』了。中国先前刻木一细，便曰“绣梓”，是可以作这译语的。和这相对，在箱板式的板片上所刻的，则谓之“木面雕刻”

集外集拾遗/《近代木刻选集》〔2〕小引（1929·3·21）

●7-23-104-3

欧洲的版画，最初也是或用作插画，或印成单张，和中国一样的。制作的时候，也是画手一人，刻手一人，印手又是另一人，和中国一样的。大家虽然借此娱目赏心，但并不看作艺术，也和中国一样。但到十九世纪末，风气改变了，许多有名的艺术家，都来自己动手，用刀代了笔，自画，自刻，自印，使它确然成为一种艺术品，而给人赏鉴的量，却比单能成就一张的油画之类还要多。这种艺术，现在谓之“创作版画”，以别于古时的木刻，也有人称之为“雕刀艺术”。

集外集拾遗补编/介绍德国作家版画展（1932·12·7）

●7-23-104-4

我以为少年学木刻，题材应听其十分自由选择，风景静物，虫鱼，即一花一叶均可，观察多，手法熟，然后渐作大幅。不可开手即好大喜功，必欲作品中含有深意，于观者发生效力。倘如此，即有勉强制作，画不达意，徒存轮廓，而无力量之弊，结果必会与希望相反的。

书信/致罗清桢（1933·7·18）

●7-23-104-5

西洋还有一种由画家一手造成的版画，也就是原画，倘用木版，便叫作“创作木刻”，是艺术家直接的创作品，毫不假手刻者和印者的。现在我们所要绍介的，便是这一种。

……

这实在是正合于现代中国的一种艺术。

南腔北调集/《木刻创作法》序（1933·11·9）

●7-23-104-6

木刻究竟是刻的绘画，所以基础仍在素描及远近，明暗法，这基础不打定，木刻也不会成功。

书信/致刘韡鄂（1934·3·22）

●7-23-104-7

其实，木刻的根柢也仍是素描，所以倘若线条和明暗没有十分把握，木刻也刻不好。

书信/致金肇野（1934·12·18）

●7-23-104-8

创作木刻虽是版画，仍须作者自印，佳处这才全备，一经机器的处理，和原作会大不同的，况且中国的印刷术，又这样的不进步。

书信/致李桦（1935·1·4）

●7-23-104-9

用版画装饰书籍，将来也一定成为必要

书信/致赖少麒（1935·1·18）

●7-23-104-10

木刻用原版，只能作者自己手印，倘用机器，是不行的，因……版面未必弄得很平，我印《木刻纪程》时，即因此大失败，除被印刷局面责外，还付不少的钱也。

书信/致金肇野（1935·2·14）

●7-23-104-11

我的意见，是以为倘参酌汉代的石刻画像，明清的书籍插画，并且留心民间所赏玩的所谓“年画”，和欧洲的新法融合起来，许能够创出一种更好的版画。

书信/致李桦（1935·2·4）

●7-23-104-12

我以为木刻是要手印本的。木刻的美，半在纸质和印法，这是一种，是母胎；由此制成锌版，或者简直直接镀铜，用于多数印刷，这又是一种，是苗裔。但后者的艺术价值，总和前者不同。所以无论那里，油画的名作，虽有缩印的铜板，原画却仍是美术馆里的宝贝。

书信/致李桦（1935·6·16）

●7-23-104-13

木刻究竟是绘画，所以先要学好素描；此外，远近法的紧要不必说了，还有要紧的是明暗法。木刻只有白黑二色，光线一错，就一榻胡涂。

书信/致曹白（1936·4·1）

※　※　※

●7-23-104-14

倘有人自备佳纸，向各纸铺择尤（对于各派）各印数十至一百幅，纸为书叶形，采色亦须更加浓厚，上加序目，订成一书，或先约同人，或成后售之好事，实不独为文房清玩，亦中国木刻史上之一大纪念耳。

不知先生有意于此否？因在地域上，实为最便。

书信/致郑振铎（1933·2·5）

●7-23-104-15

及中华民国立，义宁陈君师曾入北京，初为镌铜者作墨合，镇纸画稿，俾其雕镂；既成拓墨，雅趣盎然。不久复廓其技于笺纸，才华蓬勃，笔简意饶，且又顾及刻工省其奏刀之困，而诗笺乃开一新境。盖至是而画师梓人，神志暗会，同力合作，遂越前修矣。稍后有齐白石，吴待秋，陈半丁，王梦白＊诸君，皆画笺高手，而刻工亦足以副之。

〖释：吴待秋（1878－1949），浙江崇德人，画家。陈半丁（1876－1970），浙江绍兴人，画家。王梦白（1887－1934），江西丰城人，画家。〗

集外集拾遗/《北平笺谱》序（1933·12）

●7-23-104-16

此虽短书＊，所识者小，而一时一地，绘画

刻镂盛衰之事，颇寓于中；纵非中国木刻史之丰碑，庶几小品艺术之旧苑；亦将为后之览古者所偶涉欤。

〖释："短书"，指笺牍，与"长篇大论"的尺牍相对而言。〗

集外集拾遗/《北平笺谱》序（1933·12）

●7-23-104-17

说实话，自陈衡恪、齐璜（白石）之后，笺画已经衰落，二十人合作的梅花笺已感无力，到了猿画就很庸俗了。因为旧式文人逐渐减少，笺画大概会趋于衰亡，我为显示其虎头蛇尾，故来表彰末流的画家。

雕工、印工现在只剩下三四人，大都陷于可怜的境遇中，这班人一死，这套技术也就完了。

书信/致〈日〉增田涉〔译文〕（1934·3·18）

●7-23-104-18

故宫博物馆印刷局，以玻璃板印盈尺大幅，每百枚五元，然则五十幅一本，百本印价，不过二百五十元，再加纸费，总不至超出五百，向种种关系者募捐，当易集也。此事由兄发起为之，不知以为何如?

与革命历史有关之文字不多，则书简文稿册页，亦可收入，曾记有为兄作《汉郊祀歌》『注：汉乐府歌辞，共十九章』之篆书，以为绝妙也。倘进行，乞勿言由我提议，因旧日同学，多已崇贵，而我为流人，音问久绝，殊不欲因此溷诸公之意耳。

书信/致许寿裳（1936·9·25）

※　※　※

●7-23-104-19

关于贯休和尚的罗汉像，我认为倒是石拓的好，亲笔画似乎过于怪异，到极乐世界去时，如老遇到这种面孔的人，开始也许希奇，但不久就会感到不舒服了。

石恪＊的画我觉得不错。

〖释：石恪，字子专，成都郫县（今属四川）人。五代、宋初画家。工佛道人物，作有多种讥刺豪门贵族的故事画。〗

书信/致〈日〉增田涉〔译文〕（1935·4·30）

●7-23-104-20

今日已收到杨君寄来之南阳画象拓片……此后当尚有续寄，款如不足，望告知，当续汇也。这些也还是古之阔人的冢墓中物，有神话，有变戏法的，有音乐队，也有车马行列，恐非"土财主"所能办，其比别的汉画稍粗者，因无石壁画象故也。石室之中，本该有瓦器铜镜之类，大约早被人检去了。

书信/致王冶秋（1935·12·21）

（105）木刻与中国

木刻是中国所固有的，而久被埋没在地下了。现在要复兴，但是充满着新的生命。

●7-23-105-1

虽然还没有十分的确证，但欧洲的木刻，已经很有几个人都说是从中国学去的，其时是十四世纪初，即一三二〇年顷。那先驱者，大约是印着极粗的木版图画的纸牌；这类纸牌，我们至今在乡下还可以看见。然而这博徒的道具，却走进欧洲大陆，成了他们文明的利器的印刷术的祖师了。

木版画恐怕也是这样传去的；十五世纪初德国已有木版的圣母像，原画尚存比利时的勃吕舍勒『注：通译布鲁塞尔』博物馆中，但至今还未发见过更早的印本。

集外集拾遗/《近代木刻选集》〔1〕小引（1929·1·24）

●7-23-105-2

所谓创作底木刻者，不模仿，不复刻，作者捏刀向木，直刻下去。——记得宋人，大约是苏东坡罢，有请人画梅诗，有句云："我有一匹好东绢，请君放笔为直干！”『注：此为唐代杜甫句』这放刀直干，便是创作底版画首先所必须，和绘画的不同，就在以刀代笔，以木代纸或布。中国的刻图，虽是所谓“绣梓”，也早已望尘莫及，那精神，惟以铁笔刻石章者，仿佛近之。

因为是创作底，所以风韵技巧，因人不同，已和复制木刻离开，成了纯正的艺术，现今的画家，几乎是大半要试作的了。

集外集拾遗/《近代木刻选集》〔1〕小引（1929·1·24）

●7-23-105-3

“力之美”大约一时未必能和我们的眼睛相宜。流行的装饰画上，现在已经多是削肩的美人，枯瘦的佛子，解散了的构成派绘画了……“放笔直干”的图画，恐怕难以生存于颓唐，小巧的社会里。

集外集拾遗/《近代木刻选集》〔2〕小引（1929·3·21）

●7-23-105-4

世界上版画出现得最早的是中国，或者刻在石头上，给人模拓，或者刻在木版上，分布人间。后来就推广而为书籍的绣像，单张的花纸，给爱好图画的人更容易看见，一直到新的印刷术传进中国，这才渐渐的归于消亡。

集外集拾遗补编/介绍德国作家版画展（1931·12·7）

●7-23-105-5

在中国，版画虽略作实用，但所谓创作版画则尚无所知。前年的学生一半四散，一半坐牢，因此亦无发展。

书信/致〈日〉内山嘉吉〔译文〕（1933·4·19）

●7-23-105-6

按：《木刻创作法》，白危编译的关于木刻的入门书。1937年1月上海读书生活书店出版。

地不问东西，凡木刻的图版，向来是画管画，刻管刻，印管印的。中国用得最早，而照例也久经衰退；清光绪中，英人傅兰雅氏编印《格致汇编》*，插图就已非中国刻工所能刻，精细的必需由英国运了图版来。

〖**释：**“英人傅兰雅氏编印《格致汇编》”，傅兰雅（J. Fryer, 1839－1928），英国教士。1861年（清咸丰十一年）来中国传教，1875年（清光绪元年）在上海与人合办“格致书院”，次年出版专刊西方自然科学论著摘要和科学情报资料的《格致汇编》（季刊），时断时续，至1892年共出二十八本。该刊附有大量刻工精美的插图。〗

南腔北调集/《木刻创作法》序（1933·11·9）

●7-23-105-7

至今没有一本讲说木刻的书，这才是第一本。虽然稍简略，却已经给了读者一个大意。由此发展下去，路是广大得很。题材会丰富起来的，技艺也会精炼起来的，采取新法，加以中国旧日之所长，还有开出一新的路径来的希望。那时作者各将自己的本领和心得，贡献出来，中国的木刻界就会发生光焰。这书虽然因此要成为不过一粒星星之火，但也够有历史上的意义了。

南腔北调集/《木刻创作法》序（1933·11·9）

●7-23-105-8

我常常想，最不幸的是在中国的青年艺术学徒了，学外国文学可看原书，学西洋画却总看不到原画。自然，翻板是有的，但是，将一大幅壁画缩成明信片那么大，怎能看出真相？大小是很有关系的，假使我们将象缩小如猪，老虎缩小如鼠，怎么还会令人觉得原先那种气魄呢。木刻却小品居多，所以翻刻起来，还不至于大相远。

南腔北调集/论翻印木刻（1933·11·25）

●7-23-105-9

镂像于木，印之素纸，以行远而及众，盖实始于中国。法人伯希和*氏从敦煌千佛洞所得佛像印本，论者谓当刊于五代之末，而宋初施以采色，其先于日耳曼最初木刻者，尚几四百年。

〖**释：**伯希和（P. Pelliot, 1878－1945），法

国汉学家。1906－1908 年从中国敦煌千佛洞盗取大量文物运往巴黎。〗

集外集拾遗/《北平笺谱》序（1933·12）

●7-23-105-10

中国能有关于木刻的杂志，原是很好，但读者恐不会多，日本之《白与黑》＊（原版印），每期只印六十本，《版艺术》＊也不过五百部，尚且卖不完也。

〖释：《白与黑》，日本木刻期刊。1931－1935 年间多次出版。/《版艺术》，日本木刻月刊，存在于 1932－1936 年间。上述两种期刊均为东京白与黑社出版。〗

书信/致何白涛（1934·3·9）

●7-23-105-11

中国的木刻，已经像样起来了，我想，最好是募集作品，精选之后，将入选者请作者各印一百份，订成一本，出一种不定期刊，每本以二十至二十四幅为度，这是于大家很有益处的。

书信/致陈烟桥（1934·3·28）

●7-23-105-12

鼓吹木刻，我想最好是出一种季刊，不得已，则出半年刊或不定期，每期严选木刻二十幅，印一百本。

书信/致陈烟桥（1934·4·5）

●7-23-105-13

中国木刻图画，从唐到明，曾经有过很体面的历史。但现在的新的木刻，却和这历史不相干。新的木刻，是受了欧洲的创作木刻的影响的。

且介亭杂文/《木刻纪程》小引（1934）

●7-23-105-14

按：《无名木刻集》是无名木刻社社员的作品选集，内收木刻七幅，原版拓印。该社系上海美术专门学校学生 1933 年冬发起成立的，后改名未名木刻社。主要成员有刘岘、黄新波等。

用几柄雕刀，一块木版，制成许多艺术品，传布于大众中者，是现代的木刻。

木刻是中国所固有的，而久被埋没在地下了。现在要复兴，但是充满着新的生命。

新的木刻是刚健，分明，是新的青年的艺术，是好的大众的艺术。

集外集拾遗补编/《无名木刻集》序（1934·3·14）

●7-23-105-15

一个美国人告诉我，他从一个德国人听来，我们的绘画（这是北平的作家的出品）及木刻，在巴黎展览＊，很成功；又从一苏联人听来，这些作品，又在莫斯科展览，评论很好云云。

〖释："我们的绘画……在巴黎展览"，指当时的法国《观察》杂志女记者绮达·谭丽德（Ida Treat）1934 年 3 月在巴黎毕埃利画廊举办的"革命的中国之新艺术展览会"。〗

书信/致陈烟桥（1934·6·20）

●7-23-105-16

河南门神一类的东西，先前我的家乡——绍兴——也有，也帖在厨门上墙壁上，现在都变了样了，大抵是石印的，要为大众所懂得，爱看的木刻，我以为应该尽量采用其方法。

书信/致刘岘（约 1934－1935）

●7-23-105-17

按：此信收信人沈振黄（1912－1944），漫画工作者，当时是开明书店编辑。

木刻的基础，也还是素描……此外也无非多看外国作品，审察其雕法而已。参考中国旧日的木刻，大约也一定有益。

书信/致沈振黄（1934·10·24）

●7-23-105-18

木刻为大师之流所不屑道，所以作者都是生活不能安定的人，为了衣食，奔走四方，因此所谓铁木艺术社『注：鲁迅以此名义编印《木刻纪程》』者，并无一定的社员，也没有一定的地址。

这一本《木刻纪程》，其实是收集了近二年中所得的木刻印成的，比起历史较久的油画之类来，成绩的确不算坏。但都由通信收集，作者与出版者，没有见过面的居多，所以也无从介绍。主持者是一个不会木刻的人，他只管付印。

书信/致沈振黄（1934·10·24）

●7-23-105-19

先生的木刻的成绩，我以为极好，最好的要推《春郊小景》，足够与日本现代有名的木刻家争先；《即景》是用德国风的试验，也有佳作，如《蝗灾》，《失业者》，《手工业者》；《木刻集》中好几幅又是新路的探检，我觉得《父子》，《北国风景》，《休息的工人》，《小鸟的运命》，都是很好的。不知道可否由我寄几幅到杂志社去，要他们登载？自然，一经复制，好处是失掉不少的，不过总比没有好；而且我相信自己决不至于绍介到油滑无聊的刊物去。

书信/致李桦（1934·12·18）

●7-23-105-20

北京和天津的木刻情形，我不明白，偶然看见几幅，都颇幼稚，好像连素描的基础工夫也没有练习似的。上海也差不多，而且没有团体（也很难有团体），散漫得很，往往刻了一通，不久就不知道那里去了。

书信/致李桦（1934·12·18）

●7-23-105-21

我所知道的木刻家中，有罗清桢君，还是孳孳不倦，他是汕头松口中学的教员（也许就是汕头人），不知道加入＊了没有？

〖**释：“加入”，指加入李桦组织的现代创作版画研究会。**〗

书信/致李桦（1934·12·18）

●7-23-105-22

就大体而论，中国的木刻家，大抵有二个共通的缺点：一，人物总刻不好，常常错；二，是避重就轻……

书信/致张慧（1934·12·28）

●7-23-105-23

那一本木刻『注：指《春郊小景》』，的确很好，但后来的作风有些改变了。我还希望先生时时产生这样的作品，以这东方的美的力量，侵入文人的书斋去。

书信/致李桦（1935·1·4）

●7-23-105-24

实际上，在上海的喜欢木刻的青年中，确也是急进的居多，所以在这里，说起“木刻”，有时即等于“革命”或“反动”，立刻招人疑忌。现在零星的个人，还在刻木刻的是有的，不过很难进步。那原因，一则无人切磋，二则大抵苦于不懂外国文，不能看参考书，只能自己暗中摸索。

书信/致李桦（1935·1·4）

●7-23-105-25

按：此信收信人段干青，山西永济人，木刻家。

照现在的环境，木运的情况是一定如此的，所以我以为第一着是先使它能够存在，内容不妨避忌一点，而用了不关大紧要题材先将技术磨练起来。所以我是主张也刻风景和极平常的社会现象的。

书信/致段干青（1935·1·18）

●7-23-105-26

中国现在的工农们，其实是像孩子一样，喜新好异的，他们之所以见得顽固者，是在疑心，或实在感到“新的”有害于他们的时候。当他们在过年时所选取的花纸种类，是很可以供参考的。各种新鲜花样，如飞机潜艇，奇花异草，也是被欢迎的东西。木刻的题材，我看还该取得广大。

书信/致段干青（1935·1·18）

●7-23-105-27

现在的青年艺术家，不愿意刻风景，但结果大概还是风景刻得较好。什么缘故呢？我看还是因为和风景熟习的缘故。至于人物，则一者因为基本练习不够（如素描及人体解剖之类），因此往往不像真或不生动，二者还是为了和他们的生活离开，不明底细。试看凡有木刻的人物，即使是群像，也都是极简单的，就为此。要救这缺点，我看一是要练习素描，二是要随时观察一切。

书信/致段干青（1935·1·18）

●7-23-105-28

我看先生的作品，总觉得《春郊小景集》和《罗浮集》最好，恐怕是为宋元以来的文人的山水画所涵养的结果罢。……彩色木刻也是好的，但在中国，大约难以发达，因为没有鉴赏者。

来信说技巧修养是最大的问题，这是不错的，现在的许多青年艺术家，往往忽略了这一点。所以他的作品，表现不出所要表现的内容来。

书信/致李桦（1935·2·4）

●7-23-105-29

以中国之大，当有美术杂志固不待言，即版画亦应有专门杂志，然而这是决不能实现的。

书信/致李桦（1935·4·4）

●7-23-105-30

现在京沪木刻运动，仍然销沈，而且颇散漫，几有人自为政之概，然亦无人能够使之集中，成一坚实的团体，大势如此，无可如何。我实亦无好方法，但以为只要有人做，总比无人做的好，即使只凭热情，自亦当有效。

书信/致李桦（1935·4·4）

●7-23-105-31

我看中国的制版术和印刷术，时常把原画变相到可悲的状态，时常使我连看也不敢看了。

书信/致李桦（1935·6·16）

●7-23-105-32

中国自然最需要刻人物或故事，但我看木刻成绩，这一门却最坏，这就因为蔑视技术，缺少基础工夫之故，这样下去，木刻的发展倒要受害的。

书信/致李桦（1935·6·16）

●7-23-105-33

“连环图画”确能于大众有益，但首先要看是怎样的图画。也就是先要看定这画是给那一种人看的，而构图，刻法，因而不同。现在的木刻，还是对于智识者而作的居多，所以倘用这刻法于“连环图画”，一般的民众还是看不懂。

书信/致赖少麒（1935·6·29）

●7-23-105-34

明木刻大有发扬，但大抵趋于超世间的，否则即有纤巧之憾。惟汉人石刻，气魄深沈雄大，唐人线画，流动如生，倘取入木刻，或可另辟一境界也。

书信/致李桦（1935·9·9）

●7-23-105-35

上海刊物上，时时有木刻插图，其实刻者甚少，不过数人，而且亦不见进步，仍然与社会离开，现虽流行，前途是未可乐观的。目前应用之处，书斋装饰无望，只有书籍插图，但插图必是人物，而人物又是许多木刻家较不善长者，故终不能侵入出版物中。

书信/致李桦（1935·9·9）

●7-23-105-36

木刻之在中国，虽然已颇流行，却不见进步，有些作品，其实是不该印出来的，而个人的专集，尤常有充数之作。所以我想，倘有一个团体，大范围的组织起来，严选作品，出一期刊，实为必要而且有益。

书信/致郑野夫（1936·2·17）

●7-23-105-37

版画之中，木刻是中国早已发明的，但中途衰退，五年前从新兴起的是取法于欧洲，与古代木刻并无关系。不久，就遭压迫，又缺师资，所以至今不见有特别的进步。

且介亭杂文末编/记苏联版画展览会（1936·2·24）

●7-23-105-38

中国的木刻，我看正临危机，这名目是普及了，却不明白详细，也没有范本和参考书，只好以意为之，所以很难进步。此后除多多绍介别国木刻外，真必须有一种全国木刻的杂志才好……

书信/致唐英伟（1936·3·23）

●7-23-105-39

中国的青年木刻家并无进步，正如你所看见，但也因为没有指导的人。二月中，上海开了一回苏联版画展览会，其中的作品，有一家书店在复制，出版以后，我想是对于中国的青年会有益处的。

书信/致〈德〉巴惠尔·艾丁格尔（1936·3·30）

●7-23-105-40

我对于现在中国木刻界的现状，颇不能乐观。李桦诸君，是能刻的，但自己们形成了一种型，陷在那里面。罗清桢细致，也颇自负，但我看他的构图有时出于拚凑，人物也很少生动的。

书信/致曹白（1936·8·7）

●7-23-105-41

按：“全国木刻联合展览会”：唐诃等以平津木刻研究会名义主办，于1935年元旦起在北平、济南、上海等地展出。因“一二九运动”后这批青年木刻家中的金肇野被捕入狱，展品散失，《全国木刻联合展览会专辑》并未出版，却意外留下了鲁迅于1935年6月4日所写此“序”，并终于发表在1936年11月天津《文地》月刊第一卷第一期。

木刻的图画，原是中国早先就有的东西。唐末的佛像，纸牌，以至后来的小说绣像，启蒙小图，我们至今还能够看见实物。而且由此明白：它本来就是大众的，也就是“俗”的。

且介亭杂文二集/《全国木刻联合展览会专辑》序（1936·11）

●7-23-105-42

近五年来骤然兴起的木刻，虽然不能说和古文化无关，但决不是葬中枯骨，换了新装，它乃是作者和社会大众的内心的一致的要求，所以仅有若干青年们的一副铁笔和几块木板，便能发展得如此蓬蓬勃勃。它所表现的是艺术学徒的热诚，因此也常常是现代社会的魂魄。

且介亭杂文二集/《全国木刻联合展览会专辑》序（1936·11）

●7-23-105-43

流传至今的只有一种《笺谱》，且只限于华北才有，那里的遗老遗少还常喜欢用它写毛笔字。但自版画角度看，这类作品尚能引起人们的一定兴趣，因为它们是中国古代版画的最后样品。

书信/致〈苏〉希仁斯基等〔根据俄文重译〕（载1959年12月24日《版画》第6期）

●7-23-105-44

我们请了一位日本版画家讲授技术，但由于当时所有“爱好者”几乎都是“左翼”人物，倾向革命，开始时绘制的一些作品都画着工人、题有“五一”字样的红旗之类，这就不会使那在真理的每一点火星面前都要发抖的白色政府感到高兴。不久，所有研究版画的团体都遭封闭，一些成员被逮捕，迄今仍在狱中。

书信/致〈苏〉希仁斯基等〔根据俄文重译〕（载1959年12月24日《版画》第6期）

（106）戏剧与电影

对于戏剧，我完全是外行。

●7-23-106-1

……前几天，我忽在无意之中看到一本日本

文的书，可惜忘记了书名和著者，总之是关于中国戏的。其中有一篇，大意仿佛说，中国戏是大敲，大叫，大跳，使看客头昏脑眩，很不适于剧场，但若在野外散漫的所在，远远地看起来，也自有他的风致。我当时觉着这正是说了在我意中而未曾想到的话，因为我确记得在野外看过很好的戏，到北京以后连进两回戏园去，也许还是受了那时的影响哩。可惜我不知道怎么一来，竟将书名忘却了。

至于我看那好戏的时候，却实在已经是“远哉遥遥”的了，其时恐怕我还不过十一二岁。

呐喊/社戏（1922·12）

●7-23-106-2

最惹眼的是屹立在庄外临河的空地上的一座戏台，模胡在远处的月夜中，和空间几乎分不出界限，我疑心画上见过的仙境，就在这里出现了。这时船走得更快，不多时，在台上显出人物来，红红绿绿的动，近台的河里一望乌黑的是看戏的人家的船篷。

“近台没有什么空了，我们远远的看罢。”阿发说。

这时船慢了，不久就到，果然近不得台旁，大家只能下了篙，比那正对戏台的神棚还要远。其实我们这白篷的航船，本也不愿意和乌篷的船在一处，而况并没有空地呢……

在停船的匆忙中，看见台上有一个黑的长胡子的背上插着四张旗，捏着长枪，和一群赤膊的人正打仗。双喜说，那就是有名的铁头老生，能连翻八十四个筋斗，他日里亲自数过的。

我们便都挤在船头上看打仗，但那铁头老生却又并不翻筋斗，只有几个赤膊的人翻，翻了一阵，都进去了，接着走出一个小旦来，咿咿呀呀的唱。双喜说，“晚上看客少，铁头老生也懈了，谁肯显本领给白地看呢？”我相信这话对，因为其时台下台上已经不很有人，乡下人为了明天的工作，熬不得夜，早都睡觉去了，疏疏朗朗的站着的不过是几十个本村和邻村的闲汉。乌篷船里的那些土财主的家眷固然在，然而他们也不在乎看戏，多半是专到戏台下来吃糕饼水果和瓜子的。所以简直可以算白地。

然而我的意思却也并不在乎看翻筋斗。我最愿意看的是一个人蒙了白布，两手在头上捧着支棒似的蛇头的蛇精，其次是套了黄布衣跳老虎。但是等了许多时都不见，小旦虽然进去了，立刻又出来一个很老的小生。我有些疲倦了，托桂生买豆浆去。他去了一刻，回来说，“没有。卖豆浆的聋子也回去了。日里倒有，我还喝了就碗呢。现在去舀一瓢水来给你喝罢。”

我不喝水，支撑着仍然看，也说不出看了些什么，只觉得戏子的脸都渐渐的有些稀奇了，那五官渐不明显，似乎融成一片的再没有什么高低。年纪小的几个多打呵欠了，大的也各管自己谈话。忽而一个红衫的小丑被绑在台柱子上，给一个花白胡子的用马鞭打起来了，大家才又振作精神的笑着看，在这一夜里，我以为这实在要算是最好的一折。

呐喊/社戏（1922·12）

●7-23-106-3

然而老旦终于出台了。老旦本来是我所最怕的东西，尤其是怕他坐下了唱。这时候，看见大家也很扫兴，才知道他们的意见是和我一致的。那老旦当初还只是踱来踱去的唱，后来竟在中间的一把交椅上坐下了。我很担心；双喜他他们却就破口喃喃的骂。我忍耐的等着，许多工夫，只见那老旦将手一抬，我以为就要站起来了，不料他却又慢慢的放下在原地方，仍旧唱。全船里几个人不住地吁气，其余的也打起呵欠来。双喜终于熬不住了，说道，怕他会唱到天明还不完，还是我们走的好罢。大家立刻都赞成，和开船时候一样踊跃，三四人径奔船尾，拔了篙，点退几丈，回转船头，架起橹，骂着老旦，又向那松柏林前进了。

月还没有落，仿佛看戏也并不很久似的，而一离赵庄，月光又显得格外的皎洁。回望戏台在灯火光中，却又如初来未到时候一样，又缥缈得像一座仙山楼阁，满被红霞罩着了。吹到耳边来的又是横笛，很悠扬；我疑心老旦已经进去了，但也不好意思说再回去看。

……

真的，一直到现在，我实在再没有……看到那夜似的好戏了。

呐喊/社戏（1922·12）

●7-23-106-4

我在倒数上去的二十年中，只看过两回中国戏，前十年是绝不看，因为没有看戏的意思和机会，那两回全在后十年，然而都没有看出什么来就走了。

呐喊/社戏（1922·12）

●7-23-106-5

民国元年我初到北京的时候，当时一个朋友对我说，北京戏最好，你不去见见世面么？我想，看戏是有味的，而况在北京呢。于是都兴致勃勃的跑到什么园，戏文已经开场了，在外面也早听到冬冬地响。我们挨进门，几个红的绿的在我眼前一闪烁，便又看见戏台下满是许多头，再定神四面看，却见中间也还有几个空座，挤过去要坐时，又有人对我发议论，我因为耳朵已经喤喤的响着了，用了心，才听到他是说“有人，不行!”

我们退到后面，一个辫子很光的却来领我们到了侧面，指出一个地位来。这所谓地位者，原来是一条长凳，然而他那坐板比我的上腿要狭到四分之三，他的脚比我的下腿要长过三分之二。我先是没有爬上去的勇气，接着便联想到私刑拷打的刑具，不由的毛骨悚然的走出了。

走了许多路，忽听得我的朋友的声音道，“究竟怎的?”我回过脸去，原来他也被我带出来了。他很诧异的说，“怎么总是走，不答应?”我说，“朋友，对不起，我耳朵只在冬冬喤喤的响，并没有听到你的话。”

呐喊/社戏（1922·12）

●7-23-106-6

忘记了那一年，总之是募集湖北水灾捐而谭叫天＊还没有死。捐法是两元钱买一张戏票，可以到第一舞台去看戏，扮演的多是名角，其一是小叫天。我买了一张票，本是对于劝募人聊以塞责的，然而似乎又有好事的乘机对我说了些叫天不可不看的大法要了。我于是忘了前几年的冬冬喤喤之灾，竟到第一舞台去了，但大约一半也因为重价购来的宝票，总得使用了才舒服。我打听得叫天出台是迟的，而第一舞台却是新式构造，用不着争座位，便放了心，延宕到九点钟才出去，谁料照例，人都满了，连立足也难，我只得挤在远处的人丛中看一个老旦在台上唱。那老旦嘴边插着两个点火的纸捻子，旁边有一个鬼卒，我费尽思量，才疑心他或者是目连＊的母亲，因为后来又出来了一个和尚。然而我又不知道那名角是谁，就去问挤在我的左边的一位胖绅士。他很看不起似的斜瞥了我一眼，说道，“龚云甫＊!”我深愧浅陋而且粗疏，脸上一热，同时脑里也制出了决不再问的定章，于是看小旦唱，看花旦唱，看老生唱，看不知什么角色唱，看一大班人乱打，看两三个人互打，从九点多到十点，从十点到十一点，从十一点到十一点半，从十一点半到十二点，——然而叫天竟还没有来。

我向来没有这样忍耐的等候过什么事物，而况这身边的胖绅士的吁吁的喘气，这台上的冬冬喤喤的敲打，红红绿绿的晃荡，加之以十二点，忽而使我省悟到在这里不适于生存了。我同时便机械的拧转身子，用力往外只一挤，觉得背后便已满满的，大约那弹性的胖绅士早在我的空处胖开了他的右半身了。我后无回路，自然挤而又挤，终于出了大门。街上除了专等看客的车辆之外，几乎没有什么行人了，大门口却还有十几个人昂着头看戏目，别有一堆人站着并不看什么，我想：他们大概是看散戏之后出来的女人们的，而叫天却还没有来……

然而夜气很清爽，真所谓“沁人心脾”，我在北京遇着这样的好空气，仿佛这是第一遭了。

这一夜，就是我对于中国戏告了别的一夜，此后再没有想到他，即使偶而经过戏园，我们也漠不相关，精神上早已一在天之南一在地之北了。

〖释：谭叫天（1847－1917），著名京剧演员，又称小叫天。/“目连”，传说中释迦牟尼的十大弟子之一。其母因罪堕入地狱，他曾入地狱救母。据此改编的戏剧《目连救母》旧时在民间十分流行。/龚云甫，著名京剧演员（1862－1932）。〗

呐喊/社戏（1922·12）

●7-23-106-7

脸谱和手势＊，是代数＊，何尝是象征。它除了白鼻梁表丑脚，花脸表强人，执鞭表骑马，推手表开门之外，那里还有什么说不出，做不出的深意义？

〖释：“脸谱和手势”，指中国传统戏剧中的脸谱和手势。/“代数”，即代码（艺术符号）。〗

花边文学/谁在没落？（1934·6·2）

●7-23-106-8

对于戏剧，我完全是外行。

且介亭杂文/脸谱臆测（1935·12·30）

●7-23-106-9

按：1934年10月28日的《戏》周刊第十一期载伯鸿的文章认为“中国旧剧”采用了一些“象征手法”，“白表‘奸诈’，红表‘忠勇’……因为‘色的象征’，还有‘音的象征’‘形的象征’，也经有意识或无意识地使用着……这一切都是象征的手法，不过多是比较单纯的低级的。”

对于中国戏剧史，我又是完全的外行。我只知道古时候（南北朝）的扮演故事，是带假面的＊，这假面上，大约一定得表示出这角色的特征，一面也是这角色的脸相的规定。古代的假面和现在的打脸的关系，好像还没有人研究过，假使有些关系，那么，“白表奸诈”之类，就恐怕只是人物的分类，却并非象征手法了。

〖释：“古时候……是带假面的”，据《旧唐书·音乐志》，南北朝歌舞剧《大面》演出时“常著假面以对敌”云。〗

且介亭杂文/脸谱臆测（1935·12·30）

●7-23-106-10

中国古来就喜欢讲“相人术”＊，但自然和现在的“相面”不同，并非从气色上看出祸福来，而是所谓“诚于中，必形于外”〖注：语出《大学》〗，要从脸相上辨别这人的好坏的方法。一般的人们，也有这一种意见的，我们到现在，还常听到“看他样子就不是好人”这一类话。这“样子”的具体的表现，就是戏剧上的“脸谱”。富贵人全无心肝，只知道自私自利，吃得白白胖胖，什么都做得出，于是白就表了奸诈。红表忠勇，是从关云长的“面如重枣”来的。重枣是怎样的枣子，我不知道，要之，总是红色的罢。

〖释：“相人术”，《左传》文公九年：“内史叔服来会葬；公孙敖闻其能相人也，见其二子焉。”又《汉书·艺文志》“形法”类著录有《相人》一书。〗

且介亭杂文/脸谱臆测（1935·12·30）

●7-23-106-11

士君子们常在一门一门的将人们分类，平民也在分类，我想，这“脸谱”，便是优伶和看客公同逐渐议定的分类图。不过平民的辨别，感受的力量，是没有士君子那么细腻的。况且我们古时候戏台的搭法，又和罗马不同＊，使看客非常散漫，表现倘不加重，他们就觉不到，看不清。这么一来，各类人物的脸谱，就不能不夸大化，漫画化，甚而至于到得后来，弄得希奇古怪，和实际离得很远，好像象征手法了。

〖释：“我们古时候戏台和罗马不同”，古代罗马剧场，形似现代的体育场。〗

且介亭杂文/脸谱臆测（1935·12·30）

※　※　※

●7-23-106-12

《表》将编为电影，曾在一种日报（忘其名）上见过，且云将其做得适合中国国情＊。倘取其情节，而改成中国事，则我想：糟不可言！我极愿意这不成为事实。

〖释："《表》将……做得适合中国国情"：1934年4月20日报载蔡楚生将根据"俄国作家L. Panteleev之杰作"《表》完成其《金时计》剧本。"为增强剧力及适合国情计，更益以精隽之补充，而成为一非常动人之影剧"云。〗

书信/致孟十还（1935·4·21）

●7-23-106-13

昨天到巴黎大戏院去看了《黄金湖》『注：苏联影片』，很好，你们看了没有？下回是罗曼谛克的《暴帝情鸳》『注：法国影片』，恐怕也不坏，我与其看美国式的发财结婚影片，宁可看《天方夜谈》一流的怪片子。

书信/致萧军（1935·10·4）

●7-23-106-14

一旦变成了机器，颇觉无聊，没办法，就去看电影。但电影也没有好的，上月看了杰克·伦敦的《野性的呼声》『注：美国影片』，大吃一惊，与原著迥然不同。今后对于名著改编的电影再不敢领教了。

书信/致〈日〉山本初枝〔译文〕（1935·12·3）

●7-23-106-15

我不知道你们看不看电影；我是看的，但不看什么"获美""得宝"之类，是看关于菲洲和南北极之类的片子，因为我想自己将来未必到菲洲或南北极去，只好在影片上得到一点见识了。

书信/致颜黎民（1936·4·15）

第八章 “中国”与“中国人”

第二十四节 “中国”

中国……像一只黑色的染缸，无论加进什么新东西去，都变成漆黑。可是除了再想法子来改革之外，也再没有别的路。

(107)“中国太难改变了”

中国太难改变了，即使搬动一张桌子，改装一个火炉，几乎也要血；而且即使有了血，也未必一定能搬动，能改装。

●8-24-107-1

若以人类为着眼点，则中国若改良，固足为人类进步之验（以如此国而尚能改良故）；若其灭亡，亦是人类向上之验，缘如此国人竟不能生存，正是人类进步之故也。大约将来人道主义终当胜利，中国虽不改进，欲为奴隶，而他人更不欲用奴隶；则虽渴想请安，亦是不得主顾，止能侘傺『注：失意』而死。如是数代，则请安磕头之瘾渐淡，终必难免于进步矣。此仆之所为乐也。

书信/致许寿裳〔此信原无标点〕(1918·8·20)

●8-24-107-2

中国社会上的状态，简直是将几十世纪缩在一时；自油松片以至电灯，自独轮车以至飞机，自镖枪以至机关炮，自不许“妄谈法理”以至护法，自“食肉寝皮”的吃人思想以至人道主义，自迎尸拜蛇以至美育代宗教，都摩肩挨背的存在。

热风/随感录·五十四（1919·3·15）

●8-24-107-3

中国本不是发生新主义的地方，也没有容纳新主义的处所，即使偶然有些外来思想，也立刻变了颜色，而且许多论者反要以此自豪。

热风/“圣武”（1919·5）

●8-24-107-4

近来所谓新思潮者，在外国已是普遍之理，一入中国，便大吓人；提倡者思想不彻底，言行不一致，故每每发生流弊，而新思潮之本身，固不任其咎也。

书信/致宋崇义（1920·5·4）

●8-24-107-5

要之，中国一切旧物，无论如何，定必崩溃；倘能采用新说，助其变迁，则改革较有秩序，其祸必不如天然崩溃之烈而社会守旧，新党又行不顾言，一盘散沙，无法粘连，将来除无可收拾外，殆无他道也。

书信/致宋崇义（1920·5·4）

●8-24-107-6

中国学共和不像，谈者多以为共和于中国不宜；其实以前之专制，何尝相宜？专制之时，亦无忠臣，亦非强国也。

书信/致宋崇义（1920·5·4）

●8-24-107-7

凡有一件事，总是永远缠夹不清的，大约莫过于在我们中国了。

热风/不懂的音译（1922·11·4）

●8-24-107-8

凡当中国自身烂着的时候，倘有什么新的进来，旧的便照例有一种异样的挣扎。例如佛教东来时有几个佛徒译经传道，则道士们一面乱偷了佛经造道经，而这道经就来骂佛经，而一面又用了下流不堪的方法害和尚，闹得乌烟瘴气，乱七八糟。（但现在的许多佛教徒，却又以国粹自命而排斥西学了，实在昏得可怜！）

集外集拾遗补编/关于《小说世界》（1923·1·15）

●8-24-107-9

中国太难改变了，即使搬动一张桌子，改装一个火炉，几乎也要血；而且即使有了血，也未必一定能搬动，能改装。不是很大的鞭子打在背上，中国自己是不肯动弹的。我想这鞭子总要来，好坏是别一问题，然而总要打到的。

坟/娜拉走后怎样（1924·6）

●8-24-107-10

我觉得革命以前，我是做奴隶；革命以后不多久，就受了奴隶的骗，变成他们的奴隶了。

我觉得有许多民国国民而是民国的敌人。

我觉得有许多民国国民很像住在德法等国里的犹太人，他们的意中别有一个国度。

我觉得许多烈士的血都被人们踏灭了，然而又不是故意的。

我觉得什么都要从新做过。

华盖集/忽然想到〔三〕（1925·2·14）

●8-24-107-11

有人论中国说，倘使没有带着新鲜的血液的野蛮的侵入，真不知自身会腐败到如何！这当然是极刻毒的恶谑，但我们一翻历史，怕不免有汗流浃背的时候罢。外寇来了，暂一震动，终于请他作主子，在他的刀斧下修补老例；内寇来了，也暂一震动，终于请他做主子，或者别拜一个主子，在自己的瓦砾中修补老例。

坟/再论雷峰塔的倒掉（1925·2·23）

●8-24-107-12

中国大约太老了，社会上事无大小，都恶劣不堪，像一只黑色的染缸，无论加进什么新东西去，都变成漆黑。可是除了再想法子来改革之外，也再没有别的路。

两地书/北京（1925·3·18）

●8-24-107-13

长城久成废物，弱水＊也似乎不过是理想上的东西。老大的国民尽钻在僵硬的传统里，不肯变革，衰朽到毫无精力了，还要自相残杀。于是外面的生力军很容易地进来了，真是“匪今斯今，振古如兹”＊。至于他们的历史，那自然都没我们的那么古。

〖释：“弱水”，中国古代地理书籍中记载的不可逾越的河流。小说中对此更有多种离奇说法。/“匪今斯今，振古如兹”，“不但如今，自古以来就是如此”之意。〗

华盖集/忽然想到〔六〕（1925·4·22）

●8-24-107-14

常有兵燹，常有水旱，可有谁听到大叫唤么？打的打，革的革，可有处士来横议么？对国民如何专横，向外人如何柔媚，不犹是差等的遗风么？中国固有的精神文明，其实并未为共和二字所埋没，只有满人已经退席，和先前稍不同。

坟/灯下漫笔（1925·5·1）

●8-24-107-15

所谓中国的文明者，其实不过是安排给阔人享用的人肉的筵宴。所谓中国者，其实不过是安排这人肉的筵宴的厨房。不知道而赞颂者是可恕的，否则，此辈当得永远的诅咒！

坟/灯下漫笔（1925·5·1）

●8-24-107-16

中国各处是壁，然而无形，像“鬼打墙”一般，使你随时能“碰”。能打这墙的，能碰而不感到痛苦的，是胜利者。

华盖集/“碰壁”之后（1925·6·1）

●8-24-107-17

中国的精神文明，早被枪炮打败了，经过了许多经验，已经要证明所有的还是一无所有。讳言这“一无所有”，自然可以聊以自慰；……但那报应是永远无药可医，一切牺牲全都白费，因为在大家打着盹的时候，狐鬼反将牺牲吃尽，更加肥胖了。

华盖集/忽然想到〔十一〕(1925·6·16)

●8-24-107-18

一面制礼作乐，尊孔读经，“四千年声明文物之邦”，真是火候恰到好处了，而一面又坦然地放火杀人，奸淫掳掠，做着虽蛮人对于同族也还不肯做的事……全个中国，就是这样的一席大宴会！

华盖集续编/马上支日记（1926·8·2）

●8-24-107-19

中国的文明，就是这样破坏了又修补，破坏了又修补的疲乏伤残可怜的东西。但是很有人夸耀它，甚至于连破坏者也夸耀它。

华盖集续编/记谈话（1926·10·2）

●8-24-107-20

中国本来喜欢玩把戏，乡下的戏台上，往往挂着一副对子，一面是“戏场小天地”，一面是“天地大戏场”。

二心集/新的“女将”（1931·11·20）

●8-24-107-21

教育经费用光了，却还要开几个学堂，装装门面；全国的人们十之九不识字，然而总得请几位博士，使他对西洋人去讲中国的精神文明；至今还是随便拷问，随便杀头，一面却总支撑维持着几个洋式的“模范监狱”，给外国人看看。还有，离前敌很远的将军，他偏要大打电报，说要“为国前驱”。连体操班也不愿意上的学生少爷，他偏要穿上军装，说是“灭此朝食”。

不过，这些究竟还有一点影子；究竟还有几个学堂，几个博士，几个模范监狱，几个通电，几套军装。所以说是“说谎”，是不对的。这就是我之所谓“做戏”。

二心集/宣传与做戏（1931·11·20）

●8-24-107-22

外国用火药制造子弹御敌，中国却用它做爆竹敬神；外国用罗盘针航海，中国却用它看风水；外国用鸦片医病，中国却拿来当饭吃。同是一种东西，而中外用法之不同有如此……

伪自由书/电的利弊（1933·2·16）

●8-24-107-23

但愿世界上大事件不要增加起来；但愿中国里惨案不要再有；但愿也不再有什么政府成立；但愿也不再有伟人的生日和忌日增添。否则，日积月累，不久就会成个“多难之年”……

伪自由书/“多难之月”（1933·5·8）

●8-24-107-24

中国究竟是文明最古的地方，也是素重人道的国度，对于人，是一向非常重视的。至于偶有凌辱诛戮，那是因为这些东西并不是人的缘故。皇帝所诛者，“逆”也，官军所剿者，“匪”也，刽子手所杀者，“犯”也，满洲人“入主中夏”，不久也就染了这样的淳风，雍正皇帝*要除掉他的弟兄，就先行御赐改称为“阿其那”与“塞思黑”，我不懂满洲话，译不明白，大约是“猪”和“狗”罢。黄巢*造反，以人为粮，但若说他吃人，是不对的，他所吃的物事，叫作“两脚羊”。

〖释：雍正皇帝（1678－1735），名胤禛，康熙第四子，后为清世宗。即帝位前，以阴谋手段对付他的兄弟；即位后，于雍正四年（1726）削去其两个弟弟的宗籍，并令改名为“阿其那”与“塞思黑”。在满语中，前者为狗，后者为猪。/黄巢（？－884），唐末农民军首领。《旧唐书·黄巢传》说他起事时“俘人而食”，但无“两脚羊”之说。“两脚羊”，见南宋庄季裕《鸡肋编》，其中记载“盗贼官兵以至居民，更互相食，人肉之价，

贱于犬豕”，“通目为两脚羊”。〗

准风月谈/“抄靶子”（1933·6·20）

●8-24-107-25

倘是狮子，自夸怎样肥大是不妨事的，但如果是一口猪或一匹羊，肥大倒不是好兆头。我不知道我们自己觉得现在好像是什么了？

准风月谈/黄祸（1933·10·20）

●8-24-107-26

一个名词归化中国，不久就弄成一团糟。伟人，先前是算好称呼的，现在则受之者已等于被骂；学者和教授，前两三年还是干净的名称；自爱者闻文学家之称而逃，今年已经开始了第一步。但是，世界上真的没有实在的伟人，实在的学者和教授，实在的文学家吗？并不然，只有中国是例外。

花边文学/一思而行（1934·5·17）

●8-24-107-27

每一新制度，新学术，新名词，传入中国，便如落在黑色染缸，立刻乌黑一团，化为济私助焰之具，科学，亦不过其一而已。

此弊不去，中国是无药可救的。

花边文学/偶感（1934·5·25）

●8-24-107-28

中国何尝有真正的党徒，随风转舵，二十余年，可曾见有人为他的首领拚命？

书信/致郑振铎（1935·1·8）

●8-24-107-29

我觉得中国有时是极爱平等的国度。有什么稍稍显得特出，就有人拿了长刀来削平它。……自然，也有例外，是捧了起来。但这捧了起来，却不过为了接着摔得粉碎。

且介亭杂文二集/徐懋庸作《打杂集》序（1935·5·5）

●8-24-107-30

中国事其实早在意中，热心人或杀或囚，早替他们收拾了，和宋明之末极像。但我以为哭是无益的，只好仍是有一分力，尽一分力，不必一时特别愤激，事后却又悠悠然。

书信/致曹靖华（1935·6·24）

（108）军阀/官僚/政客/统治者

愈是无聊赖，没出息的脚色，愈想长寿，想不朽，愈喜欢多照自己的照相，愈要占据别人的心，愈善于摆臭架子。

●8-24-108-1

有一种人，从幼到壮，居然也毫不为奇的过去了；从壮到老，却更奇想天开，要占尽了少年的道路，吸尽了少年的空气。

热风/随感录·四十九（1919·2·15）

●8-24-108-2

古时候，秦始皇帝*很阔气，刘邦和项羽都看见了；邦说，“嗟乎！大丈夫当如此也！”羽说，“彼可取而代也！”*羽要“取”什么呢？便是取邦所说的“如此”。……何谓“如此”？说起来话长；简单地说，便只是纯粹兽性方面的欲望的满足——威福，子女，玉帛，——罢了。

〖释：“秦始皇帝”，姓嬴名政，战国时秦国的国君，于公元前221年建立了我国第一个中央集权的封建皇朝。/据《史记》载，刘邦观秦始皇出巡，“喟然太息曰：‘嗟乎，大丈夫当如此也！’”项羽则曰：“彼可取而代也。”〗

热风/“圣武”（1919·5）

●8-24-108-3

大丈夫“如此”之后，欲望没有衰，身体却疲敝了；而且觉得暗中有一个黑影——死——到了身边了。于是无法，只好求神仙。……求了一通神仙，终于没有见，忽然有些疑惑了。于是要造坟，来保存死尸，想用自己的尸体，永远占据着一块地面。

热风/“圣武”（1919·5）

●8-24-108-4

从前看见清朝几件重案的记载，“臣工”拟罪很严重，“圣上”常常减轻，便心里想：大约因为要博仁厚的美名，所以玩这些花样罢了。后来细想，殊不尽然。

暴君治下的臣民，大抵比暴君更暴；暴君的暴政，时常还不能餍足暴君治下的臣民的欲望。

热风/暴君的臣民（1919·11·1）

●8-24-108-5

暴君的臣民，只愿暴政暴在他人的头上，他却看着高兴，拿“残酷”做娱乐，拿“他人的苦”做赏玩，做慰安。

热风/暴君的臣民（1919·11·1）

●8-24-108-6

楚霸王救赵破汉，追奔逐北的时候，他并不说什么；等到摆出诗人面孔，饮酒唱歌，那已经是兵败势穷，死日临头了。最近像吴佩孚＊名士的“登彼西山，赋彼其诗”，齐燮元＊先生的“放下枪竿，拿起笔干”，更是明显的例了。

〖释：吴佩孚（1873－1939），直系军阀首领。他战败“下野”时，常发表一些似通非通的诗作。/齐燮元（1879－1946），亦为直系军阀。他“下野”时也曾宣称要专心于“著述”。〗

集外集拾遗补编/通讯〔复孙伏园〕（1925·3·8）

●8-24-108-7

我总相信现在的阔人都是聪明人；反过来说，就是倘使老实，必不能阔是也。至于所挂的招牌是佛学，是孔道，那倒没有什么关系。

华盖集/十四年的“读经”（1925·11·27）

●8-24-108-8

民元革命时候，我在S城『注：指绍兴』，来了一个都督『注：指王金发（1882－1915）』。他虽然也出身绿林大学，未尝“读经”（?），但倒是还算顾大局，听舆论的，可是自绅士以至于庶民，又用了祖传的捧法群起而捧之了。这个拜会，那个恭维，今天送衣料，明天送翅席，捧得他连自己也忘其所以，结果是渐渐变成老官僚一样，动手刮地皮。

华盖集/这个与那个（1925·12）

●8-24-108-9

凡有捧的行为的“动机”，大概是不过想免害。即以所奉祀的神道而论，也大抵是凶恶的，火神瘟神不待言，连财神也是蛇呀刺猬呀似的骇人的畜类；观音菩萨倒还可爱，然而那是从印度输入的，并非我们的“国粹”。要而言之：凡有被捧者，十之九不是好东西。

华盖集/这个与那个（1925·12）

●8-24-108-10

愈是无聊赖，没出息的脚色，愈想长寿，想不朽，愈喜欢多照自己的照相，愈要占据别人的心，愈善于摆臭架子。

华盖集续编/古书与白话（1926·2·2）

●8-24-108-11

屠杀者虽然因为积有金资，可以比较长久地养育子孙，然而必至的结果是一定要到的。“子孙绳绳”＊又何足喜呢？灭亡自然较迟，但他们要住最不适于居住的不毛之地，要做最深的矿洞的矿工，要操最下贱的生业……。

〖释：“子子绳绳”，语出《诗经·大雅·抑》。绳绳，相承不绝之意。〗

华盖集续编/无花的蔷薇之二（1926·3·29）

●8-24-108-12

我向来是不惮以最坏的恶意，来推测中国人的，然而我还不料，也不信竟会下劣凶残到这地步。

华盖集续编/记念刘和珍君（1926·4·12）

●8-24-108-13

我已经说过：我向来是不惮以最坏的恶意来推测中国人的。但这回却很有几点出于我的意外。一是当局者竟会这样地凶残，一是流言家竟至如此之下劣，一是中国的女性临难竟能如是之从容。

华盖集续编/记念刘和珍君（1926·4·12）

●8-24-108-14

溜到西单牌楼大街，也是满街挂着五色国旗，军警林立。一群破衣孩子，各各拿着一把小纸片，叫道：欢迎吴玉帅『注：即吴佩孚，字子玉』号外呀！一个来叫我买，我没有买。

……走进宣武门城洞下，又是一个破衣孩子拿着一把小纸片，但却默默地将一张塞给我，接来一看，是石印的李国恒先生的传单，内中大意，是说他的多年痔疮，已蒙一个国手叫作什么先生的医好了。

华盖集续编/马上日记（1926·7·12）

●8-24-108-15

回家看日报，上面说：“……吴『注：指吴佩孚』在长辛店留宿一宵。除上述原因外，尚有一事，系吴由保定启程后，张其锽曾为吴卜一课＊，谓二十八日入京大利，必可平定西北。二十七日入京欠佳。吴颇以为然。此亦吴氏迟一日入京之由来也。”

〖释：“张其锽曾为吴卜一课”云，见1926年6月28日《世界日报》载“本报特讯”。张其锽，吴佩孚的秘书长。〗

华盖集续编/马上日记（1926·7·12）

●8-24-108-16

据说吴佩孚大帅在一处宴会的席上发表，查得赤化的始祖乃是蚩尤，因为“蚩”“赤”同音，所以蚩尤即“赤尤”，“赤尤”者，就是“赤化之尤”＊的意思；说毕，合座为之“欢然”云。

〖释：“蚩尤……就是‘赤化之尤’”，蚩尤，中国古代传说中的九黎族酋长。据载，蚩尤与黄帝战，兵败被杀。1926年6月，吴佩孚在北京怀仁堂的一次宴会上发表谬论说：“赤化之源，为黄帝时之蚩尤，以蚩赤同音，蚩尤即赤化之祖。”（见《向导》周报第一六一期“寸铁”栏）〗

华盖集续编/马上支日记（1926·7·12）

●8-24-108-17

看看中国的一些人，至少是上等人，他们的对于神，宗教，传统的权威，是“信”和“从”呢，还是“怕”和“利用”？只要看他们的善于变化，毫无特操，是什么也不信从的，但总要摆出和内心两样的架子来。

华盖集续编/马上支日记（1926·8·2）

●8-24-108-18

革命的势力一扩大，革命的人们一定会多起来。统一以后，我恐怕研究系也要讲革命。去年年底，《现代评论》『注：见1-1-3-24释』，不就变了论调了么？和“三一八惨案”时候的议论一比照，我真疑心他们都得了一种仙丹，忽然脱胎换骨。

集外集拾遗补编/庆祝沪宁克复的那一边（1927·5·5）

●8-24-108-19

还有人〔想〕做皇帝，因为他和外界隔绝，不知外面还有世界！

集外集拾遗补编/关于知识阶级（1927·11）

●8-24-108-20

秦始皇，汉武帝想成仙，终于没有成功而死了。

集外集拾遗补编/关于知识阶级（1927·11）

●8-24-108-21

又是演讲录，又是演讲录。＊

但可惜都没有讲明他何以和先前大两样了；也没有讲明他演讲时，自己是否真相信自己的话。

〖释：“又是演讲录，又是演讲录”，当时各地书局大肆出版发售蒋介石、汪精卫、吴稚晖、戴

季陶等要人的演讲集。〗

而已集/小杂感（1927·12·17）

●8-24-108-22

阔的聪明人种种譬如昨日死。

不阔的傻子种种实在昨日死。

〖释："阔的聪明人种种譬如昨日死"，1927年8月18日广州《民国日报》就汪精卫发动"七一五"事变，与蒋介石合流一事发表的社论说："以前种种，譬如昨日死；以后种种，譬如今日生；今后所应负之责任益大且难，这真要我们真诚的不妥协的非投机的同志不念既往而真正联合。"〗

而已集/小杂感（1927·12·17）

●8-24-108-23

按：该文为戏谑的"预言"。关于"以党治国"，蒋介石1927年4月30日《告全国民众书》中提出"'以党治国'为救中国的唯一出路"云。

有提倡"一我主义"者，几被查禁。后来查得议论并不新异，着无庸议，听其自然。

有公民某丙著论，谓当"以党治国"，即被批评家们痛驳，谓"久已如此，而还要多说，实属不明大势，昏愦胡涂"。

谣传有男女青年四万一千九百二十六人失踪。

蒙古亲近赤俄，公决革出五族，以侨华白俄补缺，仍为五族共和，各界提灯庆祝。

而已集/拟豫言——一九二九年出现的琐事（1928·1·28）

●8-24-108-24

有枪的也和有笔的一样，你打我，我打你，交通大约又障碍了。

书信/致章廷谦（1930·3·21）

●8-24-108-25

对于童话，近来是连文武官员都有高见了＊；有的说是猫狗不应该会说话，称作先生，失了人类的体统＊；有的说是故事不应该讲成王作帝，违背共和的精神。但我以为这似乎是"杞天之虑"，其实倒并没有什么要紧的。孩子的心，和文武官员的不同，它会进化，决不至于永远停留在一点上，到得胡子老长了，还在想骑了巨人到仙人岛去做皇帝＊。因为他后来就要懂得一点科学了，知道世上并没有所谓巨人和仙人岛。倘还想，那是生来的低能儿，即使终生不读一篇童话，也还是毫无出息的。

〖释："对于童话连文武官员都有高见"云，指湖南军阀何键1931年2月在一份咨文中指摘课本童话中的"禽兽能作人言"事。/"……到仙人岛去做皇帝"，是童话《勇敢的约翰》结尾的情节。〗

集外集拾遗补编/《勇敢的约翰》校后记（1931·4·1）

●8-24-108-26

至今为止的统治阶级的革命，不过是争夺一把旧椅子。去推的时候，好像这椅子很可恨，一夺到手，就又觉得是宝贝了，而同时也自觉了自己正和这"旧的"一气。

二心集/上海文艺之一瞥（1931·7·27）

●8-24-108-27

按：九一八事变后，国民党内部矛盾激化，以蒋介石为首的"宁派"和以胡汉民、汪精卫为首的"粤派"于1931年10月在上海开调和会，11月分别在南京、广州举行国民党第四次全国代表大会。

南边整天开大会，北边忽地起烽烟＊，北人逃难南人嚷，请愿打电闹连天。还有你骂我来我骂你，说得自己蜜样甜。文的笑道岳飞假，武的却云秦桧奸。相骂声中失土地，相骂声中捐铜钱，失了土地捐过钱，喊声骂声也寂然。文的牙齿痛，武的上温泉，后来知道谁也不是岳飞或秦桧，声明误解释前嫌，大家都是好东西，终于聚首一堂来吸雪茄烟。

〖释："北边忽地起烽烟"，指1931年11月22日日军进攻锦州。〗

集外集拾遗/好东西歌（1931·12·11）

●8-24-108-28

按：1931年11月，湖南省主席、军阀何键（1887－1956）向国民党“四大”提议中小学“课程应增设公民科”云。

何键将军捏刀管教育，说道学校里边应该添什么。首先叫作“公民科”……第一着，要能受，蛮如猪猡力如牛，杀了能吃活就做，瘟死还好熬熬油。第二着，要磕头，先拜何大人，后拜孔阿丘，拜得不好就砍头，砍头之际莫讨命，要命便是反革命，大人有刀你有头，这点天职应该尽。第三着，莫讲爱，自由结婚放洋屁，最好是做第十第廿姨太太，如果爹娘要钱化，几百几千可以卖，正了风化又赚钱，这样好事还有吗？第四着，要听话，大人怎说你怎做。公民义务多得很，只有大人自己心里懂……

集外集拾遗/公民科歌（1931·12·11）

●8-24-108-29

按：1931年12月23日上午，参加国民党四届一中全会的中央委员全体拜谒中山陵。

大家去谒灵，强盗装正经。

静默十分钟，各自想拳经。

集外集拾遗/南京民谣（1931·12·25）

●8-24-108-30

按：1931年12月22－29日在南京召开国民党四届一中全会，宁粤两派相互指责攻击，场面极其混乱，当时报纸称之为“言词争执”，“有人呼对对对，亦有喊嘘嘘嘘”云。

一中全会好忙碌，忽而议论谁卖国，粤方委员叽哩咕，要将责任归当局。吴老头子老益壮，放屁放屁来相嚷＊，说道卖的另有人，不近不远在场上。有的叫道对对对，有的吹了嘘嘘嘘，嘘嘘一通不打紧，对对恼了皇太子＊，一声不响出“新京”，会场旗色昏如死。许多要人夹屁追，恭迎圣驾请重回，大家快要一同“赴国难”，又拆台基何苦来？……卖就大家都卖不都不，否则一方面子太难堪。……只差大柱石＊，似乎还在想火并，展堂同志血压高，精卫＊先生糖尿病，国难一时赴不成，虽然老吴已经受告警。这样下去怎么好，中华民国老是没头脑，想受党治也不能，小民恐怕要苦了。但愿治病统一都容易，只要将那“言词争执”扔在茅厕里，放屁放屁放狗屁，真真岂有之此理。

〖释：“吴老头子老益壮，放屁放屁来相嚷”，吴稚晖讲话时常夹有“放屁放屁，真正岂有此理”之句。/“皇太子”，指孙科（1891－1973），当时任国民党中常委、行政院长。/“大柱石”，指胡汉民（1879－1936），号展堂，当时任国民党中常委、立法院长。林森曾称他“党国柱石”云。/精卫，即汪精卫（1883－1944），当时任国民党中央政治委员会常委，抗战期间堕落为汉奸。〗

集外集拾遗/“言词争执”歌（1932·1·5）

●8-24-108-31

英雄多故谋夫病，泪洒崇陵噪暮鸦。

集外集拾遗/无题（1932·1·23）

●8-24-108-32

一阶级里，临末也常常会自己互相闹起来的，就是《诗经》里说过的那“兄弟阋于墙”，——但后来却未必“外御其侮”〖注：语出《诗经·小雅·常棣》〗。例如同是军阀，就总在整年的大家相打，难道有一面是无产阶级么？

二心集/序言（1932·4·30）

●8-24-108-33

政府及其鹰犬，把我们封锁起来，几与社会隔绝。

书信/致〈日〉山本初枝〔译文〕（1932·11·7）

●8-24-108-34

中国的政客，也是今天谈财政，明日谈照像，后天又谈交通，最后又忽然念起佛来了。

集外集拾遗/今春的两种感想（1932·11·30）

●8-24-108-35

中国的衙门是谁都知道只要一碰着，就有多么的可怕。

两地书/序言（1932·12·16）

●8-24-108-36

军阀们只管自己斗争着，……也不是自己亲身在斗争，是使兵士们相斗争，所以频年恶战，而头儿个个终于是好好的，忽而误会消释了，忽而杯酒言欢了，忽而共同御侮了，忽而立誓报国了，忽而……。不消说，忽而自然不免又打起来了。

伪自由书/观斗（1933·1·30）

●8-24-108-37

按：1933年初日本军队进攻热河，危及北平，当局下令将故宫部分珍贵文物转移到南京等地。

倘说，因为古物古得很，有一无二，所以是宝贝，应该赶快搬走的罢。这诚然也说得通的。但我们也没有两个北平，而且那地方也比一切现存的古物还要古。禹是一条虫，那时的话我们且不谈罢，至于商周时代，这地方却确是已经有了的。为什么倒撇下不管，单搬古物呢？说一句老实话，那就是并非因为古物的古，倒是为了它在失掉北平之后，还可以随身带着，随时卖出铜钱来。

伪自由书/崇实（1933·2·6）

●8-24-108-38

文人不免无文，武人也一样不武。说是"枕戈待旦"的，到夜还是没有动身，说是"誓死抵抗"的，看见一百多个敌兵就逃走了。

伪自由书/文人无文（1933·4·4）

●8-24-108-39

袁世凯自己要做皇帝，为什么留下他真正对头的旧皇帝呢？这无须多议论，只要看现在的军阀混战就知道。他们打得你死我活，好像不共戴天似的，但到后来，只要一个"下野"了，也就会客客气气的，然而对于革命者呢，即使没有打过仗，也决不肯放过一个。他们知道得很清楚。

伪自由书/《杀错了人》异议（1933·4·12）

●8-24-108-40

高等人向来就善于躲在厚厚的东西后面来杀人的。古时候有厚厚的城墙，为的要防备盗匪和流寇。现在就有钢马甲，铁甲车，坦克车。就是保障"民国"和私产的法律，也总是厚厚的一大本。甚至于自天子以至卿大夫的棺材，也比庶民的要厚些。至于脸皮的厚，也是合于古礼的。

伪自由书/不负责任的坦克车（1933·5·9）

●8-24-108-41

人可以下台，主义却可以仍旧留在台上的。

伪自由书/"有名无实"的反驳（1933·5·18）

●8-24-108-42

希特拉先生不许德国境内有别的党，连屈服了的国权党也难以幸存，这似乎颇感动了我们的有些英雄们，已在称赞其"大刀阔斧"*。

〖**释**："大刀阔斧"，1933年6月23日大晚报载题为《希特勒的大刀阔斧》的未署名文章说："大刀阔斧，言行相符的手段，是希特勒从政的特色。"〗

准风月谈/华德保粹优劣论（1933·7·2）

●8-24-108-43

今之名人……要抹杀旧账，从新做人，比起常人的方法来，迟速真有邮信和电报之别。不怕迂缓一点的，就出一回洋，造一个寺，生一场病，游几天山；要快，则开一次会，念一卷经，演说一通，宣言一下，或者睡一夜觉，做一首诗也可以；要更快，那就自打两个嘴巴，淌几滴眼泪，也照样能够另变一人，和"以前之我"绝无关系。……

如果这样变法，还觉得麻烦，那就白一白眼，反问道："这是我的账？"如果还嫌麻烦，那就眼也不白，问也不问，而现在所流行的却大抵是后一法。

准风月谈/查旧账（1933·7·29）

●8-24-108-44

“酷刑”的发明和改良者，倒是虎吏和暴君，这是他们唯一的事业，而且也有功夫来考究。

南腔北调集/偶成（1933·10·15）

●8-24-108-45

一普遍，也就伏着危机，正如军人自称佛子，高官忽挂念珠，而佛法就要涅槃＊一样。

〖释：“涅槃”，佛家语。原指高僧或佛的死亡。佛家把这种死亡解释为超升和解脱。〗

准风月谈/“滑稽”例解（1933·10·26）

●8-24-108-46

东南方面，略有动乱〖注：指福建事变，见1-1-7-35条释〗，为着抢骨头。从骨头的立场说，给甲狗啃和给乙狗啃都一样。因此上海无恙，堪称幸福。

书信/致〈日〉增田涉〔译文〕（1933·12·2）

●8-24-108-47

闽变＊而粤似变非变＊，恐背后各有强国在，其实即以土酋为傀儡之瓜分。倘此论出，必无碍；然而非闽非粤之处，又岂不如此乎，故不如沈默之为愈也。

〖释：“闽变”，指“福建事变”。/“粤似变非变”，指当时广东军阀陈济棠等与蒋介石矛盾加剧。〗

书信/致姚克（1933·12·5）

●8-24-108-48

学木刻的几位，最好不要到那边＊去，我看他们的办法，和七八年前的广东＊一样，他们会忽然变脸，倒拿青年的血来洗自己的手的。

〖释：“那边”，指发生了政变的福建。/“七八年前的广东”，指1927年发生在广州的四·一五大屠杀。〗

书信/致吴渤（1933·12·13）

●8-24-108-49

我所谓奸商者，一种是国共合作时代的阔人，那时颂苏联，赞共产，无所不至，一到清党的时候，就用共产青年，共产嫌疑青年的血来洗自己的手，依然是阔人，时势变了，而不变其阔；一种是革命的骁将，杀土豪，倒劣绅，激烈得很，一有蹉跌，便称“弃邪归正”，骂“土匪”，杀同人，也激烈得很，主义改了，而仍不失其骁。

南腔北调集/答杨邨人先生公开信的公开信（1933·12·28）

●8-24-108-50

革命者因为受压迫，所以钻到地里去，现在是压迫者和他的爪牙，也躲进暗地里去了。这是因为虽在军刀的保护之下，胡说八道，其实却毫无自信的缘故；而且连对于军刀的力量，也在怀着疑。

集外集拾遗/上海所感（日文1934·1·1）

●8-24-108-51

从宋朝到清朝的末年，许多年间，专以代圣贤立言的“制艺”＊这一种烦难的文章取士，到得和法国打了败仗＊，这才省悟了这方法的错误。于是派留学生到西洋，开设兵器制造局，作为那改正的手段。省悟到这还不够，是在和日本打了败仗＊之后，这回是竭力开起学校来。于是学生们年年大闹了。从清朝倒掉，国民党掌握政权的时候起，才又省悟了这错误，作为那改正的手段的，是除了大造监狱外，什么也没有了。

〖释：“制艺”，科举考试规定的文体，明清两代指八股文。/“和法国打了败仗”，指1884－1885年间的中法战争，其结果是清政府被迫与法国签订了不平等的《中法新约》。/“和日本打了败仗”，指1894－1895年间的中日甲午战争，其结果是清政府被迫签订丧权辱国的《马关条约》。〗

且介亭杂文/关于中国的两三件事（日文1934·3）

●8-24-108-52

权力者们好像有一种错误的思想，他们以为中国只管共产，但他们自己的权力却可以更大，财产和姨太太也更多；至少，也总不会比不共产还要坏。

且介亭杂文/中国文坛上的鬼魅（1934・11・21）

●8-24-108-53

你记得去年各报上登过一篇《敌乎，友乎?》＊的文章吗？做的是徐树铮＊的儿子，现代阔人的代言人，他竟连日本是友是敌都怀疑起来了，怀疑的结果，才决定是“友”。将来恐怕还会有一篇《友乎，主乎?》要登出来。今年就要将“一二八”“九一八”的纪念取消，报上登载的减少学校假期，就是这件事，不过他们说话改头换面，使大家不觉得。“友”之敌，就是自己之敌，要代“友”讨伐的，所以我看此后的中国报，将不准对日本说一句什么话。

〖释：《敌乎，友乎?》，即《敌乎，友乎？——中日关系的检讨》，连载于1935年1月26－30日《申报》。作者徐道邻，江苏萧县人，曾任国民政府行政院政务处处长。/徐树铮，亲日的北洋军阀。〗

书信/致萧军、萧红（1935・2・9）

●8-24-108-54

从二十世纪的开始以来，孔夫子的运气是很坏的，但到袁世凯时代，却又被从新记得，不但恢复了祭典＊，还新做了古怪的祭服，使奉祀的人们穿起来。跟着这事而出现的便是帝制。然而那一道门终于没有敲开，袁氏在门外死掉了。余剩的是北洋军阀，当觉得渐近末路时，也用它来敲过另外的幸福之门。盘据着江苏和浙江，在路上随便砍杀百姓的孙传芳将军，一面复兴了投壶之礼；钻进山东，连自己也数不清金钱和兵丁和姨太太的数目了的张宗昌『注：见2-4-25-28条释』将军，则重刻了《十三经》『注：见3-8-35-67条释』，而且把圣道看作可以由肉体关系来传染的花柳病一样的东西，拿一个孔子后裔的谁来做了自己的女婿。然而幸福之门，却仍然对谁也没有开。

这三个人，都把孔夫子当作砖头用，但是时代不同了，所以都明明白白的失败了。岂但自己失败而已呢，还带累孔子也更加陷入了悲境。他们都是连字也不大认识的人物，然而偏要大谈什么《十三经》之类，所以使人们觉得滑稽；言行也太不一致了，就更加令人讨厌。

〖释：“恢复祭典”，1914年袁世凯通令全国“祭孔”，公布《崇圣典例》，同年9月28日率百官举行祀孔典礼。〗

且介亭杂文二集/在现代中国的孔夫子（1935・6）

●8-24-108-55

按：本篇原为手稿，无标题。

当我加入自由大同盟时，浙江台州人许绍棣＊，温州人叶溯中＊，首先献媚，呈请南京政府下令通缉。二人果渐腾达，许官至浙江教育厅长，叶为官办之正中书局大员。

有黄萍荪＊者，又伏许叶嗾使，办一小报，约每月必诋我两次，则得薪金三十。黄竟以此起家，为教育厅小官，遂编《越风》＊，函约名人撰稿，谈忠烈遗闻，名流轶事，自忘其本来面目矣。会稽乃报仇雪耻之乡＊，然一遇叭儿，亦管途穷道尽！

〖释：许绍棣，浙江临海人，国民党CC系重要分子，曾任浙江省党部委员、省教育厅长。/叶溯中，浙江永嘉人，CC系分子，国民党中监委候补委员，官办的正中书局副总经理。/黄萍荪，见2-3-18-121条按。/《越风》，小品文半月刊，1935年10月创刊于杭州。/“会稽乃报仇雪耻之乡”，1645年清兵破南京，宰相马士英逃往浙江，山阴王思任写信责骂他道：“叛兵至则束手无策，强敌来则缩颈先逃……且欲求奔吾越；夫越乃报仇雪耻之国，非藏垢纳污之地也”。〗

集外集拾遗补编/关于许绍棣叶溯中黄萍荪〔手稿〕（约1936）

●8-24-108-56

官的胆子总是小，做事总是凶的

书信/致颜黎民（1936·4·2）

●8-24-108-57

给死囚在临刑前可以当众说话，倒是“成功的帝王”的恩惠，也是他自信还有力量的证据，所以他有胆放死囚开口，给他在临死之前，得到一个自夸的陶醉，大家也明白他的收场。

且介亭杂文末编/写于深夜里（1936·5）

●8-24-108-58

“成功的帝王”是不秘密杀人的，他只秘密一件事：和他那些妻妾的调笑。到得就要失败了，才又增加一件秘密：他的财产的数目和安放的处所；再下去，这才加到第三件：秘密的杀人。

且介亭杂文末编/写于深夜里（1936·5）

●8-24-108-59

被压迫者即使没有报复的毒心，也决无被报复的恐惧，只有明明暗暗，吸血吃肉的凶手或其帮闲们，这才赠人以“犯而勿校”或“勿念旧恶”的格言……

且介亭杂文末编/女吊（1936·10·5）

(109) 黑暗社会

我们活在这样的地方，我们活在这样的时代

●8-24-109-1

我家大哥……对我讲书的时候，亲口说过可以“易子而食”*；又一回偶然议论起一个不好的人，他便说不但该杀，还当“食肉寝皮”*。

〖释：“易子而食”，典出《左传》宣公十五年。/“食肉寝皮”，典出《左传》襄公二十一年。〗

呐喊/狂人日记（1918·5）

●8-24-109-2

现在的现象是各方面黑暗，所以有这情形，不但治本无从说起，便是治标也无法，只好跟着时局推移而已。

两地书/北京（1925·5·30）

●8-24-109-3

华夏大地并非地狱，然而境由心造，我眼前总充塞着重迭的黑云，其中有故鬼，新鬼，游鬼，牛首阿旁，畜生，化生，大叫唤，无叫唤*，使我不堪闻见。

〖释：“牛首阿旁，畜生，化生，大叫唤，无叫唤”等等，均为佛教用语。牛首阿旁为地狱中的鬼卒；畜生、化生指轮回变化；大叫唤、无叫唤为地狱中的鬼魂。〗

华盖集/“碰壁”之后（1925·6·1）

●8-24-109-4

私拆函件，本是中国惯技，（我也早料到的，历来就已豫防，）但是这类技俩，也不过心劳日拙而已。

两地书/北京（1925·6·2）

●8-24-109-5

中国的官兵……总不肯扫清土匪或扑灭敌人，因为这么一来，就要不被重视，甚至于因失其用处而被裁汰。

朝花夕拾/狗·猫·鼠（1926·3·10）

●8-24-109-6

次日，徐谦*，李大钊，李煜瀛，易培基，顾兆熊的通缉令发表了。因为他们“啸聚群众”，像去年女子师范大学生的“啸聚男生”（章士钊解散女子师范大学呈文语）一样，啸聚了带着一根木棍，两支手枪，三瓶煤油的群众。以这样的群众来颠覆政府，当然应该死伤三百多人……

〖释：徐谦（1871－1940），法学家；其他四人也都是当时倾向进步和革命的著名教授、教育家或大学校长，被段祺瑞政府认为是三一八事件

的“后台”，下令通缉。〗

华盖集续编/可惨与可笑（1926·3·28）

●8-24-109-7

按：三一八惨案后，北京谣言四起，形势紧张。鲁迅在友人敦促下，于3月26日离寓到西城锦坊街96号莽原社避难。本文即写于避难处。

又有一种谣言，便是说还要通缉五十多人＊；但那姓名的一部分，却至今日才见于《京报》。这种计画，在目下的段祺瑞政府的秘书长章士钊之流的脑子里，是确实会有的。国事犯多至五十余人，也是中华民国的一个壮观；而且大概多是教员罢……

〖释：“……还要通缉五十多人”，据1926年3月26日《京报》披露，“该项通缉令所罗织之罪犯闻竟有五十人之多，如……周树人（即鲁迅）、许寿裳、马裕藻……等，均包括在内”云。〗

华盖集续编/可惨与可笑（1926·3·28）

●8-24-109-8

从清末以来，“莫谈国事”的条子贴在酒楼饭馆里，至今还没有跟着辫子取消。

华盖集续编/新的蔷薇（1926·5·31）

●8-24-109-9

在上海看见日报，知道女师大已改为女子学院的师范部，教育总长任可澄＊自做院长，师范部的学长是林素园＊。后来看见北京九月五日的晚报，有一条道：“今日下午一时半，任可澄特同林氏，并率有警察厅保安队及军督察处兵士共四十左右，驰赴女师大，武装接收。……”原来刚一周年，又看见用兵了。不知明年这日，还是带兵的开得校纪念呢，还是被兵的开毁校纪念？

〖释：任可澄（1879－1945），贵州安顺人。1926年6月任北洋政府教育总长；8月末，他将北京女子师范大学与女子大学合并为北京女子学院，自兼院长。/林素园，福建人，研究系小官僚。〗

华盖集续编/记谈话（1926·10·14）

●8-24-109-10

前几天看见十一月二十三日的北京《世界日报》……第六版上有一条新闻，题目是《杜小拴子刀铡而死》，共分五节，现在撮录一节在下面——

▲杜小拴子刀铡余人枪毙　　先时，卫戍司令部因为从了毅军各兵士的请求，决定用“枭首刑”，所以杜等不曾到场以前，刑场已预备好了铡草大刀一把了……杜并没有跪，有外右五区的某巡官去问杜：要人把着不要？杜就笑而不答，后来就自己跑到刀前，自己睡在刀上，仰面受刑，先时行刑兵已将刀抬起，杜枕到适宜的地方后，行刑兵就合眼猛力一铡，杜的身首，就不在一处了。当时出血极多……

假如有一个天才，真感着时代的心博，在十一月二十二日发表出记叙这样情景的小说来，我想，许多读者一定以为是说着包龙图爷爷时代的事，在西历十一世纪，和我们相差将有九百年。

这真是怎么好……

华盖集续编/《阿Q正传》的成因（1926·12·18）

●8-24-109-11

中国近来一有事，首先就检查邮电。这检查的人员，有的是团长或区长，……终日检查刊物，不久就会头昏眼花，于是讨厌，于是生气，于是觉得刊物大抵可恶——尤其是不容易了然的——而非严办不可。

而已集/扣丝杂感（1927·10·22）

●8-24-109-12

最可怕的情形，就是比较新的思想运动起来时，如与社会无关，作为空谈，那是不要紧的，这也是专制时代所以能容知识阶级存在的原故。因为痛哭流泪与实际是没有关系的，只是思想运动变成实际的社会运动时，那就危险了。往往反为旧势力所扑灭。中国现在也是如此，这现象，革新的人称之为“反动”。

集外集拾遗补编/关于知识阶级（1927·11）

●8-24-109-13

中国公共的东西，实在不容易保存。如果当局者是外行，他便将东西糟完，倘是内行，他便将东西偷完。而其实也并不单是对于书籍或古董。

而已集/谈所谓“大内档案”（1928·1·28）

●8-24-109-14

一位广东朋友还对我说道：“你的《略谈香港》之类真应该发表发表；但这于英国人是丝毫无损的。”我深信他的话的真实。今年到上海，在一所大桥上也被搜过一次了，但不及香港似的严厉。听说内地有几处租界还要严，在旅馆里，巡警也会半夜进来的，倘若写东西，便都要研究。我的一个同乡在旅馆里写一张节略，想保他在被通缉的哥哥，节略还未写完，自己倒被捉去了＊。至于报纸，何尝不检查，删去的处所有几处还不准留空白，因为一留空白便可以看出他们的压制来。香港还留空白，我不能不说英国人有时还不及同胞的细密……此后是洋人和军阀联合的吸吮，各处将都和香港一样，或更甚的。

〖释：“我的一个同乡……被捉去了”，指董先振，绍兴人，董秋芳之弟。1927 年董秋芳受通缉而出走，董先振在杭州一家旅馆里被误认为其兄而遭逮捕。〗

集外集拾遗补编/《“行路难”》按语（1928·1·28）

●8-24-109-15

按：该文为戏谑的“预言”。

有公民某甲上书，请每县各设大学一所，添设监狱两所。被斥。

有公民某乙上书，请将共产主义者之产业作为公产，女眷作为公妻，以惩一儆百。半年不批。某乙忿而反革命，被好友告发，逃入租界。

而已集/拟豫言——一九二九年出现的琐事（1928·1·28）

●8-24-109-16

妓院主人也可以悬赏拿人＊，至少，可以使我们知道所住的是怎样的国度，或不知道是怎样的国度者也。

〖释：“妓院主人悬赏拿人”，“中华民国十七年（公元1928 年）八月一日”《新闻报》登载妓院老板广告，悬赏捉拿“潜逃妓女一名陈梅英”。〗

集外集拾遗补编/《剪报一斑》拾遗（1928·9·10）

●8-24-109-17

国内颇纷纭多事，简直无从说起，生人箝口结舌，尚虞祸及，读明末稗史，情形庶几近之。

书信/致李秉中（1930·5·3）

●8-24-109-18

“假如先生面前站着一个中学生，处此内忧外患交迫的非常时代，将对他讲怎样的话，作努力的方针?”

请先生也许我回问你一句，就是：我们现在有言论的自由么？假如先生说“不”，那么我知道一定也不会怪我不作声的。假如先生竟以“面前站着一个中学生”之名，一定要逼我说一点，那么，我说：第一步要努力争取言论的自由。

二心集/答中学生杂志社问（1932·1·1）

●8-24-109-19

敝国即中国今年又将展开混战新局面，但上海是安全的罢。丑剧是一时演不完的。政府似有允许言论自由之类的话，但这是新的圈套，不可不更加小心。

书信/致〈日〉增田涉〔译文〕（1932·1·5）

●8-24-109-20

邮局中也常有古怪脾气的人，看见“俄国”两个字就恨恨，先前已曾碰过几个钉子，这回将小卷去寄，他不相信是纸，拆开来看，果然是纸，本该不成问题了，但他拆的时候，故意（！）将包纸拆得粉碎，使我不能再包起来，只得拿回家。但包好了再去寄，不是又可以玩这一手的么？

书信/致曹靖华（1932·6·24）

●8-24-109-21

目前在中国，笑是失掉了的。

书信/致〈日〉增田涉〔译文〕（1932·7·18）

●8-24-109-22

男盗和女娼，那是非但无害，而且有益：男盗——可以多刮几层地皮，女娼——可以多弄几个"裙带官儿"的位置。

伪自由书/赌咒（1933·2·14）

●8-24-109-23

现在是盗也摩登，娼也摩登，所以赌咒也摩登，变成宣誓了。

伪自由书/赌咒（1933·2·14）

●8-24-109-24

我实在恐怕法律上不久也就要有规定国民必须哭丧着脸的明文了。

伪自由书/从幽默到正经（1933·3·8）

●8-24-109-25

"边疆"上是飞机抛炸弹。据日本报，说是在剿灭"兵匪"；据中国报，说是屠戮了人民，村落市廛，一片瓦砾。"腹地"里也是飞机抛炸弹。据上海报，说是在剿灭"共匪"，他们被炸得一塌胡涂；"共匪"的报上怎么说呢，我们可不知道。但总而言之，边疆上是炸，炸，炸；腹地里也是炸，炸，炸。虽然一面是别人炸，一面是自己炸，炸手不同，而被炸则一。

伪自由书/中国人的生命圈（1933·4·14）

●8-24-109-26

压迫本来有两种：一种是有理的，而且永久有理的，一种是无理的。有理的，就像逼小百姓还高利贷，交田租之类；……无理的，就是没收盛宣怀的家产＊等等了；这种"压迫"巨绅的手法，在当时也许有理，现在早已变成无理的了。

〖释："没收盛宣怀的家产"，关于盛宣怀，见3-6-31-97条释。因他在清朝末年的丧权辱国行径曾激起民变（"保路运动"），辛亥革命后曾遭国民政府通缉，一度流亡日本并被没收家产。后发还。〗

伪自由书/从盛宣怀说到有理的压迫（1933·5·10）

●8-24-109-27

天下的事情总是有道理的，一切压迫也是如此。何况对付盛宣怀等的理由虽然很少，而对付工人总不会没有的。

伪自由书/从盛宣怀说到有理的压迫（1933·5·10）

●8-24-109-28

古人说，"无敌国外患者，国恒亡。"＊以前我总不大懂得这是什么意思：既然连敌国都没有了，我们的国还会亡给谁呢？现在……明白了，国是可以亡给"哗变者"的。

〖释："无敌国外患者，国恒亡"，出《孟子·告子》："入则无法家拂士，出则无敌国外患者，国恒亡；然后知生于忧患而死于安乐也。"〗

伪自由书/"有名无实"的反驳（1933·5·18）

●8-24-109-29

新近的《战区见闻记》有这么一段记载：

记者适遇一排长，甫由前线调防于此，彼云……一令传出，即行后退，血汗金钱所合并成立之阵地，多未重用，弃若敝屣，至堪痛心；不抵抗将军下台，上峰易人，我士兵莫不额手相庆……结果心与愿背。不幸生为中国人！尤不幸生为有名无实之抗日军人！（五月十七日《申报》特约通信。）

……第一，他以为不抵抗将军＊下台，"不抵抗"就一定跟着下台了。这是不懂逻辑：将军是一个人，而不抵抗是一种主义，人可以下台，主义却可以留在台上的。第二，他以为化了三四十万大洋建筑了防御工程，就一定要死守的了（总算还好，他没有想到进攻）。这是不懂策略：防御工程原是建筑给老百姓看看的，并不是教你死守的阵地，真正的策略却是"诱敌深入"。第三，他虽然奉令后退，却敢于"痛心"。这是不懂哲学：

他的心非得治一治不可！第四，他“额手称庆”，实在高兴得太快了。这是不懂命理：中国人生成是苦命的。如此痴呆的排长，难怪他连叫两个“不幸”，居然自己承认是“有名无实的抗日军人”。其实究竟是谁“有名无实”，他是始终没有懂得的。

〖释：“不抵抗将军”，指张学良。1931 年“九一八事变”时，他放弃东北，人称“不抵抗将军”。〗

伪自由书/“有名无实”的反驳（1933·5·18）

●8-24-109-30

最宽仁的王化政策，要算广西对付瑶民的办法。据《大晚报》载，这种“宽仁政策”是在三万瑶民之中杀死三千人，派了三架飞机到瑶洞里去“下蛋”，使他们“惊诧为天神天将而不战自降”。

伪自由书/王化（1933·6·1）

●8-24-109-31

说话弯曲不得，也是十足的官话。植物被压在石头底下，只好弯曲的生长，这时俨然自傲的是石头。

伪自由书/官话而已（1933·7·19）

●8-24-109-32

狂赌救国，纵欲成仙，袖手杀敌，造谣买田，倘有人要编续《龙文鞭影》＊的，我以为不妨添上这四句。

〖释：《龙文鞭影》，旧时塾本。四字一句，每两句自成一联。〗

准风月谈/中国的奇想（1933·8·6）

●8-24-109-33

革命的先驱者的血，现在已经并不希奇了。单就我自己说罢，七年前为了几个人，就发过不少激昂的空论，后来听惯了电刑，枪毙，斩决，暗杀的故事，神经渐渐麻木，毫不吃惊，也无言说了。我想，就是报上所记的人山人海去看枭首示众的头颅的人们，恐怕也未必觉得更兴奋于看赛花灯的罢。血是流得太多了。

南腔北调集/《守常全集》题记（1933·8·19）

●8-24-109-34

别的不必说，就在这不到两整年中，大则四省，小则九岛＊，都已变了旗色了，不久还有八岛。不但救不胜救，即使想要救罢，一开口，说不定自己就危险（这两句，印后成了“于势也有所未能”）。所以最妥当是救月亮，那怕爆竹放得震天价响，天狗决不至于来咬，月亮里的酋长（假如有酋长的话）也不会出来禁止，目为反动的。救人也一样，兵灾，旱灾，蝗灾，水灾……灾民们不计其数，幸而暂免于灾殃的小民，又怎么能有一个救法？那自然远不如救魂灵，事省功多，和大人先生的打醮造塔＊同其功德。

〖释：“大则四省，小则九岛”，见7-20-84-17条释。/“打醮造塔”，戴季陶等政客在九一八事变后拉来班禅喇嘛诵经礼佛，又于1933 年5 月在南京筑塔收藏孙中山的遗著抄本。〗

准风月谈/新秋杂识〔二〕（1933·9·13）

●8-24-109-35

中国是世界上国耻纪念最多的国家，到这一天，报上照例得有几块记载，几篇文章。但这事真也闹得重叠，太长久了，就很容易千篇一律，这一回可用，下一回也可用，去年用过了，明年也许还可用，只要没有新事情。即使有了，成文恐怕也仍然可以用，因为反正总只能说这几句话。

准风月谈/礼（1933·9·22）

●8-24-109-36

用奴隶或半奴隶的幸福者，向来只怕“奴隶造反”，真是无怪的。

要防奴隶造反，就更加用酷刑，而酷刑却因此更到了末路。在现代，枪毙是早已不足为奇了，枭首陈尸，也只能博得民众暂时的鉴赏，而抢劫，绑架，作乱的还是不减少，并且连绑匪也对于别人用起酷刑来了。

南腔北调集/偶成（1933·10·15）

●8-24-109-37

煤油应当扛到田地里去，灌进喷筒，呼啦呼啦的喷起来……一场大火，几十里路的延烧过去，稻禾，树木，房舍——尤其是草棚——一会儿都变成飞灰了。还不够，就有燃烧弹，硫磺弹，从飞机上面扔下来，像上海一二八的大火似的，够烧几天几晚。那才是伟大的光明呵。

南腔北调集/火（1933·12·15）

●8-24-109-38

旧式的监狱……好像是取法于佛教的地狱的，所以不但禁锢犯人，此外还有给他吃苦的职掌。挤取金钱，使犯人的家属穷到透顶的职掌，有时也会兼带的。但大家都以为应该。如果有谁反对罢，那就等于替犯人说话，便要受恶党的嫌疑。

且介亭杂文/关于中国的两三件事（日文1934·3）

●8-24-109-39

牛兰＊夫妇，作为赤化宣传者而关在南京的监狱里，也绝食三四回了，可是什么效力也没有。这是因为他不知道中国的监狱的精神的缘故。有一位官员诧异的说过：他自己不吃，和别人有什么关系呢？岂但和仁政并无关系而已呢，省些食料，倒是于监狱有益的。甘地＊的把戏，倘不挑选兴行场＊，就毫无成效了。

〖释：牛兰（1897－?），即保罗·鲁埃格，原籍波兰，共产国际派驻中国的工作人员。1931年6月17日夫妇同在上海被国民党政府拘捕，送往南京监禁。翌年7月1日以“危害民国”罪受审。牛兰不服，于7月2日起开始进行绝食斗争。/“甘地的把戏”，甘地多次在英国殖民政府狱中绝食反抗。/“兴行场”，日语“戏场”。〗

且介亭杂文/关于中国的两三件事（日文1934·3）

●8-24-109-40

在中国的王道，看去虽然好像是和霸道对立的东西，其实却是兄弟，这之前和之后，一定要有霸道跑来的。人民之所讴歌，就为了希望霸道的减轻，或者不更加重的缘故。

且介亭杂文/关于中国的两三件事（日文1934·3）

●8-24-109-41

前一些时，是女游泳家“美人鱼”＊很给中国热闹了一通；近来热闹完了，代之而兴的是祭孔＊，但恐怕也不久的。衮衮诸公的脑子，我看实在也想不出什么更好的玩艺来……

张天师作法＊无效，西湖之水已干，这几天却下雨了，对于田禾，已经太迟，不过天气倒因此凉爽了不少。

〖释：“美人鱼”，指杨秀琼。/“祭孔”，1934年7月当局根据蒋介石提议，以孔子生日为“国定纪念日”，南京、上海等地曾举行盛大的“孔诞纪念会”。/“张天师作法”，指1934年7月，第六十三代“天师”张瑞龄在上海作法求雨。〗

书信/致姚克（1934·8·31）

●8-24-109-42

小包的散乱，想是敝国邮政检查员的功劳。这些先生们常常这么干。这就是认真的成绩。

书信/致〈日〉增田涉〔译文〕（1934·12·14）

●8-24-109-43

南方当然不会不黑暗，但状态颇与北方不同。

书信/致郑振铎（1935·1·9）

●8-24-109-44

这样的社会里，怎么生根呢，除非和他们一同腐败；如果和较好的朋友在一起，那么，他们也正是落寞的人，被缚住了手脚的。

书信/致萧军、萧红（1935·2·9）

●8-24-109-45

中国已经快要大家“无业”，而不是“失业”，因为根本就没有什么所谓“业”了。……学生是去年大学生减少，今年中学生减少了。

书信/致曹靖华（1935·2·18）

●8-24-109-46

长毛时候……最可怕的东西有三种，一种自然是“长毛”，一种是“短毛”，还有一种是“花绿头”。到得后来，我才明白后两种其实是官兵，但在愚民的经验上，是和长毛并无区别的。

且介亭杂文/病后杂谈之余（1935·3）

●8-24-109-47

龙华的桃花虽已开，但警备司令部占据了那里，大杀风景，游人似乎也少了。倘在上野盖了监狱，即使再热衷于赏花的人，怕也不敢问津了罢。

书信/致〈日〉山本初枝〔译文〕(1935·4·9)

●8-24-109-48

中国人先在自己把好人杀完

书信/致萧军（1935·6·27）

●8-24-109-49

国事至此，始云“保障正当舆论”，“正当”二字，加得真真聪明，但即使真给保障，这代价可谓大极了。

书信/致杨霁云（1935·12·19）

●8-24-109-50

近来始有“保护正当舆论”之说，“正当”二字，加的真真聪明，但即使真加保护，这代价也可谓大极。不过这也是空言，畏强者，未有不欺弱的。

书信/致曹靖华（1935·12·19）

●8-24-109-51

一直到了今年下半年，这才看见了新闻记者的“保护正当舆论”的请愿和智识阶级的言论自由的要求。……然而，即使从此文章都成了民众的喉舌，那代价也可谓大极了：是北五省的自治。这恰如先前的不敢恳请“保护正当舆论”和要求言论自由的代价之大一样：是东三省的流亡。

花边文学/序言（1935·12·29）

●8-24-109-52

我们活在这样的地方，我们活在这样的时代。

且介亭杂文/附记（1935·12·30）

●8-24-109-53

现在中国的报纸上多喜欢登载张口大叫着的希特拉像，当时是暂时的，照相上却永久是这姿势，多看就令人觉得疲劳。

且介亭杂文末编/写于深夜里（1936·5）

●8-24-109-54

中国原是“把人不当人”的地方，即使无端诬人为投降或转变，国贼或汉奸，社会上也并不以为奇怪。

且介亭杂文末编/续记（1936·5）

(110) 白色恐怖

上海连日阴天，大雨、大风……政情依然是白色恐怖，但并无目的，全是为恐怖而恐怖。

●8-24-110-1

又要“礼失而求诸野”『注：孔丘语。出《汉书·艺文志》』了。夷人，现在因为想去取法，姑且称之为外国，他那里，可有较好的法子么？可惜，也没有。所有者，仍不外乎不准集会，不许开口之类，和我们中华并没有什么很不同。然亦可见至道嘉猷，人同此心，心同此理，固无华夷之限也。

坟/春末闲谈（1925·4·24）

●8-24-110-2

就我所眼见的而论，凡阴谋家攻击别一派，光绪年间用“康党”，宣统年间用“革党”，民二以后用“乱党”，现在自然要用“共产党”了。

华盖集续编/可惨与可笑（1926·3·28）

●8-24-110-3

人们的苦痛是不容易相通的。因为不易相通，杀人者便以杀人为唯一要道，甚至于还当作快乐。然而也因为不容易相通，所以杀人者所显示的“死之恐怖”，仍然不能够儆戒后来，使人民永远变作牛马。历史上所记的关于改革的事，总是先仆后继者，大部分自然是由于公义，但人们的未经“死之恐怖”，即不容易为“死之恐怖”所慑，我以为也是一个很大的原因。

华盖集续编/无花的蔷薇之二（1926·3·29）

●8-24-110-4

文学文学，是最不中用的，没有力量的人讲的；有实力的人并不开口，就杀人，被压迫的人讲几句话，写几个字，就要被杀；即使幸而不被杀，但天天呐喊，叫苦，鸣不平，而有实力的人仍然压迫，虐待，杀戮，没有方法对付他们，这文学于人们又有什么益处呢？

在自然界里也这样，鹰的捕雀，不声不响的是鹰，吱吱叫喊的是雀；猫的捕鼠，不声不响的是猫，吱吱叫喊的是老鼠；结果，还是只会开口的被不开口的吃掉。

而已集/革命时代的文学（1927·6·12）

●8-24-110-5

北京之北新局于十月廿二日被搜查，捕去两人，一小峰之堂兄；一姓王，似尚与他案有关。《语丝》于廿四日被禁；北新局忽又于卅日被封。我疑此事仍有章士钊及护旗运动＊中人在捣鬼。

〖释：“护旗运动”，当时国家主义派发起保护五色旗的“护旗运动”，拥护北洋军阀。〗

书信/致江绍原（1927·11·7）

●8-24-110-6

恐怕有一天总要不准穿破布衫，否则便是共产党。

而已集/小杂感（1927·12·17）

●8-24-110-7

凡为当局所“诛”者皆有“罪”。

而已集/小杂感（1927·12·17）

●8-24-110-8

单是禁止，还不是根本的办法，于是今年有五个左翼作家失了踪，经家族去探听，知道是在警备司令部，然而不能相见，半月以后，再去问时，却道已经“解放”——这是“死刑”的嘲弄的名称——了，而上海的一切中文和西文的报章上，绝无记载。

二心集/黑暗中国的文艺界的现状（1931·3）

●8-24-110-9

然而统治阶级对于文艺，也并非没有积极的建设。一方面，他们将几个书店的原先的老板和店员赶开，暗暗换上肯听嗾使的自己的一伙。但这立刻失败了。因为里面满是走狗，这书店便像一座威严的衙门，而中国的衙门，是人民所最害怕最讨厌的东西，自然就没有人去。……还有一方面，是做些文章，印行杂志，以代被禁止的左翼的刊物，至今为止，已将十种。然而这也失败了。最有妨碍的是这些“文艺”的主持者，乃是一位上海市的政府委员和一位警备司令部的侦缉队长＊，他们的善于“解放”的名誉，都比“创作”要大得多。他们倘做一部“杀戮法”或“侦探术”，大约倒还有人要看的，但不幸竟在想画画，吟诗。

〖释：“一位上海市的政府委员和一位警备司令部的侦缉队长”，分别指朱应鹏和范争波。前者是国民党上海区党部委员、上海市政府委员，《前锋月刊》主编；后者是国民党上海市党部常务委员、淞沪警备区侦缉队长兼军法处长，《前锋周报》编辑之一。他们都是“民族主义文学运动”的发起人。〗

二心集/黑暗中国的文艺界的现状（1931·3）

●8-24-110-10

左翼作家之中，还没有农工出身的作家……这事情很使拿刀的“文艺家”喜欢。他们以为受教育能到会写文章，至少一定是小资产阶级，小资产者应该抱住自己的小资产，现在却反而倾向无产者，那一定是“虚伪”。惟有反对无产阶级文艺的小资产阶级的作家倒是出于“真”心的。“真”比“伪”好，所以他们的对于左翼作家的诬蔑，压迫，囚禁和杀戮，便是更好的文艺。

二心集/黑暗中国的文艺界的现状（1931·3–4）

●8-24-110-11

百物腾贵，弄笔者或杀或囚，书店（北新在内）多被封闭，文界孑遗，有稿亦无卖处，于生活遂大生影响耳。

书信/致李秉中（1931·4·15）

●8-24-110-12

统治者也知道走狗的文人不能抵挡无产阶级革命文学，于是一面禁止书报，封闭书店，颁布恶出版法，通缉著作家，一面用最末的手段，将左翼作家逮捕，拘禁，秘密处以死刑，至今并未宣布。

二心集/中国无产阶级革命文学和前驱的血（1931·4·25）

●8-24-110-13

现在法律任意出入，虽文学史，亦难免不触犯反革命第×条也。

书信/致李小峰（1931·4·26）

●8-24-110-14

这里的压迫是透顶了，报上常造我们的谣。书店一出左翼作者的东西，便逮捕店主或经理。上月湖风书店的经理被捉去了，所以《北斗》不能再出。《文学月报》也有人在暗算。

书信/致曹靖华（1932·9·11）

●8-24-110-15

我们常将眼光收得极近，只在自身，或者放得极远，到北极，或到天外，而这两者之间的一圈可是绝不注意的……在中国做人，真非这样不成，不然就活不下去。例如倘使你讲个人主义，或者远而至于宇宙哲学，灵魂灭否，那是不要紧的。但一讲社会问题，可就要出毛病了。北平或者还好，如在上海则一讲社会问题，那就非出毛病不可，这是有验的灵药，常常有无数青年被捉去而无下落了。

集外集拾遗/今春的两种感想（1932·11·30）

●8-24-110-16

五年前，国民党清党的时候，我在广州，常听到因为捕甲，从甲这里看见乙的信，于是捕乙，又从乙家搜得丙的信，于是连丙也捕去了，都不知道下落。古时候有牵牵连连的“瓜蔓抄”，我是知道的，但总以为这是古时候的事，直到事实给了我教训，我才分明省悟了做今人也和做古人一样难。

两地书/序言（1932·12·16）

●8-24-110-17

民权保障会＊大概是不会长寿的，且听下回分解罢。

〖释：“民权保障会”，即中国民权保障同盟。1933年6月随杨杏佛被暗杀而解体。〗

书信/致台静农（1933·2·12）

●8-24-110-18

日本幕府时代，曾大杀基督教徒，刑罚很凶……唐人说部中曾有记载，一县官问犯人，四周用火遥焙，口渴，就给他喝酱醋，这是比日本更进一步的办法。现在官厅拷问嫌疑犯，有用辣椒煎汁灌入鼻孔去的，似乎就是唐朝遗下的方法，或则是古今英雄，所见略同。曾见一个囚在反省院里的青年的信，说先前身受此刑，苦痛不堪，辣汁流入肺脏及心，已成不治之症，即释放亦不免于死云云。此人是陆军学生，不明内脏构造，其实倒挂灌鼻，可以由气管流入肺中，引起致死之病，却不能进入心中，大约当时因在苦楚中，知觉瞀乱，遂疑为已到心脏了。

但现在之所谓文明人所造的刑具，残酷又超出于此种方法万万。上海有电刑，一上，即遍身痛楚欲裂，遂昏去，少顷又醒，则又受刑。闻曾有连受七八次者，即幸免死，亦从此牙齿摇动，神经亦变钝，不能复原。前年纪念爱迪生『注：美国发明家〈1847－1931〉』，许多人赞颂电报电话之有利于人，却没有想到同是一电，而有人得到这样的大害，福人用电气疗病，美容，而被压迫者却以此受苦，丧命也。

伪自由书/电的利弊（1933・2・16）

●8-24-110-19

天王『注：指当局』已无一枝笔，仅有手枪，则凡执笔人，自属全是眼中之钉，难乎免于今之世矣。

书信/致林语堂（1933・6・20）

●8-24-110-20

此地盛行白色恐怖，仅仅主张保障民权之杨杏佛先生，且于前日遭了暗杀，闻在计画杀害者尚有十余人＊。我也不能公然走路，所以和别人极难会面，商量一切。

〖释："计画杀害者尚有十余人"，当时据披露，蓝衣社准备暗杀者尚有鲁迅等五十二人。〗

书信/致榴花社（1933・6・20）

●8-24-110-21

近来中国式的法西斯开始流行了。朋友中已有一人失踪，一人遭暗杀＊。此外，可能还有很多人要被暗杀，但不管怎么说，我还活着。只要我还活着，就要拿起笔，去回敬他们的手枪。只是不能自由地去内山书店漫谈，有些扫兴。去还是去的，不过是隔日一次。将来也许只有夜里才能去。但是，这种白色恐怖也无用。总有一天会停止的。

〖释："一人失踪，一人遭暗杀"，指丁玲被秘密逮捕，杨铨被暗杀。〗

书信/致〈日〉山本初枝〔译文〕（1933・6・25）

●8-24-110-22

目前上海已开始流行中国式的白色恐怖。丁玲女士失踪（一说已被惨杀），杨铨氏（民权同盟干事）被暗杀。据闻在"白名单"『注：即黑名单』中，我也荣获入选，而我总算还在写信。

书信/致〈日〉增田涉〔译文〕（1933・6・25）

●8-24-110-23

丁事的抗议＊，是不中用的，当局那里会分心于抗议。现在她的生死还不详。其实，在上海，失踪的人是常有的，只因为无名，所以无人提起。杨杏佛也是热心救丁的人之一，但竟遭了暗杀，我想，这事也必以模胡了之的，什么明令缉凶之类，都是骗人的勾当。听说要用同样办法处置的人还有十四个。

〖释："丁事的抗议"，指蔡元培等三十八人致电当局抗议逮捕丁玲和潘梓年。〗

书信/致王志之（1933・6・26）

●8-24-110-24

六月十八日晨八时十五分，是中国民权保障同盟的副会长杨杏佛（铨）遭了暗杀。

这总算拚了个"你死我活"……一群流氓，几枝手枪，真可以治国平天下了。

伪自由书/后记（1933・7・20）

●8-24-110-25

五月十四日午后一时，还有了丁玲和潘梓年的失踪的事，大家多猜测为遭了暗算，而这猜测也日益证实了。谣言也因此非常多，传说某某也将同遭暗算的也有，接到警告或恐吓信的也有……

伪自由书/后记（1933・7・20）

●8-24-110-26

《大晚报》……在六月十一的傍晚，从它那文艺附刊的《火炬》上发出毫光来了，它愤慨得很——

到底要不要自由　　法鲁

久不曾提起的“自由”这问题，近来又有人在那里大论特谈，因为国事总是热辣辣的不好惹，索性莫谈，死心再来谈“风月”，可是“风月”又谈得不称心，不免喉底里喃喃地漏出几声要“自由”……

心要自由，口又不明言，口不能代表心，可见这只口本身已经是不自由的了。因为不自由，所以才讽讽刺刺，一回儿“要自由”，一回儿又“不要自由”……照我这个不是“雅人”的意思，还是粗粗直直地说：“咱们要自由，不自由就来拚个你死我活!”

本来“自由”并不是个非常问题，给大家一谈，倒严重起来了。……细针短刺毕竟是雕虫小技，无助于大题，讥刺嘲讽更已属另一年代的老人所发的呓语……

这就是说，自由原不是什么稀罕的东西，给你一谈，倒谈得难能可贵起来了。你对于时局，本不该弯弯曲曲的讽刺。现在他对于讽刺者，是“粗粗直直地”要求你去死亡。作者是一位心直口快的人，现在被别人累得“要不要自由”也摸不着头脑了。

然而六月十八日晨八时十五分，是中国民权保障同盟的副会长杨杏佛（铨）遭了暗杀。

这总算拚了个“你死我活”，法鲁先生不再在《火炬》上说亮话了。

伪自由书/后记（1933·7·20）

●8-24-110-27

上海连日阴天，大雨、大风，前天才放晴。政情依然是白色恐怖，但并无目的，全是为恐怖而恐怖。

书信/致〈日〉山本初枝〔译文〕(1933·9·29)

●8-24-110-28

本想去北京，但自今年起，北京也在白色恐怖中，据说最近两三个月就捕了三百人。所以，暂时恐怕还住在上海。

书信/致〈日〉山本初枝〔译文〕(1933·9·29)

●8-24-110-29

我们这里也腐烂得真可以，依然是血的买卖，现在是常常有人不见了。

书信/致姚克（1933·10·21）

●8-24-110-30

现在当局之手段，除摧毁一切，不问新旧外，已一无所长，言议皆无益也，但当压迫日甚耳。

书信/致曹聚仁（1933·11·13）

●8-24-110-31

最近我的一切作品，不问新旧全被秘密禁止，在邮局里没收了。

书信/致〈日〉增田涉〔译文〕(1933·11·13)

●8-24-110-32

此地对于作者，正在大加制裁，闻一切作品被禁者，有三十余人，电影局及书店，已有被人捣毁，颇有令此辈自己逐渐饿死之意，出版界更形恐慌，大约此现象还将持续。

书信/致曹靖华（1933·11·14）

●8-24-110-33

我的投稿，久不能登了。十二日艺华电影公司被捣毁，次日良友图书公司被毁一玻璃，各书局报馆皆得警告。记得抗日的时候，“锄奸团”“灭奸团”*之类甚多，近日此风又盛，似有以团治国之概。

〖释：“锄奸团”“灭奸团”，“九一八”后，上海等地曾出现此类打着“抗日”旗号而实际上受当局控制的流氓组织。〗

书信/致姚克（1933·11·15）

●8-24-110-34

有钱的人，给绑匪架去了，作为抵押品，上海原是常有的，但近来却连作家也往往不知所往。

有些人说，那是给政府那面捉去了，然而好像政府那面的人们，却道并不是。然而又好像实在也还是在属于政府的什么机关里的样子。犯禁的书籍杂志的目录，是没有的，然而邮寄之后，也往往不知所往。……卖着也许犯忌的东西的书店，却还是有的，虽然还有，而有时又会从不知什么地方飞来一柄铁锤，将窗上的大玻璃打破，损失是二百元以上。打破两块的书店也有，这回是合计五百元正了。有时也撒些传单，署名总不外乎什么什么团之类。

集外集/上海所感（日文 1934・1・1）

●8-24-110-35

上海的白色恐怖日益猖獗，青年常失踪。

书信/致〈日〉山本初枝〔译文〕（1934・1・11）

●8-24-110-36

在这样的近于完美的监狱里，却还剩着一种缺点。至今为止，对于思想上的事，都没有很留心。为要弥补这缺点，是在近来新发明的叫作“反省院”的特种监狱里，施着教育。我还没有到那里面去反省过，所以并不知道详情，但要而言之，好像是将三民主义时时讲给犯人听，使他反省着自己的错误。听人说，此外还得做排击共产主义的论文。如果不肯做，或者不能做，那自然，非终身反省不可了，而做得不够格，也还是非反省到死则不可。

且介亭杂文/关于中国的两三件事（日文 1934・3）

●8-24-110-37

反革命者的野兽性，革命者倒是会很难推想的。

集外集拾遗/《解放了的堂・吉诃德》后记（1934・4）

●8-24-110-38

中国的劳苦大众虽然并不识字，但特权阶级却还嫌他们太聪明了，正竭力的弄麻木他们的思索机关呢，例如用飞机掷下炸弹去，用机关枪送过子弹去，用刀斧将他们的颈子砍断，就都是的。

且介亭杂文/关于新文字（1934・12・9）

●8-24-110-39

现在这里，生命是颇危险的，凡是不愿当私人的走狗的，有自己的兴趣的人，较为关心一般文化的人，不论左右都看作反动，而受迫害。一星期前，北平有两个和我兴趣相同的朋友被捕了。怕不久连翻刻旧画本的人都没有了，然而只要我还活着，不管做多少，做多久，总要做下去。

书信/致〈日〉增田涉〔译文〕（1934・8・7）

●8-24-110-40

一个“志士”，纵使“对于文化事业，热心异人”，但若会在不知何时，飞来一个锤子，打破值银数百两的大玻璃；“如有不遵”，更会在不知何时，飞来一顶红帽子，送掉他比大玻璃更值钱的脑袋，那他当然是也许要灰心的。然则书店和报馆之有些为难，也就可想而知了。我即是被“扬长而去”的英雄们指定为“赤色作家”，还是莫害他人，放下笔，静静的看一会把戏罢……

准风月谈/后记（1934・10・16）

●8-24-110-41

有些地方演了“全武行”。

也还是剪报好，我在这里剪一点记的最为简单的——

艺华影片公司被“影界铲共同志会”捣毁

昨晨九时许，艺华公司在沪西康脑脱路金司徒庙附近新建之摄影场内，忽来行动突兀之青年三人，向该公司门房伪称访客，一人正在持笔签名之际，另一人遂大呼一声，则预伏于外之暴徒七八人，一律身穿蓝布短裤，蜂拥夺门冲入，分投各办事室，肆行捣毁写字台玻璃窗以及椅凳各器具，然后又至室外，打毁自备汽车两辆，晒片机一具，摄影机一具，并散发白纸印刷之小传单，上书“民众起来一致剿灭共产党”，“打倒出卖民众的共产党”，“扑灭杀人放火的共产党”等等字样，同时又散发一种油印宣言，最后署名为“中国电影界铲共同志会”。

……

十一月十三日，《大美晚报》

自从艺华公司被击之后，上海电影界突然有了一番新的波动，从制片商已经牵涉到电影院，昨日本埠大小电影院同时接到署名上海影界铲共同志会之警告函件……各项鼓吹阶级斗争贫富对立的反动电影，一律不予放映，否则必暴力手段对付，如艺华公司一样，决不宽假，此告。上海影界铲共同志会。十一，十三

十一月十六日，《大美晚报》

但铲共又并不限于影界，出版界也同时遭到覆面英雄们的袭击了。又剪报——

……今日上午十一日许，北四川路八百五十一号良友图书印刷公司，忽有一男子手持铁锤，至该公司门口，将铁锤击入该店门市大玻璃窗内，击成一洞……查得良友公司经售各种思想左倾之书籍，与捣毁艺华公司一案，不无关联。

……

十一月十三日，《大晚报》

承印美人伊罗生编辑之《中国论坛报》勒佛尔印刷所，在虹口天潼路，昨晚有暴徒潜入，将印刷间捣毁，其编辑间则未受损失。

十一月十五日，《大美晚报》

河南路五马路口神州国光社总发行所，于昨晚七时……突有一身衣长袍之顾客入内，状欲购买书籍。不料在该客入门后，背后即有三人尾随而进。该长袍客回头见三人进来，遂即上前将该书局之左面走廊旁墙壁上所挂之电话机摘断。而同时三短衣者即实行捣毁，用铁锤乱挥，而长衣者亦加入动手，致将该店之左橱窗打碎，四人即扬长而逸。……

十二月一日，《大美晚报》

美国人办的报馆捣毁得最客气，武官们开的书店＊捣毁得最迟。“扬长而逸”，写得最有趣。

〖释：“武官们开的书店”，指上海神州国光社。该社1931年曾接受十九路军将领陈铭枢等人的投资。〗

准风月谈/后记（1934·10·16）

●8-24-110-42

捣毁电影公司，是一面撒些宣言的，有几种报上登过全文；对于书店和报馆却好像并无议论，因为不见有什么记载。然而也有，是一种钢笔版蓝色印的警告，店名或馆名空着，各各填以墨笔，笔迹并不像读书人，下面是一长条紫色的木印。我幸而藏着原本，现在订定标点，照样的抄录在这里——

敝会激于爱护民族国家心切，并不忍文化界与思想界为共党所利用……拟对于文化界来一清算，除对于良友图书公司给予一初步的警告外，于所有各书局各刊物均已有精密之调查。素知贵……对于文化事业，热心异人，为特严重警告，对于赤色作家所作文字，如鲁迅，茅盾，蓬子，沈端先，钱杏邨及其他赤色作家之作品，反动文字，以及反动剧评，苏联情况之介绍等，一律不得刊行，登载，发行。如有不遵，我们必以较付艺华及良友公司更彻底的手段对付你们，决不宽假！此告

…………

上海影界铲共同志会　　十一，十三

准风月谈/后记（1934·10·16）

●8-24-110-43

那时的会＊，是在陆上开的，不是船里，出席的大约二三十人，会开完，人是不缺一个的都走出的，但似乎也有人后来给他们弄去了，因为近来的捕，杀，秘密的居多，别人无从知道。

〖释：“那时的会”，指1933年9月30日在上海秘密举行的远东反战会议。鲁迅未到会，但被选为大会主席团名誉主席之一。〗

书信/致萧军、萧红（1934·12·10）

●8-24-110-44

许多青年们，共产主义者及其嫌疑者，左倾者及其嫌疑者，以及这些嫌疑者的朋友们，就到处用自己的血来洗自己的错误，以及那些权力者们的错误。权力者们的先前的错误，是受了他们的欺骗的，所以必得用他们的血来洗干净。

且介亭杂文/中国文坛上的鬼魅（1935·11·21）

●8-24-110-45

不知忏悔的共产主义者，在中国就成了该杀的罪人。而且这罪人，却又给了别人无穷的便利；他们成为商品，可以卖钱，给人添出职业来了。而且学校的风潮，恋爱的纠纷，也总有一面被指为共产党，就是罪人，因此极容易的得到解决。如果有谁和有钱的诗人辩论，那诗人的最后的结论是：共产党反对资产阶级，我有钱，他反对我，所以他是共产党。于是诗神就坐了金的坦克车，凯旋了。

且介亭杂文/中国文坛上的鬼魅（1935・11・21）

●8-24-110-46

“民族主义文学”已经自灭，“第三种文学”又站不起来，这时候，只好又来一次真的武器了。

一九三三年十一月，上海的艺华影片公司突然被一群人们所袭击，捣毁得一塌胡涂了。他们是极有组织的，吹一声哨，动手，又一声哨，停止，又一声哨，散开。临走还留下了传单，说他们的所以征伐，是为了这公司为共产党所利用。而且所征伐的还不止影片公司，又蔓延到书店方面去，大则一群人闯进去捣毁一切，小则不知从那里飞来一块石子，敲碎了值洋二百的窗玻璃。那理由，自然也是因为这书店为共产党所利用。高价的窗玻璃的不安全，是使书店主人非常心痛的。几天之后，就有“文学家”将自己的“好作品”来卖给他了，他知道印出来是没有人看的，但得买下，因为价钱不过和一块窗玻璃相当，而可以免去第二块石子，省了修理窗门的工作。

且介亭杂文/中国文坛上的鬼魅（1935・11・21）

●8-24-110-47

暗暗的死，在一个人是极其惨苦的事。

且介亭杂文末编/写于深夜里（1936・5）

●8-24-110-48

我每当朋友或学生的死，倘不知时日，不知地点，不知死法，总比知道的更悲哀和不安；由此推想那一边，在暗室中毕命于几个屠夫的手里，也一定比当众而死的更寂寞。

且介亭杂文末编/写于深夜里（1936・5）

●8-24-110-49

我先前读但丁的《神曲》*，到《地狱》篇，就惊异于这作者设想的残酷，但到现在，阅历加多，才知道他还是仁厚的了：他还没有想出一个现在已极平常的惨苦到谁也看不见的地狱来。

〖释：“但丁的《神曲》”，是他的代表作，通过作者在阴间地狱游历的幻想，揭露中世纪贵族和教会的罪恶。全诗分《地狱》、《炼狱》、《天堂》三部分。〗

且介亭杂文末编/写于深夜里（1936・5）

（111）文化统制

有这么一个机关，专司秘密压迫言论，出版之书，无不遭其暗中残杀。

●8-24-111-1

广西禁《洪水》*与《独秀文存》*。汕头之创造社被封。北新出了一本《鲁迅在广东》，好些人向我来要，而我一向不知道。

〖释：《洪水》，创造社刊物。存在于1924年8月至1927年12月。/《独秀文存》，陈独秀在五四前后所作论文、随感、通信的编集。1922年11月上海东亚图书馆出版。〗

书信/致章廷谦（1927・9・19）

●8-24-111-2

天下有许多事情，是全不能以口舌争的。总要上谕，或者指挥刀。

而已集/忧“天乳”（1927・10・8）

●8-24-111-3

必须防止近于赤化的思想和文字，以及将来有趋于赤化之虑的思想和文字。例如，攻击礼教和白话，即有趋于赤化之忧。因为共产派无视一切旧物，而白话则始于《新青年》，而《新青年》

乃独秀所办。……那么，谈谈风月，讲讲女人，怎样呢？也不行。这是“不革命”。“不革命”虽然无罪，然而是不对的！

而已集/扣丝杂感（1927·10·22）

●8-24-111-4

按：1928年9月，浙江省党务指导委员会以“言论乖谬，存心反动”为由查禁《语丝》等书报共十五种。

浙江省党务指导委员会宣字一二六号令，则将《语丝》“严行禁止”了。此之所以为革命欤。

而已集/大衍发微·附记（1928·10·20）

●8-24-111-5

前曾寄《萌芽》第四期，后得邮局通知，云已被当局扣留。我的寄给你这杂志，可以在孔夫子木主之前起誓，本来毫无“煽动”之意，不过给你看看上海有这么一种刊物而已。现在当局既然如此小心，劳其扣下，所以我此后就不再寄了。

书信/致章廷谦（1930·5·24）

●8-24-111-6

此地杂志停滞之故，原因复杂。举其要端，则有权者先于邮局中没收（不明禁），一面又恐吓出版者。

书信/致方善境（1930·8·2）

●8-24-111-7

统治阶级的官僚，感觉比学者慢一点，但去年也就日加迫压了。禁期刊，禁书籍，不但内容略有革命性的，而且连书面用红字的，作者是俄国的，绥拉菲摩维支（A. Serafim ovitch），伊凡诺夫（V. Ivanov）和奥格涅夫（N. Ognev）『注：这三位都是苏联作家』不必说了，连契诃夫（A. Chekhov）『注：俄国作家〈1860－1904〉』和安特来夫（L. Andreev）『注：通译安德烈夫，俄国作家〈1871－1919〉』的有些小说，也都在禁止之列。于是使书店只好出算学教科书和童话，如Mr. Cat和Miss Rose『注：英语：猫先生和玫瑰小姐』谈天，称赞春天如何可爱之类——因为至尔妙伦（H. Zur Muhlen）『注：德国女作家〈1883－1951〉』所作的童话的译本也已被禁止，所以只好竭力称赞春天。但现在又有一位将军发怒，说动物居然也能说话而且称为Mr.，有失人类的尊严了＊。

〖**释：“一位将军发怒”，指湖南军阀何键。他1931年2月23日在给教育部的“咨文”中主张禁止在教科书中将动物拟作人类。**〗

二心集/黑暗中国的文艺界的现状（1931·3－4）

●8-24-111-8

中国的无产阶级革命文学在今天和明天之交发生，在诬蔑和压迫之中滋长……

二心集/中国无产阶级革命文学和前驱的血（1931·4·25）

●8-24-111-9

这里对于左翼文艺，是压迫无所不至，然而别的文艺，却全然空洞无物，所以出版界非常寂寥。

书信/致曹靖华（1931·6·13）

●8-24-111-10

现在上海虽然还出版着一大堆的所谓文艺杂志，其实却等于空虚。以营业为目的的书店所出的东西，因为怕遭殃，就竭力选些不关痛痒的文章，如说“命固不可以不革，而亦不可以太革”之类，那特色是在令人从头看到末尾，终于等于不看。至于官办的，或对官场去凑趣的杂志呢，作者又都是乌合之众，共同的目的只在捞几文稿费，什么“英国维多利亚朝的文学”呀，“论刘易士得到诺贝尔奖金”呀，连自己也并不相信所发的议论，连自己也并不看重所做的文章。

二心集/上海文艺之一瞥（1931·7·27）

●8-24-111-11

压迫者当真没有文艺么？有是有的，不过并非这些，而是通电，告示，新闻，民族主义的

“文学”，法官的判词等。

二心集/上海文艺之一瞥（1931·7·27）

●8-24-111-12

现在上海所出的文艺杂志都等于空虚，革命者的文艺固然被压迫了，而压迫者所办的文艺杂志上也没有什么文艺可见。

二心集/上海文艺之一瞥（1931·7·27）

●8-24-111-13

对于左翼作家的压迫，是一天一天的吃紧起来，终于紧到使书店都骇怕了。神州国光社也来声明，愿意将旧约作废，已经交去的当然收下，但尚未开手或译得不多的其余六种，却千万勿再进行了。那么，怎么办呢？去问译者，都说，可以的。这并不是中国书店的胆子特别小，实在是中国官府的压迫特别凶，所以，是可以的。于是就废了约。

集外集拾遗/《铁流》编校后记（1931·11）

●8-24-111-14

倘写所谓身边小说，说苦痛呵，穷呵，我爱女人而女人不爱我呵，那是很妥当的，不会出什么乱子。如要一谈及中国社会，谈及压迫与被压迫，那就不成。不过你如果再远一点，说什么巴黎伦敦，再远些，月界，天边，可又没有危险了。但有一层要注意，俄国谈不得。

集外集拾遗/今春的两种感想（1932·11·30）

●8-24-111-15

竟还有人在嚷着要求言论自由。世界上没有这许多甜头，我想，该是明白的罢，这误解，大约是在没有悟到现在的言论自由，只以能够表示主人的宽宏大度的说些“老爷，你的衣服……”为限，而还想说开去。……想说开去，那就足以破坏言论自由的保障。要知道现在虽比先前光明，但也比先前利害，一说开去，是连性命都要送掉的。即使有了言论自由的明令，也千万大意不得。

伪自由书/言论自由的界限（1933·4·22）

●8-24-111-16

各报章上，“敌”呀，“逆”呀，“伪”呀，“傀儡国”呀，用得沸反盈天。不这样写，实在也不足以表示其爱国，且将为读者所不满。谁料得到“某机关通知＊：御侮要重实际，逆敌一类过度刺激字面，无裨实际，后宜屏用”，而且黄委员长＊抵平，发表政见，竟说是“中国和战皆处被动，办法难言，国难不止一端，亟谋最后挽救”（并见十八日《大晚报》北平电）的呢？……

幸而还好，报上果然只看见“日机威胁北平”之类的题目，没有“过度刺激字面”了，只是“汉奸”的字样却还有。日既非敌，汉何云奸，这似乎不能不说是一个大漏洞。好在汉人是不怕“过度刺激字面”的，就是砍下头来，挂在街头，给中外士女欣赏，也从来不会有人来说一句话。

……

从清朝的文字狱以后，文人不敢做野史了，如果有谁能忘了三百年前的恐怖，只要撮取报章，存其精英，就是一部不朽的大作。

〖释：“黄委员长”，即黄郛（1880－1936），浙江绍兴人。早年参加同盟会和辛亥革命。后历任北洋政府外交总长、代理国务总理、南京国民政府外交部长等。/“某机关通知”，指黄郛就任北平政务整理委员会委员长后，为讨好日方而发布的通知。〗

伪自由书/再谈保留（1933·5·17）

●8-24-111-17

日内又要查禁左倾书籍，杭州的开明分店被封了，沪书店吓得像小鬼一样，纷纷匿书。这是一种新政策＊，我会受经济上的压迫也说不定。不过我有准备，半年总可以支持的，到那时再看。

〖释：“新政策”，1933年秋，当局采取措施查禁进步书刊和普罗文学。〗

书信/致曹靖华（1933·10·31）

●8-24-111-18

对于文字的新压迫将开始，闻杭州禁十人作品，连冰心在内，奇极，但系谣言亦难说，茅兄是会在压迫中的，而且连《国木田独步集》＊也指为反动书籍，你想怪不怪。

〖释：《国木田独步集》，日本作家国木田独步(1871－1908）的短篇小说集。〗

书信/致郑振铎（1933·11·3）

●8-24-111-19

前日潘公展朱应鹏辈，召书店老版训话，内容未详，大约又是禁左倾书，宣扬民族文学之类，而他们又不做民族文学稿子，在这样的指导下，开书店也真难极了。不过这种情形，我想也不会持久的。

书信/致郑振铎（1933·11·3）

●8-24-111-20

前几天，这里的官和出版家及书店编辑，开了一个宴会，先由官训示应该不出反动书籍，次由施蛰存说出仿检查新闻例，先检杂志稿，次又由赵景深补足可仿日本例，加以删改，或用××代之。他们也知道禁绝左倾刊物，书店只好关门，所以左翼作家的东西，还是要出的，而拔去其骨格，但以渔利。有些官原是书店股东，所以设了这圈套，这方法我看是要实行的，则此后出板物之情形可以推见。大约施、赵诸君，此外还要联合所谓第三种人，发表一种反对检查出版物的宣言，这是欺骗读者，以掩其献策的秘密的。

书信/致姚克（1933·11·5）

●8-24-111-21

看近日的情形，对于新文艺，不久当有一种有组织的压迫和摧残，这事情是好像连几个书店也秘密与谋的。其方法大概（这是我的推测）是对于有几个人，加以严重的压迫，而对于有一部分人，则宽一点，但恐怕会有检查制度出现，删去其紧要处而仍卖其书，因为如此，则书店仍可获利也。

书信/致曹靖华（1933·11·8）

●8-24-111-22

至于出版界形势之险，恐怕不只现代，以后也许更甚，只有摧毁而无建设，是一定的。……我于评论素无修养，又因病而被医生禁多看书者已半年，实在怕敢动笔。而且此后似亦以不登我的文字为宜，因为现在之遭忌与否，其实是大抵为了作者，和内容倒无甚关系的。

书信/致杜衡（1933·11·12）

●8-24-111-23

今之文坛，真是一言难尽，有些“文学家”，作文不能，禁文则绰有余力，而于是乎文网密矣。

书信/致郑振铎（1933·12·20）

●8-24-111-24

按：下文所说之事，可参看1934年3月国民党中央宣传委员会《文艺宣传会议录》：《文学》“态度恶化已极。名由傅东华与茅盾主编，实际则由茅盾主干。经予查禁。嗣该傅东华联同郑振铎具请愿转变作风，为民族文艺努力，不采用左翼作品，并予印行前先送审核，始姑准继续出版。”

《文学》二卷一号，上海也尚未见，听说又不准停刊，大约那办法是在利用旧招牌，而换其内容，所以第一着是检查，抽换，不过这办法，读者之被欺骗是不久的，刊物当然要慢慢的死下去。

书信/致郑振铎（1934·1·11）

●8-24-111-25

《文艺》本系我们的青年所办，一月间已被迫停刊；《现代》虽自称中立，各派兼收，其实是有利于他们的刊物；《文学》编辑者，原有茅盾在内，但今年亦被排斥，法西斯谛将潜入指挥。本来停刊就完了，而他们又不许书店停刊，其意是在利用出名之招牌，而暗中换以他们的作品。至于我们的作家，则到处被封锁，有些几于无以为生。不过他们的办法，也只能暂时欺骗读者的，数期后，大家一知道，即无人购阅。

书信/致萧三（1934·1·17）

●8-24-111-26

书籍被扣或信件被拆，这里也是日常茶饭事，谁也不以为怪。我在本年中，却只有一封母亲的来信恩赐“检讫”而已。

书信/致姚克（1934·1·23）

●8-24-111-27

《文学》编辑已改换，大约出版是要出版的，并且不准不出版（!），不过作者会渐渐易去，盖文人颇多，而其大作无人过问，所以要存此老招牌来发表一番，然而不久是要被读者发见，依然一落千丈的。《现代》恐怕也不外此例。

书信/致姚克（1934·1·23）

●8-24-111-28

检查已开始，《文学》第二期先呈稿十篇，被抽去其半，则结果之必将奄奄无生气可知，大约出至二卷六期后，便当寿终正寝了。

书信/致姚克（1934·2·11）

●8-24-111-29

此刻在上海作品可以到处发表，不生问题的作者，其实十之九是先前用笔墨竞争，久已败北的人，此辈藉武力而登坛，则文坛之怪象可想。自办刊物，不为读者所购读，则另用妙法，钻进已经略有信用的刊物里面去，以势力取他作者之地位而代之。

书信/致姚克（1934·2·11）

●8-24-111-30

我的投稿，自己已十分小心，而刊出后时亦删去一大段，好像尚未完篇一样，因此连拿笔的兴趣也提不起来了。

书信/致姚克（1934·2·20）

●8-24-111-31

上海靠笔墨很难生活，近日禁书至百九十余种之多，闻光华书局第一，现代书局次之，最少要算北新，只有四种（《三闲集》，《伪自由书》，《旧时代之死》『注：长篇小说，柔石著』，一种忘记了），良友图书公司也四种（《竖琴》，《一天的工作》，《母亲》『注：长篇小说，丁玲著』，《一年》『注：长篇小说，张天翼著』）。但书局已因此不敢印书，一是怕出后被禁，二是怕虽不禁而无人要看，所以卖买就停顿起来了。杂志编辑也非常小心，轻易不收稿。

书信/致曹靖华（1934·2·24）

●8-24-111-32

《子夜》，茅兄已送来一本，此书已被禁止了，今年开头就禁书一百四十九种，单是文学的。昨天大烧书，将柔石的《希望》，丁玲的《水》，全都烧掉了，剪报＊附上。

〔**释：“剪报”，指1934年3月3日《申报》载《各大书店缴毁大批反动书籍》。**〕

书信/致萧三（1934·3·4）

●8-24-111-33

自从中华民国建国二十有二年五月二十五日《自由谈》的编者刊出了“吁请海内文豪，从兹多谈风月”的启事以来，很使老牌风月文豪摇头晃脑的高兴了一大阵，讲冷话的也有，说俏皮话的也有，连只会做“文探”的叭儿们也翘起了它尊贵的尾巴。

准风月谈/前记（1934·3·10）

●8-24-111-34

日本的刊物，也有禁忌，但被删之处，是留着空白，或加虚线，使读者能够知道的。中国的检查官却不许留空白，必须接起来，于是读者就看不见检查删削的痕迹，一切含胡和恍忽之点，都归在作者身上了。这一种办法，是比日本大有进步的，我现在提出来，以存中国文网史上极有价值的故实。

准风月谈/前记（1934·3·10）

●8-24-111-35

“□□”是国货，《穆天子传》＊上就有这玩意儿，先生教我说：是阙文。……到目前，则渐有代以“××”的趋势。这是从日本输入的。这东西多，对于这著作的内容，我们便预觉其激烈。但是，其实有时也并不然。胡乱×它几行，印了出来，固可使读者佩服作家之激烈，恨检查员之峻严，但送检之际，却又可使检查员爱他的顺从，许多话都不敢说，只×得这么起劲。

〖释：《穆天子传》，晋代从战国时魏王墓中发现的先秦古书（《汲冢书》）之一，作者不详。原为残简，脱文较多。〗

花边文学/“……”“□□□□”论补（1934·5·26）

●8-24-111-36

政府帮闲们的大作，既然无人要看，他们便只好压迫别人，使别人也一样的奄奄无生气，这就是自己站不起，就拖倒别人的办法。

书信/致杨霁云（1934·6·9）

●8-24-111-37

出版界也真难，别国的检查是删去，这里却是给作者改文章。那些人物，原是做不成作家，这才改行做官的，现在他却来改文章了，你想被改者冤枉不冤枉。所以我现在的办法是倘被改动，就索性不发表。

书信/致姚克（1934·8·31）

●8-24-111-38

近来有了检查会，好的作品，除自印之外，是不能出版的，如果要书店印，就得先送审查，删改一通，弄得不成样子，像一个人被拆去了骨头一样。

书信/致杨霁云（1934·10·13）

●8-24-111-39

此地实行出版前的检查制，删削之处，不许加上圈圈和虚点，因此常常变成怪文。除官僚而外，谁都感到困难。

书信/致〈日〉增田涉〔译文〕（1934·11·14）

●8-24-111-40

但虽是翻译，检查也很麻烦，抽去或删掉，时时有之，要有精采，难矣。近来颇有几位“文学家”做了检查官，正在不久的将来大发挥其本领，颇可笑也。

书信/致李霁野（1934·11·20）

●8-24-111-41

日本固然不准谈阶级斗争，却并不说世界上并无阶级斗争，而中国则说世界上其实无所谓阶级斗争，都是马克思捏造出来的，所以这不准谈，为的是守护真理。日本固然也禁止，删削书籍杂志，但在被删削之处，是可以留下空白的，使读者一看就明白这地方是受了删削，而中国却不准留空白，必须连起来，在读者眼前好像还是一篇完整的文章，只是作者在说着意思不明的昏话。

且介亭杂文/中国文坛上的鬼魅（1934·11·21）

●8-24-111-42

在中国做人，一向是很难的，不过现在要算最难，我先前没有经验过。有些“文学家”，今年都做了检查官了，你想，变得快不快。

书信/致金性尧（1934·11·24）

●8-24-111-43

现在当局的做事，只有压迫，破坏，他们那里还想到将来。在文学方面，被压迫的那里只我一人，青年作家，吃苦的多得很，但是没有人知道。上海所出刊物，凡有进步性的，也均被删削摧残，大抵办不下去。这种残酷的办法，一面固然出于当局的意志，一面也因检查官的报私仇，因为有些想做“文学家”而不成的人们，现在有许多是做了秘密的检查官了，他们恨不得将他们的敌手一网打尽。

书信/致刘炜明（1934·11·28）

●8-24-111-44

检查官中颇有些摩登女郎，彼女流辈（试用明治时代的写法），对我的文章看不懂就动手，删得叫人不舒服。高明的勇士，一刀便击中要害，置敌于死地，然彼女流辈手持小刀，对着背上或屁股的皮肤乱刺，流着血，样子也难看，但被刺者不易于倒下，虽不倒下，总使人厌恶难受。

书信/致〔日〕增田涉〔译文〕(1934·12·5)

●8-24-111-45

检查官吏们公开的说，他们只看内容，不问作者是谁，即不和个人为难的意思。有些出版家知道了这话，以为“公平”真是出现了，就要我用旧名字做文章，推也推不掉。其实他们是阴谋，遇见我的文章，就删削一通，使你不成样子，印出去时，读者不知底细，以为我发了昏了。如果只是些无关痛痒的话，那是通得过的，不过，这有什么意思呢?

书信/致萧军、萧红(1934·12·26)

●8-24-111-46

数年前，我曾将一部稿子『注：指《二心集》』卖给书店，印后不久，即不能发卖。这回送去审查，删去了四分之三，通过了。但那审定了的一本『注：指《拾零集》』，到杭州去卖，又都给拿走了，书店向他们说明已经中央审定，他们的答话是：这是浙江党部特别禁止的。

书信/致曹靖华(1934·12·28)

●8-24-111-47

今年设立的书报检查处，很有些“文学家”在那里面做官，他们虽然不会做文章，却会禁文章，真禁得什么话也不能说。现在我如果用真名，那是不要紧的，他们只将文章大删一通，删得连骨子也没有；我新近给明年《文学》写了一篇随笔，约七八千字，但给他们只删剩了一千余字，不能用了。而且办事也不一律，就如那一本《拾零集》，是中央删剩，准许发卖的，但运到杭州去，却仍被没收，他们的理由是：这里特别禁止。

书信/致刘炜明(1934·12·31)

●8-24-111-48

黑暗之极，无理可说，我自有生以来，第一次遇见。但我是还要反抗的。从明年起，我想用点功，索性来做整本的书，压迫禁止，当然仍不能免，但总可以不给他们删削了。

书信/致刘炜明(1934·12·31)

●8-24-111-49

检查官现在这副本领，是毫不足怪的，他们也只有这种本领。但想到所谓文学家者，原是应该自己会做文章的，他们却只会禁别人的文章，真不免好笑。但现在正是这样的时候，不是救国的非英雄，而卖国的倒是英雄吗?

书信/致萧军、萧红(1935·1·4)

●8-24-111-50

上海出版界的情形，似与北平不同，北平印出的文章，有许多在这里是决不准用的；而且还有对书局的问题(就是个人对书局的感情)，对人的问题，并不专在作品有无色采。

书信/致曹靖华(1935·1·6)

●8-24-111-51

对于我们出版的事……他们还是对人，或有时如此，有时不如此，译文社中是什么人，他们是知道的，我们办起事了，纵使小心，他们一不高兴时，就可不说理由，只须一举手之劳，致出版事业的死命。那时我们便完全失败，倘委曲求全，则成为他们的俘虏了，所以这事还须将来再谈一谈。

书信/致黄源(1935·1·6)

●8-24-111-52

他们的嘴就是法律，无理可说。所以凡是较进步的期刊，较有骨气的编辑，都非常困苦。今年恐怕要更坏，一切刊物，除胡说八道的官办东西和帮闲凑趣的“文学”杂志而外，较好的都要压迫得奄奄无生气的。

书信/致曹靖华(1935·1·6)

●8-24-111-53

此地文艺界……近更不行了，新书无可观者。拉甫列涅夫之一篇，已排入《译文》第五本中，被检查者抽去，此一本中，共被抽去四篇之多（删去一点者不算），稿遂不够，只得我们赶译补足。此为他们虐待异己法之一。使之疲于奔命，一也；使内无佳作，二也；使出版延期，因失读者信用，三也……这真是出版界之大厄，我看是世界上所没有的。

书信/致曹靖华（1935·1·15）

●8-24-111-54

现在官许之印本，必经检查，抽去紧要处，恰如无骨之人，毫无生气了。

书信/致曹靖华（1935·1·15）

●8-24-111-55

这回《译文》中有一篇是讲德国一个小学堂，不肯挂希氏『注：希特勒』照相的，不准登；有一篇是十九世纪初之法人所作，内有说西班牙之多盗，是政府之故的，被删掉了。今之德国和昔之西班牙都不准提，还有什么可说呢？

书信/致曹靖华（1935·1·15）

●8-24-111-56

至于新作，现在可是难了，较好的简直无处发表，但若做得吞吞吐吐，自己又觉无聊。这样下去，著作界是可以被摧残到什么也没有的。

书信/致曹靖华（1935·1·26）

●8-24-111-57

现在连译文也常被抽去或删削；连插画也常被抽去；连现在的希忒拉『注：希特勒』，十九世纪的西班牙政府也骂不得，否则——删去。

书信/致曹靖华（1935·2·7）

●8-24-111-58

上海有官立的书报审查处，凡较好的作品，一定不准出版，所以出版界都是死气沈沈。杂志上也很难说话，现惟《太白》，《读书生活》，《新生》*三种尚可观，而被压迫也最甚。至于《人间世》之类，则本是麻醉品，其流行亦意中事，与中国人之好吸雅片相同也。

〖释：《新生》，综合性周刊，上海新生周刊社出版，杜重远编。1934年2月10日创刊，1935年6月被迫停刊。〗

书信/致吴渤（1935·2·14）

●8-24-111-59

现在国民党的做法，实在与满清时大致相同，也许当时满洲人的这种作法，也是汉人教的。自从去年六月以来，对出版物的压迫步步加紧，出版社大感困难。对于新的青年作家的作品，压迫特别厉害，常常把有关紧要之处全部删除，只留下空壳。……就是说，我们都是带着锁链在跳舞的。

书信/致〈日〉增田涉〔译文〕（1935·4·9）

●8-24-111-60

因检查讨厌，《文学季刊》只好多用译作，那也就没有活气。近来上海刊物，大抵如此。

书信/致〈日〉增田涉〔译文〕（1935·4·30）

●8-24-111-61

近来又有新命令，是不妥之稿，一律没收，但出版者又不肯多化钱，都排印了送检，所以此后的稿子，必有一部份被扣留，不能退还，但这是又不准明说的……足见新近压迫法之日见巧妙。我看这种事情，还要层出不穷。

书信/致萧军（1935·6·7）

●8-24-111-62

此地出板仍极困难，连译文也费事，中国是对内特别凶恶的。

书信/致曹靖华（1935·6·24）

●8-24-111-63

中国的作品“可怜”得很，诚然，但这不是

文坛可怜，也是时代可怜……凡有可怜的作品，正是代表了可怜的时代。

且介亭杂文二集/七论“文人相轻”——两伤(1935·10)

●8-24-111-64

压迫书店，真成为最好的战略了。

但是，几块石子是还嫌不够的。中央宣传委员会也查禁了一大批书，计一百四十九种，凡是销行较多的，几乎都包括在里面。中国左翼作家的作品，自然大抵是被禁止的，而且又禁到译本。

且介亭杂文/中国文坛上的鬼魅（1935·11·21）

●8-24-111-65

出版家很为难，他们有的是立刻将书缴出，烧毁了，有的却还想补救，和官厅去商量，结果是免除了一部分。为减少将来的出版的困难起见，官员和出版家还开了一个会议。在这会议上，有几个“第三种人”因为要保护好的文学和出版家的资本，便以杂志编辑者的资格提议，请采用日本的办法，在付印之前，先将原稿审查，加以删改，以免别人也被左翼作家的作品所连累而禁止，或印出后始行禁止而使出版家受亏。这提议很为各方面所满足，当即被采用了，虽然并不是光荣的拔都汗的老方法。

且介亭杂文/中国文坛上的鬼魅（1935·11·21）

●8-24-111-66

今年七月，在上海就设立了书籍杂志检查处*，许多“文学家”的失业问题消失了，还有些改悔的革命作家们，反对文学和政治相关的“第三种人”们，也都坐上了检查官的椅子。他们是很熟悉文坛情形的；头脑没有纯粹官僚的胡涂，一点讽刺，一句反语，他们都比较的懂得所含的意义，而且用文学的笔来涂抹，无论如何总没有创作的烦难，于是那成绩，听说是非常之好了。

〖释：“书籍杂志检查处”，指1934年5月成立的国民党中央宣传委员会图书杂志审查委员会。〗

且介亭杂文/中国文坛上的鬼魅（1935·11·21）

●8-24-111-67

出版家的资本安全了，“第三种人”的旗子不见了，他们也在暗地里使劲的拉上了绞架的同业的脚，而没有一种刊物可以描出他们的原形，因为他们正握着涂抹的笔尖，生杀的权力。在读者，只看见刊物的消沉，作品的衰落，和外国一向有名的前进的作家，今年也大抵忽然变了低能者而已。

然而在实际上，文学界的阵线却更加分明了。蒙蔽是不能长久的，接着起来的又将是一场血腥的战斗。

且介亭杂文/中国文坛上的鬼魅（1935·11·21）

●8-24-111-68

上海一切如故，出版界上，仍然狐鼠成群，此辈决不会改悔。

书信/致曹靖华（1935·12·19）

●8-24-111-69

一九三四年不同一九三五年，……可真厉害，这么说不可以，那么说又不成功，而且删掉的地方，还不许留下空隙，要接起来，使作者自己来负吞吞吐吐，不知所云的责任。在这种明诛暗杀之下，能够苟延残喘，和读者相见的，那么，非奴隶文章是什么呢?

花边文学/序言（1935·12·29）

●8-24-111-70

听说文学社曾经愿意给她付印，稿子『注：指萧红的《生死场》稿』呈到中央宣传部书报检查委员会那里去，搁了半年，结果是不许可。人常常会事后才聪明，回想起来，这正是当然的事：对于生的坚强和死的挣扎，恐怕也确是大背“训政”*之道的。今年五月，只为了《略谈皇帝》『注：应为《闲话皇帝》』这一篇文章，这一个气焰万丈的委员会就忽然烟消火灭，便是“以身作则”的实地大教训*。

〖释：“训政”，1931年6月当局颁布《训政时期约法》，借孙中山当年建国理论中的“训政”

提法强化独裁统治。/“一个气焰万丈的委员会忽然烟消火灭”，1935年5月上海《新生》周刊发表《闲话皇帝》一文，涉及日本天皇，引起日方“抗议”；当局奴颜婢膝，立即查封《新生》，判处该刊主编杜重远徒刑一年另二个月，并撤销国民党中央宣传委员会图书杂志审查委员会。〗

且介亭杂文二集/萧红作《生死场》序（1935·12）

●8-24-111-71

一个朋友说：现在的文章，是不会有骨气的了，譬如向一种日报上的副刊去投稿罢，副刊编辑先抽去几根骨头，总编辑又抽去几根骨头，检查官又抽去几根骨头，剩下来还有什么呢？我说：我是自己先抽去了几根骨头的，否则，连“剩下来”的也不剩。所以，那时发表出来的文字，有被抽四次的可能，——现在有些人不在拚命表彰文天祥方孝孺么，幸而他们是宋明人，如果活在现在，他们的言行是谁也无从知道的。

因此除了官准的有骨气的文章之外，读者也只能看看没有骨气的文章。

花边文学/序言（1935·12·29）

●8-24-111-72

中华民国二十三年（一九三四年）三月十四日的《大美晚报》上，曾经登有一则这样的新闻——

中央党部禁止新文艺作品

沪市党部于上月十九日奉中央党部电令、派员挨户至各新书店、查禁书籍至百四十九种之多、牵涉书店二十五家……于二月二十五日推举代表向市党部请愿结果、蒙市党部俯允转呈中央、将各书重行审查、从轻发落、同日接中央复电、允予照准、惟各书店于复审期内、须将被禁各书、一律自动封存、不再发卖、兹将各书店被禁书目、分录如次……

出版界不过是借书籍以贸利的人们，只问销路，不管内容，存心“反动”的是很少的，所以这次请愿有了好结果，为体恤商艰起见，竟解禁了三十七种，应加删改，才准发行的是二十二种，其余的还是“禁止”和“暂缓发售”。

且介亭杂文二集/后记（1935·12·31）

●8-24-111-73

总而言之，不知何年何月，“中央图书杂志审查委员会”到底在上海出现了，于是每本出版物上，就有了一行“中宣会图书杂志审委会审查证……字第……号”字样，说明着该抽去的已经抽去，该删改的已经删改，并且保证着发卖的安全——不过也并不完全有效，例如我那《二心集》被删剩的东西，书店改名《拾零集》＊，是经过检查的，但在杭州仍被没收。这种乱七八遭，自然是普通现象，并不足怪，但我想，也许是还带着一点私仇，因为杭州省党部的有力人物，久已是复旦大学毕业生许绍棣＊老爷之流，而当《语丝》登载攻击复旦大学的来函时，我正是编辑，开罪不少。为了自由大同盟而呈请中央通缉“堕落文人鲁迅”，也是浙江省党部发起的，但至今还没有呈请发掘祖坟，总算党恩高厚。

〖释：《拾零集》，收杂文十六篇，1934年10月上海合众书店出版。封底注明“本书审查证审字五百五十九号”。/许绍棣，曾任国民党浙江省党部党务指导委员、浙江省教育厅厅长。1928年8月《语丝》载文揭露复旦大学内部腐败情形，出身该校的许绍棣以省党务指导委员会名义禁止《语丝》在浙江的发行。〗

且介亭杂文二集/后记（1935·12·31）

●8-24-111-74

至于审查员，我疑心很有些“文学家”，倘不，就不能做得这么令人佩服。自然，有时也删禁得令人莫名其妙，我以为这大概是在示威，示威的脾气，是虽是文学家也很难脱体的，而且这也不算是恶德。还有一个原因，则恐怕是在饭碗。要吃饭也决不能算是恶德，但吃饭，审查的文学家和被审查的文学家却一样的艰难，他们也有竞争者，在看漏洞，一不小心便会被抢去了饭碗，所以必须常常有成绩，就是不断的禁，删，禁，删，第三个禁，删……我以为审查官的有时审得

古里古怪，总要在稿子上打几条红杠子，恐怕也是这缘故。倘使真的这样，那么，他们虽然一定要把我的“契诃夫选集”做成残山剩水，我也还是谅解的。

且介亭杂文二集/后记（1935·12·31）

●8-24-111-75

这审查做得很起劲，据报上说，官民一致满意了。九月二十五日的《中华日报》云——

中央图书杂志审查委员会工作紧张

中央图书杂志审查委员会、自在沪成立以来、迄今四阅月，审查各种杂志书籍、共计有五百余种之多、平均每日每一工作人员审查字、在十万以上、审查手续、异常迅速、虽洋洋巨著、至多不过二天、故出版界咸认为有意想不到之快、予以便利不少、至该会审查标准、如非对党对政府绝对显明不利之文字、请其删改外、余均一秉大公、无私毫偏袒、故数月来相安无事、过去出版界、因无审查机关、往往出书以后、受到扣留或查禁之事、自审查会成立后、此种事件、已不再发生矣、闻中央方面、以该会工作成绩优良、而出版界又甚需要此种组织、有增加内部工作人员计划、以便利审查工作云、

如此善政，行了还不到一年，不料竟出了《新生》的《闲话皇帝》事件。大约是受了日本领事的警告罢，那雷厉风行的办法，比对于“反动文字”还要严：立刻该报禁售，该社封门，编辑者杜重远已经自认该稿未经审查，判处徒刑，不准上诉的了，却又革掉了七位审查官，一面又往书店里大搜涉及日本的旧书，墙壁上贴满了“敦睦邦交”的告示。出版家也显出孤苦零丁模样，据说：这“一秉大公”的“中央宣传部图书杂志审查委员会”不见了，拿了稿子，竟走投无路。

且介亭杂文二集/后记（1935·12·31）

●8-24-111-76

那么，不是还我自由，飘飘然了么？并不是的。未有此会以前，出版家倒还有一点自己的脊梁，但已有此会而不见之后……恢复了某先生献策以前的状态，又会扣留，查禁，封门，危险得很。而且除怕被指为“反动文字”以外，又得怕违反“敦睦邦交令”了。已被“训”成软骨症的出版界，又加上了一副重担，当局对于内交，又未必肯怎么“敦睦”，而“礼让为国”，也急于“体恤商艰”，所以我想，自有“审查会”而又不见之后，出版界的一大部份，倒真的成了孤哀子了。

且介亭杂文二集/后记（1935·12·31）

●8-24-111-77

去年上海有这么一个机关，专司秘密压迫言论，出版之书，无不遭其暗中残杀……

书信/致夏传经（1936·2·19）

●8-24-111-78

《海燕》已以重罪被禁止＊……同被禁止者有二十余种之多，略有生气的刊物，几乎灭尽了；德政岂但北方而已哉！

〖释：“《海燕》已以重罪被禁止”，1936年2月29日，国民党中宣部以“一、抨击本党外交政策；二、宣传普罗文化；三、鼓吹人民政府”等罪名，查禁《海燕》。〗

书信/致曹靖华（1936·2·29）

●8-24-111-79

我向来没有研究儿童文学，曾有一两本童话，那是为了插画，买来玩玩的，《表》即其一。现在材料就不易收，希公『注：希特勒』治下，这一类大约都已化为灰烬。而在我们这边，有意义的东西，也无法发表。

书信/致杨晋豪（1936·3·11）

●8-24-111-80

您所要的两种书，听说书店已将纸板送给官老爷，烧掉了，所以已没得买。

书信/致曹白（1936·3·26）

●8-24-111-81

出版界确略松，但大约不久又要收紧的。而且放松更有另外的原因，言之痛心，且亦不便；《作家》八月号上，有第一文，当于日内寄上，其中有极少一点文界之黑暗面可见。我以为文界败象，必须扫荡，但扫荡一有效验，压迫也就随之而至了。

书信/致曹靖华（1936·8·27）

(112) 思想箝制

假使没有了头颅，却还能做服役和战争的机械，世上的情形就何等地醒目呵！……假使我们的国民都能这样，阔人又何等安全快乐？

●8-24-112-1

三年前，我遇见神经过敏的俄国的E君『注：指爱罗先珂』，有一天他忽然发愁道，不知道将来的科学家，是否不至于发明一种奇妙的药品，将这注射在谁的身上，则这人即甘心永远去做服役和战争的机器了？那时我也就皱眉叹息，装作一齐发愁的模样，以示“所见略同”之至意，殊不知我国的圣君，贤臣，圣贤，圣贤之徒，却早已有过这一种黄金世界的理想了。不是“唯辟作福，唯辟作威，唯辟玉食”『注：语见《尚书·洪范》。辟，天子或诸侯』么？不是“君子劳心，小人劳力”『注：语见《左传》襄公九年』么？不是“治于人者食（去声）人，治人者食于人”『注：语见《孟子·滕文公》』么？可惜理论虽已卓然，而终于没有发明十全的好方法。要服从作威就须不活，要贡献玉食就须不死；要被治就须不活，要供养治人者又须不死。人类升为万物之灵，自然是可贺的，但没有了细腰蜂的毒针，却很使圣君，贤臣，圣贤，圣贤之徒，以至现在的阔人，学者，教育家觉得棘手。将来未可知，若已往，则治人者虽然尽力施行过各种麻痹术，也还不能十分奏效，与果蠃并驱争先。即以皇帝一伦而言，便难免时常改姓易代，终没有“万年有道之长”；“二十四史”而多至二十四，就是可悲的铁证。

坟/春末闲谈（1925·4·24）

●8-24-112-2

猛兽是单独的，牛羊则结队；野牛的大队，就会排角成城以御强敌了，但拉开一匹，定只能牟牟地叫。人民与牛马同流，——此就中国而言，夷人别有分类法云，——治之之道，自然应该禁止集合：这方法是对的。其次要防说话。人能说话，已经是祸胎了，而况有时还要做文章。所以苍颉造字，夜有鬼哭*。鬼且反对，而况于官？猴子不会说话，猴界即向无风潮，——可是猴界中也没有官，但这又作别论，——确应该虚心取法，反朴归真，则口且不开，文章自灭：这方法也是对的。然而上文也不过就理论而言，至于实效，却依然是难说。最显著的例，是连那么专制的俄国，而尼古拉二世“龙御上宾”*之后，罗马诺夫氏竟已“覆宗绝祀”了。要而言之，那大缺点就在虽有二大良法，而还缺其一，便是：无法禁止人们的思想。

〖释：“苍颉造字，夜有鬼哭”，见《淮南子·本经训》：“昔者苍颉作书而天雨粟，鬼夜哭。”/“龙御上宾”，旧时指皇帝逝世，意为乘龙仙去。〗

坟/春末闲谈（1925·4·24）

●8-24-112-3

假使没有了头颅，却还能做服役和战争的机械，世上的情形就何等地醒目呵！这时再不必用什么制帽勋章来表明阔人和窄人了，只要一看头之有无，便知道主奴，官民，上下，贵贱的区别。并且也不至于再闹什么革命，共和，会议等等的乱子了，单是电报，就要省下许多许多来。古人毕竟聪明，仿佛早想到过这样的东西，《山海经》上就记载着一种名叫“刑天”*的怪物。他没有了能想的头，却还活着，“以乳为目，以脐为口”，——这一点想得很周到，否则他怎么看，怎么吃呢，——实在是很值得奉为师法的。假使我们的国民都能这样，阔人又何等安全快乐？但他又“执干戚而舞”，则似乎还是死也不肯安分，和我那专为阔人图便利而设的理想底好国民又不同。陶潜先生又有诗道：“刑天舞干戚，猛志固常在。”连这位貌似旷达的老隐士也这么说，可见无头也会仍有猛志，阔人的天下一时总怕难得太平的了。

〖释：“刑天”，又作形天。据《山海经·海外西经》载：刑天与天帝争权，失败后被斩首。但他不屈服，以两乳为目，肚脐为嘴，依然挥舞着盾牌和斧头。〗

坟/春末闲谈（1925·4·24）

●8-24-112-4

我们的造物主——假如天空真有这样的一位“主子”——就可恨了：一恨其没有永远分清“治者”与“被治者”；二恨其不给治者生一枝细腰蜂那样的毒针；三恨其不将被治者造得即使砍去了藏着的思想中枢的脑袋而还能动作——服役。三者得一，阔人的地位即永久稳固，统御也永久省了气力，而天下于是乎太平。今也不然，所以即使单想高高在上，暂时维持阔气，也还得日施手段，夜费心机，实在不胜其委屈劳神之至……。

坟/春末闲谈（1925·4·24）

●8-24-112-5

兵之所以勇敢，就在没有思想，要是有了思想，就会没有勇气了。现在倘叫我去当兵，要我去革命，我一定不去，因为明白了利害是非，就难于实行了。

集外集拾遗补编/关于知识阶级（1927·11）

●8-24-112-6

政治家最不喜欢人家反抗他的意见，最不喜欢人家要想，要开口。而从前的社会也的确没有人想过什么，又没有人开过口。且看动物中的猴子，它们自有它们的首领；首领要它们怎样，它们就怎样。在部落里，他们有一个酋长，他们跟着酋长走，酋长的吩咐，就是他们的标准。酋长要他们死，也只好去死……那里会有自由思想？

集外集/文艺与政治的歧途（1928·1·29－30）

●8-24-112-7

官僚的书店没有人来，刊物没有人看，救济的方法，是去强迫早经有名，而并不分明左倾的作者来做文章，帮助他们的刊物的流布。那结果，是只有一两个胡涂的中计，多数却至今未曾动笔，有一个竟吓得躲到不知道什么地方去了。

二心集/黑暗中国的文艺界的现状（1931·3－4）

●8-24-112-8

记得在有一个大学里演讲的题目，是《象牙塔和蜗牛庐》。大意是说，象牙塔*里的文艺，将来决不会出现于中国，因为环境并不相同，这里是连摆这“象牙之塔”的处所也已经没有了；不久可以出现的，恐怕至多只有几个“蜗牛庐”『注：见《三国志·魏书·管宁传》』。蜗牛庐者，是三国时所谓“隐逸”的焦先曾经居住的那样的草窠，大约和现在江北穷人手搭的草棚相仿，不过还要小，光光的伏在那里面，少出，少动，无衣，无食，无言。因为这样才可以苟延他的残喘。但蜗牛界里那里会有文艺呢，所以这样下去，中国的没有文艺，是一定的。这样的话，真可谓已经大有蜗牛气味的了，不料不久就有一位勇敢的青年在政府机关的上海《民国日报》上给我批评*，说我的那些话使他非常看不起，因为我没有敢讲共产党的话的勇气。谨案在“清党”以后的党国里，讲共产主义是算犯大罪的，捕杀的网罗，张遍了全中国，而不讲，却又为党国的忠勇青年所鄙视。这实在只好变了真的蜗牛，才有“庶几得免于罪戾”『注：语出《左传》文公十八年』的幸福了。

〖释：“象牙塔”，喻浪漫的、脱离现实的艺术境界。/“一位勇敢的青年在政府机关的上海《民国日报》上给我批评”，1930年3月18日上海《民国日报》载署名“敌天”的来稿，攻击鲁迅“公然作反动的宣传”等等。〗

二心集/序言（1932·4·30）

●8-24-112-9

五六年前，德国就嚷着大学生太多了，一些

政治家和教育家，大声疾呼的劝告青年不要进大学。现在德国是不但劝告，而且实行铲除智识了：例如放火烧一些书籍，叫作家把自己的文稿吞进肚子去，还有，就是把一群群的大学生关在营房里做苦工。这叫做“解决失业问题”。中国不是也嚷着文法科的大学生过剩吗？其实何止文法科。就是中学生也太多了。要用“严厉的”会考制度，像铁扫帚似的——刷，刷，刷，把大多数的智识青年刷回“民间”去。

准风月谈/智识过剩（1933·7·16）

●8-24-112-10

智识太多了，不是心活，就是心软。心活就会胡思乱想，心软就不肯下辣手。结果，不是自己不镇静，就是妨害别人的镇静。于是灾祸就来了。所以智识非铲除不可。

准风月谈/智识过剩（1933·7·16）

●8-24-112-11

愚民的发生，是愚民政策的结果，秦始皇已经死了二千多年，看看历史，是没有再用这种政策的了，然而，那效果的遗留，却久远得多么骇人呵！

集外集拾遗/上海所感（1934·1·1）

●8-24-112-12

近来警告倒没有了，这是因为我们自己戒了严，但真也吃力。

书信/致萧军（1935·6·27）

（113）统治者的权术与手段

在中国，历来的胜利者，有谁不苛酷的呢。

●8-24-113-1

我们的乏的古人想了几千年，得到一个制驭别人的巧法：可压服的将他压服，否则将他抬高。

华盖集/我的“籍”和“系”（1925·6·5）

●8-24-113-2

抬高也就是一种压服的手段，常常微微示意说，你应该这样，倘不，我要将你摔下来了。求人尊敬的可怜虫于是默默地坐着；但偶然也放开喉咙道“有利必有弊呀！”“彼亦一是非，此亦一是非呀！”“猗欤休哉呀！”听众遂亦同声赞叹道，“对呀对呀，可敬极了呀！”这样的互相敷衍下去，自己以为有趣。

华盖集/我的“籍”和“系”（1925·6·5）

●8-24-113-3

中国的人们，遇见带有会使自己不安的朕兆的人物，向来就用两样法：将他压下去，或者将他捧起来。

压下去就用旧习惯和旧道德，或者凭官力，所以孤独的精神的战士，虽然为民众战斗，却往往反为这“所为”而灭亡。到这样，他们这才安心了。压不下时，则于是乎捧，以为抬之使高，餍之使足，便可以于己稍稍无害，得以安心。

华盖集/这个与那个（1925·12·10－12·22）

●8-24-113-4

在中国，历来的胜利者，有谁不苛酷的呢。取近例，则如清初的几个皇帝，民国二年后的袁世凯，对于异己者何尝不赶尽杀绝。只是他嘴上却说着什么的大度和宽容，还有什么慈悲和仁厚；……在事实上，到现在为止，凡有大度，宽容，慈悲，仁厚等等美名，也大抵是名实并用者失败，只用其名者成功的。然而竟瞒过了一群大傻子，还会相信他。

集外集拾遗补编/庆祝沪宁克复的那一边（1927·5·5）

●8-24-113-5

我所目睹的一打以上的总长之中，有两位是喜欢属员上条陈『注：条陈，即“建议书”』的。于是听话的属员，便纷纷大上其条陈。久而久之，全如石沉大海。我那时还没有现在这么聪明，心里疑惑：莫非这许多条陈一无可取，还是他没有工夫看呢？……

哦！原来他的“做官课程表”上，有一项是“看条陈”的。因为要“看”，所以要“条陈”。为什么要“看条陈”？就是“做官”之一部分。

而已集/反“漫谈”（1927·10·8）

●8-24-113-6

现在，主战是人人都会的了——这是一二八的十九路军的经验：打是一定要打的，然而切不可打胜，而打死也不好，不多不少刚刚适宜的办法是失败。

伪自由书/对于战争的祈祷（1933·2·28）

●8-24-113-7

战争，禁得起主持的人预定着打败仗的计画么？好像戏台上的花脸和白脸打仗，谁输谁赢是早就在后台约定了的。

伪自由书/对于战争的祈祷（1933·2·28）

●8-24-113-8

近来的读书人，常常叹中国人好像一盘散沙，无法可想，将倒楣的责任，归之于大家。其实这是冤枉了大部分中国人的。……他们的像沙，是被统治者“治”成功的，用文言来说，就是“治绩”。

那么，中国就没有沙么？有是有的，但并非小民，而是大小统治者。

南腔北调集/沙（1933·8·15）

●8-24-113-9

人们又常常说：“升官发财。”其实这两件事是不并列的，其所以要升官，只因为要发财，升官不过是一种发财的门径。所以官僚虽然依靠朝廷，却并不忠于朝廷，吏役虽然依靠衙署，却并不爱护衙署，头领下一个清廉的命令，小喽罗是决不听的，对付的方法有“蒙蔽”。他们都是自私自利的沙，可以肥己时就肥己，而且每一粒都是皇帝，可以称尊处就称尊。有些人译俄皇为“沙皇”，移赠此辈，倒是极确切的尊号。财何从来？是从小民身上刮下来的。小民倘能团结，发财就烦难，那么，当然应该想尽方法，使他们变成散沙才好。以沙皇治小民，于是全中国就成为“一盘散沙”了。

南腔北调集/沙（1933·8·15）

●8-24-113-10

用武力拳头去对付，就是所谓“霸道”。然而“以力服人者，非心服也”〔注：孟轲的话。出《孟子·公孙丑》〕，所以文明人就得用“王道”，以取得“信任”：“民无信不立”〔注：孔丘的话。出《论语·颜渊》〕。

准风月谈/野兽训练法（1933·10·30）

●8-24-113-11

训兽之法，通于牧民，所以我们的古之人，也称治民的大人物曰“牧”*。然而所“牧”者，牛羊也，比野兽怯弱，因此也就无须乎专靠“信任”，不妨兼用着拳头，这就是冠冕堂皇的“威信”。

〔释：“治民的大人物曰‘牧’”，《礼记·曲礼》：“九州之长，入天子之国曰牧。”古代称“九州”之长为牧。汉代起，有些朝代曾设置牧的官职。〕

准风月谈/野兽训练法（1933·10·30）

●8-24-113-12

治国平天下之法，在告诉大家以有法，而不可明白切实的说出何法来。因为一说出，即有言，一有言，便可与行相对照，所以不如示之以不测。不测的威棱使人萎伤，不测的妙法使人希望——饥荒时生病，打仗时做诗，虽若与治国平天下不相干，但在莫名其妙中，却能令人疑为跟着自有治国平天下的妙法在——然而其“弊”也，却还是照例的也能在模胡中疑心到所谓妙法，其实不过是毫无方法而已。

南腔北调集/捣鬼心传（1934·1·15）

●8-24-113-13

按：1933年4月4日《申报》“南京专电”称：“司法界某要人谈”，“壮年犯人”应“每年得回家五天或七天，解决其性欲”。同年8月20日出版的《十日谈》第二期载郭明的《自由监狱》一文，反驳上述主张。

文明是出奇的进步了，所以去年也有了提倡每年该放犯人回家一趟，给以解决性欲的机会的，颇是人道主义气味之说的官吏。其实，他也并非对于犯人的性欲，特别表着同情，不过因为总不愁竟会实行的，所以也就高声嚷一下，以见自己的作为官吏的存在。然而舆论颇为沸腾了。有一位批评家，还以为这么一来，大家便要不怕牢监，高高兴兴的进去了，很为世道人心愤慨了一下。受了所谓圣贤之教那么久，竟还没有那位官吏的圆滑，固然也令人觉得诚实可靠，然而他的意见，是以为对于犯人，非加虐待不可，却也因此可见了。

且介亭杂文/关于中国的两三件事（日文1934·3）

●8-24-113-14

现在是爆裂弹呀，烧夷弹呀之类的东西已经做出，加以飞机也很进步，如果要做名人，就更加容易了。而且如果放火比先前放得大，那么，那人就也更加受尊敬，从远处看去，恰如救世主一样，而那火光，便令人以为是光明。

且介亭杂文/关于中国的两三件事（日文1934·3）

●8-24-113-15

中国是对内特别凶恶的。

书信/致曹靖华（1935·6·24）

●8-24-113-16

有谁要看统治者的统治艺术的全般的么？那只要到军人监狱里去。他的虐杀异己，屠戮人民，不惨酷是不快意的。时局一紧张，就拉出一批所谓重要的政治犯来枪毙，无所谓刑期不刑期的。

且介亭杂文末编/写于深夜里（1936·5）

第二十五节 “中国人”

中国古训中教人苟活的格言如此之多，而中国人偏多死亡，外族偏多侵入……

（114）“国民性的堕落”

中国国民性的堕落……最大的病根，是眼光不远，加以“卑怯”与“贪婪”，但这是历久养成的，一时不容易去掉。

●8-25-114-1

吾辈诊同胞病颇得七八，而治之有二难焉：未知下药，一也；牙关紧闭，二也。牙关不开尚能以醋涂其腮，更取铁钳摧而启之，而药方则无以下笔。

书信/致许寿裳〔此信原无标点〕（1918·1·4）

●8-25-114-2

狮子似的凶心，兔子的怯弱，狐狸的狡猾，……

呐喊/狂人日记（1918·5）

●8-25-114-3

自己想吃人，又怕被别人吃了，都用着疑心极深的眼光，面面相觑。……

去了这心思，放心做事走路吃饭睡觉，何等舒服。这只是一条门槛，一个关头。他们可是父子兄弟夫妇师生仇敌和各不相识的人，都结成一伙，互相牵掣，死也不肯跨过这一步。

呐喊/狂人日记（1918·5）

●8-25-114-4

他们是一伙，都是吃人的人。可是也晓得他们心思很不一样，一种是以为从来如此，应该吃的；一种是知道不该吃，可是仍然要吃，又怕别人说破他……

呐喊/狂人日记（1918·5）

●8-25-114-5

许多人所怕的，是“中国人”这名目要消灭；我所怕的，是中国人要从“世界人”中挤出。

热风/随感录·三十六（1918·11·15）

●8-25-114-6

凡中国人说一句话，做一件事，倘与传来的积习有若干抵触，须一个斤斗便告成功，才有立足的处所；而且被恭维得烙铁一般热。否则免不了标新立异的罪名，不许说话；或者竟成了大逆不道，为天地所不容。

热风/随感录·四十一（1919·1·15）

●8-25-114-7

中国人对于异族，历来只有两样称呼：一样是禽兽，一样是圣上。从没有称他朋友，说他也同我们一样的。

热风/随感录·四十八（1919·2·15）

●8-25-114-8

我们中国人，决不能被洋货的什么主义引动，有抹杀他扑灭他的力量。军国民主义么，我们何尝会同别人打仗；无抵抗主义么，我们却是主战参战*的；自由主义么，我们连发表思想都要犯罪，讲几句话也为难；人道主义么，我们人身还可以买卖呢。

〖释：“主战参战”，第一次世界大战后期，中国北洋政府对德国宣战，加入协约国一方。〗

热风/“来了”（1919·5）

●8-25-114-9

暴君治下的臣民，大抵比暴君更暴；暴君的暴政，时常还不能餍足暴君治下的臣民的欲望。

热风/暴君的臣民（1919·11·1）

●8-25-114-10

暴君的臣民，只愿暴政暴在他人的头上，他却看着高兴，拿“残酷”做娱乐，拿“他人的苦”做赏玩，做慰安。

热风/暴君的臣民（1919·11·1）

●8-25-114-11

今之论者，又惧俄国思潮传染中国，足以肇乱，此亦似是而非之谈，乱则有之，传染思潮则未必。中国人无感染性，他国思潮，甚难移殖；将来之乱，亦仍是中国式之乱，非俄国式之乱也。而中国式之乱，能否较善于他式，则非浅见之所能测矣。

书信/致宋崇义（1920·5·4）

●8-25-114-12

中国人，所擅长的是所谓“中庸”，于是终于佛有释藏*，道有道藏*，不论是非，一齐存在。

〖释：“释藏”，即《大藏经》，汉文佛教经典和著作的总集，分经、律、论三藏。南北朝时开始编集，宋开宝五年（972）首次雕刊一藏，凡十三万版，以后各代均有刊刻。/“道藏”，道教经典和著作的总集。最早编成于唐开元中。宋徽宗政和年间首次刊印，以后各代均有刊刻。内容十分庞杂。通行的有明代《正统道藏》五三〇五卷，《万历续道藏》一八〇卷。〗

集外集拾遗补编/关于《小说世界》（1923·1·15）

●8-25-114-13

凡是愚弱的国民，即使体格如何健全，如何茁壮，也只能做毫无意义的示众的材料和看客，病死多少是不必以为不幸的。

呐喊/自序（1923·8·21）

●8-25-114-14

以明末例现在，则中国的情形还可以更腐败，更破烂，更凶酷，更残虐，现在还不算达到极点。但明末的腐败破烂也还未达到极点，因为李自成，张献忠闹起来了。而张李的凶酷残虐也还未达到极点，因为满洲兵进来了。

难道所谓国民性者，真是这样地难于改变的

么？倘如此，将来的命运便大略可想了……

华盖集/忽然想到〔四〕(1925·2·20)

●8-25-114-15

雷峰塔倒掉以后，我们单知道由于乡下人的迷信。共有的塔失去了，乡下人的所得，却不过一块砖，这砖，将来又将为别一自利者所藏，终究至于灭尽。倘在民康物阜时候，因为十景病的发作，新的雷峰塔也会再造的罢。但将来的运命，不也就可以推想而知么？如果乡下人还是这样的乡下人，老例还是这样的老例。

这一种奴才式的破坏，结果也只能留下一片瓦砾，与建设无关。

坟/再论雷峰塔的倒掉(1925·2·23)

●8-25-114-16

凡这一种寇盗式的破坏，结果只能留下一片瓦砾，与建设无关。

但当太平时候，就是正在修补老例，并无寇盗时候，即国中暂时没有破坏么？也不然的，其时有奴才式的破坏作用常川活动着。

雷峰塔砖的挖去，不过是极近的一条小小的例。龙门的石佛，大半肢体不全，图书馆中的书籍，插图须谨防撕去，凡公务或无主的东西，倘难于移动，能够完全的即很不多。……仅因目前极小的自利，也肯对于完整的大物暗暗的加一个创伤。人数既多，创伤自然极大，而倒败之后，却难于知道加害的究竟是谁。

坟/再论雷峰塔的倒掉(1925·2·23)

●8-25-114-17

岂但乡下人之于雷峰塔，日日偷挖中华民国的柱石的奴才们现在正不知有多少！

坟/再论雷峰塔的倒掉(1925·2·23)

●8-25-114-18

按：此信收信人梁绳祎，当时是北京师范大学学生。

中国人至今未脱原始思想，的确尚有新神话发生，譬如“日”之神话，《山海经》中有之，但吾乡(绍兴)皆谓太阳之生日＊为三月十九日，此非小说，非童话，实亦神话，因众皆信之也，而起源则必甚迟。

〖释：“太阳生日”，绍兴俗传夏历三月十九为朱天大帝生日，后讹为太阳菩萨生日。〗

书信/致梁绳祎(1925·3·15)

●8-25-114-19

报章上的论坛，“反改革”的空气浓厚透顶了，满车的“祖传”，“老例”，“国粹”等等，都想来堆在道路上，将所有的人家完全活埋下去。……有些人们——甚至于竟是青年——的论调，简直和“戊戌政变”时候的反对改革者的论调一模一样。你想，二十七年了，还是这样，岂不可怕。

华盖集/通讯〔复徐炳昶〕(1925·3·20)

●8-25-114-20

我现在住在一条小胡同里，这里有所谓土车者，每月收几吊钱，将煤灰之类搬出去。搬出去怎么办呢？就堆在街道上，这街就每日增高。有几所老房子，只有一半露出在街上的，就正在豫告着别的房屋的将来。我不知道什么缘故，见了这些人家，就像看见了中国人的历史。

姓名我忘记了，总之是一个明末的遗民＊，他曾将自己的书斋题作“活埋庵”。谁料现在的北京的人家，都在建造“活埋庵”，还要自己拿出建造费。

〖释：“明末的遗民”，指徐树丕，字武子，号活埋庵道人，江苏长洲(今吴县)人，明末秀才。明亡后隐居不出。著有《识小录》、《活埋庵集》等。〗

华盖集/通讯(1925·3·20)

●8-25-114-21

最初的革命是排满，容易做到的，其次的改革是要国民改革自己的坏根性，于是就不肯了。所以此后最要紧的是改革国民性，否则，无论是专制，是共和，是什么什么，招牌虽换，货色照旧，全不行的。

两地书/原信·八〔北京〕（1925·3·31）

●8-25-114-22

大同的世界，怕一时未必到来，即使到来，像中国现在似的民族也一定在大同的门外。

两地书/原信·十〔北京〕（1925·4·8）

●8-25-114-23

中国国民性的堕落，我觉得不是因为顾家，他们也未尝为“家”设想。最大的病根，是眼光不远，加以“卑怯”与“贪婪”，但这是历久养成的，一时不容易去掉。我对于攻打这些病根的工作，倘有可为，现在还不想放手，但即使有效，也恐很迟，我自己看不见了。

两地书/原信·十〔北京〕（1925·4·8）

●8-25-114-24

我们的古圣先贤既给与我们保古守旧的格言，但同时也排好了用子女玉帛所做的奉献于征服者的大宴。中国人的耐劳，中国人的多子，都就是办酒的材料，到现在还为我们的爱国者所自诩的。

坟/灯下漫笔（1925·5·1）

●8-25-114-25

我们自己是早已布置妥贴了，有贵贱，有大小，有上下。自己被人凌虐，但也可以凌虐别人；自己被人吃，但也可以吃别人。一级一级的制驭着，不能动弹，也不想动弹了。因为倘一动弹，虽或有利，然而也有弊。

坟/灯下漫笔（1925·5·1）

●8-25-114-26

罗素在西湖见轿夫含笑，便赞美中国人，……但是，轿夫如果能对坐轿的人不含笑，中国也早不是现在似的中国了。

坟/灯下漫笔（1925·5·1）

●8-25-114-27

看看许多中国人罢，反对抢人，说自己愿意施舍；我们也毫不见他去抢，而他家里有许许多多别人的东西。

集外集拾遗/通讯〔复高歌〕（1925·5·8）

●8-25-114-28

中国人但对于羊显凶兽相，而对于凶兽则显羊相，所以即使显着凶兽相，也还是卑怯的国民。这样下去，一定要完结的。

华盖集/忽然想到〔七〕（1925·5·12）

●8-25-114-29

中国古来，一向是最注重于生存的，什么“知命者不立于岩墙之下”＊咧，什么“千金之子坐不垂堂”咧，什么“身体发肤受之父母不敢毁伤”＊咧，竟有父母愿意儿子吸鸦片的，一吸，他就不至于到外面去，有倾家荡产之虞了。可是这一流人家，家业也决不能长保，因为这是苟活。

〖释：“知命者不立于岩墙之下”，语出《孟子·尽心上》。岩墙，危墙。/“身体发肤受之父母不敢毁伤”，语见《孝经·开宗明义章》。〗

华盖集/北京通信（1925·5·14）

●8-25-114-30

说英国不对的，还有英国人。所以无论如何，我总觉得鬼子比中国人文明，货只管排，而那品性却很有可学的地方。这种敢于指摘自己国度的错误的，中国人就很少。

两地书/原信·二十九〔北京〕（1925·6·13）

●8-25-114-31

我们究竟还是未经革新的古国的人民，所以也还是各不相通，并且连自己的手也几乎不懂自己的足。

集外集/俄文译本《阿Q正传》序及著者自叙传略（1925·6·15）

●8-25-114-32

我觉得中国人所蕴蓄的怨愤已经够多了，自然是受强者的蹂躏所致的。但他们却不很向强者反抗，而反在弱者身上发泄，兵和匪不相争，无枪的百姓却并受兵匪之苦，就是最近便的证据。再露骨地说，怕还可以证明这些人的卑怯。卑怯的人，即使有万丈的愤火，除弱草以外，又能烧掉甚么呢?

坟/杂忆（1925・6・19）

●8-25-114-33

宋人的一部杂记里有市井间的谐谑，将金人和宋人的事物来比较。譬如问金人有箭，宋有什么?则答道，“有锁子甲”。又问金有四太子，宋有何人?则答道，“有岳少保”。临末问，金人有狼牙棒（打人脑袋的武器），宋有什么?却答道，“有天灵盖”＊!

自宋以来，我们终于只有天灵盖而已……

〖释：“有天灵盖”的谐谑，出宋代张知甫的《可书》。下文中“四太子”指金太祖的第四子兀术；岳少保即岳飞。〗

华盖集/补白（1925・6・26）

●8-25-114-34

瓜皮帽，长衫，双梁鞋，打拱作揖，大红名片，水烟筒，或者都要成为爱国的标征……然而我并不说中国人顽固，因为我相信，鸦片和扑克是不会在排斥之列的。况且爱国之士不是已经说过，马将牌已在西洋盛行，给我们复了仇么?

华盖集/补白（1925・6・26）

●8-25-114-35

爱国之士又说，中国人是爱和平的。但我殊不解既爱和平，何以国内连年打仗?或者这话应该修正：中国人对外国人是爱和平的。

华盖集/补白（1925・6・26）

●8-25-114-36

谁说中国人不善于改变呢?每一新的事物进来，起初虽然排斥，但看到有些可靠，就自然会改变。不过并非将自己变得合于新事物，乃是将新事物变得合于自己而已。

华盖集/补白（1925・6・26）

●8-25-114-37

必须敢于正视，这才可望敢想，敢说，敢作，敢当。倘使并正视而不敢，此外还能成什么气候。然而，不幸这一种勇气，是我们中国人最所缺乏的。

坟/论睁了眼看（1925・8・3）

●8-25-114-38

中国人的不敢正视各方面，用瞒和骗，造出奇妙的逃路来，而自以为正路。在这路上，就证明着国民性的怯弱，懒惰，而又巧滑。一天一天的满足着，即一天一天的堕落着，但却又觉得日见其光荣。

坟/论睁了眼看（1925・8・3）

●8-25-114-39

亡国一次，即添加几个殉难的忠臣，后来每不想光复旧物，而只去赞美那几个忠臣；遭劫一次，即造成一群不辱的烈女，事过之后，也每每不思惩凶，自卫，却只顾歌咏那一群烈女。仿佛亡国遭劫的事，反而给中国人发挥“两间正气”的机会，增高价值，即在此一举，应该一任其至，不足忧悲似的。

坟/论睁了眼看（1925・8・3）

●8-25-114-40

中国人是健忘的，无论怎样言行不符，名实不副，前后矛盾，撒谎造谣，蝇营狗苟，都不要紧，经过若干时候，自然被忘得干干净净；只要留下一点卫道模样的文字，将来仍不失为“正人君子”。况且即使将来没有“正人君子”之称，于目下的实利又何损哉?

华盖集/十四年的“读经”（1925・11・27）

●8-25-114-41

最奇怪的是北几省的河道，竟捧得河身比屋顶高得多了。当初自然是防其溃决，所以壅上一点土；殊不料愈壅愈高，一旦溃决，那祸害就更大。于是就“抢堤”咧，“护堤”咧，“严防决堤”咧，花色繁多，大家吃苦。如果当初见河水泛滥，不去增堤，却去挖底，我以为决不至于这样。……中国人的自讨苦吃的根苗在于捧，“自求多福”之道却在于挖。其实，劳力之量是差不多的，但从惰性太多的人们看来，却以为还是捧省力。

华盖集/这个与那个（1925·12）

●8-25-114-42

中国人不但“不为戎首”*，“不为祸始”，甚至于“不为福先”*。所以凡事都不容易有改革；前驱和闯将，大抵是谁也怕得做。然而人性岂真能如道家所说的那样恬淡；欲得的却多。既然不敢径取，就只好用阴谋和手段。以此，人们也就日见其卑怯了，既是“不为最先”，自然也不敢“不耻最后”，所以虽是一大堆群众，略见危机，便“纷纷作鸟兽散”了。如果偶有几个不肯退转，因而受害的，公论家便异口同声，称之曰傻子。对于“锲而不舍”*的人们也一样。

〖释：“不为戎首”，语出《礼记·檀弓》：“毋为戎首，不亦善乎?”据汉代郑玄注：“为兵主来攻伐曰戎首”。/“不为祸始”、“不为福先”，语见《庄子·刻意》：“不为福先，不为祸始；感而后应，迫而后动，不得已而后起。”/“锲而不舍”，语见《荀子·劝学》：“锲而不舍，金石可镂。”镂，雕刻的意思。〗

华盖集/这个与那个（1925·12）

●8-25-114-43

中国一向就少有失败的英雄，少有韧性的反抗，少有敢单身鏖战的武人，少有敢抚哭叛徒的吊客；见胜兆则纷纷聚集，见败兆则纷纷逃亡。战具比我们精利的欧美人，战具未必比我们精利的匈奴蒙古满洲人，都如入无人之境。

华盖集/这个与那个（1925·12）

●8-25-114-44

《韩非子》说赛马的妙法，在于“不为最先，不耻最后”。……但那第一句是只适用于赛马的，不幸中国人却奉为处世金针了。

华盖集/这个与那个（1925·12）

●8-25-114-45

中国的国魂里大概总有这两种魂：官魂和匪魂。

华盖集续编/学界的三魂（1926·1·24）

●8-25-114-46

中国是一向重情面的。何谓情面？明朝就有人解释过，曰：“情面者，面情之谓也。”自然不知道他说什么，但也就可以懂得他说什么。

华盖集续编/送灶日漫笔（1926·2·11）

●8-25-114-47

中国人的对付鬼神，凶恶的是奉承，如瘟神和火神之类，老实一点的就要欺侮，例如对于土地或灶君。待遇皇帝也有类似的意思。

华盖集续编/谈皇帝（1926·3·9）

●8-25-114-48

要寻虚无党，在中国实在很不少；和俄国的不同的处所，只在他们这么想，便这么说，这么做，我们的却虽然这么想，却是那么说，在后台这么做，到前台又那么做……。

华盖集续编/马上支日记（1926·8·2）

●8-25-114-49

中国人总不肯研究自己。从小说来看民族性，也就是一个好题目。此外，则道士思想（不是道教，是方士）与历史上大事件的关系，在现今社会上的势力；孔教徒怎样使“圣道”变得和自己的无所不为相宜；战国游士说动人主的所谓“利”“害”是怎样的，和现今的政客有无不同；中国从古到今有多少文字狱；历来“流言”的制造散布法和效验等等……可以研究的新方面实在多。

华盖集续编/马上支日记（1926·8·2）

●8-25-114-50

我们一面被破坏，一面修缮着，辛辛苦苦地再过下去。所以我们的生活，便成了一面受破坏，一面修补，一面受破坏，一面修补的生活了。

华盖集续编/记谈话（1926·10·2）

●8-25-114-51

我们中国人对于不是自己的东西，或者将不为自己所有的东西，总要破坏了才快活的。

华盖集续编/记谈话（1926·10·2）

●8-25-114-52

我们总是中国人，我们总要遇见中国事，但我们不是中国式的破坏者，所以我们是过着受破坏了又修补，受破坏了又修补的生活。我们的许多寿命白费了。

华盖集续编/记谈话（1926·10·2）

●8-25-114-53

好几天，却忘不掉郑成功的遗迹。离我的住所不远就有一道城墙，据说便是他筑的。一想到除了台湾，这厦门乃是满人入关以后我们中国的最后亡的地方，委实觉得可悲可喜。……然而郑成功的城却很寂寞，听说城脚的沙，还被人盗运去卖给对面鼓浪屿的谁，快要危及城基了*。有一天我清早望见许多小船，吃水很重，都张着帆驶向鼓浪屿去，大约便是那卖沙的同胞。

〖释：“城脚的沙……”，郑成功遗迹的海滩上满布优质白沙。当时有人将其辗转偷运至日本占领下的台湾，以供制造玻璃。〗

华盖集续编/厦门通信（1926·12）

●8-25-114-54

直到现在，中国人却还耍着这样的旧戏法。人是有的，没有声音，寂寞得很。——人会没有声音的么？没有，可以说：是死了。倘要说得客气一点，那就是：已经哑了。

三闲集/无声的中国（1927·2）

●8-25-114-55

中国人的性情是总喜欢调和，折中的。譬如你说，这屋子太暗，须在这里开一个窗，大家一定不允许的。但如果你主张拆掉屋顶，他们就会来调和，愿意开窗了。没有更激烈的主张，他们总连平和的改革也不肯行。

三闲集/无声的中国（1927·2）

●8-25-114-56

中国人有一种矛盾思想，即是：要子孙生存，而自己也想活得很长久，永远不死；及至知道没法可想，非死不可了，却希望自己的尸身永远不腐烂。

集外集拾遗/老调子已经唱完（1927·2·19）

●8-25-114-57

民众的罚恶之心，并不下于学者和军阀。近来我悟到凡带一点改革性的主张，倘于社会无涉，才可以作为“废话”而存留，万一见效，提倡者即大概不免吃苦或杀身之祸。

而已集/答有恒先生（1927·10·1）

●8-25-114-58

我看见西洋人所画的中国人，才知道他们对于我们的相貌也很不敬。……头上戴着拖花翎的红缨帽，一条辫子在空中飞扬，朝靴的粉底非常之厚。但这些都是满洲人连累我们的。独有两眼歪斜，张嘴露齿，却是我们自己本来的相貌。

而已集/略论中国人的脸（1927·10·25）

●8-25-114-59

对于中国一部分人们的相貌，我也逐渐感到一种不满，就是他每看见不常见的事件或华丽的女人，听到有些醉心的说话的时候，下巴总要慢慢挂下，将嘴张了开来。这实在不大雅观；仿佛精神上缺少着一样什么机件。据研究人体的学者们说，一头附着在上鄂骨上，那一头附着在下鄂骨上的“咬筋”，力量是非常之大的。我们幼小时候想吃核桃，必须放在门缝里将它的壳夹碎。但在成人，只要牙齿好，那咬筋一收缩，便能咬碎一个核桃。有着这么大的力量的筋，有时竟不能收住一个并不沉重的自己的下巴，虽然正在看得出神的时候，倒也情有可原，但我总以为究竟不是十分体面的事。

而已集/略论中国人的脸（1927·10·25）

●8-25-114-60

香港虽只一岛，却活画着中国许多地方现在和将来的小照：中央几位洋主子，手下是若干颂德的“高等华人”和一伙作伥的奴气同胞。此外即全是默默吃苦的“土人”，能耐的死在洋场上，耐不住的逃入深山中，苗瑶是我们的前辈。

而已集/再谈香港（1927·11·19）

●8-25-114-61

一见短袖子，立刻想到白臂膊，立刻想到全裸体，立刻想到生殖器，立刻想到性交，立刻想到杂交，立刻想到私生子。

中国人的想像惟在这一层能够如此跃进。

而已集/小杂感（1927·12·17）

●8-25-114-62

要别人承认是人，总须自己本国里先争得人格。

集外集拾遗补编/《“行路难”》按语（1928·1·28）

●8-25-114-63

这普遍的做戏，却比真的做戏还要坏。真的做戏，是只有一时；戏子做完戏，也就恢复为平常状态的。杨小楼『注：京剧演员〈1877－1937〉』做《单刀赴会》，梅兰芳做《黛玉葬花》，只有在戏台上的时候是关云长，是林黛玉，下台就成了普通人，所以并没有大弊。倘使他们扮演一回之后，就永远提着青龙偃月刀或锄头，以关老爷，林妹妹自命，怪声怪气，唱来唱去，那就实在只好算是发热昏了。

二心集/宣传与做戏（1931·11·20）

●8-25-114-64

危言为人所不乐闻，大抵愿昏昏以死，上海近日新开一跳舞厅，第一日即拥挤至无立足之处，呜呼，尚何言哉。

书信/致李秉中（1932·5·3）

●8-25-114-65

中国人将办事和做戏混为一谈，而别人却很切实……至今为止，中国没有发表过战死的兵丁，被杀的人民的数目，则是连戏也不做了。

书信/致台静农（1932·6·18）

●8-25-114-66

我们中国人总喜欢说自己爱和平，但其实，是爱斗争的，爱看别的东西斗争，也爱看自己们斗争。

伪自由书/观斗（1933·1·30）

●8-25-114-67

“天诛地灭，男盗女娼”——是中国人赌咒的经典，几乎像诗云子曰一样。

伪自由书/赌咒（1933·2·14）

●8-25-114-68

我们其实是老练的，我们很知道香港总督的德政，上海工部局的章程，要人的谁和谁是亲友，谁和谁是仇雠，谁的太太的生日是那一天，爱吃的是什么。

伪自由书/颂萧（1933·2·17）

●8-25-114-69

我中华民族虽然常常的自命为爱“中庸”，行“中庸”的人民，其实是颇不免于过激的。譬如对于敌人罢，有时是压服不够，还要“除恶务尽”，杀掉不够，还要“食肉寝皮”。

南腔北调集/由中国女人的脚，推定中国人之非中庸，又由此推定孔夫子有胃病（1933·3·16）

●8-25-114-70

救急扶伤，一不小心，向来就很容易被人所诬陷……所以，在中国，尤其是在都市里，倘使路上有暴病倒地，或翻车摔伤的人，路人围观或甚至于高兴的人尽有，肯伸手来扶助一下的人却是极少的。

南腔北调集/经验（1933·7·15）

●8-25-114-71

苗民大败之后，都往山里跑，这是我们的先帝轩辕氏赶他的。南宋败残之余，就往海边跑，这据说也是我们的先帝成吉思汗赶他的，赶到临了，就是陆秀夫＊背着小皇帝，跳进海里去。我们中国人，原是古来就要“自行失足落水”的。

〖释：陆秀夫（1236－1279），南宋大臣。1278年拥宋度宗八岁的儿子赵昺为帝，在厓山（在今广东新会南）坚持抗元。1279年元兵破厓山，他背着赵昺投海而死〗

准风月谈/踢（1933·8·13）

●8-25-114-72

虽然爬得上的很少，然而个个以为这正是他自己。……拚命的爬，爬，爬。可是爬的人那么多，而路只有一条，十分拥挤。老实的照着章程规规矩矩的爬，大都是爬不上去的。聪明人就会推，把别人推开，推倒，踏在脚底下，踹着他们的肩膀和头顶，爬上去了。大多数人却还只是爬，认定自己的冤家并不在上面，而只在旁边——是那些一同在爬的人。他们大都忍耐着一切，两脚两手都着地，一步步的挨上去又挤下来，挤下来又挨上去，没有休止的。

准风月谈/爬和撞（1933·8·23）

●8-25-114-73

我们虽挂孔子的门徒招牌，却是庄生的私淑弟子。“彼亦一是非，此亦一是非”＊，是与非不想辨；“不知周之梦为蝴蝶欤，蝴蝶之梦为周欤?”＊梦与觉也分不清。

〖释：“彼亦一是非，此亦一是非”，“不知周之梦为蝴蝶欤，蝴蝶之梦为周欤”，均出《庄子·齐物论》。〗

南腔北调集/“论语一年”（1933·9·16）

●8-25-114-74

假使世界上只有一家有臭虫，而遭别人指摘的时候，实在也不大舒服的，但捉起来却也真费事。况且北京有一种学说，说臭虫是捉不得的，越捉越多。即使捉尽了，又有什么价值呢，不过是一种消极的办法。最好还是希望别家也有臭虫，而竟发见了就更好。

准风月谈/外国也有（1933·10·23）

●8-25-114-75

耳闻目睹的不算，单是看看报章，也就可以知道社会上有多少不平，人们有多少冤抑。但对于这些事，除了有时或有同业，同乡，同族的人们来说几句呼吁的话之外，利害无关的人的义愤的声音，我们是很少听到的。这很分明，是大家不开口；或者以为和自己不相干；或者连“以为和自己不相干”的意思也全没有。

南腔北调集/世故三昧（1933·11·15）

●8-25-114-76

中国的自己能酿酒，比自己来种鸦片早，但我们现在只听说许多人躺着吞云吐雾，却很少见有人像外国水兵似的满街发酒疯。唐宋的踢球，久已失传，一般的娱乐是躲在家里彻夜叉麻雀。从这两点看起来，我们在从露天下渐渐的躲进家里去，是无疑的。

南腔北调集/家庭为中国之基本（1934·1·15）

●8-25-114-77

我们也并非满足于现状，是身处斗室之中，神驰宇宙之外，抽鸦片者享乐着幻境，叉麻雀者心仪于好牌。檐下放起爆竹，是在将月亮从天狗嘴里救出；剑仙坐在书斋里，哼的一声，一道白光，千万里外的敌人可被杀掉了，不过飞剑还是回家，钻进原来的鼻孔去，因为下次还要用。这叫做千变万化，不离其宗。

南腔北调集/家庭为中国之基本（1934·1·15）

●8-25-114-78

与其迷信，模胡不如认真。倘若相信鬼还要用钱，我赞成北宋人似的索性将铜钱埋到地里去*，现在那么的烧几个纸锭，却已经不但是骗别人，骗自己，而且简直是骗鬼了。中国有许多事情都只剩下一个空名和假样，就为了不认真的缘故。

〖释："北宋人将铜钱埋到地里去"，据唐代封演《封氏闻见录》卷六，古代祭祀鬼神，"有圭璧币帛，事毕则埋之……其纸钱，魏晋以来，始有其事。"用纸钱之后，也仍有以铜钱和金银埋入墓中的。〗

花边文学/《如此广州》读后感（1934·2·7）

●8-25-114-79

中国人总只喜欢一个"名"，只要有新鲜的名目，便取来玩一通，不久连这名目也糟蹋了，便放开，另外又取一个。真如黑色的染缸一样，放下去，没有不乌黑的。譬如"伟人""教授""学者""名人""作家"这些称呼，当初何尝不冠冕，现在却听去好像讽刺了，一切无不如此。

书信/致姚克（1934·4·22）

●8-25-114-80

假使有一个人，在路旁吐一口唾沫，自己蹲下去，看着，不久准可以围满一堆人；又假使又有一个人，无端大叫一声，拔步便跑，同时准可以大家都逃散。

花边文学/一思而行（1934·5·17）

●8-25-114-81

我们从古典里，听熟了仁人义士，来解倒悬的胡说了，直到现在，还不免总在想从天上或什么高处远处掉下一点恩典来，其甚者竟以为"莫作乱离人，宁为太平犬"，不妨变狗，而合群改革是不肯的。……

这类的人物一多，倒是大家要被倒悬的，而且虽在送往厨房的时候，也无人暂时解救。这就因为我们究竟是人，然而是没出息的人的缘故。

花边文学/倒提（1934·6·28）

●8-25-114-82

又有人来讲"乾隆皇帝是海宁陈阁老的儿子"*了。这一个满洲"英明之主"，原来竟是中国人掉的包，好不阔气，而且福气。不折一兵，不费一矢，单靠生殖机关便革了命，真是绝顶便宜。

〖释："乾隆皇帝是海宁陈阁老的儿子"，陈阁老即清代陈元龙（1652－1736），曾任文渊阁大学士。关于这个传说，在各种著述如陈怀的《清史要略》中记载很多。〗

花边文学/中秋二愿（1934·9·28）

●8-25-114-83

中国人是尊家族，尚血统的，但一面又喜欢和不相干的人们去攀亲，我真不知道是什么意思。从小以来，什么"乾隆是从我们汉人的陈家悄悄的抱去的"呀，"我们元朝是征服了欧洲的"呀之类，早听的耳朵里起茧了，不料到得现在，纸烟铺子的选举中国政界伟人投票，还是列成吉思汗为其中之一人；开发民智的报章，还在讲满洲的乾隆皇帝是陈阁老的儿子。……我真怕将来大家又大说一通日本人是徐福的子孙*。

〖释："日本人是徐福的子孙"，徐福，一作徐市，秦代方士。据《史记·秦始皇本纪》载，秦始皇派徐福带童男童女数千人入海求仙药不归。大概从汉代起，有徐福留居日本未返的传说。〗

花边文学/中秋二愿（1934·9·28）

●8-25-114-84

相传前清时候，洋人到总理衙门去要求利益，一通威吓，吓得大官们满口答应，但临走时，却被从边门送出去。不给他走正门，就是他没有面子；他既然没有了面子，自然就是中国有了面子，也就是占了上风了。

且介亭杂文/说"面子"（1934·10）

●8-25-114-85

“面子”究竟是怎么一回事呢？不想还好，一想可就觉得胡涂。它像是很有好几种的，每一种身份，就有一种“面子”，也就是所谓“脸”。这“脸”有一条界线，如果落到这线的下面去了，即失了面子，也叫作“丢脸”。不怕“丢脸”，便是“不要脸”。但倘使做了超出这线以上的事，就“有面子”，或曰“露脸”。

且介亭杂文/说“面子”（1934·10）

●8-25-114-86

“要面子”和“不要脸”实在也可以有很难分辨的时候。

且介亭杂文/说“面子”（1934·10）

●8-25-114-87

中国人要“面子”，是好的，可惜的是这“面子”是“圆机活法”『注：随机应变的方法』，善于变化，于是就和“不要脸”混起来了。

且介亭杂文/说“面子”（1934·10）

●8-25-114-88

袁世凯将要称帝的时候，有人以列名于劝进表中为“有面子”；有一国从青岛撤兵的时候，有人以列名于万民伞上为“有面子”。

且介亭杂文/说“面子”（1934·10）

●8-25-114-89

中国人现在是在发展着“自欺力”。

“自欺”也并非现在的新东西，现在只不过日见其明显，笼罩了一切罢了。

且介亭杂文/中国人失掉自信力了吗（1934·10·20）

●8-25-114-90

中国人自然有迷信，也有“信”，但好像很少“坚信”。我们先前最尊皇帝，但一面想玩弄他，也尊后妃，但一面又有些想吊她的膀子；畏神明，而又烧纸钱作贿赂，佩服豪杰，却不肯为他作牺牲。崇孔的名儒，一面拜佛，信甲的战士，明天信丁。宗教战争是向来没有的，从北魏到唐末的佛道二教的此仆彼起，是只靠几个人在皇帝耳朵边的甘言蜜语。风水，符咒，拜祷……偌大的“运命”，只要化一批钱或磕几个头，就改换得和注定的一笔大不相同了——就是并不注定。

且介亭杂文/运命（1934·11·20）

●8-25-114-91

中国人几乎都是爱护故乡，奚落别处的大英雄，阿Q也很有这脾气。

且介亭杂文/答《戏》周刊编者信（1934·11·25）

●8-25-114-92

有几个外国人之爱中国，远胜于有些同胞自己，这真足叫人伤心。我们自己也还有好青年，但不知在此世界，究竟可以剩下几个？

书信/致郑振铎（1935·1·8）

●8-25-114-93

自有历史以来，中国人是一向被同族和异族屠戮，奴隶，敲掠，刑辱，压迫下来的，非人类所能忍受的楚毒，也都身受过，每一考查，真教人觉得不像活在人间。

且介亭杂文/病后杂谈之余（1935·3）

●8-25-114-94

拿破仑的战绩，和我们什么相干呢，我们却总敬服他的英雄。甚而至于自己的祖宗做了蒙古人的奴隶，我们却还恭维成吉思；从现在的卐字眼睛看来，黄人已经是劣种了，我们却还夸耀希特拉。

因为他们三个，都是杀人不眨眼的大灾星。

且介亭杂文/拿破仑与隋那（1935·11·6）

●8-25-114-95

不是巧人，在中国是很难存活的。

书信/致曹靖华（1936·4·23）

●8-25-114-96

我们中国人是相信有鬼（近时或谓之“灵魂”）的，既有鬼，则死掉之后，虽然已不是人，却还不失为鬼，总还不算是一无所有。

且介亭杂文末编/死（1936·9·20）

●8-25-114-97

其实，中国人是并非“没有自知”之明的，缺点只在有些人安于“自欺”，由此并想“欺人”。譬如病人，患着浮肿，而讳疾忌医，但愿别人胡涂，误认他为肥胖。妄想既久，时而自己也觉得好像肥胖，并非浮肿；即使还是浮肿，也是一种特别的好浮肿，与众不同。如果有人，当面指明：这非肥胖，而是浮肿，且并不“好”，病而已矣。那么，他就失望，含羞，于是成怒，骂指明者，以为昏妄。然而还想吓他，骗他，又希望他畏惧主人的愤怒和骂詈，惴惴的再看一遍，细寻佳处，改口说这的确是肥胖。于是他得到安慰，高高兴兴，放心的浮肿着了。

且介亭杂文末编/“立此存照”〔三〕（1936·10·5）

（115）“群众”/“百姓”

看看我们究竟有着怎样的“同胞”

●8-25-115-1

民国成立的时候，我住在一个小县城里，早已挂过白旗。有一日，忽然见许多男女，纷纷乱逃：城里的逃到乡下，乡下的逃进城里。问他们什么事，他们答道，“他们说要来了。”

热风/“来了”（1919·5）

●8-25-115-2

先觉的人，历来总被阴险的小人昏庸的群众迫压排挤倾陷放逐杀戮。中国又格外凶。

集外集拾遗补编/寸铁（1919·8·12）

●8-25-115-3

日报上登载一个游历南洋和中国的本多博士的事；这位博士是不懂中国和马来语的，人问他，你不懂话，怎么走路呢？他拿起手杖来说，这便是他们的话，他们都懂！

呐喊/头发的故事（1920·10·10）

●8-25-115-4

凡是愚弱的国民，即使体格如何健全，如何茁壮，也只能做毫无意义的示众的材料和看客，病死多少是不必以为不幸的。所以我们的第一要著，是在改变他们的精神……

呐喊/自序（1923·8·21）

●8-25-115-5

群众，——尤其是中国的，——永远是戏剧的看客。牺牲上场，如果显得慷慨，他们就看了悲壮剧；如果显得觳觫，他们就看了滑稽剧。北京的羊肉铺前常有几个人张着嘴看剥羊，仿佛颇愉快，人的牺牲能给与他们的益处，也不过如此。而况事后走不几步，他们并这一点愉快也就忘却了。

对于这样的群众没有法，只好使他们无戏可看倒是疗救，正无需乎震骇一时的牺牲，不如深沉的韧性的战斗。

坟/娜拉走后怎样（1924·6）

●8-25-115-6

从崇轩『注：即胡也频』先生的通信（二月份《京报副刊》）里，知道他在轮船上听到两个旅客谈话，说是杭州雷峰塔之所以倒掉，是因为乡下人迷信那塔砖放在自己的家中，凡事都必平安，如意，逢凶化吉，于是这个也挖，那个也挖，挖之久久，便倒了。

坟/再论雷峰塔的倒掉（1925·2·23）

●8-25-115-7

国民如此，是决不会有好的政府的；好的政府，或者反而容易倒。

华盖集/通讯（1925·3·20）

●8-25-115-8

去年我在西安夏期讲演，我以为可悲的，而听众木然，我以为可笑的，而听众也木然，都无动，和我的动作全不生关系。当群众的心中并无可以燃烧的东西时，投火之无聊至于如此。别的事也一样的。

两地书/原信·十五〔北京〕(1925·4·22)

●8-25-115-9

群众不过如此，由来久矣，将来恐怕也不过如此。公理也和事之成败无关。

两地书/原信·二十二〔北京〕(1925·5·18)

●8-25-115-10

这回在北京的演讲和募捐之后，学生们和社会上各色人物接触的机会已经很不少了，我希望有若干留心各方面的人，将所见，所受，所感的都写出来，无论是好的，坏的，像样的，丢脸的，可耻的，可悲的，全给它发表，给大家看看我们究竟有着怎样的“同胞”。

华盖集/忽然想到〔十一〕(1925·6)

●8-25-115-11

中国人至今还有无数“等”，还是依赖门第，还是倚仗祖宗。倘不改造，即永远有无声的或有声的“国骂”。就是“他妈的”，围绕在上下和四旁，而且这还须在太平的时候。

坟/论“他妈的!”(1925·7·27)

●8-25-115-12

现在的乡民，于兵匪也已经辨别不清了。

坟/坚壁清野主义(1926·1)

●8-25-115-13

君民本是同一民族，乱世时“成则为王败则为贼”，平常是一个照例做皇帝，许多个照例做平民；两者之间，思想本没有什么大差别。所以皇帝和大臣有“愚民政策”，百姓们也自有其“愚君政策”。

华盖集续编/谈皇帝(1926·3·9)

●8-25-115-14

现在的中华民国虽由革命造成，但许多中华民国国民，都仍以那时的革命者为乱党，是明明白白的……

华盖集续编/为半农题记《何典》后，作(1926·6·7)

●8-25-115-15

我们乡下人评定是非，常是这样：“赵太爷说对的，还会错么？他田地就有二百亩!”

集外集/通信(1926·6·25)

●8-25-115-16

中国人先前听到俄国的“虚无党”三个字，便吓得屁滚尿流，不下于现在之所谓“赤化”。其实是何尝有这么一个“党”；只是“虚无主义者”或“虚无思想者”却是有的，是都介涅夫『注：屠格涅夫』给创立出来的名目，指不信神，不信宗教，否定一切传统和权威，要复归那出于自由意志的生活的人物而言。

华盖集续编/马上支日记(1926·8·2)

●8-25-115-17

中国人没记性，因为没记性，所以昨天听过的话，今天忘记了，明天再听到，还是觉得很新鲜。做事也是如此，昨天做坏的事，今天忘记了，明天做起来，也还是“仍旧贯”＊的老调子。

〖释：“仍旧贯”，语出《论语·先进》：“仍旧贯，如之何？何必改作!”〗

集外集拾遗/老调子已经唱完(1927·3)

●8-25-115-18

久受压制的人们，被压制时只能忍苦，幸而解放了便只知道作乐，悲壮剧是不能久留在记忆里的。

而已集/黄花节的杂感(1927·3·29)

●8-25-115-19

按：1928年4月6日《申报》载《长沙通

信》，“叙湘省破获共产党省委会，‘处死刑者三十余人，黄花节斩决八名’”，其中三名“系属女性”，“全城男女往观者终日人山人海”云。

我们中国现在（现在！不是超时代的）的民众，其实还不很管什么党，只要看“头”和“女尸”。只要有，无论谁的都有人看，……

三闲集/铲共大观（1928·4·30）

●8-25-115-20

……但见逃难者之终日纷纷不断，不逃难者之依然兴高采烈『注：指上海一二八战火中』，真好像一群无抵抗，无组织的羊。现在我寓的四近又已热闹起来，大约不久便要看不出痕迹。

书信/致台静农（1932·6·18）

●8-25-115-21

“蝼蚁尚知贪生”，中国百姓向来自称“蚁民”

伪自由书/中国人的生命圈（1933·4·14）

●8-25-115-22

中国百姓一向自称“蚁民”，现在为便于譬喻起见，姑升为牛罢，铁骑一过，茹毛饮血，蹄骨狼藉，倘可避免，他们自然是总想避免的，但如果肯放任他们自啮野草，苟延残喘，挤出乳来将这些“坐寇”喂得饱饱的，后来能够比较的不复狼吞虎咽，则他们就以为如天之福。

南腔北调集/谈金圣叹（1933·7·1）

●8-25-115-23

百姓固然怕流寇，也很怕“流官”。记得民元革命以后，我在故乡，不知怎地县知事常常掉换了。每一掉换，农民们便愁苦着相告道：“怎么好呢？又换了一只空肚鸭来了！”他们虽然至今不知道“欲壑难填”的古训，却很明白“成则为王，败则为贼”的成语，贼者，流着之王，王者，不流之贼也，要说得简单一点，那就是“坐寇”。……所区别的只在“流”与“坐”，却并不在“寇”与“王”。

南腔北调集/谈金圣叹（1933·7·1）

●8-25-115-24

小百姓的对于流寇，只痛恨着一半：不在于“寇”，而在于“流”。

南腔北调集/谈金圣叹（1933·7·1）

●8-25-115-25

谚语固然好像一时代一国民的意思的结晶，但其实，却不过是一部分的人们的意思。现在就以“各人自扫门前雪，莫管他家瓦上霜”来做例子罢，这乃是被压迫者们的格言，教人要奉公，纳税，输捐，安分，不可怠慢，不可不平，尤其是不要管闲事；而压迫者是不算在内的。

南腔北调集/谚语（1933·7·15）

●8-25-115-26

爬的人太多，爬得上的太少，失望也会渐渐的侵蚀善良的人心，至少，也会发生跪着的革命。

准风月谈/爬和撞（1933·8·23）

●8-25-115-27

古圣贤的明训，国事有治国者在，小民是用不着吵闹的。不过历来的圣帝明王，可又并不卑视小民，倒给与了更高超的自由和权利，就是听你专门去救宇宙和魂灵。这是太平的根基，从古至今，相沿不废，将来想必也不至先便废。

准风月谈/新秋杂识〔二〕（1933·9·13）

●8-25-115-28

“奴隶”们受了“酷刑”的教育，他只知道对人应该用酷刑。

南腔北调集/偶成（1933·10·15）

●8-25-115-29

奴隶们受惯了猪狗的待遇，他只知道人们无异于猪狗。

南腔北调集/偶成（1933·10·15）

●8-25-115-30

酷的教育，使人们见酷而不再觉其酷，例如

无端杀死几个民众，先前是大家就会嚷起来的，现在却只如见了日常茶饭事。人民真被治得好像厚皮的，没有感觉的癞象一样了，但正因为成了癞皮，所以又会踏着残酷前进，这也是虎吏和暴君所不及料，而即使料及，也还是毫无办法的。

南腔北调集/偶成（1933·10·15）

●8-25-115-31

火神菩萨只管放火，不管点灯。凡是火着就有他的份。因此，大家把他供养起来，希望他少作恶。然而如果他不作恶，他还受得着供养么，你想?

南腔北调集/火（1933·12·15）

●8-25-115-32

中国人大抵都多疑。如果跑到乡下去，向农民问路径，问他的姓名，问收成，他总不大肯说老实话。将对手当蜘蛛精看是未必的，但好像他总在以为会给他什么祸祟。这种情形，很使正人君子们愤慨，就给了他们一个徽号，叫作"愚民"。但事实上，带给他们祸祟的时候却也并非全没有。

集外集拾遗/上海所感（1934·1·1）

●8-25-115-33

中国人又很有些喜欢奇形怪状，鬼鬼祟祟的脾气，爱看古树发光比大麦开花的多，其实大麦开花他向来也没有看见过。于是怪胎畸形，就成为报章的好资料，替代了生物学的常识的位置了。

南腔北调集/捣鬼心传（1934·1·15）

●8-25-115-34

"安贫"诚然是天下太平的要道，但倘使无法指定究竟的运命，总不能令人死心塌地。现在的优生学，本可以说是科学的了，中国也正有人提倡着，冀以济运命说之穷，而历史又偏偏不挣气，汉高祖的父亲并非皇帝，李白的儿子也不是诗人；还有立志传，絮絮叨叨的在对人讲西洋的谁以冒险成功，谁又以空手致富。

花边文学/运命（1934·2·26）

●8-25-115-35

造化赋给我们的腰和脖子，本是可以弯曲的，弯腰曲背，在中国是一种常态，逆来尚须顺受，顺来自然更当顺受了。所以我们是最能研究人体，顺其自然而用之的人民，脖子最细，发明了砍头；膝关节能弯，发明了下跪；臀部多肉，又不致命，就发明了打屁股。违反自然的洋服，于是便渐渐的自然的没落了。

花边文学/洋服的没落（1934·4·25）

●8-25-115-36

暴露者揭发种种隐秘，自以为有益于人们，然而无聊的人，为消遣无聊计，是甘于受欺，并且安于自欺的，否则就更无聊赖。因为这，所以使戏法长存于天地之间，也所以使暴露幽暗不但为欺人者所深恶，亦且为被欺者所深恶。

花边文学/朋友（1934·5·1）

●8-25-115-37

暴露者只在有为的人们中有益，在无聊的人们中便要灭亡。自救之道，只在虽知一切隐秘，却不动声色，帮同欺人，欺那自甘受欺的无聊的人们，任它无聊的戏法一套一套的，终于反反复复的变下去。周围是总有这些人会看的。

花边文学/朋友（1934·5·1）

●8-25-115-38

"一个和尚挑水吃，两个和尚抬水吃，三个和尚无水吃"，是中国人的老毛病

书信/致曹聚仁（1934·8·12）

●8-25-115-39

自从由帝国成为民国以来，上层的改变是不少了，无教育的农民，却还未得到一点什么新的有益的东西，依然是旧日的迷信，旧日的讹传，在拚命的救死和逃死中自速其死。

花边文学/迎神和咬人（1934·8·22）

●8-25-115-40

不能听大众的自然，因为有些见识，他们究竟还在觉悟的读书人之下，如果不给他们随时拣选，也许会误拿了无益的，甚而至于有害的东西。

且介亭杂文/门外文谈（1934·8·24）

●8-25-115-41

甲乙决斗，甲赢，乙死了，人们固然要看杀人的凶手，但也一样的要看那不中用的死尸，如果用芦席围起来，两个铜板看一下，准可以发一点小财的。

且介亭杂文二集/“京派”和“海派”（1935·5·5）

●8-25-115-42

中国的人民是多疑的。无论那一国人，都指这为可笑的缺点。然而怀疑并不是缺点。总是疑，而并不下断语，这才是缺点。

且介亭杂文末编/我要骗人（1936·4）

●8-25-115-43

中国的人民，是常用自己的血去洗权力者的手，使他又变成洁净的人物的

且介亭杂文末编/我要骗人（1936·4）

●8-25-115-44

说过话不算数，是中国人的大毛病

书信/致曹靖华（1936·8·27）

●8-25-115-45

中国人做事，什么都慢，即使活到一百岁，也做不成多少事。

书信/致曹靖华（1936·9·7）

●8-25-115-46

穷人们是大抵以为死后就去轮回的……这就好，从新来过。也许有人要问，既然相信轮回，那就说不定来生会堕入更穷苦的景况，或者简直是畜生道，更加可怕了。但我看他们是并不这样想的，他们确信自己并未造出该入畜生道的罪孽，他们从来没有能堕畜生道的地位，权势和金钱。

且介亭杂文末编/死（1936·9·20）

（116）“阿Q”

此后最要紧的是改革国民性，否则，无论是专制，是共和，是什么什么，招牌虽换，货色照旧，全不行的。

“行状”

●8-25-116-1

赵太爷的儿子进了秀才的时候，锣鼓镗镗的报到村里来，阿Q正喝了两碗黄酒，便手舞足蹈的说，这于他也很光采，因为他和赵太爷原来是本家，细细的排起来他还比秀才长三辈呢。其时几个旁听人倒也肃然的有些起敬了。那知道第二天，地保便叫阿Q到赵太爷家里去；太爷一见，满脸溅朱，喝道：

“阿Q，你这浑小子！你说我是你的本家么？”

阿Q不开口。

赵太爷愈看愈生气了，抢进几步说：“你敢胡说！我怎么会有你这样的本家？你姓赵么？”

阿Q不开口，想往后退了；赵太爷跳过去，给了他一个嘴巴。

“你怎么会姓赵——你那里配姓赵！”

阿Q并没有抗辩他确凿姓赵，只用手摸着左颊，和地保退出去了；外面又被地保训斥了一番，谢了地保二百文酒钱。知道的人都说阿Q太荒唐，自己去招打；他大约未必姓赵，即使真姓赵，有赵太爷在这里，也不该如此胡说的。

呐喊/阿Q正传（1921·12·4－1922·2·12）

●8-25-116-2

阿Q不独是姓名籍贯有些渺茫，连他先前的“行状”＊也渺茫。……独有和别人口角的时候，间或瞪着眼睛道：

“我们先前——比你阔的多啦！你算是什么东西！”

〖释：“行状”，旧时介绍死者生平的文字。此指经历。〗

呐喊/阿Q正传（1921·12·4－1922·2·12）

●8-25-116-3

有一回，有一个老头子颂扬说：“阿Q真能做！”这时阿Q赤着膊，懒洋洋的瘦伶仃的正在他面前，别人也摸不着这话是真心还是讥笑，然而阿Q很喜欢。

呐喊/阿Q正传（1921·12·4－1922·2·12）

●8-25-116-4

阿Q又很自尊，所有未庄的居民，全不在他眼睛里，甚而至于对于两位“文童”*也有以为不值一笑的神情。夫文童者，将来恐怕要变秀才者也；赵太爷钱太爷大受居民的尊敬，除有钱之外，就因为都是文童的爹爹，而阿Q在精神上独不表格外的崇奉，他想：我儿子会阔得多啦！

〖释：“文童”，即童生，明清两代没有考取秀才或未参加考试的读书人。〗

呐喊/阿Q正传（1921·12·4－1922·2·12）

●8-25-116-5

进了几回城，阿Q自然更自负，然而他又很鄙薄城里人，譬如用三尺长三寸宽的木板做成的凳子，未庄叫“长凳”，他也叫“长凳”，城里人却叫“条凳”，他想：这是错的，可笑！油煎大头鱼，未庄都加上半寸长的葱叶，城里却加上切细的葱丝，他想，这也是错的，可笑！然而未庄人真是不见世面的可笑的乡下人呵，他们没有见过城里的煎鱼！

呐喊/阿Q正传（1921·12·4－1922·2·12）

●8-25-116-6

据阿Q说，他的回来，似乎也由于不满意城里人，这就在他们将长凳称为条凳，而且煎鱼用葱丝，加以最近观察所得的缺点，是女人的走路也扭得不很好。然而也偶有大可佩服的地方，即如此未庄的乡下人不过打三十二张的竹牌，只有假洋鬼子能够叉“麻酱”，城里却连小乌龟子都叉得精熟的。什么假洋鬼子，只要放在城里的十几岁的小乌龟子的手里，也就立刻是“小鬼见阎王”。这一节，听的人都赧然了。

呐喊/阿Q正传（1921·12·4－1922·2·12）

●8-25-116-7

阿Q“先前阔”，见识高，而且“真能做”，本来几乎是一个“完人”了，但可惜他体质上还有一些缺点。最恼人的是在他头皮上，颇有几处不知起于何时的癞疮疤。这虽然也在他身上，而看阿Q的意思，倒也似乎以为不足贵的，因为他讳说“癞”以及一切近于“赖”的音，后来推而广之，“光”也讳，“亮”也讳，再后来，连“灯”“烛”都讳了。一犯讳，不问有心与无心，阿Q便全疤通红的发起怒来，估量了对手，口讷的他便骂，气力小的他便打；然而不知怎么一回事，总还是阿Q吃亏的时候多。于是他渐渐的变换了方针，大抵改为怒目而视了。

呐喊/阿Q正传（1921·12·4－1922·2·12）

●8-25-116-8

一见面，他们便假作吃惊的说：

“哙，亮起来了。”

阿Q照例的发了怒，他怒目而视了。

“原来有保险灯在这里！”他们并不怕。阿Q没有法，只得另外想出报复的话来：

“你还不配……”这时候，又仿佛在他头上的是一种高尚的光荣的癞头疮，并非平常的癞头疮了；但上文说过，阿Q是有见识的，他立刻知道和“犯忌”有点抵触，便不再往底下说。

呐喊/阿Q正传（1921·12·4－1922·2·12）

“男女”

●8-25-116-9

阿Q本来也是正人，我们虽然不知道他曾蒙什么明师指授过，但他对于“男女之大防”却历来非常严；也很有排斥异端——如小尼姑及假洋鬼子之类——的正气。他的学说是：凡尼姑，一定与和尚私通；一个女人在外面走，一定想引诱野男人；一男一女在那里讲话，一定要有勾当了。为惩治他们起见，所以他往往怒目而视，或者大声说几句“诛心”＊话，或者在冷僻处，便从后面掷一块小石头。

〖释：“诛心”，指主观推测他人意图。〗

呐喊/阿Q正传（1921·12·4－1922·2·12）

●8-25-116-10

“女……”阿Q想。

他对于以为一定想引诱野男人的女人，时常留心看，然而伊并不对他笑。他对于和他讲话的女人，也时常留心听，然而伊又并不提起关于什么勾当的话来。哦，这也是女人可恶之一节：伊们全都要装“假正经”的。

呐喊/阿Q正传（1921·12·4－1922·2·12）

●8-25-116-11

吴妈，是赵太爷家里唯一的女仆，洗完了碗碟，也就在长凳上坐下了，而且和阿Q谈闲天：

“太太两天没有吃饭哩，因为老爷要买一个小的……”

“女人……吴妈……这小孤孀……”阿Q想。

“我们的小奶奶是八月里要生孩子了……”

“女人……”阿Q想。

阿Q放下烟管，站了起来。

“我们的少奶奶……”吴妈还唠叨说。

“我和你困觉，我和你困觉！”阿Q忽然抢上去，对伊跪下了……

“阿呀！”吴妈楞了一息，突然发抖，大叫着往外跑，且跑且嚷，似乎后来带哭了。

阿Q对了墙壁跪着也发楞……

呐喊/阿Q正传（1921·12·4－1922·2·12）

“精神胜利法”

●8-25-116-12

阿Q在形式上打败了，被人揪住黄辫子，在壁上碰了四五个响头，闲人这才心满意足的得胜的走了，阿Q站了一刻，心里想，“我总算被儿子打了，现在的世界真不像样……”于是也心满意足的得胜的走了。

呐喊/阿Q正传（1921·12·4－1922·2·12）

●8-25-116-13

凡有和阿Q玩笑的人们，几乎全知道他有这一种精神上的胜利法，此后每逢揪住他黄辫子的时候，人就先一着对他说：

“阿Q，这不是儿子打老子，是人打畜生。自己说：人打畜生！”

阿Q两只手都捏住了自己的辫根，歪着头，说道：

“打虫豸，好不好？我是虫豸——还不放么？”

但虽然是虫豸，闲人也并不放，仍旧在就近什么地方给他碰了五六个响头，这才心满意足的得胜的走了，他以为阿Q这回可遭了瘟。然而不到十秒钟，阿Q也心满意足的得胜的走了，他觉得他是第一个能够自轻自贱的人，除了“自轻自贱”不算外，余下的就是“第一个”。状元不也是“第一个”么？“你算是什么东西”呢？

呐喊/阿Q正传（1921·12·4－1922·2·12）

●8-25-116-14

他如有所失的走进土谷祠，定一定神，知道他的一堆洋钱不见了。赶赛会的赌摊多不是本村人，还到那里去寻根柢呢？

很白很亮的一堆洋钱！而且是他的——现在不见了！说是算被儿子拿去了罢，总还是忽忽不乐；说自己是虫豸罢，也还是忽忽不乐；他这回才有些感到失败的苦痛了。

但他立刻转败为胜了。他擎起右手，用力的在自己脸上连打了两个嘴巴，热刺刺的有些痛；打完之后，便心平气和起来，似乎打的是自己，被打的是别一个自己，不久也就仿佛是自己打了别个一般，——虽然还有些热刺刺，——心满意足的得胜的躺下了。

呐喊/阿Q正传（1921·12·4－1922·2·12）

●8-25-116-15

阿Q虽然常优胜，却直待蒙赵太爷打他嘴巴之后，这才出了名。

他付过地保二百文酒钱，愤愤的躺下了，后来想：“现在的世界太不成话，儿子打老子……”于是忽而想到赵太爷的威风，而现在是他的儿子了，便自己也渐渐的得意起来，爬起身，唱着《小孤孀上坟》到酒店去。这时候，他又觉得赵太爷高人一等了。

呐喊/阿Q正传（1921·12·4－1922·2·12）

“人际关系”

●8-25-116-16

但对面走来了静修庵里的小尼姑……

他迎上去，大声的吐一口唾沫：

“咳，呸！”

小尼姑全不睬，低了头只是走。阿Q走近伊身旁，突然伸出手去摩着伊新剃的头皮，呆笑着，说：

“秃儿！快回去，和尚等着你……”

“你怎么动手动脚……”尼姑满脸通红的说，一面赶快走。

酒店里的人大笑了。阿Q看见自己的勋业得了赏识，便愈加兴高采烈起来：

“和尚动得，我动不得？”他扭住伊的面颊。

酒店里的人大笑了。阿Q更得意，而且为满足那些赏鉴家起见，再用力的一拧，才放手。

呐喊/阿Q正传（1921·12·4－1922·2·12）

●8-25-116-17

有一年的春天，他醉醺醺的在街上走，在墙根的日光下，看见王胡在那里赤着膊捉虱子，他忽然觉得身上也痒起来了。这王胡，又癞又胡，别人都叫他王癞胡，阿Q却删去了一个癞字，然而非常渺视他。阿Q的意思，以为癞是不不足为奇的，只有这一部络腮胡子，实在太新奇，令人看不上眼。他于是并排坐下去了。倘是别的闲人们，阿Q本不敢大意坐下去。但这王胡旁边，他有什么怕呢？老实说：他肯坐下去，简直还是抬举他。

阿Q也脱下破夹袄来，翻检了一回，不知道因为新洗呢还是因为粗心，许多工夫，只捉到三四个。他看那王胡，却是一个又一个，两个又三个，只放在嘴里毕毕剥剥的响。

阿Q……好容易才捉到一个中的，恨恨的塞在厚嘴唇里，狠命一咬，劈的一声，又不及王胡响。

他癞疮疤块块通红了，将衣服摔在地上，吐一口唾沫，说：

“这毛虫！”

“癞皮狗，你骂谁？”王胡轻蔑的抬起眼来说。

……

“谁认便骂谁！”他站起来，两手叉在腰间说。

“你的骨头痒了么？”王胡也站起来，披上衣服说。

阿Q以为他要逃了，抢进去就是一拳。这拳头还未达到身上，已经被他抓住了，只一拉，阿Q跄跄踉踉的跌进去，立刻又被王胡扭住了辫子，要拉到墙上照例去碰头。

“‘君子动口不动手’！”阿Q歪着头说。

王胡似乎不是君子，并不理会，一连给他碰了五下，又用力的一推，至于阿Q跌出六尺多远，这才满足的去了。

在阿Q的记忆上，这大约就算是生平第一件的屈辱，因为王胡以络腮胡子的缺点，向来只被他奚落，从没有奚落他，更不必说动手了。

呐喊/阿Q正传（1921·12·4－1922·2·12）

●8-25-116-18

这小D，是一个穷小子，又瘦又乏，在阿Q的眼睛里，位置是在王胡之下的……

几天之后，他竟在钱府的照壁前遇见了小D。“仇人相见分外眼明”，阿Q便迎上去，小D也站住了。

“畜生！”阿Q怒目而视的说，嘴角上飞出唾沫来。

“我是虫豸，好么？……”小Q说。

这谦逊反使阿Q更加愤怒起来，但他手里没有钢鞭，于是只得扑上去，伸手去拔小D的辫子。小D一手护住了自己的辫根，一手也来拔阿Q的辫子，阿Q便也将空着的一只手护住了自己的辫根。从先前的阿Q看来，小D本来是不足齿数的，但他近来挨了饿，又瘦又乏已经不下于小D，所以便成了势均力敌的现象，四只手拔着两颗头，都弯了腰，在钱家粉墙上映出一个蓝色的虹形，至于半点钟之久了。

"好了，好了！"看的人们说，大约是解劝的。

"好，好！"看的人们说，不知道是解劝，是颂扬，还是煽动。

然而他们都不听。阿Q进三步，小D便退三步，都站着；小D进三步，阿Q便退三步，又都站着。大约半点钟，——未庄少有自鸣钟，所以很难说，或者二十分，——他们的头发里便都冒烟，额上便都流汗，阿Q的手放松了，在同一瞬间，小D的手也正放松了，同时直起，同时退开，都挤出人丛去。

"记着罢，妈妈的……"阿Q回过头去说。

"妈妈的，记着罢……"小D也回过头来说。

呐喊/阿Q正传（1921·12·4－1922·2·12）

●8-25-116-19

远远的走来了一个人，他的对头又到了。这也是阿Q最厌恶的一个人，就是钱太爷的大儿子。他先前跑上城里去进洋学堂，不知怎么又跑到东洋去了，半年之后他回到家里来，腿也直了，辫子也不见了……

这"假洋鬼子"近来了。

"秃儿。驴……"阿Q历来本只在肚子里骂，没有出过声，这回因为正气忿，因为要报仇，便不由的轻轻的说出来了。

不料这秃儿却拿着一支黄漆的棍子——就是阿Q所谓哭丧棒——大踏步走了过来，阿Q在这刹那，便知道大约要打了，赶紧抽紧筋骨，耸了耸肩膀等候着，固然，拍的一声，似乎确凿打在自己头上了。

"我说他！"阿Q指着近旁的一个孩子，分辩说。

拍！拍拍！

在阿Q的记忆上，这大约要算是生平第二件的屈辱。幸而拍拍的响了之后，于他倒似乎完结了一件事，反而觉得轻松些，而且"忘却"这一件祖传的宝贝也发生了效力，他慢慢的走，将到酒店门口，早已有些高兴了。

呐喊/阿Q正传（1921·12·4－1922·2·12）

"革命"

●8-25-116-20

一班闲人们却还要寻根究底的去探阿Q的底细。阿Q也并不讳饰，傲然的说出他的经验来。从此他们才知道，他不过是一个小脚色，不但不能上墙，并且不能进洞，只站在洞外接东西。有一夜，他刚才接到一个包，正手再进去，不一会，只听得里面大嚷起来，他便赶紧跑，连夜爬出城，逃回未庄来了，从此不敢再去做。

呐喊/阿Q正传（1921·12·4－1922·2·12）

●8-25-116-21

"你们可看见过杀头么？"阿Q说，"咳，好看。杀革命党。唉，好看好看，……"他摇摇头，将唾沫飞在正对面的赵司晨的脸上。这一节，听的人都凛然了。但阿Q又四面一看，忽然扬起右手，照着伸长脖子听得出神的王胡的后项窝上直劈下去道：

"嚓！"

王胡惊得一跳，同时电光石火似的赶快缩回了头，而听的人又都悚然而且欣然了。从此王胡瘟头瘟脑的许多日，并且再不敢走近阿Q的身边；别的人也一样。

阿Q这时在未庄人眼睛里的地位，虽不敢说超过赵太爷，但谓之差不多，大约这就没有什么语病的了。

呐喊/阿Q正传（1921·12·4－1922·2·12）

●8-25-116-22

阿Q的耳朵里，本来早听到过革命党这一句

话，今年又亲眼见过杀掉革命党。但他有一种不知从那里来的意见，以为革命党便是造反，造反便是与他为难，所以一向是“深恶而痛绝之”的。殊不料这却使百里闻名的举人老爷有这样怕，于是他未免也有些“神往”了，况且未庄的一群鸟男女的慌张的神情，也使阿Q更快意。

“革命也好罢，”阿Q想，“革这伙妈妈的命，太可恶！太可恨！……便是我，也要投降革命党了。”

呐喊/阿Q正传（1921·12·4－1922·2·12）

●8-25-116-23

阿Q飘飘然的飞了一通……他的思想也迸跳起来了：

“造反？有趣，……来了一阵白盔白甲的革命党，都拿着板刀，钢鞭，炸弹，洋炮，三尖两刃刀，钩镰枪，走过土谷祠，叫道，‘阿Q！同去同去！’于是一同去。……”

“这时未庄的一伙鸟男女才好笑哩，跪下叫道‘阿Q，饶命！’谁听他！第一个该死的是小D和赵太爷，还有秀才，还有假洋鬼子，……留几条么？王胡本来还可留，但也不要了。……”

“东西，……直走进去打开箱子来：元宝，洋钱，洋纱衫，……秀才娘子的一张宁式床先搬到土谷祠，此外便摆了钱家的桌椅，——或者也就用赵家的罢。自己是不动手的了，叫小D来搬，要搬得快，搬得不快打嘴巴。……”

“赵司晨的妹子真丑。邹七嫂的女儿过几年再说。假洋鬼子的老婆会和没有辫子的男人睡觉，吓，不是好东西！秀才的老婆是眼上有疤的。……吴妈长久不见了，不知道在那里，——可惜脚太大。”

呐喊/阿Q正传（1921·12·4－1922·2·12）

●8-25-116-24

阿Q……悟出自己之所以冷落的原因了：要革命，单说投降，是不行的；盘上辫子，也不行的；第一着仍然要和革命党去结识。他生平所知道的革命党只有两个，城里的一个早已“嚓”的杀掉了，现在只剩下一个假洋鬼子。他除赶紧去和假洋鬼子商量之外，再没有别的道路。

呐喊/阿Q正传（1921·12·4－1922·2·12）

●8-25-116-25

白盔白甲的人明明到了，并不来打招呼，搬来许多好东西，又没有自己的份，——这全是假洋鬼子可恶，不准我造反，否则，这次何至于没有我的份呢？阿Q越想越气，终于禁不住满心痛恨起来，毒毒地点一点头：“不准我造反，只准你造反？妈妈的假洋鬼子，——好，你造反！造反是杀头的罪名呵，我总要告一状，看你抓进县里去杀头，——满门抄斩，——嚓！嚓！”

呐喊/阿Q正传（1921·12·4－1922·2·12）

●8-25-116-26

据我的意思，中国倘不革命，阿Q便不做，既然革命，就会做。我的阿Q的运命，也只能如此……此后倘再有改革，我相信还会有阿Q似的革命党出现。

华盖集续编/《阿Q正传》的成因（1926·12·18）

“大团圆”

●8-25-116-27

他下半天便又被抓出栅栏门去了，到得大堂……膝关节立刻自然而然的宽松，便跪了下去了。

“站着说！不要跪！”长衫人物都吆喝说。

阿Q虽然似乎懂得，但总觉得站不住，身不由己的蹲了下去，而且终于趁势改为跪下了。

“奴隶性！……”长衫人物又鄙夷似的说，但也没有叫他起来。

“你如实招来罢，免得吃苦。我早都知道了。招了可以放你。”

呐喊/阿Q正传（1921·12·4－1922·2·12）

●8-25-116-28

他第二次抓出栅栏门，是第二天的上午。

大堂的情形都照旧。上面仍然坐着光头的老头子，阿Q也仍然下了跪。

老头子和气的问道，“你还有什么话说么?”

阿Q一想，没有话，便回答说，“没有。”

于是一个长衫人物拿了一张纸，并一支笔送到阿Q的面前，要将笔塞在他手里。阿Q这时很吃惊，几乎“魂飞魄散”了：因为他的手和笔相关，这回是初次。他正不知怎样拿；那人却又指着一处地方教他画花押＊。

“我……我……不认得字。”阿Q一把抓住了笔，惶恐而且惭愧的说。

“那么，便宜你，画一个圆圈!”

阿Q要画圆圈了，那手捏着笔却只是抖。于是那人替他将纸铺在地上，阿Q伏下去，使尽了平生的力画圆圈。他生怕被人笑话，立志要画得圆，但这可恶的笔不但很沉重，并且不听话，刚刚一抖一抖的几乎要合缝，却又向外一耸，画成瓜子模样了。

〖释：“画花押”，旧时文书上的草书签名或代替签名的特种符号。〗

呐喊/阿Q正传（1921·12·4－1922·2·12）

●8-25-116-29

他第二次进了栅栏，倒也并不十分懊恼。他以为人生天地之间，大约就来有时要抓进抓出，有时要在纸上画圆圈的，惟有圈而不圆，却是他“行状”上的一个污点。但不多时也就释然了，他想：孙子才画得很圆的圆圈呢。于是他睡着了。

呐喊/阿Q正传（1921·12·4－1922·2·12）

●8-25-116-30

阿Q第三次抓出栅栏门的时候，便是举人老爷睡不着的那一夜的明天的上午了。他到了大堂，上面还坐着照例的光头老头子；阿Q也照例的下了跪。

老头子很和气的问道：“你还有什么话么?”

阿Q一想，没有话，便回答说，“没有。”

许多长衫和短衫人物，忽然给他穿上一件洋布的白背心，上面有些黑字。阿Q很气苦：因为这很像带孝，而带孝是晦气了。

呐喊/阿Q正传（1921·12·4－1922·2·12）

●8-25-116-31

阿Q被抬上一辆没有篷的车……他突然觉到了：这岂不是去杀头么?他一急，两眼发黑，耳朵里嗡的一声，似乎发昏了。然而他又没有全发昏，有时虽然着急，有时却也泰然；他意思之间，似乎觉得人生天地间，大约本来有时也未免要杀头的。

他还认得路，于是有些诧异了：怎么不向着法场走呢?他不知道这是在游街，在示众。但即使知道也一样，他不过便以为人生天地间，大约本来有时也未免要游街要示众罢了。

他省悟了，这是绕到法场去的路，这一定是“嚓”的去杀头……

呐喊/阿Q正传（1921·12·4－1922·2·12）

●8-25-116-32

“过了二十年又是一个……”阿Q在百忙中，“无师自通”的说出半句从来不说的话。

“好!!!”从人丛里，便发出豺狼的嗥叫一般的声音来。

呐喊/阿Q正传（1921·12·4－1922·2·12）

●8-25-116-33

“小D大约是小董罢?”并不是的。他叫“小同”，大起来，和阿Q一样。

且介亭杂文/寄《戏》周刊编者信（1934·11·25）

●8-25-116-34

阿Q该是三十岁左右，样子平平常常，有农民式的质朴，愚蠢，但也很沾了些游手之徒的狡猾。……不过没有流氓样，也不像瘪三样。

且介亭杂文/寄《戏》周刊编者信（1934·11·25）

---

(117) 帮闲/“西崽”

愈下劣者，愈得主人的爱怜，所以西

崽打叭儿，则西崽被斥，平人忤西崽，则平人获咎

●8-25-117-1

豢养文士仿佛是赞助文艺似的，而其实也是敌。宋玉司马相如之流，就受着这样的待遇，和后来的权门的“清客”略同，都是位在声色狗马之间的玩物。

〖释：“宋玉司马相如就受着这样的待遇”，宋玉通音律，有文才，得楚襄王赏识，但不被重用。司马相如因作品而得汉武帝赏识，拜为郎，后失宠，称疾闲居。〗

集外集拾遗/诗歌之敌（1925·1·17）

●8-25-117-2

在中国，凡是猛人（这是广州常用的话，其中可以包括名人，能人，阔人三种）……不问其“猛”之大小，我觉得他的身边便总有几个包围的人们，围得水泄不透。那结果，在内，是使该猛人逐渐变成昏庸，有近乎傀儡的趋势。在外，是使别人所看见的并非该猛人的本相，而是经过了包围者的曲折而显现的幻形。至于幻得怎样，则当视包围者是三棱镜呢，还是凸面或凹面而异。

而已集/扣丝杂感（1927·10·22）

●8-25-117-3

假如我们能有一种机会，偶然走到一个猛人的近旁，便可以看见这时包围者的脸面和言动，和对付别的人们的时候有怎样地不同。我们在外面看见一个猛人的亲信，谬妄骄恣，很容易以为该猛人所爱的是这样的人物。殊不知其实是大谬不然的。猛人所看见的他是娇嫩老实，非常可爱，简直说话会口吃，谈天要脸红。老实说一句罢，虽是“世故的老人”如不佞者，有时从旁看来也觉得倒也并不坏。

而已集/扣丝杂感（1927·10·22）

●8-25-117-4

上海租界，那情形，外国人是处在中央，那外面，围着一群翻译，包探，巡捕，西崽*……之类，是懂得外国话，熟悉租界章程的。这一圈之外，才是许多老百姓。

〖释：“西崽”，旧时对西洋人雇用的中国男仆的蔑称。〗

三闲集/现今的新文学的概观（1929·4·25）

●8-25-117-5

明末清初的时候，一份人家必有帮闲的东西存在的。那些会念书会下棋会画画的人，陪主人念念书，下下棋，画几笔画，这叫做帮闲，也就是篾片！所以帮闲文学又名篾片文学。小说就做着篾片的职务。

集外集拾遗/帮忙文学与帮闲文学（1932·12·17）

●8-25-117-6

在上海，如果同巡捕，门丁，西崽之类闲谈起来，他们大抵是憎恶洋鬼子的，他们多是爱国主义者。然而他们也像洋鬼子一样，看不起中国人，棍棒和拳头和轻蔑的眼光，专注在中国人的身上。

准风月谈/揩油（1933·8·17）

●8-25-117-7

帮闲，在忙的时候就是帮忙，倘若主子忙于行凶作恶，那自然也就是帮凶。但他的帮法，是在血案中而没有血迹，也没有血腥气的。

准风月谈/帮闲法发隐（1933·9·5）

●8-25-117-8

愈下劣者，愈得主人的爱怜，所以西崽打叭儿，则西崽被斥，平人忤西崽，则平人获咎，租界上并无禁止苛待华人的规律，正因为我们该自有力量，自有本领，和鸡鸭绝不相同的缘故。

花边文学/倒提（1934·6·28）

●8-25-117-9

按：当时的大夏大学学生林希隽在《社会月报》1934年9月号上撰文认为“在这资本主义的社会里头，……作家无形中也就成为商贾了”，

云云。

我们向来只以为用资本来获利的是商人，所以在出版界，商人是用钱开书店来赚钱的老板。到现在才知道用文章去卖有限的稿费的也是商人，不过是一种“无形中”的商人。农民省几斗米去出售，工人用筋力去换钱，教授卖嘴，妓女卖淫，也都是“无形中”的商人。只有买主不是商人了，但他的钱一定是用东西换来的，所以也是商人。于是“在这资本主义社会里头”，个个都是商人，但可分为在“无形中”和有形中的两大类。

花边文学/商贾的批评（1934·9·29）

●8-25-117-10

优良的人物，有时候是要靠别种人来比较，衬托的，例如上等与下等，好与坏，雅与俗，小器与大度之类。没有别人，即无以显出这一面之优，所谓“相反而实相成”者，就是这，但又须别人凑趣，至少是知趣，即使不能帮闲，也至少不可说破，逼得好人们再也好不下去。

且介亭杂文/论俗人应避雅人（1935·3·20）

●8-25-117-11

我们那里只有几个洋教堂，里面想必各有几位西崽，然而很难得遇见……后来竟到了上海，上海住着许多洋人，因此有着许多西崽，因此也给了我许多相见的机会；不但相见，我还得了和他们中的几位谈天的光荣。不错，他们懂洋话，所懂的大抵是“英文”，“英文”，然而这是他们的吃饭家伙，专用于服事洋东家的，他们决不将洋辫子拖进中国话里来，自然更没有捣乱中国文法的意思，有时也用几个音译字，如“那摩温”，“土司”＊之类，但这也是向来用惯的话，并非标新立异，来表示自己的摩登的。他们倒是国粹家，一有余闲，拉皮胡，唱《探母》〖注：即京剧《四郎探母》〗；上工穿制服，下工换华装，间或请假出游，有钱的就是缎鞋绸衫子。不过要戴草帽，眼镜也不用玳瑁边的老样式，倘用华洋的“门户之见”看起来，这两样却不免是缺点。

〖释：“那摩温”，英语“第一号”音译，当时上海用以称工头；“土司”，英语“烤面包片”音译。〗

且介亭杂文二集/“题未定”草〔二〕（1935·7）

●8-25-117-12

西崽之可厌不在他的职业，而在他的“西崽相”。这里之所谓“相”，非说相貌，乃是“诚于中而形于外”的，包括着“形式”和“内容”而言。这“相”，是觉得洋人势力，高于群华人，自己懂洋话，近洋人，所以也高于群华人；但自己又系出黄帝，有古文明，深通华情，胜洋鬼子，所以也胜于势力高于群华人的洋人，因此也更胜于还在洋人之下的群华人。租界上的中国巡捕，也常常有这一种“相”。

且介亭杂文二集/“题未定”草〔二〕（1935·7）

●8-25-117-13

倚徙华洋之间，往来主奴之界，这就是现在洋场上的“西崽相”。

且介亭杂文二集/“题未定”草〔二〕（1935·7）

●8-25-117-14

“西崽相”就该和他的职业有关了，但又不全和职业相关，一部份却来自未有西崽以前的传统。所以这一种相，有时是连清高的士大夫也不能免的。“事大”＊，历史上有过的，“自大”，事实上也常有的；“事大”和“自大”，虽然不相容，但因“事大”而“自大”，却又为实际上所常见——他足以傲视一切连“事大”也不配的人们。有人佩服得五体投地的《野叟曝言》中，那“居一人之下，在众人之上”的文素臣＊，就是这标本。他是崇华，抑夷，其实却是“满崽”；古之“满崽”，正犹今之“西崽”也。

〖释：“事大”，服事大国。语出《孟子·梁惠王》。/文素臣，小说《野叟曝言》的主角，官做到丞相；这里说他“崇华，抑夷”，是因为书中有关于他“征苗”、“平倭”的描写。此书写的是明中叶事，故称其“满崽”似有误。〗

且介亭杂文二集/“题未定”草〔三〕（1935·7）

●8-25-117-15

中国的开国的雄主，是把“帮忙”和“帮闲”分开来的，前者参与国家大事，作为重臣，后者却不过叫他献诗作赋，“俳优蓄之”＊，只在弄臣之例。

〖释：“俳优蓄之”，语见《汉书·严助传》：“朔（东方朔）、皋（枚皋）不根持论，上颇俳优蓄之。”〗

且介亭杂文二集/从帮忙到扯淡（1935·9）

●8-25-117-16

到文雅的庸主时，“帮忙”和“帮闲”的可就混起来了，所谓国家的柱石，也常是柔媚的词臣，我们在南朝的几个末代时，可以找出这实例。

且介亭杂文二集/从帮忙到扯淡（1935·9）

●8-25-117-17

权门的清客，他也得会下几盘棋，写一笔字，画画儿，识古董，懂得些猜拳行令，打趣插科，这才能不失其为清客。也就是说，清客，还要有清客的本领的，虽然是有骨气者所不屑为，却又非搭空架者所能企及。

且介亭杂文二集/从帮忙到扯淡（1935·9）

●8-25-117-18

必须有帮闲之志，又有帮闲之才，这才是真正的帮闲。如果有其志而无其才，乱点古书，重抄笑话，吹拍名士，拉扯趣闻，而居然不顾脸皮，大摆架子，反自以为得意……按其实，却不过“扯淡”而已。

帮闲的盛世是帮忙，到末代就只剩了这扯淡。

且介亭杂文二集/从帮忙到扯淡（1935·9）

(118) 奴才/“二丑”

如果从奴隶生活中寻出“美”来，赞叹，抚摸，陶醉，那可是万劫不复的奴才了。

●8-25-118-1

我们且看古人的良法美意罢——

天有十日，人有十等。下所以事上，上所以共神也。故王臣公，公臣大夫，大夫臣士，士臣皁，皁臣舆，舆臣隶，隶臣僚，僚臣仆，仆臣台。（《左传》昭公七年）

但是“台”没有臣，不是太苦了么？无须担心的，有比他更卑的妻，更弱的子在。而且其子也很有希望，他日长大，升而为“台”，便又有更卑更弱的妻子，供他驱使了。如此连环，各得其所，有敢非议者，其罪名曰不安分！

坟/灯下漫笔（1925·5·）

●8-25-118-2

奴才总不过是寻人诉苦。只要这样，也只能这样。

野草/聪明人和傻子和奴才（1926·1·4）

●8-25-118-3

奴才做了主人，是决不肯废去“老爷”的称呼的，他的摆架子，恐怕比他的主人还十足，还可笑。这正如上海的工人赚了几文钱，开起小小的工厂来，对付工人反而凶到绝顶一样。

二心集/上海文艺之一瞥（1931·7·27）

●8-25-118-4

看《红楼梦》，觉得贾府上是言论颇不自由的地方。焦大以奴才的身分，仗着酒醉，从主子骂起，直到别的一切奴才，说只有两个石狮子干净。结果怎样呢？结果是主子深恶，奴才痛嫉，给他塞了一嘴马粪。

其实是，焦大的骂，并非要打倒贾府，倒是要贾府好，不过说主奴如此，贾府就要弄不下去罢了。然而得到的报酬是马粪。所以这焦大，实在是贾府的屈原＊，假使他能做文章，我想，恐怕也会有一篇《离骚》之类。

〖释：屈原（约前340－约前278），名平，字原，又字灵均。战国时楚国诗人。怀王时做过三闾大夫，后遭谗去职。顷襄王时被放逐。著有

《离骚》、《九章》、《天问》等。〗

伪自由书/言论自由的界限（1933·4·22）

●8-25-118-5

义仆是老生扮的，先以谏诤，终以殉主；恶仆是小丑扮的，只会作恶，到底灭亡。而二丑的本领却不同，他有点上等人模样，也懂些琴棋书画，也来得行令猜谜，但依靠的是权门，凌蔑的是百姓，有谁被压迫了，他就来冷笑几声，畅快一下，有谁被陷害了，他又去吓唬一下，吆喝几声。不过他的态度又并不常常如此的，大抵一面又回过脸来，向台下的看客指出他公子的缺点，摇着头装起鬼脸道：你看这家伙，这回可要倒楣哩！

这最末的一手，是二丑的特色。因为他没有义仆的愚笨，也没有恶仆的简单，他是智识阶级。

准风月谈/二丑艺术（1933·6·18）

●8-25-118-6

“二丑”……和小丑的不同，是不扮横行无忌的花花公子，也不扮一味仗势的宰相家丁，他所扮演的是保护公子的拳师，或是趋奉公子的清客。总之：身分比小丑高，而性格却比小丑坏。

准风月谈/二丑艺术（1933·6·18）

●8-25-118-7

世间只要有权门，一定有恶势力，有恶势力，就一定有二花脸，而且有二花脸艺术。

准风月谈/二丑艺术（1933·6·18）

●8-25-118-8

唐弢先生曾经讲到浙江的堕民，并且据《堕民猥谈》＊之说，以为是宋将焦光瓒的部属，因为降金，为时人所不齿，至明太祖『注：即朱元璋』，乃榜其门曰“丐户”。此后他们遂在悲苦和被人轻蔑的环境下过着日子。

我生于绍兴，堕民是幼小时候所常见的人，也从父老的口头，听到过同样的他们所以成为堕民的缘起。但后来我怀疑了。因为我想，明太祖对于元朝，尚且不肯放肆＊，他是决不会来管隔一朝代的降金的宋将的；况且看他们的职业，分明还有“教坊”或“乐户”＊的余痕，所以他们的祖先，倒是明初的反抗洪武和永乐皇帝的忠臣义士＊也说不定。……

〖释：《堕民猥谈》，应作《堕民猥编》，作者不详。清代钱大昕编纂的《鄞县志·卷一·风俗》中，引录该书有关“堕民”的记载：“堕民，谓之丐户……相传为宋罪俘之遗，故摈之。丐自言则云宋将焦光瓒部落，以叛宋投金故被斥。……元人名为怯怜户，明太祖定户籍，扁其门曰丐。……男子则捕蛙，卖饧……立冬打鬼胡，花帽鬼脸，钟鼓戏剧，种种沿门需索。其妇人则为人家栉发髻，剃妇面毛，习媒妁，伴良家新妇……”。/“明太祖对于元朝，尚且不肯放肆”，明初对元朝残余势力实行剿抚兼施的政策。如将捕获的元帝之子买的里八剌封为崇礼侯，遣使祭奠元主爱猷识理达腊等。/“教坊”，从唐代开始设立的掌管教练女乐的机构。“乐户”，封建时代罪人妻女被编入乐籍者，名称最早见于《魏书·刑罚志》。两者其实都是官妓，相沿到清代雍正年间才废止。/“明初反抗洪武和永乐皇帝的忠臣义士”：反抗洪武即朱元璋者，所指不详：反抗永乐皇帝即朱棣者，指景清、铁铉、方孝孺等。他们的家属和族人多遭杀戮或被贬为奴，但未见有贬为“堕民”的记载。〗

准风月谈/我谈“堕民”（1933·7·6）

●8-25-118-9

在绍兴的堕民，是一种已经解放了的奴才，这解放就在雍正年间罢＊，也说不定。所以他们是已经都有别的职业的了，自然是贱业。男人们是收旧货，卖鸡毛，捉青蛙，做戏；女的则每逢过年过节，到她所认为主人的家里去道喜，有庆吊事情就帮忙，在这里还留着奴才的皮毛，但事毕便走，而且有颇多的犒赏，就可见是曾经解放过的了。

每一家堕民所走的主人家是有一定的，不能随便走；婆婆死了，就使儿媳妇去，传给后代，恰如遗产的一般；必须非常贫穷，将走动的权利卖给了别人，这才和旧主人断绝了关系。假使你无端叫她不要来了，那就等于给与她重大的侮辱。我还记得民国革命之后，我的母亲曾经对一个堕民的女人说：“以后我们都一样了，你们可以不要来了。”不料她却勃然变色，愤愤的回答道：“你说的什么话？……我们是千年万代，要走下去的！”

〖释：“……雍正年间”，据清代蒋良骐《东华录》载，雍正元年（1723）九月“除绍兴府堕民丐籍”。〗

准风月谈/我谈“堕民”（1933·7·6）

●8-25-118-10

就是为了一点点犒赏，不但安于做奴才，而且还要做更广泛的奴才，还得出钱去买做奴才的权利，这是堕民以外的自由人所万想不到的罢。

准风月谈/我谈堕民（1933·7·6）

●8-25-118-11

专制者的反面就是奴才，有权时无所不为，失势时即奴性十足。……做主子时以一切别人为奴才，则有了主子，一定以奴才自命：这是天经地义，无可动摇的。

南腔北调集/谚语（1933·7·15）

●8-25-118-12

譬如罢，有一件事，是要紧的，大家原也觉得要紧，他就以丑角身份而出现了，将这件事变为滑稽，或者特别张扬了不关紧要之点，将人们的注意拉开去，这就是所谓“打诨”。

准风月谈/帮闲法发隐（1933·9·5）

●8-25-118-13

假如有一个人，认真的在告警，于凶手当然是有害的，只要大家还没有僵死。但这时他就又以丑角身份而出现了，仍用打诨，从旁装着鬼脸，使告警者在大家的眼里也化为丑角，使他的告警在大家的耳边都化为笑话。耸肩装穷，以表现对方之阔，卑躬叹气，以暗示对方之傲；使大家心里想：这告警者原来都是虚伪的。……周围捣着鬼，无论如何严肃的说法也要减少力量的，而不利于凶手的事情却就在这疑心和笑声中完结了。

准风月谈/帮闲法发隐（1933·9·5）

●8-25-118-14

还记得有一出给了感动的戏，好像是叫《斩木诚》＊。一个大官蒙了不白之冤，非被杀不可了，他家里有一个老家丁，面貌非常相像，便代他去“伏法”。那悲壮的动作和歌声，真打动了看客的心，使他们发现了自己的好模范。……为要做得像，临刑时候，主母照例的必须去“抱头大哭”，然而被他踢开了，虽在此时，名分也得严守，这是忠仆，义士，好人。

〖释：《斩木诚》，从清代李玉所作传奇《一捧雪》演化而来的剧目。木诚，原作莫诚，《一捧雪》中主人公莫怀古的仆人。〗

准风月谈/电影的教训（1933·9·11）

●8-25-118-15

如果从奴隶生活中寻出“美”来，赞叹，抚摸，陶醉，那可是万劫不复的奴才了，他使自己和别人永远安住于这生活。

南腔北调集/漫与（1933·10·15）

●8-25-118-16

对于酷刑的效果的意见，主人和奴隶们是不一样的。主人及其帮闲们，多是智识者，他能推测，知道酷刑施之于敌对，能够给与怎样的痛苦，所以他会精心结撰，进步起来。奴才们却一定是愚人，他不能“推己及人”，更不能推想一下，就“感同身受”。只要他有权，会采用成法自然也难说，然而他的主意，是没有智识者所测度的那么惨厉的。

南腔北调集/偶成（1933·10·15）

●8-25-118-17

奴隶只能奉行，不许言议；评论固然不可，

妄自颂扬也不可，这就是“思不出其位”『注：出《易经·艮》』。譬如说：主子，您这袍角有些儿破了，拖下去怕更要破烂，还是补一补好。进言者方自以为在尽忠，而其实却犯了罪，因为另有准其讲这样的话的人在，不是谁都可说的。一乱说，便是“越俎代谋”，当然“罪有应得”。倘自以为是“忠而获咎”，那不过是自己的胡涂。

且介亭杂文/隔膜（1934·7·5）

（119）落水狗/叭儿狗

狗性总不大会改变的，假使一万年之后，或者也许要和现在不同，但我现在要说的是现在。

●8-25-119-1

听说刚勇的拳师，决不再打那已经倒地的敌手，这实足使我们奉为楷模。但我以为尚须附加一事，即敌手也须是刚勇的斗士，一败之后，或自愧自悔而不再来，或尚须堂皇地来相报复，那当然都无不可。而于狗，却不能引此为例，与对等的敌手齐观，因为无论它怎样狂嗥，其实并不解什么“道义”；况且狗是能浮水的，一定仍要爬到岸上，倘不注意，它先就耸身一摇，将水点洒得人们一身一脸，于是夹着尾巴逃走了。但后来性情还是如此。老实人将它的落水认作受洗，以为必已忏悔，不再出而咬人，实在是大错而特错的事。

坟/论“费厄泼赖”应该缓行（1926·1·10）

●8-25-119-2

倘是咬人之狗，我觉得都在可打之列，无论它在岸上或在水中。

坟/论“费厄泼赖”应该缓行（1926·1·10）

●8-25-119-3

狗和猫不是仇敌么？它却虽然是狗，又很像猫，折中，公允，调和，平正之状可掬，悠悠然摆出别人无不偏激，惟独自己得了“中庸之道”似的脸来。因此也就为阔人，太监，太太，小姐们所钟爱，种子绵绵不绝。它的事业，只是以伶俐的皮毛获得贵人豢养，或者中外的娘儿们上街的时候，脖子上拴了细链子跟在脚后跟。

坟/论“费厄泼赖”应该缓行（1926·1·10）

●8-25-119-4

叭儿狗如可宽容，别的狗也大可不必打了，因为它们虽然非常势利，但究竟还有些像狼，带着野性，不至于如此骑墙。

坟/论“费厄泼赖”应该缓行（1926·1·10）

●8-25-119-5

狗性总不大会改变的，假使一万年之后，或者也许要和现在不同，但我现在要说的是现在。如果以为落水之后，十分可怜，则害人的动物，可怜者正多，便是霍乱病菌，虽然生殖得快，那性格却何等地老实。然而医生是决不肯放过它的。

坟/论“费厄泼赖”应该缓行（1926·1·10）

●8-25-119-6

革命『注：指辛亥革命』终于起来了，一群臭架子的绅士们，便立刻皇皇然若丧家之狗，将小辫子盘在头顶上。革命党也一派新气，——绅士们先前所深恶痛绝的新气，“文明”得可以；说是“咸与维新”了，我们是不打落水狗的，听凭它们爬上来罢。于是它们爬上来了，伏到民国二年下半年，二次革命的时候，就突出来帮着袁世凯咬死了许多革命人，中国又一天一天沉入黑暗里，一直到现在，遗老不必说，连遗少也还是那么多。这就因为先烈的好心，对于鬼蜮的慈悲，使它们繁殖起来，而此后的明白青年，为反抗黑暗计，也就要花费更多更多的气力和生命。

坟/论“费厄泼赖”应该缓行（1926·1·10）

●8-25-119-7

“犯而不校”『注：这是孔子门徒曾参的话。出《论语·泰伯》』是恕道，“以眼还眼以牙还牙”是直道。中国最多的却是枉道：不打落水狗，反被狗咬了。但是，这其实是老实人自己讨苦吃。

坟/论“费厄泼赖”应该缓行（1926·1·10）

●8-25-119-8

坏人靠着冰山，恣行无忌，一旦失足，忽而乞怜，而曾经亲见，或亲受其噬啮的老实人，乃忽以“落水狗”视之，不但不打，甚至于还有哀矜之意，自以为公理已伸，侠义这时正在我这里。殊不知它何尝真是落水，巢窟是早已造好的了，食料是早经储足的了，并且都在租界里。虽然有时似乎受伤，其实并不，至多不过是假装跛脚，聊以引起人们的恻隐之心，可以从容避匿罢了。他日复来，仍旧先咬老实人开手，“投石下井”，无所不为，寻起原因来，一部分就正因为老实人不“打落水狗”之故。所以，要是说得苛刻一点，也就是自家掘坑自家埋，怨天尤人，全是错误的。

坟/论“费厄泼赖”应该缓行（1926·1·10）

●8-25-119-9

中国现在有许多二重道德，主与奴，男与女，都有不同的道德，还没有划一。要是对“落水狗”和“落水人”独独一视同仁，实在未免太偏，太早，正如绅士们之所谓自由平等并非不好，在中国却微嫌太早一样。

坟/论“费厄泼赖”应该缓行（1926·1·10）

●8-25-119-10

这一回的说“叭儿狗”……不过是泛论，说社会上有神似这个东西的人，因此多说些它的主人：阔人，太监，太太，小姐。本以为这足见我是泛论了，名人们现在那里还有肯跟太监的呢，但是有些人怕仍要忽略了这一层，各各认定了其中的主人之一，而以“叭儿狗”自命。时势实在艰难，我似乎只有专讲上帝，才可以免于危险，而这事又非我所长。

华盖集续编/不是信（1926·2·8）

●8-25-119-11

每一个破衣服人走过，叭儿狗就叫起来，其实并非都是狗主人的意旨或使嗾。

叭儿狗往往比它的主人更严厉。

而已集/小杂感（1927·12·17）

●8-25-119-12

在中国做人，骂国家，骂社会，骂团体，……都可以的，但不可涉及个人，有名有姓。广州的一种期刊上说我只打叭儿狗，不骂军阀。殊不知我正因为骂了叭儿狗，这才有逃出北京的运命。泛骂军阀，谁来管呢？军阀是不看杂志的，就靠叭儿狗嗅，候补叭儿狗吠。

而已集/谈所谓“大内档案”（1928·1·28）

●8-25-119-13

叱吧儿狗险于叱狗主人，我们其实也知道的，所以隐约其词者，不过要使走狗嗅得，跑去献功时，必须详加说明，比较地费些力气，不能直捷痛快，就得好处而已。

三闲集/我和《语丝》的始终（1930·2·1）

●8-25-119-14

凡走狗，虽或为一个资本家所豢养，其实是属于所有的资本家的，所以它遇见所有的阔人都驯良，遇见所有的穷人都狂吠。不知道谁是它的主子，正是它遇见所有阔人都驯良的原因，也就是属于所有的资本家的证据。即使无人豢养，饿的精瘦，变成野狗了，但还是遇见所有的阔人都驯良，遇见所有的穷人都狂吠的，不过这时它就愈不明白谁是主子了。

二心集/“丧家的”“资本家的乏走狗”（1930·5·1）

●8-25-119-15

我先前的论叭儿狗，原也泛无实指，都是自觉其有叭儿性的人们自来承认的。

伪自由书/前记（1933·7·19）

●8-25-119-16

在这里听到的是吧儿狗。它躲躲闪闪，叫得很脆：汪汪！

我不爱听这一种叫。我一面踱步，一面发出冷笑，因为我明白了使它闭口的方法，是只要去和它的主子的管门人说几句话，或者抛给它一根肉骨头。这两件我还能的，但是我不做。

它常常要汪汪。

我不爱听这一种叫。

我一面漫步，一面发出恶笑了，因为我手里拿着一粒石子，恶笑刚敛，就举手一掷，正中了它的鼻梁。

呜的一声，它不见了。我漫步着，漫步着，在少有的寂寞里。

准风月谈/秋夜纪游（1933·8·16）

●8-25-119-17

便是狗罢，也不能一例而论的，有的食肉，有的拉橇，有的为军队探敌，有的帮警署捉人，有的在张园『注：旧时上海的一处公共游乐场所』赛跑，有的跟化子要饭。将给阔人开心的吧儿和在雪地里救人的猛犬一比较，何如?

南腔北调集/“论语一年”（1933·9·16）

●8-25-119-18

记得清朝末年，也一样有叭儿，但本领没有现在的那么好。可是革命者的本领也大起来了，那时的讲革命，简直像儿戏一样。

书信/致杨霁云（1934·6·3）

●8-25-119-19

有一种可叹的事，是读者的感觉，往往还是叭儿灵。叭儿明白了，他们还不懂，甚而至于连讥刺，反话，也不懂。现在的青年，似乎所注意的范围，大抵很狭小，这却比文坛上之多叭儿更可虑。然而也顾不得许多，只好照自己所定的做。至于碰壁或休息，那是当然的，也必要的。

书信/致杨霁云（1934·6·3）

●8-25-119-20

试看社会现状，已岌岌不可终日，则叭儿们也正是岌岌不可终日的。它们那里有一点自信心，连做狗也不忠实。一有变化，它们就另换一副面目。

书信/致杨霁云（1934·6·3）

●8-25-119-21

权力者的砍杀我，确是费尽心力，而且它们有叭儿狗，所以比北洋军阀更周密，更厉害。不过好像效力也并不大；一大批叭儿狗，现在已经自己露出了尾巴，沈下去了。

书信/致曹白（1936·4·1）

---

(120) 造谣/捣鬼

造谣，也要才能的，如果他造得妙，即使造的是我自己的谣言，恐怕我也会爱他的本领。

●8-25-120-1

造谣说谎诬陷中伤也都是中国的大宗国粹，这一类事实，古来很多，鬼祟著作却都消灭了。不肖子孙没有悟，还是层出不穷的做。

集外集拾遗补编/寸铁（1919·8·12）

●8-25-120-2

中国本来是撒谎国和造谣国的联邦……非“用刺刀割开”他们的魂灵，用净水来好好地洗一洗，这病症是医不好的。

集外集拾遗/通讯〔致孙伏园〕（1925·5·4）

●8-25-120-3

流言之力，是能使粪便增光，蛆虫成圣的……

华盖集/并非闲话（1925·6·1）

●8-25-120-4

流言也有种种，某种流言，大抵是奔凑到某种耳朵，写出在某种笔下的。

华盖集/并非闲话（1925·6·1）

●8-25-120-5

中国老例，凡要排斥异己的时候，常给对手起一个诨名，——或谓之“绰号”。这也是明清以来讼师的老手段；假如要控告张三李四，倘只说姓名，本很平常，现在却道“六臂太岁张三”，“白额虎李四”，则先不问事迹，县官只见绰号，就觉得他们是恶棍了。

华盖集/补白（1925·6·26）

●8-25-120-6

我一生中，给我大的损害的并非书贾，并非兵匪，更不是旗帜鲜明的小人：乃是所谓“流言”。

华盖集/并非闲话〔三〕（1925·12·7）

●8-25-120-7

我们中国人虽然敬信鬼神；却以为鬼神总比人们傻，所以就用了特别的方法来处治他。至于对人，那自然是不同的了，但还是用了特别的方法来处治，只是不肯说；你一说，据说你就是卑视了他了。诚然，自以为看穿了的话，有时也的确反不免于浅薄。

华盖集续编/送灶日漫笔（1926·2·11）

●8-25-120-8

谣言这东西，却确是造谣者本心所希望的事实，我们可以借此看看一部分人的思想和行为。

华盖集续编/无花的蔷薇之三（1926·5·31）

●8-25-120-9

我“和西滢战”了以后，现代系的唐有壬曾说《语丝》的言论，是受了墨斯科的命令；“和长虹战”了以后，狂飙派的常燕生曾说《狂飙》的停版，也许因为我的阴谋＊。

〖释：“常燕生曾说……”，常燕生曾在北京《每日评论》上发表《挽狂飙》，含沙射影地说《狂飙》“夭折得这样快”，显然“与‘思想界的权威者’正在宣战”有关云云。〗

三闲集/我的态度气量和年纪（1928·5·7）

●8-25-120-10

其实我自到上海以来，无时不被攻击，每年也总有几回谣言，不过这一回造得较大＊，这是有一些人，希望我如此的幻想。这些人大抵便是所谓“文学家”，如长虹一样，以我为“绊脚石”＊，以为将我除去，他们的文章便光焰万丈了。其实是并不然的。文学史上，我没有见过用阴谋除去了文学上的敌手，便成为文豪的人。

〖释：“谣言……这一回造得较大”，指1931年1月21日天津《大公报》曾刊登《鲁迅在沪被捕，现拘押捕房》的消息。/“绊脚石”，高长虹在1926年12月12日出版的《狂飙》周刊第十期上发表文章说“鲁迅挟其历史的势力，而倒卧在青年的脚下以行其绊脚石式的开倒车的狡计”云。〗

书信/致韦素园（1931·2·2）

●8-25-120-11

按：此信收信人荆有麟（1903－1951），即织芳，山西猗氏人。曾在北京世界语专门学校听过鲁迅的课。

我自寓沪以来，久为一班无聊文人造谣之资料，忽而开书店，忽而月收版税万余元，忽而得中央党部文学奖金，忽而收苏俄卢布，忽而往墨斯科，忽而被捕，而我自己，却全不知道有这么一回事。其实这只是有些人希望我如此的幻想，据他们的小说作法，去年收了一年卢布，则今年当然应该被捕了，接着是枪毙。于是他们的文学便无敌了。

其实是不见得的。

我还不知道福州路在哪里＊。

〖释：“不知道福州路在哪里”，1931年1月21日天津《大公报》报道“鲁迅在福州路被捕”。〗

书信/致荆有麟（1931·2·5）

●8-25-120-12

世界如此，做人真难，谣言足以杀人，将来真会被捕也说不定。

书信/致荆有麟（1931·2·5）

●8-25-120-13

《社会新闻》……第四卷第一期（七月三日出）里，还描出左翼作家的懦怯来——

左翼作家纷纷离沪

在五月，上海的左翼作家曾喧闹一时，好像什么都要染上红色，文艺界全归左翼。但在六月下旬，情势显然不同了，非左翼作家的反攻阵线布置完成，左翼的内部也起了分化，最近上海暗杀之风甚盛，文人的脑筋最敏锐，胆子最小而脚步最快，他们都以避暑为名离开了上海。据确讯，鲁迅赴青岛，沈雁冰在浦东乡间，郁达夫杭州，陈望道回家乡，连蓬子，白薇之类的踪迹都看不见了。

〔道〕

西湖是诗人避暑之地，牯岭乃阔老消夏之区，神往尚且不敢，而况身游。杨杏佛一死，别人也不会突然怕起热来的。听说青岛也是好地方，但这是梁实秋『注：当时在青岛大学任教』教授传道的圣境，我连遥望一下的眼福也没有过。“道”先生有道，代我设想的恐怖，其实是不确的。否则，一群流氓，几枝手枪，真可以治国平天下了。

伪自由书/后记（1933·7·20）

●8-25-120-14

明末，真有被谣言弄得遭杀身之祸的，但现在此辈小虻，为害当未能如此之烈，不过令人生气而已，能修炼到不生气，则为编辑不觉其苦矣。不可不炼也。

书信/致黎烈文（1933·7·29）

●8-25-120-15

我依旧被论敌攻击，去年以前说我拿俄国卢布，但现在又有人在杂志上写文章，说我通过内山老板之手，将秘密出卖给日本，拿了很多钱。我不去更正。过一年自然又会消失的。但是，在中国的所谓论敌中有那么卑劣的东西存在，实在言语道断。

书信/致〈日〉山本初枝〔译文〕（1933·9·29）

●8-25-120-16

我就是常看造谣专门杂志之一人，但看的并不是谣言，而是谣言作家的手段，看他有怎样出奇的幻想，怎样别致的描写，怎样险恶的构陷，怎样躲闪的原形。造谣，也要才能的，如果他造得妙，即使造的是我自己的谣言，恐怕我也会爱他的本领。

准风月谈/归厚（1933·11·4）

●8-25-120-17

忠厚文学远不如造谣文学之易于号召读者

准风月谈/归厚（1933·11·4）

●8-25-120-18

谣言世家的子弟，是以谣言杀人，也以谣言被杀的。

南腔北调集/谣言世家（1933·11·15）

●8-25-120-19

笑里可以有刀，自称酷爱和平的人民，也会有杀人不见血的武器，那就是造谣言。但一面害人，一面也害己，弄得彼此懵懵懂懂。

南腔北调集/谣言世家（1933·11·15）

●8-25-120-20

人的捣鬼，虽胜于天，而实际上本领也有限。因为捣鬼精义，在切忌发挥，亦即必须含蓄。盖一加发挥，能使所捣之鬼分明，同时也生限制，故不如含蓄之深远，而影响却又因而模胡了。“有一利必有一弊”，我之所谓“有限”者以此。

南腔北调集/捣鬼心传（1934·1·15）

●8-25-120-21

声罪致讨的明文，那力量往往远不如交头接耳的密语，因为一是分明，一是莫测的。

南腔北调集/捣鬼心传（1934·1·15）

●8-25-120-22

捣鬼有术，也有效，然而有限，所以以此成

大事者，古来无有。

南腔北调集/捣鬼心传（1934·1·15）

●8-25-120-23

高长虹攻击我时，说道劣迹多端，倘一发表，便即身败名裂＊，而终于并不发表，是深得捣鬼正脉的……

〖释："……便即身败名裂"，高长虹在《狂飙》第十七期（1927年1月）发表的《我走出了化石世界》中说："若夫其他琐事，如狂飙社以直报怨，则鲁迅不特身心交病，且将身败名裂矣！我们是青年，我们有的是同情，所以我们决不为已甚。"〗

南腔北调集/捣鬼心传（1934·1·15）

●8-25-120-24

汉奸头衔，是早有人送过我的，大约七八年前，爱罗先珂君从中国到德国，说了些中国的黑暗，北洋军阀的黑暗。那时上海报上就有一篇文章，说是他之宣传，受之于我，而我则因为女人是日本人，所以给日本人出力云云。这些手段，千年以前，百年以前，十年以前，都是这一套。叭儿们何尝知道什么是民族主义，又何尝想到民族，只要一吠有骨头吃，便吠影吠声了。其实，假使我真做了汉奸，则它们的主子就要来握手，它们还敢开口吗？

书信/致杨霁云（1934·5·15）

●8-25-120-25

现在是什么东西都可以用钱买，自然也就都可以卖钱。但连"没有东西"也可以卖钱，却未免有些出乎意表。不过，知道了这事以后，便明白造谣为业，在现在也还要算是"货真价实，童叟无欺"的生活了。

花边文学/"……""□□□□"论补（1934·5·26）

●8-25-120-26

骂我之说，倒没有听人说，那一篇文章＊是先前看过的，也并不觉得在骂我。上海之文坛消息家，好造谣言，倘使一一注意，正中其计，我是向来不睬的。

〖释："那一篇文章"，指杜谈的《文学青年与道德》。载1934年10月的《新语林》第五期〗

书信/致窦隐夫（1934·11·1）

●8-25-120-27

我也听说东三省的报上，说我生了脑膜炎＊，医生叫我十年不要写作。其实如果生了脑膜炎，十中九死，即不死，也大抵成为白痴，虽生犹死了。这信息是从上海去的，完全是上海的所谓"文学家"造出来的谣言。它给我的损失，是远处的朋友忧愁不算外，使我写了几十封更正信。

上海有一批"文学家"，阴险得很，非小心不可。

〖释："东三省报上说我生了脑膜炎"，见1934年2月25日《盛京时报》上的《鲁迅停笔十年　脑病甚剧不能执笔写稿》的消息。该报是日本中岛正雄1906年10月在沈阳创办的中文日报。〗

书信/致萧军（1934·11·5）

●8-25-120-28

对于谣言，我是不会懊恼的，如果懊恼，每月就得懊恼几回，也未必活到现在了。大约这种境遇，是可以练习惯的，后来就毫不要紧。倘有谣言，自己就懊恼，那就中了造谣者的计了。

书信/致萧军（1935·7·29）

（121）流氓/"苍蝇"/"畜类"/"下贱东西"

有些下贱东西，每以秽物掷人，以为人必不屑较，一计较，倒是你自己失了人格。我可要照样的掷过去，要是他掷来。

●8-25-121-1

战士战死了的时候，苍蝇们所首先发见的是

他的缺点和伤痕，嘬着，营营地叫着，以为得意，以为比死了的战士更英雄。但是战士已经战死了，不再来挥去他们。于是乎苍蝇们即更其营营地叫，自以为倒是不朽的声音，因为它们的完全，远在战士之上。

的确的，谁也没有发见过苍蝇们的缺点和创伤。

华盖集/战士和苍蝇（1925·3·24）

●8-25-121-2

有缺点的战士终竟是战士，完美的苍蝇也终竟不过是苍蝇。

华盖集/战士和苍蝇（1925·3·24）

●8-25-121-3

苍蝇嗡嗡地闹了大半天，停下来也不过舐一点油汗，倘有伤痕或疮疖，自然更占一些便宜；无论怎么好的，美好的，干净的东西，又总喜欢一律拉上一点蝇矢。……但它在好的，美的，干净的东西上拉了蝇矢之后，似乎还不至于欣欣然反过来嘲笑这东西的不洁：总要算还有一点道德的。

华盖集/夏三虫（1925·4·7）

●8-25-121-4

古今君子，每以禽兽斥人，殊不知便是昆虫，值得师法的地方也多着哪。

华盖集/夏三虫（1925·4·7）

●8-25-121-5

凡是自己善于在暗中播弄鼓动的，一看见别人明白质直的言动，便往往反噬他是播弄和鼓动，是某党，是某系；正如偷汉的女人的丈夫，总愿意说世人全是忘八，和他相同，他心里才觉舒畅。

华盖集/并非闲话（1925·6·1）

●8-25-121-6

最先发明这一句“他妈的”的人物，确要算一个天才，——然而是一个卑劣的天才。

坟/论“他妈的！”（1925·7·27）

●8-25-121-7

无论是谁，只要在中国过活，便总得常听到“他妈的”或其相类的口头禅。我想：这话的分布，大概是跟中国人足迹之所至罢；使用的遍数，怕也未必比客气的“您好呀”会更少。假使依人所说，牡丹是中国的“国花”，那么，这就可以算是中国的“国骂”了。

坟/论“他妈的！”（1925·7·27）

●8-25-121-8

有些下贱东西，每以秽物掷人，以为人必不屑较，一计较，倒是你自己失了人格。我可要照样的掷过去，要是他掷来。

华盖集续编/学界的三魂·附记（1926·1·25）

●8-25-121-9

为盗要被官兵所打，捕盗也要被强盗所打，要十分安全的侠客，是觉得都不妥当的，于是有流氓。和尚喝酒他来打，男女通奸他来捉，私娼私贩他来凌辱，为的是维持风化；乡下人不懂租界章程他来欺侮，为的是看不起无知；剪发女人他来嘲骂，社会改革者他来憎恶，为的是宝爱秩序。但后面是传统的靠山，对手又都非浩荡的强敌，他就在其间横行过去。

三闲集/流氓的变迁（1930·1·1）

●8-25-121-10

上海的流氓，看见一男一女的乡下人在走路，他就说，“喂，你们这样子，有伤风化，你们犯了法了！”他用的是中国法。倘看见一个乡下人在路旁小便呢，他就说，“喂，这是不准的，你犯了法，该捉到捕房去！”这时所用的又是外国法。但结果是无所谓法不法，只要被他敲去了几个钱就都完事。

二心集/上海文艺之一瞥（1931·7·27）

●8-25-121-11

殖民政策是一定保护，养育流氓的。从帝国主义的眼睛看来，惟有他们是最要紧的奴才，有用的鹰犬，能尽殖民地人民非尽不可的任务：一面靠着帝国主义的暴力，一面利用本国的传统之力，以除去“害群之马”，不安本分的“莠民”。所以，这流氓，是殖民地上的洋大人的宠儿，——不，宠犬，其地位虽在主人之下，但总在别的被统治者之上的。

二心集/“民族主义文学”的任务和运命（1931·10·23）

●8-25-121-12

泛起来的是沉滓，沉滓又究竟不过是沉滓，所以因此一泛，他们的本相倒越加分明，而最后的运命，也还是依旧沉下去。

二心集/沉滓的泛起（1931·12·11）

●8-25-121-13

我仍间或发热，但报总不能不看，一看，则昏话之多，令人发指。例如此次《儿童专刊》＊上一文，竟主张中国人杀日本人，应加倍治罪，此虽日本人尚未敢作此种主张，此作者真畜类也。

〖释：《儿童专刊》，《申报》副刊之一，每逢星期一出版。鲁迅此处所指，是1936年9月27日该刊所载《小学生们应有的认识》，作者署名梦苏。〗

书信/致黎烈文（1936·9·28）

●8-25-121-14

作为缺点较多的人物的模特儿，被写入一部小说里，这人总以为是晦气的。

殊不知这并非大晦气，因为世间实在还有写不进小说里去的人。倘写进去，而又逼真，这小说便被毁坏。

譬如画家，他画蛇，画鳄鱼，画龟，画果子壳，画字纸篓，画垃圾堆，但没有谁画毛毛虫，画癞头疮，画鼻涕，画大便，就是一样的道理。

且介亭杂文末编/半夏小集（1936·10）

---

(122) 阶层/阶级

斗争呢，我倒以为是对的。人被压迫了，为什么不斗争？

●8-25-122-1

我们……有贵贱，有大小，有上下。自己被人凌虐，但也可以凌虐别人；自己被人吃，但也可以吃别人。一级一级的制驭着，不能动弹，也不想动弹了。

坟/灯下漫笔（1925·5·1）

●8-25-122-2

现在我们所能听到的不过是几个圣人之徒的意见和道理，为了他们自己；至于百姓，却就默默的生长，萎黄，枯死了，像压在大石底下的草一样，已经有四千年！

集外集/俄文译本《阿Q正传》序及著者自叙传略（1925·6·15）

●8-25-122-3

别人我不得而知，在我自己，总仿佛觉得我们人人之间各有一道高墙，将各个分离，使大家的心无从相印。这就是我们古代的聪明人，即所谓圣贤，将人们分为十等＊，说是高下各不相同。其名目现在虽然不用了，但那鬼魂却依然存在，并且，变本加厉，连一个人的身体也有了等差，使手对于足也不免视为下等的异类。

〖释：“圣贤将人们分为十等”，《左传》昭公七年：“天有十日，人有十等”，将人划为从“王”到“台”的十等。〗

集外集/俄文译本《阿Q正传》序及著者自叙传略（1925·6·15）

●8-25-122-4

社会诸色人等，爱看《双官诰》＊，也爱看《四杰村》＊，望偏安巴蜀的刘玄德＊成功，也愿意打家劫舍的宋公明＊得法；至少，是受了官的恩惠时候则艳羡官僚，受了官的剥削时候便同情匪类。但这也是人情之常；倘使连这一点反抗心都没有，岂不就成为万劫不复的奴才了？

〖释：《双官诰》，戏曲名。/《四杰村》，京剧名。/刘玄德，即刘备（161－223）。/宋公明，长篇小说《水浒》的主人公宋江。〗

华盖集续编/学界的三魂（1926·1·24）

●8-25-122-5

俄皇的皮鞭和绞架，拷问和西伯利亚，是不能造出对于怨敌也极仁爱的人民的。

集外集拾遗/《争自由的波浪》小引（1927·1·1）

●8-25-122-6

中国是否会有平民的时代，自然无从断定。然而，总之，平民总未必会舍命改革以后，倒给上等人安排鱼翅席，是显而易见的，因为上等人从来就没有给他们安排过杂合面。

集外集拾遗/《争自由的波浪》小引（1927·1·1）

●8-25-122-7

现在则已是大时代，动摇的时代，转换的时代，中国以外，阶级的对立大抵已经十分锐利化，农工大众日日显得着重……

三闲集/"醉眼"中的朦胧（1928·3·12）

●8-25-122-8

斗争呢，我倒以为是对的。人被压迫了，为什么不斗争？

三闲集/文艺与革命（1928·4·16）

●8-25-122-9

世界上有两种人：压迫者和被压迫者！

南腔北调集/祝中俄文字之交（1932·12·15）

●8-25-122-10

阔人们会搬财产进外国银行，坐飞机离开中国地面，或者是想到明天罢；"政如飘风，民如野鹿"*，穷人们可简直连明天也不能想了，况且也不准想，不敢想。

〖释："政如飘风，民如野鹿"，上句出《老子》第二十章："飘风不终朝，骤雨不终日。"下句出《庄子·天地》："上如标枝，民如野鹿。"〗

伪自由书/颂萧（1933·2·17）

●8-25-122-11

某一种人，一定只有这某一种人的思想和眼光，不能越出他本阶级之外。

南腔北调集/谚语（1933·7·15）

●8-25-122-12

有些慷慨家说，世界上只有水和空气给与穷人。此说其实是不确的，穷人在实际上，那里能够得到和大家一样的水和空气。

准风月谈/踢（1933·8·13）

●8-25-122-13

私塾的先生，一向就不许孩子愤怒，悲哀，也不许高兴。皇帝不肯笑，奴隶是不准笑的。他们会笑，就怕他们也会哭，会怒，会闹起来。

南腔北调集/"论语一年"（1933·9·16）

●8-25-122-14

人能组织，能反抗，能为奴，也能为主，不肯努力，固然可以永沦为舆台*，自由解放，便能够获得彼此的平等，那运命是并不一定终于送进厨房，做成大菜的。

〖释：舆台，"舆"、"台"是古代下等人及奴隶中的两个等级。〗

花边文学/倒提（1934·6·28）

●8-25-122-15

即使"目不识丁"的文盲，由我看来，其实也并不如读书人所推想的那么愚蠢。他们是要智识，要新的智识，要学习，能摄取的。

且介亭杂文/门外文谈（1934·8－9）

●8-25-122-16

地球上不只一个世界，实际上的不同，比人们空想中的阴阳两界还利害。这一世界中人，会轻蔑，憎恶，压迫，恐怖，杀戮别一世界中人……

且介亭杂文二集/叶紫作《丰收》序（1935·1·16）

●8-25-122-17

被压迫者对于压迫者，不是奴隶，就是敌人，决不能成为朋友，所以彼此的道德，并不相同。

且介亭杂文二集/后记（1935·12·31）

●8-25-122-18

老百姓虽然不读诗书，不明史法，不解在瑜中求瑕，屎里觅道，但能从大概上看，明黑白，辨是非，往往有决非清高通达的士大夫所可几及之处的。

且介亭杂文二集/“题未定”草（1936·1）

●8-25-122-19

压迫者指为被压迫者的不德之一的这虚伪，对于同类，是恶，而对于压迫者，却是道德的。

且介亭杂文二集/陀思妥夫斯基的事（1936·2）

第二十六节 旧学与中国

我想，凡有老旧的调子，一到有一个时候，是都应该唱完的，凡是有良心，有觉悟的人，到一个时候，自然知道老调子不该再唱，将它抛弃。

（123）旧学与中国

“古道”怎么能再行于今之世呢？竟还有人主张读经，真不知是什么意思？

●8-26-123-1

中国古书，叶叶害人，而新出诸书亦多妄人所为，毫无是处。为今之计，只能读其记天然物之文，而略其故事，因记述天物，弊止于陋，而说故事，则大抵谬妄，陋易医，谬则难治也。汉文终当废去，盖人存则文必废，文存则人当亡，在此时代，已无幸存之道。

书信/致许寿裳〔此信原无标点〕（1919·1·16）

●8-26-123-2

中国人倘能努力再古一点，也未必不能有古到三皇五帝以前的希望，可惜时时遇着新潮流新空气激荡着，没有工夫了。

热风/人心很古（1919·5）

●8-26-123-3

当假的国学家正在打牌喝酒，真的国学家正在稳坐高斋读古书的时候，沙士比亚的同乡斯坦因博士却已经在甘肃新疆这些地方的沙碛里，将汉晋简牍掘去了：不但掘去，而且做出书来了*。

〖释：“……做出书来了”，英国考古学家斯坦因（A. Stein，1862 –1943），1900 –1916 年间三次在新疆、甘肃探险发掘，盗去我国大批珍贵文物，其中有许多汉晋时代木简。法国人沙畹（F. Chavannes）曾对这些木简作了考释。〗

热风/不懂的音译（1922·11·6）

●8-26-123-4

中国的国学不发达则已，万一发达起来，则敢请恕我直言，可是断不是洋场上的自命为国学家“所能厕足其间者也”的了。

热风/不懂的音译（1922·11·6）

●8-26-123-5

所谓“五胡中国化……满人读汉文，现在都读成汉人了”*……但我还只愿意和外国以宾主关系相通，不忍见再如五胡乱华以至满洲入关那样，先以主奴关系而后有所谓“同化”！

〖释：“……满人读汉文，都读成汉人了”，这是当时署名熊以谦者发表在1925 年3 月8 日《京报副刊》上的一篇题为《奇哉！所谓鲁迅先生的话》的文章中的观点。〗

集外集拾遗/报《“奇哉”所谓……》（1925·3·8）

●8-26-123-6

讲外国话却也不即变成外国人。汉人总是汉人，独立的时候是国民，覆亡之后就是“亡国奴”，无论说的是那一种话。因为国的存亡是在政权，不在语言文字的。美国用英文，并非英国的隶属；瑞士用德法文，也不被两国所瓜分；比国用法文，没有请法国人做皇帝。满洲人是“读汉文”的……但正因为“读汉文”，传染上了“僵尸的乐观”，所以不能如蒙古人那样，来蹂躏一通之后就跑回去，只好和汉人一同恭候别族的进来，使他同化了。

集外集拾遗/报《“奇哉”所谓……》(1925·3·8)

●8-26-123-7

我以为如果外国人来灭中国，是只教你略能说几句外国话，却不至于劝你多读外国书，因为那书是来灭的人们所读的。但是还要奖励你多读中国书，孔子也还要更加崇奉，像元朝和清朝一样。

集外集拾遗/报《“奇哉”所谓……》(1925·3·8)

●8-26-123-8

报章上的论坛，“反改革”的空气浓厚透顶了，满车的“祖传”，“老例”，“国粹”等等，都想来堆在道路上，将所有的人家完全活埋下去。……有些人们——甚至于竟是青年——的论调，简直和“戊戌政变”时候的反对改革者的论调一模一样。你想，二十七年了，还是这样，岂不可怕。

华盖集/通讯〔复徐炳昶〕(1925·3·20)

●8-26-123-9

有些外人，很希望中国永是一个大古董以供他们的赏鉴，这固然可恶，却还不奇，因为他们究竟是外人。而中国竟也有自己还不够，并且要率领了少年，赤子，共成一个大古董以供他们的赏鉴者，则真不知是生着怎样的心肝。

华盖集/忽然想到〔六〕(1925·4·22)

●8-26-123-10

以中国古训中教人苟活的格言如此之多，而中国人偏多死亡，外族偏多侵入，结果适得其反，可见我们蔑弃古训，是刻不容缓的了。

华盖集/十四年的“读经”(1925·11·27)

●8-26-123-11

只有几个胡涂透顶的笨牛，真会诚心诚意地来主张读经。而且这样的脚色，也不消和他们讨论。他们虽然说什么经，什么古，实在不过是空嚷嚷……像苍蝇们失掉了垃圾堆，自不免嗡嗡地叫。况且既然是诚心诚意主张读经的笨牛，则决无钻营，取巧，献媚的手段可知，一定不会阔气；他的主张，自然也决不会发生什么效力的。

华盖集/十四年的“读经”(1925·11·27)

●8-26-123-12

我们这曾经文明过而后来奉迎过蒙古人满洲人大驾了的国度里，古书实在太多，倘不是笨牛，读一点就可以知道，怎样敷衍，偷生，献媚，弄权，自私，然而能够借大义，窃取美名。

华盖集/十四年的“读经”(1925·11·27)

●8-26-123-13

欧战时候的参战，我们不是常常自负的么？但可曾用《论语》感化过德国兵，用《易经》咒翻了潜水艇呢？儒者们引为劳绩的，倒是那大抵目不识丁的华工！

华盖集/十四年的“读经”(1925·11·27)

●8-26-123-14

一个阔人『注：指章士钊』说要读经，嗡的一阵一群狭人也说要读经。岂但“读”而已矣哉，据说还可以“救国”哩。“学而时习之，不亦说乎？”『注：语出《论语·学而》。“说”，同“悦”』那也许是确凿的罢，然而甲午战败了，——为什么独独要说“甲午”呢，是因为其时还在开学校，废读经以前。

华盖集/这个与那个(1925·12·10)

●8-26-123-15

凡有读过一点古书的人都有这一种老手段：新起的思想，就是“异端”*，必须歼灭的，得到它奋斗之后，自己站住了，这才寻出它原来与“圣教同源”；外来的事物，都要“用夷变夏”*，必须排除的，但待到这“夷”入主中夏，却考订出来了，原来连这“夷”也还是黄帝的子孙。这岂非出人意料之外的事呢？无论什么，在我们的“古”里竟无不包函了！

〖释：“异端”，出《论语·为政》：“子曰：攻乎异端，斯害也已。”/“用夷变夏”，出《孟子·滕文公》：“吾闻用夏变夷者，未闻变于夷者也。”这里指用外来文化同化中国的意思〗

华盖集续编/古书与白话（1926·2·2）

●8-26-123-16

据说天子行事，是都应该体贴天意，不能胡闹的；而这天意也者，又偏偏只有儒者们知道着。

这样，就决定了：要做皇帝就非请教他们不可。

华盖集续编/谈皇帝（1926·3·9）

●8-26-123-17

现在呢，思想上且不说，便是文辞，许多青年作者又在古文，诗词中摘些好看而难懂的字面，作为变戏法的手巾，来装潢自己的作品了。我不知这和劝读古文说可有相关，但正在复古，也就是新文艺的试行自杀，是显而易见的。

坟/写在《坟》后面（1926·11）

●8-26-123-18

中国虽然有文字，现在却已经和大家不相干，用的是难懂的古文，讲的是陈旧的古意思，所有的声音，都是过去的，都就是只等于零的。所以，大家不能互相了解，正像一大盘散沙。

三闲集/无声的中国（1927·2）

●8-26-123-19

中国的文章是最没有变化的，调子是最老的，里面的思想是最旧的。但是，很奇怪，却和别国不一样。那些老调子，还是没有唱完。

集外集拾遗/老调子已经唱完（1927·2·19）

●8-26-123-20

我想，凡有老旧的调子，一到有一个时候，是都应该唱完的，凡是有良心，有觉悟的人，到一个时候，自然知道老调子不该再唱，将它抛弃。但是，一般以自己为中心的人们，却决不肯以民众为主体，而专图自己的便利，总是三翻四复的唱不完。于是，自己的老调子固然唱不完，而国家却已被唱完了。

集外集拾遗/老调子已经唱完（1927·2·19）

●8-26-123-21

宋朝唱完了，进来做皇帝的是蒙古人——元朝。那么，宋朝的老调子也该随着宋朝完结了罢，不，元朝人起初虽然看不起中国人，后来却觉得我们的老调子，倒也新奇，渐渐生了羡慕，因此元人也跟着我们的调子来了，一直到灭亡。

集外集拾遗/老调子已经唱完（1927·2·19）

●8-26-123-22

这个时候，起来的是明太祖。元朝的老调子，到此应该唱完了罢，可是也还没有唱完。明太祖又觉得还有些意趣，就又教大家接着唱下去。什么八股咧，道学咧，和社会，百姓都不相干，就只向着那条过去的旧路走，一直到明亡。

集外集拾遗/老调子已经唱完（1927·2·19）

●8-26-123-23

清朝又是外国人。中国的老调子，在新来的外国主人的眼里又见得新鲜了，于是又唱下去。还是八股，考试，做古文，看古书。但是清朝完结，已经有十六年了，这是大家都知道的。他们到后来，倒也略略有些觉悟，曾经想从外国学一点新法来补救，然而已经太迟，来不及了。

集外集拾遗/老调子已经唱完（1927·2·19）

●8-26-123-24

老调子将中国唱完，完了好几次，而它却仍然可以唱下去。因此就发生一点小议论。有人说："可见中国的老调子实在好，正不妨唱下去。试看元朝的蒙古人，清朝的满洲人，不是都被我们同化了么？照此看来，则将来无论何国，中国都会这样地将他们同化的。"原来我们中国就如生着传染病的病人一般，自己生了病，还会将病传到别人身上去，这倒是一种特别的本领。

集外集拾遗/老调子已经唱完（1927·2·19）

●8-26-123-25

旧文章，旧思想，都已经和现社会毫无关系了，从前孔子周游列国的时代，所坐的是牛车。现在我们还坐牛车么？从前尧舜的时候，吃东西用泥碗，现在我们所用的是甚么？所以，生在现今的时代，捧着古书是完全没有用处的了。

但是，有些读书人说，我们看这些古东西，倒并不觉得于中国怎样有害，又何不必这样决绝地抛弃呢？是的。然而古老东西的可怕就正在这里。倘使我们觉得有害，我们便能警戒了，正因为并不觉得怎样有害，我们这才总是觉不出这致死的毛病来。

集外集拾遗/老调子已经唱完（1927·2·19）

●8-26-123-26

现在听说又很有别国人在尊重中国的旧文化了，那里是真在尊重呢，不过是利用！……现在是不像元朝清朝时候，我们可以靠着老调子将他们唱完，只好反而唱完自己了。

集外集拾遗/老调子已经唱完（1927·2·19）

●8-26-123-27

他们倘比我们更聪明，这时候，我们不但不能同化他们，反要被他们利用了我们的腐败文化，来治理我们这腐败民族。他们对于中国人，是毫不爱惜的，当然任你腐败下去。

集外集拾遗/老调子已经唱完（1927·2·19）

●8-26-123-28

因为我们说着古代的话，说着大家不明白，不听见的话，已经弄得像一盘散沙，痛痒不相关了。我们要活过来，首先就须由青年们不再说孔子孟子和韩愈＊柳宗元＊们的话。

〖释：韩愈（768－824），字退之，河阳（今河南孟县）人，唐代文学家。著有《韩昌黎集》等。/柳宗元（773－819），字子厚，河东（今山东永济）人，唐代文学家。著有《柳河东集》等。〗

三闲集/无声的中国（1927·3·23）

●8-26-123-29

日本人拜服驲文于北京，"金制军"＊"整理国故"于香港，其爱护中国，恐其沦亡，可谓至矣。

〖释："制军"为清代地方最高长官总督的尊称。"金制军"指当时的香港总督、英国人金文泰。〗

而已集/谈"激烈"（1927·10·8）

●8-26-123-30

"古道"怎么能再行于今之世呢？竟还有人主张读经，真不知是什么意思？

准风月谈/查旧账（1933·7·29）

●8-26-123-31

有些新青年，境遇正和"老新党"相反，八股毒是丝毫没有染过的，出身又是学校，也并非国学的专家，但是，学起篆字来了，填起词来了，劝人看《庄子》和《文选》了，信封也有自刻的印板了，新诗也写成方块了，除掉做新诗的嗜好之外，简直就如光绪初年的雅人一样，所不同者，缺少辫子和有时穿穿洋服而已。

准风月谈/重三感旧（1933·10·6）

●8-26-123-32

排满久已成功，五四早经过去，于是篆字，词，《庄子》，《文选》，古式信封，方块新诗，现在是我们又有了新的企图，要以"古雅"立足于天地之间了。假使真能立足，那倒是给"生存竞争”添一条新例的。

准风月谈/重三感旧（1933·10·6）

●8-26-123-33

张宗昌很尊孔，恐怕他府上也未必有“四书”“五经”罢。

准风月谈/青年与老子（1933·11·17）

●8-26-123-34

清初学者，是纵论唐宋，搜讨前明遗闻的，文字狱后，乃专事研究错字，争论生日，变了“邻猫生子”＊的学者，革命以后，本可开展一些了，而还是守着奴才家法，不过这于饭碗，是极有益处的。

〖释：“邻猫生子”，梁启超在《中国史界革命案》中所引英国斯宾塞的话：“或有告者曰：邻家之猫，昨日产一子，以云事实，诚事实也；然谁不知为无用之事实乎？何也？以其与他事毫无关涉，于吾人生活上之行为，毫无影响也。”〗

书信/致姚克（1934·4·9）

●8-26-123-35

读经，作文言，磕头，打屁股，正是现在必定兴盛的事，当和其主人一同倒毙。但我们弄笔墨的人，也只得以笔伐之。

书信/致曹聚仁（1934·6·9）

●8-26-123-36

按：1934年5月20、21日，上海的广播电台曾播讲古代战乱中知读儒经者沦为俘虏后“尚为人师”的“历史故事”。

易习之伎，莫如读书，但知读《论语》《孝经》，是从当时的事实推断出来的，但施之于金元而准，按之于明清之际而亦准。现在忽由播音，以“训”听众＊，莫非选讲者已大有感于方来，遂绸缪于未雨么？

“儒者之泽深且远”，即小见大，我们由此可以明白“儒术”，知道“儒效”了。

且介亭杂文/儒术（1934·6）

●8-26-123-37

按：广东军阀陈济棠1933年令全省学校恢复读经，燕塘军事政治学校首先实行；后又成立经书编审委员会，编定中小学《经训读本》。

读经，在广东，听说是从燕塘军官学校提倡起来的＊；去年，就有官定的小学校用的《经训读本》出版，给五年级用的第一课，却就是“孔子谓曾子曰：身体发肤，受之父母，不敢毁伤，孝之始也。……”『注：语出《孝经·开宗明义章》』那么，“为国捐躯”是“孝之终”么？

且介亭杂文二集/“寻开心”（1935·4·5）

●8-26-123-38

我出世的时候是清朝的末年，孔夫子已经有了“大成至圣文宣王”这一个阔得可怕的头衔，不消说，正是圣道支配了全国的时代。政府对于读书的人们，使读一定的书，即四书和五经；使遵守一定的注释；使写一定的文章，即所谓“八股文”；并且使发一定的议论。然而这些千篇一律的儒者们，倘是四方的大地，那是很知道的，但一到圆形的地球，却什么也不知道，于是和四书上并无记载的法兰西和英吉利打仗而失败了。

且介亭杂文二集/在现代中国的孔夫子（1935·6）

●8-26-123-39

义和团完全失败，徐桐氏也自杀了＊。政府就又以为外国的政治法律和学问技术颇有可取之处了。我的渴望到日本去留学，也就在那时候。达了目的，入学的地方，是嘉纳先生所设立的东京的弘文学院；在这里，三泽力太郎先生教我水是养气『注：即氧气』和轻气『注：即氢气』所合成，山内繁雄先生教我贝壳里的什么地方其名为“外套”。这是有一天的事情。学监大久保先生集合起大家来，说：因为你们都是孔子之徒，今天到御茶之水『注：日本东京孔庙所在地』的孔庙里去行礼罢！我大吃了一惊。现在还记得那时心里想，正因为绝望于孔夫子和他的之徒，所以到日本来的，然而又是拜么？一时觉得很奇怪。而且发生这样感觉的，我想决不止我一个人。

〖释：徐桐（1819－1900），清末反对维新变法的大官僚，八国联军攻入北京后自杀。〗

且介亭杂文二集/在现代中国的孔夫子（1935·6）

(124)“国粹”与“中庸”

一个人，脸上长了一个瘤，额上肿出一颗疮，的确是与众不同，显出他特别的样子，可以算他的“粹”。然而据我看来，还不如将这“粹”割去了，同别人一样的好。

●8-26-124-1

中国国粹、虽然等于放屁、而一群坏种、要刊丛编＊、却也毫不足怪。该坏种等、不过还想吃人、而竟奉卖过人肉的侦心探龙＊做祭酒、大有自觉之意。……但该坏种等之创刊屁志、系专对《新青年》而发、则略以为异、初不料《新青年》之于他们、竟如此其难过也。然既将刊之、则听其刊之、且看其刊之、看其如何国法、任何粹法、如何发昏、如何放屁、如何做梦、如何探龙、亦一大快事也。国粹丛编万岁！老小昏虫万岁！！

〖释：“一群坏种、要刊丛编”，指刘师培等当时策划复刊《国粹学报》和《国粹汇编》；后于1919年3月创办《国故》月刊，对抗新文化运动。/“侦心探龙”，意谓侦探。〗

书信/致钱玄同〔此信原件逗号均作顿号〕（1918·7·5）

●8-26-124-2

从清朝末年，直到现在，常常听人说“保存国粹”这一句话。……什么叫“国粹”？照字面看来，必是一国独有，他国所无的事物了。换一句话，便是特别的东西。但特别未必定是好，何以应该保存？

譬如一个人，脸上长了一个瘤，额上肿出一颗疮，的确是与众不同，显出他特别的样子，可以算他的“粹”。然而据我看来，还不如将这“粹”割去了，同别人一样的好。

热风/随感录·三十五（1918·10·15）

●8-26-124-3

我有一位朋友说得好：“要我们保存国粹，也须国粹能保存我们。”

保存我们，的确是第一义。只要问他有无保存我们的力量，不管他是否国粹。

热风/随感录·三十五（1918·10·15）

●8-26-124-4

在现今的世界上，协同生长，挣一地位，即须有相当的进步的智识，道德，品格，思想，才能够站得住脚：这事极须劳力费心。而“国粹”多的国民，尤为劳力费心，因为他的“粹”太多。粹太多，便太特别。太特别，便难与种种人协同生长，挣得地位。

热风/随感录·三十六（1918·11·15）

●8-26-124-5

即使无名肿毒，倘若生在中国人身上，也便“红肿之处，艳若桃花；溃烂之时，美如乳酪”。国粹所在，妙不可言。

热风/随感录·三十九（1919·1·15）

●8-26-124-6

现在暴发的“国学家”之所谓“国学”是什么？

一是商人遗老们翻印了几十部旧书赚钱，二是洋场上的文豪又做了几篇鸳鸯蝴蝶体小说出版。

商人遗老们的印书是书籍的古董化，其置重不在书籍而在古董。遗老有钱，或者也不过聊以自慰罢了，而商人便大吹大擂的借此获利。还有茶商盐贩，本来是不齿于“士类”的，现在也趁着新旧纷扰的时候，借刻书为名，想挨进遗老遗少的“士林”里去。他们所刻的书都无民国年月，辨不出是元版是清版，都是古董性质，至少每本两三元，绵连＊，锦帙＊，古色古香，学生们是买不起的。这就是他们之所谓“国学”。

〖释：“绵连”，传统手工纸；“锦帙”，锦缎装裱的书函。〗

热风/所谓“国学”（1922·10·4）

●8-26-124-7

然而巧妙的商人们可也决不肯放过学生们的钱的，便用坏纸恶墨别印什么“菁华”什么“大全”之类来搜括。定价并不大，但和纸墨一比较却是大价了。至于这些“国学”书的校勘，新学家不行，当然是出于上海的所谓“国学家”的了，然而错字迭出，破句连篇（用的并不是新式圈点），简直是拿少年来开玩笑。这是他们之所谓“国学”。

热风/所谓“国学”（1922·10·4）

●8-26-124-8

洋场上的往古所谓文豪，“卿卿我我”“蝴蝶鸳鸯”诚然做过一小堆，可是自有洋场以来，从没有人称这些文章（?）为国学，他们自己也并不以“国学家”自命的。现在不知何以，忽而异想天开，也学了盐贩茶商，要凭空挨进“国学家”队里去了。

热风/所谓“国学”（1922·10·4）

●8-26-124-9

清乾隆中，黄易〖注：清代金石家〈1744－1801〉〗掘出汉武梁祠石刻画像*来，男子的胡须多翘上；我们现在所见北魏至唐的佛教造像中的信士像，凡有胡子的也多翘上，直到元明的画像，则胡子大抵受了地心的吸力作用，向下面拖下去了。……我以为拖下的胡子倒是蒙古式，是蒙古人带来的，然而我们的聪明的名士却当作国粹了。

〖释：“汉武梁祠石刻画像”，在山东嘉祥汉墓前石室中，后因河道变迁淤入泥中。1786 年黄易曾掘出二十余石。〗

坟/说胡须（1924·12·15）

●8-26-124-10

国度会亡，国粹家是不会少的，而只要国粹家不少，这国度就不算亡。

坟/说胡须（1924·12·15）

●8-26-124-11

一到衰弊陵夷之际，神经可就衰弱过敏了，每遇外国东西，便觉得仿佛彼来俘我一样，推拒，惶恐，退缩，逃避，抖成一团，又必想一篇道理来掩饰，而国粹遂成为孱王和孱奴的宝贝。

坟/看镜有感（1925·3·2）

●8-26-124-12

遇见强者，不敢反抗，便以“中庸”*这些话来粉饰，聊以自慰。所以中国人倘有权力，看见别人奈何他不得，或者有“多数”作他护符的时候，多是凶残横恣，宛然一个暴君，做事并不中庸；待到满口“中庸”时，乃是势力已失，早非“中庸”不可的时候了。一到全败，则又有“命运”来做话柄，纵为奴隶，也处之泰然，但又无往而不合于圣道。这些现象，实在可以使中国人败亡，无论有没有外敌。要救正这些，也只好先行发露各样的劣点，撕下那好看的假面具来。

〖释：“中庸”，《论语·雍也》：“中庸之为德也，其至矣乎！”据朱熹注：“中者，无过无不及之名也；庸，平常也。程子曰：‘不偏之谓中，不易之为庸。中者，天下之正道，庸者，天下之定理。’”〗

华盖集/通讯〔复徐炳昶〕（1925·3·20）

●8-26-124-13

向来，我总不相信国粹家道德家之类的痛哭流涕是真心，即使眼角上确有珠泪横流，也须检查他手巾上可浸着辣椒水或生姜汁。什么保存国故，什么振兴道德，什么维持公理，什么整顿学风……心里可真是这样想？一做戏，则前台的架子，总与在后台的面目不相同。但看客虽然明知是戏，只要做得像，也仍然能够为它悲喜，于是，这出戏就做下去了；有谁来揭穿的，他们反以为扫兴。

华盖集续编/马上支日记（1926·8·2）

●8-26-124-14

将来的国粹，当以诗词骈文为正宗。史学等等，恐怕未必发达。即要研究，也必须由老师宿儒，先加一番改定工夫。

而已集/谈“激烈”（1927·10·8）

●8-26-124-15

圣人为什么大呼“中庸”呢？曰：这正因为大家并不中庸的缘故。

南腔北调集/由中国女人的脚，推定中国人之非中庸，又由此推定孔夫子有胃病（1933·3·16）

●8-26-124-16

契诃夫说过：“被昏蛋所称赞，不如战死在他手里。”〖注：语出契诃夫遗著《随笔》〗真是伤心而且悟道之言。但中国又是极爱中庸的国度，所以极端的昏蛋是没有的，他不和你来战，所以决不会爽爽快快的战死，如果受不住，只好自己吃安眠药片。

且介亭杂文二集/徐懋庸作《打杂集》序（1935·5·5）

●8-26-124-17

中庸的人，固然并无堕入地狱的危险，但也恐怕进不了天国的罢。

且介亭杂文二集/陀思妥夫斯基的事（1936·2）

（125）古文与白话

我们此后实在只有两条路　一是抱着古文而死掉，一是舍掉古文而生存。

●8-26-125-1

《新青年》是提倡“文学改良”，后来更进一步而号召“文学革命”的发难者。但当一九一五年九月中在上海开始出版的时候，却全部是文言的。苏曼殊的创作小说，陈嘏和刘半农的翻译小说，都是文言。

且介亭杂文二集/《中国新文学大系》小说二集序（1935·3·2）

●8-26-125-2

主张用白话者，近来似亦日多，但敌亦群起，四面八方攻击者众，而应援者则甚少，所以当做之事甚多，而万不举一，颇不禁人才寥落之叹。

书信/致许寿裳〔此信原无标点〕（1919·1·16）

●8-26-125-3

中国不识字的人，单会讲话，“鄙俚浅陋”，不必说了。“因为自己不通，所以提倡白话，以自文其陋”如我辈的人，正是“鄙俚浅陋”，也不在话下了。最可叹的是几位雅人，也……只能在呻吟古文时，显出高古品格；一到讲话，便依然是“鄙俚浅陋”的白话了。

热风/现在的屠杀者（1919·5）

●8-26-125-4

按：《学衡》，1922年1月创刊于南京的一家月刊。吴宓主编。主要撰稿人有梅光迪、胡先骕等。他们标榜“昌明国粹、融化新知；约法中正之眼光，行批评之职事”（见《学衡》杂志简章），实际上宣传复古，搞折中主义，反对新文化运动。

夫所谓《学衡》者，据我看来，实不过聚在“聚宝之门”＊左近的几个假古董所放的假毫光；虽然自称为“衡”，而本身的称星尚且未曾钉好，更何论于他所衡的轻重的是非。所以，决用不着较准，只要估一估就明白了。

〖释：“聚宝之门”，即聚宝门，南京的一座城门；“学衡派”主要成员当时多在南京东南大学任教。鲁迅说“聚宝之门”，是故意模仿“学衡派”的“乌托之邦”、“无病之呻”等不通的仿古笔调。〗

热风/估《学衡》（1922·2·9）

●8-26-125-5

夫文者，即使不能“载道”，却也应该“达意”，而不幸诸公虽然张皇国学，笔下却未免欠亨，不能自了，何以“衡”人。这实在是一个大缺点。

热风/估《学衡》（1922·2·9）

●8-26-125-6

《弁言》『注：梅光迪作』云，“杂志迻例弁以宣言”，按宣言即布告，而弁者，周人戴在头上的瓜皮小帽一般的帽子，明明是顶上的东西，所以“弁言”就是序，异于“杂志迻例”的宣言，并为一谈，太汗漫了。《评提倡新文化者》文中说，“或操笔以待。每一新书出版。必为之序。以尽其领袖后进之责。顾亭林＊曰。人之患在好为人序。＊其此之谓乎。故语彼等以学问之标准与良知。犹语商贾以道德。娼妓以贞操也。”原来做一篇序“以尽其领袖后进之责”，便有这样的大罪案。然而诸公又何以也“突而弁兮”＊的“言”了起来呢？照前文推论，那便是我的质问，却正是“语商贾以道德。娼妓以贞操”了。

〖释：顾亭林（1613－1682），即顾炎武，字宁人，号亭林，江苏昆山人。明末清初的学者、思想家。/“人之患在好为人序”，见其所著《日知录》卷十九《书不当两序》条。/“突而弁兮”，见《诗经·齐风·甫田》：“未几见兮，突而弁兮。”〗

热风/估《学衡》（1922·2·9）

●8-26-125-7

《中国提倡社会主义之商榷》『注：萧纯锦作』中说，“凡理想学说之发生。皆有其历史上之背影。决非悬空虚构。造乌托之邦。作无病之呻也。”查“英吉之利”的摩耳＊，并未做 Pia of Uto，虽曰之乎者也，欲罢不能，但别寻古典，也非难事，又何必当中加楦呢。于古未闻“睹史之陀”，在今不云“宁古之塔”，奇句如此，真可谓“有病之呻”了。

〖释：摩耳（T. More, 1478－1535），通译莫尔，英国思想家，空想社会主义创始人之一。他的《乌托邦》，作于1516年。乌托邦，英语 Utopia 的音译，意为理想国。〗

热风/估《学衡》（1922·2·9）

●8-26-125-8

《国学摭谭》『注：马承堃作』中说，“虽三皇寥廓而无极。五帝缙绅先生难言之。”人而能“寥廓”，已属奇闻，而第二句尤为费解，不知是三皇之事，五帝和缙绅先生皆难言之，抑是五帝之事，缙绅先生也难言之呢？推度情理，当从后说，然而太史公所谓“缙绅＊先生难言之”者，乃指“百家言黄帝”而并不指五帝，所以翻开《史记》，便赫然的一篇《五帝本纪》，又何尝“难言之”。难道太史公在汉朝，竟应该算是下等社会中人么？

〖释：“缙绅”，指官吏。〗

热风/估《学衡》（1922·2·9）

●8-26-125-9

《记白鹿洞谈虎》『注：邵祖平作』中说，“诸父老能健谈。谈多称虎。当其摹示扑噬之状。闻者鲜不变色。退而记之。亦资诙噱之类也。”姑不论其“能”“健”“谈”“称”，床上安床，“扑噬之状”，终于未记，而变色的事，但“资诙噱”，也可谓太远于事情。倘使但“资诙噱”，则先前的闻而变色者，简直是呆子了。记又云，“伥者。新鬼而膏虎牙者也。”刚做新鬼，便“膏虎牙”，实在可悯。那么，虎不但食人，而且也食鬼了。这是古来未知的新发见。

热风/估《学衡》（1922·2·9）

●8-26-125-10

《渔丈人行》『注：邵祖平作』的起首道：“楚王无道杀伍奢。覆巢之下无完家。”这“无完家”虽比“无完卵”新奇，但未免颇有语病。假如“家”就是鸟巢，那便是犯了复，而且“之下”二字没有着落，倘说是人家，则掉下来的鸟巢未免太沉重了。除了大鹏金翅鸟（出《说岳全传》），断没有这样的大巢，能够压破彼等的房子。倘说是因为押韵，不得不然，那我敢说：这是“挂脚韵”＊。押韵至于如此，则翻开《诗韵合璧》＊的“六麻”来，写道“无完蛇”“无完瓜”“无完叉”，都无所不可的。

〖释：“挂脚韵”，我国旧体诗一般都在句末押韵，叫“脚韵”。如果不顾诗句的意思，仅是为了押韵而用一个同韵字硬凑上去，就被称为“挂脚韵”。/《诗韵合璧》，韵书，六卷，清代汤文潞编。是旧时初学作诗的工具书。“六麻”，旧诗韵“下平声”的第六个韵目。下文的“蛇”、“瓜”、“叉”均属此韵目。〗

热风/估《学衡》（1922·2·9）

●8-26-125-11

还有《浙江采集植物游记》『注：胡先骕作』，连题目都不通了。采集有所务，并非漫游，所以古人作记，务与游不并举，地与游才相连。匡庐＊峨眉，山也，则曰纪游，采硫访碑，务也，则曰日记。虽说采集时候，也兼游览，但这应该包举在主要的事务里，一列举便不“古”了。例如这记中也说起吃饭睡觉的事，而题目不可作《浙江采集植物游食眠记》。

热风/估《学衡》（1922·2·9）

●8-26-125-12

……文且未亨，理将安托，穷乡僻壤的中学生的成绩，恐怕也不至于此的了。

总之，诸公掊击新文化而张皇旧学问，倘不自相矛盾，倒也不失其为一种主张。可惜的是于旧并无门径，并主张也还不配。倘使字句未通的人也算是国粹的知己，则国粹更要惭惶煞人！衡了一顿，仅仅衡出了自己的铢两来，于新文化无伤，于国粹也差得远。

我所佩服诸公的只有一点，是这种东西也居然会有发表的勇气。

热风/估《学衡》（1922·2·9）

●8-26-125-13

白话的生长，总当以《新青年》主张以后为大关键，因为态度很平正，若夫以前文豪之偶用白话入诗文者，看起来总觉得和运用“僻典”有同等之精神也。

书信/致胡适（1922·8·21）

●8-26-125-14

上海租界上的“国学家”，以为做白话文的大抵是青年，总该没有看过古董的，于是乎用了所谓“国学”来吓呼他们。

《时报》上载着一篇署名“涵秋”＊的《文字感想》，其中有一段说：

新学家薄国学为不足道故为钩輈格磔之文以震其艰深也一读之欲呕再读之昏昏睡去矣

领教。我先前只以为“钩輈格磔”是古人用他来形容鹧鸪的啼声，并无别的深意思；亏得这《文字感想》，才明白这是怪鹧鸪啼得“艰深”了，以此责备他的。但无论如何，“艰深”却不能令人“欲呕”……呕吐的原因决不在乎别人文章的“艰深”，是在乎自己的身体里的，大约因为“国学”积蓄得太多，笔不及写，所以涌出来了罢。

“以震其艰深也”的“震”字，从国学的门外汉看来也不通……如此“国学”，虽不艰深，却是恶作，真是“一读之欲呕”，再读之必呕矣。

国学国学，新学家既“薄为不足道”，国学家又道而不能亨，你真要道尽途穷了！

〖释：涵秋，即李涵秋（1873－1924），江苏江都人。鸳鸯蝴蝶派的主要成员。他的《文字感想》，载1922年9月14日《时报》的《小时报》专页。/“钩輈格磔”，象声词，鹧鸪啼声。《本草纲目》卷四十八《禽部》“集解”引孔志约的话：“鹧鸪生江南，形似母鸡，鸣云‘钩輈格磔’者是也。”〗

热风/“以震其艰深”（1922·9·20）

●8-26-125-15

中国有几个字，不但在白话文中，就是在文言文中也几乎不用。其一是这误印为“钉”的“钊”字，还有一个是“淦”字，大概只在人名里还有留遗。我手头没有《说文解字》，钊字的解释完全不记得了，淦则仿佛是船底漏水的意思＊。我们现在要叙述船漏水，无论怎样古奥的文章，大概总不至于说“淦矣”了罢，所以除了印张国淦或新淦县的新闻之外，这一粒铅字简直是废物。

〖释：“淦是船底漏水的意思”，据《说文解字》，淦，“水入船中也”。〗

华盖集/忽然想到〔八〕（1925·1·18）

●8-26-125-16

菲薄古书者，惟读过古书者最有力，这是的确的。因为他洞知弊病，能“以子之矛攻子之盾”，正如要说明吸雅片的弊害，大概惟吸过雅片者最为深知，最为痛切一般。但即使“束发小生”，也何至于说，要做戒绝雅片的文章，也得先吸尽几百两雅片才好呢。

华盖集续编/古书与白话（1926·2·2）

●8-26-125-17

古文已经死掉了；白话文还是改革道上的桥梁，因为人类还在进化。

华盖集续编/古书与白话（1926·2·2）

●8-26-125-18

我总要上下四方寻求，得到一种最黑，最黑，最黑的咒文，先来诅咒一切反对白话，妨害白话者。即使人死了真有灵魂，因这最恶的心，应该堕入地狱，也将决不改悔，总要先来诅咒一切反对白话，妨害白话者。……

只要对于白话来加以谋害者，都应该灭亡！

朝花夕拾/《二十四孝图》（1926·5·25）

●8-26-125-19

标点古文，确是一种小小的难事，往往无从下笔；有许多处，我常疑心即使请作者自己来标点，怕也不免于迟疑。

华盖集续编/马上日记（1926·7·8）

●8-26-125-20

按：1926年7月18日出版的《甲寅》在广告目录中列有吴稚晖、蔡元培二人的文章。

《甲寅》周刊已出，广告上大用“吴老头子”及“世”之名以冀多卖，可怜也哉。闻“孤松”『注：影射自号“孤桐”的章士钊』公之文大可笑。然则文言大将，盖非白话邪宗之敌矣。此辈已经不值驳诘，白话之前途，只在多出作品，使内容日见充实而已，不知吾兄以为然耶否耶？

书信/致钱玄同（1926·7·20）

●8-26-125-21

初提倡白话的时候，是得到各方面剧烈的攻击的。后来白话渐渐通行了，势不可遏，有些人便一转而引为自己之功，美其名曰“新文化运动”。又有些人便主张白话不妨作通俗之用；又有些人却道白话要做得好，仍须看古书。

坟/写在《坟》后面（1926·11）

●8-26-125-22

别人我不论，若是自己，则曾经看过许多旧书，是的确的，为了教书，至今也还在看。因此耳濡目染，影响到所做的白话上，常常不免流露出它的字句，体格来。但自己却正苦于背了这些古老的鬼魂，摆脱不开，时常感到一种使人气闷的沉重。就是思想上，也何尝不中些庄周韩非＊的毒，时而很随便，时而很峻急。

〖释：韩非（前280－前233），战国末期韩国人，先秦法家代表人物之一。著有《韩非子》。〗

坟/写在《坟》后面（1926·11）

●8-26-125-23

我以为我倘十分努力，大概也还能够博采口语，来改革我的文章。但因为懒而且忙，至今没有做。我常疑心这和读了古书很有些关系，因为我觉得古人写在书上的可恶思想，我的心里也常有，能否忽而奋勉，是毫无把握的。我常常诅咒我的这思想，也希望不再见于后来的青年。去年我主张青年少读，或者简直不读中国书，乃是用许多苦痛换来的真话，决不是聊且快意，或什么玩笑，愤激之辞。

坟/写在《坟》后面（1926·11）

●8-26-125-24

我们要说现代的，自己的话；用活着的白话，将自己的思想，感情直白地说出来。

三闲集/无声的中国（1927·2）

●8-26-125-25

我们中国能做文言的有多少呢，其余的都只能说白话，难道这许多中国人，就都是卑鄙，没有价值的么？

三闲集/无声的中国（1927·2）

●8-26-125-26

将文章当作古董，以不能使人认识，使人懂得为好，也许是有趣的事罢。但是，结果怎样呢？是我们已经不能将我们想说的话说出来。我们受了损害，受了侮辱，总是不能说出些应说的话。

三闲集/无声的中国（1927·2）

●8-26-125-27

我们此后实在只有两条路 一是抱着古文而死掉，一是舍掉古文而生存。

三闲集/无声的中国（1927·2）

●8-26-125-28

腐败思想，能用古文作，也能用白话作。

三闲集/无声的中国（1927·2）

●8-26-125-29

的确常常有人说，中国的文化好得很，应该保存。那证据，是外国人也常在赞美。这就是软刀子。用钢刀，我们也许还会觉得的，于是就改用软刀子。

集外集拾遗/老调子已经唱完（1927·2·19）

●8-26-125-30

有的说，古文各省人都能懂，白话就各处不同，反而不能互相了解了。殊不知这只教育普及和交通发达就好，那时就人人都能懂较为易解的白话文；至于古文，何尝各省人都能懂，便是一省里，也没有许多人懂得的。有的说：如果都用白话文，人们便不能看古书，中国的文化就灭亡了。其实呢，现在的人们大可以不必看古书，即使古书里真有好东西，也可以用白话来译出的，用不着那么心惊胆战。

三闲集/无声的中国（1927·3·23）

●8-26-125-31

不是学韩，便是学苏。韩愈苏轼*他们用他们自己的文章来说当时要说的话，那当然可以的。我们却并非唐宋时人，怎么做和我们毫无关系的时候的文章呢。即使做得像，也是唐宋时代的声音，韩愈苏轼的声音，而不是我们现代的声音。

〖释：苏轼（1037－1101），字子瞻，号东坡居士，眉山（今属四川）人。宋代文学家〗

三闲集/无声的中国（1927·3·23）

●8-26-125-32

林琴南先生是确乎应该想起来的，他后来真是暮年景象，因为反对白话，不能论战，便从横道儿来做一篇影射小说*，使一个武人痛打改革者，——说得美丽一点，就是神往于“武器的艺术”了。

〖释：“影射小说”，指林琴南发表于1919年2月17日上海《新申报》上的《荆生》〗

三闲集/我的态度气量和年纪（1928·5·7）

●8-26-125-33

现在只好采说书而去其油滑，听闲谈而去其散漫，博取民众的口语而存其比较的大家能懂的字句，成为四不像的白话。这白话得是活的，活的缘故，就因为有些是从活的民众的口头取来，有些是要从此注入活的民众里面去。

二心集/关于翻译的通信（1932·6）

●8-26-125-34

做中国文其实是很不容易“通”的，高手如太史公司马迁*，倘将他的文章推敲起来，无论从文字，文法，修辞的任何一种立场去看，都可以发见“不通”的处所。

〖释：司马迁（前145－?），字子长，夏阳（今陕西韩城）人。汉代史学家、文学家。曾任太史令。著《史记》。〗

伪自由书/不通两种（1933·2·11）

●8-26-125-35

清朝人称八股文为“敲门砖”，因为得到功名，就如打开了门，砖即无用。

准风月谈/吃教（1933·9·29）

●8-26-125-36

元谕『注：元代朝廷诏令』用白话，我看大概是出于官意的，然则元曲之杂用白话，恐也与此种风气有关，白话之位忽尊，便大踏步闯入文言营里去了，于是就成了这样一种体制。

书信/致郑振铎（1933·9·29）

●8-26-125-37

白话运动是胜利了，有些战士，还因此爬了上去，但也因为爬了上去，就不但不再为白话战斗，并且将它踏在脚下，拿出古字来嘲笑后进的青年了。

准风月谈/“感旧”以后〔下〕（1933·10·16）

●8-26-125-38

五四运动的时候，保护文言者是说凡做白话文的都会做文言文，所以古文也得读。现在保护古书者是说反对古书的也在看古书，做文言，——可见主张的可笑。永远反刍，自己却不会呕吐，大约真是读透了《庄子》了。

准风月谈/反刍（1933·11·7）

●8-26-125-39

按：“古书中寻活字汇”，是施蛰存当时一种主张。

古书中寻活字汇，是说得出，做不到的，他在那古书中，寻不出一个活字汇。……诚然，不看注，也有懂得的，这就是活字汇。然而他怎会先就懂得的呢？这一定是曾经在别的书上看见过，或是到现在还在应用的字汇，所以他懂得。

准风月谈/古书中寻活字汇（1933·11·9）

●8-26-125-40

有人以为“汉以后的词，秦以前的字，西方文化所带来的字和词，可以拼成功我们的光芒的新文学。”*这光芒要是只在字和词，那大概像古墓里的贵妇人似的，满身都是珠光宝气了。人生却不在拼凑，而在创造，几千百万的活人在创造。

〖释：“汉以后的词……”，这是施蛰存在《突围》之四（答曹聚仁）中的话，载1933年10月30日《申报》。〗

准风月谈/难得糊涂（1933·11·24）

●8-26-125-41

我们的古之文学大师，就常常玩着这一手。班固先生的“紫色鼃声，余分闰位”，就将四句长句，缩成八字的；扬雄先生的“蠢迪检柙”，就将“动由规矩”这四个平常字，翻成难字的。

南腔北调集/作文秘诀（1933·12·15）

●8-26-125-42

现在还常有骈四俪六，典丽堂皇的祭文，挽联，宣言，通电，我们倘去查字典，翻类书，剥去它外面的装饰，翻成白话文，试看那剩下的是怎样的东西啊!?

南腔北调集/作文秘诀（1933·12·15）

●8-26-125-43

做白话文……也可以夹些僻字，加上蒙胧或难懂，来施展那变戏法的障眼的手巾的。倘要反一调，就是“白描”。

南腔北调集/作文秘诀（1933·12·15）

●8-26-125-44

歌，诗，词，曲，我以为原是民间物，文人取为己有，越做越难懂，弄得僵石，他们就又去取一样，又来慢慢的绞死它。譬如《楚辞》罢，《离骚》虽有方言，倒不难懂，到了扬雄，就特地

“古奥”，令人莫名其妙，这就离断气不远矣。词，曲之始，也都文从字顺，并不艰难，到后来，可就实在难读了。现在的白话诗，已有人掇用“选”字，或每句字必一定，写成一长方块，也就是这一类。

书信/致姚克（1934·2·20）

●8-26-125-45

“此生或彼生”。

现在写出这样五个字来，问问读者：是什么意思?

倘使在《申报》上，见过汪懋祖〖注：当时的国民党中央政治学校教授〗先生的文章，“……例如说‘这一个学生或是那一个学生’，文言只须‘此生或彼生’即已明了，其省力为何如?……”的，那就也许能够想到，这就是“这一个学生或是那一个学生”的意思。

否则，那回答恐怕就要迟疑。因为这五个字，至少还可以有两种解释：一，这一个秀才或是那一个秀才（生员）；二，这一世或是未来的别一世。

……

我就用主张文言的汪懋祖先生所举的文言的例子，证明了文言的不中用了。

花边文学/“此生或彼生”（1934·6·30）

●8-26-125-46

文言比起白话来，有时的确字数少，然而那意义也比较的含胡。我们看文言文，往往不但不能增益我们的智识，并且须仗我们已有的智识，给它注解，补足。待到翻成精密的白话之后，这才算是懂得了。如果一径就用白话，即使多写了几个字，但对于读者，“其省力为何如”?

花边文学/“此生或彼生”（1934·6·30）

●8-26-125-47

中国自有中国的圣贤和学者。“劳心者治人，劳力者治于人；治于人者食（去声）人，治人者食于人，”＊说得多么简截明白。……这也就是中国人非读中国古书不可的一个好证据罢。

〖**释：“劳心者治人……”等句，是孟轲的话，语见《孟子·滕文公》。**〗

花边文学/知了世界（1934·7·12）

●8-26-125-48

欧化文法的侵入中国白话中的大原因，并非因为好奇，乃是为了必要。……要说得精密，固有的白话不够用，便只得采些外国的句法。

花边文学/玩笑只当它玩笑〔上〕（1934·7·25）

●8-26-125-49

文言的保护者，现在也有打了大众语的旗子的了，他一方面，是立论极高，使大众语悬空，做不得；别一方面，借此攻击他当面的大敌——白话。

且介亭杂文/答曹聚仁先生信（1934·8）

●8-26-125-50

这回李焰生〖注：当时的《新垒》月刊主编〗先生反对大众语文，也赞成“静珍君之所举，‘大雪纷飞’，总比那‘大雪一片一片纷纷的下着’来得简要而有神韵，酌量采用，是不能与提倡文言文相提并论”的。

……“大雪纷飞”里，也没有“一片一片”的意思，这不过特地弄得累坠，掉着要大众语丢脸的枪花。

……倘要说出“大雪纷飞”的意思来，是并不用“大雪一片一片纷纷的下着”的，大抵用“凶”，“猛”或“厉害”，来形容这下雪的样子。倘要“对证古本”，则《水浒传》里的一句“那雪正下得紧”，就是接近现代的大众语的说法，比“大雪纷飞”多两个字，但那“神韵”却好的远了。

花边文学/“大雪纷飞”（1934·8·24）

●8-26-125-51

文字难，文章难，这还都是原来的；这些上面，又加以士大夫故意特制的难，却还想它和大众有缘，怎么办得到。但士大夫们也正愿其如此，如果文字易识，大家都会，文字就不尊严，他也跟着不尊严了。说白话不如文言的人，就从这里出发的；现在论大众语，说大众只要教给“千字课”就够的人，那意思的根柢也还是在这里。

且介亭杂文/门外文谈（1934·8－9）

●8-26-125-52

嘴里是白话怎么坏，古文怎么好，一动手，对古文就点了破句，而这古文又是他正在竭力表扬的古文。破句，不就是看不懂的分明的标记么？说好说坏，又从那里来的？

标点古文真是一种试金石，只消几点几圈，就把真颜色显出来了。

花边文学/点句的难（1934·10·5）

●8-26-125-53

前清时代，一个塾师能够不查他的秘本，空手点完了“四书”，在乡下就要算一位大学者，这似乎有些可笑，但是很有道理的。常买旧书的人，有时会遇到一部书，开首加过句读，夹些破句，中途却停了笔：他点不下去了。

花边文学/点句的难（1934·10·5）

●8-26-125-54

做文章做到不通的境地也就不容易，我们对于中国古今文学家，敢保证谁决没有一句不通的文章呢？有些人自以为“通”，那是因为他连“通”“不通”都不了然的缘故。

花边文学/考场三丑（1934·10·20）

●8-26-125-55

假使将那些考官们锁在考场里，骤然问他几条较为陌生的古典，大约即使不瞎写，也未必不缴白卷的。我说这话，意思并不在轻议已成的文人学士，只以为古典多，记不清不足奇，都记得倒古怪。

花边文学/考场三丑（1934·10·20）

●8-26-125-56

古书不是很有些曾经后人加过注解的么？那都是坐在自己的书斋里，查群籍，翻类书，穷年累月，这才脱稿的，然而仍然有“未详”，有错误。现在的青年当然是无力指摘它了，但作证的却有别人的什么“补正”在；而且补而又补，正而又正者，也时或有之。

花边文学/考场三丑（1934·10·20）

●8-26-125-57

士大夫是常要夺取民间的东西的，将竹枝词改成文言，将“小家碧玉”作为姨太太，但一沾着他们的手，这东西也就跟着他们灭亡。

花边文学/略论梅兰芳及其他〔上〕（1934·11·5）

●8-26-125-58

一个人处在沈闷的时代，是容易喜欢看古书的，作为研究，看看也不要紧，不过深入之后，就容易受其浸润，和现代离开。

书信/致刘炜明（1934·11·28）

●8-26-125-59

还记得提倡白话的时候，保守者对于改革者的第一弹，是说改革者不识字，不通文，所以主张用白话。对于这些打着古文旗子的敌军，是就用古书作“法宝”，这才打退的，以毒攻毒，反而证明了反对白话者自己的不识字，不通文。要不然，这古文旗子恐怕至今还不倒下。

且介亭杂文二集/从“别字”说开去（1935·4·20）

●8-26-125-60

人们学话，从高等华人以至下等华人，只要不是聋子或哑子，学不会的是几乎没有的，一到学文，就不同了，学会的恐怕不过极少数，就是所谓学会了的人们之中，请恕我坦白的再来重复的说一句罢，大约仍然胡胡涂涂的还是很不少。这自然是古文作怪。

且介亭杂文二集/人生识字胡涂始（1935·5）

●8-26-125-61

现在的许多白话文却连“明白如话”也没有做到。倘要明白，我以为第一是在作者先把似识非识的字放弃，从活人的嘴上，采取有生命的词汇，搬到纸上来；也就是学学孩子，只说些自己的确能懂的话。

且介亭杂文二集/人生识字胡涂始（1935·5）

●8-26-125-62

三四十年以前，凡有企图获得权势的人，就是希望做官的人，都是读“四书”和“五经”，做“八股”，别一些人就将这些书籍和文章，统名之为“敲门砖”。……门一开，这砖头也就被抛掉了。孔子这人，其实是自从死了以后，也总是当着“敲门砖”的差使的。

且介亭杂文二集/在现代中国的孔夫子（1935·6）

●8-26-125-63

白话是写给现代的人们看，并非写给商周秦汉的鬼看的，起古人于地下，看了不懂，我们也毫不畏缩。

且介亭杂文二集/名人和名言（1935·7·20）

●8-26-125-64

按：“桐城谬种”和“选学妖孽”，是“五四”初期钱玄同抨击当时复古派文人的话，曾为当时反对旧文学的流行用语。桐城派是清代古文流派之一，“选学”指崇奉《文选》式骈体文。“载飞载鸣”，是章太炎评论严复译笔的话，含贬意，指模仿桐城派文风而未得精髓。

五四时代的所谓“桐城谬种”和“选学妖孽”，是指做“载飞载鸣”的文章和抱住《文选》寻字汇的人们的，而某一种人确也是这一流，形容惬当，所以这名目的流传也较为永久。

且介亭杂文二集/五论“文人相轻”——明术（1935·9）

●8-26-125-65

最近，宣传古文的好处的教授＊，竟将古文的句子也点错了……他自己也没有懂。不过他们可以装作懂得的样子，来胡说八道，欺骗不明真相的人。

〖释：“宣传古文的好处的教授”，指刘大杰。他在1934年4月5日出版的上海《人间世》半月刊创刊号上发表的《春波楼随笔》中说：“此等书（指《袁中郎全集》等）中，确有不少绝妙的小品文字，可恨清代士大夫，只会做滥调古文，不能赏识此等绝妙文章耳。”但他标点的《袁中郎全集》等书中却有不少断句错误〗

且介亭杂文/关于新文字（1935·12·9）

●8-26-125-66

按：鲁迅所举下述实例，出自他所买“珍本”之中一本张岱（明末清初文学家〈1597－1679〉）的文集，据书后“卢前冀野父”（即卢前，字冀野）跋，是号称“化峭僻之途为康庄”的。

标点，对于五言或七言诗最容易，不必文学家，只要数学家就行，乐府就不大“康庄”了，所以卷三的《景清刺》里，有了难懂的句子：

……佩铅刀。藏膝髌。太史奏。机谋破。不称王向前。坐对御衣含血唾。……

琅琅可读，韵也押的，不过“不称王向前”这一句总有些费解。看看原序，有云：“清知事不成。跃而訽上。大怒曰。毋谓我王。即王敢尔耶。清曰。今日之号。尚称王哉。命抉其齿。王且訽。则含血前。谂御衣。上益怒。剥其肤。……”（标点悉遵原本）那么，诗该是“不称王，向前坐”了，“不称王”者，“尚称王哉”也；“向前坐”者，“则含血前”也。而序文的“跃而訽上。大怒曰”，恐怕也该是“跃而訽。上大怒曰”才合式，据作文之初阶，观下文之“上益怒”，可知也矣。

且介亭杂文二集/“题未定”草〔六〕(1936·1－2)

●8-26-125-67

纵使明人小品如何“本色”＊，如何“性灵”，拿它乱玩究竟还是不行的，自误事小，误人可似乎不大好。例如卷六的《琴操》《脊令操》＊序里，有样的句子：

秦府僚属。劝秦王世民。行周公之事。伏兵玄武门。射杀建成元吉魏徵。伤亡作。

文章也很通，不过一翻《唐书》，就不免觉得魏徵实在射杀得冤枉，他其实是秦王世民做了皇帝十七年之后，这才病死的＊。所以我们没有法，这里只好点作“射杀建成元吉，魏徵伤亡作”。明明是张岱作的《琴操》，怎么会是魏徵作呢，索性也将他射杀干净……

〖释：“本色”，林语堂在《文饭小品》第六期（1935年7月）发表的《说本色之美》一文中说：“吾深信此本色之美。盖做作之美，最高不过工品，妙品，而本色之美，佳者便是神品，化品，与天地争衡，绝无斧凿痕迹。”／《琴操》，古琴曲，又指与古琴曲相配合的乐歌。张岱《琅嬛文集》中有琴操十章，《脊令操》是其中之一。／“……世民做了皇帝十七年之后，这才病死的”：据《新唐书·太宗皇帝本纪》载，武德九年（626）六月，李世民以兵入玄武门杀太子建成和齐王元吉。同书《魏徵传》载，魏徵（580－643）贞观十七年“疾甚”而死。〗

且介亭杂文二集／“题未定”草〔六〕（1936·1－2）

（126）封建虚伪与守旧排外

学了外国本领，保存中国旧习。本领要新，思想要旧。要新本领旧思想的新人物，驼了旧本领旧思想的旧人物，请他发挥多年经验的老本领。

●8-26-126-1

维新以后，中国富强了，用这学来的新，打出外来的新，关上大门，再来守旧。……换几句话，便是学了外国本领，保存中国旧习。本领要新，思想要旧。要新本领旧思想的新人物，驼了旧本领旧思想的旧人物，请他发挥多年经验的老本领。一言以蔽之：前几年谓之“中学为体，西学为用”，这几年谓之“因时制宜，折衷至当”。

热风／随感录·四十八（1919·2·15）

●8-26-126-2

汉有举孝＊，唐有孝悌力田＊科，清末也还有孝廉方正＊，都能换到官做。父恩谕之于先，皇恩施之于后，然而割股的人物，究属寥寥。足可证明中国的旧学说旧手段，实在从古以来，并无良效，无非使坏人增长些虚伪，好人无端的多受些人我都无利益的苦痛罢了。

〖释：“举孝”，汉代选拔官吏的办法之一，由各地推举“善事父母”的孝子到朝中做官。／“孝悌力田”，是汉唐科举名目之一，由地方官向朝廷推荐所谓有“孝悌”德行和努力耕作的人，中选者分别任用或给予赏赐。／“孝廉方正”，清代特设的科举名目，由地方官举荐所谓孝、廉、方正的人，经礼部考试，授以知县等官。〗

坟／我们现在怎样做父亲（1919·11）

●8-26-126-3

就实际上说，中国旧理想的家族关系父子关系之类，其实早已崩溃了……历来都竭力表彰“五世同堂”，便足见实际上同居的为难；拚命的劝孝，也足见事实上孝子的缺少。而其原因，便全在一意提倡虚伪道德，蔑视了真的人情。

坟／我们现在怎样做父亲（1919·11）

●8-26-126-4

要进步或不退步，总须时时自出新裁，至少也必取材异域，倘若各种顾忌，各种小心，各种唠叨，这么做即违了祖宗，那么做又像了夷狄，终生惴惴如在薄冰上，发抖尚且来不及，怎么会做出好东西来。所以事实上“今不如古”者，正因为有许多唠叨着“今不如古”的诸位先生们之故。

坟／看镜有感（1925·3·2）

●8-26-126-5

无论从那里来的，只要是食物，壮健者大抵就无需思索，承认是吃的东西。惟有衰病的，却总常想到害胃，伤身，特有许多禁条，许多避忌；还有一大套比较利害而终于不得要领的理由，例

如吃固无妨，而不吃尤稳，食之或当有益，然究以不吃为宜云云之类。但这一类人物总要日见其衰弱的，因为他终日战战兢兢，自己先已失了活气了。

坟/看镜有感（1925·3·2）

●8-26-126-6

……一到衰弊陵夷之际，神经可就衰弱过敏了，每遇外国东西，便觉得仿佛彼来俘我一样，推拒，惶恐，退缩，逃避，抖成一团，又必想一篇道理来掩饰，而国粹遂成为孱王和孱奴的宝贝。

坟/看镜有感（1925·3·2）

●8-26-126-7

二十年前到黑市，买得一张符，名叫“鬼画符”……今年又到黑市去，又买得一张符，也是“鬼画符”。但帖了起来看，也还是那一张，不见什么增补和修改。今夜看出来的大题目是“论辩的魂灵”……

“洋奴会说洋话。你会说洋话，就是洋奴，人格破产了！……”

“你说中国不好。你是外国人么？为什么不到外国去？可惜外国人看你不起……。”

“你说甲生疮。甲是中国人，你就是说中国人生疮了。既然中国人生疮，你是中国人，就是你也生疮了。你既然也生疮，你就和甲一样。而你只说甲生疮，则竟无自知之明，你的话还有什么价值？倘你没有生疮，你说诳也。卖国贼是说诳的，所以你是卖国贼。我骂卖国贼，所以我是爱国者。爱国者的话是最有价值的，所以我的话是不错的，我的话既然不错，你就是卖国贼无疑了！”

“……过激派都主张共妻主义的。乙赞成自由结婚，不就是主张共妻主义么？他既然主张共妻主义，就应该先将他的妻拿出来给我们‘共’。”

……

“你自以为是‘人’，我却以为非也。我是畜类，现在我就叫你爹爹。你既然是畜类的爹爹，当然也就是畜类了。”

“勿用惊叹符号，这是足以亡国的＊。但我所用的几个在例外。”

〖释：“勿用惊叹符号，这是足以亡国的”，《心理杂志》第三卷第二号（1924年4月）载张耀翔《新诗人的情绪》一文，其中统计了当时一些新诗集中的惊叹号，说这种符号像“细菌”和“弹丸”，是悲观、厌世的反映，因而认为白话诗是“亡国之音”云。〗

华盖集/论辩的魂灵（1925·3·9）

●8-26-126-8

我生得太早一点，连康有为们“公车上书”的时候，已经颇有些年纪了。政变之后，有族中的所谓长辈也者教诲我，说：康有为是想篡位，所以他的名字叫有为；有者，“富有天下”，为者，“贵为天子”也。非图谋不轨而何？

华盖集/忽然想到（1925·4·22）

●8-26-126-9

古代传来而至今还在的许多差别，使人们各各分离，遂不能再感到别人的痛苦；并且因为自己各有奴使别人，吃掉别人的希望，便也就忘却自己同有被奴使被吃掉的将来。于是大小无数的人肉的筵宴，即从有文明以来一直排到现在，人们就在这会场中吃人，被吃，以凶人的愚妄的欢呼，将悲惨的弱者的呼号遮掩，更不消说女人和小儿。

这人肉的筵宴现在还排着，有许多人还想一直排下去。扫荡这些食人者，掀掉这筵席，毁坏这厨房，则是现在的青年的使命！

坟/灯下漫笔（1925·5·1）

●8-26-126-10

我总觉得周围有长城围绕。这长城的构成材料，是旧有的古砖和补添的新砖。两种东西联为一气造成了城壁，将人们包围。

何时才不给长城添新砖呢？

这伟大而可诅咒的长城！

华盖集/长城（1925·5·15）

●8-26-126-11

月球只一面对着太阳，那一面我们永远不得见。歌颂中国文明的也惟以光明的示人，隐匿了黑的一面。譬如说到家族亲旧，书上就有许多好看的形容词：慈呀，爱呀，悌呀，……又有许多好看的古典：五世同堂呀，礼门呀，义宗呀，……至于诨名，却藏在活人的心中，隐僻的书上。

华盖集/补白（1925・7・3）

●8-26-126-12

从前的排斥外来学术和思想，大抵专靠皇帝；自六朝至唐宋，凡攻击佛教的人，往往说他不拜君父，近乎造反。现在没有皇帝了，却寻出一个"道德"的大帽子，看他何等利害。

热风/随感录・三十三（1925・9・24 补记）

●8-26-126-13

按：《评心雕龙》以戏谑方式反映现实

甲 A—a—a—ch！*

乙 你搬到外国去！并且带了你的家眷*！你可是黄帝子孙？中国话里叹声尽多，你为什么要说洋话？敝人是不怕的，敢说：要你搬到外国去！

丙 他是在骂中国，奚落中国人，替某国间接宣传咱们中国的坏处。他的表兄侄子的太太就是某国人。

〖释：A—a—a—ch，即 Ach，德语感叹词，读如"啊嘿"。/"你搬到外国去……带了你的家眷"，1925 年 3 月 5 日署名"瞎嘴"者给鲁迅信中的话。该信攻击鲁迅的《青年必读书》一文。〗

华盖集/评心雕龙（1925・11・27）

●8-26-126-14

古来就这样，所谓读书人，对于后起者却反而专用彰明较著的或改头换面的禁锢。近来自然客气些，有谁出来，大抵会遇见学士文人们挡驾：且住，请坐。接着是谈道理了：调查，研究，推敲，修养，……结果是老死在原地方。

华盖集/这个与那个（1925・12・10－12・22）

●8-26-126-15

中国人的官瘾实在深，汉重孝廉而有埋儿刻木*，宋重理学而有高帽破靴*，清重帖括而有"且夫""然则"*。总而言之：那魂灵就在做官，——行官势，摆官腔，打官话。

〖释："埋儿刻木"，汉朝选用人材的制度中有推举孝子和廉士做官的一项办法，导致社会上出现大量矫情虚伪之事。据《太平御览》卷四载，郭巨为供养母亲而活埋儿子；又同书引《搜神记》载，丁兰刻木作亡母像侍奉如生。/"高帽破靴"，宋代理学家往往在衣饰上装模作样。如程氏外书记程颐的衣服道："先生常服茧袍，高帽檐劣半寸，系绦。曰：此野人之服也。"/"帖括"，即科举应试文章，这里指清代八股文。"且夫"、"然则"是这一类文章中常见的陈词滥调。〗

华盖集续编/学界的三魂（1926・1・24）

●8-26-126-16

按：元代郭居敬编《二十四孝》，辑录了古代二十四个孝子的故事。后来的印本都配上图画，通称《二十四孝图》。

我所收得的最先的画图本子，是一位长辈的赠品：《二十四孝图》。这虽然不过薄薄的一本书，但是下图上说，鬼少人多，又为我一人所独有，使我高兴极了。……但是，我于高兴之余，接着就是扫兴，因为我请人讲完了二十四个故事之后，才知道"孝"有如此之难，对于先前的痴心妄想，想做孝子的计划，完全绝望了。

朝花夕拾/《二十四孝图》（1926・5・25）

●8-26-126-17

我幼小时候实未尝蓄意忤逆，对于父母，倒是极愿意孝顺的。不过年幼无知，只用了私见来解释"孝顺"的做法，以为无非是"听话"，"从命"，以及长大之后，给年老的父母好好地吃饭罢了。自从得了这一本孝子的教科书以后，才知道并不然，而且还要难到几十几百倍。其中自然也有可以勉力仿效的，如"子路负米"*，"黄香扇枕"*之类。"陆绩怀橘"*也并不难，只要有阔人请我吃饭。“鲁迅先生作宾客而怀橘乎?”我便跪答云，“吾母性之所爱，欲归以遗母。”阔人大佩服，于是孝子就做稳了，也非常省事。“哭竹生笋”＊就可疑，怕我的精诚未必会这样感动天地。但是哭不出笋来，还不过抛脸而已，一到“卧冰求鲤”＊，可就有性命之虞了。我乡的天气是温和的，严冬中，水面也只结一层薄冰，即使孩子的重量怎样小，躺上去，也一定会哗喇一声，冰破落水，鲤鱼还不及游过来。自然，必须不顾性命，这才孝感神明，会有出乎意料之外的奇迹，但那时我还小，实在不明白这些。

〖释：“子路负米”，子路是孔子的学生。他自己吃粗劣的饭菜，却为父母到百里外去驮米。/“黄香扇枕”，东汉时人黄香九岁丧母，尽力服侍父亲，夏天为父摇扇，冬天用体温为父亲暖被窝。/“陆绩怀橘”，三国时人陆绩六岁时外出作客，将主人给的橘子揣回家给母亲吃。/“哭竹生笋”，三国时孟宗“后母好笋，令宗冬月求之，宗入竹林恸哭，笋为之出”。/“卧冰求鲤”，晋代王祥的后母“常欲生鱼，时天寒冰冻，祥解衣将剖冰求之，冰忽自解，双鲤跃出，持之而归”。〗

朝花夕拾/《二十四孝图》(1926·5·25)

●8-26-126-18

最使我不解，甚至于发生反感的，是“老莱娱亲”＊和“郭巨埋儿”＊两件事。

我至今还记得，一个躺在父母跟前的老头子，一个抱在母亲手上的小孩子，是怎样地使我发生不同的感想呵。他们一手都拿着“摇咕咚”。这玩意儿确是可爱的，北京称为小鼓……然而这东西是不该拿在老莱子手里的，他应该扶一枝拐杖。现在这模样，简直是装样，侮辱了孩子。我没有再看第二回，一到这一叶，便急速地翻过去了。

……

至于玩着“摇咕咚”的郭巨的儿子，却实在值得同情。他被抱在他母亲的臂膊上，高高兴兴地笑着；他的母亲却正在掘窟窿，要将他埋掉了。说明云，“汉郭巨家贫，有子三岁，母尝减食与之。巨谓妻曰，贫乏不能供母，子又分母之食。盍埋此子?”但是刘向〖注：西汉经学家、文学家〈约前77－前6〉〗《孝子传》所说却又有些不同：巨家是富的，他都给了两弟；孩子是才生的，并没有到三岁。结末又大略相像了，“及掘坑二尺，得黄金一釜，上云：天赐郭巨，官不得取，民不得夺!”

我最初实在替这孩子捏一把汗，待到掘出黄金一釜，这才觉得轻松。然而我已经不但自己不敢再想做孝子，并且怕我父亲去做孝子了。家景正在坏下去，常听到父母愁柴米；祖母又老了，倘使我的父亲竟学了郭巨，那么，该埋的不正是我么? 如果一丝不走样，也掘出一釜黄金来，那自然是如天之福，但是，那时我虽然年纪小，似乎也明白天下未必有这样的巧事。

……彼一时，此一时，彼时我委实有点害怕：掘好深坑，不见黄金，连“摇咕咚”一同埋下去，盖上土，踏得实实的，又有什么法子可想呢。我想，事情虽然未必实现，但我从此总怕听到我的父母愁穷，怕看见我的白发的祖母，总觉得她是和我不两立，至少，也是一个和我的生命有些妨碍的人。后来这印象日见其淡了，但总有一些留遗，一直到她去世——这大概是送给《二十四孝图》的儒者所万料不到的罢。

〖释：“老莱娱亲”，老莱相传为春秋时楚国人。《艺文类聚·人部》有他七十岁时穿五彩衣诈跌以“娱亲”的记载。/“郭巨埋儿”，郭巨，晋代陇虑〈今河南林县〉人。《太平御览》记有其“史迹”。〗

朝花夕拾/《二十四孝图》(1926·5·25)

●8-26-126-19

就我现今所见的教孝的图说而言，古今颇有许多遇盗，遇虎，遇火，遇风的孝子，那应付的方法，十之九是“哭”和“拜”。

中国的哭和拜，什么时候才完呢?

朝花夕拾/后记(1927·8·10)

●8-26-126-20

这部《百孝图》＊……虽然是“会稽俞葆真

兰浦编辑”，与不佞有同乡之谊，——但我还只得老实说：不大高明。例如木兰从军＊的出典，他注云：“隋史”。这样的名目的书，现今是没有的：倘是《隋书》，那里面又没有木兰从军的事。

〖释：《百孝图》，即《百孝图说》，清代俞葆真编，俞泰绘图，共五卷。另附诗一卷。/“木兰从军”，见北朝民间歌谣《木兰诗》，“正史”无记载。〗

朝花夕拾/后记（1927·8·10）

●8-26-126-21

中华民国九年（1920），上海的书店却偏偏将它『注：指封建书籍《百孝图》』用石印翻印了，书名的前后各添了两个字：《男女百孝图全传》……自从《男女之秘密》、《男女交合新论》出现后，上海就很有些书名喜欢用“男女”二字冠首。现在是连以“正人心而厚风俗”的《百孝图》上也加上了。

朝花夕拾/后记（1927·8·10）

●8-26-126-22

按：据《后汉书·孝女曹娥传》，曹娥之父溺死，娥沿江哭七日，“投江而死”。另一种说法是“经五日抱父尸出”。

我们中国人即使对于百行之先，我敢说，也未必就不想到男女上去的。……曹娥的投江觅父，淹死后抱父尸出，是载在正史，很有许多人知道的。但这一个“抱”字却发生过问题。

我幼小时候，在故乡曾经听到老年人这样讲：——

……死了的曹娥，和她父亲的尸体，最初是面对面抱着浮上来的。然而过往行人看见的都发笑了，说：哈哈！这么一个年青姑娘抱着这么一个老头子！于是那两个死尸又沉下去了；停了一刻又浮起来，这回是背对背的负着。

好！在礼义之邦里，连一个年幼——呜呼，“娥年十四”而已——的死孝女要和死父亲一同浮出，也有这么艰难！

朝花夕拾/后记（1927·8·10）

●8-26-126-23

我们“皇汉”人实在有些怪脾气的；外国人论及我们缺点的不欲闻，说好处就相信，讲科学者不大提，有几个说神见鬼的便绍介。

三闲集/“皇汉医学”（1929·8·5）

●8-26-126-24

孔墨都不满于现状，要加以改革，但那第一步，是在说动人主，而那用以压服人主的家伙，则都是“天”。

三闲集/流氓的变迁（1930·1·1）

●8-26-126-25

今年的禁用阴历＊，原也是琐碎的，无关大体的事，但商家当然叫苦连天了。不特此也，连上海的无业游民，公司雇员，竟也常常慨然长叹，或者说这很不便于农家的耕种，或者说这很不便于海船的候潮。他们居然因此念起久不相干的乡下的农夫，海上的舟子来。这真像煞有些博爱。……然而一面在报章上，则出现了《一百二十年阴阳合历》＊的广告。好，他们连曾孙玄孙时代的阴历，也已经给准备妥当了，一百二十年！

〖释：“禁用阴历”，指1929年10月7日国民政府通令全国：“凡商家账目，民间契纸及一切签据，自十九年（按即1930年）一月一日起一律适用国历，如附用阴历，法律即不生效。”/《一百二十年阴阳合历》，指《一百二十年阴阳历对照表》，中华学艺社编，上海华通书局印行。〗

二心集/习惯与改革（1930·3·1）

●8-26-126-26

前清的八股文，原是“进学”＊做官的工具，只要能做“起承转合”，借以进了“秀才举人”，便可丢掉八股文，一生中再也用不到它了，所以叫做“敲门砖”，犹之用一块砖敲门，门一敲进，砖就可抛弃了，不必再将它带在身边。

〖释：“进学”，明清科举制度，童生历经考试，名列府、县学，亦即成了秀才。〗

二心集/对于左翼作家联盟的意见（1930·4·1）

●8-26-126-27

“钦定”二字，至今也还有一点威光，“御医”“贡缎”，就是与众不同的意思。便是早已共和了的法国，拿破仑的藏书在拍卖场上还是比平民的藏书值钱；欧洲的有些著名的“支那学者”讲中国就会引用《钦定图书集成》*，这是中国的考据家所不肯玩的玩艺。

〖释：《钦定图书集成》，即《古今图书集成》，我国大型类书之一。清康熙、雍正时命陈梦雷、蒋廷锡等先后编纂，于雍正三年（1825）完成。全书共分历象、方舆、明伦、博物、经济六汇，总计凡一万卷。〗

准风月谈/四库全书珍本（1933·8·26）

●8-26-126-28

有人说，中国的国家以家族为基础，真是有识见。

准风月谈/礼（1933·9·22）

●8-26-126-29

中国又原是“礼让为国”*的，既有礼，就必能让，而愈能让，礼也就愈繁了。

〖释：“礼让为国”，语出《论语·里仁》：“子曰：‘能以礼让为国乎，何有？不能以礼让为国，如礼何？’”〗

准风月谈/礼（1933·9·22）

●8-26-126-30

古时候，或以黄老治天下*，或以孝治天下*。现在呢，恐怕是入于以礼治天下的时期了……

“非礼勿视，非礼勿听，非礼勿言，非礼勿动”*，静静的等着别人的“多行不义，必自毙”*，礼也。

〖释：“以黄老治天下”，指以导源于道家而大成于法家的刑名法术治理国家。黄老，指道家奉为宗祖的黄帝和老子。/“以孝治天下”，指用儒家的“君君，臣臣，父父，子子”的伦理思想治理国家。/“非礼勿视，非礼勿听，非礼勿言，非礼勿动”，孔丘的话，语见《论语·颜渊》。/“多行不义，必自毙”，语见《左传》隐公元年，原语为春秋时郑庄公说他弟弟共叔段的话。〗

准风月谈/礼（1933·9·22）

●8-26-126-31

我们的古人对于分隔男女的设计，也还不免是低能儿；现在总跳不出古人的圈子，更是低能之至。不同泳，不同行，不同食，不同做电影，都只是“不同席”的演义。低能透顶的是还没有想到男女吸着相通的空气，从这个男人的鼻孔里呼出来，又被那个女人从鼻孔里吸进去，淆乱乾坤，实在比海水只触着皮肤更为严重。对于这一个严重问题倘没有办法，男女的界限就永远分不清。

花边文学/奇怪（1934·8·17）

●8-26-126-32

西法虽非国粹，有时却能够帮助国粹的。例如无线电播音，是摩登的东西，但早晨有和尚念经，却不坏；汽车固然是洋货，坐着去打麻将，却总比坐绿呢大轿，好半天才到的打得多几圈。依此类推，防止男女同吸空气就可以用防毒面具，各背一个箱，将养气由管子通到自己的鼻孔里，既免抛头露面，又兼防空演习，也就是“中学为体，西学为用”*。

〖释：“中学为体，西学为用”，是清末洋务派首领张之洞在《劝学篇》中提出的主张。〗

花边文学/奇怪（1934·8·17）

●8-26-126-33

那些维持现状的先生们，貌似平和，实乃进步的大害。最可笑的是他们对于已经错定的，无可如何，毫无改革之意，只在防患未然，不许“新错”，而又保护“旧错”，这岂不可笑。

书信/致曹聚仁（1935·4·10）

●8-26-126-34

老先生们保存现状，连在黑屋子开一个窗也

不肯，还有种种不可开的理由，但倘有人要来连屋顶也掀掉它，他这才魂飞魄散，设法调解，折中之后，许开一个窗，但总在覗机想把它塞起来。

书信/致曹聚仁（1935·4·10）

●8-26-126-35

洋服终于和华人渐渐的反目了，不但袁世凯朝，就定袍子马褂为常礼服，五四运动之后，北京大学要整饬校风，规定制服了，请学生们公议，那议决的也是：袍子和马褂！

花边文学/洋服的没落（1934·4·25）

●8-26-126-36

我们有一个传说。大约二千年之前，有一个刘先生，积了许多苦功，修成神仙，可以和他的夫人一同飞上天去了，然而他的太太不愿意。为什么呢？她舍不得住着的老房子，养着的鸡和狗。刘先生只好去恳求上帝，设法连老房子，鸡，狗，和他们俩全都弄到天上去，这才做成了神仙＊。也就是大大的变化了，其实却等于并没有变化。

〖释：“……成了神仙”，东晋葛洪《神仙传》卷四载：“西汉淮南王刘安吃了仙药成仙，临去时，余药器置在中庭，鸡犬舐啄之，尽得升天。”《全后汉文·仙人唐公房碑》也有唐公房得仙药后与他的妻子、房屋、六畜一起升天的故事。〗

且介亭杂文/中国文坛上的鬼魅（1934·11·21）

●8-26-126-37

清末之所谓儒者的结晶，也是代表的大学士徐桐氏出现了。他不但连算学也斥为洋鬼子的学问；他虽然承认世界上有法兰西和英吉利这些国度，但西班牙和葡萄牙的存在，是决不相信的，他主张这是法国和英国常常来讨利益，连自己也不好意思了，所以随便胡诌出来的国名。他又是一九〇〇年的有名的义和团的幕后的发动者，也是指挥者。但是义和团完全失败，徐桐氏也自杀了。

且介亭杂文二集/在现代中国的孔夫子（1935·6）

●8-26-126-38

在中国，君临的是“礼”，不是神。

且介亭杂文二集/陀思妥夫斯基的事（1936·2）

（127）道学与“遗老”

理学先生总不免有儿女，在证明着他并非日日夜夜，道貌永远的俨然。

●8-26-127-1

“世道浇漓，人心日下，国将不国”这一类话，不是中国历来的叹声。……君子固然相对慨叹，连杀人放火嫖妓骗钱以及一切鬼混的人，也都乘作恶余暇，摇着头说道，“他们人心日下了。”

坟/我之节烈观（1918·8）

●8-26-127-2

汉朝以后，言论的机关，都被“业儒”的垄断了。宋元以来，尤其利害。我们几乎看不见一部非业儒的书，听不到一句非士人的话。除了和尚道士，奉旨可以说话以外，其余“异端”的声音，决不能出他卧房一步。

坟/我之节烈观（1918·8）

●8-26-127-3

世人大抵受了“儒者柔也”的影响；不述而作，最为犯忌＊。

〖释：“不述而作，最为犯忌”，《论语·述而》记有孔丘“述而不作，信而好古”的话。据朱熹的注释，述即传旧，作是创始。这原是孔子的自述，说他从事整理《诗》、《书》、《礼》、《乐》、《春秋》等工作，都只是传旧，自己有未有所创造。后来“述而不作”即成为一种古训，认为只应该遵从传统的道德、思想和制度，不应该“标新立异”或有所创新。因此，“不述而作”就成了“犯忌”的事。〗

坟/我之节烈观（1918·8）

●8-26-127-4

中国诗人也每未免感得太浅太偏，走过宫人

斜〖注：古代埋葬宫女的坟地〗就做一首“无题”，看见树丫叉就赋一篇“有感”。和这相应，道学先生也就神经过敏之极了：一见“无题”就心跳，遇“有感”则立刻满脸发烧，甚至于必以学者自居，生怕将来的国史将他附入文苑传。

集外集拾遗/诗歌之敌（1925·1·17）

●8-26-127-5

康圣人主张跪拜，以为“否则要此膝何用”。走时的腿的动作，固然不易于看得分明，但忘记了坐在椅上时候的膝的曲直，则不可谓非圣人之疏于格物也。身中间脖颈最细，古人则于此斫之，臀肉最肥，古人则于此打之，其格物都比康圣人精到，后人之爱不忍释，实非无因。

华盖集/忽然想到〔一〕（1925·1·17）

●8-26-127-6

许多雅人，连记年月也必是甲子，怕用民国纪元。

坟/看镜有感（1925·3·2）

●8-26-127-7

中国书都是好的，说不好即不懂；这话是老得生了锈的老兵器。讲《易经》的就多用这方法：“易”，是玄妙的，你以为非者，就因为你不懂。

集外集拾遗/报《“奇哉”所谓……》（1925·3·8）

●8-26-127-8

中国废止读经了，教会学校不是还请腐儒做先生，教学生读“四书”么？民国废去跪拜了，犹太学校＊不是偏请遗老做先生，要学生磕头拜寿么？外国人办给中国人看的报纸，不是最反对五四以来的小改革么？而外国总主笔治下的中国小主笔，则倒是崇拜道学＊，保存国粹的！

〖释：“犹太学校”，指犹太人大资本家哈同1915年在上海创办的圣仓明智大学及其附属中小学校。哈同曾请清代遗老王国维担任员，教学生读经习礼。每年三月二十八日所谓仓颉生日时，要学生给仓颉磕头拜寿。/“道学”，即理学，宋代周敦颐、程颢、程颐、朱熹等人阐释儒家学说而形成的思想体系，将“三纲五常”等封建伦理说成是“天理”，提出“存天理，灭人欲”的主张。〗

华盖集/忽然想到〔六〕（1925·4·22）

●8-26-127-9

我常想：治中国应该有两种方法，对新的用新法，对旧的用旧法。例如“遗老”有罪，即该用清朝法律：打屁股。因为这是他所佩服的。

两地书/原信·四十一〔北京〕（1925·7·29）

●8-26-127-10

尊孔，崇儒，专经，复古，由来已经很久了。皇帝和大臣们，向来总要取其一端，或者“以孝治天下”，或者“以忠诏天下”，而且又“以贞节励天下”。但是，二十四史不现在么？其中有多少孝子，忠臣，节妇和烈女？

华盖集/十四年的“读经”（1925·11·18）

●8-26-127-11

问他们经可是要读到像颜回＊，子思＊，孟轲，朱熹，秦桧＊（他是状元），王守仁＊，徐世昌，曹锟；古可是要复到像清（即所谓“本朝”），元，金，唐，汉，禹汤文武周公＊，无怀氏，葛天氏＊？他们其实都没有定见。他们也知不清颜回以至曹锟为人怎样，本朝以至葛天氏情形如何……

〖释：颜回（前521－前490），孔子的学生。/子思（约483－前402），孔子的孙子。/朱熹（1130－1200），南宋理学家。/秦桧（1090－1155），北宋政和进士，南宋绍兴间两任宰相。曾陷害抗金名将岳飞。/王守仁（1472－1528），即王阳明，明代理学家。/“禹汤文武周公”：禹，夏朝的建立者。汤，商代的第一个君主。文，即周文王，商末周族领袖，周代尊称周文王。武，即周武王，周代的第一个君主。/“无怀氏，葛天氏”：都是传说中我国上古时代的帝王。〗

华盖集/十四年的“读经”（1925·11·27）

●8-26-127-12

民国的通礼是鞠躬，但若有人以为不对的，就独使他磕头。民国的法律是没有笞刑的，倘有人以为肉刑好，则这人犯罪时就特别打屁股。碗筷饭菜，是为今人而设的，有愿为燧人氏以前之民者，就请他吃生肉；再造几千间茅屋，将在大宅子里仰慕尧舜的高士都拉出来，给住在那里面；反对物质文明的，自然更应该不使他衔冤坐汽车。这样一办，真所谓“求仁得仁又何怨”〖注：语见《论语·述而》〗，我们的耳根也就可以清净许多罢。

坟/论“费厄泼赖”应该缓行（1926·1·10）

●8-26-127-13

一到名儒，则家里的男女也不给容易见面，霍渭厓的《家训》里，就有那非常麻烦的分隔男女的房子构造图。

〖释：霍渭厓（1487－1540），名韬，明代道学家。所撰《家训》一书中，严格规定男女起居事项和进出路径。〗

坟/坚壁清野主义（1926·1）

●8-26-127-14

我们的古哲和今贤，虽然满口“正本清源”，“澄清天下”，但大概是有口无心的，“未有己不正，而能正人者”，所以结果是：收起来。

坟/坚壁清野主义（1926·1）

●8-26-127-15

要证明中国人的不正经，倒在自以为正经地禁止男女同学，禁止模特儿这些事件上。

华盖集续编/马上支日记（1926·8·2）

●8-26-127-16

宋朝的读书人讲道学，讲理学，尊孔子，千篇一律。虽然有几个革新的人们，如王安石＊等等，行过新法，但不得大家的赞同，失败了。从此大家又唱老调子，和社会没有关系的老调子，一直到宋朝的灭亡。

〖释：王安石（1021－1086），北宋政治家、文学家。他于1069年开始推行变法，实施改革，因遭大地主、大官僚集团的猛烈反对而失败。〗

集外集拾遗/老调子已经唱完（1927·2·19）

●8-26-127-17

晋以来的名流，每一个人总有三种小玩意，一是《论语》和《孝经》＊，二是《老子》＊，三是《维摩诘经》＊，不但采作谈资，并且常常做一点注解。唐有三教辩论＊，后来变成大家打诨；所谓名儒，做几篇伽蓝碑文也不算什么大事。宋儒道貌岸然，而窃取禅师的语录。清呢，去今不远，我们还可以知道儒者的相信《太上感应篇》和《文昌帝君阴骘文》＊，并且会请和尚到家里来拜忏。

〖释：《论语》和《孝经》，都是儒家经典。/《老子》，道家经典。/《维摩诘经》，佛教经典。/“三教辩论”，始见于北周，盛于唐代。唐德宗每年生日都举行儒、道、佛三教辩论，形式隆重，实则无聊，看重强调“三教同源”。唐懿宗时这种“辩论”更趋于戏谑化。/《太上感应篇》和《文昌帝君阴骘文》，都是宣扬道家因果报应迷信思想的书。〗

准风月谈/吃教（1933·9·29）

●8-26-127-18

理学先生总不免有儿女，在证明着他并非日日夜夜，道貌永远的俨然。

花边文学/一思而行（1934·5·17）

●8-26-127-19

大莫大于尊孔，要莫要于崇儒，所以只要尊孔而崇儒，便不妨向任何新朝俯首。对新朝的说法，就叫作“反过来征服中国民族的心”。

而这中国民族的有些心，真也被征服得彻底，到现在，还在用兵燹，疠疫，水旱，风蝗，换取着孔庙重修，雷峰塔再建，男女同行犯忌，四库珍本发行这些大门面。

花边文学/算账（1934·7·23）

●8-26-127-20

我曾经从生理学来证明过中国打屁股之合理：假使屁股是为了排泄或坐坐而生的罢，就不必这么大，脚底要小得远，不是足够支持全身了么？我们现在早不吃人了，肉也用不着这么多。那么，可见是专供打打之用的了。

花边文学/玩笑只当它玩笑〔下〕（1934·7·26）

●8-26-127-21

试看明朝遗老的著作，反抗清朝的主旨，是在异族的入主中夏的，改换朝代，倒还在其次。所以要顶礼明末的遗民，必须接受他的民族思想，这才可以心心相印。现在以明遗老之仇的满清的遗老自居，却又引明遗老为同调，只着重在“遗老”两个字，而毫不问遗于何族，遗在何时，这真可以说是“为遗老而遗老”，和现在文坛上的“为艺术而艺术”，成为一副绝好的对子了。

且介亭杂文/病后杂谈（1935·2–12）

●8-26-127-22

道学先生是躬行“仁恕”的，但遇见不仁不恕的人们，他就也不能仁恕。所以朱子是大贤，而做官的时候，不能不给无告的官妓吃板子＊。

〖释：“朱子……不能不给无告的官妓吃板子”，朱子，即朱熹。据宋代周密《齐东野语》卷二十载，朱熹曾严刑拷打官妓严蕊，以陷害与之有交往的官员唐与正，“指其尝与蕊为滥，系狱数月，蕊虽备受楚，而一语不及唐……两月之间，一再受杖，委顿几死”云。〗

且介亭杂文/论俗人应避雅人（1935·3·20）

●8-26-127-23

上海禁止女人赤足。道学先生好像看见女人的光脚也会兴奋起来，如此敏感，诚可佩服。

书信/致〈日〉增田涉〔译文〕（1935·6·10）

（128）愚昧迷信与科学文明

他们活动，我偏静坐；他们讲科学，我偏扶乩；他们穿短衣，我偏着长衫；他们重卫生，我偏吃苍蝇；他们壮健，我偏生病……这才不是奴隶性。

●8-26-128-1

仆审现在所出书，无不大害青年，其十恶不赦之思想，令人肉颤。沪上一班昏虫又大捣鬼，至于为徐班侯之灵魂照相＊，其状乃如鼻烟壶。人事不修，群趋鬼道，所谓国将亡听命于神者哉！

〖释：“沪上一班昏虫又大捣鬼……”，1917年10月，上海一些人组织“灵学会”，大搞迷信活动，反对科学。后又为已死的清末翰林徐班侯扶乩招灵并“照相”。〗

书信/致许寿裳〔此信原无标点〕（1918·3·10）

●8-26-128-2

至于水旱饥荒，便是专拜龙神，迎大王，滥伐森林，不修水利的祸祟，没有新知识的结果……

坟/我之节烈观（1918·8）

●8-26-128-3

与其崇拜孔丘关羽，还不如崇拜达尔文易卜生；与其牺牲于瘟将军五道神＊，还不如牺牲于Apollo＊。

〖释：“瘟将军五道神”，我国民间供奉的分别掌管瘟疫和灾害的神祇。/Apollo，即阿波罗，西方神话中的光明、艺术与健康之神。〗

热风/随感录·四十六（1919·2·15）

●8-26-128-4

做了人类想成仙；生在地上要上天；明明是现代人，吸着现在的空气，却偏要勒派朽腐的名教，僵死的语言，侮蔑尽现在，这都是“现在的屠杀者”。杀了“现在”，也便杀了“将来”。——将来是子孙的时代。

热风/现在的屠杀者（1919·5）

●8-26-128-5

近一年来，居然也有几个不肯徒托空言的人，叹息一番之后，还要想法子来挽救。第一个是康有为，指手画脚的说“虚君共和”才好，陈独秀便斥他不兴；其次是一班灵学派的人，不知何以起了极古奥的思想，要请“孟圣矣乎”的鬼来画策＊；陈百年钱玄同刘半农又道他胡说。

这几篇驳论，都是《新青年》里最可寒心的文章。时候已是二十世纪了；人类眼前，早已闪出曙光。假如《新青年》里，有一篇和别人辩地球方圆的文字，读者见了，怕一定要发怔。然而现今所辩，正和说地体不方相差无几。将时代和事实，对照起来，怎能不教人寒心而且害怕？

〖释：“一班灵学派的人……”，俞复等人1917年10月在上海设盛德坛扶乩，宣称孟轲“主坛”，并组织灵学会，于1918年1月刊行《灵学丛志》，鼓吹迷信复古。1918年5月《新青年》第四卷第五号刊载陈百年的《辟灵学》，钱玄同、刘半农的《斥灵学丛志》，予以痛斥。陈曾任北京大学教授，积极投身于五四新文化运动。〗

坟/我之节烈观（1919・8）

●8-26-128-6

人为“万物之灵”。所以月经精液可以延年，毛发爪甲可以补血，大小便可以医许多病，臂膊上的肉可以养亲。

坟/论照相之类（1925・1・12）

●8-26-128-7

单为在校的青年计，可看的书报实在太缺乏了，我觉得至少还该有一种通俗的科学杂志，要浅显而且有趣的。可惜中国现在的科学家不大做文章，有做的，也过于高深，于是就很枯燥。现在要Brehm『注：勃莱姆〈1829－1884〉，德国动物学家』的讲动物生活，Fabre『注：即法布耳』的讲昆虫故事似的有趣，并且插许多图画的；但这非有一个大书店担任即不能印。至于作文者，我以为只要科学家肯放低手眼，再看看文艺书，就够了。

华盖集/通讯〔复徐炳昶〕（1925・3・20）

●8-26-128-8

说佛法的和尚，卖仙药的道士，将来都与白骨是“一丘之貉”，人们现在却向他听生西＊的大法，求上升＊的真传，岂不可笑！

〖释：“生西”，佛教语，往生西方，终于成佛。/“上升”，道教语，服药成仙。〗

华盖集/导师（1925・5・15）

●8-26-128-9

我常常感叹，印度小乘教的方法何等厉害：它立了地狱之说，借着和尚，尼姑，念佛老妪的嘴来宣扬，恐吓异端，使心志不坚定者害怕。那诀窍是在说报应并非眼前，却在将来百年之后，至少也须到锐气脱尽之时。这时候你已经不能动弹了，只好听别人摆布，流下鬼泪，深悔生前之妄出锋头；而且这时候，你才认识阎罗大王的尊严和伟大。

华盖集续编/有趣的消息（1926・1・19）

●8-26-128-10

我也没有研究过小乘佛教的经典，但据耳食之谈，则在印度的佛经里，焰摩天＊是有的，牛首阿旁也有的，都在地狱里做主任。至于勾摄生魂的使者的这无常先生，却似乎于古无证，耳所习闻的只有什么“人生无常”之类的话。大概这意思传到中国之后，人们便将他具象化了。这实在是我们中国人的创作。

〖释：“焰摩天”，应为“焰摩界”，即佛教说法所谓轮回六道中的饿鬼道，其主宰的琰魔王即阎罗王。〗

朝花夕拾/无常（1926・7・10）

●8-26-128-11

清朝的刚毅因为憎恨“洋鬼子”，预备打他们，练了些兵称作“虎神营”，取虎能食羊，神能伏鬼的意思……

朝花夕拾/父亲的病（1926・11・25）

●8-26-128-12

这回姑且将现成的三篇介绍，都是从香港《循环日报》上采取的『注：这些材料反映了香港社会的黑暗、混乱、愚昧状况』……此后拟不限有韵无韵，并且廓大范围，并收土匪，骗子，犯人，疯子等等的创作。但经文人润色，或拟作赝作者不收。

其实，古如陈涉帛书＊，米巫题字＊，近如义和团传单，同善社乩笔，也都是这一流。

〖释：“陈涉帛书”，秦末陈涉举事前使人用红笔在帛上写“陈胜王”三字藏鱼腹中，后以示人，显神授王权之意。/“米巫题字”，指东汉五斗米教道人画的符箓。〗

三闲集/匪笔三篇（1927·9·10）

●8-26-128-13

我那时看见日本兵不打了，就搬了回去＊，但忽然又紧张起来了。后来打听才知道是因为中国放鞭炮引起的。那天因为是月蚀，故大家放鞭炮来救她。在日本人意中以为在这样的时光，中国人一定全忙于救中国抑救上海，万想不到中国人却救的那样远，去救月亮去了。

〖释：“我……搬了回去”，1932年上海一二八战时鲁迅曾避居他处，战后迁回原宅。〗

集外集拾遗/今春的两种感想（1932·11·30）

●8-26-128-14

那是去年的事了，沪战初停，日兵渐渐的走上兵船和退进营房里面去，有一夜也是这么劈劈拍拍起来，时候还在“长期抵抗”＊中，日本人又不明白我们的国粹，以为又是第几路军前来收复失地了，立刻放哨，出兵……乱烘烘的闹了一通，才知道我们是在救月亮，他们是在见鬼。“哦哦！成程（Naruhodo＝原来如此）！”惊叹和佩服之余，于是恢复了平和的原状。今年呢，连哨也没有放，大约是已被中国的精神文明感化了。

〖释：“长期抵抗”，一二八战争后，国民党四届二中全会宣称“中央既定长期抵抗之决心”云。〗

准风月谈/新秋杂识〔二〕（1933·9·13）

●8-26-128-15

一个人变了鬼，该可以随便一点了罢，而活人仍要烧一所纸房子，请他住进去，阔气的还有打牌桌，鸦片盘。成仙，这变化是很大的，但是刘太太偏舍不得老家，定要运动到“拔宅飞升”，连鸡犬都带了上去而后已，好依然的管家务，饲狗，喂鸡。

南腔北调集/家庭为中国之基本（1934·1·15）

●8-26-128-16

我们的古今人，对于现状，实在也愿意有变化，承认其变化的。变鬼无法，成仙更佳，然而对于老家，却总是死也不肯放。我想，火药只做爆竹，指南针只看坟山，恐怕那原因就在此。

南腔北调集/家庭为中国之基本（1934·1·15）

●8-26-128-17

豫言运命者也未尝没有人，看相的，排八字的，到处都是。然而他们对于主顾，肯断定他穷到底的是很少的，即使有，大家的学说又不能相一致，甲说当穷，乙却说当富，这就使穷人不能确信他将来的一定的运命。

不信运命，就不能“安分”，穷人买奖券，便是一种“非分之想”。但这于国家，现在是不能说没有益处的。不过“有一利必有一弊”，运命既然不可知，穷人又何妨想做皇帝，这就使中国出现了《推背图》＊。据宋人说，五代时候，许多人都看了这图给自己的儿子取名字，希望应着将来的吉兆，直到宋太宗（?）抽乱了一百本，与别本一同流通，读者见次序多不相同，莫衷一是，这才不再珍藏了。然而九一八那时，上海却还大卖《推背图》的新印本。

〖释：《推背图》，一种封建迷信图册。《宋史·艺文志》列为五行家的著作，不题撰人。南宋岳珂的《程史》认为系唐代李淳风撰。现存传本一卷共六十图，前五十九图预测以后历代兴亡变乱，第六十图画的是唐代袁天纲要李淳风停止继续预测而推李的背脊的动作。后文的说法，亦出《程史》。〗

花边文学/运命（1934·2·26）

●8-26-128-18

运命说之毫不足以治国平天下，是有明明白白的履历的。倘若还要用它来做工具，那中国的运命可真要“穷”极无聊了。

花边文学/运命（1934·2·26）

●8-26-128-19

我在小学的时候，看同学们变小戏法，“耳中听字”呀，“纸人出血”呀，很以为有趣。庙会时就有传授这些戏法的人，几枚铜元一件，学得来时，倒从此索然无味了。进中学是在城里，于是兴致勃勃的看大戏法，但后来有人告诉了我戏法的秘密，我就不再高兴走近圈子的旁边。

花边文学/朋友（1934·5·1）

●8-26-128-20

东三省沦亡，上海打仗的时候，在只闻炮声，不愁炮弹的马路上，处处卖着《推背图》，这可见人们早想归失败之故于前定了。三年以后，华北华南，同濒危急，而上海却出现了“碟仙”＊。前者所关心的还是国运，后者却只在问试题，奖券，亡魂。

〖释：“碟仙”，当时出现的一种“科学”扶乩活动。〗

花边文学/偶感（1934·5·25）

●8-26-128-21

科学不但更加证明了中国文化的高深，还帮助了中国文化的光大。马将桌边，电灯替代了蜡烛，法会坛上，镁光照出了喇嘛＊，无线电播音所日日传播的，不往往是《狸猫换太子》，《玉堂春》，《谢谢毛毛雨》＊吗?

〖释：“镁光照出了喇嘛”，当时举行的时轮金刚法会上，班禅喇嘛诵经作法时，有摄影师在佛殿内用镁光灯照明。/《狸猫换太子》，据小说《三侠五义》情节改编的京剧；《玉堂春》，据《警世通言·玉堂春落难逢夫》改编的京剧；《谢谢毛毛雨》，三十年代黎锦晖作的流行歌曲。〗

花边文学/偶感（1934·5·25）

●8-26-128-22

每一新制度，新学术，新名词，传入中国，便如落在黑色染缸，立刻乌黑一团，化为济私助焰之具，科学，亦不过其一而已。

花边文学/偶感（1934·5·25）

●8-26-128-23

假使现在有一个英国的斯惠夫德似的人，做一部《格利佛游记》那样的讽刺的小说＊，说在二十世纪中，到了一个文明的国度，看见一群人在烧香拜龙＊，作法求雨＊，赏鉴“胖女”＊，禁杀乌龟＊；又一群人在正正经经的研究古代舞法＊，主张男女分途＊，以及女人的腿应该不许其露出＊。那么，远处，或是将来的人，恐怕大抵要以为这是作者贫嘴薄舌，随意捏造，以挖苦他所不满的人们的罢。

然而这的确是事实。倘没有这样的事实，大约无论怎样刻薄的天才作家也想不到的。

〖释：“……《格利佛游记》那样的讽刺的小说”，英国作家斯惠夫德在其长篇小说《格利佛游记》中通过虚构的《小人国》、《大人国》等的描写，对英国上流社会进行了讽刺。/“烧香拜龙”，1934年南方大旱，有南通农民就泥龙、苏州大搞小白龙出游等迷信活动的事。/“作法求雨”，1934年夏，国民政府请九世班禅和安钦活佛在南京等地作法求雨；同年8月，湖南省主席何键通令全省禁荤祈雨，并亲上南岳祭神求雨。/“赏鉴‘胖女’”，1934年8月，上海举办“胖女表演”，特邀体重700余磅的美国女子尼丽登台。/“禁杀乌龟”，1934年2月，叶恭绰等名流呈请上海市公安局禁止捕杀乌龟。/“研究古代舞法”，1934年8月上海举行祭孔活动，事前曾演习孔子时代的“佾舞”。/“男女分途”，1934年7月，广东省河督配局长郑日东据《礼记》呈请西南政务委员会下令男女分途而行，以防接触。/“女人的腿应该不许其露出”，1934年6月，蒋介石手令江西省政府颁布《取缔妇女奇装异服办法》，规定“裤长最短须过膝四寸，不得露腿赤足”云。〗

花边文学/奇怪（1934·8·17）

●8-26-128-24

汉先儒董仲舒先生就有祈雨法＊，什么用寡妇，关城门，乌烟瘴气，其古怪与道士无异，而未尝为今儒所订正。虽在通都大邑，现在也还有天师作法＊，长官禁屠＊，闹得沸反盈天，何尝惹出一点口舌?

〖释："董仲舒就有祈雨法"，董仲舒（前179－前104），西汉经学家。他所著《春秋繁露》和《汉书·董仲舒传》中，关于"祈雨法"方面有许多"乌烟瘴气"的记载。/"天师作法"，1934年7月20－22日，上海一些"慈善家"和僧侣发起"全国各省市亢旱成灾区祈雨消灾大会"，由"第七十三代天师张瑞龄作法求雨"。"天师"原是道教对该教创始人东汉张道陵的尊称，他的后裔中承袭道法的人，也相沿称为天师。/"长官禁屠"，旧时每遇旱灾常有停宰牲畜以求雨的迷信活动。1934年7月上海一些团体联合呈请市政府及江浙两省府下令"断屠一周"。〗

花边文学/迎神和咬人（1934·8·22）

●8-26-128-25

我们中国是大人用的玩具多：姨太太，雅片枪，麻雀牌，《毛毛雨》，科学灵乩，金刚法会，还有别的，忙个不了，没有工夫想到孩子身上去了。

花边文学/玩具（1934·6·14）

●8-26-128-26

运命并不是中国人的事前的指导，乃是事后的一种不费心思的解释。

且介亭杂文/运命（1934·11·20）

●8-26-128-27

从三皇五帝时代的眼光看来，讲科学和发议论都是蛇，无非前者是青梢蛇，后者是蝮蛇罢了；一朝有了棍子，就都要打死的。即然如此，自然还是毒重的好。——但蛇自己不肯被打，也自然不消说得。

集外集拾遗/对于《新潮》一部分的意见（1919·5）

●8-26-128-28

清顺治中，时宪书＊上印有"依西洋新法"五个字，痛哭流涕来劾洋人汤若望＊的偏是汉人杨光先＊。直到康熙初，争胜了，就教他做钦天监正去，则又叩阍『注：向皇帝申诉』以"但知推步之理不知推步之数"辞。不准辞，则又痛哭流涕地来做《不得已》＊，说道"宁可使中夏无好历法，不可使中夏有西洋人。"然而终于连闰月都算错了，他大约以为好历法专属于西洋人，中夏人自己是学不得，也学不好的。但他竟论了大辟，可是没有杀，放归，死于途中了。汤若望入中国还在明崇祯初，其法终未见用……

〖释："时宪书"，历书。清代为避高宗弘历讳，改称历书为时宪书。/汤若望（1591－1666），德国人，天主教传教士，1626年来华传教，后在历局任职。清顺治元年（1644）为钦天监监正（观察天象，推算节气历法的主管官员），推行新式历法。/杨光先，清大臣，坚持反对新式历法，指摘汤若望。顺治时他上书礼部，说历书封面上不该用"依西洋新法"五字，无结果。康熙四年（1665）又上书礼部，指责历书推算该年十二月初一日蚀有误，汤若望等因而下狱判罪，杨光先接任钦天监正，复用旧历。康熙七年因推闰失实下狱，初论死罪，后以年老从宽发配充军，遇赦，"放归，死于途中"。/《不得已》，杨光先多次指控汤若望的呈文汇编。〗

坟/看镜有感（1925·3·2）

●8-26-128-29

现在有一班好讲鬼话的人，最恨科学，因为科学能教道理明白，能教人思路清楚，不许鬼混，所以自然而然的成了讲鬼话的人的对头。于是讲鬼话的人，便须想一个方法排除他。

其中最巧妙的是捣乱。先把科学东拉西扯，羼进鬼话，弄得是非不明，连科学也带了妖气……

热风/随感录·三十三（1925·9·24 补记）

●8-26-128-30

其实中国自所谓维新以来，何尝真有科学。现在儒道诸公，却径把历史上一味捣鬼不治人事的恶果，都移到科学身上，也不问什么叫道德，怎样是科学，只是信口开河，造谣生事；使国人格外惑乱，社会上罩满了妖气。

热风/随感录·三十三（1925·9·24 补记）

●8-26-128-31

中国古人所发明，而现在用以做爆竹和看风水的火药和指南针，传到欧洲，他们就应用在枪炮和航海上，给本师吃了许多亏。

集外集拾遗/《近代木刻选集》〔1〕小引（1929·1·24）

●8-26-128-32

按：《进化和退化》，周建人辑译，收关于生物科学的文章八篇，1930 年 7 月上海光华书局出版。鲁迅本篇最初即印入该书。

沙漠之逐渐南徙，营养之已难支持，都是中国人极重要，极切身的问题，倘不解决，所得的将是一个灭亡的结局。

二心集/《进化和退化》小引（1930·5·5）

●8-26-128-33

林木伐尽，水泽湮枯，将来的一滴水，将和血液等价，倘这事能为现在和将来的青年所记忆，那么，这书所得的酬报，也就非常之大了。

二心集/《进化和退化》小引（1930·5·5）

●8-26-128-34

科学不但并不足以补中国文化之不足，却更加证明了中国文化之高深。风水，是合于地理学的，门阀，是合于优生学的，炼丹，是合于化学的，放风筝，是合于卫生学的。“灵乩”的合于“科学”，亦不过其一而已。

花边文学/偶感（1934·5·25）

●8-26-128-35

他们活动，我偏静坐；他们讲科学，我偏扶乩；他们穿短衣，我偏着长衫；他们重卫生，我偏吃苍蝇；他们壮健，我偏生病……这才是保存中国固有文化，这才是爱国，这才不是奴隶性。

且介亭杂文/从孩子的照相说起（1934·8·20）

●8-26-128-36

格理莱＊倡地动说，达尔文说进化论，摇动了宗教，道德的基础，被攻击原是毫不足怪的；但哈飞＊发见了血液在人身中环流，这和一切社会制度有什么关系呢，却也被攻击了一世。然而结果怎样？结果是：血液在人身中环流！

〖释：格理莱，通译伽利略（1564－1642）。意大利物理学家、天文学家。/哈飞，通译哈维（1578－1657），英国医学家。〗

且介亭杂文/中国语文的新生（1934·10·13）

●8-26-128-37

以后倘能用正当的道理和实行——科学来替换了这迷信，那么，定命论的思想，也就和中国人离开了。

假如真有这一日，则和尚，道士，巫师，星相家，风水先生……的宝座，就都让给了科学家，我们也不必整年的见神见鬼了。

且介亭杂文/运命（1934·11·20）

●8-26-128-38

毒蛇化鳖＊——“特志之以备生物学家之研究焉。”

乡妇产蛇——“因识之以供生理学家之参考焉。”

冤鬼索命——“姑记之以俟灵魂学家之见教焉。”

〖释：“毒蛇化鳖”一类荒唐报道，常见于当时各类媒体。上述引文是这类报道中的常用语。〗

集外集拾遗补编/中国的科学资料（1935·5·20）

●8-26-128-39

不知道为了觉得与其拜着孔夫子而死，倒不如保存自己们之为得计呢，还是为了什么，总而言之，这回是拼命尊孔的政府和官僚先就动摇起来，用官帑大翻起洋鬼子的书籍来了。属于科学上的古典之作的，则有侯失勒＊的《谈天》，雷侠儿＊的《地学浅释》，代那＊的《金石识别》，到现在也还作为那时的遗物，间或躺在旧书铺子里。

〖释：侯失勒，通译赫歇尔（1792－1871），英国天文学家、化学家。/雷侠儿，通译赖尔（1797－1875），英国地质学家，曾为英国皇家学会会长。/代那，通译丹纳（1813－1895），美国地质学家、矿物学家。〗

且介亭杂文二集/在现代中国的孔夫子（1935·6）

●8-26-128-40

洋大人斯坦因博士，不是从甘肃敦煌的沙里掘去了许多古董么？那地方原是繁盛之区，靠天的结果，却被天风吹了沙埋没了。

且介亭杂文二集/“靠天吃饭”（1935·7·20）

●8-26-128-41

便于使用的器具的力量，是决非劝谕，讥刺，痛骂之类的空言所能制止的。假如不信，你倒去劝那些坐汽车的人，在北方改用骡车，在南方改用绿呢大轿试试看。

且介亭杂文二集/论毛笔之类（1935·9·5）

●8-26-128-42

古人看见月缺花残，黯然泪下，是可恕的，他那时自然科学还不发达，当然不明白这是自然现象。但如果现在的人还要下泪，那他就是胡涂虫。

书信/致颜黎民（1936·4·15）

●8-26-128-43

中国的鬼有些奇怪，好像是做鬼之后，也还是要死的，那时的名称，绍兴叫作“鬼里鬼”。

且介亭杂文末编/女吊（1936·10·5）

第二十七节　革命与战斗

我呢，自然倒愿意听听大炮的声音，仿佛觉得大炮的声音或者比文学的声音要好听得多似的。

(129) 革命与革命者

为革命起见，要有“革命人”。

●8-27-129-1

世上也尽有乐于牺牲，乐于受苦的人物。

坟/娜拉走后怎样（1924·6）

●8-27-129-2

我想，现在的办法，首先还得用那几年以前的《新青年》上已经说过的“思想革命”＊。还是这一句话，虽然未免可悲，但我以为除此没有别的法。而且还是准备“思想革命”的战士，和目下的社会无关。待到战士养成了，于是再决胜负。

〖释：“思想革命”，指《新青年》提倡的反对旧道德，推提倡新道德，反对旧文学，提倡新文学的文化革命运动。〗

华盖集/通讯〔复徐炳昶〕（1925·3·20）

●8-27-129-3

这种漆黑的染缸不打破，中国即无希望，但正在准备毁坏者，目下也仿佛有人，只可惜数目太少。然而既然已有，即可望多起来，一多，就好玩了——但是这自然还在将来；现在呢，就是准备。

两地书/原信·六〔北京〕（1925·3·23）

●8-27-129-4

改革最快的还是火与剑，孙中山奔波一世，而中国还是如此者，最大原因还在他没有党军，因此不能不迁就有武力的别人。近几年似乎他们也觉悟了，开起军官学校『注：即黄埔“陆军军官学校”』来，惜已太晚。

两地书/原信·十〔北京〕(1925·4·8)

●8-27-129-5

当时和袁世凯妥协，种下病根，其实却还是党人实力没有充实之故。所以鉴于前车，则此后的第一要图，还在充足实力雄厚，此外各种言动，只能稍作辅佐而已。

两地书/原信·十二〔北京〕(1925·4·14)

●8-27-129-6

在我们不从容的人们的世界中，实在没有那许多工夫来摆臭绅士的臭架子了，要做就做，与其说明年喝酒，不如立刻喝水；待廿一世纪的剖拨戳尸，倒不如马上就给他一个嘴巴。至于将来，自有后起的人们，决不是现在人即将来所谓古人的世界，如果还是现在的世界，中国就会完！

华盖集续编/有趣的消息（1926·1·19）

●8-27-129-7

此地北伐胜利的消息也甚多，极快人意。报上又常有闽粤风云紧张之说，在此却看不出……

两地书/原信·四十八〔厦门－广州〕(1926·9·14)

●8-27-129-8

今天是双十节＊，却使我欢喜非常，本校先行升旗礼，三呼万岁，于是有演说，运动，放鞭炮。北京的人，似乎厌恶双十似的，沉沉如死，此地这才像双十节。我因为听北京过年的鞭炮听厌了，对鞭炮有了恶感，这回才觉得却也好听。

〖释：“双十节”，1911年10月10日爆发武昌起义即辛亥革命，清王朝因之崩溃。不久成立中华民国，定10月10日为中华民国国庆日，又称双十节。〗

两地书/原信·六十一〔厦门－广州〕(1926·10·10)

●8-27-129-9

恋爱成功的时候，一个爱人死掉了，只能给生存的那一个以悲哀。然而革命成功的时候，革命家死掉了，却能每年给生存的大家以热闹，甚而至于欢欣鼓舞。惟独革命家，无论他生与死，都能给大家以幸福。同是爱，结果却有这样地不同，正无怪现在的青年，很有许多感到恋爱和革命的冲突的苦闷。

而已集/黄花节的杂感（1927·3·29）

●8-27-129-10

革命无止境，倘使世上真有什么“止于至善”『注：语出《大学》，达到尽善尽美的意思』，这人间世便同时变了凝固的东西了。

而已集/黄花节的杂感（1927·3·29）

●8-27-129-11

先前，中国革命者的屡屡挫折，我以为就因为忽略了这一点。小有胜利，便陶醉在凯歌中，肌肉松懈，忘却进击了，于敌人便又乘隙而起。

集外集拾遗补编/庆祝沪宁克复的那一边（1927·5·5）

●8-27-129-12

庆祝和革命没有什么相干，至多不过是一种点缀。庆祝，讴歌，陶醉着革命的人们多，好自然是好的，但有时也会使革命精神转成浮滑。

集外集拾遗补编/庆祝沪宁克复的那一边（1927·5·5）

●8-27-129-13

为革命起见，要有“革命人”，“革命文学”倒无须急急，革命人做出东西来，才是革命文学。

而已集/革命时代的文学（1927·6·12）

●8-27-129-14

“革命”是并不稀奇的，惟其有了它，社会才会改革，人类才会进步，能从原虫到人类，从野蛮到文明，就因为没有一刻不在革命。……凡是至今还未灭亡的民族，还都天天在努力革命，虽然往往不过是小革命。

而已集/革命时代的文学（1927・6・12）

●8-27-129-15

一首诗吓不走孙传芳，一炮就把孙传芳轰走了。

而已集/革命时代的文学（1927・6・12）

●8-27-129-16

我呢，自然倒愿意听听大炮的声音，仿佛觉得大炮的声音或者比文学的声音要好听得多似的。

而已集/革命时代的文学（1927・6・12）

●8-27-129-17

野草，根本不深，花叶不美，然而吸取露，吸取水，吸取陈死人『注：死去很久的人』的血和肉，各各夺取它的生存。当生存时，还是将遭践踏，将遭删刈，直至于死亡而朽腐。

但我坦然，欣然。我将大笑，我将歌唱。

野草/题辞（1927・7・2）

●8-27-129-18

革命，反革命，不革命。

革命的被杀于反革命的。反革命的被杀于革命的。不革命的或当作革命的而被杀于反革命的，或当作反革命的而被杀于革命的，或并不当作什么而被杀于革命的或反革命的。

革命，革革命，革革革命，革革……。

而已集/小杂感（1927・12・17）

●8-27-129-19

最高的艺术——“武器的艺术”现在究竟落在谁的手里了呢？只要寻得到，便知道中国的最近的将来。

三闲集/“醉眼”中的朦胧（1928・3・12）

●8-27-129-20

革命者决不怕批判自己，他知道得很清楚，他们敢于明言。

三闲集/“醉眼”中的朦胧（1928・3・12）

●8-27-129-21

不远总有一个大时代要到来。

三闲集/“醉眼”中的朦胧（1928・3・12）

●8-27-129-22

革命与否，还在其人，不在文章的。

三闲集/通信（1928・4・23）

●8-27-129-23

按：这是鲁迅给自称“一个被你毒害的青年Y”1928年3月13日来信的复信。

革命是也有种种的。你的遗产被革去了，但也有将遗产革来的，但也有连性命都革去的，也有只革到薪水，革到稿费，而倒捐了革命家的头衔的。

三闲集/通信（1928・4・23）

●8-27-129-24

中国很有为革命而死掉的人，也很有虽然吃苦，仍在革命的人，但也有虽然革命，而在享福的人……。

三闲集/通信（1928・4・23）

●8-27-129-25

按：1928年4月6日上海《申报》报道“湘省破获共产党省委会”，“处死刑者三十余人，黄花节斩决八名”。

革命被头挂退的事是很少有的，革命的完结，大概只由于投机者的潜入。也就是内里蛀空。这并非指赤化，任何主义的革命都如此。

三闲集/铲共大观（1928・4・30）

●8-27-129-26

不是正因为黑暗，正因为没有出路，所以要革命的么？倘必须前面贴着“光明”和“出路”的包票，这才雄赳赳地去革命，那就不但不是革命者，简直连投机家都不如了。虽是投机，成败之数也不能预卜的。

三闲集/铲共大观（1928·4·30）

●8-27-129-27

在帝国主义的主宰之下，必不容训练大众个个有了“人类之爱”，然后笑嘻嘻地拱手变为“大同世界”一样，在革命者们所反抗的势力之下，也决不容用言论或行动，使大多数人统得到正确的意识。

二心集/非革命的急进革命论者（1930·3·1）

●8-27-129-28

倘说，凡大队的革命者，必须一切战士的意识，都十分正确，分明，这才是真的革命军，否则不值一哂。这言论，初看固然是很正当，彻底似的，然而这是不可能的难题，是空洞的高谈，是毒害革命的甜药。

二心集/非革命的急进革命论者（1930·3·1）

●8-27-129-29

每一革命部队的突起，战士大抵不过是反抗现状这一种意思，大略相同，终极目的是极为歧异的。或者为社会，或者为小集团，或者为一个爱人，或者为自己，或者简直为了自杀。然而革命军仍然能够前行。因为在进军的途中，对于敌人，个人主义者发的子弹，和集团主义者所发的子弹是一样地能够制其死命；任何战士死伤之际，便要减少些军中的战斗力，也两者相等的。但自然，因为终极目的的不同，在行进时，也时时有人退伍，有人落荒，有人颓唐，有人叛变，然而只要无碍于进行，则愈到后来，这队伍也就愈成为纯粹，精锐的队伍了。

二心集/非革命的急进革命论者（1930·3·1）

●8-27-129-30

倘若要现在的战士都是意识正确，而且坚于钢铁之战士，不但是乌托邦的空想，也是出于情理之外的苛求。

二心集/非革命的急进革命论者（1930·3·1）

●8-27-129-31

革命便也是那颓废者的新刺戟之一，正如饕餮者餍足了肥甘，味厌了，胃弱了，便都要吃胡椒和辣椒之类，使额上出一点小汗，才能送下半碗饭去一般。

二心集/非革命的急进革命论者（1930·3·1）

●8-27-129-32

真实的革命者，自有独到的见解，例如乌略诺夫『注：即列宁』先生，他是将风俗和习惯，都包括在文化之内的，并且以为改革这些，很为困难。我想，但倘不将这些改革，则这革命即等于无成，如沙上建塔，顷刻倒坏。中国最初的排满革命，所以易得响应者，因为口号是“光复旧物”，就是“复古”，易于取得保守的人民同意的缘故。……以后较新的改革，就著著失败，改革一两，反动十斤，例如上述的一年日历上不准注阴历，却来了阴阳合历一百二十年。

二心集/习惯与改革（1930·3·1）

●8-27-129-33

对于旧社会和旧势力的斗争，必须坚决，持久不断，而且注重实力。旧社会的根柢原是非常坚固的，新运动非有更大的力不能动摇它什么。并且旧社会还有它使新势力妥协的好办法，但它自己是决不妥协的。在中国也有过许多新的运动了，却每次都是新的敌不过旧的……

二心集/对于左翼作家联盟的意见（1930·4·1）

●8-27-129-34

我们看书，倘看反对的东西，总不如看同派的东西的舒服，爽快，有益；但倘是一个战斗者，我以为，在了解革命和敌人上，倒是必须更多的去解剖当面的敌人的。要写文学作品也一样，不但应该知道革命的实际，也必须深知敌人的情形，现在的各方面的状况，再去断定革命的前途。惟有明白旧的，看到新的，了解过去，推断将来，我的文学的发展才有希望。

二心集/上海文艺之一瞥（1931·7·27）

●8-27-129-35

革命是并非教人死而是教人活的。

二心集/上海文艺之一瞥（1931·7·27）

●8-27-129-36

至今为止的统治阶级的革命，不过是争夺一把旧椅子。去推的时候，好像这椅子很可恨，一夺到手，就又觉得是宝贝了，而同时也自觉了自己正和这“旧的”一气。

二心集/上海文艺之一瞥（1931·7·27）

●8-27-129-37

如果是战斗的无产者，只要所写的是可以成为艺术品的东西，那就无论他所描写的是什么事情，所使用的是什么材料，对于现代以及将来一定是有贡献的意义的。为什么呢？因为作者本身便是一个战斗者。

二心集/关于小说题材的通信（1932·1·5）

●8-27-129-38

血沃中原肥劲草，寒凝大地发春华

集外集拾遗/无题（1932·1·23）

●8-27-129-39

无产者的革命，乃是为了自己的解放和消灭阶级，并非因为要杀人，即使是正面的敌人，倘不死于战场，就有大众的裁判，决不是一个诗人所能提笔判定生死的。

南腔北调集/辱骂和恐吓决不是战斗（1932·12·15）

●8-27-129-40

非革命，则一切战争，命里注定的必然要失败。

伪自由书/对于战争的祈祷（1933·2·28）

●8-27-129-41

《十月》＊……书中所写几乎不过是投机的和盲动的脚色，有几个只是赶热闹而已，但其中也有极坚实者在内（虽然作者未能描写），故也能成功。这大约无论怎样的革命，都是如此，倘以为必得大半都是坚实正确的人们，那就是难以实现的空想，事实是只能此后渐渐正确起来的。

〖释：《十月》，苏联雅柯夫列夫（1886－1953）著中篇小说。作者曾是“同路人文学团体”成员〗

书信/致王志之（1933·6·26）

●8-27-129-42

倘用暗杀就可以把人吓倒，暗杀者就会更跋扈起来。

书信/致〈日〉山本初枝〔译文〕（1933·7·21）

●8-27-129-43

革命的先驱者的血，现在已经并不希奇了。……就是报上所记的人山人海去看枭首示众的头颅的人们，恐怕也未必觉得更兴奋于看赛花灯的罢。血是流得太多了。

南腔北调集/《守常全集》题记（1933·8·19）

●8-27-129-44

不必问现在要什么，只要问自己能做什么。现在需要的是斗争的文学，如果作者是一个斗争者，那么，无论他写什么，写出来的东西一定是斗争的。就是写咖啡馆跳舞场罢，少爷们和革命者的作品，也决不会一样。

书信/致萧军（1934·10·9）

●8-27-129-45

中国的士大夫是到底有点雅气的，例如李如月说的“株株是文章，节节是忠肠”，就很富于诗趣。临死做诗的，古今来也不知道有多少。直到近代，谭嗣同＊在临刑之前就做一绝“闭门投辖思张俭”，秋瑾女士也有一句“秋雨秋风愁杀人”＊，然而还雅得不够格，所以各种诗选里都不载，也不能卖钱。

〖释：谭嗣同（1865－1898），字复生，湖南浏阳人，清末维新运动的重要人物，戊戌变法中牺牲的“六君子”之一。“闭门投辖思张俭”，原句为“望门投止思张俭”，是他被害前所作七绝《狱中题壁》的第一句。张俭，后汉山阳高平（今山东邹县）人。据史载，他被仇家陷害，“困迫遁走，望门投止，莫不重其名行，破家相容。”“闭门投辖”是汉代大侠陈遵好客的故事。出《汉书·游侠列传》。/“秋雨秋风愁杀人”，陈去病在《鉴湖女侠秋瑾传》中叙述秋瑾受审时的情形时说：“有见之者，谓初终无所供，惟于刑庭书‘秋雨秋风愁杀人’句而已。”】

且介亭杂文/病后杂谈（1935·2－12）

●8-27-129-46

石在，火种是不会绝的。

且介亭杂文二集/“题未定”草（1936·1）

●8-27-129-47

战士的日常生活，是并不全部可歌可泣的，然而又无不和可歌可泣之部相关联，这才是实际上的战士。

且介亭杂文末编/“这也是生活”……（1936·9·5）

（130）战斗与呐喊

世上如果还有真要活下去的人们，就先该敢说，敢笑，敢哭，敢怒，敢骂，敢打，在这可诅咒的地方击退了可诅咒的时代！

●8-27-130-1

我现在还在寻有反抗和攻击的笔的人们，再多几个，就来“试他一试”，但那效果，仍然还在不可知之数，恐怕也不过聊以自慰而已。

两地书/原信·十〔北京〕（1925·4·8）

●8-27-130-2

世上如果还有真要活下去的人们，就先该敢说，敢笑，敢哭，敢怒，敢骂，敢打，在这可诅咒的地方击退了可诅咒的时代！

华盖集/忽然想到〔五〕（1925·4·18）

●8-27-130-3

我们听到呻吟，叹息，哭泣，哀求，无须吃惊。见了酷烈的沉默，就应该留心了；见有什么像毒蛇似的在尸林中蜿蜒，怨鬼似的在黑暗中奔驰，就更应该留心了：这在豫告“真的愤怒”将要到来。

华盖集/杂感（1925·5·8）

●8-27-130-4

即使所发见的不过完全黑暗，也可以和黑暗战斗的。

华盖集/忽然想到〔十一〕（1925·6·16－6·23）

●8-27-130-5

叛逆的猛士出于人间；他屹立着，洞见一切已改和现有的废墟和荒坟，记得一切深广和久远的苦痛，正视一切重叠淤积的凝血，深知一切已死，方生，将生和未生。他看透了造化的把戏；他将要起来使人类苏生，或者使人类灭尽，这些造物主的良民们。

野草/淡淡的血痕中（1926·4·19）

●8-27-130-6

我也还有一点野心，也想到广州后，对于研究系加以打击，至多无非我不能到北京去，并不在意；第二是同创造社连络，造一条战线，更向旧社会进攻，我再勉力做一点文章，也不在意。

两地书/原信·八十〔厦门－广州〕（1926·11·8）

●8-27-130-7

地火在地下运行，奔突；熔岩一旦喷出，将烧尽一切野草，以及乔木，于是并且无可朽腐。

但我坦然，欣然。我将大笑，我将歌唱。

野草/题辞（1927·7·2）

●8-27-130-8

被压榨得痛了，就要叫喊，原不必在想出更好的主义之前，就定要咬住牙关。

二心集/“好政府主义”（1930·5）

●8-27-130-9

我们的劳苦大众历来只被最剧烈的压迫和榨取，连识字教育的布施也得不到，惟有默默地身受着宰割和灭亡。繁难的象形字，又使他们不能有自修的机会。智识的青年们意识到自己的前驱的使命，便首先发出战叫。这战叫和劳苦大众自己的反叛的叫声一样地使统治者恐怖……

二心集/中国无产阶级革命文学和前驱的血（1931·4·25）

●8-27-130-10

现在有些作品，往往并非必要而偏在对话里写上许多骂语去，好像以为非此便不是无产者作品，骂詈愈多，就愈是无产者作品似的。其实好的工农之中，并不随口骂人的多得很，作者不应该将上海流氓的行为，涂在他们身上的。即使有喜欢骂人的无产者，也只是一种坏脾气，作者应该由文艺加以纠正，万不可再来展开，使将来的无阶级社会中，一言不合，便祖宗三代的闹得不可开交。况且既是笔战，就也如别的兵战或拳斗一样，不妨伺隙乘虚，以一击制敌人的死命，如果一味鼓噪，已是《三国志演义》式战法，至于骂一句爹娘，扬长而去，还自以为胜利，那简直是“阿Q”式的战法了。

南腔北调集/辱骂和恐吓决不是战斗（1932·12·15）

●8-27-130-11

我并非主张要对敌人陪笑脸，三鞠躬。我只是说，战斗的作者应该注重于“论争”；倘在诗人，则因为情不可遏而愤怒，而笑骂，自然也无不可。但必须止于嘲笑，止于热骂，而且要“喜笑怒骂，皆成文章”，使敌人因此受伤或致死，而自己并无卑劣的行为，观者也不以为污秽，这才是战斗的作者的本领。

南腔北调集/辱骂和恐吓决不是战斗（1932·12·15）

●8-27-130-12

战斗正未有穷期，老谱将不断的袭用

伪自由书/后记（1933·7·20）

●8-27-130-13

人固然应该生存，但为的是进化；也不妨受苦，但为的是解除将来的一切苦；更应该战斗，但为的是改革。

花边文学/论秦理斋夫人事（1934·6·1）

●8-27-130-14

用玩笑来应付敌人，自然也的一种好战法，但触着之处，须是对手的致命伤，否则，玩笑终不过是一种单单的玩笑而已。

花边文学/玩笑只当它玩笑〔上〕（1934·7·25）

●8-27-130-15

如果已经开始笔战了，为什么要留情面？留情面是中国文人最大的毛病。他以为自己笔下留情，将来失败了，敌人也会留情面。殊不知那时他是决不留情面的。做几句不痛不痒的文章，还是不做好。

书信/致萧军、萧红（1935·1·4）

●8-27-130-16

对于《译文》停刊事，你好像很被激动，我倒不大如此，平生这样的事情遇见的多，麻木了，何况这还是小事情。但是，要战斗下去吗？当然，要战斗下去！无论它对面是什么。

书信/致萧军（1935·10·4）

●8-27-130-17

现在是多么切迫的时候，作者的任务，是在对于有害的事物，立刻给以反响或抗争，是感应的神经，是攻守的手足。潜心于他的鸿篇巨制，为未来的文化设想，固然是很好的，但为现在抗争，却也正是为现在和未来的战斗的作者，因为失掉了现在，也就没有了未来。

且介亭杂文/序言（1935·12·30）

●8-27-130-18

战斗一定有倾向。

且介亭杂文/序言（1935·12·30）

●8-27-130-19

我们总要战取光明，即使自己遇不到，也可以留给后来的。我们这样的活下去罢。

书信/致曹白（1936·3·26）

(131) 改革与进步

有能改革之处，还是随时可以顺手改革的，无论大小。

●8-27-131-1

不论中外，诚然都有偶像。但外国是破坏偶像的人多；那影响所及，便成功了宗教改革，法国革命。旧像愈摧破，人类便愈进步……

热风/随感录·四十六（1919·2·15）

●8-27-131-2

喜欢暗夜的妖怪多，虽然能教暂时黯淡一点，光明却总要来。有如天亮，遮掩不住。想遮掩白费气力的。

集外集拾遗补编/寸铁（1919·8·12）

●8-27-131-3

我们要革新的破坏者，因为他内心有理想的光。

坟/再论雷峰塔的倒掉（1925·2·23）

●8-27-131-4

“将来”这回事，虽然不能知道情形怎样，但有是一定会有的，就是一定会到来的，所虑者到了那时，就成了那时的“现在”。然而人们也不必这样悲观，只要“那时的现在”比“现在的现在”好一点，就很好了，这就是进步。

两地书/原信·四〔北京〕（1925·3·18）

●8-27-131-5

世界上改革者的动机，大抵就是这对于时代环境的不满的缘故。

两地书/原信·六〔北京〕（1925·3·23）

●8-27-131-6

大同的世界，怕一时未必到来，即使到来，像中国现在似的民族也一定在大同的门外。所以我想无论如何，总要改革才好。

两地书/原信·十〔北京〕（1925·4·8）

●8-27-131-7

政府似乎已在张起压制言论的网来，那么，又须准备“钻网”的法子——这是各国鼓吹改革的人照例要遇到的。

两地书/原信·十〔北京〕（1925·4·8）

●8-27-131-8

目下的压制和黑暗还要增加，但因此也许可以发生较激烈的反抗与不平的新分子，为将来的新的变动的萌蘖。

两地书/原信·十〔北京〕（1925·4·8）

●8-27-131-9

在进取的国民中，性急是好的，但生在麻木如中国的地方，却容易吃亏，纵使如何牺牲，也无非毁灭自己，于国度没有影响。我记得先前在学校演说时候也曾说过，要治这麻木状态的国度，只有一法，就是“韧”，也就是“锲而不舍”。逐渐的做一点，总不肯休，不至于比“轻于一掷”无效的。

两地书/原信·十二〔北京〕（1925·4·14）

●8-27-131-10

甘心乐意的奴隶是无望的，但如怀着不平，总可以逐渐做些有效的事。

两地书/原信·十二〔北京〕（1925·4·14）

●8-27-131-11

不能革新的人种，也不能保古的。

华盖集/忽然想到〔六〕（1925·4·22）

●8-27-131-12

无论如何，不革新，是生存也为难的，而况

保古。

华盖集/忽然想到〔六〕(1925·4·22)

●8-27-131-13

我们目下的当务之急，是：一要生存，二要温饱，三要发展。苟有阻碍这前途者，无论是古是今，是人是鬼，是《三坟》《五典》*，百宋千元*，天球河图*，金人玉佛，祖传丸散，秘制膏丹，全都踏倒他。

〖释：《三坟》《五典》，相传为三皇五帝时的遗书。《左传》昭公十二年："是能读三坟、五典、八索、九丘。"晋代杜预注："皆古书名。"/"百宋千元"，指清代乾隆、嘉庆时的藏书家黄丕烈和吴骞的藏书。前者藏有宋版书百部，后者藏有元版书一千部。此语泛指中国古书。/"天球河图"，天球相传是古雍州（今陕、甘一带）所产美玉，河图相传为伏羲时龙马从黄河负出的图。〗

华盖集/忽然想到〔六〕(1925·4·22)

●8-27-131-14

苟活就是活不下去的初步，所以到后来，他就活不下去了。意图生存，而太卑怯，结果就得死亡。以中国古训中教人苟活的格言如此之多，而中国人偏多死亡，外族偏多侵入，结果适得其反，可见我们蔑弃古训，是刻不容缓的了。

华盖集/北京通信（1925·5·14）

●8-27-131-15

古训所教的就是这样的生活法，教人不要动。不动，失错当然就较少了，但不活的岩石泥沙，失错不是更少么？我以为人类为向上，即发展起见，应该活动，活动而有若干失错，也不要紧。惟独半死半生的苟活，是全盘失错的。因为他挂了生活的招牌，其实却引人到死路上去！

华盖集/北京通信（1925·5·14）

●8-27-131-16

我们的古人将心力大抵用到玄虚缥缈平稳圆滑上去了，便将艰难切实的事情留下，都待后人来补做，要一人兼做两三人，四五人，十百人的工作……共同抗拒，改革，奋斗三十年。不够，就再一代，二代……。这样的数目，从个体看来，仿佛是可怕的，但倘若这一点就怕，便无药可救，只好甘心灭亡。因为在民族的历史上，这不过是一个极短时期，此外实没有更快的捷径。

华盖集/忽然想到〔十〕(1925·6·16)

●8-27-131-17

韩非子曾经教人以竞马的要妙，其一是"不耻最后"。即使慢，驰而不息，纵令落后，纵令失败，但一定可以达到他所向的目标。

华盖集/补白（1925·6·26）

●8-27-131-18

自《新青年》出版以来，一切应之而嘲骂改革，后来又赞成改革，后来又嘲骂改革者，现在拟态的制服早已破碎，显出自身的本相来了，真所谓"事实胜于雄辩"，又何待于纸笔喉舌的批评。

热风/题记（1925·11·3）

●8-27-131-19

五四运动……表面上却颇有些成功，于是主张革新的也就蓬蓬勃勃，而且有许多还就是在先讥笑，嘲骂《新青年》的人们，但他们却是另起了一个冠冕堂皇的名目：新文化运动。这也就是后来又将这名目反套在《新青年》身上，而又加以嘲骂讥笑的，正如笑骂白话文的人，往往自称最得风气之先，早经主张过白话文一样。

热风/题记（1925·11·3）

●8-27-131-20

我独不解中国人何以于旧状况那么心平气和，于较新的机运就这么疾首蹙额；于已成之局那么委曲求全，于初兴之事就这么求全责备？

华盖集/这个与那个（1925·12）

●8-27-131-21

读史，就愈可以觉悟中国改革之不可缓了。

虽是国民性，要改革也得改革，否则，杂史杂说上所写的就是前车。

华盖集/这个与那个（1925·12）

●8-27-131-22

智识高超而眼光远大的先生们开导我们：生下来的倘不是圣贤，豪杰，天才，就不要生；写出来的倘不是不朽之作，就不要写；改革的事倘不是一下子就变成极乐世界，或者，至少能给我（！）有更多的好处，就万万不要动！……

那么，他是保守派么？据说：并不然的。他正是革命家。惟独他有公平，正当，稳健，圆满，平和，毫无流弊的改革法；现下正在研究室里研究着哩，——只是还没有研究好。

什么时候研究好呢？答曰：没有准儿。

华盖集/这个与那个（1925·12）

●8-27-131-23

坐着而等待平安，等待前进，倘能，那自然是很好的，但可虑的是老死而所等待的却终于不至；不生育，不流产而等待一个英伟的宁馨儿＊，那自然也很可喜的，但可虑的是终于什么也没有。

倘以为与其所得的不是出类拔萃的婴儿，不如断种，那就无话可说。但如果我们永远要听见人类的足音，则我以为流产究竟比不生产还有望，因为这已经明明白白地证明着能够生产的了。

〖释：“宁馨儿”，本是晋宋时俗语，是“这样的孩子”之意（宁，这样；馨，语助词）；后来多用于褒义。〗

华盖集/这个与那个（1925·12）

●8-27-131-24

读史，就愈可以觉悟中国改革之不可缓了。虽是国民性，要改革也得改革，否则，杂史杂说上所写的就是前车。

华盖集/这个与那个（1925·12）

●8-27-131-25

我敢断言，反改革者对于改革者的毒害，向来就并未放松过，手段的厉害也已经无以复加了。只有改革者却还在睡梦里，总是吃亏，因而中国也总是没有改革，自此以后，是应该改换些态度和方法的。

坟/论“费厄泼赖”应该缓行（1926·1·10）

●8-27-131-26

历史上所记的关于改革的事，总是先仆后继者，大部分自然是由于公义，但人们的未经“死之恐怖”，即不容易为“死之恐怖”所慑，我以为也是一个很大的原因。

华盖集续编/无花的蔷薇之二（1926·3·29）

●8-27-131-27

世界上的事物可还没有因为黑暗而长存的先例。黑暗只能附丽于渐就灭亡的事物，一灭亡，黑暗也就一同灭亡了，它不永久。然而将来是永远要有的，并且总要光明起来……

华盖集续编/记谈话（1926·10·2）

●8-27-131-28

也许曾有一个猴子站起来，试用两脚走路的罢，但许多猴子就说：“我们底祖先一向是爬的，不许你站！”咬死了。它们不但不肯站起来，并且不肯讲话，因为它守旧。人类就不然，他终于站起，讲话，结果是他胜利了。现在也还没有完。

而已集/革命时代的文学（1927·6·12）

●8-27-131-29

我在文艺史上，却找到一个好名辞，就是Renaissance『注：英语“文艺复兴”』，在意大利文艺复兴的意义，是把古时好的东西复活，将现存的坏的东西压倒，因为那时候思想太专制腐败了，在古时代确实有些比较好的；因此后来得到了社会上的信仰。

集外集拾遗补编/关于知识阶级（1927·11）

●8-27-131-30

以为前途太光明，所以一碰钉子，便大失望，如果先前不期必胜，则即使失败，苦痛恐怕会小得多罢。

三闲集/通信（1928·4·23）

●8-27-131-31

有能改革之处，还是随时可以顺手改革的，无论大小。

三闲集/通信（1928·4·23）

●8-27-131-32

体质和精神都已硬化了的人民，对于极小的一点改革，也无不加以阻挠，表面上好像恐怕于自己不便，其实是恐怕于自己不利，但所设的口实，却往往见得极其公正而且堂皇。

二心集/习惯与改革（1930·3·1）

●8-27-131-33

倘不深入民众的大层中，于他们的风俗习惯，加以研究，解剖，分别好坏，立存废的标准，而于存于废，都慎选施行的方法，则无论怎样的改革，都将为习惯的岩石所压碎，或者只在表面上浮游一些时。

二心集/习惯与改革（1930·3·1）

●8-27-131-34

多数的力量是伟大，要紧的，有志于改革者倘不深知民众的心，设法利导，改进，则无论怎样的高文宏议，浪漫古典，都和他们无干，仅止于几个人在书房中互相叹赏，得些自己满足。

二心集/习惯与改革（1930·3·1）

●8-27-131-35

现在已不是在书斋中，捧书本高谈宗教，法律，文艺，美术……等等的时候了，即使要谈这些，也必须先知道习惯和风俗，而且有正视这些的黑暗面的勇猛和毅力。因为倘不看清，就无从改革。仅大叫未来的光明，其实是欺骗怠慢的自己和怠慢的听众的。

二心集/习惯与改革（1930·3·1）

●8-27-131-36

现在的人，的事，那里会有十分完全，并无缺陷的呢，为万全计，就只好毫不动弹。然而这毫不动弹，却也就是一个大错。

二心集/非革命的急进革命论者（1930·3·1）

●8-27-131-37

将来是现在的将来，于现在有意义，才于将来会有意义。

南腔北调集/论“第三种人”（1932·11·1）

●8-27-131-38

“老新党”们的见识虽然浅陋，但是有一个目的：图富强。所以他们坚决，切实；学洋话虽然怪声怪气，但是有一个目的：求富强之术。所以他们认真，热心。待到排满学说播布开来，许多人就成为革命党了，还是因为要给中国图富强，而以为此事必自排满始。

准风月谈/重三感旧（1933·10·6）

●8-27-131-39

凡有改革，最初，总是觉悟的智识者的任务。但这些智识者，却必须有研究，能思索，有决断，而且有毅力。他也用权，却不是骗人，他利导，却并非迎合。他不看轻自己，以为是大家的戏子，也不看轻别人，当作自己的喽罗。他只是大众中的一个人，我想，这才可以做大众的事业。

且介亭杂文/门外文谈（1934·8－9）

●8-27-131-40

改革，是向来没有一帆风顺的，冷笑家的赞成，是在见了成效之后……

且介亭杂文/中国语文的新生（1934·10·13）

●8-27-131-41

文化的改革如长江大河的流行，无法遏止，假使能够遏止，那就成为死水，纵不干涸，也必腐败的。当然，在流行时，倘无弊害，岂不更是非常之好？然而在实际上，却断没有这样的事。

回复故道的事是没有的，一定有迁移；维持形状的事也是没有的，一定有改变。有百利而无一弊的事也是没有的，只可权大小。

且介亭杂文二集/从“别字”说开去（1935·4·20）

●8-27-131-42

从古讫今，什么都在改变，但必须在不声不响中，倘一道破，就一定有窒碍，维持现状说来了，复古说也来了。这些说头自然也无效。但一时不失其为一种窒碍却也是真的，它能够使一部分的有志于改革者迟疑一下子，从招潮者变为乘潮者。

且介亭杂文二集/从“别字”说开去（1935·4·20）

●8-27-131-43

维持现状说听去好像很稳健，但实际上却是行不通的，史实在不断的证明着它只是一种“并无其事”：仅在这一些。

且介亭杂文二集/从“别字”说开去（1935·4·20）

●8-27-131-44

有些改革者，是极爱谈改革的，但真的改革到了身边，却使他恐惧。惟有大谈难行的改革，这才可以阻止易举的改革的到来，就是竭力维持着形状，一面大谈其改革，算是在做他那完全的改革的事业。这和主张在床上学会了浮水，然而再去游泳的方法，其实是一样的。

且介亭杂文二集/论新文字（1936·1·11）

（132）生命与进化

为什么人类成了人，猴子终于是猴子呢？这就因为猴子不肯变化——它爱用四只脚走路。

●8-27-132-1

何以从前的古猴子，不都努力变人，却到现在还留着子孙，变把戏给人看。还是那时竟没有一匹想站起来学说人话呢？还是虽然有了几匹，却终被猴子社会攻击他标新立异，都咬死了；所以终于不能进化呢？

热风/随感录·四十一（1919·1·15）

●8-27-132-2

进化的途中总须新陈代谢，所以新的应该欢天喜地的向前走去，这便是壮，旧的也应该欢天喜地的向前走去，这便是死；各各如此走去，便是进化的路。

……

明白这事，便从幼到壮到老到死，都欢欢喜喜的过去；而且一步一步，多是超过祖先的新人。

热风/随感录·四十九（1919·2·15）

●8-27-132-3

生命的路是进步的，总是沿着无限的精神三角形的斜面向上走，什么都阻止他不得。

热风/生命的路（1919·11·1）

●8-27-132-4

自然赋与人们的不调和还很多，人们自己萎缩堕落退步的也还很多，然而生命决不因此回头。无论什么黑暗来防范思潮，什么悲惨来袭击社会，什么罪恶来亵渎人道，人类的渴仰完全的潜力，总是踏了这些铁蒺藜向前进。

热风/生命的路（1919·11·1）

●8-27-132-5

生命不怕死，在死的面前笑着跳着，跨过了灭亡的人们向前进。

热风/生命的路（1919·11·1）

●8-27-132-6

人类总不会寂寞，因为生命是进步的，是乐天的。

热风/生命的路（1919·11·1）

●8-27-132-7

自然赋与人们的不调和还很多，人们自己萎

缩堕落退步的也还很多，然而生命决不因此回头。无论什么黑暗来防范思潮，什么悲惨来袭击社会，什么罪恶来亵渎人道，人类的渴仰完全的潜力，总是踏了这些铁蒺藜向前进。

热风/生命的路（1919·11·1）

●8-27-132-8

什么是路？就是从没路的地方践踏出来的，从只有荆棘的地方开辟出来的。

以前早有路了，以后也该永远有路。人类总不会寂寞，因为生命是进步的，是乐天的。

热风/生命的路（1919·11·1）

●8-27-132-9

我自己知道，不特并非创作者，并且也不是真理的发见者。凡有所说所写，只是就平日见闻的事理里面，取了一点心以为然的道理；至于终极究竟的事，却不能知。便是对于数年以后的学说的进步和变迁，也说不出会到如何地步，单相信比现在总该还有进步还有变迁罢了。……

我现在心以为然的道理，极其简单。便是依据生物界的现象，一，要保存生命；二，要延续生命；三，要发展这生命（就是进化）。生物都这样做，父亲也就是这样做。

坟/我们现在怎样做父亲（1919·11）

●8-27-132-10

生命何以必需继续呢？就是因为要发展，要进化。个体既然免不了死亡，进化又毫无止境，所以只能延续着，在这进化的道路上走。……后起的生命，总比以前的更有意义，更近完全，因此也更有价值，更可宝贵；前者的生命，应该牺牲于他。

坟/我们现在怎样做父亲（1919·11）

●8-27-132-11

超越便须改变，所以子孙对于祖先的事，应该改变，“三年无改于父之道可谓孝矣”『注：见《论语·学而》』，当然是曲说，是退婴的病根。假使古代的单细胞动物，也遵着这教训，那便永远不敢分裂繁复，世界上再也不会有人类了。

幸而这一类教训，虽然害过许多人，却还未能完全扫尽了一切人的天性。没有读过“圣贤书”的人，还能将这天性在名教的斧钺底下，时时流露，时时萌蘖；这便是中国人虽然凋落萎缩，却未灭绝的原因。

坟/我们现在怎样做父亲（1919·11）

●8-27-132-12

时势既有改变，生活也必须进化；所以后起的人物，一定尤异于前，决不能用同一模型，无理嵌定。

坟/我们现在怎样做父亲（1919·11）

●8-27-132-13

据章士钊总长说，则美国的什么地方已在禁讲进化论＊了，这实在是吓死我也，然而禁只管禁，进却总要进的。

〖释：“美国的什么地方已在禁讲进化论”，章士钊在《甲寅》周刊第一卷第十七号（1925年11月7日）上谈到美国田纳西州小学教师科布1925年7月因讲授进化论而违反该州宪法，被捕并罚款百元事。〗

华盖集/这个与那个（1925·12）

●8-27-132-14

孩子初学步的第一步，在成人看来，的确是幼稚，危险，不成样子，或者简直是可笑的。但无论怎样的愚妇人，却总以恳切的希望的心，看他跨出这第一步去，决不会因为他的走法幼稚，怕要障碍阔人的路线而“逼死”他；也决不至于将他禁在床上，使他躺着研究到能够飞跑时再下地。因为她知道：假如这么办，即使长到一百岁也还是不会走路的。

华盖集/这个与那个（1925·12）

●8-27-132-15

虽然据说美国的某处已经禁讲进化论了，但

在实际上，恐怕也终于没有效的。

华盖集续编/古书与白话（1926·2·2）

●8-27-132-16

想一想罢，如果从有人类以来的人们都不死，地面上早已挤得密密的，现在的我们早已无地可容了；如果从有人类以来的人们的尸身都不烂，岂不是地面上的死尸早已堆得比鱼店里的鱼还要多，连掘井，造房子的空地都没有了么？所以，我想，凡是老的，旧的，实在倒不如高高兴兴的死去的好。

集外集拾遗/老调子已经唱完（1927·2·19）

●8-27-132-17

生物学家告诉我们："人类和猴子是没有大两样的，人类和猴子是表兄弟。"但为什么人类成了人，猴子终于是猴子呢？这就因为猴子不肯变化——它爱用四只脚走路。

而已集/革命时代的文学（1927·6·12）

●8-27-132-18

格里莱阿『注：通译伽利略』说地体运动，达尔文说生物进化，当初何尝不或者几被宗教家烧死，或者大受保守者攻击呢，然而现在人们对于两说，并不为奇者，就因为地体终于在运动，生物确也在进化的缘故。

二心集/"硬译"与"文学的阶级性"（1930·3）

●8-27-132-19

同是猴子的亲戚中，达尔文又不能不说是伟大的了。那理由很简单而且平常，就因为他以猴子亲戚的家世，却并不忌讳，指出了人们是猴子的亲戚来。

猴子的亲戚也有大小，有好坏的。

南腔北调集/"论语一年"（1933·9·16）

●8-27-132-20

感觉的细腻和锐敏，较之麻木，那当然算是进步的，然而以有助于生命的进化为限。如果不相干，甚而至于有碍，那就是进化中的病态，不久就要收梢。我们试将享清福，抱秋心的雅人，和破衣粗食的粗人一比较，就明白究竟是谁活得下去。

准风月谈/喝茶（1933·10·2）

（133）"'费厄泼赖'应该缓行"

首先看清对手，倘是些不配承受"费厄"的，大可以老实不客气；待到它也"费厄"了，然后再与它讲"费厄"不迟。

●8-27-133-1

清的末年，社会上大抵恶革命党如蛇蝎，南京政府一成立，漂亮的士绅和商人看见似乎革命党的人，便亲密的说道："我们本来都是'草字头'＊，一路的呵。"

〖释："草字头"，指革命党。"草"字与"革"字起头相似，故有此说。〗

华盖集/补白（1925·7·3）

●8-27-133-2

民元革命时，对于任何人都宽容——那时称为"文明"——但待到第二次革命失败，许多旧党对于革命党却不"文明"了：杀。假使那时（元年）的新党不"文明"，则许多东西早已灭亡，那里会再来发挥他们的老手段？

两地书/原信·四十一〔北京〕（1925·7·29）

●8-27-133-3

土绅士或洋绅士们不是常常说，中国自有特别国情，外国的平等自由等等，不能适用么？我以为这"费厄泼赖"也是其一。否则，他对你不"费厄"，你却对他去"费厄"，结果总是自己吃亏，不但要"费厄"而不可得，并且连要不"费厄"而亦不可得。所以要"费厄"，最好是首先看清对手，倘是些不配承受"费厄"的，大可以老实不客气；待到它也"费厄"了，然后再与它讲"费厄"不迟。

坟/论"费厄泼赖"应该缓行（1926·1·10）

●8-27-133-4

倘有人要施行“费厄泼赖”精神，我以为至少须俟所谓“落水狗”者带有人气之后。但现在自然也非绝不可行，就是，有如上文所说：要看清对手。而且还要有等差，即“费厄”必视对手之如何而施，无论其怎样落水，为人也则帮之，为狗也则不管之，为坏狗也则打之。一言以蔽之：“党同伐异”而已矣。

坟/论“费厄泼赖”应该缓行（1926·1·10）

●8-27-133-5

真心人所大叫的公理，在现今的中国，也还不能救助好人，甚至于反而保护坏人。因为当坏人得志，虐待好人的时候，即使有人大叫公理，他决不听从，叫喊仅止于叫喊，好人仍然受苦。然而偶有一时，好人或稍稍蹶起，则坏人本该落水了，可是，真心的公理论者又“勿报复”呀，“仁恕”呀，“勿以恶抗恶”呀……的大嚷起来。这一次却发生实效，并非空嚷之：好人正以为然，而坏人于是得救。但他得救之后，无非以为占了便宜，何尝改悔；并且因为是早已营就三窟，又善于钻谋的，所以不多时，也就依然声势赫奕，作恶又如先前一样。这时候，公理论者自然又要大叫，但这回他却不听你了。

坟/论“费厄泼赖”应该缓行（1926·1·10）

●8-27-133-6

“疾恶太严”，“操之过急”，汉的清流和明的东林，却正以这一点倾败，论者也常常这样责备他们。殊不知那一面，何不“疾善如仇”呢？人们却不说一句话。假使此后光明和黑暗还不能作彻底的战斗，老实人误将纵恶当作宽容，一味姑息下去，则现在似的混沌状态，是可以无穷无尽的。

〖释：“汉的清流”，指东汉末年的太学生郭泰、贾彪和大臣李膺、陈蕃等人。他们联合起来批评朝政，暴露宦官集团的罪恶，于汉桓帝延熹九年（166）为宦官所诬陷，以结党作乱的罪名遭捕杀，十余年间，先后四次被杀戮，充军和禁锢的达七八百人，史称“党锢之祸”。〗

坟/论“费厄泼赖”应该缓行（1926·1·10）

●8-27-133-7

秋瑾女士，就是死于告密的*，革命后暂时称为“女侠”，现在是不大听见有人提起了。革命一起，她的故乡就到了一个都督，——等于现在之所谓督军，——也是她的同志：王金发。他捉住了杀害她的谋主，调集了告密的案卷，要为她报仇。然而终于将那谋主释放了*，据说是因为已经成了民国，大家不应该再修旧怨罢。但等到二次革命失败后，王金发却被袁世凯的走狗枪决了，与有力的是他所释放的杀过秋瑾的谋主。

〖释：“秋瑾死于告密”，秋瑾因绍兴劣绅胡道南的告密而于1907年7月13日被捕，15日被杀害。/“王金发……将那谋主释放了”，被王金发捉而复放的是另一绍兴劣绅章介眉，他曾主使平毁杭州西湖的秋瑾墓。鲁迅在这里将胡、章误为一人。〗

坟/论“费厄泼赖”应该缓行（1926·1·10）

●8-27-133-8

“费厄泼赖”尤其有流弊，甚至于可以变成弱点，反给恶势力占便宜。

坟/论“费厄泼赖”应该缓行（1926·1·10）

●8-27-133-9

我最恨什么“学者只讲学问，不问派别”这些话，假如研究造炮的学者，将不问是蒋介石，是吴佩孚，都为之造么？国民党有力时，对于异党宽容大量，而他们一有力，则对于民党之压迫陷害，无所不至，但民党复起时，却又忘却了，这时他们自然也将故态隐藏起来。

两地书/原信·六十七〔厦门－广州〕（1926·10·20）

●8-27-133-10

二十四年前『注：指辛亥革命』，太大度了，受了所谓“文明”这两个字的骗。到将来，也会有人道主义者来反对报复的罢，我憎恶他们。

书信/致萧军、萧红（1935·11·16）

（134）“我主张‘壕堑战’”

我所以主张“壕堑战”的原因，其实也无非想多留下几个战士，以得更多的战绩。

●8-27-134-1

对于社会的战斗，我是并不挺身而出的，我不劝别人牺牲什么之类者就为此。欧战『注：指第一次世界大战』的时候，最重“壕堑战”，……中国多暗箭，挺身而出的勇士容易丧命，这种战法是必要的罢。但恐怕也有时会迫到非短兵相接不可的，这时候，没有法子，就短兵相接。

两地书/原信·二〔北京〕（1925·3·11）

●8-27-134-2

我想，在青年，须是有不平而不悲观，常抗战而亦自卫，荆棘非践不可，固然不得不践，但若无须必践，即不必随便去践，这就是我所以主张“壕堑战”的原因，其实也无非想多留下几个战士，以得更多的战绩。

两地书/原信·二〔北京〕（1925·3·18）

●8-27-134-3

子路先生确是勇士，但他因为“吾闻君子死冠不免”，于是“结缨而死”＊，则我总觉得有点迂。掉了一顶帽子，有何妨呢，却看得这么郑重，实在是上了仲尼先生的当了。仲尼先生自己“厄于陈蔡”＊，却并不饿死，真是滑得可观。子路先生倘若不信他的胡说，披头散发的战起来，也许不至于死的罢，但这种散发的战法，也就是属于我所谓“壕堑战”的。

〖释：“子路……‘结缨而死’”，见《左传》卷五十九。/“仲尼‘厄于陈蔡’”，出《论语·卫灵公》：“在陈绝粮，从者病，莫能兴。子路愠见曰：‘君子亦有穷乎?’子曰：‘君子固穷，小人穷斯滥矣。’”〗

两地书/原信·四〔北京〕（1925·3·18）

●8-27-134-4

政府似乎已在张起压制言论的网来，那么，又须准备“钻网”的法子——这是各国鼓吹改革的人照例要遇到的。

两地书/原信·十〔北京〕（1925·4·8）

●8-27-134-5

子房为韩报仇＊，以君子看来，是应该写信给秦始皇，要求两人赤膊决斗，才算合理的。然而博浪一击，大索十日而终不可得，后世亦不以为非者，知公私不同，而强弱之势亦异，一匹夫不得不然之故也。况且，现在的有权者，是什么东西呢？他知道什么责任呢？

〖释：“子房为韩报仇”，张良（？－前186），字子房。汉初封留侯。出身于战国末年韩国贵族。据《史记·留侯世家》载，韩亡后，破财搜求刺客以谋秦王。后得力士，为铁椎重百二十斤。秦皇东游，良与客狙击于博浪沙，误中副车。秦皇大怒，大索天下。良乃更名姓，亡匿下邳云。〗

两地书/原信·十九〔北京〕（1925·5·3）

●8-27-134-6

改革自然常不免于流血，但流血非即等于改革。血的应用，正如金钱一般，吝啬固然是不行的，浪费也大大的失算。

华盖集续编/空谈（1926·4·10）

●8-27-134-7

请愿虽然是无论那一国度里常有的事，不至于死的事，但我们已经知道中国是例外，除非你能将“枪林弹雨”消除。正规的战法，也必须对手是英雄才适用。汉末总算还是人心很古的时候罢，恕我引一个小说上的典故：许褚＊赤体上阵，也就很中了好几箭。而金圣叹还笑他道：“谁叫你赤膊?”＊

〖释：许褚，《三国演义》中曹操手下一员猛将。/“金圣叹还笑他……”，鲁迅此处引述对许褚的评语见清人毛宗岗《三国演义》评本。因毛本假托“圣叹外书”之名，过去很多人误以为是金圣叹所作。』

华盖集续编/空谈（1926·4·10）

●8-27-134-8

现在似的发明了许多火器的时代，交兵就都用壕堑战。这并非吝惜生命，乃是不肯虚掷生命，因为战士的生命是宝贵的。在战士不多的地方，这生命就愈宝贵。所谓宝贵者并非“珍藏于家”，乃是要以小本钱换得极大的利息，至少，也必须卖买相当。以血的洪流淹没死一个敌人，以同胞的尸体填满一个缺陷，已经是陈腐的话了。从最新的战术的眼光看起来，这是多么大的损失。

华盖集续编/空谈（1926·4·10）

●8-27-134-9

这回『注：指三一八惨案』死者的遗给后来的功德，是在撕去了许多东西的人相，露出那出于意料之外的阴毒的心，教给继续战斗者以别种方法的战斗。

华盖集续编/空谈（1926·4·10）

●8-27-134-10

君子之徒曰：你何以不骂杀人不眨眼的军阀呢？斯亦卑怯也已！但我是不想上这些诱杀手段的当的。

坟/题记（1926·11·20）

●8-27-134-11

我们穷人唯一的资本就是生命。以生命来投资，为社会做一点事，总得多赚一点利才好；以生命来做利息小的牺牲，是不值得的。

集外集拾遗补编/关于知识阶级（1927·11）

●8-27-134-12

如果你上了他的当，真的赤膊奔上前阵，像许褚似的充好汉，那他那边立刻就会给你一枪，老实不客气，然后，再学着金圣叹批《三国演义》的笔法，骂一声“谁叫你赤膊的”——活该。

伪自由书/不负责任的坦克车（1933·5·9）

●8-27-134-13

新文艺之在太原，还在开垦时代，作品似以浅显为宜，也不要激烈，这是必须察看环境和时候的。别处不明情形，或者要评为灰色也难说，但可以置之不理，万勿贪一种虚名，而反致不能出版。

书信/致榴花社（1933·6·20）

●8-27-134-14

战斗当首先守住营垒，若专一冲锋，而反遭覆灭，乃无谋之勇，非真勇也。

书信/致榴花社（1933·6·20）

●8-27-134-15

试看社会现状，已岌岌不可终日，则叭儿们也正是岌岌不可终日的。它们那里有一点自信心，连做狗也不忠实。一有变化，它们就另换一副面目。但此时倒比现在险，它们一定非常激烈了，不过那时一定有人出而战斗，因为它们的故事，大家是明白的。何以明白，就因为得之现在的经验，所以现在的情形，对于将来并非只是损。至于费去了许多牺牲，那是无可免的，但自然愈少愈好，我的一向主张“壕堑战”，就为此。

书信/致杨霁云（1934·6·3）

●8-27-134-16

至于投稿，则可以做得隐藏一点，或讲外国文学，均可。这是专为卖钱而作，算是别一回事，自己的真意，留待他日发表就是了。

书信/致徐懋庸（1934·9·20）

●8-27-134-17

德国腓立大帝的“密集突击”＊，那时是会打胜仗的，不过用于现在，却不相宜，所以我所采取的战术，是：散兵战，堑壕战，持久战——

不过我是步兵，和你炮兵的法子也许不见得一致。

〖释：“德国腓立大帝”，即普鲁士国王腓烈二世（Friedrich 1712－1786），他曾多次发动侵略战争。“密集突击”是他常用的一种线式战术。〗

书信/致萧军（1935·10·4）

●8-27-134-18

我生于清朝，原是奴隶出身，不同二十五岁以内的青年，一生下来就是中华民国的主子，然而他们不经世故，偶尔“忘其所以”也就大碰钉子。我的投稿，目的是在发表的，当然不给它见得有骨气，所以被“花边”所装饰者，大约也确比青年作家的作品多，而且奇怪，被删掉的地方倒很少。

花边文学/序言（1935·12·29）

●8-27-134-19

失掉了现在，也就没有了未来。

且介亭杂文/序言（1935·12·30）

（135）觉醒与希望

君不见夫野猪乎？它以两个牙，使老猎人也不免于退避。这牙，只要猪脱出了牧豕奴所造的猪圈，走入山野，不久就会长出来。

●8-27-135-1

魔鬼手上，终有漏光的处所，掩不住光明。

热风/随感录·四十（1919·1·15）

●8-27-135-2

中国现在的人心中，不平和愤恨的分子太多了。不平还是改造的引线，但必须先改造了自己，再改造社会，改造世界；万不可单是不平。至于愤恨，却几乎全无用处。

热风/恨恨而死（1919·11·1）

●8-27-135-3

幸而谁也不敢十分决定说：国民性是决不会改变的。在这“不可知”中，虽可有破例——即其情形为从来所未有——的灭亡的恐怖，也可以有破例的复生的希望，这或者可作改革者的一点慰藉罢。

华盖集/忽然想到〔四〕（1925·2·20）

●8-27-135-4

要中国得救，也不必添什么东西进去，只要青年们将这两种性质的古传用法，反过来一用就够了：对手如凶兽时就如凶兽，对手如羊时就如羊！

那么，无论什么魔鬼，就都只能回到他自己的地狱里去。

华盖集/忽然想到〔七〕（1925·5·18）

●8-27-135-5

在将来，围在高墙里面的一切人众，该会自己觉醒，走出，都来开口的罢……

集外集/俄文译本《阿Q正传》序及著者自叙传略（1925·6·15）

●8-27-135-6

观四向而听八方，将先前一切自欺欺人的希望之谈全部扫除，将无论是谁的自欺欺人的假面全都撕掉，将无论是谁的自欺欺人的手段全都排斥，总而言之，就是将华夏传统的所有小巧的玩意儿全都放掉，倒去屈尊学学枪击我们的洋鬼子，这才可望有新的希望的萌芽。

华盖集/忽然想到〔十一〕（1925·6·16）

●8-27-135-7

我不以为自承无力，是比自夸爱和平更其耻辱。

华盖集/补白（1925·6·26）

●8-27-135-8

我们仔细查察自己，不再说诳的时候应该到

来了，一到不再自欺欺人的时候，也就是到了看见希望的萌芽的时候。

华盖集/补白（1925·6·26）

●8-27-135-9

惟有民魂是值得宝贵的，惟有他发扬起来，中国才有真进步。……在乌烟瘴气之中，有官之所谓“匪”和民之所谓匪；有官之所谓“民”和民之所谓民；有官以为“匪”而其实是真的国民，有官以为“民”而其实是衙役和马弁。所以貌似“民魂”的，有时仍不免为“官魂”，这是鉴别灵魂者所应该十分注意的。

华盖集续编/学界的三魂（1926·1·24）

●8-27-135-10

君子若曰：“羊总是羊，不成了一长串顺从地走，还有什么别的法子呢？君不见夫猪乎？拖延着，逃着，喊着，奔突着，终于也还是被捉到非去不可的地方去，那些暴动，不过是空费力气而已矣。”

……然而，君不见夫野猪乎？它以两个牙，使老猎人也不免于退避。这牙，只要猪脱出了牧豕奴所造的猪圈，走入山野，不久就会长出来。

华盖集续编/一点比喻（1926·2·25）

●8-27-135-11

我以为中国人的食物，应该去掉煮得烂熟，萎靡不振的；也去掉全生，或全活的。应该吃些虽然熟，然而还有些生的带着鲜血的肉类……。

华盖集续编/马上支日记（1926·8·2）

●8-27-135-12

世界上的事物可还没有因为黑暗而长存的先例。……我们一定有悠久的将来，而且一定是光明的将来。

华盖集续编/记谈话（1926·10·2）

●8-27-135-13

中国经了许多战士的精神和血肉的培养，却的确长出了一点先前所没有的幸福的花果来，也还有逐渐生长的希望。

而已集/黄花节的杂感（1927·3·29）

●8-27-135-14

野牛成为家牛，野猪成为猪，狼成为狗，野性是消失了，但只足使牧人喜欢，于本身并无好处。人不过是人，不再夹杂着别的东西，当然再好没有了。倘不得已，我以为还不如带些兽性……

而已集/略论中国人的脸（1927·10·25）

●8-27-135-15

要别人承认是人，总须自己本国里先争得人格。

集外集拾遗补编/《“行路难”》按语（1928·1·28）

●8-27-135-16

小民虽然不学，见事也许不明，但知道关于本身利害时，何尝不会团结。先前有跪香*，民变，造反；现在也还有请愿之类。

〖释：“跪香”，旧时老百姓向官府鸣冤、告状的一种方式，手持燃香，跪于衙门前或街头。〗

南腔北调集/沙（1933·8·15）

●8-27-135-17

万家墨面*没蒿莱，敢有歌吟动地哀*。

心事浩茫连广宇，于无声处听惊雷。

〖释：“墨面”，《淮南子·览冥训》：“美人挐首墨面而不容。”/“歌吟动地哀”，唐代李商隐《瑶池》：“瑶池阿母绮窗开，黄竹歌声动地哀。”按《黄竹》相传为周穆王所作的诗，据《穆天子传》载，周穆王猎于苹泽，“日中大寒，北风雨雪，有冻人，天子作诗三章以哀民。”〗

集外集拾遗/无题（1934·5·30）

●8-27-135-18

我们有并不失掉自信力的中国人在。

且介亭杂文/中国人失掉自信力了吗（1934·10·20）

●8-27-135-19

要论中国人，必须不被搽在表面的自欺欺人的脂粉所诓骗，却看看他的筋骨和脊梁。自信力的有无，状元宰相的文章是不足为据的，要自己去看地底下。

且介亭杂文/中国人失掉自信力了吗（1934·10·20）

●8-27-135-20

刚刚接到本日的《大美晚报》，有“北平特约通讯”，记学生游行，被警察水龙喷射，棍击刀砍，一部分则被闭于城外，使受冻馁，“此时燕冀中学师大附中及附近居民纷纷组织慰劳队，送水烧饼馒头等食物，学生略解饥肠……”谁说中国的老百姓是庸愚的呢，被愚弄诓骗压迫到现在，还明白如此。

且介亭杂文二集/“题未定”草〔九〕（1936·1–2）

●8-27-135-21

日本国民性，的确很好，但最大的天惠，是未受蒙古之侵入；我们生于大陆，早营农业，遂历受游牧民族之害，历史上满是血痕，却竟支撑以至今日，其实是伟大的。但我们还要揭发自己的缺点，这是意在复兴，在改善……

书信/致尤炳圻（1936·3·4）

●8-27-135-22

不看“辱华影片”*，于自己是并无益处的，不过自己不看见，闭了眼睛浮肿着而已。但看了而不反省，却也并无益处。我至今还在希望有人翻出斯密斯的《支那人气质》来，看了这些，而自省，分析，明白那几点说的对，变革，挣扎，自做工夫，却不求别人的原谅和称赞，来证明究竟怎样的是中国人。

〖释：“辱华影片”，二十年代末至三十年代在上海等中国城市上映过美国影片《月宫盗宝》、《上海快车》等影片，有侮辱中国人的情节〗

且介亭杂文末编/“立此存照”〔三〕（1936·10·5）

（136）中国的脊梁

我们中国，确有许多“威武不能屈，贫贱不能移”的必说真话的人们。

●8-27-136-1

有人说：有些胜利者，愿意敌手如虎，如鹰，他才感得胜利的欢喜；假使如羊，如小鸡，他便反觉得胜利的无聊。又有些胜利者，当克服一切之后，看见死的死了，降的降了，“臣诚惶诚恐死罪死罪”，他于是没有了敌人，没有了对手，没有了朋友，只有自己在上，一个，孤另另，凄凉，寂寞，便反而感到了胜利的悲哀。

呐喊/阿Q正传（1921·12·4–1922·2·12）

●8-27-136-2

我每看运动会时，常常这样想：优胜者固然可敬，但那虽然落后而仍非跑至终点不止的竞技者，和见了这样竞技者而肃然不笑的看客，乃正是中国将来的脊梁。

华盖集/这个与那个（1925·12）

●8-27-136-3

我们从古以来，就有埋头苦干的人，有拚命硬干的人，有为民请命的人，有舍身求法的人，……虽是等于为帝王将相作家谱的所谓“正史”，也往往掩不住他们的光耀，这就是中国的脊梁。

这一类的人们，就是现在也何尝少呢？他们有确信，不自欺；他们在前仆后继的战斗，不过一面总在被摧残，被抹杀，消灭于黑暗中，不能为大家所知道罢了。说中国人失掉了自信力，用以指一部分人则可，倘若加于全体，那简直是诬蔑。

且介亭杂文/中国人失掉自信力了吗（1934·10·20）

●8-27-136-4

我们中国，确有许多“威武不能屈，贫贱不能移”的必说真话的人们。

且介亭杂文末编/记苏联版画展览会（1936·2·24）

●8-27-136-5

那切切实实，足踏在地上，为着现在中国人的生存而流血奋斗者，我得引为同志，是自以为光荣的。

且介亭杂文末编/答托洛斯基派的信（1936·7）

第九章 文坛与政治

第二十八节 文坛与文人

中国的文坛上，人渣本来多。

(137) 文坛—“文摊”

现在不过用男作家，女作家来替代了倡优，或捧或骂，算是在文坛上做工夫。

●9-28-137-1

至于文坛上，我觉得现在似乎还没有战士，那些批评家虽然其中也难免有有名无实之辈，但还不至于可厌到像苍蝇。

集外集拾遗/这是这么一个意思（1925·4·3）

●9-28-137-2

中国现今文坛（?）的状态，实在不佳，但究竟做诗及小说者尚有人。最缺少的是“文明批评”的“社会批评”，我之以《莽原》起哄，大半也就为得想引出些新的这样的批评者来，虽在割去敝舌之后，也还有人说话，继续撕去旧社会的假面。可惜现在所收的稿子，也还是小说多。

两地书/原信·十七〔北京〕（1925·4·28）

●9-28-137-3

诗歌小说虽有人说同是天才即不妨所见略同，所作相像＊，但我以为究竟也以独创为贵……

〖释：“同是天才即不妨所见略同……”，是当时陈西滢为其恋人凌叔华的剽窃行为辩解时所持“逻辑”。〗

华盖集续编/不是信（1926·2·8）

●9-28-137-4

按：瑞典斯文赫定当时来华，与刘半农商议诺贝尔文学奖候选人提名事。刘半农曾通过台静农征求鲁迅的意见。

我觉得中国实在还没有可得诺贝尔赏金的人，瑞典最好是不要理我们，谁也不给。倘因为黄色脸皮人，格外优待从宽，反足以长中国人的虚荣心，以为真可与别国大作家比肩了，结果将很坏。

书信/致台静农（1927·9·25）

●9-28-137-5

专挂招牌，不讲货色，中国大抵如斯。

书信/致李秉中（1928·4·9）

●9-28-137-6

上海去年嚷了一阵革命文学，由我看来，那些作品，其实都是小资产阶级观念的产物，有些则简直是军阀脑子。今年大约要改嚷恋爱文学了，已有《惟爱丛书》＊和《爱经》＊豫告出现，“美的书店”（张竞生＊的）也又开张，恐怕要发生若干小 Sanin＊罢，但自然仍挂革命家的招牌。

〖释：《惟爱丛书》，1929 年 3 月 24 日《申报》广告称“唯爱社出版”一套二十种关于“爱”、“女”、“接吻”和“恋爱术”的书。/《爱经》，古罗马诗人奥维德的长诗。/“‘美的书店’（张竞生的）”，张竞生（1888－1970），广东饶平人。法国巴黎大学哲学博士，曾任北京大学教授。著有《美的人生观》、《美的社会组织法》等。

1927年在上海开设“美的书店”。较早在中国传播近代性学，出版性文化书籍。/Sanin：沙宁，俄国作家阿尔志跋绥夫的长篇小说《沙宁》中的主人公，一个否定道德和理想，主张满足自身欲望的人物。〗

书信/致韦素园（1929·4·7）

●9-28-137-7

在文学也一样，我们知道得太不多，而帮助我们知识的材料也太少。梁实秋有一个白璧德，徐志摩有一个泰戈尔，胡适之有一个杜威*，——是的，徐志摩还有一个曼殊斐儿，他到她坟上去哭过*，——创造社有革命文学，时行的文学。

〖释：杜威（1859－1952），美国实用主义哲学家。胡适是杜威学说的鼓吹者，并在杜威来华讲学时为之担任过翻译。/“徐志摩……到她坟上去哭过”，徐志摩在《自剖集·欧游漫记》中说自己曾在法国上过曼殊斐儿（曼斯菲尔德）的坟云。〗

三闲集/现今的新文学的概观（1929·4·25）

●9-28-137-8

我想，此地之先前和“正人君子”战斗之诸公，倘不自己小心，怕就也要变成“正人君子”了。各种劳劳，从我看来，很可不必。我自从到北平后，觉得非常自在，于他们一切言动，甚为漠然……

两地书/原信·一四六〔北平－上海〕（1929·5·30）

●9-28-137-9

多少伟大的招牌，去年以来，在文摊上都挂过了，但不到一年，便以变相和无物，自己告发了全盘的欺骗，中国如果还会有文艺，当然先要以这样直说自己所本有的内容的著作，来打退骗局以后的空虚。

三闲集/叶永蓁作《小小十年》小引（1929·8·15）

●9-28-137-10

看广告的种类，大概是就可以推见这刊物的性质的。……虽是打着“革命文学”旗子的小报，只要有那上面的广告大半是花柳药和饮食店，便知道作者和读者，仍然和先前的专讲妓女戏子的小报的人们同流，现在不过用男作家，女作家来替代了倡优，或捧或骂，算是在文坛上做工夫。

三闲集/我和《语丝》的始终（1930·2·1）

●9-28-137-11

中国历来的文坛上，常见的是诬陷，造谣，恐吓，辱骂，翻一翻大部的历史，就往往可以遇见这样的文章，直到现在，还在应用，而且更加厉害。但我想，这一份遗产，还是都让给叭儿狗文艺家去承受罢，我们的作者倘不竭力的抛弃了它，是会和他们成为“一丘之貉”的。

南腔北调集/辱骂和恐吓决不是战斗（1932·12·15）

●9-28-137-12

按：此文系戏谈“文摊秘诀”。

一，须竭力巴结书坊老板，受得住气。

二，须多谈胡适之之流，但上面应加“我的朋友”四字，但仍须讥笑他几句。

三，须设法办一份小报或期刊，竭力将自己的作品登在第一篇，目录用二号字。

四，须设法将自己的照片登载杂志上，但片上须看见玻璃书箱一排，里面都是洋装书，而自己则作伏案看书，或默想之状。

五，须设法证明墨翟是一只黑野鸡*，或杨朱是澳洲人，并且出一本“专号”。

六，须编《世界文学家辞典》一部，将自己和老婆儿子，悉数详细编入。

七，须取《史记》或《汉书》中文章一二篇，略改字句，用自己的名字出版，同时又编《世界史学家辞典》一部，办法同上。

八，须常常透露目空一切的口气。

九，须常常透露游欧或游美的消息。

十，倘有人作文攻击，可说明此人曾来投稿，不予登载，所以挟嫌报复。

〖释："设法证明墨翟是一只黑野鸡"，这是讽刺顾颉刚关于"禹是一条虫"的"考证"。按"翟"字本义是长尾野鸡，"禹"字本义为虫。〗

集外集拾遗补编/文摊秘诀十条（1933·3·20）

●9-28-137-13

一个题目，做来做去，文章是要做完的，如果再要出新花样，那就使人会觉得不是人话。然而只要一步一步的做下去，每天又有帮闲的敲边鼓，给人们听惯了，就不但做得出，而且也行得通。

伪自由书/文章与题目（1933·5·5）

●9-28-137-14

无论中外，文坛上是总归有些混乱，使文雅书生看得要"悲观"的。但也总归有许多所谓文人和文章也者一定灭亡，只有配存在者存在，以证明文坛也总归还是干净的处所。

准风月谈/"中国文坛的悲观"（1933·8·14）

●9-28-137-15

近来的诬陷，倒像是颇为出色的花样，但其实也并不比古时候更厉害，证据是清初大兴文字之狱的遗闻。况且闹这样玩意的，其实并不完全是文人，十中之九，乃是挂了招牌，而无货色，只好化为黑店，出卖人肉馒头的小盗；即使其中偶然有曾经弄过笔墨的人，然而这时却正是露出原形，在告白他自己的没落，文坛决不因此混乱，倒是反而越加清楚，越加分明起来了。

准风月谈/"中国文坛的悲观"（1933·8·14）

●9-28-137-16

历史决不倒退，文坛是无须悲观的。悲观的由来，是在置身事外不辨是非，而偏要关心于文坛，或者竟是自己坐在没落的营盘里。

准风月谈/"中国文坛的悲观"（1933·8·14）

●9-28-137-17

中国要作家，要"文豪"，但也要真正的学究。

准风月谈/我们怎样教育儿童的？（1933·8·18）

●9-28-137-18

按：1933年5月出版的《文坛登龙术》一书，叙述当时文坛上的投机取巧现象。"文坛……不致于会要招女婿"是他在该书中的话。

文坛虽然"不致于会要招女婿"，但女婿却是会要上文坛的。

术曰：要登文坛，须阔太太，遗产必需，官司莫怕。穷小子想爬上文坛去，有时虽然会侥幸，终究是很费力气的；做些随笔或茶话之类，或者也能够捞几文钱，但究竟随人俯仰。最好是有富岳家，有阔太太，用赔嫁钱，作文学资本，笑骂随他笑骂，恶作我自印之。"作品"一出，头衔自来，赘婿虽能被妇家所轻，但一登文坛，即声价十倍，太太也就高兴，不至于自打麻将，连眼梢也一动不动了，这就是"交相为用"。

准风月谈/登龙术拾遗（1933·9·1）

●9-28-137-19

上海也冷起来了，天常阴雨。文坛上是乌烟瘴气，与"天气"相类。

书信/致姚克（1933·11·5）

●9-28-137-20

海上"文摊"之状极奇，我生五十余年矣，如此怪像，实是第一次看见，倘使自己不是中国人，倒也有趣，这真是所谓Grotesque『注：英语"古怪的"、"荒诞的"』，眼福不浅也，但现在则颇不舒服，如身穿一件未曾晒干之小衫，说是苦痛，并不然，然说是没有什么，又并不然也。

书信/致郑振铎（1933·11·11）

●9-28-137-21

目下的刊物上，虽然常见什么"父子作家"

“夫妇作家”的名称，仿佛真能从遗嘱或情书中，密授一些什么秘诀一样，其实乃是肉麻当有趣，妄将做官的关系，用到作文上去了。

南腔北调集/作文秘诀（1933·12·15）

●9-28-137-22

上海文坛……近二年来，一切无耻无良之事，几乎无所不有，“博士”“学者”诸尊称，早已成为恶名，此后则“作家”之名，亦将为稍知自爱者所不乐受。近颇自憾未习他业，不能改图，否则虽驱车贩米，亦较作家干净，因驱车贩米，不过车夫与小商人而已，而在“作家”一名之中，则可包含无数恶行也。

书信/致姚克（1934·4·12）

●9-28-137-23

居此已近五年，文坛之堕落，实为前此所无见，好像也不能再堕落了。

书信/致郑振铎（1934·6·2）

●9-28-137-24

上海之所谓作家，鬼蜮多得很……“作家”之变幻无穷，一面固觉得是文坛之不幸，一面也使真相更分明，凡有狐狸，尾巴终必露出，而且新进者也在多起来，所以不必悲观的。

书信/致杨霁云（1934·5·31）

●9-28-137-25

中国的文坛上，人渣本来多。近十年中，有些青年，不乐科学，便学文学；不会作文，便学美术，而又不肯练画，则留长头发，放大领结完事，真是乌烟瘴气。假使中国全是这类人，实在怕不免于糟。

书信/致杨霁云（1934·6·3）

●9-28-137-26

我们的读书界，是爱平和的多，一见笔战，便是什么“文坛的悲观”呀，“文人相轻”呀，甚至于不问是非，统谓之“互骂”，指为“漆黑一团糟”。果然，现在是听不见说谁是批评家了。

花边文学/看书琐记〔三〕（1934·8·23）

●9-28-137-27

竟有人给文学也攀起亲来了，他说女人的才力，会因与男性的肉体关系而受影响*，并举欧洲的几个女作家，都有文人做情人来作证据。……世界文学史上，有多少中国所谓“父子作家”“夫妇作家”那些“肉麻当有趣”的人物在里面？因为文学和梅毒不同，并无霉菌，决不会由性交传给对手的。

〖释：“女人的才力会因与男性的肉体关系而受影响”云，见1934年8月29日天津《庸报·另外一页》发表署名“山”的《评日本女作家——思想转移多与生理有关系》一文，其中说：“女流作家多分地接受着丈夫的暗示。在生理学上，女人与男人交合后，女人的血液中，即存有了男人的素质，而且实际在思想上也沾染了不少的暗示。”〗

花边文学/中秋二愿（1934·9·28）

●9-28-137-28

文坛上的事件还多得很：献检查之秘计，施离析之奇策，起谣诼兮中权*，藏真实兮心曲，立降幡于往年，温故交于今日……

〖释：“中权”，古代军队主将所在的中军。〗

准风月谈/后记（1934·10·16）

●9-28-137-29

现在文坛的无政府情形，当然很不好，而且坏于此的恐怕也还有，但我看这情形是不至于长久的。分裂，高谈，故作激烈等等，四五年前也曾有过这现象，左联起来，将这压下去了，但病根未除，又添了新分子，于是现在老病就复发。

书信/致萧军、萧红（1934·12·10）

●9-28-137-30

我不明教育界情形，至于文坛，则龌龊琐鄙，真足以令人失笑。有救人之英雄，亦有杀人之英雄，世上通例，但有作文之文学家，而又有禁人作文之“文学家”，则似中国所独有也。脸皮之厚，世上无两，尚足与之理论乎。

书信/致郑振铎（1935·1·9）

●9-28-137-31

文字请此辈去检查，本是犯不上的事情，但商店为营业起见，也不能深责，只好一面听其检查，不如意，则自行重印耳。

书信/致杨霁云（1935·2·4）

●9-28-137-32

文滩上的风波，总是容易起，容易完，倘使不容易完，也真的不便当。

且介亭杂文二集/“京派”和“海派”（1935·5·5）

●9-28-137-33

凡有弄弄笔墨的人们，他先前总有一点凭借：不是祖遗的正在少下去的钱，就是父积的还在多起来的钱。要不然，他就无缘读书识字。现在虽然有了识字运动，我也不相信能够由此运出作家来。所以这文坛，从阴暗这方面看起来，暂时大约还要被两大类子弟，就是“破落户”和“暴发户”所占据。

且介亭杂文二集/文坛三户（1935·7）

●9-28-137-34

专仗笔墨的作者，首先还得求之于破落户中。……你们剑拔弩张，汗流浃背，到底做成了些什么呢？惟我的颓唐相，是“十年一觉扬州梦”『注：唐代诗人杜牧《遣怀》诗句』，惟我的破衣上，是“襟上杭州旧酒痕”『注：唐代诗人白居易《故衫》诗句』，连懒态和污渍，也都有历史的甚深意义的。可惜俗人不懂得，于是他们的杰作上，就大抵放射着一种特别的神采，是：“顾影自怜”。

且介亭杂文二集/文坛三户（1935·7）

●9-28-137-35

暴发户作家……究竟显得浅薄，而且装腔，学样。房里会有断句的诸子，看不懂；案头也会有石印骈文，读不断。也会嚷“襟上杭州旧酒痕”呀，但一面又别人疑心他穿破衣，总得设法表示他所穿的乃是笔挺的洋服或簇新的绸衫；也会说“十年一觉扬州梦”的，但其实倒是并不挥霍的好品行，因为暴发户之于金钱，觉得比懒态和污渍更有历史的甚深的意义。

且介亭杂文二集/文坛三户（1935·7）

●9-28-137-36

破落户的颓唐，是掉下来的悲声，暴发户的做作的颓唐，却是“爬上去”的手段。所以那些作品，即使摹拟到和破落户的杰作几乎相同，但一定还差一尘：他其实并不“顾影自怜”，倒在“沾沾自喜”。

且介亭杂文二集/文坛三户（1935·7）

●9-28-137-37

风雅的定律，一个人离开“本色”，是就要“俗”的。不识字人不算俗，他要掉文，又掉不对，就俗；富家儿郎也不算俗，他要做诗，又做不好，就俗了。

且介亭杂文二集/文坛三户（1935·7）

●9-28-137-38

暴发户爬上文坛，固然未能免俗，历时既久，一面持筹握算，一面诵诗读书，数代以后，就雅起来，待到藏书日多，藏钱日少的时候，便有做真的破落户文学的资格了。然而时势的飞速的变化，有时能不给他这许多修养的工夫，于是暴发不久，破落随之，既“沾沾自喜”，也“顾影自怜”，但却又失去了“沾沾自喜”的确信，可又还没有配得“顾影自怜”的风姿，仅存无聊，连古之所谓雅俗也说不上了。向来无定名，我姑且名之为“破落暴发户”罢。这一户，此后是恐怕要多起来的。但还要有变化：向积极方面走，是恶少；向消极方面走，是瘪三。

使中国的文学有起色的人，在这三户之外。

且介亭杂文二集/文坛三户（1935·7）

●9-28-137-39

有人说中国是“文字国”，有些像，却还不充足，中国倒该说是最不看重文字的“文字游戏国”，一切总爱玩些实际以上的花样，把字和词的界说，闹得一团糟，弄到暂时非把“解放”解作“孥戮”*，“跳舞”解作“救命”*不可。捣一场小乱子，就是伟人，编一本教科书，就是学者，造几条文坛消息，就是作家。于是比较自爱的人，一听到这些冠冕堂皇的名目就骇怕了，竭力逃避。逃名，其实是爱名的，逃的是这一团糟的名，不愿意酱在那里面。

〖释：“孥戮”，语出《尚书·甘誓》：“予则孥戮汝”。据颜师古释：“按孥戮者，或以为奴，或加刑戮，无有所赦耳。”／“‘跳舞’解作‘救命’”，当时上海报纸上有大字广告曰“看救命去！”实则是“照例的‘筹赈水灾游艺大会’”，“化洋五角，救人一命，……一举两得，何乐不为”，钱是要拿去救命的，不过所“看”的其实是游艺，并不是“救命”。〗

且介亭杂文二集/逃名（1935·9·5）

●9-28-137-40

上海滩上，却依然有人在“掏腰包”*，造消息，或自称“言行一致”*，或大呼“冤哉枉也”，或拖明朝死尸搭台*，或请现存古人喝道，或自收自己的大名入辞典中，定为“中国作家”*，或自编自己的作品入画集里，名曰“现代杰作”*——忙忙碌碌，鬼鬼祟祟，煞是好看。

〖释：“掏腰包”，杨邨人、杜衡等1935年5月创办《星火》月刊，称资金全系从自己生活费中节省下来的。／“言行一致”，是施蛰存1934年9月的自诩。／“拖明朝死尸搭台”，指林语堂、刘大杰标点明人小品。／“收自己的大名入辞典中，定为‘中国作家’”，顾凤城1932年编《中外文学家辞典》，将自己编入。／“自编自己的作品入画集里，名曰‘现代杰作’”，刘海粟编《世界名画》（中华书局出版），所收都是近代外国著名画家的作品，每人一集。其中第二集是他自己的画，由傅雷编辑。〗

且介亭杂文二集/逃名（1935·9·5）

●9-28-137-41

有的卖富*，说卖稿的文人的作品，都是要不得的；有人指出了他的诗思不过在太太的奁资中，就有帮闲的来说这人是因为得不到这样的太太，恰如狐狸的吃不到葡萄，所以只好说葡萄酸。有的卖穷*，或卖病，说他的作品是挨饿三天吐血十口，这才做出来的，所以与众不同。有的卖穷和富，说这刊物是因为受了文阀文僚的排挤，自掏腰包，忍痛印出来的，所以又与众不同。有的卖孝*，说自己做这样的文章，是因为怕父亲将来吃苦的缘故，那可更了不得，价值简直和李密的《陈情表》*不相上下了。有的就是衔烟斗，穿洋服，唉声叹气，顾影自怜，老是记着自己的韶年玉貌的少年哥儿，这里和“卖老”相对，姑且叫他“卖俏”罢。

〖释：“卖富”，指邵洵美。据说他开书店、办刊物均仰仗岳家资财。／“卖穷”，指杨邨人、杜衡等。他们办刊自称是省下生活费支付印刷费。／“卖孝”，指杨邨人。1933年他宣布“脱离中国共产党”时的理由是为“老父”和“家人”着想。／《陈情表》，晋武帝征李密（224－287）为官，他上《陈情表》以与祖母相依为命为由固辞。〗

且介亭杂文二集/六论“文人相轻”——二卖（1935·10）

●9-28-137-42

作家一排一排的坐着，将来使人笑，使人怕，还是使人“厌倦”呢？——现在也很难测定。

且介亭杂文二集/逃名（1935·9·5）

●9-28-137-43

中国各业，多老牌子，文坛并不然，创作了几年，就或者做官，或者改样，或者教书，或者卷逃，或者经商，或者造反，或者送命……不见了。

且介亭杂文二集/六论“文人相轻”——二卖（1935·10）

●9-28-137-44

中国的文坛虽然幼稚，昏暗……但有辨别力的也不少，而且还在多起来。所以专门“卖老”，是不行的，因为文坛究竟不是养老堂，又所以专门“卖俏”，也不行的，因为文坛究竟也不是妓院。

且介亭杂文二集/六论“文人相轻”——二卖(1935·10)

●9-28-137-45

现在许多新作家的努力之作，……偶或为读者所发现，销上一二千部，便什么“名利双收”呀，“不该回来”呀，“叽哩咕噜”呀，群起而打之，惟恐他还有活气，一定要弄到此后一声不响，这才算天下太平，文坛万岁。

且介亭杂文末编/《出关》的“关”(1936·5)

●9-28-137-46

此地文坛，依然乌烟瘴气，想乘这次风潮，成名立业者多，故清涤甚难。

书信/致曹靖华(1936·10·17)

(138) 传统文人与文人传统

文人的性质，是颇不好的，因为他智识思想，都较为复杂，而且处在可以东倒西歪的地位，所以坚定的人是不多的。

●9-28-138-1

中国的文人，对于人生，——至少是对于社会现象，向来就多没有正视的勇气。我们的圣贤，本来早已教人“非礼勿视”的了；而这“礼”又非常之严，不但“正视”，连“平视”“斜视”也不许。

坟/论睁了眼看(1925·8·3)

●9-28-138-2

由本身的矛盾或社会的缺陷所生的苦痛，虽不正视，却要身受的。文人究竟是敏感人物，从他们的作品上看来，有些人确也早已感到不满，可是一到快要显露缺陷的危机一发之际，他们总即刻连说“并无其事”，同时便闭上了眼睛。

坟/论睁了眼看(1925·8·3)

●9-28-138-3

中国的文人……万事闭眼睛，聊以自欺，而且欺人，那方法是：瞒和骗。

坟/论睁了眼看(1925·8·3)

●9-28-138-4

古人说，不读书便成愚人，那自然也不错的。然而世界却正由愚人造成，聪明人决不能支持世界，尤其是中国的聪明人。

坟/写在《坟》后面(1926·11)

●9-28-138-5

文学家弄得好，做几篇文章，也许能够称誉于当时，或者得到多少年的虚名罢，——譬如一个烈士的追悼会开过之后，烈士的事情早已不提了，大家倒传诵着谁的挽联做得好：这实在是一件很稳当的买卖。

而已集/革命时代的文学(1927·6·12)

●9-28-138-6

季札说：“中国之君子，明于礼义而陋于知人心。”＊这是确的，大凡明于礼义，就一定要陋于知人心的，所以古代有许多人受了很大的冤枉。

〖释：“……明于礼义而陋于知人心”，语出《庄子·田子方》，系春秋时楚人温伯(字雪子)语。鲁迅误记为季札。〗

而已集/魏晋风度及文章与药及酒之关系(1927·8)

●9-28-138-7

弄文艺的人们大抵敏感，时时也感到，而且防着自己的没落，如漂浮在大海里一般，拼命向各处抓攫。

三闲集/“醉眼”中的朦胧(1928·3·12)

●9-28-138-8

我并不希望做文章的人去直接行动，我知道做文章的人是大概只能做文章的。

三闲集/“醉眼”中的朦胧（1928·3·12）

●9-28-138-9

“文人”这一块大招牌，是极容易骗人的。虽在现在，社会上的轻贱文人，实在还不如所谓“文人”的自轻自贱之甚。

伪自由书/后记·驳“文人无行”（1933·7·20）

●9-28-138-10

练了多年的军人，一声鼓响，突然都变了无抵抗主义者。于是远路的文人学士，便大谈什么“乞丐杀敌”，“屠夫成仁”，“奇女子救国”一流的传奇式古典，想一声锣响，出于意料之外的人物来“为国争光”。……但还没有提起剑仙的一道白光，总算还是切实的。

二心集/新的“女将”（1931·11·20）

●9-28-138-11

有些梦为隐士，梦为渔樵，和本相全不相同的名人，其实也只是豫感饭碗之脆，而却想将吃饭范围扩大起来，从朝廷而至园林，由洋场及于山泽……

南腔北调集/听说梦（1933·4·15）

●9-28-138-12

古之秀才，自以为无所不晓，于是有“秀才不出门，而知天下事”这自负的漫天大谎，小百姓信以为真，也就渐渐的成了谚语，流行开来。其实是“秀才虽出门，不知天下事”的。秀才只有秀才头脑和秀才眼睛，对于天下事，那里看得分明，想得清楚。

南腔北调集/谚语（1933·7·15）

●9-28-138-13

中国自南北朝以来，凡有文人学士，道士和尚，大抵以“无特操”为特色的。

准风月谈/吃教（1933·9·29）

●9-28-138-14

“山梁雌雉，时哉时哉!”『注：语出《论语·乡党》』东西是自有其时候的。

圣经，佛典，受一部分人们的奚落已经十多年了，“觉今是而昨非”『注：语见晋代陶渊明《归去来兮辞》』，现在就是复兴的时候。关岳『注：指关羽和岳飞』，是清朝屡经封赠的神明，被民元革命所闲却；从新记得，是袁世凯的晚年，但又和袁世凯一同盖了棺；而第二次从新记得，则是在现在。

这时候，当然要重文言，掉文袋，标雅致，看古书。

如果是小家子弟，则纵使外面怎样大风雨，也还要勇往直前，拚命挣扎的，因为他没有安稳的老巢可归，只得向前干。虽然成家立业之后，他也许修家谱，造祠堂，俨然以旧家子弟自居，但这究竟是后话。倘是旧家子弟呢，为了逞雄，好奇，趋时，吃饭，固然也未必不出门，然而只因为一点小成功，或者一点小挫折，都能够使他立刻退缩。这一缩而且缩得不小，简直一退回家，更坏的是他的家乃是一所古老破烂的大宅子。

这大宅子里有仓中的旧货，有壁角的灰尘，一时实在搬不尽。倘有坐食的余闲，还可以东寻西觅，那就修破书，擦古瓶，读家谱，怀祖德……如果是穷极无聊了，那就更要修破书，擦古瓶，读家谱，怀祖德，甚而至于翻肮脏的墙根，开空虚的抽屉，想发见连他自己也莫名其妙的宝贝，来救这无法可想的贫穷。这两种人……都正在古董中讨生活，所以那主张和行为，便无不同，而声势也好像见得浩大了。

于是就又影响了一部分的青年们，以为在古董中真可以寻出自己的救星。他看看小康者，是这么闲适，看看急迫者，是这么专精，这，就总应该有些道理。会有仿效的人，是当然的。然而，时光也绝不留情，他将终于得到一个空虚，急迫者是妄想，小康者是玩笑。

花边文学/正是时候（1934·6·26）

●9-28-138-15

秀才想造反，一中举人，便打官话了。

书信/致曹聚仁（1934·7·29）

●9-28-138-16

假如文字真的毫无什么力，那文人真是废物一枚，寄生虫一条了。他的文学观，就是废物或寄生虫的文学观。

华盖集拾遗补编/势所必至，理有固然〔手稿〕（1934?）

●9-28-138-17

文人的性质，是颇不好的，因为他智识思想，都较为复杂，而且处在可以东倒西歪的地位，所以坚定的人是不多的。

书信/致萧军、萧红（1934·12·10）

●9-28-138-18

为什么要留情面？留情面是中国文人最大的毛病。

书信/致萧军、萧红（1935·1·4）

●9-28-138-19

中国的有一些士大夫，总爱无中生有，移花接木的造出故事来，他们不但歌颂升平，还粉饰黑暗。……大至胡元杀掠，满清焚屠之际，也还会有人单单捧出什么烈女绝命，难妇题壁的诗词来，这个艳传，那个步韵，比对于华屋丘墟，生民涂炭之惨的大事情还起劲。到底是刻了一本集，连自己们都附进去，而韵事也就完结了。

且介亭杂文/病后杂谈（1935·2）

●9-28-138-20

隐士，历来算是一个美名，但有时也当作一个笑柄。最显著的，则有刺陈眉公＊的“翩然一只云中鹤，飞去飞来宰相衙”＊的诗，至今也还有人提及。

〖释：陈眉公，即陈继儒（1558－1639），明代文学家、书画家，号眉公。华亭（今上海松江）人。自命隐士，居住小昆山，而又周旋官绅间。/“翩然”句，清代蒋士铨所作传奇《临川梦·隐奸》一首出场诗的末两句。按松江古名云间，所以此诗曾被人认为是讽刺陈眉公的。1935年1月16日《申报·自由谈》载再青（即阿英）的文章曾引用此诗。〗

且介亭杂文二集/隐士（1935·2·20）

●9-28-138-21

古今著作，足以汗牛而充栋，但我们可能找出樵夫渔父的著作来？他们的著作是砍柴和打鱼。至于那些文士诗翁。自称什么钓徒樵子的，倒大抵是悠游自得的封翁＊或公子，何尝捏过钓竿或斧头柄。

〖释：“封翁”，封建时代因子孙显贵而受到封典的长者。〗

且介亭杂文二集/隐士（1935·2·20）

●9-28-138-22

汉唐以来，实际上是入仕并不算鄙，隐居也不算高，而且也不算穷，必须欲“隐”而不得，这才看作士人的末路。唐末有一位诗人左偃＊，自述他悲惨的境遇道：“谋隐谋官两无成”，是用七个字道破了所谓“隐”的秘密。

〖释：左偃，南唐诗人。“谋隐谋官两无成”，出其《寄韩侍郎》，原句“谋身谋隐两无成”。〗

且介亭杂文二集/隐士（1935·2·20）

●9-28-138-23

“谋隐”无成，才是沦落，可见“隐”总和享福有些相关，至少是不必十分挣扎谋生，颇有悠闲的余裕。但赞颂悠闲，鼓吹烟茗＊，却又是挣扎之一种，不过挣扎得隐藏一些。虽隐，也仍然要啖饭，所以招牌还是要油漆，要保护的。

〖释：“赞颂悠闲，鼓吹烟茗”，周作人、林语堂等人长期提倡悠闲情趣。林语堂1934年创办《人间世》半月刊，大力鼓吹“以闲适为格调”的小品文。他办的《人间世》、《论语》等刊物上，

经常登载"赞颂悠闲，鼓吹烟茗"的文字。〗

且介亭杂文二集/隐士（1935·2·20）

●9-28-138-24

泰山崩，黄河溢，隐士们目无见，耳无闻，但苟有议及自己们或他的一伙的，则虽千里之外，半句之微，他便耳聪目明，奋袂而起，好像事件之大，远胜于宇宙之灭亡者，也就为了这缘故。其实和苍蝇也何尝有什么相关＊。

〖释："宇宙……苍蝇"，《人间世》的"发刊词"宣称该刊内容"包括一切，宇宙之大，苍蝇之微，皆可取材，故名之为人间世。"〗

且介亭杂文二集/隐士（1935·2·20）

●9-28-138-25

生一点病，的确也是一种福气。不过这里有两个必要条件：一要病是小病，并非霍乱吐泻，黑死病，或脑膜炎之类；二要至少手头有一点现款，不至于躺一天，就饿一天。这二者缺一，便是俗人，不足与言生病之雅趣的。

且介亭杂文/病后杂谈（1935·2－12）

●9-28-138-26

我们中国的作者里面，也曾经有过很有些骨气的人。

且介亭杂文/病后杂谈之余（1935·3）

●9-28-138-27

你无论遇见谁，应该赶紧打拱作揖，让坐献茶，连称"久仰久仰"才是。这自然也许未必全无好处，但做文人做到这地步，不是很有些近乎婊子了么？

且介亭杂文二集/再论"文人相轻"（1935·6）

●9-28-138-28

名人的流毒，在中国却较为利害，这还是科举的余波。那时候，儒生在私塾里揣摩高头讲章，和天下国家何涉，但一登第，真是"一举成名天下知"，他可以修史，可以衡文，可以临民，可以治河；到清朝之末，更可以办学校，办煤矿，练新军，造战舰，条陈新政，出洋考察了。成绩如何呢，不待我多说。

且介亭杂文二集/名人和名言（1935·7·20）

●9-28-138-29

自己一面点电灯，坐火车，吃西餐，一面却骂科学，讲国粹，确是所谓"士大夫"的坏处。印度的甘地＊，是反英的，他不但不用英国货，连生起病来，也不用英国药，这才是"言行一致"。但中国的读书人，却往往只讲空话，以自示其不凡了。

书信/致阮善先（1936·2·15）

(139)"文人无行"

社会上的轻贱文人，实在还不如所谓"文人"的自轻自贱之甚。

●9-28-139-1

我以为中国之所谓道德家的神经，自古以来，未免过敏而又过敏了，看见一句"意中人"＊，便即想到《金瓶梅》，看见一个"瞟"字，便即穿凿到别的事情上去。然而一切青年的心，却未必如此不净，则即使授受不亲，后来也就会瞟，以至于瞟以上的等等事……

〖释："意中人"，明代"淫书"《金瓶梅》卷首有"意中人"三字。此外，汪静之1922年8月出版的新诗《蕙的风》中也有"一步一回头瞟我意中人"句。当时曾为此引起批评和争论。《金瓶梅》是明代"兰陵笑笑生"作长篇小说，一百回，。书中有许多性描写。〗

热风/反对"含泪"的批评家（1922·11·17）

●9-28-139-2

……他以为丑，他就想遮盖住；殊不知外面遮上了，里面依然还在腐烂，倒不如不论好歹，一齐揭开来，大家看看好。往时布袋和尚＊带着一个大口袋，装些零碎东西，一遇见人，便都倒在地上道，“看看，看看。”这举动虽然难免有些发疯的嫌疑，然而在现在却是大可师法的办法。

〖释：“布袋和尚”，五代时高僧，自称契比，又号长汀子。据载：“负一大袋，中置百物，于稠人中时倾写于地曰：‘看看！’人皆目为布袋和尚，然莫能测。”〗

书信/致孙伏园（1923·6·12）

●9-28-139-3

我想，中国最不值钱的是工人的体力了，其次是咱们的所谓文章，只有伶俐最值钱。

华盖集/并非闲话〔三〕（1925·12·7）

●9-28-139-4

厌世诗人的怨人生，真是“感慨系之矣”，然而他总活着；连祖述释迦牟尼先生的哲人勖本华尔『注：通译叔本华』也不免暗地里吃一种医治什么病症的药*，不肯轻易“涅槃”。俗语说：“好死不如恶活”，这当然不过是俗人的俗见罢了，可是文人学者之流也何尝不这样。所不同的，只是他总有一面辞严义正的军旗，还有一条尤其义正辞严的逃路。

〖释：“祖述释迦牟尼……暗地里吃一种医治什么病症的药”，叔本华的思想曾受释迦牟尼的影响。他死后，从其遗物内曾发现治疗梅毒的药方。〗

华盖集续编/有趣的消息（1926·1·19）

●9-28-139-5

蜜蜂的刺，一用即丧失了它自己的生命；犬儒*的刺，一用则苟延了他自己的生命。

〖释：“犬儒”，原指古希腊昔匿克学派（Cynicism）的哲学家。他们过着禁欲的简陋的生活，被人讥诮为穷犬，因此又称犬儒学派。这些人主张独善其身，以为人应该绝对自由，否定一切伦理道德，以冷嘲热讽的态度看待一切。鲁迅1928年3月8日在给章廷谦的信中说：“犬儒＝Cynic，它那‘刺’便是‘冷嘲’。”〗

而已集/小杂感（1927·12·17）

●9-28-139-6

此地书店，旋生旋灭，大抵是投机的居多。去年用“无产阶级”做招牌，今年也许要用“女作家”做招牌*了，所登广告，简直像香烟广告一样。

现在需要肯切实出书，不欺读者的书店。

〖释：“用‘女作家’做招牌”，1929年6月，张若谷编辑的《女作家杂志》连续刊登“征求读者一万名”、“女作家征友”、“女作家杂志征求预定”等广告。〗

书信/致李霁野（1929·7·8）

●9-28-139-7

我们的古人有言，“书中自有黄金屋”*，现在渐在实现了。但后一句，“书中自有颜如玉”呢?

日报所附送的画报上，不知为了什么缘故而登载的什么女校高材生和什么女士在树下读书的照相之类，且作别论，则买书一元，赠送裸体画片的勾当，是应该举为带着颜如玉气味的一例的了。……但最露骨的是张竞生博士所开的“美的书店”，曾经对面呆站着两个年青脸白的女店员，给买主可以问她“《第三种水》*出了没有?”等类，一举两得，有玉有书。可惜“美的书店”竟遭禁止。张博士也改弦易辙，去译《卢骚忏悔录》*，此道遂有中衰之叹了。

〖释：“书中自有黄金屋”，相传为宋真宗（赵恒）所作《劝学文》中句：“读，读，读！书中自有黄金屋；读，读，读！书中自有千锺粟；读，读，读！书中自有颜如玉。”/《第三种水》，“美的书店”出版物之一。/《卢骚忏悔录》，卢骚1778年写的自传体小说〗

三闲集/书籍和财色（1930·2）

●9-28-139-8

西班牙人讲恋爱，就天天到女人窗下去唱歌，信旧教，就烧杀异端，一革命，就捣烂教堂，踢出皇帝。然而我们中国的文人学子，不是总说女人先来引诱他，诸教同源，保存庙产，宣统在革命之后，还许他许多年在宫里做皇帝吗？

二心集/中华民国的新“堂·吉诃德”们（1932·1·20）

●9-28-139-9

拾些琐事，做本随笔的是有的；改首古文，算是自作的是有的。讲一通昏话，称为评论；编几张期刊，暗捧自己的是有的。收罗猥谈，写成下作；聚集旧文，印作评传的是有的。甚至于翻些外国文坛消息，就成为世界文学史家；凑一本文学家辞典，连自己也塞在里面，就成为世界的文人的也有。然而，现在到底也都是中国的金字招牌的“文人”。

伪自由书/文人无文（1933·4·4）

●9-28-139-10

夜的降临，抹杀了一切文人学士们当光天化日之下，写在耀眼的白纸上的超然，混然，恍然，勃然，粲然的文章，只剩下乞怜，讨好，撒谎，骗人，吹牛，捣鬼的夜气，形成一个灿烂的光圈，像见于佛画上面似的，笼罩在学识不凡的头脑上。

准风月谈/夜颂（1933·6·10）

●9-28-139-11

自序难于吹牛，而别人来做，也不见得定规拍马，那自然只好解放解放，即自己替别人来给自己的东西作序……

准风月谈/序的解放（1933·7·7）

●9-28-139-12

我与中国新文人相周旋者十余年，颇觉得以古怪者为多，而漂聚于上海者，实尤为古怪，造谣生事，害人卖友，几乎视若当然，而最可怕的是动辄要你生命。但倘遇此辈，第一切戒愤怒，不必与之针锋相对，只须付之一笑，徐徐扑之。

书信/致黎烈文（1933·7·8）

●9-28-139-13

新文人大抵有“天才”气，故脾气甚大，北京上海皆然，但上海者，又加以贪滑，认真编辑，必苦于应付，我在北京见一编辑，亦新文人，积稿盈几，未尝一看，骂信蝟集，亦不为奇，久而久之，投稿者无法可想，遂皆大败，怨恨之极，但有时寄一信，内画生殖器，上题此公之名而已。此种战法，虽皆神奇，但我辈恐不能学也。

书信/致黎烈文（1933·7·14）

●9-28-139-14

中国之君子，叹人心之不古，憎匪人之逆伦，而惟恐人间没有逆伦的故事，偏要用笔铺张扬厉起来，以耸动低级趣味读者的眼目。

伪自由书/后记（1933·7·20）

●9-28-139-15

轻薄，浮躁，酗酒，嫖妓而至于闹事，偷香而至于害人，这是古来之所谓“文人无行”。然而那无行的文人，是自己要负责任的，所食的果子，是“一生潦倒”。他不会说自己的嫖妓，是因为爱国心切，借此消遣些被人所压的雄心；引诱女人之后，闹出乱子来了，也不说这是女人先来诱人的，因为她本来是婊子。他们的最了不起的辩解，不过要求对于文人，应该特别宽恕罢了。

现在的所谓文人，却没有这么没出息。时代前进，人们也聪明起来了。倘使他做过编辑，则一受别人指摘，他就会说这指摘者先前曾来投稿，不给登载，现在在报私仇；其甚者还至于明明暗暗，指示出这人是什么党派，什么帮口，要他的性命。

集外集拾遗补编/辩“文人无行”（1933·8·1）

●9-28-139-16

卑劣阴险的来源，其实却并不在“文人无行”，而还在于“文人无文”。近十年来，文学家的头衔，已成为名利双收的支票了，好名渔利之徒，就也有些要从这里下手。

集外集拾遗补编/辩“文人无行”（1933·8·1）

●9-28-139-17

"书中自有黄金屋"，早成古话，现在是"金中自有文学家"当令了。

准风月谈/登龙术拾遗（1933·9·1）

●9-28-139-18

也可以从文坛上去做女婿。其术是时时留心，寻一个家里有些钱，而自己能写几句"阿呀呀，我悲哀呀"的女士，做文章登报，尊之为"女诗人"*。待到看得她有了"知己之感"，就照电影上那样的屈一膝跪下，说道"我的生命呵，阿呀呀，我悲哀呀！"——则由登龙而乘龙，又由乘龙而更登龙，十分美满。

〖释："女诗人"，上海大买办虞洽卿的孙女虞岫云1932年以"虞琰"为笔名出版诗集《湖风》，曾有人大肆吹捧。〗

准风月谈/登龙术拾遗（1933·9·1）

●9-28-139-19

文人虽因捐班或互捧，很快的成名，但为了出力的吹，壳子大了里面反显得更加空洞。于是误认这空虚为寂寞，像煞有介事的说给读者们；其甚者还至于摆出他心的腐烂来，算是一种内面的宝贝。

准风月谈/由聋而哑（1933·9·8）

●9-28-139-20

捐做"文学家"也用不着什么新花样。只要开一只书店，拉几个作家，雇一些帮闲，出一种小报，"今天天气好"是也须会说的，就写了出来，印了上去，交给报贩，不消一年半载，包管成功。但是，古董的花纹和文字的拓片是不能用的了，应该代以电影明星和摩登女子的照片，因为这才是新时代的美术。

准风月谈/各种捐班（1933·9·16）

●9-28-139-21

捐官可以希望刮地皮，但捐学者文人也不会折本。

准风月谈/各种捐班（1933·9·16）

●9-28-139-22

倘作历史的著作，是应该像将文人分为罗曼派，古典派一样，另外分出一种"捐班"派来的……

准风月谈/各种捐班（1933·9·16）

●9-28-139-23

中国和印度不同，是看重历史的。但是，并不怎么相信，总以为只要用一种什么好手段，就可以使人写得体体面面。然而对于自己以外的读者，那自然要他们相信的。

集外集拾遗/上海所感（1934·1·1）

●9-28-139-24

有"诗人"在钓一个女人，先捧之为"女诗人"，那是一种讨好的手段，并非他真传染给她了诗才。

花边文学/中秋二愿（1934·9·28）

●9-28-139-25

教书固无聊，卖文亦无聊，上海文人，千奇百怪，批评者谓我刻毒，而许多事实，竟出于我的恶意的推测之外，岂不可叹。

书信/致郑振铎（1934·10·8）

●9-28-139-26

所谓作家，在上海文坛失败，多往日本跑，这里称为"淴浴"或"镀金"。

书信/致〈日〉增田涉〔译文〕（1935·4·30）

●9-28-139-27

捣一场小乱子，就是伟人，编一本教科书，就是学者，造几条文坛消息，就是作家。于是比较自爱的人，一听到这些冠冕堂皇的名目就骇怕了，竭力逃避。逃名，其实是爱名的，逃的是这一团糟的名，不愿意酱在那里面。

且介亭杂文二集/逃名（1935·9·5）

●9-28-139-28

上海的所谓"文学家"，真是不成样子，只会玩小花样，不知其他。我真想做一篇文章，至少五六万字，把历来所受的闷气，都说出来，这其实也是留给将来的一点遗产。

书信/致曹靖华（1936・5・23）

●9-28-139-29

这是中国的老例，读书人的心里大抵含着杀机，对于异己者总给他安排下一点可死之道。

华盖集续编/可惨与可笑（1926・3・28）

●9-28-139-30

世间大抵只知道指挥刀所以指挥武士，而不想到也可以指挥文人。

而已集/小杂感（1927・12・17）

●9-28-139-31

上海的小市民真是十之九是昏聩胡涂，他们好像以为俄国要吃他似的。文人多是狗，一批一批的匿了名向普罗文学进攻。像十月革命以前的Korolenko＊那样的人物，这里是半个也没有。

〖释：Korolenko，即柯罗连科（1853－1921），俄国作家，因参加革命活动而多次被捕流放。〗

书信/致曹靖华（1932・6・24）

●9-28-139-32

文人学士究竟比不识字的奴才聪明，党国究竟比贾府高明，现在究竟比乾隆时候光明：三明主义。

伪自由书/言论自由的界限（1933・4・22）

●9-28-139-33

文人学士是清高的，他们现在也更加聪明，不再恭维自己的主子，来着痕迹了。他们只是排好暗箭，拿定粪帚，监督着应该俯伏着的奴隶们，看有谁抬起头来的，就射过去，洒过去，结果也许会终于使这人被绑架或被暗杀，由此使民国的国民一律平等。

南腔北调集/祝《涛声》（1933・8・19）

●9-28-139-34

现在之种种攻击，岂真为了论点不合，倒大抵由于个人，所以我想，假使《自由谈》上没有我们投稿，黎烈文先生是也许不致于这样的被诬陷的。

书信/致陶亢德（1933・10・27）

●9-28-139-35

上海所谓"文人"之堕落无赖，他处似乎未见其比，善造谣言者，此地亦称为"文人"；而且自署为"文探"＊，不觉可耻，真奇。

〖释："文探"，上海《微言》周刊上有这种署名。〗

书信/致郑振铎（1933・10・27）

●9-28-139-36

从六月起的投稿，我就用种种的笔名了，一面固然为了省事，一面也省得有人骂读者们不管文字，只看作者的署名。然而这么一来，却又使一些看文字不用视觉，专靠嗅觉的"文学家"疑神疑鬼，而他们的嗅觉又没有和全体一同进化，至于看见一个新的作家的名字，就疑心是我的化名，对我呜呜不已，有时简直连读者都被他们闹得莫名其妙了。

准风月谈/前记（1934・3・10）

●9-28-139-37

所谓上海的文学家们，也很有些可怕的，他们会因一点小利，要别人的性命。但自然是无聊的，并不可怕的居多，但却讨厌得很，恰如虱子跳蚤一样，常常会暗中咬你几个疙瘩，虽然不算大事，你总得搔一下了。这种人物，还是不和他们认识好。

书信/致萧军、萧红（1934・12・26）

●9-28-139-38

上海之所谓“文人”，有些真是坏到出于意料之外，即人面狗心，恐亦不至于此，而居然摇笔作文，大发议论，不以为耻，社会上亦往往视为平常，真大怪事也。

书信/致曹靖华（1935·5·22）

●9-28-139-39

上海不但天气不佳，文气也不像样。……有一种文学家，其实就是天津之所谓青皮，他们就专用造谣，恫吓，播弄手段张网，以罗致不知底细的文学青年，给自己造地位；作品呢，却并没有。真是惟以嗡嗡营营为能事。

书信/致王冶秋（1936·9·15）

（140）无耻文人

中国自南北朝以来，凡有文人学士，道士和尚，大抵以“无特操”为特色的。

●9-28-140-1

现为党国大教授的陈源先生，在《现代评论》上哀悼死掉的学生，说可惜他们为几个卢布送了性命*；《语丝》反对了几句，现为党国要人的唐有壬先生在《晶报》上发表一封信，说这些言动是受墨斯科的命令的。

〖释：“陈源先生哀悼死掉的学生……”，陈源于三一八惨案后在《现代评论》第三卷第七十四期（1926年5月8日）发表《闲话》，说爱国学生是被人利用，自蹈“死地”，还说所谓“宣传赤化”的人是“直接或间接用苏俄金钱”云。〗

南腔北调集/论“赴难”和“逃难”（1933·2·11）

●9-28-140-2

陈源教授的“鲁迅即教育部佥事周树人”开其端，事隔十年，大家早经忘却了，这回是王平陵先生告发于前，周木斋先生揭露于后*，都是做着关于作者本身的文章，或则牵连而至于左翼文学者。

〖释：“王平陵先生告发于前，周木斋先生揭露于后”，王平陵（1898－1964），江苏溧阳人，官方文人。他曾在1933年2月20日《武汉晚报》的《文艺副刊》上发表《“最通的”文艺》，开头便“告发”道：“鲁迅先生最近常常用何家干的笔名……发表不到五百字长的短文”云。周木斋（1910－1941），江苏武进人，当时在上海从事编辑和写作。他曾在1933年4月15日《涛声》二卷十四期上发表《第四种人》“揭露”道：“听说‘何家干’就是鲁迅先生的笔名”，“纵然鲁迅先生是以‘第四种人’自居的”云。〗

伪自由书/前记（1933·7·19）

●9-28-140-3

《时事新报》上的文章——

略论告密　　陈代

最怕而且最恨被告密的可说是鲁迅先生……

“这回，”鲁迅先生说，“是王平陵先生告发于前，周木斋先生揭露于后”……

十一月二十一日，《时事新报》的《青光》

他还问：要是要告密，为什么一定要出之“公开的”形式？答曰：这确是比较的难懂一点，但也就是因为要告得像个“文学家”的缘故呀，要不然，他就得下野，分明的排进探坛里去了。有意的和无意的区别，我是知道的。我所谓告密，是指着叭儿们，我看这“陈代”先生就正是其中的一匹。你想，消息不灵，不是反而不便当么？

准风月谈/后记（1934·10·16）

●9-28-140-4

剪一篇《大晚报》上的东西——

钱基博之鲁迅论　　戚施

……钱先生又曰，自胡适之创白话文学也，所持以号于天下者，曰平民文学也！非贵族文学也。一时景附以有大名者，周树人以小说著。树人颓废，不适于奋斗。树人所著，只有过去回忆，而不知建设将来，只见小己愤慨，而不图福利民众，若而人者，彼其心目，何尝有民众耶！钱先生因此而断之曰，周树人徐志摩为新文艺之右倾者……可谓独具只眼，别有鉴裁者也！……

十二月二十九日，《大晚报》的《火炬》

这篇大文，除用戚施先生的话，赞为“独具只眼”之外，是不能有第二句的。真“评”得连我自己也不想再说什么话，“颓废”了。

准风月谈/后记（1934·10·16）

●9-28-140-5

《大美晚报》，出台的又是曾经有过文字上的交涉的王平陵先生——

骂人与自供　王平陵

……

圣经里好像有这样一段传说：一群街头人捉着一个偷汉的淫妇，大家要把石块打死她。耶稣说：“你们反省着！只有没有犯过罪的人，才配打死这个淫妇。”群众都羞愧地走开了。今之文坛，可不是这样？自己偷了汉，偏要指说人家是淫妇。如同鲁迅先生惯用的一句刻毒的评语，就就骂人是代表官方说话；我不知道他老先生是代表什么“方”说话！

本来，不想说话的人，是无话可说；有话要说；有话要说的人谁也不会想到是代表那一方。鲁迅先生常常“以己之心，度人之心”，未免“躬自薄而厚责于人”了。

像这样的情形，文坛有的是，何止是鲁迅先生。

十二月三十日，《大美晚报》的《火炬》

记得在《伪自由书》里，我曾指王先生的高论为属于“官方”，这回就是对此而发的，但意义却不大明白。由“自己偷了汉，偏要说人家是淫妇”的话看起来，好像是说我倒是“官方”，而不知“有话要说的人谁也不会想到是代表那一方”的。所以如果想到了，那么，说人家反动的，他自己正是反动，说人匪徒的，他自己正是匪徒……且住，又是“刻毒的评语”了，耶稣不说过“你们反省着”＊吗？——为消灾计，再添一条小尾：这坏习气只以文坛为限，与官方无干。

王平陵先生是电影检查会＊的委员，我应该谨守小民的规矩。

〖释：“耶稣说‘你们反省着’”，见《新约全书》。又译“你悔改吧”。/“电影检查会”，当局于1933年3月成立的“中央电影检查委员会”，隶属于国民党中央宣传委员会。〗

准风月谈/后记（1934·10·16）

●9-28-140-6

绞架还不算坏，简简单单的只用绞索套住了颈子，这是属于优待的。而且也并非个个走上了绞架，他们之中的一些人，还有一条路，是使劲的拉住了那颈子套上了绞索的朋友的脚。这就是用事实来证明他内心的忏悔，能忏悔的人，精神是极其崇高的。

且介亭杂文/中国文坛上的鬼魅（1934·11·21）

●9-28-140-7

今年七月，在上海就设立了书籍杂志检查处，许多“文学家”的失业问题消失了，还有些改悔的革命作家们，反对文学和政治相关的“第三种人”们，也都坐上了检查官的椅子。

且介亭杂文/中国文坛上的鬼魅（1935·11·21）

●9-28-140-8

有些想做“文学家”而不成的人们，现在有许多是做了秘密的检查官了，他们恨不得将他们的敌手一网打尽。

书信/致刘炜明（1934·11·28）

●9-28-140-9

中国的有些文人一向谦虚，所以有时简直会自己先躺在地上，说道，“倘然要讲是非，也该去怪追奔逐北的好汉，我等小民，不任其咎。”明明是加入论战中的了，却又立刻肩出一面“小民”的旗来，推得干干净净，连肋骨在那里都找不到了。

且介亭杂文二集/三论“文人相轻”（1935·8）

●9-28-140-10

关于我的记载……请不必觅寄。此种技俩，

为中国所独有，殊可耻。但因可耻之事，世间不以为奇，故诬蔑遂亦失效，充其极致，不过欲人以我为小人，然而今之巍巍者，正非君子也。倘遇真小人，他们将磕头之不暇矣。

书信/致杨霁云（1935·12·19）

●9-28-140-11

至于审查员，我疑心很有些“文学家”，倘不，就不能做得这么令人佩服。自然，有时也删禁得令人莫名其妙，我以为这大概是在示威，示威的脾气，是虽是文学家也很难脱体的，而且这也不算是恶德。

且介亭杂文二集/后记（1935·12·31）

●9-28-140-12

A：B，我们当你是一个可靠的好人，所以几种关于革命的事情，都没有瞒了你。你怎么竟向敌人告密去了？

B：岂有此理！怎么是告密！我说出来，是因为他们问了我呀。

A：你不能推说不知道吗？

B：什么话！我一生没有说过谎，我不是这种靠不住的人！

且介亭杂文末编/半夏小集（1936·10）

(141)“雅士”/“隐士”/“名人”/“学者”

战国时谈士蜂起，不是以危言耸听，就是以美词动听，于是夸大，装腔，撒谎，层出不穷。现在的文人虽然改著了洋服，而骨髓里却还埋着老祖宗

●9-28-141-1

先前见过一位留学生，听说是大有学问的。他对我们喜欢说洋话，使我不知所云，然而看见洋人却常说中国话。这记忆忽然给我一种启示，我就想在《文学周刊》＊上论打拳；至于诗呢？留待将来遇见拳师的时候再讲。

〖释：《文学周刊》，《京报》的附刊。1924年12月13日创刊于北京，初由绿波社、星星文学社合编。1925年9月改由北京《文学周刊》社编辑，同年11月停刊，共出四十四期。〗

集外集拾遗/诗歌之敌（1925·1·17）

●9-28-141-2

做事的总不如做文的有名。

华盖集/忽然想到〔十一〕（1925·6·16）

●9-28-141-3

“下等人”还未暴发之先，自然大抵有许多“他妈的”在嘴上，但一遇机会，偶窃一位，略识几字，便即文雅起来：雅号也有了；身分也高了；家谱也修了，还要寻一个始祖，不是名儒便是名臣。从此化为“上等人”，也如上等前辈一样，言行都很温文尔雅。

坟/论“他妈的！”（1925·7·27）

●9-28-141-4

凡有神妙的变迁，原是反足以见学者文人们进步之神速的；况且文坛上本来就“只许州官放火不准百姓点灯”＊，既不幸而为庸人，则给天才做一点牺牲，也正是应尽的义务。

〖释：“只许州官放火不准百姓点灯”，据宋代陆游《老学庵笔记》卷五：“田登作郡，自讳其名，触者必怒，吏卒多被榜笞；于是举州皆谓灯为火。上元放灯，许人入州治游观，吏人遂书榜于市曰：本州依例放火三日。”〗

华盖集/碎话（1926·1·8）

●9-28-141-5

与名流学者谈，对于他之所讲，当装作偶有不懂之处。太不懂被看轻，太懂了被厌恶。偶有不懂之处，彼此最为合宜。

而已集/小杂感（1927·12·17）

●9-28-141-6

青岛大学已开。文科主任杨振声，此君近来似已联络周启明之流矣。此后各派分合，当颇改

观。语丝派当消灭也。陈源亦已往青岛大学，还有赵景深沈从文易家钺之流云。

书信/致章廷谦（1929·7·21）

●9-28-141-7

《颂》＊早已拍马，《春秋》＊已经隐瞒，战国时谈士蜂起，不是以危言耸听，就是以美词动听，于是夸大，装腔，撒谎，层出不穷。现在的文人虽然改著了洋服，而骨髓里却还埋着老祖宗，所以必须取消或折扣，这才显出几分真实。

〖释：《颂》，指《诗经》中的《周颂》、《鲁颂》、《商颂》，它们多是统治者祭祖酬神用的作品。/《春秋》，相传为孔丘根据鲁国史官记事而编纂的一部鲁国史书。据《春秋□梁传》成公九年，孔丘编《春秋》时，"为尊者讳耻，为贤者讳过，为亲者讳疾。"〗

伪自由书/文学上的折扣（1933·3·15）

●9-28-141-8

"文学家"倘若不用事实来证明他已经改变了他的夸大，装腔，撒谎……的老脾气，则即使对天立誓，说是从此要十分正经，否则天诛地灭，也还是徒劳的。因为我们也早已看惯了许多家都钉着"假冒王麻子＊灭门三代"的金漆牌子的了，又何况他连小尾巴也还在摇摇摇呢。

〖释："王麻子"，北京有长久历史的著名刀剪铺，旧时代假冒它的品牌的铺子很多。有的冒牌者还在招牌上注明"假冒王麻子灭门三代"。〗

伪自由书/文学上的折扣（1933·3·15）

●9-28-141-9

豪语的折扣其实也就是文学上的折扣，凡作者的自述，往往须打一个扣头，连自白其可怜和无用也还是并非"不二价"的，更何况豪语。

准风月谈/豪语的折扣（1933·8·8）

●9-28-141-10

商家印好一种稿子后，倘那时封建得势，广告上就说作者是封建文豪，革命行时，便是革命文豪，于是封定了一批文豪们。别家的书也印出来了，另一种广告说那些作者并非真封建或真革命文豪，这边的才是真货色，于是又封定了一批文豪们。别一家又集印了各种广告的论战，一位作者加上些批评，另出了一位新文豪。

还有一法是结合一套脚色，要几个诗人，几个小说家，一个批评家，商量一下，立一个什么社，登起广告来，打倒彼文豪，抬出此文豪，结果也总可以封定一批文豪们……

准风月谈/"商定"文豪（1933·11·11）

●9-28-141-11

北平之所谓学者，所下的是抄撮工夫居多，而架子却当然高大，因为他们误解架子乃学者之必要条件也。倘有绍介，我以为也不妨拜访几位，即使看不到"学"，却能看到"学者"，明白那是怎样的人物，于"世故"及创作，会有用处也。

书信/致姚克（1934·2·11）

●9-28-141-12

中国的文学家，是颇有爱改别人文章的脾气的。

且介亭杂文/门外文谈（1934·8·24）

●9-28-141-13

非隐士的心目中的隐士，是声闻不彰，息影山林的人物。但这种人物，世间是不会知道的。一到挂上隐士的招牌，则即使他并不"飞去飞来"，也一定难免有些表白，张扬；或是他的帮闲们的开锣喝道——隐士家里也会有帮闲，说起来似乎不近情理，但一到招牌可以换饭的时候，那是立刻就有帮闲的，这叫作"啃招牌边"。这一点，也颇为非隐士的人们所诟病，以为隐士身上而有油可揩，则隐士之阔绰可想了。其实这也是一种"求之太高"的误解，和硬要有名的隐士，老死山林中者相同。

且介亭杂文/隐士（1935·2·20）

●9-28-141-14

登仕，是噉饭之道，归隐，也是噉饭之道。假使无法噉饭，那就连“隐”也隐不成了。“飞去飞来”，正是因为要“隐”，也就是因为要噉饭；肩出“隐士”的招牌来，挂在“城市山林”里，这就正是所谓“隐”，也就是噉饭之道。帮闲们或开锣，或喝道，那是因为自己还不配“隐”，所以只好揩一点“隐”油，其实也还不外乎噉饭之道。

且介亭杂文/隐士（1935·2·20）

●9-28-141-15

“雅”要地位，也要钱，古今并不两样的，但古代的买雅，自然比现在便宜；办法也并不两样，书要摆在书架上，或者抛几本在地板上，酒杯要摆在桌子上，但算盘却要收在抽屉里，或者最好是在肚子里。

此之谓“空灵”。

且介亭杂文/病后杂谈（1935·2）

●9-28-141-16

中国向西洋派遣过许多留学生，其中有一位先生，好像也并不怎样喜欢研究西洋，于是提出了关于中国文学创作的什么论文，使那边的学者大吃一惊，得了博士的学位，回来了。然而因为在外国研究得太长久，忘记了中国的事情，回国之后，就只好来教授西洋文学。他一看见本国里乞丐之多，非常诧异，概叹道：他们为什么不去研究学问，却自甘堕落的呢？所以下等人实在是无可救药的。

且介亭杂文二集/内山完造作《活中国的姿态》（1935·3·5）

●9-28-141-17

小心谨慎的人，偶然遇见仁人君子或雅人学者时，倘不会帮闲凑趣，就须远远避开，愈远愈妙。假如不然，即不免要碰着和他们口头大不相同的脸孔和手段。……

大家都知道“贤者避世”，我以为现在的俗人却要避雅，这也是一种“明哲保身”。

且介亭杂文/论俗人应避雅人（1935·3·20）

●9-28-141-18

所谓“雅人”，原不是一天雅到晚的，即使睡的是珠罗帐，吃的是香稻米，但那根本的睡觉和吃饭，和俗人究竟也没有什么大不同；就是肚子里盘算些挣钱固位之法，自然也不能绝无其事。但他的出众之处，是在有时又忽然能够“雅”。倘使揭穿了这谜底，便是所谓“杀风景”，也就是俗人，而且带累了雅人，使他雅不下去，“未能免俗”了。

且介亭杂文/论俗人应避雅人（1935·3·20）

●9-28-141-19

专门家的话多悖……他们的悖，未必悖在讲述他们的专门，是悖在倚专家之名，来论他所专门以外的事。社会上崇敬名人，于是以为名人的话就是名言，却忘记了他之所以得名是那一种学问或事业。名人被崇奉所诱惑，也忘记了自己之所以得名是那一种学问或事业，渐以为一切无不胜人，无所不谈，于是乎就悖起来了。

且介亭杂文二集/名人和名言（1935·7·20）

●9-28-141-20

在社会上，大概总以为名人的话就是名言，既是名人也就无所不通，无所不晓。所以译一本欧洲史，就请英国话说得漂亮的名人校阅，编一本经济学，又乞古文做得好的名人题签；学界的名人绍介医生，说他“术擅岐黄”＊，商界的名人称赞画家，说他“精研六法”＊。……

〖释：“岐黄”，指古代名医。黄即黄帝，传说中的上古帝王；岐即岐伯，传说中的上古名医。著名中医典籍《黄帝内经》，相传即黄帝和岐伯所作。其中《素问》部分，用黄帝与岐伯问答的形式讨论病理，故后来常称高明的中医为“术擅岐黄”。/“六法”，中国画过去有六法之说。南朝齐谢赫的古画名录中说：“画有六法……一气韵生动是也；二骨法用笔是也；三应物象形是也；四随

类赋彩是也；五经营位置是也；六传移模写是也。”〗

且介亭杂文二集/名人和名言（1935·7·20）

●9-28-141-21

一成名人，便有“满天飞”之概。我想，自此以后，我们是应该将“名人的话”和“名言”分开来的，名人的话并不都是名言；许多名言，倒出自田夫野老之口。这也就是说，我们应该分别名人之所以名，是由于那一门，而对于他的专门以外的纵谈，却加以警戒。

且介亭杂文二集/名人和名言（1935·7·20）

●9-28-141-22

王夷甫＊口不言钱，还是一个不干不净人物，雅人打算盘，当然也无损其为雅人。不过他应该有时收起算盘，或者最妙是暂时忘却算盘，那么，那时的一言一笑，就都是灵机天成的一言一笑……

〖释：王夷甫，即王衍（256－311），晋人。因厌恶妻子郭氏的“贪鄙”，“故口未尝言钱”，将大堆铜钱称为“阿堵物”云。实际上他“居宰辅之重”而人品极其恶劣，后兵败为石勒所杀。〗

且介亭杂文/病后杂谈（1935·2－12）

●9-28-141-23

彼此说谎也决不是伤雅的事情，东坡先生在黄州，有客来，就要客谈鬼，客说没有，东坡道：“姑妄言之！”『注：见宋代叶梦得《石林避暑录话》』至今还算是一件韵事。

撒一点小谎，可以解无聊，也可以消闷气；到后来，忘却了真，相信了谎。也就心安理得，天趣盎然了起来。

且介亭杂文/病后杂谈（1935·2－12）

●9-28-141-24

“轻”『注：指“文人相轻”』之术很不少。粗糙的说：大略有三种。一种是自卑，自己先躺在垃圾里，然后来拖敌人，就是“我是畜生，但是我叫你爹爹，你既是畜生的爹爹，可见你也是畜生了”的法子。……已经把别人评得一钱不值了，临末却又很谦虚的声明自己并非批评家，凡有所说，也许全等于放屁之类，也属于这一派。

一种是最正式的，就是自高，一面把不利于自己的批评，统统谓之“漫骂”，一面又竭力宣扬自己的好处，准备跨过别人。但这方法比较的麻烦，因为除“辟谣”之外，自吹自擂是究竟不很雅观的，所以做这些文章时，自己得另用一个笔名，或者邀一些“讲交道”的“朋友”来互助。不过弄得不好，那些“朋友”就会变成保驾的打手或抬驾的轿夫，而使那“朋友”会变成这一类人物的，则这御驾一定不过是有些手势的花花公子，抬来抬去，终于脱不了原形，一年半载之后，花花之上也再添不上什么花头去，而且打手轿夫，要而言之，也究竟要工食，倘非腰包饱满，是没法维持的。如果能用死轿夫，如袁中郎或“晚明二十家”之流来抬，再请一位活名人喝道＊，自然较为轻而易举，但看过去的成绩和效验，可也并不见佳。

还有一种是自己连名字也并不抛头露面，只用匿名或由“朋友”给敌人以批评——要时髦些，就可以说是“批判”。

〖释：“袁中郎或‘晚明二十家’之流……”，指刘大杰标点、林语堂校阅的《袁中郎全集》和施蛰存编选、周作人题签的《晚明二十家小品》。〗

且介亭杂文二集/五论“文人相轻”——明术（1935·9）

（142）“正人君子”

绅士的跳踉丑态，实在特别好看，因为历来隐藏蕴蓄着，所以一来就比下等人更浓厚。

●9-28-142-1

清朝的县官坐堂，往往两造各责小板五百完案，“偏袒”之嫌是没有了，可是终于不免为胡涂虫。假使一个人还有是非之心，倒不如直说的好；否则，虽然吞吞吐吐，明眼人也会看出他暗中“偏袒”那一方，所表白的不过是自己的阴险和卑劣。

华盖集/并非闲话（1925·6·1）

●9-28-142-2

人世上并没有这样一道矮墙，骑着而又两脚踏地，左右稳妥，所以即使吞吞吐吐，也还是将自己的魂灵枭首通衢，挂出了原想竭力隐瞒的丑态。

华盖集/答KS君（1925·8·28）

●9-28-142-3

……没有“学者的态度”，那就不是学者喽，而有些人偏要硬派我做学者。至于何时封赠，何时考定，却连我自己也一点不知道。待到他们在报上说出我是学者，我自己也借此知道了原来我是学者的时候，则已经同时发表了我的罪状，接着就将这体面名称革掉了，虽然总该还要恢复，以便第三次的借口。

华盖集/“碰壁”之余（1925·9·21）

●9-28-142-4

我所经验的事委实有点希奇，每有“碰壁”一类的事故，平时回护我的大抵愿我设法应付，甚至于暂图苟全。平时憎恶我的却总希望我做一个完人，即使敌手用了卑劣的流言和阴谋，也应该正襟危坐，毫无愤怨，默默地吃苦；或则戟指嚼舌，喷血而亡。为什么呢？自然是专为顾全我的人格起见喽。

华盖集/“碰壁”之余（1925·9·21）

●9-28-142-5

我在有意或无意中碰破了一角纸糊绅士服，那也许倒是有的；此后也保不定。彼此迎面而来，总不免要挤擦，碰磕……

华盖集续编/不是信（1926·2·8）

●9-28-142-6

绅士的跳踉丑态，实在特别好看，因为历来隐藏蕴蓄着，所以一来就比下等人更浓厚。

华盖集续编/不是信（1926·2·8）

●9-28-142-7

今之君子往往讳言吃饭，尤其是请吃饭。那自然是无足怪的，的确不大好听。只是北京的饭店那么多，饭局那么多，莫非都在食蛤蜊，谈风月，“酒酣耳热而歌呜呜”＊么？不尽然的，的确也有许多“公论”从这些地方播种，只因为公论和请帖之间看不出蛛丝马迹，所以议论便堂哉皇哉了。

〖释：“酒酣耳热而歌呜呜”，出《汉书·杨恽传》，恽报孙会宗书：“田家作苦，岁时伏腊，烹羊炮羔，斗酒自劳。……酒后耳热，仰天拊缶而呼呜呜。”〗

华盖集续编/送灶日漫笔（1926·2·11）

●9-28-142-8

在现今的世上，要有不偏不倚的公论，本来是一种梦想；即使是饭后的公评，酒后的宏议，也何尝不可姑妄听之呢。然而，倘以为那是真正老牌的公论，却一定上当，——但这也不能独归罪于公论家，社会上风行请吃饭而讳言请吃饭，使人们不得不虚假，那自然也应该分任其咎的。

华盖集续编/送灶日漫笔（1926·2·11）

●9-28-142-9

我的同乡不是有“刑名师爷”的么？他们都知道，有些东西，为要显示他伤害你的时候的公正，在不相干的地方就称赞你几句，似乎有赏有罚，使别人看去，很像无私……。

华盖集续编/无花的蔷薇（1926·3·8）

●9-28-142-10

正人君子们在此却都很得意，他们除开了新月书店外，还开了一个衣服店，叫“云裳”，“云想衣裳花想容”『注：出李白《清平调》词三首(其一)』，自然是专供给小姐太太们的。张竞生则开了一所“美的书店”，有两个“美的”女店员站在里面，其门如市也。

书信/致翟永坤（1927·11·18）

●9-28-142-11

平安的刊物上，是登着莫索里尼或希特拉的传记，恭维着，还说是要救中国，必须这样的英雄，然而一到中国的莫索里尼或希特拉是谁呢这一个紧要结论，却总是客气着不明说。这是秘密，要读者自己悟出，各人自负责任的罢。对于论敌，当和苏俄绝交时，就说他得着卢布，抗日的时候，则说是在将中国的秘密向日本卖钱。但是，用了笔墨来告发这卖国事件的人物，却又用的是化名，好像万一发生效力，敌人因此被杀了，他也不很高兴负这责任似的。

集外集拾遗/上海所感（1934·1·1）

●9-28-142-12

“君子远庖厨也”『注：语见《孟子·梁惠王》』就是自欺欺人的办法：君子非吃牛肉不可，然而他慈悲，不忍见牛的临死的觳觫，于是走开，等到烧成牛排，然后慢慢的来咀嚼。牛排是决不会“觳觫”的了，也就和慈悲不再有冲突，于是他心安理得，天趣盎然，剔剔牙齿，摸摸肚子，“万物皆备于我矣”『注：孟轲的话。语见《孟子·尽心》』了。

且介亭杂文/病后杂谈（1935·2）

---

(143)“才子＋流氓”

凡是没有一定的理论，或主张的变化并无线索可寻，而随时拿了各种各派的理论来作武器的人，都可以称之为流氓。

●9-28-143-1

谨案才子立言，总须大嚷三大苦难：一曰穷，二曰病，三曰社会迫害我。那结果，便是失掉了爱人；若用专门名词，则谓之失恋。

华盖集续编/马上日记（1926·7·8）

●9-28-143-2

激烈得快的，也平和得快，甚至于也颓废得快。倘在文人，他总有一番辩护自己的变化的理由，引经据典。譬如说，要人帮忙时候用克鲁巴金的互助论，要和人争闹的时候就用达尔文的生存竞争说。无论古今，凡是没有一定的理论，或主张的变化并无线索可寻，而随时拿了各种各派的理论来作武器的人，都可以称之为流氓。

二心集/上海文艺之一瞥（1931·7·20）

●9-28-143-3

上海过去的文艺，开始的是《申报》。……三十年以前，那时的《申报》，还是用中国竹纸的，单面印，而在那里做文章的，则多是从别处跑来的“才子”。

二心集/上海文艺之一瞥（1931·7·20）

●9-28-143-4

那时的读书人，大概可以分他为两种，就是君子和才子。君子是只读四书五经，做八股，非常规矩的。而才子却此外还要看小说，例如《红楼梦》，还要做考试上用不着的古今体诗之类。这是说，才子是公开的看《红楼梦》的，但君子是否在背地里也看《红楼梦》，则我无从知道。……有些才子们便跑到上海来，因为才子是旷达的，那里都去；君子则对于外国人的东西总有点厌恶，而且正在想求正路的功名，所以决不轻易的乱跑。……君子们的行径，在才子就谓之“迂”。

二心集/上海文艺之一瞥（1931·7·20）

●9-28-143-5

才子原是多愁多病，要闻鸡生气，见月伤心的。一到上海，又遇见了婊子。去嫖的时候，可以叫十个二十个的年青姑娘聚集在一处，样子很有些像《红楼梦》，于是他就觉得自己好像贾宝玉；自己是才子，那么婊子当然是佳人，于是才子佳人的书就产生了。内容多半是，惟才子能怜这些风尘沦落的佳人，惟佳人能识坎坷不遇的才子，受尽千辛万苦之后，终于成了佳偶，或者是都成了神仙。

二心集/上海文艺之一瞥（1931·7·20）

●9-28-143-6

才子+佳人的书，却又出了一本当时震动一时的小说，那就是从英文翻译过来的《迦茵小传》（H. R. Haggard：Joan Haste）。但只有上半本，据译者说，原本从旧书摊上得来，非常之好，可惜觅不到下册，无可奈何了。果然这很打动了才子佳人们的芳心，流行得很广很广。

二心集/上海文艺之一瞥（1931·7·20）

●9-28-143-7

佳人才子的书盛行的好几年，后一辈的才子的心思就渐渐改变了。他们发见了佳人并非因为"爱才若渴"而做婊子的，佳人只为的是钱。然而佳人要才子的钱，是不应该的，才子于是想了种种制伏婊子的妙法，不但不上当，还占了她们的便宜，叙述这各种手段的小说就出现了，社会上也很风行，因为可以做嫖学教科书去读。这些书里面的主人公，不再是才子+（加）呆子，而是在婊子那里得了胜利的英雄豪杰，是才子+流氓。

二心集/上海文艺之一瞥（1931·7·20）

●9-28-143-8

出现了一种画报，名目就叫《点石斋画报》*，是吴友如主笔的，神仙人物，内外新闻，无所不画……他画"老鸨虐妓"，"流氓拆梢"之类，却实在画得很好的，我想，这是因为他看得太多了的缘故；就是在现在，我们在上海也常常看到和他所画一般的脸孔。……前几年又翻印了，叫作《吴友如墨宝》，而影响到后来也实在利害，小说上的绣像不必说了，就是在教科书的插画上，也常常看见所画的孩子大抵是歪戴帽，斜视眼，满脸横肉，一副流氓气。

〖释：《点石斋画报》，旬刊，附属于《申报》发行的一种石印画报。1884年创刊，1898年停刊。由申报馆附设的点石斋石印书局出版，吴友如主编。后来吴友如把他在该刊所发表的作品汇辑出版，称《吴友如墨宝》。〗

二心集/上海文艺之一瞥（1931·7·20）

●9-28-143-9

现在的中国电影，还在很受着这"才子+流氓"的影响，里面的英雄，作为"好人"的英雄，也都是油头滑脑的，和一些住惯了上海，晓得怎样"拆梢"，"揩油"，"吊膀子"的滑头少年一样。看了之后，令人觉得现在倘要做英雄，做好人，也必须是流氓。

二心集/上海文艺之一瞥（1931·7·20）

●9-28-143-10

才子+流氓的小说，但也渐渐的衰退了。那原因，我想，一则因为总是这一套老调子——妓女要钱，嫖客用手段，原不会写不完的；二则因为所用的是苏白，如什么倪=我，耐=你，阿是=是否之类，除了老上海和江浙的人们之外，谁也看不懂。

二心集/上海文艺之一瞥（1931·7·20）

●9-28-143-11

新的才子+佳人小说便又流行起来，但佳人已是良家女子了，和才子相悦相恋，分拆不开，柳荫花下，像一对胡蝶，一双鸳鸯一样，但有时因为严亲，或者因为薄命，也竟至于偶见悲剧的结局，不再都成神仙了，——这实在不能不说是一个大进步。到了近来是在制造兼可擦脸的牙粉了的天虚我生*先生所编的月刊《眉语》*出现的时候，是这鸳鸯胡蝶式文学的极盛时期。后来《眉语》虽遭遇禁止，势力却并不消退，直待《新青年》盛行起来，这才受了打击。

〖释：天虚我生，即陈蝶仙，鸳鸯蝴蝶派作家。他曾因制造"无敌牌"牙粉而致富。/《眉

语》，鸳鸯蝴蝶派的月刊，高剑华主编，存在于1914年10月至1916年。陈蝶仙没有编过该刊。〗

二心集/上海文艺之一瞥（1931·7·20）

●9-28-143-12

后来，就有新才子派的创造社的出现。创造社是尊贵天才的，为艺术而艺术的，专重自我的，崇创作，恶翻译，尤其憎恶重译的，与同时上海的文学研究会＊相对立。那出马的第一个广告＊上，说有人“垄断”着文坛，就是指着文学研究会。

〖释：“文学研究会”，由沈雁冰、郑振铎、叶绍钧等发起，1921年1月成立于北京的著名文学团体。鲁迅是该会的支持者。/“创造社……出马的第一个广告”，指《创造》季刊的出版广告，载1921年9月29日《时事新报》，其中有“自文化运动发生后，我国新文艺为一、二偶像所垄断”等语。〗

二心集/上海文艺之一瞥（1931·7·20）

●9-28-143-13

创造社的……许多作品，既和当时的自命才子们的心情相合，加以出版者的帮助，势力雄厚起来了。势力一雄厚，就看见大商店如商务印书馆，也有创造社员的译著的出版，——这是说，郭沫若和张资平两位先生的稿件。这以来，据我所记得，是创造社也不再审查商务印书馆出版物的误译之处，来作专论了。这些地方，我想，是也有些才子＋流氓式的。

二心集/上海文艺之一瞥（1931·7·20）

●9-28-143-14

成仿吾先生，将革命使一般人理解为非常可怕的事，摆着一种极左倾的凶恶的面貌，好似革命一到，一切非革命者就都得死……这种令人“知道点革命的厉害”，只图自己说得畅快的态度，也还是中了才子＋流氓的毒。

二心集/上海文艺之一瞥（1931·7·20）

●9-28-143-15

第三方面，就是以前说过的鸳鸯胡蝶派，我不知道他们用的什么方法，到底使书店老板将编辑《小说月报》的一个文学研究会会员撤换，还出了《小说世界》＊，来流布他们的文章。这一种刊物，是到了去年才停刊的。

〖释：《小说世界》，周刊，鸳鸯胡蝶派为对抗革新后的《小说月报》创办的刊物，叶劲风主编。商务印书馆出版。存在于1923年1月–1929年12月。〗

二心集/上海文艺之一瞥（1931·7·20）

●9-28-143-16

现在，新的流氓画家又出了叶灵凤先生……我们的叶先生的新斜眼画，正和吴友如的老斜眼画合流，那自然应该流行好几年。但他也并不只画流氓的，有一个时期也画过普罗列塔利亚，不过所画的工人也还是斜视眼，伸着特别大的拳头。但我以为画普罗列塔利亚应该是写实的，照工人原来的面貌，并不须画得拳头比脑袋还要大。

二心集/上海文艺之一瞥（1931·7·20）

（144）文人要有是非感

一有文人，就有纠纷，但到后来，谁是谁非，孰存孰亡，都无不明明白白。

●9-28-144-1

从“青年必读书”事件以来，很收些赞同和嘲骂的信，凡赞同者，都很坦白，并无什么恭维。如果开首称我为什么“学者”“文学家”的，则下面一定是谩骂。我才明白这等称号，乃是他们所公设的巧计，是精神的枷锁，故意将你定为“与众不同”，又借此来束缚你的言动，使你于他们的老生活上失去危险性的。不料有许多人，却自囚在什么室什么宫里，岂不可惜。只要掷去了这种尊号，摇身一变，化为泼皮，相骂相打（舆论是以为学者只应该拱手讲讲义的），则世风就会日上，而月刊也办成了。

华盖集/通讯〔复徐炳昶〕（1925·3·20）

●9-28-144-2

中国人要在这世界上生存，那些识得《十三经》的名目的学者，“灯红”会对“酒绿”的文人，并无用处，却全靠大家的切实的智力，是明明白白的。

且介亭杂文/中国语文的新生（1934·10·13）

●9-28-144-3

按：在关于《庄子》与《文选》的论争中，施蛰存于1933年10月20日《申报·自由谈》发表《致黎烈文先生书》，声称“我不想使自己不由自主地被卷入漩涡，所以我不再说什么话了”，并在最后说“此亦一是非，彼亦一是非，唯无是非观，庶几免是非”云。“彼亦一是非，此亦一是非”，语见《庄子·齐物论》。

“彼亦一是非，此亦一是非”，记住了来作危急之际的护身符，似乎也不失为漂亮。然而这是只可暂时口说，难以永远实行的。……就是庄生自己，不也在《天下篇》里，历举了别人的缺失，以他的“无是非”轻了一切“有所是非”的言行*吗？要不然，一部《庄子》，只要“今天天气哈哈哈……”七个字就写完了。

〖释：“庄生历举了别人的缺失……”，《庄子·天下篇》说：“墨翟、禽滑厘之意则是，其行则非也。”又说，“宋研、尹文……其为人太多，其自为太少。”又说：“彭蒙之师……所言之韪（是），不免于非。”〗

且介亭杂文二集/“文人相轻”（1935·5）

●9-28-144-4

假使被今年新出的“文人相轻”这一模模胡胡的恶名所吓昏，对于充风流的富儿，装古雅的恶少，销淫书的瘪三，无不“彼亦一是非，此亦一是非”，一律拱手低眉，不敢说或不屑说，那么，这是怎样的批评家或文人呢？——他先就非被“轻”不可的！

且介亭杂文二集/“文人相轻”（1935·5）

●9-28-144-5

所谓“文人相轻”，不但是混淆黑白的口号，掩护着文坛的昏暗，也在给有一些人“挂着羊头卖狗肉”的。

且介亭杂文二集/再论“文人相轻”（1935·6）

●9-28-144-6

文学的修养，决不能使人变成木石，所以文人还是人，既然还是人，他心里就仍然有是非，有爱憎；但又因为是文人，他的是非就愈分明，爱憎也愈热烈。从圣贤一真敬到骗子屠夫，从美人香草一真爱到麻疯病菌的文人，在这世界上是找不到的，遇见所是和所爱的，他就拥抱，遇见所非和所憎的，他就反拨。如果第三者不以为然了，可以指出他所非的其实是“是”，他所憎的其实该爱来，单用了笼统的“文人相轻”这一句空话，是不能抹杀的，世间还没有这种便宜事。

且介亭杂文二集/再论“文人相轻”（1935·6）

●9-28-144-7

一有文人，就有纠纷，但到后来，谁是谁非，孰存孰亡，都无不明明白白。因为还有一些读者，他的是非爱憎，是比和事老的评论家还要清楚的。

且介亭杂文二集/再论“文人相轻”（1935·6）

●9-28-144-8

我在这里，并非主张文人应该傲慢，或不妨傲慢，只是说，文人不应该随和；而且文人也不会随和，会随和的，只有和事老。但这不随和，却又并非回避，只是唱着所是，颂着所爱，而不管所非和所憎；他得像热烈地主张着所是一样，热烈地攻击着所非，像热烈地拥抱着所爱一样，更热烈地拥抱着所憎——恰如赫尔库来斯（Hercules）的紧抱了巨人安太乌斯（Antaeus）*一样，因为要折断他的肋骨。

〖释：“赫尔库来斯紧抱了巨人安太乌斯”，据古希腊神话，赫尔库来斯是主神宙斯的儿子。安太乌斯是地神盖娅的儿子，他只要靠着地面，就力大无穷。在一次搏斗中，赫尔库来斯把安太乌

斯紧紧抱起，使之离开地面，而扼死了他。〗

且介亭杂文二集/再论“文人相轻”（1935·6）

●9-28-144-9

文人的铁，就是文章。

且介亭杂文二集/三论“文人相轻”（1935·8）

●9-28-144-10

“文人相轻”是局外人或假充局外人的话。如果自己是这局面中人之一，那就是非被轻则是轻人，他决不用这对等的“相”字。但到无可奈何的时候，却也可以拿这四个字来遮掩一下。这遮掩是逃路，然而也仍然是战术，所以这口诀还被有一些人所宝爱。

且介亭杂文二集/五论“文人相轻”——明术（1935·9）

●9-28-144-11

昔之名人说“恕”字诀——但他们说，对于不知恕道的人，是不恕的＊；——今之名人说“忍”字诀，春天的论客以“文人相轻”混淆黑白，秋天的论客以“凡骂人的与被骂的一古脑儿变成丑角”抹杀是非。冷冰冰阴森森的平安的古冢中，怎么会有生人气？

〖释：“对于不知恕道的人是不恕的”，指新月社的人们。〗

且介亭杂文二集/七论“文人相轻”——两伤（1935·10）

●9-28-144-12

至于文人，则不但要以热烈的憎，向“异己”者进攻，还得以热烈的憎，向“死的说教者”＊抗战。在现在这“可怜”的时代，能杀才能生，能憎才能爱，能生与爱，才能文。

〖释：“死的说教者”，原是尼采《札拉图斯特拉如是说》第一卷第九篇的篇名，这里借用其字面的意思。〗

且介亭杂文二集/七论“文人相轻”——两伤（1935·10）

第二十九节　“横眉冷对”

所谓“文艺家”的许多人，是一向在尽“宠犬”的职分的

（145）“第三种人”

自称“第三种人”，精神上就不免时时痛苦，脸上一块青，一块白，终于显出白鼻子来了。

●9-29-145-1

现在有自以为大有见识的人，在说“为人类的艺术”。然而这样的艺术，在现在的社会里，是断断没有的。看罢，这便是在说“为人类的艺术”的人，也已将人类分为对的和错的，或好的和坏的，而将所谓错的或坏的加以叫咬了。

所以，现在的艺术，总要一面得到蔑视，冷遇，迫害，而一面得到同情，拥护，支持。

二心集/一八艺社习作展览会小引（1931·6·15）

●9-29-145-2

按：1931年12月，胡秋原在他所主持的《文化评论》创刊号上发表了《阿狗文艺论》一文。他自称“自由人”，一方面批评“民族主义文学”，一方面攻击“左联”；又连续发表文章，指摘当时的革命文学运动，并受到“左联”的反击。为此，苏汶（即杜衡）在《现代》第一卷第三期（1932年7月）发表《关于“文新”与胡秋原的文艺辩论》一文，自称“第三种人”，认为当时许多作家之所以“搁笔”，是因为“左联”的“凶暴”，和“左联”“霸占”了文坛的缘故。“第三种人”的名目及一场与“第三种人”的斗争，由此而起。

这三年来，关于文艺上的论争是沉寂的，除了在指挥刀的保护之下，挂着“左翼”的招牌，在马克斯主义里发见了文艺自由论，列宁主义里找到了杀尽共匪说的论客＊的“理论”之外，几

乎没有人能够开口，然而，倘是“为文艺而文艺”的文艺，却还是“自由”的，因为他决没有收了卢布的嫌疑。但在“第三种人”，就是“死抱住文学不放的人”*，又不免有一种苦痛的豫感：左翼文坛要说他是“资产阶级的走狗”*。

〖释：“在列宁主义里找到了杀尽共匪说的论客”，指胡秋原和某些“托派”。他们把红军当时的某些行为指为“土匪”。/“死抱住文学不放的人”，苏汶在《关于“文新”与胡秋原的文艺辩论》一文中，将“第三种人”称为“作者之群”，“是多少带点……死抱住文学不肯放手的气味的”云。/“资产阶级的走狗”，苏汶在《关于“文新”与胡秋原的文艺论辩》中说：“难乎其为作家！……又怕被料事如神的指导者们算出命来，派定他是那一阶级的走狗。”〗

南腔北调集/论“第三种人”（1932·11·1）

●9-29-145-3

代表了这一种“第三种人”来鸣不平的，是《现代》杂志第三和第六期上的苏汶先生的文章*（我在这里先应该声明：我为便利起见，暂且用了“代表”，“第三种人”这些字眼，虽然明知道苏汶先生的作家之群，是也如拒绝“或者”，“多少”，“影响”这一类不十分决定的字眼一样，不要固定的名称的，因为名称一固定，也就不自由了）。他以为左翼的批评家，动不动就说作家是“资产阶级的走狗”，甚至于将中立者认为非中立，而一非中立，便有认为“资产阶级的走狗”的可能，号称“左翼作家”者既然“左而不作”*，“第三种人”又要作而不敢，于是文坛上便没有东西了。然而文艺据说至少有一部分是超出于阶级斗争之外的，为将来的，就是“第三种人”所抱住的真的，永久的文艺。

〖释：“《现代》杂志第三和第六期上的苏汶先生的文章”，前者即《关于“文新”与胡秋原的文艺论辩》，后者题为《“第三种人”的出路》（1932年10月）。/“左而不作”，这是苏汶在《“第三种人”的出路》中对左翼作家的指摘〗

南腔北调集/论“第三种人”（1932·11·1）

●9-29-145-4

现在要问：左翼文坛现在因为受着压迫，不能发表很多的批评，倘一旦有了发表的可能，不至于动不动就指“第三种人”为“资产阶级的走狗”么？我想，倘若左翼批评家没有宣誓不说，又只从坏处着想，那是有这可能的，也可以想得比这还要坏。不过我以为这种豫测，实在和想到地球也许有破裂之一日，而先行自杀一样，大可以不必的。

然而苏汶先生的“第三种人”，却据说是为了这未来的恐怖而“搁笔”了。未曾身历，仅仅因为心造的幻影而搁笔，“死抱住文学不放”的作者的拥抱力，又何其弱呢？两个爱人，有因为豫防将来的社会上的斥责而不敢拥抱的么？

其实，这“第三种人”的“搁笔”，原因并不在左翼批评的严酷。真实原因的所在，是在做不成这样的“第三种人”，做不成这样的人，也就没有了第三种笔，搁与不搁，还谈不到。

南腔北调集/论“第三种人”（1932·11·1）

●9-29-145-5

虽是“第三种人”，却还是一定超不出阶级的，苏汶先生就先在豫料阶级的批评了，作品里又岂能摆脱阶级的利害；也一定离不开战斗的，苏汶先生就先以“第三种人”之名提出抗争了，虽然“抗争”之名又为作者所不愿受；而且也跳不过现在的，他在创作超阶级的，为将来的作品之前，先就留心于左翼的批判了

这确是一种苦境。但这苦境，是因为幻影不能成为实有而来的。即使没有左翼文坛作梗，也不会有这“第三种人”，何况作品。但苏汶先生却又心造了一个横暴的左翼文坛的幻影，将“第三种人”的幻影不能出现，以至将来的文艺不能发生的罪孽，都推给它了。

南腔北调集/论“第三种人”（1932·11·1）

●9-29-145-6

总括起来说，苏汶先生是主张“第三种人”与其欺骗，与其做冒牌货，倒还不如努力去创作，

这是极不错的。

“定要有自信的勇气，才会有工作的勇气!”＊这尤其是对的。

然而苏汶先生又说，许多大大小小的“第三种人”们，却又因为豫感了不祥之兆——左翼理论家的批评而“搁笔”了!

“怎么办呢”?

〖释：“定要有自信的勇气，才会有工作的勇气!”及后面的“怎么办呢”，均见苏汶的《“第三种人”的出路》〗

南腔北调集/论“第三种人”(1932·11·1)

●9-29-145-7

左翼作家诚然是不高超的，连环图画，唱本，然而也不到苏汶先生所断定那样的没出息＊。左翼也要托尔斯泰，弗罗培尔＊。但不要“努力去创造一些属于将来(因为他们现在是不要的)的东西”的托尔斯泰和弗罗培尔。他们两个，都是为现在而写的，将来是现在的将来，于现在有意义，才于将来会有意义。

〖释：“左翼作家……没出息”，苏汶在《关于“文新”与胡秋原的文艺论辩》中说“左翼”文坛只能产生“连环图画”和“唱本”，不能产生也不需要“托尔斯泰”和“福楼拜”，云云。/弗罗培尔，通译福楼拜(1821－1880)，法国作家〗

南腔北调集/论“第三种人”(1932·11·1)

●9-29-145-8

生在有阶级的社会里而要做超阶级的作家，生在战斗的时代而要离开战斗而独立，生在现在而要做给与将来的作品，这样的人，实在也是一个心造的幻影，在现实世界上是没有的。要做这样的人，恰如用自己的手拔着头发，要离开地球一样，他离不开，焦躁着，然而并非因为有人摇了摇头，使他不敢拔了的缘故。

南腔北调集/论“第三种人”(1932·11·1)

●9-29-145-9

所谓“第三种人”，原意只是说：站在甲乙对立或相斗之外的人。但在实际上，是不能有的。人体有胖和瘦，在理论上，是该能有不胖不瘦的第三种人的，然而事实上却并没有，一加比较，非近于胖，就近于瘦。文艺上的“第三种人”也一样，即使好像不偏不倚罢，其实是总有些偏向的，平时有意的或无意的遮掩起来，而一遇切要的事故，它便会分明的显现。……在这混杂的一群中，有的能和革命前进，共鸣；有的也能乘机将革命中伤，软化，曲解。

南腔北调集/又论“第三种人”(1933·7·1)

●9-29-145-10

“为艺术的艺术”在发生时，是对于一种社会的成规的革命，但待到新兴的战斗的艺术出现之际，还拿着这老招牌来明明暗暗阻碍他的发展，那就成为反动，且不只是“资产阶级的帮闲者”了。

南腔北调集/又论“第三种人”(1933·7·1)

●9-29-145-11

“为艺术的艺术”在发生时，是对于一种社会的成规的革命，但待到新兴的战斗的艺术出现之际，还拿着这老招牌明明暗暗阻碍他的发展，那就成为反动，且不只是“资产阶级的帮闲者”了。

南腔北调集/又论“第三种人”(1933·7·1)

●9-29-145-12

有些“第三种人”也曾做过“革命文学家”，借此开张书店，吞过郭沫若的许多版税，现在所住的洋房，有一部份怕还是郭沫若的血汗所装饰的。此刻那里还能做这样的生意呢?此刻要合伙攻击左翼，并且造谣陷害了知道他们的行为的人，自己才是一个干净刚直的作者，而况告密式的投稿，还可以大赚一注钱呢。

伪自由书/后记·驳“文人无行”(1933·7·20)

●9-29-145-13

我也以为“新文学”和“旧文学”这中间不能有截然的分界，然而有蜕变，有比较的偏向，而且正因为不能以“何者为分界”，所以也没有了“第三种人”的立场。

准风月谈/“感旧”以后〔上〕(1933·10·15)

●9-29-145-14

所谓“文艺年鉴社”，实际并不存在，是现代书局的变名。写那篇《鸟瞰》＊的人是杜衡，一名苏汶，他是现代书局出版的《现代》(文艺月刊)的编辑(另一人是施蛰存)，自称超党派，其实是右派。今年压迫加紧以后，则颇像御用文人了。

因此，在那篇《鸟瞰》中，只要与现代书局刊物有关的人，都写得很好，其他的人则多被抹杀。而且还假冒别人写文章来吹捧自己。在日本很难了解其中奥妙，就不免把它当做金科玉律。

〖释：《鸟瞰》，指《一九三二年中国文艺鸟瞰》，收入中国文艺年鉴社编辑、现代书局出版的1932年《中国文艺年鉴》〗

书信/致〈日〉增田涉〔译文〕(1934·4·11)

●9-29-145-15

时光是不留情面的，所谓“第三种人”，尤其是施蛰存和杜衡即苏汶，到今年就各自露出他本来的嘴脸来了。

准风月谈/后记(1934·10·16)

●9-29-145-16

忠勇的人思想较为简单，不会神经衰弱，面皮也容易发红，倘使他要永远中立，自称“第三种人”，精神上就不免时时痛苦，脸上一块青，一块白，终于显出白鼻子来了。

且介亭杂文/脸谱臆测(1934·10·28)

●9-29-145-17

出现了所谓“第三种人”，是当然决非左翼，但又不是右翼，超然于左右之外的人物。他们以为文学是永久的，政治的现象是暂时的，所以文学不能和政治相关，一相关，就失去它的永久性，中国将从此没有伟大的作品。

且介亭杂文/中国文坛上的鬼魅(1934·11·21)

●9-29-145-18

忠实于文学的“第三种人”，也写不出伟大的作品。为什么呢？是因为左翼批评家不懂得文学，为邪说所迷，对于他们的好作品，都加以严酷而不正确的批评，打击得他们写不出来了。所以左翼批评家，是中国文学的刽子手。

且介亭杂文/中国文坛上的鬼魅(1934·11·21)

●9-29-145-19

对于政府的禁止刊物，杀戮作家呢，他们不谈，因为这是属于政治的，一谈，就失去他们的作品的永久性了；况且禁压，或杀戮“中国文学的刽子手”之流，倒正是“第三种人”的永久的文学，伟大的作品的保护者。

且介亭杂文/中国文坛上的鬼魅(1934·11·21)

●9-29-145-20

“第三种人”教训过我们，希腊神话里说什么恶鬼有一张床，捉了人去，给睡在这床上，短了，就拉长他，太长，便把他截短＊。左翼批评就是这样的床，弄得他们写不出东西来了。现在这张床真的摆出来了，不料却只有“第三种人”睡得不长不短，刚刚合式。仰面唾天，掉在自己的眼睛里，天下真会有这等事。

〖释：“希腊神话……”，指“普洛克鲁斯德斯之床”的故事。强盗普洛克鲁斯德斯有长短不同的两张床，他把长人放在短床上，将他锯短；将矮人放在长床上，将他拉长。〗

且介亭杂文二集/叶紫作《丰收》序(1935·1·16)

●9-29-145-21

地球上不止一个世界，实际上的不同，比人们空想中的阴阳两界还利害。这一世界中人，会轻蔑，憎恶，压迫，恐怖，杀戮别一世界中人，然而他不知道，因此他也写不出，于是他自称“第三种人”，他“为艺术而艺术”，他即使写了出来，也不过是三只眼，长颈子而已。“再亮些”＊？不要骗人罢！你们的眼睛在那里呢？

〖释：“再亮些”，杜衡着有长篇小说《再亮些》。〗

且介亭杂文二集/叶紫作《丰收》序（1935·1·16）

●9-29-145-22

杜衡之类，总要说那些话的，倘不说，就不成其为杜衡了。我们即使一动不动，他也要攻击的，一动，自然更攻击。

书信/致黄源（1935·2·3）

●9-29-145-23

出版家的资本安全了，“第三种人”的旗子不见了，他们也在暗地里使劲的拉上了绞架的同业的脚，而没有一种刊物可以描出他们的原形，因为他们正握着涂抹的笔尖，生杀的权力。

且介亭杂文/中国文坛上的鬼魅（1935·11·21）

●9-29-145-24

《脸谱臆测》『注：收入《且介亭杂文》』是写给《生生月刊》＊的，奉官谕：不准发表。我当初很觉得奇怪，待到领回原稿，看见用红铅笔打着杠子的处所，才明白原来得罪了“第三种人”老爷们了。

〖释：《生生月刊》，文艺杂志。1935年2月创刊于上海，只出一期。〗

且介亭杂文/附记（1935·12·30）

●9-29-145-25

由我的经验说起来，检查官之“爱护”“第三种人”，却似乎是真的，我去年所写的文章，有两篇冒犯了他们，一篇被删掉（《病后杂谈之余》），一篇被禁止（《脸谱臆测》）了。

且介亭杂文二集/后记（1935·12·31）

●9-29-145-26

数年前的文坛上所谓“第三种人”杜衡辈，标榜超然，实为群丑，不久即本相毕露，知耻者皆羞称之，无待这里多说了。

且介亭杂文二集/“题未定”草〔九〕（1936·2）

●9-29-145-27

至于“第三种人”，这里早没有人相信它们了，并非为了我们的打击，是年深月久之后，自己露出了尾巴，连施蛰存、戴望舒之流办刊物，也怕它们投稿。

书信/致曹靖华（1936·4·1）

●9-29-145-28

“第三种人”已无面目见人，则驱戴望舒为出面腔，冀在文艺上复活＊，远之为是。

〖释：“‘第三种人’冀在文艺上复活”，当时杜衡、施蛰存和戴望舒三人曾策划使《现代》杂志复刊。后未成。〗

书信/致台静农（1936·5·7）

●9-29-145-29

《现实》和《高尔基论文集》，都被一书店『注：指现代书局』（那时是在“第三种人”手里的）扣留了几年，到今年才设法赎出来的，你看上海的鬼蜮，多么可怕。

书信/致曹白（1936·10·6）

（146）“新月派”和“现代评论派”

我早已说过：公理和正义，都被正人君子夺去了，所以我已经一无所有。

●9-29-146-1

见新月社书目，春台及学昭姑娘俱列名，我以为太不值得。其书目内容及形式，一副徐志摩式也。吧儿辈方携眷南下，而情状又变，近当又皇皇然若丧家，可怜也夫。

书信/致章廷谦（1927·8·17）

●9-29-146-2

新月书店的目录，你看过了没有？每种广告

都飘飘然，是诗哲手笔。……最可恶者《闲话》*广告将我升为“语丝派首领”，而云曾与“现代派主将”陈西滢交战，故凡看《华盖集》者，也当看《闲话》云云。我已作杂感寄《语丝》以骂之*，此后又做了四五篇*。

〖释：《闲话》，指《西滢闲话》，1928年3月上海新月书店出版。/“我已作杂感以骂之”，指《辞“大义”》。/“此后又做了四五篇”，指《革“首领”》、《扣丝杂感》、《“公理”之所在》和《“意表之外”》等。〗

书信/致章廷谦（1927·9·19）

●9-29-146-3

去年想捉我的“正人君子”们，现已大抵南下革命了……

书信/致翟永坤（1927·9·19）

●9-29-146-4

一群正人君子，连拜服“孤桐先生”的陈源教授即西滢，都舍弃了公理正义的栈房的东吉祥胡同，到青天白日旗下来“服务”了。《民报》*的广告在我的名字上用了“权威”两个字，当时陈源教授多么挖苦呀。这回我看见《闲话》出版的广告，道：“想认识这位文艺批评界的权威的，——尤其不可不读《闲话》！”这真使我觉得飘飘然，原来你不必“请君入瓮”，自己也会爬进来！

但那广告上又举出一个曾经被称为“学棍”的鲁迅来，而这回偏尊之曰“先生”，居然和这“文艺批评界的权威”并列，却确乎给了我一个不小的打击。我立刻自觉：阿呀，痛哉，又被钉在木板上替“文艺批评界的权威”做广告了。两个“权威”，一个假的和一个真的，一个被“权威”挖苦的“权威”和一个挖苦“权威”的“权威”。呵呵！

〖释：《民报》，1925年7月创刊于北京，不久即被张作霖查封。〗

而已集/通信（1927·10·1）

●9-29-146-5

印度有一个泰戈尔。这泰戈尔到过震旦来，改名竺震旦*。因为这竺震旦做过一本《新月集》，所以这震旦就有了一个新月社，——中间我不大明了——现在又有了一个叫作新月书店的。

〖释：“竺震旦”，这是泰戈尔1924年在中国度六十四岁生日时，梁启超给他取的中国名字。我国古代称印度为天竺，简称竺国；当时印度僧人初入中国，多用“竺”字冠其名。〗

而已集/辞“大义”（1927·10·1）

●9-29-146-6

这新月书店要出版的有一本《闲话》，这本《闲话》的广告里有下面这几句话：

……鲁迅先生（语丝派首领）所仗的大义，他的战略，读过《华盖集》的人，想必已经认识了。但是现代派的义旗，和它的主将——西滢先生的战略，我们还没有明了。……

“派”呀，“首领”呀，这种谥法实在有些可怕。不远就又会有人来诮骂。甲道：看哪！鲁迅居然称为首领了。天下有这种首领的么？乙道：他就专爱虚荣。人家称他首领，他就满脸高兴。我亲眼看见的。

但这是我领教惯了的教训了，并不为奇。这回所觉得新鲜而惶恐的，是忽而将宝贵的“大义”硬塞在我手里，给我竖起大旗来，叫我和“现代派”的“主将”去对垒。我早已说过：公理和正义，都被正人君子夺去了，所以我已经一无所有。大义么，我连它是圆柱形的呢还是椭圆形的都不知道，叫我怎么“仗”？

而已集/辞“大义”（1927·10·1）

●9-29-146-7

“主将”呢，自然以有“义旗”为体面罢。不过我没有这么冠冕。既不成“派”，也没有做“首领”，更没有“仗”过“大义”。更没有用什么“战略”，因为我未见广告以前，竟没有知道西滢先生是“现代派”的“主将”，——我总当他是一个喽罗儿。

而已集/辞“大义”（1927·10·1）

●9-29-146-8

我想，“孤桐先生”尚在，“现代派”该也未必忘了曾有人称我为“学匪”，“学棍”，“刀笔吏”的，而今忽假“鲁迅先生”以“大义”者，但为广告起见而已。

呜呼，鲁迅鲁迅，多少广告，假汝之名以行！

而已集/辞“大义”（1927·10·1）

●9-29-146-9

按：该文为戏谑的“预言”。《现代评论》曾广设代售处一百多处。

茶店，浴堂，麻花摊，皆寄售《现代评论》。

而已集/拟豫言——一九二九年出现的琐事（1928·1·28）

●9-29-146-10

《现代评论》也不但不再豫料革命之不成功，且登广告『注：载1928年9月12日北京《新晨报》』云：“现在国民政府收复北平，本周刊又有销行的机会（谨案：妙极）了”了。

而已集/大衍发微·附记（1928·10·20）

●9-29-146-11

新月书店我怕不大开得好，内容太薄弱了。虽然作者多是教授，但他们发表的论文，我看不过日本的中学生程度。

书信/致章廷谦（1927·12·26）

●9-29-146-12

按：1929年发生的“中东路事件”致使中苏关系紧张，上海、北平等地反苏气氛骤涨。

大家都说要打俄国，或者“愿为前驱”，或者“愿作后盾”，连中国文学所赖以不坠的新月书店，也登广告出卖关于俄国的书籍两种，则举国之同仇敌忾也可知矣。

三闲集/《吾国征俄战史之一页》（1929·8·5）

●9-29-146-13

《新月》忽而大起劲，这是将代《现代评论》而起，为政府作“诤友”，因为《现代》曾为老段『注：指段祺瑞』诤友，不能再露面也。

书信/致章廷谦（1929·8·17）

●9-29-146-14

譬如，杀人，是不行的。但杀掉“杀人犯”的人，虽然同是杀人，又谁能说他错？打人，也不行的。但大老爷要打斗殴犯人的屁股时，皂隶来一五一十的打，难道也算犯罪么？新月社批评家虽然也有嘲骂，也有不满，而独能超然于嘲骂和不满的罪恶之外者，我以为就是这一个道理。

……刽子手和皂隶既然做了这样维持治安的任务，在社会上自然要得到几分的敬畏，甚至于还不妨随意说几句话，在小百姓面前显显威风，只要不大妨害治安，长官向来也就装做不知道了。

三闲集/新月社批评家的任务（1930·1·1）

●9-29-146-15

新月社中的批评家，是很憎恶嘲骂的，但只嘲骂一种人，是做嘲骂文章者。新月社中的批评家，是很不以不满于现状的人为然的，但只不满于一种现状，是现在竟有不满于现状者。这大约就是“即以其人之道，还治其人之身”，挥泪以维持治安的意思。

三闲集/新月社批评家的任务（1930·1·1）

●9-29-146-16

新月社的声明＊中，虽说并无什么组织，在论文里，也似乎痛恶无产阶级式的“组织”，“集团”这些话，但其实是有组织的……

〖释：“新月社的声明”，指《新月》创刊号（1928年3月）所载《新月的态度》。〗

二心集/“硬译”与“文学的阶级性”（1930·3）

●9-29-146-17

以硬自居了，而实则其软如棉，正是新月社

的一种特色。

二心集/“硬译”与“文学的阶级性”（1930·3）

●9-29-146-18

我的译作，本不在博读者的“爽快”，却往往给以不舒服，甚而至于使人气闷，憎恶，愤恨。读了会“落个爽快”的东西，自有新月社的人们的译著在：徐志摩先生的诗，沈从文，凌叔华先生的小说，陈西滢（即陈源）先生的闲话，梁实秋先生的批评，潘光旦先生的优生学，还有白璧德先生的人文主义。

二心集/“硬译”与“文学的阶级性”（1930·3）

●9-29-146-19

《新月》一出世，就主张“严正态度”＊，但于骂人者则骂之，讥人者则讥之。这并不错，正是“即以其人之道，还治其人之身”，虽然也是一种“报复”，而非为了自己。到二卷六七号合本的广告上，还说“我们都保持‘容忍’的态度（除了‘不容忍’的态度是我们所不能容忍以外），我们都喜欢稳健的合乎理性的学说”。上两句也不错，“以眼还眼，以牙还牙”，和开初仍然一贯。然而从这条大路走下去，一定要遇到“以暴力抗暴力”，这和新月社诸君所喜欢的“稳健”也不能相容了。

〖**释：“严正态度”，指新月社在《新月》第一卷第一号（1928年3月）发刊词《新月的态度》中所表示的“态度”。他们提出所谓“健康”和“尊严”这“两大原则”，又在该刊第二卷第六、七期合刊（1929年9月）的《敬告读者》中，宣称“我们的立论的态度希望能做到严正的地步”云。**〗

二心集/“硬译”与“文学的阶级性”（1930·3）

●9-29-146-20

按：胡适等曾在《新月》上发表谈人权的文章，遭当局打打压，教育部对胡适加以“警诫”，《新月》遭扣留。于是，《新月》月刊第二卷第六、七号合刊（1929年9月）上刊载了胡适的《新文化运动与国民党》，罗隆基的《告压迫言论自由者》和编者的《敬告读者》等。后者以同人的名义说：“我们都信仰‘思想自由’，我们都主张‘言论出版自由’，我们都保持‘容忍’的态度（除了‘不容忍’的态度是我们所不能容忍以外），我们都喜欢稳健的合乎理性的学说”，云云。

这一回，新月社的“自由言论”遭了压迫，照老办法，是必须对于压迫者，也加以压迫的，但《新月》上所显现的反应，却是一篇《告压迫言论自由者》，先引对方的党义，次引外国的法律，终引东西史例，以见凡压迫自由者，往往臻于灭亡：是一番替对方设想的警告。

所以，新月社的“严正态度”，“以眼还眼”法，归根结蒂，是专施之力量相类，或力量较小的人的，倘给有力者打肿了眼，就要破例，只举手掩住自己的脸，叫一声“小心你自己的眼睛！”

二心集/“硬译”与“文学的阶级性”（1930·3）

●9-29-146-21

乌烟瘴气的团体乘势而起，有的是意太利式＊，有的是法兰西派＊，但仍然毫无创作，他们的惟一的长处，是在暗示有力者，说某某的作品是收受卢布所致。我先前总以为文学者是用手和脑的，现在才知道有一些人，是用鼻子的了。

〖**释：“意太利式”，指意大利墨索里尼法西斯势力。此指1930年上海出现的“民族主义文学”派。/“法兰西派”，指经常标榜法国式“博爱平等自由”口号的新月派。**〗

书信/致曹靖华（1930·9·20）

●9-29-146-22

左翼作家拿着苏联的卢布之说，在所谓“大报”和小报上，一面又纷纷的宣传起来，新月社的批评家也从旁很卖了些力气。有些报纸，还拾了先前的创造社派的几个人的投稿于小报上的话，讥笑我为“投降”，有一种报则载起《文坛贰臣传》＊来，第一个就是我，——但后来好像并不再做下去了。

〖释：《文坛贰臣传》，1930年5月7日《民国日报》载署名“男儿”的《文坛上的贰臣传——一、鲁迅》，集中攻击鲁迅。〗

二心集/序言（1932·4·30）

●9-29-146-23

为艺术而艺术派对俗事是不问的，但对于俗事如主张为人生而艺术的人是反对的，则如现代评论派，他们反对骂人，但有人骂他们，他们也是要骂的。他们骂骂人的人，正如杀杀人的人一样——他们是刽子手。

集外集拾遗/帮忙文学与帮闲文学（1932·12·17）

●9-29-146-24

三年前的新月社诸君子，不幸和焦大有了相类的境遇。他们引经据典，对于党国有了一点微词＊，虽然引的大抵是英国经典，但何尝有丝毫不利于党国的恶意，不过说：“老爷，人家的衣服多少干净，您老人家的可有些儿脏，应该洗它一洗”罢了。不料“荃不察余之中情兮”『注：语出《离骚》』，来了一嘴的马粪：国报同声致讨，连《新月》杂志也遭殃。但新月社究竟是文人学士的团体，这时就也来了一大堆引据三民主义，辨明心迹的“离骚经”。现在好了，吐出马粪，换塞甜头，有的顾问，有的教授，有的秘书，有的大学院长，言论自由，《新月》也满是所谓“为文艺的文艺”了。

〖释：“三年前的新月社诸君子……”，指1929年胡适等在《新月》上发表谈人权的文章遭打压事。胡适等竭力辨明心迹，后终于得到当局的谅解和赏识。〗

伪自由书/言论自由的界限（1933·4·22）

●9-29-146-25

所引的文字中，我以为很有些篇，倒是出于先前的“革命文学者”。但他们现在是另一个笔名，另一副嘴脸了。这也是必然的。革命文学者若不想以他的文字，助革命更加深化，展开，却借革命来推销他自己的“文学”，则革命高扬的时候，他正是狮子身中的害虫＊，而革命一受难，就一定要发现以前的“良心”，或以“孝子”＊之名，或以“人道”之名，或以“比正在受难的革命更加革命”之名，走出阵线之外，好则沉默，坏就成为叭儿的。这不是我的“毒瓦斯”＊，这是彼此看见的事实！

〖释：“狮子身中的害虫”，佛家譬喻。指比丘（和尚）中破坏佛法的坏人。/“孝子”，指杨邨人。他曾以“孝心”作为退出中国共产党的“理由”。/“毒瓦斯”，杨邨人曾化名“柳丝”，在《新儒林外史》中丑化鲁迅，有从“牙缝里头”“放出毒瓦斯”等句。〗

伪自由书/后记（1933·7·20）

●9-29-146-26

若干叭儿，忽然转向，又挂新招牌以自利，一面遮掩实情，以欺骗世界的事，却未必会没有。这除却与之战斗以外，更无别法。这样的战斗，是要继续得很久的。

书信/致杨霁云（1934·6·9）

●9-29-146-27

现在尚有若干明白学生，固然尚可小住，但与月孽『注：指新月派』争，学生是一定失败的，他们孜孜不倦，无所不为，我亦曾在北京领教过，觉得他们之凶悍阴险，远在三根先生之上。和此辈相处一两年，即能幸存，也还是有损无益的，因为所见所闻，决不会有有益身心之事……

书信/致郑振铎（1935·1·8）

●9-29-146-28

新月社的作家们是最憎恶骂人的，但遇见骂人的人，就害得他们不能不骂。

且介亭杂文/论俗人应避雅人（1935·3·20）

（147）“民族主义文学”

那些宠犬派文学之中，锣鼓敲得最起劲的，是所谓“民族主义文学”。

●9-29-147-1

按：1930年6月，当局策划了“民族主义文学”运动，发起者有潘公展、范争波、朱应鹏、傅彦长、王平陵等人，曾出版《前锋周报》、《前锋月刊》等，以大肆叫嚣、鼓噪的姿态掩饰政治黑暗、军阀混战、国土沦丧、民族危亡的真相。九一八事变后，这种倾向加剧。

今年是“民族主义文学”家大活动，凡不和他们一致的，几乎都称为“反动”，有不给活在中国之概，所以我的译作是无处发表，书报当然更不出了。

书信/致崔真吾（1930·11·19）

●9-29-147-2

所谓“文艺家”的许多人，是一向在尽“宠犬”的职分的，虽然他们所标的口号，种种不同，艺术至上主义呀，国粹主义呀，民族主义呀，为人类的艺术呀，但这仅如巡警手里拿着前膛枪或后膛枪，来福枪，毛瑟枪的不同，那终极的目的却只有一个：就是打死反帝国主义即反政府，亦即“反革命”，或仅有些不平的人民。

二心集/“民族主义文学”的任务和运命（1931·10·23）

●9-29-147-3

那些宠犬派文学之中，锣鼓敲得最起劲的，是所谓“民族主义文学”。但比起侦探，巡捕，刽子手们的显著的勋劳来，却还有很多的逊色。这缘故，就因为他们还只在叫，未行直接的咬，而且大抵没有流氓的剽悍，不过是飘飘荡荡的流尸……这些原是上海滩上久已沉沉浮浮的流尸，本来散见于各处的，但经风浪一吹，就漂集一处，形成一个堆积，又因为各个本身的腐烂，就发出较浓厚的恶臭来了。

二心集/“民族主义文学”的任务和运命（1931·10·23）

●9-29-147-4

虽然是杂碎的流尸，那目标却是同一的：和主人一样，用一切手段，来压迫无产阶级，以苟延残喘。

二心集/“民族主义文学”的任务和运命（1931·10·23）

●9-29-147-5

“民族主义文学”无须有那些呜呼阿呀死死活活的调子吗？谨对曰：要有的，他们也一定有的。否则不抵抗主义，城下之盟，断送土地这些勾当，在沉静中就显得更加露骨。必须痛哭怒号，摩拳擦掌，令人被这扰攘嘈杂所惑乱，闻悲歌而泪垂，听壮歌而愤泄……

二心集/“民族主义文学”的任务和运命（1931·10·23）

●9-29-147-6

一个很要紧，很可怕的问题，是主子和奴才能否“同存共荣”的大关键。

历史告诉我们：不能的。这，正如连“民族主义文学者”也已经知道一样，不会有这一回事。他们将只尽些送丧的任务，永含着恋主的哀愁，须到无产阶级革命的风涛怒吼起来，刷洗山河的时候，这才能脱出这沉滞猥劣和腐烂的运命。

二心集/“民族主义文学”的任务和运命（1931·10·23）

●9-29-147-7

翻一本他们的刊物来看罢，先前标榜过各种主义的各种人，居然凑合在一起了。这是“民族主义”的巨人的手，将他们抓过来的么？并不，这些原是上海滩上久已沉沉浮浮的流尸，本来散见于各处的，但经风浪一吹，就漂集一处，形成一个堆积，又因为各个本身的腐烂，就发出较浓厚的恶臭来了。

二心集/“民族主义文学”的任务和运命（1931·10·23）

●9-29-147-8

先前的有些所谓文艺家……一到旧社会的崩

溃愈加分明，阶级的斗争愈加锋利的时候，他们也就看见了自己的死敌，将创造新的文化，一扫旧来的污秽的无产阶级，并且觉到了自己就是这污秽，将与在上的统治者同其运命，于是就必然漂集于为帝国主义所宰制的民族中的顺民所竖起的“民族主义文学”的旗帜之下，来和主人一同做一回最后的挣扎了。

二心集/“民族主义文学”的任务和运命（1931·10·23）

●9-29-147-9

在《前锋月刊》＊第五号上，却给了我们一篇明白的作品，据编辑者说，这是“参加讨伐阎冯军事＊的实际描写”。描写军事的小说并不足奇，奇特的是这位“青年军人”的作者所自述的在战场上的心绪，这是“民族主义文学家”的自画像，极有郑重引用的价值的——

每天晚上站在那闪烁的群星之下，手里执着马枪，耳中听着虫鸣，四周飞动着无数的蚊子，那样都使人想到法国“客军”在菲洲沙漠里与阿剌伯人争斗流血的生活。（黄震遐：《陇海线上》）

原来中国军阀的混战，从“青年军人”，从“民族主义文学者”看来，是并非驱同国人民互相残杀，却是外国人在打别一外国人，两个国度，两个民族，在战地上一到夜里，自己就飘飘然觉得皮色变白，鼻梁加高，成为腊丁民族的战士，站在野蛮的菲洲了。那就无怪乎看得周围的老百姓都是敌人，要一个一个的打死。……中国的“民族主义文学家”根本上只同外国主子休戚相关，为什么倒称“民族主义”，来朦混读者，那是因为他们自己觉得有时好像腊丁民族＊，条顿民族＊了的缘故。

〖释：《前锋月刊》，“民族主义文学”的主要刊物。存在于1930年10月－1931年4月。/“讨伐阎冯军事”，指1930年5－10月蒋介石与冯玉祥、阎锡山沿陇海、津浦铁路进行的军阀战争。/“腊丁民族”，拉丁语系的意大利、法兰西、西班牙、葡萄牙等国人。/“条顿民族”，日尔曼语系的德国、英国、瑞士、荷兰、丹麦、挪威等国人。〗

二心集/“民族主义文学”的任务和运命（1931·10·23）

●9-29-147-10

黄震遐＊先生……接着又写了一篇较切“民族主义”这个题目的剧诗，这回不用法兰西人了，是《黄人之血》（《前锋月刊》七号）。

这剧诗的事迹，是黄色人种的西征，主将是成吉思汗的孙子拔都＊元帅，真正的黄色种。所征的是欧洲，其实专在斡罗斯（俄罗斯）——这是作者的计划；一路胜下去，可惜后来四种人不知“友谊”的要紧和“团结的力量”，自相残杀，竟为白种武士所乘了——这是作者的讽喻，也是作者的悲哀。

但我们且看这黄色军的威猛和恶辣罢——

…………

恐怖呀，煎着尸体的沸油；

可怕呀，遍地的腐骸如何凶丑；

……

黄祸来了！黄祸来了！

亚细亚勇士们张大吃人的血口。

这德皇威廉因为要鼓吹“德国德国，高于一切”而大叫的“黄祸”＊，这一张“亚细亚勇士们张大”的“吃人的血口”，我们的诗人却是对着“斡罗斯”，就是现在无产者专政的第一个国度，以消灭无产阶级的模范——这是“民族主义文学”的目标；但究竟因为是殖民地顺民的“民族主义文学”，所以我们的诗人所奉为首领的，是蒙古人拔都，不是中华人赵构，张开“吃人的血口”的是“亚细亚勇士们”，不是中国勇士们，所希望的是拔都的统驭之下的“友谊”，不是各民族间的平等的友爱——这就是露骨的所谓“民族主义文学”的特色，但也是青年军人的作者的悲哀。

〖释：黄震遐（1907－1974），广东南海人。作家。“民族主义文学”骨干人物。/拔都（1209－1256），成吉思汗之孙，1235年率军征服斡罗斯（今俄罗斯），深入今波兰、匈牙利等地。/“德皇威廉……大叫的‘黄祸’”，德皇威廉二世（1859－1941）于1895年和1907年两度叫嚣“黄祸”。这种论调认为中国、日本等东方黄色种族将威胁、毁灭欧洲。〗

二心集/“民族主义文学”的任务和运命（1931·10·23）

●9-29-147-11

拔都死了；在亚细亚的黄人中，现在可以拟为那时的蒙古的只有一个日本。日本的勇士们虽然也痛恨苏俄，但也不爱抚中华的勇士，大唱“日支亲善”虽然也和主张“友谊”一致，但事实又和口头不符，从中国“民族主义文学者”的立场上，在己觉得悲哀，对他加以讽喻，原是势所必至，不足诧异的。……就像拔都那时的结局一样，朝鲜人乱杀中国人*，日本人“张大吃人的血口”，吞了东三省了。

〖释：“朝鲜人乱杀中国人”，九一八事变发生前不久，在日本人策动下，平壤和汉城曾出现袭击、残杀中国人事件。〗

二心集/“民族主义文学”的任务和运命（1931·10·23）

●9-29-147-12

我们现在所看见的是“民族主义”旗下的报章所载的小勇士们的愤激和绝望。这也是势所必至，无足诧异的……于是小勇士们要打仗了——

……你看敌人的枪炮都响了，

快上前，把我们的肉体筑一座长城。

……

（苏凤：《战歌》。《民国日报》载。）

……我们去把热血锈住贼子的枪头，

我们去把肉身塞住仇人的炮口。

……凭着我们一点纯爱的精灵，

……去把仇人杀尽

（甘豫庆：《去上战场去》。《申报》载。）

……看，看，看，

看同胞们的血喷出来了，

看同胞们的肉割开来了，

看同胞们的尸体挂起来了。

（邵冠华：《醒起来罢同胞》。同上。）

这些诗里很明显的是作者都知道没有武器，所以只好用“肉体”，用“纯爱的精灵”，用“尸体”。

……快起来奋斗，

战死是我们生路。

（沙珊：《学生军》。同上。）

……朋友哟，

准备着我们的头颅去给敌人砍掉。

（徐之津：《伟大的死》。同上。）

一群是发扬踔厉，一群是慷慨悲歌，写写固然无妨，但倘若真要这样，却未免太不懂得“民族主义文学”的精义了，然而，却也尽了“民族主义文学”任务。

二心集/“民族主义文学”的任务和运命（1931·10·23）

●9-29-147-13

现在日本兵“东征”了东三省，正是“民族主义文学家”理想中的“西征”的第一步，“亚细亚勇士们张大吃人的血口”的开场。不过先得在中国咬一口。……所以，这沈阳事件〖注：指九一八事变〗，不但和“民族主义文学”毫无冲突，而且还实现了他们的理想境，倘若不明这精义，要去硬送头颅，使“亚细亚勇士”减少，那实在是很可惜的。

二心集/“民族主义文学”的任务和运命（1931·10·23）

●9-29-147-14

落葬的行列里有悲哀的哭声，有壮大的军乐，那任务是在送死人埋入土中，用热闹来掩过了这“死”，给大家接着就得到“忘却”。现在“民族主义文学”的发扬踔厉，或慷慨悲歌的文章，便是正在尽着同一的任务的。

二心集/“民族主义文学”的任务和运命（1931·10·23）

●9-29-147-15

文学上所见的常有新主义，以前有所谓民族主义的文学也者，闹得很热闹，可是自从日本兵一来，马上就不见了。我想大概是变成为艺术而艺术了吧。

集外集拾遗/今春的两种感想（1932・11・30）

●9-29-147-16

希奇文章，常常在刊物上出现。不过其实也并非作者不通，大抵倒是恐怕“不准通”，因而先就“不敢通”了的缘故。头等聪明人不谈这些，就成了“为艺术的艺术”家；次等聪明人竭力用种种法，来粉饰这不通，就成了“民族主义文学”者，但两者是都属于自己“不愿通”，即“不肯通”这一类里的。

伪自由书/不通两种（1933・2・11）

●9-29-147-17

民族主义的文学家在今年的一种小报上说，“鲁迅多疑”，是不错的，我正在疑心这批人们也并非真的民族主义文学者，变化正未可限量呢。

南腔北调集/《自选集》自序（1933・3）

●9-29-147-18

前三年，“民族主义文学”家敲着大锣大鼓的时候，曾经有一篇《黄人之血》＊说明了最高的愿望是在追随成吉思皇帝＊的孙子拔都元帅之后，去剿灭“斡罗斯”。斡罗斯者，今之苏俄也。

〖释：《黄人之血》，诗剧，黄震遐著。刊1931年4月《前锋月刊》。/成吉思皇帝，即成吉思汗。〗

伪自由书/止哭文学（1933・3・24）

●9-29-147-19

来了一部《大上海的毁灭》，用数目字告诉读者以中国的武力，决定不如日本，给大家平平心；而且以为活着不如死亡（“十九路军死，是警告我们活得可怜，无趣!”），但胜利又不如败退（“十九路军胜利，只能增加我们苟且，偷安与骄傲的迷梦!”）。总之，战死是好的，但战败尤其好，上海之役，正是中国的完全的成功。

伪自由书/止哭文学（1933・3・24）

●9-29-147-20

叭儿们何尝知道什么是民族主义，又何尝想到民族，只要一吠有骨头吃，便吠影吠声了。其实，假使我真做了汉奸，则它们的主子就要来握手，它们还敢开口吗?

书信/致杨霁云（1934・5・15）

●9-29-147-21

古人也早经说过，“以马上得天下，不能以马上治之。”『注：语出《史记・陆贾传》』所以要剿灭革命文学，还得用文学的武器。

作为这武器而出现的，是所谓“民族文学”『注：即“民族主义文学”』。他们研究了世界上各人种的脸色，决定了脸色一致的人种，就得取同一的行为，所以黄色的无产阶级，不该和黄色的有产阶级斗争，却该和白色的无产阶级斗争。他们还想到了成吉思汗，作为理想的标本，描写他的孙子拔都汗，怎样率领了许多黄色的民族，侵入斡罗斯，将他们的文化摧残，贵族和平民都做了奴隶。

且介亭杂文/中国文坛上的鬼魅（1935・11・21）

●9-29-147-22

中国人跟了蒙古的可汗去打仗，其实是不能算中国民族的光荣的，但为了扑灭斡罗斯，他们不能不这样做，因为我们的权力者，现在已经明白了古之斡罗斯，即今之苏联，他们的主义，是决不能增加自己的权力，财富和姨太太的了。然而，现在的拔都汗是谁呢?

且介亭杂文/中国文坛上的鬼魅（1935・11・21）

●9-29-147-23

一九三一年九月，日本占据了东三省，这确是中国人将要跟着别人去毁坏苏联的序曲，民族主义文学家们可以满足的了。但一般的民众却以为目前的失去东三省，比将来的毁坏苏联还紧要，他们激昂了起来。于是民族主义文学家也只好顺风转舵，改为对于这事件的啼哭，叫喊了。许多热心的青年们往南京去请愿，要求出兵；然而这须经过极辛苦的试验，火车不准坐，露宿了几日，才给他们坐到南京，有许多是只好用自己的脚走。到得南京，却不料就遇到一大队曾经训练过的“民众”，手里是棍子，皮鞭，手枪，迎头一顿打，使他们只好脸上或身上肿起几块，当作结果，垂头丧气的回家，有些人还从此找不到，有的是在水里淹死了，据报上说，那是他们自己掉下去的。

民族主义文学家们的啼哭也从此收了场，他们的影子也看不见了，他们已经完成了送丧的任务。这正和上海的葬式行列是一样的，出去的时候，有杂乱的乐队，有唱歌似的哭声，但那目的是在将悲哀埋掉，不再记忆起来；目的一达，大家走散，再也不会成什么行列的了。

且介亭杂文/中国文坛上的鬼魅（1935·11·21）

(148)“托洛斯基派”

我，即使怎样不行，自觉和你们总是相离很远的罢。

●9-29-148-1

按：鲁迅曾收到一封署名“陈仲山”1936年6月3日的来信。据一些“托派分子”的回忆，其本名陈其昌，河南洛阳人，当时是一个托派组织临时中央委员会的委员。另有史料证实，抗日战争时期，陈其昌在上海死于日本宪兵的刑讯室内。鲁迅时已病重，仍于6月9日回信，同年7月发表在《文学丛报》月刊第四期和《现实文学》月刊第一期，后收入《且介亭杂文末编》，题《答托洛斯基派的信》。该信后面括弧注明“由先生口授，O. V. 笔写”。“O. V.”，即冯雪峰。“托洛斯基”，通译托洛茨基。

总括先生来信的意思，大概有两点，一是骂史太林『注：即斯大林』先生们是官僚，再一是斥毛泽东先生们的“各派联合一致抗日”的主张为出卖革命。

这很使我“糊涂”起来了，因为史太林先生们的苏维埃俄罗斯社会主义共和国联邦在世界上的任何方面的成功，不就说明了托洛斯基先生的被逐，飘泊，潦倒，以致“不得不”用敌人金钱的晚景的可怜么？现在的流浪，当与革命前西伯利亚的当年风味不同，因为那时怕连送一片面包的人也没有；但心境又当不同，这却因了现在苏联的成功。事实胜于雄辩，竟不料现在就来了如此无情面的讽刺的。

且介亭杂文末编/答托洛斯基派的信（1936·7）

●9-29-148-2

你们的“理论”确比毛泽东先生们高超得多，岂但得多，简直一是在天上，一是在地下。但高超固然是可敬佩的，无奈这高超又恰恰为日本侵略者所欢迎，则这高超仍不免要从天上掉下来，掉到地上最不干净的地方去。

且介亭杂文末编/答托洛斯基派的信（1936·7）

●9-29-148-3

你们高超的理论为日本所欢迎，我看了你们印出的很整齐的刊物，就不禁为你们捏一把汗，在大众面前，你们能够洗刷得很清楚么？这决不是因为从前你们中曾有人跟着别人骂过我拿卢布，现在就来这一手以报复。不是的，我还不至于这样下流，因为我不相信你们会下作到拿日本人钱来出报攻击毛泽东先生们的一致抗日论。你们决不会的。我只要敬告你们一声，你们的高超的理论，将不受中国大众所欢迎，你们的所为有背于中国人现在为人的道德。我要对你们讲的话，就仅仅这一点。

且介亭杂文末编/答托洛斯基派的信（1936·7）

●9-29-148-4

最后，我倒感到一点不舒服，就是你们忽然寄信寄书给我，不是没有原因的。那就因为我的某几个战友曾指我是什么什么的原故。但我，即使怎样不行，自觉和你们总是相离很远的罢。

且介亭杂文末编/答托洛斯基派的信（1936·7）

第三十节 “左联”与左翼文坛

现存的左翼作家，能写出好的无产阶级文学来么？我想，也很难。

（149）“革命文学”与“革命文学家”

创造社和太阳社向我进攻的时候，那力量实在单薄……一看就知道都是化名，骂来骂去都是同样的几句话。

●9-30-149-1

为革命起见，要有“革命人”，“革命文学”倒无须急急，革命人做出东西来，才是革命文学。

而已集/革命时代的文学（1927·6·12）

●9-30-149-2

世间往往误以两种文学为革命文学：一是在一方的指挥刀的掩护之下，斥骂他的敌手的；一是纸面上写着许多“打，打”，“杀，杀”，或“血，血”的。

而已集/革命文学（1927·10·21）

●9-30-149-3

从指挥刀下骂出去，从裁判席上骂下去，从官营的报上骂开去，真是伟哉一世之雄，妙在被骂者不敢开口。而又有人说，这不敢开口，又何其怯也？对手无“杀身成仁”之勇，是第二条罪状，斯愈足以显革命文学家之英雄。

而已集/革命文学（1927·10·21）

●9-30-149-4

革命地方的文字，是要直截痛快，“革命！革命！”的，这才是“革命文学”。我曾经看见一种期刊上登载一篇文章，后有作者的附白，说这一篇没有谈及革命，对不起读者，对不起对不起。但自从“清党”以后，这“直截痛快”以外，却又增添了一种神经过敏。“命”自然还是要革的，然而又不宜太革，太革便近于过激，过激便近于共产党，变了“反革命”了。所以现在的“革命文学”，是在顽固这一种反革命和共产党这一种反革命之间。

而已集/扣丝杂感（1927·10·22）

●9-30-149-5

有几种刊物（如创造社出版的东西），近来亦大肆攻击了。我倒觉得有趣起来，想试试我究竟能够挨得多少刀箭。

书信/致章廷谦（1928·3·6）

●9-30-149-6

在成仿吾的祝贺之下，也从今年产生的《文化批判》*上的李初梨的文章*，索性主张无产阶级文学，但无须无产者自己来写；无论出身是什么阶级，无论所处是什么环境，只要“以无产阶级的意识，产生出来的一种的斗争的文学”就是，直截爽快得多了。但他一看见“以趣味为中心”的可恶的“语丝派”的人名就不免曲折，仍旧“要问甘人君，鲁迅是第几阶级的人？”*

〖释：《文化批判》，月刊，创造社的理论性刊物。1928年1月创刊，共出五期。在创刊号上载有成仿吾的《祝辞》。/“李初梨的文章”，指他的《怎样地建设革命文学》。/“要问甘人君，鲁迅是第几阶级的人？”《北新》半月刊第二卷第一号（1927年11月）载甘人的文章，其中有“鲁迅……是我们时代的作者”的话；对此，李初梨在《怎样地建设革命文学》中质问：“我要问甘人君，鲁迅究竟是第几阶级的人，他写的又是第几阶级的文学？他所诚实地发表过的，又是第几阶级的人民的痛苦？‘我们的时代’，又是第几阶级的时代？甘人君对于‘中国新文艺的将来与其自己’简直毫不认识。”〗

三闲集/“醉眼”中的朦胧（1928·3·12）

●9-30-149-7

我们的批判者才将创造社的功业写出，加以“否定的否定”，要去“获得大众”＊的时候，便已梦想“十万两无烟火药”，并且似乎要将我挤进“资产阶级”去（因为“有闲就是有钱”云），我倒颇也觉得危险了。后来看见李初梨说：“我以为一个作家，不管他是第一第二……第百第千阶级的人，他都可以参加无产阶级文学运动；不过我们先要审察他们的动机。……”＊这才有些放心，但可虑的是对于我仍然要问阶级。“有闲就是有钱”；倘使无钱，该是第四阶级＊，可以“参加无产阶级文学运动”了罢，但我知道那时又要问“动机”。总之，最要紧是“获得无产阶级的阶级意识”，——这回可不能只是“获得大众”便算完事了。横竖缠不清，最好还是让李初梨去“由艺术的武器到武器的艺术”，让成仿吾去坐在半租界里积蓄“十万两无烟火药”，我自己是照旧讲“趣味”。

〖释：“我们的批判者才将创造社的功业写出……”，成仿吾在《从文学革命到革命文学》一文中对早期创造社作出了极高评价。／“我以为一个作家……”，这段话见李初梨的《怎样地建设革命文学》。／“第四阶级”，即无产阶级。／“由艺术的武器到武器的艺术”，这是李初梨《怎样地建设革命文学》一文中的话。〗

三闲集／“醉眼”中的朦胧（1928·3·12）

●9-30-149-8

创造派“为革命而文学”，所以仍旧要文化，文学是现在最紧要的一点，因为将“由艺术的武器，到武器的艺术”，一到“武器的艺术”的时候，便正如“由批判的武器，到用武器的批判”＊的时候一般，世界上有先例，“徘徊者变成同意者，反对者变成徘徊者”＊了。

但即刻又有一点不小的问题：为什么不就到“武器的艺术”呢？

〖释：“由批判的武器，到用武器的批判”，语出马克思《〈黑格尔法哲学批判〉导言》。／“徘徊者变成同意者，反对者变成徘徊者”，此语出处待查。〗

三闲集／“醉眼”中的朦胧（1928·3·12）

●9-30-149-9

因为那边正有“武器的艺术”，所以这边只能有“艺术的武器”。

这艺术的武器，实在不过是不得已，是从无抵抗的幻影脱出，坠入纸战斗的新梦里去了。但革命的艺术家，也只能以此维持自己的勇气，他只能这样。

三闲集／“醉眼”中的朦胧（1928·3·12）

●9-30-149-10

倘使那时不说“不革命便是反革命”，革命的迟滞是“语丝派”之所为，给人家扫地也还可以得到半块面包吃，我便将于八时间工作之暇，坐在黑房里，续钞我的《小说旧闻钞》，有几国的文艺也还是要谈的，因为我喜欢。所怕的只是成仿吾们真像符拉特弥尔·伊力支『注：即列宁』一般，居然“获得大众”；那么，他们大约更要飞跃又飞跃，连我也会升到贵族或皇帝阶级里，至少也总得充军到北极圈内去了。译著的书都禁止，自然不待言。

三闲集／“醉眼”中的朦胧（1928·3·12）

●9-30-149-11

按：这是鲁迅给自称“一个被你毒害的青年Y”1928年4月23日来信的复信。

你说我毒害了你了，但这里的批评家，却明明说我的文字是“非革命”的。假使文学足以移人，则他们看了我的文章，应该不想做革命文学了，现在他们已经看了我的文章，断定是“非革命”，而仍不灰心，要做革命文学者，可见文字于人，实在没有什么影响，——只可惜是同时打破了革命文学的牌坊。

三闲集／通信（1928·4·23）

●9-30-149-12

别的革命文学家，因为我描写黑暗，便吓得

屁滚尿流，以为没有出路了，所以他们一定要讲最后的胜利，付多少钱终得多少利，像人寿保险公司一般。

三闲集/通信（1928·4·23）

●9-30-149-13

那些革命文学家，大抵是今年发生的，有一大串，虽然还在互相标榜，或互相排斥，我也分不清是“革命已经成功”的文学家呢，还是“革命尚未成功”的文学家。不过似乎说是因为有了我的一本《呐喊》或《野草》，或我们印了《语丝》，所以革命还未成功，或青年懒于革命了。这口吻却大家大略一致的。这是今年革命文学界的舆论。对于这些舆论，我虽然又好气又好笑，但也颇有些高兴。因为虽然得了延误革命的罪状，而一面却免去诱杀青年的内疚了。那么，一切死者，伤者，吃苦者，都和我无关。先前真是擅负责任。

三闲集/通信（1928·4·23）

●9-30-149-14

第四阶级文学家对于我，大家拚命攻击。但我一点不痛，以其打不着致命伤也。以中国之大，而没有一个好手段者，可悲也夫。

书信/致章廷谦（1928·5·4）

●9-30-149-15

英勇的刊物真是层出不穷，“文艺的分野”＊上的确热闹起来了。日报广告上的《战线》＊这名目就惹人注意，一看便知道其中都是战士。承蒙一个朋友寄给我三本，才得看见了一点枪烟，并且明白弱水＊做的《谈中国现在的文学界》里的有一粒弹子，是瞄准着我的。为什么呢？因为先是《“醉眼”中的朦胧》做错了。据说错处有三：一是态度，二是气量，三是年纪。……

鲁迅那篇，不敬得很，态度太不兴了。我们从他先后的论战上看来，不能不说他的量气太窄了。最先（据所知）他和西滢战，继和长虹战，我们一方面觉得正直是在他这面，一方面又觉得辞锋太有点尖酸刻薄，现在又和创造社战，辞锋仍是尖酸，正直却不一定落在他这面。是的，仿吾和初梨两人对他的批评是可以有反驳的地方，但这应庄严出之，因为他们所走的方向不能算不对，冷嘲热刺，只有对于冥顽不灵者为必要，因为是不可理喻。对于热烈猛进的绝对不合用这种态度。他那种态度，虽然在他自己亦许觉得骂得痛快，但那种口吻，适足表出“老头子”的确不行吧了。……

这一段虽然并不涉及是非，只在态度，量气，口吻上，断定这“老头子的确不行”，从此又自然而然地抹杀我那篇文字……不过我要指摘，这位隐姓埋名的弱水先生，其实是创造社那一面的。我并非说，这些战士，大概是创造社里常见他的脚踪，或在艺术大学＊里兼有一只饭碗，不过指明他们是相同的气类。因此，所谓《战线》，也仍不过是创造社的战线。所以我和西滢长虹战，他虽然看见正直，却一声不响，今和创造社战，便只看见尖酸，忽然显战士身而出现了。

〖释：“文艺的分野”，当时创造社中人的常用语。/《战线》，文艺性周刊。1928年4月1日在上海创刊，出至第五期停刊。/弱水，即潘梓年。/“艺术大学”，即上海艺术大学，一所绘画学校，1928年得到创造社的合作，开设文学、美术和社会科学三个系，主要课程由创造社同人承担。〗

三闲集/我的态度气量和年纪（1928·5·7）

●9-30-149-16

这次对于创造社，是的，“不敬得很”，未免有些不“庄严”；即使在我以为是直道而行，他们也仍可认为“尖酸刻薄”。于是“论战”便变成“态度战”，“量气战”，“年龄战”了。但成仿吾辈的对我的“态度”，战士们虽然不屑留心到，在我本身是明白的。我有兄弟，自以为算不得就是我“不可理喻”，而这位批评家于《呐喊》出版时，即加以讥刺道：“这回由令弟编了出来，真是好看得多了”。这传统直到五年之后，再见于冯乃超的论文，说是“无聊赖地跟他弟弟说几句人道主义的美丽的说话”＊。我的主张如何且不论，即使相同，何以说话相同便是“无聊赖地”？莫非一有“弟弟”，就必须反对，一个讲革命，一个即该讲保皇，一个学地理，一个就得学天文么？还有，我合印一年的杂感为《华盖集》，另印先前所钞的小说史料为《小说旧闻钞》，是并不相干的。这位成仿吾先生却加以编排道：“我们的鲁迅先生坐在华盖之下正在抄他的‘小说旧闻’。”这使李初梨很高兴，今年又抄在《文化批判》里，还乐得不可开交道，“他（成仿吾）这段文章，比‘趣味文学’还更有趣些。”但是还不够，他们因为我生在绍兴，绍兴出酒，便说“醉眼陶然”；因为我年纪比他们大了，便说“老生”，还要加注道：“若许我用文学的表现。”＊而这一个“老”的错处，还给《战线》上的弱水先生作为“的确不行”的根源。

〖释：“无聊赖地跟他弟弟说几句人道主义的美丽的说话”，是冯乃超1928年1月在《艺术与社会生活》一文中挖苦鲁迅的话。／“醉眼陶然”，“老生”，“若许我用文学的表现”等，都是冯乃超挖苦鲁迅的话。〗

三闲集/我的态度气量和年纪（1928·5·7）

●9-30-149-17

我自信对于创造社，还不至于用了他们的籍贯，家族，年纪，来作奚落的资料，不过今年偶然做了一篇文章，其中第一次指摘了他们文字里的矛盾和笑话而已。但是“态度”的问题来了，“量气”的问题也来了，连战士也以为尖酸刻薄。莫非必须我学革命文学家所指为“卑污”的托尔斯泰，毫无抵抗，或者上一呈文：“小资产阶级或有产阶级臣鲁迅诚惶诚恐谨呈革命的‘印贴利更追亚’『注：俄语“知识分子”的音译』老爷麾下”，这才不至于“的确不行”么？

三闲集/我的态度气量和年纪（1928·5·7）

●9-30-149-18

至于我是“老头子”，却的确是我的不行。“和长虹战”的时候，他也曾指出我这一条大错处，此外还嘲笑我的生病＊。而且也是真的，我的确生过病……幸而我年青时没有真上战线去，受过创伤，倘使身上有了残疾，那就又添一件话柄，现在真不知道要受多少奚落哩。这是“不革命”的好处，应该感谢自己的。

〖释：“……嘲笑我的生病”，高长虹1926年11月在《1925北京出版界形势指掌图》一文中骂鲁迅为“世故老人”，嘲弄他“入于身心交病之状况矣”云。〗

三闲集/我的态度气量和年纪（1928·5·7）

●9-30-149-19

革命文学家的言论行动，我近来觉得不足道了。一切伎俩，都已用出，不过是政客和商人的杂种法术，将“口号”“标语”之类，贴上了杂志而已。

书信/致章廷谦（1928·5·30）

●9-30-149-20

中国现在也有人嚷些什么“Don Quixote”＊『注：“堂·吉诃德”』了，但因为实在并没有看过这一部书，所以和实际是一点不对的。

〖释：当时创造社一些人如成仿吾、李初梨等1928年所写文章中多次把鲁迅比作堂·吉诃德。〗

集外集/《奔流》编校后记〔一〕（1928·6·5）

●9-30-149-21

革命文学现在不知怎地，又仿佛不十分旺盛了。他们的文字，和他们一一辩驳是不值得的，因为他们都是胡说。最好是他们骂他们的，我们骂我们的。

书信/致章廷谦（1928·6·6）

●9-30-149-22

革命文学家，要年青貌美，齿白唇红，如潘汉年叶灵凤辈，这才是天生的文豪，乐园的材料；如我者，在《战线》上就宣布过一条“满口黄牙”的罪状，……岂不亵渎了“无产阶级文学”么？

三闲集/革命咖啡店（1928·8·13）

●9-30-149-23

杭州另外有一个鲁迅时，我登了一篇启事，“革命文学家”就挖苦了＊。但现在仍要自己出手来做一回，一者因为我不是咖啡，不愿意在革命店里做装点；二是我没有创造社那么阔，有一点事就一个律师，两个律师＊。

〖释：“杭州另外有一个鲁迅时……”，1928年初，有人冒名鲁迅在杭州西湖招摇撞骗，鲁迅得知后于同年4月2日登出《在上海的鲁迅启事》以澄清事实。随后，潘汉年在同年4月22日的《战线》周刊第一卷第四期发表《假鲁迅与真鲁迅》，对鲁迅刊登启事一事进行挖苦：“那位少老先生，看中鲁迅的名字有如此魔力，所以在曼珠和尚坟旁M女（士）面前，题下这个‘鲁迅游杭吊老友’的玩意儿，现在上海的鲁迅偏偏来一个启事……叫以后要乞教或见访的女士们，认清本店老牌，只此一家，并无分出”，云云。/“创造社……一个律师，两个律师”，1926年创造社招股集资，1927年聘刘世芳为律师，曾宣称“如有诬毁本社者决依法起诉”云。〗

三闲集/革命咖啡店（1928·8·13）

●9-30-149-24

我在“革命文学”战场上，是“落伍者”，所以中心和前面的情状，不得而知。但向他们屁股那面望过去，则有成仿吾司令的《创造月刊》，《文化批判》，《流沙》，蒋光X＊（恕我还不知道现在已经改了那一字）拜帅的《太阳》＊，王独清＊领头的《我们》＊，青年革命艺术家叶灵凤独唱的《戈壁》＊；也是青年革命艺术家潘汉年编撰的《现代小说》＊和《战线》＊；再加上一个真是“跟在弟弟背后说漂亮话”的潘梓年的速成的《洪荒》＊。但前几天看见K君＊对日本人的谈话（见《战旗》＊七月号），才知道潘叶之流的“革命文学”是不算在内的。

〖释：蒋光X，指蒋光慈（1901－1931），曾名蒋光赤（大革命失败改赤为慈），安徽六安人。太阳社主要成员之一，作家。《太阳》，即《太阳月刊》，太阳社主要文学刊物之一，1928年1月在上海创刊，出至第七期停刊。/《我们》，即《我们月刊》，1928年5月在上海创刊，出至第三期停刊。创刊号上第一篇系王独清的《祝辞》。/王独清（1898－1940），陕西西安人，当时的创造社成员。后为“托派”。/《戈壁》，半月刊，1928年5月在上海创刊，出至第四期停刊。/《现代小说》，月刊，1928年1月在上海创刊，1930年3月停刊。/《洪荒》，半月刊，1928年5月在上海创刊，出至第三期停刊。/K君，指郭沫若。他和成仿吾与日本战旗社作家藤枝丈夫等的谈话，载《战旗》1928年7月号。/《战旗》，当时全日本无产者艺术联盟的机关刊物。〗

三闲集/文坛的掌故（1928·8·20）

●9-30-149-25

向“革命的智识阶级”叫打倒旧东西，又拉旧东西来保护自己，要有革命者的名声，却不肯吃一点革命者往往难免的辛苦，于是不但笑啼俱伪，并且左右不同，连叶灵凤所抄袭来的“阴阳脸”＊，也还不足以淋漓尽致地为他们自己写照，我以为这是很可惜，也觉得颇寂寞的。

〖释：“阴阳脸”，《戈壁》第二期（1928年5月）载叶灵凤一幅模仿西欧立体派的讽刺鲁迅的漫画，并附有说明：“鲁迅先生，阴阳脸的老人，挂着他已往的成绩，躲在酒缸的后面，挥着他‘艺术的武器’，在抵御着纷然而来的外侮。”〗

三闲集/文坛的掌故（1928·8·20）

●9-30-149-26

我只希望有切实的人，肯译几部世界上已有定评的关于唯物史观的书——至少，是一部简单浅显的，两部精密的——还要一两本反对的著作。那么，论争起来，可以省说许多话。

三闲集/文学的阶级性（1928·8·20）

●9-30-149-27

《文艺政策》另有画室『注：即冯雪峰』先生的译本，去年就出版了。听说照例的创造社革命文学诸公又在“批判”，有的说鲁迅译这书是不甘

"落伍"，有的说画室居然捷足先登。其实我译这书，倒并非救"落"，也不在争先，倘若译一部书便免于"落伍"，那么，先驱倒也是轻松的玩意。

集外集/《奔流》编校后记〔九〕(1929·3·25)

●9-30-149-28

新近上海出版的革命文学的一本书的封面上，画着一把钢叉，这是从《苦闷的象征》的书面上，取来的，叉的中间的一条尖刺上，又安一个铁锤，这是从苏联的旗子上取来的。然而这样地合了起来，却弄得既不能刺，又不能敲，只能在表明这位作者的庸陋，——也正可以做那些文艺家的徽章。

三闲集/现今的新文学的概观(1929·4·25)

●9-30-149-29

不要脑子里存着许多旧的残滓，却故意瞒了起来，演戏似的指着自己的鼻子道，"惟我是无产阶级!"

三闲集/现今的新文学的概观(1929·4·25)

●9-30-149-30

从前年以来，对于我个人的攻击是多极了，每一种刊物上，大抵总要看见"鲁迅"的名字，而作者的口吻，则粗粗一看，大抵好像革命文学家。但我看了几篇，竟逐渐觉得废话太多了。解剖刀既不中腠理，子弹所击之处，也不是致命伤。例如我所属的阶级罢，就至今还未判定，忽说小资产阶级，忽说"布尔乔亚"，有时还升为"封建余孽"，而且又等于猩猩（见《创造月刊》上的"东京通信"）；有一回则骂到牙齿的颜色＊。在这样的社会里，有封建余孽出风头，是十分可能的，但封建余孽就是猩猩，却在任何"唯物史观"上都没有说明，也找不出牙齿色黄，即有害于无产阶级革命的论据。

〖释："……骂到牙齿的颜色"，1928年4月15日出版的第三期《流沙》上署名"心光"的文章中攻击鲁迅"露出满口黄牙在那里冷笑"云云。〗

二心集/"硬译"与"文学的阶级性"(1930·3)

●9-30-149-31

郑伯奇＊先生现在是开书铺，印Haupgmann『注：霍普特曼〈1862－1946〉，德国剧作家』和Gregory夫人『注：格列高里夫人〈1852－1932〉，爱尔兰剧作家』的剧本了，那时他还是革命文学家，便在所编的《文艺生活》＊上，笑我的翻译这书『注：指鲁迅翻译的苏联《文艺政策》』，是不甘没落，而可惜被别人着了先鞭。翻一本书便会浮起，做革命文学家真太容易了，我并不这样想。有一种小报，则说我的译《艺术论》是"投降"＊。是的，投降的事，为世上所常有。但其时成仿吾元帅早已爬出日本的温泉，住进巴黎的旅馆了，在这里又向谁去输诚呢。今年，说法又两样了，在《拓荒者》和《现代小说》上，都说是"方向转换"＊。……其实，这些纷纭之谈，也还是只看名目，连想也不肯想的老病。译一本关于无产文学的书，是不足以证明方向的，倘有曲译，倒反足以为害。我的译书，就也要献给这些速断的无产文学批评家，因为他们是有不贪"爽快"，耐苦来研究这些理论的义务的。

〖释：郑伯奇(1895－1979)，作家，创造社成员。当时在上海开设"文献书房"。/《文艺生活》，创造社后期的文艺周刊，郑伯奇编辑。1928年12月在上海创刊，共出四期。/"一种小报说我译《艺术论》是'投降'"，1929年8月19日上海《真报》载文说鲁迅被创造社"批判"之后，"今年也提起笔来翻过一本革命艺术论，表示投降的意味"云。/"《拓荒者》和《现代小说》都说是'方向转换'"，《拓荒者》第一期(1930年1月)载钱杏邨《中国新兴文学中的几个具体的问题》中说："……就是现在'在转换中'的鲁迅吧，也写过'文笔的拙劣不如报纸的新闻'这一类的讽刺。" 《现代小说》第三卷第三期(1929年12月)载刚果伦的《一九二九年中国文坛的回顾》中也说："鲁迅给我们的只是他转换了方向以后的关于普罗文艺的译品。"〗

二心集/"硬译"与"文学的阶级性"(1930·3)

●9-30-149-32

中国的作者，现在却实在并无刚刚放下锄斧柄子的人，大多数都是进过学校的智识者，有些还是早已有名的文人，莫非克服了自己的小资产阶级意识之后，就连先前的文学本领也随着消失了么？不会的。……那病根并不在“以文艺为阶级斗争的武器”，而在“借阶级斗争为文艺的武器”，在“无产者文学”这旗帜之下，聚集了不少的忽翻筋斗的人，试看去年的新书广告，几乎没有一本不是革命文学，批评家又但将辩护当作“清算”，就是，请文学坐在“阶级斗争”的掩护之下，于是文学自己倒不必着力，因而于文学和斗争两方面都少关系了。

二心集/“硬译”与“文学的阶级性”（1930·3）

●9-30-149-33

前年创造社和太阳社向我进攻的时候，那力量实在单薄，到后来连我都觉得有点无聊，没有意思反攻了，因为我后来看出了敌军在演“空城计”。那时候我的敌军是专事于吹擂，不务于招兵练将的；攻击我的文章当然很多，然而一看就知道都是化名，骂来骂去都是同样的几句话。我那时就等待有一个能操马克斯主义批评的枪法的人来狙击我的，然而他终于没有出现。

二心集/对于左翼作家联盟的意见（1930·4·1）

●9-30-149-34

这里的新的文艺运动，先前原不过一种空喊，并无成绩，现在则连空喊也没有了。新的文人，都是一转眼间，忽而化为无产文学家的人，现又消沈下去，我看此辈于新文学大有害处，只有提出这一个名目来，使大家注意了之功，是不可没的。

书信/致曹靖华（1930·9·20）

●9-30-149-35

文学研究会……是主张为人生的艺术的，是一面创作，一面也看重翻译的，是注意于绍介被压迫民族文学的，这些都是小国度，没有人懂得他们的文字，因此也几乎全都是重译的。并且因为曾经声援过《新青年》，新仇夹旧仇，所以文学研究会这时就受了三方面的攻击。一方面就是创造社，既然是天才的艺术，那么看那为人生的艺术的文学研究会自然就是多管闲事，不免有些“俗”气，而且还以为无能，所以倘被发见一处误译，有时竟至于做一篇长长的专论＊。

〖释：“……长长的专论”，指成仿吾在《创造季刊》第二卷第一期（1923年5月）发表的《“雅典主义”》。它对佩韦（王统照）的《今年纪念的几个文学家》（载1922年12月《小说月报》）一文中将无神论（Atheism）误译为“雅典主义”提出“专论”。〗

二心集/上海文艺之一瞥（1931·7·20）

●9-30-149-36

“新上海”是究竟敌不过“老上海”的，创造社员在凯歌声中，终于觉到了自己就在做自己们的出版者的商品，种种努力，在老板看来，就等于眼镜铺大玻璃窗里纸人的睐眼，不过是“以广招徕”。待到希图独立出版的时候，老板就给吃了一场官司，虽然也终于独立，说是一切书籍，大加改订，另行印刷，从新开张了，然而旧老板却还是永远用了旧版子，只是印，卖，而且年年是什么纪念的大廉价。

商品固然是做不下去的，独立也活不下去。创造社的人们的去路，自然是在较有希望的“革命策源地”的广东。在广东，于是也有“革命文学”这名词的出现，然而并无什么作品，在上海，则并且还没有这名词。

二心集/上海文艺之一瞥（1931·7·20）

●9-30-149-37

到了前年，革命文学这名目这才旺盛起来了，主张的是从革命策源地回来的几个创造社元老和若干新份子。革命文学之所以旺盛起来，自然是因为由于社会的背景，一般积极的青年都跑到实际工作去了，那时还没有什么显著的革命文学运动，到了政治环境突然改变，革命遭了挫折，阶级的分化非常明显，国民党以清党之名，大戮共产党及革命群众，而死剩的青年们再入于被迫压的境遇，于是革命文学在上海这才有了强烈的活动。所以这革命文学的旺盛起来，在表面上和别国不同，并非由于革命的高扬，而是因为革命的挫折；虽然其中也有些是旧文人解下指挥刀来重理笔墨的旧业，有些是几个青年被从实际工作排出，只好借此谋生，但因为实在具有社会的基础，所以在新份子里，是很有极坚实正确的人存在的。但那时的革命文学运动，据我的意见，是未经好好的计划，很有些错误之处的。例如，第一，他们对于中国社会，未曾加以细密的分析，便将在苏维埃政权之下才能运用的方法，来机械的地运用了。

二心集/上海文艺之一瞥（1931·7·20）

●9-30-149-38

翻着筋斗的小资产阶级，即使是在做革命文学家，写着革命文学的时候，也最容易将革命写歪；写歪了，反于革命有害，所以他们的转变，是毫不足惜的。

二心集/上海文艺之一瞥（1931·7·20）

●9-30-149-39

当革命文学的运动勃兴时，许多小资产阶级的文学家忽然变过来了，那时用来解释这现象的，是突变之说。……有些忽然一天晚上自称突变过来的小资产阶级革命文学家，不久就又突变回去了。

二心集/上海文艺之一瞥（1931·7·20）

●9-30-149-40

前年的主张十分激烈，以为非革命文学，统得扫荡的人，去年却记得了列宁爱看冈却罗夫*。（I. A. Gontcharov）的作品的故事，觉得非革命文学，意义倒也十分深长……

〖释：冈却罗夫，通译冈察洛夫（1812－1891），俄国作家。著有长篇小说《奥勃洛摩夫》等。列宁在《论苏维埃共和国的国内外形势》等文中曾多次提到过奥勃洛摩夫这个艺术形象。〗

二心集/上海文艺之一瞥（1931·7·20）

●9-30-149-41

我到了上海，却遇见文豪们的笔尖的围剿了，创造社，太阳社，“正人君子”们的新月社中人，都说我不好，连并不标榜文派的现在多升为作家或教授的先生们，那时的文字里，也得时常暗暗地奚落我几句，以表示他们的高明。我当初还不过是“有闲即是有钱”，“封建余孽”或“没落者”，后来竟被判为主张杀青年的棒喝主义『注：即法西斯』者了。这时候，有一个从广东自云避祸逃来，而寄住我的寓里的廖君，也终于忿忿的对我说道：“我的朋友都看不起我，不和我来往了，说我和这样的人住在一处。”

那时候，我是成了“这样的人”的。……

〖释：“……寄住我的寓里的廖君”，指廖立峨。原为厦门大学学生，1927年1月随鲁迅转学中山大学。〗

三闲集/序言（1932·4·24）

●9-30-149-42

我有一件事要感谢创造社的，是他们“挤”我看了几种科学底文艺论，明白了先前的文学史家们说了一大堆，还是纠缠不清的疑问。

三闲集/序言（1932·4·24）

●9-30-149-43

直白的说罢，我一向很回避创造社里的人物。这也不只因为历来特别的攻击我，甚而至于施行人身攻击的缘故，大半倒在他们的一副“创造”脸。虽然他们之中，后来有的化为隐士，有的化为富翁，有的化为实践的革命者，有的也化为奸细，而在“创造”这一面大纛之下的时候，却总是神气十足，好像连出汗打嚏，也全是“创造”似的。

伪自由书/前记（1933·7·19）

●9-30-149-44

当蒋光慈先生组织太阳社，和创造社联盟，率领“小将”来围剿我的时候，他曾经做过一篇文章，其中有几句，大意是说，鲁迅向来未曾受人攻击，自以为不可一世，现在要给他知道知道了。其实这是错误的，我自作评论以来，即无时不受攻击，即如这三四月中，仅仅关于《自由谈》的，就已有这许多篇，而且我所收录『注：指收录在《伪自由书》中的』的，还不过一部份。先前何尝不如此呢，但它们都与如驶的流光一同消逝，无踪无影，不再为别人所觉察罢了。

伪自由书/后记（1933·7·20）

●9-30-149-45

我居然逃过了这一关『注：指幼年时患天花』，真是洪福齐天，就是每年开一次庆祝会也不算过分。否则，死了倒也罢了，万一不死而脸上留一点麻，则现在除年老之外，又添上一条大罪案，更要受青年而光脸的文艺批评家的奚落了。幸而并不，真是叨光得很。

集外集拾遗补编/我的种痘（1933·8·1）

●9-30-149-46

给我以诬蔑和侮辱，是平常的事；我也并不为奇：惯了。但那是小报，是敌人。略具识见的，一看就明白。而《文学》是挂着冠冕堂皇的招牌的，我又是同人之一，为什么无端虚构事迹，大加奚落，至于到这地步呢？莫非缺一个势利卑劣的老人，也在文学戏台上跳舞一下，以给观众开心，且催呕吐么？我自信还不至于是这样的脚色，我还能够从此跳下这可怕的戏台。那时就无论怎样诬辱嘲骂，彼此都没有矛盾了。

南腔北调集/给文学社信（1933·9·1）

●9-30-149-47

凡作者，和读者因缘愈远的，那作品就于读者愈无害。古典的，反动的，观念形态已经很不相同的作品，大抵即不能打动新的青年的心（但自然也要有正确的指示），倒反可以从中学学描写的本领，作者的努力。恰如大块的砒霜，欣赏之余，所得的是知道它杀人的力量和结晶的模样：药物学和矿物学上的知识了。可怕的倒在用有限的砒霜，和在食物中间，使青年不知不觉的吞下去，例如似是而非的所谓“革命文学”，故作激烈的所谓“唯物史观的批评”，就是这一类。这倒是应该防备的。

准风月谈/关于翻译〔上〕（1933·9·11）

●9-30-149-48

突兴之后，革命文学的作家（旧仇创造社，新成立的太阳社）所攻击的却是我，加以旧仇新月社，一同围攻，乃为“众矢之的”……

书信/致姚克（1933·11·5）

●9-30-149-49

罗兰的评语*，我想将永远找不到。据译者敬隐渔说，那是一封信，他便寄给创造社——他久在法国，不知道这社是很讨厌我的——请他们发表，而从此就永无下落。

〖释：“罗兰的评语”，指罗曼·罗兰对《阿Q正传》的赞叹。〗

书信/致姚克（1933·12·19）

●9-30-149-50

革命者为达目的，可用任何手段的话，我是以为不错的，所以即使因为我罪孽深重，革命文学的第一步，必须拿我来开刀，我也敢于咬着牙关忍受。杀不掉，我就退进野草里，自己舐尽了伤口的血迹，决不烦别人傅药。

南腔北调集/答杨邨人先生公开信的公开信（1933·12·28）

●9-30-149-51

集一部《围剿十年》『注：鲁迅拟编的集子，后未编成』……大约于后来的读者，也许不无益处。但恐怕也不多，因为自己或同时人，较知底细，所以容易了然，后人则未曾身历其境，即如隔鞋搔痒。譬如小孩子，未曾被火所灼，你若告诉他火灼是怎样的感觉，他到底莫名其妙。我有时也和外国人谈起，在中国不久的，大约不相信天地间会有这等事，他们以为是在听《天方夜谈》。所以应否编印，竟也未能决定。

二则，这类的文章……在身受者，最初是会愤懑的，后来经验一多，就不大措意，也更无愤懑或苦痛。我想，这就是菲洲黑奴虽日受鞭挞，还能活下去的原因。这些人身攻击的文字中，有卢冀野作，有郭沫若的化名之作，先生一定又大吃一惊了罢，但是，人们是往往这样的。

书信/致杨霁云（1934·5·15）

●9-30-149-52

“老作家”的“老”字，就是一宗罪案，这法律在文坛上已经好几年了，不过或者指为落伍，或者说是把持，……总没有指出明白的坏处。这回才由上海的青年作家揭发了要点，是在“卖”他的“老”。

且介亭杂文二集/六论“文人相轻”——二卖（1935·10）

●9-30-149-53

有些所谓革命作家，其实是破落户的漂零子弟。他也有不平，有反抗，有战斗，而往往不过是将败落家族的妇姑勃豀，叔嫂斗法的手段，移到文坛上。嘁嘁嚓嚓，招是生非，搬弄口舌，决不在大处着眼。这衣钵流传不绝。

且介亭杂文末编/答徐懋庸并关于抗日统一战线问题（1936·8）

---

(150)“联合战线”

联合战线是以有共同目的为必要条件的。

●9-30-150-1

如果“叛徒”们造成战线而能遇到敌人，中国的情形早已不至于如此，因为现在所遇见的并无敌人，只有暗箭罢了。所以想有战线，必须先有敌人，这事情恐怕还辽远得很，若现在，则正如来信所说，大概连是友是仇也不大容易分辨清楚的。

集外集/通信〔复霉江〕（1925·9·4）

●9-30-150-2

创造社和我们，现在感情似乎很好。他们在南方颇受迫压了，可叹。看现在文艺方面用力的，仍只有创造，未名，沈钟三社，别的没有，这三社若沈默，中国全国真成了沙漠了。

书信/致李霁野（1927·9·25）

●9-30-150-3

创造社于去年已被封＊。有人说，这是因为他们好赖债，自己去运动出来的。但我想，这怕未必。但无论如何，总不会还账的，因为他们每月薪水，小人物四十，大人物二百。又常有大小人物卷款逃走，自己又不很出书，自然只好用别家的钱了。

〖释：“创造社于去年被封”，创造社1929年2月曾被当局查封。“去年”，当指夏历。〗

书信/致韦素园（1929·4·7）

●9-30-150-4

联合战线是以有共同目的为必要条件的。……我们战线不能统一，就证明我们的目的不能一致，或者只为了小团体，或者还其实只为了个人，如果目的都在工农大众，那当然战线也就统一了。

二心集/对于左翼作家联盟的意见（1930·4·1）

●9-30-150-5

到一九三〇年，那些“革命文学家”支持不下去了，创，太二社的人们始改变战略，找我及其他先前为他们所反对的作家，组织左联……

书信/致姚克（1933·11·5）

●9-30-150-6

民族革命战争的大众文学，是无产阶级革命

文学的一发展，是无产革命文学在现在时候的真实的更广大的内容。这种文学，现在已经存在着，并且即将在这基础之上，再受着实际战斗生活的培养，开起烂漫的花来罢。

且介亭杂文末编/论现在我们的文学运动（1936·7）

●9-30-150-7

民族革命战争的大众文学决不是只局限于写义勇军打仗，学生请愿示威……等等的作品。这些当然是最好的，但不应这样狭窄。它广泛得多，广泛到包括描写现在中国各种生活和斗争的意识的一切文学。

且介亭杂文末编/论现在我们的文学运动（1936·7）

●9-30-150-8

民族革命战争的大众文学，正如无产革命文学的口号一样，大概是一个总的口号罢。在总口号之下，再提些随时应变的具体的口号，例如"国防文学""救亡文学""抗日文艺"……等等，我以为是无碍的。不但没有碍，并且是有益的，需要的。自然，太多了也使人头昏，浑乱。

且介亭杂文末编/论现在我们的文学运动（1936·7）

●9-30-150-9

另一个作者解释"国防文学"，说"国防文学"必须有正确的创作方法，又说现在不是"国防文学"就是"汉奸文学"*，欲以"国防文学"一口号去统一作家，也先豫备了"汉奸文学"这名词作为后日批评别人之用。这实在是出色的宗派主义的理论。我以为应当说：作家在"抗日"的旗帜，或者在"国防"的旗帜之下联合起来；不能说：作家在"国防文学"的口号下联合起来，因为有些作者不写"国防为主题"的作品，仍可从各方面来参加抗日的联合战线；即使他像我一样没有加入"文艺家协会"，也未必就是"汉奸"。

〖释："不是'国防文学'就是'汉奸文学'"，周扬在《关于国防文学》一文中说"国防的主题应当成为汉奸以外的一切作家的作品之最中心产主题"云。〗

且介亭杂文末编/答徐懋庸并关于抗日统一战线问题（1936·8）

●9-30-150-10

"国防文学"不能包括一切文学，因为在"国防文学"与"汉奸文学"之外，确有既非前者也非后者的文学，除非他们有本领也证明了《红楼梦》，《子夜》，《阿Q正传》是"国防文学"或"汉奸文学"。这种文学存在着，但它不是杜衡，韩侍桁，杨邨人之流的什么"第三种文学"。

且介亭杂文末编/答徐懋庸并关于抗日统一战线问题（1936·8）

●9-30-150-11

我和"民族革命战争的大众文学"这口号的关系。徐懋庸之流的宗派主义也表现在对于这口号的态度上。他们既说这是"标新立异"，又说是与"国防文学"对抗。我真料不到他们会宗派到这样的地步。只要"民族革命战争的大众文学"的口号不是"汉奸"的口号，那就是一种抗日的力量；为什么这是"标新立异"？你们从那里看出这是与"国防文学"对抗？拒绝友军之生力的，暗暗的谋杀抗日的力量的，是你们自己的这种比"白衣秀士"王伦『注：《水浒》中的人物』还要狭小的气魄。

且介亭杂文末编/答徐懋庸并关于抗日统一战线问题（1936·8）

●9-30-150-12

我还得说一说"民族革命战争的大众文学"这口号的无误及其与"国防文学"口号之关系。——我先得说，前者这口号不是胡风提的，胡风做过一篇文章*是事实，但那是我请他做的，他的文章解释得不清楚也是事实。这口号，也不是我一个人的"标新立异"，是几个人大家经过一番商议的，茅盾先生就是参加商议的一个。郭沫若先生远在日本，被侦探监视着，连去信商问也不方便。可惜的就只是没有邀请徐懋庸们来参加议讨。但问题不在这口号由谁提出，只在它有没有错误。如果它是为了推动一向囿于普罗革命文学的左翼作家们跑到抗日的民族革命战争的前线上去，它是为了补救“国防文学”这名词本身的在文学思想的意义上的不明了性，以及纠正一些注进“国防文学”这名词里去的不正确的意见，为了这些理由而被提出，那么它是正当的，正确的。如果人不用脚底皮去思想，而是用过一点脑子，那就不能随便说句“标新立异”就完事。

〖释：“胡风做过一篇文章”，这篇题为《人民大众向文学要求什么?》的文章提到了“民族革命战争的大众文学”口号，发表于《文学丛报》第三期（1936年6月）。〗

且介亭杂文末编/答徐懋庸并关于抗日统一战线问题（1936·8）

●9-30-150-13

中国目前的革命的政党向全国人民所提出的抗日统一战线的政策，我是看见的，我是拥护的，我无条件地加入这战线，那理由就因为我不但是一个作家，而且是一个中国人，所以这政策在我是认为非常正确的，我加入这统一战线，自然，我所使用的仍是一枝笔，所做的事仍是写文章，译书……

且介亭杂文末编/答徐懋庸并关于抗日统一战线问题（1936·8）

●9-30-150-14

我赞成一切文学家，任何派别的文学家在抗日的口号之下统一起来的主张。

且介亭杂文末编/答徐懋庸并关于抗日统一战线问题（1936·8）

●9-30-150-15

我以为文艺家在抗日问题上的联合是无条件的，在只要他不是汉奸，愿意或赞成抗日，则不论叫哥哥妹妹，之乎者也，鸯鸯蝴蝶都无妨。但在文学问题上我们仍可以互相批判。

且介亭杂文末编/答徐懋庸并关于抗日统一战线问题（1936·8）

●9-30-150-16

我们的抗日人民统一战线是比法国的人民阵线＊还要广泛得多的。

〖释：“法国的人民阵线”，第二次世界大战前夕形成的反法西斯统一战线组织。1935年正式成立，参加者有社会党、共产党、激进社会党和其他党派。〗

且介亭杂文末编/答徐懋庸并关于抗日统一战线问题（1936·8）

●9-30-150-17

我以为在抗日战线上是任何抗日力量都应当欢迎的，同时在文学上也应当容许各人提出新的意见来讨论，“标新立异”也并不可怕……

且介亭杂文末编/答徐懋庸并关于抗日统一战线问题（1936·8）

●9-30-150-18

“民族革命战争的大众文学”这名词，在本身上，比“国防文学”这名词，意义更明确，更深刻，更有内容。“民族革命战争的大众文学”，主要是对前进的一向称左翼的作家们提倡的，希望这些作家们努力向前进……

且介亭杂文末编/答徐懋庸并关于抗日统一战线问题（1936·8）

●9-30-150-19

我说“国防文学”是我们目前文学运动的具体口号之一，为的是“国防文学”这口号，颇通俗，已经有很多人听惯，它能扩大我们政治的和文学的影响，加之它可以解释为作家在国防旗帜下联合，为广义的爱国主义的文学的缘故。因此，它即使曾被不正确的解释，它本身含义上有缺陷，它仍应当存在，因为存在对于抗日运动有利益。

且介亭杂文末编/答徐懋庸并关于抗日统一战线问题（1936·8）

●9-30-150-20

我更不赞成人们以各种的限制加到“民族革

命战争的大众文学”上。如果一定要以为“国防文学”提出在先，这是正统，那么就将正统权让给要正统的人们也未始不可，因为问题不在争口号，而在实做；尽管喊口号，争正统，固然也可作为“文章”，取点稿费，靠此为生，但尽管如此，也到底不是久计。

且介亭杂文末编/答徐懋庸并关于抗日统一战线问题（1936·8）

（151）左翼文坛

左翼文艺仍在滋长……像压于大石之下的萌芽一样，在曲折地滋长。

●9-30-151-1

以史底惟物论批评文艺的书，我也曾看了一点，以为那是极直捷爽快的，有许多昧暧难解的问题，都可说明。但近来创造社一派，却主张一切都非依这史观来著作不可，自己又不懂，弄得一榻胡涂，但他们近来忽然都不响了，胆小而要革命。

书信/致韦素园（1928·7·22）

●9-30-151-2

创造社开了咖啡店＊，宣传“在那里面，可以遇见鲁迅郁达夫”，不远在《语丝》上，我们就要订正＊。田汉也开咖啡店＊，广告云，有“了解文学趣味之女侍”，一伙女侍，在店里和饮客大谈文学，思想起来，好不肉麻煞人也。

〖释：“创造社开了咖啡店”，当时创造社成员如张资平、周全平等开设了“文艺咖啡座”、“西门咖啡店”等。/“我们就要订正”，1928年8月13日出版的《语丝》发表了鲁迅的《革命咖啡店》和郁达夫的《革命广告》。/“田汉也开咖啡店”，1928年8月10日《申报》广告称田汉、汪馥泉招股办书店，并附设有“懂文学趣味的女侍”的“精美咖啡店”云。〗

书信/致章廷谦（1928·8·15）

●9-30-151-3

有人说，“小资产阶级文学之抬头”＊了，其实是，小资产阶级文学在那里呢，连“头”也没有，那里说得到“抬”。

〖释：“小资产阶级文学之抬头”，这是李初梨发表在《创造月刊》第二卷第六期（1928年12月）上的文章《对于所谓“小资产阶级革命文学”底抬头，普罗列塔利亚文学应该防御自己》中的话。〗

三闲集/现今的新文学的概观（1929·4·25）

●9-30-151-4

创造社所提倡的，更彻底的革命文学——无产阶级文学，自然更不过是一个题目。这边也禁，那边也禁的王独清的从上海租界里遥望广州暴动的诗〖注：指《II Dec.》〈《十二月十一日》〉〗，“Pong Pong Pong”，铅字逐渐大了起来，只在说明他曾为电影的字幕和上海的酱园招牌所感动，有模仿勃洛克的《十二个》之志而无其力和才。

三闲集/现今的新文学的概观（1929·4·25）

●9-30-151-5

就拿文艺批评界来比方罢，假如在“人性”的“艺术之宫”（这须从成仿吾先生处租来暂用）里，向南面摆两把虎皮交椅，请梁实秋钱杏邨两位先生并排坐下，一个右执“新月”，一个左执“太阳”＊，那情形可真是“劳资”媲美了。

〖释：“太阳”，指蒋光慈、钱杏邨等组织的太阳社。〗

二心集/“硬译”与“文学的阶级性”（1930·3）

●9-30-151-6

我以为在现在，“左翼”作家是很容易成为“右翼”作家的。为什么呢？第一，倘若不和实际的社会斗争接触，单关在玻璃窗内做文章，研究问题，那是无论怎样的激烈，“左”，都是容易办到的；然而一碰到实际，便即刻要撞碎了。关在房子里，最容易高谈彻底的主义，然而也最容易

“右倾”。西洋的叫作“Salon的社会主义者”，便是指这而言。“Salon”是客厅的意思，坐在客厅里谈谈社会主义，高雅得很，漂亮得很，然而并不想到实行的。这种社会主义者，毫不足靠。……

第二，倘不明白革命的实际情形，也容易变成“右翼”。革命是痛苦，其中也必然混有污秽和血，决不是如诗人所想像的那般有趣，那般完美；革命尤其是现实的事，需要各种卑贱的，麻烦的工作，决不如诗人所想像的那般浪漫；革命当然有破坏，然而更需要建设，破坏是痛快的，但建设却是麻烦的事。所以对于革命抱着浪漫谛克的幻想的人，一和革命接近，一到革命进行，便容易失望。

二心集/对于左翼作家联盟的意见（1930·4·1）

●9-30-151-7

以为诗人或文学家高于一切人，他底工作比一切工作都高贵，也是不正确的观念。……以为诗人或文学家，现在为劳动大众革命，将来革命成功，劳动阶级一定从丰报酬，特别优待，请他坐特等车，吃特等饭，或者劳动者捧着牛油面包来献他，说：“我们的诗人，请用吧！”这也是不正确的；因为实际上决不会有这种事，恐怕那时比现在还要苦，不但没有牛油面包，连黑面包都没有也说不定，俄国革命后一二年的情形便是例子。如果不明白这情形，也容易变成“右翼”。

二心集/对于左翼作家联盟的意见（1930·4·1）

●9-30-151-8

旧社会也容许无产文学，因为无产文学并不厉害，反而他们也来弄无产文学，拿去做装饰，仿佛在客厅里放着许多古董磁器以外，放一个工人用的粗碗，也很别致……

二心集/对于左翼作家联盟的意见（1930·4·1）

●9-30-151-9

无产文学，是无产阶级解放斗争底一翼，它跟着无产阶级的社会的势力的成长而成长，在无产阶级的社会地位很低的时候，无产文学的文坛地位反而很高，这只是证明无产文学者离开了无产阶级，回到旧社会去罢了。

二心集/对于左翼作家联盟的意见（1930·4·1）

●9-30-151-10

我们应当造出大群的新的战士。

二心集/对于左翼作家联盟的意见（1930·4·1）

●9-30-151-11

在文学战线上的人还要“韧”。

二心集/对于左翼作家联盟的意见（1930·4·1）

●9-30-151-12

现在，在中国，无产阶级的革命的文艺运动，其实就是惟一的文艺运动。因为这乃是荒野中的萌芽，除此之外，中国已经毫无其他文艺。属于统治阶级的所谓“文艺家”，早已腐烂到连所谓“为艺术的艺术”以至“颓废”的作品也不能生产，现在来抵制左翼文艺的，只有诬蔑，压迫，囚禁和杀戮；来和左翼作家对立的，也只有流氓，侦探，走狗，刽子手了。

二心集/黑暗中国的文艺界的现状（1931·3－4）

●9-30-151-13

左翼作家之中，还没有农工出身的作家……这事情很使拿刀的“文艺家”喜欢。

二心集/黑暗中国的文艺界的现状（1931·3－4）

●9-30-151-14

左翼文艺仍在滋长。但自然是好像压于大石之下的萌芽一样，在曲折地滋长。

二心集/黑暗中国的文艺界的现状（1931·3－4）

●9-30-151-15

统治者也知道走狗的文人不能抵挡无产阶级革命文学，于是一面禁止书报，封闭书店，颁布恶出版法，通缉著作家，一面用最末的手段，将左翼作家逮捕，拘禁，秘密处以死刑，至今并未宣布。这一面固然在证明他们是在灭亡中的黑暗的动物，一面也在证实中国无产阶级革命文学阵营的力量……

二心集/中国无产阶级革命文学和前驱的血（1931·4·25）

●9-30-151-16

我们的同志的血，已经证明了无产阶级革命文学和革命的劳苦大众是在受一样的压迫，一样的残杀，作一样的战斗，有一样的运命，是革命的劳苦大众的文学。

二心集/中国无产阶级革命文学和前驱的血（1931·4·25）

●9-30-151-17

中国的无产阶级革命文学在今天和明天之交发生，在诬蔑和压迫之中滋长……

二心集/中国无产阶级革命文学和前驱的血（1931·4·25）

●9-30-151-18

这里对于左翼文艺，是压迫无所不至，然而别的文艺，却全然空洞无物……

书信/致曹靖华（1931·6·13）

●9-30-151-19

现存的左翼作家，能写出好的无产阶级文学来么？我想，也很难。这是因为现在的左翼作家还都是读书人——智识阶级，他们要写出革命的实际来，是很不容易的缘故。……作家生长在旧社会里，熟悉了旧社会的情形，看惯了旧社会的人物的缘故，所以他能够体察；对于和他向来没有关系的无产阶级的情形和人物，他就会无能，或者弄成错误的描写了。所以革命文学家，至少是必须和革命共同着生命，或深切地感受着革命的脉搏的。

二心集/上海文艺之一瞥（1931·7·27）

●9-30-151-20

现在的统治者……什么他都怕，因而在出版界上也布置了比先前更进步的流氓手段；用广告，用诬陷，用恐吓；甚至于有几个文学者还拜了流氓做老子＊，以图得到安稳和利益。因此革命的文学者，就不但应该留心迎面的敌人，还必须防备自己一面的三翻四复的暗探了，较之简单地用着文艺的斗争，就非常费力，而因此也就影响到文艺上面来。

〖释：“……拜流氓做老子”，指和上海流氓帮会头子有勾结，拜他们为“师父”或干爹的“文学家”。〗

二心集/上海文艺之一瞥（1931·7·27）

●9-30-151-21

去年左翼作家联盟在上海的成立，是一件重要的事实。因为这时已经输入了蒲力汗诺夫，卢那卡尔斯基等的理论，给大家能够互相切磋，更加坚实而有力，但也正因为更加坚实而有力了，就受到世界上古今所少有的压迫和摧残，因为有了这样的压迫和摧残，就使那时以为左翼文学将大出风头，作家就要吃劳动者献上来的黄油面包了的所谓革命文学家立刻现出原形，有的写悔过书，有的是反转来攻击左联，以显出他今年的见识又进了一步。这虽然并非左联直接的自动，然而也是一种扫荡，这些作者，是无论变与不变，总写不出好的作品来的。

二心集/上海文艺之一瞥（1931·7·27）

●9-30-151-22

对于左翼作家的压迫，是一天一天的吃紧起来，终于紧到使书店都骇怕了。

集外集拾遗/《铁流》编校后记（1931·11）

●9-30-151-23

自然，自从有了左翼文坛以来，理论家曾经犯过错误，作家之中，也不但如苏汶先生所说，有“左而不作”的，并且还有由左而右，甚至于化为民族主义文学的小卒，书坊的老板，敌党的探子的，然而这些讨厌左翼文坛了的文学家所遗下的左翼文坛，却依然存在，不但存在，还在发展，克服自己的坏处，向文艺这神圣之地进军。

南腔北调集/论“第三种人”（1932·11·1）

●9-30-151-24

左翼作家并不是从天上掉下来的神兵，或国外杀进来的仇敌，他不但要那同走几步的“同路人”，还要招致那战在路旁看看的看客也一同前进。

南腔北调集/论“第三种人”（1932·11·1）

●9-30-151-25

苏汶先生说过“笑话”：左翼作家在从资本家取得稿费；现在我来说一句真话，是左翼作家还在受封建的资本主义的社会的法律的压迫，禁锢，杀戮。所以左翼刊物，全被摧残，现在非常寥寥，即偶有发表，批评作品的也绝少，而偶有批评作品的，也并未动不动便指作家为“资产阶级的走狗”，而且不要“同路人”。

南腔北调集/论“第三种人”（1932·11·1）

●9-30-151-26

……也可以说，是“遵命文学”。不过我所遵奉的，是那时革命的前驱者的命令，也是我自己所愿意遵奉的命令，决不是皇上的圣旨，也不是金元和真的指挥刀。

南腔北调集/《自选集》自序（1933·3）

●9-30-151-27

他们也知道禁绝左倾刊物，书店只好关门，所以左翼作家的东西，还是要出的，而拔去其骨格，但以渔利。有些官原是书店股东，所以设了这圈套，这方法我看是要实行的，则此后出板物之情形可以推见。

书信/致姚克（1933·11·5）

●9-30-151-28

“谈言”和《火炬》上的有几篇文章的作者，虽然好像很急进，其实是在替敌人缴械，这无须一年半载，就有事实可以证明。

书信/致徐懋庸（1934·8·3）

●9-30-151-29

就是我们的同人中，有些人头脑也太简单，友敌不分，微风社＊骂我为“文妖”，他就恭恭敬敬的记住：“鲁迅是文妖”。于是此后看见“文妖”二字，便以为就是骂我，互相报告了。这情形颇可叹。

〖释：“微风社”，国民党官办文学团体。该社1934年7月议决“声讨鲁迅”，“呈请党政机关严厉制裁”等。〗

书信/致窦隐夫（1934·11·1）

●9-30-151-30

敌人是不足惧的，最可怕的是自己营垒里的蛀虫，许多事情都败在他们手里。因此，就有时会使我感到寂寞。但我是还要照先前那样做事的，虽然现在精力不及先前了，也因学问所限，不能慰青年们的渴望，然而我毫无退缩之意。

书信/致萧军、萧红（1934·12·6）

●9-30-151-31

从去年下半年来，我总觉有几个人倒和“第三种人”一气，恶意的在拿我做玩具。

书信/致曹靖华（1935·2·7）

●9-30-151-32

从去年以来，所谓“第三种人”的，竟露出了本相，他们帮着它的主人来压迫我们了，然而我们中的有几个人，却道是因为我攻击他们太厉害了，以至逼得他们如此。

书信/致曹靖华（1935·2·7）

●9-30-151-33

这《孩儿塔》的出世……是东方的微光，是林中的响箭，是冬末的萌芽，是进军的第一步，是对于前驱者的爱的大纛，也是对于摧残者的憎的丰碑。一切所谓圆熟简练，静穆幽远之作，都无须来作比方，因为这诗属于别一世界。

且介亭杂文末编/白莽作《孩儿塔》序（1936·4）

●9-30-151-34

我以为同时可也万万忘记不得“我们”之外的“他们”，也不可专对“我们”之中的“他们”。要批判，就都彼此都给批判，美恶一并指出。如果在还有“我们”和“他们”的文坛上，一味自责以显其“正确”或公平，那其实是在向“他们”献媚或替“他们”缴械。

且介亭杂文末编/三月的租界（1936·5）

●9-30-151-35

至于“是非”，“谣言”，“一般的传说”，我不想来推究或解释，“文祸”已够麻烦，“语祸”或“谣祸”更是防不胜防，而且也洗不胜洗，即使到了“对嘴”『注：即“对质”』，还是弄不清楚的。不过所谓“那一批人”，我却连自己也不知道是“那一批”。

书信/致徐懋庸（1936·5·2）

●9-30-151-36

我和茅盾，郭沫若两位，或相识，或未尝一面，或未冲突，或曾用笔墨相讥，但大战斗却都为着同一的目标，决不日夜记着个人的恩怨。然而小报却偏喜欢记些鲁比茅如何，郭对鲁又怎样，好像我们只在争座位，斗法宝。……这其实正是恶劣的倾向，用谣言来分散文艺界的力量，近于“内奸”的行为的。然而也正是破落文学家最末的道路。

且介亭杂文末编/答徐懋庸并关于抗日统一战线问题（1936·8）

●9-30-151-37

写这信『注：指徐懋庸1936年8月1日致鲁迅信』的虽是他一个，却代表着某一群，试一细读，看那口气，即可了然。因此我以为更有公开答复之必要。

书信/致黎烈文（1936·8·28）

●9-30-151-38

投一光辉『注：指鲁迅发表《答徐懋庸并关于抗日民族统一战线问题》』，可使伏在大纛荫下的群魔嘴脸毕现，试看近日上海小报之类，此种效验，已极昭然，他们到底将在大家的眼前露出本相。

书信/致黎烈文（1936·8·28）

●9-30-151-39

全是精华的刊物已经出得不少了，有些东西，后面虽然仍旧是“美容妙法”，“古木发光”，或者“尼姑之秘密”，但第一面却总有一点激昂慷慨的文章。作文已经有了“最中心之主题”*：连义和拳时代和德国统帅瓦德西*睡了一些时候的赛金花*，也早已封为九天护国娘娘了。

〖释：“最中心之主题”，周扬在《关于国防文学》中提出“国防的主题”应为“最中心的主题”。/瓦德西（1832－1904），侵华八国联军总司令。/赛金花，清末名妓。此指夏衍的剧本《赛金花》。当时报刊曾对该剧大加吹捧。〗

且介亭杂文末编/“这也是生活……”（1936·9·5）

（152）“子弹从背后来”

敌人不足惧，最令人寒心而且灰心的，是友军中的从背后来的暗箭；受伤之后，同一营垒中的快意的笑脸。

●9-30-152-1

有些英雄的作家，也曾经叫人终年奋发，悲愤，纪念。但是，叫而已矣，到底也胜不过事实。中国的可哀的纪念太多了，这照例至少应该沉默；可喜的纪念也不算少，然而又怕有“反动分子乘机捣乱”，所以大家的高兴也不能发扬。

花边文学/过年（1934·2·17）

●9-30-152-2

叫人整年的悲愤，劳作的英雄们，一定是自己毫不知道悲愤，劳作的人物。在实际上，悲愤者和劳作者，是时时需要休息和高兴的。

花边文学/过年（1934·2·17）

●9-30-152-3

“如鱼饮水，冷暖自知”，一箭之来，我是明白来意的。

书信/致曹聚仁（1934·8·13）

●9-30-152-4

倘有同一营垒中人，化了装从背后给我一刀，则我的对于他的憎恶和鄙视，是在明显的敌人之上的。

且介亭杂文/答《戏》周刊编者信（1934·11·25）

●9-30-152-5

我的确常常感到焦烦，但力所能做的，就做，而又常常有“独战”的悲哀。不料有些朋友们，却斥责我懒，不做事；他们昂头天外，评论之后，不知那里去了。

书信/致萧军、萧红（1934·12·6）

●9-30-152-6

叭儿之类，是不足惧的，最可怕的确是口是心非的所谓“战友”，因为防不胜防……为了防后方，我就得横站，不能正对敌人，而且瞻前顾后，格外费力。

书信/致杨霁云（1934·12·18）

●9-30-152-7

长于营植排挤者，必大嫉妒，如果不是他们的一伙，则虽闭门不问外事，也还是要遭嫉视的。阮大铖还会作《燕子笺》，而此辈则并无此种伎俩，退化之状，彰彰明矣。

书信/致郑振铎（1935·1·9）

●9-30-152-8

近两年来，弟作短文不少……而今年则不做了。一固由于无处可登，即登，亦不能畅所欲言，最奇的是竟有同人而匿名加以攻击者。子弹从背后来，真足令人悲愤，我想玩他一年了。

书信/致曹靖华（1935·1·15）

●9-30-152-9

暂时“消沈”一下，也好的，算是休息休息，有了力气，自然会不“消沈”的，疲劳了还是做，必至于乏力而后已，我憎恶那些拿了鞭子，专门鞭扑别人的人们。

书信/致徐懋庸（1935·1·17）

●9-30-152-10

这里的朋友的行为，我真不知道是什么意思，出过一种刊物＊，将去年为止的我们的事情，听说批评得不值一钱，但又秘密起来，不寄给我看，而且不给看的还不止我一个，我恐怕三兄＊那里也未必会寄去。

〖释：“这里的朋友……出过一种刊物”，指“左联”的内部油印刊物《文学生活》。/三兄，指萧三。当时在苏联工作。〗

书信/致曹靖华（1935·1·26）

●9-30-152-11

我实在憎恶那暗地里中伤我的人，我不如休息休息，看看他们的非买办的战斗。

书信/致曹靖华（1935·2·7）

●9-30-152-12

敌人不足惧，最令人寒心而且灰心的，是友军中的从背后来的暗箭；受伤之后，同一营垒中的快意的笑脸。因此，倘受了伤，就得躲入深林，自己舐干，扎好，给谁也不知道。我以为这境遇，是可怕的。我倒没有什么灰心，大抵休息一会，就仍然站起来，然而好像终竟也有影响，不但显于文章上，连自己也觉得近来还是“冷”的时候多了。

书信/致萧军、萧红（1935·4·23）

●9-30-152-13

我先前也曾从公意做过文章＊，但同道中

人，却用假名夹杂着真名，印出公开信来骂我，他们还造一个郭冰若的名，令人疑是郭沫若的排错者。我提出质问，但结果是模模胡胡，不得要领，我真好像见鬼，怕了。后来又遇到相像的事两回＊，我的心至今还没有热，现在也有人在必要时，说我“好起来了”，但这是谣言，我倒坏了些了。

〖释：“我先前也曾从公意做过文章”，指《辱骂和恐吓决不是战斗——致〈文学月报〉编辑的一封信》，后收入《南腔北调集》。该文发表后，引发署名首甲（祝秀侠）、方萌、郭冰若、丘东平的一篇文章，指摘鲁迅的文章具有“戴白手套革命论的谬论”，“是极危险的右倾的文化运动中和平主义的说法”云云。/“又遇到相像的事两回”，指廖沫沙署名“林默”发表文章指摘鲁迅的“买办意识”和田汉化名“绍伯”发表文章指摘鲁迅与杨邨人“调和”事。〗

书信/致萧军（1935·4·28）

●9-30-152-14

我仍打杂，合计每年译作，近三四年几乎倍于先前，而有些英雄反说我不写文章，真令人觉得奇怪。

书信/致曹靖华（1936·1·5）

●9-30-152-15

我在这里，有些英雄责我不做事，而我实日日译作不息，几乎无生人之乐，但还要受许多闲气，有时真令人愤怒，想什么也不做，因为不做事，责备也就没有了。

书信/致王冶秋（1936·4·5）

●9-30-152-16

至于“是非”，“谣言”，“一般的传说”，我不想来推究或解释，“文祸”已够麻烦，“语祸”或“谣祸”更是防不胜防，而且也洗不胜洗，即使到了“对嘴”，还是弄不清楚的。不过所谓“那一批人”，我却连自己也不知道是“那一批”。

书信/致徐懋庸（1936·5·2）

●9-30-152-17

又有一大批英雄在宣布我破坏统一战线的罪状，自问历年颇不偷懒，而每逢一有大题目，就常有人要趁这机会把我扼死，真不知何故，大约的确做人太坏了。

书信/致曹靖华（1936·5·14）

（153）“左联”

到一九三〇年，那些“革命文学家”支持不下去了，创，太二社的人们始改变战略，找我及其他先前为他们所反对的作家，组织左联……

●9-30-153-1

梯子之论＊，是极确的，对于此一节，我也曾熟虑，倘使后起诸公，真能由此爬得较高，则我之被踏，又何足惜。中国之可作梯子者，其实除我之外，也无几了。所以我十年以来，帮未名社，帮狂飙社，帮朝花社，而无不或失败，或受欺，但愿有英俊出于中国之心，终于未死，所以此次又应青年之请，除自由同盟外，又加入左翼作家连盟，于会场中，一览了荟萃于上海的革命作家，然而以我看来，皆茄花色，于是不佞势又不得不有作梯子之险，但还怕他们尚未必能爬梯子也。哀哉！

〖释：“梯子之论”，收信人曾表示担心鲁迅被人当作“踏脚之梯”。〗

书信/致章廷谦（1930·3·27）

●9-30-153-2

虽是仅仅攻击旧社会的作品，倘若知不清缺点，看不透病根，也就于革命有害，但可惜的是现在的作家，连革命的作家和批评家，也往往不能，或不敢正视现社会，知道它的底细，尤其是认为敌人的底细。随手举一个例罢，先前的《列宁青年》＊上，有一篇评论中国文学界的文章，将这分为三派，首先是创造社，作为无产阶级文学派，讲得很长，其次是语丝社，作为小资产阶级文学，可就讲得短了，第三是新月社，作为资产阶级文学派，却说得更短，到不了一页。这就在表明：这位青年批评家对于愈认为敌人的，就愈是无话可说，也就是愈没有细看。

〖释：《列宁青年》，中国共青团机关刊物。1923年10月在上海创刊，原名《中国青年》，1927年11月改为《无产青年》，1928年10月又改为《列宁青年》，1932年停刊。这里所说的文章，指该刊第一卷第十二期（1929年3月）上署名得钊的《一年来中国文艺界述评》。〗

二心集/上海文艺之一瞥（1931·7·27）

●9-30-153-3

我现在是左翼作家联盟中之一人，看近来书籍的广告，大有凡作家一旦向左，则旧作也即飞升，连他孩子时代的啼哭也合于革命文学之概……

两地书/序言（1932·12·16）

●9-30-153-4

现在○○『注：当指“左联”』的各种现象，在重压之下，一定会有的。我在这三十年中，目睹了不知多少。但一面有人离叛，一面也有新的生力军起来，所以前进的还是前进。

书信/致胡今虚（1933·10·7）

●9-30-153-5

到一九三○年，那些“革命文学家”支持不下去了，创，太二社的人们始改变战略，找我及其他先前为他们所反对的作家，组织左联……

书信/致姚克（1933·11·5）

●9-30-153-6

寄卓姊『注：指“左联”』信，二月那一封是收到的，当即交去，并嘱回答……至于她之于兄，实并非无意，自然，不很起劲是有点的，但大原因，则实在由于压迫重，人手少，经济也极支绌。譬如寄书报，就很为难，个人须小心，托书店代寄，而这样的书店就不多，因为他们也极谨慎，而一不小心，实际上也真会惹出麻烦的。

书信/致萧三（1934·1·17）

●9-30-153-7

当今急务之一，是在养成勇敢而明白的斗士，我向来即常常注意于这一点，虽然人微言轻，终无效果。

书信/致杨霁云（1934·6·9）

●9-30-153-18

其实，左联开始的基础就不大好，因为那时没有现在似的压迫，所以有些人以为一经加入，就可以称为前进，而又并无大危险的，不料压迫来了，就逃走了一批。这还不算坏，有的竟至于反而卖消息去了。人少倒不要紧，只要质地好，而现在连这也做不到。好的也常有，但不是经验少，就是身体不强健（因为生活大抵是苦的），这于战斗是有妨碍的。但是，被压迫的时候，大抵有这现象，我看是不足悲观的。

书信/致萧军、萧红（1934·12·10）

●9-30-153-9

三郎的事情『注：指萧军参加“左联”的事』，我几乎可以无须思索，说出我的意见来，是：现在不必进去。最初的事，说起来话长了，不论它；就是近几年，我觉得还是在外围的人们里，出几个新作家，有一些新鲜的成绩，一到里面去，即酱在无聊的纠纷中，无声无息。以我自己而论，总觉得缚了一条铁索，有一个工头在背后用鞭子打我，无论我怎样起劲的做，也是打，而我回头去问自己的错处时，他却拱手客气的说，我做得好极了，他和我感情好极了，今天天气哈哈哈……。真常常令我手足无措，我不敢对别人说关于我们的话，对于外国人，我避而不谈，不得已时，就撒谎。你看这是怎样的苦境？

我的这意见，从元帅看来，一定是罪状（但他和我的感情一定仍旧很好的），但我确信我是对的。将来通盘筹算起来，一定还是我的计画成绩好。

书信/致胡风（1935·9·12）

●9-30-153-10

此间莲姊家『注：指“左联”』已散，化为傅、郑『注：指傅东华、郑振铎』所主持的大家族，实则藉此支持《文学》而已，毛姑『注：指茅盾』似亦在内。旧人颇有往者，对我大肆攻击，以为意在破坏。但他们形势亦不佳。

书信/致曹靖华（1936·5·3）

●9-30-153-11

有些手执皮鞭，乱打苦工的背脊，自以为在革命的大人物，我深恶之，他其实是取了工头的立场而已。

书信/致曹靖华（1936·5·14）

●9-30-153-12

“左翼作家联盟”五六年来领导和战斗过来的，是无产阶级革命文学的运动。这文学和运动，一直发展着；到现在更具体底地，更实际斗争底地发展到民族革命战争的大众文学。

且介亭杂文末编/论现在我们的文学运动（1936·7）

●9-30-153-13

抓到一面旗帜，就自以为出人头地，摆出奴隶总管的架子，以鸣鞭为唯一的业绩……

且介亭杂文末编/答徐懋庸并关于抗日统一战线问题（1936·8）

●9-30-153-14

那种表面上扮着“革命”的面孔，而轻易诬陷别人为“内奸”，为“反革命”，为“托派”，以至为“汉奸”者，大半不是正路人……

且介亭杂文末编/答徐懋庸并关于抗日统一战线问题（1936·8）

---

(154)“左联”之后

旧团体已不存在，新的呢，我没有加入，不再会因我而引起一点纠纷。……旧公事全都从此结束了。

●9-30-154-1

我看作家协会＊一定小产，不会像左联，虽镇压，却还有些人剩在地底下的。惟不知想由此走到地面上，而且入于交际社会的作家，如何办法耳。

〖释：“作家协会”，“左联”于1936年初宣布解散后，在上海的部分文艺工作者筹组的文艺团体。后改名中国文艺家协会，1936年6月7日正式成立。〗

书信/致沈雁冰（1936·2·14）

●9-30-154-2

文人学士之种种会，亦无生气，要名声，又怕迫压，那能做出事来。我不加入任何一种，似有人说我破坏统一，亦随其便。

书信/致曹靖华（1936·2·29）

●9-30-154-3

我们这一翼『注：指“左联”』里，我觉得实做的少，个个想做“工头”，所以苦工就更加吃苦。现此翼已经解散，别组什么协会＊之类，我是决不进去了。但一向做下来的事，自然还是要做的。

〖释：“别组什么协会”，指“左联”解散后，一些人筹组的“作家协会”，即后来的“中国文艺家协会”。〗

书信/致王冶秋（1936·4·5）

●9-30-154-4

这里在弄作家协会，先前的友和敌，都站在同一阵图里了，内幕如何，不得而知，指挥的或云是茅与郑，其积极，乃为救《文学》。我鉴于往日之给我的伤，拟不加入，但此必将又成一大罪状，听之而已。

书信/致曹靖华（1936·4·23）

●9-30-154-5

今年各种刊物上，多刊高尔基像，此老今年忽然成为一切好好歹歹的东西的掩护旗子了。

书信/致曹靖华（1936·4·23）

●9-30-154-6

按：此信原件无签署。据收信人何家槐在《光明》半月刊第一卷第十号（1936年11月25日）所载之《学习鲁迅先生的精神》文末附注："鲁迅先生的签名，不知在什么时候撕破失去。"何家槐为作家协会（后改名文艺家协会）的发起人之一。

……收到来信并缘起＊，意见都非常之好。

我曾经加入过集团『注：指"左联"』，虽然现在竟不知道这集团是否还在，也不能看见最末的《文学生活》＊。但自觉于公事并无益处。这回范围更大，事业也更大，实在更非我的能力所及。签名并不难，但挂名却无聊之至，所以我决定不加入。

〖释："缘起"，指"作家协会组织缘起"。/《文学生活》，"左联"内部刊物。〗

书信/致何家槐（1936·4·24）

●9-30-154-7

集团要解散，我是听到了的，此后即无下文，亦无通知，似乎守着秘密。这也有必要。但这是同人所决定，还是别人参加了意见呢，倘是前者，是解散，若是后者，那是溃散。这并不很小的关系，我确是一无所闻。

书信/致徐懋庸（1936·5·2）

●9-30-154-8

好在现在旧团体已不存在，新的『注：指"作家协会"』呢，我没有加入，不再会因我而引起一点纠纷。我希望这已是我最后的一封信，旧公事全都从此结束了。

书信/致徐懋庸（1936·5·2）

●9-30-154-9

病总算是好了，但总是没气力，或者气力不够应付杂事；记性也坏起来。英雄们却不绝的来打击。近日这里在开作家协会，喊国防文学，我鉴于前车，没有加入，而英雄们即认此为破坏国家大计，甚至在集会上宣布我的罪状。我其实也真的可以什么也不做了，不做倒无罪。然而中国究竟也不是他们的，我也要住住，所以近来已作二文『注：指《三月的租界》和《〈出关〉的"关"》』反击，他们是空壳，大约不久就要销声匿迹的：这一流人，先前已经出了不少。

书信/致王冶秋（1936·5·4）

●9-30-154-10

我因不加入文艺家协会（傅东华是主要的发起人），正在受一批人的攻击，说是破坏联合战线，但这类英雄，大抵是一现之后，马上不见了的。

书信/致曹靖华（1936·5·14）

●9-30-154-11

作家协会已改名为文艺家协会，其中热心者不多，大抵多数是敷衍，有些却想借此自利，或害人。我看是就要消沈，或变化的。

书信/致曹靖华（1936·5·23）

●9-30-154-12

作家协会已改名文艺家协会，发起人有种种。我看他们倒并不见得有很大的私人的企图，不过或则想由此出点名，或者想由此洗一个澡，或则竟不过敷衍面子，因为倘有人用大招牌来请做发起人，而竟拒绝，是会得到很大的罪名的，即如我即其一例。住在上海的人大抵聪明，就签上一个姓名，横竖他签了也什么不做，像不签一样。

书信/致时玳（1936·5·25）

●9-30-154-13

我看你也还是加入的好，一个未经世故的青年，真可以被逼得发疯的。加入以后，倒未必有什么大麻烦，无非帮帮所谓指导者攻击某人，抬高某人，或者做点较费力的工作，以及听些谣言。国防文学的作品是不会有的，只不过攻打何人何派反对国防文学，罪大恶极。这样纠缠下去，一直弄到自己无聊，读者无聊，于是在无声无臭中完结。假使中途来了压迫，那么，指导的英雄一定首先销声匿迹，或者声明脱离，和小会员更不相干了。

书信/致时玳（1936·5·25）

●9-30-154-14

冷箭是上海“作家”的特产，我有一大把拔在这里，现在在生病，俟愈后，要把它发表出来，给大家看看。即如最近，“作家协会”发起人之一在他所编的刊物上说我是“理想的奴才”，而别一发起人却在劝我入会：他们以为我不知道那一枝冷箭是谁射的。你可以和大家接触接触，就会明白的更多。

这爱放冷箭的病根，是在他们误以为做成一个作家，专靠计策，不靠作品的。所以一有一件大事，就想借此连络谁，打倒谁，把自己抬上去。殊不知这并无大效，因此在上海，竟很少能够支持三四年的作家。

书信/致时玳（1936·5·25）

●9-30-154-15

《文艺工作者宣言》＊不过是发表意见，并无组织或团体，宣言登出，事情就完，此后是各人自己的实践。有人赞成，自然很以为幸，不过并不用联络手段，有什么招揽扩大的野心，有人反对，那当然也是他们的自由，不问它怎么一回事。

〖**释：《文艺工作者宣言》，即《中国文艺工作者宣言》。载《作家》第一卷第三号（1936年6月）。**〗

书信/致时玳（1936·8·6）

●9-30-154-16

按：徐懋庸于1936年8月1日给鲁迅写了一封信。鲁迅的《答徐懋庸并关于抗日统一战线问题》便是对徐懋庸此信的答复。

在国难当头的现在，白天里讲些冠冕堂皇的话，暗夜里进行一些离间，挑拨，分裂的勾当的，不就正是这些人么？这封信『注：指徐懋庸来信』是有计划的，是他们向没有加入“文艺家协会”的人们的新的挑战，想这些人们去应战，那时他们就加你们以“破坏联合战线”的罪名，“汉奸”的罪名。然而我们不，我们决不要把笔锋去专对几个个人，“先安内而后攘外”＊，不是我们的办法。

〖**释：“先安内而后攘外”，1931年11月30日和1933年4月10日，蒋介石两度提出这种“政策”。**〗

且介亭杂文末编/答徐懋庸并关于抗日统一战线问题（1936·8）

●9-30-154-17

我想，我不如暂避无益于人的危险，暂不听他们指挥罢。自然，事实会证明他们到底的真相，我决不愿来断定他们是什么人，但倘使他们真的志在革命与民族，而不过心术的不正当，观念的不正确，方式的蠢笨，那我就以为他们实有自行改正一下的必要。

且介亭杂文末编/答徐懋庸并关于抗日统一战线问题（1936·8）

●9-30-154-18

我对于“文艺家协会”的态度，我认为它是抗日的作家团体，其中虽有徐懋庸式的人，却也包含了一些新的人；但不能以为有了“文艺家协会”，就是文艺界的统一战线告成了，还远得很，还没有将一切派别的文艺家都联为一气。那原因就在“文艺家协会”还非常浓厚的含有宗派主义和行帮情形。

且介亭杂文末编/答徐懋庸并关于抗日统一战线问题（1936·8）

●9-30-154-19

我提议“文艺家协会”应该克服它的理论上

与行动上的宗派主义与行帮现象，把限度放得更宽些，同时最好将所谓“领导权”移到那些确能认真做事的作家和青年手里去，不能专让徐懋庸之流的人在包办。至于我个人的加入与否，却并非重要的事。

且介亭杂文末编/答徐懋庸并关于抗日统一战线问题（1936·8）

●9-30-154-20

不是只要“抗日”，就是战友吗？“诈”何妨，“谄”又何妨？又何必定要剿灭胡风的文字，打倒黄源的《译文》呢，莫非这里面都是“二十一条”和“文化侵略”吗？

且介亭杂文末编/答徐懋庸并关于抗日统一战线问题（1936·8）

●9-30-154-21

因为不入协会，群仙就大布围剿阵，徐懋庸也明知我不久之前，病得要死，却雄赳赳首先打上门来也。

书信/致黎烈文（1936·8·28）

●9-30-154-22

对徐懋庸辈的文章（因为没有气力，花了四天功夫），实在是没有办法才写的。上海总有这么一伙人，一遇到发生什么事，便立刻想利用来为自己打算，故须略为打击一下。

书信/致〈日〉增田涉〔译文〕（1936·9·15）

图书在版编目（CIP）数据

鲁迅语典/张扬编注. —北京：中央文献出版社, 2013.11

ISBN 978-7-5073-3951-2

Ⅰ.①鲁… Ⅱ.①张… Ⅲ.①鲁迅（1881～1936）—语录 Ⅳ.①I210.2

中国版本图书馆CIP数据核字（2013）第271776号

鲁迅语典

编　　注/张　扬
责任编辑/吕奇伟　彭　勇
封面设计/杨　潮
责任印制/寇　炫　郑　刚

出　　版/中央文献出版社
地　　址/北京西四北大街前毛家湾1号
网　　址/www.zywxpress.com
邮　　编/100017
发　　行/新经典文化有限公司
销售热线/010-68423599
邮　　箱/editor@readinglife.com
排版印刷/北京汇林印务有限公司

850mm×1168mm　16开　52印张　1327千字
2013年12月第1版　2014年1月第1次印刷

ISBN　978-7-5073-3951-2　定价：168.00元

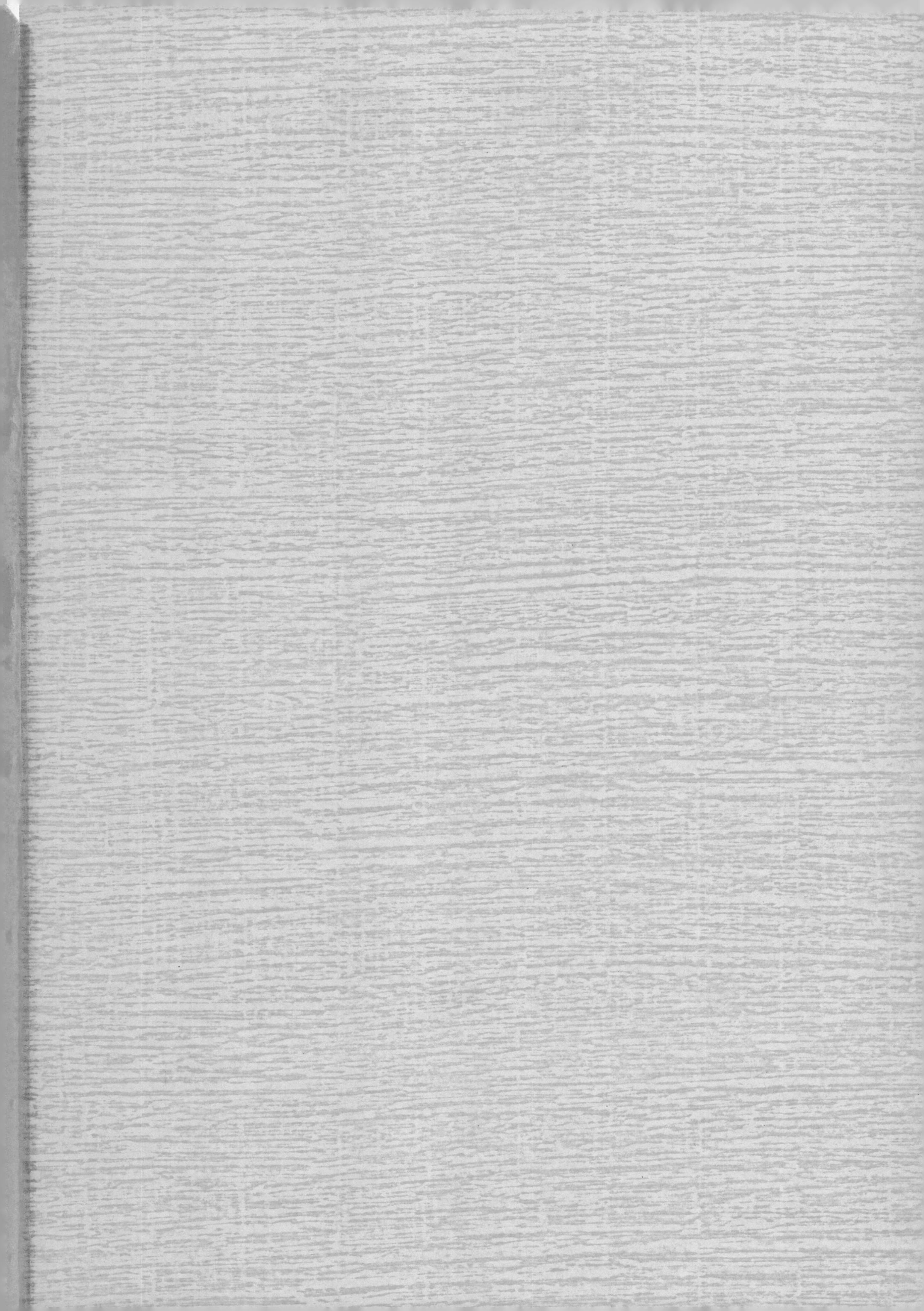